NARRATIV

283

I ROMANZI DI EARTHSEA

1. *Il mago di Earthsea*
2. *Le tombe di Atuan*
3. *La spiaggia più lontana*
4. *I draghi di Earthsea*
6. *I venti di Earthsea*

Ursula K. Le Guin

LA LEGGENDA DI EARTHSEA

EDITRICE NORD

Titoli originali
A Wizard of Earthsea
The Tombs of Atuan
The Farthest Shore
traduzioni di Roberta Rambelli

Tehanu
traduzione di Riccardo Valla

The Other Wind
traduzione di Pietro Anselmi
su licenza della Arnoldo Mondadori Editore S.p.A.

ISBN 978-88-429-1522-5

I edizione aprile 2007
VI edizione settembre 2009

LA LEGGENDA DI EARTHSEA

Solo nel silenzio la parola,
solo nella tenebra la luce,
solo nella morte è vita;
fulgido è il volo del falco
nel cielo deserto.

La creazione di Éa

Terra di Hogen
Enwas Nord
Enwas Sul
Sort
Allernots
Lef
Bereswek
Roam
Ferrins
Andrades
Mar di Kargad
Hur-At-Hur
Hille
Narveduen
Osskil
Sorrezh
Mar di Osskil
Andrad
Orandrad
Teath Nord
Perregal
Karego-At
Atnini
Ebosskil
Enlad
Berila
Mar di EA
Teath Sud
Gurbirim
Gont
Porto Gont
Dorhemen
Onon
Semel
Bishi
Toon
EA
Ebea
Oranea
Kameber
Spevy
Atuan
MAR di Gont
Barnisk
Torneen
Sejidor
Usidero
Risk
Ontuego
Emet
Paln
Lossow
HAVNOR
Eskel
Toriklas
Le Mani
Otrad
Kemberwooth
Way
Eppala
Seppish
MAR di PALU
Orner
Hosk
Stretto di Ebavnor
Arth
Falkurn
Shelieth
Vemish
Semish
Waymarsh
Yor
Venway
Torning
Tesk
Torning
Nash
MARE INTERNO
Ilien
Visgli
Periljane
Jenram
Kornery
Lang
O-Port
Sard
Ganthe
Roke
Issel
MARCHIUSO
Ingel
Kopp
Koppish
Tok
Insmer
Far Toly
Simly
Arrins
Obb
Cassmer
Pody
Wathort
Kopp
Jessage
Mish
Sowl
Dunnel
Apso
Rolameny
Obehol
Lorbanery
Rood
Sel
Wasny
Gaje
Wellogy
Lunga
Puna
Toom
Far Sorr
Pelimer
Kornay
EARTHSEA

IL MAGO DI EARTHSEA

GUERRIERI NELLA NEBBIA

L'isola di Gont, una montagna che erge la sua vetta un miglio al di sopra del mare di Nordest squassato dalle tempeste, è una terra famosa per i suoi maghi. Dalle cittadine delle sue alte valli e dai porti delle strette baie scure, molti gontiani sono partiti per servire i signori dell'arcipelago nelle loro città, come maghi o stregoni; oppure, spinti dal desiderio d'avventura, sono andati vagando e operando magie da un'isola all'altra di tutto Earthsea. Tra costoro, alcuni sostengono che il più grande e senza dubbio più famoso viaggiatore fu quello di nome Sparviero, che ai suoi tempi divenne signore dei draghi e arcimago. La sua vita è narrata nelle *Gesta di Ged* e in molti canti: ma questa è una vicenda di un tempo che precedette la sua fama, prima che venissero composte quelle canzoni.

Era nato in un villaggio solitario, chiamato Dieci Ontani, alto sulla montagna all'inizio della valle Settentrionale. Sotto il villaggio ci sono i pascoli e le terre arate della valle, che digradano a poco a poco verso il mare, e altre cittadine sorgono sulle anse del fiume Ar: sopra il villaggio soltanto le foreste s'innalzano, cresta dopo cresta, verso le pietre e le nevi delle cime.

Il nome che portava da bambino, Duny, gli venne dato da sua madre: e il nome e la vita furono tutto ciò che lei poté dargli, perché morì prima che il piccolo compisse un anno. Suo padre, il fabbro del villaggio, era un uomo torvo e taciturno; e poiché i sei fratelli di Duny erano più anziani di lui di molti anni e se n'erano andati da casa, a uno a uno, per coltivare la terra o per navigare sul mare o per lavorare come fabbri in altri centri della valle del Nord, non c'era nessuno che si occupasse con tenerezza del bambino. Crebbe selvatico, come un'erbaccia robusta, alto e svelto, chiassoso e orgoglioso e impulsivo. Insieme ai pochi altri bambini del villaggio badava alle capre e le conduceva ai pascoli scoscesi sopra le sorgenti del fiume; e quando divenne abbastanza forte per azionare il pesante mantice, suo padre lo fece lavorare come garzone nella fucina, pagandolo con percosse e frustate. Non era facile costringere Duny a lavorare: scappava sempre via, per vagare nella foresta, per nuotare nelle lanche del fiume Ar, che come tutti i fiumi di Gont scorre freddo e rapido, o per inerpicarsi su per le pareti e le scarpate fino alle cime sopra la foresta, perché da lassù poteva vedere il mare, l'immenso oceano settentrionale, dove, al di là di Perregal, non ci sono più isole.

Nel villaggio viveva una sorella della madre morta. Quand'era piccino aveva fatto per lui tutto il necessario; ma non appena Duny fu in grado di badare a se stesso, non si occupò più di lui. Quando il bambino aveva sette anni, ed era ignorante e ignaro delle arti e dei poteri esistenti nel mondo, udì un giorno la zia gridare parole a una capra che era balzata sul tetto di paglia di una capanna e non voleva saperne di scendere: ma scese d'un balzo allorché la donna le gridò un distico rimato. Il giorno dopo, mentre conduceva le capre a pelo lungo ai pascoli dello Strapiombo Alto, Duny gridò loro le parole che aveva udito, senza sapere a cosa servissero o cosa significassero, e neppure che parole fossero:

Noth hierth malk man
hiolk han merth han!

Gridò quel distico a voce alta, e le capre accorsero a lui. Arrivarono prontamente, tutte insieme, in silenzio. Lo guardarono con le scure pupille longitudinali dei gialli occhi.

Duny rise e gridò ancora il distico rimato che gli dava potere sulle capre. Quelle vennero ancora più vicine, affollandosi e spingendosi intorno a lui. All'improvviso ebbe paura delle loro robuste corna nervate e dei loro occhi strani e del loro strano silenzio. Cercò di liberarsi e di scappar via. Le capre corsero insieme a lui, tenendolo al centro, e così finalmente piombarono nel villaggio: tutte le capre procedevano ammucchiate insieme, come se qualcuno avesse tirato una corda intorno a loro, e il bambino, là nel mezzo, piangeva e gridava. Gli abitanti uscirono dalle case, imprecando contro le capre e ridendo del ragazzino. Tra gli altri venne anche la zia, che non rise. Disse una parola alle capre e quelle, liberate dall'incantesimo, cominciarono a belare e a brucare e a vagare qua e là.

— Vieni con me — disse la zia a Duny.

Lo condusse nella capanna, dove viveva sola. Di solito non lasciava mai entrare i bambini, e i bambini avevano paura di quel luogo. Era una capanna bassa e buia, priva di finestre, fragrante delle erbe che stavano appese a seccare alla trave del tetto: menta e aglio selvatico e timo, e millefoglie e ruta e paramal, agrifoglio reale, tanaceto e alloro. La zia si sedette a gambe incrociate accanto al focolare, e guardando in tralice il bambino attraverso le ciocche tutte aggrovigliate dei neri capelli gli chiese cos'aveva detto alle capre e se sapeva cos'era quel distico. Quando scoprì che non sapeva nulla eppure aveva incantato le capre che l'avevano seguito, pensò che doveva avere in sé i germi del potere.

Come figlio di sua sorella non era stato niente per lei, ma adesso lo guardava con occhi nuovi. Lo elogiò e gli disse che avrebbe potuto insegnargli distici che gli sarebbero piaciuti di più, come la parola che costringe una chiocciola ad affacciarsi dal guscio o il nome che fa discendere un falco dal cielo.

— Sì, insegnami quel nome! — disse lui, che aveva superato la paura causata dalle capre e si gonfiava d'orgoglio per le lodi ricevute.

La strega gli disse: — Non dovrai mai dire quella parola agli altri bambini, se te la insegno.

— Prometto.

Lei sorrise di quell'ignoranza. — Molto bene. Ma legherò la tua promessa. La tua lingua tacerà fino a quando io deciderò di scioglierla, e anche allora, pur potendo parlare, non riuscirai a pronunciare la parola che t'insegnerò, se un'altra persona potrà udirla. Dobbiamo salvaguardare i segreti della nostra arte.

— Bene — disse il bambino, perché non aveva nessuna voglia di rivelare il segreto ai suoi compagni di gioco: era contento di sapere e fare cose che gli altri non sapevano e non potevano fare.

Restò seduto in silenzio mentre la zia si legava all'indietro i capelli scarmigliati e annodava la cintura della veste e tornava a sedersi a gambe incrociate, gettando manciate di foglie nel focolare, così che il fumo si sparse e saturò l'oscurità della capanna. Poi lei cominciò a cantare. Talvolta la voce cambiava, diventava più bassa o più alta, come se un'altra voce cantasse per suo mezzo, e il canto continuò e continuò fino a quando il bambino non seppe più se era desto o addormentato: e intanto il vecchio cane nero della strega, che non abbaiava mai, gli stava seduto accanto con gli occhi arrossati dal fuoco. Poi la strega parlò a Duny in una lingua che lui non comprese, e gli fece ripetere certe rime e certe parole fino a quando l'incantesimo scese su di lui e lo lasciò ammutolito.

— Parla! — disse la strega, per mettere alla prova il sortilegio.

Il bambino non poteva parlare, ma rise.

Allora sua zia si spaventò un po' della sua forza, perché quello era uno degli incantesimi più forti che sapeva intessere: aveva tentato non solo di acquisire il dominio sulle sue parole e sul suo silenzio, ma anche di vincolarlo nel contempo al proprio servizio nell'arte della magia. Eppure, sebbene il sortilegio lo legasse, lui aveva riso. La donna non disse nulla. Gettò acqua pura sul fuoco fino a quando il fumo si disperse, e fece bere acqua al bambino, e quando l'aria fu limpida e lui poté di nuovo parlare gli insegnò il vero nome del falco, al quale il falco doveva accorrere.

Questo fu il primo passo di Duny sulla via che avrebbe seguito per tutta la vita, la via della magia, la via che alla fine lo condusse in cerca di un'ombra sulla terra e sul mare, fino alle coste tenebrose del regno della morte. Ma mentre compiva quei primi passi, gli sembrava una via ampia e luminosa.

Quando scoprì che i falchi selvatici scendevano in picchiata dal vento se li invocava per nome, posandosi con un tuono d'ali sul suo polso, come i rapaci da caccia di un principe, arse dal desiderio di conoscere altri nomi e andò dalla zia, supplicandola d'insegnargli il nome dello sparviero e della procellaria e dell'aquila. Per guadagnarsi le parole del potere, fece tutto ciò che la strega gli chiedeva e imparò tutto ciò che gli insegnava, sebbene non tutto fosse piacevole da fare o da apprendere. A Gont c'è un detto, *Debole come la magia di una donna*; e ce n'è un altro, *Malvagio come la magia di una donna*. Ora, la strega di Dieci Ontani non era dedita alla magia nera, e non s'impicciava delle arti supreme o dei commerci con i Vecchi Poteri; ma poiché era una donna ignorante in mezzo a gente ignorante, spesso usava le sue arti a fini sciocchi o discutibili. Non sapeva nulla dell'Equilibrio e del Disegno che il vero mago conosce e serve, e che gli impediscono di usare i suoi incantesimi a meno che lo richieda un'autentica necessità. Lei aveva un incantesimo per ogni circostanza, e continuava a intessere sortilegi. Molta della sua scienza era ciarlataneria, e lei non sapeva distinguere i veri incantesimi dai falsi. Conosceva molte maledizioni, e forse era più abile a causare l'infermità che a guarirla. Come tutte le streghe dei villaggi sapeva preparare un filtro d'amore; ma c'erano altre pozioni, più pericolose, che preparava per servire la gelosia e l'odio degli uomini. Tuttavia teneva nascoste queste pratiche al suo giovane apprendista, e per quanto poteva gli insegnava l'arte più onesta.

All'inizio, il piacere di Duny per l'arte magica era causato, puerilmente, dal potere che gli conferiva sugli uccelli e sui mammiferi, e dalla conoscenza di questi. E per la verità, quel piacere l'accompagnò per tutta la vita. Vedendolo spesso nei pascoli alti con un rapace che gli volteggiava intorno, gli altri bambini lo chiamavano Sparviero: e così lui ebbe il nome che conservò più tardi, come nome d'uso, quando il suo nome vero non fu più noto a nessuno.

Poiché la strega continuava a parlargli della gloria e delle ricchezze e del grande potere sugli uomini che un incantatore poteva acquisire, Duny si accinse a imparare altre cognizioni utili. Era molto sveglio. La strega lo lodava e i bambini del villaggio incominciarono ad aver paura di lui, e lui stesso si sentì certo che ben presto sarebbe diventato un grande mago. E così procedette di parola in parola e d'incantesimo in incantesimo, insieme alla strega, fino a quando ebbe dodici anni ed ebbe appreso da lei gran parte di ciò che sapeva: non molto, ma sufficiente per la strega di un piccolo villaggio e più che sufficiente per un ragazzetto di dodici anni. Lei gli aveva insegnato tutto ciò che sapeva delle erbe e della medicina, e tutto ciò che sapeva delle arti di trovare, legare, riparare, dissigillare e rivelare. Gli aveva cantato tutte le storie dei cantori e le Grandi Gesta che conosceva e tutte le parole del Vero Linguaggio che aveva appreso dal mago che era stato suo maestro. E dai maghi della pioggia e dai giocolieri ambulanti che andavano da un centro all'altro della valle del Nord e della foresta Orientale, Duny aveva imparato vari trucchi e piacevolezze, incantesimi d'illusione. Fu con uno di questi incantesimi leggeri che dimostrò per la prima volta il grande potere che era in lui.

A quei tempi, l'impero di Kargad era forte. È formato da quattro grandi terre che stanno fra gli stretti del Nord e dell'Est: Karego-At, Atuan, Hur-at-Hur, Atnini. La lingua che si parla là non somiglia a quelle dell'arcipelago o degli altri stretti, e gli abitanti sono selvaggi dalla pelle bianca e dai capelli gialli, e molto feroci: amano la vista del sangue e l'odore delle città incendiate. L'anno precedente avevano attaccato le Torikles e l'isola fortificata di Torheven, compiendo scorrerie in gran forza con le loro flotte di navi dalle vele rosse. Notizie degli eventi erano giunte a nord, fino a

Gont, ma i signori di Gont erano troppo impegnati nelle loro imprese di pirateria e facevano poco caso alle sofferenze di altre terre. Poi Spevy venne espugnata dai karg, e fu devastata e saccheggiata; i suoi abitanti furono condotti in schiavitù, tanto che ancora oggi è un'isola di rovine. Presi dalla frenesia della conquista, i karg si spinsero quindi verso Gont, e vennero con trenta lunghe navi a Porto Orientale. Combatterono casa per casa in quella città, la presero, la bruciarono; lasciando le navi, sotto sorveglianza, alla foce del fiume Ar, risalirono la valle devastando e saccheggiando, e massacrando uomini e bestie. Mentre procedevano si divisero in bande, e ogni banda andava a far bottino dove preferiva. I profughi ne portarono notizia al villaggio sulle alture. Ben presto gli abitanti di Dieci Ontani videro il fumo oscurare il cielo orientale, e quella notte coloro che salirono allo Strapiombo Alto guardarono giù e scorsero la valle offuscata e striata di rosso dagli incendi, dove i campi pronti per la mietitura erano stati dati alle fiamme, e i frutteti bruciavano, con i frutti che arrostivano sui rami ardenti, e i granai e le fattorie cadevano carbonizzati.

Alcuni abitanti del villaggio fuggirono tra i burroni e si nascosero nella foresta, e alcuni si prepararono a combattere per la loro vita, e alcuni non fecero altro che lamentarsi. La strega fu tra coloro che fuggirono, nascondendosi tutta sola in una grotta della scarpata di Kapperding e sigillando l'imboccatura della caverna con incantesimi. Il padre di Duny, il fabbro, fu tra quelli che rimasero, perché non voleva lasciare la fornace e la forgia dove lavorava da cinquant'anni. Per tutta quella notte si adoperò a battere tutto il bronzo che aveva pronto per preparare punte di lancia, mentre altri lavoravano con lui legandole ai manici di zappe e rastrelli, poiché non c'era tempo di preparare le ghiere e di sistemarle a regola d'arte. Nel villaggio non c'erano altre armi che archi da caccia e corti coltelli, perché i montanari di Gont non sono bellicosi: non hanno fama di guerrieri, ma di ladri di capre, di pirati e di maghi.

Allo spuntar del sole si levò una fitta nebbia bianca, come avviene in molte mattine d'autunno sulle alture dell'isola. Tra le capanne e le case che fiancheggiavano la strada di Dieci Ontani, gli abitanti stavano in attesa con gli archi da caccia e le lance appena forgiate, senza sapere se i karg erano lontani o vicinissimi: tutti stavano in silenzio, scrutando nella nebbia che nascondeva ai loro occhi forme e distanze e pericoli.

Con loro c'era Duny. Aveva lavorato per tutta la notte al mantice della forgia, spingendo e tirando le due lunghe maniche di pelle di capra che alimentavano il fuoco con un soffio d'aria. Adesso le braccia gli dolevano e tremavano per la fatica al punto che non riusciva a reggere la lancia che aveva scelto. Non sapeva come poteva combattere o rendersi utile a se stesso o agli abitanti del villaggio. Gli straziava il cuore l'idea di dover morire, infilzato su una lancia karg, quando era ancora un ragazzo: di dover discendere nella terra tenebrosa senza aver mai saputo il suo nome, il suo vero nome da uomo. Abbassò lo sguardo sulle braccia magre, madide della fredda rugiada della nebbia, e s'infuriò della propria debolezza, poiché conosceva la sua forza. C'era potere in lui, se avesse saputo usarlo; e cercò tra tutti gli incantesimi che conosceva qualcosa che potesse assicurare un vantaggio o almeno una possibilità a lui e ai suoi compagni. Ma la necessità non è sufficiente a liberare il potere: ci dev'essere anche la conoscenza.

La nebbia, ormai, si stava diradando sotto il calore del sole che brillava nudo sopra la vetta, nel cielo luminoso. Quando i vapori si separarono e si dispersero in grandi spire fumose, gli abitanti del villaggio videro una banda di guerrieri che saliva sulla montagna. Erano protetti da elmi di bronzo e gambali e corazze di cuoio pesante e scudi di legno e bronzo, e armati di spade e di lunghe lance karg. Salivano lungo il ripido argine dell'Ar, tortuosamente, in una fila sferragliante e piumata e irregolare, già abbastanza vicini perché si potessero vedere le loro facce bianche e si potessero udire le parole del loro dialetto mentre si scambiavano richiami. La banda, staccatasi dall'orda degli invasori, era formata da un centinaio di uomini, che non sono molti: ma nel villaggio erano soltanto in diciotto, tra uomini e ragazzi.

Ora la necessità evocò la conoscenza: Duny, vedendo la nebbia sparire diradandosi attraverso il sentiero, davanti ai karg, pensò a un incantesimo che poteva essergli utile. Un vecchio mago della pioggia, nella speranza di convincerlo a diventare suo apprendista, gli aveva insegnato parecchi sortilegi. Uno veniva chiamato «tessitura della nebbia», un incantesimo legante che per qualche tempo raccoglie i vapori in un luogo e col quale un esperto d'illusioni può modellare la nebbia in parvenze spettrali che durano un poco e poi svaniscono. Il ragazzo non possedeva tale abilità, ma aveva un intento diverso e anche la forza di volgere l'incantesimo al servizio dei suoi fini. Rapidamente, a voce alta, nominò i luoghi e i confini del villaggio, e poi pronunciò l'incantesimo della tessitura della nebbia, ma tra quelle parole intrecciò le parole di un incantesimo d'occultamento, e per ultima gridò la parola che mise in moto la magia.

Mentre così faceva, suo padre gli venne alle spalle e lo colpì forte alla testa, stendendolo a terra. — Sta' zitto, sciocco! Tieni chiusa quella bocca e va' a nasconderti, se non sai combattere!

Duny si rialzò in piedi. Ormai poteva udire i karg, in fondo al villaggio, vicini al grande tasso che stava accanto alla conceria. Le loro voci erano chiare, e così pure il tintinnio e il cigolio delle armi e delle armature, ma loro erano invisibili. La nebbia s'era chiusa, addensandosi su tutto il villaggio, ingrigendo la luce, sfocando il mondo, così che un uomo faticava a vedere le proprie mani protese.

— Ho nascosto tutti noi — disse Duny, imbronciato perché la testa gli doleva per il colpo di suo padre e compiere il duplice incantesimo aveva esaurito le sue forze. — Manterrò la nebbia finché potrò. Di' agli altri di condurre i karg allo Strapiombo Alto.

Il fabbro fissò il figlio, che in quella strana nebbia umida sembrava un fantasma. Impiegò un minuto per comprendere il significato delle parole di Duny; ma quando capì corse via (senza far rumore, poiché conosceva ogni staccionata e ogni angolo del villaggio) a cercare gli altri e dir loro ciò che dovevano fare. Adesso tra la nebbia grigia fioriva una chiazza rosseggiante, perché i karg avevano incendiato il tetto di paglia di una casa. Tuttavia non si addentrarono nel villaggio, ma attesero all'estremità inferiore che la nebbia si alzasse scoprendo il loro bottino e le loro prede.

Il conciatore, cui avevano incendiato la casa, mandò un paio di ragazzini a saltellare proprio sotto il naso dei karg, a gridare e a beffarli per scomparire di nuovo come fumo nel fumo. Intanto gli uomini più vecchi, strisciando dietro le staccionate e correndo di casa in casa, si avvicinarono dalla parte opposta e scagliarono una pioggia di frecce e di lance sui guerrieri, che stavano tutti riuniti. Un karg cadde contorcendosi, trafitto da una lancia ancora calda delle fiamme della fucina. Altri furono colpiti da frecce, e tutti si infuriarono. Avanzarono alla carica per abbattere i loro miseri assalitori, ma trovarono solo la nebbia piena di voci. Seguirono le voci, sferrando colpi davanti a sé nella nebbia con le grandi lance piumate e macchiate di sangue. Percorsero la strada gridando, e non si accorsero neppure di aver attraversato il villaggio, poiché le capanne e le case abbandonate apparivano e scomparivano nelle spire frementi della grigia nebbia. Gli abitanti del villaggio si dispersero: molti si tennero a buona distanza perché conoscevano il territorio; ma alcuni, ragazzi e vecchi, erano troppo lenti. I karg, quando s'imbattevano in loro, li trapassavano con le lance o li smembravano con le spade, lanciando il loro grido di guerra, i nomi dei bianchi dèi-fratelli di Atuan:

— Wuluah! Atwah!

Alcuni guerrieri si fermarono quando sentirono il terreno diventare accidentato sotto i loro piedi; ma altri proseguirono, cercando il villaggio fantasma e seguendo vaghe forme ondeggianti che sfuggivano appena giungevano alla loro portata. Tutta la nebbia si era animata di quelle forme che si dileguavano, svanivano, sbiadivano da ogni parte. Un gruppo di karg inseguì quei fantasmi fino allo Strapiombo Alto, il ciglio del precipizio sopra le sorgenti dell'Ar, e le forme inseguite corsero nell'aria e scomparvero nel diradarsi della nebbia, mentre gli inseguitori precipitavano urlando tra i vapori e l'inattesa luce del sole in uno strapiombo di cento piedi, giù fino alle pozze poco profonde, tra le rocce. E quelli che venivano dietro di loro e non caddero si fermarono sull'orlo dell'abisso, in ascolto.

La paura s'impadronì dei cuori dei karg, che cominciarono a cercarsi a vicenda in quella strana nebbia. Si radunarono sul pendio, eppure c'erano sempre tra loro fantasmi e forme spettrali e altre figure che correvano e li trafiggevano alle spalle con lance e coltelli prima di dileguarsi di nuovo. I karg presero a correre tutti insieme giù per il pendio, incespicando in silenzio, fino a quando uscirono all'improvviso dalla nebbia cieca e grigia e videro il fiume e i burroni sotto il villaggio, nudi e nitidi nel sole mattutino. Allora si fermarono, si radunarono e si voltarono a guardare. Una grigia muraglia ondeggiante tagliava il percorso, nascondendo tutto ciò che stava oltre. Ne uscirono di corsa due o tre ritardatari, inciampando e spiccando balzi, con le lunghe lance che oscillavano sulle spalle. Nessuno dei karg si voltò indietro a guardare più di una volta. Scesero tutti in fretta, per allontanarsi da quel luogo stregato.

Più giù, nella valle del Nord, quei guerrieri ebbero modo di combattere quanto volevano. I centri della foresta Orientale, da Ovark alla costa, avevano radunato i loro uomini e li avevano mandati contro gli invasori di Gont. Scesero a gruppi dalle colline, e per tutto quel giorno e il giorno seguente i karg vennero ricacciati verso le spiagge sopra Porto Orientale, dove trovarono le loro navi bruciate; e perciò si batterono con le spalle al mare fino a quando furono uccisi fino all'ultimo, e le sabbie della foce dell'Ar rimasero arrossate dal sangue finché venne la marea.

Ma quel mattino, nel villaggio di Dieci Ontani e su allo Strapiombo Alto, l'umida nebbia grigia era perdurata per un po' e poi all'improvviso si era dispersa e disciolta. Qua e là, gli uomini si alzarono nel chiarore ventoso del mattino e si guardarono intorno stupiti. Qui giaceva un karg morto, con i lunghi capelli gialli sciolti e insanguinati; e là giaceva il conciatore del villaggio, ucciso in battaglia come un re.

Giù al villaggio, la casa cui era stato appiccato il fuoco bruciava ancora. Accorsero per spegnere le fiamme, poiché avevano vinto la loro battaglia. Sulla via, presso il grande tasso, trovarono Duny, il figlio del fabbro: solo, illeso, ma ammutolito e istupidito. Si resero conto di ciò che aveva fatto: perciò lo condussero in casa di suo padre e andarono a chiamare la strega perché scendesse dalla sua grotta e guarisse il ragazzo che aveva salvato la vita e gli averi di tutti, eccettuati i due che erano stati uccisi dai karg e l'unica casa che era stata bruciata.

Nessuna arma aveva ferito il ragazzo, ma lui non parlava, non mangiava e non dormiva: sembrava che non udisse ciò che gli veniva detto e che non vedesse coloro che accorrevano a contemplarlo. In quella zona non c'era nessuno che fosse abbastanza mago da guarire il male che l'affliggeva. Sua zia disse: — Ha consumato troppo il suo potere. — Ma lei non sapeva come aiutarlo.

Mentre giaceva così, muto e cupo, la storia del ragazzo che aveva intessuto la nebbia e spaventato i guerrieri karg con le ombre si diffuse per tutta la valle del Nord, e nella foresta Orientale, e in alto sulla montagna e oltre la montagna, fino al Gran Porto di Gont. Avvenne così che il quinto giorno dopo il massacro alla foce dell'Ar arrivò al villaggio di Dieci Ontani un forestiero, un uomo né giovane né vecchio, ammantato e a testa scoperta, che reggeva senza fatica un gran bastone di quercia alto quanto lui. Non venne risalendo il corso dell'Ar, come facevano quasi tutti, ma scendendo dalle foreste delle più alte pendici della montagna. Le donne capirono subito che era un mago, e quando lui disse di essere un guaritore lo condussero subito alla casa del fabbro. Dopo aver mandato via tutti, tranne il padre e la zia, il forestiero si chinò sulla branda dove Duny giaceva con gli occhi aperti e fissi nel buio, e si limitò a posare la mano sulla fronte del ragazzo e a sfiorargli le labbra.

Duny si sollevò lentamente a sedere e si guardò intorno. Dopo un po' parlò, e gli ritornarono la forza e la fame. Gli diedero qualcosa da bere e da mangiare e lui tornò a sdraiarsi, continuando a scrutare lo sconosciuto con occhi cupi e stupiti.

Il fabbro disse al forestiero: — Tu non sei un uomo comune.

— Neppure questo ragazzo diventerà un uomo comune — replicò l'altro. — La storia delle sue gesta con la nebbia è giunta a Re Albi, che è la mia patria. Sono venuto qui per dargli il suo nome, se è vero (come dicono) che non ha ancora compiuto il passaggio all'età adulta.

La strega bisbigliò al fabbro: — Fratello, questo dev'essere sicuramente il mago di Re Albi, Ogion il Taciturno, colui che domò il terremoto...

— Signore — disse il fabbro, che non era disposto a lasciarsi intimorire da un nome famoso, — mio figlio compirà i tredici anni il mese prossimo, ma pensavamo di tenere il suo rito del passaggio alla festa del solstizio quest'inverno.

— Fate che abbia il nome al più presto possibile — replicò il mago, — perché ha bisogno del suo nome. Io ho altre cose da fare, ora, ma tornerò qui per il giorno che avrai scelto. Se lo riterrai opportuno, quando me ne andrò lo condurrò con me. E se si dimostrerà idoneo lo terrò come apprendista, o farò sì che venga istruito in modo confacente ai suoi doni. Perché è pericoloso tenere nell'oscurità la mente di un mago nato.

Ogion parlava con molta gentilezza ma in tono sicuro, e perfino l'ostinato fabbro assentì a tutto ciò che diceva.

Il giorno in cui il ragazzo compì i tredici anni, un giorno nel primo splendore dell'autunno, quando tutte le foglie coloratissime sono ancora sugli alberi, Ogion ritornò al villaggio dai suoi vagabondaggi oltre la montagna di Gont, e si tenne la cerimonia del passaggio. La strega tolse al ragazzo il nome di Duny, il nome che sua madre gli aveva dato alla nascita. Senza nome e nudo, Duny s'immerse nelle fredde fonti dell'Ar, che scaturisce tra le rocce, sotto gli alti strapiombi. Quando entrò in acqua, alcune nubi passarono davanti al sole e grandi ombre scivolarono mescolandosi sull'acqua della polla. Il ragazzo l'attraversò fino all'altra sponda, rabbrividendo di freddo ma camminando lento ed eretto come doveva in quell'acqua gelida e viva. E quando giunse a riva, Ogion, che l'attendeva, tese la mano e stringendo il braccio del ragazzo gli bisbigliò il suo vero nome: Ged.

Così Ged ricevette il suo nome da un grande esperto nell'uso del potere.

La festa non era finita, e tutti gli abitanti del villaggio si stavano sollazzando tra l'abbondanza di cibi e di birra, e un cantore venuto dal fondo della valle cantava *Le gesta dei signori dei draghi*, quando il mago disse sottovoce a Ged: — Vieni, ragazzo. Di' addio alla tua gente e lasciala al suo banchetto.

Ged prese tutto quello che poteva portare con sé, il coltello di ottimo bronzo che gli aveva forgiato suo padre, e una giubba di pelle che la vedova del conciatore aveva tagliato su misura per lui, e un bastone d'ontano che sua zia aveva incantato per lui: questo era tutto ciò che possedeva, oltre alla camicia e alle brache. Disse addio a tutti, tutti coloro che conosceva al mondo, e si voltò a guardare il villaggio annidato sotto gli strapiombi, sopra le sorgenti del fiume. Poi si avviò con il suo nuovo maestro tra le foreste scoscese del fianco della montagna, tra le foglie e le ombre dell'autunno luminoso.

L'OMBRA

Ged aveva pensato che l'apprendista di un grande mago dovesse avere subito accesso ai misteri e al dominio del potere. Avrebbe compreso il linguaggio degli animali e quello delle foglie della foresta, pensava, e avrebbe deviato i venti con la sua parola, e avrebbe imparato a mutarsi nelle forme che preferiva. Forse lui e il suo maestro avrebbero corso come cervi, o sarebbero volati a Re Albi oltre la montagna su ali d'aquila.

Ma non fu così. Vagarono, dapprima giù nella valle e poi a poco a poco verso sudovest, girando intorno alla montagna, facendosi ospitare nei piccoli villaggi o passando le notti all'aperto, come poveri incantatori itineranti, o stagnini, o mendicanti. Non penetrarono in regni misteriosi. Non accadde nulla. Il bastone di quercia del mago, che Ged aveva adocchiato all'inizio con ansia timorosa, non era altro che un robusto bastone da viandante. Passarono tre giorni, e poi quattro, e Ogion non aveva ancora pronunciato un solo incantesimo e non gli aveva insegnato un solo nome, una sola formula magica, un solo sortilegio.

Sebbene taciturno, era un uomo così mite e calmo che ben presto Ged non ebbe più paura di lui; e dopo un altro paio di giorni si fece abbastanza ardito da chiedergli: — Quando incomincerà il mio apprendistato, signore?

— È già cominciato — rispose Ogion.

Ci fu un silenzio, come se Ged si trattenesse dal dire qualcosa. Poi lo disse: — Ma non ho imparato nulla.

— Perché non hai scoperto ciò che sto insegnando — replicò il mago, proseguendo con quel suo passo lungo e regolare per la loro strada, che era l'alto passo tra Ovark e Wiss. Era un uomo dalla carnagione scura, come quasi tutti quelli di Gont, una carnagione di rame scuro; grigio di capelli, scarno e solido come un cane da caccia, instancabile. Parlava di rado, mangiava poco, e dormiva anche meno. Aveva occhi e orecchi acutissimi, e spesso aveva l'espressione di chi sta in ascolto.

Ged non replicò. Non è sempre facile replicare a un mago.

— Tu vuoi operare incantesimi — disse dopo un po' Ogion, continuando a camminare. — Hai attinto troppa acqua da quel pozzo. Aspetta. Essere uomini è pazienza. La maestria è pazienza nove volte. Cos'è quell'erba accanto al sentiero?

— Fiordipaglia.

— E quella?

— Non lo so.

— Quadrifoglio, la chiamano. — Ogion s'era fermato, col puntale di rame del bastone accanto all'erba; e Ged osservò attentamente la pianta, e ne staccò un baccello secco, e finalmente chiese, poiché Ogion non aveva aggiunto altro: — A cosa serve, maestro?

— A niente, per quello che ne so io.

Ged conservò il baccello per un tratto di strada, quando proseguirono, e poi lo gettò via.

— Quando conoscerai il quadrifoglio in tutte le sue stagioni, radici e foglie e fiori e semi, alla vista e all'odore, allora potrai imparare il suo vero nome, conoscendo il suo essere: e questo è più del suo uso. Dopotutto, che utilità hai tu? O io stesso? La montagna di Gont è utile? O il mare aperto? — Ogion proseguì per circa mezzo miglio, poi disse: — Per udire, bisogna tacere.

Il ragazzo aggrottò la fronte. Non gli piaceva fare la figura dello sciocco. Dominò il risentimento e l'impazienza e tentò di essere ubbidiente, in modo che Ogion acconsentisse finalmente a insegnargli qualcosa. Perché lui smaniava dalla voglia d'imparare, di acquisire poteri. Ma cominciava ad avere l'impressione che avrebbe potuto imparare di più andando in giro in compagnia di un qualunque raccoglitore d'erbe o incantatore di villaggio; e mentre aggiravano la montagna verso occidente, addentrandosi nelle solitarie foreste oltre Wiss, si chiese sempre più spesso dove fossero la grandezza e la magia di quel gran mago Ogion. Quando pioveva, Ogion non pronunciava neppure l'incantesimo che tutti i maghi della pioggia conoscono, per scacciare il temporale. In una terra dove gli incantatori sono numerosi, come Gont o le Enlades, potete vedere una nube gonfia di pioggia che procede lentamente da una parte all'altra, da un luogo all'altro, quando un incantesimo la scaccia verso un altro incantesimo fino a quando viene scagliata sul mare, dove può piovere in pace. Ma Ogion lasciava che la pioggia cadesse dove voleva. Trovava un grosso abete e si sdraiava sotto i suoi rami. Ged si rannicchiava tra gli arbusti sgocciolanti, bagnato e incupito, e si domandava a cosa servisse avere il potere se si era troppo saggi per usarlo, e si rammaricava di non essere diventato apprendista di quel vecchio mago della pioggia, perché allora, almeno, avrebbe dormito all'asciutto. Non esprimeva a voce alta i suoi pensieri. Non diceva una parola. Il suo maestro sorrideva, e si addormentava sotto la pioggia.

Verso il solstizio d'inverno, quando le prime nevicate pesanti cominciarono a cadere sulle vette di Gont, giunsero a Re Albi, la patria di Ogion. È una città sul ciglio delle alte rocce dell'Ultramonte, e il suo nome significa Nido del Falco. Da lassù si possono vedere la rada profonda e le torri del porto di Gont, e le navi che entrano ed escono dalla porta della baia, tra gli scogli Corazzati, e lontano, a occidente, oltre il mare, si possono scorgere le azzurre colline di Oranéa, le più orientali delle isole Interne.

La casa del mago, sebbene grande e costruita di legname solido, con camino e comignolo al posto del focolare a fossa, somigliava alle capanne del villaggio di Dieci Ontani: una stanza sola, con una baracca per le capre costruita da un lato. Nella parete ovest della stanza c'era una specie di alcova, dove dormiva Ged. Sopra il suo paglièriccio c'era una finestra che dava sul mare, ma molto spesso le imposte erano chiuse per i grandi venti che durante tutto l'inverno spiravano da occidente e da settentrione. Nella calda oscurità di quella casa, Ged trascorse l'inverno, ascoltando gli scrosci della pioggia e del vento o i silenzi delle nevicate, imparando a scrivere e a leggere le Seicento Rune in hardese. Era ben lieto d'impararle, perché senza questa conoscenza un uomo non può acquisire un vero potere, se si limita ad apprendere a memoria sortilegi e incantesimi. La lingua hardese dell'arcipelago, sebbene non abbia più poteri magici di qualunque altro linguaggio degli uomini, ha radici nella Vecchia Favella, la lingua in cui le cose sono chiamate con i loro veri nomi: e la strada per arrivare a comprendere quella favella parte dalle rune che furono scritte quando le isole del mondo emersero dal mare.

E ancora non si producevano meraviglie né incantesimi. Per tutto l'inverno ci furono soltanto le pesanti pagine del Libro delle Rune, e la pioggia e la neve; e Ogion rientrava dai suoi vagabondaggi nelle foreste gelate, o dopo aver accudito alle capre, e batteva i piedi per far cadere la neve dagli stivali e si sedeva in silenzio accanto al fuoco. E i lunghi silenzi del mago riempivano la stanza e la mente di Ged, fino a che, qualche volta, gli sembrava di aver dimenticato quale suono avessero le parole; e quando finalmente Ogion parlava era come se in quel momento, per la prima volta, avesse inventato il linguaggio. Eppure le parole che pronunciava non erano grandiose, ma riguardavano cose semplici: pane e acqua e il clima e il sonno.

Quando venne la primavera, rapida e vivida, Ogion mandò spesso Ged a cogliere erbe nei prati sopra Re Albi, dicendogli d'impiegare pure tutto il tempo che voleva e lasciandolo libero di passare tutto il giorno a vagare fra i torrenti gonfiati dalle piogge e nei boschi e sui prati verdi e umidi nel sole. Ogni volta Ged era ben lieto di andare, e stava via fino a notte; ma non dimenticava completamente le erbe. Stava sempre attento, mentre si arrampicava e vagabondava e guardava ed esplorava, e ne portava sempre a casa un po'. Una volta arrivò in un prato fra due corsi d'acqua, dove crescevano fitti i fiori chiamati bianchisanti; e poiché sono rari e molto apprezzati dai guaritori, il giorno dopo vi ritornò. Qualcun altro era arrivato prima di lui, una ragazza che conosceva di vista, la figlia del vecchio signore di Re Albi. Lui non le avrebbe mai rivolto la parola, ma fu lei ad avvicinarsi e a salutarlo gentilmente. — Io ti conosco: sei lo Sparviero, il discepolo del nostro mago. Vorrei tanto che mi parlassi di magia!

Ged abbassò gli occhi sui bianchi fiori che le sfioravano la gonna candida, e dapprima si sentì intimidito e impacciato e quasi non rispose. Ma lei continuò a parlare con un fare aperto e disinvolto che a poco a poco lo fece sentire a suo agio. Era una ragazza alta, più o meno della sua stessa età, con la carnagione quasi bianca; sua madre, dicevano al villaggio, era di Osskil o di qualche altra terra straniera. Aveva i capelli lunghi e lisci, come una cascata di acque nere. Ged la giudicò bruttissima; ma il desiderio di compiacerla, di conquistare la sua ammirazione, divenne sempre più grande via via che parlavano. Lei si fece raccontare la storia dei suoi trucchi con la nebbia che avevano sconfitto i guerrieri karg, e l'ascoltò come stupita e ammirata, ma non pronunciò parole di lode. E ben presto cambiò argomento. — Puoi chiamare a te gli uccelli e i quadrupedi? — gli chiese.

— Sì — disse Ged.

Lui sapeva dove c'era un nido di falco, sulle pareti a strapiombo sopra il prato, e chiamò l'uccello per nome. Quello venne, ma non volle posarsi sul suo polso, senza dubbio sconcertato dalla presenza della ragazza. Lanciò uno strido, batté l'aria con le grandi ali e s'involò nel vento.

— Come chiami il tipo d'incantesimo che ha fatto accorrere il falco?

— Incantesimo di chiamata.

— Puoi chiamare a te anche gli spiriti dei morti?

Ged pensò che la ragazza gli avesse rivolto quella domanda per farsi beffe di lui, perché il falco non aveva ubbidito compiutamente alla sua chiamata. E non voleva permetterle di deriderlo. — Potrei se volessi — disse con voce calma.

— Non è molto difficile, molto pericoloso, evocare uno spirito?

— Difficile, sì. Pericoloso? — Lui scrollò le spalle.

Questa volta era quasi sicuro di scorgere l'ammirazione negli occhi della ragazzetta.

— Sai fare un talismano d'amore?

— Non è una gran cosa.

— È vero — disse lei. — Ogni strega di villaggio sa farlo. Puoi compiere incantesimi di metamorfosi? Puoi cambiare la tua forma, come dicono che sappiano fare i maghi?

Ancora una volta Ged non fu del tutto sicuro che lei non avesse fatto quella domanda ironicamente; perciò rispose, ancora una volta: — Potrei se volessi.

La ragazza cominciò a supplicarlo di trasformarsi in qualcosa, ciò che preferiva: un falco, un toro, un fuoco, un albero. Lui ricusò con concise parole segrete come quelle usate dal suo maestro, ma non seppe come rifiutare bruscamente quando lei cominciò a fare moine; e per giunta non sapeva se lui stesso credesse alle proprie vanterie oppure no. La lasciò dicendo che il mago suo maestro l'aspettava a casa, e il giorno dopo non tornò sul prato. Ma vi tornò il giorno successivo, dicendosi che doveva cogliere altri fiori poiché erano sbocciati. Lei c'era già, e insieme camminarono scalzi sull'erba umida strappando i pesanti fiori candidi. Brillava il sole primaverile, e lei parlava allegramente come una piccola capraia del suo stesso villaggio. Gli fece altre domande sulla magia, e ascoltò a occhi spalancati tutto ciò che le disse, così che lui ricominciò a vantarsi. Allora lei gli chiese perché non compisse un incantesimo di metamorfosi; e quando lui ricusò, lo guardò fisso scostandosi dal volto i neri capelli e disse: — Hai paura di farlo?

— No, non ho paura.

Lei sorrise un po' sdegnosamente e commentò: — Forse sei troppo giovane.

Questo, Ged non poteva sopportarlo. Non disse molte cose, ma decise che le avrebbe fatto vedere. Le disse di ritornare sul prato l'indomani, se voleva; e così si congedò, e tornò a casa mentre il maestro era ancora assente. Si diresse subito allo scaffale e prese i due Libri delle Tradizioni, che Ogion non aveva mai aperto in sua presenza.

Cercò un incantesimo di autometamorfosi; ma poiché era ancora lento nella lettura delle rune e capiva poco di quel che leggeva, non riuscì a trovarlo. I libri erano antichissimi; Ogion li aveva avuti dal suo maestro Heleth il Lungimirante, e Heleth dal proprio maestro, il mago di Perregal, e così via fino a risalire ai tempi del mito. La scrittura era minuta e strana, fittissima e interlineata da molte mani diverse, e ormai tutte quelle mani erano polvere. Eppure qua e là Ged comprendeva qualcosa di ciò che tentava di leggere, e, assillato dalle domande e dall'ironia della ragazzetta, si fermò a una pagina contenente un incantesimo per evocare gli spiriti dei morti.

Mentre lo leggeva, decifrando a uno a uno i simboli e le rune, fu preso da un senso di orrore. I suoi occhi erano fissi, e non riuscì a distoglierli fino a quando ebbe terminato di leggere tutto l'incantesimo.

Poi alzò la testa e vide che in casa era buio. Aveva letto senza lampade, nell'oscurità. E adesso non riusciva a distinguere le rune, guardando il libro. Eppure l'orrore ingigantì dentro di lui, e parve incatenarlo alla sedia. Aveva freddo. Girando la testa, vide che qualcosa stava acquattato accanto alla porta chiusa, un grumo d'ombra informe più scura dell'oscurità. Pareva protendersi verso di lui, e bisbigliare, e chiamarlo con quel bisbiglio; ma lui non riusciva a comprendere le parole.

La porta si spalancò. Entrò un uomo, reggendo davanti a sé una bianca luce sfavillante: una grande figura radiosa che parlò a voce alta, bruscamente. L'oscurità e il bisbiglio si dispersero.

L'orrore abbandonò Ged, ma lui era ancora mortalmente impaurito: perché era Ogion il mago quello che stava sulla soglia, circondato dal chiarore, e il bastone di quercia che teneva in mano ardeva di uno splendore bianco.

Senza pronunciare parola, il mago passò davanti a Ged, accese la lampada, e rimise i libri sullo scaffale. Poi si rivolse al ragazzo e disse: — Non puoi operare quell'incantesimo senza porre in pericolo il tuo potere e la tua vita. È per quell'incantesimo, che hai aperto i libri?

— No, maestro — mormorò il ragazzo, e, pieno di vergogna, disse a Ogion cos'aveva cercato e perché.

— Non ricordi ciò che ti ho detto? Che la madre di quella ragazza, la moglie del signore, è un'incantatrice?

In verità Ogion l'aveva detto, una volta, ma Ged non gli aveva prestato molta attenzione benché ormai sapesse che Ogion non gli diceva mai nulla se non aveva buone ragioni per farlo.

— E la ragazza è già una mezza strega. Forse è stata la madre, a mandarla a parlare con te. Forse è stata lei, ad aprire il libro alla pagina che hai letto. Le potenze che lei serve non sono le potenze che servo io: non so cosa voglia, ma so che non mi vuole bene. Ged, ora ascoltami. Hai mai pensato che il pericolo circonda il potere, come l'ombra circonda la luce? Questa magia non è un gioco che giochiamo per nostro piacere o per ottenere elogi. Pensa a questo: ogni parola, ogni atto della nostra arte è per il bene o per il male. Prima di pronunciare una parola, prima di compiere un gesto, devi conoscere il prezzo che c'è da pagare!

Mosso dalla vergogna, Ged esclamò: — Come posso sapere queste cose, se tu non m'insegni nulla? Da quando sono venuto a vivere con te non ho fatto nulla, non ho visto nulla...

— Ora hai visto qualcosa — disse il mago. — Accanto alla porta, nell'oscurità, quando sono entrato.

Ged tacque.

Ogion s'inginocchiò e preparò il fuoco nel camino e l'accese, perché la casa era fredda. Poi, ancora inginocchiato, disse con quella sua voce sommessa: — Ged, mio giovane falco, tu non sei vincolato a me o al mio servizio. Non sei stato tu, a cercarmi: sono stato io a cercare te. Sei molto giovane per compiere questa scelta, ma non posso farlo io al posto tuo. Se lo desideri ti manderò all'isola di Roke, dove s'insegnano tutte le arti supreme. Imparerai ogni disciplina che deciderai di apprendere, perché il tuo potere è grande. Forse è ancora più grande del tuo orgoglio, mi auguro. Io vorrei tenerti qui con me, perché io ho ciò che ti manca: ma non ti tratterrò contro la tua volontà. Ora scegli tra Re Albi e Roke.

Ged restò ammutolito, frastornato. Si era affezionato a Ogion, che l'aveva guarito col tocco della mano e che non s'incolleriva mai; gli voleva bene, e non se ne era mai accorto prima di quel momento. Guardò il bastone di quercia appoggiato all'angolo del camino, ricordando il fulgore con cui aveva scacciato il male dall'oscurità; e provò il desiderio di restare con Ogion, di aggirarsi con lui nelle foreste, a lungo, lontano, imparando a tacere. Eppure in lui c'erano altri desideri che non volevano acquietarsi: l'aspirazione alla gloria, la volontà di agire. La strada di Ogion gli sembrava molto lunga, un lento percorso, quando lui avrebbe potuto veleggiare nei venti del mare, direttamente al mare Interno, fino all'isola dei Saggi, dove l'aria rifulgeva d'incantamenti e l'arcimago camminava tra i prodigi.

— Maestro — disse, — andrò a Roke.

Perciò qualche giorno dopo, in un'assolata mattina di primavera, Ogion s'incamminò al suo fianco per la ripida strada dell'Ultramonte, e percorse le quindici miglia per giungere al Gran Porto di Gont. Là, alla porta dell'entroterra, fra i draghi scolpiti, le guardie della Città di Gont, vedendo il mago, s'inginocchiarono con le spade sguainate per dargli il benvenuto. Lo conoscevano e gli rendevano onore per ordine del principe e di loro spontanea volontà, perché dieci anni prima Ogion aveva salvato la città dal terremoto che avrebbe raso al suolo le torri dei ricchi e avrebbe chiuso con le frane il canale degli scogli Corazzati. Ogion aveva parlato alla montagna di Gont, placandola, e aveva arrestato le rocce tremanti dell'Ultramonte come se calmasse una bestia spaventata. Ged ne aveva sentito parlare; e adesso, mentre si meravigliava nel vedere le guardie armate inginocchiarsi davanti al suo maestro taciturno, lo ricordò. Alzò lo sguardo, quasi impaurito, verso l'uomo che aveva fermato un terremoto; ma il volto di Ogion era sereno come sempre.

Scesero ai moli, dove il mastro del porto accorse a ricevere Ogion e a chiedergli in cosa poteva essergli utile. Il mago glielo disse, e subito quello parlò di una nave diretta al mare Interno, che poteva prendere a bordo Ged come passeggero. — Oppure lo prenderanno come apportatore di vento — aggiunse. — Se possiede tale capacità. Non hanno maghi del tempo, a bordo.

— Ha una certa abilità con nebbia e vapori, ma non ha esperienza dei venti marini — disse il mago, posando leggermente la mano sulla spalla di Ged. — Non tentare di far nulla col mare e i venti del mare, Sparviero: sei ancora un terricolo. Mastro, come si chiama la nave?

— *Ombra*: viene dalle Andrades, ed è diretta alla Città di Hort con un carico di pelli e di avori. Una buona nave, maestro Ogion.

Il mago si oscurò in volto nell'udire il nome della nave, ma disse: — Così sia. Consegna questo scritto al direttore della scuola di Roke, Sparviero. Che il buon vento t'accompagni. Addio!

Questo fu il suo commiato. Si voltò e si avviò a grandi passi lungo la strada, allontanandosi dal molo. Ged, desolato, seguì con lo sguardo il suo maestro.

— Vieni, ragazzo — disse il mastro del porto, e lo condusse al molo dove l'*Ombra* si preparava alla partenza.

Potrebbe sembrare strano che su un'isola larga cinquanta miglia, in un villaggio che sorge sotto strapiombi affacciati sul mare, un ragazzo possa crescere senza essere mai salito su una barca e senza aver mai immerso un dito nell'acqua salmastra: ma è così. Contadino, capraio, mandriano, cacciatore o artigiano, il terricolo vede l'oceano come un regno salato e incostante che non ha nulla da spartire con lui. Un villaggio che sorge a due giornate di cammino dal suo villaggio è una terra straniera, e l'isola a un giorno di navigazione dalla sua è soltanto una diceria: colline nebbiose intraviste oltre l'acqua, non terra solida come quella su cui cammina.

Quindi, per Ged che non era mai sceso dalle pendici della montagna, il porto di Gont era un luogo imponente e meraviglioso, con le grandi case e le torri di pietra squadrate e la darsena con i moli e i pontili e i bacini e gli attracchi, dove una cinquantina di grosse barche e di galee si dondolavano accanto alle banchine, oppure giacevano, tirate in secco e rovesciate, in attesa di riparazioni, o stavano ancorate alla fonda, con le vele ammainate e le cubie dei remi chiuse, e i marinai che gridavano in dialetti stranieri, e gli scaricatori che passavano carichi tra barili e casse e rotoli di gomene e cataste di remi, e i mercanti barbuti e impellicciati che conversavano a bassa voce, camminando sulle pietre viscide, e i pescatori che scaricavano le ceste, i bottai che martellavano e i venditori d'ostriche che cantavano e i comandanti delle navi che urlavano, e poi, più oltre, la lucente baia silenziosa. Con gli occhi e gli orecchi e la mente pieni di quello spettacolo, Ged seguì il mastro del porto all'ampio molo dov'era amarrata l'*Ombra*, e il mastro del porto lo condusse dal comandante della nave.

Con poche parole, il comandante accettò di portare Ged a Roke, poiché era stato un mago a chiederlo; e il mastro del porto lasciò con lui il ragazzo. Il comandante dell'*Ombra* era un uomo alto e grasso, avvolto in un mantello rosso foderato di pelli di pellawi, come usano i mercanti delle Andrades. Non guardò Ged ma gli chiese, con voce potente: — Puoi cambiare il tempo, ragazzo?

— Sì.

— Puoi portare il vento?

Ged dovette dire che non sapeva farlo, e allora il capitano gli disse di trovarsi un posticino e di non stare tra i piedi.

I rematori stavano salendo a bordo, perché la nave doveva uscire dal porto prima che scendesse la notte e veleggiare col riflusso verso l'alba. Non c'erano posti dove potesse stare fuori dai piedi, ma Ged si arrampicò più in alto che poté sul carico legato e coperto di pelli a poppa della nave, e standosene lì aggrappato osservò tutto ciò che avveniva. I rematori balzarono a bordo, uomini robusti dalle grandi braccia, mentre gli scaricatori facevano rotolare rumorosamente i barili d'acqua e li stivavano sotto i banchi. La nave, ben costruita, era bassa sul pelo dell'acqua, tanto era carica: eppure si dondolava un poco sulle onde lambenti della riva, pronta a partire. Poi il timoniere prese il suo posto a destra del dritto di poppa, rivolgendo lo sguardo al comandante che stava in piedi su un tavolato alla congiunzione tra la chiglia e il dritto di prua, scolpito in forma dell'Antico Serpente di Andrad. Il comandante ruggì gli ordini con voce sonante, e l'*Ombra* fu disormeggiata e rimorchiata lontano dai moli da due scialuppe a remi. Poi il comandante ruggì «Aprite le cubie!» e i grossi remi uscirono rumorosamente, quindici per parte. I rematori piegarono le schiene robuste, mentre un ragazzo, lassù a fianco del comandante, batteva il ritmo su un tamburo. Ora la nave prese a procedere agile come un gabbiano spinto dalle ali, e il frastuono della città si perse all'improvviso dietro di loro. Uscirono nel silenzio delle acque della baia, e sopra di loro giganteggiava il picco bianco della montagna, che sembrava aleggiare sul mare. In una foce poco profonda, al riparo dello scoglio Corazzato meridionale, fu gettata l'ancora: e là passarono la notte.

Dei settanta uomini dell'equipaggio alcuni erano giovanissimi come Ged, sebbene tutti avessero celebrato il passaggio alla condizione di uomo. I ragazzi l'invitarono a dividere con loro cibi e bevande, e furono piuttosto amichevoli sebbene rudi e pronti agli scherzi e alle canzonature. Lo chiamavano Capraio, naturalmente, perché era di Gont: ma non si spingevano oltre. Lui era alto e forte come un quindicenne, e pronto a ricambiare una parola gentile o un sarcasmo; perciò si affiatò con loro e fin da quella prima notte cominciò a vivere come uno di loro e a imparare il loro mestiere. La cosa piacque agli ufficiali della nave, perché a bordo non c'era posto per i passeggeri oziosi.

Non c'era molto spazio per l'equipaggio, e non c'erano comodità in una galea senza ponti, affollata di uomini, di materiale e di carico; ma cosa importava, a Ged, delle comodità? Quella notte si sdraiò fra i rotoli di pelli provenienti dalle isole settentrionali e guardò le stelle della primavera che brillavano sulle acque del porto e le minuscole luci gialle della città, a poppa; e si addormentò, e si risvegliò contento. Prima dell'alba la marea cambiò. Levarono l'ancora e passarono remando tra gli scogli Corazzati. Quando il sole arrossò la montagna di Gont alle loro spalle, alzarono la vela e volarono verso sudovest, sul mare di Gont.

Tra Barnisk e Torheven veleggiarono spinti da un vento leggero, e il secondo giorno giunsero in vista di Havnor, l'isola Grande, cuore e focolare dell'arcipelago. Per tre giorni procedettero in vista delle verdi colline di Havnor, seguendone la costa orientale, ma non scesero a terra. Solo molti anni dopo Ged posò piede su quella terra e vide le bianche torri del Gran Porto di Havnor, al centro del mondo.

Si fermarono una notte a Foce del Kember, il porto settentrionale dell'isola di Way, e la notte seguente in una cittadina all'imboccatura della baia di Felkway; e il giorno dopo doppiarono il capo settentrionale di O ed entrarono nello stretto di Ebavnor. Lì ammainarono la vela e remarono, sempre in vista della terra da entrambe le parti e sempre a portata di voce da altre navi, grandi e piccole: mercantili giunti dagli stretti Esterni con strani carichi, dopo un viaggio di molti anni, e altri che saltellavano come passerotti da un'isola all'altra del mare Interno. Deviando verso sud, uscirono dall'affollato stretto e si lasciarono a poppa Havnor, navigando tra le due belle isole di Ark e Ilien, ricche di città dalle molte torri e dalle molte terrazze, e poi procedettero tra la pioggia e i venti attraverso il mare Interno per dirigersi all'isola di Roke.

Nella notte, quando il vento rinforzò e divenne tempestoso, abbassarono la vela e staccarono l'albero, e l'indomani procedettero a remi per tutto il giorno. La lunga nave stava salda sulle onde e avanzava coraggiosamente, ma il timoniere al lungo remo di poppa guardava la pioggia che batteva il mare e non riusciva a vedere altro. Si dirigevano verso sudovest affidandosi alla bussola: sapevano come andavano, ma non sapevano bene attraverso quali acque. Ged sentì gli uomini parlare degli scogli a nord di Roke, e delle Rocce di Borilous all'est; altri sostenevano che forse ormai erano fuori rotta, nelle acque deserte a sud di Kamery. Il vento rinforzò ancora, lacerando le creste delle grandi onde in brandelli volanti di spuma; e loro continuavano a remare verso sudovest, col vento alle spalle. I turni ai remi furono ridotti, perché la fatica era grande; i ragazzi più giovani vennero assegnati due per remo, e Ged fece i suoi turni come gli altri, come aveva sempre fatto da quando erano partiti da Gont. Quando non remavano, sgottavano, perché le onde irrompevano pesanti a bordo. Così faticavano tra le onde che correvano come montagne gigantesche sospinte dal vento, mentre la pioggia batteva fredda e violenta sulle loro schiene e il tamburo rullava cadenzato nel frastuono della tempesta come il battito di un cuore.

Un uomo venne a sostituire Ged al remo, e lo mandò dal comandante, a prua. L'acqua piovana sgocciolava dall'orlo del mantello del comandante, che stava saldo come una botte. Abbassando lo sguardo su Ged, chiese: — Puoi placare il vento, ragazzo?

— No, signore.

— Conosci l'arte del ferro?

Intendeva chiedere a Ged se poteva fare in modo che l'ago della bussola indicasse la direzione di Roke invece di segnare il nord. Quell'arte era un segreto dei maestri del mare, e ancora una volta Ged dovette rispondere di no.

— Bene — gridò il comandante nel vento e nella pioggia, — allora dovrai trovare una nave che ti porti a Roke da Città di Hort. Roke dev'essere ormai a occidente, rispetto a noi, e solo la magia potrebbe portarci là con questo mare. Dobbiamo continuare a dirigere verso sud.

A Ged quella prospettiva non piaceva, perché aveva sentito i marinai parlare di Città di Hort: era un luogo senza legge, pieno di traffici illeciti, dove spesso gli uomini venivano catturati e venduti schiavi nello stretto Meridionale. Ritornò al remo e riprese il lavoro insieme al suo compagno, un robusto ragazzo andradeano, e udì il tamburo battere il ritmo e vide la lanterna appesa a poppa oscillare e guizzare, sbatacchiata dal vento, come un tormentato punto di luce nell'oscurità sferzata dalla pioggia. Continuò a guardare verso occidente più che poteva, nel pesante ritmo della remata. E quando la nave si sollevò sulla cresta di un'onda altissima, vide per un momento, oltre l'acqua scura e fumante, una luce tra le nubi, che poteva essere l'ultimo bagliore del tramonto: ma quella era una luce chiara, non rossa.

Il suo compagno non l'aveva vista, ma lui gridò per annunciarla. Il timoniere stette attento, cercandola ogni volta che la nave veniva sollevata dalle grandi onde, e la vide proprio mentre Ged la rivedeva; ma gridò di rimando che era soltanto il sole calante. Allora Ged chiamò uno dei ragazzi che sgottavano, facendosi sostituire al remo per un momento; si avviò di nuovo verso prua, lungo la corsia ingombra tra i banchi, e afferrandosi al tagliamare scolpito per non farsi rovesciare in mare gridò al comandante: — Signore! Quella luce a occidente è l'isola di Roke!

— Io non ho visto nessuna luce! — ruggì il comandante, ma mentre parlava, Ged protese il braccio, indicando, e tutti videro la luce brillare nitida a occidente, sopra la schiuma e il tumulto delle onde.

Non per favorire il suo passeggero, ma per salvare la nave dal pericolo della tempesta, il comandante gridò subito al timoniere di dirigersi verso occidente, verso la luce. Ma disse a Ged: — Ragazzo, tu parli come un maestro del mare, ma ti assicuro che se sbagli a guidarci in questo tempaccio ti getterò in mare e lascerò che tu raggiunga Roke a nuoto!

Ora, invece di precedere la tempesta, dovettero remare trasversalmente rispetto al vento, e fu un'impresa dura: le onde investivano la nave di fianco e la spingevano sempre a sud della nuova rotta, e la facevano rollare, e i rematori dovevano stare in guardia perché il movimento non sollevasse i remi dall'acqua mentre li tiravano, facendoli cadere tra i banchi. Era quasi buio, sotto le nubi temporalesche; ma di tanto in tanto si scorgeva ancora la luce a occidente, quanto bastava per regolare la rotta, e perciò continuarono così. Finalmente il vento si attenuò un poco, e la luce ingrandì davanti a loro. Continuarono a remare, e fu come se a un certo punto superassero una cortina: da un colpo di remo all'altro uscirono dalla tempesta nell'aria limpida, dove la luce del crepuscolo splendeva nel cielo e sul mare. Oltre le onde crestate di spuma videro, non molto lontano, un'alta collina verde e tondeggiante, e ai suoi piedi una città costruita su una piccola baia, dove stavano all'ancora diverse imbarcazioni e tutto era pace.

Il timoniere, appoggiandosi sul lungo remo, girò la testa e gridò: — Signore! È una terra vera o una stregoneria?

— Continua così, stupida testa di legno! Remate, smidollati figli di schiavi! Quelle sono la baia di Thwil e la collina di Roke, e qualunque idiota lo capirebbe! Remate!

E così, al rullo del tamburo, entrarono nella baia, remando stancamente. C'era silenzio, e udirono le voci della gente in città e i rintocchi di una campana, e soltanto in lontananza il sibilo e il ruggito della tempesta. Le nubi incombevano scure a nord e a est e a sud a un miglio di distanza dall'isola. Ma sopra Roke le stelle stavano spuntando, a una a una, in un cielo limpido e sereno.

LA SCUOLA DEI MAGHI

Quella notte Ged dormì a bordo dell'*Ombra*, e al mattino dopo, di buon'ora, si accomiatò da quei suoi primi compagni, che gli gridavano allegramente parole augurali mentre lui si avviava lungo i moli. La città di Thwil non è grande, e le sue alte case stanno raccolte intorno a poche vie strette e ripide. A Ged, però, sembrava una grande città, e poiché non sapeva dove andare chiese al primo che incontrò dove poteva trovare il rettore della scuola di Roke. L'uomo lo guardò di sottecchi per qualche istante e disse: — Il saggio non deve chiedere, lo sciocco chiede invano. — E si allontanò. Ged continuò a salire finché giunse in una piazza, cinta su tre lati dalle case con i tetti spioventi d'ardesia e sul quarto lato dal muro di un grande edificio, le cui finestrelle erano più alte dei comignoli delle case: sembrava una fortezza o un castello, costruito con possenti blocchi di pietra grigia. Nella piazza c'erano i chioschi del mercato, e la gente andava e veniva. Ged ripeté la domanda a una vecchia con un cesto di mitili, e quella rispose: — Puoi sempre trovare il rettore dov'è, ma qualche volta lo troverai dove non è. — E riprese a gridare per magnificare i suoi mitili.

Nel grande edificio, vicino all'angolo, c'era una porticina di legno. Ged la raggiunse e bussò forte. Al vecchio che venne ad aprirgli disse: — Ho una lettera del mago Ogion di Gont per il rettore della scuola di quest'isola. Voglio trovare il rettore, ma non voglio udire altri indovinelli e altre beffe!

— La scuola è questa — disse placido il vecchio. — Io sono il portinaio. Entra, se puoi.

Ged fece un passo avanti. Gli parve di aver varcato la soglia, eppure era ancora fuori sul selciato.

Avanzò di nuovo, e di nuovo restò fuori dalla porta. Il custode, all'interno, l'osservava con aria mite.

Ged era più incollerito che sconcertato, perché quella gli sembrava un'altra beffa. Con la voce e con la mano eseguì l'incantesimo dell'apertura, che sua zia gli aveva insegnato tanto tempo prima: era il più prezioso fra tutti i sortilegi che lei conosceva. Ma era soltanto un incantesimo da strega, e il potere che custodiva quella soglia non ne fu minimamente scosso.

Ged restò lì a lungo. Infine guardò il vecchio, che continuava ad attendere. — Non posso entrare — ammise controvoglia, — se tu non mi aiuti.

Il portinaio replicò: — Di' il tuo nome.

Ged restò di nuovo immobile per qualche istante: un uomo non pronuncia mai il suo nome a voce alta se non quando è in gioco qualcosa di più della sua vita.

— Io sono Ged — disse a voce alta. Poi avanzò e varcò la soglia. Tuttavia gli parve che, sebbene la luce fosse dietro di lui, un'ombra lo seguisse da vicino.

E quando si voltò, vide anche che la soglia che aveva varcato non era di semplice legno come aveva creduto, ma d'avorio, senza giunture o commessure: come apprese più tardi, era intagliata da un dente del Grande Drago. La porta che il vecchio chiuse alle sue spalle era di corno polito, e lasciava trasparire lievemente la luce del giorno, e sul pannello interno era intagliato l'albero dalle mille foglie.

— Benvenuto in questa casa, ragazzo — disse il custode, e senza aggiungere altro lo condusse per gallerie e corridoi fino a un cortile scoperto, al centro dell'edificio. Il cortile era lastricato in parte ma non aveva tettoie, e su uno spiazzo erboso una fontana zampillava sotto alberi giovani, nella luce del sole. Ged rimase solo ad attendere, per un po'. Restò immobile, mentre il cuore gli batteva forte perché gli pareva di percepire presenze e poteri invisibili all'opera intorno a lui e capiva che quel luogo era fatto non soltanto di pietre ma anche di una magia più forte della pietra. Era nella sala più interna della Casa dei Saggi, che era aperta al cielo. Poi, di colpo, scorse un uomo biancovestito che l'osservava attraverso gli spruzzi d'acqua della fontana.

Quando i loro sguardi s'incontrarono, un uccello cantò tra i rami di un albero. In quel momento Ged comprese il canto dell'uccello e il linguaggio dell'acqua che cadeva nella vasca della fontana, e la forma delle nubi e l'inizio e la fine del vento che faceva stormire le foglie: gli parve di essere lui stesso una parola pronunciata dalla luce del sole.

Poi quel momento passò, e lui e il mondo tornarono come prima, o quasi come prima. Ged si mosse e andò a inginocchiarsi davanti all'arcimago, tendendogli la lettera scritta da Ogion.

L'arcimago di Nemmerle, rettore di Roke, era vecchio: il più vecchio, si diceva, di tutti i viventi. La sua voce tremolava come la voce dell'uccello, quando parlò per dare cortesemente il benvenuto a Ged. I capelli, la barba e la veste erano candidi, e sembrava che tutta l'oscurità e la pesantezza fossero state cancellate in lui dal lento uso degli anni, lasciandolo bianco e consunto come un legno gettato a riva dopo aver galleggiato sulle onde per un secolo. — I miei occhi sono vecchi: non posso leggere ciò che ha scritto il tuo maestro — disse, con quella voce tremula. — Leggimi la lettera, ragazzo.

Perciò Ged lesse a voce alta il messaggio, che era in rune hardesi e diceva solo questo: *Nobile Nemmerle! Ti mando colui che diventerà il più grande mago di Gont, se il vento spira come deve.* Era firmato non già col vero nome di Ogion, che Ged non conosceva ancora, ma con la runa di Ogion, la Bocca Chiusa.

— Ti manda colui che incatena il terremoto, e perciò sii benvenuto due volte. Il giovane Ogion mi era caro, quando venne qui da Gont. Ora parlami dei mari e dei portenti del tuo viaggio, ragazzo.

— Una buona traversata, signore, escludendo la tempesta di ieri.

— Quale nave ti ha condotto qui?

— L'*Ombra*, che veniva dalle Andrades.

— Quale volontà ti ha mandato qui?

— La mia.

L'arcimago guardò Ged e poi distolse gli occhi e cominciò a parlare in una lingua che il ragazzo non comprendeva, borbottando come un vecchio la cui mente divagava tra gli anni e le isole. Eppure, tra quei mormorii c'erano parole di ciò che l'uccello aveva cantato e di ciò che l'acqua aveva detto ricadendo. Non stava formulando un incantesimo, eppure nella sua voce c'era una potenza che scosse la mente di Ged: per un momento il ragazzo, sbalordito, ebbe l'impressione di scorgere se stesso in uno strano luogo immenso e deserto, solo tra le ombre. Eppure era sempre nel cortile soleggiato, e udiva il canto della fontana.

Un grosso uccello nero, un corvo di Osskil, si avvicinò camminando sulle pietre e sull'erba. Si accostò all'orlo della veste dell'arcimago e si fermò, tutto nero, col becco affilato come un pugnale e gli occhi simili a sassolini, fissando Ged in tralice. Beccò tre volte il bastone bianco cui si appoggiava Nemmerle, e il vecchio mago smise di borbottare e sorrise. — Corri e gioca, ragazzo — disse infine, come se parlasse a un bimbetto. Ged s'inginocchiò di nuovo davanti a lui. Quando si rialzò, l'arcimago non c'era più. C'era solo il corvo, che lo guardava col becco proteso come per beccuzzare il bastone scomparso.

Il corvo parlò, in quella che Ged immaginò che fosse la lingua di Osskil. — Terrenon ussbuk! — gracchiò. — Terrenon ussbuk orrek! — E se ne andò pavoneggiandosi com'era venuto.

Ged si girò per lasciare il cortile, chiedendosi dove potesse andare. Sotto l'arcata fu accolto da un giovane alto che lo salutò cerimoniosamente, chinando il capo. — Io sono Diaspro, figlio di Enwit del dominio di Eolg nell'isola di Havnor. Oggi sono al tuo servizio, per mostrarti la Grande Casa e per rispondere come posso alle tue domande. Come debbo chiamarti, signore?

Ged, un ragazzo venuto da un villaggio di montagna, che non aveva mai frequentato i figli dei ricchi mercanti e dei nobili, ebbe l'impressione che quel giovane si facesse beffe di lui, con il suo «servizio» e il suo «signore» e i suoi inchini. Rispose seccamente: — Mi chiamano Sparviero.

L'altro attese un momento, come se si aspettasse una risposta più cortese: e poiché non la ricevette si raddrizzò e si girò leggermente da una parte. Aveva due o tre anni più di Ged; era molto alto, e si muoveva con eleganza impettita: come un danzatore, pensò Ged. Portava un manto grigio, col cappuccio ributtato sulle spalle. Il primo posto in cui condusse Ged fu il guardaroba, dove Ged, come nuovo allievo, poteva trovarsi un mantello simile, della sua misura, e altri indumenti che potevano servirgli. Indossò la cappa grigioscura che aveva scelto, e allora Diaspro disse: — Ora sei uno di noi.

Diaspro aveva l'abitudine di sorridere lievemente, mentre parlava, e Ged provava la sensazione che le sue parole cortesi celassero un'ironia beffarda. — Gli abiti fanno il mago? — ribatté imbronciato.

— No — rispose il giovane. — Anche se ho sentito dire che le buone maniere fanno l'uomo. E adesso dove andiamo?

— Dove vuoi tu. Non conosco la casa.

Diaspro lo condusse per i corridoi della Grande Casa, mostrandogli i cortili scoperti e le gallerie, la sala degli Scaffali dov'erano conservati i libri della sapienza e i tomi delle rune, la grande sala del Focolare dove tutta la scuola si radunava nei giorni di festa; e ai piani superiori, nelle torri e sotto i tetti, le piccole celle dove dormivano gli studenti e i maestri. Quella di Ged era situata nella torre meridionale, con una finestra affacciata sui tetti spioventi di Thwil, dalla parte del mare. Come le altre celle, era spoglia: c'era soltanto un paglericcio nell'angolo. — Qui viviamo molto semplicemente — disse Diaspro. — Ma immagino che non ti dispiacerà.

— Ci sono abituato. — Poi, cercando di mostrarsi all'altezza di quel giovane educato e sdegnoso, Ged aggiunse: — Immagino che tu non lo fossi, quando sei arrivato.

Diaspro lo guardò, e il suo sguardo disse, senza bisogno di parole: « Cosa puoi sapere, tu, di quello cui ero abituato io, figlio del signore del dominio di Eolg nell'isola di Havnor?». Ma a voce alta, Diaspro disse soltanto: — Vieni.

Mentre si trovavano di sopra, era suonato un gong: scesero per il pasto di mezzogiorno alla lunga tavola del refettorio, insieme a un centinaio di ragazzi e di giovani. Ognuno si serviva da sé, scherzando con i cuochi attraverso gli sportelli della cucina che si aprivano sul refettorio, riempiendosi il piatto dalle grandi ciotole che fumavano sui davanzali, sedendosi alla lunga tavola dove preferiva. — Dicono — fece Diaspro rivolgendosi a Ged, — che per quanto siano numerosi coloro che siedono a tavola, ci sia sempre posto per tutti. — Senza dubbio c'era posto per molti gruppi rumorosi di giovani che chiacchieravano e mangiavano di buon appetito, e per uomini più anziani dal manto grigio fissato alla gola da una fibbia d'argento, che stavano seduti più tranquillamente, soli o a due a due, con espressioni gravi e pensose, come se avessero molte cose su cui riflettere. Diaspro condusse Ged a sedersi accanto a un individuo atticciato che si chiamava Veccia e non parlava molto ma mangiava con grande impegno. Aveva l'accento dello stretto Orientale, e la carnagione scurissima: non bruno-rossiccia come Ged e Diaspro e quasi tutti i popoli dell'arcipelago, ma nerobruna. Era un tipo semplice, e i suoi modi non erano molto raffinati. Brontolò per criticare il pasto, quando ebbe finito; ma poi, rivolgendosi a Ged, disse: — Almeno non è illusione, come tante cose intorno a noi: ti aiuta a tenerti bene in carne. — Ged non sapeva cosa intendesse, ma provò una certa simpatia per lui e fu lieto quando, dopo il pasto, Veccia rimase con loro.

Scesero in città, perché Ged potesse imparare a conoscerla. Le vie di Thwil, sebbene fossero poche e corte, si snodavano curiosamente tortuose tra le case dai tetti aguzzi, ed era facile smarrirsi. Era una strana cittadina, e anche i suoi abitanti erano strani: pescatori e operai e artigiani come tutti gli altri, ma così abituati alla magia sempre in atto nell'isola dei Saggi da sembrare anche loro un po' maghi. Parlavano (come Ged aveva già scoperto) per enigmi, e nessuno di loro avrebbe battuto ciglio nel vedere un ragazzo trasformarsi in pesce o una casa involarsi nell'aria: sapendo che si trattava di uno scherzo da studenti, avrebbero continuato a risuolare scarpe o a tagliare la carne di montone senza preoccuparsi.

Dopo essere passati davanti alla porta posteriore e aver attraversato i giardini della Grande Casa, i tre ragazzi superarono le chiare acque del fiume Thwil su un ponte di legno e proseguirono verso nord, tra boschi e pascoli. Il sentiero salì, tortuosamente. Passarono tra querceti dove le ombre erano fonde nonostante lo splendore del sole. C'era un bosco sulla sinistra, non molto lontano, che Ged non riusciva a scorgere chiaramente. Il sentiero non lo raggiungeva mai, anche se pareva sempre sul punto di arrivarci. Ged non riusciva neppure a distinguere che alberi fossero. Veccia, vedendolo intento a guardare, mormorò: — Quello è il bosco Immanente. Non possiamo andarci, per ora...

Nei pascoli riscaldati dal sole sbocciavano fiori gialli. — Erbascintilla — disse Diaspro. — Cresce dove il vento lasciò cadere le ceneri di Ilien incendiata, quando Erreth-Akbe difese le isole Interne dal signore del fuoco. — Soffiò su un fiore appassito, e i semi liberati si sollevarono nel vento come scintille al sole.

Il sentiero li portò intorno alla base di una grande collina verde, tondeggiante e priva d'alberi, la stessa che Ged aveva scorto dalla nave quando erano entrati nelle acque incantate dell'isola di Roke. Sulle pendici, Diaspro si fermò. — A casa mia, a Havnor, ho sentito parlare molto della magia di Gont, e sempre in toni d'elogio: da molto tempo, quindi, desideravo vederla all'opera. Adesso abbiamo qui uno di Gont e siamo sulle pendici della collina di Roke, che affonda le radici fino al centro della Terra. Tutti gli incantesimi sono fortissimi, qui. Facci vedere qualcosa, Sparviero. Mostraci il tuo stile.

Confuso e sconcertato, Ged non disse nulla.

— Più tardi, Diaspro — disse Veccia, con quel suo fare semplice. — Lascialo in pace per un po'.

— Possiede l'abilità o il potere, altrimenti il custode non l'avrebbe lasciato entrare. Perché non ce lo mostra adesso, anziché più tardi? Giusto, Sparviero?

— Io possiedo abilità e potere — disse Ged. — Mostrami quello che intendi.

— Illusioni, naturalmente: trucchi, giochi di apparenze. Così! Tendendo il dito, Diaspro pronunciò alcune parole strane: e nel punto che lui indicava, sul fianco della collina, tra l'erba verde sgorgò un rivoletto d'acqua che crebbe, finché l'acqua scaturita dalla sorgente prese a scorrere giù per il declivio. Ged immerse la mano nel ruscello e la sentì bagnata; bevve, e l'acqua era fresca. Tuttavia non poteva placare la sete, perché era soltanto un'illusione. Con un'altra parola, Diaspro arrestò l'acqua e l'erba ondeggiò asciutta nel sole. — Ora a te, Veccia — disse con quel suo sorriso sereno.

Veccia si grattò la testa, con aria cupa, ma prese in mano un po' di terra e cominciò a cantare con voce stonata, modellandola e plasmandola con le dita scure, premendola, accarezzandola: e all'improvviso la terra divenne un minuscolo essere, come un calabrone o una mosca pelosa, che s'involò ronzando sopra la collina di Roke e svanì.

Ged restò a guardare, depresso. Lui conosceva solo la magia dei villaggi, gli incantesimi per chiamare le capre, guarire le verruche, spostare pesi o aggiustare le pentole.

— Io non faccio simili trucchi — disse. Questo bastò a Veccia, che si mosse per proseguire; ma Diaspro ribatté: — Perché no?

— La magia non è un gioco. Noi di Gont non la usiamo per il nostro piacere o per acquisire elogi — rispose altezzosamente Ged.

— E per cosa la usate? — chiese Diaspro. — Per denaro?

— No...! — Ma non gli venne in mente altro che potesse dire per mascherare la sua ignoranza e salvare il suo orgoglio. Diaspro rise, piuttosto bonariamente, e proseguì, conducendoli intorno alla collina di Roke. E Ged lo seguì, incupito e ferito: sapeva di essersi comportato da sciocco, e ne dava la colpa a Diaspro.

Quella notte si sdraiò, avviluppato nel mantello, sul pagliericcio della cella fredda e buia, nel silenzio assoluto della Grande Casa di Roke: e la stranezza di quel luogo e il pensiero degli incantesimi e delle magie che vi venivano compiuti cominciarono a opprimerlo. L'oscurità lo circondava, e lo invadeva il timore. Avrebbe desiderato essere dovunque tranne che a Roke. Veccia, però, si presentò alla porta, con una piccola sfera azzurrognola di luce incantata che gli oscillava sopra la testa per rischiarargli la via, e chiese se poteva entrare a parlare un po'. Chiese a Ged di Gont, e poi parlò con affetto delle proprie isole dello stretto Orientale, e raccontò che il fumo dei focolari dei villaggi veniva spinto attraverso quello stretto tranquillo, la sera, tra quelle isolette dai nomi buffi: Korp, Kopp e Holp, Venway e Vemish, Iffish, Koppish e Sneg. Quando schizzò i contorni di quelle terre sulle pietre del pavimento, per mostrarne a Ged la disposizione, le linee che tracciava con l'indice brillarono fioche, come se fossero state disegnate con un bastoncino d'argento, prima di svanire. Veccia era alla scuola da tre anni, e presto sarebbe stato proclamato incantatore: per lui, operare le arti minori della magia era come per un uccello volare. Eppure possedeva una dote innata ancora più grande: l'arte della bontà. Quella notte, e poi sempre dopo quell'occasione, offrì e donò a Ged la propria amicizia, un'amicizia sicura e aperta che lo Sparviero non poté fare a meno di ricambiare.

Eppure Veccia era amichevole anche con Diaspro, che aveva fatto fare a Ged la figura dello sciocco quel primo giorno, sulla collina di Roke. Ged non l'aveva dimenticato, e a quanto pareva non l'aveva dimenticato neppure Diaspro, che gli parlava sempre in tono educato e con un sorriso beffardo. Ged non tollerava che il suo orgoglio fosse sminuito o divenisse oggetto di condiscendenza. Perché nessuno di loro, nonostante i trucchi ingegnosi, aveva salvato un villaggio mediante la magia. Di nessuno di loro Ogion aveva scritto che sarebbe diventato il più grande mago di Gont.

Perciò, facendo appello all'orgoglio, impegnò tutta la forza di volontà nei compiti che gli venivano assegnati: le lezioni e le arti e le storie e le abilità insegnate dai grigiovestiti maestri di Roke, che venivano chiamati «i nove».

Per una parte della giornata studiava col maestro cantore, imparando le gesta degli eroi e le ballate della saggezza, incominciando dal più antico di tutti i canti, la *Creazione di Éa*. Poi, insieme a una decina di altri ragazzi, si esercitava col maestro del vento nelle arti metereologiche. Trascorrevano intere giornate, in primavera e in estate, nella baia di Roke, a bordo di piccole imbarcazioni, esercitandosi a guidarle con la parola, e ad acquietare le onde, e a parlare al vento del mondo, e a suscitare il vento magico. Erano arti molto complesse, e spesso Ged veniva colpito alla testa dal boma che girava violentemente quando la barca virava, spinta da un vento che all'improvviso spirava al contrario, oppure la sua imbarcazione e un'altra si scontravano sebbene avessero a disposizione tutta la baia per muoversi, oppure tutti e tre i ragazzi nella sua barca finivano di colpo in acqua quando si levava un'ondata enorme e imprevista. Ci furono spedizioni più tranquille a riva, in altri giorni, col maestro erborista che insegnava le qualità e le proprietà dei vegetali; e il maestro delle mani insegnava la prestidigitazione e i giochi d'abilità e le arti minori della metamorfosi.

Ged riusciva bene in tutti questi studi, e dopo un mese se la cavava meglio di altri ragazzi che erano arrivati a Roke un anno prima di lui. I trucchi dell'illusione, soprattutto, gli venivano così facili che gli sembrava di conoscerli fin dalla nascita e di avere solo bisogno che gli venissero ricordati. Il maestro delle mani era un vecchio gentile e sereno, che trovava un divertimento inesauribile nello spirito e nella bellezza delle arti da lui insegnate. Ben presto Ged non provò più soggezione davanti a lui: gli chiedeva di questo e di quell'incantesimo, e il maestro sorrideva e gli mostrava tutto ciò che gli era stato chiesto. Ma un giorno, poiché era deciso a svergognare finalmente Diaspro, Ged disse al maestro delle mani, nel cortile delle apparenze: — Signore, tutti questi incantesimi si somigliano: quando ne conosci uno li conosci tutti. E appena cessa la tessitura dell'incantesimo, l'illusione svanisce. Ora, se io trasformo un sassolino in diamante... — (e lo fece, con una parola e un brusco movimento del polso) — cosa devo fare perché il diamante rimanga diamante? Come si può bloccare l'incantesimo della metamorfosi per farlo durare?

Il maestro delle mani guardò la gemma che scintillava sul palmo della mano di Ged, fulgida come il fior fiore del tesoro di un drago. Mormorò una parola, *Tolk*, e il sassolino tornò a essere un grigio e ruvido frammento di roccia. Il maestro lo prese e lo mostrò nel cavo della mano. — Questo è un sasso: *tolk* nella Vera Favella — disse, alzando lo sguardo verso Ged, con aria mite. — Un pezzo della pietra di cui è formata l'isola di Roke, un frammento della terraferma su cui vivono gli uomini. È se stesso. È parte del mondo. Con la metamorfosi-illusione puoi farlo sembrare un diamante o un fiore o una mosca o un occhio o una fiamma... — La pietruzza passò da una forma all'altra, via via che il maestro le nominava, e poi ritornò sasso. — Ma è soltanto apparenza. L'illusione inganna i sensi di chi osserva: lo induce a vedere, udire e sentire che l'oggetto è mutato. Ma non muta l'oggetto stesso. Per cambiare questo sasso in una gemma, devi mutare il suo vero nome. E far questo, figlio mio, anche a un così piccolo frammento di mondo, significa cambiare il mondo stesso. Si può fare. In verità si può fare. È l'arte del maestro della metamorfosi: e tu l'imparerai, quando sarai pronto ad apprenderla. Ma non dovrai cambiare una sola cosa, un solo sassolino o un solo granello di sabbia, se non quando saprai quale bene e quale male deriveranno da quell'atto. Il mondo è in equilibrio. Il potere di trasmutare e di evocare può alterare l'equilibrio del mondo. È pericoloso, quel potere. Molto pericoloso. Devi seguire la conoscenza e servire la necessità. Accendere una candela è gettare un'ombra...

Il maestro abbassò di nuovo lo sguardo sul sasso. — E anche una pietra è una cosa buona, sai — disse, parlando in tono meno grave. — Se le isole di Earthsea fossero tutte fatte di diamante, la nostra vita sarebbe dura. Goditi le illusioni, ragazzo, e lascia pietre le pietre. — Sorrise, ma Ged se ne andò insoddisfatto. Quando si insisteva con un mago perché rivelasse i suoi segreti, quello parlava sempre, come Ogion, di equilibrio e di pericoli e di tenebra. Ma senza dubbio un mago che avesse trasceso quei trucchi puerili dell'illusione, e fosse giunto alle vere arti dell'evocazione e della metamorfosi, era abbastanza potente per fare ciò che gli piaceva ed equilibrare il mondo come gli sembrava più giusto e scacciare la tenebra con la propria luce.

Nel corridoio incontrò Diaspro, che, da quando i risultati di Ged avevano incominciato a suscitare elogi in tutta la scuola, gli parlava in un tono che appariva più amichevole ma era più beffardo. — Mi sembri di malumore, Sparviero — disse. — I tuoi incantesimi da giocoliere vanno male?

Cercando come sempre di mettersi su un piano di parità con Diaspro, Ged rispose alla domanda fingendo di non avvertirne il tono ironico. — Sono stanco di fare il giocoliere — disse, — stanco di questi trucchi illusori, utili solo per divertire oziosi signori nei loro castelli o dominii. L'unica vera magia che finora mi hanno insegnato a Roke è di creare la luce incantata e modificare un po' le condizioni metereologiche. Il resto è soltanto un trucco.

— Anche i trucchi sono pericolosi — disse Diaspro, — nelle mani di uno sciocco.

A queste parole Ged si voltò come se fosse stato schiaffeggiato, e avanzò di un passo verso Diaspro; ma l'altro sorrise come se non avesse avuto nessuna intenzione di offenderlo, chinò la testa in quel suo modo rigido ed elegante, e proseguì.

Mentre se ne stava lì con la rabbia nel cuore, seguendo Diaspro con lo sguardo, Ged giurò a se stesso di superare il rivale, e non in qualche semplice gara d'illusione ma in una dimostrazione di potere. Si sarebbe imposto, e avrebbe umiliato Diaspro. Non poteva permettere che quell'individuo continuasse a guardarlo dall'alto in basso, elegante, sdegnoso, pieno di odio.

Non stette a chiedersi per quale motivo Diaspro l'odiasse. Sapeva soltanto per quale motivo *lui* odiava Diaspro. Gli altri apprendisti avevano capito presto di non potersi opporre a Ged, per scherzo o seriamente, e dicevano di lui, alcuni in tono di lode e altri di disprezzo: — È un mago nato, non si lascerà mai battere. — Solo Diaspro non lo lodava e non lo evitava, ma lo guardava semplicemente dall'alto in basso, con un lieve sorriso. E perciò Diaspro era il suo unico rivale, ed era necessario svergognarlo.

Non comprendeva, o non voleva comprendere, che in quella rivalità cui si aggrappava, alimentandola come parte del suo orgoglio, c'era qualcosa del pericolo, della tenebra contro cui l'aveva messo gentilmente in guardia il maestro delle mani.

Quando non era animato dalla rabbia, sapeva benissimo di non essere ancora all'altezza di Diaspro o degli altri ragazzi più grandi, e perciò badava al proprio lavoro e tirava avanti come al solito. Alla fine dell'estate, l'attività era un po' rallentata e c'era più tempo per gli svaghi: regate di barche incantate nel porto, esibizioni d'illusioni nei cortili della Grande Casa, e durante le lunghe serate, nei boschetti, folli giochi a nascondino in cui quelli che si nascondevano e quello che li cercava erano invisibili, e solo le voci si muovevano ridendo e chiamando tra gli alberi, seguendo e schivando le rapide e fioche luci incantate. Poi, quando venne l'autunno, l'attività riprese, e incominciarono a esercitarsi in nuove magie. Perciò i primi mesi a Roke passarono presto per Ged, e furono pieni di passioni e di meraviglie.

L'inverno fu diverso. Ged fu mandato con altri sette ragazzi dall'altra parte dell'isola di Roke, al promontorio più settentrionale e più lontano, dove sorge la Torre Isolata. Là viveva tutto solo il maestro dei nomi, il quale veniva chiamato con un nome che non aveva significato in nessuna lingua: Kurremkarmerruk. Intorno alla torre, per miglia e miglia, non c'erano fattorie né abitati. Sorgeva torva sulle scogliere settentrionali, e grige erano le nubi sui mari invernali, e interminabili gli elenchi e le liste dei nomi che gli otto discepoli del maestro dovevano imparare. In mezzo a loro, nella stanza più alta della torre, Kurremkarmerruk sedeva su un seggio imponente, scrivendo liste di nomi che dovevano venire appresi prima che l'inchiostro svanisse a mezzanotte, lasciando nuovamente bianca la pergamena. Era freddo, là, e c'erano sempre semioscurità e silenzio, interrotto solo dallo scricchiolio della penna del maestro e dai sospiri di qualche studente che prima di mezzanotte doveva imparare i nomi di ogni capo, punta, baia, stretto, rada, canale, porto, secca, scogliera e roccia delle spiagge di Lossow, una minuscola isoletta del mare di Peln. Se lo studente si lagnava, il maestro magari non diceva nulla ma allungava l'elenco; oppure diceva: — Colui che vuole diventare maestro del mare deve conoscere il vero nome di ogni goccia d'acqua che il mare racchiude.

Qualche volta Ged sospirava, ma non si lagnava mai. Capiva che in quel polveroso e interminabile dovere d'imparare il vero nome di ogni luogo e cosa e essere, il potere che lui cercava stava come una gemma sul fondo di un pozzo inaridito. Perché la magia consiste in questo: dare il vero nome a una cosa. Kurremkarmerruk l'aveva detto loro, una volta, la prima notte dopo il loro arrivo alla torre; non l'aveva più ripetuto, ma Ged non aveva dimenticato le sue parole. — Molti maghi di grande potere — aveva detto, — hanno trascorso tutta la vita cercando di scoprire il nome di una sola cosa... un solo nome perduto o celato. E gli elenchi non sono ancora compiuti. E non lo saranno mai, fino alla fine del mondo. Ascoltate, e comprenderete il perché. Nel mondo sotto il sole, e in quell'altro mondo che non ha sole, ci sono molte cose che non hanno nulla in comune con gli uomini e il linguaggio degli uomini, e ci sono poteri che trascendono i nostri poteri. Ma la magia, la vera magia, è operata solo dagli esseri che parlano la lingua hardese di Earthsea, o la Vecchia Favella da cui si è evoluta.

«È la lingua che parlano i draghi, è la lingua parlata da Segoy che creò le isole del mondo, è la lingua delle nostre ballate e dei nostri canti, incantesimi, sortilegi e invocazioni. Le sue parole permangono, mutate e nascoste tra le nostre parole in hardese. Noi chiamiamo la spuma delle onde *sukien*, e questa parola è formata da due termini della Vecchia Favella: *suk*, piuma, e *inien*, mare. La piuma del mare: è la spuma. Ma non potete incantare la spuma chiamandola *sukien*: dovete usare il suo vero nome nella Vecchia Favella, che è *esta*. Qualunque strega conosce alcune di queste parole nella Vecchia Favella, e un mago ne conosce molte. Ma ce ne sono assai di più, e alcune si sono perdute nel corso dei secoli, e alcune sono rimaste nascoste, e altre sono note soltanto ai draghi e alle Vecchie Potenze della Terra, e talune sono ignote a tutti gli esseri viventi; e nessuno potrebbe impararle tutte, perché quel linguaggio non ha fine.

«Eccone la ragione. Il nome del mare è *inien*, benissimo. Ma quello che noi chiamiamo mare Interno ha un suo nome anche nella Vecchia Favella. Poiché nessuna cosa può avere due veri nomi, *inien* può significare solo "tutto il mare eccettuato il mare Interno". E naturalmente non significa neppure questo, perché ci sono innumerevoli mari e baie e stretti che portano nomi esclusivi. Perciò, se qualche mago maestro del mare fosse così pazzo da tentare di lanciare un incantesimo di tempesta o di bonaccia su tutto l'oceano, dovrebbe enumerare non soltanto quella parola *inien* ma anche i nomi di ogni tratto e di ogni parte del mare in tutto l'arcipelago e in tutti gli stretti Esterni e ancora più oltre, fin dove i nomi cessano di esistere. Quindi, ciò che ci dà il potere di operare magie fissa i limiti di tale potere. Un mago può controllare solo ciò che gli è vicino, ciò che lui può chiamare col nome esatto e completo. Ed è bene che sia così. Altrimenti la malvagità dei potenti o la follia dei saggi avrebbero cercato già da tempo di cambiare ciò che non può essere cambiato, e l'equilibrio verrebbe meno. Il mare, sbilanciato, travolgerebbe le isole su cui dimoriamo così pericolosamente, e nell'antico silenzio tutte le voci e tutti i nomi andrebbero perduti.

Ged rifletté a lungo su queste parole, che penetrarono profondamente nel suo intelletto. Eppure la maestà del compito non bastò a rendere meno duro e arido il lavoro di quel lungo anno nella torre; e al termine di quell'anno Kurremkarmerruk gli disse: — Hai compiuto un buon inizio. — E null'altro. I maghi dicono la verità, ed era vero che tutta la padronanza dei nomi che Ged si era sforzato di acquisire quell'anno era solo l'inizio di ciò che doveva continuare ad apprendere per tutta la vita. Fu autorizzato a lasciare la Torre Isolata prima degli altri che erano arrivati con lui, perché aveva imparato più in fretta: ma quella fu l'unica lode che ottenne.

S'incamminò verso sud, attraverso l'isola, solo, all'inizio dell'inverno, lungo le strade deserte e senza città. Al cader della notte venne la pioggia. Non recitò un incantesimo per tenere la pioggia lontana da lui, perché il clima di Roke era nelle mani del maestro del vento e non poteva essere modificato. Si rifugiò sotto un grande albero di pendick; e quando si sdraiò, avvolgendosi nel mantello, pensò al suo vecchio maestro Ogion, che forse era ancora impegnato nei vagabondaggi autunnali sulle alture di Gont, a dormire con i rami spogli per tetto e la pioggia per muri. Quel pensiero lo fece sorridere, perché il ricordo di Ogion gli era sempre di conforto. Si addormentò col cuore sereno, lì nell'oscurità fredda e piena del sussurro dell'acqua. All'alba, destatosi, alzò la testa. La pioggia era cessata; vide, riparato tra le pieghe del suo mantello, un animaletto raggomitolato e addormentato che si era insinuato lì per trovare un po' di tepore. Si meravigliò nel vederlo, perché era una bestiola strana: un otak.

Si trovano soltanto su quattro isole meridionali dell'arcipelago: Roke, Ensmer, Pody e Wathort. Sono piccoli e lucidi, col musetto largo e la pelliccia bruno-scura o screziata e grandi occhi brillanti. Hanno denti aguzzi e un carattere irritabile, e quindi nessuno cerca di addomesticarli. Non hanno voce. Ged accarezzò l'otak, e quello si svegliò e sbadigliò mostrando la linguetta bruna e i denti bianchi, ma non si spaventò. — Otak — disse Ged; e poi, ricordando i mille nomi d'animali che aveva imparato alla torre, lo chiamò col suo nome vero nella Vecchia Favella. — Hoeg! Vuoi venire con me?

L'otak andò a sedersi sulla sua mano aperta, e cominciò a forbirsi la pelliccia.

Lui se lo mise sulla spalla, nelle pieghe del cappuccio, e la bestiola ci restò. Qualche volta, durante il giorno, balzava giù e sfrecciava nel bosco, ma poi tornava sempre da lui; una volta portò un topo della foresta che aveva catturato. Ged rise e le disse di mangiarselo, perché lui digiunava dato che quella notte era la festa del solstizio. Arrivò così, nel crepuscolo umido, oltre la collina di Roke, e vide fulgide luci incantate brillare nella pioggia sopra i tetti della Grande Casa, ed entrò e venne accolto dai maestri e dai compagni nella sala rischiarata dal fuoco.

Fu come tornare a casa, per Ged che non aveva una casa cui ritornare. Fu felice di vedere tante facce che conosceva, soprattutto di vedere Veccia che gli veniva incontro con un gran sorriso sulla faccia scura. In quell'anno aveva sentito la mancanza dell'amico più di quanto avesse previsto. Veccia era stato proclamato incantatore quell'autunno e non era più apprendista, ma questo non costituiva una barriera tra loro. Si misero a parlare, e Ged ebbe l'impressione di aver detto a Veccia in quella prima ora più cose di quante ne avesse dette durante tutto il lungo anno trascorso alla Torre Isolata.

L'otak era ancora sulla sua spalla, annidato nella falda del cappuccio, quando si sedettero a cena intorno alle lunghe tavole sistemate nella sala del Camino in occasione della festa. Veccia si meravigliò nel vedere la bestiola e subito tese la mano per accarezzarla, ma l'otak cercò di morderlo. Veccia rise. — Dicono, Sparviero, che l'uomo preferito da un animale selvatico è un uomo cui i Vecchi Poteri della pietra e delle fonti parleranno con voce umana.

— Dicono che i maghi di Gont tengano spesso un familiare — aggiunse Diaspro, che era seduto accanto a Veccia, dall'altra parte. — Il nostro signore Nemmerle ha il corvo, e i canti dicono che il mago rosso di Ark si portava dietro un cinghiale selvatico con una catena d'oro. Ma non ho mai sentito parlare di un incantatore che tenesse un ratto nel cappuccio!

Tutti risero, e Ged rise con loro. Era una notte di festa e lui era lieto di essere lì, al caldo e tra l'allegria, a festeggiare insieme ai suoi compagni. Ma, come tutto ciò che Diaspro gli diceva, quella battuta lo esasperò.

Quella sera era ospite della scuola il signore di O, che era lui stesso un incantatore famoso. Era stato discepolo dell'arcimago, e qualche volta ritornava a Roke per la festa d'inverno o per la lunga danza, in estate. C'era con lui la sua consorte, snella e giovane, fulgida come il rame nuovo, con la chioma nera incoronata di opali. Accadeva raramente che una donna venisse invitata nelle sale della Grande Casa, e alcuni dei vecchi maestri la sbirciavano di traverso con aria di disapprovazione. Ma i giovani la guardavano con tanto d'occhi.

— Per una donna così — disse Veccia a Ged, — potrei operare incantesimi grandiosi... — Sospirò, poi rise.

— È solo una donna — replicò Ged.

— La principessa Elfarran era solo una donna — disse Veccia. — Eppure per lei venne devastata tutta Enlad, e l'eroe-mago di Havnor morì, e l'isola di Solèa sprofondò nel mare.

— Vecchie leggende — osservò Ged. Ma poi cominciò a guardare anche lui la signora di O, chiedendosi se fosse veramente una bellezza mortale come quelle di cui parlavano le leggende.

Il maestro cantore aveva cantato le *Gesta del giovane re*, e tutti insieme avevano cantato la *Carola dell'inverno*. Quando ci fu una breve pausa, prima che tutti si levassero da tavola, Diaspro si alzò e si avvicinò al tavolo più accostato al camino, dove sedevano l'arcimago e gli ospiti e i maestri, e si rivolse alla signora di O. Diaspro non era più un ragazzo ma un giovane, alto e bello, col mantello stretto alla gola da una fibbia d'argento: anche lui era stato proclamato incantatore, quell'anno, e la fibbia d'argento ne era l'emblema. La dama sorrideva a ciò che lui diceva, e gli opali splendevano radiosi tra i suoi capelli neri. Poi, col benevolo consenso dei maestri, Diaspro operò per lei un incantesimo d'illusione. Fece scaturire dal pavimento di pietra un albero bianco. I suoi rami toccavano le travi del tetto, e su ogni ramoscello di ogni ramo brillava una mela d'oro, perché era l'Albero dell'Anno. All'improvviso, tra i rami svolazzò un uccello, tutto bianco con una coda che sembrava una cascata di neve, e le mele dorate si trasformarono in semi: ognuno era una goccia di cristallo. Caddero dall'albero con un fruscio di pioggia, e nell'aria aleggiò una dolce fragranza, mentre l'albero, ondeggiando, emetteva foglie di fuoco rosato e fiori bianchi che sembravano stelle. Poi l'illusione svanì. La signora di O lanciò un'esclamazione di piacere, e chinò la testa splendente verso il giovane incantatore per lodare la sua maestria. — Vieni con noi, vieni a vivere con noi a Otokne... Vero che può venire, mio signore? — chiese con slancio infantile all'austero consorte. Ma Diaspro disse soltanto: — Quando avrò acquisito un'abilità degna dei miei maestri qui presenti e delle tue lodi, mia signora, sarò lieto di venire, e ti servirò sempre con gioia.

Così fece piacere a tutti i presenti, eccettuato Ged. Ged si unì agli elogi con la voce, ma non col cuore. — Io avrei saputo fare meglio — si disse, con rabbiosa invidia; e da quel momento tutta la gioia della serata divenne amarezza.

L'OMBRA SCATENATA

Quella primavera Ged vide di rado Veccia e Diaspro, perché adesso, essendo incantatori, studiavano col maestro degli schemi nel segreto del Bosco Immanente, dove nessuno degli apprendisti poteva metter piede. Ged restò nella Grande Casa, lavorando con i maestri per apprendere tutte le arti esercitate dagli incantatori, che operano magie ma non portano bastone: far levare il vento, cambiare il tempo, trovare e legare, e le arti dei fucinatori d'incantesimi e degli scrittori d'incantesimi, degli indovini, dei cantori, dei guaritori e degli erboristi. La notte, solo nella sua cella, con una piccola sfera di luce incantata che ardeva sopra il libro al posto di una lampada o di una candela, studiava le Rune Avanzate e le Rune di Éa, che vengono usate nei Grandi Incantesimi. Tutte quelle arti gli erano facili, e gli studenti dicevano che questo o quel maestro aveva affermato che il ragazzo di Gont era l'allievo più pronto che mai fosse stato a Roke; e correvano voci sul conto dell'otak: si diceva che fosse uno spirito mimetizzato e sussurrasse segreti all'orecchio di Ged. Anzi, si diceva addirittura che il corvo dell'arcimago avesse salutato Ged al suo arrivo come «futuro arcimago». Che credessero o no a queste storie e avessero o no simpatia per Ged, quasi tutti i suoi compagni lo ammiravano, e si affrettavano a seguirlo quando - raramente - gli veniva voglia di scherzare e si univa a loro per guidare i loro giochi nelle serate di primavera. Ma era quasi sempre indaffarato e orgoglioso e suscettibile, e si teneva in disparte. Poiché Veccia era assente, non aveva amici e non ne sentiva la mancanza.

Aveva quindici anni, ed era molto giovane per apprendere le arti superiori dei maghi, coloro che portano il bastone; ma era così pronto ad apprendere tutte le arti dell'illusione che il maestro delle metamorfosi, che era giovane lui stesso, cominciò presto a insegnargli separatamente dagli altri, e a parlargli dei veri incantesimi della forma. Spiegò che se una cosa va mutata veramente in un'altra bisogna chiamarla col nuovo nome per tutta la durata dell'incantesimo, e gli chiarì che questo influisce sui nomi e sulla natura delle cose che circondano l'oggetto trasformato. Parlò dei pericoli delle metamorfosi, soprattutto quando il mago trasmuta la propria forma e così rischia di restare prigioniero del proprio incantesimo. A poco a poco, spinto dalla sicurezza con cui il ragazzo capiva, il giovane maestro non si limitò più a parlargli di questi misteri. Gli insegnò prima uno e poi un altro Grande Incantesimo della metamorfosi, e gli diede da studiare il Libro delle Forme. Lo fece all'insaputa dell'arcimago, e fu un'imprudenza: tuttavia non intendeva fare del male.

Ged, adesso, lavorava anche col maestro evocatore, ma questo era un uomo severo, vecchio e indurito dalla magia cupa e profonda che insegnava. Non si occupava d'illusioni ma solo della vera magia: l'evocazione di energie come la luce e il calore, e la forza che attira la calamita, e le forze che gli uomini percepiscono come peso, forma, colore, suono: poteri reali, tratti dalle immense e sconfinate energie dell'universo, che gli incantesimi e gli usi dell'uomo non potevano esaurire o squilibrare. Le invocazioni dei maghi della pioggia e dei maestri del mare erano arti già note ai suoi allievi, ma era lui a mostrare perché il vero mago usa tali incantesimi solo in caso di necessità, poiché evocare tali forze della terra significa cambiare la terra di cui fanno parte. — La pioggia su Roke può portare la siccità su Osskil — diceva, — e una bonaccia sullo stretto Orientale può essere tempesta e rovina in quello Occidentale, se non sapete quello che fate.

Quanto all'evocazione di cose reali e di persone viventi, e degli spiriti dei defunti, e le invocazioni degli invisibili, tali incantesimi sono il culmine dell'arte dell'evocatore e del potere del mago, e il maestro non ne parlava quasi mai. Un paio di volte Ged tentò di indurlo a parlargli un po' di quei misteri; ma il maestro tacque, guardandolo a lungo, cupamente, fino a quando Ged si sentì inquieto e non disse più nulla.

Talvolta era inquieto anche quando operava gli incantesimi minori che l'evocatore gli insegnava. C'erano certe rune, in certe pagine del Libro della Tradizione, che gli sembrava di conoscere sebbene non ricordasse in quale testo le avesse già viste. C'erano certe frasi, negli incantesimi dell'evocazione, che non gli piaceva pronunciare. Gli facevano pensare, per un istante, a ombre in una stanza buia, a una porta chiusa e a ombre che si protendevano verso di lui dall'angolo accanto alla porta. Lui si affrettava ad accantonare quei pensieri o quei ricordi e continuava. Quei momenti di paura e di oscurità, si diceva, erano causati solo dalle ombre della sua ignoranza. E più imparava e meno aveva da temere, fino a quando, nel suo pieno potere di mago, non avrebbe dovuto temere nulla al mondo, assolutamente nulla.

Nel secondo mese di quell'estate, tutta la scuola si radunò di nuovo nella Grande Casa per festeggiare la notte della luna e la lunga danza, che in quell'anno cadevano insieme, in una festa di due notti, come avviene soltanto una volta ogni cinquantadue anni. Durante tutta la prima notte, la più corta notte di plenilunio dell'anno, i flauti suonarono nei campi, e le strette viuzze di Thwil si riempirono di tamburi e di torce, e l'eco dei canti si diffuse sulle acque della baia di Roke, rischiarate dalla luna. Quando si levò il sole, la mattina dopo, i cantori di Roke intonarono le lunghe *Gesta di Erreth-Akbe*, che narrano come furono erette le bianche torri di Havnor e descrive i viaggi di Erreth-Akbe dall'isola Vecchia, Éa, per tutto l'arcipelago e tutti gli stretti fino a quando nello stretto Occidentale, al limitare dell'oceano aperto, incontrò il drago Orm; e le sue ossa, tra i frammenti dell'armatura, giacciono frammiste alle ossa del drago sulla spiaggia della solitaria Selidor, ma la sua spada, posta in cima alla più alta torre di Havnor, fiammeggia tuttora rossa nel tramonto sopra il mare Interno. Allorché il canto ebbe termine, incominciò la lunga danza. Cittadini e maestri e studenti e contadini, tutti insieme, uomini e donne, danzarono nella polvere calda e nel crepuscolo per tutte le strade di Roke, fino alle rive del mare, al rullo dei tamburi e al suono dei pifferi e dei flauti. Scesero danzando al mare, sotto la luna che aveva superato di notte la fase del plenilunio, e la musica si perse nel frastuono dei frangenti. Quando l'oriente si schiarì, risalirono sulle spiagge e per le strade; e i tamburi tacevano e soltanto i flauti pigolavano con note acute e sommesse. Così veniva fatto su ogni isola dell'arcipelago, quella notte: una sola danza e una sola musica legavano insieme le terre divise dal mare.

Dopo che la lunga danza si fu conclusa, moltissimi dormirono per tutto il giorno, e si riunirono di nuovo la sera per mangiare e bere. C'era un gruppo di giovani, apprendisti e incantatori, che avevano portato la cena dal refettorio per banchettare in un cortile della Grande Casa: c'erano Veccia, Diaspro e Ged e altri sei o sette, e alcuni ragazzi in permesso temporaneo dalla Torre Isolata, perché la festa aveva indotto perfino Kurremkarmerruk a uscire dalla sua dimora. Stavano tutti mangiando e ridendo ed eseguendo trucchi che avrebbero suscitato meraviglia alla corte di un re. Un ragazzo aveva illuminato il cortile con cento stelle di luce incantata, colorate come gemme, che oscillavano in un lento corteo serrato tra loro e le stelle vere; e altri due ragazzi giocavano con palle di fiamma verde e birilli che spiccavano balzi e schizzavano via all'avvicinarsi della palla; e intanto Veccia stava seduto a gambe incrociate a mezz'aria, mangiando pollo arrosto. Alcuni dei ragazzi più giovani tentarono di trascinarlo al suolo, ma Veccia si limitò a fluttuare un po' più in alto, al di fuori della loro portata, e restò seduto calmissimo nell'aria. Di tanto in tanto gettava via un osso di pollo, che si trasformava in civetta e s'involava chiurlando tra la rete delle luci-stelle. Ged lanciava frecce di mollica di pane contro le civette e le abbatteva, e quando toccavano il suolo restavano là, ossa e mollica, e l'illusione spariva. Ged tentò anche di raggiungere Veccia a mezz'aria, ma poiché non conosceva la chiave dell'incantesimo doveva sbattere le ali per tenersi librato, e tutti ridevano dei suoi voli e dei suoi tonfi. Ged continuò con quella buffonata per divertire gli altri, ridendo con loro, perché dopo quelle due lunghe notti di danze e di chiaro di luna e di musica e di magia era di umore un po' folle, pronto a tutto ciò che poteva capitare.

Atterrò leggermente, in piedi, accanto a Diaspro; e quello, che non rideva mai rumorosamente, si scostò dicendo: — Lo Sparviero che non sa volare...

— Il diaspro è una pietra preziosa? — ribatté Ged con un sogghigno. — Gemma degli incantatori, gemma di Havnor, scintilla per noi!

Il ragazzo che aveva messo in moto le luci danzanti ne fece scendere una a brillare intorno alla testa di Diaspro. Meno sereno del solito, aggrottando la fronte, Diaspro scacciò la luce con un gesto e la spense. — Sono stanco dei ragazzini e del chiasso e di queste sciocchezze — disse.

— Stai diventando vecchio, ragazzo mio — commentò Veccia dall'alto.

— Se è il silenzio e l'oscurità che vuoi — s'intromise uno dei ragazzi più giovani, — puoi sempre provare con la torre.

Ged gli chiese: — Cosa vuoi, allora?

— Voglio la compagnia dei miei pari — disse Diaspro. — Vieni, Veccia. Lasciamo gli apprendisti ai loro giocattoli.

Ged si girò verso di lui. — Cos'hanno gli incantatori che gli apprendisti non abbiano? — chiese. La sua voce era calma, ma tutti gli altri ragazzi ammutolirono di colpo perché nel suo tono, come in quello di Diaspro, l'acrimonia che era tra loro risuonava chiara come acciaio che esce dal fodero.

— Il potere — disse Diaspro.

— Uguaglierò il tuo potere, atto per atto.

— Mi sfidi?

— Ti sfido.

Veccia s'era lasciato cadere al suolo: si mise in mezzo a loro, cupo in volto. — I duelli di magia ci sono vietati, e lo sapete benissimo. Finitela!

Ged e Diaspro rimasero in silenzio, perché era vero che conoscevano la legge di Roke e sapevano anche che Veccia era spinto dall'affetto e loro dall'odio. Eppure la loro collera crebbe anziché placarsi. Poco dopo, scostandosi come se volesse farsi udire soltanto da Veccia, Diaspro disse, col suo sorriso tranquillo: — Credo che faresti bene a rammentare ancora al tuo amico capraio la legge che lo difende. Mi sembra imbronciato. Crede davvero che accetterei la sua sfida? Un giovane che puzza di capra, un apprendista che non conosce la prima metamorfosi?

— Diaspro — replicò Ged, — cosa ne sai, tu, di quello che so io?

Per un istante, senza pronunciare una parola, Ged svanì alla loro vista, e al suo posto si librò un grande falco che aprì il rostro adunco per gridare: un istante, e Ged riapparve nella luce guizzante delle torce fissando su Diaspro lo sguardo tenebroso.

Diaspro era arretrato di un passo, sbalordito; ma poi scrollò le spalle e pronunciò una sola parola: — Illusione.

Gli altri mormorarono. Veccia disse: — Non era illusione, era una vera metamorfosi. E basta. Diaspro, ascolta...

— Basta per dimostrare che ha sbirciato il Libro delle Forme dietro la schiena del maestro: e allora? Continua, capraio. Mi piace la trappola che ti stai costruendo da solo. Più cerchi di dimostrarti mio pari, e più ti riveli per quello che sei.

A queste parole, Veccia voltò le spalle a Diaspro e mormorò a Ged: — Sparviero, comportati da uomo e lascia perdere. Vieni con me...

Ged guardò l'amico e sorrise, ma disse soltanto: — Custodiscimi un momento l'hoeg, ti dispiace? — Mise nelle mani di Veccia il piccolo otak, che come al solito gli stava sulla spalla. La bestiola non si era mai lasciata toccare da altri che Ged, ma questa volta andò da Veccia, gli si arrampicò sul braccio e si appollaiò sulla sua spalla tenendo gli occhi lucenti sempre fissi sul suo padrone.

— Ora — disse Ged a Diaspro, senza alzare la voce, — cosa intendi fare per dimostrarti superiore a me?

— Non ho bisogno di far nulla, capraio. Tuttavia lo farò. Ti darò un'occasione. Una possibilità. L'invidia ti rode come un verme rode la mela. Facciamo uscire il verme. Una volta, ai piedi della collina di Roke, ti sei vantato che i maghi di Gont non giocano. Vieni alla collina di Roke, adesso, e mostraci cosa fanno. E poi, forse ti mostrerò un po' di magia.

— Sì, mi piacerebbe vederla — replicò Ged. I ragazzi più giovani, abituati a vederlo scattare al minimo accenno d'insulto o di mancanza di riguardo, lo guardavano sbalorditi per la sua calma. Veccia lo fissava senza stupore ma con crescente paura. Tentò d'intervenire ancora, ma Diaspro disse: — Non immischiarti, Veccia. Capraio, approfitterai dell'occasione che ti offro? Ci mostrerai un'illusione, una sfera di fuoco, un incantesimo per guarire le capre dalla rogna?

— Cosa vorresti che facessi, Diaspro?

L'altro scrollò le spalle. — Evocare uno spirito dei morti, per quello che m'interessa!

— Lo farò.

— No, non lo farai. — Diaspro lo guardò fisso, mentre la rabbia prendeva improvvisamente il sopravvento sul disprezzo. — Non lo farai. Non ne sei capace. Ti vanti e ti vanti...

— Per il mio nome, lo farò!

Per un momento, tutti restarono immoti.

Svincolatosi da Veccia che avrebbe voluto trattenerlo con la forza, Ged uscì dal cortile senza voltarsi indietro. Le luci incantate che danzavano nell'aria discesero spegnendosi. Diaspro esitò un attimo, poi seguì Ged. E gli altri si accodarono, in silenzio, incuriositi e spaventati.

Le pendici della collina di Roke salivano buie nell'oscurità della notte estiva, prima del levar della luna. La presenza di quella collina dove tanti prodigi erano stati compiuti aleggiava come un peso nell'aria intorno a loro. Quando giunsero sul pendio pensarono alla profondità delle sue radici, più profonde del mare: scendevano fino ai vecchi e ciechi fuochi segreti nel cuore del mondo. Si fermarono sul pendio orientale. Le stelle brillavano sopra l'erba nera, dietro di loro, sulla cresta della collina. Non spirava alito di vento.

Ged si staccò dagli altri di qualche passo, si voltò e disse con voce chiara: — Diaspro! Quale spirito devo chiamare?

— Chiama chi vuoi. Nessuno ti ascolterà. — La voce di Diaspro tremava un po', forse per la collera. Ged domandò sommessamente, con tono beffardo: — Hai paura?

Non ascoltò neppure la risposta di Diaspro, se pure lui rispose. Non si curava più di Diaspro. Ora che stavano sulla collina di Roke, l'odio e la rabbia erano svaniti, sostituiti da un'assoluta certezza. Non doveva invidiare nessuno. Sapeva che il suo potere, quella notte, su quel buio terreno incantato, era più grande di quanto fosse mai stato, e lo saturava al punto che lui tremava di una forza difficile da tenere a freno. Adesso sapeva che Diaspro era molto inferiore a lui, e forse era stato inviato solo per portarlo lì quella notte: non era un rivale, ma soltanto un servitore del suo destino. Sentiva sotto i piedi le radici della collina che sprofondavano nella tenebra, e sopra il capo vedeva gli aridi fuochi lontani delle stelle. E lui poteva comandare a tutte le cose: era al centro del mondo.

— Non temere — disse sorridendo. — Chiamerò lo spirito di una donna. Non dovrai aver paura di una donna. Evocherò Elfarran, la bella dama delle *Gesta di Enlad*.

— È morta mille anni fa, le sue ossa giacciono lontano sotto il mare di Éa, e forse non è mai esistita.

— Gli anni e le distanze contano qualcosa, per i morti? I canti mentono? — ribatté Ged con la stessa soave ironia. Poi, dicendo «Osserva l'aria tra le mie mani», voltò le spalle agli altri e restò immobile.

Quindi, con un gran gesto lento, tese le braccia nel segno di benvenuto che apre un'invocazione. Cominciò a parlare.

Aveva letto le rune di quell'incantesimo di evocazione nel libro di Ogion, più di due anni prima, e non le aveva più rilette. Le aveva lette nell'oscurità, allora. E adesso, in quell'oscurità, era come se le rileggesse sulla pagina aperta davanti a lui nella notte. Ma ora comprendeva ciò che leggeva, pronunciando a voce alta una parola dopo l'altra, e capiva che l'incantesimo doveva essere intessuto col suono della voce e il movimento del corpo e delle mani.

Gli altri ragazzi stavano a guardare, senza parlare e senza muoversi ma tremando un po' perché il grande incantesimo cominciava ad attuarsi. La voce di Ged era ancora sommessa ma mutata, con una profonda risonanza cantilenante, e le parole che pronunciava erano loro ignote. Poi tacque. All'improvviso il vento si levò ruggendo sull'erba. Ged si lasciò cadere in ginocchio e chiamò a voce alta. Poi si buttò in avanti, come per stringere la terra con le braccia protese, e quando si risollevò teneva qualcosa di oscuro tra le mani e le braccia, qualcosa di tanto pesante che lui tremò per lo sforzo di alzarsi in piedi. Il vento caldo gemeva tra l'erba nera e agitata sulla collina. Se anche le stelle brillavano, in quel momento, nessuno le vedeva.

Le parole dell'incantesimo sibilavano e mormoravano sulle labbra di Ged. Poi lui gridò, forte e chiaro: — Elfarran!

Gridò di nuovo il nome: — Elfarran!

E per la terza volta: — Elfarran!

La massa informe d'oscurità che aveva sollevato si scisse. Si schiuse, e un pallido fuso di luce brillò tra le sue braccia aperte, un ovale fioco che saliva dal suolo fino all'altezza delle sue mani levate. Nell'ovale di luce si mosse per un momento una forma umana: una donna alta che girava all'indietro la testa. Il suo volto era bellissimo, e sofferente, e pieno di paura.

Lo spirito brillò solo per un istante. Poi l'ovale tra le braccia di Ged divenne più fulgido. S'ingrandì e si diffuse: uno squarcio nell'oscurità della terra e della notte, una lacerazione aperta nel tessuto del mondo, che lasciava passare un fulgore terribile. E attraverso quella breccia luminosa e deforme uscì qualcosa che sembrava un grumo d'ombra nera, rapido e orrendo, che balzò contro il volto di Ged.

Indietreggiando e barcollando sotto il peso della cosa, Ged proruppe in un breve grido rauco. Il piccolo otak che osservava dalla spalla di Veccia, l'animaletto che non aveva voce, gettò a sua volta un grido e si lanciò, come per attaccare.

Ged cadde, lottando e contorcendosi, mentre lo squarcio luminoso nella tenebra del mondo si allargava ancora. I ragazzi fuggirono e Diaspro si chinò verso terra, riparandosi gli occhi da quella luce terribile. Soltanto Veccia accorse verso l'amico. Perciò lui solo vide il grumo d'ombra che stava aggrappato a Ged, dilaniandolo. Era come una bestia nera, grossa quanto un bambino, sebbene sembrasse ingrandire e rimpicciolire; e non aveva testa né muso, ma solo le quattro zampe unghiute con cui stringeva e lacerava. Veccia singultò per l'orrore, e tuttavia tese le mani per strappar via la cosa dal corpo di Ged. Ma prima di toccarla si sentì legato, incapace di muoversi.

Il fulgore insopportabile sbiadì, e lentamente gli orli lacerati del mondo si richiusero. Vicino a loro una voce stava parlando sommessamente come lo stormire di un albero o il canto di una fontana.

La luce delle stelle riprese a brillare, e l'erba della collina s'imbiancò nella luce della luna che stava spuntando. La notte era risanata. L'equilibrio tra luce e tenebra era ristabilito. La bestia-ombra era scomparsa. Ged giaceva riverso, con le braccia protese come se compissero ancora l'ampio gesto di benvenuto e d'invocazione. Il suo volto era annerito dal sangue, e c'erano grandi macchie scure sulla sua camicia. Il piccolo otak stava accovacciato accanto alla sua spalla, tremante. E sopra di lui stava ritto un vecchio, avvolto in un mantello che scintillava pallido nel chiaro di luna: l'arcimago Nemmerle.

La punta del bastone di Nemmerle era librata argentea sul petto di Ged. Lo toccò una volta sul cuore, delicatamente, e una volta sulle labbra, mentre Nemmerle mormorava. Ged si mosse e le sue labbra si schiusero ansimanti. Poi il vecchio arcimago alzò il bastone e lo posò al suolo, appoggiandovisi pesantemente, a testa china, come se avesse a malapena la forza di reggersi.

Veccia si ritrovò libero di muoversi. Si guardò intorno e vide che altri erano già lì, il maestro evocatore e il maestro delle metamorfosi. Un atto di grande magia non si compie senza che tali uomini se ne accorgano, e loro accorrevano molto rapidamente quando il bisogno chiamava, sebbene nessuno fosse stato pronto come l'arcimago. Ora mandarono a chiedere aiuti, e alcuni andarono con l'arcimago mentre altri, tra cui Veccia, portavano Ged nelle stanze del maestro erborista.

Per tutta la notte l'evocatore restò a vigilare sulla collina di Roke. Nulla si muoveva sulle pendici dov'era stata dilaniata la struttura del mondo. Nessuna ombra si mosse strisciando nel chiaro di luna per cercare lo squarcio attraverso il quale avrebbe potuto far ritorno al suo regno. Era fuggita da Nemmerle e dalle possenti muraglie d'incantesimo che circondano e proteggono l'isola di Roke, ma ormai era nel mondo. E nel mondo, chissà dove, si nascondeva. Se Ged fosse morto quella notte, l'ombra avrebbe potuto cercare la porta da lui aperta e seguirlo nel regno della morte, o ritornare nel luogo da cui era venuta: per questo l'evocatore attendeva sulla collina di Roke. Ma Ged visse.

L'avevano adagiato sul letto nella camera delle guarigioni, e il maestro erborista gli curava le ferite al volto, alla gola e alla spalla. Erano profonde, irregolari e maligne. Il nero sangue non si coagulava, e continuava a sgorgare nonostante gli incantesimi e le foglie di perriot avvolte nelle ragnatele che venivano usate per arrestarlo. Ged giaceva cieco e muto nella febbre, come un ceppo nel fuoco lento, e non esistevano sortilegi che potessero raffreddare ciò che lo bruciava.

Non molto lontano, nel cortile scoperto dove zampillava la fontana, anche l'arcimago giaceva immoto ma freddo, freddissimo: solo i suoi occhi erano vivi, e guardavano cadere l'acqua rischiarata dalla luna e le fronde che stormivano. Coloro che gli stavano intorno non recitavano incantesimi e non operavano sortilegi per guarirlo. Parlavano tra loro sottovoce, di tanto in tanto, e poi si voltavano di nuovo a guardare il loro signore. Lui giaceva immobile, e la luce della luna dava un candore d'avorio al naso aquilino e all'alta fronte e ai capelli canuti. Per frenare l'incantesimo incontrollato e allontanare l'ombra da Ged, Nemmerle aveva esaurito tutto il proprio potere e insieme tutta la forza fisica. Stava morendo. Ma la morte di un gran mago, che per molte volte ha percorso in vita le aride e ripide pendici del regno della morte, è una cosa strana: perché il morente non se ne va alla cieca bensì con sicurezza, conoscendo la strada. Quando Nemmerle levò lo sguardo tra le fronde dell'albero, coloro che l'attorniavano non compresero se guardava le stelle dell'estate svanire allo spuntar del giorno o le altre stelle che non tramontano mai sulle colline che non vedono mai l'aurora.

Il corvo di Osskil che era il suo animale da compagnia da trent'anni era sparito. Nessuno aveva visto dove fosse andato. — Lo precede in volo — disse il maestro degli schemi mentre stavano vegliando.

Venne il giorno, caldo e limpido. Sulla Grande Casa e le vie di Thwil era calato un grande silenzio. Nessuno alzò la voce fino a quando, verso mezzogiorno, campane di ferro parlarono nella torre del Cantore, rintoccando aspramente.

Il giorno dopo i nove maestri di Roke si radunarono in un certo punto sotto gli scuri alberi del Bosco Immanente. Si circondarono di nove muri di silenzio, perché nessuna persona o nessun potere parlasse loro o li ascoltasse mentre sceglievano tra tutti i maghi di Earthsea colui che sarebbe diventato il nuovo arcimago. Fu prescelto Gensher di Way. Subito una nave venne inviata attraverso il mare Interno all'isola di Way, per portare l'arcimago a Roke. Il maestro del vento stava a poppa, suscitando il vento magico che riempì la vela; e la nave partì rapidamente e scomparve.

Ged non sapeva niente di tutto questo. Per quattro settimane di quell'estate afosa giacque cieco e sordo e muto, sebbene talvolta gemesse e gridasse come un animale. Infine, quando le pazienti arti del maestro erborista operarono la loro funzione, le ferite cominciarono a rimarginarsi e la febbre l'abbandonò. A poco a poco sembrò che riacquistasse l'udito, anche se non parlava mai. Un sereno giorno d'autunno il maestro erborista aprì le imposte della stanza in cui giaceva Ged. Dopo la tenebra di quella notte sulla collina di Roke, Ged aveva conosciuto soltanto l'oscurità: ora rivide la luce del giorno e il sole che splendeva. Si nascose la faccia sfregiata tra le mani e pianse.

Tuttavia, quando venne l'inverno, riusciva a parlare solo balbettando, e il maestro erborista lo tenne nelle stanze della guarigione, cercando di condurre gradualmente il suo corpo e la sua mente al recupero delle forze. Era l'inizio della primavera quando finalmente il maestro lo lasciò andare, inviandolo per prima cosa a promettere devozione all'arcimago Gensher. Ged non aveva potuto compiere tale dovere insieme a tutti gli altri della scuola, quando Gensher era giunto a Roke.

Nessuno dei suoi compagni era stato autorizzato a fargli visita durante i primi mesi della malattia; e ora, mentre passava, alcuni si chiedevano: — Chi è, quello? — Un tempo era agile e leggero e forte: e adesso, claudicante per la sofferenza, procedeva esitante e non alzava il volto, che nella metà sinistra era bianco di cicatrici. Evitò coloro che lo conoscevano e coloro che non lo conoscevano, e si avviò direttamente al cortile della fontana. Là dove una volta aveva atteso Nemmerle, Gensher lo stava aspettando.

Come il vecchio arcimago, anche il nuovo era ammantato di bianco; ma come quasi tutti gli abitanti di Way e dello stretto Orientale, Gensher aveva la pelle nera, e i suoi occhi erano neri sotto le folte sopracciglia.

Ged s'inginocchiò e gli promise devozione e ubbidienza. Gensher rimase in silenzio per qualche istante.

— So ciò che hai fatto — disse infine, — ma non ciò che sei.

Non posso accettare la tua devozione.

Ged si alzò, e si appoggiò con una mano al tronco del giovane albero accanto alla fontana per sostenersi. Faticava ancora moltissimo a trovare le parole. — Devo lasciare Roke, mio signore?

— Vuoi lasciare Roke?

— No.

— Cosa vuoi?

— Restare. Imparare. Annullare... il male...

— Neppure Nemmerle ha potuto farlo... No, non ti lascerei andar via da Roke. Nulla ti protegge, qui, tranne il potere dei maestri e le difese poste su quest'isola che tengono lontane le creature del male. Se tu te ne andassi ora, la cosa che hai scatenato ti troverebbe subito ed entrerebbe in te e s'impossesserebbe di te. Non saresti più un uomo ma un *gebbeth*, una marionetta che compirebbe la volontà dell'ombra maligna da te chiamata alla luce del sole. Devi restare qui fino a quando acquisterai forza e saggezza sufficienti per difendertene... se mai ci riuscirai. Anche ora ti attende. Ti attende certamente. L'hai rivista, dopo quella notte?

— Nei sogni, mio signore. — Dopo un po', Ged proseguì, parlando con fatica e vergogna: — Nobile Gensher, io non so cosa fosse... ciò che è uscito dall'incantesimo e mi ha assalito...

— Neppure io lo so. Non ha nome. Tu hai un grande potere innato, e l'hai usato malamente, per operare un incantesimo che non potevi dominare, non sapendo come quell'incantesimo influisca sull'equilibrio della luce e della tenebra, della vita e della morte, del bene e del male. E ti sei lasciato indurre a questo dall'orgoglio e dall'odio. Ti stupisci che il risultato sia stato la rovina? Tu hai evocato uno spirito dei morti, ma con lui è venuto uno dei Poteri della non-vita. È venuto, senza che tu lo chiamassi, da un luogo dove non ci sono nomi. È maligno, e vuole compiere il male per tuo tramite. Il potere con cui l'hai chiamato gli dà potere su di te: siete collegati. È l'ombra della tua arroganza, l'ombra della tua ignoranza, l'ombra che tu getti. Un'ombra ha un nome?

Ged si sentiva in preda alle vertigini. Infine disse: — Sarebbe stato meglio che fossi morto.

— Chi sei tu per giudicarlo, tu, l'uomo per cui Nemmerle ha dato la vita?... Qui sei al sicuro. Vivrai qui, e continuerai la tua preparazione. Mi dicono che sei intelligente. Continua il tuo lavoro. Fallo bene. È tutto ciò che puoi fare.

Così concluse Gensher; e all'improvviso sparì, com'è consuetudine dei maghi. La fontana zampillava nel sole, e per un po' Ged la guardò e ne ascoltò la voce, pensando a Nemmerle. Una volta, in quel cortile, aveva avuto la sensazione di essere lui stesso una parola pronunciata dalla luce del sole. Adesso aveva parlato anche la tenebra: una parola che non poteva essere richiamata.

Lasciò il cortile e tornò nella sua vecchia stanza nella torre meridionale, che avevano lasciato vuota per lui. Rimase là, solo. Quando il gong chiamò a cena, andò; ma non parlò quasi con gli altri ragazzi alla lunga tavola, e non alzò la faccia verso di loro, neppure verso quelli che lo salutavano con maggior gentilezza. Perciò, dopo un giorno o due, tutti lo lasciarono in pace. Essere lasciato in pace era ciò che voleva, perché temeva il male che poteva fare o dire involontariamente.

Non c'erano né Veccia né Diaspro, e Ged non chiese di loro. Adesso i ragazzi che lui aveva guidato e sui quali aveva signoreggiato erano tutti più avanti di lui, a causa dei mesi che aveva perso; e durante la primavera e l'estate studiò insieme a ragazzi più giovani di lui. E non brillava in mezzo a loro, perché le parole di qualunque incantesimo, perfino il più semplice sortilegio d'illusione, gli uscivano a fatica dalle labbra, e le sue mani esitavano in ogni compito.

In autunno doveva ritornare alla Torre Isolata per studiare col maestro dei nomi. Il compito che un tempo aveva temuto, ora lo allettava, perché desiderava il silenzio e l'apprendimento in cui non si operavano incantesimi e in cui il potere che lui sapeva ancora di possedere non sarebbe stato chiamato ad agire.

La notte prima della sua partenza per la torre, un visitatore entrò nella sua stanza: indossava un mantello da viaggio marrone e portava un bastone di quercia col puntale di ferro. Ged si alzò, vedendo il bastone da mago.

— Sparviero...

Al suono della voce, Ged levò gli occhi: era Veccia, solido e squadrato come sempre; la faccia nera e camusa era più vecchia, ma il sorriso era immutato. Sulla sua spalla stava rannicchiata una bestiola screziata, con gli occhi vivaci.

— È rimasto con me durante la tua malattia, e adesso mi duole separarmene. E ancor più mi dispiace separarmi da te. Ma sto per tornare a casa. Qui, hoeg! Va' dal tuo vero padrone! — Veccia accarezzò l'otak e lo posò sul pavimento. La bestiola andò a sedersi sul paglericcio di Ged e cominciò a forbirsi il pelo con la linguetta bruna e secca simile a una fogliolina. Veccia rise, ma Ged non riuscì neppure a sorridere. Si chinò per nascondere la faccia, accarezzando l'otak.

— Credevo che non saresti venuto, da me — disse.

Non aveva pronunciato queste parole come un rimprovero, ma Veccia replicò: — Non ho potuto venire. Me l'aveva proibito il maestro erborista; e dall'inverno sono stato con lui nel bosco, isolato anch'io. Non ero libero, fino a quando mi sono guadagnato il bastone. Ascolta: quando anche tu sarai libero, vieni allo stretto Orientale. Ti aspetterò. Là ci sono piccole cittadine gaie, e i maghi sono accolti bene.

— Libero... — mormorò Ged, e si sforzò un poco, cercando di sorridere.

Veccia lo guardò, non proprio come aveva fatto un tempo: con lo stesso affetto, ma forse con più magia. Disse gentilmente: — Non resterai legato per sempre a Roke.

— Ecco... Ho pensato che forse potrò andare a lavorare col maestro nella torre, diventare uno di coloro che cercano i nomi perduti nei libri e nelle stelle, e così... così non farò altro male, anche se non farò molto bene...

— Forse — disse Veccia. — Non sono un veggente, ma vedo davanti a te non già istanze e libri bensì mari lontani, e il fuoco dei draghi, e le torri delle città, e tutte le cose che vede un falco quando vola alto e lontano.

— E dietro di me... Cosa vedi, dietro di me? — chiese Ged, e mentre parlava si alzò, così che la luce incantata accesa sopra di loro mandò la sua ombra contro la parete e il pavimento. Poi girò la faccia e disse balbettando: — Ma dimmi dove andrai, cosa farai.

— Andrò a casa, a rivedere i miei fratelli e la sorella di cui mi hai sentito parlare. L'ho lasciata bambina, e presto riceverà il nome: è strano, pensarci! E così mi troverò un lavoro come mago, tra le piccole isole. Oh, vorrei restare a parlare con te, ma non posso: la mia nave parte stanotte e la marea sta già cambiando. Sparviero, se mai la tua strada ti porterà a Oriente, vieni da me. E se mai avrai bisogno di me, mandami a chiamare, chiamami col mio nome: Estarriol.

A quelle parole Ged alzò la faccia sfigurata e incontrò gli occhi dell'amico.

— Estarriol — disse, — il mio nome è Ged.

Poi si dissero addio in silenzio, e Veccia si girò e si avviò per il corridoio di pietra, e lasciò Roke.

Ged restò immobile per lunghi istanti, come chi ha ricevuto una grande notizia e deve schiudere lo spirito ad accoglierla. Era un gran dono, quello che gli aveva fatto Veccia: la conoscenza del suo vero nome.

Nessuno conosce il vero nome di un uomo, tranne lui stesso e colui che gliel'ha dato. Alla fine può decidere di rivelarlo al fratello, o alla moglie, o a un amico: eppure neanche costoro l'useranno mai quando una terza persona potrebbe udirlo. Di fronte agli altri, come tutti, lo chiameranno col suo nome d'uso, il suo nomignolo: come Sparviero, e Veccia, e Ogion che significa «pigna d'abete». Se gli uomini comuni nascondono il loro vero nome a tutti, eccettuati quei pochi che amano e di cui si fidano assolutamente, tanto più devono farlo i maghi, poiché sono più pericolosi ed esposti a maggiori pericoli. Chi conosce il nome di un uomo ha in custodia la sua vita. Perciò, a Ged che aveva perso la fede in se stesso, Veccia aveva fatto il dono che solo un amico può fare, la prova della fiducia più incrollabile.

Ged si sedette sul pagliericcio e lasciò spegnere il globo di luce incantata, che si dissolse irradiando una lieve zaffata di gas di palude. Accarezzò l'otak, che si sdraiò comodamente e si addormentò sul suo ginocchio come se non avesse mai fatto altro. La Grande Casa era immersa nel silenzio. Ged pensò che era la vigilia dell'anniversario del suo passaggio, il giorno in cui Ogion gli aveva dato il nome. Erano trascorsi quattro anni. Ricordò il freddo della sorgente montana che aveva attraversato nudo e senza nome. Cominciò a pensare ad altre polle luminose del fiume Ar, dove un tempo aveva l'abitudine di andare a nuotare; e al villaggio di Dieci Ontani sotto le grandi foreste della montagna; alle ombre del mattino sulla via polverosa del villaggio, al fuoco che balzava sotto gli sbuffi del mantice nella fucina in un pomeriggio d'inverno, alla capanna buia e fragrante della strega, dove l'aria era appesantita dai fumi e dai sortilegi. Da molto tempo non pensava a queste cose. Ora tornavano a lui, nella notte del suo diciassettesimo compleanno. Tutti gli anni e i luoghi della sua vita breve e infranta gli tornarono alla mente e si ricomposero. Finalmente seppe di nuovo, dopo quel lungo e amaro tempo perduto, chi era e dov'era.

Ma dove sarebbe andato negli anni a venire, questo non lo vedeva; e aveva paura di vederlo.

La mattina dopo partì per attraversare l'isola, con l'otak sulla spalla come un tempo. Questa volta impiegò tre giorni, non due, per giungere alla Torre Isolata, ed era stanco morto quando arrivò in vista della torre sopra i mari schiumanti e sibilanti del promontorio settentrionale. All'interno c'era buio e freddo, come ricordava, e Kurremkarmerruk sedeva sul suo alto seggio, scrivendo elenchi di nomi. Diede un'occhiata a Ged e gli disse, senza porgergli il benvenuto: — Va' a letto: chi è stanco è stupido. Domani potrai aprire il Libro delle Imprese dei Creatori e impararne i nomi.

Al termine dell'inverno, Ged tornò alla Grande Casa. Venne proclamato incantatore, e questa volta l'arcimago Gensher accettò la sua promessa di devozione. Poi studiò le arti superiori e gli incantamenti, passando dalle arti dell'illusione alle opere della vera magia e imparando ciò che doveva sapere per guadagnarsi il bastone di mago. La difficoltà nel pronunciare gli incantesimi si attenuò col passare dei mesi, e l'abilità ritornò nelle sue mani; eppure non fu più rapido nell'apprendere com'era stato un tempo, poiché la paura gli aveva insegnato una dura lezione. Tuttavia non ci furono portenti nefasti o incontri maligni, neppure quando operava i Grandi Incantesimi della creazione e della forma, che sono pericolosissimi. Talvolta si chiedeva se l'ombra da lui scatenata si era indebolita, o se era fuggita dal mondo, perché non appariva più nei suoi sogni. Ma in cuor suo sapeva che quella speranza era una follia.

Dai maestri e dagli antichi libri apprese tutto ciò che poteva sugli esseri simili all'ombra da lui scatenata; ma c'era poco da imparare. Quelle creature non venivano descritte, e non se ne parlava direttamente. C'erano solo accenni, qua e là nei vecchi libri, a cose che potevano essere come la bestia-ombra. Non era lo spettro di un umano, e non era una creatura delle Vecchie Potenze della Terra, eppure sembrava che avesse con loro qualche legame. Nel *Libro dei Draghi*, che Ged lesse molto attentamente, c'era la storia di un antico signore dei draghi che era finito in balìa di una delle Vecchie Potenze, una pietra parlante che stava in una lontana terra settentrionale. «*Al comando della pietra*», diceva il libro, «*il signore parlò per evocare lo spirito di un morto dal regno dei morti; ma la sua magia fu deviata dalla volontà della pietra, e con lo spirito del morto venne anche una cosa che non era stata chiamata e che lo divorò all'interno e con la sua forma si aggirò annientando gli uomini*». Ma il libro non diceva cosa fosse quella «cosa», e non narrava la conclusione della vicenda. E i maestri non sapevano da dove poteva essere venuta quell'ombra; dalla non-vita, aveva detto l'arcimago; dalla parte sbagliata del mondo, diceva il maestro delle metamorfosi; e il maestro evocatore diceva «Non so». L'evocatore era venuto spesso a sedersi accanto al letto di Ged, durante la sua infermità. Era cupo e grave come sempre, ma adesso Ged conosceva la sua pietà e gli voleva bene. — Non so. Della *cosa* so soltanto questo: solo un grande potere ha potuto evocarla, e forse un solo potere. Solo una voce: la *tua* voce. Ma ciò che significa, non lo so. Lo scoprirai tu. Dovrai scoprirlo, o morirai, o avrai un fato peggiore della morte... — Parlava sommessamente, e i suoi occhi erano tristi mentre guardava Ged. — Come tutti i ragazzi, tu pensavi che un mago potesse fare qualunque cosa. Un tempo lo pensavo anch'io. Lo pensavamo tutti. E la verità è che quando il vero potere di un uomo cresce e la sua conoscenza si amplia, la via che può percorrere diventa sempre più stretta: finché lui non sceglie più nulla ma fa solo ed esclusivamente ciò che *deve fare*...

L'arcimago, dopo il diciottesimo compleanno di Ged, lo mandò a lavorare col maestro degli schemi. Di ciò che s'impara nel Bosco Immanente non si parla altrove. Si dice che là non si operino incantesimi, eppure quel luogo è un incantamento. Talvolta gli alberi del bosco si vedono e talvolta non si vedono, e non sono sempre nello stesso luogo dell'isola di Roke. Si dice che gli stessi alberi del bosco siano saggi. Si dice che il maestro degli schemi apprenda la sua suprema magia là nel bosco, e che se mai gli alberi morissero anche la sua saggezza morirebbe e in quel giorno le acque salirebbero e sommergerebbero le isole di Earthsea, che Segoy trasse dalle profondità degli abissi nel tempo anteriore al mito, tutte le terre dove dimorano uomini e draghi.

Ma sono tutte cose che si sentono dire: i maghi non ne parlano.

I mesi trascorsero, e finalmente, un giorno di primavera, Ged ritornò alla Grande Casa: non sapeva cosa gli avrebbero chiesto ancora. Alla porta che dà sul sentiero attraverso i campi, verso la collina di Roke, incontrò un vecchio che l'attendeva sulla soglia. In un primo momento non lo riconobbe; poi, riflettendo, ricordò che era colui che l'aveva fatto entrare nella scuola il giorno del suo arrivo, cinque anni prima.

Il vecchio sorrise, lo chiamò per nome e chiese: — Sai chi sono?

Ged aveva riflettuto varie volte che si parlava sempre dei nove maestri di Roke ma che lui ne conosceva otto soltanto: del vento, delle mani, erborista, cantore, delle metamorfosi, evocatore, dei nomi, degli schemi. Sembrava che la gente parlasse dell'arcimago come se fosse il nono. Eppure, quando c'era da scegliere un nuovo arcimago, nove maestri si riunivano per eleggerlo.

— Credo che tu sia il maestro custode della porta — disse Ged.

— Lo sono. Ged, tu sei entrato a Roke dicendo il tuo nome. Ora puoi ottenere la libertà dicendo il mio. — Così disse il vecchio sorridendo, e attese. Ged restò ammutolito.

Conosceva mille modi e arti e mezzi per scoprire i nomi delle cose e degli uomini: quell'arte faceva parte di tutto ciò che aveva imparato a Roke, perché senza quella sarebbe stato possibile operare ben poche magie utili. Ma scoprire il nome di un mago e maestro è ben diverso. Il nome di un mago è nascosto meglio di un'aringa nel mare, è meglio difeso della tana di un drago. Un incantesimo rivelatore viene sempre parato da un incantesimo più forte, le sottigliezze sono inutili, le domande subdole ricevono subdole risposte, e la forza ricade rovinosamente su chi la usa.

— Tu custodisci una porta stretta, maestro — disse infine Ged. — Dovrò sedere qui fuori nei campi, credo, e digiunare fino a quando sarò abbastanza magro da poter passare.

— Come vuoi — replicò sorridendo il custode della porta.

Perciò Ged si allontanò un poco e si sedette sotto un ontano sulle rive del torrente Thwil, lasciando che il suo otak corresse giù a giocare nelle acque e a cercare granchiolini sulle rive fangose. Il sole tramontò, luminoso e a ora tarda, poiché ormai era primavera avanzata. Le lanterne e le luci incantate brillavano alle finestre della Grande Casa, e ai piedi della collina le vie della cittadina di Thwil si riempirono di oscurità. Le civette chiurlavano sui tetti e i pipistrelli svolazzavano nell'aria del crepuscolo sopra il torrente, e Ged era ancora là a chiedersi come poteva apprendere - con la forza, l'astuzia o la magia - il nome del custode. Più rifletteva e meno riusciva a trovare, tra tutte le arti magiche che aveva imparato in quei cinque anni a Roke, una che servisse a strappare un simile segreto a un mago.

Si sdraiò sul prato e dormì sotto le stelle, con l'otak raggomitolato in tasca. Dopo il levar del sole si avviò, ancora digiuno, alla porta della Casa, e bussò. Il custode aprì.

— Maestro — disse Ged, — non posso strapparti il tuo nome poiché non sono abbastanza forte, e non posso estorcertelo con l'astuzia poiché non sono abbastanza saggio. Perciò mi accontenterò di restare qui, e d'imparare o servire, come vorrai: a meno che per caso tu voglia rispondere a una mia domanda.

— Chiedi.

— Qual è il tuo nome?

Il custode sorrise e disse il proprio nome; e Ged, ripetutolo, entrò per l'ultima volta nella Casa.

Quando la lasciò di nuovo portava un pesante mantello azzurrocupo, dono della cittadinanza di Torning Bassa, dov'era diretto, perché là attendevano un mago. Portava anche un bastone alto come lui, intagliato nel legno di tasso e col puntale di bronzo. Il custode gli disse addio aprendogli la porta posteriore della Grande Casa, la porta di corno e d'avorio, e lui scese per le vie di Thwil, verso la nave che l'attendeva sulle acque luminose del mattino.

IL DRAGO DI PENDOR

A occidente di Roke, affollate tra le due grandi terre di Hosk e di Ensmer, stanno le Novanta Isole. La più vicina a Roke è Serd, e la più lontana è Seppish, che si trova quasi nel mare di Peln; e che siano veramente novanta in tutto è una questione che non è mai stata risolta, perché se contate solo le isole che hanno sorgenti d'acqua dolce sono appena settanta, mentre se contate tutte le rocce potete arrivare a più di cento senza aver terminato e poi la marea cambierebbe. I canali tra le isolette sono angusti, e le miti maree del mare Interno, irritate e sconvolte, salgono e scendono, così che dove all'alta marea ci sono magari tre isole, con la bassa marea può darsi che ce ne sia una soltanto. Eppure, nonostante i pericoli delle maree, ogni bambino capace di camminare sa anche remare, e ha la sua barchetta; le massaie attraversano a remi i canali per prendere una tazza di tè di canna con le vicine; i venditori ambulanti magnificano le loro mercanzie gridando al ritmo cadenzato dei loro remi. Tutte le strade, là, sono d'acqua salata, ostruite soltanto dalle reti tese da una casa all'altra per catturare i pesciolini chiamati *turby*, il cui olio è la ricchezza delle Novanta Isole. Ci sono pochi ponti, e non ci sono grandi città. Ogni isoletta è coperta da fattorie e case di pescatori, e dieci o venti isole formano una municipalità. Una di queste era Torning Bassa, la più occidentale, che non guardava sul mare Interno bensì verso l'oceano vuoto, quell'angolo solitario dell'arcipelago dove sta soltanto Pendor, l'isola devastata dai draghi, e più oltre ci sono le acque desolate dello stretto Occidentale.

C'era una casa pronta per il nuovo mago della municipalità. Stava su una collina, tra i verdi campi d'orzo, riparata dal vento occidentale grazie a un boschetto d'alberi di pendick che adesso rosseggiavano di fiori. Affacciandosi sulla porta si vedevano altri tetti di paglia e boschetti e giardini, e altre isole con i tetti e i campi e le colline, separate dai numerosi e lucenti canali tortuosi del mare. Era una casa povera, senza finestre, col pavimento di terra battuta, eppure era migliore di quella in cui era nato Ged. Gli isolani di Torning Bassa, pieni di soggezione al cospetto del mago venuto da Roke, si scusarono per la sua modestia. — Non abbiamo pietre da costruzione — disse uno. — Nessuno di noi è ricco, sebbene qui nessuno muoia di fame — disse un altro; e un terzo: — Almeno sarà asciutta, perché io stesso ho provveduto a sistemare la paglia del tetto, signore. — A Ged sembrava un palazzo. Ringraziò sinceramente i maggiorenti della municipalità, e diciotto di loro tornarono a casa, ognuno con la propria barca a remi e alla propria isola, ad annunciare ai pescatori e alle massaie che il nuovo mago era un giovane strano e tetro che parlava poco ma bene e senza orgoglio.

Forse c'erano ben pochi motivi d'orgoglio, in quel primo incarico di Ged. I maghi addestrati a Roke andavano solitamente nelle città e nei castelli, al servizio di grandi signori che li tenevano nel massimo onore. I pescatori di Torning Bassa, normalmente, avrebbero avuto tra loro soltanto una strega o un semplice incantatore, per affatturare le reti da pesca e cantare sortilegi augurali sulle barche nuove e guarire bestie e uomini dalle loro infermità. Ma negli ultimi anni il vecchio drago di Pendor aveva messo al mondo prole: adesso nove draghi, si diceva, si annidavano fra le torri diroccate dei signori del mare di Pendor, trascinando il ventre scaglioso su e giù per le scale marmoree e oltre le soglie devastate. Poiché in quell'isola morta mancava il cibo, un anno o l'altro, quando fossero cresciuti e li avesse spinti la fame, se ne sarebbero allontanati. Già ne erano stati visti quattro in volo sopra le spiagge sud/occidentali di Hosk: non erano atterrati, ma spiavano gli ovili, le stalle e i villaggi. La fame di un drago si desta lentamente, ma è insaziabile. Perciò gli isolani di Torning Bassa avevano inviato a Roke una supplica, chiedendo un mago che li proteggesse dal pericolo che incombeva all'orizzonte occidentale, e l'arcimago aveva giudicato fondati i loro timori.

— In quel luogo non ci sono comodità — aveva detto a Ged il giorno in cui l'aveva proclamato mago. — Né fama né ricchezza, forse neppure rischi. Andrai?

— Andrò — aveva risposto Ged, e non solo per ubbidienza. Dopo la notte sulla collina di Roke non desiderava più la fama e l'ostentazione, com'era avvenuto un tempo. Adesso dubitava sempre della sua forza e temeva di mettere alla prova il suo potere.

Eppure, sentir parlare dei draghi aveva suscitato in lui una grande curiosità. Su Gont non c'erano più draghi da molti secoli; e nessun drago volerebbe mai nei pressi di Roke, e perciò anche là sono soltanto oggetto di favole e di canti, cose descritte e mai vedute. Ged aveva imparato alla scuola tutto ciò che poteva sui draghi, ma una cosa è leggere dei draghi e un'altra è incontrarli. L'occasione gli stava davanti, e perciò aveva risposto di slancio: — Andrò.

L'arcimago Gensher aveva annuito, ma il suo sguardo era triste. — Dimmi — aveva chiesto infine, — hai paura di lasciare Roke? Oppure sei ansioso di andare?

— L'una cosa e l'altra, mio signore.

Gensher aveva annuito di nuovo. — Non so se faccio bene a mandarti lontano da questo rifugio sicuro — aveva detto a voce bassa. — Non riesco a vedere la tua via: è tutta nell'oscurità. E c'è un potere al nord, qualcosa che vorrebbe distruggerti; ma non so dire cosa sia e dove, e se appartiene al tuo passato o al tuo futuro: è tutto in ombra. Quando gli uomini di Torning Bassa sono venuti qui ho pensato subito a te, perché mi sembrava un luogo sicuro e fuorimano dove avresti potuto avere il tempo di raccogliere le tue forze. Ma non so se esiste un luogo sicuro per te, o dove si diriga la tua strada. Non voglio mandarti via così all'oscuro...

All'inizio, quella casa sotto gli alberi in fiore sembrò a Ged un luogo piuttosto luminoso. Viveva là, e spesso guardava il cielo occidentale e tendeva l'orecchio per captare il suono delle ali scagliose. Ma non appariva nessun drago. Ged pescava dal suo pontile e curava il suo orticello. Trascorreva intere giornate riflettendo su una pagina o una riga o una parola dei Libri della Tradizione che aveva portato da Roke, seduto nell'aria estiva sotto gli alberi di pendick, mentre l'otak dormiva accanto a lui o andava a caccia di topi nelle distese d'erba e di margherite. E serviva gli abitanti di Torning Bassa come guaritore e mago del tempo, quando glielo chiedevano. Non pensava affatto che un mago dovesse vergognarsi di svolgere mansioni così semplici, perché era stato un ragazzino-stregone tra gente ancora più povera. Comunque gli chiedevano poco, poiché avevano una grande soggezione di lui: un po' perché era un mago venuto dall'isola dei Saggi, un po' per i suoi silenzi e il suo volto sfregiato. Sebbene fosse così giovane, c'era in lui qualcosa che incuteva disagio.

Tuttavia trovò un amico, un fabbricante di barche che abitava sull'isoletta più vicina, verso oriente. Il suo nome era Pechvarry.

Si erano incontrati per la prima volta sul pontile, dove Ged si era fermato a guardare mentre quello montava l'albero di una barchetta. Pechvarry alzò la testa verso il mago con un gran sorriso e disse: — Ecco, un mese di lavoro quasi finito. Immagino che tu avresti potuto farlo in un minuto con una parola, eh, signore?

— Forse — rispose Ged, — ma probabilmente affonderebbe dopo un altro minuto, a meno che continuassi con gli incantesimi. Ma se vuoi... — S'interruppe.

— Ebbene, signore?

— Ebbene, è una bellissima imbarcazione. Non ha bisogno di nulla. Ma se vuoi posso gettarvi sopra un incantesimo legante, perché resti in buona efficienza; o un incantesimo del ritrovamento, perché possa tornare facilmente dal mare.

Parlava con esitazione, poiché non voleva offendere l'artigiano, ma Pechvarry era raggiante. — La barchetta è per mio figlio, signore, e se tu volessi gettarvi gli incantesimi che hai detto sarebbe una gran bontà e un atto di vera amicizia. — Poi salì sul pontile per stringere la mano a Ged e ringraziarlo.

Dopo quel giorno, spesso lavorarono insieme: Ged intesseva i suoi incantesimi nel lavoro di Pechvarry, sulle barche che quello fabbricava e riparava, e in cambio imparava come si costruisce un'imbarcazione e come la si governa senza l'aiuto della magia: perché tale arte della navigazione normale non era molto fiorente a Roke. Spesso Ged, Pechvarry e il figlioletto di questo, Ioeth, si aggiravano per i canali e le lagune, veleggiando o remando su una barca o sull'altra, fino a quando Ged divenne un discreto marinaio: e l'amicizia tra lui e Pechvarry si fece salda.

Nell'autunno inoltrato, il figlio del fabbricante di barche si ammalò. La madre mandò a chiamare la strega dell'isola di Tesk, che era abile nel guarire, e tutto parve andar bene per un giorno o due. Poi, nel cuore di una notte tempestosa, Pechvarry venne a bussare alla porta di Ged, implorandolo di salvare il bambino. Ged scese di corsa alla barca con lui, e insieme remarono in tutta fretta nel buio e nella pioggia fino alla casa dell'artigiano. Là, Ged vide il bambino sul paglericcio, e la madre accovacciata in silenzio accanto a lui, e la strega che faceva una fumigazione di radici di corly e cantava il Canto di Nagian: era il miglior incantesimo risanatore che conoscesse. Ma bisbigliò a Ged: — Nobile mago, temo che questa febbre sia la febbre rossa e che il piccino ne morirà stanotte.

Quando Ged s'inginocchiò e posò le mani sul bambino, pensò la stessa cosa, e si ritrasse per un momento. Durante gli ultimi mesi della sua lunga malattia il maestro erborista gli aveva insegnato molte cose dell'arte dei guaritori, e la prima e l'ultima lezione era questa: guarisci la ferita e cura la malattia, ma lascia andare lo spirito morente.

La madre vide il suo gesto e comprese, e gridò disperata. Pechvarry si piegò su di lei dicendo: — Il nobile Sparviero lo salverà, moglie. Non piangere. Ora c'è lui. Ci riuscirà.

Udendo il grido della madre e vedendo la fiducia che Pechvarry riponeva in lui, Ged comprese che non poteva deluderli. Diffidava del proprio giudizio, e pensava che forse il piccolo poteva salvarsi se si fosse riusciti ad abbassare la febbre. Disse: — Farò del mio meglio, Pechvarry.

Cominciò a bagnare il bambino con la fredda acqua piovana appena caduta che gli altri gli portavano, e prese a recitare uno degli incantesimi per arrestare la febbre. Il sortilegio non fece presa, e all'improvviso Ged pensò che il piccino gli stava morendo tra le braccia.

Chiamando a raccolta tutto il suo potere, senza pensare a se stesso, mandò il suo spirito all'inseguimento dello spirito del bimbo, per ricondurlo indietro. Chiamò il nome del piccolo: — Ioeth! — Quando ebbe l'impressione di ricevere una fievole risposta col suo udito interiore, insistette, chiamando ancora. Poi vide il bambino che correva svelto, lontano, molto più avanti, scendendo le pendici buie di un'immensa collina. Non c'erano suoni. Le stelle sopra la collina non erano quelle che i suoi occhi avevano conosciuto. Eppure conosceva per nome le costellazioni: il Covone, la Porta, l'Uomo che si volta, l'Albero. Erano le stelle che non tramontano, che non impallidiscono allo spuntar del giorno. Aveva seguito troppo lontano il bambino morente.

Si ritrovò solo sul pendio buio. Era difficile tornare indietro, molto difficile.

Si voltò, lentamente. Lentamente tese in avanti un piede per risalire il pendio, poi l'altro. Andò, passo passo, e ogni passo era uno sforzo di volontà, era sempre più faticoso del precedente.

Le stelle non si muovevano. Non c'era vento, su quel terreno arido e scosceso. In tutto l'immenso regno della tenebra lui solo si muoveva, salendo lentamente. Giunse in cima alla collina e vide il basso muro di pietre. Ma oltre il muro, di fronte a lui, c'era un'ombra.

L'ombra non aveva la forma di un uomo o di una bestia. Era amorfa, quasi invisibile, ma gli parlava sottovoce, sebbene non ci fossero parole nel suo mormorio, e si protendeva verso di lui. Stava dalla parte dei vivi, e lui stava dalla parte dei morti.

Doveva scendere la collina per addentrarsi nelle terre deserte e nelle buie città dei morti, oppure doveva scavalcare il muro per tornare alla vita, dove l'attendeva la cosa informe e maligna?

Aveva in mano il bastone, e lo levò alto. A quel movimento, la forza riaffluì in lui. Quando si accinse a scavalcare il basso muro di pietre per balzare contro l'ombra, il bastone sfolgorò all'improvviso, bianchissimo, una luce abbacinante in quel luogo buio. Balzò, si sentì cadere, e non vide altro.

Ora, ciò che videro Pechvarry e sua moglie e la strega fu questo: il giovane mago s'era interrotto a metà dell'incantesimo, e per un poco aveva tenuto stretto a sé il piccino, restando immobile. Poi aveva deposto delicatamente Ioeth sul pagliericcio e si era alzato, restando in silenzio col bastone in mano. All'improvviso levò alto il bastone, che sfolgorò di una luce bianca come se il mago tenesse in pugno il fulmine, e tutti gli oggetti nella capanna spiccarono stranamente vividi in quel fuoco momentaneo. Quando i loro occhi non furono più abbagliati, videro il giovane raggomitolato sul pavimento di terra battuta, accanto al pagliericcio dove giaceva morto il bimbo.

Pechvarry credette che anche il mago fosse morto. Sua moglie piangeva, e lui era completamente sconvolto. Ma la strega aveva una certa conoscenza della magia e delle vie che un vero mago può percorrere, e comprese che Ged, sebbene giacesse freddo ed esanime, non doveva essere trattato come un morto ma come un uomo malato o in trance. Ged fu portato a casa e venne lasciata con lui una vecchia, perché vedesse se dormiva per destarsi o dormiva per sempre.

Il piccolo otak era nascosto fra le travi del tetto, come faceva sempre quando entrava qualche estraneo. Rimase là mentre la pioggia batteva sulle pareti e il fuoco si smorzava e la notte - passando lentamente - lasciava la vecchia intenta a sonnecchiare accanto al focolare. Poi l'otak scese cautamente e si avvicinò a Ged che giaceva rigido e immobile sul letto. Cominciò a leccargli le mani e i polsi, a lungo, pazientemente, con la linguetta secca e bruna come una foglia. Accovacciandoglisi accanto alla testa gli leccò la tempia, la guancia sfregiata, e, delicatamente, gli occhi chiusi. E adagio adagio, sotto quel tocco lieve, Ged si svegliò. Si svegliò senza sapere dov'era stato e dov'era, e cos'era la fioca luce grigia nell'aria intorno a lui, che era la luce dell'alba ritornata al mondo. Poi l'otak si acciambellò come al solito accanto alla sua spalla e si addormentò.

Più tardi, quando Ged ripensò a quella notte, comprese che se nessuno l'avesse toccato mentre giaceva perduto nel mondo degli spiriti, se nessuno l'avesse richiamato in un modo o nell'altro, forse sarebbe stato perduto davvero. Era solo la saggezza istintiva della bestia che lambisce il compagno sofferente per confortarlo, eppure in quella saggezza Ged vide qualcosa di affine al suo potere, qualcosa che era profondo quanto la magia. Da quel momento si convinse che saggio è l'uomo che non si isola mai dalle altre creature viventi, sappiano parlare o no, e negli anni seguenti si sforzò a lungo di scoprire ciò che si può imparare in silenzio dagli occhi degli animali, dal volo degli uccelli, dai grandi gesti lenti degli alberi.

Aveva compiuto indenne, per la prima volta, il passaggio e il ritorno che solo un mago può compiere a occhi aperti e che neppure il più grande dei maghi può realizzare senza rischio. Ma era tornato alla paura e all'angoscia. L'angoscia era per il suo amico Pechvarry, la paura era per se stesso. Ora sapeva perché l'arcimago aveva temuto di mandarlo lontano, sapeva cos'aveva oscurato e obnubilato la visione del suo futuro. Perché era la tenebra stessa ciò che l'aveva atteso, la cosa senza nome, l'essere che non apparteneva al mondo, l'ombra che lui aveva scatenato o creato. In spirito, al muro di confine tra la morte e la vita, l'aveva atteso per quei lunghi anni. L'aveva trovato là, finalmente. Adesso si sarebbe messa sulle sue tracce, cercando di avvicinarsi a lui, di prendere per sé la sua forza, di risucchiare la sua vita e di ammantarsi della sua carne.

Poco dopo sognò la cosa, come un orso senza testa né muso. Gli parve che si aggirasse a tentoni intorno alle pareti della casa, cercando la porta. Non aveva più fatto un simile sogno dopo essere stato guarito dalle ferite infertegli dall'ombra. Quando si svegliò era debolissimo e intirizzito, e le cicatrici sul volto e sulla spalla dolevano e tiravano.

Incominciò un triste periodo. Quando sognava l'ombra o anche solo vi pensava, provava sempre quella fredda paura: la ragione e il potere defluivano da lui, lasciandolo intontito e smarrito. S'infuriava per la propria vigliaccheria, ma era inutile. Cercò qualche protezione, ma non c'era: la cosa non era di carne, non era viva e non era spirito, non aveva nome, non aveva altro essere che quello datole da lui stesso: un potere terribile al di fuori delle leggi del mondo illuminato dal sole. Sapeva soltanto che era attratta verso di lui e che avrebbe cercato di compiere il proprio volere per suo mezzo, essendo una sua creatura. Ma non sapeva in quale forma poteva venire, poiché non aveva ancora una sua forma, né come sarebbe venuta né quando.

Eresse tutte le barriere magiche che conosceva intorno alla sua casa e intorno all'isola su cui viveva. Quei muri d'incantesimo dovevano venire sempre rinnovati, e ben presto si accorse che se avesse speso tutta la sua forza in quelle difese non sarebbe stato più utile agli isolani. Cos'avrebbe potuto fare, preso fra due nemici, se fosse giunto un drago da Pendor?

Sognò ancora: ma questa volta, nel sogno, l'ombra era in casa, accanto alla porta, e cercava di afferrarlo nell'oscurità, e bisbigliava parole che lui non comprendeva. Si svegliò atterrito, e fece fiammeggiare nell'aria la luce incantata, rischiarando ogni angolo della casetta fino a quando non vide più ombre. Poi aggiunse legna sulle braci del focolare, e si sedette nella luce del fuoco ad ascoltare il vento dell'autunno che frusciava sul tetto di paglia e gemeva tra i grandi alberi spogli; e rifletté a lungo. Un'antica collera s'era destata nel suo cuore. Non avrebbe sopportato quell'attesa impotente, standosene prigioniero su un'isoletta a mormorare inutili incantesimi di chiusura e di protezione. Eppure non poteva fuggire dalla trappola: avrebbe tradito la fiducia degli isolani e li avrebbe abbandonati indifesi al drago. C'era una sola cosa da fare.

Il mattino seguente scese tra i pescatori all'ancoraggio principale di Torning Bassa; cercò il capo degli isolani e gli disse: — Devo andarmene. Sono in pericolo, e metto in pericolo anche voi. Devo andare. Perciò ti chiedo il permesso di recarmi a finire i draghi di Pendor, in modo da svolgere la mia missione presso di voi per poter partire liberamente. Se fallirò, fallirei comunque quando venissero qui, ed è meglio saperlo prima che dopo.

L'isolano lo guardò a bocca aperta. — Nobile Sparviero — disse, — là ci sono nove draghi!

— Otto sono ancora giovani, dicono.

— Ma il vecchio...

— Te l'ho detto, devo andarmene da qui. Ti chiedo il permesso di liberarvi prima del pericolo dei draghi, se mi sarà possibile.

— Come vuoi tu, signore — disse cupamente il capo isolano. Tutti coloro che ascoltavano pensavano che il loro giovane mago fosse pazzo o temerario, e scuri in volto lo videro partire, prevedendo di non avere mai più sue notizie. Alcuni insinuarono che intendeva semplicemente ritornare al mare Interno passando per Hosk, lasciandoli nei guai; altri, tra cui Pechvarry, sostennero che era impazzito e che cercava la morte.

Da quattro generazioni, tutte le navi regolavano la rotta in modo da tenersi lontane dalle spiagge dell'isola di Pendor. Nessun mago era mai andato là a combattere il drago, perché l'isola non era su una rotta di traffico e i suoi signori erano stati pirati, razziatori di schiavi e guerrafondai, odiati da tutti gli abitanti delle parti sudoccidentali di Earthsea. Perciò nessuno aveva cercato di vendicare il signore di Pendor dopo che il drago era comparso all'improvviso da occidente, piombando su di lui e sui suoi uomini che banchettavano nella torre, soffocandoli con le fiamme che gli uscivano dalla bocca e cacciando in mare tutta l'urlante popolazione della città. Invendicata, Pendor era stata lasciata al drago, con tutte le sue ossa e le sue torri e i gioielli rubati a principi morti da molto tempo sulle coste di Peln e di Hosk.

Ged sapeva benissimo tutto questo, e anche di più, perché da quando era giunto a Torning Bassa aveva pensato e ripensato a tutto ciò che aveva imparato sul conto dei draghi. Mentre guidava la piccola imbarcazione verso occidente - senza remare e senza usare le arti marinaresche che gli aveva insegnato Pechvarry, ma navigando con il vento magico nella vela e con un incantesimo posto sulla prua e nella chiglia perché non deviassero - attendeva di vedere l'isola morta levarsi dall'orlo del mare. Voleva procedere velocemente e perciò usava il vento magico, perché temeva ciò che stava dietro di lui più di quanto gli stava davanti. Ma col passare delle ore la sua impazienza colorata di paura si trasmutò in una specie di gioia rabbiosa. Finalmente cercava il pericolo di sua volontà; e più gli si avvicinava, più si sentiva sicuro che, almeno questa volta, in quell'ora che forse precedeva la sua morte, era libero. L'ombra non osava seguirlo nelle fauci di un drago. Le onde correvano crestate di bianco sul mare grigio, e le nubi grige volavano sopra di lui spinte dal vento del nord. Si diresse rapidamente a ovest, con la vela gonfiata dal vento magico, e giunse in vista delle rocce di Pendor, delle silenziose vie della città, delle torri sventrate e cadenti.

All'entrata del porto, una baia a mezzaluna poco profonda, lasciò cadere il vento incantato e fermò la barca, che si arrestò dondolando sulle onde. Poi chiamò il drago: — Usurpatore di Pendor, vieni a difendere il tuo tesoro!

La sua voce non giunse lontana, nel frastuono dei frangenti che battevano sulla spiaggia cinerea; ma i draghi hanno l'udito fine. Poco dopo, uno salì svolazzando da una rovina scoperchiata della città, come un immenso pipistrello nero, con le ali sottili e il dorso crestato, e volteggiando nel vento del nord venne verso Ged. Il cuore di Ged si gonfiò alla vista dell'essere che per la sua gente era un mito, e lui rise e gridò: — Va' a dire al Vecchio di venire, verme del vento!

Perché quello era uno dei giovani draghi, messi al mondo lì anni addietro da un drago femmina venuto dallo stretto Occidentale, che aveva deposto la sua covata di grandi uova coriacee (come dicono che facciano i draghi femmina) in qualche stanza soleggiata e sventrata della torre ed era volato via di nuovo, lasciando il Vecchio Drago di Pendor a vegliare sui piccoli usciti dal guscio come lucertole terribili.

Il giovane drago non replicò. Non era molto grosso, forse era lungo come una nave a quaranta remi, ed era sottile come un verme nonostante l'ampiezza delle nere ali membranose. Non aveva ancora raggiunto le dimensioni di un drago adulto, e non ne aveva né la voce né l'astuzia. Si avventò verso Ged sulla piccola barca ondeggiante, aprendo le lunghe fauci dentate mentre scendeva in picchiata dall'aria come una freccia: perciò a Ged bastò legargli le ali e le membra con un secco incantesimo per farlo piombare in mare come una pietra. E il grigio mare si chiuse su di lui.

Due draghi simili al primo si levarono dalla base della torre più alta. Come il primo, si avventarono contro Ged: lui li catturò entrambi, li scagliò in mare e li affogò; e non aveva ancora alzato il suo bastone di mago.

Poi, dopo un po', dall'isola ne vennero altri tre. Uno era molto più grosso, e lanciava spire di fuoco dalle fauci. Due si avventarono al volo verso di lui, sbattendo rumorosamente le ali, ma quello grande volteggiò e gli venne alle spalle, rapidissimo, per bruciare lui e la barca con l'alito di fuoco. Nessun incantesimo legante poteva prenderli tutti e tre, poiché due venivano da nord e uno da sud. Nell'istante in cui se ne accorse, Ged operò un incantesimo di metamorfosi, e tra un respiro e l'altro s'innalzò in volo dall'imbarcazione, in forma di drago.

Spiegando le immense ali e protendendo gli artigli, incontrò i due lanciati a capofitto, carbonizzandoli col fuoco, e poi si voltò verso il terzo, che era più grande di lui, e ugualmente armato di fiamme. Nel vento, sopra le grige onde, volteggiarono, sbatterono le mascelle, si tuffarono, risalirono, fino a quando il fumo ondeggiò intorno a loro, illuminato di rosso dal bagliore delle bocche ardenti. All'improvviso Ged volò verso l'alto, e l'avversario lo inseguì. A metà volo Ged-drago sollevò le ali, si arrestò, e scese in picchiata come un falco, con gli artigli protesi verso il basso, colpendo l'altro e urtandolo al collo e al fianco. Le nere ali sbatterono freneticamente e il nero sangue di drago piovve in gocce dense nel mare. Il drago di Pendor si liberò e s'involò a bassa quota, incerto, verso l'isola, dove si nascose strisciando in un pozzo o in una caverna tra le macerie della città.

Subito Ged riprese il suo aspetto e il suo posto sulla barca, poiché era pericoloso conservare quella forma di drago più a lungo del necessario. Le sue mani erano annerite dall'ardente sangue del rettile, e aveva la testa ustionata: ma ora questo non aveva importanza. Attese di aver ripreso fiato e poi gridò: — Sei ne ho visti, cinque ne ho uccisi, dicono che sono nove: venite fuori, vermi!

Per lungo tempo nulla si mosse, nessuna voce risuonò sull'isola: c'era solo il rumore delle onde che battevano sulla riva. Poi Ged si accorse che la torre più alta cambiava lentamente forma, gonfiandosi da un lato come se estroflettesse un braccio. Temeva la magia dei draghi, perché i vecchi draghi sono molto potenti e astuti e usano una magia che è uguale e diversa da quella degli uomini; ma dopo un momento comprese che non era un trucco del drago ma solo uno scherzo della sua vista. Ciò che aveva creduto una parte della torre era la spalla del drago di Pendor, che si snodava e si alzava lentamente.

Quando fu eretto, la sua testa scagliosa, crestata di aculei e munita di una lingua trifida, si levò più alta della torre diroccata, e le zampe anteriori poggiavano sulle macerie della città sottostante. Le scaglie erano nero-grigiastre, e riflettevano la luce del giorno come pietre spezzate. Era scarno come un segugio e immenso come una collina. Ged lo guardò sgomento. Nessun canto, nessuna leggenda poteva preparare la mente a quella vista. Per poco non fissò negli occhi il drago: sarebbe stato perduto, se l'avesse fatto, perché nessuno può guardare un drago negli occhi. Distolse lo sguardo dai verdi occhi oleosi che lo scrutavano, e tenne davanti a sé il bastone che adesso gli sembrava un fuscello.

— Avevo otto figli, piccolo mago — disse la gran voce asciutta del drago di Pendor. — Cinque sono morti, uno è morente: basta. Non conquisterai il mio tesoro uccidendoli.

— Non voglio il tuo tesoro.

Fumo giallo uscì sibilando dalle narici del drago: era la sua risata.

— Non ti piacerebbe venire a riva a vederlo, piccolo mago? Vale la pena di ammirarlo.

— No, drago. — I draghi sono imparentati col vento e il fuoco, e non combattono volentieri sul mare. Finora quello era stato il vantaggio di Ged, e lui voleva conservarlo; ma la fascia d'acqua tra lui e i grandi artigli grigi non gli sembrava più di grande utilità.

Era difficile non guardare quegli occhi verdi e penetranti.

— Sei un mago molto giovane — disse il drago. — Non sapevo che gli uomini pervenissero tanto giovani al potere. — Parlava, come Ged, nella Vecchia Favella, che è tuttora la lingua dei draghi. Sebbene l'uso della Vecchia Favella vincoli un uomo alla verità, per i draghi non è così. È la loro lingua, e possono usarla per mentire, distorcendo le parole vere per falsi fini, irretendo l'ascoltatore incauto in un labirinto di parole-specchio, ognuna delle quali riflette la verità e nessuna delle quali conduce a qualcosa. Ged ne era stato avvertito spesso; e quando il drago parlò, lui ascoltò con diffidenza, armato di dubbi. Ma le parole sembravano semplici e chiare: — È per chiedere il mio aiuto che sei venuto qui, piccolo mago?

— No, drago.

— Eppure io potrei aiutarti. Presto avrai bisogno d'aiuto, contro ciò che ti dà la caccia nell'oscurità.

Ged restò muto.

— Cos'è che ti dà la caccia? Dimmi il suo nome.

— Se potessi dargli un nome... — Ged s'interruppe.

Il fumo giallo si attorse sopra la lunga testa del drago, scaturendo dalle narici che erano due rotondi pozzi di fuoco.

— Se tu potessi dargli un nome forse potresti dominarlo, piccolo mago. Forse io potrei dirti il suo nome, se lo vedessi da vicino. E verrà vicino, se tu attenderai nei pressi della mia isola. Verrà dovunque tu vada. Se non vuoi che ti si avvicini dovrai fuggire e fuggire e continuare a fuggire. Eppure ti seguirà. Ti piacerebbe conoscere il suo nome?

Ged rimase di nuovo in silenzio. Non sapeva immaginare come il drago sapesse dell'ombra che lui aveva scatenato, né come potesse conoscere il nome dell'ombra. L'arcimago aveva detto che l'ombra non aveva nome. Eppure i draghi hanno la loro sapienza: appartengono a una razza più antica dell'uomo. Pochi uomini possono intuire ciò che un drago sa e come lo sa, e quei pochi sono i signori dei draghi. Per Ged, una cosa sola era vera: anche se poteva darsi che il drago dicesse la verità, anche se poteva darsi che fosse in grado di rivelargli la natura e il nome dell'ombra, così conferendogli il potere su di lei... anche se diceva la verità, lo faceva esclusivamente per i propri fini.

— Accade molto di rado — disse infine il giovane, — che i draghi chiedano di fare favori agli uomini.

— Ma accade molto spesso — replicò il drago, — che i gatti giochino col topo prima di ucciderlo.

— Ma non sono venuto qui per giocare, né perché tu giochi con me. Sono venuto per concludere con te un patto.

Affilata come una spada, ma cinque volte più lunga di una spada, la punta della coda del drago s'inarcò, come quella di uno scorpione, sul dorso corazzato, al di sopra della torre. Seccamente, il drago disse: — Io non concludo patti. Io prendo. Cos'hai da offrirmi che io non possa prenderti quando voglio?

— La salvezza. La tua salvezza. Giura che non volerai mai a est di Pendor, e io giurerò di non farti del male.

Dalla gola del drago uscì un suono stridente come lo scroscio di una frana lontana, di pietre che precipitano tra le montagne. Il fuoco danzò lungo la lingua trifida. Il drago si sollevò più in alto, giganteggiando sulle rovine. — Tu mi offri la salvezza! Tu mi minacci! Con che cosa?

— Col tuo nome, Yevaud.

La voce di Ged tremava mentre pronunciava il nome, ma lo pronunciò forte e chiaro. A quel suono il vecchio drago restò immobile, assolutamente immobile. Trascorse un minuto, e poi un altro; e poi Ged, in piedi sulla barchetta ondeggiante, sorrise. Aveva puntato l'esito dell'impresa e la propria vita su un'intuizione tratta dalle vecchie storie dei draghi apprese a Roke, l'intuizione che il drago di Pendor fosse lo stesso che aveva devastato la parte occidentale di Osskil ai tempi di Elfarran e di Morred ed era stato cacciato da Osskil a opera di un mago, Elt, esperto nei nomi. L'intuizione si era rivelata esatta.

— Siamo pari, Yevaud. Tu hai la tua forza: io ho il tuo nome. Sei disposto a concludere il patto?

Il drago non rispose.

Da molti anni viveva sull'isola, dove corazze d'oro e smeraldi giacevano sparsi tra la polvere e i mattoni e le ossa; aveva visto i suoi figli, simili a enormi lucertole nere, giocare tra le case diroccate e provare le ali lanciandosi dagli strapiombi; aveva dormito a lungo al sole, senza mai essere destato da una voce o da una vela. Adesso era difficile muoversi, fronteggiare quel ragazzo-mago, quel nemico fragile, alla vista del cui bastone Yevaud, il vecchio drago, rabbrividiva.

— Puoi scegliere nove gemme dal mio tesoro — disse infine, con la voce che gli usciva sibilante e affannosa dalle lunghe fauci. — Le migliori: scegli quelle che vuoi. Poi va'!

— Non voglio le tue gemme, Yevaud.

— Dov'è finita l'avidità degli uomini? Ai vecchi tempi, nel nord, gli uomini amavano le gemme luccicanti. Io so cosa vuoi, mago. Anch'io posso offrirti la salvezza, perché so cosa può salvarti. Io conosco la sola cosa che può salvarti. C'è un orrore che ti segue. Ti dirò il suo nome.

Ged si sentì balzare il cuore nel petto e strinse forte il bastone, restando immobile come il drago. Lottò per un istante contro l'improvvisa e sconvolgente speranza.

Non era venuto a trattare per la propria vita. Poteva avere sul drago una vittoria, e una soltanto. Accantonò la speranza e fece ciò che doveva.

— Non è questo che chiedo, Yevaud.

Quando pronunciò il nome del drago fu come se tenesse l'essere enorme per un guinzaglio esilissimo, stringendolo alla gola. Sentiva l'antica malignità ed esperienza degli uomini nello sguardo posato su di lui; vedeva gli artigli d'acciaio, ognuno dei quali era lungo come l'avambraccio di un uomo, e la pelle dura come la pietra, e il fuoco che covava nella gola del drago; eppure il guinzaglio si stringeva, si stringeva.

Ged parlò di nuovo: — Yevaud! Giura per il tuo nome che tu e i tuoi figli non verrete mai nell'arcipelago!

Le fiamme eruppero all'improvviso fulgide e rumorose dalle fauci del drago, che disse: — Lo giuro per il mio nome!

Poi sull'isola scese il silenzio, e Yevaud abbassò l'enorme testa. Quando la rialzò e guardò, il mago se n'era andato e la vela dell'imbarcazione era un puntolino bianco sulle onde, verso occidente, diretto alle ricche isole ingemmate dei mari interni. In preda alla rabbia, il vecchio drago di Pendor s'innalzò, schiantando la torre con le contorsioni del suo corpo e sbattendo le ali che erano ampie quanto la città in rovina. Ma il suo giuramento lo tratteneva: e non volò, né allora né mai, verso l'arcipelago.

BRACCATO

Appena Pandor sparì oltre l'orlo del mare dietro di lui, Ged, guardando verso oriente, si sentì tornare nel cuore la paura dell'ombra, e gli fu difficile passare dal nitido pericolo dei draghi a quell'orrore informe e irrimediabile. Lasciò cadere il vento magico e veleggiò col vento del mondo, perché adesso non aveva desiderio di affrettarsi. Non aveva neppure un'idea chiara di ciò che doveva fare. Doveva fuggire, come aveva detto il drago: ma dove? A Roke, pensò, poiché là almeno era protetto e poteva chiedere consiglio ai saggi.

Prima, però, doveva ritornare a Torning Bassa e riferire agli isolani. Quando giunse notizia del suo ritorno, cinque giorni dopo la partenza, i maggiorenti e metà della popolazione della municipalità vennero, remando e correndo, a raccogliersi intorno a lui, a guardarlo sbalorditi e ad ascoltare. Ged fece il suo racconto e un uomo chiese: — Ma chi ha visto questo prodigio, draghi uccisi e draghi domati? E se...

— Taci! — disse bruscamente il capo, perché sapeva, come sapevano quasi tutti, che un mago può avere modi sottili di dire la verità e può tenere la verità per sé: ma se dice una cosa, è veramente così. Perché questo è il suo potere. Perciò si stupirono, e poi cominciarono a sentire che non avevano più motivo di temere, e si rallegrarono. Si strinsero intorno al loro giovane mago e gli chiesero di ripetere il suo racconto. Arrivarono altri isolani e chiesero di udirlo anche loro. Prima del cader della notte, non fu più necessario che Ged lo ripetesse. Potevano farlo gli altri per lui, e anche meglio. Già i cantori del villaggio l'avevano adattato a una vecchia melodia, e intonavano il *Canto dello Sparviero*. I falò ardevano non solo sull'isola di Torning Bassa ma nelle municipalità al sud e all'est. I pescatori gridavano la notizia da barca a barca, da isola a isola: il male è scongiurato, i draghi non verranno mai da Pendor!

Quella notte, quell'unica notte, fu felice per Ged. Nessuna ombra poteva avvicinarsi a lui nel fulgore di quei fuochi di ringraziamento che ardevano su ogni collina e su ogni spiaggia, tra i cerchi di danzatori ridenti che lo circondavano cantando le sue lodi e agitando le torce nella ventosa notte d'autunno così che le scintille volavano fitte e lucenti e brevi nel vento.

Il giorno seguente s'incontrò con Pechvarry, che disse: — Non sapevo che tu fossi tanto potente, mio signore. — C'era paura nelle sue parole perché aveva osato trattare Ged come un amico, ma c'era anche un rimprovero. Ged non aveva salvato il suo figlioletto, sebbene avesse ucciso i draghi. Ged provò allora, rinnovata, l'inquietudine impaziente che l'aveva spinto a Pendor e che adesso l'allontanava da Torning Bassa. Il giorno seguente, anche se gli isolani sarebbero stati felici di tenerlo con loro per tutto il resto della sua vita, per lodarlo e vantarsi di lui, lasciò la casa sulla collina, senza altro bagaglio che i suoi libri, il suo bastone, e l'otak appollaiato sulla spalla.

Salì su una barca con due giovani pescatori di Torning Bassa, che volevano l'onore di essere i suoi rematori. Dovunque passassero, tra le imbarcazioni che affollavano i canali orientali delle Novanta Isole, sotto le finestre e i balconi delle case affacciate sull'acqua, davanti ai moli di Nesh, ai pascoli piovosi di Dromgan, alle maleodoranti capanne di Geath dove si produce l'olio, erano stati preceduti dalla fama della sua impresa. Tutti fischiettavano il *Canto dello Sparviero* al suo passaggio, e facevano a gara nell'invitarlo a passare la notte con loro perché raccontasse la storia del drago. Quando finalmente giunse a Serd, il comandante della nave cui chiese un passaggio fino a Roke s'inchinò e disse: — È un privilegio per me, nobile mago, e un onore per la mia nave!

Così Ged voltò le spalle alle Novanta Isole; ma mentre la nave si allontanava dal porto interno di Serd e alzava la vela, da oriente un vento fortissimo si levò per contrastarla. Era strano, perché il cielo invernale era sereno e quel mattino il tempo sembrava buono. C'erano soltanto trenta miglia da Serd a Roke, e proseguirono: e quando il vento rinforzò, continuarono a proseguire. La piccola nave, come quasi tutti i mercantili del mare Interno, aveva l'alta vela che si può girare per prendere il vento, e il suo comandante era un marinaio esperto, fiero della propria abilità. E così, bordeggiando ora a nord e ora a sud, avanzarono verso oriente. Il vento portò nubi e pioggia, e spirava così forte e capriccioso da mettere in pericolo la nave. — Nobile Sparviero — disse il capitano al giovane, che teneva accanto a sé al posto d'onore a poppa, sebbene fosse possibile conservare ben poca dignità sotto quel vento e quella pioggia che infradiciavano i loro mantelli, — nobile Sparviero, potresti dire una parola a questo vento?

— Siamo vicini a Roke?

— Abbiamo superato metà percorso. Ma nell'ultima ora non siamo andati più avanti, signore.

Ged parlò al vento. Il vento spirò meno forte, e per un po' procedettero abbastanza bene. Poi, all'improvviso, grandi raffiche sibilanti vennero dal sud e li respinsero di nuovo verso occidente. Le nubi si squarciarono e ribollirono nel cielo, e il comandante della nave urlò rabbioso: — Questo maledetto vento spira contemporaneamente da tutte le parti! Solo un vento magico potrà portarcene fuori, signore.

Ged s'incupì; ma la nave e i suoi uomini erano in pericolo per lui, perciò suscitò nella vela il vento magico. Subito la nave cominciò a fendere le onde verso est, e il comandante si rianimò. Ma a poco a poco, sebbene Ged mantenesse l'incantesimo, il vento magico si attenuò, s'indebolì, fino a quando la nave parve arrestarsi sulle onde per un minuto, con la vela afflosciata, in quel tumulto di bufera e di pioggia. Poi, con uno scroscio tonante, il boma ruotò violentemente, e la nave virò e balzò verso nord come un gatto impaurito.

Ged si aggrappò a un sostegno, perché la nave era inclinata sul fianco, e urlò: — Torna a Serd, comandante!

Il comandante imprecò e gridò che non l'avrebbe fatto. — Ho a bordo un mago, e io sono il miglior marinaio della corporazione, e questa è la nave più maneggevole che abbia mai comandato... Tornare indietro?

Poi, mentre la nave roteava di nuovo come se un gorgo l'avesse afferrata, si aggrappò a sua volta al dritto di poppa per non cadere in acqua; e Ged gli disse: — Lasciami a Serd e dirigiti dove vuoi. Non è contro questa nave che spira il vento, ma contro di me.

— Contro di te? Un mago di Roke?

— Sì, è il vento che tiene lontane le potenze maligne dall'isola dei Saggi.

— Ma cosa c'entra con te, che sei un domatore di draghi?

— Questo è tra me e la mia ombra — rispose laconicamente Ged, come è usanza dei maghi; e non disse altro mentre procedevano veloci in direzione di Serd, con un vento costante e sotto il cielo che si schiariva.

C'era un peso spaventoso nel suo cuore, quando Ged salì dai moli di Serd. I giorni si stavano accorciando poiché si avvicinava l'inverno, e il crepuscolo venne presto. Al crepuscolo l'inquietudine di Ged cresceva sempre, e adesso ogni angolo di strada sembrava minacciarlo, e doveva farsi forza per non continuare a voltarsi indietro a spiare ciò che poteva seguirlo. Andò alla Casa del Mare di Serd, dove viaggiatori e mercanti mangiavano insieme i buoni cibi forniti dalla municipalità e potevano dormire nella lunga sala dal soffitto a travi: tale è l'ospitalità delle prospere isole del mare Interno.

Ged avanzò un pezzetto di carne dalla sua cena, e dopo, accanto al fuoco, indusse l'otak a uscire dalla piega del cappuccio dov'era rimasto rannicchiato tutto il giorno e cercò di convincerlo a mangiare, accarezzandolo e sussurrandogli: — Hoeg, hoeg, piccolino, silenzioso... — Ma la bestiola non volle mangiare a andò a nascondersi nella sua tasca. Ormai, dalla sua cupa incertezza e dall'aspetto dell'oscurità negli angoli della grande stanza, Ged comprese che l'ombra non era molto lontana da lui.

Lì nessuno lo conosceva: erano viaggiatori provenienti da altre isole, che non avevano udito il *Canto dello Sparviero*. Nessuno gli rivolse la parola. Alla fine scelse un paglericcio e si sdraiò, ma per tutta la notte restò a occhi aperti, in mezzo a quegli sconosciuti addormentati. Per tutta la notte tentò di scegliere una strada, di decidere dove andare e cosa fare: ma ogni scelta, ogni piano, erano bloccati da una premonizione di sventura. Su ognuna delle strade che poteva percorrere stava in agguato l'ombra. Solo Roke ne era immune, e a Roke non poteva andare. Glielo vietavano gli antichi e potenti incantesimi che tenevano al sicuro quell'isola pericolosa. Il fatto che il vento di Roke si fosse levato contro di lui era la prova che la cosa che l'inseguiva doveva essergli ormai vicinissima.

Quella cosa era incorporea, cieca alla luce del sole, una creatura di un regno senza luce e senza luogo e senza tempo. Doveva seguirlo brancolando attraverso i giorni e i mari del mondo illuminato dal sole, e poteva assumere forma visibile solo nei sogni e nell'oscurità. Non aveva ancora sostanza o essenza su cui potesse brillare la luce solare, eppure le *Gesta di Hode* cantavano: «L'alba crea tutta la terra e il mare, dall'ombra trae la forma, ricacciando il sogno nel regno tenebroso». Ma se l'ombra avesse raggiunto Ged, avrebbe potuto trarre potere da lui e prendere il peso e il calore e la vita del suo corpo e la volontà che l'animava.

Quello era l'orrore che Ged vedeva in agguato davanti a sé su ogni strada. E sapeva che poteva essere spinto con l'inganno verso la catastrofe: perché l'ombra, diventando più forte tanto più era vicina a lui, poteva avere già forza sufficiente per sfruttare poteri maligni o uomini malvagi... mostrandogli falsi portenti, o parlando con la voce di uno sconosciuto. A quanto ne sapeva, in uno degli uomini che dormivano in questo o in quell'angolo dello stanzone della Casa del Mare, quella notte, stava in agguato la cosa tenebrosa, trovando un appiglio in un'anima buia e attendendo e spiandolo, nutrendosi della sua incertezza, della sua paura.

Era insopportabile. Doveva affidarsi al caso, e fuggire dovunque lo portasse il caso. Al primo freddo accenno dell'alba si alzò, e sotto le stelle che sbiadivano scese ai moli di Serd, deciso a salire sulla prima nave in partenza disposta a prenderlo a bordo. Una galea stava caricando olio di turby: avrebbe fatto vela al levar del sole, diretta al Grande Porto di Havnor. Ged chiese un passaggio al comandante. Un bastone da mago è un passaporto e un pagamento per quasi tutte le navi. L'accettarono volentieri, ed entro un'ora la galea salpò. Lo spirito di Ged si risollevò al primo alzarsi dei quaranta lunghi remi, e il rullo del tamburo che segnava il ritmo era per lui una musica marziale.

Eppure non sapeva cos'avrebbe fatto a Havnor e dove sarebbe andato poi. Poteva andare verso nord. Lui era settentrionale: forse avrebbe trovato qualche nave che l'avrebbe portato a Gont da Havnor, e avrebbe potuto rivedere Ogion. Oppure poteva trovarne una che si spingeva negli stretti, così lontano che l'ombra avrebbe perso le sue tracce e rinunciato all'inseguimento. Oltre a quelle vaghe idee, non aveva in mente un piano e non vedeva quale via doveva seguire. Doveva fuggire e basta...

I quaranta remi portarono la nave per centocinquanta miglia di mare ventoso prima del tramonto del secondo giorno dopo la partenza da Serd. Entrarono nel porto a Orrimy, sulla costa orientale della grande terra di Hosk, perché le galee mercantili del mare Interno non si allontanano dalle coste e appena possono si fermano in un porto per passare la notte. Ged scese a terra, perché era ancora giorno, e vagò per le ripide vie della città portuale, cupo e senza meta.

Orrimy è una città vecchia, costruita massicciamente di pietra e mattoni, cinta da mura per difendersi dai signorotti fuorilegge dell'entroterra dell'isola di Hosk; i magazzini sui moli sono come fortini, e le case dei mercanti hanno torri e bastioni. Eppure a Ged, che si aggirava per le vie, quelle dimore ponderose sembravano veli dietro i quali stava un'oscurità vuota; e coloro che incontrava, intenti alle loro faccende, non gli sembravano uomini veri ma mute ombre di uomini. Quando tramontò il sole ritornò ai moli, e anche lì, nella gran luce rossa e nel vento della fine della giornata, mare e terra gli parvero indistinti e silenziosi.

— Dove sei diretto, nobile mago?

Così gli disse una voce alle sue spalle, all'improvviso. Ged si voltò e vide un uomo vestito di grigio: portava un pesante bastone di legno che non era il bastone di un mago. La faccia dello sconosciuto era nascosta dal cappuccio, ma Ged sentì quegli occhi invisibili cercare i suoi. Arretrando, levò il suo bastone di tasso tra sé e lo sconosciuto.

L'uomo chiese, in tono blando: — Cosa temi?

— Ciò che mi segue.

— Davvero? Ma io non sono la tua ombra.

Ged tacque. Comprendeva che in verità quell'uomo, qualunque cosa fosse, non era ciò che lui temeva: non era un'ombra né uno spettro né un *gebbeth*. Nel silenzio e nella semioscurità che erano scesi sul mondo, aveva una voce e una certa solidità. Ributtò indietro il cappuccio. Aveva la testa calva, stranamente grinzosa, e un volto tutto rughe. Sebbene la voce non l'avesse indicato, sembrava vecchio.

— Io non ti conosco — disse. — Tuttavia credo che forse non ci siamo incontrati per caso. Una volta ho sentito parlare di un giovane sfregiato, che conquistò tramite la tenebra un grande dominio, giungendo fino a un trono di re. Non so se è la tua storia. Ma ti dirò questo: va' alla corte del Terrenon, se hai bisogno di una spada per combattere le ombre. Un bastone di legno di tasso non ti servirà.

La speranza e la diffidenza lottavano nella mente di Ged. Un mago impara presto che ben pochi dei suoi incontri sono casuali, per il bene o per il male che siano. — In quale terra è la corte del Terrenon?

— A Osskil.

Al suono di quel nome Ged vide per un istante, nel ricordo, un corvo nero sull'erba verde, che lo guardava di sottecchi con un occhio simile a una pietra levigata, e parlava: ma aveva dimenticato quelle parole.

— Quella terra ha una fama piuttosto tenebrosa — disse, guardando sempre l'uomo in grigio e cercando di giudicarlo. Aveva qualcosa che faceva pensare a un incantatore, addirittura a un mago: eppure, sebbene gli parlasse arditamente, aveva una strana aria depressa, quasi fosse un malato o un prigioniero o uno schiavo.

— Tu vieni da Roke — replicò quello. — I maghi di Roke attribuiscono una fama tenebrosa a tutte le magie che non sono le loro.

— Che uomo sei?

— Un viaggiatore, un agente commerciale di Osskil: sono qui per affari — disse l'uomo in grigio. Poiché Ged non gli chiese altro, gli augurò la buonanotte e proseguì per la stretta viuzza a gradini che portava lontano dai moli.

Ged si voltò, indeciso se tener conto o no di quel segno, e guardò a nord. Il chiarore rosso stava svanendo rapidamente dalle colline e dal ventoso mare. Venne il grigio crepuscolo, e subito dopo la notte.

Ged, con improvvisa decisione, si diresse lungo la banchina, verso un pescatore che stava ripiegando le reti, e gli chiese: — Sai se in porto c'è una nave diretta a nord... a Semel o alle Enlades?

— Quella lunga nave laggiù è di Osskil: forse si fermerà alle Enlades.

Sempre in fretta, Ged proseguì verso la nave indicata dal pescatore, una lunga nave di sessanta remi, sottile come un serpente, con l'alta prora ricurva e scolpita e intarsiata con dischi di guscio di loto, i portelli delle cubie dei remi dipinti di rosso, e la runa Sifl tracciata in nero su ciascuno. Aveva l'aria cupa ma sembrava veloce, ed era in perfetto ordine, con l'equipaggio a bordo. Ged cercò il comandante e gli chiese di portarlo a Osskil.

— Puoi pagare?

— Ho qualche abilità con i venti.

— So farlo anch'io. Non hai niente da darmi? Denaro?

A Torning Bassa i maggiorenti avevano pagato Ged come potevano, con i pezzi d'avorio usati dai mercanti nell'arcipelago: lui aveva accettato solo dieci pezzi, sebbene gli isolani volessero dargliene di più. Li offrì all'osskiliano, ma quello scosse il capo. — Noi non usiamo questi gingilli. Se non hai niente per pagare, io non ho posto per te a bordo.

— Hai bisogno di braccia? Io ho remato su una galea.

— Sì, ci mancano due uomini. Cercati il banco — disse il comandante, e non badò più a lui.

E così, dopo aver riposto il bastone e il sacco di libri sotto il banco dei rematori, Ged divenne, per dieci freddi giorni d'inverno, rematore di quella nave nordica. Lasciarono Orrimy allo spuntar dell'alba, e quel giorno Ged pensò che non ce l'avrebbe fatta. Il suo braccio sinistro era menomato dalle vecchie ferite alla spalla, e tutto il remare nei canali intorno a Torning Bassa non l'aveva preparato all'implacabile ritmo del lungo remo della galea, scandito dal rullo del tamburo. Ogni turno ai remi durava due o tre ore, e poi altri uomini davano il cambio; ma il tempo del riposo sembrava sufficiente solo a far sì che i muscoli di Ged s'irrigidissero, e poi doveva tornare ai remi. E il secondo giorno fu anche peggio; ma poi si abituò, e se la cavò discretamente.

Tra gli uomini dell'equipaggio non c'era il cameratismo che Ged aveva trovato a bordo dell'*Ombra* la prima volta che si era recato a Roke. I marinai delle navi di Andrad e di Gont sono soci e lavorano insieme per il profitto comune, mentre i mercanti di Osskil usano schiavi e servi oppure ingaggiano rematori, pagandoli con piccole monete d'oro. L'oro è molto importante, a Osskil. Ma non è fonte di buona amicizia su quell'isola, come non lo è fra i draghi, che a loro volta lo tengono in gran conto. Poiché la metà dell'equipaggio era composta da servi costretti a lavorare, gli ufficiali della nave si comportavano da schiavisti. Non frustavano mai un rematore che lavorava per la paga o per il passaggio, ma non è possibile che ci sia molta amicizia in un equipaggio dove alcuni vengono frustati e altri no. I compagni di Ged parlavano poco tra loro, e con lui parlavano ancor meno. Erano quasi tutti di Osskil e non usavano la lingua hardese dell'arcipelago ma un loro dialetto, ed erano uomini cupi, pallidi, con neri baffi spioventi e capelli lisci. *Kelub*, il rosso: così chiamavano Ged. Sebbene sapessero che era un mago, non gli mostravano il minimo riguardo ma piuttosto una specie di guardingo disprezzo. E lui non aveva voglia di cercare di farseli amici. Anche lì, sul banco, preso dal poderoso ritmo delle remate, in mezzo ad altri rematori di una nave che correva sui grigi mari vuoti, si sentiva esposto, indifeso. Quando entravano in porti sconosciuti, al cader della notte, e lui si avviluppava nel mantello per dormire, sebbene fosse stanchissimo sognava, si svegliava e riprendeva a sognare: sogni terribili, che al risveglio non riusciva a ricordare benché sembrassero aleggiare intorno alla nave e agli uomini della nave; e perciò diffidava di tutti.

Gli osskiliani liberi portavano tutti un lungo coltello al fianco; e un giorno, mentre gli uomini del suo turno consumavano il pasto del meriggio, uno domandò a Ged: — Sei uno schiavo o un violatore di giuramenti, Kelub?

— Né l'uno né l'altro.

— Perché non porti il coltello, allora? Hai paura di batterti? — chiese beffardo l'uomo, che si chiamava Skiorh.

— No.

— È il tuo cagnolino, a battersi per te?

— Otak — disse un altro che stava ascoltando. — Non è un cane, è un otak. — E disse qualcosa in osskiliano che indusse Skiorh a voltarsi dall'altra parte con una smorfia. Mentre si girava, Ged scorse un mutamento nel suo volto, uno sfocarsi dei lineamenti, come se per un attimo qualcosa l'avesse mutato usandolo per guardare Ged in tralice con i suoi occhi. Tuttavia dopo un momento Ged lo vide in faccia, e gli parve il solito: perciò si disse che ciò che aveva visto era la sua paura, il suo terrore riflesso negli occhi dell'altro. Ma quella notte, mentre erano in porto a Esen, sognò, e sognò Skiorh. Dopo quella notte cercò di evitare quell'uomo, e sembrava che anche Skiorh si tenesse lontano da lui. E non si parlarono più.

Le montagne innevate di Havnor scomparvero dietro di loro, a sud, confuse tra le nebbie del primo inverno. Superarono l'imboccatura del mare di Éa, dove tanto tempo prima era annegata Elfarran, e poi passarono oltre le Enlades. Rimasero per due giorni in porto a Berila, la Città d'Avorio, bianca sulla sua baia, nella parte occidentale della mitica Enlad. In tutti i porti in cui giungevano, gli uomini dell'equipaggio venivano tenuti a bordo della nave e non potevano mettere piede a terra. Poi, mentre si levava il sole rosseggiante, si avventurarono nel mare di Osskil, nei venti di nord-est che spirano indisturbati dalla desolazione senza isole dello stretto Settentrionale. Portarono il loro carico attraverso quel mare agitato, e il secondo giorno dopo la partenza da Berila entrarono in porto a Neshum, la città commerciale della parte orientale di Osskil.

Ged vide una costa bassa sferzata dal vento piovoso, una città grigia accovacciata dietro i lunghi frangiflutti che formavano il porto, e dietro la città colline spoglie sotto un cielo gravido di neve. Si erano spinti lontano dal sole del mare Interno.

I facchini della corporazione marittima di Neshum vennero a bordo per scaricare le merci (oro, argento, gioielli, sete finissime e arazzi meridionali, le cose preziose tesaurizzate dai signori di Osskil), e gli uomini liberi dell'equipaggio furono congedati. Ged ne fermò uno per chiedere indicazioni: fino a quel momento la diffidenza che provava per tutti loro l'aveva trattenuto dal dire dov'era diretto, ma adesso, appiedato e solo in una terra sconosciuta, doveva ben informarsi. L'uomo proseguì spazientito, dicendo che non lo sapeva; ma Skiorh, che aveva udito, disse: — La corte del Terrenon? Nelle brughiere di Keksment. Vado anch'io da quelle parti.

Skiorh non era il compagno che Ged avrebbe scelto, ma poiché lui non conosceva né la lingua né la strada non poteva far altro. E non aveva molta importanza, pensò: non era stato lui a scegliere di venire lì. Era stato sospinto, e adesso veniva sospinto ancora. Si tirò il cappuccio sulla testa, prese il bastone e il sacco, e seguì l'osskiliano attraverso le vie della città e più oltre, tra le colline coperte di neve. Il piccolo otak non volle restargli sulla spalla e si nascose nella tasca della tunica di pelle di pecora, sotto il mantello, com'era sua abitudine quando faceva freddo. Le colline si stendevano a perdita d'occhio fra brughiere ondulate e squallide. Camminavano in silenzio, e il silenzio dell'inverno gravava su tutta quella terra.

— Molto lontano? — chiese Ged dopo che ebbero percorso alcune miglia senza vedere villaggi o fattorie da nessuna parte: pensava che non avevano viveri con loro. Skiorh girò la testa un momento, alzando il cappuccio, e disse: — Non lontano.

Era un volto brutto, pallido, volgare e crudele; ma Ged non temeva nessun uomo, sebbene potesse temere il luogo dove quell'uomo l'avrebbe guidato. Annuì, e proseguirono. La strada era solo una cicatrice attraverso la desolazione di neve e di arbusti spogli. Di tanto in tanto, altre piste l'attraversavano o se ne diramavano. Ora che il fumo dei comignoli di Neshum era nascosto dietro le colline, nella luce sempre più cupa del pomeriggio, non c'era traccia della direzione in cui dovevano andare o da cui erano venuti. Solo il vento continuava a spirare sempre dall'est. E dopo che ebbero camminato per diverse ore Ged ebbe l'impressione di scorgere, lontano sulle colline a nordovest, nella direzione in cui erano avviati, una vaga scalfittura contro il cielo, bianca, simile a un dente. Ma la luce della breve giornata si andava affievolendo, e al primo rialzo della strada non riuscì a distinguere più chiaramente di prima quella cosa, torre o albero o cos'altro fosse.

— È là che siamo diretti? — chiese, tendendo il braccio.

Skiorh non rispose ma continuò a camminare, avviluppato nel rozzo mantello col cappuccio a punta foderato di pelliccia. Ged procedeva al suo fianco, a grandi passi. Si erano spinti molto lontano, e lui era insonnolito per il ritmo dell'andatura e per la lunga stanchezza dei giorni e delle notti di fatica a bordo della nave. Cominciò ad avere la sensazione di camminare da sempre e di essere destinato a camminare per sempre accanto a quell'essere silenzioso, in una terra silenziosa e sempre più buia. La prudenza e la determinazione si erano offuscate in lui. Camminava come in un lungo, lunghissimo sogno, senza una meta.

L'otak si mosse, nella tasca, e una vaga paura si destò e si agitò nella mente di Ged. Si fece forza e parlò. — Stanno venendo l'oscurità e la neve. Dobbiamo andare ancora lontano?

Dopo un indugio, l'altro rispose senza voltarsi: — Non lontano.

E la sua voce non sembrava la voce di un uomo ma di una bestia, rauca e senza labbra, che si sforza di parlare.

Ged si fermò. Tutt'intorno a lui stavano le colline deserte nella tarda luce crepuscolare. Qualche fiocco di neve cadeva turbinando. — Skiorh! — disse, e l'altro si fermò e si voltò. Sotto il cappuccio a punta non c'era volto.

Prima che Ged potesse pronunciare un incantesimo o evocare il potere, il *gebbeth* parlò, dicendo con quella voce rauca: — Ged!

E allora il giovane non poté operare nessuna trasformazione: restò prigioniero nel suo vero essere, e dovette affrontare il *gebbeth* così indifeso. Non poteva invocare aiuto in quella terra sconosciuta, dove non conosceva nulla e nessuno che potesse rispondere al suo appello. Restò solo, e tra lui e il suo nemico c'era soltanto il bastone di legno di tasso stretto nella sua destra.

La cosa che aveva divorato la mente di Skiorh e si era impossessata della sua carne fece compiere un passo avanti al corpo, verso Ged, e le braccia si tesero brancolando per afferrarlo. Invaso dalla furia e dall'orrore, Ged avventò il bastone, in un arco sibilante, sul cappuccio che nascondeva la faccia d'ombra. Il cappuccio e il mantello si afflosciarono fin quasi al suolo, sotto quel colpo violento, come se dentro non ci fosse null'altro che vento; e poi, fremendo e svolazzando, si risollevarono. Il corpo di un *gebbeth* è stato svuotato della sua vera sostanza, ed è piuttosto un involucro o un vapore in forma d'uomo, una carne irreale che riveste la realtà dell'ombra. Sussultando e gonfiandosi come se fosse mossa dal vento, l'ombra spalancò le braccia e si scagliò su Ged, cercando di abbrancarlo come aveva fatto sulla collina di Roke: e se ci fosse riuscita avrebbe abbandonato l'involucro di Skiorh e sarebbe entrata in Ged, divorandolo dall'interno e impadronendosi di lui com'era suo desiderio. Ged avventò ancora il pesante bastone fumante, schiacciandola; ma quella ritornò, e lui colpì di nuovo, e poi lasciò cadere il bastone che sfolgorava e fumigava scottandogli la mano. Indietreggiò, e improvvisamente girò su se stesso e fuggì.

Corse, e il *gebbeth* lo inseguì a un passo di distanza, incapace di raggiungerlo ma senza lasciarsi mai distaccare. Ged non si voltò mai indietro. Corse, corse, in quell'immensa terra crepuscolare dove non c'erano nascondigli. Una volta il *gebbeth*, con quella rauca voce sibilante, lo chiamò ancora per nome: ma sebbene gli avesse sottratto in quel modo il suo potere di mago, non aveva dominio sull'energia del suo corpo e non poteva costringerlo a fermarsi. Ged corse.

La notte si addensò intorno al cacciatore e alla preda, e la neve volò finissima sul sentiero che Ged non riusciva più a scorgere. Il sangue gli martellava negli occhi, il respiro gli bruciava la gola: non correva più, avanzava incespicando e vacillando; eppure l'instancabile inseguitore sembrava incapace di raggiungerlo, e gli stava sempre dietro. Aveva incominciato a sussurrare e a bisbigliare, chiamandolo, e Ged sapeva che per tutta la sua vita quel sussurro era stato presente nei suoi orecchi, appena al di sotto della soglia dell'udibilità; ma adesso poteva udirlo, e doveva cedere, doveva arrendersi, doveva fermarsi. Tuttavia continuò a sforzarsi, salendo faticosamente un lungo pendio buio. Gli parve di vedere una luce davanti a sé, e credette di udire una voce, in alto, che chiamava: — Vieni! Vieni!

Cercò di rispondere, ma non aveva voce. La fievole luce divenne più distinta: splendeva attraverso un varco che gli stava direttamente davanti. Non riusciva a scorgere i muri, ma vedeva la porta. Si arrestò, e il *gebbeth* gli afferrò il mantello e si agitò brancolando, cercando di stringerlo da tergo. Con le sue ultime forze, Ged si lanciò attraverso la porta lucente. Tentò di voltarsi per chiuderla, per bloccare il *gebbeth*, ma le gambe non lo sorreggevano più. Vacillò, tendendo le braccia per aggrapparsi. Mille luci rotearono e balenarono davanti ai suoi occhi. Si sentì cadere, e si sentì afferrare mentre cadeva; ma la sua mente, interamente svuotata, scivolò nell'oscurità.

IL VOLO DEL FALCO

Ged si svegliò e restò desto a lungo, consapevole soltanto del piacere di svegliarsi, perché non aveva immaginato di destarsi ancora: ed era un piacere anche vedere tutt'intorno a sé la luce, la grande e semplice luce del giorno. Aveva la sensazione di galleggiare su quella luce, o di andare alla deriva in una barca su acque calmissime. Infine si rese conto che era a letto: ma non aveva mai dormito in un letto simile. La struttura era retta da quattro alte gambe scolpite, e i materassi erano di seta, imbottiti di piumini, ed era questo che gli dava l'impressione di galleggiare; e c'era un baldacchino cremisi per escludere le correnti d'aria. Su due lati i cortinaggi erano aperti, e Ged vide una stanza dalle mura e dal pavimento di pietra. Dalle tre alte finestre scorse la brughiera, spoglia e bruna, chiazzata qua e là di neve nel fioco sole dell'inverno. La stanza doveva trovarsi in alto, perché si poteva vedere molto lontano.

La trapunta di raso scivolò quando Ged si sollevò a sedere: e lui vide che era abbigliato di una tunica di seta e di stoffa d'argento, come un nobile. Su una sedia accanto al letto erano pronti stivali di pelle morbidissima e un mantello foderato di pelliccia di pellawi. Restò per un po' seduto, calmo e stordito come se fosse sotto l'effetto di un incantesimo, e poi si alzò, tendendo la mano per prendere il bastone. Ma il bastone non c'era.

La sua mano destra, sebbene fosse stata spalmata di unguento e fasciata, era ustionata sul palmo e sulle dita. Ged ne sentì il dolore, e avvertì anche l'indolenzimento che gl'intormentiva tutto il corpo.

Restò immobile ancora per un po'. Poi mormorò, senza alzare la voce e senza speranza: — Hoeg... hoeg... — Infatti era scomparsa anche la piccola e combattiva e fedele bestiola, la piccola anima silenziosa che l'aveva ricondotto indietro dal regno della morte. Era ancora con lui, la notte precedente, quando era fuggito?

Era stata la notte prima o molte notti prima? Non lo sapeva. Era tutto oscuro e vago, nella sua mente: il *gebbeth*, il bastone ardente, la fuga, il bisbiglio, la porta. Non riusciva a ricordare nulla con chiarezza. Mormorò ancora una volta il nome del suo animaletto, ma senza speranza di trovare risposta, e gli occhi gli si riempirono di lacrime.

Lontano, chissà dove, suonò un campanello. Un secondo campanello tintinnò dolcemente, appena fuori dalla stanza. Una porta si aprì dietro di lui, ed entrò una donna. — Benvenuto, Sparviero — disse sorridendo.

Era alta e giovane, vestita di bianco e d'argento, e una rete d'argento le incoronava la chioma, che le scendeva sulle spalle come una cascata d'acque nere.

Ged s'inchinò, rigidamente.

— Non ti ricordi di me, credo.

— Ricordarmi di te, signora?

Non aveva mai visto una bella donna abbigliata in modo confacente alla sua bellezza, con una sola eccezione: la signora di O, che era venuta con il consorte alla festa del solstizio d'inverno a Roke. Quella era come un'esile e fulgida fiamma di candela, ma questa donna era come la luna nuova.

— Lo immaginavo, che non mi avresti ricordata — disse lei sorridendo. — Ma anche se sei così portato a dimenticare, qui sei il benvenuto, come un vecchio amico.

— Che luogo è questo? — chiese Ged, ancora irrigidito e cauto. Gli era difficile parlarle, difficile distogliere gli occhi da lei. Le vesti principesche che indossava gli erano estranee, le pietre su cui stava ritto gli erano sconosciute, la stessa aria che respirava non gli era familiare: non era se stesso, non era colui che era stato.

— Questa fortezza si chiama corte del Terrenon. Il mio signore, Benderesk, è sovrano di questa terra dal limitare delle brughiere di Keksment al nord fino alle montagne di Os, e detiene la pietra preziosa chiamata Terrenon. Quanto a me, qui a Osskil mi chiamano Serret, Argento nella loro lingua. E tu, lo so, talvolta sei chiamato Sparviero, e sei stato proclamato mago nell'isola dei Saggi.

Ged abbassò lo sguardo sulla mano ustionata e dopo qualche istante disse: — Non lo so, cosa sono. Avevo il potere, un tempo. L'ho perduto, credo.

— No! Non l'hai perduto, o se l'hai perduto lo ritroverai decuplicato. Qui sei al sicuro da ciò che t'inseguiva, amico mio. Ci sono mura possenti intorno a questa torre, e non tutte sono costruite di pietra. Qui potrai riposare e recuperare le forze. Qui potrai anche trovare una forza diversa, e un bastone che non andrà in cenere nella tua mano. Una via malvagia può condurre a un buon fine, dopotutto. Ora vieni con me: lascia che ti mostri il nostro dominio.

Serret parlava con tanta dolcezza che Ged quasi non udiva le sue parole, mosso dalla promessa di quella voce. La seguì.

La stanza era veramente situata in alto nella torre che si levava davvero come un dente acuminato dalla sommità della collina. Ged seguì Serret per le tortuose scale di marmo, attraverso ricche sale e anticamere, passando davanti ad alte finestre affacciate a nord e a ovest, e a sud e a est sulle basse colline brune, senza case e senza alberi, immutabili, che giungevano fino al cielo invernale inondato di sole. Soltanto lontano, a nord, piccole vette bianche spiccavano nitide contro l'azzurro, e verso sud si poteva intuire il luccichio del mare.

I servitori aprivano le porte e si scostavano per lasciar passare Ged e la dama; erano tutti osskiliani pallidi e cupi. Lei aveva la carnagione chiara, ma a differenza dei servitori parlava bene l'hardese: a Ged parve addirittura che avesse l'accento di Gont. Più tardi, quel giorno, lo condusse alla presenza del suo consorte Benderesk, signore di Terrenon. Il nobile Benderesk, che aveva tre volte gli anni della moglie ed era esile e bianco come l'avorio e aveva gli occhi annebbiati, accolse Ged con fredda cortesia, invitandolo a rimanere suo ospite per tutto il tempo che voleva. Poi parlò poco, senza chiedere a Ged dei suoi viaggi e del nemico che l'aveva inseguito fin lì; e neppure Serret gli aveva chiesto nulla in proposito.

Se ciò era strano, era soltanto parte della stranezza di quel luogo e della sua presenza lì. Sembrava che la sua mente non si schiarisse mai del tutto. Non riusciva a vedere le cose nitidamente. Era venuto a quella fortezza per caso, eppure il caso era tutto un disegno; o forse era venuto per un disegno, che tuttavia s'era realizzato solo per caso. Si era diretto verso nord; a Orrimy uno sconosciuto gli aveva detto di cercare aiuto lì; una nave osskiliana era là ad attenderlo; Skiorh l'aveva guidato. Quanto di tutto ciò era opera dell'ombra che l'inseguiva? O forse no: che lui e il suo inseguitore fossero stati attirati lì da qualche altro potere, e lui avesse seguito l'attrazione e l'ombra avesse seguito lui, impadronendosi di Skiorh per usarlo come arma quando fosse venuto il momento? Doveva essere così, perché certamente l'ombra, come aveva detto Serret, non poteva penetrare nella corte del Terrenon. Lui non sentiva il segno o la minaccia della sua presenza da quando si era risvegliato nella torre. Ma allora, cosa l'aveva portato lì? Perché quello non era un luogo dove si capitava per caso: cominciava a rendersene conto nonostante la confusione dei suoi pensieri. Nessun altro forestiero giungeva a quelle porte. La torre era remota e altera, e voltava le spalle alla strada per Neshum, che era la città più vicina. Nessuno veniva alla fortezza, nessuno la lasciava. Le finestre erano affacciate sulla desolazione.

Ged guardava da quelle finestre, mentre stava solo nella sua stanza nella torre, giorno dopo giorno, intontito e sofferente e gelido. Nella torre c'era sempre freddo, nonostante i tappeti e gli arazzi e le ricche vesti foderate di pelliccia e i grandi camini di marmo. Era freddo che penetrava nelle ossa, nel midollo, ed era impossibile scacciarlo. E nel cuore di Ged c'era anche una gelida vergogna che non si lasciava scacciare, quando pensava come aveva affrontato il nemico ed era stato sconfitto ed era fuggito. Nella sua mente si radunavano tutti i maestri di Roke, e tra loro c'era l'arcimago Gensher che aggrottava la fronte, e c'era anche Nemmerle, e anche Ogion, e perfino la strega che gli aveva insegnato il suo primo incantesimo: tutti lo fissavano, e lui sapeva che li aveva delusi. Si difendeva dicendo: — Se non fossi fuggito, l'ombra si sarebbe impossessata di me; aveva già tutta la forza di Skiorh, e parte della mia, e io non potevo combatterla: conosceva il mio nome. Ho dovuto fuggire. Un *gebbeth*-mago avrebbe un potere terribile per seminare male e rovine. Ho dovuto fuggire. — Ma nessuno di coloro che ascoltavano nella sua mente gli rispondeva. E lui guardava cadere la neve, rada e incessante, sulle terre desolate, e sentiva il freddo crescere dentro di sé, fino a quando gli pareva che non restasse in lui altra sensazione che una specie di stanchezza.

Perciò restò solo per molti giorni, chiuso nella sua infelicità. Quando scendeva dalla sua stanza, era taciturno e rigido. La bellezza della signora della fortezza lo confondeva; e in quella strana corte, così ricca e ordinata, si sentiva un capraio.

Lo lasciavano solo quando voleva restare solo; e quando non sopportava più di pensare e di guardar cadere la neve, spesso Serret s'incontrava con lui in una delle sale curvilinee ornate di arazzi e illuminate dal fuoco, ai piani inferiori della torre; e allora parlavano. Non c'era allegria, nella signora della fortezza: non rideva mai, benché sorridesse spesso; eppure riusciva con un sorriso a far sì che Ged si sentisse a suo agio. In sua compagnia, Ged cominciò a dimenticare la sofferenza e la vergogna. Ben presto presero l'abitudine d'incontrarsi tutti i giorni per conversare a lungo, tranquillamente, pigramente, un po' in disparte dalle ancelle che accompagnavano sempre Serret, accanto al camino o alla finestra di qualche sala della torre.

Il vecchio signore stava quasi sempre nei suoi appartamenti; ne usciva la mattina per camminare avanti e indietro nei cortili interni della fortezza, sulla neve, come un vecchio incantatore che ha elaborato incantesimi per tutta la notte. Quando raggiungeva Ged e Serret a cena, stava in silenzio, levando talvolta lo sguardo verso la giovane moglie con espressione dura e concupiscente. Allora Ged provava pietà per lei. Era come una cerva bianca ingabbiata, un uccello candido con le ali tarpate, un anello d'argento al dito di un vecchio. Era un gioiello del tesoro di Benderesk. Quando il signore della fortezza li lasciava, Ged rimaneva con lei, cercando di alleviarne la solitudine, come lei aveva alleviato la sua.

— Cos'è la gemma che dà il nome alla vostra fortezza? — le chiese una sera, mentre si erano trattenuti a parlare davanti ai piatti d'oro vuoti e alle coppe d'oro, nell'immensa sala da pranzo rischiarata dalle candele.

— Non ne hai sentito parlare? È famosa.

— No. So soltanto che i signori di Osskil hanno famosi tesori.

— Ah, questa gemma li supera tutti. Vieni: ti piacerebbe vederla?

Serret sorrise con una sfumatura d'ironia e di sfida, come se avesse un po' paura di ciò che faceva, e condusse il giovane per gli stretti corridoi alla base della torre, giù per le scale sotterranee, fino a una porta chiusa che Ged non aveva mai visto. L'aprì con una chiave d'argento, guardandolo con lo stesso sorriso, come se lo sfidasse ad accompagnarla. Oltre la porta c'erano un corto corridoio e una seconda porta, che Serret aprì con una chiave d'oro; e più oltre c'era una terza porta, che lei aprì con una delle Grandi Parole dello Scioglimento. Oltre la soglia, la candela mostrò una stanzetta simile a una segreta: il pavimento, le pareti e il soffitto erano di pietra scabra, e non c'erano mobili né decorazioni.

— La vedi? — chiese Serret.

Mentre Ged guardava intorno, il suo occhio di mago distinse

una delle pietre del pavimento. Era ruvida e umida come le altre, una pesante e informe pietra da lastricato: eppure ne sentiva il potere come se gli parlasse ad alta voce. Il respiro gli si mozzò in gola, e per un momento lo invase un malessere. Era la prima pietra della torre. Quello era il luogo centrale, ed era freddo, molto freddo: nulla avrebbe mai potuto scaldare quella piccola stanza. Era una cosa antichissima: uno spirito vecchio e terribile era imprigionato in quel blocco di pietra. Ged non rispose a Serret, ma restò immobile; e dopo un po', lanciandogli una rapida occhiata, lei additò la pietra. — Quello è il Terrenon. Ti sorprende che teniamo una gemma tanto preziosa chiusa nella nostra cripta più profonda?

Ged non rispose neppure questa volta: taceva, guardingo. Sembrava quasi che Serret volesse metterlo alla prova; ma lui pensava che non avesse idea della natura della pietra, se ne parlava con tanta leggerezza: non la conosceva abbastanza da averne paura. — Parlami dei suoi poteri — disse infine Ged.

— Fu creato prima che Segoy traesse le isole del mondo dal mare aperto. Fu creato quando fu creato il mondo, e durerà fino a che il mondo avrà fine. Il tempo non è nulla per il Terrenon. Se vi posi una mano e formuli una domanda, ti risponderà, secondo il potere che è in te. Ha una voce, se sai ascoltare. Ti parlerà delle cose che furono e sono e saranno. Ha parlato della tua venuta molto tempo prima che giungessi in questa terra. Vuoi fargli una domanda, ora?

— No.

— Ti risponderà.

— Non ci sono domande che io voglia fargli.

— Potrebbe dirti — osservò Serret con voce sommessa, — come sconfiggerai il tuo nemico.

Ged restò muto.

— Hai paura della pietra? — chiese lei, incredula; e lui rispose: — Sì.

Nel freddo mortale e nel silenzio della stanza, cinta da muri e muri d'incantesimi e di pietra, nella luce della candela, Serret lo guardò di nuovo con gli occhi lucenti. — Sparviero — disse, — tu non hai paura.

— Ma non parlerò con quello spirito — replicò Ged, e guardandola apertamente le disse con gravità e franchezza: — Mia signora, quello spirito è sigillato in una pietra, e la pietra è imprigionata da incantesimi vincolanti e da incantesimi accecanti e da sortilegi di difesa e dai triplici muri della fortezza in una terra desolata, non perché sia preziosa ma perché può compiere grandi mali. Non so che cosa te ne abbiano detto, quando sei venuta qui. Ma tu che sei giovane e dolce non dovresti mai toccarla, e neppure guardarla. Non ti porterà bene.

— L'ho toccata. Le ho parlato e l'ho sentita parlare. Non mi fa nessun male.

Serret si voltò: uscirono superando le porte e i corridoi, fino a quando, nella luce delle torce dell'ampia scalinata, lei spense la candela. Si separarono con poche parole.

Quella notte Ged dormì poco. Non era il pensiero dell'ombra, a tenerlo sveglio: anzi, quel pensiero era quasi scacciato dalla sua mente dall'immagine ricorrente della pietra che costituiva il fondamento della torre, e dalla visione del volto di Serret, fulgido e adombrato nella luce della candela, levato verso di lui. Sentiva ancora quegli occhi posati su di lui, e cercava di comprendere quale espressione vi era apparsa quando aveva rifiutato di toccare la pietra: era stato sdegno o dolore? Quando infine si sdraiò per dormire, le seriche lenzuola erano fredde come il ghiaccio, e lui si svegliò spesso nell'oscurità pensando alla pietra e agli occhi di Serret.

Il giorno dopo la trovò nella sala curvilinea di marmo grigio, illuminata dal sole che declinava verso occidente, dove trascorreva spesso i pomeriggi giocando o tessendo con le sue ancelle. Le disse: — Dama Serret, ti ho offesa. Me ne dispiace.

— No — replicò lei, pensierosa; e poi: — No... — Congedò le ancelle che erano con lei, e quando rimasero soli si rivolse a Ged. — Mio ospite, amico mio — disse, — tu vedi molto chiaramente, ma forse non vedi tutto ciò che c'è da vedere. A Gont, a Roke, insegnano magia superiore. Ma non insegnano tutte le magie. Questa è Osskil, la Terra dei Corvi; non è una terra hardese: i maghi non la dominano, e non la conoscono molto. Qui avvengono cose ignote ai maestri della tradizione del sud, e cose che non sono nominate negli elenchi dei maestri dei nomi. E si teme ciò che non si conosce. Ma tu non hai nulla da temere, qui alla corte del Terrenon. Un uomo più debole avrebbe paura, certamente. Non tu. Tu sei nato col potere di dominare ciò che sta nella camera sigillata. Lo so. È per questo che sei qui, ora.

— Non capisco.

— Il mio signore, Benderesk, non è stato del tutto sincero con te. Io lo sarò. Vieni, siediti accanto a me.

Ged le si sedette accanto sui cuscini del divanetto sotto la finestra. I raggi del sole morente entravano orizzontali inondandoli di una luce priva di calore; laggiù, nella brughiera che già sprofondava nell'ombra, si stendeva la neve della notte precedente, come un opaco sudario bianco disteso sulla terra.

Serret parlò sommessamente. — Benderesk è signore ed erede del Terrenon, ma non può usarlo, non può costringerlo a servire interamente la sua volontà. E non posso farlo neppure io, da sola o insieme a lui. Io e lui non ne abbiamo né la capacità né il potere. Tu li possiedi entrambi.

— E come lo sai?

— Dalla stessa pietra! Ti ho detto che aveva parlato della tua venuta. Conosce il suo padrone. Ha atteso che tu arrivassi. Ti attendeva già prima che tu nascessi, perché sei colui che può dominarla. E chi può costringere il Terrenon a rispondere alle sue domande e a fare ciò che vuole, ha potere sul proprio destino: la forza di schiacciare il nemico, mortale o dell'altro mondo; preveggenza, conoscenza, ricchezza, dominio, e una magia al suo comando che potrebbe umiliare lo stesso arcimago! E tutto questo sarà tuo: basta che tu lo chieda.

Ancora una volta Serret levò su di lui gli strani occhi fulgidi, e quello sguardo lo trapassò e lui tremò, come di freddo. Eppure c'era paura sul volto di lei, come se cercasse il suo aiuto ma fosse troppo orgogliosa per chiederlo. Ged era sconcertato. Serret gli aveva posato la mano sulla mano, mentre parlava: era una mano lieve, esile e chiara su quella forte e scura di lui. Ged disse implorante: — Serret! Non ho il potere che credi: quello che avevo l'ho gettato via. Non posso aiutarti, non ti sono di nessuna utilità. Ma questo lo so: le Vecchie Potenze della Terra non possono essere usate dagli umani. Non sono mai state affidate alle nostre mani, e nelle nostre mani causano soltanto rovine. Se il mezzo è stato malvagio, malvagio è anche il fine. Io non sono stato attirato qui ma spinto, e la forza che mi ha spinto opera per annientarmi. Non posso aiutarti.

— Colui che getta via il suo potere possiede talvolta un potere assai più grande — disse lei, sorridendo, come se le paure e gli scrupoli di Ged le sembrassero puerili. — Forse io conosco meglio di te chi ti ha condotto qui. Non c'è stato un uomo che ti ha parlato per le vie di Orrimy? Era un messaggero, un servitore del Terrenon. Un tempo era anche lui un mago, ma gettò via il bastone per servire un potere più grande di quello di qualunque mago. E tu sei venuto a Osskil, e sulla brughiera hai cercato di combattere un'ombra col tuo bastone di legno; e a malapena siamo riusciti a salvarti, perché la cosa che ti segue è molto più astuta di quanto ritenessimo e aveva già preso molta forza da te... Solo l'ombra può combattere l'ombra. Solo la tenebra può sconfiggere la tenebra. Ascolta, Sparviero! Cosa ti occorre, dunque, per sconfiggere quell'ombra, che ti attende fuori da queste mura?

— Mi occorre ciò che non posso sapere. Il suo nome.

— Il Terrenon, che conosce tutte le nascite e le morti e gli esseri prima e dopo la morte, i non nati e gli immortali, il mondo luminoso e quello buio, ti dirà quel nome.

— E il prezzo?

— Nessun prezzo. Ti dico che ti ubbidirà, ti servirà come uno schiavo.

Scosso e tormentato, Ged non replicò. Adesso Serret gli teneva la mano tra le sue e lo guardava in faccia. Il sole era calato tra le nebbie che offuscavano l'orizzonte, e anche l'aria si era incupita: ma il volto di Serret era radioso di gioia e di trionfo mentre lei lo scrutava e vedeva scossa la sua volontà. Bisbigliò sottovoce: — Sarai più potente di tutti gli uomini, sarai un re tra gli umani. Tu regnerai, io regnerò con te...

Ged si alzò di scatto: un passo avanti lo condusse dove poté vedere, appena oltre la curva della parete della lunga sala, il signore del Terrenon che stava lì ad ascoltare sorridendo lievemente.

Gli occhi e la mente di Ged si schiarirono. Abbassò lo sguardo su Serret. — È la luce che sconfigge la tenebra — disse, balbettando. — La luce.

E mentre parlava vide chiaramente, come se le sue parole fossero luce, di essere stato attirato lì: avevano sfruttato la sua paura per guidarlo, e quando l'avessero avuto in pugno l'avrebbero tenuto stretto. L'avevano salvato davvero dall'ombra, perché non volevano che l'ombra lo possedesse prima che diventasse schiavo della pietra. Quando la sua volontà fosse stata catturata dal potere della pietra, avrebbero lasciato entrare l'ombra tra quelle mura, perché un *gebbeth* era uno schiavo ancora migliore di un uomo. Se lui avesse toccato una sola volta la pietra, o le avesse parlato, sarebbe stato completamente perduto. Eppure, come l'ombra non aveva potuto raggiungerlo e afferrarlo, così la pietra non aveva potuto servirsi di lui... non del tutto. Lui aveva quasi ceduto, ma non del tutto. Non aveva acconsentito. Al male è molto difficile impadronirsi dell'anima non consenziente.

Stava in mezzo ai due che avevano ceduto, che avevano acconsentito, guardando ora l'uno ora l'altra, mentre Benderesk si faceva avanti.

— Te l'avevo detto — commentò con voce asciutta il signore del Terrenon rivolgendosi alla sua dama, — che ti sarebbe sfuggito dalle mani. I tuoi incantatori di Gont sono pazzi astuti. E anche tu sei pazza, donna di Gont, se pensi di ingannare lui e me e di dominare entrambi con la tua bellezza, e di usare il Terrenon per i tuoi fini. Ma io sono il signore della pietra, io, e alla moglie infedele faccio questo: *ekavroe ai oelwantar*... — Era un incantesimo di metamorfosi, e le lunghe mani di Benderesk erano levate per modellare la donna tremante in qualcosa di orrendo, un maiale o un cane o una vecchia megera. Ged avanzò e colpì le mani del signore, abbassandole e pronunciando un'unica breve parola. E sebbene non avesse il bastone, e si trovasse su un terreno estraneo e maligno, dominio di un potere tenebroso, la sua volontà ebbe il sopravvento. Benderesk rimase immobile, con gli occhi annebbiati fissi su Serret, ciechi e pieni di odio.

— Vieni — disse lei con voce tremante. — Vieni, Sparviero, vieni, presto, prima che lui possa evocare i servitori della pietra...

Come in un'eco, un mormorio scorse attraverso la torre, attraverso le pietre del pavimento e dei muri: un mormorio arido e tremulo, come se a parlare fosse la terra stessa.

Afferrata la mano di Ged, Serret corse con lui per le sale e le anticamere, giù per la lunga scalinata a spirale. Uscirono nel cortile, dove l'ultima luce argentea del giorno aleggiava ancora sulla neve calpestata e sporca. Tre dei servitori del castello sbarrarono loro la strada, cupi e indagatori come se sospettassero un complotto contro il loro padrone. — Si fa buio, signora — disse uno; e un altro: — Non puoi uscire, adesso.

— Toglietevi di mezzo, bricconi! — gridò Serret, parlando nella sibilante lingua osskiliana. Gli uomini arretrarono e si accovacciarono al suolo, rabbrividendo, e uno urlò.

— Dobbiamo uscire dalla porta, non c'è altra via. Puoi vederla, Sparviero? Riesci a trovarla?

Serret lo tirò per la mano; ma lui esitava ancora. — Che incantesimo hai gettato, su di loro?

— Ho fatto scorrere piombo fuso nel midollo delle loro ossa:

ne moriranno. Presto, ti dico: lui scatenerà i servitori della pietra, e io non posso trovare la porta: è circondata da un grande sortilegio. Presto!

Ged non capiva cosa intendesse dire, perché per lui la porta incantata era in piena vista, come l'arcata di pietra del cortile attraverso la quale la scorgeva. Condusse Serret sulla neve intatta del cortile esterno, e poi, pronunciando una parola d'apertura, la condusse oltre la porta del muro d'incantesimi.

Serret mutò mentre varcavano la soglia e uscivano dall'argenteo crepuscolo della corte del Terrenon. Non era meno bella nella luce squallida delle brughiere, ma la sua bellezza aveva un aspetto feroce, da strega; e infine Ged la riconobbe: era la figlia del signore di Re Albi e di un'incantatrice di Osskil, che tanto tempo addietro si era burlata di lui sui prati verdi sopra la casa di Ogion e l'aveva indotto a leggere l'incantesimo che aveva scatenato l'ombra. Ma Ged pensò ben poco a questo, perché adesso si guardava intorno con tutti i sensi vigili, cercando quel nemico, l'ombra che l'attendeva chissà dove all'esterno delle mura incantate. Poteva essere ancora *gebbeth*, abbigliato della morte di Skiorh, oppure poteva nascondersi nell'oscurità, in attesa di afferrarlo e di fondere la propria massa informe con la sua carne viva. La sentiva vicina, eppure non la vedeva. Ma mentre guardava, vide una cosetta scura semisepolta nella neve, a pochi passi dalla porta. Si chinò, e la raccolse delicatamente con entrambe le mani. Era l'otak, con la splendida pelliccia raggrumata di sangue e il corpicino leggero e irrigidito e freddo nelle sue mani.

— Trasformati! Trasformati, stanno arrivando! — gridò Serret, afferrandogli il braccio e indicando la torre che stava dietro di loro come un'alta zanna bianca nel crepuscolo. Dalle feritoie alla base stavano uscendo esseri che sbattevano le lunghe ali e s'involavano lentamente volteggiando sopra le mura verso Ged e Serret, che stavano sul pendio della collina. Il mormorio frusciante che avevano udito all'interno della fortezza era divenuto più forte: era un tremore e un lamento nella terra, sotto i loro piedi.

La collera gonfiò il cuore di Ged, una collera rovente di odio per tutte le cose crudeli e tremende che lo ingannavano, l'intrappolavano, lo inseguivano. — Trasformati! — gli gridò Serret, e con un incantesimo ansimante si contrasse assumendo l'aspetto di un gabbiano grigio e volò via. Ma Ged si chinò e colse un filo d'erba selvatica che spuntava secco e fragile dalla neve dove prima giaceva morto l'otak. Levò il filo d'erba, e mentre gli parlava nella Vera Favella quello si allungò, s'ingrossò, e divenne un grande bastone, un bastone da mago nella sua mano. Nessun fuoco malefico lingueggiò rosso lungo il bastone quando le nere creature svolazzanti uscite dalla corte del Terrenon piombarono su di lui e lui colpì le loro ali: sfolgorava solo del bianco fuoco magico che non brucia ma disperde la tenebra.

Gli esseri tornarono all'attacco: bestie deformi, appartenenti alle epoche antecedenti gli uccelli e i draghi e gli uomini, dimenticate da molto tempo nella luce del giorno ma ricordate dall'antico, maligno, implacabile potere della pietra. Assalirono Ged, avventandosi su di lui. Ged sentiva intorno a sé il brivido degli artigli falcati, e il loro fetore di morte lo nauseava. Rabbrividendo, parò e colpì, scacciandoli col bastone fiammeggiante creato dalla sua ira e da un filo d'erba selvatica. E all'improvviso si sollevarono tutti come corvi spaventati che abbandonano una carogna e volarono via silenziosamente nella direzione in cui era sparita Serret in forma di gabbiano. Le immense ali sembravano lente, eppure volavano veloci: ogni colpo d'ala li spingeva poderosamente attraverso l'aria. Nessun gabbiano avrebbe potuto vincere quella pesante velocità.

Fulmineo, come aveva fatto una volta a Roke, Ged assunse la forma di un grande falco: non lo sparviero di cui gli davano il nome, ma il falcone pellegrino che vola come una freccia, come il pensiero.

Volò sulle forti ali screziate, inseguendo i suoi inseguitori. L'aria si oscurò, e tra le nubi le stelle brillarono ravvivandosi. Ged vide, più avanti, il nero stormo irregolare che si avventava verso un punto a mezz'aria. Oltre quel grumo nero si stendeva il mare, pallido dell'ultimo brillio cinereo del giorno. Velocissimo, il falco-Ged sfrecciò verso le creature della pietra, che si dispersero come acqua quando lui piombò in mezzo a loro. Ma avevano afferrato la preda. C'era sangue sul becco di uno, e piume bianche aderivano agli artigli di un altro, e non c'era un gabbiano che sorvolasse il pallido mare.

Già si voltavano verso Ged, avanzando sgraziati e rapidi col ferreo rostro spalancato. Volteggiando sopra di loro, lui lanciò il grido di rabbia e di sfida del falco; e poi saettò avanti, sopra le basse spiagge di Osskil, sopra i frangenti.

Le creature della pietra volteggiarono per un po', gracchiando, e a una a una s'involarono ponderosamente verso l'entroterra, sulle brughiere. Le Vecchie Potenze non attraversano il mare, essendo ognuna legata a un'isola, a un certo luogo, a una grotta o pietra o sorgente. Le nere emanazioni tornarono alla torre, dove forse il signore del Terrenon, Benderesk, pianse al loro ritorno, o forse rise. Ma Ged proseguì, con le ali di falco, con la furia di falco, come una freccia infallibile, come un pensiero indimenticato, sopra il mare di Osskil, verso oriente, nel vento dell'inferno e della notte.

Ogion il Taciturno era tornato tardi a Re Albi dai suoi vagabondaggi autunnali. Col passare degli anni era divenuto più silenzioso e solitario. Il nuovo signore di Gont, nella città sottostante, non era mai riuscito a ottenere una parola da lui, sebbene fosse salito al Nido del Falco per cercare l'aiuto del mago in una spedizione piratesca alle Andrades. Ogion, che parlava ai ragni sulle loro tele ed era stato visto salutare cerimoniosamente gli alberi, non disse una parola al signore dell'isola, che se ne andò scontento. Forse c'era malcontento e inquietudine nella mente di Ogion, perché aveva trascorso tutta l'estate e l'autunno solo sulla montagna, e soltanto adesso, verso il solstizio, era tornato al focolare.

La mattina dopo il suo ritorno si alzò tardi; e poiché voleva prepararsi una tazza di tè di canna andò a prendere acqua alla sorgente che scorreva un poco più in basso sul fianco della collina, presso la casa. I margini della piccola polla della fonte erano ghiacciati, e il muschio riarso tra le rocce era segnato da fiori di brina. Era giorno fatto, ma per un'ora ancora il sole non avrebbe superato il poderoso dosso della montagna: tutta la parte occidentale di Gont, dalle spiagge alla vetta, era priva di sole, silenziosa e nitida nel mattino d'inverno. Mentre il mago stava accanto alla fonte, guardando le terre digradanti e il porto e le grige lontananze del mare, udì un batter d'ali sopra di lui. Levò lo sguardo, alzando leggermente un braccio. Un grande falco scese con un frastuono d'ali e gli si posò sul polso. Vi restò posato come un rapace da caccia ben addestrato, ma non aveva geti spezzati, né campanelli. Gli artigli erano piantati nel polso di Ogion: le ali screziate tremavano; gli occhi aurei e rotondi erano spiritati.

— Sei un messaggero o un messaggio? — chiese gentilmente Ogion al falco. — Vieni con me... — Mentre parlava, il falco lo guardò. Ogion rimase un attimo in silenzio. — Una volta ti ho dato il nome, credo — disse; e poi si avviò verso casa ed entrò, continuando a portare il rapace sul polso. Depose il falco sul camino, al calore del fuoco, e gli offrì un po' d'acqua. Il falco non volle bere. Allora Ogion cominciò a gettare un incantesimo, silenziosamente, intessendo la trama della magia più con le mani che con le parole. Quando l'incantesimo fu completo, disse sottovoce «Ged», senza guardare il falco sul focolare. Attese un po', quindi si voltò e si avvicinò al giovane che stava davanti al fuoco, tremante, con gli occhi spenti.

Ged era vestito riccamente e stranamente di pellicce e sete e argento; ma gli abiti erano laceri e induriti dal salmastro, e lui era scarno e curvo, con i capelli spioventi intorno al volto sfregiato.

Ogion gli tolse dalle spalle il principesco mantello insozzato, lo condusse nell'alcova dove un tempo dormiva il suo apprendista e lo fece stendere sul pagliericcio, e lo lasciò mormorando un incantesimo di sonno. Non gli aveva detto neppure una parola, sapendo che adesso Ged non possedeva linguaggio umano.

Da ragazzo, come tutti gli altri, Ogion pensava che sarebbe stato un gioco molto divertente assumere per magia la forma preferita - uomo o bestia, albero o nuvola - e giocare a diventare mille esseri. Ma quando era divenuto mago aveva imparato il prezzo del gioco, il pericolo di perdere la propria individualità, di mutare il gioco in verità. Più un uomo rimane a lungo in una forma non sua, e più il pericolo è grande. Ogni apprendista mago impara la storia del mago Bordger di Way, che amava assumere forma di orso e che lo fece sempre più di frequente fino a quando in lui l'orso s'impose e l'uomo si estinse: diventò un orso, e uccise il suo figlioletto nella foresta, e venne cacciato e ucciso. E nessuno sa quanti tra i delfini che balzano nelle acque del mare Interno erano un tempo uomini, uomini saggi, che dimenticarono la loro saggezza e il loro nome nella gioia del mare irrequieto.

Ged aveva assunto forma di falco in preda all'angoscia e al furore, e quando era fuggito da Osskil aveva avuto nella mente un solo pensiero: sfuggire alla pietra e all'ombra, lasciare quelle fredde terre infide e tornare a casa. L'ira e la furia del falco erano come le sue, ed erano diventate le sue, e la sua volontà di volare era divenuta la volontà del falco. Così aveva sorvolato Enlad, scendendo a bere a una polla solitaria nella foresta, ma subito aveva ripreso il volo, spinto dalla paura dell'ombra che l'inseguiva. Aveva attraversato la grande strada marina chiamata Fauci di Enlad ed aveva proseguito verso sudest, con le colline di Oranéa appena visibili sulla sua destra e le colline d'Andrad ancora più indistinte alla sua sinistra, e davanti a lui soltanto il mare; fino a quando, in lontananza, si era levata dalle onde un'onda immutabile che torreggiava sempre più alta, la bianca vetta di Gont. Nel sole e nell'oscurità di quel grande volo aveva portato le ali del falco, e aveva visto con gli occhi del falco, e dimentico dei propri pensieri aveva finito col conoscere soltanto ciò che conosce il falco: la fame, il vento, la rotta da seguire in volo.

Era volato verso il rifugio più adatto. C'erano pochissimi a Roke, e uno soltanto a Gont, che potevano ritrasformarlo in uomo.

Era furioso e taciturno quando si svegliò. Ogion non gli parlò, ma gli offrì carne e acqua e lo lasciò sedere curvo accanto al fuoco, cupo come un grande falco stanco e torvo. Quando venne la notte, Ged dormì. Al terzo mattino si avvicinò al camino, dove il mago sedeva fissando le fiamme, e disse: — Maestro...

— Benvenuto, ragazzo — replicò Ogion.

— Sono tornato come me n'ero andato: come uno sciocco — disse il giovane, con voce aspra e impastata. Il mago sorrise lievemente e accennò a Ged di sedersi di fronte a lui, e si accinse a preparare il tè.

Cadeva la neve, la prima dell'inverno, lì sulle pendici inferiori di Gont. Le finestre di Ogion erano ben chiuse, ma loro potevano udire il nevischio umido che cadeva sul tetto e il profondo silenzio della nevicata tutt'intorno alla casa. Restarono seduti a lungo accanto al fuoco, e Ged raccontò al suo vecchio maestro la storia degli anni trascorsi da quando era salpato da Gont a bordo della nave chiamata *Ombra*. Ogion non fece domande, e quando Ged ebbe terminato restò a lungo in silenzio, calmo, pensieroso. Poi si alzò, e mise sul tavolo pane e formaggio e vino, e mangiarono insieme. Quando ebbero finito ed ebbero rimesso in ordine la stanza, Ogion parlò.

— Le tue sono cicatrici dolorose, ragazzo — disse.

— Non ho forza, contro l'ombra — replicò Ged.

Ogion scosse il capo, ma per qualche tempo non disse altro. Poi: — Strano — disse. — Hai avuto forza sufficiente per battere un incantatore nel suo dominio, là a Osskil. Hai avuto forza sufficiente per resistere agli allettamenti e per sventare gli attacchi dei servitori di una Vecchia Potenza della Terra. E a Pendor hai avuto forza sufficiente per opporti a un drago.

— A Osskil ho avuto fortuna, non forza — replicò Ged, e rabbrividì di nuovo al pensiero del mortale freddo onirico della corte del Terrenon. — Quanto al drago, conoscevo il suo nome. La cosa maligna, l'ombra che mi dà la caccia, non ha nome.

— *Tutte* le cose hanno un nome — disse Ogion, con tanta certezza che Ged non osò ripetere ciò che gli aveva detto l'arcimago Gensher, che le forze maligne come quella scatenata da lui erano senza nome. Il drago di Pendor, sì, si era offerto di dirgli il nome dell'ombra, ma lui aveva poca fiducia nella sincerità dell'offerta; e non credeva alla promessa di Serret, che la pietra gli avrebbe detto ciò che gli occorreva sapere.

— Se l'ombra ha un nome — disse infine, — non credo che me lo dirà...

— No — fece Ogion. — Ma neppure tu le hai detto il tuo nome. Tuttavia lo conosceva. Nelle brughiere di Osskil ti ha chiamato per nome, il nome che io ti ho dato. È strano, strano...

Riprese a riflettere. Infine Ged disse: — Sono venuto qui a chiederti consiglio, non rifugio. Non porterò l'ombra su di te, e presto giungerà qui se io rimarrò. Una volta tu l'hai scacciata da questa stanza...

— No: quello era soltanto il preannuncio, l'ombra di un'ombra. Adesso non potrei scacciarla. Questo potresti farlo soltanto tu.

— Ma io sono impotente, davanti all'ombra. C'è qualche luogo... — La voce di Ged si spense prima di compiere la domanda.

— Non esiste un rifugio sicuro — disse gentilmente Ogion. — Non trasformarti più, Ged. L'ombra cerca di distruggere il tuo vero essere. Quasi c'è riuscita, spingendoti a diventare un falco. No, non so dove dovresti andare. Eppure ho un'idea di ciò che dovresti fare. Ma è difficile dirtelo.

Il silenzio di Ged era una richiesta della verità, e alla fine Ogion disse: — Devi tornare indietro.

— Tornare indietro?

— Se continui così, se continui a fuggire, dovunque andrai incontrerai il pericolo e il male, poiché t'incalza, sceglie la tua strada. Devi essere tu, a scegliere. Devi cercare ciò che ti cerca. Devi dare la caccia al cacciatore.

Ged non disse nulla.

— Io ti ho dato il nome alla sorgente del fiume Ar — riprese il mago, — un corso d'acqua che scende dalla montagna al mare. Un uomo vorrebbe sapere verso quale fine si avvia, ma non può conoscerla se non ritorna al suo inizio e non racchiude quell'inizio nel proprio essere. Se non vuole essere un fuscello trascinato e travolto dalla corrente, deve essere lo stesso fiume, tutto il fiume, dalla sorgente alla foce. Tu sei ritornato a Gont, sei tornato a me. Ora torna indietro, e cerca la sorgente, e ciò che sta davanti alla sorgente. Là c'è la tua speranza.

— Là, maestro? — chiese Ged, col terrore nella voce. — Dove?

Ogion non rispose.

— Se torno indietro — disse Ged, dopo che furono trascorsi alcuni istanti, — se come tu dici, do la caccia al cacciatore, credo che quella caccia non sarà lunga. L'ombra desidera soltanto incontrarmi a faccia a faccia. E per due volte l'ha fatto, e per due volte mi ha sconfitto.

— La terza volta è quella buona — osservò Ogion.

Ged camminò avanti e indietro nella stanza, dal camino alla porta e dalla porta al camino. — E se mi sconfiggerà completamente — disse, contraddicendo forse Ogion e forse se stesso, — s'impadronirà della mia conoscenza e del mio potere e se ne servirà. Ora minaccia me soltanto. Ma se entra in me, se s'impossessa di me, compirà grandi mali per mio mezzo.

— È vero. Se ti sconfiggerà.

— Eppure, se fuggirò ancora, sicuramente mi troverà... E tutta la mia forza si esaurirà nella fuga. — Ged continuò a camminare avanti e indietro per un po', e poi si girò all'improvviso e inginocchiandosi davanti al mago disse: — Ho studiato con grandi maghi e ho vissuto nell'isola dei Saggi, ma tu sei il mio vero maestro. — Parlava con affetto, e con una gioia malinconica.

— Bene — osservò Ogion. — Ora lo sai. Meglio ora che mai. Ma alla fine sarai tu il mio maestro. — Si alzò e attizzò il fuoco e vi appese la pentola a bollire; e poi, indossando la giubba di pelle di pecora, disse: — Devo andare a governare le capre. Bada tu, alla pentola.

Quando rientrò, tutto impolverato di neve, battendo gli stivali di pelle di capra, portava un lungo e rozzo bastone di legno di tasso. Per quanto restava del breve pomeriggio, e poi ancora dopo cena, alla luce della lampada lavorò di coltello e di pietra per levigare e d'incantesimi. Molte volte passò le mani sul legno, come per cercare qualche difetto. Spesso, mentre lavorava, cantilenava sottovoce. Ged, ancora stanchissimo, ascoltava e mentre si assopiva gli parve di essere bambino, nella capanna della strega, al villaggio di Dieci Ontani, in una notte nevosa, nell'oscurità rischiarata dal fuoco, nell'aria appesantita dagli aromi delle erbe e dal fumo, con la mente che andava alla deriva nei sogni mentre lui ascoltava il lungo canto sommesso degli incantesimi e delle gesta degli eroi che combattevano contro le potenze delle tenebre e vincevano o perdevano su isole lontane, tanto tempo addietro.

— Ecco — disse Ogion, e gli porse il bastone. — L'arcimago ti aveva dato legno di tasso: aveva scelto bene, e io ho fatto come lui. Volevo usare il bastone per farne un arco, ma così è meglio. Buonanotte, figlio mio.

E mentre Ged, che non trovava parole per ringraziarlo, si ritirava nella propria alcova, Ogion lo seguì con lo sguardo e disse, a voce troppo bassa perché lui potesse udirlo: — O mio giovane falco, vola bene!

Nell'alba fredda, quando Ogion si svegliò, Ged non c'era più. Aveva lasciato soltanto, alla maniera dei maghi, un messaggio scritto in rune argentee sulla pietra del focolare, che svanirono appena Ogion le lesse: — Maestro, vado a caccia.

A CACCIA

Ged s'incamminò per la via che scendeva da Re Albi nell'oscurità invernale prima del levar del sole, e prima di mezzogiorno giunse al porto di Gont. Ogion gli aveva donato gambali gontiani, e una camicia e un giustacuore di cuoio e di lino per sostituire le lussuose vesti osskiliane, ma per il viaggio invernale Ged aveva tenuto il principesco mantello foderato di pellawi. Così ammantato, a mani vuote, portando solo il bastone scuro alto quanto lui, giunse alla porta dell'entroterra, e i soldati che oziavano appoggiati ai draghi scolpiti non dovettero guardarlo due volte per riconoscere in lui un mago. Ritrassero le lance e lo lasciarono passare senza fargli domande, e lo seguirono con lo sguardo mentre si allontanava per la via.

Sui moli e nella casa della corporazione del mare Ged chiese se c'erano navi dirette al nord o all'est, verso Enlad, Andrad, Oranéa. Tutti gli risposero che nessuna nave avrebbe lasciato il porto di Gont nell'imminenza del solstizio d'inverno, e alla corporazione del mare gli dissero che con quel tempo infido neppure i pescherecci sarebbero usciti oltre gli scogli Corazzati.

Gli offrirono la cena nella dispensa della corporazione del mare: è raro che un mago debba chiedere un pasto. Per un po' restò in compagnia di scaricatori, maestri d'ascia e maghi della pioggia, ascoltando con piacere le loro laconiche conversazioni e il loro borbottante linguaggio gontiano. Provava un gran desiderio di rimanere a Gont, di rinunciare alla magia e all'avventura, dimenticare tutto il potere e l'orrore, vivere in pace come chiunque altro sull'amato e conosciuto suolo della sua patria. Questo era il suo desiderio, ma la sua volontà era un'altra. Non rimase a lungo nella corporazione del mare, né in città, quando seppe che nessuna nave avrebbe lasciato il porto. Si avviò lungo la riva della baia fino a quando giunse al primo dei piccoli villaggi che stanno a nord della città di Gont, e là s'informò presso i pescatori finché ne trovò uno che aveva una barca da vendere.

Il pescatore era un vecchio austero. La sua barca, lunga dodici piedi e col fasciame a tavole sovrapposte, era così malconcia che a malapena era in grado di tenere il mare, ma l'uomo chiedeva un prezzo elevato: l'incantesimo della sicurezza in mare per un anno a favore dell'altra sua barca, e per sé e per suo figlio. Infatti i pescatori di Gont non temono nulla, neppure la magia, ma solo il mare.

L'incantesimo di sicurezza, che viene considerato tanto prezioso nell'arcipelago Settentrionale, non ha mai salvato un uomo dal vento di tempesta o dalle ondate della bufera; ma, gettato da chi conosce i mari locali e il comportamento di una barca e l'abilità del marinaio, intesse una certa sicurezza intorno al pescatore. Ged fece l'incantesimo bene e onestamente, lavorando tutta quella notte e il giorno successivo, senza omettere nulla, sicuro e paziente, anche se la sua mente era sempre assillata dalla paura e i suoi pensieri percorrevano sentieri tenebrosi cercando d'immaginare come gli sarebbe apparsa la prossima volta l'ombra, e quando, e dove. Quando l'incantesimo fu compiuto e gettato, si sentì stanchissimo. Quella notte dormì nella capanna del pescatore, su un'amaca di budello di balena, e si svegliò all'alba, puzzolente come un'aringa affumicata, e scese alla cala sotto lo scoglio Nord, dove stava la sua nuova barca.

La spinse nelle acque tranquille accanto all'imbarcadero, e subito l'acqua cominciò a filtrare dal fondo. Salito a bordo leggero come un gatto, Ged assestò il fasciame deformato e i cavicchi marci, operando con gli utensili e gli incantesimi, come faceva un tempo con Pechvarry a Torning Bassa. Gli abitanti del villaggio si radunarono in silenzio, senza avvicinarsi troppo, a guardare le sue mani svelte e ad ascoltare la sua voce sommessa. Ged eseguì bene e con pazienza anche questo lavoro, e la barca divenne stagna e solida. Poi issò come albero il bastone che Ogion gli aveva fatto, lo fissò con incantesimi, e vi legò un pennone di legno solido. Al pennone intessé, sul telaio del vento, una vela d'incantesimi, una vela quadrata bianca come le nevi del picco di Gont. A quella vista le donne che l'osservavano sospirarono d'invidia. Poi, ritto accanto all'albero, Ged fece alzare un leggero vento magico. La barca avanzò sull'acqua, puntando verso gli scogli Corazzati attraverso la grande baia. Quando i pescatori, che osservavano muti, videro quella barca a remi così difettosa sfrecciare via rapida come un piro-piro che prende il volo, lanciarono un'acclamazione, sorridendo e battendo i piedi nel vento freddo; e Ged, voltandosi indietro per un momento, li vide continuare ad applaudirlo, sotto la scura mole tormentata dello scoglio Nord, al di sopra del quale i campi di neve della montagna s'innalzavano fino alle nubi.

Veleggiò attraverso la baia e passò tra gli scogli Corazzati, nel mare di Gont, e regolò la rotta verso nordovest per transitare a nord di Oranéa ritornando com'era venuto. Non aveva un piano o una strategia: voleva solo ripercorrere la sua rotta. Seguendo il suo volo di falco attraverso i giorni e i venti da Osskil a Gont, l'ombra poteva vagare o poteva avanzare in linea retta: era impossibile dirlo. Ma se non si era ritirata del tutto nel regno dei sogni, non avrebbe potuto lasciarsi sfuggire Ged che veniva ad incontrarla apertamente sul mare.

E se lui doveva incontrarla, voleva incontrarla sul mare. Non sapeva bene perché fosse così, eppure aveva terrore d'incontrarla di nuovo sulla terraferma. Dal mare salgono tempeste e mostri, ma non potenze maligne: il male appartiene alla terra. Non ci sono mari né fiumi né fonti, nella terra tenebrosa dove Gel era andato una volta. La morte è il luogo arido. Sebbene il mare fosse un pericolo per lui, in quella brutta stagione, quel pericolo e quell'instabilità mutevole gli sembravano una difesa. E quando avesse incontrato l'ombra alla conclusione della sua follia, pensava, forse almeno avrebbe potuto afferrarla mentre quella afferrava lui, e trascinarla col peso del proprio corpo e col peso della propria morte, giù, nella tenebra del mare profondo, da dove non avrebbe più potuto risorgere. E così, almeno, la sua morte avrebbe posto fine al male che lui aveva scatenato da vivo.

Veleggiò sul mare mosso, sopra il quale le nubi aleggiavano pendendo in immensi veli di lutto. Non suscitò un vento magico ma sfruttò il vento del mondo, che spirava energico da nordovest; e mentre lui conservava la sostanza della vela intessuta d'incantesimi sussurrando spesso una parola, la vela si assestava e si girava da sola per prendere il vento. Se non avesse usato quella magia, su quel mare turbolento avrebbe faticato a mantenere in rotta la piccola imbarcazione difettosa. Procedeva e vigilava, guardandosi intorno. La moglie del pescatore gli aveva offerto due pagnotte e un orcio d'acqua; e dopo qualche ora, quando avvistò la Roccia di Kameber, l'unica isola esistente fra Gont e Oranéa, mangiò e bevve e pensò con riconoscenza alla taciturna donna di Gont che gli aveva donato il cibo. Navigò oltre quella terra appena intravista, bordeggiando più verso occidente, in un'acquerugiola fine che sulla terraferma era forse nevischio. Non c'erano altri suoni che gli scricchiolii della barca e il lieve sciaguattio delle onde contro la prua. Non incontrò né barche né uccelli. Nulla si muoveva, tranne l'acqua nel suo eterno movimento e le nubi aleggianti, le nubi che ricordava vagamente intorno a sé mentre lui, in forma di falcone, volava verso oriente sulla stessa rotta che adesso seguiva verso occidente; e lui aveva guardato allora dall'alto il mare grigio, come ora levava lo sguardo verso il grigio cielo.

Quando guardava davanti a sé non scorgeva nulla. Si alzò, agghiacciato, stanco di scrutare quel vuoto. — Vieni, dunque — mormorò. — Vieni. Cos'aspetti, ombra? — Non ci fu risposta, non ci furono movimenti più tenebrosi nelle nebbie e onde scure. Eppure Ged sapeva, con crescente certezza, che la cosa non era lontana e cercava ciecamente lungo la sua pista ormai fredda. E all'improvviso lui gridò: — Sono qui, io, Ged lo Sparviero, e chiamo la mia ombra!

La barca scricchiolò, le onde fremettero, il vento sibilò sulla bianca vela. Gli istanti trascorsero. Ged attendeva ancora, con una mano sull'albero di legno di tasso dell'imbarcazione, scrutando nella gelida acquerugiola che lentamente scendeva in linee irregolari attraverso il mare, dal nord. Gli istanti trascorsero. Poi, lontano, tra la pioggia, sull'acqua, Ged vide venire l'ombra.

Aveva abbandonato il corpo del rematore osskiliano, Skiorh, e non lo seguiva più come *gebbeth* tra i venti e sul mare. E non aveva la forma di bestia nella quale lui l'aveva vista sulla collina di Roke e nei sogni. Eppure adesso aveva una forma, anche alla luce del giorno. Nell'inseguimento e nella lotta con Ged, sulle brughiere, aveva attinto potere da lui, assorbendolo; e forse lui, chiamandola a voce alta nella luce del giorno le aveva dato o imposto una forma e un sembiante. Certamente adesso aveva una parvenza d'uomo, sebbene, essendo un'ombra, non gettasse ombre. Veniva sopra il mare, dalle Fauci di Enlad, verso Gont, scrutando nel vento: e la pioggia gelida l'attraversava.

Poiché era semiaccecata dalla luce del giorno, e poiché era stato lui a chiamarla, Ged la vide prima che l'ombra vedesse lui. La riconobbe, come quella riconosceva lui, tra tutti gli esseri, tra tutte le ombre.

Nella terribile solitudine del mare invernale, Ged vide la cosa che temeva. Il vento pareva sospingerla più lontano dalla barca, e le onde correvano confondendogli la vista, eppure sembrava sempre più vicina. Ged non avrebbe saputo dire se si muoveva o no. Adesso l'ombra l'aveva scorto. Sebbene nella sua mente non ci fossero altro che orrore e paura del contatto, la fredda e nera sofferenza che risucchiava la sua vita, Ged attendeva immoto. Poi all'improvviso, a voce alta, chiamò il vento magico perché spirasse forte nella bianca vela, e la barca balzò attraverso le grige onde verso la cosa cupa che aleggiava nel vento.

In silenzio l'ombra, vacillando, si voltò e fuggì.

Fuggì sopravvento, verso nord. E sopravvento la barca di Ged la seguì: la velocità dell'ombra contro la magia, il vento piovoso contro l'una e l'altra. E il giovane gridò alla sua barca, e alla vela e al vento e alle onde, come un cacciatore grida ai suoi segugi quando un lupo fugge in piena vista davanti a loro; e portò nella vela intessuta d'incantesimi un vento che avrebbe squarciato qualunque vela di stoffa, e spinse l'imbarcazione sopra il mare come uno spruzzo di spuma, sempre più vicino alla cosa che fuggiva.

Poi l'ombra deviò, descrivendo un semicerchio, e all'improvviso apparve più fioca e scomposta, meno simile a un uomo e più simile a fumo portato dal vento; e tornò indietro e corse sottovento, con la tempesta, come se si dirigesse verso Gont.

Con le mani e gli incantesimi Ged fece virare la barca, che balzò dalle onde come un delfino, rollando. Ancora più veloce di prima Ged inseguì l'ombra, ma quella divenne ancor più indistinta ai suoi occhi. La pioggia, frammista al nevischio e alla neve, cadeva sferzante sulle sue spalle e sulla guancia sinistra, e lui non riusciva a vedere più in là di un centinaio di braccia. Ben presto la tempesta rinforzò e l'ombra si perse. Eppure Ged era sicuro di conoscere il suo percorso, come se seguisse le orme di una bestia sulla neve anziché un fantasma che fuggiva sull'acqua. Sebbene il vento spirasse nella sua direzione, mantenne nella vela il canoro vento magico, e fiocchi di spuma schizzavano dall'ottusa prua della barca che volava schiaffeggiando l'acqua.

Per molto tempo selvaggina e cacciatore mantennero quella strana rotta velocissima, e il cielo si andava oscurando rapidamente. Ged comprese, calcolando la rapidità con cui aveva navigato in quelle ultime ore, che adesso doveva trovarsi a sud di Gont, diretto verso Spevy o Torheven, o addirittura oltre quelle isole, verso il mare aperto. Non lo sapeva. Non gliene importava. Era in caccia, all'inseguimento, e la paura correva precedendolo.

All'improvviso vide l'ombra, per un momento, non lontano da lui. Il vento del mondo s'era attenuato, e il nevischio battente della tempesta aveva lasciato posto a una nebbia gelida e lacerata che continuava a infittirsi. Attraverso quella nebbia Ged scorse l'ombra che fuggiva un po' sulla destra della sua rotta. Parlò al vento e alla vela e girò il timone e la inseguì di nuovo, anche se era di nuovo un inseguimento alla cieca: la nebbia si addensava rapidamente, ribollendo e sbrindellandosi là dove incontrava il vento incantato, serrandosi tutt'intorno alla barca in un pallore che smorzava la luce e la vista. E mentre pronunciava la prima parola dell'incantesimo per disperderla, Ged vide di nuovo l'ombra, ancora sulla destra della sua rotta ma vicinissima: e procedeva lentamente. La nebbia soffiava attraverso la forma indistinta e senza volto della testa: eppure questa era modellata come in un uomo, ma deforme e mutevole come un'ombra umana. Ged fece virare ancora una volta la barca, credendo di aver spinto a terra il nemico; in quell'istante l'ombra svanì e fu la sua barca ad arenarsi, infrangendosi sugli scogli che la nebbia turbinante aveva nascosto alla sua vista. Ged venne quasi sbalzato fuori, ma si aggrappò all'albero prima di essere investito da un altro frangente. Fu una grande ondata, che sollevò la piccola imbarcazione e la fece ricadere su una roccia, come un uomo potrebbe sollevare e schiantare il guscio di una chiocciola.

Il bastone foggiato da Ogion era robusto e incantato. Non si spezzò, e galleggiò sull'acqua come un tronco asciutto. Ged, che continuava a tenerlo stretto, venne riportato indietro quando il frangente rifluì dallo scoglio: si ritrovò nell'acqua, al sicuro - fino all'ondata successiva - dal pericolo di essere scaraventato sulle rocce. Accecato e soffocato dall'acqua salmastra, tentò di tenere la testa al di sopra dell'acqua e di combattere l'enorme forza del mare. C'era una spiaggia sabbiosa a poca distanza dagli scogli: l'intravide un paio di volte mentre cercava di allontanarsi a nuoto dalla nuova ondata. Con tutte le forze e con l'aiuto del potere del bastone lottò per raggiungere quella spiaggia. Non riuscì ad avvicinarsi. Lo slancio e il riflusso delle ondate lo sbatacchiavano avanti e indietro come uno straccio, e il freddo del mare profondo risucchiava rapidamente il calore del suo corpo, indebolendolo al punto che non poté più muovere le braccia. Aveva perso di vista gli scogli e la spiaggia, e non sapeva in quale direzione era rivolto.

C'era solo il tumulto delle acque intorno a lui, sotto di lui, sopra di lui: e lo accecava, lo soffocava, lo sommergeva.

Un'onda, avanzando gonfia dalla nebbia lacerata, l'afferrò e lo rotolò più e più volte e lo scagliò sulla sabbia come un fuscello.

E là giacque. Teneva ancora avinghiato con tutt'e due le mani il bastone di legno di tasso. Onde meno imponenti lo investirono, cercando di ritrascinarlo giù per il declivio sabbioso mentre defluivano, e la nebbia si schiudeva e gli si richiudeva sopra; e più tardi venne una pioggia mista a nevischio che batté su di lui.

Dopo lungo tempo, Ged si mosse. Si puntellò sulle mani e sulle ginocchia, e cominciò lentamente a risalire strisciando sulla spiaggia, lontano dalla battigia. Ormai era notte fonda; ma lui bisbigliò al bastone, e una piccola luce incantata circondò il legno. Guidandosi con quel chiarore, avanzò lottando, poco a poco, verso le dune. Era così intirizzito e indolenzito e ammaccato che trascinarsi sulla sabbia umida nell'oscurità sibilante e scrosciante fu la cosa più faticosa che mai avesse dovuto fare. E un paio di volte gli parve che il grande frastuono del mare e del vento si spegnessero e che la sabbia umida divenisse polvere sotto le sue mani, e sentì sul dorso lo sguardo immoto di stelle aliene: ma non alzò la testa e continuò a strisciare, e dopo un po' udì il proprio respiro ansante e sentì di nuovo il vento rabbioso che gli sbatteva la pioggia sul volto.

Il movimento riportò finalmente un po' di calore nelle sue membra; e quando fu salito tra le dune, dove le raffiche del vento piovoso erano meno violente, Ged riuscì ad alzarsi in piedi. Con una parola trasse dal bastone una luce più forte, perché il mondo era totalmente nero; poi, appoggiandosi al bastone, proseguì per circa mezzo miglio nell'entroterra, incespicando e soffermandosi. Poi, in cima a una duna, udì il mare, di nuovo rumoroso, non ancora alle sue spalle ma di fronte: le dune digradavano ancora in un'altra spiaggia. Non si trovava su un'isola ma su una secca, un mucchio di sabbia in mezzo all'oceano.

Era troppo esausto per disperarsi, ma si lasciò sfuggire una specie di singulto e rimase lì a lungo, stravolto, appoggiandosi al bastone. Poi, ostinatamente, si girò verso sinistra, per avere il vento alle spalle, e strascicando i piedi scese dalla duna, cercando una depressione tra l'erba marina incrostata di ghiaccio, per avere un po' di riparo. Mentre teneva levato il bastone per poter scorgere ciò che gli stava davanti, intravide un vago baluginio al limitare del cerchio di luce incantata: una parete di legno bagnata di pioggia.

Era una capanna o una baracca, piccola e pericolante come se l'avesse costruita un bambino. Ged bussò col bastone alla bassa porticina, ma quella restò chiusa. Ged la spinse ed entrò, piegandosi quasi in due per passare. Nell'interno, non poté stare eretto. Nel focolare ardevano rosse braci, e in quel fioco lucore Ged vide un uomo dai lunghi capelli canuti, rannicchiato per il terrore contro la parete di fronte, e un'altra persona, uomo o donna (non riusciva a vedere bene), che sbirciava da un mucchio di stracci o di pelli sul pavimento.

— Non vi farò nessun male — mormorò Ged.

Quelli non dissero nulla. Lui guardò prima l'uno e poi l'altro: avevano gli occhi vitrei per il terrore. Quando lui depose il bastone, la persona sotto il mucchio di stracci si nascose piagnucolando. Ged si tolse il mantello appesantito dall'acqua e dal ghiaccio, si spogliò completamente e si accoccolò accanto al focolare. — Datemi qualcosa in cui avvolgermi — disse. Era rauco, e quasi non riusciva a parlare perché gli battevano i denti e lunghi brividi lo squassavano. Anche se lo udirono, i due vecchi non risposero. Ged tese un braccio e prese dal mucchio un cencio, una pelle di capra ridotta a brandelli coperti di untume nero. La persona sotto il mucchio gemette di paura, ma Ged non le badò. Si massaggiò, asciugandosi, poi mormorò: — Avete legna? Attizza un po' il fuoco, vecchio. Vengo da voi spinto dal bisogno, non intendo farvi nessun male.

Il vecchio non si mosse: lo fissava intontito dalla paura.

— Mi capisci? Non parli hardese? — Ged indugiò, poi aggiunse: — Kargad?

A quella parola il vecchio annuì, con un cenno secco, come una marionetta triste e decrepita. Ma poiché era l'unica parola che Ged conoscesse della lingua karg, il dialogo finì lì. Trovò la legna ammucchiata contro una parete, riattizzò lui stesso il fuoco, e poi, a gesti, chiese acqua, poiché l'acqua di mare che aveva inghiottito gli aveva dato la nausea e adesso era riarso dalla sete. Tremando, il vecchio indicò una grande conchiglia contenente acqua, e spinse verso il fuoco un'altra conchiglia dove stavano pezzi di pesce affumicato. E così, seduto a gambe incrociate accanto al fuoco, Ged bevve e mangiò un po', e mentre cominciava a recuperare un po' di forza e di lucidità si domandò dov'era. Neppure col vento magico poteva essersi spinto fino alle Terre di Kargad. Quell'isola doveva essere nello stretto, a oriente di Gont ma ancora a occidente di Karego-At. Gli sembrava strano che qualcuno abitasse in un luogo così piccolo e desolato, una semplice barena di sabbia: forse erano reietti, ma era troppo stanco per pensarci.

Continuò a rigirare il mantello, esponendolo al calore. L'argenteo pelo di pellawi si asciugò in fretta; e appena la lana del rivestimento fu almeno calda, se non asciutta, Ged vi si avviluppò e si sdraiò accanto al focolare. — Dormite, povera gente — disse ai suoi taciturni anfitrioni, e posò la testa sul pavimento di sabbia e si addormentò.

Trascorse tre notti su quell'isoletta senza nome, perché la prima mattina, quando si svegliò, aveva tutti i muscoli intormentiti ed era in preda alla febbre e alla nausea. Giacque come un pezzo di legno gettato a riva dal mare, accanto al fuoco, per tutto quel giorno e per tutta la notte. Il mattino successivo si destò ancora irrigidito e indolenzito, ma si riprese. Indossò di nuovo gli abiti incrostati di sale, perché non c'era abbastanza acqua dolce per lavarli, e uscì nel grigio mattino ventoso e guardò il luogo dove l'aveva spinto l'ombra con l'inganno.

Era una barena di pietra e di sabbia, larga al massimo un miglio e di poco più lunga, circondata da una frangia di scogli e di rocce. Non vi crescevano alberi né arbusti, e neppure una pianta, eccettuata l'erba marina. La capanna stava in una depressione tra le dune, e il vecchio e la vecchia vivevano lì soli, nella totale desolazione del mare deserto. La capanna era costruita precariamente di assi e di rami gettati a riva dalle onde. L'acqua potabile veniva da un piccolo pozzo salmastro accanto alla capanna; il loro cibo era costituito da pesci e molluschi, freschi o secchi, e da licheni. Le pelli sbrindellate nella capanna, e la piccola scorta di aghi e di ami d'osso, e i tendini usati per le lenze e per accendere il fuoco, non venivano dalle capre, come aveva pensato Ged in un primo momento, ma dalle foche maculate; e per la verità quello era uno dei luoghi dove le foche vanno d'estate ad allevare i piccoli. Ma non vi giunge mai nessun altro. I vecchi temevano Ged: non perché lo credessero uno spirito, e non perché era un mago, ma solo perché era un uomo. Avevano dimenticato che c'erano altri, al mondo.

La cupa paura del vecchio non si attenuò mai. Quando credeva che Ged gli si avvicinasse tanto da toccarlo, si scostava zoppicando e si voltava a sbirciarlo con una smorfia sotto i canuti capelli sudici e scomposti. All'inizio la vecchia aveva piagnucolato e si era nascosta sotto il mucchio di cenci ogni volta che Ged si muoveva; ma mentre lui giaceva febbricitante nella capanna buia, la vide accoccolata a fissarlo con una strana e opaca espressione di nostalgia; e dopo un po' gli aveva portato acqua da bere. Quando Ged si sollevò a sedere per prenderle dalle mani la conchiglia, la vecchia si spaventò e la lasciò cadere, rovesciando tutta l'acqua, e poi pianse, e si asciugò gli occhi con i lunghi capelli grigiastri.

Adesso lo guardava mentre lui lavorava sulla spiaggia, usando la legna e le tavole della sua barca che erano state buttate a riva per costruire una barca nuova, usando la rozza ascia di pietra del vecchio e un incantesimo legante. Non era un lavoro di riparazione né di costruzione, perché non aveva legname a sufficienza e doveva supplire alle sue esigenze con la magia pura. Ma la vecchia non guardava il suo lavoro miracoloso: guardava lui, con quell'espressione nostalgica negli occhi. Dopo un poco si allontanò, e poi ritornò con un dono: una manciata di mitili che aveva raccolto sulle rocce. Ged li mangò via via che lei glieli porgeva, ancora bagnati dal mare e crudi, e la ringraziò. Ripreso coraggio, la vecchia entrò nella capanna e ne uscì portando qualcosa d'altro tra le mani, un fardello avvolto in uno straccio. Timidamente, e senza distogliere lo sguardo dal volto di Ged, aprì l'involto e glielo mostrò.

Era un abitino da bambina, di broccato di seta, coperto da un ricamo di perle scaramazze, macchiato dal sale e ingiallito dagli anni. Sul corpetto le perle erano disposte a formare un emblema che Ged conosceva: la doppia freccia degli dèi-fratelli dell'impero di Kargad, sovrastata da una corona reale.

La vecchia - rugosa, sporca, vestita di un informe sacco di pelle di foca - indicò l'abitino di seta e se stessa, e sorrise: un dolce sorriso svanito, come quello di un neonato. Da un nascondiglio nella gonna del vestitino estrasse un oggetto minuscolo e lo porse a Ged. Era un frammento di metallo scuro, forse un pezzo di un gioiello rotto, la metà di un anello spezzato. Ged lo guardò, ma la vecchia gli accennò di prenderlo e non fu soddisfatta se non quando lui lo prese; poi annuì e sorrise di nuovo: gli aveva fatto un dono. Ma avvolse con gran cura l'abitino negli stracci bisunti, e ritornò ciabattando nella capanna per nascondere quell'indumento finissimo.

Ged ripose l'anello spezzato nella tasca della tunica, quasi con la stessa cura, poiché aveva il cuore colmo di pietà. Ora intuiva che quei due potevano essere figli di qualche famiglia reale dell'impero di Kargad: un tiranno o un usurpatore che non aveva osato spargere il sangue reale li aveva fatti abbandonare, a vivere o a morire, su un'isoletta inesplorata lontano da Karego-At. Uno era stato un ragazzetto di otto o dieci anni, forse, e l'altra una robusta principessina vestita di seta e di perle; ed erano vissuti, e avevano continuato a vivere soli per cinquant'anni, su una roccia in mezzo all'oceano, principe e principessa della desolazione.

Ma la verità di quell'intuizione non la scoprì fino a quando, molti anni dopo, la ricerca dell'anello di Erreth-Akbe lo condusse nelle Terre di Kargad e alle Tombe di Atuan.

La sua terza notte sull'isola si schiarì in un'aurora pallida e calma. Era il giorno del solstizio d'inverno, il giorno più corto dell'anno. La sua barchetta di legno e di magia, di rottami e d'incantesimi, era pronta. Aveva cercato di dire ai vecchi che li avrebbe condotti in qualunque terra, a Gont o a Spevy o alle Torikles; li avrebbe lasciati anche su qualche spiaggia solitaria di Karego-At, se gliel'avessero chiesto, sebbene le acque karg non fossero sicure per uno dell'arcipelago che vi si avventurasse. Ma loro non volevano lasciare quell'isola desolata. La vecchia non sembrava capace di comprendere ciò che lui cercava di spiegare a gesti e a parole sommesse; il vecchio capì, e rifiutò. Tutti i suoi ricordi di altre terre e di altri uomini erano un incubo infantile di sangue e di giganti e di urla: Ged glielo leggeva in faccia, mentre quello scuoteva e scuoteva il capo.

E così quel mattino Ged riempì d'acqua al pozzo un piccolo otre di pelle di foca; e poiché non poteva ringraziare i vecchi per il fuoco e il cibo che gli avevano offerto, e non aveva doni da fare alla vecchia come avrebbe desiderato, fece ciò che poté, e gettò un incantesimo su quella fonte salmastra e incostante. L'acqua sgorgò tra la sabbia dolce e limpida come una sorgente montana tra le vette di Gont, e non s'inaridì mai più. Per questo, adesso quel luogo di dune e di rocce figura sulle carte e porta un nome: i marinai lo chiamano isola dell'Acqua di Fonte. Ma la capanna non c'è più, e le tempeste di molti inverni non hanno lasciato traccia dei due che vi trascorsero la vita e vi morirono soli.

I vecchi restarono nascosti nella capanna, come se temessero di guardare, quando Ged spinse in acqua la barca dalla sabbiosa estremità meridionale dell'isola. Lasciò che il vento del mondo, che spirava costante dal nord, riempisse la vela intessuta d'incantesimi, e si avventurò veloce sul mare.

Ora, questa ricerca marina di Ged era molto strana, perché come lui ben sapeva era un cacciatore che non sapeva cosa fosse ciò che cacciava, né dove potesse essere in tutto Earthsea. Doveva cercare la preda con l'intuizione e affidandosi alla sorte, così come quella aveva dato la caccia a lui. Ognuno di loro era cieco alla natura dell'altro: Ged era sconcertato dalle ombre impalpabili allo stesso modo che l'ombra era fuorviata dalla luce del giorno e dalle cose solide. Ged aveva una sola certezza: adesso lui era veramente il cacciatore e non la selvaggina. Perché l'ombra, dopo averlo spinto con l'inganno sulle rocce, avrebbe potuto averlo in sua balìa mentre giaceva più morto che vivo sulla spiaggia o vagava alla cieca nelle tenebre tra le dune tempestose: ma non aveva atteso quell'occasione. L'aveva ingannato ed era subito fuggita via, senza osare affrontarlo. Ged capiva che Ogion aveva avuto ragione: l'ombra non poteva attingere al suo potere, finché lui la contrastava. Perciò doveva continuare a contrastarla e a inseguirla, sebbene la pista fosse fredda su quei vasti mari e lui non avesse altra guida che il capriccio del vento del mondo, che spirava verso sud, e la vaga intuizione che a sud o a est c'era la strada giusta da seguire.

Prima del calar della notte scorse lontano, sulla sinistra, la lunga e indistinta costa di una grande terra che doveva essere Karego-At. Era sulle strade marittime dei barbari bianchi. Stette in guardia, caso mai scorgesse una lunga nave o una galea dei karg; e mentre navigava nella sera rosseggiante ricordò quel mattino della sua infanzia nel villaggio di Dieci Ontani, i guerrieri piumati, il fuoco, la nebbia. E ripensando a quel giorno capì all'improvviso, con una stretta al cuore, che l'ombra l'aveva ingannato col suo stesso inganno, portando quella nebbia sul mare intorno a lui, quasi traendola dal suo passato, rendendolo cieco al pericolo per trascinarlo a morte.

Mantenne la rotta verso sudest, e la terra scomparve mentre la notte avanzava sull'orlo orientale del mondo. Gli incavi tra le onde erano pieni di tenebra mentre le creste brillavano ancora del chiaro riflesso rossiccio dell'occidente. Ged cantò a voce spiegata la Carola dell'Inverno, e i canti delle *Gesta del giovane re* che ricordava, perché tali sono i canti della festa del solstizio. La sua voce era chiara, ma cadeva nell'immenso silenzio del mare. L'oscurità scese presto, e spuntarono le stelle dell'inverno.

Ged rimase sveglio per tutta la notte più lunga dell'anno, guardando le stelle sorgere alla sua sinistra e roteare sopra la sua testa e sprofondare nelle nere acque lontane, sulla destra, mentre il lungo vento dell'inverno lo portava verso sud sul mare invisibile. Riuscì a dormire solo qualche attimo, di tanto in tanto, ridestandosi bruscamente. La sua barca non era una vera imbarcazione, ma per più della metà era incantesimo e magia e per il resto era fatta di semplici tavole e di legno buttato a riva dalle onde: e se lui avesse allentato gli incantesimi della forma e del legame, presto i pezzi si sarebbero dispersi alla deriva sull'acqua. Anche la vela, intessuta di magia e d'aria, non avrebbe resistito lungamente al vento se lui avesse dormito, ma si sarebbe trasformata a sua volta in uno sbuffo di vento. Gli incantesimi di Ged erano potenti; ma quando la materia su cui tali sortilegi operano è poca cosa, il potere che li fa agire dev'essere rinnovato di momento in momento: perciò Ged non dormì, quella notte. Avrebbe viaggiato più velocemente come falco o delfino, ma Ogion l'aveva ammonito di non cambiar forma e lui conosceva il valore del consiglio del suo maestro. Perciò veleggiò verso sud sotto le stelle che scendevano a ovest, e la lunga notte trascorse lenta finché il primo giorno del nuovo anno illuminò tutto il mare.

Poco dopo il levar del sole Ged vide terra davanti a sé: ma avanzava adagio. Il vento del mondo era caduto allo spuntar del giorno. Ged suscitò nella vela un lieve vento magico, per dirigersi verso quella terra. Quando l'aveva vista si era sentito riprendere dalla paura, la paura angosciosa che lo esortava ad allontanarsi, a fuggire. E seguì quella paura come un cacciatore segue le orme, le larghe impronte unghiute dell'orso, che da un momento all'altro può balzargli addosso dai cespugli. Perciò adesso era vicino: lo sapeva.

Era una terra dall'aspetto strano, quella che si levava dal mare via via che lui si avvicinava. Quella che da lontano gli era parsa una muraglia ininterrotta era spaccata in numerosi dossi ripidi, forse isole separate, tra cui il mare correva in stretti o canali. Ged aveva studiato molte carte e mappe nella torre del maestro dei nomi, a Roke, ma quelle riguardavano quasi tutte l'arcipelago e i mari interni. Adesso era nello stretto Orientale, e non sapeva quale isola potesse essere quella. E non ci aveva pensato molto. Davanti a lui c'era la paura che si annidava nascondendosi da lui, o attendendolo, tra i pendii e le foreste dell'isola: e fu là che si diresse.

Ormai gli strapiombi coronati da scure foreste torreggiavano alti sopra la sua barca, e gli spruzzi delle onde che s'infrangevano contro i promontori rocciosi schizzavano contro la vela mentre il vento magico lo portava tra due grandi promontori in uno stretto, un viottolo marino che si addentrava davanti a lui, non più ampio della lunghezza di due galee. Il mare, imprigionato, era inquieto e assaliva le ripide sponde. Non c'erano spiagge, perché le scogliere scendevano a piombo nell'acqua, oscurata dal freddo riflesso delle rocce. Non c'era vento, e regnava un grande silenzio.

L'ombra l'aveva attirato sulle brughiere di Osskil, e l'aveva ingannato nella nebbia facendolo finire sulle rocce: e ora ci sarebbe stato un terzo inganno? Aveva cacciato l'ombra fin lì o era stata l'ombra ad attirarlo in una trappola? Non lo sapeva. Conosceva solo il tormento del timore, e la certezza di dover andare avanti e fare ciò che aveva deciso: dare la caccia al male, seguire il suo terrore fino alla sorgente. Cautamente virò, scrutando davanti e indietro e su e giù per gli strapiombi, ai due lati. Si era lasciato alle spalle, nel mare aperto, la luce solare del nuovo giorno. Lì era tutto buio. L'apertura tra i promontori sembrava una lontana porta luminosa, quando si voltava indietro. Gli strapiombi incombevano sempre più alti via via che si avvicinava alla base della montagna da cui scaturivano, e la via d'acqua diventava più stretta. Scrutò davanti a sé nella fenditura tenebrosa, e a destra e a sinistra, su verso le scarpate crivellate da grotte e sparse di macigni dove gli alberi stavano acquattati con le radici per metà protese nell'aria. Non c'era nulla che si muovesse. Stava per giungere in fondo all'insenatura, un'alta massa di roccia corrugata che le ultime onde, ristrette all'ampiezza di un ruscello, lambivano fiaccamente. I macigni caduti e i tronchi putridi e le radici dei nodosi alberi lasciavano solo uno stretto passaggio per governare. Una trappola: una trappola buia sotto le radici della montagna silenziosa, e lui era in quella trappola. Nulla si muoveva davanti a lui o sopra di lui. Tutto era mortalmente silenzioso. E Ged non poteva andare più avanti.

Girò la barca, facendola voltare cautamente con incantesimi e con un remo improvvisato perché non urtasse contro le rocce sommerse o non s'impigliasse tra i rami e le radici protese, fino a quando fu rivolta con la prua verso l'esterno; e stava per far alzare un vento per tornare indietro, quando all'improvviso le parole dell'incantesimo gli si gelarono sulle labbra e gli si agghiacciò il cuore. Girò la testa per guardare. L'ombra stava dietro di lui sulla barca.

Se avesse indugiato un istante, sarebbe stato perduto: ma era pronto, e si avventò per afferrare e trattenere la cosa che ondeggiava e tremava alla portata delle sue braccia. Nessuna magia poteva essergli utile, adesso: ma solo la sua carne, la sua stessa vita, contro ciò che non era vivo. Non pronunciò parola ma attaccò, e la barca beccheggiò e dondolò per il suo scatto. E una sofferenza gli salì dalle braccia al petto, mozzandogli il respiro, e un gelo lo saturò, e non ci vide più; eppure tra le mani che afferravano l'ombra non c'era nulla: solo tenebra, aria.

Avanzò incespicando, aggrappandosi all'albero per arrestare la caduta, e la luce gli baluginò negli occhi. Vide l'ombra arretrare rabbrividendo e rattrappirsi, e poi estendersi immensa sopra di lui, sopra la vela, per un istante. Poi, come nero fumo nel vento, indietreggiò e fuggì informe sull'acqua, verso la fulgida porta fra le pareti di roccia.

Ged cadde in ginocchio. La piccola barca tenuta insieme dagli incantesimi ondeggiò e si arrestò, galleggiando sulle inquiete acque. Lui vi si accovacciò, stordito, senza pensare, lottando per respirare, fino a quando l'acqua fredda, sgorgando sotto le sue mani, l'avvertì che doveva provvedere all'imbarcazione perché gli incantesimi che la legavano si stavano indebolendo. Si alzò, aggrappandosi al bastone che fungeva da albero, e tornò a intessere il sortilegio come meglio poteva. Era intirizzito e debole: le mani e le braccia gli dolevano tremendamente, e non aveva più potere. Avrebbe voluto adagiarsi in quel luogo buio dove il mare e la montagna s'incontravano e dormire, dormire sull'acqua inquieta che lo cullava.

Non sapeva se la stanchezza era una magia gettata su di lui dall'ombra mentre fuggiva o se veniva dal freddo atroce del contatto o solo dalla fame e dal sonno e dalla fatica; ma lottò per vincerla, sforzandosi di far levare un lieve vento magico nella vela per percorrere la via d'acqua dov'era fuggita l'ombra.

Ogni terrore era svanito. Ogni gioia era svanita. Non era più una caccia. Ged non era né l'inseguito né l'inseguitore, adesso. Per la terza volta si erano incontrati e toccati; di sua volontà lui s'era avventato sull'ombra, cercando di afferrarla con mani vive. Non l'aveva trattenuta, ma aveva forgiato tra loro un vincolo, un legame che non poteva spezzarsi. Non era necessario dare la caccia all'ombra, inseguirla, e all'ombra sarebbe stato inutile fuggire. Era ineluttabile. Quando fossero giunti al tempo e al luogo del loro ultimo incontro, si sarebbero incontrati.

Ma fino a quel momento, e in qualunque altro luogo, non ci sarebbe stata più pace per Ged, giorno e notte, sulla terra e sul mare. Ora lo sapeva: e quella certezza era dura, perché il suo compito non era mai stato annullare ciò che aveva fatto bensì finire ciò che aveva incominciato.

Uscì tra le scure pareti, e sul mare c'era il mattino luminoso, con un vento favorevole che spirava dal nord.

Ged bevve l'acqua rimasta nella sacca di pelle di foca, e girò intorno al promontorio occidentale fino a quando giunse a uno stretto fra quello e una seconda isola che stava all'ovest. E allora riconobbe quel luogo, richiamando alla mente le carte nautiche dello stretto Orientale. Quelle erano le Mani, due isole solitarie che protendono le montuose dita verso nord, verso le Terre di Kargad. Navigò in mezzo alle isole, e mentre il pomeriggio si scuriva per le nubi temporalesche che venivano dal nord giunse a riva, sulla costa meridionale dell'isola a ovest. Aveva visto che là c'era un piccolo villaggio, sopra la spiaggia, dove un fiume scorreva tumultuoso verso il mare, e non si curava molto dell'accoglienza che avrebbe ricevuto, pur di trovare acqua, il calore di un fuoco e la possibilità di dormire.

Gli abitanti del villaggio erano rudi e timidi, timorosi del bastone da mago, sospettosi di una faccia sconosciuta, ma ospitali con un uomo che arrivava dal mare, solo, prima di una tempesta. Gli diedero carne e bevande in abbondanza, e il conforto della luce del fuoco e delle voci umane che parlavano hardese, e soprattutto gli diedero acqua calda per togliersi da dosso il freddo e il sale del mare, e un letto dove poté dormire.

IFFISH

Ged trascorse tre giorni in quel villaggio della Mano Occidentale, recuperando le forze e preparando una barca costruita non già d'incantesimi e di relitti ma di solido legno ben fissato con cavicchi e calafatato, con un albero robusto e una vela, che lui avrebbe potuto governare facilmente, dormendo quand'era necessario. Come quasi tutte le barche del nord e degli stretti, era a fasciame sovrapposto, con le tavole debordanti una sull'altra perché avessero maggiore resistenza al mare: era solida e ben fatta in ogni sua parte. Ged rinforzò il legno con incantesimi intessuti strettamente, perché pensava che forse sarebbe andato lontano. La barca era fatta per portare due o tre uomini, e il vecchio che ne era il proprietario disse che lui e i suoi fratelli avevano affrontato tempeste e maltempo, con quella, e si erano trovati bene.

A differenza dell'astuto pescatore di Gont, il vecchio, intimorito e sbalordito dalla magia di Ged, gli avrebbe regalato la barca. Ma Ged lo pagò in natura, guarendogli gli occhi dalla cataratta che minacciava di accecarlo. Allora il vecchio, felice, gli disse: — Noi chiamavamo questa barca *Piovanello*, ma tu chiamala *Vistacuta* e dipingile due occhi sulla prua: la mia gratitudine guarderà da quel legno cieco, e ti terrà lontano dalle rocce e dagli scogli. Perché io avevo dimenticato quanta luce c'è nel mondo, fino a quando tu me l'hai restituita.

Via via che il suo potere ritornava, Ged operò altri prodigi nei giorni in cui rimase in quel villaggio ai piedi delle scoscese foreste della Mano. Quelli erano uomini quali aveva conosciuto da ragazzo nella valle Settentrionale a Gont, sebbene fossero ancora più poveri. Con loro si sentiva a suo agio, come non si sarebbe mai sentito alle corti dei ricchi, e conosceva le loro terribili necessità senza bisogno che gliele spiegassero. Perciò fece incantesimi di guarigione e di protezione sui bambini zoppi o malaticci, e sortilegi per accrescere le modeste greggi di capre e di pecore; mise la runa Simn sui fusi e sui telai, sui remi delle barche e sugli utensili di pietra e di bronzo che gli portavano, perché facessero bene il loro lavoro; e scrisse la runa Pirr sulle travi delle capanne, per proteggere gli abitanti dal fuoco, dal vento e dalla pazzia.

Quando la *Vistacuta* fu pronta e ben approvvigionata d'acqua e di pesce secco, Ged restò ancora un giorno al villaggio, per insegnare al giovane cantore le *Gesta di Morred* e la *Ballata di Havnor*. Raramente una nave dell'arcipelago faceva scalo alle Mani: i canti composti cent'anni prima erano una novità per gli abitanti del villaggio, i quali erano ansiosi di udire le imprese degli eroi. Se Ged fosse stato libero, sarebbe stato lieto di trattenersi una settimana o un mese per cantare a quella gente ciò che sapeva, perché i grandi canti fossero conosciuti su una nuova isola. Ma non era libero; e l'indomani mattina alzò la vela, dirigendosi a sud sul vasto stretto Orientale. Perché l'ombra era andata al sud. Non aveva bisogno di gettare incantesimi di ritrovamento per saperlo: lo sapeva, come se una corda finissima e infrangibile lo legasse all'ombra, per quante fossero le miglia di mare e di terra tra loro. Perciò procedette sicuro sulla strada che doveva percorrere, senza fretta e senza speranza, e il vento dell'inverno lo portò a sud.

Navigò un giorno e una notte sul mare solitario, e il secondo giorno giunse a un'isoletta che - gli dissero - era chiamata Vemish. La gente del porticciolo lo guardava in cagnesco, e ben presto arrivò l'incantatore. Fissò Ged, e poi s'inchinò, e disse con una voce che era nel contempo pomposa e lagnosa: — Nobile mago! Perdona il mio ardire, e facci l'onore di accettare tutto ciò che ti occorre per il tuo viaggio: viveri, bevande, tela da vele, funi. Mia figlia sta portando alla tua barca, in questo momento, alcune galline appena arrostite. Ritengo prudente, tuttavia, che tu proceda per la tua via appena ti sembrerà conveniente. Gli abitanti sono sconvolti. Perché non molto tempo fa, ieri l'altro, una persona è stata vista attraversare a piedi la nostra umile isola da nord a sud, e nessuno ha visto una barca portarla qui, e nessuno ha visto una barca condurla via, e sembra che non gettasse ombra. Coloro che hanno visto quella persona dicono che ti rassomigliava alquanto.

A queste parole Ged chinò la testa, si girò, ritornò ai moli di Vemish e ripartì senza voltarsi indietro. Era inutile spaventare gli isolani o inimicarsi il loro incantatore. Preferiva dormire di nuovo in mare e riflettere sulla notizia che l'incantatore gli aveva dato, perché lo sconcertava dolorosamente.

Il giorno finì, e la notte trascorse con la pioggia fredda che frusciò sul mare per tutte le ore dell'oscurità e della grigia alba. Il mite vento del nord continuava a sospingere la *Vistacuta*. Dopo mezzogiorno la pioggia e la nebbia si dispersero, e il sole brillò di tanto in tanto; e verso sera Ged vide sulla sua rotta le basse colline azzurrognole di una grande isola, illuminate da quella incerta luce del sole invernale. Il fumo dei focolari aleggiava azzurro sui tetti d'ardesia delle piccole città fra le colline: una vista gradevole nell'immensa monotonia del mare.

Ged seguì una flotta di pescherecci che rientrava in porto, e salendo le vie della cittadina nell'aurea sera d'inverno trovò una locanda che si chiamava *Harrekki*, dove il fuoco e la birra e le costolette di montone arrosto gli riscaldarono il corpo e l'anima. Ai tavoli della locanda c'erano altri due o tre viaggiatori, mercanti dello stretto Orientale; ma quasi tutti gli uomini erano abitanti della cittadina, venuti là per la birra, per ascoltare notizie e fare conversazione. Non erano rudi e timidi come i pescatori delle Mani, ma autentici cittadini svegli e tranquilli. Sicuramente riconoscevano in Ged un mago, ma non dissero nulla al riguardo; solo il locandiere, chiacchierando (ed era un uomo loquace), disse che quella città, Ismay, era fortunata, perché aveva in comune con altri centri dell'isola l'inestimabile tesoro di un abilissimo mago, istruito alla scuola di Roke, che aveva ricevuto il bastone dallo stesso arcimago e che, sebbene al momento fosse fuori città, abitava nella casa avita proprio a Ismay, che quindi non aveva bisogno di altri praticanti delle arti superiori. — Come dicono, *due bastoni in una città finiscono con lo scontrarsi*: non è così, signore? — dichiarò, sorridendo allegramente. E così Ged fu informato che, come mago itinerante ansioso di guadagnarsi da vivere con gli incantesimi, lì non era desiderato. Aveva ricevuto un brusco congedo da Vemish e uno più blando da Ismay, e ripensò a ciò che gli era stato detto delle ospitali consuetudini dello stretto Orientale. Quell'isola era Iffish, dov'era nato il suo vecchio amico Veccia. Non gli sembrava un luogo ospitale come Veccia aveva detto.

Eppure vedeva che i cittadini avevano veramente facce bonarie. Ma intuivano quella che - come lui sentiva - era la verità: che lui era diverso, isolato da loro, che si portava addosso un destino terribile e inseguiva qualcosa di tenebroso. Era come un vento gelido che spirasse nella stanza rischiarata dal fuoco, come un uccello nero che la tempesta avesse portato da terre straniere. Prima se ne fosse andato, portando con sé il suo destino maligno, e meglio sarebbe stato per quella gente.

— Sono impegnato in una ricerca — disse al locandiere. — Resterò qui solo una notte o due. — Il suo tono era freddo. Il locandiere, lanciando un'occhiata al grande bastone di tasso nell'angolo, una volta tanto non disse nulla, ma riempì la tazza di Ged di birra scura.

Ged sapeva che doveva trascorrere solo quella notte a Ismay. Non era il benvenuto, né lì né altrove. Doveva andare dov'era diretto. Ma era stanco del freddo mare deserto e del silenzio in cui nessuna voce gli parlava. Si disse che avrebbe trascorso un giorno solo a Ismay e l'indomani se ne sarebbe andato. Perciò dormì fino a tardi; quando si svegliò cadeva una neve leggera, e lui oziò per i vicoli della città a osservare la gente indaffarata. Guardò i bambini infagottati nei mantelli di pelliccia costruire castelli e pupazzi di neve, udì le chiacchiere scambiate attraverso la strada dalle porte aperte, e osservò il fabbro al lavoro, con un ragazzetto sudato e rosso in faccia che azionava le lunghe maniche dei mantici sulla forgia; attraverso le finestre rischiarate all'interno da una fioca luce aurea e rossiccia, verso sera, vide le donne ai telai che si voltavano un attimo per parlare o sorridere al figlioletto o al marito, nel tepore della casa. Vide tutto questo dall'esterno, isolato, solo, e si sentì il cuore molto pesante, sebbene non volesse ammettere di fronte a se stesso che era triste. Al cader della notte indugiò ancora per le vie, riluttante a tornare alla locanda. Udì un uomo e una ragazza parlare gaiamente mentre l'incrociavano, diretti verso la piazza della città, e all'improvviso si voltò, perché aveva riconosciuto la voce dell'uomo.

Seguì i due e li raggiunse nel crepuscolo inoltrato, rischiarato soltanto dai lontani bagliori delle lanterne. La ragazza indietreggiò, ma l'uomo lo fissò e poi alzò di scatto il bastone che impugnava, tenendolo fra loro come una barriera per scongiurare la minaccia o l'atto maligno. E questo era insopportabile, per Ged. La voce gli tremò un poco quando disse: — Credevo che mi riconoscessi, Veccia.

Nonostante tutto, Veccia esitò un momento.

— Ti riconosco — disse, e abbassò il bastone e strinse la mano a Ged e l'abbracciò. — Ti riconosco! Benvenuto, amico mio, benvenuto! Che pessima accoglienza ti ho fatto, come se fossi uno spettro venuto ad aggredirmi alle spalle... Eppure ho atteso che venissi, e ti ho cercato...

— Dunque sei tu il mago di cui Ismay è tanto fiera? Me lo domandavo...

— Oh, sì, sono il loro mago: ma ascolta, lascia che ti dica perché non ti avevo riconosciuto. Forse ti ho cercato troppo. Tre giorni fa... Eri qui, tre giorni fa?

— Sono arrivato ieri.

— Tre giorni fa, per la via di Quor, il villaggio lassù sulle colline, ti ho visto. Cioè, ho visto un presentimento, o un'imitazione, o forse semplicemente un uomo che ti somiglia. Era davanti a me, e usciva dal villaggio, e ha svoltato a una curva della strada nello stesso momento in cui io l'ho visto. Ho chiamato e non ho ricevuto risposta; l'ho seguito e non ho trovato nessuno, e neppure un'ombra: ma il terreno era gelato. Era strano, e adesso che ti ho visto uscire così dall'ombra ho pensato di essermi ingannato ancora. Mi dispiace, Ged. — Veccia pronunciò il vero nome di Ged sottovoce, in modo che la ragazza, in attesa qualche passo più indietro, non potesse udirlo.

Anche Ged parlò sottovoce, per usare il vero nome dell'amico: — Non importa, Estarriol. Ma questo sono io: e sono lieto di vederti...

Veccia udì, forse, qualcosa di più della semplice gioia, nella sua voce. Non aveva ancora lasciato andare la spalla di Ged, e ora gli disse, nella Vera Favella: — Tu vieni angosciato dalla tenebra, Ged: eppure la tua venuta è gioia, per me. — Poi proseguì, nel suo hardese con l'accento dello stretto Orientale: — Vieni, vieni a casa con noi: stiamo andando a casa, è ora di lasciare l'oscurità... Questa è mia sorella, la più giovane di noi; e più graziosa di me, come puoi vedere, ma molto meno abile: si chiama Millefoglie. Millefoglie, questo è lo Sparviero, il migliore di noi e mio amico.

— Nobile mago — lo salutò la ragazza, e chinò decorosamente la testa e si nascose gli occhi con le mani in segno di rispetto, come usavano fare le donne nello stretto Orientale: i suoi occhi, quando non erano nascosti, erano limpidi, timidi e curiosi. Aveva forse quattordici anni, ed era scura come il fratello ma molto snella e agile. Sulla sua manica stava aggrappato, alato e unghiuto, un drago non più lungo della sua mano.

Si avviarono insieme nella sera, e mentre procedevano Ged osservò: — A Gont dicono che le donne di quell'isola sono coraggiose, ma là non ho mai visto una ragazza portare un drago per braccialetto.

Millefoglie scoppiò a ridere, e rispose apertamente: — È soltanto un harrekki. Non ci sono harrekki, su Gont? — Poi s'intimidì per un momento e si nascose gli occhi.

— No, e neppure draghi. Questo essere non è un drago?

— Una specie molto piccola, che vive sulle querce e mangia vespe e vermi e uova di passero: non crescono più di così. Oh, signore, mio fratello mi ha parlato spesso della bestiola che avevi tu, l'animaletto selvatico, l'otak... L'hai ancora?

— No. Non più.

Veccia si voltò verso di lui, come se volesse fargli una domanda, ma non gli chiese nulla fino a molto più tardi, quando rimasero soli davanti al focolare di pietra della casa di Estarriol.

Sebbene fosse il mago principale di tutta l'isola d'Iffish, Veccia abitava a Ismay, la cittadina dov'era nato, e viveva con la sorella e il fratello minore. Suo padre era stato un mercante piuttosto ricco, e la casa era spaziosa e robusta, ricca di vasellame e di belle stoffe e di vasi di bronzo e d'ottone sugli scaffali e le cassapanche scolpite. Una grande arpa taoniana stava in un angolo della sala principale, e in un altro c'era il telaio intarsiato d'avorio su cui Millefoglie tesseva arazzi. Veccia, nonostante i suoi modi semplici e tranquilli, era un mago potente e un signore nella sua casa. C'erano due vecchi servitori dall'aria prospera, e il fratello, un ragazzo gioviale, e Millefoglie, svelta e silenziosa come un pesciolino, che servì la cena ai due amici e mangiò con loro ascoltando la loro conversazione e poi si ritirò nella propria stanza. Lì tutto era solido, sereno, sicuro; e Ged, guardandosi intorno nella stanza rischiarata dal fuoco, disse: — È così che dovrebbe vivere un uomo. — E sospirò.

— Be', è un buon modo di vivere — replicò Veccia. — Ce ne sono altri. Ora, ragazzo mio, dimmi, se puoi, ciò che ti è capitato dall'ultima volta che ci siamo parlati, due anni orsono. E dimmi qual è lo scopo del tuo viaggio, perché vedo che questa volta non resterai a lungo con noi.

Ged glielo disse, e quando ebbe finito Veccia rifletté a lungo. Poi dichiarò: — Verrò con te.

— No.

— Penso che verrò.

— No, Estarriol. Non è compito tuo, né è una tua maledizione. Io ho incominciato da solo questa strada maligna, e finirò da solo. Non voglio che altri ne soffrano: e tu meno di tutti, Estarriol, tu che all'inizio hai tentato di trattenere la mia mano dall'atto malvagio...

— L'orgoglio è sempre stato il padrone della tua mente — disse sorridendo Veccia, come se stesse parlando di una cosa di poco conto. — Ora pensa: la ricerca è tua, sicuramente; ma se fallisce, non dovrebbe esserci un altro per avvertire l'arcipelago? Perché allora l'ombra avrebbe un potere spaventoso. E se invece la sconfiggerai, non dovrebbe esserci un altro che lo dica nell'arcipelago, affinché l'impresa venga conosciuta e cantata? So di non poterti essere utile, eppure credo che dovrei venire con te.

Ged non seppe resistere alla supplica dell'amico, ma disse: — Non avrei dovuto trattenermi qui, oggi. Lo sapevo, ma sono rimasto.

— I maghi non s'incontrano per caso, ragazzo mio — replicò Veccia. — E dopotutto, come hai detto tu stesso, ero con te all'inizio del tuo viaggio. È giusto che ti segua fino alla fine. — Aggiunse legna al fuoco, e per un po' rimasero entrambi a guardare le fiamme.

— C'è qualcuno di cui non ho più saputo nulla dopo quella notte sulla collina di Roke, e di cui non ho avuto il coraggio di chiedere agli altri della scuola: Diaspro, voglio dire.

— Non è riuscito a conquistare il bastone. Ha lasciato Roke quella stessa estate ed è andato nell'isola di O per diventare l'incantatore alla corte del signore, a O-tokne. Di lui non so altro.

Tacquero di nuovo, guardando il fuoco e godendo il calore (poiché era una notte gelida) sulle gambe e sul volto, seduti sull'ampio bordo del focolare, con i piedi quasi tra le braci.

Infine Ged disse, sottovoce: — C'è una cosa che temo, Estarriol. E la temo ancora di più se verrai con me. Nelle Mani, all'estremità cieca della rada, mi sono scagliato sull'ombra: era a portata delle mie mani, e l'ho afferrata... ho tentato di afferrarla. E non ho potuto stringere nulla. Non ho potuto sconfiggerla. È fuggita, e io l'ho inseguita. Ma questo può accadere ancora. Non ho potere su quella cosa. Può non esserci né morte né trionfo, alla fine della ricerca: nulla da cantare, e neppure una fine. Forse dovrò trascorrere la mia vita correndo da un mare all'altro e da una terra all'altra in una vana e interminabile avventura in cerca di un'ombra.

— Non sia mai! — esclamò Veccia, girando la mano sinistra

nel gesto che scongiura le possibilità sfavorevoli annunciate. Nonostante i suoi cupi pensieri, questo fece sorridere un po' Ged, perché è più lo scongiuro di un bambino che di un mago: in Veccia c'era sempre quell'innocenza. Eppure era anche acuto, intelligente, e usava andare al cuore delle cose. Ora disse: — È un pensiero lugubre, e, mi auguro, falso. Penso invece che, come ho visto l'inizio, così vedrò la fine. In un modo o nell'altro ne imparerai la natura, l'essere, ciò che è, e così la legherai e la vincerai. Ma è un interrogativo difficile: che natura ha? C'è qualcosa che mi preoccupa. Non capisco. Sembra che ora l'ombra si aggiri nella tua forma, o almeno in una forma che ti somiglia, come hanno visto a Vemish e come io ho visto a Iffish. Com'è possibile, e perché, e perché non l'ha mai fatto nell'arcipelago?

— Dicono: *Le regole cambiano, negli stretti.*

— Sì, è un detto veritiero, posso assicurartelo. Ci sono incantesimi efficaci che ho appreso a Roke e che qui non hanno potere o vanno a rovescio; e ci sono anche incantesimi compiuti qui che su Roke non ho mai imparato. Ogni terra ha i suoi poteri, e più ci si allontana dalle terre interne e meno si può sapere di quei poteri e del modo di dominarli. Ma non credo che sia soltanto questo, a operare il cambiamento nell'ombra.

— Neppure io, lo credo. Penso che, quando ho smesso di fuggire e ho preso a darle la caccia, il volgersi della mia volontà le abbia dato forma, anche se lo stesso atto le ha impedito di sottrarmi la forza. Tutti i miei atti hanno un'eco nell'ombra: è la mia creatura.

— A Osskil ti ha chiamato per nome, e così ha arrestato ogni magia che avresti potuto usare per contrastarla. Perché non l'ha fatto ancora nelle Mani?

— Non so. Forse trae la forza di parlare solo dalla mia debolezza. Parla quasi con la mia lingua: infatti, come poteva sapere il mio nome? Come lo conosceva? Mi sono logorato il cervello su tutti i mari, da quando ho lasciato Gont, e non riesco a trovare la risposta. Forse non può parlare nella sua forma o assenza di forma, ma soltanto con una lingua presa a prestito, come *gebbeth*. Non so.

— Allora dovrai guardarti dall'incontrarla una seconda volta in forma di *gebbeth*.

— Credo — replicò Ged, tendendo le mani verso le rosse braci, mentre un gelo interiore lo invadeva, — credo che non l'incontrerò più così. Adesso è legata a me come io sono legato a lei. Non può liberarsi da me fino al punto d'impadronirsi di un altro uomo e di svuotarlo della volontà e dell'essere, come ha fatto con Skiorh. Può invasare me. Se mai m'indebolirò di nuovo, e cercherò di sfuggirle, di spezzare il legame, m'invaserà. Eppure, quando l'ho afferrata con tutte le mie forze, è divenuta vapore e mi è sfuggita... E lo farà ancora: non può fuggire veramente, perché io posso sempre ritrovarla. Sono legato a quella cosa immonda e crudele, e lo sarò per sempre, a meno di apprendere la parola che la domina: il suo nome.

Pensosamente, il suo amico chiese: — Ci sono nomi, nei reami tenebrosi?

— Gensher, l'arcimago, diceva che non ci sono. Il mio maestro Ogion la pensa diversamente.

— *Infinite sono le discussioni dei maghi* — citò Veccia, con un sorriso un po' cupo.

— Colei che serviva la Vecchia Potenza a Osskil giurava che la pietra mi avrebbe detto il nome dell'ombra: ma questo non conta molto. Tuttavia c'è stato anche un drago, che si è offerto di barattare quel nome col suo, per liberarsi di me; e io ho pensato che forse i draghi sanno ciò di cui i maghi si limitano a discutere.

— Lo sanno, ma non sono benevoli. Che drago è? Non mi hai detto che hai parlato con i draghi, dopo l'ultima volta che ti ho visto.

Quella notte conversarono fino a tarda ora, e sebbene ritornassero sempre sull'amara sorte di Ged la gioia di ritrovarsi vinse tutto: perché l'affetto tra loro era forte e saldo, non sminuito dal tempo e dagli eventi. La mattina dopo, Ged si svegliò sotto il tetto dell'amico e mentre era ancora insonnolito provò un senso di benessere, come se fosse in un luogo completamente difeso dal male. Per tutto il giorno un po' di quella pace sognante rimase nei suoi pensieri: e lui l'accettò, non come un buon auspicio ma come un dono. Gli sembrava probabile che, lasciando quella casa, avrebbe lasciato il suo ultimo rifugio: perciò, fino a quando fosse durato quel breve sogno, ne sarebbe stato felice.

Poiché aveva affari da sbrigare prima di lasciare Iffish, Veccia andò ad altri villaggi dell'isola in compagnia del ragazzo che lo serviva come apprendista incantatore. Ged rimase con Millefoglie e suo fratello, Gazzamarina, che per età era tra lei e Veccia. Sembrava solo un ragazzo, perché non aveva il dono del potere magico; e non era mai stato altrove che a Iffish, Tok e Holp, e la sua vita era facile e tranquilla. Ged l'osservava con stupore e un po' d'invidia, e Gazzamarina guardava lui con gli stessi sentimenti: a ognuno di loro sembrava strano che l'altro fosse così diverso, eppure avevano la stessa età, diciannove anni. Ged si stupiva che uno che aveva vissuto diciannove anni potesse essere tanto spensierato. Mentre ammirava il bel volto allegro di Gazzamarina si sentiva troppo dinoccolato e angoloso, e non immaginava che il ragazzo gli invidiava perfino le cicatrici che gli sfregiavano il volto e pensava che fossero i segni lasciati dalle unghie di un drago, le rune e i segni di un eroe.

I due giovani, perciò, erano piuttosto timidi l'uno con l'altro; ma ben presto Millefoglie perse ogni timore di Ged, poiché era la padrona di casa. Ged era molto gentile con lei, che lo tempestava di domande perché Veccia, diceva, non le raccontava mai niente. In quei due giorni fu indaffaratissima a preparare focacce secche di grano per il viaggio e a confezionare pacchi di pesce e di carne secca e di altre provviste da caricare sulla loro barca, fino a quando Ged le disse di smettere perché non aveva intenzione di arrivare fino a Selidor senza scalo.

— Dov'è Selidor?

— Lontanissimo, nello stretto Occidentale, dove i draghi sono frequenti come i topi.

— Allora è meglio restare a oriente, perché i nostri draghi sono piccoli come topi. Ecco la tua carne, allora: sei sicuro che basti? Senti, non capisco: tu e mio fratello siete entrambi potenti maghi, e agitate la mano e mormorate qualcosa e tutto è fatto. Perché soffrite la fame, allora? Quando viene l'ora di cena, in mare, perché non dite «Sformato di carne!» e lo sformato non appare per farsi mangiare?

— Be', potremmo farlo. Ma non ci teniamo molto a mangiare le nostre parole, come dicono. *Sformato di carne* sono soltanto parole, dopotutto... Possiamo renderlo profumato, e saporito, e perfino capace di saziare, ma rimane fatto di parole. Inganna lo stomaco e non dona forza all'affamato.

— I maghi, allora, non sono cuochi — disse Gazzamarina, che sedeva di fronte a Ged sul focolare intagliando un coperchio da cofanetto in ottimo legno: era intagliatore, sebbene non fosse troppo zelante nel suo mestiere.

— E i cuochi non sono maghi, purtroppo — replicò Millefoglie, inginocchiandosi per vedere se l'ultima infornata di focacce che cuoceva sui mattoni del focolare prendeva colore. — Ma ancora non capisco, Sparviero. Ho visto mio fratello, e perfino il suo apprendista, far luce in un luogo buio dicendo soltanto una parola: e la luce risplende, è fulgida, e non è una parola ma una luce che rischiara la strada.

— Sì — fece Ged. — La luce è potere. Un grande potere, grazie al quale noi esistiamo, ma che esiste al di là delle nostre esigenze, in se stesso. La luce del sole e delle stelle è tempo, e il tempo è luce. Nella luce del sole, nei giorni e negli anni, c'è la vita. In un luogo buio la vita può chiamare la luce, nominandola. Ma di solito, quando vedi un mago nominare o chiamare qualcosa perché appaia, non è lo stesso: non fa appello a un potere più grande di lui, e ciò che appare è soltanto illusione. Chiamare qualcosa che non c'è, chiamarla dicendone il vero nome, è una grande arte, che non si deve usare alla leggera. Non per soddisfare la fame. Millefoglie, il tuo piccolo drago ha rubato una focaccia.

Millefoglie aveva ascoltato così attenta, fissando Ged, che non aveva visto l'harrekki sgattaiolare giù dal gancio del paiolo dove stava al calduccio e afferrare una focaccia più grossa di lui. La ragazza prese sulle ginocchia l'esserino scaglioso e l'imboccò, riflettendo su ciò che le aveva detto Ged.

— Quindi non evocheresti un vero sformato di carne senza turbare ciò di cui parla sempre mio fratello... Ho dimenticato come si chiama...

— L'equilibrio — disse Ged, concisamente, perché lei era molto seria.

— Sì. Ma quando hai fatto naufragio sei partito con una barca costruita quasi interamente d'incantesimi, e non imbarcava acqua. Era illusione?

— Be', in parte era illusione, perché m'inquieta vedere il mare che penetra dai buchi della mia barca, perciò li ho rattoppati per amore del suo aspetto. Ma la forza dell'imbarcazione non era illusione né evocazione: era data da un'altra arte, da un incantesimo legante. Il legno era legato come un tutto unico, una barca. Cos'è una barca se non qualcosa che non lascia passare l'acqua?

— Io ho sgottato a bordo di alcune barche che la lasciavano passare — disse Gazzamarina.

— Be', anche la mia l'avrebbe lasciata passare se non avessi mantenuto continuamente l'incantesimo. — Ged si chinò dal suo angolo e prese dai mattoni una focaccia, rigirandosela tra le mani.—

Anch'io ho rubato una focaccia.

— E allora ti sei scottato le dita. E quando soffrirai la fame sul deserto d'acqua tra le isole lontane penserai a questa focaccia e dirai: *Ah, se non l'avessi rubata, adesso potrei mangiarla, ahimè!* Ora mangerò quella di mio fratello, così soffrirà la fame insieme a te...

— È così che si conserva l'equilibrio — osservò Ged, mentre Millefoglie prendeva e masticava una focaccia caldissima, semitostata; e lei ridacchiò e si mandò il boccone di traverso. Ma poco dopo, ridiventata seria, disse: — Vorrei capire veramente quello che mi dici. Sono troppo stupida.

— Sorellina — replicò Ged, — è colpa mia, che non sono bravo a spiegare. Se avessimo più tempo...

— Avremo più tempo — dichiarò Millefoglie. — Quando mio fratello tornerà a casa, tu verrai con lui, almeno per un po', non è vero?

— Se potrò — rispose gentilmente lui.

Ci fu una breve pausa; poi Millefoglie chiese, osservando l'harrekki che stava risalendo sul gancio: — Dimmi questo soltanto, se non è un segreto: quali altri grandi poteri ci sono, oltre alla luce?

— Non è un segreto. Tutto il potere è uno solo nella fonte e nel fine, credo. Anni e distanze, stelle e candele, acqua e vento e magia, l'abilità della mano di un uomo e la saggezza nella radice di un albero: tutti hanno origine comune. Il mio nome, e il tuo, e il vero nome del sole, o una sorgente d'acqua, o un bimbo non ancora nato, sono tutti sillabe della grande parola che viene pronunciata lentamente dallo splendore delle stelle. Non c'è altro potere. Non c'è altro nome.

Arrestando il coltello sul legno intagliato, Gazzamarina chiese: — E la morte?

La ragazza ascoltò, chinando la lucente testolina nera.

— Per ogni parola da pronunciare — rispose lentamente Ged, — dev'esserci silenzio. Prima o dopo. — Poi si alzò all'improvviso, dicendo: — Non ho il diritto di parlare di queste cose. La parola che avevo da dire l'ho detta male. È meglio che io taccia: non parlerò più. Forse non esiste un vero potere oltre alla tenebra. — Lasciò il fuoco e la calda cucina, riprendendo il mantello e uscendo solo per le vie, sotto la fredda acquerugiola invernale.

— È oppresso da una maledizione — disse Gazzamarina, seguendolo con lo sguardo, un po' intimorito.

— Io credo che questo viaggio lo condurrà alla morte — osservò la ragazza, — e lui lo teme eppure non esita. — Alzò la testa come se vedesse, attraverso la rossa fiamma del fuoco, la rotta di una barca che avanzava sola sui mari dell'inverno. Poi per un attimo gli occhi le si riempirono di lacrime, ma lei non disse nulla.

Veccia tornò a casa il giorno seguente e si accomiatò dai notabili di Ismay, che non avrebbero voluto lasciarlo partire per mare a metà inverno, in una ricerca mortale che non lo riguardava neppure; ma per quanto lo rimproverassero, non poterono far nulla per trattenerlo. Stanco della loro insistenza, Veccia disse: — Io appartengo a voi, per discendenza e per tradizione e per il dovere che ho verso di voi. Sono il vostro mago. Ma è tempo che ricordiate che, sebbene io sia un servitore, non sono il *vostro* servitore. Quando sarò libero di tornare, ritornerò: fino ad allora, addio.

Allo spuntar del giorno, mentre la grigia luce scaturiva dal mare a oriente, i due giovani partirono a bordo della *Vistacuta* dal porto di Ismay, alzando una robusta vela bruna al vento del nord. Sul molo, Millefoglie li guardò allontanarsi, come le mogli e le sorelle dei marinai stanno sulle rive di tutto Earthsea a guardare i loro uomini che vanno per mare, e non agitano le braccia e non gridano ma restano immobili nel mantello grigio o bruno, là sulla spiaggia che rimpicciolisce e rimpicciolisce, vista dalla barca, via via che la distanza aumenta.

IL MARE APERTO

Il porto era ormai scomparso all'orizzonte e gli occhi dipinti della *Vistacuta*, bagnati dalle onde, guardavano avanti su mari sempre più vasti e desolati. In due giorni e due notti i viaggiatori compirono la traversata da Iffish all'isola di Soders, cento miglia di tempo pessimo e di venti contrari. Si fermarono per poco nel porto, solo il tempo sufficiente per riempire un otre d'acqua e per acquistare un telo incatramato per proteggere la loro roba dall'acqua di mare e dalla pioggia. Non se l'erano procurato prima perché comunemente un mago provvede a queste cose con incantesimi del tipo più usuale, e per la verità occorre poca magia anche per render dolce l'acqua marina e risparmiarsi il fastidio di portarsi dietro acqua dolce. Ma Ged sembrava poco disposto a usare la propria magia o a lasciare che Veccia si servisse della sua. Diceva soltanto «È meglio di no», e il suo amico non faceva domande e non discuteva. Perché, appena il vento aveva gonfiato la vela, entrambi avevano sentito un pesante presentimento, freddo come quel vento invernale. Porto, rifugio, pace, sicurezza: era tutto alle loro spalle. Se ne erano allontanati. Ora percorrevano una via in cui tutti gli eventi erano pericolosi e nessun atto era privo di significato. Sulla rotta su cui si erano imbarcati, recitare il minimo incantesimo poteva cambiare la sorte e spostare l'equilibrio del potere e del destino: perché ora si avviavano verso il centro stesso di quell'equilibrio, verso il luogo dove la luce e la tenebra s'incontrano. Coloro che viaggiano così non pronunciano inutilmente neppure una parola.

Salparono e costeggiarono le rive di Soders, dove i candidi campi di neve svanivano tra le colline nebbiose; poi Ged portò di nuovo la barca verso sud, e si addentrarono in acque dove i grandi mercantili dell'arcipelago non giungono mai, al limitare dello stretto.

Veccia non faceva domande sulla rotta, poiché sapeva che Ged non la sceglieva ma andava dove doveva andare. Quando l'isola di Soders rimpicciolì e sbiadì dietro di loro, e le onde sibilarono battendo contro la prua, e la grande e grigia pianura d'acqua li circondò da ogni parte fino all'orlo del cielo, Ged chiese: — Quali terre si trovano su questa rotta?

— A sud di Soders non ci sono terre. A sudest, procedi per molto tempo e trovi poco: Pelimer, Kornay, Gosk, e Astowell che è chiamata anche l'Ultima Terra. Più oltre c'è il mare aperto.

— E a sudovest?

— Rolameny, che è una delle nostre isole dello stretto Orientale, e alcune isolette che la circondano; poi più nulla, fino a quando entri nello stretto Meridionale: Rood, e Toom, e l'isola dell'Orecchio, dove gli uomini non vanno mai.

— Può darsi che ci andiamo noi — disse amaramente Ged.

— Preferirei di no — replicò Veccia. — È una parte del mondo molto spiacevole, dicono, piena di ossa e di portenti. I marinai dicono che dalle acque dell'isola dell'Orecchio e di Sorr Lontana si vedono stelle che non si possono vedere in nessun altro luogo e che non hanno mai avuto un nome.

— Sì: c'era un marinaio, sulla nave che mi ha portato a Roke, che ne parlava. E parlava del popolo delle zattere dello stretto Meridionale, uomini che vanno a terra solo una volta l'anno a tagliare i grandi tronchi per le loro zattere e che per il resto dell'anno, per tutti i giorni e i mesi, vanno alla deriva sulle correnti dell'oceano, lontano da ogni terra. Mi piacerebbe vedere quei villaggi di zattere.

— A me no — dichiarò Veccia, con un sorriso. — Dammi la terra e gli abitanti della terra: il mare nel suo letto e io nel mio.

— Avrei voluto vedere tutte le città dell'arcipelago — disse Ged mentre reggeva la cima della vela e guardava la grigia desolazione davanti a loro. — Havnor al cuore del mondo, e Éa dove sono nati i miti, e Shelieth delle Fontane, su Way; tutte le città e le grandi terre. E le piccole terre, le strane terre degli stretti esterni... Anche quelle. Veleggiare lungo la rotta dei draghi, lontano a occidente. Oppure navigare a nord, tra le banchise di ghiaccio, fino alla Terra di Hogen. Alcuni dicono che è una terra più grande di tutto l'arcipelago, e altri affermano che è formata soltanto da scogli e da rocce coperte di ghiaccio. Non lo sa nessuno. Mi piacerebbe vedere le balene dei mari settentrionali... Ma non posso. Devo andare dove sono costretto ad andare, e a voltare le spalle alle spiagge luminose. Ho avuto troppa fretta, e ora non ho più tempo. Ho dato tutta la luce del sole e le città e le terre lontane per una manciata di potere, per un'ombra, per le tenebre. — E così, come usano i maghi nati, Ged trasformò la sua paura e il suo rimpianto in un canto, un breve lamento, che non era soltanto per lui; e il suo amico, rispondendo, pronunciò le parole dell'eroe, dalle *Gesta di Erreth-Akbe*: — Oh, possa io vedere ancora una volta il fulgido focolare della terra, le bianche torri di Havnor...

Così proseguirono sulla loro rotta sopra le immense acque abbandonate. Quel giorno videro soltanto un branco di argentei panny che nuotavano verso il sud; ma non c'era mai un delfino che balzava, e nella grigia aria non c'era il volo di un gabbiano o di una gazza marina o di una rondine marina. Quando l'oriente si oscurò e l'occidente divenne rosseggiante, Veccia prese il cibo e lo divise e disse: — È l'ultima birra. Bevo alla salute di colei che ha pensato a mettere il bariletto a bordo per uomini assetati e infreddoliti: mia sorella Millefoglie.

A quelle parole, Ged abbandonò i suoi tetri pensieri e smise di scrutare il mare, e brindò a Millefoglie forse con slancio ancor più grande di Veccia. Il pensiero di lei riportò alla sua mente la saggia e infantile dolcezza della ragazza. Era diversa da tutti coloro che conosceva. (Quale ragazza aveva mai conosciuto? Ma a questo non pensava mai.) — È come un pesciolino che nuota in un ruscello limpido — disse. — È indifesa, eppure non puoi afferrarla.

Veccia lo guardò sorridendo. — Tu sei un mago nato — dichiarò. — Il suo vero nome è Kest. — Nella Vecchia Favella, *kest* significa pesciolino, come Ged ben sapeva; e questo allietò il suo cuore. Ma dopo qualche istante mormorò: — Forse non avresti dovuto dirmi il suo nome.

Ma Veccia, che non l'aveva fatto alla leggera, replicò: — Il suo nome è al sicuro, in tua custodia, come lo è il mio. E poi, tu lo sapevi senza che te lo rivelassi...

Il rosseggiare cadde in cenere a occidente, e il grigio-cenere divenne nero. Il mare e il cielo erano completamente bui. Ged si stese sul fondo della barca per dormire, avvolto nel mantello di lana e di pelliccia. Veccia, stringendo la cima della vela, cantò sottovoce qualche passo delle *Gesta di Enlad*, là dove il canto narra che il mago Morred il Bianco lasciò Havnor sulla sua lunga nave senza remi e giungendo all'isola di Soléa vide Elfarran nel frutteto, in primavera. Ged si addormentò prima che il canto giungesse alla dolorosa conclusione del loro amore, la morte di Morred, la rovina di Enlad, i frutteti di Soléa devastati dalle immense e rabbiose onde del mare. Verso mezzanotte si svegliò, e fece il turno di guardia mentre Veccia dormiva. La piccola imbarcazione correva veloce sul mare convulso, fuggendo dal forte vento che spirava nella sua vela e volando ciecamente nella notte. Ma le nubi si erano squarciate, e prima dell'alba l'esile luna, brillando tra i nembi orlati di bruno, gettò sul mare una luce fioca.

— La luna sta diminuendo — mormorò Veccia, svegliatosi all'alba, quando per un po' il vento freddo cadde. Ged alzò lo sguardo verso la bianca falce sulle pallide acque orientali, ma non disse nulla. Il novilunio che segue il solstizio d'inverno viene chiamato aratura, ed è il polo opposto dei giorni della luna e della lunga danza in estate. È un tempo di sventura per i viaggiatori e per gli infermi: durante l'aratura ai bambini non viene dato il loro vero nome, e non si cantano le Gesta, e non si affilano le spade né gli utensili, e non si fanno giuramenti. È l'asse tenebroso dell'anno, quando tutto ciò che si fa è malfatto.

Avevano lasciato Soders da tre giorni quando, seguendo gli uccelli marini e le alghe strappate alla spiaggia, giunsero a Pelimer, un'isoletta aggobbita sul grigio mare agitato. La popolazione parlava hardese, ma a modo suo, strano perfino per Veccia. I due giovani scesero a riva per prendere acqua dolce e per avere una tregua dal mare; e dapprima furono ben accolti, con meraviglia e chiasso. C'era un incantatore nella città principale dell'isola, ma era pazzo. Parlava solo del grande serpente che divorava le fondamenta di Pelimer, che presto sarebbe andata alla deriva come una barca staccata dagli ormeggi e sarebbe scivolata oltre l'orlo del mondo. Dapprima accolse cerimoniosamente i due giovani maghi, ma mentre parlava del serpente cominciò a guardare in tralice Ged; e poi cominciò a inveire contro di loro sulla via, accusandoli di essere spie e servitori del serpente marino. Da quel momento i pelimeriani presero a guardarli severamente, perché sebbene fosse pazzo era pur sempre il loro incantatore. Perciò Ged e Veccia non si trattennero a lungo, ma ripartirono prima del cader della notte dirigendosi sempre verso sudest.

In quei giorni e in quelle notti di navigazione Ged non parlò mai dell'ombra, né direttamente della propria ricerca; e la cosa più vicina a una domanda che Veccia gli rivolse fu (mentre seguivano la stessa rotta, sempre più lontano dalle terre conosciute di Earthsea): — Sei sicuro? — E Ged si limitò a rispondere: — Il ferro è sicuro del luogo dov'è la calamita? — Veccia annuì, e proseguirono, e non dissero altro. Ma di tanto in tanto parlavano delle arti e degli strumenti che i maghi del tempo antico avevano usato per scoprire il nome segreto di poteri e esseri terribili: come Nereger di Paln aveva appreso il nome del Mago Nero ascoltando i dialoghi dei draghi, e come Morred aveva visto il nome del suo nemico scritto dalle gocce di pioggia sulla polvere del campo di battaglia, nelle piane di Enlad. Parlarono d'incantesimi di ritrovamento, e d'invocazioni, e delle domande rispondibili che solo il maestro degli schemi di Roke può formulare. Ma spesso Ged finiva col mormorare parole che Ogion gli aveva detto sul dosso della montagna di Gont, in un autunno lontano: — Per udire, bisogna tacere... — E ammutoliva, e rifletteva, ora dopo ora, sempre scrutando il mare davanti alla prua della barca. Talvolta Veccia aveva la sensazione che il suo amico vedesse, oltre le onde e le miglia e i giorni grigi che dovevano ancora venire, la cosa che loro seguivano e la tenebrosa fine del loro viaggio.

Passarono tra Kornay e Gosk con un tempo pessimo, senza vedere nessuna delle due isole nella nebbia e nella pioggia; e compresero di averle superate solo il giorno seguente, quando videro davanti a sé un'isola di scogliere turrite su cui i gabbiani volteggiavano in grandi stormi con un clamore che si udiva lontano sul mare. Veccia disse: — Quella dev'essere Astowell, a giudicare dall'aspetto. L'Ultima Terra. A est e a sud, le carte nautiche sono vuote.

— Eppure coloro che vivono là possono conoscere terre più lontane — replicò Ged.

— Perché dici questo? — chiese Veccia, dato che Ged aveva parlato in tono inquieto; e anche la risposta a quella domanda fu esitante e strana. — Non là — disse Ged guardando Astowell, e più oltre. — Non là. Non sul mare, ma sulla terraferma: quale terra? Davanti alle sorgenti del mare aperto, oltre le fonti, dietro le porte della luce del giorno...

Poi tacque, e quando riprese a parlare lo fece con voce normale, come se fosse stato liberato da un incantesimo o da una visione e non ne avesse un chiaro ricordo.

Il porto di Astowell, alla foce di un fiume tra alture rocciose, era sulla riva settentrionale dell'isola, e tutte le capanne della cittadina erano rivolte verso nord e verso ovest: era come se l'isola, sia pure da tanto lontano, avesse la faccia rivolta verso Earthsea, verso l'umanità.

L'arrivo degli stranieri fu accolto con eccitazione e sbigottimento, in una stagione in cui nessuna barca aveva mai sfidato i mari intorno ad Astowell. Le donne rimasero tutte nelle capanne di canne, sbirciando dalle porte, nascondendo i figlioletti dietro le gonne, ritraendosi spaventate nell'oscurità quando i forestieri salirono dalla spiaggia. Gli uomini, magri e malvestiti nonostante il freddo, si raccolsero solennemente in cerchio intorno a Veccia e a Ged, e ognuno impugnava un'ascia di pietra o un coltello ricavato da una conchiglia. Ma quando ebbero superato la paura accolsero bene gli stranieri e li tempestarono di domande. Capitava di rado che qualche nave giungesse fin lì da Soders o Rolameny, poiché loro non avevano nulla da barattare col bronzo o con le mercanzie fini: non avevano neppure legname. Le loro imbarcazioni erano di canne, e solo un marinaio coraggioso poteva spingersi fino a Gosk o Kornay con simili mezzi. Vivevano soli, lì al limitare di tutte le carte geografiche. Non avevano streghe o incantatori, e sembrava che non riconoscessero neppure i bastoni dei giovani maghi per ciò che erano e li ammirassero solo perché erano fatti di legno, una sostanza preziosa. Il loro capo era vecchissimo, e lui solo, tra tutta la sua gente, aveva già visto un uomo nato nell'arcipelago. Ged, perciò, era per loro una meraviglia: gli uomini portarono i figlioletti perché lo guardassero e lo ricordassero quando fossero diventati vecchi. Non avevano mai sentito parlare di Gont, ma solo di Havnor e Éa, e lo scambiarono per un signore di Havnor. Ged fece del suo meglio per rispondere a tutte le loro domande sulla città bianca che non aveva mai visto. Ma a sera divenne più irrequieto, e alla fine chiese agli uomini del villaggio, che sedevano intorno al fuoco della grande casa, nel fetido tepore del letame di capra e dei fasci di saggina che erano tutto il loro combustibile: — Cosa c'è a oriente della vostra terra?

Quelli tacquero; alcuni sorridevano, altri erano torvi.

Il vecchio capo rispose: — Il mare.

— E più oltre non ci sono altre terre?

— Questa è l'Ultima Terra. Non ce ne sono altre, più in là. Non c'è che acqua fino all'orlo del mondo.

— Questi sono saggi, padre — disse un uomo più giovane. — Navigatori, viaggiatori. Forse sanno di una terra che a noi è ignota.

— Non ci sono terre a oriente di questa — ribadì il vecchio, e guardò a lungo Ged e non gli disse altro.

Quella notte i due compagni dormirono nel calore fumoso della grande casa. Prima dell'alba, Ged destò l'amico mormorando: — Estarriol, svegliati. Non possiamo rimanere, dobbiamo andare.

— Perché così presto? — chiese Veccia, insonnolito.

— Non è presto: è tardi. Sono stato troppo lento nell'inseguirla. Ha trovato il modo di sfuggirmi, e così mi condanna. Non deve sfuggirmi, perché io devo seguirla per quanto vada lontana. Se la perdo, sono perduto.

— Dove dobbiamo seguirla?

— Verso oriente. Vieni. Ho riempito d'acqua gli otri.

Perciò lasciarono la casa prima che qualcuno si svegliasse nel villaggio, eccettuato un bimbo che pianse un po' nel buio di una capanna e poi tacque. Nella vaga luce delle stelle scesero alla foce del fiumicello, slegarono la *Vistacuta* dalla roccia dove l'avevano assicurata, e la spinsero nella nera acqua. Così salparono verso oriente, da Astowell nel mare aperto, il primo giorno dell'aratura, prima del levar del sole.

Quel giorno trovarono cieli sereni. Il vento del mondo era freddo e spirava a raffiche da nordest, ma Ged aveva suscitato il vento magico: il primo atto di magia che avesse compiuto da quando aveva lasciato l'isola delle Mani. Navigarono velocemente verso est. La barca era scossa dalle grandi onde fumanti illuminate dal sole, che l'investivano nella sua corsa; ma procedeva validamente come aveva promesso il suo costruttore, reagendo al vento magico come una nave di Roke carica d'incantesimi.

Ged non parlò quella mattina, se non per rinnovare il potere del vento magico o per mantenere la forza della vela, e Veccia finì il suo sonno a poppa. A mezzogiorno mangiarono. Ged distribuì il cibo parcamente, e il significato di quel gesto era chiaro, ma entrambi masticarono il loro pezzo di pesce salato e di focaccia di grano senza dir nulla.

Per tutto il pomeriggio fendettero le acque verso oriente, senza deviare e senza rallentare. Una sola volta Ged ruppe il silenzio per dire: — Sei d'accordo con quanti pensano che il mondo è tutto mare privo di terre oltre gli stretti Esterni o con quanti immaginano altri arcipelaghi o immense terre mai scoperte sull'altro emisfero del mondo?

— In questo momento — rispose Veccia, — sono d'accordo con quanti pensano che il mondo ha una sola faccia e che chi si spinge troppo lontano cadrà dall'orlo.

Ged non sorrise: non aveva più gaiezza. — Chi sa cosa potrebbe incontrare un uomo, là? Non noi, che non ci allontaniamo mai dalle nostre coste.

— Alcuni hanno cercato di scoprirlo e non sono ritornati. E nessuna nave è mai giunta a noi da terre che non conosciamo.

Ged non replicò.

Per tutto quel giorno e per tutta quella notte furono spinti dal possente vento della magia sopra le grandi onde dell'oceano, verso oriente. Ged vegliò dal crepuscolo all'alba, perché nell'oscurità la forza che l'attirava o lo sospingeva diveniva ancora più potente. Guardava sempre avanti, sebbene i suoi occhi, nella notte illune, non potessero vedere più degli occhi dipinti sulla cieca prua della barca. Allo spuntar del giorno il suo volto scuro era cinereo per la stanchezza, e lui era così intirizzito dal freddo che quasi non riuscì a sdraiarsi per riposare. Mormorò: — Mantieni il vento magico da occidente, Estarriol. — E si addormentò.

Il sole non comparve, e poco dopo la pioggia cominciò a scrosciare sulla prua da nordest. Non era una tempesta, ma solo il lungo vento freddo e la pioggia dell'inverno. Ben presto tutto, sulla barca scoperta, s'infradiciò, nonostante il telo incatramato che avevano acquistato, e Veccia aveva l'impressione di essere bagnato fino alle ossa, e Ged rabbrividiva nel sonno. Preso da pietà per l'amico, e forse anche per se stesso, Veccia tentò di allontanare per un po' quel rude vento incessante che portava la pioggia. Ma sebbene, seguendo il volere di Ged, potesse mantenere forte e costante il vento incantato, il suo dominio sul tempo aveva ben poco potere così lontano dalla terra, e il vento del mare aperto non ascoltava la sua voce.

Allora lo prese un certo timore, quando cominciò a chiedersi quanto potere magico sarebbe rimasto a lui e a Ged se avessero continuato ad allontanarsi dalle terre dove gli uomini devono vivere.

Ged vegliò di nuovo, quella notte, e continuò a mantenere la barca diretta a oriente. Quando venne il giorno, il vento del mondo si acquietò un poco e il sole brillò a tratti, ma le grandi onde erano così alte che la *Vistacuta* doveva inclinarsi e scalarle come se fossero colline, e librarsi sulla cresta e precipitare all'improvviso, e risalire ancora, e ancora, all'infinito.

La sera di quel giorno, Veccia parlò dopo un lungo silenzio. — Amico mio — disse, — una volta parlavi come se fossi sicuro che avremmo trovato una terra. Non vorrei discutere la tua visione se non fosse per questo: potrebbe essere un trucco, un inganno di ciò che tu insegui, per attirarti più lontano di quanto un uomo possa spingersi sull'oceano. Perché il nostro potere può mutare e indebolirsi su mari sconosciuti. E un'ombra non si stanca, non muore di fame e non annega.

Sedevano a fianco a fianco, eppure adesso Ged lo guardava come da una grande distanza, attraverso un abisso. I suoi occhi erano turbati, e tardò a rispondere.

Infine annunciò: — Estarriol, ci stiamo avvicinando.

Udendo queste parole, il suo amico seppe che erano vere. Ed ebbe paura. Ma posò la mano sulla spalla di Ged e disse soltanto: — Benissimo, allora: va bene.

Anche quella notte Ged vegliò, perché non riusciva a dormire nell'oscurità. E non volle dormire quando spuntò il terzo giorno. Continuarono a correre sul mare con quell'incessante, lieve, terribile velocità, e Veccia si stupì del potere di Ged che riusciva a mantenere un vento magico tanto forte, per ore e ore, lì sul mare aperto, dove lui sentiva il proprio potere indebolito e smarrito. E continuarono e continuarono, fino a quando Veccia ebbe l'impressione che quanto aveva detto Ged si sarebbe avverato e che sarebbero andati oltre le sorgenti del mare, a oriente, oltre le porte del giorno. Ged stava a prua, e guardava avanti come sempre. Ma adesso non scrutava l'oceano, o almeno non l'oceano che vedeva Veccia, un deserto di acqua agitata all'orlo del cielo. Negli occhi di Ged c'era una cupa visione che si sovrapponeva al mare grigio e al cielo grigio: e l'oscurità crebbe, e il velo s'infittì. Veccia non vedeva nulla di tutto questo, tranne quando guardava il volto dell'amico: allora anche lui scorgeva la tenebra per un momento. Avanzarono, e avanzarono ancora. Ed era come se, sebbene un vento li spingesse su una barca, Veccia andasse a oriente sul mare del mondo mentre Ged procedeva da solo in un regno che non aveva oriente né occidente, né sorgere né tramontare del sole e delle stelle.

All'improvviso Ged si alzò, a prua, e parlò a voce alta. Il vento magico cadde. La *Vistacuta* rallentò, e si sollevò e ricadde tra le immense onde come un pezzetto di legno. Sebbene il vento del mondo spirasse forte come sempre dal nord, la bruna vela pendeva floscia, immota. E così la barca galleggiava sulle onde, agitata dal loro grande moto lento ma senza procedere in nessuna direzione.

Ged disse: — Ammaina la vela. — Veccia si affrettò a ubbidire, mentre lo Sparviero slegava i remi e li infilava negli scalmi e cominciava a remare.

Veccia, che vedeva solo le onde alzarsi e abbassarsi a perdita d'occhio, non riusciva a comprendere perché adesso procedessero a remi; ma attese, e poco dopo si accorse che il vento del mondo si affievoliva e le onde si acquietavano. La barca non salì e non discese più con tanta violenza, finché sembrò procedere, sotto i forti colpi di remo di Ged, su un'acqua quasi immobile, come in una baia racchiusa tra due bracci di terra. E sebbene Veccia non potesse scorgere ciò che Ged vedeva, quando tra un colpo e l'altro di remo si voltava a guardare ciò che stava sulla rotta della barca... Sebbene Veccia non potesse vedere i pendii neri sotto le stelle immote, cominciò a scorgere con il suo occhio di mago un'oscurità che saliva dalle cavità delle onde tutt'intorno alla barca, e vide le onde stesse divenire lente e torpide come se fossero ostacolate dalla sabbia.

Se era un incantesimo d'illusione, era incredibilmente potente: far sembrare terra il mare aperto. Cercando di chiamare a raccolta lucidità e coraggio, Veccia pronunciò l'incantesimo della rivelazione, scrutando tra le lente parole, in attesa di un cambiamento o di un tremito dell'illusione in quello strano prosciugarsi dell'abisso dell'oceano. Ma non c'era nulla. Forse l'incantesimo, sebbene dovesse influire solo sulla vista e non sulla magia in atto intorno a loro, lì non aveva potere. O forse non era un'illusione, ed erano giunti alla fine del mondo.

Senza badare a lui, Ged remava sempre più adagio, voltandosi a guardare, scegliendo un percorso tra canali o scogli e secche che lui solo poteva vedere. La barca ebbe un sussulto, quando la chiglia strusciò. Sotto quella chiglia stavano gli immensi abissi del mare, eppure loro erano incagliati. Ged ritrasse i remi negli scalmi: e quel rumore fu terribile, perché non c'erano altri suoni. Tutte le voci dell'acqua, del vento, del legno, della vela erano sparite, perdute in un immane e profondo silenzio che forse non si sarebbe mai spezzato. La barca stava immobile. Non spirava alito di vento. Il mare si era mutato in sabbia, cupa e ferma. Nulla si muoveva nel cielo scuro o su quel terreno irreale che sconfinava nell'oscurità intorno alla barca, fino a perdita d'occhio.

Ged si alzò e prese il suo bastone, e con passo leggero scavalcò il bordo della barca. Veccia credette di vederlo sprofondare nel mare, il mare che sicuramente si trovava dietro l'asciutto e fioco velo che nascondeva acqua e cielo e luce. Ma il mare non c'era più. Ged si allontanò dalla barca. La scura sabbia mostrava le sue orme, e frusciava un poco sotto i suoi passi.

Il bastone cominciò a risplendere, non di luce incantata ma di un limpido fulgore bianco, che presto divenne così brillante da arrossare le dita strette intorno al legno.

Ged avanzava, allontanandosi dalla barca ma senza una direzione. Non c'erano direzioni, lì: né nord né sud né est né ovest, voltanto *verso* e *via da*.

A Veccia, la luce portata da Ged sembrava una grande stella lenta che si muovesse nell'oscurità. E l'oscurità intorno si addensò, annerì, si condensò. Anche Ged vide questo, guardando sempre davanti a sé attraverso la luce. E dopo un poco vide, all'estremo limitare della luce, un'ombra che veniva verso di lui sulla sabbia.

Dapprima era informe, ma quando si avvicinò assunse la forma di un uomo. Sembrava un vecchio, grigio e torvo, e veniva verso Ged; ma già mentre Ged vedeva in quella figura suo padre il fabbro, si accorse che non era un vecchio ma un giovane. Era Diaspro: la bella faccia giovane e insolente di Diaspro, e il mantello grigio dalla fibbia d'argento, e l'andatura impettita. Pieno di odio era lo sguardo che fissava su Ged attraverso l'aria buia. Ged non si fermò ma rallentò il passo, e mentre avanzava sollevò più in alto il bastone. Il bastone s'illuminò di più, e nella sua luce l'aspetto di Diaspro abbandonò la figura che si avvicinava e che divenne Pechvarry. Il volto di Pechvarry era gonfio e pallido come quello di un annegato: protese la mano, stranamente, come in un cenno di richiamo. Ged non si fermò ma continuò a camminare, sebbene ormai tra loro ci fosse solo una distanza di poche braccia. Poi la cosa che lo fronteggiava cambiò completamente, allargandosi come se spiegasse enormi ali sottili, e si contorse e si gonfiò e si contrasse. Ged vi scorse per un istante la bianca faccia di Skiorh, e poi un paio d'occhi annebbiati e fissi, e poi all'improvviso una faccia spaventosa che non conosceva, uomo o mostro, con labbra frementi e occhi che erano abissi spalancati sul vuoto nero.

Allora Ged levò alto il bastone, e lo splendore di questo divenne insostenibile, così bianco e grande da vincere perfino quella tenebra antica. In quella luce ogni forma umana abbandonò la cosa che veniva verso Ged. La cosa si rattrappì e si annerì, strisciando sopra la sabbia su quattro corte zampe unghiute. Ma continuava ad avanzare, levando verso di lui il muso informe senza labbra né orecchi né occhi. Quando si accostarono divenne assolutamente nera nel bianco fulgore magico che le ardeva intorno, e si sollevò eretta. In silenzio, uomo e ombra si fronteggiarono e si fermarono.

A voce alta, chiaramente, infrangendo quell'antico silenzio, Ged pronunciò il nome dell'ombra, e nello stesso momento l'ombra, senza labbra e senza lingua, parlò dicendo la stessa parola: — Ged. — E le due voci erano una sola voce.

Ged protese le mani lasciando cadere il bastone e afferrò la sua ombra, l'io nero che si tendeva verso di lui. Luce e tenebra s'incontrarono, e si congiunsero, e furono una cosa sola.

Ma a Veccia, che osservava atterrito nel crepuscolo tenebroso, da lontano, oltre la sabbia, parve che Ged fosse sopraffatto, perché vide il chiaro fulgore affievolirsi. La rabbia e la disperazione lo travolsero, e balzò sulla sabbia per aiutare l'amico o morire con lui, e corse verso quel piccolo scintillio di luce che svaniva nella vuota oscurità della terraferma. Ma mentre correva la sabbia sprofondò sotto i suoi piedi, e lui vi si dibatté come tra le sabbie mobili, in una pesante corrente d'acqua, fino a che, con un suono ruggente e nello splendore del giorno e nel freddo rabbioso dell'inverno e nel sapore amaro del sale, il mondo gli venne reso, e lui affondò all'improvviso nel vero mare vivente.

Lì vicino, la barca ondeggiava sulle grige onde, vuota. Veccia non riuscì a scorgere altro sull'acqua: le creste martellanti delle onde gli riempivano gli occhi e l'accecavano. Poiché non era un buon nuotatore, lottò come poté per raggiungere la barca e si issò a bordo. Tossendo, cercando di scrollare via l'acqua che gli ruscellava dai capelli, si guardò intorno disperatamente senza sapere da che parte guardare. E finalmente scorse qualcosa di scuro tra le onde, lontano, attraverso quella che era stata sabbia e che adesso era mare. Poi balzò ai remi e remò energicamente verso il suo amico, e afferrato Ged per le braccia l'aiutò e lo issò sulla barca.

Ged era stordito, e aveva gli occhi vitrei come se non vedesse niente, ma non aveva ferite. Il suo bastone di nero legno di tasso, privo di ogni fulgore, era stretto nella sua destra: e non volle lasciarlo. Non disse una parola. Esausto e fradicio e tremante, giacque accasciato contro l'albero senza guardare Veccia, che alzò la vela e girò la barca per prendere il vento di nordest. Non vide nulla del mondo, fino a quando davanti a loro, nel cielo che si oscurava dov'era tramontato il sole, tra le lunghe nubi, in una baia di luce azzurra, brillò la luna nuova: un cerchio d'avorio, un orlo di corno, il riflesso della luce del sole che risplendeva sull'oceano dell'oscurità.

Ged alzò il volto e guardò la remota e fulgida falce a occidente. La guardò a lungo e poi si alzò in piedi, stringendo il bastone con tutt'e due le mani come un guerriero impugna la lunga spada. Guardò il cielo, il mare, la bruna vela gonfia sopra di lui, il volto dell'amico.

— Estarriol — disse, — guarda, è fatto. È finita. — Rise. — La ferita è risanata — aggiunse. — Sono intero, sono libero. — Poi si piegò e nascose il volto tra le braccia, piangendo come un bambino.

Fino a quel momento Veccia l'aveva osservato con ansiosa paura, perché non sapeva bene cosa fosse accaduto là sulla terra tenebrosa. Non sapeva se sulla barca, con lui, c'era Ged, e da ore la sua mano era pronta ad afferrare l'ancora per sventrare la chiglia e affondare l'imbarcazione in mezzo al mare, così da non ricondurre ai porti di Earthsea la cosa maligna che forse - come lui temeva - aveva preso l'aspetto e la forma di Ged. Ora, quando vide il suo amico e lo udì parlare, ogni dubbio svanì. E cominciò a comprendere la verità: Ged non aveva né perso né vinto, ma, dando il proprio nome all'ombra della propria morte, si era reintegrato: era tornato a essere un uomo che, conoscendo il suo vero io, non può essere usato né posseduto da altro potere che se stesso, e la cui vita quindi è vissuta per amore della vita e mai al servizio della rovina o della sofferenza o dell'odio o della tenebra. Nella *Creazione di Éa*, che è il canto più antico, è detto: «Solo nel silenzio la parola, solo nella tenebra la luce, solo nella morte è vita: fulgido è il volo del falco nel cielo deserto». E Veccia cantò a voce spiegata quel canto mentre dirigeva la barca verso occidente, spinto dal freddo vento della notte invernale che spirava dietro di loro dall'immensità del mare aperto.

Navigarono per otto giorni e per altri otto, prima di giungere in vista della terra. Molte volte dovettero riempire l'otre con acqua di mare resa dolce con gli incantesimi; e pescarono, ma anche quando lanciavano gli incantesimi dei pescatori prendevano ben poco, perché i pesci del mare aperto non conoscono il proprio nome e non fanno caso alla magia. Quando non restò loro più nulla da mangiare che pochi bocconi di carne affumicata, Ged ricordò ciò che aveva detto Millefoglie allorché lui aveva rubato la focaccia dal focolare: che avrebbe rimpianto il suo furto quando avesse sofferto la fame in mare; ma per quanto fosse affamato, quel ricordo lo allietò. Perché Millefoglie aveva detto anche che lui, insieme a suo fratello, sarebbe ritornato a casa.

Il vento magico li aveva portati solo per tre giorni verso oriente, eppure navigarono sedici giorni verso occidente per ritornare. Nessuno è mai tornato da tanto lontano sul mare aperto come fecero i giovani maghi Estarriol e Ged nell'aratura dell'inverno, con la loro barca scoperta. Non incontrarono grandi tempeste e mantennero la rotta con la bussola e con la stella Tolbegren, procedendo un poco più a nord del percorso che avevano compiuto all'andata. Perciò non tornarono a Astowell ma superarono Toly Lontana e Sneg senza avvistarle, e scorsero per la prima volta la terra al largo del capo più meridionale di Koppish. Sopra le onde videro le scogliere di pietra ergersi come una grande fortezza. Gli uccelli marini gridavano volteggiando sopra i frangenti, e il fumo dei focolari dei piccoli villaggi aleggiava azzurrognolo nel vento.

Da lì, il viaggio fino a Iffish non fu lungo. Giunsero nel portico di Ismay in una sera silenziosa e scura, prima di una nevicata. Legarono la *Vistacuta*, che li aveva portati alle coste del regno della morte e li aveva riportati indietro, e per le strette viuzze salirono alla casa del mago. I loro cuori erano leggeri quando entrarono nella luce e nel tepore, sotto quel tetto; e Millefoglie corse loro incontro piangendo di gioia.

Se anche Estarriol di Iffish mantenne la sua promessa e compose un canto su quella prima grande impresa di Ged, è andato perduto. Nello stretto Orientale si racconta la storia di una barca che s'incagliò, sopra l'abisso dell'oceano, a giorni e giorni di distanza dalla spiaggia più vicina. A Iffish dicono che era Estarriol a governare quella barca, ma a Tok dicono che erano due pescatori spinti dalla tempesta lontano sul mare aperto, e a Holp parlano di un pescatore di Holp e dicono che non riuscì a disincagliare la sua barca dalle sabbie invisibile su cui si era arenata e che quindi vaga là ancora adesso. Perciò del Canto dell'Ombra rimangono solo alcuni frammenti di leggenda, portati come fuscelli alla deriva da un'isola all'altra nel corso di lunghi anni. Ma nelle *Gesta di Ged* non si parla di quel viaggio, né dell'incontro di Ged con l'ombra prima che navigasse illeso sulla rotta dei draghi o riportasse l'anello di Erreth-Akbe dalle Tombe di Atuan a Havnor o ritornasse finalmente a Roke come arcimago di tutte le isole del mondo.

LE TOMBE DI ATUAN

PROLOGO

— Vieni a casa, Tenar! Vieni a casa!

Nella valle profonda, al crepuscolo, i meli erano alla vigilia della fioritura; e qua e là, tra i rami in ombra, un fiore s'era aperto prematuramente, roseo e bianco, come una stellina fioca. Lungo i filari del frutteto, tra l'erba nuova, folta e umida, la bambina correva per la gioia di correre; quando si sentì chiamare non andò subito, ma fece un lungo giro prima di dirigersi verso casa. La madre, che attendeva sulla soglia della casupola, con la luce del fuoco alle spalle, guardava quella figuretta minuscola che correva e saltellava come un ciuffo di lanugine del cardo portato dal vento sopra l'erba già oscurata, sotto gli alberi.

Dall'angolo della casupola il padre, intento a raschiare una zappa incrostata di terra, disse: — Perché ti sei affezionata tanto alla piccola? Verranno a prenderla il mese prossimo. Per sempre. Tanto varrebbe seppellirla e non pensarci più. A cosa serve aggrapparti così a qualcuno che tanto dovrai perdere? Lei non vale nulla, per noi. Se ce la pagassero, quando la porteranno via, sarebbe già qualcosa; ma non ci pagheranno. La porteranno via e tutto finirà lì.

La madre non disse nulla, e seguì con gli occhi la bambina che s'era fermata e aveva alzato la testa per guardare tra i rami. Lassù, sopra le alte colline, sopra i frutteti, la stella della sera brillava di un chiarore penetrante.

— Lei non ci appartiene: non è mai stata nostra, da quando sono venuti loro e ci hanno detto che doveva diventare la Sacerdotessa delle Tombe. Perché non vuoi capirlo? — La voce dell'uomo era inasprita dal rammarico e dall'amarezza. — Abbiamo altri quattro figli. Loro resteranno, e questa no. Quindi, non affezionarti troppo a lei. Lasciala andare!

— Quando verrà il momento — replicò la donna, — la lascerò andare. — Si chinò verso la piccola che arrivava di corsa con i candidi piedini nudi sul suolo fangoso, e la raccolse tra le braccia. Mentre si voltava per entrare nella casupola, piegò la testa per baciare i capelli della piccola, che erano neri; ma la sua chioma, nella luce guizzante del focolare, era bionda.

L'uomo rimase fuori, con i piedi nudi e freddi posati sul suolo, e il cielo limpido della primavera che si oscurava sopra di lui. Nel crepuscolo, il suo volto era colmo di angoscia: un'angoscia cupa, pesante, rabbiosa, che lui non avrebbe mai saputo esprimere a parole. Alla fine scrollò le spalle, e seguì la moglie nella stanza rischiarata dal fuoco ed echeggiante delle voci dei bambini.

LA DIVORATA

Un corno risuonò, stridulo, e tacque. Il silenzio che seguì era rotto soltanto dallo scalpiccio di molti passi che seguivano il ritmo di un tamburo percosso in sordina, a colpi lenti come il battito di un cuore. Attraverso le crepe del tetto della sala del trono, gli squarci fra le colonne dove un intero tratto di mattoni e di tegole era crollato, la luce incerta del sole scendeva obliqua. Era trascorsa un'ora dall'alba. L'aria era immota e fredda. Le foglie morte delle erbacce che erano cresciute aprendosi a forza un varco fra le lastre marmoree del pavimento erano orlate di brina; e scricchiolavano un poco, impigliandosi nelle lunghe vesti nere delle sacerdotesse.

Avanzarono, a quattro a quattro, lungo l'immensa navata, tra le doppie file di colonne. Il tamburo rullava cupamente. Non una voce che parlasse, non un occhio che guardasse. Le torce portate dalle fanciulle nerovestite ardevano rossastre nei raggi del sole, più fulgide nell'oscurità. Fuori, sulla gradinata della sala del trono, stavano gli uomini: guardie, trombettieri, tamburini; ma oltre le grandi porte erano venute soltanto le donne, vestite di scuro e incappucciate, che camminavano lentamente, a quattro a quattro, verso il trono vuoto.

Due donne procedevano, alte e maestose nei drappeggi neri: una era esile e rigida, l'altra era pesante e ondeggiava un poco ogni volta che posava il piede sul pavimento. E in mezzo a loro camminava una bambina di sei anni circa. Indossava un camice bianco, semplice e diritto. Aveva la testa scoperta e le braccia e le gambe nude, ed era scalza. Sembrava straordinariamente piccola e minuta. Ai piedi dei gradini che conducevano al trono, dove adesso attendevano le altre, schierate in file scure, le due donne si fermarono e la spinsero avanti.

Sull'alto podio, il trono sembrava velato a destra e a sinistra da grandi ragnatele di tenebra che ricadevano dall'oscurità del soffitto: e l'occhio non riusciva a distinguere se erano tendaggi o soltanto ombre più fitte. Il trono era nero, con un luccichio smorzato di pietre preziose o d'oro sui braccioli e sullo schienale, ed era enorme. Se vi si fosse seduto un uomo, sarebbe sembrato uno gnomo: non era fatto a misura umana. Era vuoto. Su quel trono stavano soltanto le ombre.

Sola, la bambina salì quattro dei sette gradini di marmo venato di rosso. Erano così ampi e così alti che lei doveva posare tutt'e due i piedi su ognuno prima di montare sul successivo. Sul gradino di mezzo, davanti al trono, stava un grande ceppo irregolare di legno, con un incavo alla sommità. La bambina s'inginocchiò e appoggiò la testa nell'incavo, girandola un po' a lato. Restò inginocchiata così, senza muoversi.

Una figura, avvolta in una veste di lana bianca stretta in vita da una cintura, uscì improvvisamente dalle ombre sulla destra del trono e scese i gradini, verso la bambina. Il volto era nascosto da una maschera bianca. Impugnava una spada di acciaio lucente, lunga un braccio e mezzo. Senza una parola, senza un'esitazione, levò la spada, impugnandola a due mani, sopra il collo della bambina. Il rullo del tamburo tacque.

Mentre la lama si levava in alto e restava librata, una figura nerovestita sfrecciò dalla sinistra del trono, balzò giù per i gradini, e arrestò le braccia del sacrificatore con le proprie, più snelle. Il tagliente filo della spada scintillò a mezz'aria. Rimasero così, bilanciate per un momento, la figura bianca e la figura nera, entrambe senza volto, quasi in una posa di danza, sopra la bambina immobile, con il collo bianco lasciato scoperto dal ricadere dei capelli neri.

In silenzio, le due figure si scostarono con un balzo e risalirono i gradini, dileguandosi nell'oscurità dietro l'enorme trono. Una sacerdotessa avanzò e versò una ciotola di liquido sugli scalini, accanto alla bambina inginocchiata. La macchia appariva nera, nella semioscurità della navata.

La bambina si alzò e scese laboriosamente i quattro gradini. Quando arrivò in fondo, le due alte sacerdotesse l'avvolsero in una veste nera e in un cappuccio e in un manto, e la girarono di nuovo verso la gradinata, la macchia nera, il trono.

— Oh, i Senza Nome posino gli occhi sulla fanciulla loro offerta, che in verità è nata senza nome. Accettino la sua vita e gli anni della sua vita fino al momento della sua morte, che appartiene ugualmente a loro. Possano trovarla accettabile! Che sia divorata!

Altre voci, stridenti e aspre come trombe, risposero: — È divorata! È divorata!

La bambina, ritta, guardava il trono da sotto l'orlo del nero cappuccio. Le gemme incastonate negli enormi braccioli adunchi e nella spalliera erano velate di polvere, e sullo schienale scolpito c'erano ragnatele e macchie bianchicce di sterco di gufi. I tre gradini più alti, direttamente davanti al trono, al di sopra di quello su cui s'era inginocchiata, non erano mai stati toccati da piedi umani. Erano coperti da una coltre di polvere così alta che sembravano un declivio di terra grigia, e i piani di marmo venato di rosso erano completamente nascosti dagli intonsi depositi di tanti anni, di tanti secoli.

— È divorata! È divorata!

Il tamburo, all'improvviso, ricominciò a suonare, battendo un ritmo più affrettato.

In silenzio, il corteo si riformò e si allontanò dal trono, verso oriente, verso il luminoso e lontano riquadro della porta. Lungo i lati, le massicce colonne binate - simili a polpacci di immense gambe pallide - salivano verso l'oscurità della volta. Tra le sacerdotesse, ora tutta avviluppata di nero come loro, camminava la bambina, e i suoi piedi scalzi calpestavano solennemente le erbacce gelate e le pietre diacce. Quando i raggi solari che scendevano obliqui dal tetto diroccato balenavano sul suo cammino, lei non alzava gli occhi.

Le guardie tenevano spalancati i grandi battenti. La nera processione uscì nella luce fredda e rarefatta e nel vento del primo mattino. Il sole era abbacinante e navigava sopra l'immensità, a est. Verso ovest le montagne rifrangevano la sua luce gialla, come la facciata della sala del trono. Gli altri edifici, più in basso sui pendii della collina, erano ancora immersi nell'ombra purpurea, eccettuato il tempio degli dèi fratelli che sorgeva su una piccola altura: il tetto, indorato di recente, rispecchiava fulgido il nuovo giorno. La nera fila delle sacerdotesse, a quattro a quattro, si snodò giù per il colle delle tombe; e via via che scendevano incominciarono a salmodiare. La melodia era di tre note soltanto, e la parola che veniva ripetuta di continuo era così antica da aver perso ogni significato, come un cartello che rimane ancora quando la strada è scomparsa. Le sacerdotesse salmodiavano all'infinito quella parola vuota. Tutto quel giorno, il giorno della Riconsacrazione della Sacerdotessa, fu pervaso dalla cupa nenia delle voci femminili, una cantilena arida e incessante.

La bambina venne condotta di stanza in stanza, di tempio in tempio. In uno di quei luoghi le posero un po' di sale sulla lingua; in un altro lei s'inginocchiò, voltandosi verso occidente, mentre le tagliavano corti i capelli e glieli lavavano con olio e aceto profumato; in un altro ancora si prosternò su una lastra di marmo nero dietro un altare, mentre voci stridule cantavano una trenodia. Per tutto quel giorno, né lei né le sacerdotesse mangiarono e bevvero. Quando tramontò la stella della sera, la bambina fu messa a letto, nuda tra le pelli di pecora, in una stanza dove non aveva mai dormito. Era in una casa rimasta chiusa per anni e riaperta soltanto quel giorno. La stanza era più alta che lunga, e non aveva finestre. Vi aleggiava un odore morto, di chiuso e di stantio. Le donne silenziose la lasciarono lì, nell'oscurità.

La bambina restò immobile, distesa come l'avevano messa. Aveva gli occhi spalancati. Rimase a lungo così.

Vide una luce tremolare sull'altra parete. Qualcuno avanzava senza far rumore lungo il corridoio, riparando una torcia di canna con la mano, in modo che non spandesse più chiarore di una lucciola. Un bisbiglio roco: — Oh, sei lì, Tenar?

La bambina non rispose.

Una testa si affacciò nel vano della porta: una testa strana, glabra come una patata sbucciata e altrettanto giallognola. Anche gli occhi erano come occhi di patata, bruni e minuscoli. Il naso sembrava piccolo tra le grandi guance piatte, e la bocca era una fenditura senza labbra. La bambina, immota, fissò quella faccia. I suoi occhi erano spalancati, fissi e scuri.

— Oh, Tenar, mio piccolo favo di miele, eccoti! — La voce era roca, acuta come quella di una donna, ma non era una voce di donna. — Non dovrei essere qui, dovrei stare al di là della porta, sotto il porticato, ed è là che sto andando. Ma volevo vedere come sta la mia piccola Tenar dopo questa lunghissima giornata. Come va il mio povero piccolo favo di miele?

L'uomo avanzò verso di lei, silenzioso e corpulento, e tese la mano, come per lisciarle all'indietro i capelli.

— Io non sono più Tenar — disse la bambina, guardandolo. La mano si arrestò, non la sfiorò.

— No — fece lui, dopo un momento, bisbigliando. — Lo so. Lo so. Ora sei la piccola Divorata. Ma io...

Lei non disse nulla.

— È stata una giornata dura, per una bimba — riprese l'uomo, strusciando i piedi sul pavimento, mentre la minuscola luce guizzava nella mano gialla.

— Non dovresti essere in questa casa, Manan.

— No. No. Lo so. Non dovrei essere in questa casa. Bene: buonanotte, piccola... Buonanotte.

La bambina non disse nulla. Manan girò lentamente su se stesso e se ne andò. Il barlume svanì dalle alte pareti della cella. La bambina, che adesso non aveva più altro nome che *Arha*, la Divorata, rimase a giacere, supina, con gli occhi fissi nell'oscurità.

IL MURO INTORNO AL LUOGO

Crescendo, lei perse ogni ricordo di sua madre, senza neppure accorgersi di averlo perduto. Il suo posto era lì, nel Luogo delle Tombe: lo era sempre stato. Solo qualche volta, nelle lunghe sere di luglio, mentre guardava le montagne occidentali, aride e lionate nella luce che seguiva il tramonto, pensava a un fuoco che aveva fiammeggiato in un focolare, tanto tempo prima, con quella stessa luce, chiara e gialla. E insieme veniva il ricordo di qualcuno che la teneva stretta, ed era strano, perché lì era raro che qualcuno la toccasse; e il ricordo di un odore gradevole, la fragranza di una chioma appena lavata, e risciacquata nell'acqua profumata di salvia, una lunga chioma bionda che aveva il colore del tramonto e del fuoco. Non le restava altro.

Lei sapeva più di quanto ricordava, naturalmente, perché le avevano raccontato tutta la sua storia. Quando aveva sette o otto anni, e cominciava a chiedersi chi era in realtà la persona che veniva chiamata «Arha», era andata dal suo guardiano, il custode Manan, e aveva chiesto: — Dimmi come sono stata prescelta, Manan.

— Oh, lo sai già, piccola.

E in verità lo sapeva: la sacerdotessa Thar, alta e con la voce secca, gliel'aveva detto fino a quando lei aveva imparato a memoria le parole; e adesso lei recitò: — Sì, lo so. Alla morte dell'Unica Sacerdotessa delle Tombe di Atuan, le cerimonie della sepoltura e della purificazione vengono compiute entro un mese, secondo il calendario lunare. Poi, alcune sacerdotesse e alcuni custodi del Luogo delle Tombe attraversano il deserto e vanno tra le città e i paesi di Atuan, cercando e interrogando. Cercano la bambina nata la notte della morte della Sacerdotessa. Quando la trovano, attendono e osservano. La bimba dev'essere sana di corpo e di mente, e quando cresce non dev'essere affetta dal rachitismo né dal vaiolo né da altre deformità, e non deve diventare cieca. Se raggiunge l'età di cinque anni ancora perfetta, allora è evidente che la bambina è in verità il nuovo corpo della Sacerdotessa morta. Allora viene dato l'annuncio al re-dio di Awabath, e la bambina viene portata qui nel suo tempio e istruita per un anno. Allo scadere dell'anno viene condotta nella sala del trono, e il suo nome viene restituito a coloro che sono i suoi padroni, i Senza Nome: perché lei è la Senza Nome, la Sacerdotessa Eternamente Rinata.

Era tutto, parola per parola, come le aveva detto Thar, e lei non aveva osato chiedere una parola di più. La sacerdotessa scarna non era crudele, ma era molto fredda e viveva secondo una legge ferrea, e Arha aveva soggezione di lei. Ma non aveva soggezione di Manan, tutt'altro, e gli ordinò: — Ora dimmi come sono stata prescelta *io*! — E lui glielo ripeté.

— Partimmo da qui, dirigendoci verso nordovest, il terzo giorno della luna nuova; perché l'Arha che fu era morta nel terzo giorno dell'ultima luna. E prima andammo a Tenacbah, che è una grande città, anche se coloro che le hanno viste entrambe dicono che sta ad Awabath come una pulce sta a una mucca. Ma per me è abbastanza grande: devono esserci dieci centinaia di case, a Tenacbah! E poi andammo a Gar. Ma in quella città non c'era nessuna bambina nata il terzo giorno della luna precedente; c'era qualche bambino, ma i bambini non vanno bene... Perciò ci addentrammo nel territorio collinoso a nord di Gar, visitando città e paesi. Quella è la mia terra. Sono nato là, tra le colline, dove scorrono i fiumi e il suolo è verde. Non in questo deserto. — La roca voce di Manan assunse uno strano tono nel dire questo, e gli occhietti sprofondarono tra le pieghe di grasso; lui indugiò un poco, e infine proseguì. — E così trovammo tutti i genitori dei bimbi nati durante l'ultimo mese, e parlammo con loro. E alcuni mentivano. «Oh, sì, certo, la nostra piccola è nata il terzo giorno della luna!». Perché spesso i poveri, lo sai, sono ben lieti di sbarazzarsi delle bambine. E c'erano altri che erano così poveri, e vivevano in casupole così solitarie nelle valli tra le colline, che non tenevano il conto dei giorni, e quasi non sapevano misurare il passare del tempo, e perciò non potevano dire con certezza da quanto erano nate le loro bambine. Ma riuscivamo sempre a scoprire la verità, insistendo a far domande. Però era un lavoro molto lento. Alla fine trovammo una bambina, in un villaggio di dieci case, nelle valli dei frutteti, a ovest di Entat. Aveva otto mesi: ormai eravamo in cerca da molto tempo. Ma era nata la notte in cui era morta la Sacerdotessa delle Tombe, e nell'ora della sua morte. Ed era una bimba bellissima, che stava sulle ginocchia della madre e ci guardava tutti con gli occhi luminosi, mentre ci affollavamo nell'unica stanza della casa, come pipistrelli in una grotta! Il padre era povero. Curava i meli del frutteto di un uomo ricco, e di suo non possedeva altro che cinque figli e una capra. Neppure la casa era sua. Stavano tutti affollati là dentro, e dal modo in cui le sacerdotesse guardavano la piccina e parlavano tra loro si capiva che erano certe di aver trovato finalmente la Rinata. E l'aveva capito anche la madre. Teneva stretta la piccina e non diceva mai una parola. Dunque, il giorno dopo ritornammo. E guarda un po'! La bimba dagli occhi luminosi giaceva su un letto di canne e piangeva e gridava, e tutto il suo corpo era coperto di vesciche e di esantemi della febbre, e la madre piangeva ancora più forte della bambina. «Oh! Oh! La mia piccola ha le dita della strega!». Disse proprio così: intendeva il vaiolo. Anche al mio paese lo chiamavano «dita della strega». Ma Kossil, che adesso è la somma sacerdotessa del re-dio, andò al giaciglio e prese in braccio la piccina. Tutti gli altri s'erano tirati indietro, e io con loro: non tengo molto alla mia vita, ma chi entra in una casa dove c'è il vaiolo? Lei però non aveva paura. Prese in braccio la bambina e disse: «Non ha febbre». E si sputò sul dito e strofinò le macchie rosse, e le macchie sparirono. Era soltanto succo di bacche. Qeulla povera sciocca della madre aveva sperato d'ingannarci e di tenere la figlioletta! — Manan rise di cuore; la faccia giallognola non mutò, quasi, ma i fianchi erano squassati dall'ilarità. — Allora il marito la picchiò, perché temeva l'ira delle sacerdotesse. E poco dopo ritornammo al deserto, ma ogni anno un inviato del Luogo ritornava al paesino tra i meleti, a vedere come cresceva la bambina. Così trascorsero cinque anni, e poi Thar e Kossil partirono, con le guardie del tempio e i soldati dall'elmo rosso inviati dal re-dio come scorta. Portarono qui la bambina, perché era veramente la rinata Sacerdotessa delle Tombe, e questo era il suo posto. E chi era la bambina, eh, piccola?

— Io — disse Arha, guardando lontano lontano, come se cercasse di vedere qualcosa che non poteva vedere, qualcosa che era scomparso.

Una volta chiese: — Cosa fece la... la madre, quando andarono a portar via la bambina?

Però Manan non lo sapeva: non aveva accompagnato le sacerdotesse in quell'ultimo viaggio.

E lei non riusciva a ricordare. A cosa serviva ricordare? Era perduto, tutto perduto. Era giunta dove doveva giungere. Di tutto il mondo, lei conosceva solamente un luogo: il Luogo delle Tombe di Atuan.

Durante il primo anno, aveva dormito nel grande dormitorio insieme alle altre novizie, bambine tra i quattro e i quattordici anni. Già allora Manan era stato prescelto tra i dieci custodi come suo guardiano particolare; e lei aveva il letto in una piccola alcova, parzialmente separata dallo stanzone lungo e basso nella Casa Grande, dove le ragazzine ridacchiavano e bisbigliavano prima di addormentarsi, e sbadigliavano e s'intrecciavano i capelli a vicenda nella grigia luce del mattino. Da quando le era stato tolto il nome e lei era divenuta Arha, dormiva nella Casa Piccola, nel letto e nella stanza che sarebbero stati il suo letto e la sua stanza per tutto il resto della sua vita. Quella casa era sua, la casa dell'Unica Sacerdotessa, e nessuno poteva entrarci senza il suo permesso. Quando era ancora piccola, le piaceva sentire la gente che bussava umile alla sua porta, e rispondere: «Puoi entrare»; e la irritava che le due somme sacerdotesse Kossil e Thar dessero per scontato il suo permesso ed entrassero nella sua casa senza bussare.

I giorni passavano, gli anni passavano, tutti uguali. Le fanciulle del Luogo delle Tombe trascorrevano il tempo fra studi e discipline. Non giocavano mai. Non c'era tempo, per giocare. Imparavano i canti sacri e le sacre danze, la storia delle terre di Kargad, e i misteri degli dèi cui erano votate: il re-dio che regnava ad Awabath, o gli dèi fratelli Atwah e Wuluah. Tra tutte, soltanto Arha apprendeva i riti dei Senza Nome, che le venivano insegnati esclusivamente da Thar, la somma sacerdotessa degli dèi gemelli. Questo l'allontanava dalle altre per un'ora o più ogni giorno; ma gran parte della sua giornata, come la giornata delle altre fanciulle, veniva trascorsa lavorando. Imparavano a filare e a tessere la lana dei loro armenti, e a piantare e a raccogliere e a preparare il cibo che mangiavano sempre: lenticchie, mais ridotto a una farina grossolana che serviva per una specie di pappa (o a una farina finissima che serviva per impastare il pane azimo), cipolle, cavoli, formaggio di capra, pomi, e miele.

La cosa più bella che poteva accadere loro era di ottenere il permesso di andare a pescare nel torbido fiume verde che scorreva attraverso il deserto, mezzo miglio a nordest del Luogo: portarsi dietro una mela o una pannocchia fredda di mais per pranzo e starsene tutto il giorno nell'arida luce del sole, tra le canne, a guardare la lenta acqua verde che scorreva e le ombre delle nuvole che cambiavano lentamente forma sulle montagne. Ma se una di loro lanciava un gridolino d'emozione quando la lenza si tendeva, e tirava fuori un pesce piatto e lucente che guizzava sulla riva e affogava nell'aria, allora Mebbeth sibilava come una vipera: — Sta' zitta, sciocca! — Mebbeth, che prestava servizio nel tempio del re-dio, era una donna di carnagione scura, ancora giovane, ma dura e tagliente come l'ossidiana. La pesca era la sua passione. Bisognava mettersi dove voleva lei e non fare mai chiasso, altrimenti non le avrebbe più portate a pescare; e allora non sarebbero più andate al fiume se non per attingere l'acqua, d'estate, quando il livello del pozzo si abbassava. Era una noia atroce, camminare nel calore incandescente per mezzo miglio fino al fiume, riempire i secchi appesi all'asta a bilanciere, e poi risalire al più presto, verso il Luogo. Le prime cento braccia erano agevoli, ma poi i secchi diventavano più pesanti e l'asta bruciava le spalle come una barra di ferro rovente, e la luce opprimeva l'arida strada, e ogni passo era più faticoso e più lento. Finalmente si arrivava nella fresca ombra del cortile posteriore della Casa Grande passando attraverso l'orto, e si vuotavano i secchi nella vasta cisterna, con uno scroscio. E poi si doveva tornare indietro e ricominciare da capo quella fatica, e ancora e ancora e ancora.

Entro il recinto del Luogo - non aveva altro nome; e non gliene occorrevano altri, perché era il luogo più antico e più sacro tra tutti i luoghi delle Quattro Terre dell'impero di Kargad - vivevano circa duecento persone, e c'erano molti edifici: tre templi, la Casa Grande e la Casa Piccola, i quartieri dei custodi eunuchi, e all'esterno, vicino al muro, le caserme delle guardie e le capanne degli schiavi, i magazzini e i recinti delle pecore e delle capre e gli edifici della fattoria. Sembrava una piccola città, quando lo si guardava da lontano, dall'alto delle colline aride a occidente, dove non crescevano altro che salvia, ciuffi di erba dura, minuscole piantine ed erbette del deserto. Anche da lontano, dalle pianure a oriente, alzando gli occhi si poteva scorgere il tetto d'oro del tempio degli dèi gemelli luccicare e scintillare contro lo sfondo delle montagne, come un frammento di mica in una roccia.

Quel tempio era un cubo di pietra, intonacato di bianco, senza finestre, con un porticato basso e una porta. Più vistoso, e più recente di diversi secoli, era il tempio del re-dio, un poco più in basso, con un alto pronao e una fila di tozze colonne bianche dal capitello dipinto: ognuna era un massiccio tronco di cedro, portato per nave da Hur-at-Hur dove ci sono le foreste, e trascinato da venti schiavi attraverso le pianure sterili, fino al Luogo. Solo dopo che un viaggiatore proveniente dall'est aveva visto il tetto d'oro e le colonne sgargianti scorgeva più in alto, sul colle del Luogo, sopra tutti gli altri, fulvo e consunto come lo stesso deserto, il più antico tra i templi della sua razza: l'enorme e basso palazzo del trono, con le pareti rappezzate e la piatta cupola semidiroccata.

Dietro il palazzo, intorno alla cresta della collina, si stendeva un massiccio muro di pietra a secco, che in molti punti era parzialmente crollato. All'interno dell'anello di quel muro, parecchie pietre nere, alte sei o sette braccia, si ergevano spuntando come dita dalla terra. Appena l'occhio le scorgeva, continuava a ritornarvi. Erano cariche di significato, eppure era impossibile dire cosa significassero. Erano nove in tutto. Una era eretta, le altre più o meno inclinate, due erano cadute. Erano incrostate di licheni grigi e arancione, come se fossero chiazzate di vernice: tutte tranne una che era nuda e nera, con una specie di lucentezza opaca. Era liscia e levigata, e sulle altre, sotto l'incrostazione di licheni, si potevano scorgere, o sentire con le dita, incisioni vaghe: forme, segni. Quelle nove pietre erano le Tombe di Atuan. Erano lì, si diceva, fin dai tempi dei primi uomini, fin da quando era stato creato Earthsea. Erano state piantate nelle tenebre, quando la terraferma s'era innalzata dagli abissi dell'oceano. Erano molto più antiche dei re-dèi di Kargad, più antiche degli dèi gemelli, più antiche della luce. Erano le tombe di coloro che avevano regnato prima che esistesse il mondo degli uomini, coloro che non avevano nome; e colei che li serviva non aveva nome.

Lei non vi andava spesso, e nessun altro metteva mai piede nel recinto in cui sorgevano, sull'altura entro il muro di roccia dietro il palazzo del trono. Due volte l'anno, al plenilunio più prossimo agli equinozi di primavera e d'autunno, veniva compiuto un sacrificio davanti al trono, e lei usciva dalla bassa porta posteriore della sala reggendo un grande bacile di bronzo colmo di fumante sangue di capro; e doveva versarlo metà ai piedi della pietra nera eretta e metà su una delle pietre cadute che giacevano semisepolte nel terreno sassoso, macchiate dalle offerte cruente dei secoli.

Talvolta, Arha usciva sola nel primo mattino e si aggirava tra le Pietre, cercando di comprendere le indistinte sporgenze e cavità delle incisioni, che spiccavano più chiaramente nell'angolazione bassa della luce; oppure si metteva a sedere e levava gli occhi verso le montagne a occidente, e li abbassava sui tetti e sui muri del Luogo, laggiù, e osservava i primi segni di attività intorno alla Casa Grande e alle caserme delle guardie, e i greggi di pecore e di capre avviati ai magri pascoli in riva al fiume. Non c'era mai nulla da fare, tra le Pietre. Lei vi andava soltanto perché le era permesso andarvi, perché là era sola. Era un luogo squallido e spaventoso. Perfino nel caldo meriggio dell'estate nel deserto, lì c'era una sensazione di freddo. Talvolta il vento sibilava tra le due pietre che stavano più vicine, inclinate l'una verso l'altra come per scambiarsi segreti. Ma non rivelavano nessun segreto.

Dal muro delle tombe partiva un altro muro di pietra, più basso, che descriveva un lungo semicerchio irregolare intorno al colle del Luogo e poi proseguiva verso nord, in direzione del fiume. Non tanto proteggeva il Luogo quanto piuttosto lo tagliava in due: da una parte i templi e le case delle sacerdotesse e dei custodi, dall'altra gli alloggi delle guardie e degli schiavi che coltivavano la terra e allevavano gli armenti per il Luogo. Nessuno di costoro varcava mai il muro; in occasione di certe feste particolarmente sacre, le guardie e i tamburini e i suonatori di corno seguivano la processione delle sacerdotesse, ma non entravano nei templi. Nessun altro uomo poneva mai piede entro il recinto del Luogo. Un tempo c'erano stati pellegrinaggi e i re e i capi delle Quattro Terre venivano lì ad adorare; il primo re-dio, un secolo e mezzo addietro, era venuto a celebrare i riti nel suo tempio. Tuttavia, neppure lui aveva potuto entrare nel recinto delle tombe: anche lui aveva dovuto mangiare e dormire all'esterno del muro che cingeva il Luogo.

Era abbastanza facile scalare il muro, usando le crepe come appigli. La Divorata e una bambina che si chiamava Penthe stavano sedute in cima al muro, in un pomeriggio di primavera inoltrata. Avevano tutte e due dodici anni. Avrebbero dovute essere nella stanza di tessitura della Casa Grande, un immenso attico di pietra; avrebbero dovuto essere al lavoro sui grandi telai, sempre tramati di opaca lana nera, a tessere la stoffa per le vesti. Erano uscite per bere al pozzo del cortile, e poi Arha aveva detto «Vieni!» e aveva condotto l'altra bambina giù per il declivio, fuori vista dalla Casa Grande, fino al muro. Adesso sedevano lassù, a tre braccia d'altezza, con le gambe nude penzolanti all'esterno, e guardavano le piatte pianure che si stendevano all'infinito verso est e verso nord.

— Mi piacerebbe vedere il mare — disse Penthe.

— Perché? — chiese Arha, mordicchiando uno stelo amaro d'erbalatte che aveva strappato dal muro. La terra, quasi sterile, aveva finito da poco di fiorire. Tutti i piccoli fiori del deserto, gialli e rosei e bianchi, che crescevano bassi e sbocciavano in fretta, stavano andando a seme, e disperdevano nel vento minuscole piume e ombrelli biancocinerei, lasciando cadere le ingegnose lappole uncinate. Il suolo, sotto i meli del frutteto, era una marea di bianco e di rosa livido. I rami erano verdi, i soli alberi verdi in un raggio di molte miglia intorno al Luogo. Tutto il resto, da orizzonte a orizzonte, era del colore opaco e lionato del deserto, e solo le montagne avevano una tinta azzurrina e argentea, la tinta dei primi boccioli della salvia.

— Ah, non so perché. Mi piacerebbe vedere qualcosa di diverso, ecco tutto. Qui è tanto monotono. Non accade mai nulla.

— Tutto ciò che accade altrove incomincia qui — disse Arha.

— Oh, lo so... Ma mi piacerebbe veder accadere qualcosa!

Penthe sorrise. Era una bambina tenera, tranquilla. Si grattò le piante dei piedi scalzi sulle pietre scaldate dal sole, e dopo un poco proseguì: — Sai, quand'ero piccola vivevo vicino al mare. Il nostro paese era appena oltre le dune, e qualche volta scendevo a giocare sulla spiaggia. Una volta, ricordo, vedemmo una flotta che passava, al largo. Corremmo a dirlo in paese, e tutti vennero a vedere. Le navi sembravano draghi dalle ali rosse. Alcune avevano veramente il collo, e testa di drago. Passavano al largo di Atuan, ma non erano navi di Kargad. Venivano da occidente, dalle Terre Interne, disse il capo del villaggio. Erano scesi tutti sulla spiaggia per guardarle. Avevano paura che sbarcassero, credo. Invece passarono, e nessuno sapeva dove stavano andando. Forse a far guerra a Karego-At. Ma a pensarci bene, forse venivano dalle isole degli incantatori, dove tutti hanno lo stesso colore della terra e sono capaci di gettarti addosso un incantesimo con la stessa facilità con cui sbattono le palpebre.

— Non certo addosso a me — ribatté irritata Arha. — Io non li avrei guardati. Sono incantatori abominevoli e maledetti. Come osano navigare tanto vicino alla Terra Sacra?

— Oh, ecco, immagino che un giorno o l'altro il re-dio li sconfiggerà e li ridurrà tutti in schiavitù. Ma vorrei tanto poter rivedere il mare. C'erano i piccoli polpi nelle pozze d'acqua lasciate dalla marea, e se tu gridavi «Bu!» diventavano tutti bianchi... Ecco che viene a cercarti il vecchio Manan.

Il guardiano e servitore di Arha stava avanzando lentamente lungo il lato interno del muro. Si chinava a strappare una cipolla selvatica, la metteva insieme alle altre del grosso mazzo che teneva in mano, poi si raddrizzava e si guardava intorno con gli occhietti bruni. Col passare degli anni era diventato più grasso, e la glabra pelle giallastra luccicava al sole.

— Lasciati scivolare un po' dalla parte degli uomini — sibilò Arha, e le due ragazzine guizzarono agili come lucertole sull'altro lato del muro restando aggrappate appena al di sotto della sommità, invisibili dall'interno. Udirono avvicinarsi i lenti passi di Manan.

— Uuuh! Uuuh! Faccia di patata! — cantilenò Arha, un mormorio sarcastico, fievole come il vento tra l'erba.

Il passo pesante si arrestò. — Ehilà! — disse la voce incerta. — Piccola? Arha?

Silenzio.

Manan proseguì.

— Uuuh-uh! Faccia di patata!

— Uuuh! Faccia di patata! — bisbigliò Penthe, imitandola; e poi gemette, sforzandosi di reprimere un risolino.

— C'è qualcuno?

Silenzio.

— Oh, bene, bene, bene — sospirò l'eunuco, e i suoi lenti passi proseguirono. Quando ebbe superato il dosso del pendio, le ragazzine tornarono ad arrampicarsi in cima al muro. Penthe era tutta rosea per il sudore e l'ilarità repressa, ma Arha sembrava infuriata.

— Quello stupido vecchio impiccione! Mi segue sempre dappertutto!

— Deve farlo — disse Penthe, in tono ragionevole. — È il suo compito, badare a te.

— Coloro che io servo badano a me. Devo soddisfare loro; non devo soddisfare nessun altro. Quelle vecchie donne e quei mezzi uomini dovrebbero lasciarmi in pace. Io sono l'Unica Sacerdotessa.

Penthe la fissò: — Oh — disse con un filo di voce, — oh, lo so benissimo, Arha.

— E allora dovrebbero lasciarmi stare. E non continuare a darmi ordini!

Per un po', Penthe non disse nulla ma sospirò e restò seduta a dondolare le gambe grassottelle e a guardare le immense terre pallide che salivano tanto lentamente verso l'orizzonte immane, alto e indistinto.

— Dovrai incominciare presto a darli tu, gli ordini, sai — disse infine, con voce pacata. — Tra due anni non saremo più bambine. Avremo quattordici anni. Io andrò al tempio del re-dio, e per me le cose continueranno più o meno come adesso. Ma tu, allora, sarai veramente la somma sacerdotessa. Perfino Kossil e Thar dovranno ubbidirti.

La Divorata non disse nulla. Il suo volto era chiuso, e gli occhi, sotto le sopracciglia nere, riflettevano la luce del cielo in un brillio pallido.

— Dovremmo rientrare — disse Penthe.

— No.

— Ma la maestra tessitrice potrebbe dirlo a Thar. E fra poco sarà l'ora dei Nove Canti.

— Io rimango qui. E rimani anche tu.

— Tu non sarai punita, ma io sì — osservò Penthe, in quel suo tono mite. Arha non replicò. Penthe sospirò, e rimase. Il sole scendeva tra la foschia, alta sopra le pianure. Lontano, lontano, sulla lunga pendenza graduale della terra, tintinnavano fievoli le campanelle delle pecore e gli agnelli belavano. Il vento primaverile soffiava a raffiche deboli e asciutte, portando un profumo dolce.

I Nove Canti erano quasi terminati, quando le due fanciulle rientrarono. Mebbeth le aveva viste sedute sul «muro degli uomini» e l'aveva riferito alla sua superiore, Kossil, la somma sacerdotessa del re-dio.

Kossil aveva il passo pesante e il volto pesante. Impassibile nella faccia e nella voce, parlò alle due ragazzine e disse loro di seguirla. Le condusse lungo i corridoi di pietra della Casa Grande, fuori dalla porta, su per il pendio fino al tempio di Atwah e Wuluah. Là parlò con la somma sacerdotessa di quel tempio, Thar, alta e asciutta e scarna come la tibia di un cervo.

Kossil disse a Penthe: — Togliti la veste.

Frustò la ragazzina con un fascio di canne, che tagliavano un po' la pelle. Penthe subì paziente, con lacrime silenziose. Venne rimandata alla tessitura senza cena, e anche il giorno dopo sarebbe rimasta senza cibo. — Se verrai sorpresa di nuovo ad arrampicarti sul muro degli uomini — disse Kossil, — ti accadrà di peggio. Hai capito, Penthe? — La voce di Kossil era sommessa, ma non gentile. Penthe disse «sì» e sgattaiolò via, tutta china, rabbrividendo quando la pesante stoffa della veste strusciava sulle ferite alla schiena.

Arha era rimasta accanto a Thar, ad assistere alla fustigazione. Ora guardò Kossil che puliva le canne.

Thar le disse: — È disdicevole che tu ti faccia vedere ad arrampicarti sui muri e a correre con le altre ragazzine. Tu sei Arha.

Lei restò chiusa in un cupo silenzio.

— È meglio che tu faccia soltanto ciò che devi fare. Tu sei Arha.

Per un istante la bambina levò gli occhi verso il volto di Thar e poi verso quello di Kossil, e nel suo sguardo c'era una terribile profondità di rabbia o di odio. Ma la sacerdotessa scarna non si mostrò per nulla sgomenta: si tese un poco in avanti e confermò, quasi bisbigliando: — *Tu sei Arha*. Non è rimasto nulla. Tutto è stato divorato.

— Tutto è stato divorato — ripeté Arha, come aveva ripetuto ogni giorno, per tutti i giorni della sua vita, fin da quando aveva sei anni.

Thar piegò leggermente la testa; e anche Kossil fece altrettanto, mentre riponeva la frusta. Arha non si inchinò ma si voltò docile e uscì.

Dopo la cena di patate e di cipolle primaverili, consumata in silenzio nel refettorio stretto e buio, dopo il canto degli inni serali e la chiusura delle porte con le parole sacre, e il breve Rituale dell'Ineffabile, i compiti della giornata si conclusero. Ora le ragazze potevano salire nel dormitorio, e giocare con i dadi e i fuscelli, per tutto il tempo che avrebbe impiegato a consumarsi l'unica torcia di canna, e poi bisbigliare al buio, da letto a letto. Arha si avviò attraverso i cortili e i pendii del Luogo, come faceva ogni sera, verso la Casa Piccola dove dormiva sola.

Il vento della notte era dolce. Le stelle della primavera brillavano fitte, come distese di margheritine nei prati a primavera, come lo scintillio della luce sul mare d'aprile. Ma Arha non ricordava né i prati né il mare. Non alzò lo sguardo.

— Ehilà, piccola!

— Manan — disse lei, con indifferenza.

La grossa ombra si avvicinò scalpicciando, e la luce delle stelle brillò sulla testa calva.

— Ti hanno punita.

— Non possono punirmi.

— No... È così...

— Non possono punirmi. Non osano.

Manan stava lì, con le grosse mani penzolanti, massiccio, indistinto. Aveva l'odore delle cipolle selvatiche, e il sentore di sudore e di salvia delle vecchie vesti nere che erano strappate all'orlo e troppo corte per lui.

— Non possono toccarmi. Io sono Arha — disse lei con voce stridula e rabbiosa, e scoppiò in pianto.

Le grandi mani pazienti si alzarono, l'attirarono, la strinsero dolcemente, le accarezzarono le trecce. — Su, su. Piccolo favo di miele, piccola mia... — Lei udiva il rauco mormorio nella profonda cavità del petto di Manan, e gli stava aggrappata. Le lacrime finirono presto di scorrere, ma Arha restò stretta a lui come se non riuscisse a reggersi in piedi.

— Povera piccola — disse Manan, e la sollevò e la portò fin sulla soglia della casa dove dormiva sola. La posò.

— Tutto bene adesso, piccola?

Lei annuì, si voltò, ed entrò nella casa buia.

I PRIGIONIERI

I passi di Kossil risuonarono lungo il corridoio della Casa Piccola, lenti e decisi. L'alta figura pesante riempì il vano della porta: parve rimpicciolire quando la sacerdotessa s'inchinò piegando un ginocchio sul pavimento, crebbe di nuovo quando si rialzò in tutta la sua statura.

— Padrona.

— Che c'è, Kossil?

— Finora mi è stato permesso di occuparmi di certe cose riguardanti il dominio dei Senza Nome. Se così ti piace, è ormai tempo che tu apprenda, e veda, e ti addossi queste cose, che non hai ancora rammentato nella vita attuale.

La ragazza era seduta nella sua stanza priva di finestre, come se meditasse; ma in realtà non faceva nulla, e quasi non pensava. Trascorse qualche momento prima che l'espressione cupa e altezzosa del suo volto cambiasse. Tuttavia cambiò, sebbene lei cercasse di dissimularlo. Disse, con una certa timidezza: — Il labirinto?

— Non entreremo nel labirinto. Ma sarà necessario attraversare la cripta.

Nella voce di Kossil c'era un tono che poteva essere paura, e poteva essere una finzione di paura, voluta per spaventare Arha. La ragazza si alzò, senza fretta, e disse in tono indifferente: — Sta bene. — Ma in cuor suo, mentre seguiva la pesante figura della sacerdotessa del re-dio, esultava: *Finalmente! Finalmente! Vedrò finalmente il mio dominio!*

Aveva quindici anni. Da un anno era diventata donna e aveva assunto nel contempo i pieni poteri di Unica Sacerdotessa delle Tombe di Atuan, somma tra le somme sacerdotesse delle Terre di Kargad, colei alla quale neppure il re-dio poteva dare ordini. Adesso tutti piegavano il ginocchio davanti a lei, perfino le austere Thar e Kossil. Tutte le parlavano con elaborata deferenza. Ma non era cambiato nulla. Non accadeva nulla. Dopo le cerimonie della sua consacrazione, i giorni avevano ripreso a scorrere come sempre. C'era la lana da filare, la stoffa nera da tessere, il grano da macinare, i riti da compiere; c'erano i Nove Canti da cantare ogni sera, le porte da benedire, le Pietre da aspergere di sangue di capro due volte l'anno, le danze del novilunio da eseguire davanti al trono vuoto. E così era trascorso l'intero anno, esattamente com'erano trascorsi gli altri anni; e nello stesso modo dovevano forse passare tutti gli anni della sua vita?

Qualche volta la noia era così intensa che lei la sentiva come un terrore: l'afferrava alla gola. Non molto tempo prima, era stata costretta a parlarne. Doveva parlare, si era detta, o sarebbe impazzita. E aveva parlato a Manan. L'orgoglio le impediva di confidarsi con le altre ragazze, e la prudenza la tratteneva dal confessarsi con le donne più anziane: Manan invece non era nulla, un vecchio sciocco fedele, e non aveva importanza ciò che gli diceva. E con suo grande stupore, lui aveva avuto una risposta da darle.

— Molto tempo fa — le disse, — lo sai, piccola, prima che le nostre quattro terre si unissero in un unico impero, prima che un re-dio regnasse su tutti noi, c'erano moltissimi reucci e principi e capi. Erano sempre in dissidio tra loro. E allora venivano qui per risolvere i loro contrasti. Ecco cosa capitava: giungevano dalla nostra terra, Atuan, e da Karego-At, e da Atnini, e perfino da Hurat-Hur, tutti i capi e i principi, con i loro servitori e i loro eserciti; e domandavano cosa dovevano fare. E allora la sacerdotessa si recava davanti al trono vuoto, e riferiva loro il giudizio dei Senza Nome. Ebbene, questo avveniva tanto tempo fa. Dopo molti anni, i re-sacerdoti divennero signori di tutto Karego-At, e ben presto s'impadronirono di Atuan; e adesso, da quattro o cinque generazioni, i re-dèi regnano sulle Quattro Terre, e le hanno trasformate in un impero. Perciò le cose sono cambiate. Il re-dio può domare i capi indisciplinati e risolvere da sé i dissidi. E poiché è un dio, capisci, non è necessario che consulti spesso i Senza Nome.

Arha tacque, riflettendo. Il tempo non significava molto, lì nel deserto, sotto le Pietre immutabili, quando si conduceva un'esistenza che era sempre stata vissuta nello stesso modo fin dall'inizio del mondo. Lei non era abituata a pensare ai mutamenti, alle cose vecchie che morivano, alle nuove cose che si affermavano. La turbava, vedere la realtà in quella prospettiva. — I poteri del re-dio sono molto inferiori ai poteri di Coloro che io servo — disse, aggrottando la fronte.

— Senza dubbio... Senza dubbio... Ma questo non puoi andare a dirlo a un dio, mio piccolo favo di miele. E neppure alla sua sacerdotessa.

E Arha, vedendo lo scintillio di quegli occhietti bruni, pensò a Kossil, somma sacerdotessa del re-dio, che lei aveva temuto fin dal giorno in cui era giunta nel Luogo: e comprese ciò che intendeva dire Manan.

— Ma il re-dio, e la sua gente, stanno trascurando il culto delle Tombe. Non viene mai nessuno.

— Be', il re-dio invia qui i prigionieri per i sacrifici. Questo non lo trascura. E non dimentica neppure i doni dovuti ai Senza Nome.

— I doni! Il suo tempio viene ridipinto ogni anno, ci sono più di cento libbre d'oro sull'altare, e nelle lampade brucia l'essenza di rosa! E guarda il palazzo del trono: falle nel tetto, crepe nella cupola, muri pieni di topi e di gufi e di pipistrelli... Eppure durerà più del re-dio e di tutti i suoi templi e di tutti i re che verranno dopo di lui. Esisteva prima di lui, e quando quelli saranno tutti scomparsi sarà ancora qui. È il centro delle cose.

— È il centro delle cose.

— Ci sono grandi ricchezze: Thar me ne parla, qualche volta. Abbastanza per riempire dieci volte il tempio del re-dio. Oro e trofei donati secoli fa, cento generazioni addietro, chissà quando. Sono tutti rinchiusi nelle fosse e nelle copte, sottoterra. Non vogliono ancora condurmi là, mi fanno aspettare e aspettare. Ma io so com'è. Ci sono camere sotto la sala, sotto l'intero Luogo, sotto il punto dove stiamo adesso. C'è un grande meandro di gallerie, un labirinto. È come una grande città buia, sotto la collina. Piena d'oro, e di spade di antichi eroi, e di vecchie corone, e di ossa e di anni e di silenzio.

Arha aveva parlato come in estasi, rapita. Manan la scrutava. La sua faccia pesante non esprimeva mai altro che una solida e prudente mestizia, e adesso era più triste che mai. — Bene, e tu sei la padrona di tutto questo — disse. — Il silenzio e la tenebra.

— Sì. Ma loro non vogliono mostrarmi nulla: soltanto le camere al pianterreno, dietro il trono. Non mi hanno neppure mostrato gli ingressi dei sotterranei: si limitano a parlottarne, qualche volta. Mi negano il mio dominio! Perché continuano a farmi aspettare?

— Tu sei giovane. E forse — disse Manan con quella sua roca voce di contralto — forse loro hanno paura, piccola. Non è il loro dominio, dopotutto: è il tuo. Loro sono in pericolo, quando vi penetrano. Non c'è mortale che non tema i Senza Nome.

Arha non disse nulla, ma i suoi occhi lampeggiarono. Ancora una volta, Manan le aveva mostrato un modo nuovo di vedere le cose. Thar e Kossil le erano sempre apparse così formidabili, così fredde, così forti, che non aveva mai immaginato che potessero avere paura. Eppure Manan aveva ragione. Temevano certi luoghi, i poteri di cui lei era parte, i poteri cui apparteneva. Avevano paura di addentrarsi nei luoghi tenebrosi, paura di essere divorate.

E ora, mentre scendevano insieme a Kossil la scalinata della Casa Piccola e il ripido sentiero gradinato verso il palazzo del trono, ricordò quel colloquio con Manan, ed esultò di nuovo. Dovunque la conducessero, qualunque cosa le mostrassero, lei non avrebbe avuto paura. Avrebbe saputo cosa fare.

Kossil, che era un poco più indietro di lei sul sentiero, parlò: — Uno dei doveri della mia padrona, come lei ben sa, è di sacrificare certi prigionieri, criminali di nobile nascita, che col sacrilegio o il tradimento hanno peccato contro il nostro signore il re-dio.

— O contro i Senza Nome — disse Arha.

— In verità è così. Ora, non è giusto che la divorata debba compiere tale dovere finché è ancora bambina. Ma la mia padrona non è più una bambina. Nella stanza delle catene ci sono i prigionieri, inviati un mese fa, per grazia del nostro signore il re-dio, dalla sua città di Awabath.

— Non sapevo che fossero arrivati i prigionieri. Perché non sono stata informata?

— I prigionieri vengono portati di notte, e in segreto, per la via prescritta anticamente dai rituali delle tombe. È la via segreta che la mia padrona seguirà se prenderà il sentiero che conduce lungo il muro.

Arha si allontanò dal sentiero per seguire il grande muro di pietra che cingeva le tombe, dietro il palazzo a cupola. I massi che lo formavano erano enormi: il più piccolo pesava più di un uomo, e i più grandi avevano le dimensioni di carri. Sebbene non fossero stati levigati, erano adattati e congiunti con estrema cura. In certi tratti, tuttavia, la sommità del muro era crollata, e i massi giacevano in mucchi informi. Solo un tempo lunghissimo poteva riuscire a tanto: i giorni roventi e le gelide notti dei secoli nel deserto, i millenari e impercettibili movimenti delle stesse colline.

— È facilissimo scalare il muro delle tombe — disse Arha, mentre lo costeggiavano.

— Non abbiamo abbastanza uomini per ricostruirlo.

— Abbiamo pure abbastanza uomini per custodirlo.

— Soltanto schiavi. Non possiamo fidarci, di loro.

— Possiamo fidarci, se hanno paura. Si stabilisca che la punizione sia per loro la stessa comminata all'estraneo cui permettessero di porre piede sul sacro suolo all'interno del muro.

— Qual è la punizione? — Kossil non lo chiese per conoscere la risposta. Era stata lei stessa a insegnarla ad Arha, molto tempo addietro.

— Essere decapitato davanti al trono.

— È la volontà della mia padrona che venga posta una guardia al muro delle tombe?

— Sì — rispose la ragazza. Nelle lunghe maniche nere, le sue dita si contrassero euforicamente. Sapeva che Kossil non avrebbe desiderato assegnare neppure uno schiavo al compito di sorvegliare il muro, e per la verità era un dovere inutile: quando mai veniva lì qualche estraneo? Non era probabile che qualcuno capitasse a meno di un miglio dal Luogo, per caso o volutamente, senza essere avvistato; e di certo non sarebbe riuscito ad avvicinarsi alle tombe. Ma una guardia era un onore dovuto, e Kossil non poteva opporsi. Doveva ubbidire ad Arha.

— Qui — disse la sua fredda voce.

Arha si fermò. Aveva percorso spesso quel sentiero, intorno al muro delle tombe, e lo conosceva come conosceva ogni spanna del Luogo, ogni sasso e ogni roveto e ogni cardo. Il grande muro di roccia si innalzava alla sua sinistra, tre volte più alto di lei; sulla destra la collina digradava in una valle arida e poco profonda, che presto risaliva verso la catena occidentale. Girò lo sguardo sul terreno, tutt'intorno, e non vide nulla che non avesse già visto.

— Sotto le rocce rosse, padrona.

Poche braccia più in basso, sul pendio, uno spuntone di lava rossa formava una scala o un piccolo strapiombo nella collina. Quando Arha scese e si fermò davanti alle rocce, si accorse che sembravano una porta rudimentale, alta poco più di un braccio.

— Cosa devo fare?

Aveva imparato ormai da molto tempo che nei luoghi sacri è inutile cercare di aprire una porta se non si sa come si fa ad aprirla.

— La mia padrona ha tutte le chiavi dei luoghi tenebrosi.

Fin dai riti per la sua maggiore età, Arha portava alla cintura un anello di ferro cui erano appesi un pugnaletto e tredici chiavi, alcune lunghe e pesanti e altre minuscole come ami da pesca. Alzò l'anello e allargò le chiavi. — Quella — disse Kossil, indicandola, e poi posò il tozzo indice su una crepa tra due rosse superfici di pietra corrosa.

La chiave, una lunga asta di ferro con due guardie ornate, si inserì nella crepa. Arha la girò verso sinistra, usando entrambe le mani perché era rigida: tuttavia girò senza difficoltà.

— E ora?

— Insieme...

Spinsero insieme la pietra scabra a sinistra della serratura. Pesantemente, ma senza intoppi e con pochissimo rumore, una sezione irregolare della roccia rossa rientrò, mostrando una stretta fenditura. All'interno c'era la tenebra.

Arha si chinò ed entrò.

Kossil, che era pesante e pesantemente vestita, stentò a insinuarsi attraverso quell'apertura. Appena fu entrata si appoggiò con le spalle alla porta e la chiuse, premendola.

Era assolutamente buio. Non c'era neppure un filo di luce. L'oscurità sembrava opprimere gli occhi aperti, come feltro bagnato.

Stavano chine, quasi piegate in due, perché l'andito dove si trovavano era alto poco più di un braccio e così stretto che le mani brancolanti di Arha toccavano la pietra umida a destra e a sinistra.

— Hai portato una lampada?

Bisbigliava, come succede quando si è al buio.

— Non ne ho portate — rispose Kossil, dietro di lei. Anche la voce di Kossil era bassa; ma aveva un suono strano, come se la donna stesse sorridendo. Kossil non sorrideva mai. Il cuore di Arha diede un tuffo: il sangue le pulsò nella gola. Si disse, rabbiosamente: *questo è il mio posto, e non avrò paura.*

Non disse nulla, a voce alta. Si avviò. C'era una sola direzione possibile: il passaggio si addentrava nella collina, in discesa.

Kossil la seguì, respirando pesantemente, e le sue vesti frusciavano contro la roccia e la terra.

All'improvviso, la volta si alzò; Arha poté raddrizzarsi, e quando tese le mani non sentì più le pareti. L'aria, che prima era viziata e sapeva di terra, adesso le sfiorava il volto con un'umidità più fresca, e il suo lieve movimento dava la sensazione di una grande ampiezza. Arha mosse qualche passo, cautamente, nella tenebra assoluta. Un ciottolo, scivolando sotto il suo sandalo, colpì un altro ciottolo, e quel suono minutissimo destò gli echi, molti echi, remoti, ancora più remoti. La caverna doveva essere immensa, alta e ampia, e tuttavia non vuota: e qualcosa in quella tenebra (superfici di oggetti invisibili, o pareti divisorie) spezzava l'eco in mille frammenti.

— Qui dovremmo essere sotto le Pietre — mormorò la ragazza; e il suo bisbiglio corse nella tenebra cavernosa e si sfilacciò in fili di suono esili come ragnatele, che aderirono all'udito per molto tempo.

— Sì. Questa è la cripta. Va' avanti. Non posso rimanere qui. Segui il muro a sinistra. Supera tre aperture.

Il respiro di Kossil era sibilante (e sibilavano anche i minuscoli echi). Aveva paura, aveva veramente paura. Non amava essere là, tra i Senza Nome, nelle loro tombe, nelle loro grotte, nella tenebra. Non era il suo posto, quello.

— Verrò qui con una torcia — disse Arha, orientandosi lungo la parete della grotta al tocco delle dita, sorprendendosi delle forme strane della roccia, incavi e protuberanze e curve finissime e spigoli, qua irregolari come un merletto, là levigati come il bronzo: senza dubbio un bassorilievo. Forse l'intera caverna era opera degli scultori di un lontano passato?

— Qui la luce è proibita. — Il sussurro di Kossil era tagliente. E mentre Kossil pronunciava queste parole, Arha comprese che doveva essere così. Quella era la patria della tenebra, il centro della notte.

Per tre volte le sue dita incontrarono una breccia nella complessa oscurità rocciosa. La terza volta cercò di misurare a tastoni l'altezza e l'ampiezza del varco, e vi entrò. Kossil la seguì.

In quella galleria, che adesso saliva lievemente, passarono davanti a un'apertura sulla sinistra, e poi, a una diramazione, svoltarono a destra: sempre a tentoni, brancolando nella tenebra e nel silenzio sotterranei. In un passaggio come quello, era necessario protendere quasi ininterrottamente le mani per toccare le pareti laterali, per non farsi sfuggire una delle aperture che bisognava contare, o la biforcazione che doveva essere seguita. Il tatto era l'unica guida: non era possibile vedere la via, bisognava seguirla con la mano.

— Questo è il labirinto?

— No. Questo è il meandro minore, situato sotto il trono.

— Dov'è l'ingresso del labirinto?

Ad Arha piaceva quel gioco al buio: e adesso aspirava a un enigma più grande.

— La seconda apertura che abbiamo superato nella cripta. Adesso cerca una porta sulla destra, una porta di legno. Forse l'abbiamo già passata...

Arha udì le mani di Kossil che brancolavano inquiete lungo la parete, strusciando contro la roccia scabra. Lei continuava a tenere i polpastrelli posati leggermente sulla pietra, e dopo un istante sentì la liscia grana del legno. Spinse, e la porta si aprì cigolando, senza difficoltà. Lei rimase immobile per un momento, abbacinata dalla luce.

Entrarono in una grande camera bassa, dalle pareti di pietra intagliata, illuminata da un'unica torcia fumigante appesa a una catena. L'aria era ammorbata dal fumo della torcia, che non aveva sfogo. Gli occhi di Arha presero a bruciare e lacrimare.

— Dove sono i prigionieri?

— Là.

Infine lei si accorse che i tre mucchi informi, in fondo alla camera, erano uomini.

— La porta non è chiusa a chiave. Non ci sono guardie?

— Non è necessario.

Lei avanzò un poco di più nella camera, esitante, scrutando nella fumosa foschia. I prigionieri erano assicurati per le caviglie e per un polso a grandi anelli fissati nella roccia della parete. Se uno di loro voleva distendersi, il braccio vincolato rimaneva appeso alla catena. I capelli e la barba avevano formato un groviglio che congiurava con le ombre per nascondere i loro volti. Uno era semisdraiato, gli altri due stavano accovacciati. Erano nudi. L'odore che esalavano era ancora più forte del fetore del fumo.

Uno dei tre sembrava intento a scrutare Arha; le parve di scorgere lo scintillio degli occhi, ma non ne era sicura. Gli altri non si erano mossi, non avevano alzato la testa.

Arha si distolse. — Non sono più uomini — disse.

— Non lo sono mai stati. Erano demoni, spiriti di belve, che complottavano contro la sacra vita del re-dio! — Gli occhi di Kossil brillavano nella luce rossastra della torcia.

Arha guardò di nuovo i prigionieri, turbata e incuriosita. — Com'è possibile che un uomo aggredisca un dio? Come è avvenuto? Tu: come hai osato attaccare un dio vivente?

L'uomo la fissò attraverso il nero cespuglio dei capelli, ma non disse nulla.

— Hanno tagliato loro la lingua prima che li mandassero qui da Awabath — disse Kossil. — Non parlare con loro, padrona. Sono immondi. Sono tuoi, ma non perché tu parli con loro o li guardi o pensi a loro. Sono tuoi perché tu li dia ai Senza Nome.

— Come devono essere sacrificati?

Arha non guardava i prigionieri. Era girata verso Kossil, traendo forza da quel corpo massiccio e da quella voce fredda. Si sentiva stordita, e il fetore del fumo e del sudiciume le dava la nausea; eppure sembrava che pensasse e parlasse con calma perfetta. Non l'aveva già fatto molte altre volte, in passato?

— La Sacerdotessa delle Tombe sa meglio di chiunque altro quale morte piacerà ai suoi Padroni, e spetta a lei scegliere. Ci sono moltissimi modi.

— Che Gobar, il capitano delle guardie, tagli loro la testa. E il sangue verrà versato davanti al trono.

— Come se fosse un sacrificio di capri? — Kossil pareva deridere la sua scarsa immaginazione. Arha restò muta. Kossil proseguì: — Inoltre, Gobar è un uomo. Nessun uomo può entrare nei luoghi tenebrosi delle tombe, e sicuramente la mia padrona lo ricorda. Se entrerà, non potrà uscire...

— Chi li ha portati qui? Chi dà loro da mangiare?

— I guardiani che servono il mio tempio, Duby e Uahto; sono eunuchi, e possono entrare qui al servizio dei Senza Nome, come posso farlo io. I soldati del re-dio hanno lasciato i prigionieri legati all'esterno del muro, e io e i guardiani li abbiamo portati qui attraverso la Porta dei Prigionieri, la porta nelle rocce rosse. È sempre stato così. Il cibo e l'acqua vengono calati da una botola, in una delle stanze dietro il trono.

Arha alzò la testa e vide, accanto alla catena cui era appesa la torcia, un riquadro di legno incastonato nella volta di pietra. Era troppo piccolo perché un uomo potesse passare: ma una corda poteva calare esattamente alla portata del prigioniero centrale. Lei si affrettò a distogliere lo sguardo.

— E allora, che non gli si portino più né cibo né acqua. Che la torcia si spenga.

Kossil s'inchinò. — E i cadaveri, quando saranno morti?

— Dubi e Uahto li seppelliranno nella grande caverna che abbiamo attraversato, la cripta — disse la ragazza, e la sua voce divenne acuta e concitata. — Dovranno farlo al buio. I miei Padroni divoreranno i corpi.

— Sarà fatto.

— Così va bene, Kossil?

— Così va bene, padrona.

— Allora andiamo — disse Arha, in toni striduli. Si vòltò e si affrettò a raggiungere la porta lignea e a uscire dalla Camera delle Catene, nell'oscurità della galleria. Le parve dolce e pacifica come una notte senza stelle, silente, senza luce né vita. Si immerse in quella tenebra pulita e l'attraversò, come un nuotatore che si muove nell'acqua. Kossil si affrettò a seguirla, ma rimase indietro, ansimante, muovendosi pesantemente. Senza esitare, Arha seguì le svolte omesse e scelte all'andata, costeggiò l'immensa cripta echeggiante, e procedette, china, nell'ultimo lungo corridoio fino alla porta chiusa di pietra. Si acquattò e cercò a tentoni la lunga chiave appesa all'anello che portava alla cintura. La trovò, ma non riuscì a rintracciare la serratura. Non c'era un solo puntolino di luce nella parete invisibile che le stava davanti. Le sue dita brancolarono, cercando una serratura o un chiavistello o una maniglia, e non trovarono nulla. Dove andava inserita la chiave? Come poteva uscire?

— Padrona!

La voce di Kossil, ingigantita dagli echi, sibilò e tuonò lontano, dietro di lei.

— Padrona, la porta non si aprirà dall'interno. Non si può uscire. Non si può tornare.

Arha si rannicchinò contro la roccia. Non disse nulla.

— Arha!

— Sono qui.

— Vieni!

Lei andò, trascinandosi carponi lungo il corridoio, come un cane, fino alle gonne di Kossil.

— Sulla destra. Affrettati! Io non devo indugiare qui. Non è il mio posto. Seguimi.

Arha si alzò in piedi e si aggrappò alle vesti di Kossil. Avanzarono, seguendo per un lungo tratto sulla destra la parete stranamente scolpita della caverna, e poi entrarono in una breccia nera nell'oscurità. Adesso salivano, lungo le gallerie, su per le scale. La ragazza si teneva ancora aggrappata alle vesti della donna. Aveva gli occhi chiusi.

C'era una luce, rossa attraverso le sue palpebre. Pensò che fosse ancora la camera piena di fumo e rischiarata dalla torcia, e non riaprì gli occhi. Ma l'aria aveva un odore dolciastro, asciutto e muffito, un odore familiare; e i suoi piedi erano su una scala ripida, quasi una scala a pioli. Lasciò la veste di Kossil e guardò. Sopra la sua testa c'era una botola aperta. La varcò, seguendo Kossil. Si trovò in una stanza che conosceva, una piccola cella di pietra che conteneva un paio di scrigni e di casse di ferro, nel dedalo delle camere dietro la sala del trono. La luce del giorno brillava grigia e fioca nel corridoio oltre la soglia.

— L'altra, la Porta dei Prigionieri, conduce soltanto nelle gallerie. Non conduce fuori. Questa è l'unica via d'uscita. Se ce n'è un'altra, io non la conosco, e non la conosce neppure Thar. Tu dovresti ricordarla, se c'è. Ma non credo che esista. — Kossil parlava ancora a bassa voce, e con una sfumatura sprezzante. Il suo volto pesante, entro il cappuccio nero, era pallido e madido di sudore.

— Non ricordo le svolte per trovare questa via d'uscita.

— Te le dirò io. Una volta sola. Devi ricordarle. La prossima volta non verrò con te. Questo non è il mio posto. Dovrai andare sola.

La ragazza annuì. Levò gli occhi verso il volto della donna e pensò che era strano: pallido per la paura dominata a stento e tuttavia trionfante, come se Kossil si compiacesse della propria debolezza.

— Dopo questa volta, andrò da sola — disse; e poi, mentre cercava di voltarsi per allontanarsi da Kossil, sentì che le gambe cedevano, e vide la stanza roteare. Cadde svenuta, in un mucchietto nero, ai piedi della sacerdotessa.

— Imparerai — disse Kossil, immobile, respirando ancora pesantemente. — Imparerai.

SOGNI E LEGGENDE

Per diversi giorni, Arha non si sentì bene. La curarono come se avesse la febbre. Lei restava a letto, o sedeva nella mite luce autunnale sotto il portico della Casa Piccola, e guardava le colline a occidente. Si sentiva debole e sciocca. Le tornavano sempre alla mente le stesse idee. Si vergognava di essere svenuta. Non era stata messa una guardia al muro delle tombe, ma ormai lei non avrebbe più osato chiederlo a Kossil. Non voleva vedere Kossil: mai più. Perché si vergognava di essere svenuta.

Spesso, mentre se ne stava al sole, pensava come si sarebbe comportata la prossima volta che si fosse addentrata nei luoghi tenebrosi sotto la collina. Pensò molte volte alla morte che avrebbe dovuto comandare per i prigionieri successivi: più elaborata, più adeguata ai rituali del trono vuoto.

Ogni notte, al buio, si svegliava urlando: — Non sono ancora morti! Stanno ancora morendo!

Sognava molto. Sognava di cucinare, grandi paioli colmi di saporita pappa di cereali, e di versare tutto in una buca nel terreno. Sognava di dover portare un bacile pieno d'acqua, un bacile fondo, attraverso l'oscurità, a qualcuno che aveva sete. Non riusciva mai a raggiungerlo. Si svegliava, e anche lei aveva sete, ma non si alzava per andare a bere. Giaceva sveglia, con gli occhi spalancati, nella stanza senza finestre.

Una mattina, Penthe venne a trovarla. Dal portico, Arha la vide avvicinarsi alla Casa Piccola con un'aria disinvolta e sfaccendata, come se fosse capitata da quelle parti per puro caso. Se Arha non avesse parlato, non avrebbe salito i gradini. Ma Arha si sentiva sola, e le parlò.

Penthe le fece il profondo inchino di prammatica per tutti coloro che si avvicinavano alla Sacerdotessa delle Tombe, e poi si lasciò cadere sui gradini, ai piedi di Arha, ed emise un suono come *fiúuh!* Era diventava molto alta e grassoccia; bastava un nulla per farla diventare rossa come una ciliegia, e adesso era rossa per la camminata.

— Ho sentito che eri malata. Ti ho portato qualche mela. — Dalle pieghe della voluminosa veste nera estrasse all'improvviso una rete di giunco che conteneva sette o otto mele gialle e perfette. Adesso era consacrata al servizio del re-dio, e serviva nel suo tempio agli ordini di Kossil; ma non era ancora sacerdotessa, e studiava ancora ed eseguiva i lavori insieme alle novizie. — Quest'anno io e Poppe abbiamo diviso le mele, e io ho conservato le migliori. Quelle davvero buone le fanno sempre seccare. Naturalmente così si conservano di più, ma mi sembra uno spreco. Non sono belle?

Arha toccò la buccia di raso d'oro pallido delle mele, guardò i ramoscelli da cui pendevano ancora le delicate foglie brune. — Sono belle.

— Prendine una — disse Penthe.

— Adesso no. Prendila tu.

Penthe scelse la più piccola, per deferenza, e la mangiò in dieci abili morsi succosi e interessati.

— Mangerei tutto il giorno — disse. — Non mi sento mai sazia. Vorrei diventare cuoca, invece che sacerdotessa. Saprei cucinare meglio di quella vecchia spilorcia di Nathabba, e poi potrei leccare le pentole... Oh, hai saputo di Munith? Doveva lucidare quei vasi di bronzo dove tengono l'olio di rose: sai, quelle anfore alte e sottili col tappo. E lei ha pensato di dover pulire anche l'interno, e così ha infilato dentro la mano, avvolta in uno straccio, sai, e poi non è riuscita a tirarla fuori. Si è sforzata tanto che la mano si è tutta gonfiata al polso, sai, e così è rimasta davvero bloccata. E si è messa a galoppare per i dormitori, urlando: «Non riesco a tirarla fuori! Non riesco a tirarla fuori!». E ormai Punti è diventato così sordo che ha creduto che fosse scoppiato un incendio, e si è messo a strillare perché gli altri custodi venissero a portare in salvo le novizie. E Uahto stava mungendo ed è uscito di corsa dal recinto per vedere cos'era successo, e ha lasciato il cancelletto aperto, e tutte le capre sono scappate e si sono precipitate nel cortile e si sono imbattute in Punti e nei guardiani e nelle bambine, e Munith era lì che agitava l'anfora in preda all'isterismo, e tutti correvano di qua e di là. Poi Kossil è scesa dal tempio e ha detto: «Cosa succede? Cosa succede?».

Il tondo volto di Penthe si atteggiò a una smorfia di disprezzo, diversa dall'espressione fredda di Kossil, eppure in un certo senso così simile che Arha proruppe in una risata quasi atterrita.

— «Cosa succede? Cosa succede?», ha detto Kossil. E poi... e poi la capra marrone l'ha presa a *cornate*... — Penthe si sciolse in una risata, con gli occhi traboccanti di lacrime. — E M-Munith ha colpito la... la capra con il v-v-vaso...

Le due ragazze si dondolarono avanti e indietro, squassate dall'ilarità, stringendosi le ginocchia, ridacchiando.

— E allora Kossil si è girata e ha detto «Cosa succede? Cosa succede?» alla... alla... alla capra... — La conclusione del racconto si perse tra le risate. Infine Penthe si asciugò gli occhi e il naso e addentò distrattamente un'altra mela.

Ridere tanto forte aveva scosso un po' Arha. Si calmò, e dopo qualche istante chiese: — Come mai tu sei venuta qui?

— Oh, ero la sesta figlia femmina, e mio padre e mia madre non potevano tirarci su tutte e trovarci marito. Così, quando ho compiuto i sette anni, mi hanno condotta al tempio del re-dio, e mi hanno dedicata. È stato a Ossawa. Ma là c'erano già troppe novizie, immagino, perché poco dopo mi hanno mandata qui. O forse pensavano che sarei diventata una buona sacerdotessa, o qualcosa del genere. Ma in questo si sbagliavano! — Penthe addentò la mela con un'espressione di gaio rammarico.

— Preferiresti non essere sacerdotessa?

— Se lo preferirei? Ma certo! Preferirei sposare un porcaio e vivere in un fosso. Preferirei qualunque cosa piuttosto di vivere qui tutti i miei giorni in mezzo a un branco di donne, in un vecchio deserto dove non viene mai nessuno! Ma è inutile pensarci, perché ormai sono stata consacrata ed è fatta. Ma spero che nella mia prossima vita sarò una danzatrice di Awabath! Perché me lo sarò meritato.

Arha la guardò, uno sguardo fermo e aggrondato. Non comprendeva. Sentiva che prima di quel giorno non aveva mai visto la vera Penthe, non l'aveva mai guardata in modo da scoprire qual era in realtà: bella, rotonda, piena di vita e succosa, come una delle sue mele dorate.

— Il tempio non significa proprio nulla, per te? — chiese, piuttosto aspramente.

Penthe, sempre sottomessa e facile a lasciarsi intimidire, questa volta non si allarmò. — Oh, so che i tuoi Padroni sono molto importanti per te — disse, con un'indifferenza che scandalizzò Arha. — Ma questo è comprensibile, perché tu sei la loro unica ancella. Tu non sei stata semplicemente consacrata: sei nata apposta. Ma guarda me. Dovrei provare tanta reverenza per il re-dio? Dopotutto è soltanto un uomo, anche se vive ad Awabath in un palazzo dai tetti d'oro e con una circonferenza di dieci miglia. Ha quasi cinquant'anni ed è calvo. Basta guardare le statue. E scommetto che deve tagliarsi le unghie dei piedi, come tutti gli altri uomini. So benissimo che è anche un dio. Ma io penso che sarà molto più dio quando sarà *morto*.

Arha era d'accordo con Penthe, perché segretamente aveva finito col considerare i sedicenti imperatori divini di Kargad alla stregua di dèi falsi e arrivisti che cercavano di usurpare la venerazione dovuta alle vere ed eterne Potenze. Ma nelle parole di Penthe c'era qualcosa che non approvava, qualcosa di completamente nuovo per lei, qualcosa di spaventoso. Non si era mai accorta che la gente era molto diversa e vedeva la vita in un modo molto diverso. Aveva la sensazione di aver alzato all'improvviso la testa e di aver visto librarsi oltre la finestra un nuovo pianeta immenso e popoloso, un mondo interamente sconosciuto in cui gli dèi non contavano nulla. Era spaventata dalla concretezza dell'empietà di Penthe. Impaurita, scattò.

— È vero. I miei Padroni sono morti da molto, molto tempo; e non sono uomini... Sai, Penthe, potrei chiamarti al servizio delle tombe. — Parlò gentilmente, come se offrisse all'amica un'occasione migliore.

Il colore roseo defluì dalle guance di Penthe.

— Sì — disse lei. — Potresti farlo. Ma io non sono... non sono il tipo adatto.

— Perché?

— Ho paura del buio — rispose Penthe, a voce bassa.

Arha fece udire un breve sbuffo di disprezzo, ma era compiaciuta. Aveva dimostrato ciò che voleva. Penthe poteva non credere agli dèi, ma temeva le innominabili potenze delle tenebre... come tutte le anime mortali.

— Non lo farei a meno che tu lo volessi, lo sai — disse Arha.

Tra loro scese un lungo silenzio.

— Stai diventando sempre più simile a Thar — riprese Penthe, con quel suo fare tenero e sognante. — Grazie al cielo, non stai diventando come Kossil! Ma tu sei così forte. Vorrei essere forte anch'io. A me piace solo mangiare...

— E allora continua — disse Arha, con superiorità divertita, e poco alla volta Penthe consumò la terza mela fino al torsolo.

Un paio di giorni dopo, le esigenze dell'eterno rituale del Luogo strapparono Arha alla sua solitudine. Una capra aveva partorito due capretti gemelli fuori stagione, e secondo la consuetudine dovevano essere sacrificati agli dèi gemelli: era un rito importante, e la Prima Sacerdotessa doveva partecipare. Inoltre era il novilunio, e si dovevano compiere le cerimonie delle tenebre davanti al trono vuoto. Arha aspirò gli inebrianti fumi delle erbe che bruciavano in larghi vassoi di bronzo davanti al trono, e danzò, solitaria, avvolta nelle vesti nere. Danzò per gli spiriti invisibili dei morti e dei non nati, e mentre danzava gli spiriti affollarono l'aria intorno a lei seguendo le giravolte dei suoi piedi e i gesti lenti e sicuri delle sue braccia. Cantò i canti di cui nessuno comprendeva le parole e che lei aveva appreso sillaba per sillaba da Thar, molto tempo prima. Un coro di sacerdotesse nascoste nella penombra dietro la duplice grande fila di colonne faceva eco alle strane parole, ripetendole dopo di lei, e l'aria dell'immensa navata in rovina vibrava di voci come se anche la folla degli spiriti ripetesse incessantemente quei canti.

Il re-dio, che regnava dal suo palazzo ad Awabath, non inviò altri prigionieri al Luogo, e a poco a poco Arha smise di sognare i tre che erano morti ormai da molto tempo e sepolti in tombe poco profonde nella grande caverna sotto le Pietre.

Arha chiamò a raccolta tutto il coraggio per tornare in quella caverna. Doveva andarci: la Sacerdotessa delle Tombe doveva entrare nel suo dominio senza terrore, e conoscerne le vie.

La prima volta che varcò la botola fu difficile, ma meno difficile di quanto avesse temuto. Si era preparata, aveva deciso che sarebbe andata sola e non avrebbe perso la testa, e quando vi giunse rimase quasi sgomenta scoprendo che non c'era nulla da temere. Potevano esserci le tombe, ma lei non le vedeva: non vedeva nulla. Era buio e c'era silenzio: e questo era tutto.

Continuò ad andarci, passando sempre per la botola nella stanza dietro il trono, fino a quando imparò a conoscere bene l'intero circuito della caverna, con le sue strane pareti scolpite: bene per quanto poteva conoscerlo senza vederlo. Non si scostava mai dalle pareti, perché attraversando la grande cavità avrebbe potuto perdere il senso dell'orientamento nell'oscurità e tornando a tentoni a una parete non avrebbe saputo dove si trovava. Come aveva imparato la prima volta, là nei luoghi tenebrosi la cosa più importante era di sapere quali svolte e quali aperture aveva superato e quali l'attendevano ancora. Doveva procedere contando, perché erano tutte uguali sotto le sue dita brancolanti. La sua memoria era stata ben addestrata, e lei non aveva difficoltà in quello strano compito di trovare la strada al tatto e contando, invece di affidarsi alla vista e al buonsenso. Ben presto conobbe a memoria tutti i corridoi che partivano dalla cripta, il labirinto minore situato sotto il palazzo del trono e la cima della collina. Ma c'era un corridoio dove non si era mai addentrata: il secondo a sinistra dall'entrata nella roccia rossa, quello da cui, se vi fosse penetrata scambiandolo per un altro che conosceva, forse non sarebbe mai uscita. Il suo desiderio di entrarvi, di scoprire il labirinto, cresceva continuamente: ma lei lo dominava, in attesa di aver imparato tutto ciò che poteva.

Thar ne sapeva ben poco, tranne i nomi di certe camere e l'elenco delle direzioni da prendere e delle svolte da seguire e da omettere per arrivarvi. Lo diceva ad Arha, ma non le disegnava mai nella polvere e neppure con un gesto della mano nell'aria: e lei stessa non le aveva mai percorse, non era mai penetrata nel labirinto. Ma quando Arha le chiedeva «Qual è la via che conduce dalla porta di ferro aperta alla Camera Dipinta?», oppure «Come procede il percorso dalla Camera delle Ossa fino alla galleria presso il fiume?», allora Thar rimaneva per un po' in silenzio e poi recitava le strane istruzioni che aveva appreso molto tempo prima dall'Arha precedente: tanti varchi da superare, tante svolte a sinistra, e così via e così via. E Arha imparava tutto a memoria, come aveva fatto Thar, spesso dopo aver ascoltato una volta soltanto. Quando giaceva sveglia nel suo letto, la notte, le ripeteva a se stessa, cercando di immaginare i luoghi, le camere, le svolte.

Thar mostrò ad Arha i numerosi spioncini che si aprivano sul labirinto, in tutti gli edifici e i templi del Luogo, e perfino sotto le rocce all'aperto. La ragnatela delle gallerie dalle pareti di pietra si stendeva sotto l'intero Luogo, e addirittura oltre le sue mura: c'erano miglia e miglia di corridoi, laggiù nelle tenebre. Tranne lei, le due somme sacerdotesse e i loro servitori personali, gli eunuchi Manan, Uahto e Duby, nessuno conosceva l'esistenza del labirinto che si stendeva sotto ogni loro passo. Tra gli altri, correvano vaghe dicerie: tutti sapevano che c'erano grotte o camere sotto le Pietre. Ma nessuno si mostrava troppo curioso, per quanto riguardava i Senza Nome e i luoghi a loro sacri. Forse pensavano che era meglio saperne molto poco. Arha, naturalmente, aveva sempre provato un'intensa curiosità, e poiché sapeva che c'erano spioncini affacciati sul labirinto li aveva cercati; eppure erano nascosti così bene, nei pavimenti o nel terreno deserto, che non ne aveva trovato nemmeno uno, neppure quello nella Casa Piccola, la sua casa, finché Thar gliel'aveva mostrato.

Una notte, all'inizio della primavera, prese una lanterna a candela e la portò giù, senza accenderla, attraverso la cripta, fino alla seconda galleria a sinistra del corridoio proveniente dalla porta nella roccia rossa.

Al buio, si addentrò per una trentina di passi nella galleria e poi varcò una porta, tastando l'intelaiatura di ferro incastonata nella roccia: quello era il limite attuale delle sue esplorazioni. Oltre la Porta di Ferro procedette per un lungo tratto; e quando finalmente la galleria incominciò a curvare verso destra, lei accese la candela e si guardò intorno. Perché lì la luce era consentita. Non era più nella cripta. Era in un luogo meno sacro, anche se forse più spaventoso. Era nel labirinto.

Le scabre e nude superfici delle pareti e della volta e del pavimento di roccia la circondavano nella piccola sfera della luce della candela. L'aria era morta. Davanti a lei e dietro di lei, la galleria si stendeva nell'oscurità.

Tutte le gallerie erano uguali, e s'incrociavano e tornavano a incrociarsi. Arha teneva scrupolosamente il conto delle svolte e delle aperture, recitando tra sé le istruzioni di Thar sebbene le conoscesse perfettamente. Sarebbe stato terribile, perdersi nel labirinto. Nella cripta e nei brevi corridoi vicini, Kossil e Thar avrebbero potuto ritrovarla, o Manan sarebbe venuto a cercarla, perché lei l'aveva condotto là parecchie volte. Ma lì nessuno di loro era mai penetrato: soltanto lei. Sarebbe stato inutile scendere nella cripta e chiamarla a gran voce, se lei era smarrita in un'aggrovigliata spirale di gallerie a mezzo miglio di distanza. Immaginava che avrebbe potuto udire l'eco delle voci che la chiamavano nei corridoi, e che avrebbe cercato di raggiungerle: ma, perduta, si sarebbe persa ancora di più. Lo immaginò così vivamente che si fermò, credendo di sentirsi chiamare da una voce lontana. Ma non c'era nulla. E lei non si sarebbe smarrita. Era molto prudente; e quello era il suo posto, il suo dominio. Le potenze della tenebra, i Senza Nome, avrebbero guidato i suoi passi, così come avrebbero fatto smarrire qualunque altro mortale che avesse osato penetrare nel Labirinto delle Tombe.

Quella prima volta non si spinse lontano, eppure abbastanza lontano perché la strana e amara e tuttavia piacevole certezza della sua solitudine assoluta e della sua indipendenza si rafforzasse in lei e la riconducesse indietro, ogni volta più lontano. Arrivò alla Camera Dipinta e alle Sei Vie, e seguì la lunga Galleria Estrema, e penetrò nello strano meandro che portava alla Camera delle Ossa.

— Quando venne creato il labirinto? — chiese a Thar, e la scarna e austera sacerdotessa rispose: — Padrona, non lo so. Nessuno lo sa.

— Perché venne creato?

— Per nascondere i tesori delle tombe, e per punire coloro che tentassero di rubare quei tesori.

— Tutti i tesori che ho visto sono nelle camere dietro il trono e nelle cantine sottostanti. Cosa c'è nel labirinto?

— Un tesoro ancora più grande e antico. Vorresti vederlo?

— Sì.

— Nessuno, tranne te, può entrare nel Tesoro delle Tombe. Puoi portare i tuoi servitori nel labirinto, ma non nel Tesoro. Se vi entrasse perfino Manan, desterebbe l'ira della tenebra; e lui non uscirebbe vivo dal labirinto. Là devi andare da sola, sempre. Io so dove si trova il Grande Tesoro. Tu mi hai insegnato la via, quindici anni orsono, prima di morire, perché la ricordassi e te la dicessi quando saresti ritornata. Posso dirti la via da seguire nel labirinto, oltre la Camera Dipinta; e la chiave che apre il Tesoro è quella argentea appesa al tuo anello, con la figura di un drago sull'asta. Ma devi andarci da sola.

— Dimmi la via.

Thar gliela disse, e lei ricordò, come ricordava tutto ciò che le veniva detto. Ma non andò a vedere il Grande Tesoro delle Tombe. La trattenne la sensazione che la sua volontà o la sua conoscenza non fossero ancora complete. O forse desiderava tenere in serbo qualcosa, qualcosa cui pensare e che conferisse un fascino a quelle gallerie interminabili che si snodavano nella tenebra e finivano sempre davanti a pareti cieche o in nude celle polverose. Avrebbe atteso ancora un poco, prima di vedere i suoi tesori.

Dopotutto, non li aveva già visti nel passato?

Eppure provava ancora un'impressione strana, quando Thar e Kossil le parlavano di cose che lei aveva visto o detto prima di morire. Sapeva che in verità era morta, ed era rinata in un nuovo corpo nell'ora della morte del vecchio corpo; non soltanto una volta, quindici anni prima, ma cinquant'anni prima, e prima ancora, e ancora, indietro negli anni e nei secoli, per generazioni e generazioni, fino al principio degli anni, quando era stato scavato il labirinto ed erano state erette le Pietre, e la Prima Sacerdotessa dei Senza Nome era vissuta in quel Luogo e aveva danzato davanti al trono vuoto. Erano tutte una cosa sola, quelle vite e la sua. Lei era la Prima Sacerdotessa. Tutti gli esseri umani rinascevano, ma lei soltanto rinasceva sempre come se stessa. Cento volte aveva imparato le vie e le svolte del labirinto ed era giunta finalmente nella camera nascosta.

Talvolta credeva di ricordare. I luoghi tenebrosi sotto la collina le erano familiari, come se fossero non soltanto il suo dominio ma la sua casa. Quando aspirava i fumi drogati per danzate al novilunio, la sua mente diventava leggera leggera e il suo corpo non le apparteneva più; e allora danzava nei secoli, scalza nelle vesti nere, e sapeva che la danza non si era mai interrotta.

Eppure era sempre strano, quando Thar diceva: — Me l'hai insegnato tu prima di morire...

Una volta lei chiese: — Chi erano gli uomini che venivano a derubare le tombe? Davvero c'è stato qualcuno che l'ha fatto? — L'idea dei ladri le era parsa eccitante ma improbabile. Come potevano giungere segretamente nel Luogo? I pellegrini erano pochissimi, ancor meno numerosi dei prigionieri. Di tanto in tanto, altre novizie e altri schiavi venivano inviati dai templi minori delle Quattro Terre, oppure arrivava un piccolo gruppo per portare offerte d'oro o d'incensi rari a uno dei templi. Ed era tutto. Nessuno vi giungeva per caso, o per comprare e vendere, o per curiosare, o per rubare; nessuno veniva mai lì, se non aveva ricevuto l'ordine. Arha non sapeva neppure quanto distasse la città più vicina, se venti miglia o più; e la città più vicina era piccola. Il Luogo era guardato e difeso dal vuoto, dalla solitudine. Chiunque attraversasse il deserto che lo circondava, pensava Arha, aveva le stesse probabilità di passare inosservato di una pecora nera in un campo di neve.

Era insieme a Thar e a Kossil, con le quali adesso trascorreva gran parte del tempo quando non era nella Casa Piccola o da sola nelle viscere della collina. Era una fredda e tempestosa notte d'aprile. Sedevano accanto a un piccolo fuoco di rami di salvia, nel focolare della stanza dietro il tempio del re-dio, la stanza di Kossil. Oltre la soglia, nel corridoio, Manan e Duby giocavano con stecchi e segnalini, lanciando un fascio di stecchi e raccogliendone il maggior numero possibile sul dorso della mano. Qualche volta Manan e Arha giocavano ancora quel gioco, in segreto, nel cortile interno della Casa Piccola. Il tintinnio degli stecchi che cadevano, i rauchi mormorii di trionfo e di delusione, lo smorzato crepitio del fuoco, erano gli unici suoni quando le tre sacerdotesse tacevano. Tutt'intorno, oltre le mura, regnava il profondo silenzio della notte nel deserto. Di quando in quando giungeva lo scroscio di un acquazzone.

— Tanto tempo fa, vennero molti per derubare le tombe; ma nessuno ci è mai riuscito — disse Thar. Sebbene fosse taciturna, ogni tanto amava raccontare una storia, e spesso lo faceva per istruire Arha. E quella sera sembrava disposta a raccontare.

— E com'è possibile che un uomo osi una cosa simile?

— *Loro* osano — disse Kossil. — Erano incantatori, maghi delle Terre Interne. Questo avveniva prima che i re-dèi regnassero nelle terre di Kargad: allora non eravamo così forti. I maghi venivano con le loro navi da occidente, fino a Karego-At e Atuan, per saccheggiare le città della costa e depredare le fattorie, e penetravano perfino nella città sacra di Awabath. Venivano per uccidere i draghi, dicevano; ma rimasero per derubare città e templi.

— E i loro grandi eroi venivano tra noi per collaudare le loro spade — aggiunse Thar, — e per operare i loro empi sortilegi. Uno di loro, un possente incantatore e signore dei draghi, il più grande di tutti, incontrò qui una dura sorte. Avvenne molto tempo fa, moltissimo tempo fa, ma l'episodio viene ricordato ancora, e non soltanto in questo luogo. L'incantatore si chiamava Erreth-Akbe, ed era mago in occidente. Giunse nelle nostre terre, e ad Awabath si alleò a certi nobili ribelli di Kargad e combatté per il dominio sulla città con il sommo sacerdote del tempio interno degli dèi gemelli. Combatterono a lungo, la stregoneria del mago contro la folgore degli dèi, e il tempio venne distrutto. Alla fine il sommo sacerdote spezzò il bastone magico dell'incantatore, ruppe a metà il suo amuleto del potere, e lo sconfisse. Il mago fuggì dalla città e dal territorio di Kargad, e attraversò tutto Earthsea fino al più lontano occidente; e là un drago lo uccise, perché il suo potere era svanito. E da quel giorno la potenza delle Terre Interne è in costante declino. Ora, il sommo sacerdote si chiamava Intahin, ed era il primo della casata di Tarb, la stirpe da cui, dopo il compimento della profezia e dei secoli, discesero i re-sacerdoti di Karego-At, e da questi i re-dèi di tutto Kargad. Perciò dai tempi di Intahin la potenza delle terre di Kargad si è sempre accresciuta. Coloro che venivano per derubare le tombe erano incantatori, e cercavano sempre di recuperare l'amuleto infranto di Erreth-Akbe. Ma è ancora qui, dove lo nascose il sommo sacerdote perché rimanesse al sicuro. E anche le loro ossa sono qui... — Thar additò il suolo sotto i suoi piedi.

— Metà dell'amuleto è qui — disse Kossil.

— E l'altra metà è perduta per sempre.

— Perduta come? — chiese Arha.

— Una metà, rimasta nelle mani di Intahin, fu donata da lui al Tesoro delle Tombe, dove dovrebbe essere al sicuro per sempre. L'altra rimase nella mano dell'incantatore, ma prima di fuggire lui la consegnò a un re, uno dei ribelli, che si chiamava Thoreg di Hupun. Non so perché l'abbia fatto.

— Per causare conflitti, per far inorgoglire Thoreg — disse Kossil. — E infatti fu così. I discendenti di Thoreg si ribellarono ancora, quando regnava la casa di Tarb; e presero di nuovo le armi contro il primo re-dio, rifiutando di riconoscerlo come dio e come re. Erano una razza stregata e maledetta. Ormai sono tutti morti.

Thar annuì. — Il padre dell'attuale re-dio, il Signore Che È Asceso, abbatté la famiglia di Hupun e ne distrusse i palazzi. Quando questo avvenne, la metà dell'amuleto, che quelli avevano sempre conservato fin dai tempi di Erreth-Akbe e di Intahin, andò perduta. Nessuno sa cosa le sia successo. E questo avvenne una generazione fa.

— Venne gettata via come spazzatura, senza dubbio — commentò Kossil. — Dicono che non avesse l'aspetto di un oggetto prezioso, l'Anello di Erreth-Akbe. Sia maledetto, e siano maledette tutte le cose del popolo dei maghi! — Sputò nel fuoco.

— Tu hai visto la metà che è qui? — chiese Arha a Thar.

La donna scarna scosse il capo. — È nel Tesoro, dove nessuno può entrare eccettuata l'Unica Sacerdotessa. Forse è il tesoro più grande che vi sia custodito; non so. Credo che lo sia. Per centinaia d'anni le Terre Interne hanno mandato ladri e maghi per cercare di riprenderlo; e quelli non badavano agli scrigni aperti colmi d'oro, cercando solo quella cosa. È passato molto tempo da quando vissero Erreth-Akbe e Intahin, eppure la storia è ancora conosciuta e viene raccontata, qui e in occidente. Molte cose invecchiano e periscono, col trascorrere dei secoli. Sono pochissime le cose preziose che restano tali, e le storie che vengono ancora narrate.

Arha rimuginò per qualche attimo e disse: — Dovevano essere uomini molto coraggiosi o molto stupidi, per entrare nelle tombe. Non conoscevano i poteri dei Senza Nome?

— No — rispose Kossil, con quella sua voce fredda. — Loro non hanno dèi. Operano magie, e credono di essere dèi loro stessi. Ma non lo sono. E quando muoiono, non rinascono. Diventano polvere e ossa, e i loro spettri gemono nel vento per qualche tempo finché poi il vento li disperde. Non hanno un'anima immortale.

— Ma cos'è la magia che loro operano? — chiese Arha, affascinata. Non ricordava di aver detto, una volta, che avrebbe rifiutato di guardare le navi venute dalle Terre Interne. — Come fanno? Cosa fanno?

— Trucchi, inganni, giochi di prestigio — disse Kossil.

— Qualcosa di più — disse Thar, — se le storie che si raccontano sono vere almeno in parte. I maghi dell'occidente possono suscitare e acquietare i venti, e farli spirare come vogliono. Su questo, tutti sono d'accordo e dicono la stessa storia. È per questo che sono grandi marinai; possono mettere il vento della magia nelle loro vele, e andare dove vogliono, e placare le tempeste del mare. E si dice che possano creare la luce a volontà, e la tenebra, e cambiare le pietre in diamanti e il piombo in oro; che possano costruire un grande palazzo o una grande città in un istante, almeno all'apparenza; che possano mutarsi in orsi, o pesci, o draghi, secondo il loro desiderio.

— Io non credo a tutto questo — osservò Kossil. — Che siano pericolosi, astuti ed esperti nei trucchi, e viscidi come anguille, sì. Ma dicono che se togli a un incantatore il suo bastone di legno, lui non ha più potere. Probabilmente, sul bastone sono incisi simboli malefici.

Thar scosse di nuovo la testa. — Portano il bastone, è vero: ma è solo lo strumento del potere che hanno dentro.

— Ma come ottengono il potere? — chiese Arha. — Da dove proviene?

— Menzogne — rispose Kossil.

— Parole — aggiunse Thar. — Così mi è stato detto da un tale che una volta aveva osservato un grande incantatore delle Terre Interne: un mago, come vengono chiamati. L'avevano preso prigioniero, in una scorreria a occidente. Lui mostrò un bastone di legno secco e pronunciò una parola. E *tac*, il bastone fiorì. E disse un'altra parola: e *tac*, il bastone si caricò di mele rosse. E poi disse ancora un'altra parola, e bastone e fiori e mele sparirono e con loro sparì anche l'incantatore. Con una sola parola era svanito come l'arcobaleno, in un batter d'occhio, senza lasciar tracce; e non lo ritrovarono mai più su quell'isola. Era soltanto un trucco?

— È facile ingannare gli stolti — rispose Kossil.

Non dissero altro, per evitare una discussione; ma ad Arha dispiacque che abbandonassero l'argomento. — Come sono quelli del popolo degli incantatori? — chiese. — Sono davvero tutti neri, con gli occhi bianchi?

— Sono neri e malvagi. Io non ne ho mai visto uno — rispose in tono soddisfatto Kossil, spostando la sua pesante mole sullo sgabello e tendendo le mani verso il fuoco.

— Che gli dèi gemelli li tengano lontani — mormorò Thar.

— Non verranno mai più, qui — disse Kossil. E il fuoco crepitò, e la pioggia scrosciò sul tetto, e oltre la soglia buia Manan gridò con voce stridula: — Aha! Una metà per me, una metà!

LUCE SOTTO LA COLLINA

Mentre l'anno si avviava di nuovo verso l'inverno, Thar morì. Durante l'estate l'aveva presa la malattia di consunzione; era magra, ma divenne scheletrica; era taciturna, e adesso non parlava più. Parlava soltanto ad Arha, qualche volta, quando erano sole; poi anche questo finì, e lei se ne andò, silenziosamente, nella tenebra. Quando non ci fu più, Arha sentì molto la sua mancanza. Thar era stata severa, ma non era mai stata crudele. A lei aveva insegnato l'orgoglio, non la paura.

Adesso c'era soltanto Kossil.

In primavera sarebbe giunta da Awabath una nuova somma sacerdotessa per il tempio degli dèi gemelli; fino ad allora, Arha e Kossil erano le sole signore del Luogo. La donna chiamava «padrona» la ragazza, e doveva ubbidire se lei le dava un ordine. Ma Arha aveva imparato a non dare ordini a Kossil. Aveva il diritto di farlo, ma non la forza: sarebbe stata necessaria una forza grandissima, per opporsi alla gelosia che Kossil nutriva verso un grado più elevato del suo, al suo odio per tutto ciò che non poteva dominare.

Poiché Arha aveva imparato - dalla dolce Penthe - l'esistenza dell'ateismo, e l'aveva accettato come realtà anche se le faceva paura, aveva potuto guardare Kossil con maggiore fermezza, e l'aveva compresa. Kossil, in cuor suo, non nutriva la minima venerazione per i Senza Nome o per gli dèi. Non considerava sacro null'altro che il potere. Adesso l'imperatore delle Terre di Kargad deteneva il potere: quindi ai suoi occhi era davvero un re-dio, e lei l'avrebbe servito devotamente. Ma per lei i templi erano soltanto apparenza, le Pietre erano soltanto sassi, le Tombe di Atuan erano gallerie tenebrose scavate nella terra, terribili ma vuote. Se avesse potuto, avrebbe abbandonato il culto del Trono Vuoto. Se avesse osato, avrebbe liquidato la Prima Sacerdotessa.

Arha affrontò con fermezza anche quest'ultimo fatto. Forse Thar l'aveva aiutata a capirlo, benché direttamente non avesse mai detto nulla. Durante i primi stadi della sua infermità, prima che il silenzio scendesse sopra di lei, aveva chiesto ad Arha di recarsi a visitarla quasi tutti i giorni, e le aveva parlato, le aveva detto molte cose delle azioni del re-dio e del suo predecessore, e delle consuetudini di Awabath: erano cose che lei doveva conoscere, perché era una sacerdotessa importante, ma che spesso non tornavano a onore del re-dio e della sua corte. E aveva parlato della propria vita, e aveva raccontato com'era stata e cos'aveva fatto l'Arha dell'incarnazione precedente; e qualche volta, ma non spesso, aveva accennato ai possibili intoppi e pericoli della vita attuale di Arha. Neppure una volta aveva nominato Kossil. Ma Arha era stata allieva di Thar per undici anni, e le bastava un accenno o un tono per comprendere e per ricordare.

Dopo il lugubre subbuglio dei Riti del Lutto, Arha incominciò a evitare Kossil. Quando i lunghi lavori e rituali della giornata si erano conclusi, se ne andava nella sua dimora solitaria; e ogni volta che ne aveva il tempo, andava nella stanza dietro il trono e apriva la botola e scendeva nella tenebra. Di giorno e di notte, poiché là non c'era differenza, proseguiva un'esplorazione sistematica del suo dominio. La cripta, con la sua immensa sacralità, era vietata a tutti tranne le sacerdotesse e i loro eunuchi più fidati. Chiunque altro vi si fosse avventurato, uomo o donna, sarebbe stato certamente ucciso dall'ira dei senza Nome. Ma tra tutte le regole che Arha aveva imparato, non ce n'era nessuna che proibisse l'accesso al labirinto. Non era necessario. Vi si poteva penetrare solo passando dalla cripta; e del resto, le mosche hanno forse bisogno di regole che dicano loro di non entrare in una ragnatela?

Perciò lei conduceva spesso Manan nelle zone più vicine del labirinto, perché ne imparasse la strada. Manan non era per nulla entusiasta di andarvi, ma le ubbidiva come sempre. Lei si accertò che Duby e Uahto, gli eunuchi di Kossil, conoscessero la strada della Camera delle Catene e la via d'uscita dalla cripta, ma null'altro; non li conduceva mai nel labirinto. Non voleva che nessuno, eccettuato il fedelissimo Manan, conoscesse quelle vie segrete. Perché erano sue, soltanto sue, per sempre. Aveva incominciato l'esplorazione completa del labirinto. Durante tutto l'autunno, passò molti giorni seguendo quei corridoi interminabili; eppure c'erano ancora certe parti che non aveva mai raggiunto. Si stancava a percorrere quell'immensa e insensata ragnatela di corridoi: le gambe s'indolenzivano, la mente si annoiava a calcolare senza sosta le svolte e i passaggi. Il labirinto era meraviglioso, e si snodava nella compatta roccia sotterranea come le strade di una grande città: ma era stato creato per stancare e confondere il mortale che vi si aggirava, e perfino la sua sacerdotessa sentiva che in fin dei conti era solo una grande trappola.

Perciò, via via che avanzava l'inverno, lei dedicò sempre di più le sue meticolose esplorazioni alla sala, agli altari, alle alcove dietro e sotto gli altari, alle camere dei cofani e delle casse, al contenuto delle casse e dei cofani, a corridoi e soffitte, alla polverosa cavità sotto la cupola dove si annidavano centinaia di pipistrelli, alle cantine e sottocantine che erano l'anticamera dei corridoi di tenebra.

Con le mani e le maniche profumate dalla dolcezza di un muschio trasformato in polvere rimasta per otto secoli in uno scrigno di ferro, la fronte macchiata dal viscoso sgorbio nero di una ragnatela, restava inginocchiata per un'ora a studiare i rilievi di un bellissimo cofano di legno di cedro, rovinato dal tempo, donato da qualche re, secoli addietro, alle Potenze Senza Nome delle Tombe. C'era il re, una figuretta rigida dal grosso naso, e c'era il palazzo del trono con la cupola piatta e il pronao scolpiti in delicato rilievo sul legno da un artista divenuto polvere da chissà quanti secoli. C'era l'Unica Sacerdotessa, che aspirava i fumi drogati dei vassoi bronzei e profetizzava o consigliava il re, che in quella formella aveva il naso rotto; il volto della Sacerdotessa era troppo piccolo per avere lineamenti nitidi, tuttavia Arha immaginava che fosse il suo. Si domandava cos'aveva detto al re dal grosso naso, e se lui gliene era stato riconoscente.

Aveva i suoi posti preferiti, nel palazzo del trono, così come un'altra avrebbe avuto i suoi posti preferiti per mettersi a sedere in una casa soleggiata. Spesso saliva in una specie di soffitta in una delle sacrestie, nella parte posteriore del palazzo. Vi erano conservate antiche vesti, reliquie dei giorni in cui grandi signori e re venivano in pellegrinaggio al Luogo delle Tombe di Atuan, riconoscendo un dominio più grande del loro e di ogni altro uomo. Talvolta le loro figlie, le principesse, avevano indossato quelle morbide sete bianche, ricamate di topazi e di ametiste scure, e avevano danzato con la Sacerdotessa delle Tombe. In una delle tesorerie c'erano minuscole tavolette d'avorio dipinto che mostravano quelle danze, con i re e i nobili che attendevano fuori dal palazzo perché ormai gli uomini non mettevano più piede sul colle delle tombe. Ma le ragazze potevano entrare e danzare con la Sacerdotessa, avvolte nelle sete candide. La Sacerdotessa portava le vesti nere tessute in casa, sempre, allora come adesso; ma ad Arha piaceva venire ad accarezzare quella stoffa morbida e dolce, imputridita dagli anni, con le gemme imperiture che si staccavano dalla stoffa per il loro lieve peso. In quelle cassapanche c'era un profumo diverso da tutti i muschi e gli incensi dei templi del Luogo: un profumo più fresco, più fievole, più giovane.

Nelle stanze del tesoro, Arha era capace di trascorrere una notte a scoprire il contenuto di un unico cofano, gioiello per gioiello: l'armatura arrugginita, i pennacchi spezzati degli elmi, le fibbie e gli spilloni di bronzo, d'argento dorato e d'oro massiccio.

I gufi, indisturbati dalla sua presenza, stavano appollaiati sulle travi e aprivano e chiudevano i gialli occhi. Fra le tegole del tetto brillava una stella; oppure scendeva la neve, finissima e fredda come quelle sete antiche che andavano in polvere a toccarle.

Una notte del tardo inverno, nel palazzo era troppo freddo. Arha andò alla botola, la sollevò, scese i gradini, e la richiuse. Si avviò in silenzio lungo il percorso che conosceva tanto bene, il corridoio che portava alla cripta. Là, naturalmente, non accendeva mai una luce; se portava una lanterna, perché doveva addentrarsi nel labirinto o risalire nell'oscurità della notte, la spegneva prima di giungere alla cripta. Non aveva mai visto quel posto, mai, in tutte le generazioni del suo sacerdozio. Nel corridoio soffiò sulla candela e senza rallentare il passo avanzò nella tenebra, disinvolta come un pesciolino nell'acqua buia. Lì, d'inverno o d'estate, non c'era mai né caldo né freddo: c'era sempre la solita frescura un po' umida, immutabile. Lassù, i grandi venti gelidi dell'inverno lanciavano la neve finissima sul deserto. Lì non c'era vento, non c'erano stagioni: era chiuso, era immoto, era sicuro.

Arha stava andando verso la Camera Dipinta. Le piaceva andare là, talvolta, a scrutare gli strani affreschi che al lume della sua candela balzavano dall'oscurità: uomini dalle lunghe ali e dai grandi occhi, sereni e cupi. Nessuno sapeva dirle chi erano, e nel resto del Luogo non c'erano dipinti come quelli, ma lei credeva di saperlo: erano gli spiriti dei dannati, coloro che non rinascono. La Camera Dipinta era nel labirinto, perciò lei doveva prima attraversare la caverna sotto le Pietre. Mentre si avvicinava, lungo il corridoio in discesa, fiorì un grigiore lieve, un barlume, l'eco di un'eco di una luce lontana.

Credette che gli occhi la ingannassero, come avveniva spesso in quella tenebra assoluta. Li chiuse, e il barlume svanì. Li aprì, e riapparve.

Si era fermata ed era rimasta immobile. Grigio, non nero. Un pallore fioco, appena visibile, dove nulla poteva essere visibile, dove tutto doveva essere nero.

Avanzò di qualche passo e tese la mano verso quell'angolo della parete: e vide, infinitamente indistinto, il movimento della propria mano.

Proseguì. Era strano, quel fievole fiorire di una luce dove non era mai esistita la luce, nella più profonda tomba di tenebra: così strano che era impossibile pensare, impossibile averne paura. Camminava senza far rumore, scalza e abbigliata di nero. All'ultima svolta del corridoio si fermò; poi, lentamente, mosse l'ultimo passo, e guardò, e vide.

...Vide ciò che non aveva mai visto, sebbene avesse vissuto cento vite: la grande caverna a volta sotto le Pietre, non scavata da mani umane ma dalle potenze della terra. Era ingemmata di cristalli e ornata di guglie e di filigrane di calcare bianco, dove avevano operato le acque sotterranee, molti eoni addietro: immensa, con le pareti e la volta che brillavano, scintillavano, delicate, intricate; un palazzo di diamanti, una casa di ametiste e di cristalli, dove l'antica tenebra era stata scacciata dal fulgore.

La luce che operava quel prodigio non era forte, ma abbagliava i suoi occhi non abituati. Era un chiarore lieve, come di un fuoco fatuo, che si muoveva lentamente attraverso la caverna e traeva mille brillii dalla volta ingioiellata e faceva scorrere mille ombre fantastiche lungo le pareti scolpite.

La luce ardeva alla sommità di un bastone ligneo, e non emetteva fumo e non consumava. Il bastone era stretto da una mano umana. Arha scorse il volto accanto alla luce: un volto scuro, il volto di un uomo.

Lei non si mosse.

L'uomo attraversò e riattraversò a lungo l'immensa grotta. Si muoveva come se cercasse qualcosa, guardando dietro le spumeggianti cascate di pietra, studiando i numerosi corridoi che conducevano fuori dalla cripta, ma senza addentrarvisi. E la Sacerdotessa delle Tombe restava immobile ad attendere nell'angolo nero del passaggio.

Forse la cosa più difficile da pensare, per lei, era che stava guardando un estraneo. Molto di rado aveva visto qualche estraneo. Le pareva che dovesse essere uno dei custodi... no, uno degli uomini che vivevano oltre il muro, un capraio o una guardia, uno schiavo del Luogo; ed era venuto a vedere i segreti dei Senza Nome, forse a rubare qualcosa nelle tombe...

A rubare qualcosa. A derubare le Potenze delle Tenebre. Sacrilegio: quella parola affiorò lenta nella mente di Arha. Era un uomo, e nessun uomo doveva mai porre piede nelle tombe, nel Luogo Sacro. Eppure lui era penetrato nella cavità che era il cuore delle tombe. Era entrato. Aveva portato la luce dove la luce era proibita, dove non c'era mai stata dall'inizio del mondo. Perché i Senza Nome non l'avevano annientato?

Adesso l'uomo s'era fermato a guardare il pavimento roccioso, che era accidentato e screpolato. Si vedeva che era stato aperto e richiuso. Le zolle sterili scavate per le fosse non erano state spianate completamente.

I Padroni di Arha avevano divorato quei tre. Perché non divoravano anche costui? Cosa potevano attendere?

Spettava alle loro mani agire, alla loro lingua parlare...

— Vattene! Vattene! — urlò Arha all'improvviso, con tutta la forza della sua voce. Grandi echi stridettero e tuonarono nella caverna, e parvero oscurare il volto sbalordito che si girò verso di lei e che per un momento, attraverso lo sconvolto splendore della grotta, la scorse. Poi la luce scomparve. Lo splendore svanì. Tenebra cieca, e silenzio.

Adesso Arha poteva pensare di nuovo. Era libera dal sortilegio della luce.

Doveva essere entrato dalla porta nella roccia rossa, la Porta dei Prigionieri, e quindi avrebbe cercato di fuggire da là. Leggera e silenziosa come i gufi dalle ali vellutate, Arha fece di corsa il mezzo giro della caverna fino alla bassa galleria che conduceva alla porta apribile solo dall'esterno. Si chinò, all'imboccatura del corridoio. Non c'erano correnti d'aria che provenissero dall'esterno: l'uomo non aveva fissato la porta perché rimanesse aperta. Era chiusa; e se lui si trovava nel corridoio, era in trappola.

Ma non era nel corridoio. Arha ne era certa. Così vicino, in quello spazio limitato, avrebbe udito il suo respiro, il calore e la pulsazione della sua vita. Nel corridoio non c'era nessuno. Si rialzò e rimase in ascolto. Dov'era andato?

La tenebra le premeva sugli occhi come una benda. Aver visto la cripta la confondeva; era frastornata. L'aveva conosciuta esclusivamente come una regione definita dall'udito, dal tocco della mano, dai soffi d'aria fresca nell'oscurità: un'immensità, un mistero che non avrebbe mai visto. Adesso l'aveva vista, e il mistero aveva lasciato posto non già all'orrore ma alla bellezza, un mistero ancora più profondo di quello della tenebra.

Avanzò lentamente, insicura. A tentoni, si avviò verso sinistra, verso il secondo corridoio, quello che conduceva nel labirinto. Poi si fermò e ascoltò.

I suoi orecchi non le dissero più di quanto le dicessero gli occhi. Ma mentre stava ritta, toccando con le mani i due lati del varco nella roccia, sentì nella pietra una fioca e oscura vibrazione, e nell'aria fresca e stantia c'era la traccia di un odore che lì non doveva esserci: l'odore della salvia selvatica che cresceva sulle colline del deserto, lassù, sotto il cielo aperto.

Arha avanzò lenta e silenziosa nel corridoio, seguendo l'olfatto.

Dopo un centinaio di passi, l'udì. L'uomo era silenzioso quasi quanto lei, ma nella tenebra il suo passo era meno sicuro. Arha udì un lieve scalpiccio, come se quello avesse incespicato sul pavimento irregolare e subito si fosse ripreso. Null'altro. Attese per qualche attimo e poi proseguì lentamente, sfiorando con le dita della destra la parete. Infine toccò una barra rotonda di metallo. Si fermò e tastò l'asta di ferro finché, sollevandosi in punta di piedi, toccò una maniglia sporgente di ferro grezzo. Con tutte le sue forze, la tirò dall'alto in basso.

Ci furono un cigolio spaventoso e un tonfo. Piovvero scintille azzurre. Gli echi si spensero in lontananza, stridenti, in fondo al corridoio dietro di lei. Arha tese le mani e sentì, a una spanna dal suo volto, la superficie corrosa di una porta di ferro.

Fece un lungo respiro.

Ritornò lentamente lungo la galleria, nella cripta, e tenendo sulla destra la parete risalì fino alla botola che portava nel palazzo del trono. Camminava senza affrettarsi, e in silenzio, sebbene il silenzio non fosse più necessario. Aveva catturato il ladro. La porta che lui aveva varcato era l'unica via per entrare e uscire nel labirinto, e si poteva aprire soltanto dall'esterno.

Adesso lui era laggiù, nella tenebra sotterranea, e non ne sarebbe uscito mai più.

Camminando eretta, a passo lento, Arha passò davanti al trono ed entrò nella lunga navata a colonne. E là, dove da un bacile di bronzo montato su un alto tripode traboccava il rosso bagliore delle braci, si voltò e si avvicinò ai sette gradini che portavano al trono. S'inginocchiò sul gradino più basso e piegò la fronte sulla pietra fredda e polverosa, costellata dalle ossa dei topi lasciate cadere dai gufi cacciatori.

— Perdonatemi, perché ho visto infranta la vostra tenebra — disse, senza pronunciare quelle parole a voce alta. — Perdonatemi perché ho visto violate le vostre tombe. Sarete vendicati. Oh, miei Padroni, la morte lo consegnerà a voi, e non rinascerà mai!

Eppure, mentre pregava, vedeva con l'occhio della mente il tremulo splendore della grotta illuminata, la vita nel luogo della morte; e invece del terrore per il sacrilegio e del furore contro il ladro, provava soltanto stupore per quella stranezza.

— Cosa devo dire a Kossil? — si chiese, mentre usciva nelle raffiche del vento invernale e si stringeva nel mantello. — Nulla. Non ancora. *Io* sono la padrona del labirinto. Non riguarda il re-dio. Lo dirò a Kossil dopo che il ladro sarà morto, forse. Come devo ucciderlo? Dovrei chiamare Kossil perché lo guardi morire. A lei la morte piace. Ma cosa stava cercando, quell'uomo? Dev'essere pazzo. Come ha potuto entrare? Soltanto io e Kossil abbiamo le chiavi della porta nelle rocce rosse e della botola. Dev'essere entrato dalla porta nelle rocce rosse. Solo un incantatore potrebbe aprirla. Un incantatore...

Si fermò, nonostante il vento che minacciava di travolgerla.

— È un incantatore, un mago delle Terre Interne, alla ricerca dell'amuleto di Erreth-Akbe.

E tutto questo aveva un fascino così oltraggioso che lei si sentì riscaldare perfino in quel vento gelido, e rise forte. Tutt'intorno, il Luogo e il deserto che lo circondava erano neri e silenti; il vento gemeva; non c'erano luci, laggiù nella Casa Grande. La neve fine e invisibile volava nel vento.

— Se ha aperto la porta delle rocce rosse con la magia, può aprirne altre. Può fuggire.

Il pensiero l'agghiacciò per un momento, ma non la convinse. I Senza Nome l'avevano lasciato entrare. Perché no? Lui non poteva fare del male. Che male fa un ladro se non può lasciare la scena del furto? Doveva disporre di sortilegi e di poteri maligni, senza dubbio molto forti, se si era spinto così lontano; ma non sarebbe andato oltre. Nessun sortilegio gettato da un mortale poteva essere più potente della volontà dei Senza Nome, delle presenze nelle tombe, dei re del trono vuoto.

Per rassicurarsi, Arha si affrettò a raggiungere la Casa Piccola. Manan dormiva sotto il portico, avvolto nel mantello e nella logora coperta di pelliccia che era il suo letto invernale. Lei entrò senza far rumore per non destarlo, e senza accendere la lampada. Aprì una stanzetta chiusa a chiave, un ripostiglio in fondo al corridoio. Fece schizzare una scintilla con la pietra focaia, per il tempo necessario per trovare un certo punto nel pavimento; s'inginocchiò e sollevò una piastrella, forzandola. Le sue dita incontrarono un pezzo di stoffa sudicia e pesante, poco più ampio di una spanna. Lo scostò, adagio. E si ritrasse con un sussulto, perché un raggio di luce salì dal basso e le investì il volto.

Dopo un attimo, cautamente, guardò nell'apertura. Aveva dimenticato che l'uomo portava quella strana luce, sul bastone. Aveva pensato che al massimo l'avrebbe sentito, laggiù nell'oscurità. Aveva dimenticato la luce, ma l'uomo era proprio dove lei aveva previsto che fosse: esattamente sotto lo spioncino, accanto alla porta di ferro che gli impediva di uscire dal labirinto.

L'uomo stava là, con una mano sul fianco, e con l'altra protendeva il bastone di legno, alto quanto lui, dalla cui sommità scaturiva il fievole fuoco fatuo. La testa, che Arha vedeva da un'altezza di due braccia, era un po' inclinata da una parte. Gli abiti erano quelli di un viaggiatore o di un pellegrino, nei mesi invernali: un mantello corto e pesante, una tunica di cuoio, gambali di lana, sandali allacciati; sul dorso portava uno zaino leggero cui era appesa una borraccia per l'acqua, e al fianco aveva un coltello chiuso nel fodero. Era immobile come una statua, tranquillo e pensieroso.

Lentamente, sollevò il bastone dal suolo e ne protese la punta luminosa verso la porta (che Arha, dallo spioncino, non poteva vedere). La luce cambiò, rimpicciolì, divenne più fulgida, di uno splendore intenso. L'uomo parlò, a voce alta. Parlava in una lingua che ad Arha era sconosciuta; ma ancora più strana delle parole era la voce, profonda e risonante.

La luce in cima al bastone si ravvivò, guizzò, si affievolì. Per un attimo si smorzò completamente, e Arha non vide più l'uomo.

Riapparve la luce viola-pallido del fuoco fatuo, e Arha vide che l'uomo si girava dando le spalle alla porta. L'incantesimo per aprirla era fallito. I poteri che tenevano chiusa la serratura di quella porta erano più forti della magia posseduta dallo sconosciuto.

Lui si guardava intorno, come se si domandasse cosa doveva fare.

Il corridoio in cui si trovava era largo all'incirca un braccio e mezzo, e il soffitto era a quattro o cinque braccia dal pavimento di roccia grezza. Lì le pareti erano di pietre lavorate, disposte a secco ma commesse con cura estrema, così che sarebbe stato difficile infilare la punta di un coltello nelle giunture: e si inclinavano verso l'interno, salendo, fino a formare una volta.

Non c'era null'altro.

L'uomo si mosse. Un passo lo condusse fuori dalla visuale di Arha. La luce si spense. Lei stava per rimettere a posto il tessuto e la piastrella quando il raggio di luce salì di nuovo dal pavimento davanti a lei. L'uomo era ritornato alla porta. Forse aveva compreso che, se l'avesse lasciata e fosse penetrato nel labirinto, molto probabilmente non l'avrebbe ritrovata mai più.

Parlò, una parola soltanto, a voce bassa. — *Emenn* — disse, e poi di nuovo, più forte: — *Emenn!* — E la porta di ferro si squassò sui cardini, echi sommessi ondeggiarono come tuoni nel corridoio a volta, e ad Arha parve che il pavimento tremasse sotto di lei.

Ma la porta rimase chiusa.

Allora l'uomo rise, una risata breve, la risata di chi pensa «Quanto sono stato sciocco!». Girò di nuovo lo sguardo sulle pareti, e quando alzò la testa, Arha vide il sorriso che indugiava sul suo volto scuro. Poi si sedette, si tolse lo zaino dalle spalle, estrasse un pezzo di pan secco e lo masticò. Stappò la borraccia di cuoio e la scosse: sembrava leggera nella sua mano, come se fosse quasi vuota. La tappò di nuovo, senza bere. Poi assestò lo zaino per guanciale, si strinse nel mantello, e si sdraiò. Teneva il bastone nella destra. Quando si distese, il fuoco fatuo o la sfera di luce salì fluttuando dal bastone e aleggiò dietro la sua testa, a poche spanne dal suolo. La mano sinistra riposava sul petto, stringendo qualcosa che pendeva al collo da una lunga catena. L'uomo giaceva tranquillo, con le gambe incrociate alle caviglie; il suo sguardo vagò sullo spioncino e se ne distolse. Sospirò e chiuse gli occhi. Lentamente, la luce si affievolì. L'uomo si addormentò.

La mano stretta sul petto si allentò e scivolò via, e Arha, dall'alto, vide il talismano appeso alla catena: sembrava un pezzo di metallo grezzo, a forma di mezzaluna.

La fioca luce della magia si spense. L'uomo giaceva nel silenzio e nell'oscurità.

Arha rimise a posto la stoffa e sistemò la piastrella, si alzò cautamente e andò nella sua stanza. Giacque a lungo sveglia, nell'oscurità risonante di vento, vedendo sempre davanti a sé lo splendore cristallino che aveva brillato nella casa della morte, il dolce fuoco che non bruciava, le pietre delle pareti del corridoio, il volto tranquillo dell'uomo addormentato.

LA TRAPPOLA

Il giorno seguente, quando ebbe completato i suoi doveri nei vari templi ed ebbe terminato di insegnare le danze sacre alle novizie, Arha tornò furtivamente alla Casa Piccola, oscurò la stanza, aprì lo spioncino e scrutò. La luce non c'era. L'uomo se n'era andato. Lei non aveva pensato che sarebbe rimasto a lungo davanti alla porta inarrendevole: ma era l'unico posto da cui potesse guardare. Come l'avrebbe ritrovato, adesso che si era smarrito?

Le gallerie del labirinto, a quanto lei sapeva dalle spiegazioni di Thar e dalla propria esperienza, si stendevano per più di venti miglia di diramazioni, spirali, tortuosità e vicoli ciechi. In linea retta, probabilmente, il corridoio che si trovava più lontano dalle tombe non distava più di un miglio. Ma laggiù, sottoterra, non c'erano linee rette. Tutte le gallerie s'incurvavano, si dividevano, si ricongiungevano, si ramificavano, s'intrecciavano, si annodavano, tracciavano percorsi complicati che finivano nel punto dove cominciavano, perché non c'erano né principio né fine. Si poteva camminare e camminare e non arrivare mai in nessun posto, perché non c'era una meta cui giungere. Il meandro non aveva un centro, un cuore. E quando la porta era chiusa, non aveva fine. Nessuna direzione inutile.

Sebbene le vie e le svolte che portavano nelle varie camere e nelle varie parti di quel dedalo fossero impresse chiaramente nella memoria di Arha, nelle sue esplorazioni più lunghe lei aveva portato con sé un gomitolo di filo finissimo e l'aveva svolto dietro di sé, riavvolgendolo al ritorno. Se le sfuggiva uno solo dei passaggi e delle svolte che doveva contare, perfino lei avrebbe potuto smarrirsi. Una lampada non serviva a nulla, perché non c'erano punti di riferimento. Tutti i corridoi e le porte e le aperture erano uguali.

L'uomo poteva essere ormai lontano molte miglia di cammino e tuttavia essere ancora a dodici braccia dalla porta da cui era entrato.

Arha andò al palazzo del trono, e al tempio degli dèi gemelli, e nella cantina sotto le cucine; e scegliendo i momenti in cui era rimasta sola, guardò attraverso ciascuno di quegli spioncini nella tenebra densa e fredda. Quando venne la notte, gelida e folgorante di stelle, lei si recò in certi punti della collina e sollevò certe pietre: asportò il terriccio, scrutò di nuovo, e vide la tenebra senza stelle dei sotterranei.

Lui era là. Doveva essere là. Eppure le era sfuggito. Sarebbe morto di sete prima che lei lo trovasse. Avrebbe dovuto mandare Manan nel labirinto a cercarlo, quando fosse stata certa che era morto. E questo era un pensiero insopportabile. Mentre s'inginocchiava nella luce delle stelle, sull'aspro terreno della collina, gli occhi le si riempirono di lacrime di rabbia.

Raggiunse il sentiero che riconduceva giù fino al tempio del re-dio. Le colonne dei capitelli scolpiti splendevano bianche di brina nella luce delle stelle, come pilastri d'avorio. Lei bussò alla porta posteriore, e Kossil la fece entrare.

— Cosa desidera la mia padrona? — chiese, fredda e vigile.

— Sacerdotessa, c'è un uomo nel labirinto.

Kossil fu colta alla sprovvista: una volta tanto era accaduto qualcosa che non si aspettava. Restò immobile, e i suoi occhi sbarrati parvero quasi uscire dalle orbite. Arha pensò fuggevolmente che Kossil somigliava molto a Penthe quando la imitava: una risata folle le salì alla gola, venne repressa e si spense.

— Un uomo? Nel labirinto?

— Un uomo, un estraneo. — Poi, mentre Kossil continuava a guardarla incredula, Arha aggiunse: — So riconoscere un uomo a prima vista, anche se ne ho incontrati pochissimi.

Kossil non badò alla sua ironia. — E come ha potuto entrarvi, un uomo?

— Per mezzo della stregoneria, credo. Ha la carnagione scura, e forse viene dalle Terre Interne. È venuto per derubare le tombe. L'ho trovato la prima volta nella cripta, sotto le Pietre. È corso all'entrata del labirinto quando si è accorto della mia presenza, come se sapesse dove andava. Ho chiuso la porta di ferro dietro di lui. Lui ha operato sortilegi, ma non è bastato per aprire la porta. Questa mattina si è addentrato nei meandri. Ora non riesco più a rintracciarlo.

— Ha una lampada?

— Sì.

— Acqua?

— Una piccola borraccia, e non è piena.

— La sua candela si sarà già consumata — fece pensierosa Kossil. — Quattro o cinque giorni. Forse sei. Poi potrai mandare i miei custodi a trascinarne fuori il cadavere. Il sangue dovrebbe essere offerto al trono e alle...

— No — disse Arha, con improvvisa violenza. — Voglio trovarlo vivo.

La sacerdotessa squadrò la ragazza dall'alto della propria statura massiccia. — Perché?

— Per... per prolungare la sua fine. Ha commesso un sacrilegio contro i Senza Nome. Ha profanato la cripta con la luce. È venuto per derubare le tombe dei loro tesori. Va punito con qualcosa di peggio che sdraiarsi in una galleria a morire.

— Sì — disse Kossil, riflettendo. — Ma come lo catturerai, padrona? È problematico. Ma l'altro modo è sicuro. Non c'è una camera piena di ossa, in qualche punto del labirinto, ossa degli uomini che vi sono entrati e non ne sono più usciti?... Lascia che i Tenebrosi lo puniscano a modo loro, nel modo tenebroso del labirinto. È una morte crudele, la morte per sete.

— Lo so — replicò Arha. Si voltò e uscì nella notte, alzando il cappuccio per proteggersi dal gelido vento sibilante. Non lo sapeva, forse?

Era stata un'azione puerile e stupida, rivolgersi a Kossil. Da lei non avrebbe avuto aiuti. Kossil non sapeva nulla: conosceva solo la fredda attesa e alla fine la morte. Kossil non comprendeva. Non capiva che era necessario trovare l'uomo. Non doveva avvenire com'era avvenuto con gli altri. Lei non l'avrebbe sopportato. Poiché doveva essere la morte, doveva essere rapida, alla luce del giorno. Indubbiamente sarebbe stato più giusto che il ladro, il primo uomo dopo tanti secoli che avesse avuto l'ardire di derubare le tombe, morisse di spada. Non aveva neppure un'anima immortale destinata alla rinascita. Il suo spettro si sarebbe aggirato gemendo nei corridoi. Non si poteva lasciarlo morire di sete lì nell'oscurità.

Quella notte, Arha dormì pochissimo. Il giorno seguente fu pieno di riti e di doveri. A sera, in silenzio e senza lanterna, lei andò da uno spioncino all'altro in tutti gli edifici bui del Luogo e della collina spazzata dal vento. Infine ritornò alla Casa Piccola per riposare, due o tre ore prima dell'alba, ma non trovò requie. Il terzo giorno, nel pomeriggio inoltrato, si avviò sola nel deserto, verso il fiume che adesso era basso per la siccità invernale, col ghiaccio tra i canneti. Aveva ricordato che una volta, in autunno, si era spinta molto lontano nel labirinto, oltre il Crocicchio delle Sei Vie, e lungo un corridoio curvilineo aveva udito, al di là delle pietre, il suono dell'acqua corrente. Un uomo assetato, se fosse giunto fin là, non vi sarebbe rimasto? C'erano spioncini perfino lì; dovette cercarli, ma Thar glieli aveva mostrati tutti, l'anno precedente, e li ritrovò senza troppe difficoltà. La sua memoria dei luoghi e delle forme era simile a quella di un cieco: sembrava che lei cercasse al tatto la via verso ogni punto nascosto, anziché trovarlo con lo sguardo. Al secondo spioncino, il più lontano dalle tombe, quando alzò il cappuccio per escludere la luce e accostò l'occhio al foro intagliato in una lastra di roccia piatta, vide sotto di sé il fioco barlume della lampada magica.

L'uomo era lì, seminascosto. Lo spioncino si affacciava sull'estremità del vicolo cieco. Arha poteva vedere solo il dorso, il collo piegato, e il braccio destro. Era seduto accanto all'angolo delle pareti e scalpellava le pietre con il coltello, un corto pugnale d'acciaio dall'impugnatura ingemmata. La lama era spezzata. La punta giaceva esattamente sotto lo spioncino. L'uomo l'aveva rotta cercando di svellere le pietre, di raggiungere l'acqua che sentiva scorrere limpida e mormorante nel mortale silenzio del sotterraneo, dall'altra parte dell'impenetrabile muraglia.

I movimenti dell'uomo erano apatici. Dopo quelle tre notti e quei tre giorni era molto diverso dalla figura che aveva sostato agile e calma davanti alla porta di ferro e aveva riso della propria sconfitta. Era ancora ostinato, ma l'energia l'aveva abbandonato. Non possedeva un sortilegio per scostare le pietre, ma doveva servirsi di quell'inutile coltello. Perfino la luce incantata era fioca e fosca. Mentre Arha l'osservava, la luce guizzò abbassandosi: l'uomo alzò la testa con un sussulto e lasciò cadere il pugnale. Poi, caparbiamente, lo raccolse e cercò d'insinuare tra le pietre la lama spezzata.

Distesa tra le canne ghiacciate sulla riva del fiume, senza rendersi conto del luogo dove si trovava e di ciò che stava facendo, Arha accostò la bocca alla fredda bocca della roccia e la riparò con le mani perché il suono non si disperdesse. — Mago! — disse, e la sua voce, scivolando nella gola di pietra, sussurrò freddamente nella galleria sotterranea.

L'uomo trasalì e si rialzò in piedi, e così sparì dal cerchio della visibilità quando lei cercò di vederlo. Arha accostò di nuovo le labbra allo spioncino e disse: — Torna indietro lungo la muraglia dalla parte del fiume, fino alla seconda svolta. La prima svolta a destra, poi saltane una, e poi di nuovo a destra. Alle Sei Vie, di nuovo a destra. Poi a sinistra, a destra, a sinistra, a destra. Rimani lì, nella Camera Dipinta.

Spostandosi per guardare di nuovo doveva aver lasciato che un raggio della luce del giorno saettasse per un momento nella galleria attraverso lo spioncino, perché, quando guardò, l'uomo era rientrato nel cerchio della visuale e guardava in su, verso l'apertura. Il volto, che adesso sembrava segnato da cicatrici, era teso e ansioso. Le labbra erano aride e nere, gli occhi febbrili. Alzò il bastone, portando la luce sempre più vicina agli occhi di Arha. Impaurita, lei si ritrasse, chiuse lo spioncino col coperchio di roccia e con i ciottoli, si rialzò e si affrettò a ritornare al Luogo. Si accorse che le tremavano le mani, e talvolta la vertigine l'invadeva. Non sapeva cosa fare.

Se l'uomo seguiva le sue istruzioni, sarebbe ritornato verso la porta di ferro, nella camera degli affreschi. Là non c'era nulla: non aveva una ragione per andarci. C'era uno spioncino nel soffitto della Camera Dipinta, molto efficiente, nella tesoreria del tempio degli dèi gemelli: forse era per questo che le era venuta l'idea. Non lo sapeva. Perché gli aveva parlato?

Avrebbe potuto calargli un po' d'acqua attraverso uno spioncino, e poi chiamarlo in quel luogo. Così sarebbe rimasto in vita più a lungo. Fino a quando fosse piaciuto a lei, per l'esattezza. Se gli calava acqua e un po' di cibo di tanto in tanto, quello avrebbe continuato per giorni e mesi a vagare nel labirinto; e lei avrebbe potuto osservarlo attraverso gli spioncini, e dirgli dove avrebbe trovato l'acqua, e qualche volta dargli indicazioni false in modo che vi andasse invano: ma sarebbe stato sempre costretto ad andare dove lei gli comandava. E così avrebbe imparato a burlarsi dei Senza Nome, a ostentare la sua sciocca virilità nei sepolcreti dei Morti Immortali!

Ma finché l'uomo era là, lei non avrebbe più potuto entrare nel labirinto. Perché no?, si chiese. E si diede la risposta: *Perché lui potrebbe fuggire dalla porta di ferro, che dovrei lasciare aperta dietro di me... Ma non potrebbe spingersi più lontano della cripta.* La verità era che aveva paura di affrontarlo. Aveva paura del suo potere, delle arti che aveva usato per penetrare nella cripta, della magia che teneva accesa quella luce. Ma era poi tanto temibile? Le potenze che regnavano nei luoghi tenebrosi erano dalla parte di lei, non di quell'uomo. Era evidente che lui non poteva far molto, nel regno dei Senza Nome. Non aveva aperto la porta di ferro, non aveva fatto comparire viveri per magia, non aveva fatto passare l'acqua attraverso la parete, non aveva evocato un mostro demoniaco per abbattere le muraglie, come lei aveva temuto. In tre giorni di vagabondaggi non aveva neppure trovato la strada fino alla porta del Grande Tesoro, che sicuramente aveva cercato. Neppure Arha aveva seguito le istruzioni di Thar per entrare in quella camera, procrastinando quella spedizione per un certo timore, una riluttanza, la sensazione che non fosse ancora venuto il momento.

E adesso si chiese: perché l'uomo non avrebbe dovuto compiere quella spedizione per lei? Poteva guardare quanto voleva i tesori delle tombe. Tanto, non gli sarebbero serviti a niente. E lei avrebbe potuto beffarlo, e dirgli di mangiare l'oro e di bere i diamanti.

Con la fretta nervosa e febbrile che da tre giorni si era impadronita di lei, corse al tempio degli dèi gemelli, aprì la piccola cripta del tesoro, e scoprì lo spioncino accuratamente celato nel pavimento.

Là sotto c'era la Camera Dipinta, ma era immersa nell'oscurità. La via che l'uomo doveva percorrere nel labirinto era molto più lunga, forse di parecchie miglia; e lei l'aveva dimenticato. E senza dubbio, era indebolito e non camminava svelto. Forse avrebbe scordato le sue istruzioni e avrebbe sbagliato a svoltare. Pochissime persone riuscivano a ricordare le istruzioni dopo averle udite una sola volta, come ci riusciva lei. Forse non aveva neppure compreso la lingua che lei parlava. Se era così, allora vagasse pure fino a quando fosse crollato a morire nel buio, lo sciocco, lo straniero, il miscredente. E che il suo spettro gemesse per le strade di pietra delle Tombe di Atuan, fino a quando la tenebra avrebbe divorato anche quello...

La mattina seguente, molto presto, dopo una notte di scarso sonno e di sogni maligni, Arha ritornò allo spioncino nel piccolo tempio. Guardò, e non vide nulla: tenebra. Calò una candela accesa in una piccola lanterna di stagno appesa a una catena. L'uomo era lì, nella Camera Dipinta. Oltre il lume della candela, lei ne vide le gambe e una mano inerte. Parlò nello spioncino, che era grande quanto una piastrella del pavimento: — Mago!

Nessun movimento. Era morto? Era tutta lì, dunque, la sua forza? Arha fece una smorfia; il cuore le batté più forte. — Mago! — gridò, e la sua voce risuonò nella cavità della camera sottostante. L'uomo si mosse, e lentamente si sollevò a sedere, e si guardò intorno frastornato. Dopo un poco alzò la testa, sbattendo le palpebre nel vedere la minuscola lanterna che dondolava dal soffitto. La sua faccia era uno spettacolo terribile, gonfia e scura come un volto di mummia.

Tese la mano verso il bastone che giaceva sul pavimento accanto a lui, ma sul legno non fiorì la luce. Non gli restava più nessun potere.

— Mago, vuoi vedere il tesoro delle Tombe di Atuan?

Lui guardava, stancamente, socchiudendo le palpebre nella luce della lanterna: non poteva scorgere altro. Dopo un po', con una smorfia che forse era cominciata come sorriso, annuì, una volta sola.

— Esci da questa stanza e va' a sinistra. Prendi il primo corridoio a sinistra... — Arha elencò la lunga serie di istruzioni, senza pause, e alla fine aggiunse: — Là troverai il tesoro che sei venuto a cercare. E forse troverai l'acqua. Quale preferiresti, ora?

L'uomo si alzò in piedi, appoggiandosi al bastone. Guardando in alto con occhi che non potevano vederla si sforzò di dire qualcosa, ma non c'era voce nella sua gola arida. Scrollò leggermente le spalle e lasciò la Camera Dipinta.

Lei non gli avrebbe dato l'acqua. E l'uomo, del resto, non avrebbe mai trovato la strada della stanza del tesoro. Le istruzioni erano troppo lunghe perché potesse ricordarle tutte; e c'era l'Abisso, se mai fosse giunto tanto lontano. Adesso era al buio. Avrebbe perso la strada, e avrebbe finito col cadere e morire chissà dove, nelle gallerie strette e aride. E Manan l'avrebbe trovato e l'avrebbe trascinato fuori. E quella sarebbe stata la fine. Arha strinse con le dita l'orlo dello spioncino e si dondolò avanti e indietro, avanti e indietro, mordendosi le labbra come per reggere una sofferenza insopportabile. Non gli avrebbe dato l'acqua. Non gli avrebbe dato l'acqua. Gli avrebbe dato la morte, la morte, la morte, la morte, la morte.

In quell'ora grigia della sua esistenza, Kossil venne da lei, entrando a passo pesante nella stanza del tesoro, voluminosa nelle nere vesti invernali.

— Non è ancora morto?

Arha alzò la testa. Non c'erano lacrime nei suoi occhi, nulla da nascondere.

— Credo — disse, alzandosi e spolverandosi le gonne. — La luce si è spenta.

— Potrebbe essere un trucco. I senz'anima sono molto astuti.

— Attenderò un giorno per esserne certa.

— Sì, o due giorni. Poi Duby potrà scendere e portarlo fuori. È più forte del vecchio Manan.

— Tuttavia Manan è al servizio dei Senza Nome, e Duby no. Ci sono luoghi, nel labirinto, in cui Duby non deve andare: e il ladro è in uno di questi.

— Allora è già profanato...

— Verrà purificato dalla sua morte — disse Arha. Capiva, dall'espressione di Kossil, che il suo volto doveva apparire strano. — Questo è il mio dominio, sacerdotessa. Devo prendermene cura come mi comandano i miei Padroni. Non ho bisogno di lezioni sulla morte.

La faccia di Kossil parve ritrarsi nel cappuccio nero, come la testa di una tartaruga del deserto entro il guscio, lenta e acida e fredda. — Sta bene, padrona.

Si separarono davanti all'altare degli dèi gemelli. Arha, senza fretta, si recò alla Casa Piccola, e chiamò Manan perché l'accompagnasse. Da quando aveva parlato con Kossil, sapeva cosa doveva fare.

Insieme a Manan salì la collina, entrò nel palazzo e scese nella cripta. Tirando contemporaneamente la lunga maniglia, aprirono la porta di ferro del labirinto. Poi accesero le lanterne ed entrarono. Arha si avviò per prima verso la Camera Dipinta, e da là si avviò verso il Grande Tesoro.

Il ladro non era arrivato molto lontano. Arha e Manan non avevano percorso più di cinquecento passi nel tortuoso corridoio quando lo trovarono, accasciato nello stretto andito come un mucchio di stracci. Aveva lasciato cadere il bastone, prima di crollare: giaceva piuttosto lontano da lui. Aveva la bocca sanguinante, gli occhi semichiusi.

— È vivo — disse Manan inginocchiandosi e tenendo la grossa mano giallastra sulla scura gola, per sentirne le pulsazioni. — Devo strangolarlo, padrona?

— No, lo voglio vivo. Raccoglilo e seguimi.

— Vivo? — chiese Manan, inquieto. — Perché, padroncina?

— Per farne uno schiavo delle tombe! Taci e fa' come ti dico.

Con aria più malinconica che mai, Manan si caricò faticosamente sulle spalle il giovane, come un sacco, e seguì barcollando Arha. Non poteva andare molto lontano, con un simile peso. Si fermarono una decina di volte, lungo il percorso di ritorno, perché Manan potesse riprendere fiato. A ogni sosta, il corridoio era sempre lo stesso: le pietre giallo-grigiastre commesse strettamente che salivano a formare una volta, l'irregolare pavimento di roccia, l'aria morta; e Manan gemeva e ansimava, lo sconosciuto giaceva immobile, le due lanterne brillavano fioche in una cupola di luce che si restringeva nell'oscurità lungo il corridoio, in entrambe le direzioni. A ogni sosta, dalla borraccia che aveva portato, Arha versava un po' d'acqua nell'arida bocca dell'uomo: un poco alla volta, perché la vita, ritornando, non lo uccidesse.

— Alla Camera delle Catene? — chiese Manan quando giunsero nel passaggio che conduceva alla porta di ferro; e a quelle parole, per la prima volta Arha si chiese dove avrebbe dovuto portare il prigioniero. Non lo sapeva.

— No, là no — disse, nauseata dal ricordo del fumo e del fetore e delle facce irsute, mute e cieche. E Kossil poteva andare nella Camera delle Catene. — Deve... deve restare nel labirinto, in modo che non possa recuperare la sua magia. Dove può esserci una camera che...

— La Camera Dipinta ha una porta e una serratura e uno spioncino, padrona. Se credi che lui non possa aprire le porte.

— Non ha poteri, qui. Portalo là, Manan.

E così Manan lo riportò indietro, ripercorrendo la stessa strada che avevano seguito, troppo affaticato e ansimante per protestare. Quando finalmente entrarono nella Camera Dipinta, Arha si tolse il lungo e pesante mantello invernale di lana e lo spiegò sul polveroso pavimento. — Adagialo lì — disse.

Manan la guardò con malinconica costernazione, quasi piagnucolando: — Padroncina...

— Voglio che quest'uomo viva, Manan. E morirebbe di freddo: guarda come trema.

— Il tuo mantello sarà profanato. Il mantello della Sacerdotessa. Lui è un miscredente, un uomo — esclamò Manan, contraendo gli occhietti per l'angoscia.

— Allora brucerò il mantello e me ne farò tessere un altro! Ubbidisci, Manan.

L'eunuco si chinò, docile, e scaricò il prigioniero sul nero manto. L'uomo giacque immobile come un morto, ma il sangue pulsava pesante alla gola e di tanto in tanto un lungo brivido lo scuoteva.

— Dovrebbe essere incatenato — disse Manan.

— Ti sembra pericoloso? — chiese ironicamente Arha; ma quando Manan indicò un occhiello di ferro piantato tra le pietre, al quale era possibile assicurare il prigioniero, lasciò che andasse alla Camera delle Catene a prendere il necessario. Manan si allontanò per i corridoi, borbottando tra sé le istruzioni: già altre volte era andato e venuto dalla Camera Dipinta, ma mai da solo.

Nella luce della lanterna, gli affreschi sulle quattro pareti sembravano muoversi, fremere: le sgraziate forme umane dalle grandi ali abbassate stavano acquattate o erette in uno squallore eterno.

Arha s'inginocchiò e fece sgocciolare l'acqua, un po' alla volta, tra le labbra del prigioniero. Alla fine lui tossì, e alzò fiaccamente le mani verso la borraccia. Lei lo lasciò bere. Il giovane si abbandonò di nuovo, con la faccia bagnata, macchiata di polvere e di sangue, e mormorò qualcosa, una parola o due in una lingua che Arha non conosceva.

Finalmente Manan ritornò, trascinandosi dietro una catena, e un grosso lucchetto con la chiave, e una banda di ferro, che strinse intorno alla vita dell'uomo, chiudendola. — Non è abbastanza stretta, può sgusciarne fuori — borbottò, mentre fissava l'ultima maglia della catena all'occhiello piantato nella parete.

— No, guarda. — Arha, che adesso temeva assai meno il suo prigioniero, gli mostrò che non riusciva a infilare la mano tra la banda di ferro e le costole dell'uomo. — No, a meno che resti senza mangiare per ben più di quattro giorni.

— Padroncina — disse lamentosamente Manan, — non voglio discutere, ma... ma a cosa servirà come schiavo dei Senza Nome? È un uomo, piccola.

— E tu sei un vecchio sciocco, Manan. E adesso vieni, e finiscila di brontolare.

Il prigioniero li guardava con occhi stanchi e febbrili.

— Dov'è il suo bastone, Manan? Là. Lo prenderò io. È magico. Oh... e questa: prenderò anche questa. — Con un movimento rapido, Arha afferrò la catena d'argento che stava al collo dell'uomo e la sfilò passandogliela sopra la testa, sebbene lui cercasse di agguantarle le braccia per impedirlo. Manan gli sferrò un calcio alla schiena. Arha fece dondolare la catena sopra di lui, fuori dalla sua portata. — È il tuo talismano, mago? È prezioso, per te? Non sembra gran cosa: non potevi permetterti niente di meglio? Te lo custodirò io. — Si fece passare la catena sopra la testa, nascondendo il pendaglio sotto il pesante colletto della veste di lana.

— Tu non sai cosa fartene — disse il giovane, con voce rauca: pronunciava erroneamente le parole della lingua di Kargad, ma in modo abbastanza chiaro.

Manan gli sferrò un altro calcio, e il giovane si lasciò sfuggire un gemito di dolore e chiuse gli occhi.

— Lascialo stare, Manan. Vieni.

Arha uscì dalla camera. Borbottando, Manan la seguì.

Quella notte, quando tutte le luci del Luogo si spensero, Arha risalì di nuovo la collina, da sola. Riempì la borraccia al pozzo, nella stanza dietro il trono, e portò l'acqua e una grande e piatta focaccia azima nella Camera Dipinta del labirinto. La depose a portata del prigioniero, oltre la porta. Lui dormiva, e non si mosse. Arha ritornò alla Casa Piccola, e quella notte il suo sonno fu lungo e sereno.

Nel primo pomeriggio tornò da sola nel labirinto. Il pane non c'era più, la borraccia era vuota, e lo sconosciuto si era messo a sedere, col dorso contro la parete. Il suo volto era ancora sfigurato dal terriccio e dalle croste, ma aveva un'espressione vigile.

Arha rimase lontana, dove lui - così incatenato - non avrebbe potuto raggiungerla, e lo guardò. Poi distolse gli occhi. Ma non c'era nulla di particolare da guardare. Qualcosa le impediva di parlare. Il cuore le batteva, come se avesse avuto paura. Ma non aveva motivo di temerlo: l'uomo era in suo potere.

— È piacevole avere un po' di luce — disse lui, con quella voce sommessa ma profonda che la turbava.

— Come ti chiami? — chiese lei, perentoria. La sua voce, pensò, suonava stranamente alta e acuta.

— Ecco, quasi sempre vengo chiamato Sparviero.

— Sparviero? È il tuo nome?

— No.

— Qual è il tuo nome, allora?

— Non posso dirtelo. Tu sei l'Unica Sacerdotessa delle Tombe?

— Sì.

— Come ti chiami?

— Sono chiamata Arha.

— Colei che è stata divorata... è questo il significato? — Gli occhi scuri la scrutavano attentamente. L'uomo sorrideva appena. — Qual è il tuo nome?

— Io non ho nome. Non farmi domande. Da dove vieni?

— Dalle Terre Interne, a occidente.

— Da Havnor?

Era l'unico nome di una città o di un'isola delle Terre Interne che lei conoscesse.

— Sì, da Havnor.

— Perché sei venuto qui?

— Le Tombe di Atuan sono famose, tra la mia gente.

— Ma tu sei un infedele, un miscredente.

Il giovane scosse il capo. — Oh, no, sacerdotessa. Io credo nella potenza delle tenebre! Ho incontrato i Senza Nome, in altri luoghi.

— Quali altri luoghi?

— Nell'arcipelago... nelle Terre Interne, vi sono luoghi che appartengono alle antiche potenze della terra, come questo. Ma nessuno è grande come questo. In nessun altro luogo hanno un tempio e una sacerdotessa, e il culto che ricevono qui.

— E tu sei venuto per adorarle — disse lei, sarcastica.

— Sono venuto per derubarle — disse lui.

Arha fissò quel volto grave. — Presuntuoso!

— Sapevo che non sarebbe stato facile.

— Facile! È impossibile. Se non fossi un miscredente lo sapresti. I Senza Nome proteggono ciò che appartiene a loro.

— Ciò che io cerco non è loro.

— È tuo, senza dubbio?

— È mio.

— Che cosa sei, dunque: un dio? Un re? — Arha lo squadrò: incatenato, sporco, esausto. — Non sei altro che un ladro!

Lui non disse nulla, ma cercò il suo sguardo.

— Non devi guardarmi! — esclamò Arha, con voce stridula.

— Mia signora — disse il giovane, — non intendo offenderti. Sono uno straniero, e un intruso. Non conosco le vostre consuetudini, né le cortesie dovute alla sacerdotessa delle tombe. Sono in tuo potere, e se ti ho offesa ti chiedo perdono.

Lei rimase in silenzio, ma dopo un attimo sentì che il sangue le saliva scioccamente alle guance e le faceva ardere. Ma il giovane non la guardava, e non la vide arrossire. Aveva ubbidito, distogliendo lo sguardo degli occhi scuri.

Per lunghi istanti, nessuno dei due parlò. Le figure affrescate intorno a loro li osservavano con occhi tristi e ciechi.

Arha aveva portato un'anfora di pietra, piena d'acqua. Lo sguardo del giovane continuava a posarvisi, e dopo un po' lei disse: — Bevi, se vuoi.

L'uomo si trascinò subito verso la brocca: la sollevò come una coppa e bevve una lunga, lunga sorsata. Poi vi intrise un lembo della manica e si ripulì mani e faccia, come meglio poté, dalla polvere e dai grumi di sangue e dalle ragnatele. Impiegò un certo tempo, e la ragazza rimase a guardare. Quando ebbe terminato, il suo aspetto apparve un po' migliore. Ma questa pulizia sommaria aveva messo in mostra le cicatrici su un lato del volto: vecchie cicatrici rimarginate da tempo, biancastre sulla pelle scura, quattro linee parallele che andavano dall'occhio alla mandibola, come lasciate dagli artigli di una zampa enorme.

— Che cos'è? — chiese lei. — Quella cicatrice.

Il giovane non rispose subito.

— Un drago? — chiese Arha, cercando di darsi un tono ironico. Non era forse venuta lì per beffarsi della propria vittima, per tormentarla e ridere della sua impotenza?

— No, non un drago.

— Dunque, almeno non sei un signore dei draghi.

— No — replicò lui, con una certa riluttanza. — Io *sono* un signore dei draghi. Ma le cicatrici sono antecedenti. Ti ho detto che ho incontrato le Potenze Tenebrose in altri luoghi della terra. Quello che porto sul volto è il marchio di uno della stirpe dei Senza Nome. Ma non è più senza nome, perché alla fine ho scoperto il suo.

— Cosa vuoi dire? Che nome?

— Questo non posso dirtelo — rispose lui, e sorrise, sebbene la sua espressione fosse grave.

— È un'assurdità, una sciocchezza, un sacrilegio. Loro sono i Senza Nome! Tu non sai ciò che dici...

— Lo so meglio di te, sacerdotessa — ribatté il giovane, con voce più profonda. — Guarda ancora! — Girò la testa, perché lei vedesse i quattro terribili segni che gli sfregiavano la guancia.

— Non ti credo — disse Arha, con voce tremante.

— Sacerdotessa — fece lui, gentilmente, — tu non sei molto vecchia: non puoi essere da molto tempo al servizio dei Tenebrosi.

— E invece sì. Da moltissimo tempo! Io sono la Prima Sacerdotessa, la Rinata. Ho servito i miei padroni per mille e mille anni, prima d'ora. Sono la loro ancella, e la loro voce e le loro mani. E sono anche la loro vendetta contro quelli che profanano le tombe e vedono ciò che non devono vedere! Smetti di mentire e di vantarti: non capisci che se dico una sola parola, il mio guardiano verrà qui e ti spiccherà la testa dalle spalle? Oppure, se me ne vado e chiudo questa porta, nessuno verrà mai, e tu morirai qui nell'oscurità, e Coloro che io servo divoreranno la tua carne e la tua anima e lasceranno le tue ossa qui nella polvere.

In silenzio, l'uomo annuì.

Arha balbettò e non trovò null'altro da dire: uscì in fretta dalla stanza e sbarrò rumorosamente la porta. Lui doveva credere che non sarebbe più tornata! Doveva sudare, lì nell'oscurità, e imprecare e rabbrividire e cercare di operare i suoi immondi e inutili sortilegi!

Ma con l'occhio della mente lo vide sdraiarsi per dormire, come l'aveva visto fare accanto alla porta di ferro, sereno come un agnello in un prato soleggiato.

Sputò contro la porta chiusa, tracciò il segno per scongiurare la profanazione, e tornò quasi di corsa verso la cripta.

Quando ne costeggiò la parete, dirigendosi alla botola del palazzo, le sue dita sfiorarono le delicate linee e venature della roccia, simili a trina cristallizzata. L'invase il desiderio di accendere la lanterna, di vedere ancora una volta, solo per un momento, la pietra scolpita dal tempo, l'incantevole scintillio delle pareti. Chiuse strettamente le palpebre e si affrettò a procedere.

IL GRANDE TESORO

I riti e i doveri della giornata non le erano mai sembrati tanto numerosi e lunghi e meschini. Le bambine con la faccetta pallida e i modi furtivi, le novizie irrequiete, le sacerdotesse dal volto austero e sereno ma dall'esistenza che era un groviglio segreto di gelosie e di infelicità e di piccole ambizioni e di passioni sprecate... tutte quelle donne, tra le quali era sempre vissuta, e che formavano per lei tutto il mondo umano, adesso le apparivano patetiche e noiose.

Ma lei, che serviva un grande potere, lei, la sacerdotessa della tetra Notte, era immune da quelle meschinità. Non doveva curarsi della logorante mediocrità della vita comune, dei giorni in cui l'unica gioia era di ottenere sul piatto di lenticchie una cucchiaiata di grasso d'agnello in più della vicina... Lei era completamente libera dai giorni. Sottoterra, non c'erano giorni. C'era sempre e soltanto la notte.

E in quella notte interminabile, il prigioniero: l'uomo bruno, praticante di arti tenebrose, incatenato col ferro e imprigionato nella pietra, che attendeva che lei andasse o non andasse, per portargli acqua e pane e vita, oppure un coltello e un bacile da macellaio e morte, a seconda del capriccio.

Lei non aveva parlato a nessuno di quell'uomo, eccetto a Kossil, e Kossil non l'aveva detto a nessun altro. Lui era ormai da tre notti e tre giorni nella Camera Dipinta, e Kossil non aveva ancora chiesto nulla ad Arha. Forse pensava che fosse morto, e che Arha avesse ordinato a Manan di portare il cadavere nella Camera delle Ossa. Kossil non era il tipo che prendesse qualcosa per scontato; ma Arha si diceva che il suo silenzio non era strano. Kossil voleva tenere tutto segreto, e odiava essere costretta a fare domande. E inoltre lei le aveva detto di non immischiarsi negli affari suoi. Kossil ubbidiva, semplicemente.

Tuttavia, se l'uomo lo si doveva ritenere morto, Arha non poteva chiedere cibo per lui. Quindi, oltre a rubare mele e cipolle secche nelle cantine della Casa Grande, rinunciava a mangiare. Si faceva portare i pasti del mattino e della sera alla Casa Piccola, sostenendo che voleva consumarli da sola, e ogni notte portava i viveri alla Camera Dipinta del labirinto: tutto tranne le zuppe. Era abituata a digiunare anche per quattro giorni di seguito, e non le costava sacrificio. L'uomo nel labirinto divorava quelle magre porzioni di pane e formaggio e fagioli, come un rospo divora una mosca: *tac*!, sparito. Era chiaro che avrebbe mangiato cinque o sei volte di più; ma la ringraziava sobriamente, come se lui fosse l'ospite e lei la padrona di casa, a una mensa come quelle di cui Arha aveva sentito parlare, le mense del palazzo del re-dio, apparecchiate con carni arrosto e pani imburrati e vini in coppe di cristallo. Era molto strano, quell'uomo.

— Come sono le Terre Interne?

Arha aveva portato uno sgabelletto pieghevole d'avorio, per non restare in piedi mentre l'interrogava; e non voleva sedersi sul pavimento, allo stesso livello.

— Ecco, ci sono molte isole. Quattro volte quaranta, dicono, solo nell'arcipelago, e poi ci sono i mari; nessuno ha mai navigato tutti i mari né contato tutte le terre. E ognuna è diversa dalle altre. Ma la più bella, forse, è Havnor, la grande terra al centro del mondo. Nel cuore di Havnor c'è una vasta baia piena di navi, dove sorge la città di Havnor. Le torri sono di marmo bianco. La casa di ogni principe e di ogni mercante ha una torre, e perciò s'innalzano una sopra l'altra. I tetti degli edifici sono di tegole rosse, e tutti i ponti sui canali sono coperti di mosaico, rosso e azzurro e verde. E le bandiere dei principi sono di tutti i colori, e garriscono sulle bianche torri. Sulla torre più alta sta, come un pinnacolo, la spada di Erreth-Akbe, protesa verso il cielo. Quando il sole si leva su Havnor, lampeggia per prima cosa su quella spada e la fa rifulgere; e quando tramonta, la spada rimane ancora indorata nella sera, per lunghi istanti.

— Chi era Erreth-Akbe? — chiese Arha, subdolamente.

L'uomo alzò lo sguardo verso di lei. Non disse nulla, ma sorrise appena. Poi, come soprappensiero, disse: — È vero, qui dovete sapere ben poco di lui. Solo che venne nelle terre di Kargad, forse. E di questo, quanto ne sai?

— So che perse il suo bastone da incantatore e il suo amuleto e il suo potere... come te — rispose lei. — Sfuggì al sommo sacerdote e riparò in occidente, e i draghi lo uccisero. Ma se fosse venuto qui, nelle tombe, non ci sarebbe stato bisogno dell'intervento dei draghi.

— È abbastanza vero — disse l'uomo.

Arha non voleva più parlare di Erreth-Akbe, perché intuiva il pericolo di quell'argomento. — Era un signore dei draghi, dicono. E anche tu dici di esserlo. Spiegami cos'è un signore dei draghi.

Il tono di Arha era sempre sarcastico, le risposte del prigioniero sempre dirette e semplici, come se accettasse in buona fede quelle domande.

— Uno con il quale i draghi parlano — disse, — è un signore dei draghi, o almeno questo è il nucleo della questione. Non significa la capacità di dominare i draghi, come crede molta gente. I draghi non hanno padroni. Con un drago, il problema è sempre lo stesso: ti parlerà o ti divorerà? Se puoi essere certo che farà la prima cosa e non la seconda, allora sei un signore dei draghi.

— I draghi sanno parlare?

— Certamente! Nella Lingua Antica, la lingua che noi uomini impariamo con tanta fatica e usiamo tanto malamente, per i nostri incantesimi di magia e di formazione. Nessuno conosce tutta quella lingua... neppure la decima parte. Non c'è il tempo per impararla. Ma i draghi vivono mille anni... Vale la pena di parlare con loro, come puoi immaginare.

— Ci sono draghi, qui in Atuan?

— Non ce ne sono più da molti secoli, credo, e neppure a Karego-At. Ma nella vostra isola più settentrionale, Hur-at-Hur, dicono che tra le montagne esistano ancora grossi draghi. Nelle Terre Interne stanno tutti all'estremo ovest, nel remoto stretto occidentale, su isole dove non vivono gli uomini e dove pochi uomini giungono. Se hanno fame, compiono scorrerie nelle terre a oriente; ma questo avviene di rado. Io ho visto l'isola dove vanno a danzare, tutti insieme. Volano a spirali con le loro ali immense, avanti e indietro, sempre più in alto, sopra il mare occidentale, come una tempesta di foglie gialle in autunno. — Gli occhi dell'uomo, colmi di quella visione, guardavano oltre i neri affreschi alle pareti, oltre le pareti e la terra e la tenebra, e vedevano il mare aperto, intatto nel tramonto, e i draghi aurei nell'aureo vento.

— Tu menti — disse rabbiosamente la ragazza. — Tu stai inventando tutto.

Lui la guardò, sbalordito. — Perché dovrei mentire, Arha?

— Per farmi sentire sciocca, e stupida, e per spaventarmi. Per apparire sapiente e coraggioso e potente, un signore dei draghi e tutto il resto. Tu hai visto la danza dei draghi, e le torri di Havnor, e sai tutto di tutto. E io non so nulla e non sono stata in nessun posto. Ma tu conosci solo le menzogne! Non sei altro che un ladro prigioniero, e non hai anima, e non lascerai mai più questo luogo. Non ha importanza se esistono oceani e draghi e torri bianche e tutto il resto, perché non li rivedrai mai più, e non rivedrai mai più la luce del sole. Tutto ciò che io conosco è la tenebra, la notte sotterranea. Ed è la sola cosa che esista. È la sola cosa che si può conoscere, alla fine. Il silenzio, e la tenebra. Tu sai tutto, mago. Ma io so una cosa soltanto... l'unica cosa vera!

L'uomo chinò la testa. Le lunghe mani, brune con riflessi di rame, erano immobili sulle ginocchia. Arha vide le quattro cicatrici sulla guancia. Si era spinto nella tenebra più lontano di lei: conosceva la morte meglio di lei, perfino la morte... Si sentì pervadere da uno slancio di odio che per un istante la soffocò. Perché se ne stava lì così indifeso eppure così forte? Perché lei non riusciva a sconfiggerlo?

— È per questo che ti lascio vivere — disse all'improvviso, senza riflettere. — Voglio che tu mi mostri i trucchi degli incantatori. Finché avrai qualche arte da mostrarmi, rimarrai vivo. Se non ne conosci, se sono soltanto inganni e menzogne, ti finirò. Hai compreso?

— Sì.

— Benissimo. Continua.

L'uomo nascose la testa fra le mani per qualche attimo, e cambiò posizione. La cintura di ferro gli impediva di trovare una posizione comoda, a meno che si stendesse.

Infine rialzò la faccia e parlò, in tono molto serio. — Ascolta, Arha. Io sono un mago: quello che voi chiamate incantatore. Possiedo certe arti e certi poteri. Questo è vero. È anche vero che qui, nel luogo delle Antiche Potenze, la mia forza è scarsa e le mie arti non mi soccorrono. Potrei operarti illusioni e mostrarti prodigi di ogni genere. Ma è la parte meno importante della magia. Sapevo operare illusioni già quand'ero bambino: posso farlo perfino qui. Ma se tu vi crederai, ti spaventeranno; e forse vorrai uccidermi, se la paura susciterà in te la collera. E se non vi crederai, le vedrai soltanto quali menzogne e inganni, come tu dici; e perciò perderei ugualmente la vita. E il mio scopo, il mio desiderio, in questo momento, è di rimanere vivo.

A queste parole Arha rise, e poi disse: — Oh, resterai vivo per un po', non capisci? Sei stupido! Avanti, mostrami queste illusioni. So che sono false, e non ne avrò paura. Anzi, non mi spaventerei neppure se fossero reali. Ma procedi. La tua preziosa pelle è salva, almeno per questa notte.

Allora l'uomo rise, come aveva fatto lei un momento prima. Si gettavano avanti e indietro la sua vita, come una palla, giocando.

— Cosa vuoi che ti mostri?

— Cosa puoi mostrarmi?

— Qualunque cosa.

— Continui a vantarti!

— No — disse lui, evidentemente punto sul vivo. — Non mi vanto. O almeno, non ne ho l'intenzione.

— Mostrami qualcosa che secondo te vale la pena di vedere. Qualunque cosa!

Il giovane chinò la testa e si guardò le mani per qualche istante. Non accadde nulla. La candela di sego nella lanterna dava una luce fioca e costante. I neri affreschi alle pareti, le figure alate ma non in volo con gli occhi dipinti di rosso cupo e di bianco, giganteggiavano sopra di lui e sopra di lei. Non si udiva neppure un suono. Arha sospirò, delusa e irritata. Lui era debole: parlava di cose grandi ma non faceva nulla. Non era altro che un abile bugiardo, e neppure un ladro abile. — Bene — disse lei, alla fine, e si raccolse le gonne per alzarsi. La lana frusciò stranamente, quando lei si mosse. Allora abbassò lo sguardo e scattò, sbalordita.

La pesante veste nera che portava da anni era sparita: il suo abito era di seta turchese, lucente e tenero come il cielo serotino. Si allargava a campana dai fianchi, e tutta la gonna era ricamata di sottili fili d'argento e di perle scaramazze e di minuscole briciole di cristallo, e scintillava dolcemente, come la pioggia d'aprile.

Arha guardò il mago, ammutolita.

— Ti piace?

— Dove...

— È simile all'abito che ho visto addosso a una principessa, una volta, alla festa del Ritorno del sole, nella nuova reggia di Havnor — disse il giovane, guardandolo soddisfatto. — Tu mi hai detto di mostrarti qualcosa che valesse la pena di vedere. Io ti mostro te stessa.

— Fallo... fallo sparire.

— Tu mi hai dato il tuo mantello — replicò lui, in tono di rimprovero. — E io non posso darti nulla? Bene, non preoccuparti. È soltanto un'illusione. Guarda.

Non alzò un dito, parve; e certamente non pronunciò una parola; ma l'azzurro splendore della seta svanì, e Arha era avvolta di nuovo nella severità della veste nera.

Rimase immota, a lungo.

— Come posso sapere — chiese infine, — se tu sei davvero ciò che sembri?

— Non puoi saperlo — rispose il giovane. — Io non so cosa ti sembro.

Arha rifletté di nuovo. — Potresti indurmi a vederti come... — S'interruppe perché lui aveva alzato la mano indicando in alto, con un brevissimo abbozzo di gesto. Pensò che stesse lanciando un incantesimo e si affrettò a ritirarsi verso la porta: ma seguendo quel gesto, i suoi occhi incontrarono lassù, nel soffitto ad arco, il minuscolo quadrato che era lo spioncino della stanza del tesoro, nel tempio degli dèi gemelli.

Non irradiava luce, dallo spioncino; lei non poteva vedere nulla, lassù, non udiva nessuno. Ma l'uomo aveva indicato quel punto, e adesso la fissava con aria interrogativa.

Rimasero assolutamente immobili per lunghi istanti.

— La tua magia è solo una follia, buona per gli occhi dei bambini — disse Arha, pronunciando distintamente le parole. — Trucchi e menzogne. Ho visto abbastanza. Verrai dato in pasto ai Senza Nome. Io non tornerò mai più.

Prese la lanterna e uscì, e chiuse rumorosamente, con forza, i catenacci di ferro. Poi si fermò davanti alla porta, sconcertata. Cosa doveva fare?

Cos'aveva visto e udito, Kossil? Cosa stavano dicendo, loro due? Non riusciva a ricordare. Sembrava che non dicesse mai al prigioniero ciò che voleva dirgli. Lui la confondeva sempre parlando di draghi e di torri e dei nomi dei Senza Nome, e dicendo che voleva rimanere vivo e che le era grato per il dono del mantello. Non diceva mai ciò che doveva dire. E lei non aveva mai chiesto nulla del talismano, che adesso portava ancora, nascosto sotto la veste.

Tanto meglio, poiché Kossil stava ascoltando.

Ebbene, non aveva importanza: che male poteva fare, Kossil? E mentre si rivolgeva quella domanda, Arha conosceva già la risposta. Non c'è nulla di più facile che uccidere un falco ingabbiato. L'uomo era indifeso, incatenato nella gabbia di pietra. La sacerdotessa del re-dio poteva mandare Duby, il suo servitore, a strangolarlo, quella notte stessa; oppure, se lei e Duby non conoscevano abbastanza il labirinto per arrivare fin lì, era sufficiente che soffiasse una polvere velenosa nella Camera Dipinta, attraverso lo spioncino. Possedeva cassette e fiale di sostanze malefiche: alcune per avvelenare il cibo o l'acqua, altre che drogavano l'aria e uccidevano se si respirava quell'aria troppo a lungo. E l'indomani mattina lo si sarebbe trovato morto, e tutto sarebbe finito. Non ci sarebbe più stata una luce, sotto le tombe.

Arha si affrettò a percorrere gli stretti corridoi di pietra, verso la porta della cripta, dove Manan l'attendeva, acquattato pazientemente nell'oscurità come un vecchio rospo. Le sue visite al prigioniero lo rendevano inquieto. Lei non gli permetteva di accompagnarla fin là, perciò avevano raggiunto un compromesso. Adesso era lieta che Manan fosse lì, a portata di mano. Di lui, almeno, poteva fidarsi.

— Manan, ascolta. Devi andare nella Camera Dipinta, immediatamente. Di' all'uomo che vieni a prenderlo per seppellirlo vivo sotto le tombe. — Gli occhietti di Manan s'illuminarono. — Dillo con voce chiara e forte. Apri la catena e conducilo... — Arha s'interruppe, perché non aveva ancora deciso quale poteva essere il nascondiglio migliore.

— Nella cripta — suggerì premuroso Manan.

— No, sciocco. Ti ho detto di dirlo, non di farlo. Aspetta...

Quale posto poteva essere al sicuro da Kossil e dalle sue spie? Solo i luoghi sotterranei più profondi, più sacri e celati del dominio dei Senza Nome, dove lei non osava addentrarsi. Eppure, Kossil non avrebbe forse osato qualunque cosa? Aveva paura dei luoghi tenebrosi, ma era capace di dominare il terrore per realizzare i suoi fini. Era impossibile sapere fino a che punto avesse appreso la planimetria del labirinto, da Thar, o dall'Arha della precedente incarnazione, o addirittura da esplorazioni segrete, compiute nel passato. Arha sospettava che sapesse più di quanto fingeva di sapere. Ma c'era una via che sicuramente non poteva conoscere: il segreto più gelosamente custodito.

— Devi portare l'uomo dove ti condurrò, e dovrai farlo al buio. Poi, quando ti ricondurrò qui, scaverai una fossa nella cripta e preparerai una bara: la deporrai vuota nella fossa e la coprirai di terra, in modo che, se qualcuno la cerca possa trovarla. Una tomba profonda. Capisci?

— No — disse Manan, austero e turbato. — Piccola, questo trucco non è saggio. Non va bene. Non dovrebbe esserci un uomo, qui! Verrà una punizione...

— Un vecchio sciocco finirà con la lingua mozza, sì! Tu osi insegnarmi che cosa è saggio e che cosa non lo è? Io eseguo gli ordini delle Potenze delle Tenebre. Seguimi!

— Scusami, padroncina, scusami...

Ritornarono nella Camera Dipinta. Arha attese nella galleria, mentre Manan entrava e staccava la catena dalla parete. Udì la voce profonda chiedere: — Dove andiamo, Manan? — E la roca voce di contralto rispose, cupamente: — Verrai sepolto vivo, così ha detto la mia padrona. Sotto le Pietre Tombali. Alzati! — Udì la pesante catena schioccare come una frusta.

Il prigioniero uscì, con le braccia legate dalla cintura di cuoio di Manan. L'eunuco lo seguiva, tenendolo come un cane a guinzaglio corto, ma il collare era intorno alla sua vita e il guinzaglio era di ferro. L'uomo voltò gli occhi verso di lei, ma Arha spense la candela e senza dire una parola si avviò nell'oscurità. Subito prese il passo lento ma sicuro che teneva solitamente quando non usava la lampada nel labirinto, sfiorando con la punta delle dita l'una e l'altra parete. Manan e il prigioniero la seguivano, molto più impacciati a causa del guinzaglio, e strascicavano i piedi e incespicavano. Ma dovevano procedere al buio, perché Arha non voleva che nessuno dei due imparasse la strada.

Una svolta a sinistra dalla Camera Dipinta, poi superare due aperture; arrivare fino alle Quattro Vie e oltrepassare l'apertura sulla destra; poi un lungo percorso curvilineo e una scala da scendere, lunga, sdrucciolevole, con i gradini troppo stretti per piedi umani. Arha non si era mai spinta oltre quella scala.

L'aria era più malsana, lì: immobile, e con un odore acuto. Le istruzioni erano chiare nella sua mente, e perfino il tono della voce di Thar che gliele insegnava. Giù per i gradini (il prigioniero incespicò nella tenebra, e lei l'udì ansimare quando Manan lo tenne in piedi con un poderoso strattone alla catena), e ai piedi della scala svoltare subito a sinistra. Poi continuare sulla sinistra per tre aperture, e poi prendere la prima a destra e tenersi sulla destra. Le gallerie curvavano e svoltavano: nessuna procedeva diritta. «Poi devi girare intorno all'Abisso — disse la voce di Thar, nell'oscurità della sua mente. — E la via è molto stretta.»

Arha rallentò il passo, si chinò, tastò il pavimento con la mano. Il corridoio, adesso, proseguiva diritto per un lungo tratto, dando una falsa sicurezza. All'improvviso la sua mano brancolante, che non aveva mai smesso di toccare la roccia, non sentì nulla. C'era l'orlo della pietra: e oltre quell'orlo, il vuoto. Sulla destra, la parete del corridoio scendeva a perpendicolo nell'abisso. Sulla sinistra c'era un cornicione, non più largo di una spanna.

— C'è un abisso. Voltatevi verso la parete a sinistra, e camminate di sbieco. Fate scivolare i piedi. Tieni stretta la catena, Manan... Siete sul cornicione? Diventa più stretto. Non appoggiate il peso sui talloni. Ecco, ho superato l'abisso. Tendimi la mano. Ecco...

Il corridoio procedeva in brevi zigzag, con molte aperture laterali. Da alcune, mentre le superavano, il suono dei passi echeggiava stranamente, cavernosamente; e, cosa ancora più strana, si sentiva una corrente d'aria lievissima, un'aspirazione. Quei corridoi dovevano terminare in abissi, come quello che avevano superato. Forse, sotto quella parete bassa del labirinto, c'era una cavità, una grotta così immensa che al confronto la cripta sarebbe apparsa ben poca cosa, un enorme e nero e vuoto sotterraneo.

Ma sopra quell'abisso, dove procedevano per i bui passaggi, i corridoi si restringevano lentamente e diventavano più bassi finché Arha fu costretta a fermarsi. Quella strada non avrebbe mai avuto fine?

La fine venne all'improvviso: una porta chiusa. Mentre avanzava china, un po' più svelta del solito, Arha vi urtò con la testa e le mani. Cercò a tentoni il buco della serratura, poi la piccola chiave infilata nell'anello che portava alla cintura, la chiave d'argento con l'asta a forma di drago: entrò, e girò. Arha aprì la porta del Grande Tesoro delle Tombe di Atuan. L'aria - secca, acre, stantia - uscì con un sospiro dall'oscurità.

— Manan, qui non puoi entrare. Attendi fuori dalla porta.

— Lui sì e io no?

— Se entri in questa stanza, non ne uscirai. È la legge che vale per tutti, eccettuata me. Nessun essere mortale, tranne me, ha mai lasciato vivo questa camera. Vuoi entrare?

— Attenderò fuori — disse la voce malinconica, nella tenebra. — Padrona, padrona, non chiudere la porta!

Quell'angoscia la snervò tanto che lasciò la porta socchiusa. In verità quel luogo la riempiva di un cupo spavento, e diffidava del prigioniero sebbene fosse legato. Appena entrata, accese la lampada. Le tremavano le mani. La candela s'infiammò con riluttanza: l'aria era morta e soffocante. Nel chiarore giallognolo, che sembrava fulgido dopo le lunghe gallerie di tenebre, la camera del tesoro giganteggiava intorno a loro, piena di ombre in movimento.

C'erano sei grandi cofani, tutti di pietra, tutti coperti da una fine polvere grigia, come la muffa del pane. Nient'altro. Le pareti erano scabre, la volta bassa. C'era freddo, un freddo profondo e privo d'aria che sembrava arrestare il sangue nel cuore. Non c'erano ragnatele: soltanto polvere. Nulla viveva, lì: neppure gli scarsi ragnetti bianchi del labirinto. La polvere era spessa, molto spessa, e ogni granello poteva essere un giorno trascorso lì, dove non c'erano né il tempo né la luce: giorni, mesi, anni, epoche, tutti divenuti polvere.

— Questo è il luogo che cercavi — disse Arha, e la sua voce era ferma. — È il Grande Tesoro delle Tombe. Ci sei arrivato. Non potrai mai lasciarlo.

L'uomo non disse nulla, e il suo volto era quieto, ma nei suoi occhi c'era qualcosa che la turbò: una desolazione, lo sguardo di chi si sente tradito.

— Hai detto che volevi rimanere vivo. Questo è l'unico luogo dove puoi restar vivo. Kossil ti ucciderà o mi costringerà a ucciderti, Sparviero. Ma qui non può arrivare.

Lui continuò a tacere.

— Non avresti mai potuto lasciare le tombe in nessun caso, non capisci? Qui non è diverso. E almeno sei giunto alla... alla fine del tuo viaggio. Quello che cercavi è qui.

L'uomo si sedette su uno dei grandi cofani, esausto, e la catena tintinnò con un suono aspro sulla pietra. Girò lo sguardo sulle grige pareti e sulle ombre, e poi su di lei.

Arha distolse gli occhi e li posò sui cofani di pietra. Non aveva nessun desiderio di aprirli. Non le interessavano le meraviglie che imputridivano là dentro.

— Non è necessario che tu porti la catena, qui. — Si avvicinò e aprì la serratura della cintura di ferro, e gli sciolse le braccia dalla cintura di cuoio di Manan. — Dovrò chiudere la porta, ma quando verrò qui mi fiderò di te. Tu sai che *non puoi* andartene... che non devi tentare. Io sono la loro vendetta, io compio la loro volontà. Ma se io li deludessi... se tu tradissi la mia fiducia... allora si vendicherebbero. Non devi tentare di lasciare questa camera, facendomi del male o ingannandomi quando verrò. Devi credermi.

— Farò come tu dici — mormorò lui, gentilmente.

— Ti porterò cibo e acqua, quando potrò. Non sarà molto. Acqua a sufficienza, ma non molto cibo, per un po': ho fame, capisci? Ma quanto basta per tenerti in vita. Forse non potrò tornare per un giorno o due, o anche di più. Devo mettere fuori pista Kossil. Ma verrò. Lo prometto. Ecco la borraccia. Bevi con parsimonia: non potrò ritornare tanto presto. Ma tornerò.

L'uomo alzò il volto verso di lei. La sua espressione era strana.

— Abbiti cura, Tenar — disse.

NOMI

Arha ricondusse Manan attraverso i tortuosi percorsi, nell'oscurità, e lo lasciò nella tenebra della cripta, a scavare la fossa che doveva comprovare a Kossil l'avvenuta punizione del ladro. Era tardi, e lei andò direttamente nella Casa Piccola, a letto. Nella notte, si svegliò all'improvviso: ricordò di aver lasciato il mantello nella Camera Dipinta. Lui aveva solo la corta mantellina per riscaldarsi in quella cripta umida, né altro letto che la pietra polverosa. Una fredda tomba, una fredda tomba, pensò dolorosamente Arha; ma era troppo stanca per svegliarsi del tutto, e ben presto ripiombò nel sonno. Cominciò a sognare. Sognò le anime dei morti sulle pareti della Camera Dipinta, e le figure simili a grandi uccelli scarruffati, con mani e piedi e volti umani, acquattati nella polvere dei luoghi tenebrosi. Non potevano volare. L'argilla era il loro cibo, e la polvere la loro bevanda. Erano le anime dei non rinati, i popoli antichi e i miscredenti, coloro che i Senza Nome avevano divorato. Stavano acquattati tutti intorno a lei, nelle ombre, e di tanto in tanto emettevano un lieve suono pigolante, o uno scricchiolio. Uno le venne vicinissimo. In un primo istante lei ebbe paura e cercò di ritrarsi, ma non riuscì a muoversi. L'essere aveva una testa di uccello, non un volto umano; ma i suoi capelli erano aurei, e diceva, con voce di donna, «Tenar», dolcemente, affettuosamente, «Tenar».

Si svegliò. L'argilla le ostruiva la bocca. Giaceva in una tomba di pietra, sottoterra. Aveva le braccia e le gambe avviluppate nel sudario, e non poteva muoversi né parlare.

La disperazione divenne così grande che le squarciò il petto e come un uccello di fuoco infranse la pietra ed eruppe nella luce del giorno... la luce del giorno, fievole nella sua stanza priva di finestre.

Veramente sveglia, questa volta, si sollevò a sedere, esausta dai sogni della notte, con la mente obnubilata. Indossò le vesti, e poi andò alla cisterna del cortile recintato della Casa Piccola. Immerse le braccia e il volto, e poi tutta la testa, nell'acqua gelida, finché tutto il corpo sussultò per il freddo, e il sangue riprese a scorrere tumultuoso. Poi, ributtando all'indietro i capelli sgocciolanti, si risollevò, e alzò lo sguardo verso il cielo mattutino.

Non era trascorso molto tempo dal levar del sole, ed era una bella giornata invernale. Il cielo era giallognolo, limpidissimo. Lassù in alto, così alto che rifletteva la luce del sole e ardeva come una pagliuzza d'oro, un uccello stava volando in cerchio, un falco o un'aquila del deserto.

— Io sono Tenar — disse lei, ma non a voce alta; e tremava di freddo e di terrore e di esultanza, là sotto il cielo spalancato, inondato dal sole. — Ho riavuto il mio nome. Io sono Tenar!

La pagliuzza d'oro volteggiò verso occidente, verso le montagne, e scomparve alla sua vista. L'aurora indorava le gronde della Casa Piccola. Le campanelle delle pecore tintinnavano, laggiù negli ovili. Gli odori del fumo di legna e della crema di grano uscivano dai comignoli della cucina e aleggiavano nel vento fresco e puro.

— Ho tanta fame... Lui, come lo sapeva? Come sapeva il mio nome? Oh, devo andare a mangiare, ho tanta fame...

Rialzò il cappuccio, e corse a fare colazione.

Il cibo, dopo tre giorni di semidigiuno, le diede la sensazione di essere solida, come se la zavorrasse; non si sentiva più così stravolta e spensierata e spaventata. Si sentiva perfettamente capace di tener testa a Kossil, dopo colazione.

Si accostò alla figura alta e tozza, mentre uscivano dalla sala da pranzo della Casa Grande, e disse a voce bassa: — Ho liquidato il ladro... Che splendida giornata!

I freddi occhi grigi la guardarono in tralice, sotto il cappuccio nero.

— Mi pareva che la sacerdotessa dovesse astenersi dal cibo per tre giorni, dopo il sacrificio umano.

Era vero. Arha l'aveva dimenticato, e il suo volto mostrava che aveva dimenticato davvero.

— Non è ancora morto — disse infine, cercando di mantenere il tono indifferente che un attimo prima le era venuto così spontaneo. — È sepolto vivo. Sotto le tombe. In una bara. Ci sarà un po' d'aria: la bara non è sigillata, è di legno. Morirà molto lentamente. Quando saprò che è morto, allora inizierò il digiuno.

— E come lo saprai?

Confusa, Arha esitò di nuovo. — Lo saprò. I... i miei Padroni me lo diranno.

— Capisco. Dov'è la tomba?

— Nella cripta. Ho detto a Manan di scavarla sotto la Pietra Liscia. — Non doveva rispondere con tanta prontezza, in quel tono sciocco e conciliante: doveva conservare la sua dignità, parlando con Kossil.

— Vivo e in una bara di legno. È molto pericoloso, con un incantatore. Padrona, ti sei assicurata che avesse la bocca tappata, in modo da non poter pronunciare sortilegi? Ha le mani legate? Quelli possono intessere incantesimi anche col movimento di un dito, perfino quando hanno la lingua tagliata.

— Non c'è nulla di reale, nella sua magia: sono soltanto trucchi — replicò la ragazza, alzando la voce. — È sepolto, e i miei Padroni stanno attendendo la sua anima. Quanto al resto, non riguarda te!

Questa volta si era spinta troppo oltre. Altri potevano udire: Penthe e un paio di altre ragazze, Duby, e la sacerdotessa Mebbeth, tutti erano a portata di voce. Le ragazze erano tutte orecchi, e Kossil se n'era accorta.

— Tutto ciò che avviene qui mi riguarda, padrona. Tutto ciò che avviene nel suo reame riguarda il re-dio, l'Uomo Immortale di cui io sono l'ancella. Lui cerca e scruta perfino nei luoghi sotterranei e nei cuori degli uomini, e nessuno può impedirglielo!

— Io posso. Nelle tombe non viene nessuno, se i Senza Nome lo proibiscono. Loro esistevano prima del tuo re-dio, e continueranno a esistere dopo di lui. Abbassa la voce quando parli di loro, sacerdotessa. Non attirare su di te la loro vendetta. Verranno nei tuoi sogni, penetreranno nei luoghi oscuri della tua mente, e allora tu perderai la ragione.

Gli occhi delle ragazze brillavano. Il volto di Kossil era celato nelle pieghe del nero cappuccio. Penthe e le altre guardavano, atterrite e affascinate.

— Loro sono vecchi — disse la voce di Kossil, sommessamente, un filo sibilante di suono che usciva dalle profondità del cappuccio. — Loro sono vecchi. Il loro culto è stato dimenticato, a eccezione di quest'unico luogo. Il loro potere è svanito. Sono soltanto ombre. Non hanno più potere. Non cercare di farmi paura, Divorata. Tu sei la Prima Sacerdotessa: questo non significa anche che sei l'ultima? Non puoi ingannarmi. Io leggo nel tuo cuore. La tenebra non mi nasconde nulla. Sta' in guardia, Arha!

Si girò e si allontanò, con quel suo passo lento e pesante, schiacciando sotto i grossi piedi chiusi nei sandali l'erba stellata di brina, e si avviò verso le candide colonne della casa del re-dio.

La ragazza restò immobile, esile e scura, come se fosse radicata alla terra, nel cortile anteriore della Casa Grande. Nessuno si muoveva, nulla si muoveva, soltanto Kossil, in quell'immenso panorama del cortile e dei templi, delle colline e della pianura desertica e della montagna.

— Che i Tenebrosi divorino la tua anima, Kossil! — gridò Arha, con una voce che era come il grido di un falco; levò il braccio con la mano protesa e irrigidita e scagliò la maledizione contro l'ingombrante schiena della sacerdotessa, mentre metteva il piede sulla gradinata del tempio. Kossil vacillò, ma non si arrestò e non si voltò. Proseguì, e varcò la porta del re-dio.

Arha trascorse tutta la giornata seduta sul gradino più basso del trono vuoto. Non osava entrare nel labirinto, e non voleva andare tra le altre sacerdotesse. Una pesantezza l'opprimeva e la tratteneva lì, un'ora dopo l'altra, nella fredda semioscurità della grande navata. Lei guardava le coppie di grosse colonne pallide che si perdevano nel buio in fondo alla sala, e i raggi di luce che entravano obliqui dagli squarci della volta, e il fumo che saliva in dense volute dal tripode bronzeo presso il trono. Componeva disegni sul gradino di marmo con gli ossicini dei topi, a testa china, e la sua mente era attiva e tuttavia intorpidita. *Chi sono?*, si chiedeva, e non trovava risposta.

Manan arrivò scalpicciando lungo la navata, tra le doppie file di colonne, quando la luce aveva cessato da tempo di trafiggere la semioscurità e il freddo era divenuto intenso. La sua faccia gonfia e giallognola era molto triste. Si fermò a una certa distanza da lei, tenendo penzolanti le grosse mani; dietro, l'orlo del mantello color ruggine si era staccato e gli ricadeva sui calcagni.

— Padroncina.

— Cosa c'è, Manan? — Lei lo guardò con affetto opaco.

— Piccola, lasciami fare quello che hai detto... quello che hai detto che è stato fatto. Lui deve morire, piccola. Ti ha stregata. Lei si vendicherà. È vecchia e crudele, e tu sei troppo giovane. Non sei abbastanza forte.

— Lei non può farmi male.

— Se ti uccidesse, anche davanti agli occhi di tutti, all'aperto, nessuno in tutto l'impero oserebbe punirla. Lei è la somma sacerdotessa del re-dio, e il re-dio governa. Ma lei non ti ucciderà apertamente. Lo farà di nascosto, col veleno, nella notte.

— Allora rinascerò.

Manan si torse le grosse mani. — Forse non ti ucciderà — mormorò.

— Cosa intendi dire?

— Potrebbe rinchiuderti in una stanza nel... laggiù... Come tu hai fatto con lui. E tu rimarresti viva per anni e anni, forse. Per anni... E non nascerebbe una nuova sacerdotessa, perché tu non saresti morta. Eppure non ci sarebbe una sacerdotessa delle tombe, e non si danzerebbero le danze del novilunio, e i sacrifici non verrebbero compiuti, e il sangue non verrebbe versato, e il culto dei Tenebrosi potrebbe essere dimenticato per sempre. Lei e il suo signore amerebbero che fosse così.

— *Loro* mi libererebbero, Manan.

— No, se saranno irati con te, padroncina — replicò a bassa voce Manan.

— Irati?

— A causa di lui... Il sacrilegio non espiato. Oh, piccola, piccola! Loro non perdonano!

Lei stava seduta nella polvere del gradino più basso, con la testa china. Guardava la cosa minuscola che teneva nel palmo, il cranio di un topolino. I gufi appollaiati sulle travi, al di sopra del trono, cominciarono ad agitarsi un poco: si stava facendo scuro, e la notte si avvicinava.

— Non scendere nel labirinto, questa notte — disse Manan, a voce molto bassa. — Va' nella tua casa e dormi. Domani mattina va' da Kossil e dille che revochi la maledizione lanciata su di lei. E sarà tutto. Non avrai più motivo di preoccuparti. Io le mostrerò la prova.

— La prova?

— Che l'incantatore è morto.

Lei restò muta. Lentamente chiuse le dita, e il fragile cranio si sfracellò e si sgretolò. Quando lei riaprì la mano, non c'erano altro che schegge d'osso e polvere.

— No — disse. Scosse la mano per farne cadere la polvere.

— Lui deve morire. Ha gettato un incantesimo su di te. Sei perduta, Arha!

— Non ha gettato nessun incantesimo, su di me. Sei vecchio e codardo, Manan: ti lasci spaventare da una vecchia. Come credi di poter arrivare fino a lui e di ucciderlo e di ottenere la tua «prova»? Conosci la strada per giungere fino al Grande Tesoro, la strada che hai percorso nella tenebra stanotte? Sai contare le svolte e raggiungere la scala, e poi l'abisso, e poi la porta? Puoi aprire quella porta? Oh, povero vecchio Manan, la tua mente si è annebbiata. Lei ti ha fatto paura. Adesso va' alla Casa Piccola e dormi, e dimentica tutte queste cose. E smettila di assillarmi di continuo parlando di morte... Io verrò più tardi. Va', va', vecchio sciocco, vecchio pancione. — Si era alzata: sospinse dolcemente l'ampio petto di Manan, perché se ne andasse. — Buonanotte, buonanotte!

Manan si voltò, appesantito dalla riluttanza e dai cupi presentimenti ma pur sempre docile; e si avviò per la navata, sotto il colonnato e il tetto in rovina. Lei lo seguì con lo sguardo.

Quando Manan fu uscito da qualche tempo, lei si voltò e girò intorno al podio del trono, e sparì nell'oscurità retrostante.

L'ANELLO DI ERRETH-AKBE

Nel Grande Tesoro delle Tombe di Atuan, il tempo non passava. Non c'era luce, né vita, neppure il movimento di un ragno nella polvere o di un verme nella fredda terra. Pietra, e tenebra, e il tempo che non passava.

Il ladro venuto dalle Terre Interne giaceva sul coperchio di pietra di uno dei grandi scrigni, riverso come una figura scolpita su una tomba. La polvere sollevata dai suoi movimenti era ricaduta sui suoi panni. Non si muoveva.

La serratura sferragliò. La porta si aprì. La luce infranse la profonda tenebra e un soffio di corrente più pura agitò l'aria morta. L'uomo rimase a giacere, inerte.

Arha chiuse la porta e girò la chiave dall'interno; poi posò la lanterna su un cofano e si avvicinò lentamente alla figura immota. Si muoveva con timore e aveva gli occhi spalancati, con le pupille ancora dilatate per il lungo percorso attraverso la notte.

— Sparviero!

Gli toccò la spalla e pronunciò ancora il suo nome, e un'altra volta ancora.

Finalmente lui si mosse, con un gemito. Si sollevò a sedere, col volto tirato e gli occhi spenti. La guardò senza riconoscerla.

— Sono io, Arha... Tenar. Ti ho portato l'acqua. Ecco, bevi.

Lui afferrò la borraccia brancolando, come se avesse le mani intorpidite, e bevve, ma non molto.

— Quanto tempo è passato? — domandò. Parlava con difficoltà.

— Sono trascorsi due giorni da quando sei venuto in questa camera. È la terza notte. Non ho potuto venire prima. Ho dovuto rubare il cibo. Eccolo... — Arha estrasse una delle piatte pagnotte grige dal sacco che aveva portato, ma lui scosse la testa.

— Non ho fame. Questo... questo è un luogo mortale. — Si strinse la testa fra le mani e restò immobile.

— Hai freddo? Ho portato il mantello dalla Camera Dipinta.

L'uomo non rispose.

Lei depose il mantello e restò a guardarlo. Tremava un poco, e i suoi occhi erano ancora neri e spalancati.

All'improvviso si lasciò cadere in ginocchio sul pavimento, piegandosi su se stessa, e incominciò a piangere, con singhiozzi profondi che le squassavano tutto il corpo ma non portavano lacrime.

Il giovane scese dal cofano, con movimenti rigidi, e si chinò su di lei. — Tenar...

— Io non sono Tenar. Io sono Arha. Gli dèi sono morti, gli dèi sono morti.

Lui le posò le mani sulla testa, spingendo all'indietro il cappuccio. Cominciò a parlare. La sua voce era sommessa, e le parole appartenevano a una lingua che lei non aveva mai udito. Quel suono le scendeva nel cuore come una pioggia. Si calmò, per ascoltare.

Quando lei tacque, il giovane la sollevò come una bambina e la depose sul grande cofano di pietra su cui era stato a giacere. Mise una mano sulla mano di lei.

— Perché piangevi, Tenar?

— Te lo dirò. Ciò che ti dirò non ha importanza. Tu non puoi far nulla. Non puoi aiutarmi. Anche tu stai morendo, non è vero? Quindi non ha importanza. Nulla ha più importanza. Kossil, la sacerdotessa del re-dio, è sempre stata crudele, ha sempre cercato di costringermi a ucciderti. Come ho ucciso gli altri. E io non volevo. Che diritto ne ha, lei? E ha sfidato i Senza Nome e si è fatta beffe di loro, e io le ho scagliato una maledizione. E da allora ho paura di lei, perché è vero ciò che ha detto Manan: lei non crede negli dèi. Lei vuole che vengano dimenticati; e vorrebbe uccidermi nel sonno. Perciò non ho dormito. Non sono ritornata nella Casa Piccola. Sono rimasta nel palazzo tutta l'altra notte, in una delle soffitte, dove sono custoditi gli abiti della danza. Prima che facesse chiaro, sono andata alla Casa Grande e ho rubato un po' di cibo in cucina, e poi sono ritornata nel palazzo e ci sono rimasta tutto il giorno. Cercavo di scoprire cosa dovevo fare. E questa notte... questa notte ero così stanca che ho pensato di andare in un luogo sacro per dormire, perché forse lei avrebbe avuto paura di venirci. Allora sono scesa nella cripta. La grande caverna dove ti ho visto per la prima volta. E... e lei era là. Doveva essere entrata dalla porta delle rocce rosse. Era là, con una lanterna. Raspava nella fossa che aveva scavato Manan, per vedere se dentro c'era un cadavere. Come un ratto in un cimitero, un grande ratto grasso, e scavava. E la luce ardeva nel Luogo Sacro, il luogo tenebroso. E i Senza Nome non hanno fatto nulla. Non l'hanno uccisa e non le hanno tolto la ragione. Sono vecchi, come ha detto lei. Sono morti. Sono spariti tutti. Non sono più sacerdotessa.

L'uomo ascoltava, con la mano ancora posata sulla mano di lei e la testa un po' reclinata. Un certo vigore era ritornato nel suo volto e nel suo portamento, sebbene le cicatrici sulla guancia spiccassero di un grigiore livido e ci fosse ancora polvere sui suoi indumenti e sui suoi capelli.

— L'ho aggirata, passando attraverso la cripta. La sua candela gettava più ombre che luce, e non mi ha sentita. Volevo andare nel labirinto per allontanarmi da lei. Ma quando vi sono entrata, ho continuato ad avere la sensazione di udire i suoi passi che mi seguivano. Per tutti i corridoi ho continuato a sentire qualcuno dietro di me. E non sapevo dove andare. Pensavo che sarei stata al sicuro, qui, pensavo che i miei Padroni mi avrebbero protetta e difesa. Ma non lo fanno, non ci sono più, sono morti...

— Era per loro che piangevi... per la loro morte? Ma loro sono qui, Tenar, qui!

— E come puoi saperlo? — chiese lei, apatica.

— Perché in ogni istante, da quando ho messo piede nella caverna sotto le Pietre Tombali, ho lottato per tenerli immobili, per mantenerli ignari. Tutte le mie facoltà sono impegnate, e in questo ho consumato la mia forza. Ho riempito queste gallerie con una rete interminabile di incantesimi, incantesimi di sonno, di silenzio, di occultamento: eppure sono ancora consapevoli di me, semiconsapevoli. E anche così sono quasi completamente sfinito dalla lotta contro di loro. Questo è un luogo terribile. Un uomo solo, qui, non ha speranza. Io stavo morendo di sete, quando tu mi hai dato l'acqua, eppure non è stata soltanto l'acqua a salvarmi. È stata la forza delle mani che me la porgevano. — E mentre diceva questo, il giovane girò la mano di lei a palmo in su e la guardò; poi si scostò, percorse qualche passo nella camera, e tornò nuovamente a fermarsi davanti a lei. Lei non disse nulla.

— Pensi davvero che siano morti? In cuor tuo sai benissimo che non è così. Loro non muoiono. Sono tenebrosi e immortali, e odiano la luce: la breve, fulgida luce della nostra mortalità. Sono immortali, ma non sono dèi. Non lo sono mai stati. Non meritano la devozione di nessuna anima umana.

Lei ascoltava, con gli occhi pesanti e lo sguardo fisso sulla lanterna agonizzante.

— Cosa ti hanno mai dato, Tenar?

— Nulla — mormorò lei.

— Non hanno nulla da dare. Non hanno il potere di creare. Il loro potere consiste nell'ottenebrare e nel distruggere. Non possono lasciare questo luogo: loro *sono* questo luogo; e si dovrebbe lasciarlo a loro. Non si dovrebbe rinnegarli né dimenticarli, ma non si dovrebbe neppure adorarli. La terra è bellissima, e luminosa, e mite, ma non è tutto. La terra è anche terribile, e tenebrosa, e crudele. Il coniglio grida, morendo nei prati verdi. Le montagne contraggono le grandi mani piene di fuoco nascosto. Ci sono squali nel mare, e c'è crudeltà negli occhi degli uomini. E dove gli uomini venerano queste cose e si prosternano davanti a loro, là scaturisce il male: si creano nel mondo luoghi dove si addensa la tenebra, luoghi consegnati completamente a coloro che noi chiamiamo Senza Nome, le antiche e sacre Potenze della Terra prima che venisse la Luce, le potenze della tenebra, della rovina, della follia... Io credo che abbiano fatto impazzire la tua sacerdotessa Kossil già da molto tempo: credo che lei si aggiri in queste caverne come si aggira nei labirinti del suo io, e che ormai non possa più vedere la luce del giorno. Ti ha detto che i Senza Nome sono morti: soltanto un'anima perduta, perduta alla verità, può crederlo. Loro esistono. Ma non sono i tuoi padroni. Non lo sono mai stati. Tu sei libera, Tenar. Ti avevano insegnato a essere una schiava, ma ti sei liberata.

Lei ascoltava, sebbene la sua espressione non mutasse. L'uomo non disse altro. Rimasero in silenzio; ma non era il silenzio che c'era stato in quella camera prima che lei vi entrasse. Adesso c'era il loro respiro, e il movimento della vita nelle loro vene, e la candela che ardeva nella sua lanterna di stagno, un piccolo suono vitale.

— Come sai il mio nome?

L'uomo camminava avanti e indietro nella camera, sollevando la finissima polvere, stiracchiandosi le braccia e le spalle per liberarsi dal freddo che l'intorpidiva.

— Conoscere i nomi è il mio mestiere. La mia arte. Per intessere la magia di una cosa, vedi, è necessario scoprire il suo vero nome. Nelle mie terre teniamo segreto il nostro nome per tutta la vita, lo nascondiamo a tutti tranne a coloro di cui ci fidiamo completamente: perché in un nome ci sono un grande potere e un grande pericolo. Una volta, all'inizio del tempo, quando Segoy fece emergere le isole di Earthsea dalle profondità dell'oceano, tutte le cose portavano il loro vero nome. E tutte le opere della magia sono ancora imperniate sulla conoscenza (la riscoperta, il ricordo) di quell'antica e vera lingua della creazione. Ci sono da apprendere gli incantesimi, naturalmente, i modi di usare le parole; ed è necessario anche conoscere le conseguenze. Ma un mago dedica la vita a scoprire i nomi delle cose, e a scoprire i modi di scoprire quei nomi.

— Come hai scoperto il mio?

Lui la guardò per un momento, uno sguardo profondo e limpido attraverso le ombre. Esitò un istante. — Questo non posso dirtelo. Tu sei come una lanterna coperta e avviluppata, e nascosta in un luogo buio. Eppure la luce risplende: la luce non hanno potuto spegnerla. Non potevano nasconderti. Come conosco la luce, come conosco te, così conosco il tuo nome, Tenar. Questo è il mio dono, il mio potere. Non posso dirti altro. Ma tu dimmi: cosa farai, adesso?

— Non lo so.

— Ormai Kossil avrà trovato una fossa vuota. Cosa farà?

— Non lo so. Se ritorno lassù, lei mi farà uccidere. Per una somma sacerdotessa, mentire è la morte. Potrebbe farmi sacrificare sui gradini del trono, se volesse. E Manan dovrebbe mozzarmi davvero la testa, questa volta, invece di limitarsi ad alzare la spada e ad attendere che la Figura Tenebrosa lo arresti. Questa volta la spada non si fermerebbe: scenderebbe e mi taglierebbe la testa.

La voce di Arha era opaca e lenta. L'uomo aggrottò la fronte. — Se rimarremo qui a lungo — disse, — tu impazzirai. La collera dei Senza Nome pesa sulla tua mente. E sulla mia. Ora che tu sei qui è meglio, molto meglio. Ma è trascorso tanto tempo prima che tu tornassi, e io ho consumato gran parte della mia forza. Nessuno può resistere a lungo ai Tenebrosi, da solo. Sono fortissimi. — S'interruppe: aveva abbassato la voce, e sembrava che avesse perso il filo del discorso. Si passò le mani sulla fronte, e poco dopo andò a bere un altro sorso dalla borraccia. Spezzò un po' di pane e si sedette, per mangiarlo, sul cofano di fronte.

Ciò che aveva detto era vero: lei sentiva un peso, un'oppressione nella mente che sembrava oscurare e confondere ogni pensiero e ogni sentimento. Eppure non era terrorizzata, come lo era stata quando aveva percorso da sola i corridoi. Soltanto il silenzio assoluto fuori dalla camera le sembrava terribile. Perché era così? Lei non aveva mai temuto il silenzio sotterraneo, prima. Ma prima non aveva mai disubbidito ai Senza Nome, non li aveva mai contrastati.

Alla fine proruppe in una piccola risata lamentosa. — Ce ne stiamo qui, seduti sul più grande tesoro dell'impero — disse. — Il re-dio darebbe tutte le sue mogli per averne uno scrigno. E noi non abbiamo neppure sollevato un coperchio per guardare.

— Io l'ho fatto — disse lo Sparviero, masticando.

— Al buio?

— Ho acceso una piccola luce. La luce incantata. È stato difficile, qui. Sarebbe stato difficile anche se avessi avuto il mio bastone; e senza quello è stato come cercare di accendere un fuoco con legna bagnata, sotto la pioggia. Ma alla fine ci sono riuscito. E ho trovato ciò che cercavo.

Lei alzò il volto, lentamente, per guardarlo. — L'anello?

— Il mezzo anello. Tu hai l'altra metà.

— Io? L'altra metà andò perduta...

— Ed è stata ritrovata. Io la portavo al collo, appesa a una catena. Tu me l'hai presa, e mi hai chiesto se non potevo permettermi un talismano migliore. L'unico talismano migliore della metà dell'Anello di Erreth-Akbe è l'Anello intero. Ma del resto, come dicono, mezza pagnotta è meglio che niente. Perciò ora tu hai la mia metà, e io ho la tua. — Lui le sorrise, attraverso le ombre della tomba.

— Quando l'ho preso, tu mi hai detto che non avrei saputo cosa farne.

— Era vero.

— E tu lo sai?

Lui annuì.

— Dimmi. Dimmi cos'è l'anello, e come hai trovato la metà perduta, e come sei venuto qui, e perché. Devo sapere tutto questo: forse allora capirò cosa devo fare.

— Forse. Sta bene. Cos'è l'Anello di Erreth-Akbe? Ecco, puoi vedere che non sembra un oggetto prezioso e non è neppure un anello. È troppo grande. Forse è un bracciale, eppure sembra troppo piccolo per esserlo. Nessuno sa perché venne fabbricato. Una volta lo portò Elfarran la Bionda, prima che l'isola di Soléa sprofondasse nel mare; ed era già antico quando lei lo portava. Alla fine pervenne nelle mani di Erreth-Akbe. Il metallo è argento duro, trapassato da nove fori. All'esterno c'è un disegno graffito, come un motivo di onde, e all'interno ci sono nove simboli del Potere. La metà che hai tu ne porta quattro e un frammento di un quinto; e anche la mia metà. La frattura spezzò quel simbolo e lo distrusse. Da allora viene chiamato il Simbolo Perduto. Gli altri otto sono noti ai maghi: Pirr che protegge dalla follia e dal vento e dal fuoco, Ges che dona costanza, e così via. Ma il simbolo spezzato era quello che legava le terre. Era la Runa del Vincolo, il segno del dominio, il segno della pace. Nessun re poteva regnare bene se non governava sotto quel segno. Nessuno sa come sia scritto. Da quando è andato perduto, ad Havnor non ci sono più stati grandi re. Ci sono stati principi e tiranni, e guerre e conflitti tra tutte le isole di Earthsea.

«Perciò i saggi nobili e i maghi dell'arcipelago volevano l'Anello di Erreth-Akbe, per ricostruire il simbolo perduto. Ma alla fine rinunciarono a inviare i loro uomini a cercarlo, poiché nessuno poteva prendere una metà dalle Tombe di Atuan; e l'altra metà, che Erreth-Akbe aveva donato a un re di Kargad, era andata perduta da molto tempo. Dicevano che era inutile cercarla. Questo avveniva molti secoli fa.

«A questo punto, entro in scena io. Quando ero un poco più vecchio di quanto sia tu ora, ero impegnato in un... inseguimento, una specie di caccia attraverso il mare. Ciò che inseguivo mi sfuggì con l'inganno, e venni gettato su un'isola deserta, non lontano dalle coste di Karego-At e di Atuan, a sudovest di qui. Era un'isoletta, non molto più grande di una barena di sabbia, con lunghe dune erbose al centro e una fonte d'acqua salmastra, e null'altro.

«Eppure vi vivevano due persone. Un vecchio e una vecchia: fratello e sorella, credo. Avevano terrore di me. Non vedevano una faccia umana da... da quanto tempo? Anni, decine di anni. Ma io avevo bisogno di aiuto e furono buoni con me. Avevano una capanna costruita col legno gettato a riva dal mare, e un fuoco. La vecchia mi diede da mangiare i mitili che strappava dalle pietre alla bassa marea e la carne secca degli uccelli marini che loro uccidevano scagliando sassi. La vecchia aveva paura di me, ma mi diede da mangiare. Poi, quando vide che non facevo nulla di spaventoso, finì col fidarsi di me e mi mostrò il suo tesoro. Anche lei aveva un tesoro... Era un vestitino. Tutto di seta, ricamato di perle. Un vestito da bimba, l'abito di una principessina. E lei era vestita di pelli di foca non conciate.

«Non potevamo parlarci. Allora io non conoscevo la lingua di

Kargad, e loro non conoscevano nessuna delle lingue dell'arcipelago e sapevano ben poco anche la loro. Dovevano essere stati portati lì da bambini, e abbandonati a morire. Non so perché, e credo che neppure loro lo sapessero. Non conoscevano altro che l'isola e il vento e il mare. Ma quando me ne andai, la vecchia mi fece un dono. Mi diede la metà perduta dell'Anello di Erreth-Akbe».

Tacque per qualche istante.

— Allora non sapevo cosa fosse, come non lo sapeva lei. Il più grande dono di quest'epoca del mondo, ed era stato dato da una povera vecchia sciocca vestita di pelli di foca a uno stupido che se lo cacciò in tasca, disse «Grazie!» e se ne andò... Ebbene, proseguii il mio viaggio e feci ciò che dovevo fare. E poi avvennero altre cose, e io andai alle isole dei Draghi, a occidente, e così via. Ma continuai a tenere l'oggetto, perché provavo gratitudine per la vecchia che mi aveva dato l'unico dono che aveva da dare. Infilai una catenina attraverso uno dei fori, e la portai senza pensarci più. E poi un giorno, a Selidor, l'Isola Estrema, la terra dove Erreth-Akbe morì combattendo con il drago Orm... a Selidor parlai con un drago, un discendente di Orm. E lui mi disse cosa portavo sul petto.

«Gli sembrava molto buffo che io non lo sapessi. I draghi ci giudicano divertenti. Ma ricordano Erreth-Akbe: parlano di lui come se fosse stato un drago, non un uomo.

«Quando ritornai alle Isole Interne, mi recai finalmente a Havnor. Sono nato su Gont, che si trova non molto lontano dalle vostre terre di Kargad, verso occidente, e avevo viaggiato molto, ma non ero mai stato a Havnor. Era tempo che mi recassi là. Vidi le bianche torri, e parlai con gli uomini importanti, i mercanti e i principi e i nobili di quegli antichi dominii. Dissi loro cos'avevo con me. Dissi che, se volevano, sarei andato a cercare l'altra metà dell'anello nelle Tombe di Atuan, per trovare la Prima Runa, la chiave della pace. Perché al mondo abbiamo un disperato bisogno di pace. Quelli mi fecero grandi lodi; e uno mi fornì perfino il denaro per approvvigionare la mia barca. Perciò imparai la vostra lingua e venni ad Atuan».

Il giovane tacque, tenendo lo sguardo fisso davanti a sé, nelle ombre.

— Ma gli abitanti delle nostre città non ti hanno riconosciuto per occidentale dal colore della pelle e dal modo di parlare?

— Oh, è facile ingannare la gente — disse lui, in tono quasi distratto. — Basta saper come fare. Si possono operare mutamenti illusori, e nessuno, eccettuato un altro mago, li riconoscerà per ciò che sono. E qui, nelle terre di Kargad, voi non avete né maghi né incantatori. È strano. Avete bandito tutti i vostri maghi tanto tempo fa, e avete vietato l'esercizio dell'arte magica; e ormai, quasi non ci credete più.

— A me è stato insegnato a non crederci. È contrario agli insegnamenti dei re-sacerdoti. Ma io so che soltanto la magia poteva portarti alle tombe e aiutarti ad entrare dalla porta delle rocce rosse.

— Non soltanto la magia, ma anche le informazioni utili. Noi ci serviamo della scrittura molto più di voi, credo. Tu sai leggere?

— No. È una delle arti nere.

Lui annuì. — Ma è utile — disse. — Un antico ladro sfortunato lasciò certe descrizioni delle Tombe di Atuan, e le istruzioni per entrare, per chi fosse stato in grado di usare uno dei Grandi Incantesimi d'Apertura. Tutto questo era scritto in un libro conservato nel tesoro di un principe di Havnor. Lui mi permise di leggerlo. Perciò sono arrivato fino alla grande caverna...

— La cripta.

— Il ladro che descrisse il modo per entrare era convinto che il tesoro si trovasse nella cripta. Perciò avevo cercato lì, ma avevo la sensazione che dovesse essere nascosto meglio, più lontano, in quei meandri. Sapevo dov'era l'ingresso del labirinto, e quando ti ho vista sono andato là, pensando di nascondermi nel dedalo e di perlustrarlo. È stato un errore, naturalmente. I Senza Nome mi avevano già in pugno, e avevano confuso la mia mente. E da allora sono diventato sempre più debole e più stupido. Non ci si deve sottomettere a loro, si deve resistere, mantenere sempre forte e sicuro il proprio spirito. Questo l'ho imparato molto tempo fa. Ma è molto difficile riuscirci, qui, dove loro sono tanto potenti. Non sono dèi, Tenar. Ma sono più forti di qualunque uomo.

Rimasero a lungo in silenzio.

— Cos'altro hai trovato nei cofani del tesoro? — chiese lei, con voce spenta.

— Cianfrusaglie. Oro, gemme, corone, spade. Nulla che possa essere rivendicato da un uomo vivente... Dimmi una cosa, Tenar: come sei stata scelta per diventare Sacerdotessa delle Tombe?

— Quando muore la Prima Sacerdotessa, vanno a cercare in tutto Atuan una bambina nata la notte in cui la sacerdotessa è morta. E la trovano sempre, perché è la sacerdotessa rinata. Quando la bambina compie cinque anni la conducono qui, al Luogo. E quando compie sei anni viene data ai Tenebrosi, che divorano la sua anima. Perciò appartiene a loro, come è sempre appartenuta a loro fin dall'inizio del tempo. E non ha nome.

— Tu lo credi?

— L'ho sempre creduto.

— Lo credi anche ora?

Lei non disse nulla.

Ancora una volta, scese tra loro il silenzio carico d'ombre. Dopo molto tempo, lei disse: — Parlami... parlami dei draghi che vivono a occidente.

— Tenar, cosa vuoi fare? Non possiamo rimanere qui a raccontarci storie fino a quando la candela si consumerà completamente e ritornerà la tenebra.

— Non so cosa fare. Ho paura. — Lei sedeva eretta sul cofano di pietra, con le mani strette convulsamente una nell'altra, e parlava a voce alta, sofferente. Disse: — Ho paura dell'oscurità.

Lui replicò a bassa voce: — Devi compiere una scelta. O mi lasci, chiudi la porta, risali ai tuoi altari e mi consegni ai tuoi Padroni, e poi vai dalla sacerdotessa Kossil e ti riconcili con lei... e tutto finisce. Oppure apri la porta e ne esci insieme a me. Lasci le Tombe, lasci Atuan, e vieni con me oltremare. E tutto incomincia. Devi essere Arha o Tenar. Non puoi essere l'una e l'altra.

La sua voce profonda era gentile e sicura. Lei guardò attraverso le ombre quel volto, che era duro e sfigurato ma che non esprimeva crudeltà né inganno.

— Se lascio il servizio dei Tenebrosi, loro mi uccideranno. Se lascio questo luogo, morirò.

— Non morirai. Morirà Arha.

— Non posso...

— Per rinascere bisogna morire, Tenar. Non è tanto difficile come sembra, quando si guarda dall'altra parte.

— Loro non mi lascerebbero uscire. Mai.

— Forse no. Tuttavia vale la pena di tentare. Tu possiedi la conoscenza e io possiedo l'arte, e io e te abbiamo... — Lui indugiò.

— L'Anello di Erreth-Akbe.

— Sì, l'Anello. Ma io pensavo anche a una cosa che esiste tra noi. Chiamala fiducia... È uno dei suoi nomi. È una cosa molto grande. Sebbene ognuno di noi, da solo, sia debole, insieme siamo forti, più forti delle Potenze delle Tenebre. — Gli occhi dell'uomo erano limpidi e fulgidi nel volto sfigurato. — Ascolta, Tenar! — disse. — Sono venuto qui come un ladro, un nemico, armato contro di te; e tu hai avuto misericordia, e ti sei fidata di me. E io mi sono fidato di te fin dalla prima volta che ho scorto il tuo volto, per un momento, nelle grotte sotto le tombe, bellissimo nell'oscurità. Tu hai dimostrato di avere fiducia in me. Io non ti ho ricambiata. Ti darò ciò che ho da dare. Il mio vero nome è Ged. E questo è tuo, perché tu lo tenga. — Si era alzato: le porse un semicerchio d'argento scolpito e traforato. — Ricongiungiamo l'anello — disse.

Lei lo prese. Si sfilò dal collo la catena d'argento cui era appesa l'altra metà, e la staccò. Posò i due pezzi nel palmo della mano, in modo che gli orli frantumati si toccassero, e l'Anello sembrò intatto.

Non alzò il volto.

— Verrò con te — disse.

L'IRA DELLE TENEBRE

Quando lei pronunciò quelle parole, l'uomo di nome Ged posò la mano sulla sua che teneva il talismano spezzato. Lei alzò gli occhi, sgomenta e lo vide sorridere e avvampare di vita e di trionfo. Ebbe paura di lui. — Tu ci hai liberati entrambi — disse l'uomo. — Da solo, nessuno conquista la libertà. Vieni: non sprechiamo tempo, finché ne abbiamo ancora! Reggi ancora l'Anello per un attimo. — Lei aveva serrato le dita sui due pezzi d'argento, ma quando l'uomo glielo chiese le riaprì mostrando sul palmo le due metà con gli orli spezzati che si toccavano.

Lui non li prese, ma vi posò sopra le dita. Pronunciò un paio di parole, e il sudore sgorgò all'improvviso sul suo volto. Lei sentì un lieve tremito sul palmo della mano, come se un animaletto addormentato si fosse mosso nel sonno. Ged sospirò; la sua tensione si allentò, e lui si terse la fronte.

— Ecco — disse. Prese l'Anello di Erreth-Akbe e lo fece scivolare sopra le dita della mano destra di Tenar e oltre la mano fino al polso. — Ecco! — Lo guardò, soddisfatto. — Calza perfettamente. Dev'essere un bracciale da donna, o da bambino.

— Rimarrà saldato? — mormorò lei, nervosamente, mentre la fascia d'argento scivolava, fredda e delicata, sul suo braccio snello.

— Sì. Non potevo gettare un semplice incantesimo di saldatura sull'Anello di Erreth-Akbe, come una strega di villaggio che aggiusta un bricco. Ho dovuto usare un Modellamento, e renderlo di nuovo intatto. Adesso è come se non si fosse mai spezzato. Tenar, dobbiamo andare. Io prendo il sacco e la borraccia. Indossa il tuo mantello. Non c'è altro?

Mentre lei armeggiava con la serratura, Ged le disse: — Vorrei avere il mio bastone. — E lei rispose, sussurrando: — È qui appena fuori. L'ho portato io.

— Perché? — chiese lui, incuriosito.

— Pensavo di... di condurti alla porta. Di lasciarti andare.

— Era una scelta che non potevi compiere. Potevi tenermi come schiavo, e essere schiava anche tu; oppure liberarmi, e liberarti insieme a me. Su, piccola: fatti coraggio, gira la chiave.

Lei girò la chiave con l'asta a forma di drago e aprì la porta che dava sul basso corridoio nero. Uscì dal Tesoro delle Tombe con l'Anello di Erreth-Akbe al braccio, e l'uomo la seguì.

Ci fu una vibrazione cupa, che non era esattamente un suono, nella roccia delle pareti e del pavimento e della volta. Era come un tuono lontano, come qualcosa d'immenso che precipitasse a grande distanza.

Lei si sentì rizzare i capelli in testa: senza indugiare a riflettere, spense la candela nella lanterna di stagno. Udì l'uomo muoversi alle sue spalle, e la voce sommessa dire, così vicina che il respiro di lui le smosse i capelli: — Lascia la lanterna. Posso far luce io, se è necessario. Che ora è, fuori?

— Era passata da molto la mezzanotte, quando sono venuta qui.

— Allora dobbiamo andare avanti.

Ma non si mosse. Lei comprese che doveva guidarlo. Lei sola conosceva la via per uscire dal labirinto, e l'uomo attendeva per seguirla. Si avviò, chinandosi perché lì la galleria era molto bassa, ma camminò a passo piuttosto svelto. Dalle invisibili gallerie laterali uscivano un soffio freddo e un odore umido e pungente, l'odore senza vita dell'immensa cavità sottostante. Quando il passaggio divenne un po' più alto, e lei poté procedere eretta, rallentò, contando i passi via via che si avvicinavano all'abisso. Leggero, conscio di ogni movimento di lei, l'uomo la seguiva a pochi passi di distanza. Nell'attimo in cui lei si fermò, si arrestò a sua volta.

— Ecco l'abisso — mormorò Tenar. — Non riesco a trovare il cornicione. No, è qui. Sii prudente, credo che le pietre stiano per staccarsi... No, no, aspetta... si stanno staccando... — Arretrò, con cautela, mentre le pietre oscillavano sotto i suoi piedi. L'uomo le afferrò il braccio e la sostenne. Il cuore le batteva forte. — Il cornicione non è sicuro, le pietre si sono smosse.

— Accenderò una luce, e le vedremo. Forse potrò rinsaldarle con la parola giusta. Tutto bene, piccola.

Lei pensò che era strano; l'uomo la chiamava come l'aveva sempre chiamata Manan. E quando lui accese un fioco barlume sulla sommità del bastone, come il chiarore del legno putrido o di una stella dietro la nebbia, e si avventurò sulla stretta cengia a fianco dell'abisso nero, lei vide la massa scura che giganteggiava nell'oscurità più lontana, oltre l'uomo, e comprese che era Manan. Ma si sentì la voce strozzata nella gola come in un cappio, e non riuscì a gridare.

Quando Manan allungò le braccia per spingerlo giù, nell'abisso, Ged alzò gli occhi, lo vide, e con un grido di sorpresa o di rabbia gli sferrò un colpo di bastone. Al grido, la luce sfolgorò bianca e abbacinante in faccia all'eunuco. Manan alzò una delle grosse mani per ripararsi il volto, si avventò disperatamente per afferrare Ged, lo mancò e cadde.

Non lanciò neppure un grido, mentre precipitava. Neppure un suono salì dal nero abisso, neppure il suono del corpo che toccava il fondo, il suono della sua morte, nulla. Aggrappandosi precariamente all'orlo, inginocchiati, Ged e Tenar non si mossero: ascoltarono, e non udirono nulla.

La luce era un grigio fuoco fatuo, appena visibile.

— Vieni! — disse Ged, tendendo la mano; lei l'afferrò, e in tre passi arditi lui la condusse oltre il precipizio. Spense la luce. Lei riprese a precederlo per guidarlo. Era stordita, e non pensava a nulla. Soltanto dopo un poco si chiese: *A destra o a sinistra?*

Si fermò.

Arrestandosi qualche passo più indietro, lui chiese, sottovoce:
— Cosa c'è?

— Mi sono perduta. Fa' luce.

— Perduta?

— Ho... ho perso il conto delle svolte.

— Il conto l'ho tenuto io — disse Ged, facendosi un poco più vicino. — Una svolta a sinistra, dopo l'abisso; poi una a destra, e ancora una a destra.

— Allora la prossima sarà di nuovo a destra — disse automaticamente Tenar, ma non si mosse. — Fa' luce.

— La luce non ci mostrerà la via, Tenar.

— Nulla ce la mostrerà. È perduta. Siamo perduti.

Il silenzio di morte si chiuse sul suo mormorio, l'assorbì.

Sentiva il movimento e il calore dell'altro, vicino a lei nella fredda tenebra. Ged cercò la sua mano e la strinse. — Continua, Tenar. La prossima svolta è a destra.

— Fa' luce — lo supplicò lei. — Le gallerie sono così tortuose...

— Non posso. Non ho forza da sprecare, Tenar, loro sono... Sanno che abbiamo lasciato il Tesoro. Sanno che abbiamo superato l'abisso. Ci stanno cercando: cercano la nostra volontà, il nostro spirito. Per soffocarlo, per divorarlo. È questo che io devo mantenere acceso. Vi impegno tutta la mia forza. Devo oppormi a loro; insieme a te. Col tuo aiuto. Dobbiamo proseguire.

— Non c'è via d'uscita — disse lei, ma avanzò di un passo. Poi ne mosse un altro, esitante come se sotto i suoi piedi si spalancasse il vuoto nero e cavernoso, il vuoto sotto la terra. La stretta calda e dura della mano di lui le serrava la mano. Avanzarono.

Dopo un tempo che sembrò lunghissimo giunsero alla scala. Non era parsa tanto ripida, prima: i gradini erano poco più di sdrucciolevoli intaccature nella roccia. Ma la salirono, e poi procedettero un po' più rapidamente perché lei sapeva che dopo la scala il corridoio curvilineo proseguiva per un lungo tratto senza svoltare. Le sue dita, che sfioravano la parete di sinistra, trovarono un varco, un'apertura. — Qui — mormorò; ma lui parve indugiare, come se qualcosa, nei movimenti di Tenar, lo rendesse dubbioso.

— No — mormorò lei, confusa. — Non è questa; è la prossima svolta a sinistra. Non so. Non ci riesco. Non c'è via d'uscita.

— Stiamo andando alla Camera Dipinta — disse la voce quieta, nella tenebra. — Come dobbiamo arrivarci?

— La svolta a sinistra dopo questa.

Tenar proseguì. Percorsero il lungo giro, superando due false piste, fino al passaggio che si diramava verso destra, in direzione della Camera Dipinta.

— Avanti diritto — bisbigliò lei; adesso era più facile distrincarsi nella tenebra, perché conosceva i passaggi che conducevano alla porta di ferro e ne aveva contato le svolte tanto spesso; lo strano peso che le opprimeva la mente non poteva confonderla, se non cercava di pensare. Ma continuavano ad avvicinarsi a ciò che l'opprimeva e la schiacciava; e si sentiva le gambe così stanche e appesantite che un paio di volte gemette per lo sforzo di muoverle. E accanto a lei l'uomo respirava profondamente, e tratteneva il fiato, più e più volte, come se compisse uno sforzo enorme con tutte le energie che aveva in corpo. Talvolta la sua voce prorompeva, smorzata e tagliente, in una parola, o in un frammento di parola. Giunsero finalmente alla porta di ferro; e con un terrore improvviso, Tenar tese la mano.

La porta era aperta.

— Presto! — disse lei, trascinando dietro di sé il compagno. Poi, dall'altra parte, si fermò.

— Perché era aperta? — chiese.

— Perché i tuoi Padroni hanno bisogno delle tue mani per chiuderla.

— Stiamo per giungere a... — La voce le mancò.

— Al centro della tenebra. Lo so. Comunque siamo usciti dal labirinto. Quali uscite dalla cripta ci sono?

— Una soltanto. La porta da cui sei entrato tu non si apre dall'interno. Il percorso attraversa la caverna e segue altri passaggi fino a una botola dietro il trono. Nel palazzo del trono.

— Allora dobbiamo andare da quella parte.

— Ma là c'è lei — bisbigliò la ragazza. — Là nella cripta. Nella caverna. Sta scavando la tomba vuota. Non posso passarle accanto, oh, non posso passarle accanto di nuovo!

— Ormai se ne sarà andata.

— Non posso andare là.

— Tenar, in questo momento io sto reggendo il soffitto sopra le nostre teste. Impedisco alle pareti di crollarci addosso, al pavimento di spalancarsi sotto i nostri piedi. Continuo a farlo dal momento in cui abbiamo superato l'abisso dove attendeva il tuo servitore. Se io posso tenere a bada il terremoto, tu hai paura d'incontrare un'anima umana insieme a me? Fidati di me, come io mi sono fidato di te! Vieni, adesso.

Proseguirono. L'interminabile galleria si allargò. Sentirono l'aria più vasta, la tenebra che si schiudeva. Erano entrati nella grande caverna, sotto le Pietre Tombali.

Incominciarono ad aggirarla, tenendosi rasente alla parete di destra. Tenar aveva percorso solo pochi passi quando si fermò. — Cos'è? — mormorò, e la voce superò appena le sue labbra. C'era un rumore nella morta, immensa, nera bolla d'aria: un tremore, un suono che si udiva nel sangue, si sentiva nelle ossa. Le pareti scavate dal tempo vibravano, vibravano sotto le sue dita.

— Va' avanti — disse la voce dell'uomo, secca e forzata. — Affrettati, Tenar.

E mentre avanzava vacillando, lei gridava nella mente, che era tenebrosa e scossa come la cripta sotterranea: — Perdonatemi. Oh miei Padroni, oh Senza Nome, oh antichissimi, perdonatemi, perdonatemi!

Non ebbe risposta. Non aveva mai avuto risposta.

Raggiunsero il corridoio sotto il Palazzo, salirono la scala, pervennero agli ultimi gradini e alla botola. Era chiusa, come lei la lasciava sempre. Premette la molla che l'apriva. Non si aprì.

— È rotta — disse. — È bloccata.

Ged le passò accanto e premette con le spalle contro la botola. La botola non si mosse.

— Non è chiusa a chiave: è bloccata da qualcosa di molto pesante.

— Puoi aprirla?

— Forse. Credo che lei stia aspettando lì fuori. Ha qualche uomo con sé?

— Duby e Uahto, forse altri guardiani: gli uomini non possono entrare...

— Non posso operare un incantesimo di apertura e contemporaneamente tenere a bada quelli che attendono là fuori e resistere alla volontà delle tenebre — disse la voce ferma e pensierosa di Ged. — Allora dobbiamo provare l'altra porta, la porta nelle rocce, quella da cui sono entrato. Lei sa che non si può aprire dall'interno?

— Lo sa. Una volta ha lasciato che io tentassi.

— Allora forse non se ne preoccuperà. Vieni. Vieni, Tenar!

Lei si era accasciata sui gradini di pietra, che vibravano e fremevano come se la corda di un enorme arco venisse tesa nelle immensità sotto di loro.

— Cos'è... questa vibrazione?

— Vieni — disse Ged, con tanta fermezza che lei ubbidì e ridiscese strisciando i passaggi e le scale fino alla spaventosa caverna.

All'ingresso si sentì opprimere da un così gran peso di odio cieco e tremendo, come il peso stesso della terra, che arretrò e senza rendersene conto gridò: — Loro sono qui! Sono qui!

— E allora facciamogli sapere che siamo qui anche noi — disse l'uomo; e dal bastone e dalle sue mani scaturì un bagliore bianco che s'infranse contro i mille diamanti della volta e delle pareti come un'onda del mare s'infrange nel sole: un fulgore di luce nel quale i due fuggirono attraversando la grande caverna, mentre le loro ombre correvano lontane sulle trine bianche e sulle fenditure scintillanti e sulla fossa aperta e vuota. Corsero verso la bassa apertura, lungo la galleria, chinandosi, prima lei e poi lui. Nel corridoio le rocce tuonavano e si muovevano sotto i loro piedi. Eppure la luce era ancora con loro, abbagliante. Quando Tenar vide davanti a sé la morta parete di roccia, udì più forte del rombo della terra la voce di Ged pronunciare una parola; e mentre lei crollava in ginocchio, il bastone colpì al di sopra della sua testa la rossa roccia della porta chiusa. Le rocce arsero bianche, e si squarciarono.

Più oltre stava il cielo, che impallidiva nell'alba. Qualche stella bianca brillava lassù, alta e fredda.

Tenar vide le stelle e sentì il dolce vento sul volto; ma non si alzò. Rimase accovacciata, sulle mani e sulle ginocchia, tra la terra e il cielo.

L'uomo, una strana figura buia nella mezza luce che precedeva l'aurora, si voltò e le afferrò il braccio per farla alzare. Il suo volto era nero e contratto come quello di un demone. Tenar arretrò, scostandosi, urlando con una voce impastata che non era la sua, come se nella sua bocca si muovesse la lingua di una morta: — No! No! Non mi toccare... lasciami... Va'! — E, contorcendosi, indietreggiò nelle sgretolate fauci delle tombe.

L'energica stretta di Ged si allentò. Lui disse, con voce pacata: — Per il vincolo che porti, Tenar, ti ingiungo di venire.

Lei vide la luce delle stelle riflettersi sull'argento del cerchio che portava al braccio. Senza distoglierne gli occhi si alzò, barcollante. Mise la mano nella mano di lui, e lo seguì. Non poteva correre. Scesero a passo lento la collina. Dalla nera bocca, tra le rocce dietro di loro, uscì un lungo, lungo ululato ringhiante di odio lamentoso. Intorno a loro piovvero pietre. Il suolo tremò. Proseguirono, lei con gli occhi ancora fissi sul baluginio della luce delle stelle sopra il suo polso.

Erano nella valle a occidente del Luogo. Incominciarono a salire; e all'improvviso, Ged le disse di voltarsi. — Guarda...

Tenar si voltò, e vide. Erano dall'altra parte della valle, alla stessa altezza delle Pietre Tombali, i nove grandi monoliti che stavano eretti o giacevano distesi sopra la caverna dei diamanti e delle tombe. Le pietre erette si muovevano. Sussultavano e s'inclinavano lentamente, come alberi di navi. Una parve torcersi e ergersi più alta: poi fu scossa da un fremito, e cadde. Un'altra crollò trasversalmente sopra la prima, schiantandosi. E più oltre, la bassa cupola del palazzo del trono, nera contro la luce gialla dell'oriente, fremette. I muri si gonfiarono. L'intera massa gigantesca di pietra e di mattoni cambiò forma come argilla nell'acqua corrente, si afflosciò, e con un rombo e un'improvvisa tempesta di schegge e di polvere sdrucciolò lateralmente e crollò. La terra della valle s'increspò e sussultò: una specie di ondata salì il fianco della collina e un'enorme crepa si spalancò fra le Pietre Tombali, aprendosi sulla tenebra sottostante e vomitando polvere come fumo grigio. Le pietre che erano rimaste ancora erette vi precipitarono e vennero ingoiate. Poi, con uno scroscio che sembrò riecheggiare dal cielo, i neri labbri tormentati dello squarcio si chiusero; e le colline si squassarono ancora una volta e restarono immote.

Tenar spostò lo sguardo dall'orrore del terremoto all'uomo che le stava accanto, l'uomo di cui non aveva mai visto il volto alla luce del giorno. — Tu l'hai tenuto a bada — disse; e la sua voce, dopo l'immane mugghiare e urlare della terra, era pigolante come il vento in una canna. — Tu hai tenuto a bada il terremoto, l'ira della tenebra.

— Dobbiamo andare — replicò lui, voltando le spalle all'aurora e alle tombe diroccate. — Sono stanco, ho freddo... — Barcollava, mentre camminavano, e Tenar gli prese il braccio. Nessuno dei due poteva fare di più che procedere al passo, trascinandosi. Lentamente, come due minuscoli ragni su una grande parete, salirono a fatica l'immenso pendio della collina, finché, sulla cresta, si fermarono sul terreno arido, indorato dal sole che sorgeva e striato dalle lunghe ombre sparse della salvia. Davanti a loro stavano le montagne occidentali, con le basi purpuree, e le pendici più alte colorate d'oro. I due sostarono un momento e poi superarono la cresta della collina, fuori vista dal Luogo delle Tombe, e scomparvero.

LE MONTAGNE OCCIDENTALI

Tenar si destò, scuotendosi dagli atroci sogni, dai luoghi dove aveva camminato così a lungo che la carne si era staccata da lei cosicché poteva vedere le bianche ossa binate degli avambracci scintillare fiocamente nell'oscurità. Aprì gli occhi sull'aurea luce, e aspirò il pungente profumo della salvia. E quando si destò l'invase una dolcezza, un piacere che la saturava lentamente, interamente, fino a traboccare; e si sollevò a sedere, tendendo le braccia fuori dalle nere maniche della veste, e si guardò intorno, con una gioia incontaminata.

Era sera. Il sole era calato dietro le montagne che incombevano vicine e altissime a occidente, ma il chiarore che aveva lasciato riempiva tutta la terra e il cielo: un cielo invernale, immenso, limpido, una terra immensa, nuda e dorata, di montagne e di ampie valli. Il vento era caduto. Era freddo, e c'era un silenzio totale. Non si muoveva nulla. Le foglie dei vicini cespugli di salvia erano aride e grige, gli steli delle minuscole erbe secche del deserto le pungevano la mano. L'immensa gloria silente della luce ardeva su ogni ramoscello, su ogni foglia avvizzita e su ogni stelo, sulle colline, nell'aria.

Tenar guardò verso sinistra e vide l'uomo giacente sul suolo del deserto, avvolto nel mantello, con un braccio sotto la testa, addormentato profondamente. Nel sonno il suo volto era severo, quasi aggrondato, ma la mano sinistra stava abbandonata sulla terra, accanto a una piccola pianta di cardo che portava ancora la sua lacera cappa di lanugine grigia e la sua minuscola barriera di spine. L'uomo e il piccolo cardo del deserto; il cardo e l'uomo addormentato.

I suoi poteri erano grandi, e affini alle Vecchie Potenze della Terra; era uno che parlava con i draghi, e teneva a bada i terremoti con una parola. E adesso giaceva addormentato sulla terra, accanto a un piccolo cardo. Era stranissimo. Vivere, essere al mondo, era una cosa molto più grande e più strana di quanto lei avesse mai immaginato. Lo splendore del cielo sfiorò gli impolverati capelli di Ged, e per qualche istante trasformò il cardo in oro.

La luce sbiadiva lentamente. E il freddo parve diventare più intenso, di minuto in minuto. Tenar si alzò e cominciò a raccogliere la salvia secca, raccattando i fuscelli caduti, spezzando i duri rami che crescevano nodosi e massicci - fatte le proporzioni - come quelli delle querce. Si erano fermati lì verso il meriggio, quando era caldo, e non avevano potuto proseguire a causa della stanchezza. Un paio di ginepri stenti, e il pendio occidentale della cresta da cui erano appena discesi, offrivano un discreto riparo: avevano bevuto un po' d'acqua dalla borraccia e si erano sdraiati a dormire.

C'erano parecchi rami più grossi, sparsi sotto gli alberi, e Tenar li raccolse. Scavò una buca in un angolo, tra i sassi affondati nella terra, e preparò il fuoco accendendolo poi con la selce e l'acciarino. Le foglie di salvia e i fuscelli s'infiammarono subito. I rami secchi fiorirono in vampe rosate, profumate di resina. Ormai si era fatto buio, intorno al fuoco, e le stelle si riaffacciavano nell'immane cielo.

Il crepitio delle fiamme destò il dormiente. Si sollevò a sedere, stropicciandosi il volto impolverato; poi si alzò, rigido, e si avvicinò al fuoco.

— Mi chiedo... — disse con voce assonnata.

— Lo so, ma non potremmo resistere di notte, qui, senza fuoco. Fa troppo freddo. — Dopo un attimo, Tenar aggiunse: — A meno che tu conosca qualche magia che ci dia calore o che nasconda le fiamme...

Lui si sedette accanto al fuoco, quasi toccandolo con i piedi, cingendosi le ginocchia con le braccia. — *Brrr* — fece. — Un fuoco è meglio della magia. Ho gettato una piccola illusione intorno a noi: se passasse qualcuno, gli sembreremmo fuscelli e pietre. Tu cosa dici? Che c'inseguiranno?

— Lo temo, eppure non credo che lo faranno. Nessuno, tranne Kossil, sapeva che tu eri là. Kossil e Manan. E sono morti entrambi. Sicuramente lei era nel palazzo, quando è crollato. Ci stava aspettando alla botola. E tutti gli altri penseranno che io fossi nel palazzo o nelle tombe, e che sia rimasta schiacciata durante il terremoto. — Anche lei si cinse le ginocchia con le braccia, e rabbrividì. — Spero che gli altri edifici non siano crollati. Era difficile vedere qualcosa dalla collina: c'era troppa polvere. Senza dubbio i templi e le case non sono caduti tutti quanti, per esempio la Casa Grande dove dormono le ragazze.

— Non credo. Le tombe hanno divorato se stesse. Ho scorto il tetto d'oro di un tempio, quando ci siamo allontanati: non era caduto. E c'erano figure, più in basso, sulle pendici della collina: gente che correva.

— Cosa diranno, cosa penseranno... Povera Penthe! Adesso potrebbe diventare somma sacerdotessa del re-dio. Eppure aveva sempre desiderato fuggire. Lei. Non io. Forse adesso fuggirà. — Tenar sorrise. C'era in lei una gioia che nessun pensiero e nessuna paura poteva offuscare, la stessa gioia sicura che era sorta in lei quando si era risvegliata nella luce aurea. Aprì il sacco ed estrasse due pagnotte appiattite; ne porse una a Ged, attraverso il fuoco, e addentò l'altra. Il pane era duro, e acido, e squisito.

Per qualche minuto mangiarono, in silenzio.

— Siamo molto lontani dal mare?

— Ho impiegato due giorni e due notti, per arrivare al Luogo. Impiegheremo un poco di più, per raggiungerlo.

— Io sono forte — disse Tenar.

— Lo sei. E coraggiosa. Ma il tuo compagno è stanco — replicò Ged con un sorriso. — E non abbiamo molto pane.

— Troveremo l'acqua?

— Domani, tra le montagne.

— Potresti procurarci qualcosa da mangiare? — chiese lei, vagamente, con timidezza.

— Per andare a caccia occorrono le armi e il tempo.

— Voglio dire... lo sai, con gli incantesimi.

— Posso chiamare un coniglio — disse lui, attizzando il fuoco con un nodoso ramoscello di ginepro. — I conigli stanno uscendo dalle tane tutt'intorno a noi, adesso. La sera è il loro momento. Potrei chiamarne uno per nome, e verrebbe. Ma tu cattureresti e scuoieresti e arrostiresti un coniglio che è venuto a farti visita? Forse se stessi per morire di fame. Ma sarebbe un abuso di fiducia, credo.

— Sì. Pensavo: forse potresti...

— Evocare una cena — disse lui. — Oh, potrei farlo. Su piatti d'oro, se tu volessi. Ma sarebbe un'illusione, e quando mangi illusioni finisci con l'avere più fame di prima. È nutriente, più o meno, quanto mangiare parole. — Tenar vide i candidi denti di Ged lampeggiare per un momento nella luce del fuoco.

— La tua magia è strana — osservò, con la lieve dignità che

si conveniva tra pari, una sacerdotessa che si rivolgeva a un mago. — Sembra utile solo nelle grandi cose.

Lui aggiunse altra legna al fuoco, che divampò in un crepitio di scintille odorose di ginepro.

— Davvero puoi chiamare un coniglio? — chiese all'improvviso Tenar.

— Vuoi che lo faccia?

Lei annuì.

Ged si distolse dal fuoco e disse sommessamente nella vasta oscurità rischiarata dalle stelle: — *Kebbo*... Oh *kebbo*...

Silenzio. Non un suono. Non un movimento. Solo, al limitare della guizzante luce del fuoco, un occhio rotondo, come un ciottolo di giaietto, vicinissimo al suolo. La curva di un dorso peloso; un orecchio, lungo, eretto nell'allarme.

Ged parlò di nuovo. L'orecchio si scosse, e dall'ombra ne apparve un altro; poi, mentre la bestiola si voltava, Tenar la vide interamente per un attimo, vide il piccolo balzo agile e morbido mentre tornava tranquilla nella notte.

— Ah! — disse, esalando il respiro che aveva trattenuto. — È meraviglioso. — Poi chiese: — Potrei farlo anch'io?

— Ecco...

— È un segreto — disse Tenar, ritrovando la sua dignità.

— Il *nome* del coniglio è un segreto. O almeno, non si dovrebbe usarlo con leggerezza, senza una ragione. Ma il potere di chiamare non è un segreto, vedi, ma piuttosto un dono, o un mistero.

— Oh — disse lei. — E tu lo possiedi. Lo so! — C'era passione nella sua voce, non celata dalla finta ironia. Lui la guardò e non rispose.

Era ancora esausto dalla lotta contro i Senza Nome: aveva esaurito le forze nelle gallerie squassate dal terremoto. Sebbene avesse vinto, non gli restava l'energia per esultare. Ben presto si raggomitolò di nuovo, vicinissimo al fuoco, e si riaddormentò.

Tenar rimase seduta ad alimentare le fiamme e a guardare il fulgore delle costellazioni invernali, da orizzonte a orizzonte, finché si assopì, stordita dallo splendore e dal silenzio.

Si svegliarono entrambi. Il fuoco si era spento. Le stelle che lei aveva osservato tanto a lungo erano lontane, oltre le montagne, e a oriente ne erano sorte altre. Fu il freddo a destarli, il freddo asciutto della notte del deserto, il vento simile a una lama di ghiaccio. Un velo di nubi stava coprendo il cielo, da sudovest.

Il legno che avevano raccolto era quasi finito. — Andiamo — disse Ged. — Non manca molto all'alba. — Gli battevano i denti, così forte che Tenar faticava a capirlo. Si avviarono, salendo il lungo pendio verso occidente. Gli arbusti e le rocce spiccavano neri nella luce delle stelle, e camminare era facile come durante il giorno. Dopo un poco, il movimento li riscaldò: non rabbrividivano più, non erano costretti a procedere chini. Al levar del sole erano giunti alla prima altura delle montagne occidentali, che fino a quel momento avevano circondato l'esistenza di Tenar.

Si fermarono in un boschetto, dove le frementi foglie dorate pendevano ancora dai rami degli alberi. Ged le disse che erano abeti; lei non conosceva altri alberi che i ginepri, e i pioppi malaticci alle sorgenti del fiume, e i quaranta meli nel frutteto del Luogo. Un uccellino, tra gli abeti, pigolava «dii, dii», con una vocina sottile. Sotto gli alberi scorreva un ruscello, stretto ma poderoso, che gridava forzuto tra le rocce e le cascatelle, troppo rapido per gelare. Tenar ne aveva quasi paura. Era abituata al deserto, dove tutto è silenzioso e si muove lentamente: fiumi torpidi, ombre di nuvole, avvoltoi che volano in cerchio.

Si divisero un pezzo di pane e un'ultima fetta sbriciolata di formaggio, per colazione; riposarono un po', e proseguirono.

A sera erano arrivati piuttosto in alto. Il cielo era coperto, e spirava un vento gelido. Si accamparono nella valle di un altro ruscello, dove c'era legna in abbondanza, e questa volta accesero un robusto fuoco di ciocchi che poteva riscaldarli veramente.

Tenar era felice. Aveva trovato il nascondiglio delle noci di uno scoiattolo, messo allo scoperto dalla caduta di un albero cavo: un paio di libbre di splendide noci e di altri frutti dal guscio levigato che Ged, non conoscendone il nome kargano, chiamava *ubir*. Lei ne spaccò una con due pietre, porgendo all'uomo metà del gheriglio.

— Vorrei che potessimo rimanere qui — disse, guardando la valle ventosa. — Questo posto mi piace.

— È un bel posto — riconobbe Ged.

— Qui non verrebbe mai nessuno.

— Non molto spesso. Io sono nato tra le montagne. Sulla montagna di Gont. Le passeremo accanto, facendo vela per Havnor, se prenderemo la rotta settentrionale. È bellissima, d'inverno: sorge tutta bianca dal mare, come un'onda più alta. Il mio paese era accanto a un ruscello come questo. Tu dove sei nata?

— Nella parte settentrionale di Atuan, credo. Non ricordo.

— Ti hanno portata via così piccola?

— Avevo cinque anni. Ricordo le fiamme in un focolare... e nient'altro.

Lui si passò la mano sul mento, che, sebbene fosse diventato un po' irsuto per la barba rada, almeno era pulito: nonostante il freddo, si erano lavati nei ruscelli montani. Si passò la mano sul mento, con aria pensierosa e severa. Tenar lo guardò, e non avrebbe saputo dire cosa sentiva in cuore mentre l'osservava nella luce del fuoco, nel crepuscolo della montagna.

— Cosa farai, a Havnor? — chiese Ged: e lo chiese al fuoco, non a lei. — Tu sei... rinata veramente: più di quanto immaginavo.

Tenar annuì, con un lieve sorriso. Si sentiva appena nata.

— Dovresti almeno imparare la lingua.

— La tua lingua?

— Sì.

— Mi piacerebbe.

— Bene, allora. Questa è *kabat*. — Ged buttò una pietruzza nella falda della nera veste di lei.

— Kabat. È nella lingua dei draghi?

— No, no. Tu non vuoi operare incantesimi: vuoi parlare con gli altri uomini, e donne!

— Ma come si chiama una pietruzza, nella lingua dei draghi?

— *Tolk* — rispose lui. — Ma non voglio fare di te la mia apprendista maga. Ti sto insegnando la lingua che la gente parla nell'arcipelago, nelle Terre Interne. Io ho dovuto imparare la tua lingua, prima di venire qui.

— La parli in modo strano.

— Senza dubbio. Ora, *arkemmi kabat*. — E Ged tese le mani perché lei gli desse la pietruzza.

— Devo venire a Havnor? — chiese Tenar.

— E dove andresti, altrimenti?

Lei esitò.

— Havnor è una città bellissima — disse lui. — E tu le porti l'Anello, il segno della pace, il tesoro perduto. A Havnor ti accoglieranno come una principessa. Ti onoreranno per il grande dono che porti, e sarai la benvenuta. In quella città vive un popolo nobile e generoso. Ti chiameranno «la dama bianca» per la tua pelle chiara, e ti ameranno ancora di più perché sei così giovane. E perché sei bella. Avrai cento vestiti come quello che ti ho mostrato con l'illusione, ma veri. Sarai trattata con elogi e gratitudine e amore, tu che non hai mai conosciuto altro che la solitudine e l'invidia e la tenebra.

— C'era Manan — disse Tenar, in tono difensivo, con le labbra che tremavano un poco. — Mi voleva bene, ed era sempre buono con me. Mi proteggeva come poteva; e per questo io l'ho ucciso. È precipitato nel nero abisso. Non voglio andare a Havnor. Non voglio andarci. Voglio rimanere qui.

— Qui... in Atuan?

— Tra le montagne. Dove siamo ora.

— Tenar — disse lui, con quella voce quieta e grave, — allora resteremo. Io non ho più il mio coltello, e se nevicherà sarà dura. Ma finché potremo trovare cibo...

— No. So che non possiamo restare. Era una sciocchezza — replicò Tenar, e si alzò, spargendo intorno gusci di noci, per aggiungere altra legna al fuoco. Era esile ed eretta, nella veste e nel mantello di lana nera, laceri e macchiati. — Tutto quello che so, ormai non serve a nulla. E non ho mai appreso altro. Cercherò d'imparare.

Ged distolse lo sguardo, rabbrividendo come per una fitta di sofferenza.

Il giorno dopo superarono la sommità della catena lionata. Nel valico spirava un vento crudo, carico di neve pungente e accecante. Solo quando furono discesi per un lungo tratto, sotto le nubi delle vette, Tenar vide la terra oltre la muraglia montuosa. Era tutta verde: verde di pinete, di prati, di campi seminati e di maggesi. Perfino nel cuore dell'inverno, quando i boschetti erano spogli e le foreste piene di rami grigi, era una terra verde, umile e mite. La guardarono da un alto declivio roccioso, sul fianco della montagna. Senza parlare, Ged indicò verso occidente, dove il sole stava scendendo dietro una densa spuma turbinante di nuvole. Il sole era nascosto, ma all'orizzonte c'era uno scintillio simile al bagliore delle pareti di cristallo della cripta, una specie di baluginio gioioso proveniente dall'orlo del mondo.

— Cos'è? — chiese la ragazza; e lui: — Il mare.

Poco dopo, lei vide una cosa meno meravigliosa ma pur sempre mirabile. Raggiunsero una strada e la seguirono; e al crepuscolo li portò in un paesino: dieci o dodici case sgranate lungo la via. Lei guardò allarmata il suo compagno, quando comprese che si stavano avventurando tra gli uomini. Guardò, e non lo vide. Accanto a lei, nelle vesti di Ged e con la sua andatura e con le sue scarpe, camminava un altro uomo. Era bianco di pelle, e non aveva barba. Lui la guardò; i suoi occhi erano azzurri. Ammiccò.

— Riuscirò a ingannarli? — chiese. — Come sono le tue vesti?

Tenar si guardò. Aveva addosso la gonna e la giubba marrone delle donne di campagna, e un grande scialle di lana rossa.

— Oh — disse, fermandosi. — Oh, tu sei... *sei* Ged! — E quando ne pronunciò il nome lo vide con perfetta chiarezza: il volto scuro e sfigurato che conosceva, gli occhi scuri; eppure là stava lo sconosciuto dal volto latteo.

— Non dire mai il mio vero nome davanti al altri. E io non dirò il tuo. Siamo fratello e sorella, e veniamo da Tenacbah. E credo che chiederò qualcosa da mangiare, se vedrò una faccia gentile. — Lui la prese per mano. Insieme, entrarono in paese.

La mattina dopo ripartirono con lo stomaco pieno, dopo un piacevole sonno in un fienile.

— I maghi mendicano spesso? — chiese Tenar mentre camminavano per la strada fra i verdi campi dove pascolavano le capre e i piccoli bovini pezzati.

— Perché me lo domandi?

— Mi sembrava che fossi abituato a mendicare. Anzi, ci sei riuscito benissimo.

— Ecco, sì. Ho mendicato per tutta la vita, si può dire. I maghi non possiedono molte cose, capisci. Anzi, non hanno nulla tranne il loro bastone e i loro indumenti, se amano vagare. La gente li accoglie con piacere, e offre loro cibo e riparo. E i maghi ricambiano.

— In che modo?

— Be', quella donna in paese. Ho guarito le sue capre.

— Cos'avevano?

— Avevano le mammelle infette. Quand'ero ragazzo, badavo alle capre.

— Le hai detto che le hai guarite?

— No. Come avrei potuto? Perché avrei dovuto?

Dopo una pausa, Tenar disse: — Mi rendo conto che la tua magia non è utile solo per le grandi cose.

— L'ospitalità — replicò Ged, — la cortesia verso il forestiero, è una cosa grande. I ringraziamenti bastano, naturalmente. Ma le capre mi facevano pena.

Nel pomeriggio giunsero a una città piuttosto ampia. Era costruita di mattoni d'argilla, e cinta di mura secondo l'usanza di Kargad, con bastioni sporgenti, torri di guardia ai quattro angoli, e un'unica porta, sotto la quale i pastori stavano guidando un folto gregge di pecore. I tetti rossi di cento o più case sporgevano sopra i muri di mattoni giallastri. Alla porta stavano due guardie del re-dio, con l'elmo impennacchiato di rosso. Tenar aveva visto uomini con elmi come quelli, quando venivano, più o meno una volta all'anno, per scortare al Luogo offerte di schiavi o di denaro per il tempio del re-dio. Quando lo disse a Ged, mentre passavano oltre, all'esterno delle mura, lui replicò: — Li ho visti anch'io, da bambino. Vennero a compiere una scorreria, a Gont. Entrarono nel mio paese per saccheggiarlo. Ma furono respinti. E ci fu una battaglia presso la foce dell'Ar, sulla spiaggia; molti uomini rimasero uccisi: a centinaia, dicono. Forse, ora che l'anello è reintegrato e che la Runa Perduta è ricomposta, non ci saranno più scorrerie e massacri tra l'impero di Kargad e le Terre Interne.

— Sarebbe assurdo se continuassero — disse Tenar. — Cosa se ne farebbe, il re-dio, di tanti schiavi?

Il suo compagno parve riflettere per qualche istante. — Se le terre di Kargad sconfiggessero l'arcipelago, vuoi dire?

Tenar annuì.

— Non credo che sarebbe molto probabile.

— Ma pensa a quanto è forte l'impero... Quella grande città, con le sue mura e tutti quegli uomini. Come potrebbero resistere le tue terre, se attaccassero?

— Quella non è una città molto grande — rispose Ged, cautamente e gentilmente. — Anch'io l'avrei giudicata immensa, quando ero appena disceso dalla mia montagna. Ma ci sono molte, molte città su Earthsea, e questa è solo una delle tante. Ci sono molte, molte terre. Le vedrai.

Lei non disse nulla. Continuò a camminare, seria in volto.

— È meraviglioso, vederle: le terre nuove che emergono dal mare, quando la barca si avvicina. I campi e le foreste, le città con i porti e i palazzi, le piazze del mercato, dove vendono tutte le merci del mondo.

Tenar annuì. Sapeva che lui cercava di rincuorarla: ma aveva lasciato la gioia lassù tra le montagne, nella valle in riva al ruscello. Adesso in lei cresceva la paura. Tutto ciò che le stava davanti era ignoto. Non conosceva altro che il deserto e le tombe. A cosa serviva? Conosceva le svolte di un labirinto crollato, conosceva le danze davanti a un altare caduto. Non sapeva nulla delle foreste, delle città, dei cuori degli uomini.

Chiese, improvvisamente: — Resterai con me, là?

Non lo guardò. Ged era camuffato dall'illusione, un campagnolo di Kargad con la pelle bianca, e non le piaceva vederlo così. Ma la voce era immutata, la stessa voce che aveva parlato nella tenebra del labirinto.

Lui indugiò, prima di rispondere. — Tenar, io vado dove vengo mandato. Seguo la mia vocazione. Non mi ha ancora permesso di rimanere a lungo in una terra. Comprendi? Io faccio ciò che devo fare. Dovunque vada, devo andare solo. Finché avrai bisogno di me, starò con te in Havnor. E se avrai ancora bisogno di me, chiamami. Io verrò. Verrei anche dalla tomba, se tu mi chiamassi! Ma non posso restare con te.

Lei non disse nulla. Dopo un po', lui aggiunse: — Là non avrai bisogno di me per molto tempo. Sarai felice.

Tenar annuì, accettando in silenzio quelle parole.

Proseguirono, a fianco a fianco, verso il mare.

IN VIAGGIO

Ged aveva nascosto la barca in una grotta, sul fianco di un grande promontorio roccioso chiamato Capo delle Nubi dagli abitanti del vicino paese, uno dei quali offrì loro, per cena, una ciotola di pesce stufato. Scesero le scogliere fino alla spiaggia, nell'ultima luce di quella giornata grigia. La grotta era una stretta crepa che affondava nella roccia per una decina di braccia; il fondo sabbioso era bagnato, poiché stava appena al di sopra del livello massimo della marea. L'apertura si scorgeva dal mare, e Ged disse che non dovevano accendere il fuoco perché i pescatori usciti di notte con le loro barchette non lo vedessero e non si incuriosissero. Perciò si stesero sulla sabbia, che sembrava tanto morbida tra le dita ma che per il corpo stanco era dura come la pietra. E Tenar ascoltò il mare a poche braccia sotto l'imboccatura della grotta, il mare che scrosciava e risucchiava e tuonava sulle rocce, e il rombo che si stendeva per miglia e miglia sulla spiaggia, verso oriente. Ripeteva sempre gli stessi suoni, eppure non erano mai identici. Non riposava mai. Su tutte le spiagge di tutte le terre del mondo si innalzava in onde irrequiete e non trovava mai pace, non era mai immobile. Il deserto, le montagne: quelli stavano immoti. Non gridavano perpetuamente con una grande voce cupa. Il mare parlava eternamente, ma il suo linguaggio le era estraneo: lei non capiva.

Nella prima luce grigia, alla bassa marea, Tenar si destò dal suo sonno inquieto e vide il mago uscire dalla grotta. Lo vide camminare, scalzo, il mantello stretto dalla cintura, sulle rocce crestate di nero, alla ricerca di qualcosa. Poi tornò, oscurando la grotta nell'entrare. — Ecco — disse, porgendole una manciata di cose umide e orrende, simili a pietre purpuree dalle labbra arancione.

— Che cosa sono?

— Mitili, strappati dalle rocce. E queste due sono ostriche, ancora più squisite. — Col pugnaletto che lei aveva portato appeso al mazzo di chiavi e che gli aveva prestato fra le montagne, Ged aprì un guscio e divorò il mitilo arancione, nella sua salsa di acqua marina.

— Non lo cucini neppure? L'hai mangiato vivo!

Tenar non lo guardò mentre Ged, un po' vergognoso ma imperturbabile, continuava ad aprire e a divorare i molluschi uno dopo l'altro.

Quando ebbe terminato, ritornò nella grotta e si accostò alla barca, che stava con la prua in avanti, sollevata su alcuni tronchi che la tenevano staccata dalla sabbia. Tenar aveva guardato quella barca, la notte precedente, con diffidenza, e senza capire. Era molto più grande di quanto lei avesse immaginato che fossero le barche, tre volte più lunga di lei. Era piena di oggetti di cui non conosceva l'uso, e aveva l'aria pericolosa. Ai lati del naso (era così che Tenar chiamava la prua) era dipinto un occhio; e mentre stava per addormentarsi aveva avuto l'impressione costante che la barca la fissasse.

Ged frugò per un momento e ritornò portando qualcosa: un pacchetto di pane duro, accuratamente avvolto per tenerlo all'asciutto. Gliene offrì un grosso pezzo.

— Non ho fame.

Ged scrutò il volto incupito di lei.

Ripose il pane, avvolgendolo di nuovo, e poi si sedette all'imboccatura della grotta. — Tra due ore circa tornerà l'alta marea — disse. — Allora potremo partire. Hai trascorso una notte inquieta: perché non dormi un po', adesso?

— Non ho sonno.

Lui non replicò. Rimase seduto nello scuro arco della roccia, di profilo rispetto a lei, a gambe incrociate: lo scintillante movimento del mare era dietro di lui, mentre Tenar lo guardava dall'interno della grotta. Ged non si muoveva. Era immoto come le rocce. E da lui s'irradiava il silenzio, come i cerchi che si dilatano da una pietra gettata nell'acqua. Il suo silenzio divenne non già l'assenza della parola ma una cosa in sé, come il silenzio del deserto.

Dopo molto tempo, Tenar si alzò e si accostò all'imboccatura della grotta. Lui non si mosse. Lei lo scrutò in volto. Sembrava fuso nel rame: rigido, con gli occhi scuri che non erano chiusi ma guardavano in basso, e la bocca serena.

Era lontano da lei, come il mare.

Dov'era adesso? Su quali vie dello spirito stava camminando? Lei non avrebbe mai potuto seguirlo.

Ged l'aveva indotta a seguirlo. L'aveva chiamata col suo nome, e lei era accorsa come il piccolo coniglio del deserto era andato a lui uscendo dall'oscurità. E adesso che lui aveva l'anello, adesso che le tombe erano in rovina e la sacerdotessa era perduta per sempre, adesso non aveva più bisogno di lei e se ne andava dove lei non poteva seguirlo. Non sarebbe rimasto con lei. L'aveva ingannata, e l'avrebbe abbandonata.

Si piegò, e con un gesto fulmineo gli sfilò dalla cintura il pugnaletto d'acciaio che gli aveva dato. Ged non si mosse, come una statua derubata.

La lama era lunga soltanto una spanna, e affilata da una parte: era la miniatura di un coltello sacrificale. Faceva parte del corredo della Sacerdotessa delle Tombe, che doveva portarlo insieme alle chiavi e alla cintura di crine di cavallo e ad altri oggetti, alcuni dei quali avevano funzioni sconosciute. Tenar non aveva mai usato il pugnale; solo, in una delle danze eseguite al novilunio, davanti al trono, lo lanciava in aria e l'afferrava al volo. Lei aveva amato quella danza: era scatenata, senza altra musica che il tambureggiare dei suoi piedi. Si era tagliata spesso le dita, quando si era esercitata, finché aveva imparato ad afferrare sempre l'impugnatura del coltello. La minuscola lama era abbastanza affilata per tagliare un dito fino all'osso, o per recidere le arterie di una gola. Lei avrebbe servito ancora i suoi Padroni, sebbene l'avessero tradita e dimenticata. Avrebbero guidato la sua mano nell'ultimo atto della tenebra. Avrebbero accettato il sacrificio.

Si voltò verso l'uomo, tenendo il coltello nella destra, dietro il fianco. In quel momento, Ged alzò lentamente la testa e la guardò. Aveva l'espressione di chi ritorna da molto lontano, di chi ha visto cose terribili. Il suo volto era calmo, ma pieno di sofferenza. Quando alzò lo sguardo e parve vederla sempre più chiaramente, la sua espressione si schiarì. Infine disse «Tenar», come in un saluto, e levò la mano a sfiorare la fascia d'argento traforato e scolpito che lei portava al polso. Lo fece come se volesse rassicurarsi, fiduciosamente. Non badò al pugnale nella mano di Tenar. Spostò lo sguardo sulle onde, che si sollevavano contro le rocce sottostanti, e disse con uno sforzo: — È ora... è ora di andare.

Al suono di quella voce, il furore abbandonò Tenar. Ebbe paura.

— Te li lascerai indietro. Adesso sei libera — disse Ged, alzandosi con improvviso vigore. Si stiracchiò, e si assestò il mantello. — Dammi una mano a spingere la barca. È montata sui tronchi, per farla rotolare. Ecco, spingi... ancora... Basta così. E adesso tienti pronta a balzare a bordo, quando ti dirò «salta». È un punto difficile per lanciarla... Ancora. Ecco! Salta! — E balzando dietro di lei, l'afferrò mentre Tenar perdeva l'equilibrio, la fece sedere sul fondo, si puntellò a gambe larghe, prese i remi e fece sfrecciare l'imbarcazione fuori, su un'onda di riflusso, sopra le rocce, oltre il promontorio ruggente e schiumante, verso il mare aperto.

Ritirò i remi quando furono lontani dagli scogli, e alzò l'albero. La barca sembrava piccolissima, adesso che lei vi stava dentro e il mare era all'esterno.

Ged issò la vela. Tutto aveva l'aria di essere stato usato a lungo, faticosamente, sebbene la vela rossocupa fosse rattoppata con grande cura e la barca fosse pulita e ben tenuta. Erano come il loro padrone: erano andate lontano, e la vita non le aveva trattate con dolcezza.

— Ora — disse Ged, — ora siamo partiti, ora siamo liberi, siamo andati, Tenar. Lo senti anche tu?

Lei lo sentiva. Una mano tenebrosa aveva allentato la stretta che aveva serrato il suo cuore per tutta la vita. Ma non provava più gioia, come l'aveva provata invece tra le montagne. Abbassò la testa tra le braccia e pianse, e le sue guance erano umide e salmastre. Piangeva per lo spreco dei suoi anni, asserviti a un male inutile. Piangeva di dolore, perché era libera.

Aveva incominciato ad apprendere il peso della libertà. La libertà è un fardello oneroso, un grande e strano fardello per lo spirito che se l'addossa. Non è agevole. Non è un dono ma una scelta, e la scelta può essere dura. La strada sale, verso la luce: ma il viandante oberato può anche non raggiungerla mai.

Ged la lasciò piangere, non le disse una parola di conforto; e non parlò neppure quando lei smise di piangere e restò seduta a guardare la bassa terra azzurra di Atuan. Il volto di lui era severo e intento, come se fosse solo: badava alla vela e al timone, pronto e taciturno, e guardava sempre avanti.

Nel pomeriggio tese il braccio a destra del sole, verso il quale stavano navigando. — Quella è Karego-At — disse. E Tenar, seguendo il suo gesto, vide la lontana massa delle colline simili a nuvole, la grande isola del re-dio. Atuan era scomparsa, alle loro spalle. Lei si sentiva il cuore pesante. Il sole le batteva negli occhi come un martello d'oro.

La cena fu pane secco, e pesce affumicato, che per Tenar aveva un sapore ripugnante, e l'acqua del barile che Ged aveva riempito a un ruscello del Capo delle Nubi la sera prima. La notte invernale scese rapida e fredda sul mare. Lontano, verso nord, videro per qualche tempo un brillio di luci, il giallo fuoco dei paesi sulla riva di Karego-At. Poi le luci svanirono nella foschia che salì dall'oceano, e loro rimasero soli nella notte senza stelle, sulle acque profonde.

Tenar si era raggomitolata a poppa; Ged si sdraiò a prua, col bariletto d'acqua per cuscino. La barca procedeva, e le lunghe onde schiaffeggiavano lievemente le fiancate sebbene il vento fosse soltanto un alito fioco da sud. Là, lontano dalle spiagge rocciose, anche il mare era silente: solo quando sfiorava la barca mormorava un poco.

— Se il vento spira da sud — chiese Tenar, bisbigliando perché bisbigliava il mare, — la barca non veleggia verso nord?

— Sì, se non bordeggiamo. Ma io ho messo il vento magico nella vela, verso occidente. Domattina dovremmo essere usciti dalle acque di Kargad. E allora lascerò che vada col vento del mondo.

— Si guida da sola?

— Sì — rispose serio Ged. — Se le do gli ordini appropriati. Non ne occorrono molti. Ha navigato nel mare aperto, oltre l'isola più lontana dello stretto orientale; è stata a Selidor, dove morì Erreth-Akbe, nell'estremo occidente. È una barca saggia ed esperta, la mia *Vistacuta*. Puoi fidarti di lei.

Nella barca mossa dalla magia sopra i grandi abissi, la ragazza giaceva guardando l'oscurità. Per tutta la sua vita aveva guardato l'oscurità: ma la notte sull'oceano era un'oscurità più grande. Era senza fine. Non c'era tetto. Proseguiva oltre le stelle. Era esistita prima della vita, e avrebbe continuato a esistere dopo. Trascendeva anche il male.

Nell'oscurità, Tenar parlò. — L'isoletta dove ti hanno donato il talismano è in questo mare?

— Sì — rispose la voce di lui, dall'oscurità. — Da qualche parte. Verso sud, forse. Non saprei ritrovarla.

— Io so chi era, la vecchia che ti ha dato l'anello.

— Lo sai?

— Mi raccontarono la storia. Faceva parte della conoscenza della Prima Sacerdotessa. Me la raccontò Thar, prima quando era presente Kossil, e poi, più ampiamente, quando fummo sole: fu l'ultima volta che mi parlò, prima di morire. In Hupun c'era una nobile casata, che lottò contro l'ascesa al potere dei sommi sacerdoti di Awabath. Il fondatore della casa era il re Thoreg, e fra i tesori che lasciò ai discendenti c'era la metà dell'anello, donatagli da Erreth-Akbe.

— Così si narra nelle *Gesta di Erreth-Akbe*. Dice... nella tua lingua dice: «Quando l'anello si spezzò, metà rimase nella mano del sommo sacerdote Intahin e metà nella mano dell'eroe. E il sommo sacerdote inviò la metà al Senza Nome, all'Antico della Terra in Atuan, e così andò nella tenebra, nei luoghi perduti. Ma Erreth-Akbe donò la sua metà alla vergine Tiarath, figlia del saggio re, dicendo: ''Che rimanga nella luce, nella dote della fanciulla, rimanga in questa terra fino a quando potrà ricongiungersi con l'altra metà''. Così parlò l'eroe prima di far vela verso occidente».

— E quindi dev'essere passata di figlia in figlia, in quella casata, per tutti quegli anni. Non era andata perduta, come pensava la tua gente. Ma quando i sommi sacerdoti si proclamarono re-sacerdoti, e poi quando i re-sacerdoti divennero imperatori e cominciarono a farsi chiamare re-dèi, la casata di Thoreg divenne sempre più povera e debole. E alla fine, così mi disse Thar, rimasero soltanto due discendenti della stirpe di Thoreg, due bambini, un maschio e una femmina. Allora era re-dio di Awabath il padre di colui che regna adesso. Fece rapire i bambini dal palazzo di Hupun. Una profezia diceva che uno dei discendenti di Thoreg di Hupun avrebbe causato la caduta dell'impero, e questo gli faceva paura. Fece rapire i bambini e li fece portare su un'isola solitaria in mezzo all'oceano, senza lasciar loro altro che gli abiti che indossavano e un po' di cibo. Non osò farli strangolare o pugnalare o uccidere col veleno: erano di sangue reale, e l'assassinio dei re attira la maledizione perfino sugli dèi. Si chiamavano Ensar e Anthil. Fu Anthil a donarti l'anello spezzato.

Ged tacque a lungo. — Ora l'intera storia è reintegrata — disse infine. — Così come l'anello è ricomposto. Ma è una storia crudele, Tenar. I bambini, l'isola, il vecchio e la vecchia che io incontrai... quasi non conoscevano il linguaggio umano.

— Vorrei chiederti una cosa.

— Chiedi.

— Non voglio andare nelle Terre Interne, a Havnor. Non è il mio posto, nelle grandi città, tra gli estranei. Io non appartengo a nessuna terra. Ho tradito il mio popolo. Non ho un popolo. E ho fatto una cosa terribile. Lasciami sola su un'isola, come furono lasciati i figli del re, su un'isola solitaria dove non ci sia nessuno. Lasciami, e porta l'Anello a Havnor. È tuo, non mio. Non ha nulla in comune con me. Lasciami vivere sola!

Lentamente, gradualmente, e tuttavia sorprendendola una luce albeggiò come una piccola luna nell'oscurità davanti a lei: la luce incantata che appariva al comando di Ged. Brillava sulla sommità del suo bastone, che Ged teneva ritto mentre stava seduto di fronte a lei, a prua. Illuminava la parte inferiore della vela con un chiarore argenteo. Ged la guardava fissa.

— Che male hai fatto, Tenar?

— Ho ordinato di rinchiudere tre uomini in una camera, sotto il trono, perché morissero di fame. Morirono di fame e di sete. Morirono, e furono sepolti nella cripta. Le Pietre Tombali sono crollate sopra le loro fosse. — S'interruppe.

— C'è altro?

— Manan.

— La sua morte pesa sulla mia anima.

— No. È morto perché mi amava e mi era devoto. Credeva di proteggermi. Ha tenuto la spada levata sopra il mio collo. Quando ero piccola, era buono con me... quando piangevo. — S'interruppe di nuovo, perché le lacrime le riempivano gli occhi, eppure non voleva più piangere. Teneva le mani contratte sulle pieghe della nera veste. — Io non sono mai stata buona con lui — disse. — Non voglio andare a Havnor. Non voglio venire con te. Trova un'isola dove non va mai nessuno, fammi sbarcare e lasciami là. Il male fatto dev'essere espiato. Io *non sono* libera.

La luce dolce, ingrigita dalla nebbia del mare, scintillava tra loro.

— Ascolta, Tenar. Ascoltami. Tu eri il ricettacolo del male. Il male si è riversato fuori. È finito. È sepolto nella propria tomba. Tu non eri fatta per la crudeltà e la tenebra: eri fatta per spandere la luce, come una lampada che irradia e dona il suo chiarore. Ho trovato la lampada spenta: non la lascerò su un'isola deserta, come un oggetto trovato e gettato via. Ti condurrò a Havnor e dirò ai principi di Earthsea: «Guardate! Nel luogo della tenebra ho trovato la luce del suo spirito. Lei ha annientato un male antico. Grazie a lei sono uscito dalla tomba. Grazie a lei ciò che era spezzato si è ricomposto, e dove regnava l'odio regnerà la pace».

— No — replicò Tenar, angosciata. — Non posso. Non è vero!

— E dopo — continuò Ged, pacatamente, — ti condurrò lontano dai principi e dai ricchi signori; perché è vero che quello non è il tuo posto. Sei troppo giovane e troppo saggia. Ti condurrò nella mia terra, a Gont, dove sono nato, dal mio vecchio maestro Ogion. Ormai è vecchio, ed è un grandissimo mago, un uomo dal cuore sereno. Lo chiamano «il Taciturno». Vive in una casetta, sulle grandi scogliere di Re Albi, sopra il mare. Ha qualche capra, e un orticello. In autunno vaga per l'isola, solo, tra le foreste e le montagne e le valli dei fiumi. Un tempo vissi con lui, quando ero più giovane di quanto tu sia ora. Non rimasi a lungo: non ebbi il buonsenso di rimanere. Me ne andai in cerca del male, e infatti lo trovai... Ma tu stai fuggendo dal male, e cerchi la libertà; cerchi il silenzio, per qualche tempo, in attesa di trovare la tua strada. Là troverai bontà e silenzio, Tenar. Là la lampada arderà per un poco lontano dal vento. Lo farai?

La nebbia del mare alitava grigia tra i loro volti. La barca si sollevava leggera sulle onde lunghe. Intorno a loro c'era la notte, sotto di loro il mare.

— Lo farò — disse Tenar, con un lungo sospiro. E poi, dopo una pausa: — Oh, vorrei che fosse presto... che potessimo andare là adesso...

— Non ci vorrà molto, piccola.

— E tu verrai ancora, là?

— Quando potrò, verrò.

La luce si era spenta; era tutto buio, intorno a loro.

Dopo le albe e i tramonti, dopo i giorni di bonaccia e i venti gelidi del loro viaggio invernale, giunsero al mare Interno. Veleggiarono sulle rotte affollate, tra le grandi navi, attraverso lo stretto di Ebavnor, e nella baia serrata nel cuore di Havnor, e attraverso la baia giunsero al Grande Porto di Havnor. Videro le torri bianche, e tutta la città, candida e radiosa nella neve. I tetti dei ponti e le rosse tegole delle case erano coperti di neve, e le sartie delle cento navi attraccate nel porto scintillavano di ghiaccio nel sole invernale. La notizia del loro arrivo li aveva preceduti, perché la rossa vela rattoppata della *Vistacuta* era ben nota in quei mari: una grande folla si era radunata sulle banchine innevate, e vessilli colorati garrivano sopra la gente nel freddo vento luminoso.

Tenar sedeva a poppa, eretta, nel lacero mantello nero. Guardò l'anello che le cingeva il polso, e poi la riva affollata e multicolore, e i palazzi e le altissime torri. Alzò la mano destra, e il sole lampeggiò sull'argento dell'anello. Si levò un'acclamazione, fievole e gioiosa nel vento, sopra l'acqua inquieta. Ged guidò la barca verso il molo. Cento mani si protesero ad afferrare la corda che lui lanciò verso la bitta. Balzò sulla banchina e si voltò, tendendo la mano a Tenar. — Vieni! — disse sorridendo, e lei si alzò e salì. Grave in volto, camminò al suo fianco per le bianche strade di Havnor, tenendogli la mano, come una bimba che ritorna a casa.

LA SPIAGGIA
PIÙ LONTANA

L'ALBERO DI ROWAN

Nel Cortile della Fontana il sole di marzo splendeva attraverso le giovani fronde dei frassini e degli olmi, e l'acqua zampillava e ricadeva nell'ombra e nella luce chiara. Il cortile scoperto era cinto da quattro alti muri di pietra. E oltre quei muri c'erano stanze e cortili, passaggi, corridoi, torri, e poi le mura di cinta della Grande Casa di Roke, capaci di resistere all'assalto della guerra o del terremoto o dello stesso mare, poiché erano costruite non solo di pietra ma anche di magia invincibile. Perché Roke è l'Isola dei Saggi, e vi viene insegnata l'arte magica; e la Grande Casa è la scuola e il centro della magia; è il luogo centrale della Casa è quel piccolo cortile, racchiuso tra i muri, dove zampilla la fontana e gli alberi stanno impavidi nella pioggia o nel sole o nella luce delle stelle.

L'albero più vicino alla fontana, un rowan poderoso, aveva aggobbito e screpolato la pavimentazione di marmo con le sue radici. Vene di muschio verde-vivo colmavano quelle crepe, diffondendosi dall'area erbosa intorno alla vasca. C'era un ragazzo, seduto lì su quella bassa gibbosità di marmo e di muschio, e seguiva con lo sguardo la caduta dello zampillo centrale della fontana. Era quasi un uomo, e tuttavia era ancora un ragazzo; snello, e vestito riccamente. Il suo volto sembrava fuso nel bronzo dorato, tanto era ben modellato e immobile.

Dietro di lui, a una quindicina di passi di distanza, sotto gli alberi all'estremità opposta del prato centrale, stava ritto un uomo: o almeno, tale appariva. Era difficile esserne certi, in quel mutevole fremito di ombre e di calda luce. Senza dubbio era presente: un uomo biancovestito, ritto e immobile. Mentre il ragazzo guardava la fontana, l'uomo guardava il ragazzo. Non c'erano suoni o movimenti: solo il gioco delle fronde e il gioco dell'acqua, e il suo canto incessante.

L'uomo avanzò. Un refolo di vento scosse l'albero di rowan, agitando le foglie appena dischiuse. Il ragazzo balzò in piedi, agile e sorpreso. Si voltò verso l'uomo e s'inchinò. — Mio signore arcimago — disse.

L'uomo si fermò davanti a lui: una figura non troppo alta, eretta, vigorosa, in un manto di lana bianca con cappuccio. Al di sopra delle pieghe del cappuccio abbassato, il suo volto grifagno, bruno-rossicico, con una guancia sfigurata da vecchie cicatrici. Gli occhi erano vividi e ardenti, fierissimi. Tuttavia parlò in tono gentile. — È un luogo piacevole per sostare, il Cortile della Fontana — disse; e poi, prevenendo le parole di scusa del ragazzo: — Tu hai compiuto un lungo viaggio e non hai riposato. Torna a sederti.

S'inginocchiò sul candido bordo della vasca e protese la mano verso il cerchio di gocce scintillanti che cadevano dalla conca più alta della fontana, lasciandosi scorrere l'acqua tra le dita. Il ragazzo si sedette di nuovo sulle piastrelle aggobbite, e per un attimo nessuno dei due parlò.

— Tu sei il figlio del principe di Enlad e delle Enlades — disse l'arcimago, — erede del principato di Morred. Non esiste un'eredità più antica, in tutto Earthsea, né più bella. Ho visto i frutteti di Enlad in primavera e gli aurei tetti di Berila... Come ti chiami?

— Mi chiamo Arren.

— Dev'essere una parola del dialetto della tua terra. Cosa significa, nella nostra lingua comune?

Il ragazzo disse: — Spada.

L'arcimago annuì. Ci fu di nuovo un silenzio, e poi il ragazzo disse, senza baldanza ma senza timidezza: — Pensavo che l'arcimago conoscesse tutte le lingue.

L'uomo scosse il capo, guardando la fontana.

— E tutti i nomi...

— Tutti i nomi? Soltanto Segoy, che pronunciò la Prima Parola facendo sorgere tutte le isole dal profondo del mare, conosceva tutti i nomi. — Lo sguardo vivido e ardente si fissò sul volto di Arren. — Certo, se mi fosse necessario conoscere il tuo nome lo conoscerei. Ma non è necessario. Ti chiamerò Arren; e io sono Sparviero. Dimmi, com'è stato il viaggio che ti ha condotto qui?

— Troppo lungo.

— I venti erano contrari?

— I venti erano propizi, mio signore Sparviero, ma le notizie che porto sono nefaste.

— E allora dille — invitò in tono grave l'arcimago, ma come se accondiscendesse all'impazienza di un bambino; e mentre Arren parlava, guardò ancora il velo cristallino di gocciole d'acqua che cadevano dalla vasca superiore a quella inferiore, non già come se non ascoltasse ma come se ascoltasse qualcosa di più delle parole del ragazzo.

— Tu sai, mio signore, che il principe mio padre è un mago, poiché appartiene alla stirpe di Morred e in gioventù ha trascorso un anno qui a Roke. Possiede un certo potere e una certa conoscenza, sebbene usi raramente le sue arti poiché è troppo preso dal governo del suo reame, delle città e del commercio. Le flotte delle nostre isole si avventurano verso l'orizzonte fino allo Stretto Occidentale, per acquistare zaffiri e pelli di bue e stagno, e all'inizio dell'inverno un capitano è ritornato alla nostra città, Berila, e ha raccontato in giro una storia che è giunta fino agli orecchi di mio padre; e lui l'ha mandato a chiamare perché gliela ripetesse. — Il ragazzo parlava rapidamente, in tono sicuro. Era stato educato tra genti civili e raffinate, e non aveva la solita timidezza vergognosa dei giovani.

— Il capitano ha detto che sull'isola di Narveduen, situata all'incirca a cinquecento miglia da noi, verso occidente, sulle rotte delle navi, non c'è più magia. Gli incantesimi non vi avevano potere, ha detto, e le parole dell'arte erano state dimenticate. Mio padre ha chiesto se tutti gli incantatori e le streghe avevano abbandonato l'isola, e quello ha risposto di no: c'erano alcuni che erano stati incantatori, ma non gettavano più sortilegi, neppure i più modesti, per riparare le brocche o ritrovare un ago perduto. E mio padre ha domandato se la popolazione di Narveduen non era sconfortata. E il capitano ha risposto nuovamente di no: sembrava che non se ne curassero. E in verità, ha riferito, tra loro c'erano molte infermità, e il raccolto autunnale era stato molto scarso, eppure sembrava che non si curassero neppure di questo. Ha detto (io ero presente, quando ha parlato al principe): «Erano come malati; come un uomo cui è stato detto che deve morire entro l'anno ma pensa che la profezia non è vera e che vivrà in eterno. Se ne vanno in giro», ha detto, «senza guardare il mondo». Quando hanno fatto ritorno altri due mercanti, hanno confermato che Narveduen era divenuta una terra povera e aveva perso l'arte della magia. Ma erano soltanto le dicerie dello Stretto Occidentale, che sono sempre state strane; e mio padre è stato l'unico a darsene veramente pensiero.

«Poi, nell'Anno Nuovo, alla Festa degli Agnelli che si celebra a Enlad, quando le mogli dei pastori vengono in città portando i primi nati del gregge, mio padre ha designato l'incantatore Radice perché pronunciasse sugli agnelli le formule magiche della crescita. Ma Radice è tornato al nostro palazzo con aria depressa, ha deposto il bastone e ha detto: "Mio signore, non posso recitare gli incantesimi". Mio padre l'ha interrogato, ma quello ha saputo rispondere soltanto: "Ho dimenticato le parole e lo schema". Allora mio padre si è recato sulla piazza del mercato e ha recitato personalmente gli incantesimi, e la festa si è compiuta. Ma quella sera io l'ho visto rientrare nel palazzo; ed era incupito e stanco, e mi ha detto: "Ho pronunciato le parole, ma non so se avessero un significato". E in verità ci sono stati guai nelle greggi, questa primavera: molte pecore sono morte di parto, e molti agnelli sono nati morti, e alcuni sono... deformi. — La voce ferma e diligente del ragazzo si abbassò; rabbrividì nel pronunciare quella parola, e deglutì. — Ne ho visto qualcuno — disse. Ci fu una pausa.

«Mio padre ritiene che questo episodio, e la storia di quanto è avvenuto a Narveduen, dimostrino la presenza di qualche forza malefica all'opera nella nostra parte del mondo. E desidera il consiglio del Saggio.

— Il fatto che abbia inviato te dimostra che il suo desiderio è assillante — disse l'arcimago. — Tu sei il suo unico figlio, e il viaggio da Enlad a Roke non è breve. C'è altro da aggiungere?

— Solo le storie di certe vecchie comari, venute dalle colline.

— E cosa dicono le vecchie comari?

— Che tutte le predizioni lette dalle streghe nel fumo e nelle pozze d'acqua parlano di mali, e che i loro filtri d'amore sono inefficaci. Ma si tratta di gente che non conosce la vera magia.

— Le predizioni della sorte e i filtri d'amore non hanno grande importanza, ma è opportuno ascoltare ciò che dicono le vecchie. Ebbene, il tuo messaggio verrà discusso dai Maestri di Roke. Ma io non so, Arren, quale consiglio potranno dare a tuo padre. Perché Enlad non è la prima terra da cui giungono simili notizie.

La spedizione che Arren aveva compiuto dal nord, oltre la grande isola di Havnor e attraverso il Mare Interno fino a Roke, era il suo primo viaggio per mare. Solo in quelle ultime settimane aveva visto terre che non appartenevano alla sua patria, e s'era reso conto della distanza e della diversità, e aveva compreso che esisteva un mondo grandissimo, oltre le colline amene di Enlad, e che era popolato da molte genti. Non si era ancora abituato a pensare in grande; perciò impiegò qualche istante a capire. — E dove altro? — chiese allora, un po' sbigottito. Perché aveva sperato di poter portare a Enlad un pronto rimedio.

— Nello Stretto Meridionale, all'inizio. Ultimamente, perfino nel sud dell'arcipelago, a Wathort. Gli uomini dicono che a Wathort non si compiono più magie. È difficile averne la certezza. Da molto tempo quella terra è in mano a ribelli e pirati; e ascoltare un mercante meridionale è ascoltare una menzogna, come si dice. Eppure la storia non cambia mai: le sorgenti della magia si sono inaridite.

— Ma qui, su Roke...

— Qui su Roke non ne abbiamo risentito. Siamo protetti contro le tempeste e i mutamenti e la malasorte. Fin troppo protetti, forse. Principe, ora cosa farai?

— Ritornerò a Enlad, quando potrò portare a mio padre una risposta chiara sulla natura di questo male e sul rimedio.

L'arcimago lo guardò di nuovo: e stavolta, nonostante il suo addestramento, Arren distolse lo sguardo. Non sapeva perché: non c'era nulla di scostante nell'espressione di quegli occhi scuri. Erano imparziali, sereni, pietosi.

Tutti, a Enlad, guardavano con rispetto suo padre, e lui era il figlio di suo padre. Nessuno l'aveva mai guardato in quel modo: non già come Arren, principe di Enlad, figlio del sovrano regnante, ma come Arren e basta. Non voleva pensare che temeva lo sguardo dell'arcimago, e tuttavia non sapeva sostenerlo. Sembrava che ingrandisse ancor più il mondo intorno a lui; e adesso non soltanto Enlad diventava insignificante, ma lo diveniva anche lui, e agli occhi dell'arcimago era solo una figura piccola, molto piccola, in un immenso scenario di terra cinta dal mare su cui aleggiava l'oscurità.

Rimase seduto, a strappare piccoli ciuffi del muschio che cresceva nelle crepe del lastricato, e dopo qualche istante parlò; e sentì la propria voce, divenuta profonda solo in quegli ultimi due anni, risuonare sottile e rauca: — E farò quello che mi comanderai.

— Hai il dovere di ubbidire a tuo padre, non a me — disse l'arcimago.

Teneva ancora gli occhi fissi su Arren, e in quel momento il ragazzo alzò la testa. Nel compiere quell'atto di sottomissione aveva dimenticato ogni cosa, ma adesso vedeva l'arcimago: il più grande incantatore di tutto Earthsea, l'uomo che aveva tappato il Nero Pozzo di Fundaur e aveva strappato l'Anello di Erreth-Akbe alle Tombe di Atuan e aveva costruito la possente diga marina di Nepp; il navigatore che conosceva tutti i mari da Astowell a Selidor; l'unico Signore dei Draghi vivente. E adesso stava lì, inginocchiato accanto a una fontana: un uomo non più giovane, di statura modesta, dalla voce quieta e dagli occhi profondi come la sera.

In tutta fretta, Arren si alzò e si inginocchiò secondo la consuetudine. — Mio signore — disse, balbettando, — permetti che io ti serva!

Tutta la sua sicurezza era svanita: aveva il volto avvampato, e la sua voce tremava.

Al fianco portava una spada, entro un fodero di cuoio istoriato a intarsi rossi e oro; ma la spada era semplicissima, con l'elsa consunta di bronzo argentato. La sguainò prontissimo, e ne presentò l'elsa all'arcimago, come un vassallo al suo principe.

L'arcimago non tese la mano per toccare l'impugnatura della spada. Guardò l'arma, e poi guardò Arren. — È tua, non mia — disse. — E tu non sei il servitore di nessuno.

— Ma mio padre ha detto che potevo restare su Roke fino a quando avessi appreso cos'è questo maleficio, e magari un po' dell'arte: non ho esperienza, non credo di avere del potere, ma tra i miei antenati c'erano alcuni maghi... Se potessi imparare, in un modo o nell'altro, a rendermi utile a te...

— I tuoi antenati — disse l'arcimago, — erano re prima di essere maghi.

Si alzò, e a passi silenziosi ed energici si accostò ad Arren, gli prese la mano e lo fece alzare. — Ti ringrazio per la tua offerta di servirmi; e sebbene non l'accetti in questo momento, forse lo farò dopo che avremo tenuto consiglio sul problema. Non si può rifiutare a cuor leggero l'offerta di uno spirito generoso. E non si può respingere la spada del figlio di Morred così avventatamente. Ora va'. Il ragazzo che ti ha condotto qui provvederà perché tu possa mangiare, fare un bagno e riposarti. Va'. — E sospinse Arren, gentilmente, con una mano tra le scapole. Era una familiarità che nessuno si era mai permesso, e che da parte di chiunque altro avrebbe destato il risentimento del giovane principe; ma lui sentì il contatto dell'arcimago come un fremito di esaltazione. Perché si era innamorato.

Era sempre stato un ragazzo molto attivo, che amava gli svaghi e trovava piacere e orgoglio nella destrezza del corpo e della mente, ed eseguiva con diligenza i suoi doveri cerimoniali e di rappresentanza, che non erano né lievi né semplici. Tuttavia non si era mai votato interamente a qualcosa. Aveva avuto tutto, e aveva fatto tutto facilmente: era stato tutto un gioco, e lui aveva giocato ad amare. Ma adesso i suoi sentimenti più profondi erano stati risvegliati, e non da un gioco o da un sogno ma dall'onore e dal pericolo e dalla saggezza, da un volto sfigurato e da una voce quieta e da una mano scura che stringeva - noncurante del proprio potere - il bastone di tasso che accanto all'impugnatura intarsiata in argento sul legno nero portava la Runa Perduta dei Re.

Così il primo passo di chi abbandona la fanciullezza si compie all'improvviso, senza guardare né avanti né indietro, senza prudenza e senza riserve.

Dimenticando ogni commiato cerimonioso Arren si avviò svelto verso la porta, impacciato, radioso, ubbidiente. E Ged l'arcimago lo seguì con lo sguardo mentre usciva.

Ged rimase ancora per qualche tempo accanto alla fontana, sotto il frassino, poi levò il volto verso il cielo inondato di sole. — Un messaggero gentile per un triste annuncio — disse, a mezza voce, quasi parlasse alla fontana. La fontana non l'ascoltò, e continuò a parlare con la sua lingua argentea, e Ged rimase in ascolto per lunghi istanti. Poi, avviandosi verso un'altra porta che Arren non aveva visto, e che in verità ben pochi occhi avrebbero scorto per quanto scrutassero attentamente, disse: — Maestro Portinaio.

Apparve un ometto d'età indefinibile. Non era giovane, e veniva istintivo chiamarlo vecchio, ma quella parola non gli si addiceva. Il suo volto era asciutto e del colore dell'avorio, e aveva un sorriso simpatico che tracciava lunghe curve sulle sue guance. — Cosa c'è, Ged? — chiese.

Infatti erano soli, e lui era una delle sette persone al mondo che conoscevano il nome dell'arcimago. Le altre erano il Maestro dei Nomi di Roke; e Ogion il Taciturno, il mago di Re Albi che molto tempo addietro, sulla montagna di Gont, aveva dato a Ged quel nome; e la Bianca Signora di Gont, Tenar dell'Anello; e un incantatore di un villaggio di Iffish, chiamato Veccia; e ancora a Iffish la moglie di un carpentiere, madre di tre figlie, che ignorava la magia ma era sapiente in altre cose, e che era chiamata Millefoglie; e infine, dall'altra parte di Earthsea, all'estremo occidente, due draghi: Orm Embar e Kalessin.

— Dovremo riunirci, questa sera — disse l'arcimago. — Io andrò dal Maestro degli Schemi. E manderò a chiamare Kurremkarmerruk, perché riponga gli elenchi e lasci riposare i suoi discepoli per una serata e venga da noi, anche se non in persona. Tu provvederai agli altri?

— Sì — rispose il Portinaio, sorridendo, e se ne andò; e anche l'arcimago se ne andò; e la fontana continuò a parlare a se stessa, serenamente, incessantemente, nel sole dell'inizio di primavera.

In qualche luogo, a ovest della Grande Casa di Roke e spesso un po' a sud, si vede di solito il Bosco Immanente. Non appare sulle mappe e non c'è modo di penetrarvi, se non per coloro che ne conoscono il modo e la strada. Ma anche i novizi e i contadini e gli abitanti delle città possono vederlo, sempre da una certa distanza: un bosco d'alberi molto alti, le cui foglie hanno una sfumatura dorata nel loro verdeggiare, perfino in primavera. E tutti - i novizi, i contadini, gli abitanti delle città - pensano che il Bosco si muova in modo enigmatico e sconcertante. Ma s'ingannano, perché il Bosco non si muove. Le sue radici sono le radici dell'essere. È tutto il resto, a muoversi.

Ged aveva lasciato la Grande Casa e camminava tra i campi. Si tolse il mantello bianco, perché il sole era al meriggio. Un contadino che stava arando le brune pendici di un colle levò la mano in atto di saluto, e Ged rispose con un gesto uguale. Stormi di uccellini s'innalzarono nell'aria, cantando. L'erba scintilla stava incominciando a fiorire nei prati e lungo le strade. A grande altezza, un falco tracciò un ampio arco nel cielo. Ged lo guardò, e levò di nuovo la mano. Il falco si tuffò, in un fremito di piume gonfie di vento, e si posò sul polso proteso, stringendolo con i gialli artigli. Non era uno sparviero, bensì un grande falcone di Ender, un falco pescatore screziato di bianco e di bruno. Guardò in tralice l'arcimago con un tondo occhio d'oro fulgido, poi sbatté il becco adunco e lo fissò con entrambi gli occhi dorati. — Intrepido — gli disse l'arcimago nella lingua della Creazione.

Il grosso falco sbatté le ali e strinse più forte gli artigli, guardandolo.

— Va', dunque, fratello intrepido.

Il contadino, lontano sulla collina sotto il cielo luminoso, si era soffermato a guardare. Una volta, l'autunno precedente, aveva visto l'arcimago farsi discendere sul polso un uccello selvatico: e dopo un attimo non aveva più visto l'uomo, ma due falchi che ascendevano nel vento.

Questa volta si separarono, mentre il contadino stava a osservare: l'uccello s'involò nell'aria, l'uomo riprese a camminare attraverso i campi fangosi.

Ged raggiunse il sentiero che conduceva al Bosco Immanente, un sentiero che procedeva sempre diritto anche se il tempo e il mondo gli si aggiravano intorno tortuosamente: e percorrendolo giunse presto sotto l'ombra degli alberi.

Alcuni di quegli alberi avevano un tronco immane. Quando li si guardava, si poteva credere finalmente che il Bosco non si muovesse mai: erano come torri esistenti da tempo immemorabile e ingrigite dagli anni; le loro radici erano come le radici delle montagne. Eppure erano i più antichi, e alcuni avevano le fronde già rade e qualche ramo morto. Non erano immortali. In mezzo ai giganti crescevano arboscelli, alti e vigorosi, con chiome di fogliame vivido, e pianticelle ancora più giovani, esili fuscelli fronzuti non più alti di una bambina.

Il suolo ai piedi degli alberi era soffice, arricchito dalle foglie imputridite di tanti anni. Vi crescevano felci e piccole piante dei boschi; ma c'era un'unica specie di albero, che non aveva nome nella lingua hardese di Earthsea. Sotto le fronde l'aria aveva un fresco profumo di terra, e un sapore come di viva acqua di sorgente.

In una radura aperta molti anni prima dalla caduta di un enorme albero, Ged incontrò il Maestro degli Schemi, che viveva nel Bosco e non ne usciva mai o quasi mai. Aveva i capelli gialli come il burro: non era originario dell'arcipelago. Dopo il ritorno dell'Anello di Erreth-Akbe, i barbari di Kargad avevano smesso le incursioni instaurando rapporti di pacifico commercio con le Terre Interne. Non erano tipi amichevoli, e si tenevano in disparte. Ma di tanto in tanto un giovane guerriero o il figlio di un mercante si spingeva tutto solo verso ovest, attirato dall'amore per l'avventura o dal desiderio di apprendere la magia. E così era giunto dieci anni prima il Maestro degli Schemi: un giovane selvaggio di Karego-At, con la spada alla cintura e un pennacchio rosso sulla testa, arrivato a Gont in un mattino di pioggia; aveva detto al Portinaio, in hardese stentato e imperioso: — Io vengo per imparare! — E adesso stava sotto gli alberi, nella luce verde-dorata, alto e bello, con i lunghi capelli chiari e gli strani occhi verdi, il Maestro degli Schemi di Earthsea.

Forse conosceva anche lui il nome di Ged; ma se anche lo conosceva, non lo pronunciava mai. Si scambiarono un saluto in silenzio.

— Cosa stai osservando? — chiese l'arcimago, e l'altro gli rispose: — Un ragno.

Tra due alti fili d'erba, nella radura, un ragno aveva intessuto una ragnatela, un cerchio delicatamente sospeso. Gli argentei fili riflettevano la luce del sole. Al centro attendeva il tessitore, una cosettina nero-grigia non più grande di una pupilla.

— Anche quello è un maestro di schemi — disse Ged, studiando l'ingegnosa ragnatela.

— Che cos'è il male? — chiese l'uomo più giovane.

La ragnatela rotonda, con il suo centro nero, sembrava osservarli entrambi.

— Una ragnatela intessuta da noi uomini — rispose Ged.

In quel bosco non c'erano uccelli che cantassero. Era silente e caldissimo, nella luce del meriggio. Intorno a loro stavano gli alberi e le ombre.

— Sono giunte notizie da Narveduen e da Enlad: identiche.

— Sud e sudovest. Nord e nordovest — disse il Maestro degli Schemi, senza distogliere lo sguardo dalla tela rotonda.

— Verremo qui, questa sera. È il luogo più indicato per tenervi consiglio.

— Io non ho consigli da dare. — Il Maestro degli Schemi posò lo sguardo su Ged, e i suoi occhi verdi erano freddi. — Ho paura — disse. — C'è paura. Paura delle radici.

— Sì — replicò Ged. — Dobbiamo cercare le sorgenti più profonde, credo. Abbiamo goduto troppo a lungo della luce del sole, crogiolandoci nella pace apportata dall'Anello, realizzando piccole cose, pescando nei bassi fondali. Questa notte dobbiamo interrogare gli abissi. — E lasciò solo il Maestro degli Schemi, che continuava a fissare il ragno tra l'erba assolata.

Al limitare del Bosco, dove le fronde dei grandi alberi si protendevano all'esterno, sul terreno normale, si sedette con la schiena appoggiata a una radice possente e col bastone sulle ginocchia. Chiuse gli occhi, come se riposasse, e trasmise un messaggio del suo spirito oltre le colline e i campi di Roke, verso nord, verso il promontorio assediato dal mare dove sorgeva la Torre Isolata.

— Kurremkarmerruk — disse in spirito; e il Maestro dei Nomi alzò la testa dal grosso volume dei nomi di radici e erbe e foglie e semi e petali che stava leggendo ai suoi allievi, e disse: — Sono qui, mio signore.

Poi ascoltò (era un uomo alto e magro, con i capelli canuti sotto il cappuccio scuro), e gli studenti seduti agli scrittoi nella stanza della torre lo guardarono e si scambiarono occhiate.

— Verrò — disse Kurremkarmerruk, e chinò di nuovo la testa sul libro, dicendo: — Ora, il petalo del fiore del moli ha un nome, che è *iebera*, e anche il sepalo ha un nome, che è *partonath*; e anche stelo e foglia e radice hanno il loro nome...

Ma sotto il suo albero l'arcimago Ged, che conosceva tutti i nomi dell'erba moli, ritrasse il pensiero; e, tese più comodamente le gambe e tenendo chiusi gli occhi, poco dopo si addormentò nella luce del sole maculata dal fogliame.

I MAESTRI DI ROKE

La Scuola di Roke è il luogo dove i ragazzi che si dimostrano promettenti nel campo della magia vengono inviati da tutte le Terre Interne di Earthsea ad apprendere le più alte forme di quell'arte. Là divengono esperti in ogni tipo d'incantesimi, e imparano nomi e simboli e facoltà e sortilegi, e ciò che deve e ciò che non deve essere fatto, e perché. E là, dopo lunghi esercizi, e se la mano e la mente e lo spirito procedono insieme, possono essere nominati incantatori, e ricevono il bastone del potere. Solo su Roke si fanno i veri incantatori.

Poiché vi sono fattucchieri e streghe su tutte le isole, e l'uso della magia è necessario al popolo quanto il pane, e delizioso come la musica, la Scuola di Magia è un luogo tenuto in grande onore. I nove maghi che sono Maestri della Scuola vengono considerati pari ai grandi principi dell'arcipelago. Il loro capo, il Custode di Roke, l'arcimago, non è tenuto a rispondere a nessun altro eccettuato il Re di Tutte le Isole: e solo per un atto di fedeltà, per un dono del cuore, poiché neppure un re può costringere un mago così grande a servire la legge comune, se la sua volontà è diversa. Eppure, anche durante i secoli senza re, gli arcimaghi di Roke avevano serbato la fedeltà e avevano servito la legge comune. A Roke tutto procedeva come avveniva da molte centinaia d'anni: era un luogo che sembrava al riparo da ogni tipo di angustie, e le risate dei ragazzi risuonavano nei cortili echeggianti e negli ampi e freddi corridoi della Grande Casa.

Colui che guidava Arren nella scuola era un ragazzo robusto: portava il mantello trattenuto al collo da un fermaglio d'argento, poiché aveva superato il noviziato e ormai era un incantatore riconosciuto, e studiava per guadagnarsi il bastone. Veniva chiamato Azzardo «perché», diceva, «i miei genitori avevano sei figlie, e secondo mio padre il settimo figlio era una puntata d'azzardo contro il fato». Era un compagno simpatico, pronto di mente e di lingua. In un altro momento, Arren avrebbe apprezzato il suo spirito; ma quel giorno era troppo assorto. Non gli prestava grande attenzione, in verità. E Azzardo, che provava un desiderio naturale di essere giudicato importante, cominciò ad approfittare della distrazione dell'ospite. Gli raccontò strani fatti a proposito della Scuola, e poi gli disse strane menzogne, e ogni volta Arren replicava «Oh, sì», oppure «Capisco», tanto che alla fine Azzardo lo giudicò un principesco imbecille.

— Naturalmente, qui non cucinano — disse, conducendolo oltre le immense cucine di pietra, animate dal luccichio dei paioli di rame e dal tintinnio dei coltelli per affettare e dall'acre odore delle cipolle, che faceva lacrimare gli occhi. — È solo per fare scena. Noi andiamo al refettorio e ciascuno fa apparire con incantesimi ciò che preferisce mangiare. Così ci si risparmia anche la fatica di lavare i piatti.

— Sì, capisco — disse educatamente Arren.

— Naturalmente i novizi che non hanno ancora imparato i sortilegi dimagriscono spesso, durante i primi mesi trascorsi qui; ma poi imparano. C'è un ragazzo di Havnor che cerca sempre di far apparire un pollo arrosto ma non ottiene mai altro che una pappa di miglio. Sembra che non riesca a progredire. Ieri ha fatto apparire anche un merluzzo secco. — Azzardo stava diventando rauco per lo sforzo di indurre l'ospite all'incredulità. Poi desistette e smise di parlare.

— Dove... da quale terra viene l'arcimago? — chiese l'ospite, senza neppure guardare l'imponente galleria che stavano percorrendo e che aveva le pareti e il soffito a volta ornati dall'Albero dalle Mille Foglie.

— Gont — rispose Azzardo. — Era capraio in un villaggio.

Di fronte a quel fatto semplice e ben noto, il ragazzo venuto da Enlad si voltò a guardare con incredula disapprovazione il suo accompagnatore. — Un capraio?

— Lo sono quasi tutti gli abitanti di Gont, a meno che siano pirati o incantatori. Non ho detto che sia un capraio adesso, sai!

— Ma com'è possibile che un capraio diventi arcimago?

— Come può diventarlo un principe! Venendo a Roke e superando tutti i Maestri, rubando l'anello di Atuan, navigando nello Stretto dei Draghi, dimostrandosi il mago più grande che sia mai vissuto dopo Erreth-Akbe... E come, se no?

Uscirono dalla galleria, alla porta settentrionale. Il tardo pomeriggio splendeva caldo sulle rugose colline e sui tetti di Città Thwil e sulla baia. Si fermarono a parlare. Azzardo disse: — Naturalmente, questo appartiene ormai al passato. Non ha fatto molto, da quando è stato nominato arcimago. Non fanno mai molto. Se ne stanno tranquilli a Roke e sorvegliano l'Equilibrio, immagino. E ormai è molto vecchio.

— Vecchio? Vecchio quanto?

— Oh, quaranta o cinquant'anni.

— L'hai visto?

— Certo, che l'ho visto — rispose brusco Azzardo. Il principesco imbecille, a quanto sembrava, era anche un principesco presuntuoso.

— Spesso?

— No. Vive molto solo. Ma appena arrivai a Roke lo vidi, nel Cortile della Fontana.

— È stato là che ho parlato con lui, oggi — disse Arren.

Il suo tono indusse Azzardo a guardarlo, e poi a replicare: — È stato tre anni fa. Ed ero tanto impaurito che per la verità non lo guardai neppure. Ero molto giovane, certo. Ma è difficile vedere chiaramente le cose, là dentro. Ricordo soprattutto la sua voce, e l'acqua che scorreva dalla fontana. — Dopo un momento aggiunse: — Ha l'accento di Gont.

— Se potessi parlare ai draghi nella loro lingua — disse Arren, — non mi preoccuperei del mio accento.

A quelle parole, Azzardo lo guardò con una sfumatura d'approvazione e chiese: — Sei venuto qui per entrare nella scuola, principe?

— No. Ho portato all'arcimago un messaggio da parte di mio padre.

— Enlad è uno dei principati del regno, no?

— Enlad, Ilien e Way. Havnor e Ea, un tempo: ma in quelle terre la dinastia discesa dai re si è estinta. Ilien discende da Gemal, Nato dal Mare, tramite Maharion, che fu re di tutte le isole. Way, da Akambar e dalla Casa di Shelieth. Enlad, che è il casato più antico, da Morred, tramite suo figlio Serriadh e la Casa di Enlad.

Arren recitò le genealogie con aria sognante, come uno scolaro ben istruito che pensa ad altro.

— Credi che vedremo di nuovo un re in Havnor, nel corso della nostra vita?

— Non me ne sono mai dato molto pensiero.

— In Ark, il luogo da cui vengo io, la gente ci pensa. Adesso facciamo parte del principato di Ilien, vedi, da quando è stata conclusa la pace. Quanto tempo è trascorso, diciassette anni o diciotto, da quando l'Anello della Runa del Re fu riportato alla Torre dei Re, in Havnor? Per qualche tempo le cose andarono meglio, ma adesso è peggio che mai. È tempo che ci sia di nuovo un re sul trono di Earthsea, un re che impugni il Segno della Pace. La gente è stanca di guerre e di scorrerie, e di mercanti che impongono prezzi eccessivi e di principi che pretendono tasse esose, e della confusione dei potenti indisciplinati. Roke è una guida, ma non può governare. Qui sta l'Equilibrio, ma il Potere dovrebbe essere nelle mani del re.

Azzardo parlava con interesse sincero, abbandonando ogni scherzo, e finalmente aveva attirato l'attenzione di Arren. — Enlad è una terra ricca e pacifica — disse lentamente. — Non si è mai immischiata in queste rivalità. Sentiamo parlare delle difficoltà di altre terre. Ma non c'è più stato un re sul trono di Havnor da quando morì Maharion: ottocento anni. Credi che le terre accetterebbero davvero un re?

— Sì, se venisse in pace e in forza; se Roke e Havnor riconoscessero le sue rivendicazioni.

— E c'è una profezia che dev'essere realizzata, non è così? Maharion disse che il prossimo re sarebbe stato un mago.

— Il Maestro Cantore è un havnoriano e s'interessa a questi argomenti, e da tre anni non fa che ripeterci quelle parole. Maharion disse: *Erediterà il mio trono colui che ha attraversato vivo la terra tenebrosa ed è giunto alle lontane spiagge del giorno.*

— Quindi un mago.

— Sì, poiché solo un mago o un incantatore può andare tra i morti nella terra tenebrosa e farne ritorno. Comunque, non la si *attraversa*. Almeno, ne parlano sempre come se avesse un unico confine, oltre il quale si estende all'infinito. E poi, cosa sono le *lontane spiagge del giorno*? Ma così dice la profezia dell'Ultimo Re, e perciò un giorno nascerà qualcuno che la realizzerà. E Roke lo riconoscerà, e le flotte e gli eserciti e le nazioni accorreranno a lui. E allora ci sarà di nuovo la maestà al centro del mondo, nella Torre dei Re, in Havnor. Io accorrerei volentieri a uno come lui; servirei un vero re con tutto il mio cuore e tutta la mia arte — disse Azzardo, e poi rise e scrollò le spalle, perché Arren non pensasse che si lasciava trasportare dall'emozione. Ma Arren lo guardò amichevolmente, pensando *lui proverebbe per il re quello che io provo per l'arcimago*. A voce alta disse: — Un re avrebbe bisogno di circondarsi di uomini come te.

Rimasero lì, immersi ognuno nei propri pensieri e tuttavia con spirito cameratesco, fino a quando un gong risuonò echeggiante nella Grande Casa, dietro di loro.

— Ecco! — disse Azzardo. — Lenticchie e cipolle per cena, questa sera. Vieni.

— Mi sembrava di aver capito che non cucinano — osservò Arren in tono sognante, seguendolo.

— Oh, qualche volta... per sbaglio...

Non c'era magia, in quel pasto, ma c'era molta sostanza. Poi uscirono per i campi, nel tenero azzurro del crepuscolo. — Questo è il colle Roke — disse Azzardo, mentre incominciavano a salire un'altura tondeggiante. L'erba rugiadosa sfiorava loro le gambe, e in basso, vicino al ruscello paludoso Thwil, c'era un coro di rospetti che salutava il primo tepore e le notti stellate sempre più brevi.

C'era un mistero, in quel luogo. Azzardo disse a bassa voce: — Questa collina fu la prima a emergere dal mare, quando venne pronunciata la Prima Parola.

— E sarà l'ultima che sprofonderà quando tutte le cose verranno disfatte — aggiunse Arren.

— Quindi è un posto sicuro — replicò Azzardo, scrollandosi da dosso il timore reverenziale; ma poi gridò, intimidito: — Guarda! Il Bosco!

A sud del colle brillava una grande luce sopra la terra, come il sorgere della luna; tuttavia l'esile luna stava già scendendo verso occidente, sopra la cima dell'altura; e in quel fulgore c'era un fremito guizzante, come l'agitarsi di fronde nel vento.

— Che cos'è?

— Proviene dal Bosco: devono esserci i Maestri. Dicono che ardeva così, di una luce simile al chiaro di luna, per tutta la notte, quando si radunarono cinque anni orsono per scegliere l'arcimago. Ma perché si sono riuniti ora? Per la notizia che tu hai portato?

— Può darsi — rispose Arren.

Azzardo, agitato e inquieto, volle ritornare alla Grande Casa, per scoprire cosa si diceva a proposito del Consiglio dei Maestri. Arren andò con lui, ma si voltò indietro più volte a guardare la strana luminosità, fino a quando il pendio la nascose e rimasero soltanto la luna nuova che tramontava e le stelle primaverili.

Solo, nell'oscurità della cella di pietra che gli era stata assegnata, Arren stava sdraiato a occhi aperti. Aveva dormito in un letto per tutta la sua vita, sotto pellicce morbide; anche a bordo della galea a venti remi con cui era giunto da Enlad gli avevano fornito un giaciglio più comodo di quello: un paglericcio sul pavimento nudo, e una lacera coperta di feltro. Ma Arren non se ne accorgeva neppure. *Sono al centro del mondo*, pensava. *I Maestri stanno parlando nel luogo sacro. Cosa faranno? Opereranno una grande magia per salvare la magia? Possibile che l'arte magica si stia davvero estinguendo in tutto il mondo? C'è un pericolo che minaccia perfino Roke? Io rimarrò qui. Non ritornerò in patria. Preferirei spazzare la sua stanza piuttosto che essere un principe in Enlad. Mi permetterà di rimanere come novizio? Ma forse non ci sarà più l'insegnamento dell'arte magica, nessuno apprenderà più i veri nomi delle cose. Mio padre ha il dono della magia, ma io no: forse si sta spegnendo davvero in tutto il mondo. Eppure vorrei restare accanto a* lui, *anche se perdesse il suo potere e la sua arte. Anche se non lo vedessi mai. Anche se non mi rivolgesse mai più la parola*. Ma l'immaginazione ardente lo trascinò, e lui vide se stesso a faccia a faccia con l'arcimago, ancora una volta, nel cortile sotto l'albero di rowan; e il cielo era buio e l'albero spoglio, e la fontana muta; e lui diceva: — Mio signore, la tempesta sta per investirci, tuttavia io resterò con te e ti servirò... — E l'arcimago gli sorrideva. Ma a questo punto l'immaginazione diveniva impotente, perché lui non aveva visto sorridere quel volto scuro.

Al mattino si alzò: sentiva che, se il giorno innanzi era stato un ragazzo, adesso era un uomo. Era pronto a tutto. Ma quando arrivò l'annuncio, rimase a bocca aperta. — L'arcimago vuole parlare con te, principe Arren — disse un giovanissimo novizio, dalla soglia della cella, e poi attese un istante e scappò via prima che Arren si riprendesse abbastanza per rispondere.

Scese la scala della torre e si avviò per i corridoi di pietra, verso il Cortile della Fontana, senza sapere dove andare. Un vecchio lo incontrò: sorrideva, e rughe profonde gli incidevano le guance dal naso al mento. Era lo stesso che l'aveva ricevuto il giorno innanzi sulla porta della Grande Casa, quando lui era giunto dal porto, e gli aveva imposto di dire il suo vero nome, prima di lasciarlo entrare. Vieni da questa parte — disse il Maestro Portinaio.

Le gallerie e i corridoi di quella parte dell'edificio erano silenziosi: non c'era il chiasso dei ragazzi che animava gli altri punti. Lì si sentiva l'immensa antichità di quelle mura. L'incantesimo da cui erano protette le antiche pietre era palpabile. A intervalli, sulle pareti erano incise rune profondamente intagliate; alcune erano intarsiate in argento. Arren aveva appreso le Rune dell'hardese da suo padre: ma quelle lì erano ignote, anche se gli sembrava che alcune avessero un significato che lui quasi conosceva, o che aveva conosciuto e che non ricordava esattamente.

— Sei arrivato, ragazzo — disse il Portinaio, senza usare titoli come «signore» o «principe». Arren lo seguì in una camera lunga e bassa: da un lato, un fuoco ardeva in un camino di pietra, e le fiamme si riflettevano sul pavimento di quercia, e sul lato opposto le finestre a sesto acuto lasciavano entrare la luce fredda e smorzata dalla nebbia. Davanti al focolare stava un gruppo di uomini. Tutti lo guardarono, al suo ingresso: ma tra tutti, Arren ne vide soltanto uno, l'arcimago. Si fermò e s'inchinò, poi rimase muto.

— Questi sono i Maestri di Roke, Arren — disse l'arcimago. — Sette dei Nove. Il Maestro degli Schemi non lascia il suo Bosco, e il Maestro dei Nomi è nella sua torre, trenta miglia più a nord. Tutti conoscono la ragione che ti ha condotto qui. Signori, questo è il figlio di Morred.

Quella frase non suscitò l'orgoglio nell'animo di Arren, ma solo una specie di timore. Era fiero della sua discendenza, ma si considerava soltanto un erede dei principi, un membro della Casa di Enlad. Morred, il capostipite della dinastia, era morto da duemila anni. Le sue imprese erano leggendarie, e non appartenevano alla realtà presente del mondo. Era come se l'arcimago l'avesse chiamato figlio di un mito, erede dei sogni.

Non osò alzare gli occhi verso i volti degli otto maghi. Fissò il puntale di ferro del bastone dell'arcimago, e si sentì il sangue rombare negli orecchi.

— Vieni, facciamo colazione insieme — disse l'arcimago, e precedette gli altri verso un tavolo, sotto le finestre. C'erano latte e birra acida, pane, burro fresco e formaggio. Arren si sedette insieme ai maghi, e mangiò.

Per tutta la vita aveva frequentato nobili e proprietari terrieri e ricchi mercanti. Affollavano il palazzo di suo padre, a Berila: uomini che possedevano molto, che acquistavano e vendevano molte cose, che erano ricchi delle ricchezze del mondo. Mangiavano carne e bevevano vino e parlavano rumorosamente: molti discutevano, molti adulavano, quasi tutti cercavano di ottenere qualcosa. Benché assai giovane, Arren aveva imparato tante cose sulle consuetudini e le ipocrisie dell'umanità. Ma non si era mai trovato fra uomini come quelli. Mangiavano pane e parlavano poco, e i loro volti avevano espressioni serene. Se aspiravano a qualcosa, non era certo per loro stessi. E tuttavia erano uomini di grande potere: Arren si rendeva conto anche di questo.

Sparviero, l'arcimago, era seduto a capotavola; sembrava che ascoltasse quanto veniva detto, e tuttavia c'era un silenzio intorno a lui, e nessuno gli parlava. Anche Arren veniva lasciato a se stesso; e così aveva avuto il tempo di riprendersi. Alla sua sinistra stava il Portinaio, alla sua destra un uomo dai capelli grigi e dall'espressione benevola, che alla fine gli disse: — Siamo compatrioti, principe Arren. Sono nato nella parte orientale di Enlad, presso la foresta di Aol.

— Sono stato a caccia, in quella foresta — replicò Arren; parlarono un po' dei boschi e della città dell'isola dei Miti, e Arren si sentì confortato dal ricordo della patria.

Al termine del pasto tornarono a raccogliersi tutti davanti al camino, alcuni in piedi e altri seduti. E ci fu un breve silenzio.

— Questa notte — esordì l'arcimago, — ci siamo riuniti in consiglio. Abbiamo parlato a lungo, ma non siamo pervenuti a una decisione. Ora vorrei sentire la vostra opinione alla luce del giorno, e sapere se confermate o modificate il vostro giudizio.

— Il fatto che non siamo pervenuti a una decisione — disse il Maestro Erborista, un uomo robusto dalla carnagione scura e dagli occhi sereni, — è di per sé un giudizio. Nel Bosco si trovano gli schemi; ma noi non vi abbiamo trovato altro che dissensi.

— Solo perché non siamo riusciti a vedere con chiarezza lo schema — replicò il mago dai capelli grigi originario di Enlad, il Maestro delle Metamorfosi. — Non ne sappiamo abbastanza. Voci da Wathort; notizie da Enlad. Strane notizie, che meritano di essere prese in considerazione. Ma non è il caso di suscitare una grande paura su fondamenta tanto fragili. Il nostro potere non è minacciato solo perché alcuni incantatori hanno dimenticato le formule magiche.

— È quello che dico io — ribatté un uomo magro dagli occhi penetranti, il Maestro della Chiave dei Venti. — Non abbiamo ancora tutti i nostri poteri? Gli alberi del Bosco non crescono e non mettono foglie? Le tempeste del cielo non ubbidiscono alla nostra parola? Chi può temere per l'arte della magia, che è la più antica tra tutte le arti dell'uomo?

— Nessun uomo — disse il Maestro Evocatore, giovane e alto, con la voce profonda e il volto scuro e nobile, — nessun uomo e nessun potere possono legare l'azione della magia e spegnere le parole del potere: perché sono le stesse parole della Creazione, e chiunque potesse farle tacere potrebbe annientare il mondo.

— Sì: e chi fosse in grado di farlo non si troverebbe certo su Wathort o Narveduen — aggiunse il Maestro delle Metamorfosi. — Sarebbe qui, alle porte di Roke, e la fine del mondo sarebbe prossima. Non siamo ancora giunti a tanto.

— Tuttavia c'è qualcosa d'inquietante — osservò un altro, e tutti lo guardarono: solido come uno scrigno di quercia, col petto ampio, sedeva accanto al fuoco, e la sua voce risuonava bassa e pura come la nota di una grande campana. Era il Maestro Cantore. — Dov'è il re che dovrebbe risiedere in Havnor? Roke non è il cuore del mondo. Lo è invece la torre su cui sta la spada di Erreth-Akbe e dove c'è il trono di Serriadh, di Akambar, di Maharion. Da ottocento anni il cuore del mondo è vuoto! Abbiamo la corona, ma non il re che deve portarla. Abbiamo la Runa Perduta, la Runa del Re, la Runa della Pace, che ci è stata restituita: ma abbiamo la pace? Sieda un re sul trono, e allora avremo la pace, e perfino negli stretti più lontani gli incantatori useranno le loro arti con mente serena, e ci saranno ordine e una giusta stagione per tutte le cose.

— Sì — disse il Maestro delle Mani, un uomo esile e svelto, dal portamento modesto ma dagli occhi limpidi e attenti. — Sono d'accordo con te, Cantore. C'è da stupirsi se la magia si smarrisce, quando si smarrisce ogni altra cosa? Se tutto il gregge vaga, la nostra pecora nera resterà presso l'ovile?

A quelle parole il Portinaio rise, ma non disse nulla.

— Quindi — osservò l'arcimago, — siete tutti convinti che non c'è nulla di veramente grave; o che, se c'è, sta nel fatto che le nostre terre sono governate male, o non sono governate affatto, e quindi tutte le arti e le capacità degli uomini risentono dell'abbandono e della negligenza. Su questo sono d'accordo. Infatti, è appunto perché il sud è quasi completamente perduto al commercio pacifico che noi dobbiamo affidarci alle dicerie; e chi ha saputo qualcosa di preciso dallo Stretto Occidentale, se non ciò che ci è giunto da Narveduen? Se le navi andassero e venissero senza pericoli, come un tempo, se le isole di Earthsea fossero unite, potremmo sapere come stanno le cose nei luoghi più remoti, e perciò potremmo agire. E io credo che agiremmo! Infatti, miei signori, quando il principe di Enlad ci dice di aver pronunciato le parole della Creazione in un incantesimo e di non averne compreso il significato mentre le recitava, e quando il Maestro degli Schemi dice che c'è paura alle radici e rifiuta di aggiungere altro, vi sembra che ci siano scarsi motivi di preoccupazione? All'inizio, ogni tempesta è solo una piccola nube all'orizzonte.

— Tu hai una speciale sensibilità per le cose tenebrose, Sparviero — disse il Portinaio. — L'hai sempre avuta. Rivelaci che cosa non va, secondo te.

— Non so. C'è indebolimento del potere. C'è una mancanza di decisione. Il sole si sta affievolendo. Io sento, miei signori... ho la sensazione che tutti noi siamo mortalmente feriti, e che mentre continuiamo a parlare il nostro sangue ci defluisca a poco a poco dalle vene...

— E tu vorresti alzarti e agire.

— Lo vorrei — disse l'arcimago.

— Ebbene — concluse il Portinaio, — i gufi possono forse impedire al falco di volare?

— Ma dove vorresti andare? — chiese il Maestro delle Metamorfosi, e il Cantore gli rispose: — A cercare il nostro re e a condurlo sul suo trono.

L'arcimago lanciò al Cantore un'occhiata penetrante, ma si limitò a replicare: — Io vorrei andare dove stanno le difficoltà.

— A sud o a ovest — disse il Maestro della Chiave del Vento.

— E a nord e a est, se è necessario — aggiunse il Portinaio.

— Ma la tua presenza è necessaria qui, mio signore — osservò il Maestro delle Metamorfosi. — Anziché andare in cerca, alla cieca, tra popoli ostili, su mari sconosciuti, non sarebbe più saggio rimanere qui, dove la magia è forte, e scoprire con le tue arti cos'è questo maleficio o questa perturbazione?

— Le mie arti non mi servono a nulla — rispose l'arcimago. Il tono della sua voce indusse tutti gli altri a fissarlo, seri e irrequieti. — Io sono il Custode di Roke. Non posso lasciare Roke a cuor leggero. Vorrei che la vostra opinione e la mia concordassero: ma per ora, questo non posso sperarlo. Devo essere io, a decidere; e devo andare.

— Ci inchiniamo al tuo giudizio — disse l'Evocatore.

— E andrò solo. Voi siete il Consiglio di Roke, e il Consiglio non deve dividersi. Tuttavia condurrò con me qualcuno, se vorrà venire. — L'arcimago guardò Arren. — Ieri mi hai offerto i tuoi servigi. Questa notte il Maestro degli Schemi ha detto: «Nessun uomo giunge per caso sulle spiagge di Roke. Non è un caso se un figlio di Morred è il latore di questa notizia». E non ci ha detto altro, per tutta la notte. Perciò io ti domando, Arren: vuoi venire con me?

— Sì, mio signore — rispose Arren, con la gola arida.

— Il principe tuo padre, senza dubbio, non vorrebbe che ti avventurassi tra i pericoli — osservò il Maestro delle Metamorfosi, in tono piuttosto brusco; e quindi, rivolgendosi all'arcimago, aggiunse: — Il ragazzo è troppo giovane, e non è stato istruito nella magia.

— Io ho abbastanza anni e incantesimi da bastare per entrambi — disse Sparviero, in tono asciutto. — Arren, cosa ne penserebbe tuo padre?

— Mi lascerebbe andare.

— Come puoi saperlo? — chiese l'Evocatore.

Arren non sapeva dove gli veniva chiesto di andare, né quando, né perché. Era frastornato e intimidito da quegli uomini seri, onesti, terribili. Ma non aveva avuto il tempo di riflettere, e l'arcimago gli aveva chiesto «Vuoi venire con me?».

— Quando mio padre mi ha mandato qui, mi ha detto: «Temo che per il mondo stia arrivando un tempo oscuro, un tempo di pericolo. Perciò invio te, anziché un altro messaggero, perché tu potrai giudicare se dobbiamo chiedere l'aiuto dell'isola dei Saggi, o se dobbiamo offrire loro l'aiuto di Enlad». Quindi, se c'è bisogno di me, io sono qui.

E allora vide l'arcimago sorridere. C'era una grande dolcezza in quel sorriso, sebbene fosse breve. — Capite? — chiese ai sette maghi. — L'età e la magia potrebbero forse aggiungere qualcosa?

Allora Arren sentì che lo stavano guardando con aria di approvazione, e tuttavia con un'espressione pensierosa o stupita. L'Evocatore parlò, distendendo in un cipiglio dubbioso le sopracciglia arcuate. — Non comprendo, mio signore. Che tu sia deciso ad andare, sì. Sei rimasto ingabbiato qui per cinque anni. Ma prima sei sempre stato solo; hai sempre viaggiato solo. Perché adesso decidi di sceglierti un compagno?

— Prima non avevo mai avuto bisogno di aiuto — rispose Sparviero, con una sfumatura di minaccia o d'ironia nella voce. — E ho trovato un degno compagno. — C'era un alone di pericolosità, intorno a lui, e l'Evocatore non gli rivolse altre domande, sebbene rimanesse ancora accigliato.

Ma il Maestro Erborista, con gli occhi sereni come un bue saggio e paziente, si levò dal seggio, alto e monumentale. — Va', mio signore — disse, — e porta con te il ragazzo. E tutta la nostra fiducia ti accompagna.

A uno a uno, gli altri diedero il loro assenso, quietamente, e poi si ritirarono, finché rimase soltanto l'Evocatore. — Sparviero — iniziò, — non intendo porre in discussione il tuo giudizio. Dico soltanto questo: se tu hai ragione, se c'è uno squilibrio, se c'è pericolo di un grande male, allora andare a Wathort, o nello Stretto Occidentale, o alla fine del mondo, non sarà sufficiente. Dovunque dovrai andare, puoi portare con te questo compagno? È giusto, nei suoi confronti?

Erano un po' in disparte da Arren, e l'Evocatore aveva abbassato la voce, ma l'arcimago parlò apertamente: — È giusto.

— Tu non mi stai dicendo tutto quello che sai — obiettò l'Evocatore.

— Se sapessi, parlerei. Non so nulla. Intuisco molte cose.

— Permettimi di venire con te.

— Qualcuno deve difendere le porte.

— A questo provvede il Portinaio...

— Non soltanto le porte di Roke. Rimani qui, e osserva il levar del sole, per vedere se è fulgido, e veglia al muro di pietre, per vedere coloro che lo varcano e dove tengono rivolta la faccia. C'è una breccia, Thorion, c'è una breccia, una ferita: ed è questa, che io andrò a cercare. Se mi perderò, forse allora la scoprirete. Ma attendi. Ti chiedo di attendermi. — Adesso l'arcimago parlava nella Vecchia Lingua, il linguaggio della Creazione, che serve a gettare tutti i veri incantesimi e su cui si basano tutti i grandi atti della magia, ma raramente viene usata per conversare, se non fra i draghi. L'Evocatore non discusse più, non protestò, ma chinò la testa per congedarsi dall'arcimago e da Arren, e uscì.

Il fuoco crepitava nel camino. Non c'erano altri suoni. Oltre le finestre si addensava la nebbia, fosca e informe.

L'arcimago fissò le fiamme, come se avesse dimenticato la presenza di Arren. Il ragazzo stava a una certa distanza dal focolare;

e non sapeva se doveva accomiatarsi o attendere di essere congedato: indeciso e un po' mesto, si sentiva una figura minuscola in un vertiginoso spazio cupo e sconfinato.

— Andremo anzitutto a Città Hort — disse Sparviero, voltando le spalle al fuoco. — Là giungono notizie da tutto lo Stretto Meridionale, e potremo trovare un indizio. La tua nave attende ancora nella baia. Parla al capitano: digli di portare l'annuncio a tuo padre. Credo che dovremo partire al più presto possibile. Domani, allo spuntar del giorno. Vieni alla scalinata della darsena coperta.

— Mio signore, che cosa... — La voce de ragazzo s'inceppò per un momento. — Che cosa cerchi?

— Non lo so, Arren.

— Allora...

— Allora come lo cercherò? Non so neppure questo. Forse sarà quella cosa sconosciuta, a cercare me. — L'arcimago rivolse ad Arren un lieve sorriso ironico, ma alla grigia luce delle finestre il suo volto sembrava modellato nel ferro.

— Mio signore — disse Arren, e adesso il suo tono era fermo, — è vero che io discendo dalla dinastia di Morred, se si può prestar fede a una genealogia tanto antica. E se potrò servirti, lo riterrò il più grande onore della mia vita, e non c'è nulla che potrebbe essermi più gradito. Ma temo che tu mi attribuisca assai più importanza di quanta ne merito.

— Forse.

— Io non possiedo grandi doni o grandi facoltà. So tirare di scherma con la spada corta e con la spada nobile. So governare una barca. Conosco le danze di corte e i balli campagnoli. So sedare un litigio tra cortigiani. Conosco la lotta. Sono un arciere mediocre, e sono abile nel gioco della pallarete. So cantare e suonare l'arpa e il liuto. Ed è tutto. Non c'è altro. Come potrò esserti utile? Il Maestro Evocatore ha ragione...

— Ah, te ne sei accorto, non è vero? È ingelosito. Vanta il privilegio di una devozione più antica.

— E ben altre capacità, mio signore.

— Allora preferiresti che fosse lui ad accompagnarmi, e che io ti lasciassi qui?

— No! Ma temo...

— Che cosa temi?

Gli occhi del ragazzo s'inondarono di lacrime. — Temo di deluderti.

L'arcimago si girò di nuovo verso il fuoco. — Siediti, Arren — disse, e il ragazzo andò a mettersi sul sedile di pietra all'angolo del camino. — Non ti ho scambiato per un mago o un guerriero, o per qualcosa di compiuto. Non lo so cosa sei, ma sono lieto di sapere che sai governare una barca... Ciò che sarai in avvenire, nessuno lo sa. Ma so questo: tu sei il figlio di Morred e di Serriadh.

Arren tacque a lungo. — È vero, mio signore — disse infine. — Ma... — L'arcimago rimase in silenzio, e lui fu costretto a terminare la frase: — Ma io non sono Morred. Sono soltanto me stesso.

— Non sei fiero della tua discendenza?

— Sì, ne sono fiero... perché fa di me un principe; è una responsabilità, qualcosa di cui devo essere degno...

L'arcimago annuì, bruscamente. — È appunto ciò che intendevo. Negare il passato è negare il futuro. Un uomo non può creare il proprio destino: lo accetta o lo rinnega. Se le radici del rowan sono poco profonde, non ha una chioma fronzuta. — A questo punto Arren alzò gli occhi, stupito, perché il suo vero nome, Lebannen, era quello dell'albero di rowan. Ma l'arcimago non aveva detto il suo nome. — Le tue radici sono profonde — proseguì. — Possiedi forza, e devi avere spazio, molto spazio per crescere. Perciò, invece di un tranquillo viaggio di ritorno a Enlad, ti offro un viaggio insicuro, verso una meta sconosciuta. Non è necessario che tu venga: la scelta spetta a te. Ma io te la offro. Perché sono stanco di luoghi sicuri, e di tetti e di muri che mi imprigionano. — S'interruppe bruscamente, guardandosi intorno con gli occhi penetranti come se non vedesse nulla. Arren lesse la sua inquietudine profonda, e ne ebbe paura. Tuttavia la paura acuisce l'esaltazione: e con un tuffo al cuore disse: — Mio signore, scelgo di venire con te.

Arren lasciò la Grande Casa col cuore e la mente colmi di stupore. Si ripeteva che era felice, ma gli sembrava che quella non fosse la parola più adatta. Si ripeteva che l'arcimago aveva visto in lui un uomo forte, un uomo del destino, e che lui era orgoglioso di quella lode. Perché no? Il mago più potente del mondo gli aveva detto «Domani salperemo per giungere alla fine del mondo», e lui aveva annuito e accettato: non doveva provare un senso di fierezza? E invece non la provava: provava solo stupore.

Scese le ripide e tortuose vie di Città Thwil, trovò al molo il capitano della sua nave e gli disse: — Domani partirò con l'arcimago, per recarmi a Wathort e allo Stretto Meridionale. Di' al principe mio padre che quando avrò terminato questo servizio tornerò a casa, a Berila.

Il capitano della nave si oscurò in volto. Sapeva come sarebbe stato ricevuto dal principe di Enlad il latore di quella notizia. — È necessario che io abbia un messaggio scritto di tuo pugno, principe — disse. Arren riconobbe che la richiesta era giusta, e si affrettò ad allontanarsi poiché sentiva che doveva provvedere a tutto con sollecitudine. Trovò uno strano negozietto dove acquistò un pezzo d'inchiostro solido, un pennello, e un foglio di carta morbida, spessa come il feltro; poi ritornò subito al molo, e si sedette su un pontile a scrivere ai genitori. Quando pensò a sua madre che stringeva quel pezzo di carta e leggeva le sue parole, si sentì prendere dalla tristezza. Lei era una donna calma e paziente, ma Arren sapeva di essere lui la base della sua serenità, sapeva che attendeva con ansia il ritorno del figlio. Non immaginava come avrebbe potuto consolarla per la lunga assenza. La missiva era breve e asciutta. Firmò con la runa della spada, sigillò la lettera con un po' di pece presa da un calderone vicino, e la consegnò al capitano della nave. Poi gli disse «Aspetta!», come se la nave fosse pronta a salpare in quell'istante, e tornò di corsa per le viuzze selciate fino alla strana botteguccia. Stentò a trovarla, perché le vie di Thwil sembravano dotate di un bizzarro carattere mutevole: quasi gli pareva che le svolte fossero sempre diverse. Finalmente trovò la strada giusta ed entrò svelto nel negozio, passando sotto i fili di perle d'argilla rossa che ne ornavano l'ingresso. Quando era andato lì ad acquistare carta e inchiostro aveva notato, su un vassoio di fibbie e di spille, una spilla d'argento che aveva la forma di una rosa selvatica: e sua madre si chiamava Rosa. — La compro — disse, con quel suo fare sbrigativo e principesco.

— È opera di antichi argentieri dell'isola di O. Vedo che sei un intenditore — replicò il mercante, guardando l'elsa (ma non il bellissimo fodero) della sua spada. — Costa quattro pezzi d'avorio.

Arren pagò senza discutere quel prezzo piuttosto alto: aveva nella borsa parecchi dei contrassegni d'avorio che nelle Terre Interne vengono usati come monete. L'idea d'inviare un dono a sua madre gli piaceva; l'atto di acquistarlo lo soddisfece; e quando uscì dalla bottega si portò la mano sul pomo della spada, con aria un po' baldanzosa.

Suo padre gli aveva dato quella spada alla vigilia della partenza da Enlad. Arren l'aveva ricevuta solennemente e l'aveva portata perfino a bordo della nave, come se fosse stato un dovere. Era orgoglioso di sentirne il peso alla cintura, e di sentire nello spirito il peso della grande antichità di quell'arma. Perché quella era la spada di Serriadh, figlio di Morred e Elfarran: non ce n'era al mondo un'altra più antica eccettuata la spada di Erreth-Akbe, collocata al culmine della Torre dei Re, a Havnor. La spada di Serriadh non era mai stata riposta o rinchiusa in una stanza del tesoro; era sempre stata portata; tuttavia non era rimasta intaccata dall'usura dei secoli, né indebolita poiché era stata forgiata con un grande potere d'incantamento. La sua storia narrava che non era mai stata sguainata, e che non si poteva sguainarla se non al servizio della vita. Non si sarebbe lasciata impugnare per uno scopo ispirato dalla sete di sangue o dalla vendetta o dall'avidità, o in una guerra che avesse fini di lucro. Arren doveva il proprio nome abituale a quell'arma, che era il tesoro della sua famiglia: da bambino era stato chiamato Arrendek, «piccola spada».

Non aveva mai usato la spada, né l'aveva usata suo padre, né il padre di suo padre. Da molto tempo c'era pace, a Enlad.

E adesso, nella via della città sconosciuta dell'isola dei Maghi, l'impugnatura della spada gli sembrò estranea, quando la toccò. Era un impaccio per la sua mano, e fredda. L'arma pesante gli intralciava il passo, lo faceva rallentare. E lo stupore che aveva provato era ancora in lui, ma si era raffreddato. Ritornò al molo, consegnò al capitano la spilla per sua madre, lo salutò e gli augurò un felice viaggio di ritorno. Quando si girò per allontanarsi coprì col mantello il fodero che racchiudeva l'antica arma, la lama mortale da lui ereditata. Non si sentiva più baldanzoso. — Che cosa sto facendo? — si chiese, mentre saliva per le strette viuzze, senza più affrettarsi, diretto verso la fortezza della Grande Casa, torreggiante al di sopra della città. — Perché non faccio ritorno in patria? Perché vado in cerca di qualcosa che non comprendo, in compagnia di un uomo che non conosco?

E non sapeva quali risposte dare a quegli interrogativi.

CITTÀ HORT

Nell'oscurità che precede l'alba, Arren indossò gli abiti che gli erano stati consegnati (indumenti da marinaio, lisi ma puliti) e percorse a passo svelto i silenziosi corridoi della Grande Casa fino alla porta orientale, scolpita nel corno e nei denti di drago. Il Portinaio lo lasciò uscire e gli indicò la strada che doveva prendere, con un lieve sorriso. Arren seguì la più alta via della città, e poi un sentiero che conduceva alle darsene coperte della Scuola, a sud, lungo la riva della baia, oltre i moli di Thwil. Riusciva appena a distinguere il cammino. Gli alberi, i tetti, i colli grandeggiavano come masse indistinte nell'oscurità; l'aria buia era immobile e molto fredda; ogni cosa taceva, e sembrava tenersi isolata e nascosta. Solo sopra il mare scuro, verso oriente, c'era una fioca linea di chiarore: l'orizzonte, che s'inclinava fuggevolmente verso l'invisibile sole.

Arren raggiunse la scalinata della darsena coperta. Non c'era nessuno, niente si muoveva. Stava abbastanza caldo, nell'ingombrante giubba da marinaio e nel berretto di lana; ma rabbrividì mentre attendeva, sui gradini di pietra, nell'oscurità.

Le darsene coperte spiccavano nere sopra l'acqua nera: e all'improvviso ne venne un suono cupo e cavernoso, un tonfo tonante, ripetuta tre volte. Arren si sentì rizzare i capelli in testa. Una lunga ombra scivolò silenziosa sull'acqua. Era una barca, che avanzava verso il pontile senza far rumore. Arren scese di corsa i gradini fino al molo e saltò a bordo.

— Prendi il timone — disse l'arcimago, una figura agile e buia a prora. — E tieni salda la barca, mentre io alzo la vela.

Erano già fuori, sull'acqua, e la vela si apriva dall'albero come un'ala bianca, cogliendo la luce via via più viva. — Un vento dell'ovest per risparmiarci la fatica di uscire a remi dalla baia: è il dono di commiato del Maestro della Chiave dei Venti, senza dubbio. Sta' attento, ragazzo: la barca è leggera, e vira facilmente. Così. Un vento dell'ovest e un'aurora serena per il Giorno dell'Equilibrio di primavera.

— Questa barca è la famosa *Vistacuta*? — Arren aveva sentito parlare della barca dell'arcimago, in canti e leggende.

— Sì — rispose l'altro, trafficando con le sartie. La barca sgroppava e virava, mentre il vento si rinforzava; Arren strinse i denti e cercò di tenerla in rotta.

— Vira facilmente, mio signore, ma sembra animata da una volontà propria.

L'arcimago rise. — Lasciala fare: anche lei è saggia. Ascolta, Arren — disse, e s'interruppe, inginocchiandosi e fissando Arren. — Adesso io non sono un signore, e tu non sei un principe. Io sono un mercante, di nome Falco, e tu sei mio nipote, di nome Arren, e viaggi con me per imparare a navigare; e veniamo da Enlad. Da quale città? Una piuttosto grande, nell'eventualità che incontriamo un concittadino.

— Temere, sulla costa meridionale? I suoi abitanti commerciano in tutti gli stretti.

L'arcimago annuì.

— Ma — disse cautamente Arren, — tu non hai l'accento di Enlad.

— Lo so. Ho l'accento di Gont — replicò il suo compagno; e rise, alzando gli occhi verso l'oriente che si rischiarava. — Ma credo di poter prendere a prestito da te ciò che mi serve. Dunque, noi veniamo da Temere, con la nostra barca, *Delfino*, e io non sono un signore né un mago né Sparviero, ma... come mi chiamo?

— Falco, mio signore.

Poi Arren si morse la lingua.

— Pratica, nipote — disse l'arcimago. — Ci vuole pratica. Tu non sei mai stato altro che un principe. Io, invece, sono stato molte cose, e per ultima, forse la meno importante, anche arcimago... Andiamo a sud, a cercare pietre emmel, quelle cose azzurre da cui si ricavano amuleti. So che in Enlad le pagano bene. Ne ricavano talismani contro i reumatismi, le slogature, i torcicollo e gli inceppamenti della lingua.

Dopo un istante Arren rise; e quando alzò la testa, la barca si sollevò su un'onda lunga e lui vide l'orlo del sole contro l'orlo dell'oceano: un bagliore dorato e improvviso, davanti a loro.

Sparviero stava ritto, con una mano sull'albero, perché la piccola barca balzava sulle onde convulse, e salmodiò rivolgendosi all'aurora dell'equinozio di primavera. Arren non conosceva la Vecchia Lingua, la lingua dei maghi e dei draghi: ma udiva lodi ed esultanza in quelle parole, che avevano un ritmo grandioso come quello delle maree o dell'equilibrio dei giorni e delle notti in eterna successione. I gabbiani gridavano nel vento, e le spiagge della baia di Thwil scivolavano via a destra e a sinistra: si addentrarono sulle lunghe onde luminose del mare Interno.

Da Roke a Città Hort non è un gran tragitto; ma trascorsero tre notti in mare. L'arcimago aveva dimostrato una gran fretta di partire, ma adesso era più che paziente. I venti divennero contrari appena loro si allontanarono dalla cerchia di clima incantato che attorniava Roke; ma lui non evocò un vento magico nella loro vela, come avrebbe fatto qualunque incantatore; invece, per ore e ore, insegnò ad Arren come guidare la barca in un vento avverso e costante, nel mare irto di scogli a est di Issel. La seconda notte cadde la fredda e sferzante pioggia di marzo, ma lui non recitò incantesimi per tenerla lontana. La notte seguente, mentre stavano all'esterno dell'entrata di Porto Hort, in una calma oscurità fredda e nebbiosa, Arren rifletté e notò che l'arcimago, nel breve tempo trascorso da quando l'aveva incontrato, non aveva compiuto nessuna magia.

Tuttavia era un marinaio impareggiabile. In quei tre giorni di navigazione insieme a lui, Arren aveva imparato di più che nei dieci anni di gare e di svaghi sulla baia di Berila. E mago e marinaio, in fondo, non sono poi tanto diversi: entrambi operano con i poteri del cielo e del mare, e usano i grandi venti per avvicinare ciò che è remoto. Arcimago, o Falco il mercante del mare: era più o meno la stessa cosa.

Era un uomo piuttosto taciturno, sebbene si mostrasse sempre cordiale e bonario. Le goffaggini di Arren non l'irritavano; era cameratesco, e sarebbe stato impossibile immaginare un compagno migliore, pensava Arren. Ma l'arcimago sprofondava nei suoi pensieri, e taceva per ore e ore, e poi, quando parlava, aveva una certa asprezza nella voce e guardava Arren come se non lo vedesse. Questo non smorzava l'affetto che il ragazzo provava per lui, ma forse ne sminuiva un po' la simpatia: gli incuteva un certo timore. Forse anche Sparviero se ne rendeva conto, perché in quella notte di nebbia, al largo delle rive di Wathort, cominciò a parlare con Arren di se stesso, a frasi spezzate. — Non voglio andare tra gli uomini, domani — disse. — Ho finto di essere libero... Ho finto di credere che nel mondo non ci sia nulla d'insolito; che io non sono l'arcimago, e neppure un incantatore. Che sono Falco di Temere, senza responsabilità né privilegi, e che non devo niente a nessuno... — S'interruppe; dopo una lunga pausa, continuò: — Cerca di scegliere con cura, Arren, quando è necessario compiere le grandi scelte. Quando ero giovane, dovetti scegliere tra la vita dell'essere e la vita del fare. E mi avventai su quest'ultima, come una trota su una mosca. Ma ogni azione che compi, ogni atto, ti lega a sé e alle sue conseguenze, e ti costringe ad agire e ad agire ancora. E allora, solo raramente incontri la paura, un tempo come questo, tra un'azione e l'altra, quando puoi fermarti e limitarti a essere. O a domandarti chi sei, dopotutto.

Come poteva un uomo come quello, si chiese Arren, avere dubbi su chi era e cos'era? Aveva pensato che dubbi simili fossero riservati ai giovani che ancora non avevano fatto nulla.

La barca ondeggiava nella grande oscurità fresca.

— Per questo mi piace il mare — disse nel buio la voce di Sparviero.

Arren lo comprendeva; ma i suoi pensieri correvano lontano, com'era sempre avvenuto in quei tre giorni e in quelle tre notti, verso la loro ricerca, lo scopo del loro viaggio. E poiché, finalmente, il suo compagno sembrava disposto a parlare, chiese: — Credi che a Città Hort troveremo ciò che cerchiamo?

Sparviero scrollò la testa, forse per rispondere di no o forse per indicare che non lo sapeva.

— Non potrebbe essere una specie di pestilenza, un'epidemia, che passa di terra in terra devastando le messi e gli armenti e gli spiriti degli uomini?

— Una pestilenza è un movimento del grande equilibrio: questo è diverso. Ha in sé il lezzo del male. Forse ne soffriremo, quando l'equilibrio delle cose si ristabilirà; ma non perdiamo la speranza, non rinunciamo all'arte e non dimentichiamo le parole della Creazione. La natura non è innaturale. Questo non è un assestamento dell'equilibrio, bensì una perturbazione. C'è una sola specie di esseri che può farlo.

— Un uomo? — chiese incerto Arren.

— Noi uomini.

— In che modo?

— Con uno smisurato desiderio di vita.

— Di vita? Ma cosa c'è di male nel desiderio di vivere?

— Nulla. Ma quando aspiriamo al potere sulla vita, a ricchezze infinite, sicurezza inattaccabile, immortalità... allora il desiderio diventa avidità. E se la conoscenza si allea alla cupidigia, sopravviene il male. Allora l'equilibrio del mondo è turbato, e la rovina piomba sui piatti della bilancia.

Arren rifletté per qualche istante, e poi chiese: — Allora tu credi che sia un uomo, quello che cerchiamo?

— Un uomo e un mago. Sì.

— Ma avevo pensato, in base a quanto mi avevano insegnato mio padre e i miei maestri, che le grandi arti della magia dipendessero dall'Equilibrio delle cose e perciò non si potessero usare per scopi malefici.

— Questa — disse Sparviero, in tono piuttosto ironico, — è un'affermazione discutibile. *Infinite sono le discussioni dei maghi...* Ogni isola di Earthsea conosce streghe che gettano sortilegi immondi, incantatori che usano la loro arte per ottenere ricchezze. Ma c'è di più. Il Signore del Fuoco, che cercò di sconfiggere la tenebra e di arrestare il sole al meriggio, era un grande mago; perfino Erreth-Akbe avrebbe incontrato difficoltà a sconfiggerlo. Anche il Nemico di Morred era così. Dovunque andasse, intere città si prosternavano davanti a lui; per lui combattevano gli eserciti. L'incantesimo che intessé contro Morred era così potente che non fu possibile arrestarlo neppure quando lui venne ucciso e l'isola di Soléa fu sopraffatta dal mare e tutto ciò che vi si trovava perì. Quelli furono uomini in cui la grande forza e la grande sapienza servivano il male e se ne alimentavano. Non sappiamo se la magia al servizio del bene possa sempre rivelarsi più forte. Ci limitiamo a sperarlo.

È piuttosto avvilente trovare la speranza quando ci si attende la certezza. Arren non era disposto a rimanere a lungo su quelle vette gelide. Dopo un po' disse: — Capisco perché tu affermi che solo gli uomini operano il male. Perfino gli squali sono innocenti: uccidono perché devono farlo.

— È per questo che null'altro può resisterci. Una sola cosa al mondo può opporsi a un uomo dal cuore malvagio: ed è un altro uomo. Nella nostra vergogna sta la nostra gloria. Solo il nostro spirito, che è capace di creare il male, è capace di sconfiggerlo.

— Ma i draghi — disse Arren, — non operano grandi mali. Anche loro sono innocenti?

— I draghi! I draghi sono avidi, insaziabili, infidi, spietati, privi di scrupoli. Ma sono malvagi? Chi sono, io, per poter giudicare le azioni dei draghi?... Sono più sapienti degli uomini. In un certo senso sono come i sogni, Arren. Noi uomini facciamo sogni, operiamo la magia, compiamo il bene, compiamo il male. I draghi non sognano. Sono sogni loro stessi. Non operano la magia: è la loro sostanza, la loro essenza. I draghi non fanno: sono.

— A Serilune — disse Arren, — c'è la pelle di Bar Oth, ucciso da Keor, principe di Enlad, trecento anni orsono. Da quel giorno, nessun drago si è più avventurato fino a Enlad. Ho visto la pelle di Bar Oth. È pesante come ferro, e così grande che, spiegata, coprirebbe l'intera piazza del mercato di Serilune, a quanto dicono. I denti sono lunghi quanto il mio avambraccio. Eppure dicono che Bar Oth era un drago giovane e non aveva ancora finito di crescere.

— Tu desideri vedere i draghi.

— Sì.

— Hanno il sangue freddo e velenoso. Non devi guardarli negli occhi. Sono più antichi dell'umanità... — Sparviero rimase in silenzio per lunghi istanti, e poi proseguì: — E anche se giungessi a dimenticare tutto ciò che ho fatto, o a pentirmene, ricorderei comunque che una volta ho visto i draghi in volo nel vento, al tramonto, sopra le isole occidentali, e ne sarei contento.

Tacquero, e non ci fu altro suono che il mormorio dell'acqua contro la chiglia della barca; e non c'era luce. E così finalmente, là sulle acque profonde, dormirono.

Nella luminosa foschia del mattino entrarono in Porto Hort, dove cento imbarcazioni stavano ammarrate o si accingevano a partire: pescherecci, barche per la raccolta dei granchi o la pesca a strascico, mercantili, due galee a venti remi, una grande galea a sessanta remi in pessime condizioni, e alcune agili e lunghe navi dalle alte vele triangolari, ideate per cogliere il vento nelle afose bonacce dello Stretto Meridionale: — Quella è una nave da guerra? — chiese Arren mentre incrociavano una delle galee a venti remi, e il suo compagno rispose: — Una nave di mercanti di schiavi, a giudicare dalle catene nella stiva. Vendono uomini nello Stretto Meridionale.

Arren rifletté un attimo, poi andò alla cassa degli attrezzi e ne estrasse la spada, che la mattina della partenza aveva riposto dopo averla avviluppata con cura. La scoprì; poi rimase indeciso, con la lama inguainata nelle mani e la cintura penzoloni.

— Non è una spada da mercante — disse. — Il fodero è troppo lussuoso.

Sparviero, occupato a governare il timone, gli lanciò un'occhiata.

— Portala, se vuoi.

— Pensavo che fosse più saggio.

— Anche quella spada è saggia — disse l'arcimago, con gli occhi fissi sui varchi che si aprivano nella baia affollata. — Non è forse vero che non ama essere usata?

Arren annuì. — Così dicono. Eppure ha ucciso. Ha ucciso uomini. — Abbassò lo sguardo sull'elsa sottile e un po' consunta. — Ma io no. Mi fa sentire molto sciocco. È troppo più vecchia di me... Prenderò il mio coltello — concluse. Avvolse di nuovo la spada e la ripose nella cassa. Aveva un'espressione perplessa e irata. Sparviero non disse nulla, per qualche istante, poi chiese: — Adesso vuoi prendere i remi, ragazzo? Siamo diretti verso il pontile, là vicino alla scala.

Città Hort, uno dei sette grandi porti dell'arcipelago, saliva dai moli rumorosi su per le pendici di tre ripide colline, in un groviglio di colori. Le case erano d'argilla e intonacate di rosso, arancione, giallo e bianco; i tetti erano di tegole purpuree; gli alberi di pendick in fiore formavano masse rossoscure lungo le strade più alte. Tendoni a strisce vivaci si stendevano da un tetto all'altro, ombreggiando le strette piazze del mercato. I moli erano illuminati dal sole; le vie che si allontanavano dal porto erano fenditure buie, piene di ombre e di gente e di chiasso.

Quando ebbero ammarrato la barca, Sparviero si chinò a fianco di Arren, come per controllare il nodo, e disse: — Arren, a Wathort c'è gente che mi conosce piuttosto bene; perciò guardami, in modo da potermi riconoscere. — Quando si raddrizzò, la sua guancia non era più sfigurata dalla cicatrice. Aveva i capelli grigi, il naso grosso e piuttosto rincagnato; e invece di un bastone di tasso alto quanto lui, portava una bacchetta d'avorio, che nascose dentro la camicia. — Mi riconosci? — chiese ad Arren con un ampio sorriso, parlando con l'accento di Enlad. — Avevi mai visto tuo zio così?

Arren aveva visto molti incantatori, alla corte di Berila, mutare volto quando mimavano le *Gesta di Morred*, e sapeva che era soltanto illusione; non perse la calma e riuscì a rispondere: — Oh, sì, zio Falco!

Ma mentre il mago contrattava con un guardiano del porto la tariffa per l'attracco e la custodia della barca, Arren continuava a guardarlo per essere sicuro di riconoscerlo. E mentre lo guardava, la metamorfosi lo turbava di più, non di meno. Era troppo completa: quello non era l'arcimago, non era un capo, una saggia guida... La tariffa pretesa dal guardiano era alta, e Sparviero pagò borbottando e si allontanò con Arren continuando a borbottare. — Una dura prova per la mia pazienza — disse. — Pagare quel ladro per custodire la mia barca quando mezzo incantesimo avrebbe fatto molto meglio! Bene, questo è il prezzo del travestimento... E ho dimenticato il dovuto linguaggio, non è vero, nipote?

Stavano camminando per un'affollata via colorata e puzzolente, fiancheggiata da botteghe poco più grandi di chioschetti; i proprietari stavano sulle soglie tra mucchi e festoni di mercanzie, proclamando a gran voce la bellezza e la convenienza di pentole, calze, cappelli, badili, spilloni, borse, bricchi, canestri, attizzatoi, coltelli, corde, catenacci, lenzuola, e ogni altro tipo di merce.

— È una fiera?

— Eh? — chiese l'uomo dal naso rincagnato, piegando la grigia testa.

— È una fiera, zio?

— Una fiera? No, no. C'è mercato tutto l'anno, qui. Tieniti pure le focacce di pesce, padrona, ho già fatto colazione! — E Arren cercò di togliersi di torno un uomo con un vassoio carico di vasetti d'ottone che lo seguiva piagnucolando: — Compra, prova, bel padroncino, non ti deluderanno, un alito dolce come le rose di Numima, attirerà le donne, prova, giovane signore del mare, giovane principe...

Subito Sparviero si mise di mezzo fra Arren e il venditore ambulante, chiedendo: — Che amuleti sono?

— Non sono amuleti! — gemette l'uomo, arretrando. — Io non vendo amuleti, signore del mare! Soltanto sciroppi che addolciscono l'alito dopo le bevande e le racidi di hazia... soltanto sciroppi, grande principe! — Si rannicchiò sul lastricato, e il vassoio con i vasetti tintinnò, e alcuni dei minuscoli recipienti s'inclinarono facendo traboccare dall'orlo un po' del contenuto: una sostanza viscosa, rosea o purpurea.

Sparviero gli voltò le spalle senza pronunciare una parola e proseguì insieme ad Arren. Ben presto la folla si diradò e le botteguccce divennero sempre più povere e squallide, simili a canili: si esibivano come mercanzie una manciata di chiodi storti, un pestello rotto, un vecchio pettine da cardatore. Quella miseria infastidiva Arren assai meno del resto; all'estremità più ricca della strada si era sentito soffocato e nauseato dalla pressione degli oggetti in vendita e dalle voci che gli gridavano di comprare. E l'abiezione del venditore ambulante l'aveva sconvolto. Pensò alle strade fresche e luminose della sua città nordica. A Berila, pensò, nessuno si sarebbe umiliato in quel modo davanti a uno straniero. — È un popolo immondo! — disse.

— Da questa parte, nipote — fu l'unica replica del suo compagno. Svoltarono in un vicolo tra alti muri rossi, senza finestre, che correva lungo il fianco della collina e passava attraverso un arco inghirlandato da striscioni putrefatti, per uscire di nuovo nel sole su una piazza in forte pendenza: un altro mercato, affollato di chioschi e baracchette e brulicante di gente e di mosche.

Intorno alla piazza c'erano uomini e donne in gran numero, seduti o sdraiati, immobili. Le bocche erano stranamente nerastre, come illividite da percosse, e intorno alle labbra le mosche sciamavano come grappoli di ribes secco.

— Quanti sono! — disse la voce di Sparviero, bassa e concitata come se anche lui fosse turbato da quello spettacolo; ma quando Arren lo guardò, vide solo la faccia ottusa e placida del gioviale mercante Falco, per nulla preoccupata.

— Cos'ha quella gente?

— Hazia. Acquieta e intorpidisce, e libera il corpo dalla mente. E la mente vaga, senza intralci. Ma quando ritorna al corpo, ha bisogno di altra hazia... e il bisogno cresce, e la vita si abbrevia, perché quella roba è veleno. Dapprima viene il tremito, e poi la paralisi, e infine sopravviene la morte.

Arren guardò una donna, seduta col dorso appoggiato a un muro caldo di sole: aveva levato la mano come per scacciare le mosche dalla faccia, ma quella mano compiva nell'aria un movimento circolare e sussultante come se lei l'avesse dimenticata e la muovesse solo per slancio della paralisi o del tremito dei muscoli. Il gesto era come un incantesimo svuotato da ogni intenzione, un sortilegio privo di significato.

Falco la stava guardando, impassibile. — Vieni via! — disse.

Attraversò la piazza del mercato, dirigendosi verso un chiosco ombreggiato da un telone. Strisce di luce solare colorate di verde, d'arancione, di limone, di cremisi e di celeste cadevano sulle stoffe e gli scialli e le cinture messi in mostra, e danzavano moltiplicandosi nei minuscoli specchi incastonati nell'alto copricapo impennacchiato della venditrice. Questa era grande e grossa e cantilenava con voce sonora: — Sete, rasi, tele, pellicce, feltri, lane, coperte di Gont, veli di Showl, sete di Lorbanery! Ehi, nordici, toglietevi quelle giubbe: non vedete che splende il sole? questo non vi sembra adatto a portare in dono a una ragazza della lontana Havnor? Guardate: seta del sud, fine come l'ala di una libellula! — Aveva spiegato con mosse esperte una pezza di seta trasparente, rosea e tramata di fili d'argento.

— No, padrona, le nostre mogli non sono regine — disse Falco, e la voce della donna si levò in un barrito: — Allora di cosa vestite le vostre donne? Di tela da sacco o da vela? Avaracci che non volete comprare un po' di seta per una povera donna gelata e tremante nelle eterni nevi del nord! Allora cosa ne dite di questo: uno scialle di Gont, per tenerla calda nelle notti d'inverno! — Gettò sul banco un grande quadrato bianco e bruno, intessuto del pelame argenteo delle capre delle isole nordorientali. Il finto mercante tese la mano per tastarlo, e sorrise.

— Sei davvero di Gont? — disse la voce squillante: e lo scialle, ondeggiando, lanciò mille punti colorati in un turbinio, sul tendone e sulle stoffe.

— Questo è un lavoro di Andrad, vedi? Ci sono soltanto quattro fili di trama sull'ampiezza di un dito. A Gont ne mettono sei o più. Ma spiegami perché hai abbandonato la magia per metterti a vendere cianfrusaglie. Quando sono venuto qui, anni orsono, ti ho vista estrarre fiamme dagli orecchi degli uomini, e poi trasformare quelle fiamme in uccelli e campanellini dorati: ed era un mestiere certamente migliore di questo.

— Non era un mestiere — ribatté il donnone; e per un momento Arren sentì i suoi occhi, duri e freddi come agate, che fissavano lui e Falco tra l'irrequieto brillio delle piume ondeggianti e degli specchietti.

— Era molto grazioso, quel trucco: estrarre il fuoco dagli orecchi — proseguì Falco, in tono triste ma sincero. — Speravo di poterlo mostrare a mio nipote.

— Be', vedi — disse la donna, in tono meno aspro, appoggiando sul banco le grosse braccia brune e l'ingombrante seno. — Sono trucchi che non facciamo più. La gente non vuole saperne. Ha capito come facciamo. Questi specchi... ecco, vedo che ti ricordi dei miei specchi. — Scosse la testa, e i punti riflessi di luce colorata turbinarono intorno a loro, vertiginosamente. — Bene, si può stordire un uomo col lampeggiare degli specchietti e con le parole e altri trucchi che non ti spiegherò, finché quello crede di vedere ciò che non vede, cose che non ci sono. Come le fiamme e i campanellini d'oro, o le vesti con cui bardavo i marinai, tessuto d'oro con diamanti grossi come albicocche, e quelli se ne andavano pavoneggiandosi come il Re di Tutte le Isole... Ma erano soltanto trucchi. È facile ingannare gli uomini. Sono come i polli affascinati da un serpente, o da un dito tenuto fisso davanti a loro. Gli uomini sono come polli. Ma alla fine capiscono di essere stati raggirati e ingannati: allora si arrabbiano, e non trovano più piacere in queste cose. Perciò mi sono data a questo commercio, e forse non tutte le sete sono sete e non tutte le lane sono di Gont, ma ad ogni modo si consumeranno: si consumeranno! Sono vere, non menzogne e aria come gli abiti di stoffa d'oro.

— Bene, bene — replicò Falco, — allora in tutta Città Hort non è rimasto nessuno che tragga fiamme dagli orecchi o compia magie come facevano un tempo?

A queste ultime parole, la donna aggrottò la fronte; poi si raddrizzò e incominciò a ripiegare con cura la coperta. — Quelli che vogliono menzogne e visioni masticano hazia — disse. — Va' a parlare con loro, se vui! — e indicò con un cenno del capo le figure immobili tutt'intorno alla piazza.

— Ma c'erano i maghi, quelli che incantavano i venti per i marinai e gettavano sortilegi della buona fortuna sui loro carichi. Anche loro si sono dati ad altri mestieri?

Ma la donna, in preda a una furia improvvisa, si mise a barrire più forte di Falco. — C'è un incantatore, se è quello che cerchi: un grande mago col bastone e tutto il resto. Lo vedi, laggiù? Ha navigato con Egre, creando i venti e scoprendo ricche galee, così dice lui; ma erano tutte menzogne, e alla fine il capitano Egre l'ha ricompensato come meritava: gli ha mozzato la mano destra. E adesso se ne sta là, come vedi, con la bocca piena di hazia e il ventre pieno d'aria. Aria e menzogne! Aria e menzogne! Non c'è nient'altro nella sua magia, capitan Caprone!

— Bene, bene, padrona — disse Falco, con insistente mitezza. — Volevo solo sapere. — Lei gli voltò l'ampia schiena in un grande vortice di specchietti abbaglianti, e Falco si allontanò con Arren al fianco.

Ma quella sua camminata aveva uno scopo preciso: li portò nei pressi dell'uomo indicato dalla mercantessa. Sedeva appoggiato a un muro, e guardava nel vuoto: il volto scuro e barbuto era stato molto bello, un tempo. Il raggrinzito moncherino del polso giaceva sulle pietre del lastricato, nella calda luce del sole: una vista orribile.

Ci fu un certo movimento tra i chioschetti, dietro di loro, ma Arren non riuscì a distogliere gli occhi da quell'uomo: era prigioniero di un fascino inorridito. — Era davvero un mago? — domandò, a voce molto bassa.

— Forse è quello che veniva chiamato Lepre e che dominava il maltempo per conto del pirata Egre. Erano predoni famosi... Scostati! — Per poco un uomo che veniva correndo a precipizio dai chioschetti non li investì entrambi. Un altro arrivò al trotto, curvo sotto il peso di un grande banchetto pieghevole carico di galloni e di pizzi. Un baracchino cadde con uno schianto rumoroso; i tendoni venivano spinti da parte o smontati in tutta fretta; gruppi di persone si spingevano o lottavano attraverso la piazza del mercato, le voci si levavano in grida e urla. Più forte di tutto echeggiava il barrito della donna dal copricapo di specchietti. Arren l'intravide mentre brandiva una specie di bastone o di pertica contro un gruppo di uomini, scacciandoli a grandi fendenti, come uno schermitore. Era impossibile capire se si trattava di una rissa generalizzata o dell'assalto di una banda di ladri o di una zuffa tra due fazioni rivali di venditori ambulanti. Molti passavano di corsa, con le braccia cariche di merci che potevano essere bottino oppure la loro legittima proprietà salvata dai saccheggiatori. C'erano lotte a coltellate e a pugni, e risse in tutta la piazza. — Da quella parte — disse Arren, indicando una strada secondaria lì vicino. Si avviò in quella direzione, poiché era evidente che dovevano andarsene al più presto; ma il suo compagno l'afferrò per il braccio. Si voltò indietro e vide che l'uomo chiamato Lepre si stava alzando faticosamente. Quando fu in piedi, barcollò per un istante e poi, senza guardarsi intorno, s'incamminò al limitare della piazza, sfiorando con l'unica mano i muri delle case come per guidarsi o sostenersi. — Non perderlo di vista — disse Sparviero, e presero a seguirlo. Nessuno li molestò, né loro due né l'uomo che pedinavano; e in pochi istanti lasciarono la piazza del mercato e iniziarono a scendere la collina nel silenzio di una viuzza tortuosa.

In alto, le soffitte delle case quasi s'incontravano, bloccando la luce; i ciottoli del selciato erano viscidi per l'acqua e i rifiuti. Lepre procedeva a passo svelto, sebbene continuasse a strascicare la mano lungo i muri come un cieco. Dovevano stargli molto vicino, per non perderlo di vista a un crocicchio. All'improvviso, Arren si sentì invadere dall'eccitazione della caccia: tutti i suoi sensi erano all'erta, come durante una caccia al cervo nelle foreste di Enlad: vedeva nitidamente ogni faccia che incontrava, e aspirava il lezzo dolciastro della città, un odore misto di spazzatura, d'incenso, di carogne e di fiori. Mentre attraversavano un'ampia strada affollata, udì rullare un tamburo e vide una fila di donne e di uomini nudi, incatenati l'uno all'altro ai polsi e alla cintura, con i capelli arruffati che ricadevano sui volti: solo un'occhiata e poi scomparvero, mentre lui seguiva Lepre giù per una scalinata e in una stretta piazza, dove c'erano soltanto alcune donne che spettegolavano accanto alla fontana.

Sparviero raggiunse Lepre e gli posò una mano sulla spalla; e Lepre si scostò, come se l'avesse scottato, si ritrasse rabbrividendo e arretrò entro un portone massiccio. Poi si fermò, tremando, e li guardò con gli occhi ciechi di un animale braccato.

— Sei tu, l'uomo che chiamano Lepre? — chiese Sparviero; parlava con la sua vera voce, che era aspra ma aveva un'intonazione gentile. L'uomo non disse nulla: sembrava che non ascoltasse. — Voglio qualcosa da te — proseguì Sparviero. Neppure questa volta ottenne una risposta. — Sono disposto a pagare.

Una lenta reazione: — Avorio o oro?

— Oro.

— Quanto?

— Il mago conosce il valore dell'incantesimo.

La faccia di Lepre fremette e cambiò: si animò per un istante, così fuggevolmente che parve illuminarsi di un guizzo, e poi si rannuvolò di nuovo nell'apatia. — È tutto finito — disse. — Tutto finito. — Un attacco di tosse lo fece piegare su se stesso; sputò saliva nera. Quando si raddrizzò rimase passivo, tremante, come se avesse dimenticato ciò di cui stavano parlando.

Ancora una volta Arren lo scrutò, affascinato. L'angolo in cui si era incuneato era formato da due statue gigantesche che fiancheggiavano un portone, telamoni col collo piegato sotto il peso dell'architrave, col corpo muscoloso che emergeva solo in parte dal muro, come se avessero tentato di liberarsi dalla pietra per prendere vita e avessero fallito a metà del tentativo. La porta che sorvegliavano era imputridita sui cardini; l'edificio, che un tempo era stato un palazzo, era semidiroccato. Le facce, tetre e gonfie, erano scheggiate e incrostate di licheni. In mezzo a quelle figure poderose l'uomo chiamato Lepre stava inerte e fragile, con gli occhi bui come le finestre di una casa abbandonata. Alzò il braccio mutilato, parandolo tra sé e Sparviero, e piagnucolò: — Padrone, fa' la carità a un povero invalido...

Il mago fece una smorfia di sofferenza o di vergogna; Arren intuì che l'uomo aveva intravisto il suo vero volto per un attimo, nonostante il camuffamento. Sparviero posò di nuovo la mano sulla spalla di Lepre e disse alcune parole, sottovoce, nella lingua dei maghi che Arren non comprendeva.

Ma Lepre comprese. Si aggrappò a Sparviero con l'unica mano e balbettò: — Tu puoi ancora parlare... parlare... Vieni con me, vieni...

Il mago rivolse una rapida occhiata ad Arren, poi annuì.

Scesero per le ripide viuzze in una delle valli, al di là dei tre colli di Città Hort. Le strade divennero più strette e buie e silenziose, via via che scendevano. Il cielo era una striscia pallida tra le gronde sporgenti, e i muri delle case che le fiancheggiavano erano umidi. In fondo alla gola scorreva un fiumiciattolo che puzzava come una fogna scoperta; tra le arcate dei ponti, le case si affollavano lungo le rive. Lepre svoltò nel buio androne di una di quelle case, e svanì come la fiamma di una candela. Lo seguirono.

Le scale, prive d'illuminazione, scricchiolavano e cedevano sotto i loro piedi. Arrivato in cima, Lepre spalancò una porta, e allora poterono vedere dov'erano: una stanza vuota, con un pagliericcio in un angolo e una finestra senza vetri dalle cui imposte filtrava un po' di luce polverosa.

Lepre si girò verso Sparviero e gli afferrò di nuovo il braccio. Mosse le labbra. Infine disse, balbettando: — Drago... drago...

Sparviero ricambiò con fermezza il suo sguardo, senza dir nulla.

— Non posso parlare — aggiunse Lepre; lasciò il braccio di Sparviero e si accovacciò sul nudo pavimento, piangendo.

Il mago s'inginocchiò accanto a lui e gli parlò sottovoce nella Vecchia Lingua. Arren era rimasto in piedi accanto alla porta chiusa, con la mano sull'impugnatura del coltello. La luce grigia e la stanza polverosa, quelle due figure inginocchiate, lo strano suono sommesso della voce del mago che parlava nella lingua dei draghi: tutto si fondeva come in un sogno che non ha rapporti con quanto accade nella realtà e col trascorrere del tempo.

Lentamente, Lepre si rialzò. Si spolverò le ginocchia con l'unica mano, e nascose dietro la schiena il braccio mutilato. Si guardò intorno, guardò Arren: adesso i suoi occhi vedevano. Quasi subito distolse lo sguardo e si sedette sul paglericcio. Arren rimase in piedi, di guardia; invece Sparviero, con la semplicità di coloro che hanno vissuto l'infanzia in una casa priva di mobili, si sedette a gambe incrociate sul nudo pavimento. — Dimmi come hai perso la tua arte e il linguaggio della tua arte.

Per lunghi istanti, Lepre non gli rispose. Cominciò a battersi il braccio mutilato sulla coscia, con un movimento inquieto e convulso, e infine disse, a raffiche di parole: — Mi hanno tagliato la mano. Non posso intessere incantesimi. Mi hanno tagliato la mano. Il sangue è sgorgato, si è coagulato.

— Ma questo è avvenuto dopo che avevi perso il potere, altrimenti non avrebbero potuto farlo.

— Il potere...

— Il potere sui venti e sulle onde e sugli uomini. Tu li chiamavi con i loro nomi e loro ti ubbidivano.

— Sì, ricordo che ero vivo — replicò Lepre, con voce bassa e rauca. — E conoscevo le parole e i nomi.

— E ora sei morto?

— No. Vivo. Vivo. Ma un tempo ero un drago... Non sono morto. Talvolta dormo. Il sonno è molto simile alla morte, tutti lo sanno. I morti camminano nei sogni, tutti lo sanno. Vengono da te vivi, e ti dicono tante cose. Escono dalla morte, nei sogni. C'è un modo. E se ti spingi abbastanza lontano, c'è sempre una via per ritornare. Puoi trovarla, se sai dove cercare. E se sei disposto a pagarne il prezzo.

— Qual è il prezzo? — La voce di Sparviero fluttuò nell'aria semibuia come l'ombra di una foglia cadente.

— La vita... Cos'altro, se no? Con cosa puoi comprare la vita, se non con la vita? — Lepre si dondolava avanti e indietro sul pagliericcio, con uno strano brillio astuto negli occhi. — Vedi — disse, — loro possono tagliarmi la mano. Possono tagliarmi la testa. Non ha importanza. Io so trovare la via del ritorno. So dove cercare. Là possono andare solo gli uomini del potere.

— I maghi, vuoi dire?

— Sì. — Lepre esitò: sembrò che tentasse di pronunciare la parola ma non ci riuscisse. — Uomini del potere — ripeté. — E devono... e devono rinunciare. Pagare.

Poi ammutolì, incupendosi, come se la parola «pagare» avesse finalmente suscitato in lui un'associazione di idee e si fosse accorto che stava regalando informazioni invece di venderle. Non sarebbe stato possibile ottenere altro da lui, neppure i balbettii e gli accenni alla «strada del ritorno», che Sparviero sembrava giudicare significativi; e poco dopo, il mago si alzò. — Ebbene, una mezza risposta non è migliore di una risposta completa — disse. — E lo stesso vale per il pagamento. — Con la sveltezza di un prestigiatore, gettò un pezzo d'oro sul pagliericcio, davanti a Lepre.

Lepre lo prese. Guardò l'oro, e Sparviero, e Arren, muovendo la testa a scatti. — Aspetta — balbettò. Appena la situazione cambiava, ne perdeva il controllo; e adesso brancolava disperato, alla ricerca di quanto avrebbe voluto dire. — Aspetta. Questa notte. Ho l'hazia.

— Non ne ho bisogno.

— Per mostrarti... Per mostrarti la via. Stanotte. Ti condurrò io. Te la mostrerò. Tu puoi arrivarci, perché tu... perché tu sei... — Cercò a tentoni la parola, finché Sparviero disse: — Io sono un mago.

— Sì! Quindi possiamo... possiamo giungervi. Alla via. Quando sogno. Nel sogno. Capisci? Ti condurrò io. Verrai con me, alla... alla via.

Sparviero stava immobile, pensieroso, al centro della stanza. — Forse — replicò infine. — Se verremo, saremo qui all'imbrunire. — Poi si girò verso Arren il quale si affrettò ad aprire la porta, impaziente di andarsene.

La strada umida e ombrosa sembrava luminosa come un giardino, dopo la stanza di Lepre. S'incamminarono verso la parte più alta della città, lungo la via più breve, una ripida scalinata di pietra fra muri grondanti di edera. Arren aspirava ed espirava come un leone marino. — Uff!... Hai intenzione di ritornarci?

— Sì, se non riuscirò a ottenere le stesse informazioni da una fonte meno pericolosa. Molto probabilmente, quello ci tenderà un'imboscata.

— Ma tu non sei protetto contro i predoni e così via?

— Protetto? Cosa intendi dire? Credi che io me ne vada in giro avviluppato in incantesimi come una vecchia timorosa dei reumatismi? Non ne ho il tempo. Nascondo la faccia per tener celata la nostra ricerca: ecco tutto. Possiamo difenderci a vicenda. Ma in verità, durante questo viaggio non potremo tenerci fuori dai pericoli.

— È naturale — disse Arren, irrigidendosi, irritato, offeso nel suo orgoglio. — Non è questo, che io cerco di fare.

— Tanto meglio — replicò il mago, inflessibile, e tuttavia con un certo buonumore che placò l'irritazione di Arren. In realtà, il ragazzo era stupito della propria collera: non aveva mai pensato di parlare in quel tono all'arcimago. Ma del resto, quello era l'arcimago e non lo era, quel Falco dal naso rincagnato e dalle guance squadrate e mal rasate, e dalla voce che talora era quella di uno e talvolta di un altro: un estraneo, di nessun affidamento.

— Ha un significato, quello che lui ti ha detto? — gli chiese, perché non era entusiasta della prospettiva di ritornare in quella stanza semibuia, affacciata sul fiume maleodorante. — Tutte quelle storie, essere vivo e essere morto, e ritornare anche con la testa tagliata?

— Non so se ha un significato. Volevo parlare con un mago che avesse perso il suo potere. Lui ha detto che non l'ha perso ma l'ha dato... in cambio di qualcosa. Di cosa? Vita per vita, ha detto. Potere per potere. No, non lo comprendo; tuttavia, vale la pena di ascoltarlo.

La ferma ragionevolezza di Sparviero acuì ancora di più la vergogna di Arren. Sentiva di essere petulante e nervoso come un bambino. Lepre l'aveva affascinato; ma adesso che l'incantesimo era rotto provava nausea e disgusto, come se avesse mangiato qualcosa di ripugnante. Decise di non parlare più, fino a quando avesse riacquistato l'autocontrollo. Un attimo dopo, mise un piede in fallo sugli scalini consunti e viscidi, scivoltò, e recuperò l'equilibrio graffiandosi le mani sulle pietre. — Oh, maledetta questa sudicia città! — proruppe, rabbiosamente. E il mago replicò, in tono asciutto: — Non è necessario maledirla, credo.

C'era davvero qualcosa di strano e fuori posto, nella città di Hort e nell'aria stessa; e si poteva credere veramente che fosse oppressa da una maledizione: eppure non si trattava di una presenza ma piuttosto di un'assenza, di un indebolimento di tutte le qualità, come un morbo che contagiasse ben presto lo spirito di ogni visitatore. Perfino il calore del sole pomeridiano era malsano: un caldo troppo pesante per il mese di marzo. Le piazze e le strade brulicavano di attività e di movimento, ma non c'erano né ordine né prosperità. Le merci erano scadenti, i prezzi alti, e i mercati erano malsicuri per i venditori e gli acquirenti, pieni di ladri e di bande vaganti. Non c'erano molte donne per le vie, e quelle poche uscivano quasi sempre in gruppi. Era una città senza legge, senza governo. Parlando con la gente, Arren e Sparviero scoprirono infatti che a Città Hort non c'era più un consiglio, un sindaco o un signore.

Alcuni di coloro che un tempo governavano la città erano morti, e altri si erano dimessi, e altri ancora erano stati assassinati; vari capi signoreggiavano sui diversi quartieri, le guardie dominavano il porto e s'impinguavano le tasche, e via discorrendo.

La città non aveva più un centro. La gente, nonostante la sua attività irrequieta, sembrava priva di scopo. Gli artigiani, a quanto pareva, non avevano voglia di lavorare bene; perfino i ladri rubavano soltanto perché era l'unica cosa che sapevano fare. C'era tutta la chiassosa vivacità di una grande città portuale, in superficie, ma intorno stavano seduti immobili i mangiatori di hazia. E sotto la superficie, le cose non sembravano interamente reali: neppure i volti, i suoni, gli odori. Sbiadivano, di tanto in tanto, in quel lungo pomeriggio caldo, mentre Sparviero e Arren camminavano per le vie e parlavano con questo e con quello. Si dissolvevano rapidamente. I tendoni a strisce, i ciottoli sporchi, i muri colorati e tutta la vividezza dell'esistenza sparivano, lasciando la città mutata in una città di sogno, svuotata e squallida nella luce nebbiosa del sole.

Solo nella parte più alta, dove si recarono a riposare un poco nel tardo pomeriggio, quella malsana atmosfera di fantasticheria s'interruppe per qualche tempo. «Non è una città fortunata», aveva detto Sparviero qualche ora prima; e adesso, dopo ore di vagabondaggi senza meta e inutili conversazioni con numerosi sconosciuti, appariva stanco e tetro. Il camuffamento si andava attenuando un poco: una certa durezza si lasciava scorgere attraverso il volto burbero del mercante. Arren non era riuscito a liberarsi dall'irritazione di quel mattino. Si sedettero sull'erba ruvida, in cima alla collina, sotto le fronde di un boschetto di alberi di pendick, con le foglie scure e tempestate di boccioli rossi, alcuni già aperti. Da lassù non vedevano nulla della città, tranne i tetti di tegole che digradavano verso il mare. La baia spalancava le braccia, azzurra come l'ardesia sotto la foschia primaverile, e si protendeva fino all'orizzonte. Non c'erano linee nette di demarcazione. Rimasero a guardare quell'immenso spazio azzurro. La mente di Arren si schiarì, si schiuse per accogliere e celebrare il mondo.

Quando andarono a bere a un ruscelletto vicino che scorreva limpido sulle pietre brune, sgorgando dalla sorgente nascosta in qualche giardino principesco sulla collina alle loro spalle, bevve profondamente e immerse la testa nell'acqua fredda. Poi si alzò e declamò due versi delle *Gesta di Morred*:

Sono lodate le Fontane di Shelieth, l'arpa argentina delle acque,
Ma benedetto per sempre nel mio nome questo ruscello che ha placato la mia sete!

Sparviero rise, ascoltandolo, e anche Arren rise. Scrollò la testa come un cane, e gli spruzzi finissimi volarono nell'ultima aurea luce del sole.

Dovettero lasciare il boschetto e ridiscendere nelle strade; e quando ebbero cenato in un chiosco che vendeva untuose focacce di pesce, la notte scese pesante nell'aria. L'oscurità calò rapida nelle strette vie. — Sarà bene che andiamo, ragazzo — disse Sparviero, e Arren chiese: — Alla barca? — Ma sapeva che non sarebbero andati alla barca bensì alla casa sul fiume, alla stanza vuota e polverosa e terribile.

Lepre li stava aspettando sul portone.

Accese una lampada a olio per illuminare la buia scala. La minuscola fiamma tremolava senza sosta mentre lui la reggeva, e gettava sui muri ombre enormi e fuggevoli.

Lepre si era procurato un altro sacco di paglia per far sedere gli ospiti, ma Arren andò a sistemarsi sul pavimento nudo, accanto alla porta. L'uscio si apriva verso l'interno, e per sorvegliarlo avrebbe dovuto sedersi all'esterno; ma quel corridoio nero come la pece gli era insopportabile, e voleva tener d'occhio Lepre. L'attenzione di Sparviero, e forse anche i suoi poteri, si sarebbero concentrati su ciò che Lepre gli avrebbe detto o mostrato: toccava a lui, Arren, stare in guardia contro un eventuale tradimento.

Lepre stava più eretto, e tremava meno del solito; si era ripulito la bocca e i denti; e all'inizio parlò con lucidità, sebbene in tono eccitato. Nella luce della lampada i suoi occhi erano così scuri che la sclerotica non si vedeva, come negli occhi degli animali. Discusse concitatamente con Sparviero, esortandolo a mangiare l'hazia. — Voglio condurti con me. Dobbiamo percorrere la stessa strada. Tra poco io andrò, che tu sia pronto o no. Devi prendere l'hazia, per seguirmi.

— Credo di poterti seguire.

— Non dove andrò io. Questo non è... un incantesimo. — Sembrava incapace di pronunciare le parole «mago» e «magia». — Io so che tu puoi giungere nel... nel luogo: lo sai, al muro. Ma non è là. È una strada diversa.

— Se tu andrai, potrò seguirti.

Lepre scosse la testa. Il bel volto devastato era soffuso di rossore; spesso girava gli occhi per guardare Arren, includendo anche lui sebbene parlasse soltanto a Sparviero. — Ascolta: ci sono due specie di uomini, no? La nostra specie, e gli altri. I... i draghi e gli altri. Gli umani senza potere sono vivi soltanto a metà. Non contano. Non sanno cosa sognano; hanno paura dell'oscurità. Ma gli altri, i signori degli uomini, non hanno paura di addentrarsi nella tenebra. Noi abbiamo la forza.

— Purché conosciamo i nomi delle cose.

— Ma là i nomi non hanno importanza: è questo il punto, è questo il punto! Non si ha bisogno di quello che si fa, di quello che si sa. Gli incantesimi sono inutili. Si deve dimenticare tutto questo: si deve lasciar perdere. Mangiare hazia serve appunto a questo: si dimenticano i nomi, si lascia andare la forma delle cose, e si va dritto alla realtà. Tra poco io vi andrò: se vuoi scoprire dove vado, dovrai fare ciò che ti dico. Io dico ciò che lui dice. Per essere signori della vita si deve essere signori degli uomini. Si deve scoprire il segreto. Io potrei dirtene il nome, ma cos'è un nome? Un nome non è reale, non è la realtà eterna. I draghi non possono andarvi. I draghi muoiono. Tutti muoiono. Stanotte ne ho presa tanta, di hazia, che non potrai mai raggiungermi. Non c'è neppure una macchia, su di me. Dove mi smarrirò, tu potrai guidarmi. Ricordi qual è il segreto? Ricordi? Niente morte. Niente morte... no! Niente letto sudato, niente bara putrefatta, mai più, mai più. Il sangue si prosciuga come un fiume in secca, e scompare. Niente paura. Niente morte. I nomi svaniscono, e svaniscono anche le parole e la paura. Mostrami dove mi smarrisco: mostramelo, mio signore...

E continuò così, in una soffocata estasi di parole che era come il salmodiare di un incantesimo e che tuttavia non formava un incantesimo, un tutto unico, un senso. Arren ascoltava, ascoltava, sforzandosi di comprendere. Se almeno fosse riuscito a capire! Sparviero doveva fare ciò che l'altro diceva, e prendere la droga, per quella volta, per poter scoprire di cosa stava parlando Lepre, il mistero di cui non voleva o non poteva parlare. Perché erano venuti lì, altrimenti? Ma del resto (Arren distolse lo sguardo dal volto estatico di Lepre per fissare l'altro profilo), forse il mago aveva già compreso... Era duro come la roccia, quel profilo. Dov'erano il naso rincagnato e l'espressione blanda? Falco, il mercante, era scomparso, dimenticato. Lì stava il mago, l'arcimago.

La voce di Lepre era divenuta un borbottio ritmico; e il suo corpo oscillava, seduto a gambe incrociate. Il volto era scavato, la bocca socchiusa. Di fronte a lui, nella piccola luce ferma della lampada a olio posata sul pavimento, l'altro non parlava mai; ma aveva teso il braccio e aveva preso la mano di Lepre. Arren non l'aveva visto compiere quel gesto. C'erano lacune nell'ordine degli eventi, lacune d'inesistenza... Doveva essere torpore. Senza dubbio erano trascorse alcune ore: poteva essere quasi mezzanotte. Se si addormentava, sarebbe riuscito a seguire anche lui Lepre nel sogno e giungere a quel luogo, alla vita segreta? Forse sì. Adesso gli sembrava possibile. Ma doveva sorvegliare la porta. Lui e Sparviero non ne avevano quasi parlato; ma entrambi erano consapevoli che facendoli tornare di notte a casa sua Lepre poteva aver progettato un'imboscata: era stato un pirata, conosceva molti predoni. Non avevano detto nulla, ma Arren sapeva che doveva stare in guardia perché, mentre il mago compiva quello strano viaggio dello spirito, era indifeso. Ma, scioccamente, aveva lasciato la spada a bordo della barca; e a cosa sarebbe servito il suo coltello, se quella porta si fosse aperta improvvisamente dietro di lui? Ma questo non sarebbe accaduto: lui poteva ascoltare e udire. Lepre non parlava più. I due uomini tacevano; tutta la casa taceva. Nessuno poteva salire quelle scale malferme senza far rumore. Lui avrebbe potuto parlare, se avesse udito un suono; avrebbe gridato, e la trance si sarebbe spezzata, e Sparviero si sarebbe voltato e avrebbe difeso se stesso e lui con tutte le folgori vendicative della furia di un incantatore... Quando lui si era seduto sul pavimento, Sparviero l'aveva guardato: un'occhiata sola, di approvazione; approvazione e fiducia. Lui era la sentinella. Non ci sarebbero stati pericoli, se lui montava di guardia. Ma era difficile continuare a osservare quei due volti, con la minuscola perla della lampada che stava tra loro sul pavimento, adesso che entrambi tacevano e stavano immobili, con gli occhi aperti che non vedevano la luce né la stanza polverosa, non vedevano il mondo, bensì qualche altro mondo del sogno o della morte: osservarli e non cercare di seguirli...

Là, nell'immensa oscurità asciutta, c'era qualcuno che lo chiamava a cenni. *Vieni*, disse l'alto signore delle ombre. Nella mano reggeva una minuscola fiamma, non più grande di una perla: la protendeva verso di lui, offrendo la vita. Lentamente, Arren mosse un passo nella sua direzione, per seguirlo.

LUCE INCANTATA

Aveva la bocca secca, e piena di un sapore di polvere. Le sue labbra erano coperte di polvere.

Senza sollevare la testa dal pavimento, osservò il gioco delle ombre. C'erano le ombre grandissime che si muovevano e si piegavano, ingrandivano e rimpicciolivano; e altre, più fioche, che correvano svelte intorno alle pareti e al soffitto, irridendo quelle più grandi. C'erano un'ombra nell'angolo e un'ombra sul pavimento, e nessuna delle due si muoveva.

La nuca incominciava a dolergli. E nello stesso tempo, ciò che vedeva gli appariva chiarissimo, nella mente, in un unico bagliore cristallizzato in un istante: Lepre accasciato in un angolo, con la testa sulle ginocchia, Sparviero lungo disteso, riverso, e un uomo stava inginocchiato accanto a lui, e un altro gettava pezzi d'oro in una borsa, e un altro ancora stava in piedi e osservava. Il terzo uomo stringeva una lanterna in una mano e un pugnale nell'altra: il pugnale di Arren.

Anche se parlavano, lui non li udiva. Udiva soltanto i propri pensieri, che gli dettarono immediatamente, senza esitazioni, ciò che doveva fare. Subito eseguì. Si trascinò in avanti per un mezzo braccio con estrema lentezza, protese di scatto la mano sinistra e afferrò la borsa del bottino, balzò in piedi e si lanciò verso la scala con un grido rauco. Si precipitò giù per i gradini, nella cieca oscurità, senza mettere i piedi in fallo, come se stesse volando. Irruppe nella strada e corse via, a tutta velocità, nel buio.

Le case erano masse scure contro lo sfondo delle stelle. La fievole luce del cielo brillava sulla sua destra, e sebbene lui non potesse vedere dove conducevano le strade, riusciva a scorgere i crocicchi, e perciò poteva svoltare e ritornare indietro. Gli sconosciuti l'avevano seguito: li sentiva dietro di sé, non molto lontano. Erano scalzi, e il loro respiro ansimante era più rumoroso dei loro passi. Arren avrebbe riso, se ne avesse avuto il tempo: finalmente sapeva cosa si prova quando si è la selvaggina anziché il cacciatore, la preda anziché il capo della muta. Significa essere soli, e liberi. Deviò verso destra e corse, tenendosi chino, attraverso un ponte dal parapetto alto; s'infilò in una strada laterale, svoltò a un angolo, ritornò sul lungofiume e lo percorse per un tratto, poi attraversò un altro ponte. Le sue scarpe risuonavano rumorosamente sui ciottoli, ed era l'unico suono in tutta la città. Si fermò al riparo del ponte per slacciarle: ma le stringhe si erano ingarbugliate, e gli inseguitori non avevano perso le sue tracce. La lanterna scintillò, oltre il fiume; i passi pesanti e rapidi si avvicinarono. Non riusciva a liberarsene. Poteva soltanto distanziarli, continuare a correre, per condurli più lontano dalla stanza polverosa, sempre più lontano...

Gli avevano tolto la giubba, insieme al pugnale: era in maniche di camicia, leggero e accaldato, e gli girava la testa, e il dolore alla nuca diventava sempre più acuto a ogni passo, e lui correva e correva... La borsa lo intralciava. All'improvviso la gettò a terra, e un pezzo d'oro schizzò fuori e urtò le pietre con un tintinnio. — Ecco il vostro denaro! — gridò lui, con voce roca e ansimante. Continuò a correre. E all'improvviso la strada finì. Davanti a lui non c'erano né strade traverse né stelle: un vicolo cieco. Senza indugiare, girò su se stesso e corse incontro ai suoi inseguitori. La lanterna dondolava furiosamente davanti ai suoi occhi, e lui si avventò con un urlo di sfida.

C'era una lanterna che oscillava avanti e indietro, una fioca chiazza di luce in un grande grigiore in movimento. La guardò a lungo. Si affievolì, e finalmente un'ombra le passò davanti, e quando l'ombra sparì anche la luce era scomparsa. Lui se ne rammaricò, un poco; o forse si rammaricava per se stesso, perché sapeva che adesso doveva svegliarsi.

La lanterna, spenta, dondolava ancora dall'albero cui era agganciata. Tutt'intorno, il mare s'illuminava all'avvento del sole. Un tamburo rullava. I remi scricchiolavano pesantemente, regolarmente; il fasciame della nave strideva con cento piccole voci; un uomo, lassù, a prua, gridò qualcosa ai marinai che gli stavano dietro. Gli uomini incatenati insieme ad Arren nella stiva di poppa tacevano tutti. Ognuno portava una banda di ferro intorno alla vita, e manette ai polsi, collegati da una catena corta e pesante ai ceppi dell'uomo accanto; e la cintura di ferro era incatenata anche a una chiavarda fissata al ponte, in modo che l'uomo potesse stare seduto o accovacciato ma non alzarsi in piedi. Erano troppo vicini per sdraiarsi, stretti nella stiva poco spaziosa. Arren era nell'angolo anteriore di babordo. Se alzava la testa, i suoi occhi si trovavano all'altezza del ponte tra la stiva e il parapetto, che era largo mezzo braccio.

Non ricordava molto della notte precedente, dopo che era giunto nel vicolo cieco. Si era battuto ed era stato messo fuori combattimento, e legato e portato via. Aveva parlato un uomo dalla strana voce sussurrante; c'era stato un luogo che sembrava una fucina, col rosso e guizzante fuoco di una forgia... Non riusciva a rammentarlo. Ma sapeva che quella era una nave di razziatori di schiavi, e che l'avevano catturato per venderlo.

Tutto questo non significava molto, per lui. Aveva troppa sete. Era indolenzito in tutto il corpo, e gli faceva male la testa. Quando sorse il sole, la luce inviò lance di sofferenza nei suoi occhi.

A metà mattina ciascuno ebbe un quarto di pagnotta e una lunga sorsata da una borraccia di cuoio, accostata alle labbra da un uomo che aveva una faccia dura e spigolosa. Aveva il collo cinto da un'alta striscia di pelle borchiata come il collare di un cane, e quando Arren lo sentì parlare riconobbe la strana voce fievole e fischiante.

La bevanda e il cibo alleviarono per un poco la debolezza fisica e gli schiarirono la mente. Per la prima volta guardò in faccia i suoi compagni di schiavitù: tre nella sua fila e quattro più indietro. Alcuni stavano seduti, con la testa appoggiata alle ginocchia; uno era accasciato, sofferente o in preda all'effetto della droga. Quello al suo fianco era un giovane sulla ventina, con la faccia larga e piatta. — Dove ci portano? — gli chiese Arren.

Il giovane lo guardò - le loro facce distavano l'una dall'altra poco più di una spanna - e sogghignò scrollando le spalle, e Arren ritenne che intendesse far capire che non lo sapeva; ma poi agitò le mani incatenate, gesticolando, e aprì la bocca ancora sogghignante, mostrando una radice nera al posto della lingua.

— A Showl — disse uno, dietro Arren; e un altro: — Oppure al Mercato di Amrun. — E subito l'uomo dal collare, che sembrava onnipresente, si chinò sulla stiva sibilando: — Tacete, se non volete finire in pasto agli squali. — E tutti tacquero.

Arren cercò d'immaginare quei luoghi: Showl, il Mercato di Amrun. Là si vendevano schiavi. Li schieravano davanti ai compratori, senza dubbio, come i buoi o gli arieti in vendita sulla Piazza del Mercato di Berila. E lui sarebbe stato là, incatenato. Qualcuno l'avrebbe comprato e portato a casa e gli avrebbe dato un ordine, e lui avrebbe rifiutato di ubbidire. Oppure avrebbe ubbidito, e avrebbe tentato la fuga. E sarebbe stato ucciso, in un modo o nell'altro. La sua anima non si ribellava all'idea della schiavitù: era troppo sofferente e frastornato, per farlo. Semplicemente, sapeva di non poterlo fare; entro una settimana o due sarebbe morto, o sarebbe stato ucciso. Sebbene lo capisse e vi si rassegnasse, l'idea lo spaventava; perciò smise di pensare al futuro. Abbassò lo sguardo sul sudicio fasciame nero della stiva, tra i suoi piedi, e sentì il calore del sole sulle spalle nude, sentì la sete che gli inaridiva di nuovo la bocca e gli stringeva la gola.

Il sole tramontò. Venne la notte, serena e fredda. Le stelle si affacciarono, nitide. Il tamburo batteva come un cuore lento, ritmando i colpi dei remi, perché non c'era alito di vento. Il freddo diventò il tormento peggiore. La schiena di Arren assorbiva un po' di tepore dalle gambe dell'uomo che gli stava dietro, il suo fianco sinistro dal muto che gli sedeva accanto, aggobbito, canticchiando un motivo borbottante, su una nota sola. I rematori cambiarono turno; il tamburo riprese a rullare. Arren aveva desiderato l'oscurità, ma non poteva dormire. Gli dolevano le ossa, e non poteva cambiare posizione. Restò seduto, dolorante e tremante, assetato, guardando le stelle che sobbalzavano nel cielo a ogni colpo di remi, scivolavano di nuovo al loro posto, restavano immote, sobbalzavano di nuovo, scivolavano, si soffermavano...

L'uomo con il collare e un altro stavano fra la stiva di poppa e l'albero maestro: la piccola lanterna oscillante appesa all'albero gettava bagliori in mezzo a loro e ne profilava le teste e le spalle. — Nebbia, vescica di porco — disse la voce debole e odiosa dell'uomo dal collare. — Cosa ci fa la nebbia nello Stretto Meridionale in questa stagione? Maledetta sfortuna!

Il tamburo rullava. Le stelle sussultavano, scivolavano, si soffermavano. Accanto ad Arren, l'uomo senza lingua rabbrividì all'improvviso e alzò la testa lanciando un urlo d'incubo, un suono terribile e informe. — Zitto, là! — ruggì il secondo uomo accanto all'albero. Il muto rabbrividì ancora e tacque, muovendo le mascelle come se masticasse.

Furtivamente, le stelle scivolarono avanti, nel nulla.

L'albero fremette e svanì. Una fredda coltre grigia sembrò cadere sul dorso di Arren. Il tamburo mancò un colpo e poi riprese il ritmo, ma più lento.

Nella nebbia non c'era la sensazione del movimento in avanti, solo il dondolio e la strappata dei remi. Il ritmo del tamburo si era smorzato. Era freddo e umido. La nebbia, condensandosi nei capelli di Arren, gli scorreva negli occhi: lui cercò di afferrare le gocce con la lingua e respirò l'aria umida con la bocca aperta, tentando di placare la sete. Ma gli battevano i denti. Il freddo metallo di una catena gli dondolava contro le cosce, e al contatto bruciava come fuoco. Il tamburo batté, e batté, e tacque.

Silenzio.

— Continua a suonare! Cosa succede? — ruggì la voce roca e bisbigliante dalla prua. Nessuna risposta.

La nave rollava leggermente sul mare tranquillo. Al di là degli indistinti parapetti non c'era nulla: il vuoto. Qualcosa stridette contro la fiancata della nave. Il rumore echeggiò in quel silenzio strano e morto, in quell'oscurità. — Abbiamo toccato fondo — mormorò uno dei prigionieri, ma il silenzio si chiuse sulla sua voce.

La nebbia divenne luminosa, come se vi fiorisse una luce. Arren vide chiaramente le teste degli uomini incatenati accanto a lui, le minuscole gocce di umidità che luccicavano nei loro capelli. La nave ondeggiò di nuovo, e Arren si alzò per quanto glielo permettevano le catene, allungando il collo per vedere più avanti. La nebbia risplendeva sul ponte, come la luna dietro nuvole sottili, fredda e radiosa. I rematori erano seduti, immobili come statue. I membri della ciurma erano nella parte centrale della nave, e i loro occhi scintillavano lievemente. Solo, a babordo, stava un uomo: ed era da lui che s'irradiava la luce, dal volto e dalle mani e dal bastone che ardevano come argento fuso.

Ai piedi dell'uomo risplendente stava accovacciata una forma scura.

Arren tentò di parlare, senza riuscirvi. Abbigliato della maestà della luce, l'arcimago gli si avvicinò e s'inginocchiò sul ponte. Arren sentì il tocco della sua mano, udì la sua voce. Sentì le strisce di ferro ai polsi e alla vita cedere: in tutta la stiva vi fu un tintinnio di catene. Ma nessuno si mosse. Soltanto Arren cercò di alzarsi; ma non vi riuscì, intorpidito com'era dalla lunga immobilità. La forte mano dell'arcimago gli strinse il braccio; con quell'aiuto, uscì dalla stiva e si rannicchiò sul ponte.

L'arcimago si allontanò da lui, e lo splendore nebuloso brillò sulle immobili facce dei rematori. Si arrestò accanto all'uomo che stava accovacciato vicino al parapetto di babordo.

— Io non punisco — disse la voce chiara e dura, fredda come la fredda luce incantata nella nebbia. — Ma in nome della giustizia, Egre, io mi assumo questa responsabilità: comando alla tua voce di tacere fino al giorno in cui troverai una parola degna di essere pronunciata.

Ritornò da Arren e l'aiutò ad alzarsi in piedi. — Adesso vieni, ragazzo — disse; e Arren, sorretto da lui, riuscì ad avanzare barcollando e a lasciarsi cadere nella barca che ondeggiava sotto la fiancata della nave: la *Vistacuta*, con la vela che spiccava nella nebbia come l'ala di una falena.

Nello stesso silenzio, nella stessa calma morta, la luce si estinse, e la barca virò e si allontanò dalla fiancata della nave. Quasi immediatamente la galea, la fioca lanterna appesa all'albero maestro, i rematori immobili, la nera fiancata incombente, scomparvero. Arren credette di udire voci che prorompevano in grida, ma era un suono troppo esile e subito si perse. Dopo un poco, la nebbia cominciò a diradarsi e a disperdersi nel buio. Emersero le stelle; e silenziosa come una farfalla, la *Vistacuta* volò nella notte chiara, sul mare.

Sparviero aveva avviluppato Arren nelle coperte e gli aveva dato acqua da bere; era seduto, con la mano sulla spalla del ragazzo, quando quest'ultimo scoppiò improvvisamente a piangere. Sparviero non disse nulla, ma c'era una gentile fermezza nel contatto della sua mano. Lentamente, Arren si sentì confortato: il calore, il leggero movimento della barca, la serenità del cuore.

Alzò gli occhi verso il compagno. Non c'era più il fulgore ultraterreno intorno al volto scuro. Riusciva a malapena a distinguerlo contro lo sfondo delle stelle.

La barca continuava a volare, guidata dall'incantesimo. Le onde mormoravano contro le sue fiancate, quasi stupite.

— Chi è l'uomo dal collare?

— Sta' calmo. Un predone del mare, Egre. Porta quel collare per nascondere una cicatrice, un taglio alla gola. Sembra che abbia cambiato mestiere, passando dalla pirateria al commercio degli schiavi. Ma questa volta ha catturato il cucciolo d'orso. — C'era un'eco di soddisfazione nella voce quieta e asciutta.

— Come mi hai trovato?

— Magia, corruzione... Ho perso tempo. Non volevo che si risapesse che l'arcimago, il Custode di Roke, si aggirava come un furetto tra le catapecchie di Città Hort. Avrei voluto conservare ancora il mio travestimento. Ma dovevo rintracciare quest'uomo e quello, e quando finalmente ho scoperto che il mercante di schiavi era salpato prima del levar del sole ho perso la calma. Ho preso la *Vistacuta* e ho pronunciato la parola che ha portato il vento nella sua vela, con la bonaccia, e ho inchiodato agli scalmi i remi di tutte le navi in quella baia: per un po', almeno. Come lo spiegheranno, se la magia è solo aria e menzogna, è affar loro. Ma nella fretta e nella collera ho superato la nave di Egre senza vederla: si era spinta a sudest per evitare gli scogli. Non ho fatto altro che sbagliare per tutta la giornata. Non c'è fortuna, a Città Hort... Be', alla fine ho lanciato un incantesimo di ritrovamento, e così mi sono avvicinato alla nave nell'oscurità. Ma adesso non sarebbe meglio che tu dormissi?

— No, adesso mi sento molto meglio. — Una febbre leggera aveva preso il posto del freddo, e adesso Arren si sentiva veramente bene; fisicamente era illanguidito, ma la sua mente sfrecciava rapida da un pensiero all'altro. — Quando ti sei svegliato? Che fine ha fatto Lepre?

— Mi sono svegliato allo spuntar del giorno; e fortuna che ho la testa dura: dietro l'orecchio ho un bernoccolo e un taglio come un cocomero spaccato. Ho lasciato Lepre immerso nel sonno della droga.

— Non ho fatto la guardia come dovevo...

— Ma non perché ti eri addormentato.

— No. — Arren esitò. — Era... ero...

— Mi avevi preceduto: ti ho visto — disse stranamente Sparviero. — E così quelli sono entrati e ci hanno colpiti alla testa come agnelli, hanno preso l'oro, gli abiti buoni, lo schiavo vendibile, e se ne sono andati. È te che volevano, ragazzo. Avresti spuntato il prezzo di una fattoria, al Mercato di Amrun.

— Non mi hanno dato una botta abbastanza forte. Mi sono svegliato. Li ho costretti a inseguirmi. Ho sparpagliato il loro bottino per la strada, prima che mi bloccassero. — Gli occhi di Arren scintillavano.

— Ti sei svegliato mentre c'erano loro... e sei fuggito? Perché?

— Per allontanarli da te. — Lo stupore del tono di Sparviero colpì Arren nel suo orgoglio; aggiunse, risentito: — Pensavo che cercassero te. Pensavo che intendessero ucciderti. Ho afferrato la loro borsa, perché m'inseguissero, e sono fuggito. E loro mi hanno seguito.

— Sì... era logico che lo facessero. — Sparviero non disse altro: non una parola di elogio, sebbene rimanesse seduto a riflettere per qualche istante. — Non hai pensato che io potevo essere già morto?

— No.

— Prima uccidi e poi ruba: è il sistema più sicuro.

— Non ci avevo pensato. Ho pensato soltanto ad allontanarli da te.

— Perché?

— Perché tu avresti potuto difenderci entrambi, tirarci fuori dai guai, se avessi avuto il tempo di svegliarti. O almeno, tirar fuori dai guai te stesso. Io ero di guardia, e non ho fatto il mio dovere. Così, ho cercato di rimediare. Eri tu, quello che dovevo proteggere. Tu sei l'unico che conta. Ti accompagno per difenderti, o per servirti secondo le tue necessità: sei tu a guidarci, sei tu quello che può giungere dove dobbiamo andare e raddrizzare ciò che non va.

— Davvero? — ribatté il mago. — Anch'io la pensavo così, fino all'altra notte. Pensavo di avere un seguace, ma invece ho seguito te. — Il suo tono era sereno, forse un po' ironico. Arren non seppe ribattere. Era completamente confuso. Aveva pensato che difficilmente la sua colpa di essersi abbandonato al sonno o alla trance mentre stava di guardia sarebbe stata espiata dalla prodezza con cui aveva allontanato i predoni da Sparviero; ma adesso sembrava che il suo fosse stato un gesto sciocco, mentre andare in trance al momento sbagliato era stato straordinariamente opportuno.

— Mi dispiace, mio signore — disse infine, con le labbra irrigidite, dominando a stento l'impulso di piangere. — Ti ho deluso. E tu mi hai salvato la vita...

— E tu, forse, hai salvato la vita a me — replicò il mago, bruscamente. — Chissà? Forse mi avrebbero tagliato la gola, dopo aver finito. Non parliamone più, Arren. Sono lieto di averti con me.

Poi andò alla cassa, accese la piccola stufa a carbone dolce, e cominciò a darsi da fare. Arren rimase sdraiato a guardare le stelle; e le sue emozioni si placarono, la sua mente smise di turbinare. E allora comprese che quanto aveva fatto e non aveva fatto non sarebbe stato giudicato da Sparviero. L'aveva fatto: Sparviero l'accettava come realtà. «Io non punisco» aveva detto a Egre, con voce fredda. E non ricompensava. Ma era venuto in tutta fretta a cercarlo attraverso il mare, scatenando il potere della sua magia per salvarlo; e l'avrebbe fatto ancora. Meritava tutto l'amore che Arren provava per lui, e tutta la fiducia. Perché si era fidato di Arren. Ciò che Arren faceva, era giusto.

Poi l'arcimago ritornò e gli porse una ciotola di vino fumante.

— Forse questo ti farà dormire. Sta' attento, se no ti scotti la lingua.

— Da dove viene? A bordo non ho mai visto un solo otre di vino...

— Sulla *Vistacuta* c'è molto più di quanto si vede — disse Sparviero, sedendosi di nuovo accanto a lui; e Arren lo sentì ridere, brevemente e quasi silenziosamente, nell'oscurità.

Si levò a sedere, per bere il vino. Era delizioso, e ristorava il corpo e lo spirito. Arren chiese: — Adesso dove andiamo?

— Verso occidente.

— Dove sei andato, con Lepre?

— Nella tenebra. Io non l'ho mai perso, ma lui era perduto. Vagava ai confini esterni, nell'interminabile deserto del delirio e dell'incubo. La sua anima pigolava come un uccello in quei luoghi squallidi, come un gabbiano che grida lontano dal mare. Lui non è una guida: è sempre stato perduto. Nonostante la sua arte magica, non ha mai visto la via davanti a sé: vedeva solo se stesso.

Arren non comprendeva completamente quelle parole, e adesso non voleva neanche capire. Era stato attirato per un breve tratto in quella «tenebra» di cui parlavano i maghi, e non voleva ricordarla: non aveva nulla in comune con lui. E non voleva dormire, per non rivederla in sogno, per non scorgere quella figura cupa, quell'ombra che protendeva una perla e sussurrava «Vieni».

— Mio signore — cominciò, mentre la sua mente virava rapida verso un altro pensiero, — perché...

— Dormi! — disse Sparviero, con blanda esasperazione.

— Non posso dormire, mio signore. Mi sto chiedendo perché non hai liberato gli altri schiavi.

— L'ho fatto. Non ho lasciato nessuno incatenato, a bordo di quella nave.

— Ma gli uomini di Egre erano armati. Se avessi incatenato *loro*...

— Sì, se li avessi incatenati? Erano soltanto sei. I rematori erano schiavi alla catena, come te. A quest'ora Egre e i suoi uomini possono essere morti, o incatenati dagli altri per finire venduti come schiavi: ma li ho lasciati liberi di combattere o di mercanteggiare. Io non faccio schiavi.

— Ma sapevi che erano uomini malvagi...

— E perciò dovevo comportarmi come loro? Lasciare che le loro azioni condizionassero le mie? Non sarò io a scegliere per loro, e non permetterò che scelgano per me!

Arren rimase in silenzio, riflettendo su quelle parole. Dopo un po', il mago disse, con voce lieve: — Vedi, Arren: contrariamente a quanto pensano i giovani, un'azione non è un sasso che si raccoglie e si scaglia e che colpisce il bersaglio o lo manca e tutto finisce lì. Quando quel sasso viene sollevato, la terra è più leggera; la mano che lo stringe è più pesante. Quando viene lanciato, i circuiti delle stelle reagiscono, e dove colpisce o cade, l'universo cambia. Da ogni azione dipende l'equilibrio del tutto. I venti e i mari, le potenze dell'acqua e della terra e della luce, tutto ciò che loro fanno e tutto ciò che fanno le bestie e le piante, è ben fatto, e fatto giustamente. Tutti agiscono nell'ambito dell'Equilibrio. Dall'uragano, dall'immersione di una grande balena, fino alla caduta di una foglia secca e al volo di un moscerino, tutto ciò che viene fatto viene fatto nell'ambito dell'equilibrio del tutto. Ma noi, poiché abbiamo potere sul mondo e l'uno sull'altro, dobbiamo *imparare* a fare ciò che la foglia e la balena e il vento fanno per loro natura. Dobbiamo imparare a mantenere l'equilibrio. Poché abbiamo l'intelligenza, non dobbiamo agire nell'ignoranza. Poiché possiamo scegliere, non possiamo agire senza responsabilità. Chi sono io, anche se ho il potere di farlo, per punire e ricompensare, giocando col destino degli uomini?

— Ma allora — disse il ragazzo, guardando le stelle con la fronte aggrondata, — l'equilibrio si conserva non facendo nulla? Senza dubbio, un uomo deve agire, anche se non conosce tutte le conseguenze del suo atto, se si deve fare qualcosa.

— Non temere. Per gli uomini, agire è assai più facile che astenersi dall'azione. Continueremo a fare il bene e a fare il male... Ma se ci fosse di nuovo un re, al di sopra di tutti noi, e se chiedesse il consiglio di un mago come avveniva nell'antichità, e io fossi quel mago, gli direi: mio signore, non fare mai qualcosa perché è giusto o lodevole o generoso farlo; non fare qualcosa perché ti sembra bene farlo; fa' solo ciò che devi fare, e che non puoi fare in altro modo.

Il tono di voce indusse Arren a voltarsi a scrutarlo, mentre parlava. Gli parve che lo splendore della luce s'irradiasse di nuovo da quel volto: vide il naso aquilino, la guancia sfregiata, gli occhi scuri e ardenti. E lo guardò con amore ma anche con paura, pensando: *è troppo al di sopra di me*. Eppure, mentre lo guardava, si accorgeva finalmente che sulle linee e sui piani del volto di quell'uomo non c'era la luce incantata, non c'era il freddo splendore della magia, ma c'era la luce stessa: il mattino, la normale luce del giorno. C'era un potere più grande di quello del mago. E gli anni non erano stati generosi con Sparviero più che con qualunque altro uomo. Il suo volto recava i segni dell'età, e aveva l'aria stanca, via via che la luce si rafforzava. Arren sbadigliò...

E così, mentre guardava e rifletteva, finalmente si addormentò. Ma Sparviero restò seduto accanto a lui, a guardare l'alba che spuntava e il sole che sorgeva, come se scrutasse un tesoro alla ricerca di qualche oggetto smarrito, una gemma difettosa, un bambino malato.

SOGNI SUL MARE

A mattino inoltrato, Sparviero tolse dalla vela il vento magico e lasciò che la barca procedesse spinta dal vento del mondo, che spirava dolce da sudovest. Lontano, sulla destra, le colline della distante Wathort slittavano via e rimanevano indietro, diventando azzurre e minuscole, come onde nebbiose al di sopra delle onde.

Arren si svegliò. Il mare si crogiolava nel caldo meriggio dorato, acqua infinita sotto una luce infinita. A poppa, Sparviero sedeva nudo: portava solo un perizoma e una specie di turbante fatto con tela da vele. Canterellava a mezza voce, accarezzando la fiancata come se fosse un tamburo, in un ritmo lieve e monotono. Il suo canto non era un incantesimo magico, né narrava le gesta degli eroi o dei re, ma una nenia di parole prive di senso, come potrebbe cantilenare un ragazzo mentre bada alle capre in un lungo pomeriggio d'estate, da solo sulle alte colline di Gont.

Dalla superficie del mare balzò un pesce, che planò nell'aria per molte braccia tendendo le pinne rigide e scintillanti, simili ad ali di libellula.

— Siamo nello Stretto Meridionale — disse Sparviero, quando ebbe concluso il canto. — Una parte molto strana del mondo, dove i pesci volano e i delfini cantano, si dice. Ma l'acqua è tiepida, per nuotare, e io ho un'intesa con gli squali. Fa' il bagno, per toglierti da dosso il contatto dei mercanti di schiavi.

Arren aveva tutti i muscoli intormentiti, e avrebbe preferito non muoversi. Inoltre non era un nuotatore esperto, perché i mari di Enlad sono turbolenti e bisogna lottare con le acque anziché nuotarvi, e ci si sfinisce presto. Quel mare più azzurro era freddo, al primo momento, ma poi diventò delizioso. L'indolenzimento l'abbandonò. Arren sguazzò accanto alla fiancata della *Vistacuta* come un giovane serpente di mare. Gli spruzzi zampillavano come fontane. Sparviero lo raggiunse, nuotando a bracciate più decise. Docile e protettiva, la *Vistacuta* li attendeva, con la sua ala bianca sull'acqua lucente. Un pesce balzò in aria dal mare: Arren l'inseguì; il pesce si tuffò e balzò di nuovo fuori, nuotando nell'aria, volando nel mare, inseguendo lui.

Agile e dorato, il ragazzo giocò e si crogiolò nell'acqua e nella luce fino a quando il sole toccò il mare. E, scuro e magro, con l'economia di gesti e la sobria forza dell'età, l'uomo nuotò, e tenne in rotta la barca, e montò un tendone di tela da vele, e guardò con imparziale tenerezza il ragazzo che nuotava e il pesce volante.

— Dove siamo diretti? — chiese Arren nel crepuscolo inoltrato, dopo un abbondante pasto di carne salata e di pane duro, di nuovo insonnolito.

— Lorbanery — rispose Sparviero, e quelle sillabe morbide formarono l'ultima parola che Arren udì quella notte, e i suoi sogni, all'inizio, vennero a intessersi intorno a quel nome. Sognò di camminare tra refoli di sostanza soffice e pallida, fili e frammenti rosa e aurei e celesti, e provò un piacere infantile; qualcuno gli disse: — Questi sono i serici campi di Lorbanery, dove non viene mai buio. — Ma più tardi, verso la fine della notte, quando le stelle dell'autunno brillarono nel cielo di primavera, sognò di trovarsi in una casa in rovina. Lì l'aria era asciutta. Tutto era polveroso, festonato di ragnatele lacere. Arren aveva le gambe aggrovigliate nelle ragnatele, che gli fluttuavano anche sulla bocca e sulle narici arrestandogli il respiro. E la cosa più atroce era di sapere che quella grande stanza in rovina era quella dove aveva fatto colazione insieme ai Maestri, nella Grande Casa di Roke.

Si svegliò sgomento, col cuore che gli batteva forte e le gambe strette e indolenzite contro la fiancata. Si levò a sedere, cercando di liberarsi dal sogno malefico. A oriente non c'era ancora la luce, ma solo un attenuarsi dell'oscurità. L'albero scricchiolava; la vela, ancora tesa dalla brezza di nordest, luccicava alta e indistinta sopra di lui. A poppa, il suo compagno dormiva profondamente, in silenzio. Si sdraiò di nuovo e si assopì, fino a quando lo destò il giorno fatto.

Quel giorno il mare era più azzurro e calmo di quanto lui avesse mai immaginato, e l'acqua era così tiepida e limpida che nuotare era un po' come fluttuare nell'aria: era strano, quasi come un sogno.

A mezzogiorno chiese: — I maghi attribuiscono molta importanza ai sogni?

Sparviero stava pescando. Osservava attentamente la lenza. Dopo un lungo silenzio replicò: — Perché?

— Mi chiedevo se contengono qualche verità.

— Sicuramente.

— Predicono il futuro?

Ma un pesce aveva abboccato; e dieci minuti più tardi, quando il mago ebbe tirato a bordo il loro pranzo, uno splendido persico di mare, azzurro-argento, la domanda era ormai dimenticata.

Nel pomeriggio, mentre oziavano, sotto il tendone teso per ripararli dal sole imperioso, Arren chiese: — Cosa cerchiamo, a Lorbanery?

— Quello che cerchiamo — rispose Sparviero.

— A Enlad — disse Arren, dopo un po', — si racconta la storia di un bambino che aveva per maestro di scuola un sasso.

— Sì?... E cos'aveva imparato?

— A non fare domande.

Sparviero sbuffò, come per reprimere una risata, e si levò a sedere. — Molto bene! — esclamò. — Tuttavia, preferisco non parlare fino a quando non so cosa devo dire. Perché non c'è più magia a Città Hort e a Narveduen e forse in tutti gli stretti? È questo che cerchiamo di scoprire, no?

— Sì.

— Conosci la vecchia massima «le regole cambiano, negli stretti»? La usano i marinai, ma è una massima dei maghi, e significa che perfino la magia dipende dai luoghi. Un vero incantesimo su Roke, su Iffish può essere solo parole vane. La lingua della Creazione non è ricordata dovunque: qui una parola, là un'altra. E perfino la tessitura degli incantesimi è tramata dalla terra e dall'acqua, dai venti e dal modo in cui scende la luce nel luogo dove vengono gettati. Una volta mi sono spinto nell'estremo oriente, così lontano che il vento e l'acqua non ubbidivano al mio comando perché ignoravano i loro veri nomi; o più probabilmente l'ignorante ero io.

«Il mondo è molto grande, il mare aperto si stende assai più lontano di quanto si conosca; e ci sono altri mondi, oltre il mondo. Su quegli abissi di spazio, e nella lunga estensione del tempo, non credo che esista una parola capace di portare, dovunque e per sempre, il peso del suo significato e il suo potere; a meno che sia la Prima Parola che pronunciò Segoy, e che non è più stata detta e non verrà più detta fino a quando tutte le cose verranno annientate... Quindi, anche in questo mondo del nostro Earthsea, tra le piccole isole a noi note, ci sono diversità e misteri e mutamenti.

E il luogo meno noto, e più carico di misteri, è lo Stretto Meridionale. Pochi maghi delle Terre Interne sono giunti fra quelle genti. Là non gradiscono gli incantatori, poiché possiedono (così si crede) una loro magia. Ma sono dicerie vaghe, e forse l'arte magica non è mai stata ben conosciuta, là, né veramente compresa. In tal caso potrebbe essere annullata agevolmente da chi decidesse di annullarla, e s'indebolirebbe più facilmente della nostra magia delle Terre Interne. E allora potremmo sentir parlare della decadenza della magia nel sud.

«Perché la disciplina è il canale in cui le nostre azioni scorrono forti e profonde; là dove non c'è direzione, gli atti degli uomini sono superficiali, e vagano e si sprecano. Così, quella donna grassa bardata di specchietti ha perso la sua arte ed è convinta di non averla mai posseduta. Così Lepre prende l'hazia e crede di essersi spinto più lontano di tutti i maghi più grandi, mentre è entrato a malapena nei campi del sogno e già si è perduto... Ma dove *crede* di andare? Che cosa cerca? Che cosa ha ingoiato la sua magia? Ne abbiamo avuto abbastanza di Città Hort, credo, perciò ci spingiamo più a sud, a Lorbanery, per vedere cosa vi fanno gli incantatori, per scoprire cos'è che dobbiamo scoprire... Ti basta, come risposta?»

— Sì, ma...

— Allora lascia che il sasso rimanga per un poco in silenzio — disse il mago. E stette accanto all'albero, nell'ombra giallastra e chiara del tendone, e guardò il mare, verso occidente, mentre la barca veleggiava dolcemente verso il sud, nel sole del pomeriggio. Stava seduto eretto, taciturno e immobile. Trascorsero le ore. Arren si tuffò un paio di volte per nuotare, scivolando quietamente nell'acqua dalla poppa perché non voleva attraversare la linea dello sguardo di quegli occhi scuri, rivolto verso occidente, sopra il mare, come se vedesse lontano, al di là del luminoso orizzonte, al di là dell'azzurro dell'aria e dei confini della luce.

Sparviero riemerse infine dal suo silenzio e riprese a parlare, anche se la sua conversazione si limitò a una o due parole per volta. L'educazione ricevuta aveva reso Arren capace d'intuire prontamente gli umori mascherati dalla cortesia e dalla riservatezza; sapeva che il suo compagno aveva il cuore pesante. Non gli fece altre domande; venuta sera, chiese: — Se canto, disturbo i tuoi pensieri? — Sparviero rispose, sforzandosi di assumere un tono scherzoso: — Dipende dal modo in cui canti.

Arren si sedette, con le spalle appoggiate all'albero, e cantò. La sua voce non era acuta e dolce come quando il maestro di musica del palazzo di Berila l'aveva educata, anni addietro, traendo armonie dalla grande arpa; adesso i toni più alti erano robusti e quelli profondi avevano la risonanza di una viola, scuri e chiari. Cantò il *Lamento per l'incantatore bianco*, la trenodia che Elfarran aveva composto quando aveva saputo della morte di Morred e attendeva la propria. È un canto che non viene cantato di frequente o alla leggera. Sparviero ascoltò quella voce giovanile, forte e sicura, e mesta tra il cielo rosseggiante e il mare, e le lacrime gli riempirono gli occhi, accecanti.

Arren rimase in silenzio piuttosto a lungo, dopo quel canto; poi prese a intonare melodie meno importanti e più lievi, a bassa voce, attenuando la grande monotonia dell'aria senza vento e del mare ondeggiante e della luce che si affievoliva nell'appressarsi della notte.

Quando smise di cantare, tutto era silenzioso; il vento era caduto, le onde erano piccole, e il legno e le cime scricchiolavano appena. Il mare taceva, e a una a una spuntavano le stelle. A sud, vivida e penetrante, apparve una luce gialla, che gettò sull'acqua una pioggia di schegge d'oro.

— Guarda! Un faro! — Poi, dopo un minuto: — Possibile che sia una stella?

Sparviero la contemplò per lunghi istanti, e infine disse: — Credo che sia la stella Gobardon. La si può vedere soltanto dallo Stretto Meridionale. Gobardon significa Corona. Kurremkarmerruk ci insegnò che, navigando ancora più a sud, si scoprono altre otto stelle una dopo l'altra, tra l'orizzonte e Gobardon, che formano una grande costellazione: alcuni dicono che rappresenta un uomo in corsa, altri la Runa Agnen. La Runa della Fine.

Guardarono la stella che sorgeva dall'inquieto orizzonte del mare e brillava di luce costante.

— Hai cantato il lamento di Elfarran — disse Sparviero, — come se tu conoscessi la sua angoscia e la facessi conoscere anche a me... Tra tutte le storie di Earthsea, mi ha sempre affascinato più di ogni altra. Il grande coraggio di Morred, in lotta contro la disperazione; e Serriadh che nacque al di là della disperazione, il re dolce. E lei, Elfarran. Quando io commisi il male più grande che abbia mai commesso, credevo di rivolgermi alla sua bellezza; e la vidi... Per un momento, vidi Elfarran.

Un brivido freddo corse lungo la schiena di Arren. Lui deglutì e rimase in silenzio, guardando la bellissima stella minacciosa, gialla come un topazio.

— Qual è il tuo eroe preferito? — chiese il mago; e Arren rispose, con una leggera esitazione: — Erreth-Akbe.

— Perché era il più grande?

— Perché avrebbe potuto governare su tutto Earthsea ma scelse di non farlo e se ne andò da solo e morì solo, combattendo contro il drago Orm sulla spiaggia di Selidor.

Restarono così per un poco, ognuno immerso nei propri pensieri; poi Arren domandò, senza distogliere gli occhi dalla gialla Gobardon: — È vero, dunque, che i morti possono essere riportati in vita dalla magia e possono parlare alle anime viventi?

— Mediante gli incantesimi dell'Evocazione. È un nostro potere. Ma questo viene fatto molto di rado, e dubito che farlo sia saggio. In questo, il Maestro Evocatore è pienamente d'accordo con me: lui non usa e non insegna la Tradizione di Paln, che racchiude quegli incantesimi. Il più grande di tutti venne ideato da colui che è chiamato Mago Grigio di Paln, mille anni orsono. Evocava gli spiriti degli eroi e dei maghi, e perfino quello di Erreth-Akbe, per consigliare i signori di Paln nelle guerre e nel governo. Ma per Paln vennero tempi duri; e il Mago Grigio venne scacciato: morì senza nome.

— Quindi è una cosa malvagia?

— Direi piuttosto che si tratta di un equivoco. Un equivoco sulla vita. Morte e vita sono la stessa cosa... come i due lati della mia mano, il palmo e il dorso. Eppure il palmo e il dorso non sono la stessa cosa... Non è possibile separarli né confonderli.

— Allora nessuno usa più quegli incantesimi?

— Ho conosciuto soltanto un uomo che li usava spensieratamente, senza tener conto dei rischi. Perché sono rischiosi, più pericolosi di qualunque altra magia. La morte e la vita sono come i due lati della mia mano, ho detto, ma in verità noi non sappiamo cosa sia la vita né cosa sia la morte. Rivendicare il potere su ciò che non comprendi non è saggio, ed è difficile che il risultato sia benefico.

— Chi era l'uomo che li usava? — chiese Arren. Sparviero non si era mai mostrato disposto a rispondere alle domande come adesso, in quell'atmosfera tranquilla e pensierosa: entrambi trovavano consolazione in quel colloquio, anche se l'argomento che trattavano era tenebroso.

— Viveva in Havnor. Lo consideravano un semplice incantatore ma era un grande mago, per il suo potere innato, istintivo. Guadagnava denaro, con la sua arte; mostrava a chi lo pagava lo spirito che quello desiderava vedere, la moglie morta, o il marito o il figlio defunto, e riempiva la sua casa di ombre irrequiete dei secoli antichi, le belle donne dei tempi dei re. Io gli ho visto evocare dalla Terra Arida il mio vecchio maestro, che era stato arcimago durante la mia giovinezza, Nemmerle: e l'aveva fatto solo per divertire un gruppo di sfaccendati. E quella grande anima accorse al suo richiamo, come un cane ubbidiente. Mi infuriai, e lo sfidai (non ero arcimago, allora) dicendo: «Tu costringi i morti a venire nella tua casa: sei disposto a venire con me nella loro?». E lo costrinsi a venire con me nella Terra Arida, sebbene si opponesse con tutta la sua forza di volontà e mutasse forma e piangesse a voce alta, quando si accorse che tutto il resto era inutile.

— E allora l'hai ucciso? — bisbigliò Arren, affascinato.

— No! Lo costrinsi a seguirmi nella terra dei morti, e a ritornarne insieme a me. Aveva paura. Lui che chiamava a sé i morti con tanta disinvoltura aveva paura della morte, della propria morte, più di qualunque altro uomo che io abbia mai conosciuto. Al muro di pietre... Ma ti sto dicendo più di quanto sia lecito sapere a un novizio. E tu non sei neppure un novizio. — Nel crepuscolo, gli occhi acuti ricambiarono per un momento lo sguardo di Arren, suscitando in lui un senso di timidezza e di vergogna. — Non importa — disse l'arcimago. — C'è un muro di pietre, dunque, in un certo luogo, al confine. Lo spirito lo varca e va alla morte, e l'uomo vivo può varcarlo e ritornare, se è un mago... Accanto al muro di pietre, quell'uomo si accovacciò, dalla parte dei vivi, e cercò di resistere alla mia volontà, ma non poté. Si aggrappava con le mani alle pietre, e imprecava e urlava. Non ho mai visto una simile paura: la sua nausea nauseava anche me. E questo avrebbe dovuto farmi comprendere che sbagliavo. Ero in preda all'ira e alla vanità. Perché lui era fortissimo, e io smaniavo dal desiderio di dimostrare che ero ancora più forte.

— E dopo cos'ha fatto, quando siete ritornati?

— Si umiliò, e giurò di non usare mai più la Tradizione di Paln; mi baciò la mano, e mi avrebbe ucciso, se avesse osato farlo. Lasciò Havnor e se ne andò in occidente, forse a Paln: anni dopo venni a sapere che era morto. Aveva già i capelli canuti quando lo conobbi, sebbene avesse le braccia lunghe e fosse agile come un lottatore. Che cosa mi ha indotto a parlare di lui? Non riesco neppure a rammentare il suo nome.

— Il suo vero nome?

— No! Quello lo ricordo... — Sparviero s'interruppe, e per lo spazio di tre battiti di cuore restò immobile, in silenzio.

— Lo chiamavano Pannocchia, a Havnor — disse con voce mutata, guardinga. Si era fatto troppo buio perché fosse possibile scorgere la sua espressione. Arren lo vide voltarsi a scrutare la stella gialla, che adesso era più alta sulle onde e gettava sull'acqua una scia spezzata d'oro, sottile come un filo di ragno. Dopo un lungo silenzio disse: — Non è solo nei sogni, capisci, che ci troviamo di fronte a ciò che deve ancora essere in ciò che è dimenticato da molto tempo, e diciamo cose che sembrano assurde perché non ne comprendiamo il significato.

LORBANERY

Vista attraverso dieci miglia d'acqua illuminata dal sole, Lorbanery era verde, verde come il muschio brillante sull'orlo di una fontana. Da vicino si frammentava in fronde, e tronchi d'albero e ombre e strade e case, e volti e indumenti di esseri umani, e polvere, e tutto ciò che compone un'isola abitata dagli uomini. Eppure, nel complesso, era ancora verde: perché ogni acro che non era coperto da case o da strade era lasciato ai bassi e tondeggianti alberi di hurbah, delle cui foglie si nutrono i piccoli bachi che filano la seta, tessuta poi dagli uomini e dalle donne e dai bambini di Lorbanery. Al crepuscolo, l'aria si riempie di piccoli pipistrelli grigi che si nutrono di quei bachi. Ne divorano molti, ma i tessitori di seta li lasciano fare e non li uccidono, e anzi considerano di malaugurio l'uccisione dei pipistrelli dalle ali grige. Perché, dicono, se gli esseri umani vivono dei bachi, anche le piccole nottole hanno il diritto di farlo.

Le case erano strane, con le finestrelle situate a casaccio e i tetti di ramoscelli di hurbah, tutti verdi di muschio e di licheni. Era stata un'isola ricca, per quanto lo sono le isole dello stretto, e lo si poteva vedere tuttora nelle case ben dipinte e ben arredate, nei grandi arcolai e telai delle casette e degli opifici, e nei pontili di pietra del piccolo porto di Sosara, dove potevano attraccare parecchie grandi galee. Ma non c'erano galee, nel porto. Il colore delle case era sbiadito, non c'erano mobili nuovi, e quasi tutti gli arcolai e telai erano fermi, coperti di polvere, e c'erano ragnatele tra un pedale e l'altro, fra intelaiatura e ordito.

— Incantatori? — disse il sindaco del villaggio di Sosara, un ometto dalla faccia dura e brunita come le piante dei suoi piedi scalzi. — Non ci sono incantatori, a Lorbanery. Non ci sono mai stati.

— Chi l'avrebbe mai pensato? — esclamò Sparviero in tono d'ammirazione. Stava seduto in compagnia di otto o nove abitanti del villaggio, e beveva vino di bacche di hurbah, un'annata mediocre e dal sapore amaro. Aveva dovuto dire che si era spinto nello Stretto Meridionale in cerca di pietre emmel, ma non aveva camuffato se stesso né il suo compagno: solo, Arren aveva lasciato la sua spada nascosta a bordo della barca, come al solito; e se Sparviero aveva con sé il suo bastone, non si vedeva. Gli abitanti del villaggio, all'inizio, si erano mostrati cupi e ostili, ed erano pronti a ridiventare ostili e cupi da un momento all'altro: solo l'abilità e l'autorità di Sparviero li aveva costretti ad accettarli, sia pure di malavoglia. — Dovete avere uomini meravigliosamente esperti nella cura degli alberi — disse. — Cosa fanno, quando una gelata in ritardo colpisce le piantagioni?

— Niente — rispose un uomo scarno, in fondo alla fila. Erano seduti così, tutti in fila, con la schiena appoggiata al muro della locanda, sotto la sporgenza del tetto di fronde. A poca distanza dai loro piedi scalzi, le grandi e dolci gocce della pioggia d'aprile battevano sul terreno.

— Il pericolo è la pioggia, non il gelo — disse il sindaco. — Fa marcire i bozzoli. Nessuno può impedire alla pioggia di cadere. Nessuno c'è mai riuscito. — Era bellicoso, quando sentiva parlare di maghi e di magia; alcuni degli altri sembravano più immalinconiti. — Un tempo non pioveva mai, in questa stagione — aggiunse un altro. — Quando era ancora vivo il vecchio.

— Chi? Il vecchio Mildi? Be', non è più vivo. È morto — osservò il sindaco.

— Lo chiamavano Piantatore — disse l'uomo magro. — Sì. Lo chiamavano Piantatore — confermò un altro. Scese un silenzio, come la pioggia.

Arren sedeva nella nicchia della finestra della locanda, che aveva un'unica stanza. Aveva trovato un vecchio liuto appeso a una parete, un liuto allungato, a tre corde, come si usano nell'isola della Seta, e adesso lo suonava, imparando a trarne una musica, non molto più forte del ritmo della pioggia sul tetto di fronde.

— Nei mercati di Città Hort — disse Sparviero, — ho visto vendere stoffe presentate come seta di Lorbanery. Alcune erano seta: ma nessuna era vera seta di Lorbanery.

— Le stagioni vanno male — commentò l'uomo magro. — Da quattro o cinque anni, ormai.

— Sono cinque anni, dalla Vigilia dell'Aratura — precisò un vecchio, in tono borbottante, soddisfatto di sé, — da quando è morto il vecchio Mildi; sì, è morto, e non aveva neppure l'età che io ho adesso. È morto alla Vigilia dell'Aratura.

— La scarsità ha fatto alzare i prezzi — disse il sindaco. — Per una pezza di seta semifina tinta d'azzurro, adesso incassiamo quello che una volta si otteneva per tre pezze.

— Quando ci riusciamo. Dove sono le navi? E l'azzurro è falso — ribatté l'uomo magro, provocando così una discussione di mezz'ora sulla qualità delle tinture che venivano usate nei grandi opifici.

— Chi prepara le tinture? — chiese Sparviero, e si scatenò un'altra polemica. Risultò così che i procedimenti della tintura erano stati affidati alla supervisione di una famiglia che, per la verità, affermava di avere poteri magici; ma se quelli erano mai stati davvero maghi avevano perso la loro arte, e nessun altro l'aveva più scoperta, come osservò in tono acido l'uomo magro. Perché tutti, tranne il sindaco, erano d'accordo nel riconoscere che le famose tinte azzurre di Lorbanery e l'impareggiabile cremisi, il «fuoco di drago» portato molto tempo prima dalle regine di Havnor, adesso non erano più quelli di un tempo. Avevano perso qualcosa. La colpa era delle piogge intempestive, o delle terre delle tinte, o dei raffinatori. — Oppure degli occhi degli uomini — disse l'uomo magro, — che non saprebbero distinguere il vero azzurro dal fango blu. — E lanciò un'occhiataccia al sindaco. Il sindaco non raccolse la frecciata, e tutti ripiombarono nel loro mutismo.

Il vino fiacco sembrava inacidire il loro umore: avevano tutti la faccia cupa. Adesso non c'erano altri suoni che il fruscio della pioggia sulle innumerevoli foglie dei frutteti della valle, e il mormorio del mare giù in fondo alla strada, e il sussurro del liuto nell'oscurità della locanda.

— Sa cantare, quel tuo ragazzo dall'aria di fanciulla? — domandò il sindaco.

— Sì, sa cantare. Arren! Cantaci qualcosa, ragazzo.

— Non riesco a far suonare a questo liuto qualcosa che non sia in tono minore — disse Arren dalla finestra, sorridendo. — Vuole piangere. Cosa gradireste ascoltare, miei anfitrioni?

— Qualcosa di nuovo — borbottò il sindaco.

Il liuto trillò un poco: Arren aveva imparato a conoscerlo. — Questa potrebbe essere nuova, qui — disse. Poi cantò.

Per il bianco stretto di Soléa
e i rossi rami piegati

che protendono i loro fiori
sulla sua testa china, appesantita
dall'angoscia per l'amante perduto,
per il ramo rosso e il ramo bianco
e la pena incessante,
io giuro, Serriadh,
figlio di mia madre e di Morred,
di ricordare il torto subìto,
per sempre, per sempre.

Tutti tacevano, immobili: i volti amareggiati e quelli stizziti, le mani affaticate e i corpi. Sedevano in silenzio nel caldo crepuscolo piovoso del sud, e ascoltavano quel canto, come il grido del cigno grigio dei mari freddi di Éa, doloroso e disperato. Per un poco, dopo la fine del canto, continuarono a tacere.

— È una strana musica — disse uno, in tono incerto.

Un altro, sicuro che l'isola di Lorbanery fosse il centro assoluto del tempo e dello spazio, osservò: — La musica forestiera è sempre strana e tetra.

— Fateci sentire la vostra — propose Sparviero. — Mi piacerebbe udire qualcosa di gaio. Il ragazzo vuole sempre cantare gli antichi eroi morti.

— Lo farò io — disse l'ultimo che aveva parlato; indugiò un poco, e cominciò a cantare di un robusto e fidato barile di vino e *ehi, oh, andiamocene in giro!* Ma nessuno gli fece eco nel coro, e l'uomo stonò su «ehi, oh».

— Non si canta più come si deve — disse, irritato. — È colpa dei giovani, che cambiano sempre il modo di fare le cose e non imparano le vecchie canzoni.

— Non è questo — replicò l'uomo magro. — Non c'è più niente che vada bene. Più niente.

— Sì, sì, è vero — piagnucolò il più vecchio. — La buona fortuna è finita. Ecco. La buona fortuna è finita.

Poi non ci fu molto altro da dire. Gli abitanti del villaggio se ne andarono, a due o tre insieme, e Sparviero rimase solo davanti alla finestra, e Arren nella nicchia. E poi Sparviero rise. Ma non era una risata gaia.

La timidissima moglie del locandiere venne a preparare i letti sul pavimento e uscì, e i due si sdraiarono per dormire. Ma le alte travi della stanza erano dimora dei pipistrelli. Per tutta la notte, entrarono e uscirono dalla finestra senza vetri, stridendo con voci acutissime. Solo all'alba ritornarono tutti e si misero tranquilli: ognuno si compose in un minuscolo e ordinato involto grigio, appeso capovolto a una trave.

Forse fu l'inquietudine dei pipistrelli a turbare il sonno di Arren. Erano passate molte notti da quando aveva dormito a terra per l'ultima volta: il suo corpo non era più abituato all'immobilità della terraferma, e mentre si addormentava gli diceva che dondolava, dondolava... e allora il mondo veniva meno sotto di lui, e si svegliava con un grande sussulto. Quando finalmente si addormentò, sognò di essere incatenato nella stiva della nave dei mercanti di schiavi; altri erano incatenati insieme a lui, ma erano tutti morti. Si destò più volte da quel sogno dibattendosi e lottando per liberarsene; ma quando si riassopiva tornava a immergervisi. Alla fine gli parve di essere solo sulla nave ma ancora incatenato, e di non potersi muovere. Poi una strana voce lenta gli parlò all'orecchio. — Sciogli le tue catene — disse. — Sciogli le tue catene. — Allora tentò di muoversi, e si mosse: si alzò. Adesso era in un'immensa brughiera semibuia, sotto un cielo pesante. C'era orrore nella terra e nell'aria densa: un'enormità di orrore. Quel luogo era la paura, la paura stessa; e lui era lì, e non c'erano sentieri. Doveva trovare la via, ma non c'erano sentieri, e lui era piccolo come un bambino, come una formica, e quel luogo era immenso, infinito. Cercò di camminare, incespicò e si svegliò.

La paura era dentro di lui, adesso che era desto: non era più lui a essere dentro la paura. Tuttavia questa era ugualmente enorme e sconfinata. Si sentiva soffocato dalla nera oscurità della camera, cercò le stelle nell'indistinto riquadro della finestra, ma sebbene la pioggia fosse cessata le stelle non c'erano. Rimase a giacere, sveglio, impaurito, e i pipistrelli entravano e uscivano a volo con le silenziose ali coriacee. Talvolta sentiva le loro strida acutissime, al limite dell'udibilità.

Il mattino spuntò luminoso; e si alzarono di buon'ora. Sparviero cominciò a cercare con impegno le pietre emmel. Sebbene nessuno, tra gli abitanti del villaggio, sapesse cos'era la pietra emmel, tutti avevano teorie in proposito, e litigavano; e lui ascoltava, anche se in realtà cercava ben altre notizie che quelle sulla pietra emmel. Alla fine lui e Arren si avviarono per la strada indicata dal sindaco, verso le cave dove veniva estratta la terra azzurra per le tinture. Ma lungo il percorso, Sparviero deviò.

— La casa dev'essere quella — annunciò. — Hanno detto che quella famiglia di tintori e di maghi screditati vive su questa strada.

— Servirà a qualcosa, parlare con loro? — chiese Arren, che ricordava fin troppo bene Lepre.

— Questa malasorte ha un centro — disse il mago, in tono aspro. — C'è un luogo dove la fortuna si esaurisce. Ho bisogno di una guida per giungervi! — E proseguì, e Arren dovette seguirlo.

La casa stava in disparte, tra le sue piantagioni; era un bell'edificio di pietra, ma appariva trascurata da molto tempo, come tutte le piantagioni circostanti. I bozzoli non raccolti dei bachi da seta pendevano scoloriti tra i rami sfrangiati, e il terreno era coperto da uno strato di bachi e di farfalle morti, sottili come carta. Tutt'intorno alla casa, sotto i fitti alberi, aleggiava un odore di putredine, e quando si avvicinarono Arren ricordò all'improvviso l'orrore che l'aveva assalito nella notte.

Prima che giungessero alla porta, quella si spalancò. Ne uscì a precipizio una donna dai capelli grigi che roteava gli occhi arrossati e gridava: — Via, maledetti, ladri, calunniatori, idioti, bugiardi, sciocchi bastardi! Andate via, via! La malasorte vi accompagni per sempre!

Sparviero si fermò, con aria piuttosto sorpresa, e poi levò in fretta la mano in uno strano gesto. Pronunciò una sola parola: — Indietro!

La donna smise di gridare. Lo fissò.

— Perché l'hai fatto?

— Per allontanare la tua maledizione.

La donna lo guardò ancora per qualche istante e poi disse, con voce rauca: — Forestieri?

— Del nord.

La donna si fece avanti. In un primo momento, Arren aveva provato l'impulso di ridere di quella vecchia che urlava sulla soglia della sua casa; ma adesso che le era vicino provava soltanto un senso di vergogna. Era sporca e malvestita, e il suo alito era fetido, e nei suoi occhi c'era una terribile espressione di sofferenza.

— Non ho il potere di maledire — mormorò. — Nessun potere. — Imitò il gesto di Sparviero. — Lo fanno ancora, nel luogo da dove venite?

Il mago annuì. La scrutò con fermezza, e lei ricambiò lo sguardo. Dopo un poco, il volto della donna incominciò a cambiare espressione. Chiese: — Dov'è il tuo bastone?

— Non lo mostrerò qui, sorella.

— No, non devi farlo. Ti terrà lontano dalla vita. Come il mio potere: mi teneva lontana dalla vita. Quindi l'ho perso. Ho perso tutte le cose che conoscevo, tutte le parole e tutti i nomi. Uscivano in fili sottili come ragnatele, dai miei occhi e dalla mia bocca. C'è una breccia nel mondo, e ne esce la luce. E le parole se ne vanno insieme alla luce. Lo sapevi? Mio figlio sta cercando tutto il giorno al buio, con lo sguardo fisso, cercando la breccia nel mondo. Dice che vedrebbe meglio se fosse cieco. Ha perso la sua abilità di tintore. Noi eravamo i Tintori di Lorbanery. Guarda! — Agitò davanti a loro le braccia magre e muscolose, macchiate fino alla spalla da una mistura striata e sbiadita di tinture indelebili. — Non si stacca mai dalla pelle — disse. — Ma la mente si ripulisce. Non trattiene i colori. Chi siete?

Sparviero non rispose. I suoi occhi fissavano di nuovo quelli della donna; e Arren, che si teneva un po' in disparte, osservava inquieto.

All'improvviso, lei tremò e disse, in un bisbiglio: — Io ti conosco...

— Sì. Ogni simile conosce il suo simile, sorella.

Stranamente, la donna si scostò dal mago, atterrita, come se volesse sfuggirgli, e nello stesso tempo sembrava ansiosa di accostarsi, come per inginocchiarsi ai suoi piedi.

Sparviero le prese la mano e la trattenne. — Vorresti riavere il tuo potere, l'arte, i nomi? Io posso ridarteli.

— Tu sei il Grande Uomo — mormorò lei. — Tu sei il Re delle Ombre, il Signore del Luogo Tenebroso...

— No. Non sono un re. Sono un uomo, un mortale, tuo fratello e tuo simile.

— Ma non morirai?

— Morirò.

— Ma ritornerai e vivrai in eterno.

— No. Né io né nessun altro.

— Allora tu non sei... non sei il Grande della tenebra — disse la donna, aggrottando la fronte e guardandolo un po' di sottecchi, con minore paura. — Tuttavia, tu sei un Grande. Ce ne sono due? Qual è il tuo nome?

Il severo volto del mago si addolcì un momento. — Non posso dirtelo — rispose gentilmente.

— Ti dirò un segreto — fece la donna. Adesso stava più eretta, di fronte a lui, e nella sua voce e nel suo portamento c'era un'eco della sua antica dignità. — Non voglio vivere e vivere e vivere per sempre. Preferirei riavere i nomi delle cose. Ma sono tutti svaniti. I nomi non hanno più importanza. Vuoi conoscere il mio nome? — I suoi occhi si riempirono di luce; strinse i pugni e si protese verso Sparviero, mormorando: — Il mio nome e Akaren. — Poi gridò. — Akaren! Akaren! Il mio nome è Akaren! Adesso tutti conoscono il mio nome segreto, il mio vero nome, e non ci sono segreti, e non c'è la verità, e non c'è la morte... la morte... la morte! — Gridò quella parola singhiozzando, e la saliva le volò dalle labbra.

— Taci, Akaren!

La donna tacque. Le lacrime le scorrevano sul volto sudicio, invaso dalle ciocche spettinate dei capelli grigi.

Sparviero prese tra le mani quel volto grinzoso e striato dal pianto e delicatamente, teneramente, la baciò sugli occhi. La donna restò immobile, a occhi chiusi. Poi, accostatele le labbra all'orecchio, lui pronunciò qualche parola nella Vecchia Lingua, la baciò di nuovo, e la lasciò andare.

La donna aprì i limpidi occhi e lo guardò per qualche istante con un'espressione pensierosa e stupita. È così che un neonato guarda la madre e che una madre guarda il figlio. Si girò lentamente, si diresse alla porta, entrò, e la chiuse dietro di sé: sempre in silenzio, e sempre con quell'espressione di stupore.

In silenzio, il mago si voltò e s'incamminò per raggiungere la strada. Arren lo seguì. Non osò fargli domande. Dopo un po', il mago si fermò, lì nella piantagione devastata, e disse: — Le ho preso il suo nome e gliene ho dato uno nuovo. E così, in un certo senso, è una rinascita. Non c'era altro aiuto, altra speranza che potessi darle.

La sua voce era forzata, soffocata.

— Era una donna del potere — continuò. — Non una semplice strega o una fattucchiera, ma una donna dotata di arte e di abilità, che usava le sue capacità per creare il bello: una donna fiera e onorevole. Quella era la sua vita. Ed è tutto sprecato. — Si voltò, bruscamente, si avviò tra i filari della piantagione, e si fermò accanto a un albero, voltando le spalle ad Arren.

Arren l'attese nella luce afosa, screziata dalle fronde. Sapeva che Sparviero si vergognava di opprimerlo con le sue emozioni: e in verità lui non poteva dire nulla o fare nulla. Ma il suo cuore volò verso il suo compagno, non più con quell'ardente adorazione iniziale e romantica ma con dolore, come se si fosse creato tra loro un legame infrangibile. Perché in quell'amore che provava adesso c'era compassione; e senza quella compassione l'amore non è temprato, e non è completo, e non dura.

Dopo un po', Sparviero ritornò accanto a lui attraverso la verde ombra della piantagione. Nessuno dei due parlò; procedettero a fianco a fianco. Era già molto caldo; la pioggia della notte precedente si era prosciugata, e la polvere si sollevava dalla strada sotto i loro passi. Prima, quel giorno era parso squallido e insulso ad Arren, quasi fosse contagiato dai suoi sogni: ma adesso trovava piacere nel morso della luce del sole e nel sollievo dell'ombra, e si compiaceva di camminare senza chiedersi quale fosse la loro destinazione.

E fu bene che fosse così, perché non conclusero nulla. Il pomeriggio venne impiegato a discorrere con gli uomini che lavoravano nelle cave delle argille colorate, e a mercanteggiare l'acquisto di pezzetti di quella che veniva presentata come pietra emmel. Mentre tornavano lentamente verso Sosara, col sole del tardo pomeriggio che batteva loro sulla testa e sul collo, Sparviero osservò: — È malachite azzurra: ma credo che neppure a Sosara capiranno la differenza.

— Sono molto strani, qui — disse Arren. — È sempre così con tutto: non conoscono la differenza. Come ciò che uno di loro ha detto al sindaco, ieri sera: «Non sapresti riconoscere il vero azzurro dal fango blu...». Si lagnano dei tempi grami, ma non sanno quando hanno avuto inizio; non conoscono neppure la differenza fra un artigiano e un incantatore, tra i manufatti e la magia. È come se non avessero in mente una netta distinzione tra le linee e i colori e le cose. Per loro, è tutto uguale: è tutto grigio.

— Sì — disse il mago, pensieroso. Continuò a camminare per un po', con la testa aggobbita tra le spalle, come un falco; sebbene fosse basso di statura, camminava a lunghi passi. — Cos'è che gli manca?

Arren rispose, senza esitazioni: — La gioia della vita.

— Sì — disse di nuovo Sparviero, accettando l'affermazione di Arren e considerandola per lunghi istanti. — Sono lieto — disse alla fine, — che tu sappia pensare per me, ragazzo... Mi sento stanco e intontito. Ho il cuore stretto fin da stamattina, quando abbiamo parlato con la donna che era Akaren. Non mi piacciono gli sprechi e la distruzione. Non voglio un nemico. Se devo avere un nemico, non voglio cercarlo e trovarlo e incontrarlo... Se si deve andare in cerca di qualcosa, il premio dev'essere un tesoro, non qualcosa di detestabile.

— Un nemico, mio signore? — chiese Arren.

Sparviero annuì.

— Quando quella donna ha parlato del Grande Uomo, del Re delle Ombre...?

Sparviero annuì di nuovo. — Credo di sì — disse. — Credo che dovremo trovare non soltanto un luogo ma una persona. Ciò che avviene su quest'isola è malefico, malefico: questa perdita dell'arte e dell'orgoglio, questa assenza di gioia, questo spreco. È l'opera di una volontà maligna. Ma è una volontà che neppure si cura di tutto questo, che non si accorge neppure di Akaren o di Lorbanery. La pista che cerchiamo è una pista di devastazione, come se seguissimo un carro sfuggito al controllo, giù lungo il declivio di una montagna, e lo vedessimo dare l'avvio a una valanga.

— Lei... Akaren... potrebbe dirti qualcosa di più di questo nemico... chi è e dov'è, o *che cosa* è?

— Adesso no, ragazzo — rispose il mago, con voce sommessa ma piuttosto amara. — Senza dubbio avrebbe potuto farlo. Nella sua demenza c'era ancora un po' di magia. Anzi, la sua demenza era la sua magia. Ma non potevo costringerla a rispondermi. Soffriva troppo.

E proseguì, con la testa aggobbita tra le spalle, come se lui stesso soffrisse e desiderasse evitare quel dolore.

Arren si voltò udendo uno scalpiccio di piedi sulla strada, dietro di loro. C'era un uomo che li stava rincorrendo: era molto lontano, ma guadagnava rapidamente terreno. La polvere della strada e i lunghi capelli ispidi formavano aureole rosse intorno a lui, nella luce del tramonto, e la sua lunga ombra spiccava balzi fantastici lungo i tronchi e i filari delle piantagioni che fiancheggiavano la strada. — Ascoltate! — gridò. — Fermatevi! Ho trovato! Ho trovato!

Li raggiunse, correndo. La mano di Arren volò di scatto dove avrebbe dovuto esserci l'elsa della spada, e poi dove avrebbe dovuto esserci il pugnale perduto, e quindi si strinse a pugno, in un mezzo secondo. Con una smorfia, si fece avanti. L'uomo era di tutta la testa più alto di Sparviero, e aveva le spalle ampie: un pazzo ansimante e delirante, con gli occhi stralunati. — Ho trovato! — continuava a ripetere, mentre Arren, cercando d'intimidirlo con un tono e un atteggiamento severi e minacciosi, diceva: — Cosa vuoi? — L'uomo tentò di girargli intorno per avvicinarsi a Sparviero; Arren gli si parò di nuovo davanti.

— Tu sei il Tintore di Lorbanery — disse Sparviero.

Allora Arren si rese conto che da parte sua era stata una sciocchezza tentare di proteggere il compagno: e si scostò, togliendosi di mezzo. Perché, a quelle sei parole del mago, il pazzo smise di ansimare e di contrarre le grossi mani macchiate: i suoi occhi si acquietarono. Chinò il capo in segno di assenso.

— Ero il tintore — disse. — Ma ora non so più tingere. — Poi guardò di sottecchi Sparviero e sogghignò; scosse la testa dagli irti capelli rossi e e impolverati. — Tu hai portato via il nome a mia madre — disse. — Adesso io non la conosco, e lei non conosce me. Mi vuole ancora abbastanza bene, ma mi ha lasciato. È morta.

Arren si sentì stringere il cuore, ma vide che Sparviero si limitava a scuotere leggermente la testa. — No, no — disse il mago. — Non è morta.

— Ma morirà. Morirà.

— Sì. È una conseguenza del fatto di essere vivi — osservò il mago. Il Tintore parve riflettere per lunghi istanti su quel concetto; poi si avvicinò allo Sparviero, l'afferrò per le spalle e si chinò su di lui. Si mosse con tanta rapidità che Arren non riuscì a impedirglielo: ma si accostò, e perciò lo sentì mormorare: — Ho trovato la breccia nella tenebra. Ci stava il re. La vigila: la governa. Aveva in mano una piccola fiamma, una minuscola candela. Vi ha soffiato sopra, e si è spenta. Poi vi ha soffiato sopra di nuovo, e si è riaccesa. Si è riaccesa!

Sparviero non protestò per il modo in cui l'uomo lo teneva stretto, mormorando. Chiese, semplicemente: — Dov'eri, quando l'hai visto?

— A letto.

— Sognavi?

— No.

— Oltre il muro?

— No — disse il Tintore, in tono improvvisamente sobrio, e come se si sentisse a disagio. Lasciò andare il mago, e indietreggiò di un passo. — No, io... Non so dov'è. L'ho trovato. Ma non so dov'è.

— È quello che vorrei sapere — disse Sparviero.

— Io posso aiutarti.

— Come?

— Tu hai una barca. Ti è servita per venire qui, e proseguirai. Andrai a occidente? Quella è la strada. La strada verso il luogo da dove lui è venuto. Dev'esserci un luogo, un luogo *qui*, perché lui è vivo... non solo gli spiriti, gli spettri, che vengono oltre il muro, non così... non si può portare null'altro che le anime oltre il muro: ma quello è un corpo, è la carne immortale. Ho visto la fiamma sorgere nell'oscurità al suo soffio, la fiamma che si era spenta. L'ho vista. — Il volto dell'uomo era trasfigurato, e aveva una bellezza selvaggia nella lunga luce rosso-oro. — So che ha sconfitto la morte. Lo so. Ho dato la mia magia per saperlo. Ero un incantatore, una volta! E tu lo sai, e andrai là. Conducimi con te.

La stessa luce risplendeva sul volto di Sparviero, ma lo lasciava impassibile e duro. — Sto cercando di andarci — disse.

— Lascia che venga con te!

Sparviero annuì, sobriamente. — Se sarai pronto quando salperemo — disse, con la stessa freddezza.

Il Tintore indietreggiò di un altro passo e si fermò a scrutarlo. L'esaltazione si rannuvolò lentamente, fino a essere sostituita da un'espressione strana, pesante: si sarebbe detto che il pensiero razionale cercasse di erompere attraverso la tempesta di parole e di sentimenti e di visioni che lo confondevano. Infine girò su se stesso senza pronunciare una parola e riprese a correre lungo la strada, nella nube di polvere che non era ancora ricaduta. Arren tirò un lungo respiro di sollievo.

Anche Sparviero sospirò, ma non sembrava che si sentisse il cuore più leggero. — Bene — disse. — Le vie strane hanno strane guide. Andiamo.

Arren si avviò al suo fianco. — Non vorrai condurlo con noi, vero?

— Spetta a lui decidere.

In un lampo di collera, Arren pensò: *spetta anche a me*. Ma non disse nulla; e proseguirono insieme, in silenzio.

Non furono ben accolti, al loro ritorno a Sosara. Su una piccola isola come Lorbanery, tutto viene risaputo subito, e senza dubbio li avevano visti deviare verso la Casa dei Tintori, e parlare col pazzo lungo la strada. Il locandiere li servì sgarbatamente, e sua moglie si comportò come se avesse una paura terribile di loro. La sera, quando gli uomini del villaggio vennero a sedersi sotto la tettoia della locanda, evitarono ostentatamente di parlare con i forestieri e si sforzarono di conversare tra loro con spiritosa gaiezza. Ma non avevano molte spiritosaggini da scambiarsi, e ben presto esaurirono tutta l'allegria. Rimasero seduti a lungo in silenzio, e infine il sindaco chiese a Sparviero: — Hai trovato le tue pietre azzurre?

— Ho trovato alcune pietre azzurre — rispose educatamente il mago.

— Sopli ti ha mostrato dove trovarle, senza dubbio.

— Ah, ah, ah — fecero gli altri uomini, di fronte a quel capolavoro d'ironia.

— Sopli sarebbe l'uomo dai capelli rossi?

— Il pazzo. Avete fatto visita a sua madre, questa mattina.

— Io stavo cercando un mago — disse Sparviero.

L'uomo magro, che sedeva più vicino a lui, sputò nell'oscurità. — Perché?

— Credevo che avrei potuto scoprire quello che cerco.

— La gente viene a Lorbanery per acquistare la seta — disse il sindaco. — Non viene in cerca di pietre. E neppure in cerca d'incantesimi. O di gesti e di frasi senza senso e di trucchi da incantatori. Qui vivono persone oneste, che fanno un lavoro onesto.

— È vero. Ha ragione — dissero altri.

— E non vogliamo nessun altro, qui, individui che vengono da terre straniere per curiosare e impicciarsi degli affari nostri.

— È vero. Ha ragione — ripeterono gli altri, in coro.

— Se qui ci fosse qualche incantatore che non fosse pazzo, gli daremmo un lavoro onesto negli opifici: ma quelli non sanno neppure fare un lavoro onesto.

— Potrebbero saperlo, se ce ne fossero — disse Sparviero. — Gli opifici sono vuoti, le piantagioni sono abbandonate, la seta nei vostri magazzini è stata tutta tessuta anni addietro. Cosa fate, qui a Lorbanery?

— Badiamo agli affari nostri — rispose aspramente il sindaco, ma l'uomo magro s'intromise in tono eccitato: — Perché non vengono, le navi? Diccelo tu! Cosa fanno a Città Hort? Forse perché il nostro lavoro è scadente? — Venne interrotto da smentite rabbiose. Gli uomini si scambiarono grida, balzarono in piedi, il sindaco agitò il pugno in direzione di Sparviero, un altro sfoderò un coltello. Erano infuriati. Arren scattò in piedi, prontamente. Guardò Sparviero, aspettandosi di vederlo cinto all'improvviso dal fulgore della luce magica, pronto ad ammutolirli con la rivelazione del suo potere. Ma quello non lo fece. Rimase seduto a guardare gli uomini e ad ascoltare le loro minacce. E a poco a poco quelli si azzittirono, come se non sapessero alimentare la loro còllera più di quanto sapessero alimentare l'allegria. Il coltello fu rinfoderato; le minacce si mutarono in sbuffi sprezzanti. Cominciarono ad allontanarsi come cani dopo una zuffa, alcuni baldanzosi, altri con fare furtivo.

Quando i due rimasero soli, Sparviero si alzò, entrò nella locanda, e bevve una lunga sorsata d'acqua, dalla brocca accanto alla porta. — Vieni, ragazzo — disse. — Ne ho avuto abbastanza.

— Andiamo alla barca?

— Sì. — Posò due pezzi d'argento sul davanzale della finestra, per pagare il vitto e l'alloggio, e si caricò sulle spalle il leggero involto dei loro indumenti. Arren era stanco e insonnolito, ma girò lo sguardo sulla stanza squallida e soffocante, che adesso era tutta un fremito di pipistrellii inquieti, fra le travi; pensò alla notte che vi aveva trascorso e fu ben lieto di seguire Sparviero. E mentre percorrevano l'unica e buia strada di Sosara, pensò che andandosene adesso avrebbe lasciato lì il pazzo. Ma quando giunsero al porto, Sopli li stava aspettando sul pontile.

— Eccoti qui — disse il mago. — Sali a bordo, se vuoi venire con noi.

Senza pronunciare una parola, Sopli si calò nella barca e si rannicchiò accanto all'albero, come un grosso cane irsuto. Arren si ribellò. — Mio signore! — disse. Sparviero si voltò: si guardarono, faccia a faccia, sul pontile.

— Su quest'isola sono tutti pazzi, ma credevo che tu non lo fossi. Perché lo porti con noi?

— Come guida.

— Una guida... verso altre pazzie? Verso la morte per annegamento, o per una coltellata nella schiena?

— Verso la morte, ma non so per quale strada.

Arren aveva parlato accalorandosi, e sebbene Sparviero rispondesse quietamente, nella sua voce c'era una nota di risentimento. Non era abituato a simili contestazioni. Ma sempre, da quando Arren aveva cercato di difenderlo dal pazzo quel pomeriggio, per la strada, e si era accorto che la sua protezione era vana e inutile, aveva provato un senso di amarezza, e tutto lo slancio di devozione che aveva sentito al mattino era rovinato e sprecato. Non era in grado di proteggere Sparviero: non gli era consentito prendere decisioni; non poteva neppure comprendere il carattere della loro ricerca, o non gli era permesso. Veniva semplicemente trascinato, inutile come un bambino. Ma non era un bambino.

— Non vorrei litigare con te, mio signore — disse, con tutta la possibile freddezza. — Ma questo... questo è irragionevole.

— È irragionevole. Noi stiamo andando dove la ragione non può condurci. Vuoi venire o non vuoi venire?

Gli occhi di Arren si riempirono di lacrime di rabbia. — Ho detto che sarei venuto con te e che ti avrei servito. Non verrò meno alla mia parola.

— Bene — disse cupamente il mago, e fece l'atto di voltarsi. Poi si girò di nuovo verso Arren. — Ho bisogno di te, e tu hai bisogno di me. Perché, ti dico ora, credo che la strada che ci accingiamo a percorrere sia la tua, e dovrai seguirla: non per ubbidienza o devozione nei miei confronti, ma perché era la tua prima ancora che tu mi vedessi, prima ancora che mettessi piede su Roke, prima che salpassi da Enlad. Non puoi voltarle le spalle.

La sua voce non si era addolcita. Arren gli rispose, altrettanto torvo: — E come potrei voltarle le spalle, se non ho una barca e sono all'orlo del mondo?

— Questo è l'orlo del mondo? No, quello è molto più lontano. Forse ci arriveremo.

Arren annuì e balzò nella barca. Sparviero sciolse l'ormeggio e chiamò nella vela un vento leggero. Quando si furono allontanati dai deserti moli di Lorbanery, l'aria prese a spirare fresca e pulita dal buio del nord e la luna eruppe argentea dal mare lucente davanti a loro e veleggiò sulla loro sinistra quando virarono verso sud per costeggiare l'isola.

IL PAZZO

Il pazzo, il Tintore di Lorbanery, stava raggomitolato contro l'albero maestro, con le braccia strette intorno alle ginocchia e la testa china. La massa dei capelli irsuti sembrava nera, nel chiaro di luna. Sparviero si era avvolto in una coperta e si era addormentato a poppa. Nessuno dei due si muoveva. Arren stava seduto a prua: aveva giurato a se stesso di vegliare durante l'intera notte. Se il mago aveva deciso di credere che il passeggero demente non avrebbe aggredito né lui né Arren nel corso della notte, era liberissimo di farlo; ma Arren avrebbe continuato a pensare come voleva, e si sarebbe assunto le proprie responsabilità.

Ma la notte fu lunghissima e molto tranquilla. La luce della luna scendeva immutabile. Rannicchiato accanto all'albero, Sopli russava, con un suono lungo e sommesso. La barca procedeva dolcemente; dolcemente, Arren scivolò nel sonno. Si svegliò con un sussulto, dopo un po', e vide che la luna era di poco più alta; rinunciò alla decisione di montare di guardia, si assestò più comodamente, e si addormentò.

Sognò ancora, come sembrava che sognasse sempre durante quel viaggio, e all'inizio i sogni furono frammentari ma stranamente dolci e rassicuranti. Al posto dell'albero maestro della *Vistacuta* cresceva una grande pianta, con i rami arcuati e carichi di foglie; c'erano cigni che guidavano la barca, volando sulle forti ali; lontano, più avanti, sul mare verde come berillo, splendeva una città dalle torri bianche. Poi si trovò in una di quelle torri: saliva la scala a spirale, correndo a passi leggeri e impazienti. Quelle scene cambiavano e ritornavano e portavano ad altre, che passavano senza lasciare tracce; ma all'improvviso Arren fu nel cupo e terrificante crepuscolo della brughiera, e l'orrore crebbe dentro di lui fino a impedirgli di respirare. Ma lui avanzava, perché doveva avanzare. Dopo molto tempo s'accorse che lì avanzare significava procedere in cerchio e ritornare sulle proprie tracce. Eppure doveva andarsene, doveva andare via. L'impulso diventò più incalzante. Si mise a correre. Via via che correva, i cerchi si restringevano e il terreno diventava inclinato. Nell'oscurità sempre più fitta Arren correva sempre più veloce, intorno al ciglio interno di un abisso, un gorgo enorme che sprofondava nella tenebra: e quando se ne accorse, scivolò e cadde.

— Cosa ti succede, Arren?

Sparviero gli aveva parlato dalla poppa della barca. La grigia alba teneva immobili il mare e il cielo.

— Niente.

— L'incubo?

— Niente.

Arren aveva freddo, e il suo braccio destro era intorpidito perché gli stava sdraiato sopra. Chiuse di nuovo gli occhi, di fronte alla luce che diventava più intensa, e pensò: *Lui allude a questo e a quello, ma non mi dice mai chiaramente dove stiamo andando o perché, e neppure perché io devo andarci. E adesso si trascina dietro questo pazzo. Ma chi è più demente, il pazzo oppure io che vado con lui? Forse loro due possono intendersi: adesso i maghi sono pazzi, ha detto Sopli. Io potrei essere di nuovo in patria, a casa mia, nel palazzo di Berila, nella mia stanza dalle pareti scolpite, con i tappeti rossi sul pavimento e il fuoco acceso nel camino, e mi sveglierei per andare insieme a mio padre a caccia con i falchi. Perché sono venuto con lui? Perché mi ha condotto con sé? Perché è la mia strada, dice: ma questi sono discorsi da mago, che fanno sembrare le cose più grandi con grandi parole. Ma il significato delle parole è sempre altrove. Se ho una strada da seguire, è quella che conduce alla mia patria, e non a vagare senza ragione attraverso gli stretti. Ho doveri da compiere, in patria, e li sto evitando. Se lui pensa veramente che c'è all'opera un nemico della magia, perché è partito solo, con me? Avrebbe potuto condurre un altro mago che l'aiutasse... o cento maghi. Avrebbe potuto portare un esercito di guerrieri, un'intera flotta. È così che si deve affrontare un grande pericolo, mandando un vecchio e un ragazzo a bordo di una barca? È una follia. Anche lui è pazzo: è come ha detto, cerca la morte. Cerca la morte, e vuole portarmi con sé. Ma io non sono pazzo e non sono vecchio; non voglio morire; non voglio andare con lui.*

Si sollevò, puntellandosi sul gomito, e guardò avanti. La luna, che era sorta davanti a loro quando avevano lasciato la baia di

Sosara, era di nuovo dinanzi a loro, e stava tramontando. Dietro, a oriente, il giorno spuntava pallido. Non c'erano nubi, ma una lieve foschia malsana. Poi, il sole divenne caldo ma rimase velato, privo di splendore.

Per tutto quel giorno costeggiarono Lorbanery, bassa e verdeggiante sulla loro destra. Un vento leggero spirava dalla terra e gonfiava la vela. Verso sera doppiarono l'ultimo capo, e la brezza cadde. Sparviero chiamò nella vela il vento magico: come un falcone lanciato dal polso del cacciatore, la *Vistacuta* balzò e volò rapida, lasciandosi indietro l'isola della Seta.

Sopli il Tintore era rimasto per tutto il giorno rannicchiato al suo posto: evidentemente aveva paura della barca e del mare, soffriva il mal di mare ed era intristito e preoccupato. Adesso parlò, con voce rauca: — Stiamo andando verso occidente?

Aveva il tramonto proprio in faccia; ma Sparviero, paziente anche di fronte alle sue domande più stupide, annuì.

— A Obehol?

— Obehol è a ovest di Lorbanery.

— Molto più a ovest. Forse il posto è là.

— Com'è, quel posto?

— Come posso saperlo? Come potevo vederlo? Non è a Lorbanery? L'ho cercato per anni, quattro anni, cinque anni, nel buio, la notte, chiudendo gli occhi, e sempre lui chiamava «Vieni, vieni», ma io non potevo andare. Io non sono un signore dei maghi, capace di riconoscere le vie nell'oscurità. Ma c'è un luogo dove si può giungere nella luce, sotto il sole. È questo che mia madre e Mildi non volevano capire. Continuavano a guardare nell'oscurità. Poi il vecchio Mildi è morto, e mia madre ha perso il senno. Ha dimenticato gli incantesimi che usavamo per tingere, e questo ha menomato la sua mente. Voleva morire, ma io le ho detto di attendere. Di attendere fino a quando io avessi trovato quel posto. *Deve* esserci. Se i morti possono tornare alla vita nel mondo, dev'esserci nel mondo un posto dove succede.

— I morti ritornano alla vita?

— Credevo che tu le sapessi, queste cose — disse Sopli, dopo una pausa, guardando Sparviero di sottecchi.

— Cerco di saperle.

Sopli non replicò. Il mago lo guardò all'improvviso con uno sguardo diretto ed energico, sebbene il suo tono fosse gentile. — Stai cercando una via per vivere in eterno?

Sopli ricambiò lo sguardo per un momento; poi nascose tra le braccia l'irsuta testa bruno-rossiccia, intrecciando le mani sulle caviglie, e si dondolò avanti e indietro. Sembrava che assumesse quella posizione quando era impaurito; e quando l'assumeva, allora non parlava, non mostrava di accorgersi di ciò che gli veniva detto. Arren gli voltò le spalle, disgustato e disperato. Come avrebbero potuto resistere insieme a Sopli, per giorni e settimane, a bordo di una nave lunga sei braccia? Era come condividere un corpo con un'anima malata...

Sparviero raggiunse Arren a prua e appoggiò un ginocchio sulla fiancata, guardando nella sera olivastra. Disse: — Quell'uomo ha uno spirito gentile.

Arren non rispose. Chiese invece, freddamente: — Cos'è Obehol? È un nome che non ho mai sentito.

— Conosco il nome e la sua ubicazione sulle carte, nient'altro... Guarda là: le compagne di Gobardon!

La grande stella color topazio era più alta, adesso; e sotto di lei, appena al di sopra del mare scuro, brillavano una stella bianca a sinistra e una biancazzurra a destra, formando un triangolo.

— Hanno nomi?

— Il Maestro dei Nomi non li conosceva. Forse gli uomini di Obehol e di Wellogy hanno dato loro un nome. Non so. Ci addentriamo in mari sconosciuti, Arren, sotto il Segno della Fine.

Il ragazzo non replicò, guardando con una specie di ripugnanza le fulgide stelle senza nome sopra le acque infinite.

Mentre navigavano verso occidente, un giorno dopo l'altro, il tepore della primavera meridionale si stendeva sulle acque, e il cielo era sereno. Tuttavia, ad Arren sembrava che la luce fosse offuscata, come se scendesse obliqua attraverso un vetro. Il mare era tiepido, quando s'immergeva per nuotare, e gli dava scarso ristoro. I viveri salati non avevano sapore. Non c'era nulla di fresco e di vivido tranne la notte, quando le stelle ardevano con uno splendore più intenso di quanto lui avesse mai visto. Si sdraiava e le guardava fino a quando si addormentava. E quando dormiva, sognava: era sempre il sogno della brughiera o del baratro o di una valle circondata da strapiombi o di una lunga strada che scendeva sotto un cielo basso; e sempre la luce fioca e l'orrore che l'invadeva, e l'inutile tentativo di fuggire.

Non ne parlava a Sparviero, mai. Non parlava di nulla che fosse importante per lui, ma solo dei piccoli incidenti quotidiani della navigazione; e Sparviero, al quale era sempre stato difficile strappare qualche parola, adesso taceva abitualmente.

Arren si rendeva conto, adesso, di essere stato sciocco ad affidarsi corpo e anima a quell'uomo inquieto e misterioso, che si lasciava guidare dall'impulso e non cercava di tenere in pugno la propria vita e neppure di salvarla. Perché adesso sembrava impazzito; era così, pensava Arren, perché non osava affrontare il suo fallimento... il fallimento della magia quale grande potere al cospetto degli uomini.

Ormai era evidente che, per quanti conoscevano i segreti, non c'erano molti segreti nell'arte magica da cui Sparviero e tutte le generazioni d'incantatori e di maghi avevano acquisito tanta fama e tanta potenza. Non era molto di più dell'uso del vento e delle intemperie, la conoscenza delle erbe medicamentose, e un abile sfoggio di illusioni come nebbie e luci e metamorfosi, che potevano incutere soggezione agli ignoranti ma che erano soltanto trucchi. La realtà restava immutata. Non c'era nulla, nella magia, che assicurasse a un uomo un vero potere sugli altri uomini; ed era inutile contro la morte. I maghi non vivevano più a lungo degli uomini comuni. Tutte le loro parole segrete non potevano procrastinare neppure di un'ora la venuta della loro morte.

Neanche nelle piccole cose valeva la pena di far conto sulla magia. Sparviero era sempre avaro delle sue arti: viaggiavano spinti dal vento del mondo quand'era possibile, pescavano per procurarsi da mangiare, e razionavano l'acqua come tutti i marinai. Dopo quattro giorni di bordeggi interminabili in un vento contrario che arrivava a raffiche convulse, Arren gli domandò se non poteva chiamare un vento favorevole nella vela; e quando il mago scosse la testa, lui disse: — Perché no?

— Non chiederei mai a un uomo malato di partecipare a una gara di corsa — rispose Sparviero, — né aggiungerei una pietra a un dorso già troppo carico. — Era impossibile capire se parlava di se stesso o del mondo in generale. Le sue risposte erano sempre burbere, e difficili da comprendere. Quello, pensò Arren, era il vero cuore della magia: alludere a significati grandiosi mentre non si diceva nulla, e far sì che l'inazione apparisse come il supremo coronamento della saggezza.

Arren si era sforzato d'ignorare Sopli, ma era impossibile: comunque, ben presto si trovò legato al pazzo da una specie di alleanza. Sopli non era pazzo, o almeno non così semplicemente come lo facevano sembrare quei suoi capelli scarmigliati e il suo eloquio frammentario. In verità, l'aspetto più folle del suo carattere era forse il terrore che provava per l'acqua. Per salire su una barca aveva dovuto attingere a un coraggio disperato, e non era mai riuscito a smussare la paura: teneva la testa bassa per non dover vedere l'acqua che si gonfiava e lambiva intorno a lui. Stare in piedi gli dava le vertigini: si aggrappava all'albero. La prima volta che Arren decise di nuotare un po' e si tuffò dalla prua, Sopli lanciò grida d'orrore; quando il ragazzo risalì a bordo, il poveraccio era verde. — Credevo che volessi annegarti — disse, e Arren dovette ridere.

Quel pomeriggio, mentre Sparviero stava seduto a meditare e sembrava che non vedesse nulla e non si curasse di nulla, Sopli si trascinò cautamente verso Arren. Chiese, a voce bassa: — Tu non vuoi morire, vero?

— Certo che no.

— Lui sì — disse Sopli, indicando Sparviero con un piccolo movimento della mandibila.

— Perché dici questo?

Arren aveva assunto un tono di principesca alterezza che per la verità gli veniva naturale; e Sopli l'accettò con la stessa naturalezza, sebbene avesse dieci o quindici anni più di lui. Rispose prontamente e con cortesia, anche se in quel suo solito modo frammentario. — Lui vuole andare nel luogo segreto. Ma non so perché. Lui non vuole... Non crede nella... nella promessa.

— Quale promessa?

Sopli alzò bruscamente gli occhi verso Arren, con un'espressione di umanità devastata; ma la volontà di Arren era più forte. Rispose, a voce molto bassa: — Lo sai. La vita. La vita eterna.

Un grande gelo invase le membra di Arren. Ricordò i suoi sogni: la brughiera, il gorgo, gli strapiombi, la luce fosca. Quella era la morte; quello era l'orrore della morte. Doveva sottrarsi alla morte, trovare la via. E sulla soglia stava la figura incoronata d'ombra, che protendeva una luce minuscola, non più grande di una perla, lo scintillio della vita immortale.

Arren incontrò per la prima volta gli occhi di Sopli: erano castani, molto chiari. E in quegli occhi vide che lui aveva finalmente compreso e che Sopli condivideva la sua conoscenza.

— Lui — disse il Tintore, indicando di nuovo Sparviero con un movimento della mandibola — non vuole rinunciare al suo nome. Nessuno può portare al di là il suo nome. La via è troppo stretta.

— Tu l'hai vista?

— Nella tenebra, nella mia mente. Non basta. Voglio arrivarci: voglio vederla. Nel mondo, con i miei occhi. E se... e se morissi, e non riuscissi a trovare la via, il posto? Molti non possono trovarlo: non sanno neppure che esiste. Solo alcuni di noi hanno il potere. Ma è difficile, perché si deve rinunciare al potere per arrivarci... Niente più parole. Niente più nomi. È troppo difficile farlo nella mente. E quando uno... muore, la sua mente... muore. — Ogni volta, s'impuntò sulla parola. — Io voglio *sapere* che potrò tornare. Voglio andare là. Dalla parte della vita. Voglio vivere, essere al sicuro. Odio... odio quest'acqua...

Il Tintore rattrappì le membra come fa un ragno quando cade, e ritrasse la testa fulva e ispida tra le spalle, per escludere la vista del mare.

Ma dopo quella volta Arren non evitò più di conversare con lui, poiché sapeva che Sopli non condivideva soltanto la sua visione ma anche la sua paura; e che, se si fosse arrivati al peggio, forse avrebbe potuto aiutarlo contro Sparviero.

Continuavano ad avanzare lentamente, tra le bonacce e le brezze irregolari, verso occidente, dove Sparviero affermava che Sopli li stava guidando. Ma Sopli non li guidava affatto: non sapeva nulla del mare, non aveva mai visto una carta nautica, non era mai salito su una barca, temeva l'acqua con un terrore morboso. Era il mago, a guidarli, e li conduceva volutamente fuori strada. Adesso Arren se ne rendeva conto, e ne capiva la ragione. L'arcimago sapeva che loro, e altri come loro, cercavano la vita eterna: ne avevano ricevuto la promessa, ne venivano attratti, e avrebbero potuto trovarla. Nel suo orgoglio, il suo schiacciante orgoglio di arcimago, temeva che la trovassero: li invidiava, e li temeva, e non voleva permettere che un altro uomo diventasse più grande di lui. Aveva intenzione di spingersi nel mare aperto, al di là di tutte le terre, finché si fossero perduti completamente e non potessero più ritornare nel mondo; e allora sarebbero morti di sete. Perché era disposto a morire anche lui, pur d'impedire loro di raggiungere la vita eterna.

Di tanto in tanto veniva il momento in cui Sparviero parlava ad Arren di piccole cose relative al governo della barca, o nuotava insieme a lui nel caldo mare, e gli augurava la buonanotte, sotto le grandi stelle: e al ragazzo, allora, tutte quelle idee sembravano completamente assurde. Guardava il suo compagno e vedeva quel volto duro, aspro, paziente e pensava: *questo è il mio signore e amico.* E gli pareva incredibile di aver dubitato. Ma poco dopo dubitava ancora, e lui e Sopli si scambiavano occhiate per mettersi reciprocamente in guardia contro il nemico comune.

Ogni giorno il sole splendeva ardente, e tuttavia opaco. La sua luce era come una patina invetriata sulle lente onde del mare. L'acqua era azzurra e il cielo era azzurro, senza mutamenti, senza sfumature. Le brezze spiravano e cadevano, e loro giravano la vela per sfruttarle e avanzavano lentamente, senza una meta.

Un pomeriggio, finalmente, incontrarono un leggero vento propizio; e Sparviero tese il braccio in direzione del tramonto, dicendo: — Guarda. — In alto, sopra l'albero, una fila di oche marine tremolava come una runa nera tracciata attraverso il cielo. Le oche volavano verso occidente; e, seguendole, il giorno successivo la *Vistacuta* giunse nei pressi di una grande isola.

— Eccola — disse Sopli. — Quella terra. È là, che dobbiamo andare.

— Il luogo che cerchi è là?

— Sì. Dobbiamo sbarcare. Non possiamo andare oltre.

— Quella terra dev'essere Obehol. Più oltre, nello Stretto Meridionale, c'è un'altra isola, Wellogy. E nello Stretto Occidentale ci sono isole ancora più a ovest di Wellogy. Ne sei certo?

Il Tintore di Lorbanery s'incollerì, e l'espressione agghiacciante riapparve nei suoi occhi; ma non parlò da pazzo, pensò Arren, come invece aveva fatto quando avevano parlato per la prima volta con lui, molti giorni prima, a Lorbanery. — Sì. Dobbiamo sbarcare qui. Siamo andati abbastanza lontano. Il posto che cerchiamo è qui. Devo giurare che lo so? Vuoi che giuri sul mio nome?

— Non puoi — disse Sparviero, con voce dura, levando lo sguardo verso Sopli, che era più alto di lui: Sopli si era alzato, aggrappandosi all'albero, per guardare l'isola davanti a loro. — Non tentare di farlo, Sopli.

Il Tintore fece una smorfia, di sofferenza o di rabbia. Guardò le montagne inazzurrate dalla distanza, davanti alla barca, sulla tremula pianura delle acque, e disse: — Tu mi hai preso come guida. Il luogo è questo. È qui, che dobbiamo sbarcare.

— Sbarcheremo comunque; abbiamo bisogno d'acqua dolce — replicò Sparviero, e andò al timone. Sopli si sedette al suo solito posto, borbottando. Arren lo sentì dire: — Lo giuro sul mio nome. Sul mio nome. — Lo ripeté molte volte; e ogni volta che lo diceva, faceva di nuovo una smorfia, come se soffrisse.

Si avvicinarono all'isola, sospinti da un vento che soffiava dal nord, e la costeggiarono cercando una baia o una spiaggia per sbarcare, ma i frangenti battevano tuonando nel caldo sole lungo tutta la costa settentrionale. Nell'entroterra, le verdi montagne cuocevano in quella luce, ammantate d'alberi fino alle vette.

Doppiarono un capo, e giunsero finalmente in vista di una profonda baia a forma di mezzaluna, con spiagge di sabbia bianca. Lì le onde arrivavano quiete, smorzate dal promontorio, e una barca poteva toccare la riva. Non si scorgeva traccia di presenza umana, sul lido o nelle foreste; non avevano visto una barca, o un tetto, o un filo di fumo. La leggera brezza cadde appena la *Vistacuta* entrò nella baia. C'erano silenzio, immobilità, afa. Arren prese i remi, Sparviero si mise al timone. Lo scricchiolio dei remi negli scalmi era l'unico suono. Le verdi vette torreggiavano sopra la baia, cingendola. Il sole stendeva sull'acqua drappi di luce incandescente. Arren si sentiva il sangue rombare negli orecchi. Sopli aveva abbandonato il sostegno dell'albero e si era accovacciato a prua, aggrappandosi alla frisata, guardando la terra e protendendosi in avanti. Il volto scuro e sfigurato di Sparviero luccicava di sudore, come se fosse unto di olio; il suo sguardo andava continuamente dai bassi frangenti alle alture schermate dal fogliame.

— Ora — disse ad Arren e alla barca. Arren diede tre grandi colpi di remi, e la *Vistacuta* salì leggera sulla sabbia. Sparviero balzò fuori per spingere avanti la barca, sull'ultimo slancio delle onde. Quando tese le mani per spingere, incespicò e quasi cadde, afferrandosi alla prua. Con uno sforzo poderoso trascinò la barca indietro, nell'acqua, nel deflusso dell'onda, e scavalcò la frisata mentre la *Vistacuta* stava sospesa fra mare e spiaggia. — Rema! — ansimò, e si acquattò carponi, sgocciolante d'acqua, cercando di riprendere fiato. Stringeva una lancia, una lancia dalla punta di bronzo, lunga mezzo braccio. Dove l'aveva presa? Un'altra lancia apparve mentre Arren indugiava frastornato sui remi; colpì di taglio un sedile, scheggiando il legno, e rimbalzò. Sulle basse alture sopra la spiaggia, sotto gli alberi, c'erano figure che si muovevano, correvano e si chinavano. Nell'aria c'erano lievi sibili ronzanti. All'improvviso Arren ritrasse la testa tra le spalle, piegò la schiena e remò a bracciate poderose: due per uscire dalle acque basse, tre per far virare la barca, e via.

Sopli, che stava a prua, dietro le spalle di Arren, cominciò a gridare. Il ragazzo si sentì afferrare bruscamente le braccia, e i remi uscirono fulminei dall'acqua. Uno lo colpì alla bocca dello stomaco, e per un attimo lui restò accecato, ansimante. — Torna indietro! Torna indietro! — gridava Sopli. La barca balzò all'improvviso nell'acqua, e ondeggiò. Arren si voltò, furioso, appena ebbe riafferrato i remi. Sopli non era a bordo.

Intorno a loro, la profonda acqua della baia ondeggiava e scintillava abbagliante nel sole.

Stordito, Arren guardò di nuovo indietro, poi guardò Sparviero, accovacciato a poppa. — Là — disse il mago, tendendo il braccio: ma non c'era nulla, solo il mare e i barbagli del sole. Una lancia cadde a poche braccia dalla barca, entrò nell'acqua senza far rumore, e svanì. Arren remò, dieci o dodici bracciate energiche, poi si fermò per guardare di nuovo Sparviero.

Aveva il braccio sinistro e le mani insanguinati, e si teneva contro la spalla un pezzo di tela da vela. La lancia dalla punta di bronzo giaceva sul fondo della barca. Non era esatto dire che lui la tenesse in mano, quando Arren l'aveva vista per la prima volta: gli si era piantata nell'incavo della spalla. Sparviero scrutava l'acqua tra loro e la bianca spiaggia, dove alcune figure minuscole saltavano e ondeggiavano nel confuso bagliore del caldo. Infine disse: — Va'.

— Sopli...

— Non è riemerso.

— È annegato? — chiese Arren, incredulo.

Sparviero annuì.

Arren continuò a remare fino a quando la spiaggia fu soltanto una linea bianca sotto le foreste e le grandi vette verdi. Sparviero sedeva accanto al timone, premendosi il tampone di tela contro la spalla ma senza curarsi della ferita.

— È stato colpito da una lancia?

— Si è buttato.

— Ma... non sapeva nuotare. Aveva paura dell'acqua.

— Sì. Una paura mortale. Voleva... voleva andare a terra.

— Perché ci hanno attaccati? Chi sono?

— Devono averci creduto nemici. Ti dispiace... darmi una mano, un momento? — Arren vide che la tela premuta contro la spalla era intrisa di sangue.

La lancia aveva colpito tra la giuntura della spalla e la clavicola, lacerando una delle grandi vene, e la ferita sanguinava abbondantemente. Seguendo le istruzioni di Sparviero, Arren strappò a strisce una camicia di lino e fasciò la ferita. Sparviero gli chiese la lancia: quando Arren gliela posò sulle ginocchia, mise la mano destra sulla punta, lunga e sottile come una foglia di salice, di bronzo rozzamente martellato; sembrò sul punto di parlare, ma dopo un attimo scosse la testa. — Non ho forza per un incantesimo — disse. — Più tardi. Guarirà. Puoi portarci fuori dalla baia?

In silenzio, il ragazzo ritornò ai remi. Piegò la schiena con impegno, e ben presto, poiché in quel suo corpo agile c'era una grande forza, portò la *Vistacuta* fuori dalla baia a mezzaluna, nel mare aperto. Regnava la lunga bonaccia meridiana, e la vela pendeva inerte. Il sole sfolgorava attraverso un velo di foschia, e le verdi vette sembravano tremolare e pulsare nel calore. Sparviero si era sdraiato sul fondo della barca, con la testa appoggiata al sedile, accanto al timone; era immobile, con le labbra e le palpebre socchiuse. Arren preferiva non guardarlo in faccia, e fissava oltre la poppa della barca. La foschia tremolava sull'acqua, come se veli di ragnatela s'intessessero nel cielo. Gli tremavano le braccia per la fatica, ma continuava a remare.

— Dove ci stai portando? — chiese Sparviero con voce rauca, sollevandosi un po'. Voltatosi, Arren vide che la baia incurvava di nuovo le verdi braccia intorno alla barca, e la bianca linea della spiaggia stava davanti a loro, e le montagne si ergevano nell'aria. Aveva girato la barca senza accorgersene.

— Non posso più remare — disse, ritirando i remi, e andò ad accovacciarsi a prua. Continuava ad avere la sensazione che Sopli fosse dietro di lui, a bordo, accanto all'albero. Avevano vissuto insieme molti giorni, e la sua morte era stata troppo improvvisa e immotivata perché lui potesse comprenderla. Tutto era incomprensibile.

La barca si dondolava sull'acqua, con la vela afflosciata. La marea, che incominciava a entrare nella baia, girò lentamente la *Vistacuta* di traverso rispetto alla corrente e la spinse avanti a piccoli colpetti verso la lontana linea bianca della spiaggia.

— *Vistacuta* — disse il mago in tono carezzevole, e aggiunse una o due parole nella Vecchia Lingua; e dolcemente la barca ondeggiò e girò la prua verso il mare, scivolando sull'acqua sfolgorante, lontano dalle braccia della baia.

Ma altrettanto dolcemente, dopo meno di un'ora, smise di avanzare, e la vela si afflosciò di nuovo. Arren si voltò indietro e vide che il suo compagno era sdraiato come prima; ma la testa era leggermente ripiegata all'indietro, e gli occhi erano chiusi.

Fino a quel momento Arren aveva provato un orrore pesante e morboso che cresceva e gli impediva di agire, come se avvolgesse il suo corpo e la sua mente in fili sottilissimi. Non trovava il coraggio di combattere contro quella paura: c'era solo una specie di cupo risentimento contro la sua sorte.

Non doveva lasciare che la barca andasse alla deriva verso le spiagge rocciose di un'isola i cui abitanti attaccavano i forestieri: questo era chiaro, nella sua mente, ma non significava molto. Cosa doveva fare, invece? Remare fino a Roke? Era perduto, irreparabilmente perduto senza speranza, nell'immensità dello stretto. Non avrebbe mai potuto riportare la barca verso una terra amichevole, con un viaggio di settimane. Poteva riuscirci solo con la guida del mago, e Sparviero era stato ferito e immobilizzato, all'improvviso e insensatamente, così com'era morto Sopli. Il suo volto era mutato, giallastro e inerte: forse stava morendo. Arren pensò che doveva portarlo sotto il tendone per ripararlo dal sole e dargli un po' d'acqua: chi ha perso sangue deve bere. Ma da giorni era a corto d'acqua: il barile era quasi vuoto. Che importanza aveva? Tutto era inutile. La buona sorte li aveva abbandonati.

Le ore trascorsero, e il sole continuava a picchiare, e il calore grigiastro avviluppava Arren. E lui stava seduto immobile.

Un alito di frescura gli passò sulla fronte. Alzò la testa. Era sera: il sole era tramontato, e l'occaso era rosso-cupo. La *Vistacuta* si muoveva lentamente, spinta da una lieve brezza che veniva dall'est aggirando le scoscese coste boscose di Obehol.

Arren si mosse e si prese cura del suo compagno, sistemando un pagliericcio sotto il tendone e facendogli bere un po' d'acqua. Fece tutte queste cose in fretta, distogliendo gli occhi dalla fasciatura, che doveva essere cambiata perché la ferita non aveva smesso completamente di sanguinare. Sparviero, illanguidito dalla debolezza, non parlava; mentre beveva avidamente chiuse gli occhi e scivolò di nuovo nel sonno, che era la sua sete più grande. Giaceva in silenzio; e quando, nell'oscurità, la brezza cadde, non venne un vento magico a sostituirla, e la barca si dondolò di nuovo pigramente sulle onde lunghe. Ma adesso le montagne che incombevano sulla destra spiccavano nere contro un cielo fulgido di stelle, e Arren restò a lungo a guardarle. I contorni delle costellazioni gli sembravano familiari, come se li avesse già visti, come se li avesse sempre conosciuti.

Quando si sdraiò per dormire si girò verso sud: e là, alta nel cielo sopra il mare vuoto, ardeva la stella Gobardon. Più sotto c'erano le due che formavano un triangolo, e sotto queste ne erano sorte tre, in linea retta, formando un triangolo ancora più grande. Poi, liberandosi dalle liquide pianure nere e argentee, ne seguirono altre due, con l'avanzare della notte; erano gialle come Gobardon, sebbene più fioche, e inclinate da destra verso sinistra alla base del triangolo. Dunque erano otto delle nove stelle che, si diceva, formavano la figura di un uomo, o la runa hardese Agnen. Agli occhi di Arren quella costellazione non sembrava affatto un uomo, a meno che fosse stranamente distorto, come avviene sempre nelle figure formate dalle stelle; ma la runa era nitida, con l'uncino e il tratto trasversale, e per completarla mancava solo l'ultimo tratto, la base, la stella che non era ancora sorta.

E mentre la cercava con lo sguardo, attendendola, Arren si addormentò.

Quando si svegliò, all'alba, la *Vistacuta* era stata spinta dalla deriva ancora più lontano da Obehol. La nebbia nascondeva le spiagge, rivelando solo le vette delle montagne, e si diradava in una foschia sopra le acque violette del sud, affievolendo le ultime stelle.

Arren guardò il suo compagno. Sparviero aveva il respiro irregolare, come avviene quando la sofferenza serpeggia sotto la superficie del sonno senza infrangerla. Il suo volto era vecchio e segnato, nella fredda luce senza ombre. Mentre lo guardava, Arren vide un uomo al quale non restavano più potere né magia né forza, e neppure la giovinezza: più nulla. Non aveva salvato Sopli, non aveva distolto da sé la lancia. Li aveva portati fra i pericoli e non li aveva salvati. Adesso Sopli era morto, e Sparviero era moribondo, e Arren sarebbe morto: tutto a causa di quell'uomo, e invano, per niente.

Perciò Arren lo guardava con i limpidi occhi della disperazione e non vedeva nulla.

Non rammentava più la fontana sotto l'albero di rowan, o la bianca luce incantata nella nebbia, a bordo della nave dei razziatori di schiavi, o le piantagioni esauste della Casa dei tintori. Né si ridestava in lui l'orgoglio o l'ostinazione della volontà. Guardò l'alba ascendere sul mare tranquillo, dove le onde lunghe e basse correvano, colorate di pallido ametista, ed era tutto come un sogno, sbiadito, senza la presa e il vigore della realtà. E nel profondo del sogno e del mare c'era il nulla... una lacuna, un vuoto. La profondità non c'era.

La barca si muoveva lenta, irregolarmente, seguendo l'umore capriccioso del vento. Più indietro, i picchi di Obehol rimpicciolirono, neri contro il sole che sorgeva; e da quella direzione veniva il vento, che portava la barca lontano dall'isola, lontano dal mondo, fuori, sul mare aperto.

I FIGLI DEL MARE APERTO

Verso la metà di quel giorno, Sparviero si mosse e chiese acqua. Quando ebbe bevuto, domandò: — Dove siamo diretti? — Perché la vela era tesa sopra di lui, e la barca si tuffava come una rondine sulle onde lunghe.

— Verso ovest o nordovest.

— Ho freddo — disse Sparviero. Il sole sfolgorava, e riempiva di calore la barca.

Arren non disse nulla.

— Cerca di mantenere la rotta verso ovest. Wellogy, a ovest di Obehol. Sbarca là. Abbiamo bisogno di acqua.

Il ragazzo guardò avanti, sul mare deserto.

— Cosa c'è, Arren?

Lui non disse nulla.

Sparviero cercò di levarsi a sedere, non vi riuscì, e allora tentò di raggiungere il bastone che stava accanto alla cassa degli attrezzi; ma era fuori dalla sua portata, e quando riprovò a parlare, le parole si arrestarono sulle sue labbra secche. Il sangue sgorgò di nuovo sotto la fasciatura incrostata, formando un esile filamento cremisi sulla pelle scura del suo petto. Lui tirò un brusco respiro e chiuse gli occhi.

Arren lo scrutò, ma apaticamente, e non a lungo. Andò a prua e tornò ad accovacciarsi, guardando avanti. Aveva la bocca inaridita. Adesso il vento dell'est spirava costante sul mare aperto, ed era secco come il vento del deserto. Nel barile c'erano solo due o tre pinte d'acqua; e Arren aveva deciso di serbarle per Sparviero, non per sé; non aveva mai pensato di bere quell'acqua. Aveva calato le lenze perché da quando avevano lasciato Lorbanery aveva imparato che il pesce crudo placa anche la sete, non soltanto la fame; ma non abboccava mai niente. Non aveva importanza. La barca continuava a procedere sul deserto d'acqua. Lentamente, anche il sole si muoveva da est a ovest, e alla fine vinceva la gara di tutta l'ampiezza del cielo.

A un certo momento Arren credette di scorgere una vetta azzurra, a sud, che poteva essere una terra o una nube; da ore la barca correva un po' verso nordovest. Non cercò di bordeggiare e di virare: lasciò che andasse dove voleva. Quella terra poteva essere reale e poteva non esserlo: non importava. Per lui tutto l'immenso e fiammeggiante fulgore del vento e della luce e dell'oceano era offuscato e falso.

Venne l'oscurità, e poi di nuovo la luce, e poi l'oscurità, e la luce, come rulli di tamburo sul tesissimo telone del cielo.

Arren immerse la mano nell'acqua, sporgendosi dalla fiancata della barca. Per un istante la vide, vividamente: la sua mano verdepallida sotto l'acqua viva. Si piegò e succhiò le gocce dalle dita. Erano amare, e gli bruciavano dolorosamente le labbra, ma lui lo fece di nuovo. Poi fu preso dalla nausea, e si accosciò vomitando: ma era solo un po' di bile che gli bruciava la gola. Non aveva più acqua da dare a Sparviero, e aveva paura di avvicinarglisi. Si sdraiò, rabbrividendo nonostante il caldo. Era tutto silente, asciutto e luminoso: terribilmente luminoso. Si riparò gli occhi dalla luce.

Stavano sulla barca, ed erano tre, esili come steli e angolosi, con gli occhi grandi, come strani aironi scuri, o gru. Le loro voci erano sottili, come quelle degli uccelli. Lui non li capiva. Uno s'inginocchiò sopra di lui, reggendo sul braccio una vescica scura, e l'inclinò verso la sua bocca: era acqua. Arren bevve avidamente, tossì perché un po' gliene era andata di traverso, e bevve ancora fino a vuotare il recipiente. Poi si guardò intorno e si alzò, faticosamente, chiedendo: — Dov'è, dov'è? — perché con lui, a bordo della *Vistacuta*, c'erano soltanto quei tre uomini strani e sottili.

E quelli lo guardarono senza comprendere.

— L'altro uomo — gracchiò Arren, e la gola dolorante e le labbra incrostate stentavano a formare le parole. — Il mio amico...

Uno dei tre comprese la sua angoscia, se non le sue parole, e posandogli sul braccio una mano sottile tese l'altra a indicare. — Là — disse, rassicurante.

Arren guardò. E vide, a nord della barca, tante zattere, alcune radunate vicino e altre sfilate lontano, attraverso il mare: tante zattere che sembravano foglie d'autunno in uno stagno. Ciascuna, bassa sull'acqua, aveva al centro una o due cabine o capanne, e molte avevano anche alberi montati. Galleggiavano come foglie, sollevandosi e riabbassandosi lievemente quando le immense onde lunghe dell'oceano occidentale passavano sotto di loro. In mezzo, le fasce d'acqua brillavano come argento; e in cielo torreggiavano grandi nembi violetti e dorati, carichi di pioggia, che oscuravano l'ovest.

— Là — disse l'uomo, additando una grande zattera accanto alla *Vistacuta*.

— Vivo?

Tutti lo guardarono, e finalmente uno comprese. — Vivo. È vivo. — Allora Arren cominciò a piangere, a singulti secchi, e uno degli uomini gli prese il polso nella mano sottile e forte e lo trascinò dalla *Vistacuta* alla zattera cui era legata la barca. La zattera era così grande e leggera che non s'inclinò neppure lievemente sotto il loro peso. L'uomo guidò Arren avanti, mentre uno degli alri protendeva un pesante grappino munito di un dente ricurvo di squalobalena e tirava più vicina un'altra zattera per poter superare il varco. L'uomo condusse Arren alla cabina, che era aperta su un lato e chiusa sugli altri tre da pannelli intrecciati. — Sdraiati — disse. E Arren non ricordò altro.

Era sdraiato sul dorso, e guardava un rozzo tetto verde screziato da minuscoli punti di luce. Credette di essere nei meleti di Semermine, dove i principi di Enlad trascorrono l'estate, nelle colline dietro Berila; credette di essere adagiato sulla folta erba di Semermine, a guardare il cielo attraverso i rami dei meli.

Dopo un po' udì lo sciabordio dell'acqua nelle cavità inferiori della zattera, e le sottili voci degli uomini: parlavano una lingua che era il comune hardese dell'arcipelago, ma tanto cambiato nei suoni e nei ritmi che era difficile comprenderlo; e allora seppe dov'era: lontano, oltre l'arcipelago, oltre il mare e tutte le isole, perduto nell'oceano aperto. Eppure rimase impassibile, e continuò a giacere comodamente, come se fosse sull'erba, nei frutteti della sua patria.

Dopo un poco pensò che doveva alzarsi, e lo fece. Scoprì che il suo corpo era scarno e bruciato, e che le gambe gli tremavano pur reggendolo ancora. Scostò il pannello intrecciato che formava le pareti della cabina e uscì nel pomeriggio. Aveva piovuto, mentre lui dormiva. Il legno della zattera - grossi tronchi levigati e squadrati, accostati e calafatati - era scurito dall'umidità, e i capelli di quegli esseri esili e seminudi erano neri e intrisi di pioggia. Ma metà del cielo era sgombra, dove il sole scendeva verso occidente;

e adesso le nubi correvano lontano, verso nordest, in ammassi d'argento.

Uno degli uomini si accostò ad Arren, cautamente, e si fermò a qualche passo da lui. Era sottile e piccolo di statura, non più alto di un ragazzo di dodici anni: i suoi occhi erano grandi, allungati e scuri. Impugnava una lancia dalla punta d'avorio uncinata.

Arren gli disse: — Devo la vita a te e alla tua gente.

L'uomo annuì.

— Vuoi condurmi dal mio compagno?

L'uomo della zattera gli voltò le spalle e levò la voce in un grido acuto, penetrante come il richiamo di un uccello marino. Poi si accosciò sui talloni, come per attendere, e Arren lo imitò.

Le zattere erano dotate di alberi, sebbene l'albero di quella su cui si trovava non fosse montato. Vi si potevano issare le vele, che erano piuttosto piccole in confronto all'ampiezza delle zattere. Le vele erano di una stoffa bruna, che non era tela ma una sostanza fibrosa: non intessuta ma compressa, come il feltro. Una zattera, lontana un quarto di miglio, abbassò dal pennone la bruna vela e avanzò lentamente, manovrando con i grappini e le pertiche in mezzo alle altre fino ad affiancarsi a quella su cui stava Arren. Quando tra le due ci fu solo un varco inferiore a un braccio, l'uomo accanto ad Arren si alzò e lo scavalcò con un balzo disinvolto. Arren fece altrettanto e atterrò goffamente, carponi: le sue ginocchia avevano perso l'elasticità. Si rialzò e vide che l'ometto lo guardava, non con aria divertita ma con approvazione: evidentemente la sua compostezza ne aveva conquistato il rispetto.

Quella zattera era più grande, e più alta sull'acqua, di tutte le altre; era fatta di tronchi lunghi dodici braccia e larghi più di un braccio, anneriti e levigati dall'usura e dalle intemperie. Statue di legno stranamente scolpite sorgevano intorno alle numerose cabine e ai quattro angoli si ergevano pali che portavano ciuffi di penne d'uccelli marini. La sua guida lo condusse al più piccolo dei ripari, e là Arren vide Sparviero che giaceva immerso nel sonno.

Arren si sedette entro quella specie di cabina. La sua guida tornò all'altra zattera, e nessuno venne a disturbarlo. Dopo circa un'ora, una donna gli portò da mangiare: una zuppa di pesce freddo in cui galleggiavano pezzetti di una sostanza verde e trasparente, salata ma buona; e una tazzina d'acqua stantia, che aveva il sapore della pece con cui era stato impermeabilizzato il barile. Dal modo in cui lei gli porse l'acqua, Arren comprese che gli offriva un tesoro, una cosa da onorare. La bevve rispettosamente e non ne chiese altra, sebbene desiderasse ingollarne dieci volte di più.

La spalla di Sparviero era stata bendata con cura; e lui dormiva profondamente, serenamente. Quando si svegliò, aveva gli occhi limpidi. Guardò Arren e sorrise, quel sorriso dolce e gaio che era sempre sorprendente sul suo volto duro. All'improvviso, Arren provò di nuovo l'impulso di piangere. Posò la mano sulla mano di Sparviero e non disse nulla.

Uno degli uomini della zattera si avvicinò e si accovacciò nell'ombra del grande riparo vicino: sembrava una specie di tempio, con un grande motivo ornamentale molto complesso sopra l'entrata, e gli stipiti di tronchi scolpiti in forma di balene grige in immersione. L'uomo era piccolo ed esile come gli altri, fanciullesco, ma il suo volto era forte e segnato dagli anni. Portava soltanto un perizoma, ma era ammantato di dignità. — Deve dormire — disse; e Arren lasciò Sparviero e si accostò a lui.

— Tu sei il capo di questo popolo — disse: sapeva riconoscere un principe.

— Sì — fece l'uomo, con un cenno del capo. Arren rimase ritto davanti a lui, senza muoversi. Dopo qualche istante, gli scuri occhi dell'uomo incontrarono fuggevolmente i suoi. — Anche tu sei un capo — osservò.

— Sì — ammise Arren. Gli sarebbe piaciuto sapere come mai l'uomo della zattera l'aveva capito, ma restò impassibile. — Tuttavia servo il mio signore, che è là.

Il capo del popolo delle zattere disse qualcosa che Arren non capì: erano parole mutate fino a diventare irriconoscibili, oppure nomi che lui non conosceva; quindi disse: — Perché siete venuti in Balatran?

— Siamo venuti a cercare...

Ma Arren non sapeva cosa dire, e fino a che punto confidarsi. Tutto ciò che era accaduto, e la causa della loro ricerca, sembravano lontani e confusi, nella sua mente. Infine disse: — Eravamo andati a Obehol. Ci hanno attaccati quando abbiamo cercato di sbarcare. Il mio signore è stato ferito.

— E tu?

— Non sono stato ferito — disse Arren, e il freddo autocontrollo che aveva imparato nell'infanzia, a corte, gli tornò utile. — Ma c'era... c'era una specie di follia. Uno che era con noi si è annegato. C'era una paura... — S'interruppe e tacque.

Il capo lo scrutò con gli opachi occhi neri. Poi disse: — Dunque siete venuti qui per caso.

— Sì. Siamo ancora nello Stretto Meridionale?

— Lo stretto? No. Le isole... — Il capo descrisse un arco con la sottile mano nera, non più di un quarto di cerchio, da nord a est. — Le isole sono là — disse. — Tutte le isole. — Poi, indicando il mare immerso nella sera, davanti a loro, da nord a sud, attraverso l'ovest, disse: — L'oceano.

— Da quale terra vieni, mio signore?

— Nessuna terra. Noi siamo i Figli del Mare Aperto.

Arren scrutò quel volto aguzzo, poi girò lo sguardo sulla grande zattera, con il tempio e gli idoli eretti, ognuno dei quali era ricavato da un solo tronco d'albero, grandi statue divine che erano un miscuglio di delfino, pesce, uomo e uccello marino; osservò la gente intenta al lavoro, a tessere, a scolpire, a pescare, a cucinare su piattaforme rialzate, a curare i bambini piccoli; e le altre zattere, circa settanta, sparse sull'acqua in un grande cerchio di almeno un miglio di diametro. Era una città: sottili fili di fumo salivano dalle case lontane, e le voci dei bambini risuonavano acute nel vento. Era una città, e sotto i suoi pavimenti c'era l'abisso.

— Non andate mai, a terra? — chiese il ragazzo, a voce bassa.

— Una volta l'anno. Andiamo alla Lunga Duna. Là tagliamo gli alberi e provvediamo alla manutenzione delle zattere. Ci andiamo in autunno, dopo aver seguito le balene grige verso nord. D'inverno ci separiamo: ogni zattera se ne va da sola. In primavera andiamo a Balatran e ci incontriamo. Allora si va da una zattera all'altra, e si celebrano i matrimoni, e c'è la Lunga Danza. Queste sono le Strade di Balatran; da qui, la grande corrente porta a sud. D'estate andiamo verso sud, alla deriva sulla corrente, fino a quando vediamo le Grandi, le balene grige, che si dirigono verso nord. Allora le seguiamo, e ritorniamo così alle spiagge di Emah, sulla Lunga Duna, e sostiamo per qualche tempo.

— È meraviglioso, mio signore — disse Arren. — Non avevo mai sentito parlare di un popolo come il tuo. La mia patria è molto lontana da qui. Eppure anche là, sull'isola di Enlad, danziamo la Lunga Danza alla vigilia del Solstizio d'Estate.

— Voi battete i piedi sulla terra per renderla sicura — disse in tono asciutto il capo. — Noi danziamo sul mare profondo.

Dopo qualche istante chiese: — Come si chiama, il tuo signore?

— Sparviero — rispose Arren. Il capo ripeté quelle sillabe, ma era evidente che per lui non avevano significato. E questo, più di ogni altra cosa, fece comprendere ad Arren che la sua storia era vera, che costoro vivevano sempre sul mare, sul mare aperto al di là di ogni terra e dell'odore della terra, al di là del volo degli uccelli terricoli, al di fuori della conoscenza dell'uomo.

— C'era morte, in lui — disse il capo. — Deve dormire. Tu ritorna alla zattera di Astro; ti manderò a chiamare. — Si alzò. Sebbene fosse perfettamente sicuro di sé, era chiaro che non sapeva bene cosa fosse Arren: non sapeva se doveva trattarlo come un suo pari o come un ragazzo. In quella situazione Arren preferiva essere trattato da ragazzo, e accettò il congedo: ma poi si trovò alle prese con un problema. Le zattere si erano allontanate di nuovo, e cento braccia di acqua serica le separavano.

Il capo dei Figli del Mare Aperto gli parlò di nuovo, laconicamente: — A nuoto — disse.

Arren si calò impacciato nell'acqua. La frescura era piacevole, sulla sua pelle bruciata dal sole. Compì la traversata a nuoto e si issò sull'altra zattera: trovò un gruppo di cinque o sei bambini e giovani che l'osservavano con evidente interesse. Una bambinetta disse: — Tu nuoti come un pesce preso all'amo.

— Come dovrei nuotare? — chiese Arren, un po' mortificato ma in tono cortese: in verità, non avrebbe mai saputo mostrarsi sgarbato verso un essere umano così piccolo. La bimba sembrava una statuina di mogano lucido, fragile e squisita. — Così! — esclamò lei, e si tuffò come una foca nel bagliore e nell'ondeggiare liquido delle acque. Solo dopo molto tempo, e da una distanza inverosimile, Arren udì il suo grido acuto, e vide la testolina nera e lucida affiorare alla superficie.

— Vieni — disse un ragazzo che aveva probabilmente la stessa età di Arren, sebbene non dimostrasse più di dodici anni: aveva l'aria seria, e un tatuaggio - un granchio azzurro - gli copriva il dorso. Si tuffò, e tutti si tuffarono, perfino un bimbetto di tre anni; perciò anche Arren dovette tuffarsi, cercando di non sollevare troppi spruzzi.

— Come un'anguilla — disse il ragazzo, riemergendo accanto alla sua spalla.

— Come un delfino — disse una graziosa fanciulla dal sorriso garbato, e sparì nelle profondità dell'acqua.

— Come me! — strillò il bimbetto di tre anni, ballonzolando sull'acqua come una bottiglia.

E così quella sera, fino a quando venne buio, e per tutto il lungo giorno dorato che seguì, e nei giorni successivi, Arren nuotò e parlò e lavorò con i giovani della zattera di Astro. E tra tutti gli eventi del viaggio, da quel mattino dell'equinozio in cui lui e Sparviero avevano lasciato Roke, quello gli sembrava il più strano, in un certo senso: perché non aveva nulla in comune con tutto ciò che era accaduto prima, nel viaggio o in tutta la sua vita; e meno ancora aveva un nesso con quanto doveva ancora venire. La notte, quando si sdraiava per dormire in mezzo agli altri, sotto le stelle, pensava: *è come se fossi morto; e questa è una vita nell'aldilà, così, nel sole, oltre l'orlo del mondo, tra i figli e le figlie del mare...*

Prima di addormentarsi guardava lontano, a sud, cercando con lo sguardo la stella gialla e la costellazione della Runa della Fine, e vedeva sempre Gobardon e il triangolo più piccolo, e quello più grande: ma adesso sorgevano più tardi, e lui non riusciva a tenere aperti gli occhi fino a quando l'intera figura emergeva libera dall'orizzonte. Di notte e di giorno le zattere andavano alla deriva verso sud, ma il mare non cambiava mai perché ciò che muta sempre è immutabile; i temporali di maggio passavano, e di notte brillavano le stelle, e tutto il giorno splendeva il sole.

Arren sapeva che la vita dei Figli del Mare Aperto non poteva essere sempre vissuta in quella serenità di sogno. Chiese dell'inverno, e gli parlarono delle lunghe piogge e delle onde possenti, delle zattere che vagavano separate e andavano alla deriva nel grigiore e nell'oscurità, per settimane e settimane. L'inverno precedente, durante una tempesta di un mese, avevano scorto onde così grandi che parevano «nuvoloni», dicevano, perché non avevano mai visto le montagne. Dal dorso di un'onda si poteva vedere quella successiva, immensa, a miglia e miglia di distanza, che si precipitava verso di loro. Le zattere potevano navigare in un mare simile?, chiese Arren, e quelli risposero che sì, potevano farlo, ma non sempre. In primavera, quando si radunavano alle Strade di Baltran, mancavano due zattere, o tre, o sei...

Si sposavano giovanissimi. Granchio Azzurro, il ragazzo che portava tatuato il simbolo del suo nome, e la ragazza graziosa, Albatros, erano marito e moglie, sebbene lui avesse appena diciassette anni e lei addirittura due di meno; c'erano molti matrimoni come il loro, tra il popolo delle zattere. Molti bimbetti camminavano carponi qua e là, legati a lunghi guinzagli fissati ai quattro pali dei ripari centrali, e tutti vi rientravano nelle ore più calde, e dormivano in mucchi frementi. I bambini grandicelli badavano ai più piccoli, e gli uomini e le donne si spartivano tutto il lavoro. Tutti facevano a turno per raccogliere le grandi alghe dalle foglie brune, i *nilgu* delle Strade, frangiati come felci e lunghi venti o trenta braccia. Tutti lavoravano insieme, battendo il nilgu per ricavarne stoffe o intrecciandone le fibre grezze per ricavare funi e reti; pescavano e seccavano il pesce, e fabbricavano utensili con avorio di balena, e insieme sbrigavano tutte le varie mansioni. Ma c'era sempre tempo per nuotare e chiacchierare, e non c'era mai un termine fisso per ultimare un lavoro. Le ore non esistevano: c'erano soltanto notti e giorni. Dopo pochissimo tempo, Arren ebbe l'impressione di vivere sulla zattera da un periodo incalcolabile; e che Obehol fosse un sogno, e che più indietro ci fossero sogni ancora più sbiaditi, e un altro mondo nel quale lui era vissuto sulla terraferma ed era stato un principe di Enlad.

Quando, finalmente, venne convocato alla zattera del capo, Sparviero lo scrutò per qualche istante e disse: — Mi sembri l'Arren che ho visto nel Cortile della Fontana: agile come una foca dorata. Mi sembra che ti trovi bene, qui.

— Sì, mio signore.

— Ma dov'è, «qui»? Abbiamo lasciato dietro di noi i luoghi della terra. Abbiamo navigato fino a uscire dalle mappe... Molto tempo fa ho sentito parlare del Popolo delle Zattere: ma credevo che fosse solo una delle tante leggende dello Stretto Meridionale, una fantasia inconsistente. Eppure siamo stati salvati da quella fantasia: le nostre vite sono state salvate da un mito.

Parlava sorridendo, come se partecipasse alla serenità atemporale di quella vita nella luce dell'estate; ma il suo volto era scavato, e nei suoi occhi c'era una tenebra. Arren se ne accorse, e l'affrontò.

— Ho tradito... — disse, e s'interruppe. — Ho tradito la tua fiducia in me.

— In che modo?

— Là... a Obehol. Quando, per una volta, tu hai avuto bisogno di me. Eri ferito, e avevi bisogno del mio aiuto. Io non ho fatto nulla. La barca andava alla deriva, e io la lasciavo andare. Tu soffrivi, e io non ho fatto nulla per te. Ho visto la terraferma... ho visto la terraferma, e non ho neppure tentato di far virare la barca...

— Taci, ragazzo — disse il mago, con tanta fermezza che Arren ubbidì. E poi: — Dimmi cosa pensavi, allora.

— Nulla, mio signore... nulla! Pensavo che fosse inutile fare qualunque cosa. Pensavo che la tua magia fosse svanita... no, che non fosse esistita mai. Che tu mi avessi ingannato. — Il sudore sgorgò sul volto di Arren: dovette farsi forza, per continuare a parlare. — Avevo paura di te. Avevo paura della morte. Ne avevo tanta paura che non ti guardavo, perché potevi essere moribondo. Non riuscivo a pensare a nulla, se non che c'era... che per me c'era un modo per non morire, se fossi riuscito a trovarlo. Ma la vita scorreva via, come se ci fosse stata una grande ferita e ne sgorgasse il sangue... come la tua ferita. Ma questa era in ogni cosa. E io non facevo nulla, nulla: cercavo solo di nascondermi all'orrore della morte.

Arren s'interruppe, perché dire a voce alta la verità era insopportabile. Non era la vergogna a farlo tacere, ma la paura, la stessa paura. Adesso sapeva perché quella vita tranquilla fra mare e sole, a bordo delle zattere, gli sembrava l'aldilà o un sogno irreale. Perché in cuor suo sapeva che la realtà era vuota, priva di vita e di calore e di colore e di suono, priva di significato. Non c'erano altezza né profondità. Tutto quell'incantevole gioco di forme e luci e colori sul mare e negli occhi degli uomini non era altro che un gioco d'illusioni sul vuoto superficiale.

E tutto passava, e restavano soltanto il freddo e l'assenza di forme: nient'altro.

Sparviero lo stava scrutando, e lui aveva abbassato gli occhi per evitare quello sguardo. Ma inaspettatamente, nell'animo di Arren parlò una voce esile, la voce del coraggio o del sarcasmo; era arrogante e spietata, e diceva: — Vigliacco! Vigliacco! Vuoi gettar via perfino questo?

E allora alzò la testa, con un tremendo sforzo di volontà, e incontrò gli occhi del suo compagno.

Sparviero tese il braccio e gli prese la mano in una stretta dura: adesso tra loro c'era il contatto degli occhi e della carne. Disse il vero nome di Arren, che non aveva mai pronunciato: — Lebannen. — Lo ripeté: — Lebannen, tutto questo è. E tu sei. Non c'è sicurezza, e non c'è fine. La parola dev'essere udita nel silenzio; dev'esserci l'oscurità, perché si possano vedere le stelle. La danza viene sempre danzata sopra la cavità, sopra il terribile abisso.

Arren contrasse le mani e chinò la fronte, fino a premerla contro la mano di Sparviero. — Ti ho deluso — disse. — Ti deluderò ancora e deluderò me stesso. Non ho abbastanza forza!

— Tu hai abbastanza forza. — La voce del mago era tenera, ma sotto la tenerezza c'era la durezza che era emersa dalle profondità della vergogna di Arren e che adesso lo irrideva. — Ciò che tu ami, amerai. Ciò che intraprendi, lo completerai. Tu sei un realizzatore della speranza: su di te si può fare assegnamento. Ma diciassette anni non offrono una robusta armatura contro la disperazione... Rifletti, Arren. Rifiutare la morte è rifiutare la vita.

— Ma ho cercato la morte... per te e per me! — Arren alzò la testa e fissò Sparviero. — Come Sopli, che si è annegato...

— Sopli non cercava la morte. Cercava di fuggire dalla morte e dalla vita. Cercava la sicurezza: la fine della paura... la paura della morte.

— Ma c'è... c'è una via. C'è una via al di là della morte. Il ritorno alla vita. È questo... ciò che cercano. Lepre e Sopli, coloro che erano incantatori. È quello che noi cerchiamo. Tu... tu più di ogni altro devi sapere... devi conoscere quella via...

La forte mano del mago era ancora posata sulla sua. — Non la conosco — disse Sparviero. — Sì, so ciò che credono di cercare. Ma so che è una menzogna. Ascoltami, Arren. Tu morirai. Non vivrai in eterno. Nessun uomo, nessuna cosa vivrà in eterno. Non c'è nulla d'immortale. Ma solo a noi è dato sapere che dobbiamo morire. Ed è un grande dono: il dono dell'io. Perché noi abbiamo solo ciò che sappiamo di dover perdere, ciò che siamo disposti a perdere... Quell'io che è il nostro tormento, e il nostro tesoro e la nostra umanità, non dura. Cambia; sparisce, come un'onda sul mare. Vorresti che il mare diventasse immobile, che le maree cessassero, solo per salvare un'onda, per salvare te stesso? Vorresti rinunciare all'abilità delle tue mani, e alla passione del tuo cuore, e alla luce dell'aurora e del tramonto, per comprare la sicurezza per te stesso, la sicurezza eterna? È quanto cercano di fare a Wathort e a Lorbanery e altrove. Questo è il messaggio udito da coloro che sanno udire: *negando la vita puoi negare la morte e vivere per sempre!* E io non odo questo messaggio, Arren, perché non voglio udirlo. Non ascolterò il consiglio della disperazione. Sono sordo; sono cieco. Tu sei la mia guida. Tu, con la tua innocenza e il tuo coraggio, con la tua mancanza di sapienza e la tua lealtà, tu sei la mia guida... il bambino che invio davanti a me nell'oscurità. Ciò che io seguo è la tua paura, la tua sofferenza. Tu mi hai giudicato duro nei tuoi confronti, ma non hai mai saputo fino a che punto lo sono stato. Uso il tuo amore come un uomo che brucia una candela, e la consuma, per illuminarsi il cammino. E dobbiamo andare avanti. Dobbiamo andare avanti. Dobbiamo arrivare fino in fondo. Dobbiamo giungere al luogo dove il mare s'inaridisce e s'inaridisce la gioia, il luogo verso il quale ti attrae il tuo terrore mortale.

— Dov'è, mio signore?

— Non lo so.

— Non posso condurti là. Ma verrò con te,

Lo sguardo del mago, fisso su di lui, era cupo, insondabile.

— Se dovessi deluderti di nuovo, tradirti...

— Mi fiderò di te, figlio di Morred.

Poi tacquero entrambi.

Sopra di loro, gli alti idoli scolpiti ondeggiavano lievemente contro l'azzurro cielo meridionale: corpi di delfini, ali di gabbiani ripiegate, volti umani che avevano occhi spalancati, formati da conchiglie.

Sparviero si alzò, irrigidito perché non era ancora guarito dalla ferita. — Sono stanco di starmene seduto — disse. — Ingrasserò, nell'ozio. — Cominciò a camminare avanti e indietro, sulla zattera, e Arren l'accompagnò. Parlarono un poco mentre camminavano; Arren disse a Sparviero come trascorreva le giornate, e chi erano i suoi amici tra il popolo delle zattere. L'inquietudine di Sparviero era più grande della sua forza, che ben presto l'abbandonò. Si fermò accanto a una ragazza che intesseva il nilgu al telaio, dietro la Casa dei Grandi, e la pregò di cercare il capo; poi ritornò al suo riparo. Poco dopo sopraggiunse il capo del popolo delle zattere, salutandolo con una cortesia che il mago ricambiò; tutti e tre si sedettero sui tappeti di pelle di foca maculata.

— Ho pensato — incominciò il capo, lentamente e in tono solenne, — alle cose che mi hai detto. Agli uomini che credono di ritornare dalla morte nei loro corpi, e che cercando di far questo dimenticano la venerazione dovuta agli dèi e trascurano la propria persona e impazziscono. È un grande male e una grande follia. Ma ho anche pensato: questo ci riguarda? Noi non abbiamo nulla da spartire con gli altri uomini, le loro isole e i loro costumi, le loro azioni e distruzioni. Noi viviamo sul mare e le nostre vite appartengono al mare. Noi non speriamo di salvarle, non cerchiamo di perderle. Qui la follia non giunge. Noi non andiamo alla terraferma, e la gente della terraferma non viene da noi. Quando ero giovane, talvolta parlavamo con uomini che venivano con le barche alla Lunga Duna, quando noi vi andavamo a tagliare i tronchi per le zattere e per costruire i ripari per l'inverno. Spesso vedevamo le vele che provenivano da Ohol e Welway [così lui chiamava Obehol e Wellogy], seguendo le balene grige in autunno. Spesso seguivano le nostre zattere da lontano, perché noi conosciamo le strade e i luoghi di raduno dei Grandi, nel mare. Ma io non ho mai visto altra gente della terraferma, e adesso non vengono più. Forse sono tutti impazziti e hanno preso a combattersi tra loro. Due anni fa, sulla Lunga Duna, guardando a nord verso Welway, abbiamo visto per tre giorni il fumo di un grande incendio. E se anche è così, che importanza ha per noi? Noi siamo i Figli del Mare Aperto. Noi andiamo per le vie del mare.

— Eppure, quando avete visto alla deriva la barca di un uomo della terraferma, vi siete avvicinati — osservò il mago.

— Alcuni di noi hanno detto che non era prudente farlo, e avrebbero voluto lasciare che la barca andasse alla deriva fino alla fine del mare — replicò il capo con quella sua voce alta e impassibile.

— Tu non eri tra quelli.

— No. Ho detto: anche se sono abitanti della terraferma, li aiuteremo; e così è stato fatto. Ma non c'entriamo con le tue iniziative. Se c'è la follia tra la gente della terraferma, allora è la gente della terraferma che deve occuparsene. Noi seguiamo la strada dei Grandi. Non possiamo aiutarvi nella vostra ricerca. Finché vorrete restare con noi, sarete i benvenuti. Non mancano molti giorni alla Lunga Danza; dopo ritorneremo verso nord, seguendo la corrente orientale che alla fine dell'estate ci porterà di nuovo ai mari presso la Lunga Duna. Se resterai con noi e guarirai dalla tua ferita, per noi andrà bene. Se prenderai la tua barca e te ne andrai per la tua strada, anche questo ci andrà bene.

Il mago lo ringraziò; e il capo si alzò, esile e impettito come un airone, e li lasciò soli.

— Nell'innocenza non c'è forza contro il male — disse Sparviero, in tono un po' ironico, — ma c'è la forza per il bene... Resteremo con loro per qualche tempo, credo, fino a quando mi sarò ripreso da questa debolezza.

— È una decisione saggia — commentò Arren. La fragilità fisica di Sparviero l'aveva turbato e commosso: era deciso a proteggere quell'uomo contro la sua energia e la sua impazienza, a insistere perché attendessero un po', fino a quando la sofferenza l'avesse abbandonato, prima di proseguire.

Il mago lo guardò, un po' sorpreso da quel complimento.

— Qui sono generosi — continuò Arren, senza accorgersene. — Sembra che non siano afflitti dalla malattia dell'anima che avevano a Città Hort e sulle altre isole. Forse non esiste un'isola dove saremmo stati aiutati e accettati, come ha fatto questo popolo perduto.

— Forse hai ragione.

— E d'estate, costoro vivono una vita piacevole...

— È vero. Anche se mangiare pesce freddo per tutta la vita, e non vedere mai un pero fiorito o non assaporare mai l'acqua di una sorgente, alla fine dev'essere noioso!

Così Arren ritornò alla zattera di Astro, e lavorò e nuotò e si crogiolò al sole insieme agli altri giovani, e parlò con Sparviero nella frescura serotina, e dormì sotto le stelle. E i giorni passavano, verso la Lunga Danza della vigilia del solstizio d'estate, e le grandi zattere andavano lentamente verso il sud, portate dalle correnti del mare aperto.

ORM EMBAR

Per tutta la notte, la notte più corta dell'anno, le torce bruciarono sulle zattere, raccolte in un grande cerchio sotto il cielo tempestato di stelle, così che un anello di fiamme brillava sul mare. Gli abitanti delle zattere danzavano, senza usare tamburi o flauti o altra musica che il ritmo dei piedi nudi sulle grandi zattere ondeggianti; e le sottili voci dei cantori risuonavano lamentose nell'immensità del mare che era la loro dimora. Non c'era la luna, quella notte, e le figure dei danzatori erano indistinte nella luce delle stelle e delle torce. Di tanto in tanto qualcuno balenava come un pesce che balza dall'acqua, un giovane che volteggiava da una zattera all'altra in salti lunghi e alti; e facevano a gara tra loro, cercando di compiere il giro dell'intero cerchio di zattere e di danzare su ognuna, per ritornare al punto di partenza prima dello spuntar del giorno.

Arren danzò con loro, perché la Lunga Danza è una consuetudine di tutte le isole dell'arcipelago, anche se i passi e i canti possono variare. Ma mentre la notte avanzava, e molti danzatori si fermavano e si sedevano a osservare o sonnecchiare, e le voci dei cantori diventavano roche, arrivò insieme a un gruppo di ragazzi alla zattera del capo: lui si fermò, e gli altri proseguirono.

Sparviero era seduto accanto al tempio, in compagnia del capo e delle sue tre mogli. Tra le balene scolpite che fiancheggiavano l'entrata sedeva un cantore, la cui voce acuta non si era mai affievolita per tutta la notte. Cantava instancabile, battendo le mani sui tronchi per tenere il tempo.

— Di cosa canta? — chiese Arren al mago, perché non riusciva a seguire le parole, che erano tutte strascicate, con trilli e strani indugi sulle note.

— Delle balene grigie e degli albatri e delle tempeste... Loro non conoscono i canti degli eroi e dei re. Non conoscono il nome di Erreth-Akbe. Prima ha cantato di Segoy, e di come creò le terre in mezzo al mare: è tutto ciò che ricordano delle tradizioni degli uomini. Ma tutti gli altri canti parlano del mare.

Arren ascoltò: udì il cantore imitare il grido fischiante del delfino, e intessere la melodia intorno a quel suono. Scrutò il profilo di Sparviero contro lo sfondo della luce delle torce, nero e saldo come una roccia; vide il liquido brillio negli occhi delle mogli del capo mentre chiacchieravano sottovoce; sentì il lungo e lento ondeggiare della zattera sul mare tranquillo, e scivolò gradualmente verso il sonno.

Si ridestò di colpo: il cantore era ammutolito. E non solo quello che sedeva accanto a loro, ma anche tutti gli altri, sulle zattere vicine e lontane. Le sottili voci si erano spente, come il pigolio di uccelli marini, e c'era silenzio.

Arren girò la testa verso oriente, aspettando l'alba. Ma c'era solo la vecchia luna, che stava sorgendo allora, aurea tra le stelle dell'estate.

Poi, guardando verso sud, vide altissima la gialla Gobardon, e più sotto le sue otto compagne, fino all'ultima: la Runa della Fine brillava nitida e ardente sopra il mare. Voltatosi verso Sparviero, vide che il volto scuro era girato verso quelle stelle.

— Perché hai smesso? — stava chiedendo il capo al cantore. — Non è l'aurora: non è neppure l'alba.

L'uomo balbettò e disse: — Non lo so.

— Continua a cantare! La Lunga Danza non è finita.

— Non so le parole — replicò l'altro, e la sua voce divenne più acuta, come il terrore. — Non so cantare. Ho dimenticato il canto.

— Allora cantane un altro!

— Non ci sono più canti. È finito — gridò il cantore, e si piegò in avanti, rannicchiandosi sul ponte; e il capo lo fissò con immenso stupore.

Le zattere ondeggiavano sotto le torce scoppiettanti, nel silenzio. Il silenzio dell'oceano racchiuse quel piccolo fremito di vita e la sua luce, e l'inghiottì. Nessuno dei danzatori si mosse.

Allora Arren ebbe la sensazione che lo splendore delle stelle si fosse affievolito, sebbene a oriente non fosse spuntato il chiarore del giorno. L'invase l'orrore, e pensò: *Non ci sarà l'aurora. Non ci sarà il giorno.*

Il mago si alzò. In quell'istante una luce fioca, bianca e veloce, corse lungo il suo bastone, e brillò più chiara nella runa argentea incastonata nel legno. — La danza non è finita — disse. — E neppure la notte. Arren, canta.

Arren avrebbe voluto dire: «Non posso, mio signore!». Ma invece guardò le nove stelle a sud, fece un respiro profondo, e cantò. La sua voce era bassa e roca, all'inizio, ma divenne più forte via via che cantava: ed era il canto antichissimo che parlava della Creazione di Éa, e dell'equilibrio tra la tenebra e la luce, e della formazione delle terre verdi a opera di colui che aveva pronunciato la prima parola, il Signore Più Antico, Segoy.

Prima che il canto avesse termine, il cielo era impallidito in un azzurro-grigio e vi brillavano ancora soltanto la luna e Gobardon. Le torce sibilavano nel vento dell'alba. Poi, concluso il canto, Arren tacque; i danzatori, che si erano radunati per ascoltare, ritornarono senza chiasso di zattera in zattera, mentre la luce si ravvivava a oriente.

— È un bel canto — disse il capo. Aveva un tono incerto, sebbene si sforzasse di essere impassibile. — Non sarebbe stato bene terminare la Lunga Danza prima che fosse completa. Farò frustare i cantori pigri con corde di nilgu.

— Consolati, piuttosto — disse Sparviero. Era ancora in piedi, e il suo tono era imperioso. — Nessun cantore sceglie il silenzio. Vieni con me, Arren.

Si voltò per andare al riparo, e Arren lo seguì. Ma le stranezze di quell'alba non erano ancora finite, perché proprio allora, mentre l'orlo orientale del mare diventava bianco, venne in volo dal nord un grande uccello, così in alto che le sue ali riflettevano la luce del sole non ancora spuntato sul mondo, e battevano in lampi d'oro nell'aria. Arren gridò, tendendo il braccio per indicarlo. Il mago alzò la testa, stupito. Poi il suo volto diventò ardente ed esultante, e lui gridò a gran voce «*Nam hietha arw Ged arkvaissa!*», che nella Lingua della Creazione significa: *se cerchi Ged lo troverai qui.*

E come un piombo dorato, con le ali alte e protese, immense e tonanti nell'aria, con gli artigli che avrebbero potuto afferrare un bue come se fosse un topolino, con una spira di fiamma fumante che usciva dalle lunghe narici, il drago si avventò in picchiata come un falcone sopra la zattera ondeggiante.

La gente delle zattere lanciò grida; alcuni si rannicchiarono, alcuni saltarono in mare, e altri restarono immobili a osservare, con una meraviglia che vinceva anche la paura.

Il drago restò librato sopra di loro. Le immense ali membranose avevano un'apertura di trenta braccia, forse, da un'estremità all'altra, e splendevano nella luce del nuovo sole come fumo screziato d'oro; e il suo corpo non era meno lungo, ma snello, arcuato come quello di un levriero, con artigli di lucertola e squame di serpente. Lungo la spina dorsale correva una fila di creste irregolari, simili nella forma alle spine dei rosai, ma alla gobba del dorso erano alte un braccio, e diminuivano gradatamente, così che l'ultima, alla punta della coda, non era più lunga della lama di un coltellino. Le spine erano grige, e le squame erano grigio-ferro, ma avevano un baluginio d'oro. Gli occhi erano verdi, con sottili pupille verticali.

Spinto dalla paura per la sua gente a dimenticare la paura per se stesso, il capo del popolo delle zattere uscì dal riparo con un arpione, di quelli che venivano usati nella caccia alle balene: era più lungo di lui, e aveva una grande punta uncinata d'avorio. Reggendolo sul piccolo braccio muscoloso, corse avanti per acquisire lo slancio e scagliarlo contro il ventre del drago che incombeva sopra la zattera.

Arren si scosse dallo stupore, lo vide, e si precipitò: l'afferrò per il braccio e cadde insieme a lui e all'arpione, in un mucchio. — Vuoi farlo infuriare con quel tuo stupido spillo? — ansimò. — Lascia parlare prima il Signore dei Draghi!

Il capo, col fiato mozzo, guardò istupidito Arren e il mago e il drago.

Ma non disse nulla. E poi il drago parlò.

Soltanto Ged, al quale stava parlando, poteva comprenderlo, perché i draghi usano soltanto la Vecchia Lingua, che è la loro favella. La voce era bassa e sibilante, quasi come quella di un gatto quando grida sommesso il proprio furore, ma era immane, e aveva una sua terribile musicalità.

Chiunque udiva quella voce s'immobilizzava per ascoltare.

Il mago rispose, brevemente, e il drago parlò di nuovo, restando sospeso sopra di lui, con le ali che si muovevano lievemente: sembrava, pensò Arren, una libellula librata nell'aria.

Poi il mago rispose con una sola parola: «Memeas», verrò; e alzò il bastone di legno di tasso. Le fauci del drago si aprirono, e ne uscì una voluta di fumo in un lungo arabesco. Le ali dorate sbatterono come un tuono, creando un gran vento che odorava di bruciato; e il drago volteggiò e volò immenso verso il nord.

C'era silenzio, sulle zattere, un silenzio rotto solo dal pigolante piagnucolio dei bambini e dalle voci delle donne che li consolavano. Gli uomini risalirono dal mare con espressioni vergognose; e le torce dimenticate bruciavano nei primi raggi del sole.

Il mago si rivolse ad Arren. Aveva sul volto una luce che poteva essere gioia o collera, ma parlò quietamente: — Adesso dobbiamo andare, ragazzo. Saluta i tuoi amici e vieni. — Si voltò per ringraziare il capo del popolo delle zattere e dirgli addio, e poi passarono dalla grande zattera, attraverso altre tre, poiché erano ancora accostate per la danza, finché giunsero a quella cui stava legata la *Vistacuta*. La barca aveva seguito così la città di zattere nella lunga e lenta deriva verso il sud, ondeggiando vuota; ma i Figli del Mare Aperto avevano riempito il barile con la preziosa acqua piovana e l'avevano rifornita di provviste per onorare gli ospiti, perché molti di loro credevano che Sparviero fosse uno dei Grandi e che avesse assunto la forma di uomo anziché quella di balena. Quando Arren lo raggiunse, aveva già alzato la vela. Arren sciolse l'ormeggio e balzò nella barca, e in quell'istante la *Vistacuta* virò, scostandosi dalla zattera, e la sua vela si tese come per un gran vento, sebbene spirasse soltanto la brezza dell'aurora. Virò e corse verso nord, sulle tracce del drago, leggera come una foglia portata dal vento.

Quando Arren si voltò indietro, vide la città di zattere come una manciata di fuscelli e di schegge di legno che galleggiavano minuscoli sull'acqua: le capanne e i pali reggitorcia. Ben presto anche quelli si persero nei barbagli della luce del sole sulle onde. La *Vistacuta* correva veloce. Quando la sua prua mordeva le acque s'innalzava un finissimo pulviscolo cristallino, e il vento della sua corsa ributtava all'indietro i capelli di Arren e lo costringeva a socchiudere gli occhi.

Nessun vento del mondo avrebbe potuto far navigare così rapida la piccola imbarcazione, se non quello della tempesta; ma in quel caso sarebbe affondata tra le onde del fortunale. Quello non era un vento del mondo: erano la parola e il potere del mago, a farla volare così.

Sparviero rimase a lungo ritto accanto all'albero, con gli occhi fissi. Infine si sedette come al solito accanto al timone, e vi appoggiò una mano, e guardò Arren.

— Era Orm Embar — disse, — il Drago di Selidor, parente del grande Orm che uccise Erreth-Akbe e fu ucciso da lui.

— Era a caccia, mio signore? — chiese Arren; perché non sapeva se il mago avesse parlato al drago con parole di benvenuto oppure di minaccia.

— Dava la caccia a me. Quello che i draghi cercano, lo trovano. È venuto a chiedere il mio aiuto. — Sparviero rise, brevemente. — Ed è una cosa che non crederei, se qualcuno me lo dicesse: un drago che si rivolge a un uomo per chiedere aiuto. E tra tutti, proprio quello! Non è il più vecchio, sebbene sia vecchissimo, ma è il più possente della sua specie. Non nasconde il proprio nome, come devono fare uomini e draghi. Non ha paura che qualcuno possa acquisire potere su di lui. E non inganna, secondo la tradizione della sua razza. Molto tempo fa, su Selidor, mi lasciò vivere, e mi rivelò una grande verità: mi disse come si poteva ritrovare la Runa dei Re. È a lui che devo l'Anello di Erreth-Akbe. Ma non avrei mai pensato di ripagare un simile debito, e a un simile creditore!

— Cosa ti ha chiesto?

— Di mostrarmi la via che cerco — rispose il mago, incupendosi. Poi, dopo una pausa: — Ha detto: «A occidente c'è un altro Signore dei Draghi: opera la distruzione tra noi, e il suo potere è più grande del nostro». Io ho chiesto: «Anche del tuo, Orm Embar?». E lui ha detto: «Anche del mio. Ho bisogno di te: seguimi in fretta». E io ho ubbidito al suo comando.

— Non sai altro?

— Presto saprò di più.

Arren arrotolò il cavo d'ormeggio, lo ripose, e sbrigò le altre piccole mansioni di bordo, ma la tensione dell'eccitamento cantava dentro di lui come la corda tesa di un arco; e quando infine lui parlò, la tensione cantò anche nella sua voce. — Questa — disse, — è una guida migliore delle altre!

Sparviero lo guardò e rise. — Sì. Questa volta non ci smarriremo, credo.

Così i due incominciarono la grande corsa attraverso l'oceano. Erano mille miglia e più, dai mari inesplorati del popolo delle zattere fino all'isola di Selidor, che è la più occidentale di tutte le terre di Earthsea. Uno dopo l'altro, i giorni sorgevano splendenti dal sereno orizzonte e discendevano nel rosseggiante occaso; e sotto l'arco d'oro del sole e l'argenteo volteggiare delle stelle la barca correva verso nord, tutta sola sul mare.

Talvolta i nembi temporaleschi dell'estate si ammassavano in lontananza, gettando ombre purpuree sull'orizzonte: allora Arren restava a guardare mentre il mago si alzava e con la voce e la mano chiamava quelle nubi perché venissero verso di loro e lasciassero cadere la pioggia sulla barca. Il lampo guizzava tra le nuvole, e il tuono muggiva. E il mago rimaneva ritto, con la mano levata, fino a quando la pioggia cadeva su di lui e su Arren e nei recipienti che avevano preparato, e nella barca e sul mare, appiattendo le onde con la sua violenza. Il mago e Arren sorridevano di piacere perché avevano cibo a sufficienza, se non in abbondanza, ma avevano bisogno d'acqua dolce. E il furioso splendore del temporale che ubbidiva al mago li deliziava.

Arren si stupiva del potere che adesso il suo compagno usava con tanta disinvoltura, e una volta disse: — Quando abbiamo incominciato il viaggio, tu non operavi incantesimi.

— La prima lezione, a Roke, e l'ultima, è: *fa ciò che è necessario, niente di più.*

— E le lezioni di mezzo, quindi, devono consistere nell'imparare ciò che è necessario.

— Infatti. Bisogna tener presente l'Equilibrio. Ma quando lo stesso Equilibrio è infranto... allora si considerano altre cose. Soprattutto, la necessità di affrettarsi.

— Ma come mai tutti i maghi del sud, e delle altre terre, ormai, e perfino i cantori delle zattere, hanno perso tutta la loro arte ma tu hai conservato la tua?

— Perché io non desidero nulla oltre alla mia arte — rispose Sparviero.

Dopo qualche istante aggiunse, più allegramente: — E se presto dovrò perderla, cercherò di sfruttarla finché dura.

Adesso c'era veramente in lui una specie di spensieratezza, un senso di piacere per le sue facoltà, che Arren, vedendolo sempre così cauto, non aveva immaginato. La mente del mago si rallegra dei trucchi: un mago è anche un prestigiatore. Il camuffamento di Sparviero a Città Hort, che aveva tanto turbato Arren, per lui era stato un gioco: un gioco di poco conto, per uno che poteva trasformare a volontà non soltanto il volto e la voce ma anche il corpo e l'intero essere e così diventare un pesce, un delfino o un falco, come preferiva. E una volta disse: — Guarda, Arren: ti mostrerò Gont. — E gli disse di guardare la superficie del barile dell'acqua, che aveva scoperchiato e che era pieno fino all'orlo. Molti semplici incantatori sanno far apparire un'immagine nello specchio dell'acqua, e così aveva fatto anche lui: una grande montagna inghirlandata di nubi, che sorgeva dal mare grigio. Poi l'immagine cambiò, e Arren vide chiaramente uno strapiombo, su quell'isola. Gli sembrava di essere un uccello, gabbiano o falcone, librato nel vento a una certa distanza dalla riva, e di guardare attraverso il vento il precipizio che saliva torreggiando dai frangenti per seicento braccia. In alto, sul ciglio, c'era una casetta. — Quello è Re Albi — disse Sparviero, — e là vive il mio maestro Ogion, che molto tempo fa arrestò un terremoto. Bada alle sue capre, e raccoglie erba, e tace. Mi chiedo se vaga ancora sulla montagna: ormai è molto vecchio. Ma lo saprei, lo saprei sicuramente, anche ora, se Ogion morisse... — Non c'era certezza, nella sua voce; per un momento l'immagine tremolò, come se l'immensa parete di roccia precipitasse. Poi l'immagine si schiarì, e si schiarì anche la sua voce. — Andava solo tra le foreste, nella tarda estate e in autunno. Fu così che m'incontrò per la prima volta, quando ero un bambinetto di un villaggio di montagna, e mi diede il mio nome. E con il nome, la vita. — L'immagine mostrata dallo specchio d'acqua appariva adesso come se l'osservatore fosse un uccello tra i rami della foresta e scrutasse i prati digradanti e assolati sotto la roccia e la neve della vetta, lungo una strada scoscesa che scendeva in un'oscurità verde screziata d'oro. — Non esiste un silenzio come il silenzio di quelle foreste — disse Sparviero, in tono di nostalgia. L'immagine sbiadì, e rimase soltanto l'abbacinante disco del sole meridiano riflesso nell'acqua del barile.

— Là — disse Sparviero, e rivolse ad Arren uno sguardo strano e ironico, — là, se mai potessi ritornarvi, neppure tu potresti seguirmi.

Davanti a loro c'era la terra, bassa e azzurra nel pomeriggio come un banco di nebbia. — È Selidor? — chiese Arren, e il suo cuore batté più rapido; ma il mago rispose: — Obb, credo, o Jessage. Non siamo ancora a metà strada, ragazzo.

Quella notte attraversarono lo stretto fra le due isole. Non videro neppure una luce, ma nell'aria c'era un odore di fumo, così pesante da bruciare i polmoni. Quando venne il giorno, e si voltarono a guardare, l'isola orientale, Jessage, appariva annerita e bruciata fin dove potevano vedere nell'entroterra, e sopra vi aleggiava una foschia azzurra e opaca.

— Hanno bruciato i campi — disse Arren.

— Sì. E i villaggi. Ho già sentito l'odore di quel fumo.

— Sono selvaggi, qui in occidente?

Sparviero scosse la testa. — Contadini; cittadini.

Arren fissò la nera terra devastata e gli scarni alberi dei frutteti contro lo sfondo del cielo; e il suo volto era duro. — Che male gli hanno fatto, gli alberi? — chiese. — Devono punire l'erba per le loro colpe? Sono selvaggi, gli uomini che incendiano una terra perché hanno motivi di dissidio con altri uomini.

— Non hanno una guida — disse Sparviero. — Non hanno un re; e i potenti e i maghi, dimentichi di tutto e rinchiusi ciascuno nella propria mente, stanno cercando la porta che conduce oltre la morte. Era così nel sud, e penso che sia così anche qui.

— E tutto questo è opera di un uomo solo, quello di cui ha parlato il drago? Non mi sembra possibile.

— Perché no? Se ci fosse un Re delle Isole, sarebbe un uomo solo. E regnerebbe. Un uomo può distruggere con la stessa facilità con cui può governare: può essere re o antiré.

Nella voce di Sparviero c'era di nuovo quel tono di sarcasmo o di sfida che irritava Arren.

— Un re ha servi, soldati, messaggeri, luogotenenti. Governa per mezzo dei suoi servitori. Dove sono i servitori di questo... antiré?

— Nelle nostre menti, ragazzo. Nelle nostre menti. Il traditore è l'io: l'io che grida *Voglio vivere; bruci pure il mondo, purché io viva!* La piccola anima traditrice dentro di noi, nell'oscurità, come il verme nella mela. Lui parla a tutti noi. Ma soltanto alcuni lo comprendono. I maghi e gli incantatori. I cantori, i creatori. E gli eroi, coloro che cercano di essere se stessi. E essere se stessi è una cosa rara e grande. Essere se stessi *per sempre*: non è ancora meglio?

Arren guardò in faccia Sparviero. — Tu mi diresti che non è meglio. Ma spiegami il perché. Ero un bambino quando ho incominciato questo viaggio, un bambino che non credeva nella morte. Tu mi ritieni ancora un bambino, ma ho imparato qualcosa; forse non molto, ma qualcosa; ho imparato che la morte esiste e che dovrò morire. Ma non ho imparato a rallegrarmi di questa certezza, ad accogliere con gioia la mia morte o la tua. Se amo la vita, non devo odiarne la fine? Perché non dovrei desiderare l'immortalità?

Il maestro di scherma di Arren, a Berila, era stato un uomo sulla sessantina, basso e calvo e freddo. Arren l'aveva detestato per anni, sebbene sapesse che era uno spadaccino eccezionale. Ma un giorno, durante un'esercitazione, l'aveva colto alla sprovvista e quasi l'aveva disarmato; e in seguito non aveva mai dimenticato l'incredula e incongrua felicità che era apparsa all'improvviso sul freddo volto del maestro, la speranza, la gioia: un suo pari, finalmente un suo pari! A partire da quel momento il maestro di scherma l'aveva addestrato spietatamente; e ogni volta che si esercitavano, lo stesso sorriso implacabile riappariva sul volto del vecchio e si ravvivava quando Arren lo incalzava. E adesso la stessa espressione era sul volto di Sparviero, il bagliore dell'acciaio nel sole.

— Perché non dovresti desiderare l'immortalità? Come potresti non desiderarla? Ogni anima vi aspira, e la sua salute è nella forza del desiderio... Ma sta' in guardia: tu sei uno che potrebbe realizzare quell'aspirazione.

— E allora?

— E allora, ecco: un falso re che governa, le arti dell'uomo dimenticate, il cantore ammutolito, l'occhio cieco. Questo! Questa desolazione e questa pestilenza sulle terre, questa piaga che stiamo cercando di risanare. Sono due le cose, Arren, due le cose che ne fanno una: il mondo e l'ombra, la luce e la tenebra. I due poli dell'Equilibrio. La vita sorge dalla morte, la morte sorge dalla vita: essendo contrapposte aspirano l'una all'altra, l'una genera l'altra e rinascono in eterno. E con loro tutto rinasce: il fiore del melo, la luce delle stelle. Nella vita c'è la morte. Nella morte c'è la rinascita. Cos'è la vita, senza la morte? La vita immutabile, incessante, eterna? Cos'è se non la morte... la morte senza rinascita?

— Se ne dipendono tante cose, mio signore, se la vita di un uomo può bastare a rovinare l'Equilibrio del Tutto, senza dubbio non è possibile... non sarebbe permesso... — Arren s'interruppe, confuso.

— Chi permette? Chi proibisce?

— Non lo so.

— Neppure io. Ma so quanto male può fare un uomo, una vita. Lo so fin troppo bene. Lo so perché io l'ho fatto. Ho compiuto lo stesso male, la stessa follia dell'orgoglio. Ho aperto la porta tra i mondi, l'ho socchiusa appena, solo per mostrare che ero più forte della morte... Ero giovane, e non avevo incontrato la morte... come te... Fu necessaria la forza dell'arcimago Nemmerle, e chiudere quella porta gli costò la maestria e la vita. Puoi vedere sulla mia faccia il segno che lasciò su di me quella notte: ma uccise Nemmerle. Oh, la porta tra la luce e la tenebra si può aprire,

Arren: occorre molta forza, ma si può fare. Quanto a richiuderla... è tutta un'altra storia.

— Ma, mio signore, ciò di cui stai parlando non è sicuramente molto diverso da questo...

— Perché? Perché io sono un uomo buono? — La freddezza dell'acciaio, dell'occhio del falco, era riapparsa nello sguardo di Sparviero. — Cos'è un uomo buono, Arren? È un uomo buono colui che non farebbe il male, che non aprirebbe la porta verso la tenebra, che non ha la tenebra dentro di sé? Guarda ancora, ragazzo. Guarda un poco più avanti: avrai bisogno di ciò che impari, per andare dove dobbiamo andare. Guarda in te stesso! Non hai udito una voce dire *Vieni*? Non l'hai seguita?

— Sì. Io... non ho dimenticato. Ma pensavo... pensavo che quella voce fosse... la sua.

— Sì, era la sua. Ed era la tua. Come poteva parlarti, attraverso i mari, se non con la tua voce? Perché chiama coloro che sanno ascoltare, i maghi e i creatori e i cercatori, che ascoltano la voce interiore? Perché non chiama me? Perché io non ascolterò: non udrò mai più quella voce. Tu sei nato per il potere, come me; il potere sugli uomini, sulle anime degli uomini; e cos'è, questo, se non il potere sulla vita e la morte? Tu sei giovane, e stai sui confini della possibilità, nella terra dell'ombra, nel reame dei sogni, e odi la voce che dice *Vieni*. Ma io, che sono vecchio, che ho fatto ciò che dovevo fare, che sto nella luce del giorno, in faccia alla mia morte, alla fine di ogni possibilità, so che c'è un solo potere reale, il solo che valga la pena di possedere. E non è il potere di prendere, ma quello di accettare.

— Quindi io sono il suo servitore — disse Arren.

— Lo sei. E io sono il tuo.

— Ma chi è, dunque? Che cos'è?

— Un uomo, credo... come te e me.

— L'uomo di cui hai parlato una volta... il mago di Havnor che evocava i morti? È lui?

— Può darsi. Aveva un grande potere, ed era votato alla negazione della morte. E conosceva i grandi incantesimi della tradizione di Paln. Io ero giovane e sciocco quando usai quella scienza, e attirai su di me la rovina. Ma se la usasse un uomo vecchio e forte, noncurante delle conseguenze, potrebbe attirare la rovina su tutti noi.

— Non ti avevano detto che quell'uomo era morto?

— Sì — rispose Sparviero. — Me l'avevano detto.

E non parlarono più.

Quella notte il mare fu pieno di fuoco. Le onde brusche sollevate dalla prua della *Vistacuta* e il movimento di ogni pesce nell'acqua della superficie erano vivi di luce. Arren sedeva col braccio appoggiato alla frisata e la testa china sul braccio, e guardava quelle curve e quelle spirali di splendore argenteo. Immerse la mano nell'acqua e la ritrasse, e la luce defluì lieve dalle sue dita. — Guarda — disse, — anch'io sono un mago.

— È un dono che non possiedi — replicò il suo compagno.

— Ti sarò molto utile, se non lo possiedo — osservò Arren, guardando l'irrequieto scintillio delle onde, — quando incontreremo il nostro nemico.

Perché aveva sperato - l'aveva sperato fin dal primo momento - che la ragione per cui l'arcimago aveva scelto lui, e lui solo, per quel viaggio, fosse un potere innato in lui, ereditato dal suo antenato Morred e destinato a rivelarsi nell'estremo bisogno e nell'ora più nera, cosicché avrebbe potuto salvare se stesso e il suo signore e il mondo intero dalla minaccia del nemico. Ma in quegli ultimi tempi aveva riconsiderato quella speranza, ed era stato come se la vedesse da molto lontano: era come ricordare che da piccolo aveva provato il bruciante desiderio d'infilarsi la corona di suo padre, e aveva pianto quando gli era stato proibito. Quella speranza era altrettanto intempestiva e puerile. Non c'era magia, in lui. Non ci sarebbe mai stata.

In realtà sarebbe venuto il momento in cui avrebbe potuto e dovuto mettere la corona di suo padre e governare come principe di Enlad. Ma adesso gli sembrava una cosa di poco conto, e la sua patria pareva piccola e remota. Non c'era slealtà, in quel pensiero. La sua lealtà era diventata più grande, si era rivolta verso un modello più grande e una più grande speranza. Aveva imparato anche a conoscere la propria debolezza, e a servirsene per misurare la propria forza; e sapeva di essere forte. Ma a cosa serviva la forza se non aveva nessun dono, se non aveva da offrire al suo signore altro che il proprio servizio e il proprio amore costante? Sarebbero stati sufficienti, là dove stavano andando?

Sparviero disse soltanto: — Per vedere la luce di una candela è necessario portarla in un luogo buio. — Arren cercò di trovare conforto in quelle parole: ma non gli sembravano molto consolanti.

Il mattino dopo, quando si svegliarono, l'aria era grigia, e l'acqua era grigia. Sopra l'albero, il cielo si ravvivò assumendo l'azzurro di un opale, perché la coltre di nebbia era bassa. Per gli uomini del nord, come Arren di Enlad e Sparviero di Gont, la nebbia era gradita, come una vecchia amica. Cingeva dolcemente la barca, e loro non potevano vedere lontano; e per loro era come trovarsi in una stanza nota, dopo molte settimane di spazio luminoso e deserto e di vento fortissimo. Stavano ritornando al loro clima, e ormai, forse, erano alla stessa latitudine di Roke.

Settecento miglia a est delle acque ammantate di nebbia dove navigava la *Vistacuta*, la chiara luce del sole brillava sulle foglie degli alberi del Bosco Immanente, sulla verde corona del Colle di Roke, e sugli alti tetti d'ardesia della Grande Casa.

In una stanza della torre meridionale, un laboratorio dei maghi ingombro di storte e alambicchi e grandi bottiglie panciute dal collo ritorto, di fornaci dalle pareti robuste e di minuscoli fornelli, di tenaglie, mantici, supporti, pinze, provette, mille cassette e fiale e barattoli con etichette scritte in hardese o in rune più segrete, e tutti gli altri attrezzi dell'alchimia, della vetreria, della metallurgia e delle arti della medicina, in quella stanza, fra i tavoli e i banchi ingombri, stavano il Maestro delle Metamorfosi e il Maestro Evocatore di Roke.

Il Maestro delle Metamorfosi, che aveva i capelli grigi, teneva tra le mani una grande pietra simile a un diamante grezzo. Era un cristallo di rocca, e all'interno era lievemente colorato d'ametista e di rosa ma limpido come l'acqua. Eppure, quando l'occhio guardava quella chiarità, vi trovava l'assenza della chiarezza, e non vi scorgeva i riflessi e le immagini di ciò che stava intorno ma soltanto piani e profondità sempre più remoti, fino a quando veniva guidato nel sogno e non trovava più una via d'uscita. Era la Pietra di Shelieth. Per molto tempo era rimasta in possesso dei principi di Way, talvolta come un semplice gingillo del loro tesoro, talvolta come un talismano contro l'insonnia, talvolta per uno scopo ben più terribile: perché coloro che guardavano troppo a lungo e senza comprensione nell'infinita profondità del cristallo potevano impazzire. L'arcimago Gensher di Way, quando era venuto a Roke, aveva portato con sé la Pietra di Shelieth, perché nelle mani di un mago rivelava la verità.

Eppure la verità varia con l'uomo.

Perciò il Maestro delle Metamorfosi, reggendo nelle mani la pietra e scrutando nelle infinite profondità pallide e scintillanti attraverso la superficie irregolare, parlava a voce alta dicendo ciò che vedeva: — Vedo la terra, come se fossi sul monte Onn al centro del mondo e la scorgessi tutta ai miei piedi, fino alla più lontana isola dello stretto più lontano, e anche oltre. E tutto è chiaro. Vedo navi nei canali di Ilien, e i fuochi di Torheven, e i tetti della torre dove stiamo ora. Ma al di là di Roke, non vedo nulla. A sud non ci sono terre. A ovest non ci sono terre. Non riesco a scorgere Wathort dove dovrebbe essere, né una sola delle isole dello Stretto Occidentale, neppure quelle vicine come Pendor. E Osskil e Ebosskil, dove sono? C'è una nebbia su Enlad, un grigiore, come una ragnatela. Ogni volta che guardo, altre isole sono scomparse e il mare dove stavano è vuoto e ininterrotto com'era prima della Creazione... — E la sua voce s'impuntò sull'ultima parola, come se gli salisse con difficoltà alle labbra.

Depose la pietra sul sostegno d'avorio e si scostò. Il suo volto mite era teso. Chiese: — Dimmi cosa vedi tu.

Il Maestro Evocatore prese tra le mani il cristallo e lo rigirò lentamente, come se cercasse sulla ruvida superficie vitrea un varco per vedere all'interno. Lo rigirò a lungo, con espressione intenta. Alla fine lo posò e disse: — Maestro delle Metamorfosi, vedo ben poco. Frammenti che non formano un tutto.

Il Maestro dai capelli grigi contrasse le mani. — E questo non è strano?

— Perché?

— I tuoi occhi sono spesso ciechi? — gridò il Maestro delle Metamorfosi, come se fosse incollerito. — Non vedi che c'è... — Balbettò parecchie volte, prima di poter parlare. — Non vedi che c'è una mano sopra i tuoi occhi, come c'è una mano sulla mia bocca?

L'Evocatore disse: — Sei troppo agitato, mio signore.

— Chiama la Presenza della Pietra — replicò il Maestro delle Metamorfosi, dominandosi ma parlando con voce piuttosto soffocata.

— Perché?

— Perché te lo chiedo io.

— Su, Maestro delle Metamorfosi, mi stai sfidando... come se fossimo due ragazzi davanti alla tana dell'orso? Siamo forse due bambini?

— Sì! Di fronte a ciò che vedo nella Pietra di Shelieth, io sono un bambino... un bambino impaurito. Chiama la Presenza della

Pietra. Devo implorarti, mio signore?

— No — disse l'alto Maestro, ma aggrottò la fronte e voltò le spalle all'uomo più vecchio. Poi, spalancando le braccia nel grande gesto che dà inizio agli incantesimi della sua arte, levò la testa e pronunciò le sillabe dell'invocazione. Mentre parlava, una luce si accese entro la Pietra di Shelieth. Intorno, la stanza si oscurò e le ombre si addensarono. Quando le ombre furono cupe e la pietra lucentissima, il mago giunse le mani, alzò il cristallo davanti alla faccia e ne scrutò lo splendore.

Tacque per lunghi istanti e poi parlò. — Vedo la Fontana di Shelieth — disse a bassa voce. — Le vasche e i bacini e le cascate, le grotte sgocciolanti dalle cortine argentee, dove le felci crescono su banchi di muschio, le sabbie increspate, gli zampilli delle acque e il loro scorrere, lo sgorgare delle fonti dalle profondità della terra, il mistero e la dolcezza della sorgente, la fonte... — Tacque di nuovo, e rimase in silenzio per qualche tempo, e nella luce della pietra il suo volto era pallido come l'argento. Poi lanciò un grido inarticolato, lasciò cadere con uno schianto il cristallo e piombò in ginocchio, nascondendosi la faccia tra le mani.

Non c'erano ombre. Il sole dell'estate riempiva la stanza ingombra. La grande pietra stava sotto un tavolo, tra la polvere, indenne.

L'Evocatore protese le braccia, ciecamente, afferrando la mano dell'altro, come un bambino. Tirò un profondo respiro. Infine si rialzò, appoggiandosi un po' al Maestro delle Metamorfosi, e disse, con labbra tremanti, sforzandosi di sorridere: — Non accetterò mai più le tue sfide, mio signore.

— Cos'hai visto, Thorion?

— Ho visto le fontane. Le ho viste sprofondare, e i ruscelli inaridirsi, e gli orli dell'acqua ritirarsi. E sotto era tutto nero e arido. Tu hai visto il mare prima della Creazione, ma io ho visto... ciò che viene dopo: ho visto l'Annientamento. — Si umettò le labbra. — Vorrei che l'arcimago fosse qui — aggiunse.

— Io vorrei che fossimo là insieme a lui.

— Dove? Ormai nessuno può trovarlo. — L'Evocatore alzò lo sguardo verso le finestre, che mostravano il cielo azzurro e tranquillo. — Nessun messaggio può raggiungerlo, nessun richiamo può arrivare fino a lui. È là dove tu hai visto il mare vuoto. Sta per giungere al luogo dove le fonti s'inaridiscono. È là dove le nostre arti non servono a nulla... Eppure, forse ancora adesso ci sono incantesimi che potrebbero raggiungerlo: alcuni di quelli che sono contenuti nella tradizione di Paln.

— Ma sono incantesimi che servono a riportare i morti tra i vivi.

— Alcuni portano i vivi tra i morti.

— Non lo credi morto?

— Io credo che vada verso la morte, che ne sia attratto. E così è per tutti noi. Il nostro potere ci abbandona, e anche la nostra forza, e la speranza e la fortuna. Le fonti s'inaridiscono.

Il Maestro delle Metamorfosi lo guardò a lungo, con aria turbata. — Non cercare di inviargli un messaggio — disse infine. — Sapeva ciò che cercava, molto prima che lo sapessimo noi. Per lui il mondo è come questa Pietra di Shelieth: guarda e vede ciò che è e ciò che deve essere... Non possiamo aiutarlo. I grandi incantesimi sono divenuti molto pericolosi, e tra tutti il pericolo più grande sta nella tradizione di cui hai parlato. Dobbiamo resistere, come lui ci ha ordinato, e proteggere le mura di Roke e il ricordo dei Nomi.

— Sì — replicò l'Evocatore. — Ma io devo andare a riflettere su tutto questo. — E lasciò la stanza della torre, camminando a passo rigido e tenendo alta la nobile testa bruna.

Il mattino dopo, il Maestro delle Metamorfosi andò a cercarlo. Entrò nella sua stanza dopo aver bussato invano, e lo trovò disteso sul pavimento di pietra, come se fosse stato scagliato all'indietro da un colpo fortissimo. Le sue braccia erano spalancate, come nel gesto dell'invocazione, ma le sue mani erano fredde e gli occhi spalancati non vedevano. Sebbene il Maestro delle Metamorfosi s'inginocchiasse accanto a lui e lo chiamasse con l'autorità di un mago, pronunciando il suo nome, per tre volte, Thorion continuò a restare immoto. Non era morto: ma c'era in lui solo abbastanza vita per far battere il suo cuore molto lentamente e per mantenere un po' di respiro nei suoi polmoni. Il Maestro delle Metamorfosi gli prese le mani e, stringendole, mormorò: — Oh, Thorion, io ti ho costretto a guardare nella Pietra. Questa è opera mia! — Poi, uscito in fretta dalla camera, gridò a tutti coloro che incontrava, Maestri e discepoli: — Il nemico è penetrato fra noi, in Roke così ben difesa, e ha colpito al cuore la nostra forza! — Sebbene fosse un uomo mite, appariva tanto folle e gelido che quanti lo vedevano ne avevano paura. — Prendetevi cura del Maestro Evocatore — disse. — Tuttavia, chi richiamerà il suo spirito, dato che lui, il maestro della sua arte, non c'è più?

Si diresse verso la propria camera, e tutti si ritrassero per lasciarlo passare.

Venne mandato a chiamare il Maestro Guaritore. Questo ordinò di mettere Thorion a letto e di coprirlo bene; ma non preparò filtri con erbe risanatrici, non salmodiò nessuno dei canti che aiutano il corpo malato e la mente turbata. C'era con lui uno dei suoi allievi, un ragazzo che non era ancora diventato incantatore ma che prometteva bene nell'arte della guarigione; e chiese: — Maestro, non si può far nulla per lui?

— No, da questa parte del muro — rispose il Maestro Guaritore. Poi, ricordandosi a chi parlava, disse: — Non è malato, ragazzo; ma anche se questa fosse una febbre o un'infermità del corpo, non so se le nostre arti servirebbero a molto. Sembra che da qualche tempo le mie erbe non abbiano più sapore; e sebbene io pronunci le parole dei nostri incantesimi, non hanno più virtù.

— È ciò che ha detto ieri il Maestro Cantore. Si è interrotto a metà di un canto che ci stava insegnando, e ha detto: «Non so cosa significhi questo canto». Ed è uscito dall'aula. Alcuni ragazzi hanno riso, ma io ho avuto l'impressione di sprofondare.

Il Guaritore scrutò il volto franco e intelligente del ragazzo, e poi abbassò lo sguardo su quello dell'Evocatore, freddo e rigido. — Ritornerà a noi — disse. — I canti non verranno dimenticati.

Quella notte, il Maestro delle Metamorfosi se ne andò da Roke. Nessuno lo vide partire. Dormiva in una camera con una finestra affacciata sul giardino; e alla mattina la finestra era aperta, e lui non c'era più. Pensarono che si fosse trasformato, mediante la sua arte, in un uccello o un quadrupede, o forse in una nebbia o in un vento, perché non c'era forma o sostanza che non potesse assumere, e che avesse lasciato Roke, forse per andare in cerca dell'arcimago. Alcuni, sapendo che chi opera metamorfosi può restare prigioniero dei suoi stessi incantesimi se vengono meno la volontà o l'abilità, temettero per lui, ma non confidarono le loro paure.

E così, il Consiglio dei Saggi perse tre Maestri. Via via che i giorni passavano e non giungevano notizie dell'arcimago, e l'Evocatore giaceva come morto, e il Maestro delle Metamorfosi non ritornava, la tristezza e il gelo crebbero nella Grande Casa. I ragazzi bisbigliavano tra loro, e alcuni parlavano di lasciare Roke, poiché non veniva insegnato loro ciò che erano venuti a imparare. — Forse — disse uno, — erano menzogne fin dall'inizio, queste arti segrete, questi poteri. Tra tutti i Maestri, solo il Maestro delle Mani esegue ancora i suoi trucchi: e quelli, lo sappiamo, sono illusioni dichiarate. E adesso gli altri si nascondono, o rifiutano di fare qualunque cosa, perché i loro trucchi sono stati scoperti. — Un altro, che l'aveva ascoltato, replicò: — Ebbene, cos'è la magia? Cos'è quest'arte, se non un gioco di apparenze? Ha mai salvato un uomo dalla morte, o gli ha dato la longevità? Senza dubbio, se i maghi avessero il potere che affermano di possedere vivrebbero tutti in eterno! — E lui e l'altro ragazzo cominciarono a raccontare le morti dei grandi maghi, e come Morred era stato ucciso in battaglia, e Nereger dal Mago Grigio, e Erreth-Akbe da un drago, e Gensher, l'ultimo arcimago, da una malattia, nel suo letto, come un uomo qualunque. Alcuni degli altri ragazzi ascoltavano lieti, poiché avevano l'invidia nel cuore; ma altri, ascoltando, si rattristarono.

E per tutto quel tempo, il Maestro degli Schemi rimase solo nel Bosco Immanente, e non lasciò che nessuno vi penetrasse.

Ma il Portinaio, sebbene si mostrasse di rado, non era cambiato. Non c'erano ombre, nei suoi occhi. Sorrideva, e teneva pronte le porte della Grande Casa per il ritorno del suo signore.

LO STRETTO DEI DRAGHI

Sulle acque esterne dello Stretto Occidentale, il signore dell'isola dei Saggi, svegliandosi intorpidito e rigido a bordo di una piccola barca in un freddo mattino luminoso, si levò a sedere e sbadigliò. E dopo un momento, tendendo il braccio verso nord, disse al compagno, che sbadigliava a sua volta: — Là! Quelle due isole, le vedi? Sono le isole più meridionali dello Stretto dei Draghi.

— Tu hai occhi d'aquila, mio signore — commentò Arren, scrutando il mare con gli occhi assonnati, senza scorgere nulla.

— Io sono lo Sparviero — disse il mago; era ancora gaio, e sembrava che scacciasse da sé ogni triste presentimento. — Non riesci a vederle?

— Vedo i gabbiani — rispose Arren dopo essersi stropicciato gli occhi, scrutando l'orizzonte azzurro-grigio davanti alla barca.

Il mago rise. — Neppure un falco potrebbe vedere i gabbiani a una distanza di venti miglia.

Quando il sole si ravvivò sopra le nebbie a oriente, i minuscoli punti volteggianti che Arren osservava parvero scintillare, come polvere d'oro scossa nell'acqua o particelle di polvere in un raggio di sole. E allora Arren si accorse che erano draghi.

Mentre la *Vistacuta* si avvicinava alle isole, Arren vide i draghi che volavano in cerchio e planavano sul vento mattutino, e il cuore gli balzò di gioia, la gioia dell'esaudimento che quasi sembrava sofferenza. Tutta la gloria della mortalità era nel loro volo. La loro bellezza era fatta di forza terribile, scatenata e selvaggia, e dell'eleganza della ragione. Perché erano creature pensanti, dotate di eloquio e di un'antica saggezza: nelle trame del loro volo c'era una fiera e voluta concordia.

Arren non disse nulla, ma pensò: *non m'importa ciò che verrà poi; ho visto i draghi nel vento del mattino.*

Talvolta le trame diventavano scomposte, e i cerchi si spezzavano, e spesso, nel volo, un drago eruttava dalle narici un lungo getto di fiamma che s'incurvava e restava librato nell'aria per un momento, ripetendo la curva e il fulgore del lungo corpo arcuato del drago. Nel vederlo, il mago disse: — Sono irati. Danzano sfogando la loro collera nel vento.

E poi disse: — Ormai siamo nel nido dei calabroni. — Perché i draghi avevano visto la piccola vela sulle onde, e prima uno e poi un altro si staccarono dal vortice della danza e discesero, protesi nell'aria, remigando con le grandi ali verso la barca.

Il mago guardò Arren, che stava seduto al timone poiché le onde erano agitate e contrarie. Il ragazzo lo teneva saldo con mano ferma, sebbene i suoi occhi seguissero il battito di quelle ali. Sparviero tornò a voltarsi, come se fosse soddisfatto, e lasciò che il vento magico abbandonasse la vela. Alzò il bastone e parlò a voce alta.

Al suono di quella voce, alle parole della vecchia Lingua, alcuni draghi volteggiarono in volo, disperdendosi, e ritornarono alle isole. Altri si fermarono e rimasero librati nell'aria, con gli artigli simili a spade protesi ma trattenuti. Uno, scendendo più basso sull'acqua, volò lentamente verso di loro: con due colpi d'ala giunse sopra la barca. Il ventre corazzato sfiorò la cima dell'albero. Arren vide la pelle rugosa e priva di squame tra la giuntura interna della spalla e il petto, che, insieme all'occhio, è l'unica parte vulnerabile del drago, a meno che la lancia che lo colpisce sia dotata di un incantesimo possente. Il fumo che usciva a volute dalla lunga bocca dentata lo soffocava; e insieme al fumo veniva un lezzo di carogna che lo fece rabbrividire e l'assalì provocando conati di vomito.

L'ombra passò. Ritornò, bassa come prima, e questa volta Arren sentì il rovente soffio di fornace dell'alito che precedeva il fumo. Udì la voce di Sparviero, chiara e intensa. Il drago passò oltre. Poi tutti si allontanarono, ritornando verso le isole come lapilli ardenti portati da una raffica di vento.

Arren trattenne il respiro e si terse la fronte, coperta di sudore freddo. Guardò il suo compagno, e vide che la chioma gli si era sbiancata: l'alito del drago aveva bruciato e increspato la punta dei capelli. E la pesante vela era strinata e brunita da un lato.

— Hai la testa un po' bruciacchiata, ragazzo.

— Anche tu, mio signore.

Sparviero si passò la mano sui capelli, sorpreso. — È vero... È stata un'insolenza: ma non cerco un dissidio con questi esseri. Mi sembrano furiosi o frastornati. Non hanno parlato. Non ho mai incontrato un drago che non parlasse prima di attaccare, se non altro per tormentare la sua preda... Ora dobbiamo andare avanti. Non guardarli negli occhi: distogli la faccia, se è necessario. Procederemo col vento del mondo: soffia propizio da sud, e forse avrò bisogno della mia arte per altre cose. Reggi la barca.

La *Vistacuta* avanzò e ben presto ebbe sulla sinistra un'isola lontana, e sulla destra le isolette gemelle che avevano avvistato per prime. Queste si ergevano in basse scogliere, e tutta la roccia scabra era imbiancata dallo sterco dei draghi e dalle piccole sterne a testa nera che facevano il nido, intrepide, fra loro.

I draghi si erano innalzati in volo e volteggiavano negli strati superiori dell'aria, come avvoltoi. Nessuno ridiscese in picchiata verso la barca. Talvolta si scambiavano grida, alte e aspre attraverso gli abissi aerei, ma se c'erano parole in quelle grida, Arren non le distingueva.

La barca aggirò un piccolo promontorio, e il ragazzo vide sulla spiaggia qualcosa che per un momento gli sembrò una fortezza diroccata. Era un drago. Teneva un'ala nera ripiegata e l'altra protesa, immensa, sopra la sabbia e nell'acqua, così che il movimento delle onde l'agitava un poco, in una parodia del volo. Il lungo corpo serpentino era disteso sulla roccia e la sabbia. Era mutilato di una zampa anteriore, la corazza e la carne erano strappate dal grande arco delle costole, e il ventre era squarciato, e tutt'intorno per metri e metri la sabbia era annerita dal sangue velenoso. Tuttavia, l'essere era ancora vivo. La vita è così possente, nei draghi, che soltanto un potere magico equivalente può ucciderli in modo rapido. Gli occhi verde-oro erano aperti; e quando la barca passò oltre, l'enorme testa scarna si mosse un poco e un vapore misto a spruzzi di sangue eruttò dalle narici con un sibilo rumoroso.

La spiaggia, tra il drago morente e la battigia, era segnata dalle impronte delle zampe e dei pesanti corpi dei suoi simili, e le sue viscere calpestate erano affondate nella sabbia.

Arren e Sparviero non parlarono fino a quando furono lontani dall'isola, attraverso l'inquieto canale dello stretto dei Draghi, irto di scogli e guglie e sagome di roccia, verso le isole settentrionali di quella doppia catena. Allora Sparviero disse: — Era uno spettacolo atroce. — E la sua voce era dura e fredda.

— Si... divorano tra loro?

— No. Non più di quanto facciamo noi. Sono impazziti. Gli è stata sottratta la favella. Loro che parlavano prima degli uomini, che sono più vecchi di ogni creatura vivente, i Figli di Segoy...

sono stati sospinti verso il muto terrore delle bestie. Ah, Kalessin! Dove ti hanno portato le tue ali? Sei vissuto per vedere disonorata la tua razza? — La sua voce echeggiava come ferro percosso; e guardava in alto, scrutando il cielo. Ma i draghi erano indietro, e ora volteggiavano più bassi, sopra le isole rocciose e la spiaggia macchiata di sangue, e lassù non c'era altro che il cielo azzurro e il sole meridiano.

Non c'era al mondo nessun vivente, eccettuato l'arcimago, che avesse navigato nello Stretto dei Draghi o l'avesse visto. Vent'anni prima, o più, l'aveva navigato interamente da est a ovest, e l'aveva ripercorso al ritorno. Era un incubo e una meraviglia, per un marinaio. L'acqua era un labirinto di canali azzurri e di bassi fondali verdi; e adesso, con la mano e con la parola e con cura vigile, Sparviero e Arren vi guidavano la barca, tra le scogliere e le rocce. Alcune erano basse, coperte o semicoperte dallo sciacquio delle onde, rivestite di anemoni e cirripedi e felci marine sottili come nastri: sembravano mostri acquatici sinuosi o rivestiti di un guscio. Altre si ergevano ripide dal mare, in pareti e guglie, e c'erano archi e semiarchi, torri scolpite, forme fantastiche di animali, dorsi di cinghiali e teste di serpenti, tutti enormi, deformati, indistinti, come se la vita fremesse semiconscia nella pietra. Le onde del mare vi battevano con un suono che pareva un respiro, e loro erano bagnate dall'amara spuma lucente. In una di quelle rocce, da sud, si scorgevano chiaramente le spalle incurvate e la testa nobile e pesante di un uomo, chino e pensieroso sopra il mare; ma quando la barca l'ebbe superata, guardandola da nord, l'aspetto umano era sparito, e le rocce massicce rivelavano una grotta in cui il mare entrava e usciva creando un tuono cavernoso e risonante. Sembrava che in quel suono ci fosse una parola, una sillaba. Mentre procedevano, gli echi si attutirono e la sillaba giunse più chiara; perciò Arren chiese: — C'è una voce, nella grotta?

— La voce del mare.

— Ma pronuncia una parola.

Sparviero ascoltò; guardò Arren e poi guardò di nuovo la grotta. — Come la intendi?

— Mi sembra il suono *ahm*.

— Nella Vecchia Lingua significa il principio, oppure tanto tempo fa. Ma io la sento come *ohb*, che è un modo per indicare la fine... Attento, là avanti! — esclamò di colpo, mentre anche Arren lanciava un avvertimento. — Fondali bassi! — E sebbene la

Vistacuta scegliesse la strada come un gatto in mezzo ai pericoli, per qualche tempo furono occupati a governarla, e lentamente la grotta che tuonava incessante la sua parola enigmatica rimase indietro.

Le acque diventarono più profonde, e la barca uscì dalla fantasmagoria di rocce. Davanti a loro incombeva un'isola simile a una torre. Le sue pareti erano nere, formate da molti cilindri o giganteschi pilastri compressi insieme, con spigoli diritti e superfici piane, che s'innalzavano dall'acqua, a perpendicolo, per cento braccia.

— Quello è il Forte di Kalessin — disse il mago. — Così mi dissero i draghi, quando venni qui molto tempo fa.

— Chi è Kalessin?

— Il più vecchio...

— È stato lui a costruire questo luogo?

— Non lo so. Non so neppure se fu costruito. E non so quanto sia vecchio Kalessin. Uso il maschile per parlare di lui, ma non so neppure se è maschio o femmina... In confronto a Kalessin, Orm Embar è quasi un cucciolo. E io e te siamo come mosche di maggio. — Scrutò quelle palizzate tremende, e Arren alzò lo sguardo, inquieto, pensando che un drago poteva lanciarsi da quel lontano orlo nero e piombare su di loro quasi contemporaneamente alla sua ombra. Ma non apparve nessun drago. Passarono lentamente tra le acque immobili, sopravvento alla roccia, e non udirono altro che il fruscio e lo sciacquio delle onde in ombra contro le colonne di basalto. Lì l'acqua era profonda, senza scogli: Arren governava la barca, e Sparviero stava ritto a prua e osservava gli strapiombi e il cielo fulgido, più avanti.

La barca uscì finalmente dall'ombra del Forte di Kalessin alla luce solare del pomeriggio inoltrato. Avevano attraversato lo stretto dei Draghi. Il mago alzò la testa, come uno che vede finalmente quello che cerca; e attraverso quell'immenso spazio d'oro, davanti a loro, venne sulle auree ali il drago Orm Embar.

Arren udì Sparviero gridargli: *Aro Kalessin?* Intuì il significato della domanda, ma non riuscì a comprendere la risposta del drago. Eppure, quando ascoltava la Vecchia Lingua, aveva sempre la sensazione di essere sul punto di comprenderla: come se fosse un linguaggio che aveva dimenticato, non uno che non aveva mai conosciuto. Quando il mago lo parlava, la sua voce era assai più chiara di quando parlava hardese, e sembrava che creasse intorno a sé una specie di silenzio come fa il rintocco più sommesso di una grande campana. Ma la voce del drago era come un gong, profonda e fremente, o come il sibilante ritmo dei cembali.

Arren guardava il suo compagno ritto sulla sottile prua, intento a parlare con l'essere mostruoso librato sopra di lui, che riempiva metà del cielo: e una specie di orgoglio compiaciuto invase il suo cuore nel vedere quanto è piccolo e fragile e terribile un uomo. Perché il drago avrebbe potuto strappare la testa all'uomo con un sol colpo delle sue zampe unghiute, avrebbe potuto stritolare e affondare la barca come una pietra affonda una foglia galleggiante, se fossero state soltanto le dimensioni ad avere importanza. Ma Sparviero era pericoloso quanto Orm Embar, e il drago lo sapeva.

Il mago girò la testa. — Lebannen — disse; e il ragazzo si alzò e avanzò, sebbene non desiderasse avvicinarsi di un passo a quelle fauci lunghe cinque braccia, a quegli occhi lunghi, gialloverdi, dalle pupille verticali, che lo guardavano brucianti dall'aria.

Sparviero non gli disse nulla, ma gli posò una mano sulla spalla e parlò di nuovo al drago, brevemente.

— Lebannen — disse la voce immane, spassionata. — *Agni* Lebannen!

Arren alzò la testa: poi la pressione della mano del mago gli rammentò il monito, e lui evitò lo sguardo degli occhi verde-oro.

Non sapeva parlare la Vecchia Lingua, ma non era ammutolito. — Io ti saluto, Orm Embar, nobile drago — disse con voce chiara, come si conviene a un principe che ne incontra un altro.

Poi ci fu silenzio, e il cuore di Arren batté convulsamente, faticosamente. Ma Sparviero, ritto accanto a lui, sorrise.

Il drago riprese a parlare, e Sparviero rispose: ad Arren quel dialogo parve lungo. Alla fine terminò all'improvviso. Il drago s'innalzò con un colpo d'ala che per poco non rovesciò la barca, e si allontanò. Arren guardò il sole; e gli parve che non fosse più vicino al tramonto. Il dialogo, in realtà, non era stato lungo. Ma il volto del mago aveva il colore della cenere bagnata, e gli brillavano gli occhi, quando li voltò verso Arren. Si sedette.

— Ben fatto, ragazzo — disse con voce rauca. — Non è facile... parlare ai draghi.

Arren preparò un po' di cibo, perché non avevano mangiato per tutto il giorno; e il mago non disse altro fino a quando ebbero mangiato e bevuto. Ormai il sole era basso sull'orizzonte, sebbene a quelle latitudini settentrionali, non molto tempo dopo la metà dell'estate, la notte giungesse tardi e lentamente.

— Bene — cominciò Sparviero, — Orm Embar, a modo suo, mi ha detto molto. Afferma che colui che cerchiamo è e non è su Selidor... È difficile, per un drago, parlare chiaramente. Non hanno una mentalità semplice. E anche quando uno di loro vuol dire la verità a un uomo (il che avviene di rado), non sa come appare all'uomo la verità. Perciò gli ho chiesto: «Così come tuo padre Orm è a Selidor?». Perché, come tu sai, è stato là che Orm e Erreth-Akbe morirono combattendo l'uno contro l'altro. E lui ha risposto: «No e sì. Lo troverai a Selidor, ma non a Selidor». — Sparviero s'interruppe e rifletté, masticando un tozzo di pane duro. — Forse intendeva dire che, sebbene l'uomo non sia a Selidor, è là che dobbiamo andare per raggiungerlo. Forse...

«Poi gli ho chiesto degli altri draghi. Ha detto che quest'uomo è andato tra loro, perché non li teme: anche se viene ucciso ritorna dalla morte vivo, nel suo corpo. Perciò hanno paura di lui, come di un essere al di fuori della natura. Il loro timore permette alla sua magia di dominarli; e lui toglie loro la Lingua della Creazione, lasciandoli preda della loro indole selvaggia. Perciò si divorano a vicenda, o si tolgono la vita buttandosi in mare... una morte odiosa per il serpente di fuoco, la belva del fuoco e del vento. Allora ho chiesto: "Dov'è il tuo signore, Kalessin?". E la sua unica risposta è stata: "È a occidente". E questo può significare che Kalessin è volato verso le altre terre, più lontano di quanto si siano mai spinte le navi, secondo i draghi; oppure può significare qualcosa di diverso.

«Allora non ho fatto altre domande, e lui ha formulato la sua, dicendo: "Ho sorvolato Kaltuel, tornando a nord, e le Toringate. A Kaltuel ho visto gli abitanti di un villaggio uccidere un neonato sulla pietra di un altare, e a Ingat ho visto un incantatore ucciso dai suoi compaesani a colpi di pietre. Ged, credi che divoreranno il bambino? L'incantatore tornerà dalla morte e scaglierà pietre contro i suoi compaesani?". Ho pensato che si burlasse di me, e stavo per rispondergli irosamente: ma non mi stava deridendo. Ha detto: "Le cose hanno perso ogni senso. C'è una breccia nel mondo, e il mare ne defluisce. La luce ne defluisce. Rimarremo nella terra arida. Non si parlerà più e non si morirà più". E così, finalmente, ho compreso ciò che intendeva dirmi.

Arren non lo comprese; e inoltre, era dolorosamente turbato.

Perché Sparviero, ripetendo le parole del drago, aveva inequivocabilmente chiamato se stesso col suo vero nome. E questo richiamò alla mente di Arren il triste ricordo della donna sofferente di Lorbanery che gridava «il mio nome è Akaren!». Se i poteri della magia e della musica, e del linguaggio e della fiducia, si andavano indebolendo e avvizzendo tra gli uomini, se la follia della paura li prendeva, cosicché, come i draghi orbati della ragione, si scagliavano l'uno contro l'altro per distruggersi... se era così, come poteva salvarsi il suo signore? Era abbastanza forte?

Non appariva forte, seduto con le spalle curve sulla cena di pane e di pesce affumicato, con i capelli ingrigiti e strinati dal fuoco, e le mani sottili, e il volto stanco.

Eppure il drago lo temeva.

— Cosa ti affligge, ragazzo?

Con lui, si poteva dire solo la verità.

— Mio signore, tu hai pronunciato il tuo nome.

— Oh, sì. Dimenticavo: non l'avevo mai fatto, prima. Avrai bisogno del mio vero nome, se andremo dove dobbiamo andare. — Sparviero alzò gli occhi verso Arren, masticando. — Pensavi che fossi rimbambito e che me ne andassi in giro a barbugliare il mio nome, come i vecchi stolti che hanno dimenticato il buonsenso e la dignità? Non ancora, ragazzo!

— No — disse Arren, così confuso che non seppe aggiungere altro. Era stanchissimo: la giornata era stata lunga, e piena di draghi. E la via davanti a lui diventava sempre più tenebrosa.

— Arren — riprese il mago. — No: Lebannen. Dove stiamo andando, è impossibile nascondersi. Là tutti portano il loro vero nome.

— I morti non possono soffrire — replicò Arren, tristemente.

— Non è soltanto là, non solo nella morte, che gli uomini prendono il loro nome. Coloro che possono rimanere feriti di più, i più vulnerabili: coloro che hanno dato amore e non l'hanno ricevuto, pronunciano l'uno il nome dell'altro. Coloro che hanno cuore fedele, i datori di vita... Sei esausto, ragazzo. Sdraiati e dormi. Non c'è nulla da fare, ormai, se non mantenere la rotta per tutta la notte. E domattina vedremo l'ultima isola del mondo.

Nella voce di Sparviero c'era una gentilezza insuperabile. Arren si raggomitolò a prua, e il sonno venne subito a lui. Udì il mago incominciare una nenia sommessa, quasi mormorante, non in hardese ma nelle parole della Creazione: e mentre incominciava finalmente a comprendere e a ricordare il significato di quelle parole, un attimo prima di capirle si addormentò.

In silenzio, il mago ripose il pane e il pesce, controllò le lenze, rimise ordine sulla barca; poi, presa la cima che guidava la vela e sedutosi, suscitò un forte vento magico. Instancabile, la *Vistacuta* corse veloce verso nord, come una freccia sul mare.

Ged abbassò lo sguardo su Arren. Il volto del ragazzo addormentato era illuminato dall'oro rosso del lungo tramonto, i capelli scomposti erano agitati dal vento. L'aspetto delicato, disinvolto, principesco del ragazzo che si era seduto accanto alla fontana della Grande Casa pochi mesi prima era scomparso: quel volto era più magro e più duro, e molto più forte. Ma non era meno bello.

— Non ho trovato nessuno da seguire, sulla mia via — disse a voce alta Ged l'arcimago al ragazzo addormentato o al vento vuoto. — Nessun altro che te. E tu devi andare per la tua strada, non per la mia. Eppure il tuo regno sarà in parte mio. Perché io ti ho conosciuto prima. Ti ho conosciuto prima! Mi loderanno per questo, in futuro, più che per quanto ho fatto nell'ambito della magia... Se ci sarà un futuro. Perché prima noi due dobbiamo porci al punto d'equilibrio, al fulcro stesso del mondo. E se io cadrò, tu cadrai, e tutto il resto... Per un poco, per un poco. Nessuna tenebra dura in eterno. E anche allora ci sono le stelle... Oh, ma vorrei vederti incoronato in Havnor, col sole che brilla sulla Torre della Spada e sull'Anello che io e Tenar portammo da Atuan, dalle buie tombe, prima ancora che tu nascessi!

Poi rise e si voltò verso il nord, dicendo a se stesso nella lingua comune: — Un capraio per portare al trono l'erede di Morred! Non imparerò mai?

Dopo, mentre sedeva con la cima nella mano e guardava la gonfia vela tendersi arrossata nell'ultima luce dell'occaso, parlò di nuovo, a bassa voce. — Non vorrei essere a Havnor, né a Roke. È tempo di finirla, col potere. Abbandonare i vecchi giocattoli e andare avanti. È tempo che io ritorni a casa. Vorrei vedere Tenar. Vorrei vedere Ogion, e parlare con lui prima che muoia, nella casa sullo strapiombo di Re Albi. Agogno di camminare sulla montagna, la montagna di Gont, nelle foreste, in autunno, quando le foglie hanno colori vivaci. Non esiste un regno che uguagli le foreste. È tempo che io vi faccia ritorno, in silenzio, e solo. E forse allora imparerei ciò che nessun atto e nessuna arte e nessun potere può insegnarmi, ciò che non ho imparato mai.

Tutto l'occidente sfolgorava in una furia, una gloria rosseggiante, così che il mare appariva cremisi e la vela aveva il colore del sangue; e poi venne quietamente la notte. Per tutta quella notte il ragazzo dormì e l'uomo vegliò, scrutando continuamente davanti a sé nell'oscurità. Non c'erano stelle.

SELIDOR

Destandosi al mattino, Arren vide davanti alla barca, indistinte e basse lungo l'azzurro orizzonte occidentale, le spiagge di Selidor.

Nel palazzo di Berila c'erano vecchie mappe che erano state eseguite ai tempi dei re, quando i mercanti e gli esploratori salpavano dalle Terre Interne e gli stretti erano meglio conosciuti. Una grande mappa del nord e dell'ovest era tracciata in mosaico su due pareti della sala del trono del principe, con l'isola di Enlad in oro e grigio al di sopra del seggio. Arren la vedeva con l'occhio della mente, come l'aveva vista mille volte nella sua infanzia. A nord di Enlad c'era Osskil, e a ovest di questa Ebosskil, e a sud di quest'ultima Semel e Paln. Là finivano le Terre Interne, e non c'era altro che il pallido mosaico verdazzurro del mare vuoto, e qua e là un minuscolo delfino o una balena. Poi, alla fine, dopo l'angolo dove la parete nord incontrava la parete ovest, c'era Narveduen, e più oltre tre isole più piccole. E poi ancora il mare vuoto, all'infinito: fino a quando, al limite della parete e all'estremità della mappa, c'era Selidor: e oltre Selidor non c'era più nulla.

La ricordava chiaramente, con la sua forma ricurva, e una grande baia al centro che si apriva verso est, senza allargarsi molto. Non erano giunti tanto a nord, ma adesso stavano virando verso una cala profonda nel capo più meridionale dell'isola: e là, mentre il sole era ancora basso nella foschia del mattino, sbarcarono.

Così ebbe fine la grande corsa dalle Strade di Balatran all'Isola Occidentale. Il silenzio parve loro strano, quando ebbero tirato in secco la *Vistacuta* e dopo tanto tempo rimisero piede sulla terraferma.

Ged salì su una duna bassa, incoronata d'erba, con la cresta che sporgeva sul ripido declivio, legata a cornicioni dalle dure radici dell'erba. Quando raggiunse la sommità restò immobile, a guardare verso ovest e verso nord. Arren si fermò accanto alla barca, per calzare le scarpe, che non portava da molti giorni, ed estrasse la spada dalla cassa e la cinse: e questa volta non si chiese se doveva o non doveva farlo. Poi salì sulla duna, accanto a Ged, per guardare quella terra.

Le dune procedevano verso l'interno, basse ed erbose, per circa mezzo miglio; e poi c'erano lagune, fitte di carici e di canne d'acqua salmastra; e più oltre colline basse, giallo-brune e vuote, fino a perdita d'occhio. Selidor era bella e desolata. Non c'era traccia della presenza dell'uomo e delle sue opere. Non si vedevano bestie, e i laghi fitti di giunchi non ospitavano stormi di gabbiani o di oche selvatiche o di altri uccelli.

Tra la duna più esterna e quella successiva c'era una depressione di sabbia pulita, riparata: il sole del mattino splendeva caldo sul pendio occidentale. — Lebannen — disse il mago, che adesso usava il vero nome di Arren, — questa notte non ho potuto dormire, e ora devo farlo. Resta con me, e monta di guardia. — Si sdraiò al sole, perché all'ombra faceva freddo; si coprì gli occhi col braccio, sospirò e si addormentò. Arren gli si sedette accanto. Non vedeva null'altro che i bianchi pendii della depressione, e l'erba delle dune che s'inchinava alla sommità contro l'azzurro nebbioso del cielo, e il giallo sole. Non c'era altro suono che lo smorzato mormorio della risacca; e talvolta il vento, spirando a refoli, smuoveva leggermente le particelle di sabbia con un lieve fruscio.

Arren vide qualcosa che poteva essere un'aquila, altissima nel cielo: ma non era un'aquila. Volteggiò e si tuffò, discese con quel rombo e quell'acuto sibilo delle auree ali spiegate. Atterrò con gli enormi artigli sulla sommità della duna. Controsole, la grande testa era nera e aveva baluginii di fuoco.

Il drago strisciò per un breve tratto giù per il pendio, e parlò. — *Agni* Lebannen — disse.

Arren, che stava fra il drago e Ged, rispose: — Orm Embar. — E tenne in mano la spada snudata.

Adesso non la sentiva pesante. L'elsa levigata e consunta si adattava bene alla sua mano. La lama era uscita dal fodero agevolmente, quasi con impazienza. Il potere e l'antichità della spada erano dalla sua parte, perché adesso sapeva come farne uso. Era la sua spada.

Il drago parlò di nuovo, ma Arren non poteva comprenderlo. Girò la testa a guardare il compagno addormentato, che non si era svegliato a quel rombo tonante, e disse al drago: — Il mio signore è stanco: dorme.

A quelle parole Orm Embar scese ad avvolgersi sul fondo della depressione. Era pesante, al suolo, non più libero e agile come quando volava, ma c'era un'eleganza sinistra nel modo in cui posava lentamente le grandi zampe unghiute e la curva della coda spinosa. Quando giunse sul fondo piegò le zampe, eresse l'enorme testa e restò immobile, come un drago scolpito sull'elmo di un guerriero. Arren vedeva il suo occhio giallo, a meno di tre braccia da lui, e sentiva il lieve odore di bruciato che gli aleggiava intorno. Non era un fetore di carogna: era asciutto e metallico, e si armonizzava con i fievoli odori del mare e della sabbia salata: un odore pulito e selvatico.

Il sole, levandosi ancora più in alto, investì i fianchi di Orm Embar, che sfolgorò come un drago forgiato di ferro e d'oro.

Ged dormiva ancora, abbandonato, e non faceva caso al drago più di quanto un contadino addormentato badi al suo cane.

Trascorse un'ora; e poi Arren, con un sussulto, si accorse che il mago si era levato a sedere accanto a lui.

— Ti sei abituato ai draghi al punto di addormentarti tra le loro zampe? — chiese Ged, e rise sbadigliando. Poi si alzò e parlò a Orm Embar nella lingua dei draghi.

Prima di rispondere, anche Orm Embar sbadigliò (forse per il sonno, forse per spirito di rivalità). Era uno spettacolo che ben pochi possono vantare di aver visto: le file dei denti bianco-gialli lunghi e affilati come spade, la rossa lingua biforcuta lunga il doppio della statura di un uomo, la fumante caverna della gola.

Orm Embar parlò, e Ged stava per rispondere quando entrambi si voltarono a guardare Arren. Avevano udito, nitido nel silenzio, il cavernoso fruscio dell'acciaio nel fodero. Arren stava guardando il ciglio della duna, dietro la testa del mago, e teneva la spada in pugno.

E là, illuminato dal sole, stava un uomo: il vento leggero gli agitava le vesti. Era immobile come una statua, eccettuato quel lieve svolazzare dell'orlo e del cappuccio del mantello. La sua chioma era lunga e nera, e cadeva in una massa di riccioli lucenti; aveva le spalle ampie, ed era alto. Un uomo forte e bello. I suoi occhi sembravano guardare oltre loro, verso il mare. Sorrideva.

— Conosco Orm Embar — disse. — E conosco anche te, Sparviero, sebbene tu sia invecchiato dall'ultima volta che ti ho visto. Adesso sei arcimago, mi dicono. Sei diventato grande, non soltanto vecchio. E hai con te un giovane servitore: un apprendista mago, senza dubbio, uno di coloro che imparano la saggezza sull'isola dei Saggi. Cosa fate, qui, tanto lontano da Roke e dalle mura invulnerabili che proteggono i Maestri da ogni male?

— C'è una breccia in mura anche più grandi — disse Ged, stringendo il bastone con entrambe le mani e levando lo sguardo verso l'uomo. — Ma non vuoi venire a noi in carne e ossa, in modo che possiamo salutare colui che abbiamo cercato a lungo?

— In carne e ossa? — ripeté l'uomo, e sorrise di nuovo. — Il corpo, la carne da macello, ha dunque tanta importanza tra due maghi? No, incontriamoci mente a mente, arcimago.

— Questo, credo, non possiamo farlo. Ragazzo, riponi la spada. Questa è soltanto un'apparizione, non un uomo vero. Tanto varrebbe sguainare la spada contro il vento. A Havnor, quando avevi i capelli bianchi, tu eri chiamato Pannocchia. Ma era soltanto un nome d'uso. Come dovremo chiamarti, quando t'incontreremo?

— Mi chiamerete Signore — disse l'alta figura sul ciglio della duna.

— Sì, e cos'altro?

— Re e Maestro.

A quelle parole Orm Embar sibilò, un suono fortissimo e tremendo, e i suoi grandi occhi brillarono; tuttavia distolse la testa dall'uomo e si acquattò, come se non riuscisse a muoversi.

— E dove verremo a te, e quando?

— Nel mio regno, e a mio piacere.

— Molto bene — disse Ged; alzò il bastone, lo spostò un poco verso l'uomo... e l'uomo sparì, come la fiamma di una candela che viene spenta.

Arren sbarrò gli occhi, e il drago si sollevò poderosamente sulle quattro zampe arcuate, e la corazza tintinnò e le labbra si aggricciarono scoprendo i denti. Ma il mago si appoggiò di nuovo al bastone.

— Era solo un'immagine trasmessa da quell'uomo. Può parlare e udire ma non ha potere, tranne quello che le prestano le nostre paure. Non corrisponde neppure al suo vero aspetto, a meno che così voglia colui che l'invia. Non abbiamo visto ciò che è adesso, credo.

— Pensi che sia vicino?

— Queste immagini non varcano l'acqua. È su Selidor. Ma Selidor è una grande isola: più larga di Roke e di Gont, e lunga quasi quanto Enlad. Forse dovremo cercarlo a lungo.

Allora parlò il drago. Ged ascoltò, poi si rivolse ad Arren. — Così dice il Signore di Selidor: «Io sono ritornato alla mia terra, e non la lascerò. Troverò il Distruttore e vi condurrò a lui, affinché insieme possiamo annientarlo». E non ho forse detto che un drago trova sempre ciò che cerca?

Poi piegò il ginocchio davanti al grande essere, come un vassallo davanti a un re, e lo ringraziò nella sua lingua. L'alito del drago, così vicino, era rovente sulla sua testa china.

Orm Embar trascinò il corpo squamoso su per la duna, batté le ali e prese il volo.

Ged si spolverò la sabbia dalle vesti e disse ad Arren: — Ora mi hai visto inginocchiato. E forse mi vedrai inginocchiarmi di nuovo, prima della fine.

Arren non chiese cosa volesse dire: nella lunga frequentazione, aveva imparato che il riserbo del mago aveva sempre un motivo. Eppure gli sembrava che quelle fossero parole di malaugurio.

Attraversarono la duna e tornarono sulla spiaggia, per assicurarsi che la barca fosse più in alto di dove potevano giungere la marea o la tempesta, e per prendere i mantelli per la notte e il cibo avanzato. Ged indugiò un attimo accanto alla sottile prua che li aveva portati su mari sconosciuti, così a lungo, così lontano: vi posò la mano ma non gettò incantesimi e non disse una parola. Poi si avviarono di nuovo nell'entroterra, verso le colline.

Camminarono tutto il giorno, e a sera si accamparono in riva a un ruscello che si snodava verso i laghi e le paludi intasati dalle canne. Sebbene fosse piena estate, il vento era gelido: veniva dall'ovest, dalle infinite distese senza terre del mare aperto. La nebbia velava il cielo, e neppure una stella brillava sopra le colline, dove non c'era mai stato il bagliore di un focolare o di una finestra illuminata.

Arren si svegliò nell'oscurità. Il loro fuocherello si era spento, ma la luna che scendeva verso occidente illuminava la terra di una luce grigia e vaporosa. Nella valle del ruscello e sulle colline circostanti c'era una moltitudine di gente: e tutti erano immobili e silenziosi, con la faccia rivolta verso Ged e Arren. I loro occhi non riflettevano la luce della luna.

Arren non osò parlare, ma posò la mano sul braccio di Ged. Il mago si scosse e si levò a sedere chiedendo: — Cosa succede? — Seguì lo sguardo del ragazzo e vide la gente silenziosa.

Erano tutti abbigliati di scuro, uomini e donne. I loro volti non si scorgevano chiaramente nella luce fioca, ma ad Arren sembrava che, tra coloro che stavano più vicini, nella valle al di là del ruscello, ci fossero alcuni che conosceva, anche se non avrebbe saputo dire i loro nomi.

Ged si alzò, e il mantello gli cadde da dosso. Il volto e i capelli e la camicia erano pallidi e argentei, come se la luce della luna si raccogliesse su di lui. Tese le braccia in un ampio gesto e disse, a voce alta: — O voi che avete vissuto, andate liberi! Io infrango il vincolo che vi trattiene: *anvassa mane harw pennodathe!*

Per un momento la moltitudine di figure silenziose rimase immobile. Poi si voltarono lentamente, parvero allontanarsi nella grigia oscurità, e scomparvero.

Ged si sedette. Tirò un profondo respiro. Guardò Arren e gli posò la mano sulla spalla, e quel tocco era caldo e deciso. — Non c'è nulla da temere, Lebannen — disse gentilmente, con ironia. — Erano solo i morti.

Arren annuì, sebbene gli battessero i denti e si sentisse gelato fino alle ossa. — Come... — incominciò: ma la mandibola e le labbra non gli ubbidivano ancora.

Ged lo comprese. — Sono venuti al suo comando. Questo è ciò che promette: la vita eterna. A una sua parola, possono ritornare. Al suo ordine, devono camminare sulle colline della vita, sebbene non possano smuovere neppure un filo d'erba.

— È... Dunque anche lui è morto?

Ged scosse la testa, pensieroso. — I morti non possono richiamare nel mondo i morti. No, ha i poteri di un uomo vivo, e anche di più... Ma se qualcuno ha pensato di seguirlo, lui l'ha ingannato. Serba il potere per se stesso. Gioca al re dei morti: e non dei morti soltanto... Ma quelle erano solo ombre.

— Non so perché ho tanta paura di loro — disse Arren, pieno di vergogna.

— Li temi perché temi la morte, e a ragione: perché la morte è terribile e va temuta. — Il mago gettò altra legna nel fuoco e soffiò sulle braci sotto la cenere. Un piccolo bagliore fiorì sui ramoscelli, una luce gradita ad Arren. — E anche la vita è terribile — aggiunse Ged. — E va temuta e lodata.

Si sedettero, avviluppandosi nei mantelli. Rimasero in silenzio per qualche tempo. Poi Ged parlò, in tono grave. — Lebannen, non so per quanto potrà provocarci con immagini e ombre. Ma tu sai dove andrà, alla fine.

— Nella terra tenebrosa.

— Sì. Tra loro.

— Ora li ho visti. Verrò con te.

— È la fede in me, che ti anima? Puoi fidarti del mio amore, ma non devi fidarti della mia forza. Perché credo di aver incontrato il mio degno avversario.

— Verrò con te.

— Ma se sarò sconfitto, se il mio potere o la mia vita finissero, non potrò guidarti sulla via del ritorno: e da solo non potrai ritornare.

— Ritornerò con te.

Allora Ged disse: — Tu entri nella vita di adulto davanti alla porta della morte. — E poi, a voce molto bassa, pronunciò la parola o il nome con cui il drago aveva chiamato per due volte Arren: — *Agni... Agni* Lebannen.

Non parlarono più, e poco dopo il sonno ritornò a loro, e si sdraiarono accanto al piccolo fuoco, che aveva ripreso a divampare per breve tempo.

La mattina seguente si rimisero in cammino, verso nordovest: questa era la decisione di Arren, e non di Ged, il quale disse: — Scegli tu la nostra strada, ragazzo: tutte le vie sono uguali, per me. — Non si affrettavano, perché non avevano una meta e attendevano un segnale di Orm Embar. Seguirono la catena estrema di colline, la più bassa, quasi sempre in vista dell'oceano. L'erba era arida e corta, perennemente agitata dal vento. Le colline si ergevano auree e desolate alla loro destra, e sulla sinistra si stendevano le paludi salmastre e il mare occidentale. Una volta videro alcuni cigni in volo, lontano, verso il sud. Per tutto quel giorno non scorsero altri esseri viventi. E per tutto il giorno una specie di stanchezza - la stanchezza del timore, dell'attesa del peggio - crebbe nell'animo di Arren; e vennero l'impazienza e una collera cupa. Osservò, dopo ore di silenzio: — Questa terra è morta, come la terra stessa della morte.

— Non dirlo — gli ingiunse seccamente il mago. Continuò a camminare per un po', e quindi continuò, con voce mutata: — Guarda questa terra; guardati intorno. Questo è il tuo regno, il regno della vita. Questa è la tua immortalità. Guarda le colline, le colline mortali. Non durano in eterno. Le colline coperte di erba viva, e con i ruscelli che scorrono... In tutto il mondo, in tutti i mondi, nell'immensità del tempo, non c'è un altro ruscello uguale a questi, che scaturiscono freddi dalla terra dove nessun occhio li vede, e corrono verso il mare, attraverso il sole e l'oscurità. Profonde sono le sorgenti dell'essere, più profonde della vita e della morte.

Si fermò: ma nei suoi occhi, mentre guardava Arren e le assolate colline, c'era un grande amore, muto e doloroso. E Arren lo vide, e vedendolo vide Ged per la prima volta com'era in realtà.

— Non saprei spiegare cosa intendo — mormorò Ged, tristemente.

Ma Arren pensò a quella prima ora nel Cortile della Fontana, all'uomo che si era inginocchiato accanto all'acqua corrente; e in lui sgorgò una gioia limpida come il ricordo di quell'acqua. Guardò il suo compagno e disse: — Ho dato il mio amore a ciò che è degno d'amore. Non è questo, il regno e la sorgente imperitura?

— Sì, ragazzo — rispose Ged, gentilmente, dolorosamente.

Proseguirono in silenzio. Ma adesso Arren vedeva il mondo con gli occhi del compagno, e vedeva lo splendore vivente rivelato intorno a loro nella terra silente e desolata, come per un potere d'incantamento che trascendesse ogni altro, in ogni filo d'erba piegato dal vento, in ogni ombra e in ogni pietra. Come quando uno sta per l'ultima volta in un luogo amato, prima di un viaggio senza ritorno, e lo vede tutto, integralmente, reale e caro, come non l'ha mai visto prima e come non lo rivedrà mai più.

Quando venne la sera, linee dentellate di nubi salirono da occidente, portate dal mare sui grandi venti, e arsero fiammeggianti dinanzi al sole, arrossandolo mentre tramontava. Intento a raccogliere fascine per accendere il fuoco nella valle di un ruscello, in quella luce rossa, Arren alzò gli occhi e vide un uomo a meno di tre braccia da lui. Il volto di quell'uomo era indistinto e strano: ma Arren lo riconobbe. Era il Tintore di Lorbanery, Sopli, che era morto.

Dietro di lui stavano altri, e tutti avevano un volto immobile e triste. Sembrava che parlassero, ma Arren non riusciva a udire le loro parole: soltanto una specie di mormorio che il vento d'occidente portava via. Alcuni avanzarono lentamente.

Si alzò e li guardò, e poi guardò di nuovo Sopli: quindi voltò loro le spalle, si chinò e raccolse un altro ramoscello, sebbene gli tremassero le mani. L'aggiunse al carico, e poi ne raccolse un altro e un altro ancora. Infine si raddrizzò e si voltò indietro. Non c'era nessuno nella valle, solo la luce rossa che ardeva sull'erba. Ritornò da Ged e depose il carico di legna, ma non parlò di ciò che aveva visto.

Per tutta la notte, nell'oscurità nebbiosa di quella terra priva di anime viventi, ogni volta che si svegliava dal sonno irrequieto udiva intorno a sé i mormorii delle anime dei morti. Con uno sforzo di volontà, non li ascoltava e tornava ad addormentarsi.

Si svegliarono tardi, quando il sole, già alto di una spanna sopra le colline, si liberò finalmente dalla nebbia e rischiarò la fredda terra. Mentre consumavano il modesto pasto mattutino giunse il drago, volteggiando nell'aria sopra di loro. Dalle sue fauci scaturiva il fuoco, e fumo e scintille eruttavano dalle rosse narici: i denti luccicavano come lame d'avorio in quel bagliore livido. Ma non disse nulla, sebbene Ged lo salutasse e gridasse nella sua lingua: — L'hai trovato, Orm Embar?

Il drago ributtò all'indietro la testa e inarcò stranamente il corpo, graffiando il vento con gli artigli acuminati. Poi riprese a volare rapido, verso ovest, voltandosi a guardarli.

Ged strinse il bastone e lo batté al suolo. — Non può parlare — disse. — Non può parlare! Le parole della Creazione gli sono state sottratte, ed è rimasto come una vipera, come un verme senza lingua, e la sua sapienza è muta. Eppure può guidarci, e noi possiamo seguirlo! — Issatisi sulle spalle i leggeri zaini, si avviarono verso ovest, attraverso le colline, nella direzione in cui si era involato Orm Embar.

Proseguirono per otto miglia o più, senza rallentare quell'andatura svelta e costante. Adesso il mare stava a destra e a sinistra, e loro procedevano su un lungo crinale che finiva col discendere tra canne aride e letti tortuosi di ruscelli verso una spiaggia sabbiosa e curvilinea, color avorio. Era il capo più occidentale di tutte le isole, la fine della terra.

Orm Embar stava acquattato su quella sabbia eburnea, con la testa abbassata come un gatto infuriato e il respiro che gli usciva dalle fauci in sbuffi di fuoco. Un poco più avanti, fra il drago e i lunghi e bassi frangenti del mare, stava una specie di rifugio o di capanna, bianco, come costruito di legno gettato a riva dal mare e sbiancato dal tempo. Ma non c'era legno gettato su quella spiaggia, che non era rivolta verso altre terre. Quando si avvicinarono, Arren vide che quelle pareti malferme erano formate da grandi ossa: ossa di balena, pensò in un primo momento, e poi vide i triangoli bianchi, affilati come coltelli, e comprese che erano ossa di drago.

Giunsero in quel luogo. La luce del sole riflessa dal mare scintillava nelle fenditure tra le ossa. L'architrave della porta era un femore più lungo di un uomo: sopra stava un teschio umano, che fissava con le vuote occhiaie le colline di Selidor.

Si fermarono; e mentre guardavano il teschio un uomo uscì dalla porta. Aveva un'armatura di bronzo dorato e di foggia antica: era lacerata, come da colpi d'ascia, e il fodero ingemmato della spada era vuoto. Il suo volto era severo, con le sopracciglia nere e arcuate e il naso sottile; gli occhi erano scuri, acuti e dolorosi. C'erano ferite sulle sue braccia e sulla gola e sui fianchi: non sanguinavano più, ma erano ferite mortali. Rimase eretto, immobile, a guardarli.

Ged mosse un passo verso di lui. Quasi si somigliavano, così faccia a faccia.

— Tu sei Erreth-Akbe — disse Ged. L'altro lo fissò con fermezza e annuì, ma non parlò.

— Perfino tu, perfino tu devi fare il suo volere. — C'era furore, nella voce di Ged. — Oh mio signore, il più valoroso e il migliore di tutti noi, riposa nel tuo onore e nella morte! — Levate le mani, le riabbassò in un gesto solenne, ripetendo le parole che aveva rivolto alle moltitudini dei morti. Le sue mani lasciarono nell'aria, per un momento, un'ampia scia lucente. Quando questa scomparve, l'uomo in armatura non c'era più, e soltanto il sole brillava abbagliante sulla sabbia.

Ged batté col bastone sulla casa d'ossa, e la casa cadde e svanì. Non rimase nulla, tranne una grande costola che spuntava dalla rena.

Il mago si girò verso Orm Embar. — È qui, Orm Embar? È questo, il luogo?

Il drago aprì le fauci ed emise un immane sibilo ansimante.

— Qui, sull'ultima spiaggia del mondo. Bene! — Poi, impugnando nella mano sinistra il nero bastone di tasso, Ged spalancò le braccia nel gesto dell'invocazione e parlò. Sebbene parlasse nella lingua della Creazione, Arren comprese, finalmente, come devono comprendere tutti coloro che odono quell'invocazione, perché ha potere su tutti: — Ora io ti chiamo qui, mio nemico, davanti ai miei occhi e in persona, e ti lego con la parola che non verrà pronunciata fino alla fine del tempo, e ti comando di venire!

Ma dove avrebbe dovuto pronunciare il nome di colui che chiamava, Ged, disse soltanto: *mio nemico*.

Seguì un silenzio, come se il suono del mare si fosse dileguato. Ad Arren parve che il sole si offuscasse e si affievolisse, sebbene fosse alto nel cielo sereno. Un'oscurità si stese sulla spiaggia, come se si fossero messi a guardare attraverso un vetro affumicato: direttamente davanti a Ged l'oscurità divenne più intensa, ed era difficile vedere cosa c'era. Era come se non ci fosse nulla, nulla su cui potesse cadere la luce, un'assenza di forma.

E ne uscì un uomo, all'improvviso. Era lo stesso che avevano visto sulla duna, con i capelli neri e le braccia lunghe, alto e snello. Adesso impugnava una lunga verga, o una canna d'acciaio, interamente intarsiata di rune, e la protese verso Ged mentre si girava nella sua direzione. Ma c'era qualcosa di strano nell'espressione dei suoi occhi, come se fossero abbagliati dal sole e non potessero vedere.

— Io vengo — disse, — di mia libera scelta, e a modo mio. Tu non puoi chiamarmi, arcimago. Non sono un'ombra. Sono vivo. Io solo sono vivo! Tu credi di esserlo, ma stai morendo, morendo. Sai cosa impugno? È il bastone del Mago Grigio, colui che ridusse al silenzio Nereger; il Maestro della mia arte. Ma ora sono io, il Maestro. E ne ho abbastanza di giocare con te. — Con queste parole protese di scatto la lama d'acciaio per toccare Ged, che stava immobile come se non potesse muoversi né parlare. Arren era un passo più indietro, e tutta la sua volontà gli imponeva di muoversi: ma non poteva, non poteva neppure portare la mano sull'elsa della spada, e la voce gli si era arrestata nella gola.

Ma al di sopra di Ged e di Arren, al di sopra delle loro teste, immenso e fiammeggiante, il grande corpo del drago balzò, fremendo, e piombò con violenza sull'altro, così che la lama d'acciaio incantata penetrò in tutta la sua lunghezza nel petto corazzato del drago; ma l'uomo venne travolto dal suo peso, schiacciato e bruciato.

Rialzandosi dalla sabbia, inarcando il dorso e battendo le ali, Orm Embar vomitò sprazzi di fuoco e urlò. Tentò di volare, ma non vi riuscì. Freddo e maligno, il metallo gli era entrato nel cuore. Si accovacciò, e il sangue gli sgorgò a fiotti dalle fauci, nero e velenoso e fumante, e il fuoco si spense nelle sue narici finché divennero simili a fosse di cenere. Appoggiò la grande testa sulla sabbia.

Così morì Orm Embar, dov'era morto il suo progenitore Orm,

sulle ossa di Orm sepolte nella sabbia.

Ma dove Orm aveva gettato a terra il suo nemico, giaceva qualcosa di orrendo e raggrinzito, come il corpo di un ragno enorme disseccato nella sua tela. Era stato bruciato dall'alito del drago e schiacciato dalle sue zampe artigliate. Eppure, mentre Arren lo guardava, si mosse. Si trascinò via, un po' lontano dal drago.

La faccia si levò verso di loro. Non vi rimaneva più ombra di bellezza ma solo la rovina, la vecchiaia sopravvissuta alla vecchiaia. La bocca era incartapecorita. Le occhiaie erano vuote, e lo erano da molto tempo. Così Ged e Arren videro il volto vivo del loro nemico.

Si girò. Le braccia arse e annerite si tesero e vi si addensò una tenebra, la stessa oscurità informe che offuscava la luce del sole. Tra le braccia del Distruttore c'era come un'arcata o una porta, indistinta, senza contorni: e oltre quella non c'erano la pallida sabbia e l'oceano ma un lungo pendio di tenebra che scendeva nel buio.

Là entrò la figura sfracellata e strisciante, e quando passò nella tenebra parve improvvisamente alzarsi e muoversi in fretta: e scomparve.

— Vieni, Lebannen — disse Ged, posando la mano destra sul braccio del ragazzo: e avanzarono nella terra arida.

LA TERRA ARIDA

Il bastone di legno di tasso, nella mano del mago, splendeva nell'opaca oscurità con un brillio argenteo. Un altro lieve movimento luminescente attirò lo sguardo di Arren: un guizzo di luce lungo la lama della spada che stringeva sguainata in pugno. Quando l'azione del drago e la sua morte avevano infranto il sortilegio che lo legava, aveva estratto la spada, là sulla spiaggia di Selidor. E lì, sebbene non fosse più di un'ombra, era un'ombra vivente, e portava l'ombra della sua spada.

Non c'era altro chiarore. Era come il crepuscolo inoltrato, sotto le nubi, alla fine di novembre, un'atmosfera cupa e opaca e fredda in cui si poteva vedere ma non chiaramente e non lontano. Arren conosceva quel luogo, le brughiere e i tratti spogli dei suoi sogni disperati; ma gli sembrava di essere più lontano, immensamente più lontano di quanto fosse mai giunto in sogno. Non riusciva a distinguere nulla: vedeva solo che lui e il suo compagno stavano sul pendio di una collina e che davanti a loro c'era un basso muro di pietre, non più alto del ginocchio di un uomo.

Ged gli teneva ancora la mano destra sul braccio. Avanzò, e Arren avanzò insieme a lui: e scavalcarono il muro di pietre.

Informe, il lungo pendio scendeva davanti a loro, digradando nell'oscurità.

Ma lassù, dove Arren aveva creduto di scorgere una pesante coltre di nubi, il cielo era nero, e c'erano le stelle. Le guardò, e gli parve che il cuore gli si rattrappisse, agghiacciato. Erano stelle che non aveva mai visto. Splendevano immote, senza palpiti. Erano le stelle che non sorgono e non tramontano, che non sono mai nascoste dalle nubi e non si affievoliscono mai all'alba. Immobili e minuscole, brillano sulla terra arida.

Ged prese a scendere l'altro versante della collina dell'essere, e passo per passo Arren andò con lui. Il terrore lo invadeva, eppure il suo cuore era così deciso e la sua volontà così ferma che la paura non lo dominava, e non ne era neppure completamente consapevole. Era solo come se qualcosa di profondo, dentro di lui, soffrisse, come un animale chiuso in una stanza e incatenato.

Gli parve che scendessero a lungo quel declivio, ma forse era solo un breve tratto: perché non c'era il trascorrere del tempo, là dove non spiravano i venti e dove le stelle non si muovevano. Poi giunsero nelle vie di una delle città che si trovano in quel luogo, e Arren vide le case con le finestre che non s'illuminavano mai, e su certe soglie stavano i morti, col volto quieto e le mani vuote.

Le piazze del mercato erano deserte. Lì non si vendeva e non si acquistava, non si guadagnava e non si spendeva. Non veniva usato nulla, e nulla veniva fabbricato. Ged e Arren percorrevano soli le vie strette, sebbene talvolta scorgessero una figura all'angolo di un'altra strada, lontana e appena distinguibile nell'oscurità. Quando vide la prima di quelle figure, Arren trasalì e tese la spada per indicarla, ma Ged scosse la testa e proseguì. Poi il ragazzo vide che era una donna e che camminava lentamente, non fuggiva davanti a loro.

Tutti coloro che videro - non molti perché, sebbene i morti siano molti, quella terra è assai grande - stavano immoti o si muovevano lentamente, senza una meta o uno scopo. Nessuno di loro aveva ferite, come le aveva avute la sembianza di Erreth-Akbe, evocata nella luce del sole sul luogo della sua morte. Non mostravano segni di infermità. Erano integri e risanati. Erano guariti dalla sofferenza e dalla vita. Non erano ripugnanti come aveva temuto Arren, e non erano spaventosi nel senso che aveva immaginato. I loro volti erano quieti, liberi dall'ira e dal desiderio, e nei loro occhi bui non c'era speranza.

Invece della paura, allora, una grande pietà sorse nel cuore di Arren; e se sotto la pietà c'era paura, non era per se stesso ma per tutti. Perché vedeva la madre e il figlio che erano morti insieme ed erano insieme nella terra tenebrosa: ma il bambino non correva e non piangeva, e la madre non l'abbracciava, non lo guardava neppure. E coloro che erano morti per amore s'incrociavano per le vie senza scambiarsi un'occhiata.

La ruota del vasaio era ferma, il telaio vuoto, la stufa fredda. Nessuna voce cantava mai.

Le strade buie, tra le case scure, continuavano e continuavano, e loro le percorrevano. Il suono dei loro passi era l'unico suono. Era freddo. Arren non aveva notato subito quel freddo, ma gli si insinuava nello spirito, che lì era anche il suo corpo. Si sentiva esausto. Dovevano aver percorso molta strada. Perché proseguire?, pensò, e i suoi passi rallentarono un poco.

All'improvviso Ged si fermò, voltandosi verso un uomo che stava all'incrocio di due strade. Era snello e alto, e Arren pensava di aver già visto il suo volto sebbene non ricordasse dove. Ged gli parlò, e nessun'altra voce aveva infranto il silenzio da quando avevano scavalcato il muro di pietre: — Thorion, amico mio, come sei giunto qui?

E tese le mani verso l'Evocatore di Roke.

Thorion non rispose a quel gesto. Stava immobile, e il suo volto era immobile: ma la luce argentea del bastone di Ged colpì a fondo i suoi occhi velati d'ombra, suscitandovi un lieve chiarore o rivelandolo. Ged prese la mano che non gli veniva tesa e disse ancora: — Cosa fai, qui? Tu non appartieni ancora a questo regno. Torna indietro!

— Seguivo l'immortale. Ho perso la strada. — La voce dell'Evocatore era sommessa e opaca, come quella di un uomo che parla nel sonno.

— Su, verso l'alto; verso il muro — disse Ged, indicando la direzione da cui erano venuti lui e Arren, la lunga via buia in discesa. E ci fu un tremito sul volto di Thorion, quasi una speranza fosse penetrata in lui come una spada, come una sofferenza intollerabile.

— Non riesco a trovare la via. Mio signore, non riesco a trovare la via.

— Forse la troverai — disse Ged, e l'abbracciò; e poi proseguirono. Thorion era rimasto fermo al crocicchio, dietro di loro.

Mentre camminavano, Arren ebbe la sensazione che in quell'oscurità senza tempo non ci fossero in realtà né avanti né indietro, né est né ovest, nessuna direzione in cui andare. C'era una via d'uscita? Pensò a com'erano scesi dalla collina, sempre in discesa per quanto svoltassero; e anche nella buia città le vie erano in discesa, e per tornare al muro di pietre bastava che risalissero: l'avrebbero trovato alla sommità del declivio. Ma non tornarono indietro. Proseguirono, a fianco a fianco. E lui seguiva Ged? Oppure lo guidava?

Uscirono dalla città. La campagna degli innumerevoli morti era deserta. Dalla terra pietrosa, sotto le stelle che non tramontavano mai, non cresceva un albero, un roveto, neppure un filo d'erba.

Non c'era un orizzonte, perché l'occhio non poteva spingersi lontano nel buio: ma davanti a loro le piccole stelle immote erano assenti dal cielo per un lungo tratto, sopra il suolo, e quello spazio privo di stelle era dentato e inclinato come una catena di montagne. Mentre procedevano, i contorni divennero più distinti: alte vette, mai logorate dal vento o dalla pioggia. Su quei picchi non c'era neve che luccicasse sotto le stelle. Erano neri. La loro vista colmò di desolazione il cuore di Arren. Ne distolse lo sguardo. Ma li conosceva; li riconosceva; i suoi occhi ne furono attratti di nuovo. Ogni volta che guardava quelle vette sentiva un freddo peso nel petto, e quasi gli veniva meno il coraggio. Eppure continuava a camminare, sempre in discesa perché il terreno digradava declinando verso la base delle montagne. Infine chiese: — Mio signore, che cosa sono... — Additò le montagne, perché non poteva continuare a parlare: aveva la gola secca.

— Confinano col mondo della luce — rispose Ged. — Come il muro di pietre. Non hanno altro nome che Dolore. C'è una strada che le attraversa: è proibita ai morti. Non è lunga, ma è una strada amara.

— Ho sete — disse Arren, e il suo compagno replicò: — Qui bevono polvere.

Proseguirono.

Ad Arren sembrava che l'andatura del suo compagno fosse rallentata un poco e che qualche volta esitasse. Ma lui non provava più esitazioni, sebbene la stanchezza non smettesse di crescere in lui. Dovevano scendere; dovevano proseguire. Proseguirono.

Talvolta attraversavano altre città dei morti, dove i tetti scuri disegnavano angoli contro le stelle, che restavano sempre nello stesso posto sopra di loro. Dopo ogni città c'era di nuovo la terra vuota, dove non cresceva nulla. Appena uscivano da una città, quella si perdeva nella tenebra. Non si vedeva nulla, né più avanti né più indietro, tranne le montagne che erano sempre più vicine e torreggiavano di fronte a loro. Sulla destra l'informe pendio continuava a digradare come quando (quanto tempo prima?) avevano attraversato il muro di pietre. — Cosa c'è da quella parte? — mormorò Arren a Ged, perché aveva bisogno di udire il suono di una voce; ma il mago scrollò il capo. — Non lo so. Può essere una via senza fine.

Nella direzione in cui procedevano, il pendio sembrava attenuarsi gradualmente. Il terreno, sotto i loro piedi, emetteva uno stridore aspro, come polvere di lava. Continuavano a procedere; e adesso

Arren non pensava più al ritorno, e non si chiedeva come avrebbero potuto tornare. Non pensava neppure a fermarsi, sebbene fosse stanchissimo. A un certo momento tentò di fugare l'oscurità e la stanchezza e l'orrore pensando alla sua patria: ma non riusciva a ricordare com'era la luce del sole o il volto di sua madre. Non c'era altro da fare che proseguire. E proseguì.

Sentì il terreno diventare pianeggiante, sotto i suoi piedi; al suo fianco, Ged esitò. Poi si fermò a sua volta. La lunga discesa era finita: era impossibile proseguire, e non era necessario.

Erano nella valle direttamente alla base delle montagne del Dolore. C'erano sassi sotto i loro piedi e macigni tutt'intorno, ruvidi al tatto come scorie. Quella stretta valle sembrava il letto asciutto di un fiume d'acqua, ormai inaridito, o di un fiume di fuoco, raffreddato da tempo, disceso dai vulcani che ergevano lassù le cime nere e spietate.

Arren si fermò, nella stretta valle buia, e Ged stette immobile al suo fianco. Stavano come i morti, senza uno scopo, guardando nel vuoto, silenziosi. Arren pensò, con un po' di paura: *siamo giunti troppo lontano.*

Non gli sembrava che avesse molta importanza.

Come se esprimesse lo stesso pensiero, Ged disse: — Ci siamo spinti troppo lontano per tornare indietro. — La sua voce era bassa, ma il suono non era smorzato completamente dalla grande e tetra cavernosità che li attorniava; e a quel suono Arren si riscosse un poco. Non erano venuti lì per incontrare colui che cercavano?

Una voce nell'oscurità disse: — Vi siete spinti troppo lontano.

Arren replicò: — Solo troppo lontano è lontano abbastanza.

— Siete giunti al Fiume Asciutto — disse la voce. — Non potete tornare al muro di pietre. Non potete ritornare alla vita.

— Non per quella via — replicò Ged, parlando nel buio. Arren lo scorgeva appena, sebbene fossero fianco a fianco, perché le montagne sotto cui stavano nascondevano metà della luce delle stelle, e sembrava che la corrente del Fiume Asciutto fosse tenebra. — Ma vorremmo imparare la tua via.

Non ebbe risposta.

— Qui ci affrontiamo da pari a pari. Se tu sei cieco, Pannocchia, anche noi siamo nell'oscurità.

Non ci fu risposta.

— Qui non possiamo farti del male; non possiamo ucciderti. Cosa c'è da temere?

— Io non ho paura — rispose la voce nell'oscurità. Poi, lentamente, baluginando un poco come se fosse fatto della stessa luce che talvolta risplendeva sul bastone di Ged, l'uomo apparve, un poco più a monte di loro due, tra le grandi masse indistinte dei macigni. Era alto, con le spalle ampie e le braccia lunghe, come la figura apparsa sulla duna e sulla spiaggia di Selidor; ma era più vecchio. I capelli erano bianchi, e arruffati sulla fronte alta. Così appariva in spirito, nel regno della morte, non bruciato dal fuoco del drago, non deturpato; e tuttavia non era integro. Le occhiaie erano vuote.

— Io non ho paura — disse. — Cosa dovrebbe temere, un morto? — Rise. Il suono della sua risata era strano e falso, nella stretta valle pietrosa ai piedi delle montagne, e per un momento Arren si sentì mancare il respiro. Ma strinse più forte la spada e ascoltò.

— Io non so cosa dovrebbe temere un morto — rispose Ged. — Non la morte, no? Eppure sembra che tu la tema, anche se hai trovato la via per sfuggirle.

— L'ho trovata. Io vivo; il mio corpo vive.

— Non molto bene — osservò il mago, in tono asciutto. — L'illusione potrebbe nascondere la vecchiaia; ma Orm Embar non è stato molto delicato, con quel corpo.

— Posso ripararlo. Conosco i segreti della guarigione e della giovinezza, e non sono illusioni. Chi credi che io sia? Solo perché sei chiamato arcimago mi scambi per un incantatore di villaggio? Io, l'unico tra tutti i maghi ad aver trovato la Via dell'Immortalità, che nessun altro ha mai scoperto!

— Forse non l'abbiamo cercata — disse Ged.

— L'avete cercata. Tutti voi. L'avete cercata e non avete potuto trovarla, e perciò avete fabbricato sagge parole di accettazione e avete parlato dell'equilibrio tra la vita e la morte. Ma erano parole... menzogne per mascherare il vostro insuccesso... per nascondere la vostra paura della morte! Quale uomo non vorrebbe vivere per sempre, se potesse? E io lo posso. Sono immortale. Ho fatto ciò che tu non potevi fare, e perciò sono il tuo padrone: e tu lo sai. Ti piacerebbe sapere come ho fatto, arcimago?

— Mi piacerebbe.

Pannocchia si avvicinò di un passo. Arren notò che, sebbene quell'uomo non avesse gli occhi, i suoi movimenti non erano quelli di un cieco: sembrava che sapesse esattamente dove stavano Ged e Arren e fosse conscio della presenza di entrambi, benché non voltasse mai la testa verso Arren. Forse possedeva una magica seconda vista, come l'udito e la vista che avevano le immagini e i presentimenti: qualcosa che gli dava una consapevolezza, anche se non poteva essere la vera vista.

— Andai a Paln — disse a Ged, — dopo che tu, nel tuo orgoglio, credevi di avermi umiliato e di avermi dato una lezione. Oh, in verità una lezione me l'hai insegnata, ma non quella che intendevi tu! E là mi dissi: Ora ho visto la morte, e non l'accetto. La stupida natura può continuare il suo stupido corso, ma io sono un uomo, migliore della natura, al di sopra della natura. Non seguirò quella strada, non smetterò di essere me stesso! E dopo questa decisione, presi di nuovo la tradizione di Paln ma vi trovai soltanto accenni e frammenti di ciò che cercavo. Allora tornai a intesserla, e la ricostruii, e feci un incantesimo... l'incantesimo più grande che mai sia stato compiuto. Il più grande, e l'ultimo!

— E operando quell'incantesimo, sei morto.

— Sì. Morii. Ebbi il coraggio di morire, per trovare ciò che voi codardi non potreste mai scoprire: la via del ritorno dalla morte. Aprii la porta che era chiusa fin dall'inizio del tempo. E ora vengo liberamente in questo luogo, e liberamente ritorno al mondo dei vivi. Io solo, tra tutti gli uomini di tutti i tempi, sono Signore delle Due Terre. E la porta aperta da me è aperta non soltanto qui ma nelle menti dei vivi, nelle sconosciute profondità del loro essere, dove siamo tutti uno nell'oscurità. Loro lo sanno, e vengono a me. E anche i morti devono venire a me, tutti, perché non ho perso la magia dei viventi: devono scavalcare il muro di pietre quando io lo comando, tutte le anime, i nobili, i maghi, le donne orgogliose: avanti e indietro dalla vita alla morte, al mio ordine. Tutti devono venire a me, i vivi e i morti, a me che morii e vivo!

— Dove vengono a te, Pannocchia? Dove sei, tu?

— Tra i mondi.

— Ma non è né vita né morte. Che cos'è la vita, Pannocchia?

— Potere.

— Che cos'è l'amore?

— Potere — ripeté pesantemente il cieco, aggobbendo le spalle.

— Che cos'è la luce?

— Tenebra!

— Qual è il tuo nome?

— Io non ho nome.

— Tutti, in questa terra, portano il loro vero nome.

— Dimmi il tuo, allora!

— Io mi chiamo Ged. E tu?

Il cieco esitò e disse: — Pannocchia.

— Quello era il tuo nome d'uso, non il tuo vero nome. Dov'è il tuo nome? Dov'è la tua verità? L'hai lasciata a Paln quando sei morto? Hai dimenticato molte cose, Signore delle Due Terre. Hai dimenticato la luce, e l'amore, e il tuo nome.

— Adesso ho il tuo nome e ho potere su di te, Ged l'arcimago... Ged, che eri arcimago quand'eri vivo!

— Il mio nome non ti serve a nulla — disse Ged. — Tu non hai nessun potere su di me. Io sono vivo; il mio corpo giace sulla spiaggia di Selidor, sotto il sole, sulla terra che gira sul suo asse. E quando quel corpo morirà, io sarò qui: ma solo nel nome, nel nome solo, nell'ombra. Non capisci? Non hai mai capito, tu che hai evocato tante ombre dal regno dei morti, che hai chiamato tutte le schiere dei defunti, e perfino il sovrano Erreth-Akbe, il più sapiente di tutti noi? Non hai capito che perfino lui è soltanto un'ombra e un nome? La sua morte non aveva sminuito la vita. E non aveva sminuito lui. Lui è là... *là*, non qui! Qui non c'è nulla, soltanto polvere e ombre. Là, lui è la terra e la luce del sole, le foglie degli alberi, il volo dell'aquila. È vivo. E tutti coloro che sono morti, vivono: rinascono e non hanno fine, e non ci sarà mai una fine. Per tutti, eccettuato te. Perché tu non volevi la morte. Hai perso la morte, hai perso la vita, per salvare te stesso. Te stesso! Il tuo io immortale! Che cos'è? Chi sei?

— Io sono me stesso. Il mio corpo non imputridirà e non morirà...

— Un corpo vivo soffre, Pannocchia; un corpo vivo invecchia e muore. La morte è il prezzo che paghiamo per la nostra vita e per la vita intera.

— Io non lo pago! Io non posso morire e in quello stesso momento rivivere! Io non posso venire ucciso: sono immortale. Soltanto io sono me stesso in eterno.

— Chi sei, dunque?

— L'Immortale.

— Di' il tuo nome.

— Il Re.

— Di' il mio nome. Te l'ho detto soltanto un minuto fa. Di' il mio nome!

— Tu non sei reale. Tu non hai nome. Io solo esisto.

— Tu esisti: senza nome, senza forma. Non puoi vedere la luce del giorno; non puoi vedere l'oscurità. Hai venduto la verde terra e il sole e le stelle per salvare te stesso. Ma non hai un io. Tutto ciò che hai venduto, quello eri tu. Hai dato tutto per nulla. E perciò adesso cerchi di attirare il mondo a te, tutta la luce e la vita che hai perduto, per colmare il tuo nulla. Ma non è possibile colmarlo. Neppure tutti i canti della terra, neppure tutte le stelle del cielo potrebbero colmare il tuo vuoto.

La voce di Ged aveva un suono ferreo, nella fredda valle ai piedi delle montagne; e il cieco si ritrasse da lui, timoroso. Levò la faccia, e la fioca luce delle stelle l'investì: sembrava che piangesse, ma non aveva lacrime poiché non aveva occhi. La sua bocca si apriva e si chiudeva, piena di tenebra, ma non ne usciva neppure una parola: soltanto un gemito. Infine disse una parola, formandola appena con le labbra contorte, e quella parola era «Vita».

— Ti darei la vita se potessi, Pannocchia. Ma non posso. Tu sei morto. Ma posso darti la morte.

— No! — urlò il cieco, e poi disse «No, no» e si accovacciò singhiozzando, sebbene le sue guance fossero asciutte come il letto sassoso del fiume dove scorreva soltanto la notte, non l'acqua. — Non puoi. Nessuno potrà mai liberarmi. Ho aperto la porta tra i mondi e non posso chiuderla. Nessuno può chiuderla. Non verrà mai richiusa. Mi attira, mi attira. Devo ritornare a quella porta. Devo varcarla e ritornare qui, nella polvere, nel freddo e nel silenzio. Mi risucchia. Non posso lasciarla. Non posso chiuderla. Risucchierà tutta la luce del mondo, alla fine. Tutti i fiumi diventeranno come il Fiume Inaridito. Non esiste un potere che possa chiudere la porta aperta da me!

Era stranissimo, il miscuglio di disperazione e di orgoglio vendicativo, di terrore e di vanità nelle sue parole e nella sua voce.

Ged disse soltanto: — Dov'è?

— Da quella parte. Non lontano. Puoi andarci. Ma non puoi far nulla. Non puoi chiuderla. Anche se esaurissi tutto il tuo potere in quell'atto, non basterebbe. Non c'è nulla che possa bastare.

— Forse — replicò Ged. — Sebbene tu abbia scelto la disperazione, ricorda che noi non l'abbiamo ancora fatto. Portaci là.

Il cieco levò il volto, in cui lottavano visibilmente la paura e l'odio. L'odio trionfò. — No — disse.

A quella risposta, Arren si fece avanti e disse: — Lo farai.

Il cieco restò immoto e muto. Il freddo silenzio e l'oscurità del regno dei morti li circondavano, circondavano le loro parole.

— Tu chi sei?

— Il mio nome e Lebannen.

Ged parlò: — Tu che ti proclami Re, non sai chi è costui?

Pannocchia restò di nuovo in silenzio. Poi disse, ansimando un poco: — Ma è morto... Siete morti. Non potete tornare indietro. Non esiste una via d'uscita. Siete prigionieri qui! — Mentre parlava, il barlume di luce l'abbandonò; e l'udirono voltarsi nella tenebra e allontanarsi da loro, in fretta. — Fammi luce, mio signore! — gridò Arren, e Ged levò il bastone alto sopra la testa, e la bianca luce squarciò quella vecchia tenebra piena di pietre e di ombre, tra le quali l'alta figura curva del cieco si affrettava, schivando gli ostacoli, risalendo il letto del fiume con una strana andatura senza esitazioni. Arren l'inseguì, con la spaga in pugno; e dietro di lui veniva Ged.

Ben presto Arren distanziò il suo compagno; la luce era molto fioca, interrotta dai macigni e dalle tortuosità del letto del fiume, ma il suono dell'andare di Pannocchia e il senso della sua presenza erano una guida sufficiente. Arren si avvicinò lentamente, poiché il terreno diventava più scosceso. Stavano salendo in una gola ripida, intasata dalle pietre; il Fiume Inaridito, restringendosi verso la sorgente, si snodava tra rive a strapiombo. I sassi tintinnavano rotolando sotto i loro piedi e sotto le loro mani, perché dovevano inerpicarsi. Arren sentì le rive restringersi, e con un balzo raggiunse Pannocchia e gli afferrò il braccio, trattenendolo. Erano davanti a una specie di bacino di roccia, largo poco più di un braccio e mezzo, che avrebbe potuto essere una polla se mai ci fosse stata l'acqua; e sopra quello c'era una caotica parete di roccia e scorie. In quella parete c'era una breccia nera, la sorgente del Fiume Inaridito.

Pannocchia non tentò di svincolarsi. Stava immobile, mentre la luce di Ged che si andava avvicinando si ravvivava sulla sua faccia priva di occhi. L'aveva rivolta verso Arren. — Il luogo è questo — disse infine, e una specie di sorriso si formò sulle sue labbra. — Questo è il luogo che cerchi. Lo vedi? Là puoi rinascere. Basta che tu mi segua. Vivrai immortale. Saremo re insieme.

Arren guardò quella scura fonte inaridita, la bocca di polvere, il luogo dove un'anima morta, trascinandosi nella terra e nella tenebra, rinasceva morta: e gli parve abominevole, e disse con voce aspra, lottando contro una nausea mortale: — Si chiuda!

— Si chiuderà — disse Ged, arrivando accanto a loro; e adesso la luce sfolgorava dalle sue mani e dal suo volto come se fosse stata una stella precipitata sulla terra in quella notte interminabile. Davanti a lui la fonte inaridita, la porta, stava spalancata. Era larga e cavernosa, ma era impossibile capire se fosse o no profonda. Non c'era nulla su cui potesse cadere la luce, nulla che l'occhio potesse vedere. Era vuota. Non lasciava passare luce né tenebre, né vita né morte. Non era nulla. Era una via che non conduceva in nessun posto.

Ged alzò le mani e parlò.

Arren stringeva ancora il braccio di Pannocchia; il cieco aveva appoggiato la mano libera sulle rocce della parete. Entrambi stavano muti e immobili, presi dal potere dell'incantesimo.

Con tutte le facoltà della sua arte e con tutta la forza del suo cuore ardente, Ged si sforzò di chiudere quella porta, di rendere nuovamente integro il mondo. E alla sua voce, al comando delle sue mani che plasmavano, le rocce si accostarono, faticosamente, cercando d'incontrarsi, di reintegrarsi. Ma contemporaneamente la luce si affievoliva, si affievoliva, svanendo dalle sue mani e dal suo volto, estinguendosi dal bastone di tasso, finché rimase soltanto un minuscolo barlume. In quella luce fievole, Arren vide che la porta era ormai quasi chiusa.

Il cieco sentì le rocce muoversi sotto le sue mani, le sentì unirsi; e sentì anche l'arte e il potere che si esaurivano... E all'improvviso urlò «No!», si svincolò dalla stretta di Arren, si avventò, e afferrò Ged nella sua stretta cieca e possente. Trascinatolo al suolo sotto il proprio peso, gli serrò le mani intorno alla gola per strangolarlo.

Arren brandì alta la spada di Serriadh e abbatté la lama, con un colpo duro e deciso, sul collo piegato sotto il groviglio dei capelli.

Lo spirito vivente ha un peso nel mondo dei morti, e l'ombra della sua spada ha un filo tagliente. La lama aprì una grande ferita, tranciando la spina dorsale di Pannocchia. Un sangue nero sgorgò a fiotti, illuminato dalla luce della spada.

Ma è inutile uccidere un morto: e Pannocchia era morto, morto da molti anni. La ferita si richiuse, inghiottendo il sangue. Il cieco si erse, altissimo, tendendo le mani brancolanti verso Arren, col volto contratto dal furore e dall'odio come se avesse percepito solo in quel momento chi era il suo vero nemico e rivale.

Era così orribile vedere quella guarigione da un colpo mortale, quell'incapacità di morire, più orribile di ogni morte, che una rabbia di odio crebbe nell'animo di Arren, una furia frenetica: alzata la spada colpì di nuovo, un colpo tremendo, pieno, dall'alto in basso. Pannocchia si accasciò col cranio spaccato e la faccia mutata in una maschera di sangue; tuttavia Arren si avventò subito su di lui e colpì di nuovo prima che la ferita si richiudesse, colpì e colpì per uccidere.

Accanto a lui Ged, sollevandosi faticosamente sulle ginocchia, pronunciò una parola.

Al suono della sua voce Arren si arrestò, come se una mano gli avesse afferrato il braccio che reggeva la spada. Il cieco, che stava incominciando ad alzarsi, restò immobile. Ged si levò in piedi: barcollava un poco. Quando riuscì a tenersi eretto, si voltò verso la parete di roccia.

— Reintegrati! — disse con voce chiara, e col bastone tracciò in linee di fuoco, attraverso la porta di pietre, una figura: la runa Agnen, la Runa della Fine, che chiude le strade e che viene incisa sui coperchi delle bare. E tra i macigni non ci fu più un varco o un vuoto. La porta era chiusa.

Il suolo della Terra Arida tremò sotto i loro piedi, e attraverso l'immutabile cielo vuoto corse un lungo rombo rotolante di tuono e si perse in lontananza.

— Per la parola che non verrà pronunciata fino alla fine del tempo io ti ho chiamato. Per la parola che venne pronunciata alla creazione delle cose, ora ti lascio andare. Vai libero! — E, piegatosi sul cieco inginocchiato, Ged gli mormorò all'orecchio, tra i capelli bianchi e scarmigliati.

Pannocchia si alzò. Si guardò intorno, lentamente, con occhi che vedevano. Guardò Arren e poi Ged. Non disse una parola, ma li guardò con occhi cupi. Non c'era ira sul suo volto, né odio, né angoscia. Lentamente si voltò, si allontanò lungo il letto del Fiume Inaridito, e ben presto scomparve.

Non c'era più luce sul bastone di Ged o sul suo volto. Stava nella tenebra. Quando Arren gli si avvicinò, si afferrò al suo braccio per sorreggersi. Per un momento, un singhiozzo convulso lo squassò. — È fatto — disse. — È tutto finito.

— È fatto, mio amato signore. Dobbiamo andare.

— Sì. Dobbiamo andare a casa.

Ged appariva frastornato o esausto. Seguì Arren lungo il letto del fiume, lentamente, incespicando, procedendo a fatica tra le pietre e i macigni. Arren non lo lasciò. Quando le rive del Fiume Inaridito divennero più basse e il suolo meno scosceso, si voltò nella direzione da cui erano venuti, il lungo declivio informe che conduceva in alto, nell'oscurità. Poi si girò di nuovo.

Ged non disse nulla. Appena si erano fermati, si era lasciato cadere su un macigno di lava, sfinito, a testa bassa.

Arren sapeva che la strada da cui erano venuti era chiusa, per loro. Potevano soltanto andare avanti. Dovevano percorrere l'intera strada. *Troppo lontano non è lontano abbastanza*, pensò. Alzò gli occhi verso i neri picchi, freddi e silenti sotto le immobili stelle terrificanti; e ancora una volta l'ironica e beffarda voce della sua volontà parlò dentro di lui, implacabile: — Intendi fermarti a metà strada, Lebannen?

Si accostò a Ged e disse, dolcemente: — Dobbiamo proseguire, mio signore.

Ged non disse nulla, ma si alzò.

— Dobbiamo passare tra le montagne, credo.

— Tu conosci la strada, ragazzo — replicò Ged, con un bisbiglio rauco. — Aiutami.

Perciò si avviarono su per i pendii di polvere e di scorie, tra le montagne, e Arren aiutò il suo compagno come poteva. Era buio, nelle gole, e lui doveva cercare la strada a tentoni, ed era difficile, nel contempo, sostenere Ged. Camminare era faticoso; ma quando dovevano inerpicarsi, via via che i declivi diventavano più erti, era addirittura penoso. Le rocce erano scabre, e scottavano le mani come ferro fuso. Eppure faceva freddo, sempre più freddo, via via che salivano. Il contatto di quella terra era un tormento. Scottava come carboni ardenti: un fuoco bruciava entro le montagne. Ma l'aria era sempre fredda e sempre buia. Non si udiva il minimo suono, e non spirava alito di vento. Le rocce aguzze si sgretolavano sotto le loro mani, cedevano sotto i loro piedi. Neri e ripidi, gli speroni e gli abissi salivano davanti a loro e discendevano accanto a loro nella tenebra. Più indietro, laggiù, il regno dei morti era invisibile. Più avanti, lassù, i picchi e le rocce si stagliavano contro le stelle. E nulla si muoveva in tutta la lunghezza e l'ampiezza di quelle montagne nere, eccettuate le due anime mortali.

Spesso Ged inciampava o metteva il piede in fallo, per la stanchezza. Respirava sempre più a fatica, e quando le sue mani urtavano contro le rocce soffocava gemiti di dolore. Sentirlo lamentarsi era un tormento, per il cuore di Arren. Lui cercava d'impedire che cadesse: ma spesso la via era troppo stretta perché potessero procedere affiancati, oppure lui doveva andare avanti per cercare appigli sicuri. E alla fine, su un alto pendio che saliva verso le stelle, Ged scivolò e cadde carponi, e non si rialzò.

— Mio signore — disse Arren, inginocchiandosi accanto a lui, e poi pronunciò il suo nome: — Ged.

L'altro non si mosse, non rispose.

Arren lo raccolse tra le braccia e lo portò su per quell'alto pendio. Alla sommità c'era un breve tratto di terreno pianeggiante. Arren adagiò il fardello e si lasciò cadere al suolo accanto a lui, sfinito e sofferente, senza speranza. Era la sommità del passo tra i due picchi neri, verso il quale si era diretto faticosamente. Non si poteva procedere: all'estremità del tratto pianeggiante c'era il ciglio di un precipizio. Più oltre la tenebra si stendeva all'infinito, e le minuscole stelle pendevano immobili nel nero abisso del cielo.

La resistenza può durare più a lungo della speranza. Arren si trascinò avanti, ostinatamente, quando riuscì a farlo. Guardò oltre il ciglio della tenebra. E sotto di sé, poco più in basso, vide la spiaggia di sabbia eburnea; le onde bianche e color ambra vi si frangevano tra la spuma, e dall'altra parte del mare il sole stava tramontando in una foschia dorata.

Arren si voltò verso la tenebra. Tornò indietro. Sollevò Ged come poteva e si trascinò finché non poté più andare avanti. Là tutte le cose cessarono di esistere: la sete, e la sofferenza, e l'oscurità, e la luce del sole, e il suono delle onde che si frangevano.

LA PIETRA DEL DOLORE

Quando Arren si svegliò, una nebbia grigia nascondeva il mare e le dune e le colline di Selidor. I frangenti uscivano dalla nebbia mormorando in un rombo smorzato, e mormorando vi si ritraevano. C'era l'alta marea, e la spiaggia era molto più stretta di quando vi erano giunti; le ultime piccole linee di spuma delle onde avanzavano fino a lambire la mano sinistra protesa di Ged, che giaceva prostrato sulla rena. Aveva le vesti e i capelli bagnati, e gli abiti di Arren aderivano gelidi al suo corpo come se il mare li avesse investiti. Non c'era traccia del cadavere di Pannocchia. Forse le onde l'avevano trascinato via, verso il largo. Ma dietro di sé, quando girò la testa, Arren scorse, immerso e indistinto nella nebbia, il grigio corpo di Orm Embar, simile a una torre diroccata.

Si alzò, rabbrividendo per il freddo: stentava a reggersi in piedi, per il gelo e l'intorpidimento e la debolezza che gli dava le vertigini, la debolezza di chi è rimasto disteso troppo a lungo senza muoversi. Barcollava come un ubriaco. Appena tornò padrone dei propri movimenti, si accostò a Ged e riuscì a trascinarlo un po' più in alto, sulla sabbia, fuori dalla portata delle onde: ma fu tutto quello che poté fare. Ged gli sembrava molto freddo e molto pesante: l'aveva portato oltre il confine fra la morte e la vita, ma forse invano. Accostò l'orecchio al petto di Ged, ma non riuscì a dominare il tremito delle membra e il battito dei denti per poter captare le pulsazioni del cuore. Si alzò di nuovo e cercò di pestare i piedi per riscaldarsi un po' le gambe; e alla fine, tremando e trascinandosi come un vecchio, andò in cerca dei loro zaini. Li avevano lasciati cadere in riva a un ruscelletto che scendeva dalla cresta delle colline, molto tempo prima, quando erano giunti alla casa di ossa. Era il ruscello che lui cercava, perché non riusciva a pensare ad altro che all'acqua, l'acqua pura.

Prima di quanto si aspettasse incontrò il ruscello, che calava sulla spiaggia e si snodava tortuoso diramandosi come un albero d'argento al limite del mare. Si gettò al suolo e bevve, con la faccia e le mani immerse nell'acqua, aspirando quell'acqua nella bocca e nello spirito.

Infine si levò a sedere, e così vide, sull'altra sponda del ruscello, un drago immenso.

La testa color ferro, chiazzata dalla rossa ruggine delle narici e delle occhiaie e delle guance, era sospesa davanti a lui, quasi sopra di lui. Gli artigli affondavano nella sabbia bagnata e molle, sul bordo del corso d'acqua. Le ali, ripiegate, erano parzialmente visibili, come vele, ma il lungo corpo scuro si perdeva nella nebbia.

Non si muoveva. Era come se stesse acquattato là da ore, o da anni, o da secoli. Era scolpito nel ferro, modellato nella roccia... ma gli occhi, gli occhi in cui Arren non osava guardare, gli occhi simili a olio che spiraleggia sull'acqua, simili a un fumo giallo dietro un vetro, i profondi occhi gialli e opachi lo scrutavano.

Lui non poteva far nulla; quindi si alzò. Se il drago intendeva ucciderlo, l'avrebbe fatto; e se non l'uccideva, lui avrebbe cercato di aiutare Ged, se era possibile aiutarlo. S'incamminò lungo il ruscelletto, per cercare gli zaini.

Il drago non fece nulla. Restò acquattato, immobile, a osservare. Arren trovò gli zaini, riempì le borracce di cuoio nel ruscello, e tornò verso Ged. Dopo pochi passi, il drago si perse nella densa nebbia.

Fece bere Ged, ma non riuscì a svegliarlo. Giaceva inerte e freddo, e la sua testa era pesante sul braccio di Arren. Il volto era cinereo, e il naso e gli zigomi e la vecchia cicatrice spiccavano nitidi. Perfino il suo corpo appariva scarno e riarso, semiconsumato.

Arren restò seduto sulla sabbia umida, reggendo sulle ginocchia la testa del compagno. La nebbia formava intorno a loro una sfera vaga e morbida, più rada verso l'alto. Chissà dove, in quella nebbia, c'erano Orm Embar, il drago morto, e il drago vivo in attesa in riva al ruscello. E chissà dove, dall'altra parte di Selidor, su un'altra spiaggia, stava la *Vistacuta*, senza provviste. C'erano circa trecento miglia per arrivare a un'altra terra dello Stretto Occidentale; e mille miglia fino al Mare Interno. «Lontano come Selidor», usavano dire a Enlad. Le vecchie storie narrate ai bambini, i miti, incominciavano: «In un tempo lontano come l'eternità, e in un luogo lontano come Selidor, viveva un principe...».

Lui era il principe. Ma nelle vecchie storie, questo era l'inizio: e quella, invece, sembrava la fine.

Non era depresso. Sebbene fosse stanchissimo, e angosciato per il suo compagno, non provava amarezza o rimpianto. Solo, non c'era più nulla che lui potesse fare. Tutto era stato compiuto.

Quando avesse recuperato le forze, pensava, avrebbe cercato di pescare nella risacca con la lenza che aveva nello zaino: perché adesso che la sete si era placata cominciava a sentire i morsi della fame, e non avevano più viveri tranne un pacchetto di pane duro. L'avrebbe conservato, perché se l'inzuppava nell'acqua poteva farne mangiare un po' a Ged.

Ed era tutto ciò che restava da fare. Oltre questo, non vedeva nulla: la nebbia era tutt'intorno a lui.

Si frugò nelle tasche, mentre stava seduto, insieme a Ged, nella nebbia, per vedere se aveva qualcosa di utile. Nella tasca della tunica c'era un oggetto duro e aguzzo. L'estrasse e lo guardò, sconcertato. Era una piccola pietra, nera, porosa, dura. Fece per gettarla via. Poi ne tastò gli spigoli, li sentì ruvidi e brucianti, e sentì il peso, e comprese cos'era: un frammento di roccia delle montagne del Dolore. Era rimasto impigliato nella sua tasca mentre lui si arrampicava, o mentre si trascinava verso il ciglio del passo portando Ged. La tenne nella mano, quella cosa immutabile, la pietra del dolore. La strinse. E allora sorrise, un sorriso che era insieme mesto e gioioso, conoscendo per la prima volta in vita sua, solo e senza lodi e alla fine del mondo, la vittoria.

Le nebbie si diradarono e si mossero. Lontano, attraverso quelle spire, Arren vide la luce del sole sul mare aperto. Le dune e le colline apparivano e sparivano, incolori, ingrandite dai veli di nebbia. La luce del sole investiva, fulgida, il corpo di Orm Embar, magnifico nella morte.

Il drago nero come il ferro stava accovacciato, immoto, sull'altra riva del ruscello.

Dopo mezzogiorno il sole divenne chiaro e caldo, e bruciò nell'aria l'ultimo confuso vapore della nebbia. Arren si spogliò degli abiti fradici e li lasciò asciugare, rimanendo nudo: portava solo la cintura e la spada. Lasciò che il sole asciugasse le vesti di Ged; ma sebbene il grande flusso benefico e risanatore del calore e della luce si riversasse su Ged, lui restava immobile.

Ci fu un rumore di metallo soffregato contro il metallo, il mormorio raschiante di spade incrociate. Il drago color ferro si era sollevato sulle zampe arcuate. Si mosse e varcò il ruscelletto, con uno smorzato suono sibilante mentre trascinava il lungo corpo sulla sabbia. Arren vide le grinze alle giunture delle spalle, la corazza sui fianchi sfregiata come l'armatura di Erreth-Akbe, e i lunghi denti ingialliti e smussati. In tutto questo, e nei suoi movimenti pesanti e sicuri, e nella sua calma profonda e spaventosa, Arren vide i segni della vecchiaia: un'antichità immensa, di anni incalcolabili. Perciò, quando il drago si fermò a pochi passi dal punto dove giaceva Ged, e Arren si alzò, mettendosi tra i due, chiese, in hardese perché non conosceva la Vecchia Lingua: — Tu sei Kalessin?

Il drago non disse una parola, ma parve sorridere. Poi, abbassando l'immane testa e protendendo il collo, guardò Ged e ne pronunciò il nome.

La sua voce era immensa, e bassa, e aveva l'odore della forgia di un fabbro.

Chiamò ancora, e ancora: e la terza volta Ged aprì gli occhi. Dopo un po' tentò di levarsi a sedere, ma non ci riuscì. Arren gli s'inginocchiò accanto e lo sostenne. Poi Ged parlò. — Kalessin — disse — *senvanissai'n ar Roke!* — Dopo che ebbe parlato, non gli rimase più forza: appoggiò la testa sulla spalla di Arren e chiuse gli occhi.

Il drago non rispose. Si accovacciò, come prima, senza muoversi. La nebbia stava ritornando, e offuscava il sole che discendeva verso il mare.

Arren si vestì e avviluppò Ged nel mantello. La marea, che si era ritratta lontano, stava risalendo, e il ragazzo pensò di portare il suo compagno verso il terreno più asciutto, sulle dune, ora che si sentiva ritornare le forze.

Ma quando si chinò per sollevare Ged, il drago protese un'enorme zampa corazzata, quasi sfiorandolo. Gli artigli erano quattro, con uno sperone dietro, come la zampa di un gallo: ma quelli erano speroni d'acciaio, e lunghi come lame di falce.

— *Sobriost* — disse il drago, e fu come un vento di gennaio che spirasse tra le canne gelate.

— Lascia in pace il mio signore. Ci ha salvati tutti, e così facendo ha esaurito le forze e forse anche la vita. Lascialo stare!

Arren parlò rabbiosamente, in tono di comando. Per troppo tempo si era lasciato intimidire e impaurire, e ne aveva abbastanza della paura, se ne era stancato e non voleva più saperne. Era irritato col drago, per la sua forza bruta e per le sue dimensioni enormi, per il suo ingiusto vantaggio. Lui aveva visto la morte, aveva assaporato la morte, e nessuna minaccia aveva più potere su di lui.

Il vecchio drago, Kalessin, lo guardò con un lungo occhio dorato e terribile. C'erano eoni ed eoni, nelle profondità di quell'occhio: e c'era il mattino del mondo. Sebbene Arren non lo guardasse, sentiva che lo stava scrutando con profonda e blanda ilarità.

— *Arw sobriost* — disse il drago, e le rugginose narici si dilatarono, lasciando scintillare il fuoco coperto e represso che ardeva all'interno.

Arren teneva il braccio sotto le spalle di Ged, poiché stava per sollevarlo quando il movimento di Kalessin l'aveva arrestato; e adesso sentì la testa del mago girarsi leggermente e udì la sua voce: — Vuol dire: monta qui.

Per un po', Arren non si mosse. Era una follia. Ma davanti a lui c'era la grande zampa unghiuta, a un passo; e sopra la zampa, l'incavo della giuntura del gomito; e più sopra, la spalla sporgente e la muscolatura dell'ala che spuntava dalla scapola: quattro gradini, una scala. E davanti alle ali e alla prima spina di ferro della cresta dorsale, nella cavità del collo c'era un punto dove poteva sedere a cavalcioni un uomo, o due uomini... se erano impazziti, disperati e disposti a qualunque follia.

— Monta! — disse Kalessin nel linguaggio della Creazione.

E così Arren si alzò e aiutò il suo compagno a rimettersi in piedi. Ged, con la testa eretta e guidato dalle braccia di Arren, salì quegli strani scalini. Si sedettero a cavalcioni, nella cavità corazzata del collo del drago: Arren dietro, pronto a sostenere Ged se fosse stato necessario. Si sentirono pervadere da un calore gradito, come il calore del sole, dove toccavano la pelle del drago: la vita ardeva come un fuoco sotto la corazza di ferro.

Arren vide che avevano dimenticato il bastone di tasso del mago semisepolto nella sabbia: il mare avanzava furtivo ed era sul punto di appropriarsene. Fece per scendere e per andare a prenderlo, ma Ged lo trattenne. — Lascialo. Ho esaurito tutta la magia a quella fonte inaridita, Lebannen. Ora non sono più un mago.

Kalessin girò la testa e li guardò di sottecchi: l'antica ilarità brillava nel suo occhio. Nessuno sapeva se Kalessin era maschio o femmina; nessuno sapeva cosa pensasse. Lentamente, le ali si sollevarono e si spiegarono. Non erano d'oro come quelle di Orm Embar ma rosse, rossocupe, scure come la ruggine o il sangue o la seta cremisi di Lorbanery. Il drago alzò le ali delicatamente, per non disarcionare i suoi minuscoli passeggeri. Delicatamente si raccolse nello slancio delle grandi anche, e balzò nell'aria come un gatto, e le ali batterono e li portarono al di sopra della nebbia che aleggiava su Selidor.

Remigando con quelle ali cremisi nell'aria della sera, Kalessin volteggiò verso il mare aperto, si voltò verso l'oriente, e s'involò.

Nei giorni della piena estate, sull'isola di Ully un grande drago venne visto volare basso, e in seguito fu avvistato a Usidero e nella parte settentrionale di Ontuego. Sebbene i draghi siano temuti nello Stretto Occidentale, dove la gente li conosce troppo bene, dopo che quello fu passato oltre e gli abitanti dei villaggi furono usciti dai nascondigli, coloro che l'avevano visto dissero: — Non tutti i draghi sono morti come credevamo. Forse anche non tutti i maghi sono morti. Certo, c'era un grande splendore in quel volo: forse era l'Antichissimo.

Nessuno vide dove Kalessin era atterrato. In quelle isole lontane ci sono foreste e colline selvagge, dove gli uomini vanno raramente e dove perfino la discesa di un drago può passare inosservata.

Ma nelle Novanta Isole ci furono grida e tumulti. Gli uomini remarono verso occidente, fra le isolette, gridando: — Nascondetevi! Nascondetevi! Il drago di Pendor ha violato la sua parola! L'arcimago è perito, e il drago è venuto a divorarci!

Senza atterrare, senza guardare in basso, il grande rettile color ferro sorvolò le isolette e le cittadine e le fattorie, senza degnarle neppure di un rutto di fuoco. Così sorvolò Geath e Serd, e attraversò gli stretti del Mare Interno, e giunse in vista di Roke.

Mai, a memoria d'uomo, e quasi neppure nella memoria delle leggende, un drago aveva sfidato le mura visibili e invisibili della ben difesa isola. Tuttavia quello non esitò, ma continuò a volare sulle ali poderose, sopra la spiaggia occidentale di Roke, sopra i villaggi e i campi, sulle verdi colline che si ergevano dietro Città Thwil. E là, infine, discese dolcemente verso terra, alzò le rosse ali e le ripiegò, e si accovacciò sulla sommità del Colle di Roke.

I ragazzi uscirono di corsa dalla Grande Casa. Niente avrebbe potuto trattenerli. Ma nonostante la loro giovinezza furono più lenti dei loro Maestri, e giunsero per secondi al Colle. Quando vi arrivarono, c'era il Maestro degli Schemi, giunto dal Bosco Immanente, con i capelli biondi che splendevano nel sole. Con lui c'era il Maestro delle Metamorfosi, che era ritornato due notti prima, nella forma di una grande procellaria, con le ali storpiate, e sfinito: era rimasto imprigionato a lungo in quella forma dai suoi incantesimi, e non aveva potuto riacquistare il suo aspetto fino a quando era giunto nel Bosco, la notte in cui l'Equilibrio era stato ristabilito e ciò che era infranto si era reintegrato. L'Evocatore, che si era alzato dal letto solo il giorno innanzi, sparuto e fragile, era accorso; e accanto a lui stava il Portinaio. E c'erano gli altri Maestri dell'isola dei Saggi.

Videro i cavalieri smontare, aiutandosi a vicenda. Li videro guardarsi intorno con una strana espressione di contentezza, di cupezza e di stupore. Il drago stava immobile come se fosse di pietra, mentre i due smontavano dal suo dorso e gli si fermavano accanto. Girò leggermente la testa mentre l'arcimago gli parlava, e gli rispose brevemente. Coloro che l'osservavano videro lo sguardo obliquo dell'occhio giallo, freddo e pieno d'ilarità. Coloro che comprendevano udirono il drago dire: — Ho portato il giovane re al suo regno, e il vecchio alla sua casa.

— Ancora un poco più oltre, Kalessin — replicò Ged. — Non sono giunto dove devo andare. — Guardò i tetti e le torri della Grande Casa, nella luce del sole, e parve sorridere un poco. Poi si rivolse ad Arren, che stava ritto, alto e snello negli abiti lisi, un po' malfermo sulle gambe per la stanchezza del lungo volo e lo sbalordimento di tutto ciò che era accaduto. E, di fronte a tutti, Ged s'inginocchiò davanti a lui e piegò la testa grigia.

Poi si rialzò, e baciò il giovane sulla guancia, e disse: — Quando giungerai al tuo trono in Havnor, mio signore e caro compagno, regna a lungo e saggiamente.

Guardò di nuovo i Maestri e i giovani incantatori e i ragazzi e gli abitanti della città raccolti sulle pendici e ai piedi del Colle. Il suo volto era sereno, e nei suoi occhi c'era qualcosa che somigliava all'ilarità degli occhi di Kalessin. Voltò le spalle a tutti, e montò di nuovo sulla zampa e sulla spalla del drago, sedendosi tra i grandi picchi delle ali, senza redini, sul collo dell'enorme creatura. Le rosse ali s'alzarono con un frastuono tambureggiante, e Kalessin l'Antichissimo balzò nell'aria. Il fuoco scaturì dalle sue fauci, e fumo e tuono e vento di tempesta erano nel battito delle sue ali. Volteggiò in cerchio sopra la collina e si allontanò verso nordest, verso quella parte di Earthsea dove sorge l'isola-montagna di Gont.

Il Portinaio, sorridendo, disse: — Ora ha finito di agire. Sta andando a casa.

E tutti guardarono il drago volare tra la luce del sole e il mare, finché lo persero di vista.

Le Gesta di Ged narrano che colui che era stato arcimago andò all'incoronazione del Re di Tutte le Isole, nella Torre della Spada in Havnor, nel cuore del mondo. Il canto narra che quando la cerimonia dell'incoronazione ebbe termine e incominciò la festa, lasciò tutti e scese solo al porto di Havnor. Là stava sull'acqua una barca, consunta e logorata dalle tempeste e dalle intemperie e dagli anni: non aveva la vela alzata, ed era vuota. Ged chiamò la sua barca per nome, *Vistacuta*, e quella venne a lui. Sceso sulla barca dal pontile, Ged voltò le spalle alla terra, e l'imbarcazione si mosse senza vento né vela né remi: lo portò fuori dalla baia, verso ovest tra le isole, verso ovest sul mare; e di lui non si sa altro.

Ma nell'isola di Gont raccontano la storia in modo diverso. Dicono che fu il giovane re, Lebannen, ad andare in cerca di Ged per condurlo all'incoronazione. Ma non lo trovò al Porto di Gont, né a Re Albi. Nessuno seppe dirgli dov'era, ma solo che si era avviato a piedi tra le foreste della montagna. Lo faceva spesso, dissero, e non ritornava per molti mesi, e nessuno conosceva le strade della sua solitudine. Alcuni si offrirono di cercarlo, ma il re lo proibì dicendo: — Lui regna su un regno più grande del mio. — E così lasciò la montagna, e s'imbarcò, e ritornò a Havnor per farsi incoronare.

L’ISOLA DEL DRAGO

QUALCOSA DI BRUTTO

Dopo la morte di Selce, agiato contadino della Valle di Mezzo, la vedova era rimasta nella fattoria. Il figlio andava per mare e la figlia si era maritata con un mercante di Valmouth; così lei era rimasta sola alla Fattoria delle Querce. La gente diceva che un tempo, nella terra da cui veniva, era una persona importante, e infatti il mago Ogion si fermava sempre alle Querce per salutarla; ma questo non voleva dire granché, dato che Ogion frequentava ogni sorta di nullità.

Aveva un nome straniero, ma Selce l'aveva sempre chiamata Goha, che è il nome del piccolo ragno tessitore dell'Isola di Gont, dal caratteristico colore bianco. Un nome quanto mai adatto, sia perché lei aveva la pelle bianchissima ed era piccola, sia per la sua abilità nel filare tanto il pelo delle capre quanto la lana delle pecore. Così lei era adesso Goha, vedova di Selce e padrona di un gregge e di un pascolo, di quattro campi e di un frutteto che dava un buon raccolto di pere, di due case coloniche affittate a mezzadri, della vecchia casa padronale dalle pareti di pietra, costruita in mezzo alle querce, e della tomba di famiglia in cima al monte, dove Selce riposava, terra ritornata alla sua terra.

— Sono sempre vissuta vicino alle tombe — aveva commentato alla figlia.

— Oh, madre, vieni ad abitare con noi, in città! — le aveva detto la figlia Melina, ma la vedova non aveva voluto rinunciare alla sua solitudine.

— Più avanti, magari, quando avrai dei figli e ti servirà aiuto — aveva risposto, guardando con piacere quella sua figlia dagli occhi grigi. — Ma non ora. Non hai bisogno di me. E sono affezionata a questa casa.

Quando Melina si era allontanata per fare ritorno al giovane marito, la vedova aveva chiuso la porta e si era soffermata per qualche istante sulla soglia della cucina, pavimentata di grosse lastre di pietra. Scendeva già la sera, ma lei non aveva acceso la lampada, perché le indugiava ancora nella mente l'immagine del marito intento a compiere quell'operazione: il movimento delle mani, la scintilla, la sua espressione concentrata e attenta, che si rivelava a mano a mano che la fiamma attecchiva. Adesso la casa era silenziosa.

Ero abituata a vivere in una casa silenziosa, da sola, si era detta. *E posso tornare a farlo.* Aveva acceso la lampada.

Giunta la stagione calda, un pomeriggio, sul tardi, una vecchia amica della vedova, Lodola, era arrivata di gran carriera dal villaggio, lungo il viottolo polveroso. — Goha! — aveva detto, nel vederla curva a strappare le erbacce nel campo dei piselli. — Goha, è successo qualcosa di brutto. Di molto brutto. Puoi venire?

— Sì — aveva detto la vedova. — Di che cosa si tratta?

Lodola aveva trattenuto il respiro. Era una donna di mezza età, pesante e dall'aria ordinaria, con un nome che mal si accordava al suo aspetto, ormai. Ma una volta era una ragazza snella e graziosa, e aveva accolto Goha con amicizia, senza badare alla gente del villaggio, che non lesinava critiche contro la strega di Karg - dalla faccia bianca come la calce - che Selce si era portato a casa; da allora erano rimaste amiche.

— È bruciata una bambina — aveva risposto Lodola. — Chi è?

— La bambina dei vagabondi.

Goha era andata a chiudere la porta di casa; poi le due donne si erano avviate lungo la strada, e Lodola aveva raccontato quel che era successo. Era senza fiato e sudata. Sulle guance e sulla fronte aveva ancora i semi dell'erba alta che cresceva ai lati della strada; mentre parlava, si passava meccanicamente la mano sulla faccia, per ripulirsi. — Erano accampati da un mese nel prato vicino al fiume. Un uomo, che diceva di fare il calderaio, ma che invece era un ladro, e con lui c'era una donna. Poi un altro uomo, più giovane, che per la maggior parte del tempo stava con loro. Nessuno di loro lavorava. Rubacchiavano, mendicavano e sfruttavano la donna. I giovanotti delle case sul fiume portavano loro da mangiare, per stare con lei. Sai come vanno le cose ormai, con gente come quella. E per strada se ne incontra tanta, che tiene d'occhio le case isolate. Se fossi in te, metterei il catenaccio. Comunque, uno dei tre, il più giovane, arriva al villaggio, mi vede sulla porta e mi dice: «La bambina non sta bene». Io mi ero accorta a mala pena che ci fosse con loro una bambina, uno scricciolo di piccolina che correva subito a nascondersi, e non eri mai sicura di averla vista davvero. Perciò gli ho chiesto: «Non sta bene? Ha la febbre?» E lui mi ha risposto: «Si è fatta male, mentre accendeva il fuoco», e poi, mentre prendevo le mie cose per accompagnarlo, se n'è andato. Sparito. Quando sono arrivata al fiume, anche gli altri due erano scomparsi. Non c'era più nessuno. Spariti anche tutti i loro stracci e le loro cose. C'era solo il fuoco, che fumava ancora, e vicino... anzi, dentro... c'era...

Lodola era rimasta in silenzio per la durata di alcuni passi, con lo sguardo fisso dinanzi a sé, ignorando Goha.

— Non le hanno nemmeno buttato sopra una coperta — aveva aggiunto.

Aveva accelerato il passo.

— L'hanno spinta nel fuoco ancora vivo — aveva detto. Aveva deglutito a vuoto, e si era passata la mano sulla faccia per togliere gli ultimi semi. Era rossa in volto. — Può darsi che ci sia caduta, ma, se avesse avuto i suoi cinque sensi, avrebbe cercato di salvarsi. Secondo me, l'hanno picchiata sino a farla svenire, e l'hanno creduta morta. A quel punto hanno cercato di nascondere ciò che avevano fatto, e allora...

Si era di nuovo interrotta, e poi aveva ripreso a parlare.

— Può darsi che il giovane non c'entri. Può darsi che sia stato lui a toglierla dal fuoco. Dopotutto, è venuto a chiedere aiuto. Dev'essere stato il padre. Non lo so. E, poi, chi si occuperà della cosa? Chi penserà alla bambina? Che cos'è che ci spinge a fare le cose che facciamo?

Goha aveva chiesto a bassa voce: — E si salverà?

— Non so — aveva risposto Lodola. — Può darsi.

Poco più tardi, quando erano quasi arrivate al villaggio, Lodola aveva aggiunto: — Non so perché ho sentito il bisogno di venire a chiamarti. In casa c'è già Edera. Non possiamo fare di più.

— Potrei scendere a Valmouth a chiamare Faggio.

— Non può fare niente, neanche lui. È... incurabile. L'ho messa al caldo. Edera le ha dato una medicina e le ha fatto un incantesimo per farla addormentare. L'ho portata a casa mia. Deve avere sei o sette anni, ma pesa come una bambina di due. Non ha ripreso i sensi, ma ansima in un modo... So che non puoi fare niente per lei. Ma volevo che ci fossi anche tu.

— Hai fatto bene a chiamarmi — aveva risposto Goha. Ma, prima di entrare nella casa di Lodola, aveva chiuso gli occhi e trattenuto il respiro per un attimo, per il timore di ciò che avrebbe visto.

I figli di Lodola erano stati mandati a dormire dai vicini e nella casa regnava il silenzio. La bambina era stesa sul letto di Lodola ed era priva di sensi. La strega del villaggio, Edera, aveva sparso un unguento di noce stregata e di curatutto sulle bruciature meno estese, ma non aveva potuto fare molto per la parte destra della faccia e per la mano destra, che era quasi carbonizzata. Aveva tracciato sopra il letto la Runa magica Pirr, e poi aveva smesso.

— Puoi fare qualcosa? — aveva chiesto Lodola, piano.

Goha aveva continuato a fissare la bambina ustionata. Non aveva mosso le mani, ma aveva scosso la testa.

— Non hai imparato l'arte della guarigione, sulle montagne? — Lodola lo aveva detto spinta dal dolore e dalla collera, cercando uno sfogo.

— Neppure Ogion riuscirebbe a curarla — aveva risposto la vedova.

Lodola aveva girato la faccia dall'altra parte, si era morsa il labbro e aveva pianto. Goha l'aveva abbracciata e le aveva passato la mano sulla testa. Per qualche minuto, le due donne si erano confortate l'un l'altra.

Poi, dalla cucina, era giunta la strega Edera, che aveva aggrottato la fronte nel vedere Goha. Anche se la vedova non faceva incantesimi e fatture, si diceva che al suo arrivo a Gont era stata accolta al villaggio di Re Albi come pupilla del mago, e che conosceva l'Arcimago di Roke e che senza dubbio possedeva poteri arcani, di terre lontane. Gelosa delle proprie prerogative, la strega si era recata accanto al letto e si era data da fare con un piattino su cui aveva versato una montagnola di polvere: le aveva dato fuoco - subito si era levata una nuvoletta di fumo puzzolente - e aveva preso a ripetere una formuletta curativa. Il fumo acre delle erbe magiche aveva fatto tossire la bambina ustionata, che si era quasi levata a sedere, tremante. Aveva preso a respirare ad ansimi, rapidi e brevi. Con l'unico occhio che le era rimasto, sembrava proprio che fissasse Goha.

La vedova si era avvicinata a lei e le aveva preso la mano sinistra. Parlando nella propria lingua, aveva detto: — Io le ho servite e le ho lasciate. Non permetterò loro di averti.

La bambina aveva continuato a fissare lei o il vuoto, e a tentare di respirare, a tentare ancora di respirare, a tentare ancora...

IL NIDO DEL FALCO

Passò più di un anno, e in una delle giornate calde e lunghe che vengono dopo la Grande Danza, un messaggero giunse nella Valle di Mezzo dalla strada del nord, e chiese della vedova Goha. La gente del villaggio gli spiegò come raggiungere la sua abitazione, e l'uomo arrivò alla Fattoria delle Querce nelle ultime ore del pomeriggio. Era un giovane dalla faccia affilata e dagli occhi astuti. Guardò prima Goha, poi le pecore che passavano accanto a lei per rientrare nell'ovile, e disse: — Begli agnellini. Il mago di Re Albi mi ha mandato a chiamarvi.

— Vi ha mandato? — chiese Goha, incredula e divertita. Ogion, quando la voleva, aveva messaggeri più rapidi e sottili: il richiamo di un'aquila, o semplicemente la sua voce che pronunciava piano il suo nome: *Puoi venire?*

L'uomo annuì. — È malato — disse. E aggiunse: — Intendete vendere qualche agnellino?

— Potrei farlo. Parlatene al mio pastore. Laggiù, vicino al recinto. Cenate qui? Potete pernottare a casa mia, se preferite, ma io voglio partire subito.

— Questa notte stessa?

Goha lo gratificò di un'occhiata leggermente sprezzante, e si rivolse a lui con severità: — Non ho intenzione di perdere tempo — disse. Parlò per qualche istante con il vecchio pastore, Rivochiaro, e poi si diresse verso la casa che sorgeva a ridosso del bosco di querce sulla collina. Il messaggero la seguì.

Nella cucina dal pavimento di pietra, una bambina - l'uomo la guardò per un attimo e distolse subito gli occhi - gli servì latte, pane, formaggio e porri, poi si allontanò senza parlare. Quando ricomparve, era insieme alla vedova: tutt'e due erano già pronte per il viaggio con i loro sacchetti di cuoio. Il messaggero uscì con loro, e la vedova sbarrò la porta. Partirono tutti insieme, lui per i suoi affari, perché il messaggio da parte di Ogion era solo un favore che l'uomo aveva aggiunto alla sua missione principale, consistente nell'acquistare un montone per il Signore di Re Albi; e la donna e la bambina ustionata lo salutarono al bivio che portava al villaggio, poi s'incamminarono lungo la strada da cui l'uomo era venuto, che si dirigeva prima a nord e poi a ovest, ai piedi del Monte di Gont.

Continuarono a camminare finché il lungo crepuscolo estivo non cominciò a oscurarsi. Allora lasciarono la stradina e si accamparono in una piccola valle, accanto a un ruscello dalle acque rapide e silenziose, su cui si specchiavano il pallido cielo notturno e le macchie di salici. Goha preparò un giaciglio di erba secca e di foglie, nascosto fra gli alberi come una tana di lepre, e vi fece accomodare la bambina, dopo averla avvolta in una coperta. — In questo momento — le disse, — tu sei un bozzolo. Domattina sarai una farfalla e uscirai all'aperto. — Non accese il fuoco; si limitò ad avvolgersi nel proprio mantello, distesa accanto alla bambina. Guardò le stelle illuminarsi a una a una e ascoltò quel che il ruscello le raccontava silenziosamente finché non s'addormentò.

Quando si svegliarono, nel freddo che precede l'alba, Goha accese un piccolo fuoco e fece bollire una pentola d'acqua per preparare un semolino d'avena per lei e per la bambina. La piccola farfalla ustionata uscì con un brivido dal bozzolo, e Goha fece raffreddare la pentola sull'erba umida di rugiada, perché la bambina potesse prenderla in mano e bere da essa. Quando ripartirono, a oriente, al di sopra dell'alto e scuro dorso della montagna, il cielo si stava ormai illuminando.

Camminarono per tutto il giorno, con l'andatura di una bambina che si stanca facilmente. In cuor suo, la donna era ansiosa di fare in fretta, ma camminò piano. Non era in grado di portare in braccio la bambina per molto tempo, e perciò, per renderle più facile il cammino, prese a raccontarle una delle sue storie.

— Stiamo andando a trovare un vecchio che si chiama Ogion — le disse, mentre percorrevano la stradina tutta curve che attraversava la foresta e saliva sul monte. — È un sapiente, e anche un mago. Sai che cos'è un mago, Therru?

Se la bambina aveva un nome, non lo conosceva o non voleva rivelarlo. Goha la chiamava Therru.

La bambina scosse la testa.

— Be', neanch'io — rispose la donna. — Ma so che cosa possono fare. Quando ero giovane... più grande di te, ma ancora giovane... Ogion è stato mio padre, come io sono adesso tua madre. Si prendeva cura di me e cercava di insegnarmi quel che dovevo sapere. Rimaneva con me anche se avrebbe preferito andare in giro da solo. Amava camminare lungo queste stradine da cui passiamo adesso, e nelle foreste e nei luoghi disabitati. Si recava a visitare ogni punto di queste montagne, per vedere, per ascoltare. Ascoltava sempre e non parlava mai e perciò lo chiamavano il Taciturno. Ma con me parlava. Mi raccontava storie. Non solo le grandi storie che tutti conoscono, degli eroi e dei re e di cose accadute molto tempo fa e in posti lontani, ma le storie che solo lui conosceva. — Continuò a camminare in silenzio per qualche tempo, prima di riprendere: — Adesso ti racconterò una di quelle storie.

E raccontò: — Una delle capacità dei maghi è quella di trasformarsi in qualcosa d'altro... prendere un'altra forma. Metamorfosi, è chiamata. Un normale stregone può assumere l'aspetto di un'altra persona, o di un animale, in modo che gli altri non sappiano riconoscerlo: come se si fosse infilato una maschera. Ma i grandi maghi possono fare molto di più. Possono *diventare* la maschera stessa, e trasformarsi veramente in un'altra creatura. Perciò un mago che, per esempio, deve attraversare il mare ma non ha la barca, può trasformarsi in gabbiano e volare. Ma deve fare attenzione. Se rimane per troppo tempo nella forma di uccello, comincia a pensare come un uccello e dimentica il modo di pensare dell'uomo, e può volare via, rimanere un gabbiano e non ritornare mai più uomo. Così si racconta che una volta c'era un grande mago che amava trasformarsi in orso. Lo fece troppo spesso, e finì per diventare veramente un orso, e uccise il proprio figlioletto: dovettero dargli la caccia e ammazzarlo. Ma Ogion amava anche scherzare sopra questo Potere della metamorfosi. Una volta, quando i topi gli entrarono nella dispensa e gli mangiarono tutto il formaggio, lui ne catturò uno con un piccolo incantesimo-trappola; poi prese il topo per la collottola e lo fissò negli occhi e gli disse: «Ti avevo avvertito di non giocare a fare il topo!» E io, per un po', credetti che avesse parlato sul serio...

— Be', questa storia riguarda una cosa analoga alla metamorfosi, ma Ogion diceva che era qualcosa di molto superiore a tutte le arti della trasformazione a lui note, perché significava essere due cose - due creature - nello stesso tempo, e con la stessa forma, e diceva che nessun mago aveva il potere di farlo. Ma si imbatté in quella cosa sulla costa nord-ovest di Gont, in un posto chiamato Kemay. C'era una donna, laggiù, una vecchia pescatrice, non una strega e nemmeno una sapiente; ma cantava. Per questo Ogion venne a sapere di lei. Il mago si era spinto laggiù, come faceva sempre, durante i suoi vagabondaggi lungo la costa, per ascoltare la voce delle cose; e aveva sentito qualcuno che cantava, mentre riparava una rete o dava la pece a una barca:

Più a ponente del tramonto del sole
al di là di ogni terra
la mia gente ancora danza
su un vento diverso da questo.

— Ogion rimase colpito sia dalle parole sia dalla musica, perché non conosceva né l'una né le altre; perciò chiese da dove venisse quel canto. E, da una risposta all'altra, arrivò a qualcuno che gli disse: «Sì, è una canzone della Donna di Kemay». Allora si recò a Kemay, il piccolo villaggio di pescatori dove viveva la donna, e trovò la sua casa vicino alla spiaggia. Bussò alla porta con il suo bastone di mago, e la donna venne ad aprirgli.

— Ora, tu sai, perché abbiamo parlato dei nomi, che i bambini hanno nomi da bambino, e ognuno di noi ha un nome d'uso, e a volte anche un nomignolo. Due persone diverse possono rivolgersi a te chiamandoti con nomi differenti. Tu sei la mia Therru, ma probabilmente, quando sarai più grande, avrai un nome d'uso. Inoltre, quando diventerai donna, avrai anche, se tutto sarà fatto come si deve, il tuo nome vero. Ti sarà dato da una persona dotata di vero Potere, un mago o uno stregone, perché questi sono il loro Potere e la loro arte: dare il nome. Ed è un nome che probabilmente non dirai a nessuno, perché il tuo nome vero è la tua vera personalità. È la tua forza e il tuo Potere, ma per un altro è solo un rischio e un peso, e lo si dà solo in un momento di grande bisogno, a una persona in cui si nutre profonda fiducia. Un grande mago, però, che conosce tutti i nomi, può saperlo anche se non glielo dici.

— Dunque Ogion, che è un grande mago, attendeva sulla soglia della piccola casa vicino al molo, e la vecchia venne ad aprirgli la porta. Ogion fece un passo indietro e sollevò il suo bastone di quercia, e alzò anche la mano, così, come per proteggersi dal calore del fuoco, e con paura e stupore pronunciò a voce alta il suo nome vero: 'Drago!'

— In quel primo momento - così mi disse - ciò che aveva visto sulla soglia non era una donna, ma la fiamma e la bellezza del fuoco, e un luccichio di scaglie e artigli dorati, e i grandi occhi del drago. Dicono che non si deve mai guardare un drago negli occhi.

— Poi l'immagine sparì, e Ogion non vide più il drago, bensì una vecchia ferma sulla soglia, un po' curva; una vecchia pescatrice, alta e con le mani grandi. La vecchia lo osservò come lui l'aveva osservata. E gli disse: «Entrate, Lord Ogion».

— Così, lui entrò. La vecchia gli servì zuppa di pesce, e mangiarono e poi chiacchierarono accanto al fuoco. Ogion pensava che quella donna fosse capace di cambiare la sua forma, ma non sapeva, capisci, se era una donna che poteva trasformarsi in drago o un drago capace di trasformarsi in donna. Perciò le chiese, infine: «Siete donna o drago?» La donna non glielo disse, ma rispose: «Vi canterò una ballata che conosco».

Therru aveva un sassolino nella scarpa. Si fermarono per toglierlo, e poi proseguirono, ma molto lentamente, perché la strada era ripida, e correva tra due argini scavati nella pietra, in mezzo a un bosco dove le cicale cantavano al calore dell'estate. Goha incominciò a narrare.

— Questa è la ballata che la donna cantò a Ogion.

— Quando Segoy sollevò dal fondo del mare le isole del mondo, all'inizio del tempo, i draghi furono le prime creature che nacquero dalla terra e dal vento che soffiava su di essa. Così ci dice il *Canto della Creazione.* Ma la ballata della donna diceva anche che allora, all'inizio, draghi e uomini erano una cosa sola. Erano un solo popolo, una sola razza, con le ali, e parlavano la Lingua Vera.

— Erano bellissimi, e forti, e saggi, e liberi.

— Ma con il tempo niente può essere senza divenire. Perciò, tra il popolo dei draghi, alcuni si appassionarono sempre più al volo e alla vita selvaggia, e si occuparono sempre meno del lavoro di creare, o di studiare e apprendere, o di case e città. Volevano solo volare sempre più lontano, cacciare e divorare le loro prede, ignoranti e spensierati, alla ricerca di una libertà sempre maggiore.

— Altri draghi si disinteressarono del volo, e raccolsero invece tesori, ricchezze, oggetti e conoscenze. Costruirono case, fortezze in cui chiudere i loro tesori, per poter passare ai figli tutto quel che possedevano, cercando sempre di aumentarlo. E cominciarono a temere i draghi selvaggi, che potevano arrivare in volo e distruggere tutto il loro amato tesoro, bruciandolo con un soffio di fiamma, per disinteresse e per ferocia.

— Quelli selvaggi, invece, non avevano paura di niente. Poiché erano ignoranti e troppo temerari, non riuscivano a salvarsi quando quelli che non volavano li intrappolavano come animali e li uccidevano. Allora, altri selvaggi arrivavano in volo per dare fuoco alle loro bellissime case, per distruggere e per uccidere. Così i più forti, sia dei selvaggi sia dei saggi, furono i primi a uccidersi fra loro.

— I più timorosi, invece, si sottrassero alla lotta, e quando non poterono più nascondersi, si allontanarono. Usarono le loro capacità di costruire per fabbricarsi delle barche, e fecero vela a est, lontano dalle Isole Occidentali dove i grandi draghi alati si facevano guerra tra le loro torri in rovina.

— Così, coloro che erano stati insieme draghi e uomini cambiarono, divennero due popoli: i draghi, in numero sempre minore, sempre più selvatici, isolati dalla loro avidità e dalla loro collera nelle lontane isole delle Terre Occidentali; e gli uomini, sempre più numerosi nelle loro ricche città, che riempirono le Isole Interne e tutto il Sud e il Levante. Tuttavia alcuni di loro salvarono la conoscenza dei draghi, la Lingua Vera della Creazione, e questi sono oggi i maghi.

— Ma tra noi ci sono coloro che sanno che un tempo eravamo draghi, e anche tra i draghi alcuni conoscono la loro parentela con noi. E questi dicono che quando da un unico popolo ne stavano derivando due, alcuni di loro, ancora in parte uomini e in parte draghi, ancora alati, non si recarono a est, ma a ovest, sopra il Mare Aperto, fino a giungere dall'altra parte del mondo. Laggiù vivono in pace, grandi bestie alate che sono insieme selvagge e sapienti, con la mente di uomo e il cuore di drago. E così cantò la pescatrice:

Più a ponente del tramonto del sole
al di là di ogni terra
la mia gente ancora danza
su un vento diverso da questo.

— Ecco dunque la storia cantata dalla donna di Kemay, che terminava con le parole di questo canto.

— Allora Ogion le disse: «Quando ti ho visto, ho visto la tua vera essenza. La donna che siede dirimpetto a me, dall'altra parte del focolare, è solo la veste da lei portata».

— Ma lei scosse la testa e rise, e non volle dire altro che: «Oh, se solo fosse così semplice!»

— Perciò, dopo qualche tempo, Ogion fece ritorno a Re Albi. E quando mi raccontò la storia, mi disse: «Da quel giorno mi sono sempre chiesto se qualcuno, uomo o drago, sia andato più a ponente del tramonto del sole, e chi siamo noi, e quale sia la nostra forma completa»... Hai fame, Therru? C'è un buon posto per sedersi, mi sembra, alla prossima curva. Forse da lassù potremo vedere Porto Gont, ai piedi del monte. È una grande città, perfino più grande di Valmouth. Arrivate alla curva ci siederemo, e riposeremo un poco.

Dalla curva della strada poterono davvero posare lo sguardo sul vasto pendio coperto di foreste e di pascoli, fino alla città e alla baia, e vedere gli scogli che custodivano l'ingresso della baia, e le barche sull'acqua nera, simili a schegge di legno o a insetti acquatici. Molto più avanti, sulla loro strada ma sovrastante, un'enorme rupe sporgeva dal fianco della montagna: il Grande Precipizio, su cui sorgeva il villaggio di Re Albi, che nella lingua del luogo significava il Nido del Falco.

Therru non si lamentò, ma quando Goha le disse: — Allora, possiamo andare? — la bambina, seduta tra la strada e gli abissi del cielo e del mare, scosse la testa. Al sole faceva caldo, e avevano percorso molta strada da quando avevano consumato la colazione nella piccola valle.

Goha cercò nella sacca le loro borracce, e bevvero di nuovo; poi Goha prese un sacchetto di uva passa e noci e lo diede alla bambina.

— Di qui possiamo cominciare a scorgere la nostra destinazione — disse, — e vorrei arrivare prima di sera, se possibile. Sono ansiosa di vedere Ogion. Sei stanca, ma non cammineremo troppo in fretta. E passeremo la notte laggiù, al sicuro e al caldo. Tieni il sacchetto, infilalo nella cintura. L'uva ti darà forza alle gambe. Vuoi anche tu un bastone, come quelli dei maghi, per camminare meglio?

Therru annuì, senza smettere di mangiare. Goha prese il coltello e tagliò un ramoscello robusto di nocciolo per la bambina, e poi, vedendo un ontano caduto vicino alla strada, ne tagliò un ramo e lo ripulì delle foglie per farsi un bastone solido e leggero.

Ripartirono, e la bambina, contenta di poter mangiare l'uva passa, seguì Goha. La donna cantò per far passare il tempo a tutt'e due: canzoni d'amore, canti dei pastori e ballate che aveva imparato nella Valle di Mezzo; ma all'improvviso s'interruppe nel bel mezzo di una strofa. Si fermò e alzò la mano in un gesto d'avvertimento.

I quattro uomini che camminavano lungo la strada davanti a loro le avevano viste. Era inutile cercare di nascondersi fra gli alberi finché non si fossero allontanati.

— Altri viandanti — disse piano a Therru, e riprese il cammino, impugnando più saldamente il bastone di ontano.

Quel che Lodola aveva detto sulle bande di ladri non era la solita lamentela comune a ogni generazione, che le cose non sono più come una volta e che il mondo va a rotoli. Negli ultimi anni la pace e la fiducia, nelle città e nelle campagne di Gont, si erano a poco a poco deteriorate. I giovani si comportavano come stranieri in casa propria, abusando dell'ospitalità, rubando e vendendo poi ciò che avevano sottratto al prossimo. I mendicanti erano diventati molto numerosi, mentre un tempo erano rari; e quando le loro richieste non venivano esaudite, minacciavano. Le donne preferivano non uscire in strada da sole, e male sopportavano questa perdita di libertà. Qualche giovane donna correva a unirsi alle bande di ladri e di cacciatori di frodo. Spesso facevano ritorno dopo pochi mesi, tristi, piene di lividi e incinte. E tra i maghi e le streghe di villaggio si parlava dei guai della loro professione: certe vecchie fatture mediche, che in passato avevano sempre fatto il loro dovere, ma che adesso non riuscivano più a curare le persone; incantesimi di ricerca che non riuscivano più a trovare l'oggetto voluto, o che trovavano quello sbagliato; pozioni amorose che invece di far innamorare gli uomini li spingevano a eccessi di gelosia omicida. E, peggio ancora, dicevano, gente che non sapeva nulla di magia - né le sue leggi e i suoi limiti, né i rischi che si correvano a infrangerli - asseriva di avere il Potere e prometteva ricchezza e benessere ai propri seguaci, e arrivava perfino a garantire l'immortalità.

La magia si era indebolita: Edera, la strega del villaggio di Goha, ne aveva parlato con aria cupa e in modo simile si era espresso Faggio, il mago di Valmouth. Questi era un uomo intelligente e modesto, che era venuto ad aiutare Edera a fare quelle poche cose che potevano alleviare il dolore di Therru per le scottature. Faggio aveva detto a Goha: — Un'epoca in cui succedono cose come questa deve essere un tempo di rovina, la fine di un ciclo. Da quante centinaia di anni non c'è più un re a Havnor? Non può andare avanti così. Dobbiamo ricongiungerci al centro, altrimenti saremo perduti, isola contro isola, uomo contro uomo, padre contro figlio... — L'aveva guardata con una leggera timidezza, ma il suo sguardo era chiaro e intelligente. — L'Anello di Erreth-Akbe è stato restituito alla Torre di Havnor — aveva detto. — So chi l'ha riportato... e quello era certamente il segno che stava per iniziare una nuova epoca. Ma noi non abbiamo accolto quel suggerimento. Non abbiamo re. Non abbiamo centro. Dobbiamo trovare il nostro cuore, la nostra forza. Forse l'Arcimago si deciderà ad agire, finalmente. — E aveva aggiunto, sicuro di sé: — Dopotutto, è di Gont.

Ma non era giunta notizia di iniziative dell'Arcimago, o di un erede salito al trono di Havnor, e le cose avevano continuato ad andare male.

Perciò Goha provò un senso di collera e di rabbia, quando vide i quattro uomini dividersi in due gruppi, uno a ciascun lato della strada, in modo che lei e la bambina dovessero necessariamente passare in mezzo.

E mentre le due donne si avvicinavano, Therru si tenne vicina a Goha, con la testa china, ma non le prese la mano.

Uno degli uomini, un tale dal petto ampio, con un paio di baffoni neri che gli coprivano quasi la bocca, cominciò a dire, sogghignando: — Ehi, voi due... — Ma Goha parlò nello stesso momento, e più forte di lui.

— Via dalla mia strada! — gridò, sollevando il bastone di ontano come se fosse quello di un mago. — Devo andare da Ogion! — Passò in mezzo ai quattro uomini e proseguì la strada senza guardarli, mentre Therru trotterellava accanto a lei. Gli uomini scambiarono la sua sfacciataggine per stregoneria, e non si mossero. Forse il nome di Ogion aveva ancora efficacia. C'era del Potere, o in Goha o nella bambina. Quando le due donne si furono allontanate, uno degli uomini disse:

— Le avete viste? — Sputò in terra e fece uno scongiuro.

— Una strega e il suo mostriciattolo — commentò un altro. — Che se ne vadano!

Un altro del gruppo, un uomo con la giubba e il berretto di cuoio, rimase per qualche istante a fissare le due donne, mentre gli altri riprendevano il cammino e scherzavano sguaiatamente tra loro. Aveva l'aria sconvolta, ma pareva intenzionato a seguire la donna e la bambina, quando l'uomo baffuto lo chiamò: — Sbrigati, Faina! — e lui obbedì.

Non appena giunta alla prima curva, Goha prese in braccio Therru e corse via con lei, finché non fu costretta a fermarsi, senza fiato. La bambina non le chiese alcunché e non le fece perdere tempo. Poi, non appena Goha riuscì a riprendere il cammino, Therru la seguì svelta, tenendola per mano.

— Sei rossa — le disse. — Come il fuoco.

La bambina parlava raramente e in modo poco chiaro, perché aveva la voce molto roca; ma Goha la capiva.

— Sono in collera — rispose, con una specie di risata. — Quando sono in collera, divento rossa. Come voi di pelle rossa, voi barbari delle Terre Occidentali... Guarda, c'è una città davanti a noi, deve essere Fontana delle Querce. È l'unico villaggio su questa strada. Ci fermeremo laggiù a riposare, e forse potrai farti dare un po' di latte. Poi, se riuscissimo a proseguire, e se pensi di poter camminare sino al Nido del Falco, saremo laggiù prima di sera, mi auguro.

La bambina annuì. Aprì il sacchetto dell'uva passa e delle noci, e ne mangiò un poco. Continuarono a camminare.

Il sole era già tramontato da tempo quando attraversarono il villaggio e giunsero alla casa di Ogion sul ciglio del Precipizio. Le prime stelle brillavano sopra una massa scura di nubi, a occidente, sull'alto orizzonte marino. Soffiava una brezza di mare che piegava i corti fili d'erba. Una capra belava nel pascolo recintato, dietro la casa piccola e bassa. Dall'unica finestra filtrava una luce giallognola.

Goha posò il proprio bastone e quello di Therru contro la parete, vicino alla porta, e, tenendo per mano la bambina, bussò una volta.

Non ci fu risposta.

Goha aprì la porta. Il fuoco era spento, e restava solo qualche tizzone sotto la cenere grigia, ma nella lampada a olio posata sul tavolo ardeva ancora un minuscolo seme di luce, e dal pagliericcio sul pavimento, nell'angolo in fondo alla stanza, Ogion disse: — Entra, Tenar.

OGION

Goha mise a dormire la bambina sul paglericcio nella nicchia a ponente. Riattizzò il fuoco. Poi si avvicinò al giaciglio di Ogion e si sedette a terra, a gambe incrociate.

— Non c'è nessuno che si prenda cura di te! — protestò. — Li ho mandati via tutti — rispose il mago.

Aveva la faccia dura e cupa come sempre, ma i suoi capelli erano bianchi e radi, e la debole lampada non destava alcuna scintilla di luce nei suoi occhi.

— Hai rischiato di morire da solo — disse lei in tono d'accusa.

— Aiutami a farlo — rispose il vecchio.

— Non ancora — lo implorò lei, posando la fronte sulla mano del mago.

— Non questa notte — assentì lui. — Domani.

Sollevò la mano e le accarezzò una sola volta i capelli: era tutta la forza che gli rimaneva.

Goha si risollevò. Il fuoco aveva attecchito. La sua luce danzava sulle pareti e sul basso soffitto, e faceva sembrare ancor più dense le ombre negli angoli della lunga stanza.

— Se arrivasse Ged... — mormorò il vecchio.

— L'hai mandato a chiamare?

— Si è perduto — disse Ogion. — Una nube. Una nebbia che copre la sua area. Si è recato in Occidente. Portando con sé il ramo di sorgo. È entrato nella nebbia buia. Ho perso il mio falco.

— No, no — mormorò lei. — Ritornerà.

Tacquero entrambi. Il calore del fuoco cominciò a diffondersi fino a loro, e Ogion entrò in una sorta di dormiveglia, mentre Tenar accolse con piacere la possibilità di riposarsi dopo avere camminato per tutto il giorno. Si massaggiò i piedi e le spalle doloranti.

Aveva dovuto portare in spalla Therru per gran parte della lunga salita finale, perché la bambina nel tentativo di stare al passo con lei si era stancata al punto di tremare di stanchezza.

Tenar si alzò, fece riscaldare dell'acqua e si tolse di dosso la polvere della strada. Scaldò un po' di latte e mangiò il pane che trovò nella dispensa di Ogion, per poi tornare a sedere vicino a lui. Mentre il mago dormiva, lei continuò a meditare, guardando il suo viso e il fuoco e le ombre.

Ripensò alla ragazza che - molto tempo prima e in un luogo lontano - rimaneva tutta la notte seduta a riflettere; una ragazza in una stanza senza finestre, abituata a pensare a se stessa solo come a colei che era stata divorata, sacerdotessa e ancella dei poteri del buio. E alla donna che sedeva nel tranquillo silenzio della casa, mentre marito e figli dormivano, per pensare, per rimanere un poco sola. E alla vedova che aveva portato laggiù una bambina orribilmente ustionata, e che ora sedeva vicino a un moribondo, e che aspettava il ritorno di un altro uomo. Come ogni donna, come una donna qualsiasi, intenta a fare quel che fanno le donne. Ma Ogion non l'aveva chiamata con il nome dell'ancella, né con quello della moglie, né con quello della vedova. E neanche Ged l'aveva chiamata così, nell'oscurità delle Tombe. Né - più lontano ancora, prima ancora - sua madre, che lei ricordava solo come il tepore e il colore fulvo del fuoco, la madre che le aveva dato il nome.

— Tenar — mormorò. Dal fuoco, che era intanto arrivato a un ramo di pino ben stagionato, si levò una lingua di fiamma gialla e luminosa.

Ogion respirava a fatica e Tenar lo aiutò come poté, finché l'attacco d'asma non gli passò. Entrambi dormirono per qualche tempo e nel sonno Ogion mormorò strane parole. Una volta, in piena notte, il mago aveva esclamato, a voce alta: — Ti rivedo, finalmente. L'hai trovato? — come se avesse incontrato per strada qualcuno che conosceva. E anche un'altra volta, mentre Tenar era andata ad aggiungere legna al fuoco, il vecchio aveva parlato, ma adesso doveva trattarsi di un ricordo molto lontano, perché disse chiaramente, come avrebbe potuto dirlo un bambino: — Ho cercato di aiutarli, ma il tetto è crollato e li ha schiacciati tutti. È stato il terremoto. — Tenar ascoltò. Anche lei conosceva il terremoto. — Ho cercato di aiutarli! — disse addolorato il bambino con la voce di vecchio, poi tornò ad ansimare per un altro attacco d'asma.

Alle prime luci dell'alba, Tenar venne destata da un suono che a tutta prima le parve quello del mare. Era un grande fruscio d'ali. Uno stormo d'uccelli volava basso sopra di loro, ed era così numeroso che le loro ali fecero tremare i vetri della finestra e le loro ombre la oscurarono. A quanto vide la donna, fecero un solo giro al di sopra della casa, e poi se ne andarono. Non emisero né stridi né richiami, e lei non avrebbe saputo dire che genere di uccelli fossero.

Quella mattina giunsero alcune persone dal villaggio di Re Albi, a sud della casa di Ogion. Arrivò una pastorella, poi una donna a prendere il latte delle capre di Ogion, poi altre a chiedere come stesse il mago. Zia Muschio, la strega del villaggio, tastò il bastone di nocciolo e quello di ontano vicino alla porta, e diede speranzosamente un'occhiata all'interno, ma neppure lei si azzardò a entrare. Ogion brontolò dal suo giaciglio: — Mandali via! Tutti!

Pareva un poco più in forze, meno sofferente. Quando la piccola Therru si svegliò, il mago le parlò nel modo asciutto, gentile e pacato che Tenar ricordava. La bambina andò a giocare al sole, e il mago chiese a Tenar: — Come la chiami?

Ogion conosceva la Lingua Vera della Creazione, ma non aveva mai imparato la lingua di Karg.

— *Therru* significa fiamma, incendio — rispose Tenar.

— Ah, ah — annuì il mago, e gli brillarono gli occhi. Aggrottò la fronte e per un attimo parve cercare le parole più adatte. — Impareranno a temerla... — disse infine.

— La temono già adesso — rispose Tenar, con amarezza. Il mago scosse la testa.

— Insegnale, Tenar — disse in un bisbiglio. — Insegnale tutto!... Non Roke. Hanno paura... Perché ti ho lasciata andare via? E perché te ne sei andata? Per portarla qui... troppo tardi?

— Sta' calmo, sta' calmo — lo pregò lei, teneramente, perché Ogion faticava a trovare sia le parole sia il respiro. Lui scosse la testa e ansimò:

— Insegnale! — E rimase immobile.

L'infermo non volle mangiare, e bevve solo qualche sorso d'acqua. Poi, per gran parte del giorno, continuò a dormire. Svegliandosi nel tardo pomeriggio, disse: — Ora, figlia — e si rizzò a sedere.

Tenar gli prese la mano e gli sorrise.

— Aiutami ad alzarmi.

— No, no.

— Sì — insistette lui. — Voglio andare fuori. Non posso morire qui dentro.

— Dove vuoi andare?

— In qualsiasi posto. Ma, se possibile, sul sentiero della foresta — rispose. — Il faggio vicino al pascolo.

Quando vide che era in grado di alzarsi e che era deciso a uscire, Tenar lo aiutò. Insieme arrivarono alla porta e là Ogion si fermò a esaminare l'unica stanza di cui era costituita la sua abitazione. Nell'angolo a destra della porta era appoggiato il suo lungo bastone, che luccicava debolmente. Tenar fece per prenderglielo, ma il vecchio scosse la testa. — No — disse. — Non quello. — Si guardò nuovamente attorno, come per cercare qualcosa. — Andiamo — disse infine.

Quando varcò la soglia e, con il vento dell'ovest che gli soffiava sul viso, posò l'occhio sul lontano orizzonte, mormorò: — Bene, bene...

— Faccio venire qualcuno dal villaggio con una barella e ti porteranno — disse Tenar. — Tutti sono ansiosi di aiutarti.

— Voglio camminare — ribatté il vecchio.

Da dietro l'angolo della casa era giunta intanto anche Therru che guardò con serietà Ogion e Tenar attraversare - fermandosi ogni cinque o sei passi per far riprendere fiato a Ogion - il prato incolto fra la casa e gli alberi che coprivano il fianco della montagna, dal ciglio del Precipizio fin quasi alla vetta. Il sole era caldo, ma l'aria era ancora fresca. Impiegarono molto tempo ad attraversare il prato. Il volto di Ogion era cinereo e le gambe gli tremavano come l'erba che li circondava, tuttavia i due giunsero infine ai piedi di un grosso, giovane faggio ai limiti della foresta, a pochi passi dall'inizio del sentiero che saliva alla cima del monte. Lì, Ogion si lasciò scivolare tra le radici dell'albero, e appoggiò la schiena al tronco. Per parecchi minuti non riuscì né a muoversi né a parlare; il cuore, che batteva forte e ogni tanto perdeva un colpo, lo faceva tremare tutto. Alla fine, il vecchio disse con un sussurro, con un cenno d'assenso: — Va bene.

Therru li aveva seguiti a qualche passo di distanza. Tenar le si avvicinò e le disse qualche parola. Poi tornò da Ogion. — È andata a prendere una coperta — spiegò.

— Non ho freddo.

— Be', *io* sì.

Nel dirlo, Tenar gli sorrise per un istante.

La bambina fece ritorno, trascinando dietro di sé una coperta di lana di capra. Sussurrò qualcosa a Tenar e corse via.

— Erica si farà aiutare dalla bambina a mungere le capre, e baderà a lei — spiegò Tenar. — Io starò qui con te.

— Non riesci mai a fare una cosa sola per volta — disse Ogion, con il filo di voce, debole e roco, che gli rimaneva.

— Sì, ne faccio sempre almeno due, e spesso anche di più — rispose Tenar. — Ma, come vedi, sono qui.

Lui annuì.

Per un lungo periodo, il mago non parlò più: rimase appoggiato al tronco dell'albero tenendo chiusi gli occhi. Osservandolo in viso, Tenar lo vide lentamente trascolorare, a mano a mano che il sole si avvicinava al tramonto.

Poi Ogion aprì gli occhi e guardò il cielo, verso occidente, attraverso uno spiraglio lasciato libero dalle chiome degli alberi. Pareva intento a osservare qualcosa, un movimento o un'azione visibile soltanto a lui, in quel lontano spazio luminoso e dorato. A un certo punto sussurrò, con esitazione: — Il drago...

Il sole era tramontato, il vento cessava.

Ogion guardò Tenar.

— È finita — bisbigliò, con gioia. — Tutto è cambiato!... Cambiato, Tenar! Aspettalo... aspettalo qui... — Fu scosso da un grande fremito, che lo agitò come un ramo preso dal turbine. Ansimò. Chiuse gli occhi e poi li spalancò di scatto, fissando qualcosa dietro di lei. Posò la mano su quella di Tenar, e la donna si chinò su di lui; Ogion le disse il proprio nome vero, perché fosse noto a tutti dopo la sua morte.

Le strinse di nuovo la mano, chiuse gli occhi e riprese la sua lotta per respirare, finché non dovette soccombere. Allora si abbandonò contro il tronco dell'albero come se anch'egli fosse una delle sue radici, mentre le prime stelle si affacciavano tra le foglie degli alberi.

Tenar rimase seduta vicino al morto finché non scese la notte. Poi, dalla casa, vide avvicinarsi una lanterna che tremolava come una lucciola. Tenar aveva steso la coperta sulle gambe di tutt'e due, ma la mano con cui stringeva quella di Ogion le era diventata fredda, come se stringesse una pietra. Accostò un'ultima volta la fronte alla mano del mago, poi si alzò, e si accorse di essere intirizzita e di avere la testa che le girava: il suo stesso corpo le parve quello di un'estranea. Lasciò il faggio e raggiunse coloro che venivano con la luce, per accoglierli e per guidarli.

Quella notte i vicini vegliarono Ogion, e il vecchio mago non li cacciò più via.

Il castello del Signore di Re Albi sorgeva su una grande roccia che sporgeva dal fianco della montagna, al di sopra del Grande Precipizio. Quella mattina presto, molto prima che il sole fosse salito in cima al monte, arrivò, dopo essere passato dal villaggio, il mago al servizio di quel signore. Poco più tardi, dalla stradina ripida che veniva da Porto Gont arrivò, tutto trafelato, anche un altro mago, che era partito durante la notte. Era giunta loro notizia che Ogion era in punto di morte, o forse il loro Potere era tale che venivano a sapere immediatamente della morte di un grande mago.

Nel villaggio di Re Albi non c'era uno stregone: solo il mago e una strega che si occupava dei lavori di poco conto, come trovare gli oggetti, guarire le ferite e saldare le fratture: per cose come queste, la gente preferiva non disturbare il mago. Zia Muschio era una donna severa, non sposata, al pari di molte altre streghe, e poco amante del sapone, con i capelli grigi legati in bizzarri nodi portafortuna, e gli occhi sempre rossi a causa del fumo delle sue erbe. Era stata lei ad arrivare con la lanterna, e con Tenar e gli altri aveva vegliato per tutta la notte la salma di Ogion. Aveva acceso una candela di cera, dentro una tazza di vetro, là nella foresta, e aveva bruciato un olio dolciastro su un piattino di creta; aveva detto le parole rituali e fatto quel che si doveva fare in quei casi. Quando aveva dovuto toccare il corpo per prepararlo alla sepoltura, aveva guardato Tenar come per chiederle il permesso e poi aveva continuato il suo lavoro. Le streghe di villaggio si assumevano di solito il compito di «preparare alla loro nuova casa» - così dicevano - i morti, e spesso si occupavano anche della sepoltura vera e propria.

Quando giunsero il mago del castello (un giovanotto alto, con un bastone di pino dalle fasce d'argento) e quello di Porto Gont (un uomo corpulento di mezza età, con un corto bastone di tasso), Zia Muschio non alzò su di loro i suoi occhi rossi, ma abbassò lo sguardo, rivolse loro un inchino e si tirò indictro, raccattando i suoi talismani e le sue povere stregonerie.

Dopo aver preparato il corpo per la sepoltura - steso sul fianco sinistro e con le ginocchia piegate - Zia Muschio gli aveva messo nel palmo della mano sinistra, rivolto verso l'alto, un piccolo portafortuna, avvolto in pelle di capra e legato con fili di vari colori. Il mago di Re Albi tuttavia lo gettò lontano con la punta del bastone.

— Hanno già scavato la fossa? — chiese il mago di Porto Gont.

— Sì — rispose il mago di Re Albi. — Nel cimitero del mio signore — e indicò il castello sul monte.

— Capisco — disse Porto Gont. — Speravo che il nostro mago potesse essere sepolto con tutti gli onori nella città che ha salvato dal terremoto.

— Il mio signore desidera avere questo privilegio — replicò Re Albi.

— Però, pensavamo che... — cominciò Porto Gont, tuttavia s'interruppe subito: non aveva intenzione di discutere, ma non voleva neppure arrendersi alle pretese di quel giovanotto che parlava come se tutto gli fosse dovuto. Guardò il morto. — Dovrà essere sepolto senza nome — disse con amarezza. — Ho camminato per tutta la notte, ma sono arrivato troppo tardi. Una grande perdita, resa ancor più grave dalla mancanza del nome!

Il giovane mago non fece commenti.

— Il suo vero nome era Aihal — dichiarò Tenar. — Ha chiesto di essere sepolto nel punto dove riposa adesso.

Entrambi i maghi si voltarono a guardarla. Il giovane, vedendo davanti a sé una comune donna di mezza età, chiaramente venuta da uno dei villaggi vicini, si girò dall'altra parte. L'uomo di Porto Gont, invece, la studiò per un momento e chiese: — Chi siete?

— Mi chiamo Goha, vedova di Selce — rispose lei, — e forse dovreste sapere chi sono, ma non spetta a me dirvelo.

A queste parole, il mago di Re Albi la ritenne degna di un'occhiata minacciosa. — Attenta, donna, a come parli a due maghi!

— Un momento, un momento — disse Porto Gont, alzando la mano per calmare Re Albi. Osservò meglio Tenar. — Voi eravate... Eravate la sua pupilla, un tempo?

— Ed ero sua amica — affermò Tenar. Poi girò la testa dall'altra parte e tacque. Si era accorta di avere parlato in tono irato. Fissò il suo amico: un cadavere pronto per essere seppellito, senza memoria e senza vita. Mentre tutti gli altri stavano sopra di lui, vivi e potenti, animati non da amicizia, ma solo da disprezzo, rivalità, collera.

— Scusate — disse. — È stata una notte molto lunga. Ero con lui quando è morto.

— Non è la... — cominciò a dire il giovane mago; ma, senza che nessuno potesse prevederlo, la vecchia Zia Muschio lo interruppe:

— Sì, è lei. Proprio lei. L'ha mandata a chiamare. Ha mandato dall'altra parte della montagna il giovane Townsend, il sensale di pecore, per dirle di venire e poi ha ritardato la propria morte finché lei non è arrivata a tenergli compagnia. Solo allora è morto, ed è morto nel punto dove voleva essere seppellito, qui.

— E vi ha detto...? — intervenne il mago di Porto Gont.

— Sì, il suo vero nome. — Tenar lo fissò: l'incredulità che gli lesse in volto nonché il disprezzo che scorse sulla faccia dell'altro mago la spinsero allora a lasciare da parte ogni rispetto. — Vi ho già detto quel nome — continuò. — Devo ripeterlo?

Con dispiacere capì dalla loro espressione che non avevano ascoltato il nome, il vero nome di Ogion; non le avevano dato retta.

— Oh! — esclamò. — Sono tempi davvero brutti, quando un simile nome non viene ascoltato, quando cade a terra come una pietra! Ascoltare non è più un Potere? Ascoltate, allora: il suo nome era Aihal. Il suo nome di morte è Aihal. Nei canti - sempre che se ne compongano ancora - sarà conosciuto come Aihal di Gont. Era un uomo che parlava poco. Ora non parla più. Forse, non ci saranno più canti, ma solo il silenzio. Non lo so. Sono molto stanca. Ho perso un padre e un caro amico. — Le si incrinò la voce; dalla gola le uscì solo un singhiozzo. Si girò per andarsene, e sul sentiero della foresta vide il portafortuna di Zia Muschio. Allora lo raccolse, si inginocchiò accanto al morto, gli baciò il palmo della mano sinistra e vi posò il piccolo amuleto. Poi, mentre era ancora in ginocchio, guardò un'altra volta i due uomini e disse, a bassa voce: — Volete occuparvi voi di fargli scavare la fossa qui, dove ha chiesto?

Prima il vecchio mago, poi quello giovane le rivolsero un cenno d'assenso.

La donna si alzò, si passò la mano sulla gonna e fece ritorno alla casa, ora illuminata dalle prime luci dell'alba.

KALESSIN

«Aspettalo» le aveva detto Ogion, che adesso era chiamato Aihal, un attimo prima che il vento della morte lo scuotesse per staccarlo dal mondo dei vivi. «È finita. Tutto è cambiato» le aveva detto, in un bisbiglio, e poi: «Tenar, aspettalo...» Ma non le aveva detto chi o che cosa. Forse Ogion aveva visto il cambiamento... ma che cambiamento? Che intendesse parlare della propria morte, della vita che lo stava abbandonando? Aveva parlato con gioia, con esultanza. E con le sue parole le aveva conferito l'incarico di rimanere là ad attendere.

Che altro posso fare? si chiese Tenar mentre spazzava il pavimento della casa di Ogion. *Che cos'altro ho fatto, in tutta la mia vita?* E, rivolgendosi al ricordo di lui, gli domandò: — Devo attendere qui, nella tua casa?

— Sì — le rispose Aihal il Taciturno senza parlare e le sorrise.

Così, lei spazzò la casa, svuotò il focolare della cenere, e portò fuori i giacigli. Gettò via un po' di terraglia sbreccata e una pentola che perdeva, ma le trattò affettuosamente. Accostò anche la guancia a un piatto con una grossa crepa, prima di buttarlo tra le immondizie, perché era una testimonianza di quanto il mago fosse malato l'anno precedente. Era un uomo semplice, vissuto poveramente come un qualsiasi contadino, ma quando i suoi occhi erano limpidi e aveva ancora tutta la sua forza, non avrebbe mai usato un piatto sbreccato, né avrebbe permesso a una pentola di rimanere con un buco. Questi segni della sua debolezza addoloravano la donna, le facevano rimpiangere di non essere venuta a prendersi cura di lui. — Sarei stata lieta di farlo — disse al ricordo di lui, ma il mago non le rispose. Non aveva mai desiderato che qualcun altro si occupasse di lui: voleva essere sempre in grado di badare a se stesso. Le avrebbe detto: — Non hai qualcosa di meglio da fare? — Tenar non lo sapeva. Ogion rimase in silenzio. Ma adesso era sicura di poter stare nella sua casa.

Prunella e il suo vecchio marito, Rivochiaro, che abitavano nella fattoria della Valle di Mezzo già da prima che lei ci arrivasse, potevano prendersi cura degli animali e delle piante; l'altra coppia che abitava nella fattoria, Tiff e Sis, si sarebbe occupata dei campi. Il resto sarebbe rimasto com'era, almeno per un po' di tempo. I lamponi di Tenar li avrebbero raccolti i figli dei vicini. Peccato; i lamponi le piacevano. Lassù, sopra il Grande Precipizio, con la brezza del mare che non cessava mai, faceva troppo freddo per coltivare i lamponi. Ma il vecchio pesco di Ogion, nel suo angolo riparato e rivolto a sud, aveva diciotto frutti, e Therru li teneva d'occhio come un gatto che sorveglia un topo, finché, un giorno, la bambina non entrò in casa e, con la sua voce roca, disse a Tenar: — Due delle pesche sono tutte rosse e gialle.

— Ah — commentò la donna. Si recarono insieme all'albero, staccarono le due pesche mature e le mangiarono immediatamente, senza sbucciarle, imbrattandosi di succo il mento e leccandosi le dita.

— Posso piantarlo? — chiese Therru, mostrando il suo rugoso nocciolo di pesca.

— Certo. Il posto è buono, vicino all'altro albero. Ma non troppo vicino. Tutt'e due devono avere spazio per le radici e per i rami.

La bambina scelse un punto e scavò una piccola fossa. Vi collocò il nocciolo e poi lo coprì. Tenar la osservò attentamente. Nel poco tempo trascorso da quando erano andate ad abitare lassù, Therru le pareva cambiata. Era ancora priva di reazioni, senza collera e senza gioia; ma in quei giorni la sua assoluta concentrazione, la sua immobilità si erano quasi impercettibilmente allentate. Therru aveva desiderato quelle pesche. Le era venuto in mente di piantare il nocciolo, di aumentare il numero di pesche che esistevano al mondo. Alla Fattoria delle Querce c'erano solo due persone di cui non avesse paura: Tenar e Lodola; ma a casa di Ogion aveva fatto subito amicizia con Erica, la pastorella di Re Albi, una giovane di vent'anni, un po' debole di mente ma dalla voce forte e dal carattere dolce, che trattava la bambina come se appartenesse anche lei al gregge, come un capretto zoppo. Tenar non aveva niente in contrario. E non aveva niente contro Zia Muschio, indipendentemente dalla sua scarsa pulizia.

Quando Tenar era giunta a Re Albi, venticinque anni prima, Muschio non era una vecchia fattucchiera ma una giovane strega. Si inchinava davanti alla giovane signora, alla «Signora Bianca» pupilla e allieva di Ogion, e le parlava sempre con il massimo rispetto. Tenar aveva avuto l'impressione che quel rispetto fosse falso e che nascondesse un'invidia, un'antipatia e una sfiducia che aveva incontrato molte volte nelle donne rispetto alle quali si era trovata in posizione di superiorità, donne che vedevano se stesse come normali e lei come straordinaria e privilegiata. Sacerdotessa delle Tombe di Atuan o pupilla straniera del mago di Gont, lei era distante dalle altre, superiore. Gli uomini le avevano dato il Potere, avevano condiviso il loro Potere con lei. Le donne la guardavano da lontano, a volte con rivalità, a volte con aria leggermente beffarda.

E Tenar si era sempre sentita abbandonata, esclusa. Era fuggita via dai Poteri delle Tombe del deserto, e poi era fuggita dai Poteri delle conoscenze e delle capacità che le offriva il suo tutore, Ogion. Aveva voltato la schiena a tutto questo, era andata dall'altra parte, nell'altra stanza, dove vivevano le donne, per essere una di loro. Una moglie, la moglie di un agricoltore, una padrona di casa, che si serviva dei Poteri che spettavano per nascita alle donne, dell'autorità che le concedeva il mondo.

E laggiù nella Valle di Mezzo, a Goha, moglie di Selce, le donne avevano sempre dato il benvenuto; certo, lei era una straniera dalla pelle bianca, che parlava in modo bizzarro, ma era anche una buona padrona di casa, bravissima a filare, con dei figli robusti e bene educati, e una fattoria ricca: una persona rispettabile. E per gli uomini lei era la moglie di Selce, che faceva quel che doveva fare una donna: letto, figli, torte, minestre, pulizia, filatura, cucito, lavare i piatti e servire in tavola. Un'ottima donna. La approvavano. Selce, dopotutto, non aveva sbagliato, dicevano. Come sarà fatta, una donna bianca? Sarà bianca dappertutto? dicevano i loro occhi, quando la guardavano, finché non raggiunse la mezza età e gli uomini non le badarono più.

Ma ora, nella casa di Ogion, le cose erano diverse. Da quando lei e Muschio avevano vegliato insieme il morto, la vecchia le aveva fatto capire di volerle essere amica, seguace, serva, qualsiasi cosa Tenar le chiedesse. Tenar non sapeva bene in quale veste preferire la strega, che era una donna imprevedibile, inaffidabile, misteriosa, collerica, ignorante, astuta e sporca. Ma Muschio voleva bene alla bambina. E forse era proprio merito di Muschio il cambiamento avvenuto in Therru, quel rilassamento appena percettibile. All'inizio, quando era con la strega, Therru si comportava come sempre: era assente, non reagiva, era docile come può esserlo un oggetto inanimato, una pietra. Ma la vecchia aveva continuato a blandirla, offrendole dolci e altri tesori, pregandola e supplicandola. — Vieni con Zia Muschio, cara! Vieni, e Zia Muschio ti mostrerà la cosa più bella che hai mai visto...

Muschio aveva un naso lungo lungo, labbra sottili ed era sdentata; su una guancia spiccava una verruca grossa come un nocciolo di ciliegia; i suoi capelli grigi erano un solo, indescrivibile garbuglio di ricci e di nodi magici; e aveva un afrore forte e pungente, profondo e complesso come quello di una tana di volpe.

— Carina, vieni con me nella foresta! — dicevano le vecchie streghe nelle favole che si raccontavano ai bambini di Gont. — Vieni con me, che ti mostrerò qualcosa di bello! — E poi la strega ficcava la bambina nel forno, la arrostiva ben bene e se la mangiava, o la trasformava in mostro e la gettava nel pozzo, dove poi la poverina gracidava e saltava, triste e disperata, per tutta l'eternità, o la metteva a dormire per cent'anni dentro una grande pietra, finché non giungeva il Figlio del Re, il Principe Mago, che con una sola parola spezzava la pietra, con un bacio ridestava la giovane e poi uccideva la strega cattiva...

— Vieni con me, cara! — E portava la bambina nei campi e le mostrava un nido di allodola in mezzo al verde del grano, la portava nella palude per raccogliere funghi, menta selvatica e mirtilli. Non aveva bisogno di chiudere la bambina nel forno, di trasformarla in un mostro o di sigillarla nella pietra. Gliel'avevano già fatto.

Muschio era gentile con Therru e la viziava; quando erano insieme, le parlava a lungo. Tenar non sapeva che cosa la strega raccontasse o insegnasse alla bambina, e se dovesse permetterle di riempirle la testa dei suoi insegnamenti. *Debole come la magia delle donne, perfido come la magia delle donne,* le avevano detto centinaia di volte. E in effetti Tenar aveva visto quanto la magia di donne come Muschio o Edera avesse, spesso, poco senso e a volte fosse addirittura malvagia, intenzionalmente o per ignoranza. Le streghe di villaggio, anche se conoscevano molte formule e molti incantesimi e alcuni dei grandi canti, non conoscevano mai le Grandi Arti e i princìpi della magia.

Nessuna donna riceveva quel genere di insegnamenti. L'alta magia era un lavoro per uomini, richiedeva capacità maschili; l'alta magia era fatta da uomini. Non c'era mai stato un mago di sesso femminile. Anche se alcune donne si erano date il nome di maga o incantatrice, il loro Potere non era addestrato, era una forza priva di arte e conoscenza, per metà superficiale, per l'altra metà pericolosa.

Le comuni streghe di villaggio, come Muschio, campavano su alcune parole della Lingua Vera tramandate come un grande tesoro da streghe più anziane, o comprate a caro prezzo dai maghi, oltre che su un certo numero di incantesimi banali per trovare e per riparare, e molti rituali inutili che servivano solo a fare impressione sugli altri, una buona esperienza come levatrici, come conciaossa, e nel curare le malattie degli uomini e degli animali, una buona conoscenza delle erbe unita a un mucchio di superstizioni... il tutto in aggiunta a eventuali doti naturali di curare, incantare, cambiare forma o fare fatture. Una simile miscela poteva essere indifferentemente buona o cattiva.

Alcune streghe erano donne cattive e amareggiate, pronte a fare del male e prive di ragioni che impedissero loro di farne. In genere erano levatrici e guaritrici con in più qualche pozione amorosa, qualche incantesimo per la fertilità e contro l'impotenza, e un fondamento di recondito cinismo. Alcune, quelle che disponevano di una certa dose di saggezza istintiva, usavano il loro dono solamente per fare del bene, anche se non avrebbero saputo spiegare, diversamente da qualsiasi apprendista mago, il motivo delle loro azioni, e ciarlavano dell'Equilibrio e della Via del Potere per giustificare le loro azioni o le loro rinunce.

— Io seguo il mio cuore — aveva detto una di queste donne a Tenar, che allora era l'allieva e la protetta di Ogion. — Lord Ogion è un grande mago. Vi fa un grande onore, insegnandovi. Ma guardate dentro di voi, bambina, e vedrete che quel che vi insegna è, in fondo, seguire il vostro cuore.

Tenar già allora aveva pensato che la donna avesse ragione, ma non del tutto; oltre a quello, ci doveva essere anche dell'altro, e ne era tuttora convinta.

Ora, mentre guardava Muschio e Therru, pensò che Muschio seguiva il proprio cuore, ma che era un cuore scuro, selvatico, strano come quello di un corvo: un cuore che badava comunque ad assecondare i propri interessi. E pensò che ad attrarre Muschio non era solo la compassione per Therru, ma la sventura della bambina, il male che le era stato fatto con la violenza e con il fuoco.

Nulla di ciò che Therru faceva o diceva, però, sembrava frutto degli insegnamenti di Zia Muschio, se non il modo per scoprire il nido dell'allodola o individuare il luogo in cui raccogliere i mirtilli, oppure la maniera per fare il ripiglino con una mano sola. La mano destra di Therru era stata talmente consumata dal fuoco che, quando si era rimarginata, le era rimasto solo il pollice, e lei lo usava come una chela di granchio. Ma Zia Muschio aveva una sorprendente quantità di figure di ripiglino per quattro dita e un pollice, ciascuna con la sua poesiola:

Batti batti abbatti tutto!
Brucia brucia interra tutto!
Vieni, drago, vieni!

e il cordino formava quattro triangoli che si trasformavano in un quadrato... Therru non cantava mai i versetti, ma Tenar glieli sentiva bisbigliare mentre giocava da sola, con il cordino, seduta sulla soglia della casa di Ogion.

E, si chiedeva Tenar, quale legame univa lei, lei stessa, alla bambina, oltre alla pietà e al dovere di aiutare gli infelici? Se non l'avesse presa Tenar, Lodola l'avrebbe voluta con sé. Ma Tenar l'aveva tenuta con sé senza neppure chiedersene la ragione. Aveva seguito il proprio cuore? Ogion non le aveva chiesto niente della bambina, ma aveva detto: — Impareranno a temerla...

E Tenar aveva risposto: — La temono già adesso — ed era vero. Forse lei stessa aveva temuto la bambina, perché temeva la violenza e il fuoco. Era il timore, il legame che la univa a lei?

— Goha — disse Therru, seduta sui calcagni, sotto il pesco, lo sguardo fisso sul punto dove aveva piantato il nocciolo di pesca nel duro terreno estivo. — Che cosa sono i draghi?

— Grandi creature — spiegò Tenar, — simili alle lucertole, ma lunghe più di una nave, più di una casa. Hanno le ali come gli uccelli, e soffiano fuoco dalla bocca.

— Vengono qui?

— No — rispose Tenar.

Therru non fece altre domande.

— È stata Zia Muschio a parlarti dei draghi? — chiese Tenar.

Therru scosse la testa. — Sei stata tu — disse.

— Ah — rispose Tenar. E, dopo qualche istante: — La pesca che hai piantato ha bisogno di acqua per poter crescere. Una volta al giorno, finché non arriverà la stagione delle piogge.

Therru si alzò in piedi e trotterellò fino al pozzo che si trovava dietro la casa. Gambe e piedi della bambina erano perfetti, indenni. A Tenar piaceva vederla correre o camminare: era bello vedere quei piccoli piedi, scuri e impolverati, che si alzavano e si abbassavano sul terreno. La bambina tornò con l'innaffiatoio di Ogion, curva sotto il suo peso, e versò un filo d'acqua sulla piantina.

— Allora, ti ricordi la storia di quando uomini e draghi erano una sola razza — disse Tenar. — Parlava di come gli uomini sono giunti qui, mentre i draghi sono rimasti nelle lontane Isole Occidentali. Molto, molto lontano.

Therru annuì. Pareva che non prestasse attenzione, ma quando Tenar, dicendo *Isole Occidentali* puntò la mano verso il mare, la bambina si voltò a guardare l'alto, chiaro orizzonte che si vedeva tra i paletti dell'orto di fagioli e la capanna della mungitura.

Sul tetto della capanna comparve una capra, che si fermò di profilo rispetto a loro, la testa nobilmente levata; sembrava convinta di essere uno stambecco.

— Sippy è di nuovo uscita — disse Tenar.

— *Hess! Hess!* — cominciò a fare Therru, imitando il richiamo di Erica; e la stessa Erica comparve accanto al cancello dell'orto, e si mise a fare *Hess!* alla capra, che tuttavia la ignorò per continuare ad adocchiare i fagioli.

Tenar le lasciò giocare ad *acchiappa-Sippy.* Attraversò il filare di fagioli e si diresse verso il ciglio del burrone, per poi mettersi a passeggiare su di esso. La casa di Ogion era la più lontana dal villaggio e la più vicina al Precipizio che, in realtà, vicino al villaggio era solo un pendio coperto d'erba, interrotto da sporgenze di roccia dove potevano pascolare le capre. Andando a nord, invece, il pendio era sempre più ripido, finché non diventava un vero e proprio strapiombo; percorrendo il sentiero, si vedeva affiorare progressivamente la roccia dalla terra finché, a circa un miglio dal villaggio, la sporgenza non si riduceva a una stretta cornice di arenaria rossa, sospesa sul mare che ne erodeva la base duemila piedi più sotto.

A quell'estremità del Precipizio crescevano solo pochi licheni e muschi, e qua e là una viola raggrinzita dal vento, come un bottone caduto sulla pietra scabra ed erosa. Andando invece dal ciglio verso l'interno dell'isola, a nord e a est, dietro una stretta fascia di paludi, si innalzava la scura e tremenda pendice del Monte di

Gont, coperto di foresta fino alla cima. La rupe era così alta al di sopra della baia che occorreva sporgersi per vedere la costa e la pianura di Essary. Al di là di quelle, a sud e a ovest, c'erano solo cielo e mare.

Durante gli anni trascorsi a Re Albi, a Tenar era sempre piaciuto recarsi in quel luogo. Ogion amava le foreste, ma lei era vissuta in un deserto dove gli unici alberi nel giro di cento miglia erano quelli di un frutteto di meli e di peschi rachitici, che dovevano essere bagnati a mano nel corso di estati interminabili, dove nulla cresceva verde, umido e con facilità, dove non c'era nulla al di fuori della montagna, di una grande pianura e del cielo: Tenar preferiva quindi il ciglio del Precipizio al bosco avvolgente. Preferiva non avere alcunché sopra la testa.

Anche i licheni, il muschio grigio, le viole senza stelo le erano cari; erano presenze familiari. Si sedette sulla roccia, a poca distanza dall'orlo del Precipizio, e fissò il mare come faceva un tempo. Il sole era caldo, ma la brezza, che soffiava senza interruzione, le rinfrescava il viso e le braccia. Appoggiò le mani a terra e non pensò a niente: il sole, l'aria, il cielo e il mare colmavano tutto il suo essere, la rendevano trasparente a sole, aria, cielo, mare. Ma la mano sinistra le ricordò la propria esistenza, e lei si girò a guardare che cosa le pungeva il palmo. Era un piccolo cardo, nascosto in una fessura della pietra, che levava alla luce e all'aria le sue spine sottili. Si inclinava rigidamente al soffio del vento, e gli si opponeva, con le radici sprof ondate nella roccia. Tenar lo osservò a lungo.

Quando tornò a guardare in direzione del mare, scorse una linea più blu sul blu del cielo e delle acque. Il profilo di un'isola: Oranéa, la più orientale delle Isole Interne.

Fissò quella debole forma di sogno, e si perse in una fantasticheria, finché lo sguardo non le cadde su un uccello che veniva da ovest e che volava sul mare. Non era un gabbiano, perché volava senza mai cambiare direzione, ed era troppo in alto per essere un pellicano. Che fosse un'oca selvatica o un albatro, il grande, raro trasvolatore degli oceani aperti, venuto sulle isole? Osservò il lento battito delle ali, lontano, nell'aria talmente chiara da ferire gli occhi. Poi si alzò e indietreggiò un poco, senza fiato e con il cuore che le batteva all'impazzata, e osservò il corpo sinuoso, scuro come il ferro, sostenuto da ampie ali rosse come il fuoco, i lunghi artigli, le spire di fumo che svanivano dietro di lui nell'aria.

Il drago volava verso Gont, direttamente verso il Grande Precipizio, direttamente verso di lei. Tenar vide lo scintillio delle scaglie scure e il balenio del grande occhio. Scorse la rossa lingua che era una lingua di fiamma. L'odore di bruciato riempì l'aria quando il drago, con un ruggito, si girò per posarsi sulla cengia di roccia ed emise un sospiro di fuoco.

Con un forte rumore metallico, le zampe del drago urtarono la pietra. La coda munita di aculei si contorse e risuonò come quella di un serpente a sonagli, e le ali, la cui trasparenza scarlatta lasciava filtrare la luce del sole, frusciarono e mossero l'aria come giganteschi ventagli nel ripiegarsi contro i fianchi corazzati.

Poi il drago voltò lentamente la testa e guardò la donna ferma sulla cengia, a portata dei suoi artigli affilati come falci. Tenar ricambiò il suo sguardo, avvertendo il calore del corpo dell'animale.

Le avevano sempre detto che non si deve mai fissare un drago negli occhi, ma lei ignorò l'avvertimento. Gli occhi del drago erano gialli ed enormi, molto distanziati tra loro e protetti dalla cresta della corazza; sotto gli occhi, Tenar scorse il muso affilato e le froge rosse e fumanti. Il drago la fissava, ma la donna non abbassò gli occhi neri né girò altrove il piccolo viso, mantenendo la sua espressione dolce e tranquilla.

Nessuno dei due parlò.

Il drago scostò di lato la testa, per non distruggere la donna con il suo fiato, ed emise un grande *Aah!* di fiamma arancione, che forse era un sospiro, forse una risata.

Poi si piegò sulle ginocchia e questa volta parlò davvero, ma non si rivolse alla donna.

— *Ahivaraihe, Ged* — disse, con voce sommessa, tra una nuvoletta di fumo e un guizzo della sua lingua di fiamma; poi abbassò la testa.

E allora, per la prima volta, Tenar vide l'uomo seduto sul suo dorso, nell'incavo tra due delle grandi spine che gli correvano lungo la schiena, sopra l'attaccatura delle ali. Con le mani, l'uomo si teneva alle squame color ruggine del collo, e appoggiava la testa alla spina, lunga e appuntita come una spada, come se dormisse.

— *Ahi eheraihe, Ged!* — disse il drago, un poco più forte. La sua lunga bocca pareva sempre sorridere; vi si scorgevano denti lunghi come l'avambraccio della stessa Tenar, giallo-avorio e con la punta acuminata e bianca.

L'uomo non si mosse.

Il drago voltò la lunga testa e guardò Tenar.

— *Sobriost* — le disse, con un fruscio simile a quello dell'acciaio che scivola sull'acciaio.

Tenar conosceva quella parola della Lingua della Creazione. Ogion le aveva insegnato tutte le parole che lei era disposta a imparare. — Sali — le aveva detto il drago. — Monta. — E Tenar scorse gli scalini su cui doveva salire: la zampa con i suoi artigli, il gomito piegato, la spalla, il muscolo dell'ala; quattro scalini.

Anche lei disse *Aah* ma senza ridere, e solo per riprendere il fiato che pareva bloccarsi in gola; abbassò poi la testa, perché se la sentiva girare. Infine avanzò, passando dinanzi agli artigli, alla lunga bocca priva di labbra e al largo occhio giallo, e salì sulla spalla del drago. Sollevò il braccio dell'uomo. Questi non si mosse, ma certamente era vivo, perché il drago l'aveva portato laggiù e gli aveva parlato. — Su — gli disse Tenar; poi, dopo avergli sciolto la stretta della mano sinistra con cui continuava a tenersi alle squame, aggiunse: — Su, Ged. Vieni...

L'uomo sollevò leggermente la testa. Aveva gli occhi aperti, ma vuoti. Tenar dovette arrampicarsi sul dorso del drago, graffiandosi le gambe sulle sue scaglie, e staccare la mano destra dell'uomo da una sporgenza ossea, alla base della spina. Lo afferrò per le braccia e lo trascinò lungo i quattro scalini del drago giungendo così a terra.

L'uomo si riprese un poco e cercò di aggrapparsi a Tenar, ma era completamente privo di forze: scivolò quindi sulla roccia come un sacco vuoto, e non si mosse più.

Il drago voltò l'immensa testa e - con un gesto del tutto animalesco - toccò con la punta del muso il corpo dell'uomo, e l'annusò.

Poi risollevò il capo, e, con un forte rumore metallico, anche le sue ali si mossero. Allontanò la zampa da Ged, spostandola verso il ciglio del Precipizio. Poi girò di nuovo la testa verso Tenar e disse, con una voce simile al secco ruggito delle fiamme di una fornace: — *Thesse Kalessin.*

La brezza del mare frusciò tra le ali del drago, già semiaperte.

— *Thesse Tenar* — rispose la donna, con voce chiara, anche se un po' tremante.

Il drago voltò lo sguardo a occidente, in direzione del mare. Si girò con un rumore metallico, tra il cupo sferragliare delle scaglie, poi aprì all'improvviso le ali, si rannicchiò per il balzo e si gettò giù dal ciglio, nel Precipizio, incidendo prof ondamente la roccia con l'enorme coda. Le rosse ali si abbassarono e si sollevarono un paio di volte, e in pochi istanti Kalessin fu lontano dalla terra, in volo verso l'Occidente.

Tenar continuò a guardarlo finché la sua immagine non fu più grossa di quella di un'oca selvatica o di un gabbiano. L'aria, non più riscaldata dai fuochi del drago, era di nuovo fredda. Tenar rabbrividì. Si sedette sulla roccia vicino a Ged e cominciò a piangere nascondendo il viso tra le mani e gemendo: — Che cosa posso fare? Che cosa posso fare, adesso?

Alla fine si asciugò gli occhi e si soffiò il naso, si ravviò i capelli e si voltò verso l'uomo steso accanto a lei. Era talmente immobile, così tranquillo sulla roccia nuda, che pareva volesse rimanerci per sempre.

Tenar sospirò. Non poteva fare alcunché, ma c'era sempre qualcosa che si doveva fare.

Da sola, non poteva trasportarlo. Doveva chiedere aiuto a qualcuno. E questo significava che doveva lasciarlo solo. Ma le pareva che fosse troppo vicino all'orlo del Precipizio: se avesse cercato di alzarsi, sarebbe potuto cadere, debole e stordito com'era. Come fare, per spostarlo? Tenar parlò e cercò di scuoterlo, ma Ged non reagì. Provò quindi ad afferrarlo per le spalle e, con una certa sorpresa, riuscì a spostarlo; era un peso morto, ma quel peso non era granché. Con decisione, lo trascinò per quattro o cinque passi, allontanandolo dalla roccia e portandolo sulla terra, dove l'erba secca gli offriva una certa protezione. E lì dovette lasciarlo. Tenar non poteva correre, perché le tremavano le gambe e aveva ancora il respiro affannoso. Raggiunse il più rapidamente possibile la casa di Ogion, e nell'avvicinarsi chiamò Erica, Muschio e Therru.

La bambina uscì dalla capanna e si fermò, come faceva sempre, in attesa che lei la raggiungesse.

— Therru, corri al villaggio e di' a qualcuno di venire... qualcuno robusto. C'è un uomo ferito, sul Precipizio.

Therru non si mosse. Non era mai andata da sola al villaggio, e adesso, combattuta tra l'obbedienza e la paura, non sapeva come fare. Tenar lo capì e chiese: — C'è Zia Muschio? C'è Erica? In tre possiamo portarlo. Ma fa' in fretta, Therru! — Temeva che Ged, lasciato solo, potesse morire o cadere nel Precipizio; i draghi poi potevano tornare a riprenderlo. Poteva succedere qualsiasi cosa. Tenar sapeva di dover fare in fretta: Selce era morto di un colpo al cuore, mentre era nei campi, e lei non lo aveva assistito. Era stato il loro pastore a trovarlo, disteso vicino al cancello. Ogion era morto, e lei non aveva potuto impedirglielo, non aveva potuto dargli il respiro che gli mancava. Ged era ritornato a casa per morire, e quella era la fine di tutto, lei non poteva fare niente, eppure doveva provare. — In fretta, Therru! Falle venire tutte!

Si avviò a sua volta verso il villaggio, ma vide la vecchia Muschio arrivare lungo il pascolo, con in mano il massiccio bastone di biancospino. — Mi hai chiamato, cara?

Con l'arrivo di Muschio, Tenar provò un immediato sollievo. Riprese fiato e riuscì finalmente a riflettere. Muschio non perse tempo a fare domande, ma, nell'udire che c'era un ferito da trasportare, sollevò la pesante coperta, usata di solito per rivestire il giaciglio e che Tenar aveva steso a prendere aria e la portò fino al ciglio del burrone. Lei e Tenar vi avvolsero Ged e cominciarono a trascinarlo verso casa, mentre Erica arrivava trotterellando, seguita da Therru e da Sippy. Erica era giovane e forte; con il suo aiuto poterono sollevare il telo come se fosse una barella e portare l'uomo fino alla casa.

Tenar e Therru dormivano nella nicchia a ponente della lunga stanza. All'altra estremità c'era solo il letto di Ogion, coperto da un pesante lenzuolo di lino. Lì portarono l'uomo, e Tenar gli distese sopra la coperta di Ogion, mentre Muschio mormorava incantesimi protettivi. Erica e Therru la fissarono incuriosite.

— Ora lasciamolo riposare — disse Tenar, conducendole tutte dall'altra parte della stanza.

— Chi è? — domandò Erica.

— Che cosa faceva sul Precipizio? — chiese Muschio.

— Lo conosci, Muschio. Era l'apprendista di Ogion... di Aihal... un tempo.

La strega scosse la testa. — Quello era il ragazzo venuto dal villaggio di Dieci Ontani, cara — disse. — Adesso è Arcimago a Roke.

Tenar annuì.

— No, cara — disse Muschio. — Questo gli assomiglia. Ma non è lui. Quest'uomo non è un mago. E neppure uno stregone.

Erica passava lo sguardo dall'una all'altra, affascinata. Non capiva granché di quel che diceva la gente, ma amava sentirla parlare.

— Ma io lo conosco, Muschio. È Sparviero. — Nel pronunciare il nome d'uso di Ged, Tenar provò un'improvvisa tenerezza e per la prima volta si rese conto che era davvero lui, e che tutti gli anni trascorsi da quando lo aveva visto per la prima volta erano il legame che li univa. Si rammentò di una luce simile a una stella, comparsa nell'oscurità, sottoterra, molti anni prima, e della sua faccia illuminata da quella luce. — Lo conosco, Muschio — ripeté sorridendo. Il suo sorriso si allargò. — È il primo uomo che ho visto — aggiunse.

Muschio borbottò qualcosa e si spostò. Non le piaceva contraddire la «signora Goha», ma non era per niente convinta. — Esistono trucchi, travestimenti, trasformazioni, metamorfosi — disse. — Meglio andarci piano, cara. Com'è giunto nel posto dove l'hai trovato? Qualcuno l'ha visto al villaggio?

— Nessuna di voi ha visto...?

Tutte la fissarono. Tenar cercò di dire *il drago* ma si accorse di non riuscirci. Le sue labbra e la sua lingua non volevano articolare quella parola. Ma un nome si formò da solo, e usò le sue labbra per pronunciarsi. — Kalessin — disse.

Therru la fissava. Dalla bambina parve irradiarsi un'onda di calore, come se avesse la febbre. Tenar non disse niente, ma mosse le labbra come per ripetere il nome e il calore tornò a bruciare attorno a lei.

— Trucchi! — esclamò Muschio. — Adesso che il nostro mago è morto, qui arriverà ogni sorta di imbroglioni!

— Io ho viaggiato da Atuan a Havnor e da Havnor a Gont, con Sparviero, su una barca scoperta — disse Tenar, seccamente. — L'hai visto anche tu quando mi ha portata qui, Muschio. Non era Arcimago, allora. Ma era lo stesso uomo. Hai forse mai visto altre cicatrici come le sue?

La vecchia rimase in silenzio, pensando a una risposta. Lanciò un'occhiata a Therru. — No — ammise. — Ma...

— Mi credi incapace di riconoscerlo?

Muschio fece per parlare, aggrottò la fronte, si strofinò un pollice sull'altro, si guardò le mani. — Ci sono tante cose malvagie, nel mondo — disse. — Cose che prendono la forma e il corpo di un uomo, ma la sua anima non c'è più... è stata divorata...

— Il *gebbeth*?

Muschio trasalì nel sentir pronunciare apertamente la parola. Annuì. — Dicono che il mago Sparviero era già stato qui, prima che portasse te. E che si era allontanato perché con lui c'era una creatura delle Tenebre... che lo seguiva. Forse lo segue ancora. Forse...

— Il drago che l'ha portato qui — disse Tenar, — l'ha chiamato con il suo vero nome. E io conosco quel nome. — La sua voce lasciava trasparire la collera per l'ostinazione della strega.

Muschio non replicò. Il suo silenzio era più eloquente di qualsiasi parola.

— Forse l'ombra su di lui è la sua morte — suggerì Tenar. — Forse sta per morire. Non lo so. Se Ogion...

Al pensiero di Ogion la donna scoppiò di nuovo in pianto, pensando che Ged era arrivato troppo tardi. Frenando le lacrime, andò a prendere nuova legna per il fuoco. Diede a Therru il bricco da riempire, e nell'impartirle l'ordine l'accarezzò sul viso. Le cicatrici rosse e frastagliate erano calde, ma non di febbre. Tenar si inginocchiò per accendere il fuoco. Qualcuno, in quella bella casa - una strega, un'invalida, una vedova e una giovane un po' debole di mente - doveva occuparsi di fare le faccende, invece di spaventare la bambina con piagnistei. Ma adesso che il drago era andato via, che cosa poteva ancora arrivare, tranne la morte?

CONVALESCENZA

Sembrava morto, ma non lo era. Dove era stato? Che cosa aveva passato? Quella sera, alla luce del fuoco, Tenar gli tolse i vestiti sporchi, lisi e intrisi di sudore. Lo lavò e lo adagiò, senza niente addosso, sulle lenzuola di lino e gli stese sopra una coperta di lana di capra, morbida e calda. Anche se Sparviero era un uomo minuto e di bassa statura, un tempo era stato robusto e muscoloso; ora, invece, sembrava che qualcosa l'avesse consumato fino all'osso, rendendolo smunto ed emaciato. Anche le cicatrici sulla spalla e sulla parte sinistra del viso, dalla tempia alla mascella, erano ormai pallide, quasi argentee. E i capelli ora erano grigi.

Sono stanca di lutti, pensò Tenar. *Stanca di pianti, stanca di dolore. Non voglio piangere per lui! Non è arrivato da me a cavallo di un drago?*

Una volta avrei voluto ucciderlo, ricordò poi. *Adesso invece cercherò di farlo sopravvivere, se potrò.* Fissò l'uomo con aria di sfida, senza pietà.

— Chi di noi ha salvato l'altro dal Labirinto, Ged?

Ma l'uomo non poteva ascoltarla e, immobile, continuò a dormire. Anche Tenar era molto stanca. Fece il bagno nell'acqua che aveva riscaldato per lavarlo, e scivolò nel letto accanto a quel piccolo, caldo silenzio di seta che era il sonno di Therru. Dormì, e il sonno le spalancò un ampio spazio ventoso, venato di rosa e d'oro. Volava e chiamava: — Kalessin! — E una voce, dagli abissi di luce, le rispondeva.

Quando Tenar si svegliò, gli uccelli cinguettavano nei campi e sul tetto. Nel rizzarsi a sedere, la donna vide la luce del mattino attraverso il vetro irregolare della finestra che dava a ponente. C'era qualcosa in lei, un seme o un barlume, troppo piccolo per essere visto o per poterlo immaginare, ma nuovo. Therru era ancora addormentata. Tenar rimase seduta accanto a lei, con lo sguardo fisso alla finestra, alle nubi e alla luce del sole, e pensò a sua figlia Melina, cercando di ricordarsela quando era appena nata. Solo una rapida immagine, che svanì quando cercò di definirne i contorni: il corpicino grassoccio che tremolava per una risata, i capelli sottili e impalpabili... E il secondo figlio, che era stato chiamato Scintilla per gioco, perché era nato da Selce. Tenar non conosceva il suo nome vero. Al contrario di Melina - che era sempre stata sanissima - Scintilla era un bambino debole e malaticcio. Nato in anticipo, e molto piccolo alla nascita, era quasi morto di difterite all'età di due mesi e in seguito, per due anni, allevarlo era stato come prendersi cura di un passerotto implume: non si sapeva mai se l'indomani mattina sarebbe stato ancora vivo. Ma aveva tenuto duro, la piccola scintilla non si era lasciata spegnere. E, crescendo, era diventato un giovane magro ma robusto, attivissimo e irruento; assolutamente inutile nella fattoria - poiché non aveva pazienza con gli animali, con le piante e con le persone -, abituato a usare le parole solo per le proprie esigenze, mai per il piacere di parlare o per il desiderio di scambiarsi amore e conoscenze.

Ogion era passato dalla fattoria, durante uno dei suoi vagabondaggi, quando Melina aveva tredici anni e Scintilla undici. In quell'occasione, il mago aveva dato il vero nome a Melina e l'aveva fatto alle fonti del Kaheda in cima alla valle; la giovinetta bellissima si era immersa nell'acqua dai riflessi verdi, e il mago le aveva dato il suo vero nome, Hayohe. Poi Ogion era rimasto alla Fattoria delle Querce per un giorno o due e aveva chiesto al ragazzo se volesse accompagnarlo a fare un giro nei boschi. Scintilla si era limitato a scuotere la testa. — Che cosa faresti, se potessi? — aveva chiesto allora il mago, e il ragazzo gli aveva detto quel che non aveva mai rivelato ai genitori: — Andrei per mare. — Così, dopo che Faggio gli aveva dato il suo vero nome, tre anni più tardi, Scintilla si era imbarcato come marinaio su un mercantile che faceva rotta da Valmouth a Oranéa e a Nord Havnor. Di tanto in tanto tornava alla fattoria, ma non molto spesso, e non ci rimaneva a lungo, anche se alla morte del padre la proprietà sarebbe passata a lui. Aveva la pelle chiara come quella di Tenar, ma era diventato alto come Selce, con un viso affilato. Non aveva mai detto ai genitori il suo nome vero e, forse, non lo aveva mai rivelato a nessuno. Tenar non lo vedeva da tre anni. Era possibile che non gli fosse mai giunta notizia della morte del padre. Magari aveva fatto naufragio ed era morto, ma Tenar pensava di no. Qualsiasi cosa gli fosse accaduta, avrebbe saputo condurre la sua scintilla di vita al di sopra delle acque e attraverso la tempesta.

Ed era ciò che Tenar provava in quel momento: la sensazione di una scintilla di vita, un fremito simile a quello che il corpo prova quando sente di avere in sé il nucleo di una nuova esistenza; un cambiamento, qualcosa di nuovo. Ma lei non intendeva chiedersi che cos'era. Erano cose che non si chiedevano, così come non si chiedeva il nome vero. O ti veniva dato, o continuavi a ignorarlo.

Tenar si alzò e si vestì. Anche se era ancora presto, faceva già caldo, quindi decise di non accendere il fuoco. Si sedette sulla soglia per bere una tazza di latte e osservò l'ombra del Monte di Gont ritirarsi progressivamente dal mare. Non c'era molta aria, per una rupe come quella, sempre spazzata dai venti, e la brezza aveva qualcosa di estivo, di ricco e di morbido, che profumava di erba. C'era una particolare dolcezza nell'aria, un cambiamento.

— Tutto è cambiato! — aveva sussurrato il vecchio prima di morire. E l'aveva sussurrato con gioia. Prendendole la mano, le aveva fatto il dono, il suo nome.

— Aihal! — mormorò Tenar. Per tutta risposta, un paio di capre si misero a belare: una, dietro la capanna della mungitura in attesa che arrivasse Erica, faceva *Be-eh!,* mentre l'altra, in tono più profondo e metallico, lanciava il suo *Be-eh! Be-eh!* Quando c'è da rovinare qualcosa puoi sempre contare sulle capre, diceva Selce, ma lui era un allevatore di pecore e odiava le capre. Ged invece badava alle capre, da ragazzo, in quella stessa isola.

Entrò in casa e vide che Therru era ferma davanti al malato e lo stava osservando. Le passò un braccio attorno alle spalle, e la bambina, anche se di solito si ritraeva da quel genere di contatti o li accettava passivamente, questa volta si appoggiò leggermente a Tenar.

Ged continuava a dormire, sopraffatto dalla stanchezza. Era girato dall'altra parte, e si scorgevano le quattro cicatrici pallide che gli solcavano la guancia. — L'hanno bruciato? — sussurrò Therru.

Tenar non rispose subito. Non aveva mai saputo dove Ged si fosse procurato quelle cicatrici. Tempo addietro, nella Sala Dipinta del Labirinto di Atuan, gli aveva chiesto, per celia: — Un drago? — E lui aveva risposto con grande serietà:

— Non un drago. Uno dei Senza Nome; ma io ho poi scoperto il suo nome. — Tenar non aveva mai saputo altro. Ma sapeva che cosa intendesse la bambina, nel dire *bruciato.*

— Sì — rispose.

Therru continuò a osservare l'uomo addormentato. Aveva piegato la testa per guardarlo con l'unico occhio sano, e questo la faceva assomigliare a un uccellino.

— Vieni con me, passerotto — le disse Tenar, — lui ha bisogno di dormire, tu hai bisogno di una pesca. Ce ne sarà qualcuna matura, questa mattina?

Therru uscì per andare a vedere; Tenar la seguì.

Mentre mangiava la sua pesca, la bambina continuò a studiare il punto dove aveva piantato il nocciolo il giorno prima. Era chiaramente delusa dal fatto di non vedere alcun alberello, ma non disse nulla.

— Continua a bagnarlo — le suggerì Tenar.

Zia Muschio arrivò a metà mattino. Una delle sue abilità di strega tuttofare era la fabbricazione di cestini con i giunchi dello stagno, e Tenar le aveva chiesto di insegnarle a farli. Da bambina, ad Atuan, Tenar aveva appreso l'arte di imparare. E da forestiera, a Gont, aveva scoperto che alla gente piaceva insegnare. Aveva constatato che, se permetteva agli altri di insegnarle, veniva accettata più facilmente, le veniva perdonata la sua origine straniera.

Ogion le aveva insegnato le sue conoscenze, e poi Selce le aveva insegnato le sue. Era un'abitudine di tutta la vita, per Tenar, quella di imparare. Pareva sempre che ci fossero moltissime cose da imparare, più di quante non pensasse quando era un'apprendista sacerdotessa o l'allieva di un mago.

I giunchi erano rimasti a lungo nell'acqua, e quella mattina dovevano spezzarli: un compito noioso, ma non difficile, che non richiedeva eccessiva attenzione.

— Zia — disse Tenar, dopo che si furono sedute sulla soglia di casa, con la vasca dei giunchi ammollati fra loro e davanti una stuoia per posarvi quelli divisi. — Come fai a capire se un uomo è un mago?

Come sempre, Muschio non affrontò direttamente l'argomento, ma prima fece una lunga digressione, passando per le solite frasi sentenziose e oscure. — Il profondo riconosce il profondo — disse, con voce grave, e aggiunse: — Ciò che c'è non può fare a meno di rispondere. — Poi le raccontò la storia della formica che aveva raccolto sul pavimento del palazzo del re un minuscolo peluzzo ed era corsa a portarlo nel formicaio. Nella notte quel formicaio, posto sottoterra, brillava come una stella, perché il peluzzo non era altro che un capello caduto dalla testa del grande mago Brost. Ma solo i sapienti potevano vedere il formicaio luminescente. Agli occhi delle persone comuni era buio come prima.

— Allora, è una cosa che si impara — disse Tenar.

Sì e no, fu il succo dell'enigmatica risposta di Muschio. — Qualcuno nasce con quel dono — disse. — Anche se loro non sanno di averlo, il dono c'è. Come il capello del mago nel buco sottoterra, il dono risplende.

— Sì — disse Tenar, — l'ho visto anch'io. — Suddivise prima in due parti, poi in quattro, uno dei giunchi, e posò tutti i pezzi sulla stuoia. — Come fai a sapere, allora, che un uomo *non* è un mago?

— Lo so perché non c'è — rispose Muschio. — Non c'è il dono, cara. Non c'è il Potere. Ascolta. Se ho gli occhi posso vedere che anche tu li hai, vero? E se sei cieca, me ne accorgo. E anche se hai un occhio solo, come la povera piccola, o se ne hai tre, io li vedo, no? Ma se non ho neppure un occhio per vedere, non saprò mai che hai gli occhi, finché tu stessa non me lo dirai. Se invece li ho, li vedo da sola. È il terzo occhio! — Si toccò la fronte e fece una risata forte e chioccia, come il verso della gallina che annuncia trionfalmente di avere fatto l'uovo. Era contenta di avere trovato le parole esatte con cui esprimere il suo pensiero. Tenar cominciava a sospettare che quel modo di parlare oscuro e spesso astruso fosse semplicemente dovuto alla scarsità di parole e di idee. Nessuno le aveva mai insegnato a pensare in modo rigoroso. Nessuno aveva mai ascoltato quello che aveva da dire. Quel che ci si aspettava da lei, quel che si voleva da lei, era vaghezza, mistero, formulette, rituali. Zia Muschio era una strega di paese. Non aveva niente a che vedere con i significati chiari.

— Capisco — disse Tenar. — Allora... ma forse non vorrai rispondere a questa domanda... quando guardi una persona servendoti del tuo terzo occhio, del tuo Potere, vedi il suo Potere, oppure no?

— È più una conoscenza che non qualcosa di visibile — rispose Muschio. — *Vedere* è solo un modo di dirlo. Non è come vedere te o questo giunco o quella montagna. È una conoscenza. So che cosa c'è in te e invece non c'è in quella povera testa vuota di Erica. So che cosa c'è nella povera bambina e non nell'uomo che c'è dentro la casa. So... — Non riuscì a proseguire; mormorò uno scongiuro e sputò in terra. — Qualsiasi strega che valga una forcina da un soldo sa riconoscere un'altra strega! — disse infine, con ira.

— Vi riconoscete tra voi.

Muschio confermò. — Sì, ci riconosciamo.

— E un mago riconoscerebbe il tuo Potere, vedrebbe la tua magia...

Ma Muschio le sorrideva. Un sorriso sdentato in mezzo a una ragnatela di rughe. — Cara — chiese, — intendi un uomo, un mago? Che importanza vuoi che abbia, io, per un uomo con un grande Potere?

— Ogion, però...

— Lord Ogion era gentile — disse Muschio, senza ironia.

Per qualche tempo, si limitarono a spezzare i giunchi, senza parlare.

— Attenta a non tagliarti un dito, cara — l'avvertì Muschio.

— A me — disse Tenar, riprendendo il discorso di prima, — Ogion ha insegnato la sua arte. Come se non fossi stata una donna. Come se fossi stato il suo apprendista, come Sparviero. Mi ha insegnato la Lingua della Creazione, Muschio. Qualsiasi cosa gli chiedessi, me la insegnava.

— Non c'è mai stato un altro come lui — commentò la strega.

— Sono stata io a non voler imparare altro. L'ho lasciato. Che cosa me ne facevo, dei suoi libri? A che cosa mi servivano? Volevo vivere, volevo un marito, volevo dei figli, volevo una vita mia. — Infilò l'unghia nello stelo del giunco e, senza sforzo, lo divise nel senso della lunghezza.

— E l'ho avuta — aggiunse.

— Con una mano si prende, con l'altra si getta via — disse la strega. — Be', cara, che ti posso dire? Più di una volta mi sono messa nei guai, per stare con un uomo. Ma non ho mai voluto sposarmi, mai! No, no, non fa per me!

— Perché? — chiese Tenar.

Presa alla sprovvista, Muschio rispose semplicemente: — Be', dove lo trovi, un uomo disposto a sposare una strega? — E poi, muovendo di lato la mascella come fa la pecora che sposta il suo bolo: — E dove la trovi, una strega disposta a sposarsi?

Continuarono a spezzare i giunchi.

— Che cosa c'è che non va negli uomini? — chiese Tenar, cautamente.

E con altrettanta cautela, abbassando la voce, Muschio rispose: — Non saprei, cara. Me lo sono chiesto molte volte. La migliore risposta che ho trovato potrebbe essere questa: un uomo sta dentro la sua pelle come una noce nel suo guscio. — Sollevò la mano e gliela mostrò, curvando le dita lunghe e bagnate come se tenesse una noce fra il pollice e l'indice. — Il guscio è duro e robusto, ed è pieno di lui. Pieno della sua polpa di uomo, della sua personalità. E nient'altro. Dentro il guscio c'è solo lui e nient'altro.

Tenar rifletté su quelle parole e infine chiese: — Ma se è un mago...?

— Allora, dentro c'è solo il suo Potere. Il suo Potere è lui, devi capire. Per un mago, è così. Quando il suo Potere sparisce, sparisce anche lui. Resta un guscio vuoto. — Fece finta di schiacciare la noce immaginaria e di gettare via i pezzi. — Non resta niente.

— E per una donna, allora?

— Oh, be', cara, per una donna è completamente diverso. Chi può dire dove inizia e dove finisce una donna? Ascolta, io ho radici più profonde di quest'isola. Più profonde del mare, più antiche della creazione della terraferma. Io risalgo fino alle Tenebre. — Gli occhi arrossati della strega brillavano in modo strano, e la sua voce vibrava come uno strumento musicale. — Io risalgo alle Tenebre! Esistevo prima che esistesse la luna. Nessuno sa che cosa sono, nessuno lo può dire, nessuno sa che cosa sia una donna, una donna di Potere, né il Potere delle donne, che è più profondo delle radici degli alberi, più profondo delle radici delle isole, più antico della Creazione, più antico della luna. Chi oserà mai rivolgere domande alle Tenebre? Chi oserà mai chiedere alle Tenebre il loro nome?

La vecchia dondolava la testa e parlava come se salmodiasse una formula magica, persa nel suo incantesimo; ma Tenar rizzò la schiena e con l'unghia tagliò un altro giunco.

— Lo farò io — disse.

Spezzò un altro giunco.

— Sono vissuta abbastanza a lungo nelle Tenebre — aggiunse.

Tenar si alzò: come faceva di tanto in tanto si diresse verso casa per controllare se Sparviero dormiva ancora. Una volta tornata a sedersi vicino a Muschio, preferì non riprendere il discorso di prima, perché la vecchia aveva l'aria imbronciata e severa.

Disse, invece: — Questa mattina, quando mi sono alzata, mi è sembrato che si fosse levato un vento diverso dal solito. Che ci fosse stato un cambiamento. Forse è solo il tempo. Tu l'hai sentito?

Ma la strega non volle pronunciarsi. — I venti che soffiano qui sul Precipizio sono tanti: alcuni sono buoni, altri maligni. Alcuni portano le nubi e altri il bel tempo, e alcuni portano notizie a coloro che sanno ascoltarle, ma chi non le sa ascoltare non può conoscerle. Che cosa posso sapere io, una vecchia che non ha mai conosciuto gli insegnamenti dei maghi, che non ha mai studiato sui libri? Tutte le mie conoscenze vengono dalla terra, dalla terra buia e tenebrosa. Loro la tengono sotto i piedi, pieni del loro orgoglio. Gli orgogliosi signori maghi. Che cosa può sapere una vecchia strega?

Doveva essere terribile, si disse Tenar, avere quella donna per nemica. Ed era difficile anche averla per amica.

— Zia — le disse, raccogliendo uno stelo di giunco, — io sono cresciuta fra donne. Solo donne. Nelle Terre di Karg, a oriente, lontano da qui, ad Atuan. Sono stata portata via dalla mia famiglia quando ero ancora piccola, per divenire una sacerdotessa in un luogo del deserto. Non so come si chiami; noi, nella nostra lingua, lo chiamavamo solo così, «il Posto». L'unico posto che conoscessi. C'erano dei soldati di guardia, all'esterno delle mura, ma non potevano entrare. E noi non potevamo uscire dalle mura. Solo in gruppo, tutte donne e ragazze, con gli eunuchi a custodirci, per allontanare gli uomini.

— Chi sono, quelli di cui parli? — chiese la strega.

— Gli eunuchi, intendi dire? — Senza accorgersene, Tenar aveva usato la parola nella lingua di Karg. — Castrati — disse.

La strega la fissò per un istante, poi esclamò: — *Tsekh!* — e fece uno scongiuro. Si morse il labbro, talmente sorpresa da scordarsi dell'irritazione di poco prima.

— Uno di loro è stato come una madre, per me, laggiù... Ma capisci, Zia, io non avevo mai visto un uomo: quando ho incontrato il primo, ero già donna fatta. Ho visto solo altre donne. Eppure non sapevo che cosa fossero le donne, perché conoscevo solo quelle. Come gli uomini che vivono solo con altri uomini, i marinai e i soldati, e i maghi di Roke... possono dire di sapere veramente che cos'è un uomo? No, secondo me, perché non parlano mai con una donna.

— Li pigliano e gli fanno come ai maschi delle pecore e delle capre? — chiedeva intanto la strega. — Con il coltello del castratore?

Il gusto dell'orrore e del macabro, e forse anche una sorta di spirito vendicativo contro gli uomini, aveva avuto il sopravvento sia sulla sua collera, sia sulla ragione. Adesso, l'unico argomento che interessasse a Muschio era quello degli eunuchi.

Purtroppo, Tenar non poteva dirle molto. Comprese di non avere mai dato gran peso alla cosa. Quando era ad Atuan, da bambina, sapeva che c'erano degli uomini evirati; uno di loro le aveva voluto bene come a una figlia, e lei aveva ricambiato l'affetto; poi, Tenar l'aveva ucciso per fuggire. Di là era poi giunta nell'Arcipelago, dove non c'erano eunuchi, e non aveva più pensato a loro, li aveva lasciati affondare nelle Tenebre come il corpo di Manan.

— Penso di sì — disse, per venire incontro a Muschio e alla sua sete di particolari. — Prendono dei ragazzi ancora giovani, e... — S'interruppe. Smise anche di lavorare.

— Come Therru — riprese, dopo una lunga pausa. — A che cosa serve un bambino? Per *usarlo*. Per violentarlo, per castrarlo... Ascolta, Muschio. Quando vivevo nel luogo delle Tenebre, era quel che facevano laggiù. E quando sono venuta qui, ho pensato di essermi affacciata alla luce. Avevo imparato le parole vere. E avevo il mio uomo, avevo messo al mondo dei figli, vivevo tranquilla. Alla luce del sole. E proprio alla luce del sole hanno fatto quello... alla bambina. Sul prato, vicino al fiume. Il fiume che nasce dalla sorgente dove Ogion ha dato il nome a mia figlia. Alla luce del sole. Io cerco ancora di scoprire dove posso vivere, Muschio. Capisci quello che intendo dire?

— Be'... — disse la donna più anziana; e, dopo qualche istante, aggiunse: — Cara, ci sono abbastanza dolori al mondo senza andare a cercarli. — Poi, nel vedere che a Tenar tremavano le mani e che non riusciva a spezzare un giunco particolarmente robusto, ripeté: — Attenta a non tagliarti un dito, cara.

Dovettero attendere fino all'indomani perché Ged riprendesse i sensi. Muschio, che era un'infermiera molto brava, anche se terribilmente sporca, riuscì a fargli inghiottire un po' di brodo. — Chissà da quanto tempo non mangia — disse, — ed è arso dalla sete. Dovunque sia stato, laggiù non devono né mangiare né bere molto. — E, dopo avergli dato un'altra occhiata: — Ma ormai è troppo tardi, secondo me. Si indeboliscono, sai, e non riescono neppure a bere, anche se ne hanno bisogno. Ho visto tanti uomini forti morire così. In pochi giorni, ridotti all'ombra di se stessi.

Tuttavia, con pazienza, riuscì a dargli qualche cucchiaio del suo brodo di carne e verdura. — Adesso vedremo — disse. — Ma è troppo tardi, secondo me. Sta scivolando via. — Lo disse senza rimpianto, forse con soddisfazione. Quell'uomo non era niente per lei; un morto, invece, era un avvenimento. Forse le avrebbero lasciato seppellire quel mago. Quando era morto quello vecchio non glielo avevano permesso.

Ged si svegliò il giorno seguente, mentre Tenar gli stava spalmando un unguento sulle mani. Doveva avere fatto molta strada in groppa a Kalessin, perché la stretta feroce sulle scaglie di ferro del drago gli aveva inciso profondamente i palmi, e anche i polpastrelli erano pieni di tagli vecchi e nuovi. Anche adesso, mentre dormiva, continuava a stringere le mani, come per non lasciare il drago ormai lontano. Tenar dovette aprirgli le dita con la forza, per medicargli le piaghe. E, quando lo fece, Ged gridò e alzò le braccia, come se stesse cadendo. Aprì gli occhi. Lei gli disse qualcosa per rassicurarlo, e Ged la guardò.

— Tenar — disse, senza sorridere. Un puro segno di riconoscimento, al di là di qualsiasi emozione. E Tenar provò un piacere puro - come per un gusto dolce o per un fiore - nel constatare che c'era ancora un uomo che conosceva il suo nome, e che era quell'uomo.

Si chinò su di lui e lo baciò sulla guancia. — Sta' fermo — gli disse, — e lasciami finire. — Lui obbedì; quasi subito scivolò di nuovo nel sonno, questa volta con le mani aperte e rilasciate.

Più tardi, nell'addormentarsi vicino a Therru, dopo il tramonto, Tenar pensò: *Non l'avevo mai baciato, prima.* E l'idea la lasciò di stucco. In un primo momento si disse che non era vero. Certo, in tutti quegli anni... Non nelle Tombe, ma dopo, quando avevano viaggiato insieme sulle montagne... Sul *Vistacuta,* quando avevano fatto vela insieme per Havnor... Quando lui l'aveva portata a Gont...

No. E neanche Ogion l'aveva mai baciata, né lei l'aveva baciato. La chiamava figlia, e le voleva bene, ma non la toccava mai, e lei, che era stata allevata come una sacerdotessa solitaria e intoccabile, come un oggetto di culto, non aveva mai cercato il contatto, non aveva mai saputo di averne bisogno. Posava per un istante la guancia o la fronte sulla mano di Ogion, e lui, di tanto in tanto, le passava la mano sui capelli, una volta sola, con molta delicatezza.

Ma Ged non aveva mai fatto nemmeno quello.

Non ho mai pensato *a queste cose?* si chiese, incredula e stupita.

Non lo sapeva. Adesso che rifletteva sull'argomento, provò per un attimo un forte orrore, un senso di trasgressione, che subito svanì, senza assumere alcun significato. Sulle labbra aveva sentito il contatto con la sua guancia destra, vicino alla bocca, e la pelle asciutta e fredda: solo quella constatazione aveva senso.

Dormì, e sognò che qualcuno gridava il suo nome: — Tenar! Tenar! — e che lei rispondeva con un grido simile a quello di un uccello marino che volava immerso nella luce, al di sopra del mare; ma al risveglio non ricordò il nome da lei gridato.

Ged fu una delusione per Zia Muschio. Continuò a vivere, e dopo un paio di giorni lei lo dichiarò fuori pericolo. Gli portò il suo brodo di carne di capra e di radici e di erbe, facendolo appoggiare contro di sé, circondandolo con il denso afrore del suo corpo, e, una cucchiaiata alla volta, brontolando, gli ridiede la vita. Anche se Ged l'aveva riconosciuta e la chiamava con il suo nome d'uso, e anche se la strega non poteva negare che l'uomo somigliava a quello chiamato Sparviero, avrebbe voluto farlo. Il nuovo venuto non le piaceva. Le cose erano tutte storte, diceva. Tenar rispettava le intuizioni della strega quanto bastava per essere preoccupata, ma dentro di sé non riusciva a trovare alcun sospetto del genere. Era semplicemente contenta che Ged fosse con lei e riprendesse a poco a poco le forze. — Quando sarà di nuovo lui, vedrai anche tu — diceva a Muschio.

— Lui! — esclamava la strega, e faceva il gesto di rompere tra le dita un guscio di noce.

Fin dai primi giorni, Ged chiese di Ogion: la domanda che Tenar temeva più di ogni altra. Si era detta - ed era quasi riuscita a convincersi - che Ged non aveva bisogno di chiedere, che l'aveva già saputo alla maniera dei maghi, come l'avevano saputo i maghi di Porto Gont e di Re Albi, i quali erano accorsi quando Ogion era morto. Ma la mattina del quarto giorno, nel controllare le sue condizioni, Tenar si accorse che era sveglio. Alzando lo sguardo verso di lei, Ged le disse: — Questa è la casa di Ogion.

— La casa di Aihal — rispose lei, trattenendo il fiato; le risultava ancora difficile pronunciare il nome vero del mago. Ged non le aveva mai detto di conoscere quel nome, ma certo lo conosceva, o perché gliel'aveva detto lo stesso Ogion, o perché non c'era bisogno che glielo dicesse.

Per qualche momento non ci fu alcuna reazione da parte di Ged, che poi, senza particolari intonazioni, disse: — Allora è morto.

— Dieci giorni fa.

Ged rifletté su queste parole, come se cercasse qualche particolare di cui si era dimenticato.

— Quando sono arrivato? — domandò infine.

Lei dovette accostarsi ancora di più, per sentire.

— Quattro giorni fa; verso sera.

— Non c'era nessun altro sulle montagne — disse Ged. Poi rabbrividì, come per una fitta di dolore o per il ricordo di una sofferenza insopportabile. Chiuse gli occhi, aggrottando la fronte, e trasse un profondo respiro.

A mano a mano che riprendeva le forze, quel suo accigliarsi, l'uso di trattenere il respiro e di stringere le mani a pugno divennero per Tenar immagini familiari. La forza gli ritornò, ma non la serenità, non il benessere.

Sedeva sulla soglia, al sole del tardo pomeriggio estivo. Era il tragitto più lungo che avesse compiuto fino allora dal letto a lì. Sedeva e fissava il sole al tramonto e Tenar, che faceva ritorno dal filare di fagioli, lo osservò con attenzione. Aveva ancora un aspetto cinereo, buio. Non era solo dovuto ai capelli grigi, ma a qualcosa che aveva nella pelle e nelle ossa, e pelle e ossa erano tutto quel che restava di lui. Non aveva alcuna luce negli occhi. Eppure quell'ombra, quell'uomo di cenere, era lo stesso che lei aveva visto, per la prima volta, illuminato dal suo stesso Potere, il forte viso dal naso aquilino e le labbra ben disegnate, un bel volto. Era sempre stato un bell'uomo, con un portamento orgoglioso.

Tenar lo raggiunse.

— Hai bisogno di sole — gli disse, e lui annuì. Ma anche mentre sedeva al tepore del sole dell'estate continuava a stringere i pugni.

Era così taciturno che Tenar si chiese se non fosse la sua presenza a dargli fastidio. Forse non riusciva più a comportarsi con la familiarità di un tempo. Adesso era l'Arcimago: Tenar tendeva a dimenticarsene. Ed erano passati venticinque anni da quando avevano superato le montagne di Atuan e avevano attraversato sul *Vistacuta* il Mare Orientale.

— Dov'è il *Vistacuta*? — gli chiese all'improvviso, sorpresa da quell'idea. Poi pensò: *Come sono sciocca! Sono passati tanti anni, e lui è Arci mago, chissà da quanto tempo ha rinunciato a quella barca così piccola.*

— A Selidor — rispose Ged, e sul viso gli comparve la sua immutabile, incomprensibile angoscia.

In un tempo remoto come mai; in un luogo lontano come Selidor...

— L'isola più lontana — disse Tenar, ed era in parte anche una domanda.

— La più lontana a occidente — rispose Ged.

Sedevano a tavola, dopo avere terminato il pasto serale. Therru era uscita a giocare.

— Allora, sei venuto da Selidor, portato da Kalessin?

Nel dire il nome del drago, le parve di nuovo che quel nome si pronunciasse da sé, le atteggiasse la lingua e le labbra alla sua forma e al suo suono, trasformasse il respiro in fuoco.

Nell'udire il nome, Ged la fissò per un istante, con grande attenzione, e lei, in quell'istante, comprese che di solito evitava di guardarla negli occhi. Ged annuì. Poi, a fatica, ma per amore del vero, precisò: — Da Selidor a Roke. E poi da Roke a Gont.

Quante miglia potevano essere? Mille? Diecimila? Tenar non ne aveva idea. Aveva visto le grandi mappe tra i tesori di Havnor, ma nessuno le aveva insegnato i numeri, le distanze. *Un luogo lontano come Selidor...* E il volo di un drago si poteva misurare in miglia?

— Ged — gli disse, usando il suo nome vero perché erano soli, — so che hai sofferto molto, che hai corso gravi rischi. E se non vuoi, o non puoi, non dirmi niente... Ma se sapessi qualcosa di più, forse potrei aiutarti. Ne sarei lieta. Presto arriveranno da Roke a prenderti, manderanno una nave per l'Arcimago oppure un drago, che so! E tu sarai di nuovo lontano. E non ci saremo parlati. — Nel dirlo, però, dovette stringere i pugni, offesa dalla falsità delle proprie parole. Fare dell'ironia sul drago... lamentarsi come una moglie tradita!

Ged aveva chinato la testa e fissava il tavolo: era cupo, ostinato, come un contadino che dopo avere trascorso una faticosa giornata nei campi doveva affrontare una noiosa lite domestica.

— Non verrà nessuno da Roke, penso — disse, e quelle parole dovettero costargli un notevole sforzo, perché poi, per qualche minuto, rimase in silenzio. — Dammi tempo — aggiunse.

Tenar pensò che non volesse dire altro, e rispose: — Sì, certo. Scusa. — Si stava alzando per sparecchiare, quando Ged continuò, senza alzare gli occhi dal tavolo, e con voce malferma disse: — Adesso ho tempo.

Poi si alzò a sua volta, portò i piatti nell'acquaio e finì di sparecchiare. Lavò i piatti mentre Tenar riponeva le pietanze. Il suo affaccendarsi incuriosì la donna che mentalmente lo stava paragonando a Selce; ma Selce non aveva mai lavato un piatto in tutta la sua vita. Lavoro da donne. Però tanto Ogion quanto Ged erano vissuti lì, scapoli, senza donne; e Ged, anche negli altri luoghi dove era stato, non aveva mai avuto donne con sé. Perciò faceva un 'lavoro da donna', senza porsi il problema. E sarebbe stato un peccato, pensò, se se lo fosse posto, se avesse cominciato a temere che la sua dignità fosse affidata a un canovaccio per asciugare i piatti.

Nessuno era giunto da Roke a cercarlo. Da quando ne avevano parlato, difficilmente ci sarebbe stato il tempo di arrivare, se non con una nave sospinta da un vento magico per l'intero tragitto. Ma i giorni passarono senza che giungesse alcun messaggio per lui. A Tenar pareva strano che lasciassero solo, per tutto quel tempo, il loro Arcimago. Doveva avere vietato loro di chiamarlo, oppure doveva essersi nascosto con la sua magia, per non farsi trovare e per non essere riconosciuto. Infatti, stranamente, dal villaggio non era giunto nessuno a chiedere di lui.

Meno strano era, invece, che nessuno fosse giunto dal castello di Re Albi. Tra i signori del castello e Ogion non era mai corso buon sangue. Le donne della casa, così si diceva nel villaggio, praticavano un tempo la magia nera; una era andata sposa a un signore del Nord che aveva poi finito per seppellirla viva sotto una pietra, un'altra aveva fatto qualcosa al figlio che portava ancora in seno, perché nascesse con grandi Poteri, e infatti era già in grado di parlare fin dalla nascita, ma non aveva ossa. — Come un sacchettino di pelle — aveva sussurrato la levatrice alle altre donne del villaggio, — un sacchettino con gli occhi e la voce, e non è mai arrivato a prendere il latte, ha solo pronunciato qualche parola in una lingua incomprensibile e poi è morto... — Vere o false che fossero queste storie, i signori di Re Albi si erano sempre tenuti da parte. Come accompagnatrice del mago Sparviero, pupilla del mago Ogion, portatrice a Havnor dell'Anello di Erreth-Akbe, Tenar avrebbe potuto chiedere di essere accolta al castello, al suo arrivo a Re Albi; ma lei non lo aveva fatto. Era invece andata ad abitare, con grande soddisfazione, nella piccola casa appartenente al tessitore del villaggio, Ventaglio, e aveva visto solo da lontano gli abitanti del castello, e raramente. Muschio le aveva detto che nella dimora, al momento, non c'era una castellana, ma solo il vecchio signore, ormai molto anziano, e il nipote, oltre al giovane mago chiamato Pioppo, venuto dalla scuola di Roke.

Da quando Ogion era stato sepolto con in mano l'amuleto di Zia Muschio, sotto il suo faggio preferito, accanto al sentiero che portava alla cima della montagna, Tenar non aveva più visto Pioppo. Per quanto la cosa fosse strana, questi forse non sapeva della presenza dell'Arcimago nel suo stesso villaggio o, se lo sapeva, si teneva lontano da lui. E, al pari di lui, il mago di Porto Gont, anch'egli venuto a seppellire Ogion, non si era più fatto vedere. Tuttavia, benché non sapesse che Ged era lassù, quel mago sapeva perfettamente chi era lei, la Signora Bianca, che aveva al polso l'Anello di Erreth-Akbe, che aveva reintegrato la Runa della Pace... *E quanti anni sono passati da allora, vecchia mia?* chiese a se stessa. *La superbia ti ha fatto perdere la ragione?*

Comunque, era stata lei a rivelare il nome vero di Ogion. Le pareva di meritare un po' di cortesia.

Ma i maghi, per loro natura, non avevano niente a che fare con la cortesia. Erano uomini di Potere. Era solo il Potere a muoverli. E che Potere aveva lei, adesso? Che Potere aveva avuto in passato? Da ragazza, da sacerdotessa, lei era solo un contenitore; il Potere delle Tenebre scorreva in lei, la usava, la lasciava vuota e intatta. Da giovane donna le era stata insegnata una conoscenza di Potere, da un uomo di Potere, e lei aveva rinunciato a quella conoscenza, non l'aveva toccata. Da donna adulta aveva scelto i Poteri di una donna, e li aveva usati, a tempo debito, ma quel tempo era ormai passato; il suo periodo di moglie e di madre era finito. Non c'erano Poteri riconoscibili, adesso, in lei.

Ma un drago le aveva parlato. «Io sono Kalessin» le aveva detto, e lei aveva risposto: «Io sono Tenar».

— Che cos'è un Signore dei Draghi? — aveva chiesto a Ged,

nel luogo oscuro, il Labirinto, per negare il suo Potere e per costringerlo ad ammettere quello di lei; e lui le aveva risposto con la semplicità e l'onestà che sempre la disarmavano: — Un uomo con cui i draghi sono disposti a parlare.

Così, lei era una donna con cui i draghi erano disposti a parlare. Era quella la cosa nuova, la conoscenza nascosta, il minuscolo seme che aveva sentito in se stessa quando si era svegliata sotto la piccola finestra d'occidente?

Qualche giorno dopo la breve conversazione a tavola, Tenar toglieva le erbacce dall'orto di Ogion per salvare dalle male piante estive le cipolle da lui piantate in primavera. Ged si era recato al cancello del recinto che impediva alle capre di entrare nell'orto, e toglieva le erbacce da quella parte. Lavorò un poco e poi si fermò, guardandosi le mani.

— Da' loro il tempo di guarire — disse Tenar, in tono pacato. Lui annuì.

Le alte piante di fagiolo del filare successivo erano in fiore e spandevano un profumo molto dolce. Ged sedette, appoggiando sulle ginocchia le braccia esili, e fissò l'intrico di viticci, di fiori e di baccelli illuminati dal sole. Tenar, continuando a lavorare, mormorò: — Prima di morire, Aihal ha detto: «Tutto è cambiato...» E dal giorno della sua morte ho continuato a piangerlo, ma c'è qualcosa che allevia il mio dolore. Qualcosa sta per nascere... è stato liberato. L'ho capito nel sonno e, al mio risveglio, qualcosa era cambiato.

— Sì — ammise lui. — Un male è finito. E...

Dopo un lungo silenzio, Ged riprese a parlare. Non guardò Tenar, ma per la prima volta la sua voce tornò a essere quella che lei ricordava: pacata, bassa, con la secca cadenza di Gont.

— Ricordi, Tenar, il giorno in cui siamo arrivati a Havnor?

Come potrei dimenticarmene? si chiese lei, ma non disse niente, per paura che Ged si chiudesse nel silenzio.

— Abbiamo condotto il *Vistacuta* in porto e siamo saliti sul molo... i gradini erano di marmo. E la gente, tutta la gente... e tu che sollevavi il braccio per mostrare loro l'Anello...

... e io ti tenevo la mano; non ero mai stata così terrorizzata: le facce, le voci, i colori, le torri e le bandiere, l'argento, l'oro e la musica, e l'unico che conoscevo eri tu... in tutto il mondo, l'unico che conoscevo eri tu, che camminavi al mio fianco...

— Gli scudieri del palazzo reale ci hanno accompagnato fino ai piedi della Torre di Erreth-Akbe, attraverso le strade piene di gente. E siamo saliti sui suoi alti scalini, noi due soli. Rammenti?

Lei annuì. Posò le mani sulla terra che aveva ripulito dalle erbacce, e la sentì fredda e granulosa.

— Ho aperto la porta. Era pesante; a tutta prima non voleva aprirsi. Poi siamo entrati. Ricordi?

Pareva che Ged le chiedesse di rassicurarlo. È davvero successo? Ricordo bene?

— Era una stanza alta, grande — disse Tenar. — Mi ha fatto pensare alla mia Sala, quella in cui ero stata divorata, ma solo perché era tanto alta. La luce giungeva da finestre collocate molto in alto sulla Torre. Raggi di luce che si incrociavano come spade.

— E il trono — disse Ged.

— Il trono, sì. Tutto oro e rosso. Ma vuoto. Come il trono nella Sala di Atuan.

— Non più — disse Ged. Guardò in direzione di Tenar, fra le verdi foglie delle cipolle. Aveva la faccia tesa, ansiosa, come se parlasse di una gioia che non riusciva bene ad afferrare. — Adesso c'è un re, a Havnor — disse. — Al centro del mondo. Le profezie si sono avverate. La Runa è integra, e il mondo è riunito. I giorni della pace sono arrivati. Lui...

S'interruppe e guardò in terra, stringendo i pugni.

— Lui mi ha riportato dalla morte alla vita. Arren di Enlad. Lebannen, nei canti che verranno composti in futuro. Ha assunto il suo nome vero, Lebannen, re di Earthsea.

— È questa, allora — chiese lei, guardandolo attentamente, — la gioia, la luce?

Lui non rispose.

C'è un re a Havnor, pensò Tenar, e disse forte: — C'è un re a Havnor!

L'immagine della bellissima città era rimasta molto viva in lei: le strade larghe, le torri di marmo, i tetti coperti di tegole rosse e di bronzo, le navi dalle bianche vele ancorate nel porto, la meravigliosa sala del trono, trapassata dai raggi di sole come da lame di spada, la ricchezza, la dignità, l'armonia e l'ordine che vi regnavano. Da quel centro luminoso, Tenar vedeva l'ordine allargarsi verso la periferia come una serie di anelli perfetti che si formano su uno specchio d'acqua, come la linea retta di una strada lastricata o la rotta di una nave con il vento in poppa: qualcosa che va come deve andare, portando con sé la pace.

— Hai fatto bene, caro amico — disse Tenar.

Ged fece un piccolo gesto, come per fermare le sue parole, poi si girò e si portò la mano davanti alla bocca. Tenar non sopportava di vederlo piangere. Si chinò sulle sue erbacce. Tirò una foglia, poi un'altra, e la radice si spezzò. Scavò cercando la radice dell'erbaccia nel suolo duro della terra.

— Goha — disse Therru, con la sua voce debole e roca, dal cancello, e Tenar guardò nella sua direzione. La mezza faccia della bambina era rivolta verso di lei; la guardava sia con l'occhio buono sia con quello cieco. Tenar si chiese: *Devo dirle che a Havnor c'è un re?*

Si alzò e si avvicinò alla bambina perché non si sforzasse troppo le corde vocali per farsi sentire. Faggio le aveva detto che, quando Therru, priva di sensi, era caduta nel fuoco aveva respirato le fiamme. — Le hanno bruciato la voce — aveva spiegato.

— Guardavo Sippy — sussurrò Therru, — ma è uscita dal pascolo. Non riesco a trovarla.

Era uno dei più lunghi discorsi che avesse fatto. Tremava perché aveva corso e perché si sforzava di non piangere. *Non possiamo piangere tutti,* si disse Tenar... *è una cosa sciocca, non possiamo!* — Sparviero! — disse, voltandosi verso di lui, — è scappata una capra.

Ged si alzò immediatamente e guardò nel recinto. — Prova nel capanno — disse.

Guardò Therru come se non vedesse le sue orrende ferite, come se non la vedesse affatto: era soltanto una bambina che aveva perso una capra e aveva bisogno di ritrovarla. In quel momento, Ged vedeva solo la capra. — Oppure è andata a unirsi al gregge del villaggio — aggiunse.

Therru stava già correndo al capanno.

— È tua figlia? — chiese Ged. Non aveva mai parlato della bambina, fino a quel momento, e per un attimo Tenar riuscì solo a pensare che talvolta gli uomini erano davvero strani.

— No, e neanche mia nipote. Ma è la mia bambina — disse. Perché le era di nuovo venuta voglia di prenderlo in giro?

Ged si staccò dal recinto proprio mentre Sippy correva verso di loro - un lampo marrone e bianco - seguita a grande distanza da Therru.

— Ehi! — esclamò Ged, e con un balzo bloccò la strada alla capra, spingendola verso il cancello e verso le braccia di Tenar, che riuscì ad afferrarla per il collare. La capra s'immobilizzò immediatamente, tranquilla come un agnellino, e con uno dei suoi occhi gialli fissò Tenar, con l'altro guardò i filari delle cipolle.

— Via! — disse Tenar, allontanandola da quel paradiso delle capre e facendola entrare nel pascolo, molto più sassoso, a lei riservato.

Ged si era seduto a terra, trafelato come la bambina, o anche di più, perché ansimava e aveva le vertigini; ma almeno non piangeva. Quando c'è da rovinare qualcosa puoi sempre contare sulle capre.

— Erica non doveva incaricarti di sorvegliare Sippy — disse Tenar, rivolta a Therru. — Nessuno può sorvegliare quella capra. Se scappa di nuovo, devi dirlo a Erica, e non devi preoccuparti. Va bene?

Therru annuì. Stava guardando Ged. Era difficile che guardasse la gente, e soprattutto gli uomini, per più di un istante, ma ora lo fissava, con la testa inclinata come quella di un passero. Che fosse nato un eroe?

RICADUTA

Era passato oltre un mese dal solstizio, ma le sere erano ancora lunghe, sul Grande Precipizio che si affacciava verso ovest. Therru era ritornata tardi da una spedizione con Zia Muschio, alla ricerca di erbe, che era durata tutto il giorno, ed era troppo stanca per mangiare. Tenar l'aveva messa a letto e le sedeva accanto, per cantarle qualche canzone. Quando era stanca, la bambina non riusciva a dormire, ma si raggomitolava nel letto come un animale paralizzato, fissava qualche allucinazione fino a portarsi in uno stato di incubo, né sveglia né addormentata, e diventava irraggiungibile. Tenar aveva scoperto di poter evitare quella paurosa condizione stringendo a sé la bambina e facendola addormentare con i suoi canti. Quando terminava quelli che aveva imparato nella fattoria della Valle di Mezzo, iniziava con gli interminabili canti di Karg che aveva imparato da bambina nelle Tombe di Atuan, e cullava Therru con la monotonia e il dolce lamento delle offerte ai Poteri Senza Nome e al Trono Vuoto, che adesso era pieno della polvere e delle rovine del terremoto. In quei canti non sentiva altro Potere che quello della musica in sé, e le piaceva cantare nella propria lingua, anche se non conosceva le ninne-nanne delle madri di Atuan, quelle che sua madre aveva cantato a lei.

Infine, Therru si addormentò. Tenar la infilò sotto le coperte e attese qualche istante per accertarsi che il sonno fosse regolare. Poi, dopo essersi guardata attorno per assicurarsi che nessuno la vedesse, con una sorta di piacere colpevole, posò la mano sulla faccia della bambina, dove il fuoco aveva divorato l'occhio e la guancia, lasciando solo la pelle cicatrizzata. Sotto la mano, non sentì niente di tutto questo. La pelle era liscia: era la guancia tonda di una bambina addormentata. La sua mano aveva ristabilito la verità.

Poi, lentamente, con riluttanza, alzò la mano e vide la perdita irreparabile, la guancia che non sarebbe mai guarita del tutto.

Si chinò sulla bambina e accostò le labbra alla cicatrice, si alzò senza fare rumore e uscì dalla casa.

Il sole tramontava, avvolto da un alone perlaceo. Non c'era nessuno. Sparviero si era probabilmente allontanato nella foresta. Aveva preso l'abitudine di recarsi alla tomba di Ogion, e passava ore intere sotto l'albero preferito dal vecchio mago; da quando gli erano ritornate le forze aveva cominciato a vagare per la foresta, lungo i sentieri amati da Ogion. Mangiare evidentemente non aveva alcuna attrattiva per lui; Tenar doveva sempre ricordarglielo. Inoltre, Ged evitava la compagnia e preferiva la solitudine. Therru l'avrebbe seguito dappertutto, ed essendo silenziosa come lui non gli avrebbe dato fastidio, ma Ged era inquieto, e finiva per rimandare a casa la bambina e per allontanarsi da solo, fino a luoghi lontani. Tenar non sapeva perché ci andasse. Ritornava tardi e si metteva subito a dormire; spesso, l'indomani mattina, si allontanava ancor prima che lei e la bambina si svegliassero. Tenar gli lasciava sempre del pane e del formaggio da portare via.

Quella sera lo vide ritornare dal sentiero che le era parso tanto lungo e faticoso, quando aveva aiutato Ogion a percorrerlo per l'ultima volta. Quando giunse, Ged era circondato dall'aria luminosa, dalle erbe piegate dal vento, e camminava ritto, chiuso nel suo dolore, duro come la pietra.

— Rimani tu, in casa? — gli chiese, quando fu più vicino. — Therru si è addormentata. Volevo andare a fare due passi.

— Sì, va' pure — rispose lui, e lei si allontanò, riflettendo sull'indifferenza degli uomini nei riguardi delle esigenze delle donne: che doveva sempre rimanere qualcuno vicino a un bambino che dormiva, che la libertà di uno comportava la schiavitù di un altro... a meno che non si raggiungesse un equilibrio mobile e in continua evoluzione, come quando si cammina e si muove prima una gamba poi l'altra, praticando quella straordinaria arte che è la deambulazione... Poi si accorse che il colore del cielo era diventato più scuro e che il vento si era levato. Proseguì il cammino, senza perdersi in altre metafore, finché non giunse sul ciglio del Precipizio. Lì si fermò a guardare il sole che si perdeva in un alone roseo e sereno.

Si inginocchiò e trovò prima con gli occhi e poi anche con le dita il lungo solco irregolare scavato nella roccia, che correva fino al ciglio: la scia lasciata dalla coda di Kalessin. Passò varie volte le dita su di esso, e con lo sguardo si perse nella lontananza della sera, sognando. Disse una sola parola, che quella volta non fu più come il fuoco sulle sue labbra, ma che sibilò e si trascinò lentamente fuori: — Kalessin...

Guardò verso est. La cima del Monte di Gont, al di sopra della foresta, era rossa e ancora illuminata dal chiarore che aveva ormai lasciato il punto dove si trovava Tenar. Il colore svanì pian piano, mentre la donna lo osservava. Lei distolse lo sguardo per qualche istante e, quando tornò a fissare la cima, la vide grigia, cupa, e la foresta che copriva il fianco del monte le parve nera.

Attese ancora che spuntasse la stella della sera, poi, quando la vide splendere al di sopra dei vapori del cielo, tornò lentamente verso casa.

Una casa che non era la sua. Perché rimaneva lì nella casa di Ogion, invece di ritornare alla Fattoria delle Querce, e perché si occupava delle capre e delle cipolle di Ogion e non delle sue pecore e dei suoi alberi da frutto? — Aspettalo — le aveva detto Ogion, e lei l'aveva aspettato; il drago era giunto; Ged si era ristabilito; abbastanza, almeno. Tenar aveva fatto la sua parte. Aveva badato alla casa. Non c'era più bisogno di lei. Era tempo che se ne andasse.

Eppure, non riusciva a lasciare quell'alta cornice di roccia, quel nido di falco, per ritornare nella pianura, dove la vita era facile, dove non soffiava il vento: al pensiero, si sentiva mancare il cuore, e si rabbuiava. Non aveva fatto un sogno, sotto la piccola finestra d'occidente? E non era venuto a trovarla un drago, lassù?

La porta della casa era aperta come sempre, per lasciar passare la luce e l'aria. Sparviero sedeva al buio, su un basso sgabello, vicino al focolare che Tenar aveva già spazzato. Amava sedere lì, e Tenar pensò che doveva essere il posto dove si sedeva da bambino, durante il breve apprendistato presso Ogion. Anche lei sedeva sempre in quel luogo d'inverno, quando era allieva del mago.

Ged la guardò, quando Tenar fece il suo ingresso; fino a un attimo prima non aveva guardato la porta, ma più in là, sulla destra, l'angolo in ombra dietro il battente. C'era il bastone di Ogion, di quercia, pesante, liscio dove il mago lo afferrava, alto come lo stesso Ogion. Accanto Therru aveva messo il bastone di nocciolo e quello di ontano che Tenar aveva tagliato per loro, sulla strada per Re Albi.

Tenar pensò: *Il suo bastone di mago, il bastone di tasso, quello che gli ha dato Ogion, dov'è?* E nello stesso tempo: *Perché questo particolare mi è venuto in mente soltanto ora?*

Nella casa era buio, e si aveva un'impressione di chiuso. Tenar provò un senso di oppressione. Aveva sperato di poter parlare con Ged, ma all'improvviso si accorse di non avere niente da dirgli, e che anche Ged non doveva dire niente a lei.

— Ho pensato — esordì infine la donna, mettendo in ordine i quattro piatti, sul ripiano di quercia, — che ormai dovrei ritornare alla mia fattoria.

Ged non disse niente. Forse fece un cenno con la testa, ma in quel momento Tenar gli voltava la schiena.

Tutt'a un tratto, lei si accorse di essere molto stanca, e sentì il bisogno di andare a dormire; ma Ged sedeva davanti all'ingresso, e non era ancora buio; Tenar non poteva svestirsi di fronte a lui. Per la vergogna, provò una forte irritazione; stava per chiedergli di uscire un momento, quando Ged si schiarì la gola e parlò, in tono leggermente esitante.

— I libri — disse. — I libri di Ogion. Il libro delle Rune e i due libri delle formule e dei miti. Li porti via con te?

— Con me?

— Sei stata il suo ultimo allievo.

Tenar si avvicinò al focolare e si sedette sulla sedia a tre gambe appartenuta a Ogion.

— Avevo imparato a scrivere le Rune hardiche, ma credo ormai di essermele dimenticate. Inoltre aveva cominciato a insegnarmi la lingua dei draghi, e in parte me la ricordo ancora. Ma nient'altro. Non sono mai diventata un mago, un adepto. Mi sono sposata, te l'ho detto. Pensi che Ogion avrebbe lasciato i suoi libri magici alla moglie di un fattore?

Dopo una breve pausa, Ged chiese: — Allora, non li ha lasciati a nessuno?

— Certamente intendeva lasciarli a te.

Ged non disse niente.

— Sei stato il suo apprendista, e il suo orgoglio, e inoltre eri suo amico — gli ricordò Tenar. — Non l'ha mai detto espressamente, ma è chiaro che vanno a te.

— Che cosa me ne faccio?

Lei lo guardò, nella penombra. Dalla finestra giungeva ancora un riflesso di luce. Il tono severo, incomprensibile, iroso di Ged irritò Tenar.

— Tu, l'Arcimago, lo chiedi a me? Perché mi tratti come se fossi più sciocca di quel che sono, Ged?

A quel punto, lui si alzò. Con voce tremante, disse: — Ma tu... non capisci che è tutto finito?

Lei lo fissò, cercando di leggere l'espressione del suo viso, ma non riuscì a distinguerla.

— Non ho più Poteri. Li ho consumati... tutti quelli che avevo. Per chiudere... Per fare... Tutto è finito.

Tenar cercò di non prestare fede a quelle parole, ma era impossibile.

— Come versare dell'acqua — proseguì Ged. — Come versare nella sabbia un bicchiere d'acqua. Nel deserto. Sono stato costretto a farlo. Ma adesso non ho più niente da bere. E che differenza può fare, un bicchier d'acqua in più o in meno, nel deserto? Il deserto è forse sparito? Ah! Ascolta... Me lo sussurrava sempre, da dietro quella porta: ascolta! Ascolta! E io mi sono recato in quel deserto quando ero giovane. E laggiù l'ho incontrata, sono diventato lei, ho sposato la mia morte. Mi ha dato la vita. L'acqua della vita. Ero un ruscello, una sorgente, che continuava a scorrere, a dare. Ma laggiù non scorrono ruscelli. Alla fine, tutto quel che mi rimaneva era un bicchiere di quell'acqua, e l'ho dovuta versare nella sabbia, sul letto del fiume prosciugato, sulle rocce avvolte dalle Tenebre. Perciò è finita.

Tenar aveva imparato abbastanza, da Ogion e da Ged, per capire di quale terra parlasse, e che quelle immagini non servivano a mascherare la verità, ma erano la verità che lo stesso Ged aveva conosciuto. Sapeva anche di dover negare le parole di Ged, anche se erano vere. — Devi avere ancora pazienza, Ged — gli disse. — Ritornare dal regno della morte deve essere un lungo viaggio... anche sulle spalle di un drago. Ti occorrono tempo e tranquillità, riposo e silenzio. Sei stato male, ma in futuro guarirai.

Per qualche tempo, Ged non disse niente, e Tenar cominciò a pensare di avere detto la cosa più giusta, di avergli dato un po' di conforto. Ma alla fine Ged disse: — Come la bambina?

Fu come una di quelle lame talmente affilate che non le senti neppure, quando ti trafiggono.

— Non capisco — continuò Ged, con lo stesso tono di voce basso e asciutto, — perché l'hai presa con te, pur sapendo che non può guarire. Sapendo come dev'essere la sua vita. Suppongo che faccia parte del tempo in cui siamo vissuti finora: un tempo buio, un'epoca di rovina, un tempo in cui tutto doveva finire. L'hai presa, suppongo, per lo stesso motivo per cui io sono andato ad affrontare il mio nemico, perché non potevi fare altro. E così dobbiamo entrare nella nuova epoca con le spoglie della nostra vittoria sul male. Tu con la tua bambina bruciata, e io senza quel che avevo.

La disperazione parla così, pensò Tenar. *In tono pacato, senza alzare la voce.*

Si voltò verso la porta, cercando con lo sguardo il bastone del mago, ma l'angolo dietro il battente era troppo buio. Ormai era scesa l'oscurità, dentro e fuori. Dalla porta aperta si scorgeva un paio di stelle, alte e pallide. Tenar le guardò e si chiese che stelle fossero. Si alzò e raggiunse la porta, cercando a tastoni il bordo del tavolo. Si era già levata la foschia della notte, e non si vedevano molte stelle. Una di quelle che aveva visto era la stella bianca dell'estate che si chiamava, nella lingua di Atuan, Tehanu. Non riuscì a riconoscere l'altra. Non sapeva come si chiamasse Tehanu in hardico, e neppure il suo nome vero, quello usato dai draghi. Sapeva solo come l'avrebbe chiamata sua madre: Tehanu. Tenar.

— Ged — chiese dalla soglia, — con chi vivevi, da bambino?

Anche Ged si alzò e si fermò sull'entrata per guardare l'orizzonte velato dalla foschia, le stelle, la mole scura della montagna incombente sopra di loro.

— Con nessuno in particolare — rispose. — Mia madre è morta poco dopo la mia nascita. Avevo dei fratelli più grandi, ma non li ricordo. Poi c'era mio padre, il fabbro. E la sorella di mia madre, che era la strega di Dieci Ontani.

— Come Zia Muschio? — chiese Tenar.

— Più giovane. Aveva dei Poteri.

— Come si chiamava?

Ged non rispose.

— Non ricordo — disse infine, lentamente.

Proseguì, dopo qualche istante: — Mi ha insegnato i nomi: falcone, falco pellegrino, aquila, falco pescatore, astore, sparviero...

— E come chiamate quella stella? Quella bianca, alta.

— Il Cuore del Cigno — rispose Ged, guardando in alto. — Ma a Dieci Ontani la chiamano la Freccia.

Non disse il suo nome nella Lingua della Creazione, né i nomi veri dei rapaci che la strega gli aveva insegnato.

— Quel che ho detto prima — si scusò Ged, — era sbagliato. Non dovrei parlare. Perdonami.

— Se non vuoi parlare, non posso fare altro che andarmene — disse Tenar. Si voltò verso di lui. — Perché pensi solo a te, sempre a te? Va' fuori per qualche minuto — aggiunse con irritazione. — Devo cambiarmi.

Sorpreso, Ged uscì, mormorando qualche parola di scusa. Tenar si recò in fondo alla stanza, si spogliò e s'infilò sotto le coperte, nascondendo la faccia contro il collo morbido e tiepido di Therru.

— Sapendo come dev'essere la sua vita...

La collera di Tenar, la stupida negazione di quel che Ged le aveva detto, nasceva dalla delusione. Anche se Lodola aveva detto decine di volte che non si poteva fare niente, continuava a sperare che Tenar potesse guarire le ustioni della bambina; e anche se aveva sempre affermato che neppure Ogion sarebbe riuscito a farlo, Tenar sperava che Ged fosse in grado di guarirla: la sua mano passava sulle cicatrici e la pelle ridiventava integra e sana, l'occhio morto riprendeva a vivere, la mano rattrappita ricominciava a muoversi, la vita distrutta ritornava intatta...

— Sapendo come dev'essere la sua vita...

La gente che distoglieva lo sguardo, che faceva scongiuri contro il male, l'orrore e la curiosità, la falsa pietà e l'indiscrezione minacciosa, perché la disgrazia attira il male... E mai un uomo. Mai qualcuno che l'abbracciasse. Tolta Tenar. Oh, Ged aveva ragione: per la bambina, la morte sarebbe stata preferibile. Avrebbero fatto meglio a lasciarla andare nel deserto di cui le aveva parlato Ged, lei e Lodola ed Edera, tre vecchie impiccione, crudeli e tenere di cuore.

Ged aveva ragione, aveva sempre ragione. Ma, allora, gli uomini che l'avevano usata per i loro bisogni e i loro giochi, la donna che aveva permesso loro di usarla... avevano fatto bene a picchiarla sino a farle perdere i sensi, e a gettarla poi nel fuoco perché morisse bruciata. Però, non erano andati sino in fondo. Avevano perso il coraggio, avevano lasciato un po' di vita dentro di lei. Quello era stato lo sbaglio. E tutto quello che aveva fatto lei, Tenar, era sbagliato. Da bambina, lei era stata data alle Potenze delle Tenebre: era stata divorata da loro e si era lasciata divorare. Pensava che bastasse attraversare il mare, imparare un'altra lingua, prendersi un marito, mettere al mondo dei figli, vivere semplicemente la propria vita, per non essere più quello che era... la loro servitrice, il loro nutrimento, la loro proprietà da usare per i propri bisogni e per i propri giochi? Poiché lei stessa era rovinata, aveva portato a sé un'altra vita rovinata, parte della sua stessa rovina, incarnazione del suo stesso male.

La bambina aveva i capelli fini, caldi, profumati. Dormiva rannicchiata fra le braccia di Tenar e sognava. Che male poteva costituire? Le avevano fatto del male irreparabile, ma lei stessa non costituiva un male. Non era perduta, no, no. Tenar la strinse a sé e rimase immobile, pensando alla luce dei suoi sogni, alle immense distese di cielo chiaro, al nome del drago, al nome della stella, il Cuore del Cigno, la Freccia, Tehanu.

Era intenta a pettinare la capra nera per raccogliere la fine lanugine che poi lei stessa contava di filare e di portare al tessitore del villaggio che ne avrebbe fatto la stoffa leggera simile a seta, caratteristica dell'Isola di Gont. La vecchia capra nera era stata pettinata un migliaio di volte, e la cosa le piaceva: lei stessa spingeva in direzione contraria a quella del pettine. La lanugine di colore grigio scuro divenne pian piano una nuvoletta morbida e polverosa, e Tenar infine la mise dentro una rete; tolse alcuni cardi dalle orecchie della capra, come ringraziamento, e le diede affettuosamente una pacca sul fianco a barilotto.

— *Beeh!* — fece la capra, e trotterellò via. Tenar uscì dal recinto e si diresse verso l'ingresso della casa, poi si guardò attorno per controllare se Therru giocava ancora nel prato.

Muschio aveva insegnato alla bambina come intrecciare cestini d'erba, e la piccola, anche se non poteva usare bene la mano invalida, cominciava a imparare. In quel momento sedeva sull'erba del prato, con il lavoro sulle ginocchia, ma non lavorava. Guardava Ged.

Questi era fermo a una certa distanza, sul ciglio del Precipizio. Voltava la schiena alla casa, e non sapeva di essere osservato, perché a sua volta stava osservando un uccello, un giovane gheppio, il quale dal canto suo fissava una preda che doveva avere scorto in mezzo all'erba. Sospeso nel cielo, batteva lentamente le ali per mettere in fuga il roditore, topo o arvicola che fosse, terrorizzandolo in modo da farlo correre al nido. L'uomo era teso e immobile come il rapace, e pareva altrettanto affamato.

Lentamente, sollevò la mano destra, tese il braccio e disse qualcosa, anche se il vento si portò via le sue parole. Il gheppio cambiò bruscamente direzione di volo, lanciò il suo grido acuto, secco e lamentoso e poi fuggì verso la foresta.

L'uomo abbassò il braccio e rimase immobile a guardare il rapace. La bambina e la donna non si mossero. Solo il gheppio volò via, libero.

— Una volta è arrivato da me sotto forma di falco, di falco pellegrino — le aveva raccontato Ogion, vicino al fuoco, un giorno d'inverno. Le parlava degli incantesimi di trasformazione, del mago Bordger che era diventato un orso. — È volato fino a me, e mi si è posato sul polso; veniva da nord-overt. Io l'ho portato qui, vicino al fuoco. Non riusciva a parlare. Però, dato che lo conoscevo, sono riuscito ad aiutarlo, ha potuto lasciare il suo aspetto di falco e tornare a essere uomo. Ma in lui c'è sempre stato qualcosa del falco. Nel suo villaggio lo chiamavano Sparviero perché i falchi selvatici si recavano da lui, al suo richiamo. Ma chi siamo noi? Che cosa significa essere uomo? Prima che gli venisse dato il suo nome, prima che avesse coscienza, prima che avesse Potere, c'era già in lui il falco, e l'uomo, e il mago, e altro ancora... era qualcosa che non possiamo definire. E tutti noi siamo come lui.

Nell'ascoltarlo, la ragazza che sedeva accanto al focolare e che guardava le fiamme vedeva il falco; vedeva l'uomo; vedeva gli uccelli che volavano da lui, al suo richiamo, quando li chiamava per nome, e battevano le ali per tenersi al suo braccio con i loro artigli appuntiti; e vedeva se stessa come il falco, come l'uccello selvatico.

TOPI

Townsend, il sensale di pecore che aveva portato alla fattoria della Valle di Mezzo il messaggio di Ogion, si presentò un pomeriggio alla casa del mago.

— Intendete vendere le capre, adesso che Lord Ogion è morto?

— È una possibilità — rispose Tenar, senza compromettersi. In effetti si era chiesta come sarebbe vissuta, se fosse rimasta a Re Albi. Come tutti i maghi, Ogion veniva mantenuto dalle persone che aiutava con il suo Potere: nel suo caso, tutti gli abitanti di Gont. Aveva solo da chiedere, e la gente era ben lieta di dargli l'occorrente: un affare vantaggioso, in cambio dell'amicizia di un mago. Ma Ogion non aveva mai bisogno di chiedere. Anzi, in genere doveva regalare ad altri il superfluo: alimenti, vestiti, attrezzi, animali e tutti gli altri oggetti, necessari o decorativi che gli venivano offerti, o semplicemente lasciati davanti alla porta. — Che cosa me ne faccio? — chiedeva, perplesso, con le braccia piene di galletti irritati e starnazzanti, o di iarde di stoffa, o di vasi di barbabietole in agro.

Ma Tenar aveva lasciato nella Valle di Mezzo i suoi mezzi di sostentamento. Quando era partita in tutta fretta da casa, non si era chiesta quanto sarebbe durata la sua assenza. Non aveva portato con sé i sette pezzi d'avorio che erano il tesoro di Selce; del resto, nel villaggio, quel denaro non le sarebbe servito a nulla, tranne che a comprare un terreno o qualche grosso animale, o per trattare con qualche mercante di Porto Gont che portava pellicce di *pellawi* o seta di Lorbanery ai ricchi contadini e ai piccoli signori di Gont. La fattoria di Selce dava tutto quel che occorreva a lei e a Therru per vivere e per vestirsi; invece, le sei capre di Ogion, i suoi fagioli e le sue cipolle erano soprattutto un divertimento, e non una necessità. Fino a quel giorno era vissuta contando sulla dispensa di Ogion, sulla generosità della gente del villaggio, che le portava dei doni per rispetto verso Ogion, e sui doni di

Zia Muschio. Proprio il giorno prima la strega le aveva detto: — Cara, la covata della mia gallina dal collare bianco si è schiusa e ti porterà due o tre pulcini, quando saranno capaci di trovarsi da mangiare da soli. Il mago non ne voleva, diceva che erano troppo rumorosi e stupidi, ma che casa è, senza qualche gallina che va e viene?

In effetti, le galline di Muschio entravano e uscivano liberamente, le dormivano sul letto e arricchivano di nuovi odori la stanza fumosa, buia e incredibilmente puzzolente in cui abitava la strega.

— C'è una capretta di un anno, bianca e marrone, che potrebbe diventare una buona capra da latte — disse Tenar, rivolta al sensale dalla faccia affilata.

— Pensavo di prenderle tutte — rispose lui. — Sono cinque o sei, vero?

— Sei. Sono nel recinto, se volete vederle.

— Andrò. — Ma non si mosse. Nessuna delle due parti, naturalmente, doveva mostrarsi ansiosa di concludere l'affare.

— L'avete vista, la grande nave che è entrata in porto?

La casa di Ogion era orientata a nord-ovest, e da essa si scorgevano soltanto i promontori rocciosi all'imboccatura della baia, chiamati le Braccia della Rupe; tuttavia, da vari punti del villaggio, guardando lungo la ripida strada che conduceva a Porto Gont, si potevano vedere i moli e il porto. Quello di osservare le navi era un tradizionale passatempo di Re Albi. In genere c'era sempre almeno una coppia di vecchi seduta sulla panca dietro la bottega del fabbro, da cui si godeva la vista migliore, e anche se probabilmente, in tutta la loro vita, non avevano mai percorso le quindici miglia di curve e controcurve che portavano al Porto, guardavano l'arrivo e la partenza delle navi come se fosse uno spettacolo strano e insieme familiare, organizzato a loro esclusivo beneficio.

— Da Havnor, ha detto il figlio del fabbro. Era sceso al porto per procurarsi dei lingotti di ferro. È arrivata ieri sera sul tardi. La grande nave viene dal Grande Porto di Havnor, ha detto.

Probabilmente parlava solo per impedirle di pensare al prezzo delle capre, e l'astuzia del suo sguardo era dovuta forse soltanto al modo in cui erano fatti i suoi occhi. Ma il Grande Porto di Havnor non aveva mai avuto molti rapporti con Gont, isoletta povera e remota, nota solo per i suoi maghi, i suoi pirati e le sue capre; e qualcosa, nelle parole *la grande nave,* allarmò Tenar.

— Dicono che a Havnor c'è un re, adesso — continuò il sensale, dandole un'occhiata di traverso.

— Potrebbe essere una buona cosa — commentò Tenar. Townsend rispose, con un cenno d'assenso: — Potrebbe tenere lontana la marmaglia straniera.

Tenar annuì con un grazioso cenno della sua testa di straniera.

— Ma c'è qualcuno, a Porto Gont, che potrebbe non essere d'accordo. — Il sensale intendeva riferirsi ai capitani pirati di Gont, il cui controllo delle rotte di nord-est, negli ultimi anni, era aumentato al punto che molti degli abituali contatti con le Isole Centrali dell'Arcipelago erano stati interrotti; le conseguenze erano state negative per tutti, a Gont, tranne che per i pirati: anche questo non impediva che essi venissero considerati degli eroi da gran parte degli abitanti dell'isola. Per quanto ne sapeva Tenar, suo figlio poteva benissimo essersi imbarcato su una nave pirata, e comunque stare più al sicuro su quella che su un normale mercantile. *Meglio essere squalo che aringa,* si diceva.

— C'è sempre qualcuno che non è contento, qualunque cosa succeda — rispose Tenar, seguendo meccanicamente le regole della conversazione. Un attimo dopo, tuttavia, decise di porre fine a quello scambio di battute e disse, alzandosi: — Vi mostro le capre. Potete dare loro un'occhiata, ma non so se ne venderemo. — Accompagnò il sensale al recinto e lo lasciò solo. Quell'uomo non le piaceva. Non era colpa sua se le aveva portato brutte notizie la prima volta e forse anche la seconda, ma aveva lo sguardo sfuggente, e a lei non piaceva la sua compagnia. Non intendeva vendergli le capre di Ogion. Neppure Sippy.

Dopo che Townsend se ne fu andato a mani vuote, Tenar provò un certo disagio. Gli aveva detto: — Non so se ne venderemo — e si era resa conto che parlargli al plurale era stata una sciocchezza, dato che l'uomo non aveva chiesto di conferire con Sparviero e neppure aveva alluso alla sua presenza come facevano sempre gli uomini che trattavano affari con le donne, soprattutto quando queste ultime si rifiutavano di vendere.

Tenar non sapeva che cosa si dicesse di Ged al villaggio, della sua presenza e della sua assenza. Ogion, distante e silenzioso, e per alcuni versi temuto, era il loro mago e compaesano. Di Sparviero potevano essere orgogliosi, ma solo come nome: l'Arcimago che era vissuto per qualche tempo a Re Albi e aveva fatto cose meravigliose, come vincere in astuzia un drago nelle Novanta Isole e riportare indietro, da qualche luogo lontano, l'Anello di Erreth-Akbe. Però non lo conoscevano. Né Ged conosceva gli abitanti del villaggio. Dal momento in cui era giunto sull'isola non era mai andato al villaggio: solo nella foresta, in luoghi disabitati. Tenar, sino ad allora, ci aveva riflettuto, ma ora capiva che Ged evitava il villaggio esattamente come lo evitava Therru.

Tuttavia, dovevano avere parlato di quell'uomo, nel villaggio. Ma le chiacchiere sulle attività dei maghi non andavano lontano. Erano cose troppo misteriose: la vita degli uomini di Potere era strana e del tutto diversa da quella delle persone normali. — Lascia perdere — aveva sentito dire dagli abitanti della Valle di Mezzo, allorché qualcuno si dava a considerazioni un po' troppo disinvolte su un lavoratore stagionale venuto da fuori o sul loro mago, Faggio. — Lascia perdere. Lui va per la sua strada, non per la nostra.

Riguardo poi al fatto che lei, Tenar, fosse rimasta a curare e a servire un simile uomo di Potere, ebbene, anche questo argomento non veniva mai discusso: era un'altra cosa da *lasciar perdere.* Lei era andata poche volte al villaggio, e la gente non si era comportata nei suoi confronti né con amicizia né con ostilità. Tutti sapevano che Tenar era vissuta in passato nella casa del tessitore Ventaglio, che era la pupilla del vecchio mago, il quale aveva mandato Townsend dall'altra parte della montagna a cercarla: benissimo. Ma lei era arrivata con quella bambina terribile a vedersi, e chi si sarebbe mai accompagnato a una così, in piena luce? E che tipo di donna poteva essere l'allieva di un mago, che faceva da infermiera a un altro mago? Lì sotto c'era qualche stregoneria, senza dubbio, e forestiera, per giunta. Però, nonostante questo, lei era la moglie di un ricco agricoltore della Valle di Mezzo; anche se adesso lui era morto, e lei era solo la sua vedova. Be', chi può pretendere di capire il comportamento degli stregoni? Lascia perdere, è meglio...

Quando l'Arcimago di Earthsea fu di ritorno, lo raggiunse al cancello e gli disse: — È arrivata una nave dalla città di Havnor.

Ged si bloccò. Accennò a fare un movimento, e subito lo interruppe, ma Tenar lo vide benissimo: per un momento, era stato tentato di voltarsi per fuggire, per scappare via come un topo minacciato da un falco.

— Ged! — esclamò. — Che cosa c'è?

— Non posso — spiegò lui. — Non posso affrontarli.

— Chi?

— I suoi uomini. Gli uomini del re.

Il suo volto era diventato cinereo, proprio come quando era arrivato sull'isola; si guardava attorno, alla ricerca di un nascondiglio.

Il suo terrore era così immediato e così privo di difese, che Tenar pensò solo a evitargli l'incontro. — Nessuno ti obbliga a vederli — disse. — Se arriverà qualcuno, lo manderò via. Entra in casa, adesso. Sei digiuno da stamattina.

— C'era un uomo.

— Era Townsend, venuto a comprare le capre. L'ho mandato via. Vieni!

Lui la seguì e, quando furono in casa, Tenar chiuse la porta. — Non possono farti del male, ne sono sicura, Ged. E poi, perché dovrebbero?

Ged si sedette al tavolo e scosse la testa con ostinazione. — No, no.

— Sanno che sei qui?

— Non saprei.

— Ma di che cosa hai paura? — chiese Tenar, non con ira, ma con l'autorevolezza della ragione.

Lui si passò le mani sul viso, strofinando le tempie e la fronte, e abbassò lo sguardo. — Ero... — mormorò. — Non sono... — Non riuscì a dire altro.

Tenar lo interruppe. — È tutto a posto, è tutto a posto — lo tranquillizzò. Non volle toccarlo per non accrescere la sua umiliazione con una parvenza di pietà. Era in collera con lui, e per quello che poteva capitargli. — Non è affar loro — disse, — dove ti trovi, o chi sei, e quello che vuoi fare o non vuoi fare! *Se vengono come spioni, possono andarsene come curiosi.* — Era un detto di Lodola. Tenar comprese che le mancava molto la conversazione con una donna comune, piena di buonsenso. — Comunque, chi ha detto che la nave ha a che fare con te? Può darsi che siano venuti semplicemente a combattere contro i pirati. E sarebbe ora che il re si decidesse a farlo... Ho trovato del vino nell'armadio, un paio di bottiglie, e mi chiedo da quanto tempo Ogion le aveva messe via. Penso che un bicchiere di vino farebbe bene a tutt'e due. E anche un po' di pane e di formaggio. La piccola ha pranzato e poi è andata via con Erica a dare la caccia alle rane; può darsi che per cena ci siano cosce di rana, ma per ora c'è solo pane e formaggio. E vino. Mi chiedo da dove venga, chi l'abbia dato a Ogion, quanti anni possa avere. — Continuò a parlare, chiacchiere di donna che non avevano bisogno di risposta e che impedivano a lui di interpretare nel modo sbagliato un eventuale silenzio, finché non avesse superato la crisi della vergogna, non avesse mangiato qualcosa e bevuto un bicchiere del vecchio, profumato vino rosso.

— È meglio che me ne vada, Tenar — disse Ged. — Finché non avrò imparato a essere quel che sono adesso.

— Andare dove?

— Sulla montagna.

— A vagabondare... come Ogion? — Lo fissò. Si rammentò di quando camminava con Ged lungo le strade di Atuan, e si prendeva gioco di lui: — I maghi chiedono spesso la carità? — E Ged aveva risposto: — Sì, ma cercano sempre di dare qualcosa in cambio.

Gli chiese con cautela: — Per qualche tempo, non potresti andare avanti come mago della pioggia, o come cercatore? — E gli riempì il bicchiere.

Lui scosse la testa. Bevve il vino, poi distolse lo sguardo. — No — disse. — Niente del genere.

Tenar non gli credette. Avrebbe voluto contraddirlo, protestare: *come può essere, come puoi dire questo... come se avessi dimenticato tutto quello che conosci, tutto quello che hai imparato da Ogion e a Roke, e nei tuoi viaggi! Non puoi avere dimenticato le parole, i nomi, i gesti della tua arte. Hai imparato il tuo Potere, te lo sei guadagnato!* Si trattenne dal dirglielo, ma mormorò: — Non capisco. Come può, tutto questo...

— Un bicchiere d'acqua — spiegò Ged, inclinando un poco il bicchiere, come per versare il vino. E aggiunse, dopo un momento: — Ma non capisco perché mi ha riportato indietro. La gentilezza dei giovani è spesso crudele... così, sono qui, e devo andare avanti, finché non ritornerò laggiù.

Tenar non capì esattamente quel che voleva dire, ma colse un accento di biasimo o di rimpianto che, in lui, la stupì e la irritò. Disse sostenuta: — È stato Kalessin a riportarti qui.

L'interno della casa era buio, con la porta chiusa: l'unica luce era quella del tardo pomeriggio, che filtrava dalla piccola finestra a occidente. Tenar non riusciva a cogliere l'espressione di Ged; ma questi levò il bicchiere nella sua direzione, e, con un pallido sorriso, bevve.

— Gran vino — sentenziò. — Ogion deve averlo avuto da qualche grosso mercante o da un pirata. Non ne ho mai bevuto uno così prelibato, neppure a Havnor. — Rigirò fra le dita il tozzo bicchiere, e lo fissò. — Mi darò un altro nome — disse, — e andrò dall'altra parte della montagna, ad Armouth e nella Foresta Orientale, dove sono nato. C'è la raccolta del fieno. Cercano sempre aiuto, all'epoca della fienagione e del raccolto.

Tenar non rispose. Nelle condizioni in cui era Ged, gli avrebbero dato quel genere di lavoro solo per carità o per umiliarlo; e lui, in qualsiasi caso, non era in grado di svolgerlo.

— Le strade non sono più quelle di una volta — disse poi. — Negli ultimi anni si sono riempite di ladri e di bande di sfaccendati. Marmaglia straniera, come dice il mio amico Townsend. È sconsigliabile viaggiare da soli.

Guardandolo nella penombra per controllare come accoglieva quella notizia, Tenar si chiese che cosa provasse Ged di fronte alla paura, una sensazione del tutto nuova per lui dato che, un tempo, nessun essere umano poteva spaventarlo.

— Ogion, però... — cominciò a dire Ged, e poi s'interruppe, ricordandosi solo allora che Ogion era un mago.

— Nella parte meridionale dell'isola — proseguì Tenar, — ci sono molti pascoli. Pecore, capre, mucche. Le portano sui monti prima della Grande Danza, e le pascolano lassù fino alle piogge. Hanno sempre bisogno di pastori. — Bevve un sorso del vino di Ogion. Le parve di avere nuovamente nella bocca il nome del drago. — Ma perché non puoi stare qui?

— Non nella casa di Ogion. È il primo luogo dove verranno a cercarmi.

— E anche se vengono? Che cosa vogliono da te?

— Che torni a essere quello che ero.

La sofferenza della sua voce la raggelò.

Tenar rimase in silenzio, cercando di ricordare che cosa si provasse a essere potente, a essere la sacerdotessa delle Tombe di Atuan, e poi a perdere tutto quel Potere, a gettarlo via, a diventare semplicemente Tenar, solo se stessa. Pensò a che cosa si provava a essere una donna nella primavera della vita, con i figli e un marito, e poi a perdere tutto, a diventare una vedova anziana e senza Potere. Ma non riuscì a comprendere la vergogna di Ged, il tormento della sua umiliazione.

Forse solo un uomo poteva provarli. Una donna era abituata alle umiliazioni.

O forse aveva ragione Zia Muschio: una volta sparita la polpa, il guscio era vuoto.

Pensieri da strega, si disse. Allora, per distogliere la propria mente - e quella di Ged - da quel tipo di considerazioni, e perché il vino forte e profumato la rendeva ardita, disse, ridendo: — Sai, pensavo a Ogion che mi insegnava, e a me che invece di proseguire mi sono trovata un marito... Quel giorno, il giorno del mio matrimonio, mi sono detta: Ged se la prenderà, quando lo verrà a sapere!

— Infatti — rispose lui.

Lei attese che continuasse.

Ged continuò: — Mi sono irritato.

— Incollerito — disse Tenar.

— Incollerito — confermò lui.

Le riempì il bicchiere.

— Avevo la capacità di riconoscere il Potere, allora — disse Ged. — E tu... ne risplendevi, in quel luogo terribile, il Labirinto, in quell'oscurità...

— Dimmi, allora, che cosa avrei dovuto fare del mio Potere e delle conoscenze che Ogion aveva cercato di darmi?

— Usarli — rispose Ged.

— E come?

— Come viene usata l'arte magica.

— Usata da chi?

— Dai maghi — rispose Ged, un po' a fatica.

— Magia sono dunque le arti e le pratiche dei maghi e dei sapienti?

— Che altro significato può avere?

— Non può davvero averne altri? — chiese Tenar.

Ged rifletté su quelle parole, e una o due volte incrociò lo sguardo con quello di Tenar.

— Quando Ogion mi insegnava — disse Tenar, — qui, accanto a questo stesso focolare, le parole della Lingua Vera erano forti e facili sulle mie labbra come sulle sue. Era come imparare di nuovo una lingua che parlavo prima di nascere. Ma il resto, i miti, le Rune di Potere, gli incantesimi, le leggi, l'evocazione delle forze, tutto era come morto per me. Una lingua straniera. A quell'epoca pensavo che avrei potuto vestirmi da guerriero, con la lancia e la spada e le piume sull'elmo, ma che non sarebbe stato adatto a me, vero? Che cosa avrei fatto della spada? Sarebbe bastata a fare di me un eroe? Mi sarei solamente trovata in abiti non adatti a me, e non sarei nemmeno riuscita a camminare.

Bevve un sorso di vino.

— Perciò mi sono tolta tutto — concluse, — e mi sono rimessa i miei vestiti.

— Che cosa ha detto Ogion, quando lo hai lasciato?

— Che cosa diceva Ogion, in genere?

A queste parole, sulle labbra di Ged ricomparve l'ombra di un sorriso.

Tenar annuì.

Dopo qualche istante, la donna proseguì, a voce più bassa: — Mi aveva preso come allieva perché eri stato tu a portarmi. Non avrebbe voluto avere altri apprendisti dopo di te, e non avrebbe mai preso una ragazza, se non per tua richiesta. Ma mi voleva bene. Mi trattava con rispetto. E io lo amavo e lo rispettavo. Tuttavia non poteva darmi quello che desideravo, e io non potevo prendere quello che aveva da darmi. Lui l'aveva capito. Eppure, Ged... quando ha visto Therru è stato diverso. Il giorno prima di morire. Tu dici - Muschio dice - che il Potere riconosce il Potere. Non so che cosa abbia visto in lei, ma Ogion mi ha detto: «Insegnale!» e ha detto anche...

Ged attese.

— Ha detto: «Impareranno a temerla» — continuò la donna. — E anche: «Insegnale tutto. Non Roke». Non so che cosa intendesse dire. Come posso saperlo? Se fossi rimasta qui con lui, potrei saperlo, potrei essere in grado di insegnarle. Ma ho pensato: arriverà Ged, e lui saprà. Saprà che cosa insegnarle, che cosa deve sapere la mia povera piccola maltrattata.

— Non lo so — rispose Ged, con voce molto bassa. — Ho visto... Nella bambina vedo solo il male che le è stato fatto. — Bevve tutto il vino rimasto nel bicchiere.

— Non ho niente da darle — disse.

Qualcuno bussò alla porta, piano. Ged trasalì immediatamente e, con lo stesso scatto del corpo, cercò un posto dove nascondersi.

Tenar andò alla porta, e fiutò l'odore di Muschio ancor prima di riconoscerla.

— Uomini al villaggio — bisbigliò la vecchia, in tono grave. — Gente elegante, venuta dal porto, dalla grande nave che è giunta dalla città di Havnor, dicono. Venuta a cercare l'Arcimago, dicono.

— Non desidera vederli — disse Tenar, debolmente. Non aveva alcuna idea sul da farsi.

— Ne ero sicura — disse la strega. E dopo una pausa: — Dov'è, allora?

— Sono qui — rispose Sparviero, avvicinandosi alla porta e spalancandola. — Hanno già saputo dove mi trovo? — chiese.

— Non da me — rispose Muschio.

— Se dovessero venire qui — osservò Tenar, — basterebbe dire loro di andarsene. Dopotutto, sei l'Arcimago.

Né Ged, né Muschio, tuttavia stavano badando a lei, in quel momento.

— Non verranno certamente a cercarvi a casa *mia* — disse Muschio. — Venite pure, se volete.

Ged la seguì, e rivolse un'occhiata a Tenar, senza parlare. — Ma che cosa devo dire a quegli uomini, se vengono qui? — chiese Tenar.

— Non dirgli niente, cara — rispose la strega.

Erica e Therru fecero ritorno dallo stagno con un bottino che ammontava a sette rane in una borsa di rete, e Tenar si mise subito all'opera per tagliare le cosce, spellarle e prepararle per la cena delle cacciatrici. Aveva appena terminato, quando sentì giungere alcune voci dall'esterno e, alzando gli occhi verso la porta aperta, vide alcune persone ferme sulla soglia: uomini con il cappello in testa, luccichio di oro al collo, riflesso di gemme alle dita.

— La signora Goha? — chiese uno di loro, in tono cortese.

— Oh, entrate! — rispose lei.

Entrarono: erano cinque uomini, che sembravano almeno il doppio del loro numero, nella piccola stanza dal soffitto basso. Erano tutti alti, e certamente erano grandi signori. Diedero un'occhiata attorno, e anche Tenar vide quel che vedevano i loro occhi.

Vedevano una donna in piedi accanto al tavolo, con in mano un coltello lungo e affilato. Sul tavolo un tagliere con, da un lato, un mucchietto di cosce di rana biancastre, dall'altro un mucchietto di rane morte, sporche di sangue. Nell'ombra, dietro la porta, qualcuno si nascondeva: una bambina, ma una bambina deforme, con solo mezza faccia e una mano rattrappita. Su un pagliericcio, sotto l'unica finestra della casa, una giovane donna, alta e ossuta, li fissava a bocca aperta. Aveva le mani sporche di fango, e la sua gonna bagnata puzzava di acqua stagnante. Quando si accorse di essere guardata, si nascose la faccia dietro la gonna, e così facendo si scoprì le gambe fino alla coscia.

Distolsero lo sguardo da lei e dalla bambina dietro la porta, e perciò non rimase loro altro da guardare che la donna con le rane.

— Signora Goha — ripeté uno di loro.

— Sì, sono io — rispose Tenar.

— Veniamo da Havnor, da parte del re — disse l'uomo dalla voce cortese. Aveva la faccia in ombra, e Tenar non riuscì a distinguerla. — Cerchiamo l'Arcimago Sparviero di Gont. Re Lebannen sarà incoronato all'equinozio d'autunno, e vorrebbe avere con sé l'Arcimago, suo signore e amico, durante i preparativi dell'incoronazione, nonché essere incoronato da lui, se accetta.

L'uomo aveva parlato in tono solenne, ufficiale, come se si fosse rivolto a una dama di corte. Indossava semplici calzoni al ginocchio, di cuoio leggero, e una camicia di lino impolverata per la lunga arrampicata da Porto Gont, ma era di tela fine, con ricami d'oro attorno al collo.

— L'Arcimago non c'è — rispose Tenar.

Due ragazzini del villaggio fecero capolino alla porta, si tirarono indietro, si affacciarono di nuovo e poi corsero via schiamazzando.

— Forse potete dirci dove si trova in questo momento, signora Goha — insistette l'uomo.

— No, non posso dirlo.

Tenar li osservò. A tutta prima, aveva avuto paura di loro - forse il panico di Ged si era trasmesso anche a lei, oppure la vista di quegli estranei le aveva causato una sorta di sciocca apprensione - ma ormai il timore si stava dileguando. Dopotutto, si trovava nella casa di Ogion, e sapeva bene perché Ogion non avesse mai avuto paura della gente importante.

— Dovete essere stanchi, dopo tanto cammino — disse loro. — Non volete sedervi? Ho del vino. Lavo solo i bicchieri.

Prese il tagliere e lo posò sull'acquaio, mise le cosce di rana nella dispensa, buttò il resto nel secchio degli avanzi, che Erica portava poi ai maiali del tessitore del villaggio, si lavò le mani e le braccia nel catino, lavò il coltello, versò dell'acqua pulita e sciacquò i due bicchieri in cui avevano bevuto lei e Ged. Nella credenza c'erano un altro bicchiere e due tazze di terracotta, senza manico; li posò sul tavolo e servì il vino agli ospiti: nella bottiglia ne era rimasto a sufficienza per tutti. Gli uomini si erano scambiati un'occhiata e non si erano seduti. La scarsità di sedie li giustificava. Le regole dell'ospitalità, però, imponevano loro di accettare quel che veniva offerto. Ciascuno prese da lei il bicchiere o la tazza, mormorando un ringraziamento. Levarono il bicchiere verso di lei e bevvero.

— Per il mio nome! — esclamò uno di loro, sorpreso.

— Vino delle Andrades... La vendemmia tardiva — disse un altro, sgranando gli occhi.

Il terzo scosse la testa. — Andrades, Anno del Drago — disse con reverenza.

Il quarto annuì e bevve un secondo sorso, impressionato.

Il quinto, che era quello che aveva parlato per primo, sollevò di nuovo la tazza in direzione di Tenar e disse: — Voi ci accogliete con un vino da re, signora.

— Era di Ogion — rispose lei. — Questa era la casa di Ogion, e adesso è la casa di Aihal. Lo sapevate, signori?

— Sì, signora. Il re ci ha indirizzato a questa casa, convinto che l'Arcimago venisse qui; se n'è ancor più convinto quando a Roke e a Havnor è giunta notizia della morte del suo maestro. Ma è stato un drago a portare l'Arcimago da Roke a qui. E, da allora, da lui non è giunta parola, né a Roke né al re. E sta molto a cuore al re, ed è nell'interesse di tutti sapere che l'Arcimago è qui, e che sta bene. Potete dirci se è venuto qui, signora?

— Non posso dirlo, mi dispiace — rispose Tenar, ma era una risposta un po' troppo ambigua, e per di più era la seconda volta che la dava: anche gli uomini l'avevano notato. Raddrizzò le spalle e chiarì: — Intendo dire che non posso parlare. Penso che se l'Arcimago vorrà venire, verrà, e che se invece non vorrà farsi trovare, non lo troverete. Non credo che andreste a cercarlo contro la sua volontà.

Il più vecchio di loro, e il più alto, disse: — La nostra volontà è quella del re.

E quello che aveva parlato per primo aggiunse, in tono conciliante: — Noi siamo solo messaggeri. Quel che c'è tra il re e l'Arcimago riguarda esclusivamente loro due. Noi vogliamo solo portare il messaggio. E la risposta.

— Se potrò, gli farò pervenire il vostro messaggio.

— E la risposta? — chiese il più vecchio del gruppo.

Tenar non disse niente, e allora l'uomo che aveva parlato per primo aggiunse: — Rimarremo qui alcuni giorni, al castello del Signore di Re Albi, il quale, saputo dell'arrivo della nostra nave, ci ha offerto la sua ospitalità.

Chissà perché, Tenar ebbe l'impressione che fosse scattata una trappola o si fosse stretto un cappio. La vulnerabilità di Ged, la debolezza dell'Arcimago l'avevano contagiata. Non avendo altre armi, si difese con la sua maschera, il suo aspetto di semplice massaia di mezz'età. Ma era davvero una maschera? Era anche la verità, e quel genere di cose era ancor più sottile dei travestimenti e delle metamorfosi dei maghi. Piegò la testa da un lato ed esclamò: — Sarà molto più adatto alle vostre signorie. Come vedete, viviamo molto semplicemente, qui, come il vecchio mago.

— E bevete vino delle Andrades — disse quello che aveva riconosciuto l'annata: un bell'uomo, dagli occhi intelligenti e dal sorriso simpatico. Tenar, in ossequio alla sua parte, abbassò lo sguardo. Ma quando si accomiatarono e uscirono, capì che, qualunque cosa sembrasse o facesse, se ancora non sapevano che lei era Tenar dell'Anello, presto lo avrebbero saputo; così avrebbero avuto la conferma che conosceva l'Arcimago e che poteva guidarli a lui, se davvero intendevano cercarlo.

Quando se ne furono andati, Tenar trasse un profondo respiro di sollievo, e così fece Erica, che finalmente chiuse la bocca, dopo averla tenuta aperta per tutto il tempo della permanenza di quegli uomini.

— Non lo farò mai — disse, in tono di completa soddisfazione, e corse a vedere dove fossero finite le capre.

Therru uscì dall'angolo buio dietro la porta, dove si era barricata contro gli estranei proteggendosi con il bastone di Ogion, il bastone di ontano di Tenar e il suo bastone di nocciolo. Camminava a piccoli passi, di lato, come faceva un tempo, prima che si trasferissero in casa di Ogion: senza mai alzare la faccia, la testa piegata contro la spalla perché non si vedesse la cicatrice.

Tenar si inginocchiò per prenderla tra le braccia. — Therru — la rassicurò, — non intendono farti del male.

Ma la bambina non voleva guardarla in faccia. Tra le braccia di Tenar, era rigida come un pezzo di legno.

— Se lo preferisci, non li farò mai più entrare in casa.

Dopo qualche minuto, la bambina si scosse leggermente e chiese con voce spessa, roca: — Che cosa vogliono fare a Sparviero?

— Niente — rispose Tenar. — Non certo del male! Sono venuti per... per onorarlo.

Ma cominciava a capire che cosa significassero per Ged i tentativi di onorarlo: la negazione della sua perdita, la negazione del rimpianto di ciò che aveva perduto. Quegli uomini volevano costringerlo a recitare una parte che non era più la sua.

Quando Tenar la lasciò, Therru aprì l'armadio e prese la scopa di Ogion. Poi, scrupolosamente, pulì il pavimento dove si erano fermati gli uomini di Havnor e spazzò via le loro impronte, buttando fuori della stanza - fuori della soglia - la polvere delle loro scarpe.

Nel guardare la bambina al lavoro, Tenar prese infine la decisione.

Si avvicinò allo scaffale dove Ogion teneva i suoi tre grandi libri e cominciò a frugare. Trovò varie penne d'oca e una boccetta d'inchiostro, mezzo asciutta, ma neppure un pezzo di carta o di pergamena. Fece una smorfia, perché le dispiaceva danneggiare una cosa preziosa come un libro, ma piegò e staccò una sottile striscia di carta dall'ultima pagina, bianca, del libro delle Rune. Si sedette al tavolo, intinse la penna e cominciò a scrivere. Né l'inchiostro né le parole erano facili a scorrere. Non aveva più avuto occasione di scrivere da quando si era seduta l'ultima volta a quel tavolo, un quarto di secolo prima, con Ogion che la sorvegliava da dietro le spalle, e le insegnava le Rune hardiche e le Grandi Rune di Potere. Scrisse: *va' alla fattoria querce in valle di mezzo, da rivochiaro. Di' Goha mandato te per curare orto e pecore.*

Per rileggere il messaggio, le occorse quasi lo stesso tempo che aveva impiegato per scriverlo. Nel frattempo, Therru aveva finito di spazzare e la guardava con grande attenzione.

Aggiunse una sola parola: *stanotte.*

— Dov'è Erica? — chiese poi alla bambina, piegando due volte su se stessa la strisciolina di carta. — Deve portare questo biglietto a casa di Zia Muschio.

Avrebbe voluto andarci di persona, per vedere Ged, ma non

voleva correre rischi: forse quegli uomini la sorvegliavano nella speranza che li conducesse fino a lui.

— Vado io — sussurrò Therru.

Tenar la guardò, aggrottando le sopracciglia.

— Dovrai andare da sola, Therru. Ed è in fondo al villaggio. — La bambina annuì.

— Dallo solo a lui! — raccomandò Tenar.

La bambina annuì di nuovo.

Tenar infilò il biglietto nella tasca della bambina, la abbracciò, la baciò e poi la lasciò andare. Therru si allontanò, senza zoppicare e senza nascondere la faccia, ma a testa alta, correndo senza impedimenti, volando, pensò Tenar, e la guardò svanire nella luce della sera, oltre la cornice buia della porta, volando come un uccello, come un drago, come una bambina libera.

FALCHI

Presto, Therru fu di ritorno con la risposta di Sparviero: — Ha detto che partirà questa notte.

Tenar ascoltò con soddisfazione, lieta del fatto che avesse accettato il suo piano e che si allontanasse dai messaggeri e dai messaggi da lui temuti. Solo più tardi, dopo avere servito a Erica e a Therru il loro piccolo banchetto a base di rane, dopo avere messo a dormire Therru e averle cantato la ninnananna, quando sedeva da sola al tavolo, senza lampada e senza luce del fuoco, Tenar sentì una stretta al cuore. Ged se n'era andato. Era debole, spaventato e insicuro: aveva bisogno di amici e lei lo aveva allontanato da coloro che avrebbero voluto aiutarlo. Se n'era andato, ma lei doveva rimanere, per allontanare i segugi dalla sua pista, o quanto meno per scoprire se intendevano rimanere a Gont o ritornare a Havnor.

Il panico di Ged e il fatto che lei lo avesse assecondato cominciarono a sembrarle atteggiamenti così irragionevoli da farle pensare che la fuga di Ged fosse un'assurdità. Avrebbe riflettuto sulla cosa e si sarebbe semplicemente nascosto in casa di Muschio, che era l'ultimo posto di Earthsea dove un re sarebbe andato a cercare il suo Arcimago. Era meglio rimanere laggiù finché gli uomini del re non se ne fossero andati. Poi sarebbe potuto ritornare alla casa di Ogion, che era il posto più adatto a lui. E le cose sarebbero andate come prima, con lei che si prendeva cura di Ged finché non avesse ripreso le forze, e con lui che le offriva la sua preziosa compagnia.

Un'ombra si disegnò sulla soglia, nascondendo le stelle. — Sstt! Dormite tutti? — Entrò Zia Muschio. — Be', se n'è andato — disse, con l'aria di chi prende parte a una cospirazione. — Ha imboccato la vecchia strada della foresta. Dice che da lì, domattina, arriverà alla strada per la Valle di Mezzo, dietro Fontana delle Querce.

— Bene — rispose Tenar.

Più ardita del solito, Muschio si sedette senza essere invitata. — Gli ho dato una pagnotta e una forma di cacio per mangiare qualcosa durante il tragitto.

— Grazie, Muschio. Sei stata gentile.

— Goha. — Nell'oscurità, la voce di Muschio prendeva la cantilena delle sue salmodie e dei suoi incantesimi. — C'era una cosa che volevo chiederti, cara, senza andare al di là di quel che mi è lecito conoscere, perché so che sei vissuta con persone importanti e sei stata una di loro anche tu, e questo mi tappa la bocca quando ci penso. Eppure, anch'io conosco cose che tu non puoi sapere, anche se conosci le Rune, e l'Antica Lingua, e hai imparato molte cose dai sapienti e in terra straniera.

— È proprio come dici tu, Muschio.

— Ah, bene. Così, quando abbiamo detto che una strega riconosce un'altra strega e io ho detto... dell'uomo che adesso se n'è andato... che non era un mago, qualunque cosa fosse stato in precedenza, ma tu continuavi a negarlo. Avevo ragione, vero?

— Sì.

— Proprio come pensavo. Avevo ragione.

— L'ha detto anche lui — osservò Tenar.

— Certo. Non è uno che dica bugie, e neppure uno di quelli che ti raccontano prima una cosa e poi un'altra, finché non capisci più qual è l'una e qual è l'altra. Su questo non c'è dubbio. E non è neppure uno di quelli che cercano di tirare il carro senza i buoi. Ma ti dico che sono contenta che se ne sia andato, perché non sta bene, ormai, visto che lui non è come prima.

Tenar non aveva idea di quel che la strega volesse dire, tolta l'immagine di tirare il carro senza i buoi. — Non capisco perché abbia tanta paura — disse. — Cioè, in parte lo so, ma non capisco perché si vergogni tanto. Ma avrebbe preferito morire. Del resto, per me, vivere significa avere il proprio lavoro da fare, e poterlo fare. È questa la soddisfazione, il vanto. E se non puoi fare il tuo lavoro, o te lo tolgono, allora che ti resta? Occorre avere qualcosa...

Muschio ascoltò e fece vari cenni d'assenso con la testa, come se le avesse rivelato qualche profonda verità. Poi, dopo una breve pausa, disse: — È ben strano che un uomo fatto viva come un ragazzino di quindici anni! Non ti pare?

Tenar stava quasi per chiederle quale fosse il significato di quell'affermazione, ma qualcosa glielo impedì. Comprese che aveva teso l'orecchio per sentire i passi di Ged che rientrava dai suoi vagabondaggi nella foresta, che si aspettava di sentire la sua voce: i sensi di Tenar negavano la sua lontananza. Alzò gli occhi verso la strega: una macchia scura seduta sulla sedia di Ogion accanto al focolare spento.

— Ah! — esclamò, e in un istante le parve di capire molte cose. — È per *quello* che... — continuò. — È per quello che non ho mai...

S'interruppe, e dopo un lungo silenzio commentò: — E loro... i maghi... Che cos'è, un incantesimo?

— Certo, cara — disse Muschio. — Una stregoneria che fanno su se stessi. Alcuni ti diranno che fanno un patto, come una specie di matrimonio al contrario, con promesse e tutto il resto, e che così riescono a ottenere un Potere maggiore. Ma a me sembra una cosa sbagliata, come se trattassero con gli Antichi Poteri, cosa che i veri maghi non possono fare. E il vecchio mago mi ha detto che non è così. Anche se so che qualche strega l'ha fatto, e senza gravi conseguenze.

— Quelle che mi hanno allevato lo facevano — disse Tenar. — Promettevano la loro verginità.

— Oh, certo. Non c'erano uomini, mi hai detto, ma solo quegli *eunuchi.* Spaventoso!

— Ma perché — si chiese Tenar, — non mi è mai venuto in mente di...

La strega rise. — Perché è il loro Potere, cara. Non ti viene neppure in mente! Non ci pensi! E non ci pensano neanche loro, una volta fatto l'incantesimo. E come farebbero, con il Potere che hanno? Non va bene, non possono. Non puoi avere se non dai, e questo vale per tutti. Lo sanno anche loro, i maghi, gli uomini di Potere, lo sanno meglio di tutti. Però lo sai anche tu: non è facile per un uomo adulto non essere uomo, anche se può far cadere il sole dalla sua orbita. Perciò se lo tolgono del tutto dalla mente, con i loro incantesimi di legame. E l'incantesimo non sgarra. Anche nei brutti tempi che abbiamo visto recentemente, con gli incantesimi che non riuscivano o che andavano di traverso, non ho mai sentito dire di un mago che avesse violato *quegli* incantesimi, e che si servisse del suo Potere per soddisfare i desideri del suo corpo. Nessuno di loro, neanche i peggiori, sarebbe disposto a rischiare. Naturalmente ci sono quelli che si creano delle illusioni, ma non fanno che prendere in giro se stessi. E c'è qualche stregone di poco conto, di quelli che usano la magia per riparare le pentole, che tenta qualche incantesimo di seduzione sulle contadine, ma a quanto ho visto si tratta di incantesimi piuttosto fiacchi. Il Potere dell'uno vale quanto il Potere dell'altra, e non succede niente. Almeno, così mi pare.

Tenar ascoltò le parole della strega e rifletté. Alla fine disse: — Si isolano.

— Certo. I maghi devono farlo.

— Ma tu non lo fai.

— Io? Io sono solo una vecchia strega di villaggio, cara.

— Vecchia quanto?

Dopo qualche istante, la voce divertita di Zia Muschio uscì dall'oscurità: — Quanto basta a non cacciarmi più nei guai.

— Ma avevi detto... Non hai sempre mantenuto la castità.

— Che intendi dire, cara?

— Come i maghi.

— Oh, no di certo! — disse la strega. — Non sono mai stata una bellezza, tuttavia riuscivo a guardarli in un certo modo... non era stregoneria, lo capisci anche tu, cara... ma se guardi gli uomini in un certo modo, loro poi vengono a cercarti, come è vero che il corvo gracchia. Dopo due o tre giorni arrivavano da me. «Mi occorre qualcosa per il mio cane, che ha la rogna.» «Mi serve una tisana per la nonna, povera vecchia.» Ma io sapevo benissimo quello che cercavano, e se mi piacevano poteva anche darsi che lo trovassero. Ma solo per amore... non sono di quelle, sai, anche se certe streghe lo sono, e, a mio parere, disonorano tutta la categoria. Io faccio il mio lavoro a pagamento, ma il piacere me lo prendo per amore, l'ho sempre detto. E non è sempre un piacere. Ero pazza di un uomo di qui, lo sono stata per anni, un bell'uomo, ma un cuore duro, gelido. Adesso è morto. Il padre di quel Townsend che è venuto ad abitare qui... devi averlo visto. Oh, ero talmente presa da quell'uomo che ho perfino usato la mia arte. Ho fatto tanti incantesimi su di lui, ma tutti sprecati. Niente di niente. Come cavar sangue da una rapa... E se sono venuta qui a Re Albi da ragazza era perché mi ero cacciata in un guaio con un uomo di Porto Gont. Non dovrei parlarne, perché era gente ricca, una famiglia importante. Erano loro ad avere il potere, non io! Non volevano che il figlio si mettesse con una ragazza del popolo come me, mi hanno dato della sporca puttana e mi avrebbero eliminato senza pensarci due volte, come si fa fuori un gatto, se non fossi corsa quassù. Ma, oh, come mi piaceva quel ragazzo, con le braccia e le gambe lisce, muscolose e grandi occhi neri. Sono passati molti anni, ma lo rivedo ancora davanti a me come se fosse ieri.

Per qualche tempo, nessuna delle due parlò.

— E quando avevi un uomo, Muschio — chiese Tenar, — dovevi rinunciare al tuo Potere?

— Neanche a una briciola — disse la strega, compiaciuta di sé.

— Ma hai detto che non si ha senza dare. Oppure, per le donne è diverso da com'è per gli uomini?

— Perché, c'è *qualcosa* che non è diverso, cara?

— Non saprei — rispose Tenar. — Mi pare che gran parte delle differenze ce le creiamo da noi, e poi ci lamentiamo della loro esistenza. Non vedo perché la magia, il Potere, debba essere diversa tra uomo e donna. A meno che non si tratti di due tipi differenti di magia.

— *L'uomo dà, cara. La donna prende* — sentenziò Muschio.

Tenar non disse niente, ma la spiegazione l'aveva lasciata chiaramente insoddisf atta.

— Almeno in apparenza, il nostro Potere è molto piccolo accanto al loro — riprese Muschio, — ma scende in profondità. È tutto radice, come una vecchia siepe di more. Il Potere dei maghi, invece, è come una pianta di fico, grande, alta, solenne, ma se arriva una tempesta la sradica facilmente. Invece non c'è niente che riesca a distruggere una siepe di more. — Fece la sua risata chioccia, soddisfatta di avere trovato un paragone efficace. — Dunque, allora — continuò allegramente, — come ti dicevo, forse è meglio che se ne sia andato, perché la gente del villaggio cominciava a parlare.

— A parlare? — fece Tenar, sorpresa.

— Tu sei una donna rispettabile, cara, e la reputazione è la ricchezza della donna.

— La sua ricchezza... — disse Tenar, in tono vacuo. — Il suo tesoro. Il suo valore. — Si alzò: era stanca di stare seduta, e si stirò varie volte la schiena e le braccia. — Come i draghi che cercano una caverna e poi la trasformano in una fortezza per il loro tesoro, per le loro ricchezze, e poi si stendono sopra di esse, a dormire. Prendere, prendere e non dare mai!

— Saprai anche tu il valore di una buona reputazione — disse Muschio, asciutta, — quando l'avrai perduta. Non è tutto, certo.

Ma è difficile trovare qualcosa che la sostituisca, quando non ce l'hai più.

— Tu rinunceresti a essere una strega per diventare una donna rispettabile, Muschio?

— Non lo so — rispose lei, pensosa, dopo qualche istante. — Non so se potrei, però. So fare l'una, ma non so se saprei fare l'altra.

Tenar la prese per le mani. Sorpresa, Muschio si alzò e si tirò leggermente indietro, ma Tenar la baciò sulla guancia.

La strega alzò una mano e timidamente le sfiorò i capelli: una carezza come quelle che le faceva Ogion. Poi si tirò indietro e mormorò di dover tornare a casa. Sulla soglia, però, chiese: — O forse preferivi che rimanessi, con tutti quegli stranieri che ci sono in giro?

— Va' pure — disse Tenar. — Sono abituata agli stranieri.

Quella notte, addormentandosi, entrò di nuovo nelle grandi distese di vento e di luce, ma la luce era fumosa, rossa, arancione e ambra, come se l'aria stessa si fosse infuocata. In quell'elemento, lei aveva l'impressione di essere e di non essere: di volare nel vento e di essere il vento, il vento che soffiava, la forza che si liberava; e nessuna voce la chiamò.

La mattina seguente, Tenar sedeva sulla soglia e si spazzolava i capelli. Non li aveva chiari come molti abitanti di Karg; aveva la pelle bianca, ma i capelli scuri. Ed erano ancora scuri, senza un solo filo grigio. Li aveva lavati con l'acqua che aveva messo a bollire per lavare i panni, perché quel giorno aveva deciso di fare il bucato, visto che Ged era andato via e che la sua rispettabilità non correva pericoli. Se li era asciugati al sole, continuando a spazzolarli, e a causa dell'aria secca del mattino, tra i capelli e la spazzola crepitavano piccole scintille.

Therru si fermò dietro di lei, a guardarla. Tenar si voltò e la vide così attenta che quasi tremava.

— Che cosa c'è, passerotto?

— Il fuoco che vola via! — disse la bambina, in tono impaurito, o forse esaltata. — Per tutto il cielo!

— Sono solo le scintille dei miei capelli — rispose Tenar, leggermente sorpresa. Therru sorrideva, e lei non ricordava di avere mai visto sorridere la bambina. Therru allora sollevò tutt'e due le mani, quella sana e quella bruciata, come per seguire il movimento di qualcosa che volava sui capelli sciolti di Tenar. — Il fuoco, esce da tutte le parti! — ripeté, ridendo.

In quel momento, Tenar si chiese per la prima volta come Therru la vedesse - come vedesse il mondo - e comprese di non saperlo: non sapeva che cosa si potesse vedere con un occhio bruciato dal fuoco. Le tornarono alla mente le parole di Ogion: *Impareranno a temerla,* ma non sentì alcun timore della bambina. Invece, si diede un'altra spazzolata ai capelli, vigorosa, in modo che volassero le scintille, e ancora una volta sentì la piccola risatina roca e deliziata.

Tenar lavò le lenzuola, gli strofinacci dei piatti, le sue camicie e la gonna di ricambio, i vestitini di Therru, e posò tutto sull'erba asciutta (dopo essersi assicurata che le capre fossero nel recinto), fermandolo con alcune pietre perché il vento era forte, con una violenza da fine estate.

Therru era cresciuta. Era ancora piccola e magra per la sua età (che doveva essere sugli otto anni) ma negli ultimi due mesi, ora che finalmente le ustioni erano guarite e non le facevano più male, aveva cominciato a mangiare con più appetito e a correre di più. Le erano diventati stretti anche i vestiti, abitini usati che le erano stati passati dall'ultima figlia di Lodola, che aveva cinque anni.

Tenar pensò che poteva recarsi al villaggio per fare visita al tessitore, Ventaglio, e chiedergli un paio di scampoli in cambio degli avanzi che gli aveva fornito per i maiali. Aveva voglia di cucire un vestito per Therru e desiderava rivedere il vecchio Ventaglio. La morte di Ogion e la malattia di Ged l'avevano tenuta lontana dal villaggio e dai conoscenti che aveva laggiù. Come sempre, l'avevano allontanata dalla gente che conosceva e dalle cose che sapeva fare, dal mondo in cui aveva scelto di vivere: un mondo non di re e regine, di grandi potenze e di imperi, di magie, viaggi e avventure - pensò, mentre si accertava che Therru fosse con Erica e si metteva in cammino verso il villaggio -, ma di gente comune che faceva cose comuni: sposarsi, allevare figli, coltivare i campi, cucire e fare il bucato. Quel pensiero la irritò e la sua mente allora si rivolse a Ged, che ormai doveva essere a metà strada per la Valle di Mezzo. Se lo immaginò sul sentiero, vicino alla piccola valle dove lei e Therru erano scese per dormire: un uomo minuto, dai capelli grigi, che camminava solo e in silenzio, con in tasca mezza pagnotta del pane della strega e nel cuore un carico di tristezza.

— È ora che tu lo scopra, forse — disse tra sé, rivolgendosi però a lui. — È tempo che tu scopra di non avere imparato tutto, quando eri a Roke! — E mentre lo apostrofava così, scorse un'altra immagine: vide accanto a Ged uno degli uomini che avevano aspettato lei e Therru su quella stessa strada. Involontariamente, gridò: — Ged, attento! — perché aveva paura per lui, che non portava neppure un bastone. Non vide l'uomo massiccio con i baffi, ma un altro del gruppo, un uomo più giovane con un berretto di cuoio: quello che aveva fissato con ira Therru.

Quando alzò lo sguardo notò, proprio accanto all'abitazione di Ventaglio, la casetta in cui lei era stata ospitata durante la sua permanenza laggiù. Davanti alla casa passava in quel momento un uomo. Era l'uomo che Tenar ricordava, quello con il berretto di cuoio. Camminava per la strada e non l'aveva scorta. Lei lo vide avviarsi lungo le strade del villaggio senza fermarsi. Si dirigeva verso le colline, oppure verso il castello. Senza chiedersi perché, Tenar lo seguì a distanza finché non comprese quale fosse la sua meta. L'uomo salì in direzione del castello del Signore di Re Albi, e non imboccò la strada presa da Ged.

Allora Tenar tornò indietro e si recò dal vecchio Ventaglio.

Anche se, come tanti tessitori, era quasi un recluso, Ventaglio era sempre stato gentile, a modo suo, timidamente, con la ragazza di Karg, e aveva vigilato su di lei. Quante persone, si disse, avevano protetto la sua rispettabilità! Ormai quasi cieco, Ventaglio aveva un'apprendista che faceva gran parte del lavoro. Fu lieto di ricevere una visita. Sedeva come in pompa magna su una vecchia poltrona scolpita, sotto l'oggetto che gli aveva dato il nome: un grande ventaglio dipinto - un tesoro di famiglia - dono, si diceva, di un generoso capitano pirata a suo nonno, per ringraziarlo di avergli fabbricato in fretta nuove vele in un momento di necessità. Era esposto aperto sulla parete. Gli uomini e le donne delicatamente dipinti, in sontuose vesti color rosa e giada e celeste, le torri e i ponti e le bandiere del Grande Porto di Havnor erano familiari a Tenar, che aveva già visto altre volte il ventaglio. Spesso, i visitatori che giungevano a Re Albi erano portati a vederlo. Era l'oggetto più bello dell'intero villaggio: su questo, tutti erano d'accordo.

Tenar si soffermò ad ammirarlo, sapendo che la cosa sarebbe piaciuta al vecchio, ma anche perché era davvero bello, e il vecchio tessitore disse: — Non hai visto molte cose come questa, vero, in tutti i tuoi viaggi!

— No, certo. Nella Valle di Mezzo non c'è niente di simile — rispose Tenar.

— Quando abitavi qui, nella casa accanto, ti ho mai fatto vedere la parte dietro?

— La parte dietro? No — rispose lei, e allora il tessitore dovette assolutamente togliere dalla parete il ventaglio, anche se fu lei ad arrampicarsi per staccarlo dai chiodi, poiché il vecchio non vedeva bene e non poteva salire sulla sedia. Con voce ansiosa, lui le disse come doveva fare, e Tenar glielo consegnò; Ventaglio lo prese, lo osservò con gli occhi miopi, provò ad aprirlo e a chiuderlo per vedere se le stecche funzionavano, poi lo chiuse del tutto e lo diede a Tenar.

— Aprilo lentamente — le disse.

Lei obbedì, e le parve di vedere muoversi i draghi mentre si muovevano le pieghe del ventaglio. Dipinti con colori tenui sulla seta ingiallita, vide spostarsi e raggrupparsi tra monti e nuvole draghi color rosa, azzurro, verde, nello stesso ordine in cui erano raggruppate le figure sull'altro lato.

— Osservalo controluce — la invitò il vecchio tessitore.

Tenar vide i due lati, i due dipinti, divenire uno solo, grazie alla luce che filtrava attraverso la seta: così, le nubi e i monti divennero le torri della città, e gli uomini e le donne ebbero le ali, e i draghi guardarono con occhi umani.

— Hai visto? — chiese il vecchio tessitore.

— Sì — mormorò lei.

— Io non posso più vederli, ma conservo l'immagine nella mia mente. Non l'ho mostrata a molte persone, quella parte.

— È meravigliosa.

— Volevo farla vedere al vecchio mago, ma tra una cosa e l'altra mi sono sempre dimenticato di farlo.

Tenar guardò ancora una volta controluce il ventaglio, poi lo appese di nuovo al muro come in precedenza, con i draghi nascosti nell'oscurità e gli uomini e le donne a passeggio nella luce del giorno.

Poi il tessitore la portò a vedere i maiali, una bella coppia, ben ingrassata in vista degli insaccati di quell'autunno. Risero della goffaggine di Erica come portatrice di avanzi. Tenar gli disse che le occorreva un pezzo di tela per fare un vestito alla bambina:

Ventaglio sorrise soddisfatto e le mostrò una bella pezza di lino, mentre la giovane donna che gli faceva da apprendista, e che pareva avere preso da lui anche la scarsa socievolezza, oltre che la professione, continuava ininterrottamente a lavorare al telaio, con aria irritata.

Tornando a casa, Tenar pensò a Therru seduta a quel telaio. Sarebbe stato un lavoro decoroso. Il lavoro era noioso, sempre lo stesso, ma la tessitura era comunque un lavoro onorevole e nelle mani di alcuni una nobile arte. E non era insolito il fatto che i tessitori fossero un po' schivi, e che molti di loro non si sposassero, chiusi tutto il giorno a fare il loro lavoro: tuttavia erano rispettati. E lavorando in casa, seduta al telaio, Therru non avrebbe dovuto mostrare la faccia. Ma la mano rattrappita? Con quella poteva spingere la spola, preparare l'ordito?

E si sarebbe dovuta nascondere per tutta la vita?

Ma che cosa doveva fare? *Sapendo come dev'essere la sua vita...*

Tenar cercò di pensare ad altro. Al vestito che le avrebbe fatto. I vestiti della figlia di Lodola erano di ruvida stoffa fatta in casa, brutti come il peccato. Lei, invece, poteva tingere metà della pezza, magari di giallo, o addirittura di rosso con la robbia della palude. E poi fare un grembiule o una sopravveste bianca, con una gala. Perché mai Therru doveva sempre rimanere nascosta in casa, al telaio, e non avere mai una gala al vestito? La tela era sufficiente per un'altra camicia, e forse per un altro grembiule, se l'avesse tagliata attentamente.

— Therru! — chiamò, avvicinandosi alla casa. Quando era uscita, Erica e Therru erano nel recinto delle capre. La chiamò di nuovo, perché voleva mostrare alla bambina la tela e parlarle del vestito. Erica arrivò da dietro la capanna, portando con sé Sippy, legata a una corda.

— Dov'è Therru?

— Con te — rispose la ragazza, con una tale tranquillità che Tenar si guardò attorno, alla ricerca della bambina, prima di capire che Erica non aveva idea di dove si trovasse, e che aveva semplicemente espresso a voce una sua speranza.

— Dove l'hai lasciata?

Erica non ne aveva idea. Non aveva mai tradito la fiducia di Tenar, in precedenza; sembrava aver capito che Therru doveva essere sempre tenuta d'occhio, come Sippy. Ma forse era la stessa Therru ad averlo intuito, e a tenersi vicino a lei? Tenar pensò che fosse questa la spiegazione e, non ricevendo indicazioni da Erica, cominciò a chiamare la bambina, ma non ottenne risposta.

Finché poté, evitò di avvicinarsi al burrone. Il giorno del loro arrivo aveva spiegato a Therru che non doveva mai andare da sola nel prato molto ripido, sotto la casa, o lungo il ciglio del Precipizio, a nord, perché con un occhio solo è difficile farsi un'esatta idea delle distanze. La bambina aveva obbedito. Obbediva sempre. I bambini dimenticano. Ma Therru non dimenticava. Però, poteva avvicinarsi al ciglio senza accorgersene. Probabilmente, comunque, era andata a casa di Muschio. Certo. La sera prima c'era andata da sola, e oggi c'era andata di nuovo. Senza dubbio.

Non c'era. Muschio non l'aveva vista.

— La troverò, cara — le assicurò la strega: ma invece di avviarsi lungo il sentiero della foresta per cercarla, come Tenar aveva sperato, Muschio prese a legarsi i capelli per lanciare un incantesimo di ritrovamento.

Tenar tornò di corsa in casa di Ogion, continuando a chiamare la bambina. E questa volta andò a guardare anche nei prati sotto la casa, con la speranza di vedere la piccola figura della bambina giocare tra i massi. Ma vide solo il mare, scuro e corrugato, al di là del ciglio, e sentì un tuffo al cuore: quasi i sensi le vennero meno.

Si diresse verso la tomba di Ogion e fece qualche passo lungo il sentiero della foresta, chiamando di nuovo la bambina. Quando uscì dagli alberi, vide che il gheppio cacciava nello stesso punto dove Ged si era fermato a osservarlo. Questa volta però si gettò in picchiata, colpì, e si alzò con qualche piccola creatura fra gli artigli. Tornò rapidamente nella foresta. *Dà da mangiare ai piccoli,* pensò Tenar. Ogni genere di pensieri le passò per la mente, pensieri vividi e precisi, quando giunse dove aveva steso la biancheria ad asciugare. Adesso era asciutta; bisognava portarla in casa prima di sera. Doveva cercare meglio nella zona più vicina alla casa, nella capanna e nell'ovile. Era colpa sua. Era successo perché lei aveva pensato di fare di Therru una tessitrice, chiudendola in casa tutto il giorno, al buio a lavorare, di farla diventare rispettabile. Anche se Ogion le aveva detto: *Insegnale tutto!* Anche se sapeva che, quando non si può correggere un difetto, bisogna trascenderlo. Anche se sapeva che la bambina era affidata a lui e che lei aveva mancato al suo dovere, aveva tradito il suo compito, l'aveva perduta, aveva perso l'unica sua ricchezza.

Dopo avere cercato in tutte le altre costruzioni, entrò nella casa e guardò di nuovo nella nicchia e sotto il letto. Si versò un bicchiere d'acqua, perché aveva la bocca asciutta come sabbia.

Dietro la porta, i tre bastoni, quello di Ogion e gli altri due, si mossero nell'ombra e uno dei bastoni disse: — Qui.

La bambina era seduta in quell'angolo buio: tutta rannicchiata su se stessa, era piccola come un cagnolino, la testa piegata sulla spalla, braccia e gambe schiacciate contro il corpo, l'unico occhio chiuso.

— Uccellino, passerotto, fiammella mia, che cosa è successo? Che cosa ti hanno fatto?

Tenar cullò tra le braccia il piccolo corpo, ora rigido come pietra. — Perché mi hai fatto prendere uno spavento come questo? Perché ti sei nascosta a me? Oh, ero così spaventata!

Cominciò a piangere, e le lacrime caddero sulla faccia della bambina.

— Oh, Therru, Therru, non nasconderti a me!

Per i muscoli serrati corse come un fremito, e lentamente si rilasciarono. Therru si mosse, e all'improvviso si strinse a Tenar e tuffò la faccia nell'incavo tra il seno e la spalla, si strinse disperatamente a lei. Però, la bambina non pianse. Non piangeva mai: forse il fuoco le aveva bruciato tutte le lacrime, non ne aveva più. Emise un lungo gemito.

Therru continuò a cullarla. Lentamente, la stretta disperata si allentò. La bambina appoggiò la testa sul petto di Therru.

— Dimmi — mormorò la donna e la bambina rispose, con un sussurro rauco:

— È venuto qui.

Il primo pensiero di Therru fu per Ged, ma la sua mente, veloce come la paura, scartò quell'idea, pensò a quel che Ged significava per lei - Tenar fece un sorriso torto - e proseguì la caccia.

— *Chi* è venuto qui?

Nessuna risposta, solo un brivido di paura.

— Un uomo con il berretto di cuoio — disse Tenar, cercando di parlare con calma.

Therru annuì.

— Quello che abbiamo visto per la strada, mentre venivamo qui — aggiunse Tenar.

Nessuna risposta.

— Quei quattro uomini, quelli che mi hanno fatto arrabbiare, ricordi? Era uno di loro.

Si rammentò che Therru, in quell'occasione, aveva tenuto la testa bassa, per nascondere la parte ustionata, e, come faceva in presenza di estranei, non aveva mai sollevato lo sguardo.

— Lo conosci, Therru?

— Sì.

— Da quando... da quando vivevi nell'accampamento vicino al fiume?

Un cenno d'assenso.

Tenar la strinse tra le braccia.

— È venuto qui? — chiese, e tutta la paura provata fino ad allora si trasformò in collera, una collera che bruciava dentro di lei come una verga di fuoco. Le sfuggì una specie di risata *Aah!* e le tornò in mente Kalessin, la risata di Kalessin.

Ma per un semplice essere umano, per una donna, non era così semplice. Doveva trattenere il fuoco. E doveva consolare la bambina.

— Ti ha visto?

— Mi sono nascosta.

Dopo qualche momento, Tenar disse, accarezzandole i capelli: — Non riuscirà mai a toccarti, Therru. Credimi, non ti toccherà mai più. Non ti vedrà mai più, ma, se succedesse, io ci sarò e lui dovrà fare i conti con me, allora. Mi capisci bene, cara, tesoro, mia bellissima? Non devi avere paura di lui. Lui si nutre della tua paura, ma noi lo faremo morire di fame, Therru. E alla fine sarà costretto a mangiarsi le mani, e le ossa delle sue mani lo soffocheranno... Non darmi retta, in questo momento sono arrabbiata... Sono rossa? Rossa come una donna di Gont? Sono rossa come un drago? — Cercò di scherzare.

Therru sollevò la testa, la fissò con il suo viso raggrinzito, tremante, divorato dal fuoco, e disse: — Sì, sei un drago rosso.

Per Tenar, l'idea che quell'uomo fosse venuto laggiù, fosse entrato nella casa per guardare ciò che aveva fatto e magari portarlo a compimento, non era un semplice pensiero, ma una sensazione fisica di nausea, un conato di vomito. Ma la nausea si consumò sul fuoco della collera.

Si alzarono e si lavarono; Tenar si accorse che la cosa più importante, per il momento, era la fame. — Ho un buco nello stomaco — disse a Therru, e preparò un abbondante pasto di pane e formaggio, fagioli freddi conditi con olio, erbe aromatiche e fette di cipolla, salame. Therru mangiò molto, e così Tenar.

Mentre sparecchiava la tavola, Tenar disse: — Per il momento, Therru, io non mi staccherò da te, e tu non ti staccherai da me. Va bene? E adesso dovremmo andare tutt'e due a casa di Zia Muschio. Stava preparando un incantesimo per trovarti: non c'è più bisogno che continui, però lei non lo sa.

Therru s'immobilizzò. Lanciò un'occhiata alla porta aperta e poi si tirò indietro.

— Dobbiamo portare dentro il bucato. Lo faremo al nostro ritorno. E ti mostrerò anche la tela che ho preso oggi. Per farti un vestito nuovo. Rosso.

La bambina era ancora esitante. Non osava tirare il fiato. — Se ci nascondiamo, Therru, gli diamo il suo nutrimento. Ma noi, invece, vogliamo affamarlo. Vieni con me.

La barriera della porta era tremendamente difficile per Therru: la bambina non riusciva a superarla. Si tirava indietro, nascondeva la faccia, tremava, incespicava; era una crudeltà, ma Tenar doveva costringerla a farlo, e non ebbe pietà. — Vieni! — le disse alla fine, e la bambina la seguì.

Mano nella mano, attraversarono i campi fino a raggiungere la casa di Muschio. Una volta o due Therru riuscì ad alzare la testa.

Muschio non fu affatto stupita di vederle; ma aveva un'aria guardinga. Disse a Therru di correre in casa sua a vedere i nuovi pulcini della sua gallina dal colletto bianco, per sceglierne due; la bambina si affrettò a scomparire in quel rifugio. — Era in casa — disse Tenar. — Nascosta.

— Be', non le do torto — rispose Muschio.

— Perché? — chiese Tenar, seccamente. In quel momento non aveva alcuna intenzione di discutere.

— C'è... c'è qualcuno in giro — rispose la strega, in tono inquieto.

— Ci sono in giro dei banditi! — esclamò Tenar. La strega la fissò e indietreggiò leggermente.

— Via, adesso — disse. — Su, cara. Hai un fuoco attorno a te, tutto un fuoco attorno alla testa. Ho fatto l'incantesimo per trovare la bambina, ma non è riuscito come volevo. È andato a modo proprio e non saprei neppure dire se è terminato. Sono stupita. Ho visto grandi creature. Ho cercato la bambina e invece ho visto loro, che volavano in mezzo alle montagne e tra le nubi. E adesso tu hai quell'alone attorno a te, come se i tuoi capelli bruciassero. Che cosa è successo?

— Un uomo con il berretto di cuoio — spiegò Tenar. — Giovane. Di bella presenza. Ha la spalla della giubba scucita. L'hai per caso visto qui in giro?

Muschio annuì. — L'hanno assunto quelli del castello, per raccogliere il fieno.

Tenar lanciò un'occhiata in direzione della casa. — Ti avevo detto che la bambina stava con una donna e con due uomini? È uno di quelli.

— Vuoi dire, uno di quelli che...

— Sì.

Muschio s'immobilizzò: sembrava la scultura in legno di una vecchia; era tutta rigida, bloccata. — Non so — disse infine. — Pensavo di sapere tutto, ma non so niente. Che cosa... vuole? È venuto a vederla?

— Se è il padre, forse è venuto a prenderla.

— Prenderla? — chiese la strega.

— È sua proprietà.

Tenar parlava senza emozione. Alzò gli occhi verso la cima del Monte di Gont.

— Ma non credo che sia il padre. Credo che sia l'altro. Quello che è andato dalla mia amica, al villaggio, per dirle che la bambina si era «fatta male».

Muschio era ancora turbata dai suoi incantesimi e dalle sue visioni, dalla ferocia di Tenar e dalla presenza di un male abominevole. — Non so — disse. — Pensavo di saperne abbastanza. Ma perché è tornato indietro?

— Per divorarla — disse Tenar. — Ma io non la lascerò mai sola. Domani, però, Muschio, ti chiederò di tenerla qui per un'oretta, appena farà giorno, mentre andrò al castello.

— Certo, cara. Potrei mettere su di te un incantesimo di invisibilità. Ma... lassù ci sono i signori venuti dalla Città del Re...

— Be', vuol dire che vedranno come vive la gente comune — disse Tenar, e Muschio si ritrasse, come si sarebbe ritratta da una fiamma spinta dal vento contro di lei.

LA RICERCA DELLE PAROLE

All'ombra chiara del mattino, nei lunghi pascoli del Signore di Re Albi, che si stendevano su tutto il fianco della montagna, si stava raccogliendo il fieno. Tre dei mietitori erano donne, e dei due uomini, uno era un ragazzo - Tenar lo vide mentre si avvicinava - e l'altro era curvo e grigio. Si avviò lungo la parte già falciata e chiese a una delle donne informazioni dell'uomo con il berretto di cuoio.

— Quello venuto da Valmouth, ah — rispose la donna. — Non so dove sia andato. — Anche gli altri si avvicinarono, lieti di poter fare una pausa. Nessuno sapeva dove fosse finito l'uomo della Valle di Mezzo, né perché non fosse con loro a falciare. — Quel tipo di persona non sta mai fermo in un posto — disse l'uomo dai capelli grigi. — È irrequieto. Voi forse lo conoscete, signora?

— Non per scelta mia — rispose Tenar. — Si è introdotto di nascosto in casa mia, mi ha spaventato la bambina. Non so neppure come si chiama.

— Si chiama Faina — disse il ragazzo. Gli altri non dissero niente. Cominciavano a capire chi era: la donna di Karg che abitava in casa del vecchio mago. Erano fittavoli del Signore di Re Albi, avevano pochi rapporti con gli abitanti del villaggio e guardavano con superbia tutto quel che aveva a che fare con Ogion. Affilarono le falci, si girarono e tornarono al lavoro. Tenar scese dal prato, passò in mezzo ad alcuni noci e raggiunse la strada.

Laggiù c'era un uomo che la aspettava. Tenar sentì un tuffo al cuore. Si avviò verso di lui.

Era Pioppo, il mago del castello. Si appoggiava al suo alto bastone di pino, sotto uno degli alberi della strada. Quando Tenar giunse vicino a lui, l'uomo disse: — Cercate lavoro?

— No.

— Il mio signore cerca braccianti. Il caldo sta per finire, bisogna portare il fieno al riparo.

Per Goha, vedova di Selce, quel discorso sarebbe andato bene, e infatti lei rispose, educatamente: — Senza dubbio la vostra abilità riuscirà a fermare la pioggia finché il grano non sarà stato messo al coperto. — Ma il mago sapeva che quella era la donna cui Ogion aveva confidato il suo nome vero prima di morire, e perciò la frase diventava un tale insulto, ed era così dichiaratamente falsa da costituire un chiaro avvertimento. Tenar stava per chiedergli dove si trovasse Faina. Invece, disse: — Ero venuta ad avvertire il sorvegliante che uno degli uomini da lui scelti era un ladro e forse anche peggio; non certo il tipo di persona che fa piacere avere al proprio servizio. Ma sembra che quell'uomo se ne sia andato.

Fissò con calma Pioppo finché questi non rispose, con sforzo: — Non so nulla di quella gente.

Il giorno della morte di Ogion, il mago le era parso ancor giovane: un giovanotto di bella presenza, con un mantello grigio e un bastone con gli anelli d'argento. Adesso si rese conto che non era giovane come le era sembrato, o che, se lo era, era come prosciugato, rinsecchito. Il suo atteggiamento e il suo tono di voce erano chiaramente sprezzanti, e Tenar rispose come avrebbe fatto Goha: — Certo. Vogliate scusarmi. — Non voleva guai con il mago. Fece per avviarsi verso il villaggio, ma Pioppo le gridò: — Aspettate!

Tenar si fermò.

— Avete detto «un ladro e forse anche peggio», ma gli insulti non costano niente, e la lingua di una donna è peggio di qualsiasi ladro. Siete venuta qui per mettere cattivo sangue tra i braccianti, attraverso calunnie e bugie, il seme di drago che ogni strega sparge dietro di sé. Credevate che non vi avessi riconosciuta come strega? Quando ho visto quell'empio demone che sta sempre attaccato a voi, credete che non abbia capito subito come è nato e a che scopo? L'uomo che ha cercato di distruggere quella creatura ha fatto bene, ma occorre finire il lavoro. Mi avete sfidato una volta, sul corpo del vecchio mago, e io ho rinunciato a punirvi allora, per rispetto a lui e perché eravamo in presenza di altri. Ma adesso siete andata troppo oltre, e vi avverto, donna! Non dovete più mettere piede su queste terre. E se vi opporrete a me, od oserete parlarmi ancora, vi farò cacciare da Re Albi, sguinzaglierò i cani e vi farò buttare giù dal Grande Precipizio. Mi avete capito?

— No — disse Tenar. — Gli uomini come voi non sono mai riuscito a capirli.

Si voltò e fece per allontanarsi.

E allora sentì come un solletico lungo la schiena, e i capelli le si rizzarono sulla nuca. Si voltò di scatto, e vide che il mago levava verso di lei il bastone, sulla cui punta si raccoglieva un alone di scintille nere. A quel punto Pioppo aprì la bocca per parlare. Tenar pensò, in quel momento: *Poiché Ged ha perso la sua magia, ho pensato che l'avessero persa tutti gli uomini, ma mi sbagliavo!...* Però in quell'istante una voce cortese disse:

— Oh, guarda chi c'è qui!

Due degli uomini di Havnor mettevano piede in quel momento sulla strada. Arrivavano dal frutteto, dietro le spalle di Pioppo, e guardavano il mago e Tenar con aria di blanda superiorità, come se rimpiangessero di dover impedire a un mago di scagliare una maledizione contro una vedova di mezza età, ma, insomma, certe cose non si fanno.

— Signora Goha — la salutò l'uomo dalla camicia con i ricami in filo d'oro, rivolgendole un inchino.

Anche l'altro, quello con gli occhi chiari, si inchinò e sorrise. — La signora Goha — disse, — è una persona che, come il nostro re, porta apertamente il suo nome, senza timore. Ma visto che ora abita a Gont, forse preferisce che usiamo il suo nome locale. Tuttavia, conoscendo le sue gesta, vorrei poterle rendere omaggio; perché ha portato l'Anello che nessuna donna aveva portato dopo Elfarran. — Appoggiò a terra un ginocchio, come se fosse la cosa più naturale del mondo, prese delicatamente la mano di Tenar e le sfiorò con la fronte il polso. Poi le lasciò la mano e si alzò, sorridendole gentilmente e con l'aria di averle confidato un segreto.

— Ah — disse Tenar, arrossendo compiaciuta, — c'è davvero ogni tipo di Potere, al mondo! Grazie.

Il mago fissava la scena, immobile. Aveva chiuso le labbra senza pronunciare la fattura e aveva tirato indietro il bastone, ma sulla punta e negli occhi c'era ancora un nembo nero.

Lei non sapeva se il mago fosse già a conoscenza che era Tenar dell'Anello. Comunque, non aveva importanza. Non avrebbe potuto odiarla più di quanto non la odiasse già. La sua colpa era quella di essere una donna: la colpa più grave che potesse esserci, una colpa da cui non poteva esserci riscatto; contro una simile colpa, nessuna punizione poteva essere sufficiente. Il mago aveva visto quel che era stato fatto a Therru, e lo approvava.

— Signore — disse Tenar, rivolta all'inviato del re, — qualsiasi cosa diversa dall'onestà e dalla sincerità sarebbe offensiva verso il re che voi rappresentate... e per cui agite, ora. Vorrei rendere onore al re e ai suoi messaggeri. Ma il mio onore sta nel silenzio, finché un amico non mi libererà dall'impegno. Sono sicura, signori, che a tempo debito vi farò sapere. Ma dategli il tempo, vi prego.

— Certo — disse uno dei due. E l'altro aggiunse:

— Tutto il tempo che desidera. E la vostra fiducia, signora, ci onora più di ogni altra cosa.

Infine, Tenar fu libera di avviarsi verso Re Albi, scossa dal cambiamento della situazione, dall'odio del mago, dal proprio disprezzo verso di lui, dal terrore nello scoprire che poteva e voleva farle del male, dalla fine improvvisa di quel terrore grazie al rifugio offerto dagli uomini del re... gli uomini venuti - con una nave dalle bianche vele - dal rifugio stesso, la Torre della Spada e del Trono, centro del diritto e dell'ordine. Il suo cuore si sollevò per la gratitudine. Adesso c'era davvero un re su quel trono, e la principale gemma della sua corona era la Runa della Pace.

La faccia del più giovane dei due inviati le piaceva: intelligente e gentile, e le piacevano il modo in cui si era inginocchiato davanti a lei, lo stesso modo in cui ci si inchina davanti a una regina, e il suo sorriso, che aveva anche una punta di malizia. Si voltò e si guardò alle spalle. I due messaggeri salivano verso il castello, insieme con il mago Pioppo. Parevano conversare amichevolmente con lui, come se non fosse successo niente.

Questo smorzò un poco le sue speranze. D'altra parte, erano uomini di corte. Non dovevano litigare, giudicare o disapprovare. E Pioppo era un mago: il mago del loro ospite. Comunque, pensò Tenar, non avrebbero dovuto camminare e parlare con lui tanto amichevolmente.

Gli uomini di Havnor rimasero per vari giorni con il Signore di Re Albi, nella speranza, forse, che l'Arcimago cambiasse idea e si recasse da loro; tuttavia non lo cercarono, né fecero pressioni su Tenar per sapere dove si trovasse. Quando alla fine si allontanarono, Tenar si disse che doveva decidere un piano d'azione. Non aveva alcun vero motivo che la trattenesse laggiù, mentre aveva due buone ragioni per andarsene: Pioppo e Faina, che certamente non avrebbero lasciato stare né lei né Therru.

Eppure non riusciva a decidersi: le era difficile pensare di andarsene. Lasciando Re Albi, avrebbe lasciato anche Ogion, l'avrebbe perso, mentre, nel prendersi cura della sua casa e nel togliere le erbacce dalle sue cipolle, le pareva che fosse ancora presente. E pensò: *Non sognerò mai più il cielo, laggiù.* Lassù, dove si era posato Kalessin, lei era Tenar; laggiù nella Valle di Mezzo era solo Goha. Perciò rinviò il momento di partire. *Devo temere quei banditi, fuggire da loro? È ciò che vogliono. Devo andare e venire a loro ordine?* disse a se stessa. *Aspetterò finché non avrò finito di fare il formaggio.* Tenne costantemente vicino a sé Therru. E i giorni passarono.

Venne a trovarla Muschio, che le raccontò una strana storia. Tenar le aveva chiesto informazioni sul mago Pioppo, senza raccontarle l'intera vicenda, ma limitandosi a dirle che l'aveva minacciata, cosa che, in effetti, forse era tutto quello che intendeva fare. Di solito, Muschio si teneva alla larga dalle terre del vecchio signore, ma quel che succedeva nel castello la incuriosiva, e aveva accolto di buon grado l'occasione di andare a chiacchierare con qualche sua vecchia conoscenza: una donna che le aveva insegnato l'arte della levatrice e altre che aveva curato o per le quali aveva fatto incantesimi di ritrovamento. Muschio le fece parlare di quel che avveniva al castello. Le donne odiavano Pioppo ed erano più che disposte a parlare male di lui, ma probabilmente gran parte delle loro accuse nasceva unicamente dall'odio e dalla paura. Comunque, una base di realtà doveva indubbiamente esserci. La stessa Muschio testimoniava che fino all'arrivo di Pioppo, tre anni prima, il giovane signore, nipote del castellano, aveva goduto di buona salute, anche se era un giovane timido e silenzioso; «spaventato», lo descrisse. Poi, quando era morta la madre del giovane, il vecchio signore aveva fatto venire da Roke un mago. — Perché? Con Lord Ogion a meno di un miglio di distanza? E su al castello sono tutti un po' stregoni.

Così era giunto Pioppo, che aveva presentato i suoi omaggi - nulla di più - a Ogion, e che, riferì Muschio, non usciva mai dal castello. Da allora, aveva continuato la strega, il nipote non si era più visto, e si diceva che stesse tutto il giorno a letto. — Sembra un bambino malato, tutto raggrinzito — aveva detto una delle donne che erano entrate nel castello per qualche commissione.

Mentre il vecchio signore, — che ha cent'anni, forse più che meno — spiegò Muschio - la strega non aveva paura dei numeri, né alcun rispetto per loro - ebbene, il vecchio signore era rifiorito, *pieno di linfa*, lo definivano. E uno degli uomini (al castello tutta la servitù era composta di uomini) aveva detto a una delle confidenti di Muschio che il vecchio signore aveva fatto venire il mago perché lo facesse vivere per sempre, e che così il mago stava facendo, nutrendolo, aveva detto l'uomo, con la vita del nipote. In tutto questo, l'uomo non aveva visto niente di male, e si era limitato a commentare: — E chi non vorrebbe vivere per sempre?

— Be' — confermò Tenar, — è davvero una brutta storia. Nel villaggio non dicono niente?

Muschio alzò le spalle. Era la solita reazione: — Lascia perdere. — La gente comune non doveva giudicare la condotta dei potenti. E c'era una sorta di fedeltà cieca, di legame con le proprie origini: il vecchio era il loro signore, il Signore di Re Albi, e nessuno poteva sindacare il suo comportamento... La stessa Muschio la pensava così, almeno in parte. — È rischioso — fu l'unico commento che fece. — Una simile trovata corre il pericolo di non riuscire — ma non disse che era qualcosa di malvagio.

Al castello nessuno aveva visto quel giovane, Faina. Per assicurarsi che avesse lasciato la zona, Tenar chiese a un paio di conoscenti, al villaggio, se avessero visto uno che gli assomigliava, ma ottenne solo qualche risposta ambigua. Non volevano avere a che fare con le sue faccende: — Lascia perdere — le dicevano come al solito. Soltanto il vecchio Ventaglio la trattava con amicizia, come una compaesana, ma probabilmente solo perché era molto miope e non aveva visto bene Therru.

Adesso, Tenar prendeva con sé la bambina quando si recava al villaggio o quando si allontanava dalla casa.

A Therru, la vicinanza forzata non dispiaceva. Stava accanto a Tenar come avrebbe fatto una bambina molto più piccola, e lavorava con lei o giocava. I suoi giochi consistevano nel ripiglino, nel fare cestini, e nel baloccarsi con un paio di figurine intagliate nell'osso che Tenar aveva trovato in un sacchettino di fili d'erba, tra le cose di Ogion. Una di esse era un animale che poteva essere un cane o una pecora, e l'altra era una figura umana, uomo o donna. Tenar non aveva percepito in essi alcuna magia, e Muschio aveva sentenziato: — Sono solo giocattoli. — Per Therru, comunque, costituivano una grande meraviglia. Li muoveva per ore, creando con essi, in silenzio, lunghissime storie; quando giocava, non parlava mai. A volte costruiva casette per l'uomo e l'animale, fortini di pietre, capanne di paglia e fango. Le aveva sempre con sé: in tasca o nella loro borsa di fili d'erba. Intanto, la bambina imparava a filare: teneva la conocchia nella mano bruciata e il fuso nell'altra. Avevano continuato a pettinare con regolarità le capre fin dal giorno del loro arrivo, e adesso avevano un grosso sacco di lana da filare.

Dovrei cominciare a istruirla, pensava Tenar, preoccupata. *Ogion mi ha detto di insegnarle tutto, e io che cosa le insegno? A cucinare e a filare?* E un'altra parte della sua mente le rispondeva, con la voce di Goha: *E non sono due arti utili e nobili? La saggezza risiede solo nelle parole?*

La cosa, però, continuò a preoccuparla, e un pomeriggio, mentre Therru pettinava la lana per pulirla e renderla più lavorabile, e lei stessa la cardava, all'ombra del pesco, disse: — Therru, forse dovresti cominciare a imparare il vero nome delle cose. C'è una lingua in cui tutte le cose hanno un nome vero, e parole e azioni sono tutt'uno. Parlando quella lingua Segoy ha innalzato le isole dal profondo del mare. È la lingua parlata dai draghi.

La bambina ascoltava in silenzio.

Tenar posò il pettine e prese da terra una piccola pietra. — In quella lingua — disse, — la pietra si chiama *tolk.*

Therru la osservò attentamente e ripeté la parola, *tolk,* ma senza voce, limitandosi a formarla con le labbra, che erano sempre tirate verso la parte destra, a causa della cicatrice.

La pietra continuò a rimanere una semplice pietra sul palmo di Tenar.

Nessuna delle due fece commenti.

— È ancora presto — disse infine Tenar. — Forse ci sono altre cose che devo insegnarti, adesso. — Lasciò cadere a terra la pietra e riprese il pettine e una massa di lana grigia e soffice che Therru aveva preparato per la cardatura. — Forse è meglio aspettare che ti sia dato il tuo nome vero. È ancora presto. Ascolta, questo, invece, è il momento di insegnarti le storie. Posso raccontarti storie dell'Arcipelago e delle Terre di Karg. Una volta ti ho narrato una storia che mi era stata raccontata dal mio amico Aihal il Taciturno. Adesso te ne racconterò un'altra che ho imparato dalla mia amica Lodola, quando la narrava ai nostri figli. La storia di Andaur e Avad. In un tempo lontano come mai, in un paese distante come Selidor, c'era un uomo chiamato Andaur, un boscaiolo, che si recò da solo nella foresta. Un giorno, in mezzo ai boschi, abbatté una grande quercia che, nel cadere, gridò con voce umana...

Fu un piacevole pomeriggio per tutt'e due.

Ma quella notte, mentre giaceva accanto alla bambina addormentata, Tenar non riuscì a prendere sonno. Era assillata da mille piccole preoccupazioni... Ho chiuso il cancello del recinto? La mano mi fa male perché ho cardato tanta lana, oppure sarà un inizio di artrite? E così via. Poi cominciò ad allarmarsi, perché le parve di sentire dei rumori dall'esterno. *Mi sarei dovuta prendere un cane,* pensò. *Che sciocchezza, non avere un cane. Oggigiorno, una donna e una bambina che vivono da sole dovrebbero avere un cane. Ma questa è la casa di Ogion! Nessuno si sognerebbe di venire qui con intenzioni malvagie. Però Ogion è morto, l'hanno sepolto tra le radici del suo albero preferito, ai margini del bosco. E non verrà nessuno ad aiutarti. Sparviero se n'è andato, è scappato via. E non è neppure più Sparviero, è un'ombra, inutile a tutti, un morto costretto a vivere. E io non ho forza, non c'è niente di buono in me. Dico la Parola della Creazione ed essa mi muore sulle labbra, è priva di significato. Una pietra. Sono solo una donna, vecchia, debole e stupida. Tutto quel che faccio è sbagliato. Tutto quel che tocco diventa cenere, ombra, pietra. Sono la creatura delle Tenebre, gonfia di Tenebre. Solo il fuoco può purificarmi. Solo il fuoco può divorarmi, consumarmi come...*

Si rizzò a sedere, e gridò, nella sua lingua materna: — La maledizione ritorni su chi l'ha scagliata! — Alzò quindi la mano destra e l'abbassò, puntandola in direzione della porta.

Poi balzò giù dal letto e corse alla porta, la spalancò e urlò alla foschia della notte: — Sei arrivato tardi, Pioppo. Io sono già stata divorata molti anni fa. Va' a ripulire con il fuoco casa tua!

Non ci fu risposta, non si udì alcun rumore, tranne un vago, sgradevole puzzo di bruciato, come se avessero dato fuoco a dei capelli o a della lana.

Tenar sbarrò la porta, vi appoggiò il bastone di Ogion, e andò a controllare Therru, per vedere se dormiva ancora. Però, quella notte, non riuscì a prendere sonno.

La mattina seguente, Tenar portò Therru al villaggio: intendeva chiedere a Ventaglio se voleva la lana che lei e la bambina avevano filato. Era soprattutto una scusa per allontanarsi dalla casa e per stare per qualche tempo tra la gente. Il vecchio disse che sarebbe stato lieto di tessere la sua lana, e parlarono per qualche minuto, sotto il grande ventaglio dipinto, mentre l'apprendista li guardava imbronciata e continuava a manovrare la spola. Quando Tenar e Therru lasciarono la casa del tessitore, qualcuno corse a nascondersi dietro la casetta in cui, un tempo, Tenar era andata ad abitare. La donna si sentì pungere il collo come da api o vespe, e udì un ticchettio, come se piovesse... ma in cielo non c'erano nuvole. Poi vide i sassolini che cadevano a terra. Therru si fermò e si guardò attorno, senza capire. I due ragazzini che si erano nascosti dietro la casupola corsero via, senza preoccuparsi eccessivamente di non farsi riconoscere, ridendo e schiamazzando.

— Andiamo via — disse Tenar, seccamente. In breve tempo raggiunsero la casa di Ogion.

Tenar tremava: un tremito che era peggiorato mentre si avvicinava alla casa. Cercò di non farsi vedere da Therru, che era perplessa ma non impaurita, poiché non aveva ancora capito che cosa fosse successo.

Non appena entrata in casa, Tenar capì che c'era stato qualcuno, durante la loro assenza. Le stanze puzzavano di capelli e di carne bruciati. Sul letto, la coperta era in disordine.

Quando cercò di ragionare sul da farsi, capì che le avevano fatto una fattura. La fattura era scattata quando lei era entrata nella casa. Tenar continuava a tremare e aveva la testa confusa, lenta; si sentiva incapace di decidere. Non riusciva a connettere bene. Aveva detto la parola, il nome vero della pietra, e la pietra era stata scagliata contro di lei, contro la sua faccia... la faccia del male... Aveva osato parlare... *Non dovevo parlare...*

Pensò, nella sua lingua materna: *non posso pensare in hardico. Non devo farlo.*

Poteva ancora pensare, invece, nella lingua di Karg. Lentamente, però, perché era come dover chiedere alla bambina Arha, che era il nome di Tenar, molto tempo addietro, di uscire dal buio e di pensare per lei. Di aiutarla. Come l'aveva aiutata quella notte, quando aveva rispedito l'incantesimo contro il mago che l'aveva scagliato. Arha non conosceva tante cose che invece erano note a Tenar e a Goha, ma sapeva come lanciare una maledizione, come vivere al buio, e come non fare rumore.

Era difficile, però, non fare rumore. Avrebbe voluto mettersi a gridare. Avrebbe voluto correre da Muschio per riferirle quel che era successo, perché aveva capito che doveva andarsene e desiderava almeno salutarla. Cercò di dire a Erica: — Adesso, le capre sono tue — e riuscì a dirlo in hardico, perché la ragazza capisse, ma Erica si limitò a fissarla e a ridere. — Sono di Lord Ogion! — rispose.

— Allora... — Tenar si sforzò di dire, — continua... a custodirle per lui — ma sentì un'orribile nausea e si trovò invece a dire, in tono stridulo: — Stupida deficiente, testa vuota! — Erica la fissò e smise di ridere. Tenar si coprì la bocca e prese per mano la ragazza: la condusse nella capanna della mungitura. Lì le indicò i formaggi che invecchiavano sugli scaffali e poi indicò la stessa Erica, e poi i formaggi, e poi Erica... varie volte, finché la ragazza non le fece un cenno affermativo e poi rise di nuovo perché Tenar si comportava in modo strano.

Tenar fece un cenno del capo a Therru: — Andiamo! — ed entrò nella casa, dove l'odore sgradevole era ancora più forte. Therru rabbrividì.

Tenar prese i loro zaini e le loro scarpe da viaggio. Infilò nel proprio zaino le camicie e le vesti di ricambio, i vecchi abiti di Therru e quello non ancora terminato, la tela avanzata; i fusi che aveva preparato per se stessa e per Therru, un po' di cibo e una borraccia d'acqua per il viaggio.

Nello zaino di Therru mise invece i suoi cestini, la figurina umana e quella dell'animale nella loro borsa di fili d'erba, alcune penne, un piccolo tappeto a disegni geometrici che Muschio aveva regalato alla bambina e un sacchetto di noci e di altra frutta secca.

Avrebbe voluto dirle: — Va' a bagnare il pesco — ma non osò farlo. Prese la bambina e glielo mostrò. Therru bagnò con attenzione la pianticella.

Spazzarono e misero in ordine la casa, lavorando in fretta e in silenzio.

Nel mettere sullo scaffale una pentola, scorse dall'altra parte dell'asse di legno i tre grossi libri di Ogion.

Arha li vide senza attribuire loro alcuna importanza: tre grosse copertine di cuoio piene di fogli di carta.

Ma Tenar li fissò e si morse le mani, aggrottando la fronte per la difficoltà di prendere una decisione, di sapere che cosa farne, di trovare il modo di trasportarli. Non aveva posto per loro. Ma doveva portarli via. Non potevano rimanere in quella casa sconsacrata, la casa dove era entrato l'odio. Erano di Ogion. Di Ged. Suoi. Contenevano la conoscenza. *Insegnale tutto!* Tolse dalla sacca la lana e la stoffa, e al loro posto mise i libri, uno sull'altro, e chiuse la sacca con una cinghia di cuoio che permetteva di portarla come una borsa. Poi disse: — Dobbiamo andare via, Therru. — Lo disse nella lingua di Karg, ma il nome della bambina era lo stesso, era una parola Karg, «fiamma». La bambina la seguì senza fare domande, dopo essersi messa sulle spalle tutti i suoi averi, chiusi nel piccolo zaino.

Presero i bastoni, quello di nocciolo e quello di ontano. Lasciarono il bastone di Ogion al suo posto, dietro la porta, nell'angolo buio. Non chiusero la porta: la lasciarono aperta al vento di mare.

Con un sesto senso quasi animalesco, Tenar si tenne lontana dai campi e dalla strada montana che avevano percorso all'andata. Prese una scorciatoia che passava per i pascoli sulle pendici del monte, e raggiunse la strada carreggiabile che scendeva a Porto Gont, con stretti tornanti. Sapeva che un incontro con Pioppo le sarebbe stato fatale, e pensò che il mago la aspettasse lungo la strada. Ma, si augurò, non su *quella* strada.

Dopo circa un miglio di cammino, fu di nuovo in grado di pensare. Il suo primo pensiero fu di soddisfazione per avere fatto la cosa giusta. Le parole hardiche le ritornavano in mente, e dopo qualche tempo anche quelle vere: per controllare, si chinò a raccattare un ciottolo e lo tenne in mano, dicendo mentalmente *tolk;* s'infilò in tasca il ciottolo. Poi alzò gli occhi verso le vaste distese di cielo e di nubi, e disse mentalmente, una sola volta: *Kalessin.* E la mente le ritornò pulita, come era pulito quel cielo.

Arrivarono in un punto dove la strada passava tra alti argini di terra e rocce, e laggiù Tenar provò una vaga sensazione d'ansia. Quando giunsero alla curva, videro sotto di loro la baia dalle acque color azzurro cupo e una bellissima nave che entrava tra i promontori, a vele spiegate. Tenar aveva temuto la nave giunta in precedenza, ma non quella. Sentì il desiderio di correre verso di essa, di raggiungerla.

Ma non poteva farlo. Camminavano al passo di Therru. Era un passo più veloce di quello di due mesi prima, e anche il fatto di andare in discesa aveva la sua importanza. Ma la nave correva verso di loro. Doveva avere nelle vele il vento magico: attraversò la baia come un cigno in volo, e attraccò al molo prima ancora che Tenar e Therru fossero giunte al tornante successivo.

Tutte le città, di qualsiasi dimensione, erano luoghi strani per Tenar, che non aveva mai abitato in una di esse. Una volta aveva visto la più grande città di Earthsea, Havnor, e vi era rimasta per qualche tempo; ed era già stata a Porto Gont con Ged, anni prima; però, anche allora, si erano diretti subito verso la strada per Re Albi, senza soffermarsi nelle vie. La sola altra città che conosceva era Valmouth, dove abitava sua figlia: un piccolo porto sonnolento, dove l'arrivo di una nave dalle Andrades costituiva un grande avvenimento, e la maggior parte delle conversazioni degli abitanti aveva per oggetto il pesce secco.

Quando lei e la bambina giunsero a Porto Gont, il sole era ancora alto al di sopra dell'orizzonte occidentale. Therru aveva percorso quindici miglia senza lamentarsi ed era in grado di camminare ancora, anche se certamente doveva essere stanca. Anche Tenar era stanca, sia perché non aveva dormito la notte precedente, sia perché era preoccupata; e anche il peso dei libri di Ogion aveva contribuito a stancarla. A metà strada li aveva tolti dalla sacca a mano e li aveva messi nello zaino a spalla, al posto di una parte dei vestiti; era stato un miglioramento, certo, ma limitato. Così giunsero finalmente alle case fuori della cinta, e poi alla porta della città, dove la strada passava tra due draghi di pietra e diventava una via cittadina. Un uomo, messo laggiù di guardia, le studiò. Therru piegò sulla spalla la guancia ustionata e nascose sotto il grembiule la mano rattrappita.

— Andate da qualcuno in città, comare? — chiese la guardia, osservando con la coda dell'occhio la bambina.

Tenar non seppe che cosa rispondere. Non aveva mai pensato che ci fossero delle guardie, alle porte delle città. Non aveva denaro con cui pagare un pedaggio o una locanda. Non conosceva nessuno a Porto Gont, tolto - le venne in mente all'improvviso - il mago che era venuto a seppellire Ogion, come si chiamava? Non l'aveva mai saputo. Rimase a bocca aperta davanti all'uomo, come Erica.

— Andate, andate — disse la guardia, annoiata, e si girò dall'altra parte.

Tenar avrebbe voluto chiedergli la strada per il promontorio a sud, quella che passava per la costa e arrivava a Valmouth, ma non osò destare nuovamente il suo interesse, con il rischio che l'uomo la prendesse per una vagabonda, una strega o altre cose, quali che fossero, che lui e i draghi di pietra dovevano tenere lontano da Porto Gont. Così passarono in mezzo ai draghi - e Therru alzò per un istante lo sguardo, perché voleva vederli - e proseguirono camminando sul selciato, sempre più stupite e timorose. Tenar aveva l'impressione che, nonostante i draghi, tutte le cose e le persone del mondo fossero presenti in quella città. Alte case di pietra, carri di tutte le dimensioni, carretti a mano, mucche, asini, mercati, negozi e botteghe, folla, gente, e ancora gente: più strada facevano, più la gente era fitta. Therru si aggrappò alla mano di Tenar, piegò di lato la testa, si nascose la faccia dietro i capelli. E Tenar strinse con forza la mano della bambina.

Non sapeva come pagarsi la permanenza in quella città, e perciò le parve che l'unica cosa da fare fosse quella di andare verso sud e di camminare fino al tramonto (ormai mancava poco) con la speranza di potersi accampare nei boschi. Tenar vide una donna grassa, con un grembiule bianco, che metteva le imposte alla porta di un negozio, e si diresse verso di lei, per chiederle come raggiungere l'uscita sud della città. La donna aveva una faccia rossa e larga e l'aria socievole, ma mentre Tenar si faceva coraggio per parlarle, Therru le strinse forte la mano e fece per nascondersi dietro di lei; girandosi da quella parte, Tenar vide venire verso di loro, lungo la strada, l'uomo dal berretto di cuoio, Faina. Questi le scorse nello stesso momento e si fermò.

Tenar prese Therru per il braccio e la tirò, trascinandola via. — Vieni! — disse, e passò davanti all'uomo, poi accelerò il passo e scese verso le macchie di luce e di buio del mare illuminato dal sole al tramonto, verso i magazzini e i moli ai piedi della ripida stradina. Therru corse con lei, ansimando come il giorno in cui era stata bruciata.

Sullo sfondo del cielo rosso e giallo si vedevano dondolare altissimi alberi. La nave che Tenar aveva visto arrivare aveva ammainato le vele ed era ferma accanto al molo, dietro una galea.

Tenar si guardò alle spalle. L'uomo le seguiva, a poca distanza da loro. Pareva non avere fretta.

Corsero lungo il molo, ma dopo qualche tempo Therru incespicò e non fu più in grado di proseguire: era esausta. Tenar la prese in braccio, e la bambina si tenne a lei, nascondendo la faccia contro la sua spalla. Ma Tenar, con quel peso, riusciva a malapena a camminare. Le tremavano le ginocchia. Fece un passo, poi un secondo e un terzo. Arrivò alla passerella che avevano gettato tra il molo e la tolda della nave. Si tenne alla ringhiera.

Un marinaio appoggiato alla murata - un individuo magro e muscoloso, dalla testa calva - la guardò con attenzione. — Qualcosa non va, comare? — chiese.

— Questa nave... viene da Havnor?

— Dalla Città del Re, certo.

— Fatemi salire!

— Be', io non sono autorizzato a farlo — rispose il marinaio, sorridendo, e subito distolse lo sguardo; ora guardava l'uomo che si era affiancato a Tenar.

— Non dovete fuggire — disse Faina. — Non voglio farvi del male. Voi non capite. Sono stato io a cercare aiuto per la bambina, non lo sapete? Mi è davvero dispiaciuto per quello che è successo. Ma voglio aiutarvi a tenere la bambina. — Così dicendo, alzò la mano, come se qualcosa di irresistibile gli imponesse di toccare Therru. Tenar non riusciva a muoversi. Aveva promesso alla bambina che quell'uomo non l'avrebbe mai più toccata, ma ora la mano di Faina stava toccando il braccio nudo e tremante di Therru.

— Che cosa volete, voi? — chiese un'altra persona. Al posto del marinaio calvo ne era comparso un altro: un giovanotto. Tenar pensò che fosse suo figlio.

Faina parlò in fretta. — Ha preso... ha rapito la bambina. Mia nipote, è mia. L'ha stregata, è scappata via con lei, e...

Tenar non poteva parlare. Le avevano di nuovo portato via le parole. Il giovane marinaio non era suo figlio. Aveva un volto affilato e severo, occhi chiari. Guardando quel volto, Tenar trovò le parole: — Lasciatemi salire a bordo. Vi prego!

Il giovane le tese la mano. Tenar la prese, e lui la aiutò ad attraversare la passerella e a salire sul ponte della nave.

— Aspettate laggiù — disse a Faina; poi si rivolse a Tenar: — Venite con me.

Ma Tenar non riusciva a reggersi in piedi. Si afflosciò, come un fagotto di stracci, sul ponte della nave venuta da Havnor. Si lasciò sfuggire il sacco pesante, ma non la bambina. — Non permetteteгli di prenderla, oh, non permetteteglielo più!

LA *DELFINO*

Non volle lasciare la bambina, non volle affidarla a nessuno. A bordo della nave erano tutti uomini. Solo dopo lungo tempo, Tenar riuscì a capire che cosa dicevano, che cosa avevano fatto, che cosa stava succedendo. Quando comprese chi era il giovanotto che l'aveva aiutata, quello che in un primo momento le era sembrato suo figlio, le parve che tutto fosse sempre stato chiaro, fin dall'inizio, ma lei non ci aveva pensato. Per un lungo periodo, non era stata in grado di pensare a niente.

Il giovane, che era sceso sulla banchina, ritornò a bordo e si fermò vicino alla passerella a parlare con un uomo dai capelli bianchi, che, a giudicare dal suo aspetto, doveva essere il comandante della nave. Guardò Tenar, seduta sulla tolda, tra la murata della nave e un grosso argano. Dopo la lunga giornata di cammino, la stanchezza aveva sopraffatto la paura di Therru; la bambina si era addormentata stretta a Tenar, con il suo zaino per cuscino e il mantello come coperta.

Tenar si alzò lentamente, e il giovane si avvicinò subito. Lei si aggiustò il vestito e i capelli. — Sono Tenar di Atuan — disse. Il giovane non rispose. Tenar continuò: — Voi dovete essere il re.

Era molto giovane, più giovane di suo figlio Scintilla. Non doveva avere più di vent'anni. Ma aveva un'espressione che non era affatto giovane, qualcosa negli occhi che le fece pensare: *Quest'uomo dev'essere passato attraverso il fuoco.*

— Mi chiamo Lebannen di Enlad, signora — disse, e fece per inchinarsi, o addirittura per piegare il ginocchio.

— Non a me! — esclamò lei. — Né io a voi!

Lui rise, sorpreso, e le tenne le mani, sorridendole. — Come sapevate che vi cercavo? Venivate da me, quando quell'uomo...?

— No. Stavo fuggendo... da lui... da alcuni malfattori. Volevo tornare a casa, nient'altro.

— Ad Atuan?

— Oh, no! Alla mia fattoria. Nella Valle di Mezzo. Passavo per Gont. — Rise: una risata mista a lacrime. Adesso poteva piangere. Lasciò le mani del re per asciugarsi gli occhi.

— Dov'è la Valle di Mezzo? — chiese il re.

— A sud-est, dietro quel promontorio. Il porto si chiama Valmouth.

— Vi portiamo noi — disse il re, lieto di poterle fare un favore. Lei sorrise, asciugandosi gli occhi, e gli rivolse un cenno d'assenso.

— Un bicchiere di vino. Qualcosa da mangiare, un po' di riposo — disse il re, — e un letto per la bambina. — Il comandante della nave, che ascoltava con discrezione, diede gli ordini. Il marinaio calvo che Tenar aveva visto per primo (sembrava passata un'eternità) fece per chinarsi su Therru, ma Tenar si mise tra lui e la bambina. Non voleva permettergli di toccarla. — La porto io — disse, con voce tesa.

— C'è la scaletta, signora. Ci penso io — ripeté il marinaio, ma Tenar, anche se capiva che voleva soltanto usarle una gentilezza, non poteva lasciare che la toccasse.

— La porto io — disse allora il re, e, dopo aver rivolto un'occhiata a Tenar per chiederle il permesso, si chinò, prese in braccio la bambina addormentata, la portò fino al boccaporto e poi giù lungo la scaletta. Tenar lo seguì.

Il re la posò su una cuccetta, in una piccola cabina, in modo goffo e tenero insieme. Coprì Therru con il mantello. Tenar lo lasciò fare.

In una cabina più grande, che occupava tutta la poppa della nave, con una lunga finestra che dava sulla baia illuminata dall'ultima luce del giorno, il re la invitò ad accomodarsi a un lungo tavolo di quercia. Prese un vassoio dalle mani del giovane mozzo che l'aveva portato, versò del vino rosso in pesanti bicchieri di cristallo e offrì a Tenar dolci e frutta.

Lei assaggiò il vino.

— È molto buono, ma non è l'Anno del Drago — osservò.

Lui la guardò con stupore, preso alla sprovvista come un ragazzino.

— È di Enlad, non delle Andrades — disse gentilmente.

— Ma è buonissimo — lo rassicurò Tenar, bevendone un altro sorso. Prese un dolce. Era di pasta frolla, con tanto burro, ma il sapore non era stucchevole. L'uva, di colore verde ambrato, era leggermente asprigna. Il gusto intenso del cibo e del vino faceva pensare ai cavi con cui si ormeggia una nave: ancorarono di nuovo Tenar al mondo, alla sua mente.

— Mi ero davvero spaventata — disse, per scusarsi. — Penso che presto ritornerò a essere me stessa. Ieri... anzi, oggi, questa mattina... hanno messo una... fattura — le era quasi impossibile dire la parola. Riprese, balbettando: — Una ma... maledizione su di me. Mi ha tolto la parola e la ragione. Siamo scappate dalla maledizione, ma siamo incappate proprio nell'uomo, nell'uomo che... — Fissò con disperazione il giovane seduto davanti a lei. Con il suo sguardo grave, questi le diede la forza di proseguire. — Era una delle persone che hanno mutilato la bambina. Lui e i genitori. L'hanno violentata, percossa e poi l'hanno gettata nel fuoco; sono cose che succedono, maestà. Succedono ai bambini. E quell'uomo continua a seguirla, per farle del male. E...

S'interruppe e bevve un sorso di vino, cercando di assaporarne il gusto.

— E così sono corsa da voi. Verso il porto. — Si guardò attorno: le basse travi scolpite della cabina, il tavolo lucido, il vassoio d'argento, il volto affilato e tranquillo del giovane re. Aveva i capelli bruni e soffici, la pelle color bronzo; era vestito con semplicità ed eleganza, ma senza collari, anelli o altri segni esteriori del Potere. *Ha l'aspetto che deve avere un re,* si disse Tenar.

— Mi spiace di averlo lasciato andare via — disse il re. — Ma lo ritroveremo. Chi ha messo l'incantesimo su di voi?

— Un mago. — Non volle dire il nome. Non voleva pensarci. Voleva lasciarsi tutto alle spalle. Né punizioni né ricerche. Che si tenessero il loro odio; a lei bastava stare lontana da loro, dimenticare.

Lebannen non insistette, ma chiese: — Nella vostra fattoria sarete al sicuro da quegli uomini?

— Penso di sì. Se non fossi stata così stanca, così confusa dalla fff... dalla fff... così confusa nella mente, al punto di non riuscire a pensare, non avrei avuto paura di Faina. Del resto, che cosa poteva farmi? In mezzo alla gente, per strada? Non sarei dovuta scappare. Ma non avevo nella mente altro che la paura. La bambina è così piccola, non può fare altro che avere paura di quell'uomo. Deve imparare a non averne paura. Devo insegnarglielo... — Aveva perso il filo. Cominciò a pensare nella lingua di Karg. Che si fosse rivolta al re in quella lingua? Lebannen l'avrebbe creduta pazza: una vecchia pazza che farneticava. Tenar lo osservò, furtivamente. Il re non guardava dalla sua parte; fissava la fiamma del lume appeso sopra il tavolo, una fiammella chiara e immobile. Il volto del re era troppo triste per un uomo così giovane.

— Siete venuto a cercarlo — disse Tenar. — L'Arcimago. Sparviero.

— Ged — rispose il re, rivolgendole un leggero sorriso. — Voi, lui, io usiamo i nomi veri.

— Voi e io, sì — disse Tenar. — Lui lo fa soltanto con noi due. — Il re annuì.

— È minacciato da persone che lo invidiano, persone di cattiva volontà, e non ha... difese, in questo momento. Lo sapevate?

Non riuscì a spiegarsi meglio, ma Lebannen disse: — Mi ha detto che i suoi poteri di mago erano esauriti. Li ha consumati nell'atto che mi ha salvato, che ci ha salvato tutti. Ma era difficile crederci. E io non volevo credere.

— Neanch'io. Ma è così. E lui... — Tenar esitò, — vuole rimanere solo finché le sue ferite non si saranno rimarginate — aggiunse cautamente.

Lebannen disse: — Io e lui siamo stati nella Terra Tenebrosa, nella terra arida, insieme. Siamo morti insieme. E insieme siamo ritornati indietro, attraverso le montagne. Si può passare per le montagne. C'è una via. Lui la conosceva. Ma il nome di quelle montagne è Dolore. Le sue pietre... tagliano, e le ferite sono lunghe a rimarginarsi.

Si guardò le mani. Tenar si rammentò delle mani di Ged, piene di tagli e abrasioni, chiuse sulle proprie ferite. Perché i tagli non si riaprissero.

S'infilò la mano nella tasca e strinse la piccola pietra che vi era contenuta, il nome che aveva raccolto sulla strada ripida.

— Perché con me si nasconde? — chiese il giovane re, con la voce carica di dolore. Poi, più tranquillo: — Speravo davvero di poterlo vedere. Ma, se lui non vuole, la cosa termina qui, naturalmente. — Tenar riconobbe la cortesia, la civiltà, la dignità che aveva già incontrato nei messaggeri di Havnor, e ne fu lieta. Conosceva il loro valore. E, in cuor suo, sentì di voler bene al re proprio per quel dolore che lui stava provando.

— Verrà sicuramente da voi. Ma dategli tempo. È stato ferito così gravemente... gli è stato tolto tutto quello che aveva... Ma quando ha parlato di voi, quando ha pronunciato il vostro nome, oh, allora, per un momento, l'ho rivisto come era, e come tornerà a essere. Ritroverà l'orgoglio!

— L'orgoglio? — ripeté Lebannen, stupito.

— Certo. L'orgoglio. Chi più di lui ha davvero motivo di inorgoglirsi?

— Ho sempre pensato a lui come... Era così paziente — disse Lebannen, e poi sorrise per quella descrizione inadeguata.

— Adesso non ha più pazienza — riprese Tenar, — ed è irragionevolmente severo con se stesso. Non possiamo fare niente per lui, penso, tranne che lasciarlo andare per la sua strada in modo che trovi se stesso alla fine della corda cui è legato, come dicono a Gont... — E, d'un tratto, cominciò anche lei a non avere più corda: era talmente stanca che si sentiva girare la testa. — Adesso, temo che dovrà andare a riposare — disse.

Il re si alzò immediatamente. — Lady Tenar — disse, — voi mi avete raccontato di essere fuggita da un nemico per trovarne un altro; ma io sono venuto a cercare un amico e ne ho trovato un altro. — Tenar sorrise, di fronte a tanto garbo e a tanta cortesia. *Che bravo ragazzo, questo re,* pensò.

La nave era tutta in fermento quando Tenar si svegliò: gemiti e cigolii del fasciame, tonfo di piedi nudi che correvano sulla tolda sopra la sua cabina, colpi di corde che battevano in terra, grida dei marinai. Non fu facile svegliare Therru che sembrava ancora stanca e forse febbricitante, anche se era sempre così calda che Tenar non riusciva mai a capire se avesse veramente la febbre.

Provando un certo rimorso sia per aver costretto una bambina di salute cagionevole a fare quindici miglia a piedi sia per tutto quel che era successo il giorno prima, Tenar cercò di rallegrarla raccontandole che erano su una nave sulla quale c'era un vero re e che la loro cabina era quella del re, che la nave le portava a casa, alla fattoria, e che laggiù c'era Zia Lodola che le aspettava, e che forse c'era anche Sparviero. Ma neppure questo servì a destare l'interesse di Therru, che rimase assente, inerte, muta.

Sul suo braccio minuto, Tenar vide un segno: quattro dita rosse come un marchio a fuoco o una stretta violenta. Ma Faina non l'aveva stretta, l'aveva solo sfiorata. Tenar aveva promesso alla bambina che quell'uomo non l'avrebbe più toccata. La promessa non era stata mantenuta. La sua parola non significava nulla. Ma quale parola poteva ancora avere un significato contro la violenza cieca?

Si chinò sul braccio di Therru e baciò i segni.

— Vorrei poterti finire il vestito rosso — le disse. — Probabilmente il re avrebbe piacere di vederlo. Però, non penso che la gente indossi gli abiti più belli quando è su una nave. Neppure i re.

Therru non si mosse sulla cuccetta rimanendo seduta con la testa china, e in silenzio. Tenar le accarezzò i capelli. Cominciavano a crescere più folti e robusti, finalmente, come una cortina nera e lucida sulle parti bruciate del cuoio capelluto. — Hai fame, passerotto? Non hai mangiato niente ieri sera. Forse il re ci manderà qualcosa per colazione. Ieri mi ha fatto assaggiare i suoi dolci e la sua uva.

Nessuna risposta.

Quando Tenar le disse che era tempo di uscire dalla stanza, la bambina obbedì. Giunta sul ponte, però, continuò a tenere la testa piegata sulla spalla. Non alzò lo sguardo sulle bianche vele piene del vento del mattino, né lo abbassò sull'acqua scintillante, né si girò a guardare il Monte di Gont che s'innalzava nella sua imponente maestà, coperto di foreste, levando verso il cielo la sua cima. Non alzò gli occhi, quando Lebannen le parlò.

— Therru — le disse Tenar, piano, inginocchiandosi accanto a lei, — quando un re ti parla, devi rispondergli.

Therru non parlò.

L'espressione con cui Lebannen la guardava era impenetrabile. Una maschera, forse; una maschera d'educazione che copriva il disgusto e l'offesa. Ma i suoi occhi neri rimanevano immobili. Toccò molto delicatamente il braccio della bambina, e disse: — Deve averti fatto una strana impressione, addormentarti nel porto e svegliarti in mezzo al mare.

Therru mangiò solo un po' di frutta. Quando Tenar le chiese se voleva ritornare in cabina, la bambina annuì. Con riluttanza, Tenar la lasciò in cuccetta, tutta raggomitolata, e fece ritorno sul ponte.

La nave stava passando tra i due promontori: alte pareti scure che parevano sporgersi al di sopra delle vele. Arcieri di guardia in piccoli forti, che assomigliavano a nidi di rondine arroccati sulle scogliere, guardavano la gente sul ponte, e i marinai lanciavano grida allegre verso di loro: — Largo al re! — urlavano, e la risposta non era molto più forte dei richiami che le rondini si lanciavano da quelle pareti di roccia: — Il re!

Lebannen era fermo sull'alto castello di prora, insieme con il comandante della nave e con un uomo alto, anziano, dagli occhi simili a due fessure, che indossava la veste grigia dei maghi dell'Isola di Roke. Anche Ged indossava una veste come quella, elegante e immacolata, il giorno che aveva portato con lei l'Anello di Erreth-Akbe alla Torre della Spada. Una veste come quella, ma vecchia, sudicia e consumata dal viaggio, era l'unica coperta di cui Ged disponesse sulle gelide pietre delle Tombe di Atuan e sul suolo polveroso delle montagne del deserto quando le avevano attraversate insieme. A questo pensava Tenar, mentre la schiuma delle onde si sollevava contro la prua e le alte pareti di roccia sparivano in lontananza.

Quando la nave, dopo avere superato gli ultimi scogli, si trovò in mare aperto, e cominciò a virare verso est, i tre uomini raggiunsero Tenar. Lebannen disse: — Signora, vi presento il Maestro dei Venti dell'Isola di Roke.

Il mago si inchinò, e la osservò con ammirazione e con curiosità; aveva gli occhi molto acuti e a Tenar diede l'impressione di essere un uomo che sapeva sempre da che parte soffiava il vento.

— Non c'è più bisogno di sperare che il bel tempo continui perché, con voi presente, questa è una certezza — disse Tenar.

— Oh, in una giornata come questa, io sono solo un peso morto — si schermì il mago. — E poi, con un marinaio come mastro Serrathen al timone, chi ha più bisogno della magia del tempo?

Quanto siamo cortesi, pensò lei, *tutti signori, signore, mastri, inchini e complimenti.* Guardò il giovane re e vide che la osservava, sorridente ma riservato.

Si sentì come si era sentita a Havnor da ragazza: una donna barbara, rozza, in mezzo a tanta raffinatezza. Ma poiché non era più una ragazza, non si lasciò intimidire; solo, si meravigliò per come gli uomini riuscissero a trasformare il mondo in una sorta di ballo in maschera, e della facilità con cui una donna riusciva a imparare a ballarlo.

Sarebbe stata sufficiente quella giornata, le dissero, per arrivare a Valmouth. Sarebbero arrivati laggiù nel tardo pomeriggio, se il vento si fosse mantenuto favorevole.

Ancora stanca per le peripezie e la tensione del giorno prima, sedette con piacere sul sedile che il marinaio calvo le aveva preparato con un po' di paglia e un pezzo di tela da vela, e rimase a guardare le onde e i gabbiani, e vide il profilo del Monte di Gont, azzurro e bellissimo nella luce del mezzogiorno, cambiare progressivamente forma a mano a mano che la nave sfiorava le sue alte scogliere, a un miglio o due dalla costa. Portò sopra coperta Therru perché prendesse un po' di sole, e la bambina si sedette accanto a lei e continuò a guardare il mare e a sonnecchiare.

Un marinaio, un uomo sdentato e dalla pelle molto scura, si avvicinò a loro. Camminava a piedi nudi: Tenar vide che aveva la pianta dei piedi dura come zoccoli, e le dita orrendamente storte; si avvicinò a loro e posò qualcosa sulla tela da vela, accanto a Therru. — Per la bambina — disse con voce roca. Poi si allontanò subito, anche se rimase a portata di voce. Di tanto in tanto, mentre lavorava sul ponte, guardava speranzoso verso la bambina, per vedere se il dono le era piaciuto, e poi fingeva di non avere guardato. Therru non volle toccare l'involucro di stoffa, e Tenar dovette aprirglielo. Conteneva una piccola scultura, bellissima, che raffigurava un delfino, di osso o forse di avorio, lunga come il suo dito pollice.

— Può andare ad abitare nel tuo sacchetto di fili d'erba — disse Tenar, — insieme con le altre, le figurine d'osso.

A queste parole, Therru riprese forza quel tanto che bastava per tirare fuori la borsa d'erba e metterci dentro il delfino. Ma toccò a Tenar ringraziare il povero donatore. Therru non voleva né guardarlo né parlargli. Dopo qualche tempo, la bambina chiese di ritornare nella cabina, e Tenar la lasciò giù, in compagnia dell'uomo d'osso, dell'animale d'osso e del delfino.

È così semplice, pensò con ira, *è così semplice per Faina portarle via la luce del sole, portarle via la nave e il re e la sua giovinezza, ed è così difficile ridarglieli! Ho impiegato un anno per ridarglieli, e lui, con un solo gesto, glieli toglie e li butta via. E che cosa ci guadagna? Che Potere ne ricava? Che il Potere sia solo questo... vacuità?*

Raggiunse il re e il mago, che erano appoggiati alla balaustra della nave. Il sole aveva già fatto gran parte del suo corso, e la nave procedeva in un trionfo di luce che ricordò a Tenar il suo sogno di volare con il drago.

— Lady Tenar — disse il re, — non vi affido alcun messaggio per il nostro comune amico. Non voglio imporvi un simile fardello, e mi sembrerebbe di porre limiti alla sua libertà, e non voglio neppure questo. Sarò incoronato tra meno di un mese. Se fosse lui a porgermi la corona, il mio regno inizierebbe come desidera il mio cuore. Ma che lui ci sia o no, è stato lui a darmi il regno. Mi ha fatto re, e non me ne dimenticherò.

— So che non ve ne dimenticherete — rispose Tenar, gentilmente. Era così serio, compito, protetto dall'ufficialità del suo rango, eppure così vulnerabile nella sua onestà, nella purezza del suo volere. Tenar sentì un profondo affetto per lui. Il giovane re pensava di avere imparato il dolore, ma l'avrebbe dovuto imparare di nuovo, innumerevoli altre volte, per tutta la vita, senza dimenticare nulla.

E perciò, diversamente da Faina, non avrebbe mai scelto la via più facile.

— Sarò ben lieta di portargli il vostro messaggio — rispose Tenar. — Soltanto lui, però, potrà decidere di ascoltarlo.

Il Maestro dei Venti sorrise. — È sempre stato così — disse. — Qualunque cosa abbia fatto, è sempre stato soltanto lui a decidere.

— Lo conoscete da molto tempo?

— Da prima che lo conosceste voi, signora. Gli ho insegnato — disse il mago, — quello che ho potuto... È arrivato alla scuola di Roke ancora ragazzo, accompagnato da una lettera di Ogion in cui si diceva che aveva grandi poteri. Ma la prima volta che lo portai fuori su una barca, per insegnargli come parlare al vento, ha sollevato una tromba marina. Allora mi resi conto di quale sarebbe stato il nostro futuro. Pensai: o prima dei sedici anni sarà affogato, o sarà Arcimago prima dei quaranta... Almeno, mi piace credere di averlo pensato.

— È ancora l'Arcimago? — chiese Tenar. Si accorse subito di aver fatto una domanda terribilmente ignorante, e dopo il silenzio che ne seguì temette di essersi dimostrata indiscreta, e non solo ignorante.

Il mago rispose, infine: — In questo momento non c'è un Arcimago di Roke. — Lo disse in tono estremamente cauto, scegliendo con attenzione le parole.

Tenar non osò chiedergli di spiegarsi meglio.

— Credo — disse il re, — che la Guaritrice della Runa della Pace possa far parte del Consiglio del nostro regno; siete d'accordo con me, signore?

Dopo un'altra pausa, e un po' a malincuore, il mago disse: — Certamente.

Il re attese, ma il mago non disse altro.

Allora, Lebannen si girò verso l'acqua illuminata dal sole e parlò come se cominciasse a raccontare una storia: — Quando io e lui siamo arrivati a Roke dal più lontano Occidente, portati dal drago... — S'interruppe, e il nome del drago si pronunciò da solo nella mente di Tenar: *Kalessin,* come un suono di gong.

— Il drago mi lasciò a Roke, ma portò via lui. Il custode della porta della Grande Casa disse allora: «Ha finito di agire. Torna a casa». E prima ancora, sulla spiaggia di Selidor, lui mi aveva ordinato di lasciare il suo bastone, perché ormai non era più un mago. Così, i Maestri di Roke si consultarono per eleggere un nuovo Arcimago.

— Vollero che fossi presente anch'io, perché sapessi quello che deve sapere un re sul Consiglio dei Saggi. E inoltre ero presente per sostituire uno di loro: Thorion l'Evocatore, la cui arte si era volta contro lui medesimo, a opera del grande male che Lord Sparviero ha trovato e ha fermato. Quando eravamo nel deserto, tra la parete e le montagne, io vidi Thorion. Lord Sparviero gli parlò e gli insegnò come tornare alla vita al di là della parete. Ma Thorion non prese quella strada. Non fece ritorno.

Con le mani forti e affusolate, il giovane re strinse con violenza il legno della balaustra, continuando a fissare le onde marine. Tacque per un istante, poi riprese il racconto.

— Così, fui io a completare il numero dei nove che si raccolsero per scegliere il nuovo Arcimago.

— Sono... sono dei saggi — continuò, lanciando un'occhiata a Tenar. — Non solo conoscono la loro arte, ma sono persone fidate. Si servono delle differenze tra loro, come ho visto fare altre volte, per rendere più salda la loro decisione. Ma questa volta...

— Il fatto è — intervenne il Maestro dei Venti, vedendo che Lebannen non voleva dare l'impressione di criticare i Maestri di Roke, — che quella volta parlarono solo delle differenze, senza prendere decisioni. Non raggiungemmo alcun accordo. Perché l'Arcimago non era morto, capite, eppure non era un mago... ma era ancora chiaramente un signore dei draghi, come avevamo visto. E perché il nostro Maestro delle Metamorfosi era ancora sconvolto dopo avere visto la sua arte rivolgersi contro di lui, ed era convinto che Evocatore sarebbe ritornato dalla morte, e ci aveva supplicato di aspettarlo. E perché il Maestro degli Schemi non volle parlare. È di Karg come voi, signora; lo sapevate? Viene da Karego-At. — Con quei suoi occhi acuti, la sorvegliava attentamente: da che parte soffiava il vento? — Così, per tutti questi fatti, ci trovammo bloccati. Quando il Guardiano chiese i nomi dei candidati, non ne venne presentato nessuno. Ciascuno guardava gli altri...

— Io guardavo in terra — disse Lebannen.

— Così, alla fine ci rivolgemmo a una persona che conosceva certamente i nomi: il Maestro dei Nomi. Questi stava osservando attentamente il Maestro degli Schemi che sedeva in mezzo alle sue piante come un ceppo di legno. Dovete sapere che ci incontriamo nel Bosco Immanente, tra quegli alberi le cui radici sono più profonde delle stesse isole. Ormai era già sceso il crepuscolo. A volte tra quegli alberi c'è una luce, ma non quella notte. Era buio, non c'erano le stelle, al di sopra degli alberi il cielo era nuvoloso. E il Maestro degli Schemi si alzò e prese la parola... ma nella sua lingua, non nell'Antica Lingua, non in hardico ma in kardico. Pochi di noi la conoscevano: in gran parte non sapevamo neppure di che lingua si trattasse, e non sapevamo che cosa pensare. Ma il Maestro dei Nomi ci disse quel che aveva detto il Maestro degli Schemi: *una donna di Gont.*

S'interruppe. Non guardava più Tenar. Dopo qualche istante, lei chiese: — E niente di più?

— Non una parola. Quando lo interrogammo, ci fissò e non seppe che cosa rispondere, perché aveva parlato in una visione, capite... Aveva visto lo schema delle cose, il modello, e non è materia che si possa facilmente trasformare in parole, e ancor meno in idee. Neanche lui sapeva che cosa pensare: sapeva quel poco che sapevamo noi.

I Maestri di Roke erano degli insegnanti, dopotutto, e il Maestro dei Venti era un buon insegnante: non poté fare a meno di darle dei chiarimenti. Più di quanto non volesse in partenza, forse. Guardò per un istante Tenar e poi distolse gli occhi.

— Sembrava dunque che dovessimo proprio venire a Gont. Ma perché? Per cercare chi? «Una donna»... Non molto, come indicazione! Evidentemente, questa donna ci dovrà guidare al nostro Arcimago, chissà come. E allora, come avrete immaginato, venne fatto il vostro nome: infatti, di che altra donna di Gont avevamo sentito parlare? Quella non è una grande isola, ma la vostra fama è immensa. Uno di noi disse: «Ci porterà da Ogion». Ma sapevamo che Ogion aveva rifiutato molti anni fa il posto di Arcimago, e certo non l'avrebbe accettato adesso che era vecchio e malato. E mi pare, infatti, che Ogion sia morto proprio in quei giorni. Poi un altro disse: «Ci può portare anche da Sparviero». A quel punto brancolavamo davvero nel buio.

— Certo — confermò Lebannen. — E cominciò anche a piovere, in mezzo a quegli alberi. — Sorrise. — Avevo temuto di non vedere mai più la pioggia. Fu una grande gioia per me.

— Nove membri del Consiglio bagnati e uno solo felice — commentò il Maestro dei Venti.

Tenar rise. Non poteva fare a meno di provare simpatia per quell'uomo. Se era così guardingo verso di lei, anche a lei conveniva essere cauta nei suoi confronti; ma con Lebannen, e soprattutto in sua presenza, era ammissibile solo la sincerità.

— La donna di Gont non posso essere io — disse, — perché io non posso condurvi da Sparviero.

— Anch'io ero dell'idea — disse il mago, con un'aria di sincerità che forse era vera, — che non poteste essere voi, signora. Per prima cosa, il Maestro degli Schemi avrebbe certo detto il vostro nome durante la visione. Sono così pochi coloro che portano apertamente il loro nome vero! Tuttavia, il Consiglio di Roke mi ha incaricato di chiedervi se conoscete qualche donna della vostra isola che possa essere la persona che cerchiamo: la madre o la sorella di un uomo di Potere, o anche la sua insegnante, perché sappiamo che ci sono streghe molto sagge a modo loro. Che Ogion conoscesse una donna di questo genere? Dicono che conoscesse ogni persona dell'isola, anche se abitava da solo e vagava nei boschi. Peccato che non sia più vivo per aiutarci!

Tenar aveva già pensato alla pescatrice della storia di Ogion. Ma quella donna era già vecchia quando Ogion l'aveva incontrata, molti anni prima, e ormai doveva essere morta. Anche se i draghi, pensò, erano molto longevi.

Per qualche tempo rimase in silenzio, e poi disse soltanto: — Purtroppo non conosco persone del genere.

Sentiva perfettamente l'irritazione del mago, e la fatica che questi faceva per controllarsi. *Che cosa mi nasconde?* si stava di certo chiedendo il mago. *Che cosa vuole, esattamente?* E Tenar si domandò perché non potesse parlargli. Ma la sordità del mago la costringeva a tacere. Non poteva nemmeno dirgli che era sordo.

— Allora — disse Tenar, dopo qualche minuto, — non c'è un Arcimago di Earthsea. Ma c'è un re.

— In cui giustamente riponiamo la nostra fiducia e le nostre speranze — disse il mago, in tono sincero e con calore. Lebannen, che li guardava e li ascoltava, sorrise.

— Negli scorsi anni — disse Tenar, esitante, — ci sono stati tanti dolori. La mia... la bambina... Cose del genere sono state fin troppo comuni. E ho sentito uomini e donne di Potere lamentarsi della perdita, o della trasformazione, dei loro Poteri.

— L'uomo che è stato sconfitto dall'Arcimago e dal nostro sovrano nelle terre deserte, quel Pannocchia, aveva causato infiniti danni. Noi stiamo cercando di ricostruire la nostra arte, curando i nostri maghi e la nostra magia, ma occorrerà molto tempo prima che l'opera sia terminata — disse il mago, con decisione.

— Mi chiedo se ricostruire e curare siano sufficienti — rispose Tenar, — anche se, naturalmente, sono cose da farsi... Ma mi domando se una persona come Pannocchia non sia giunta ad avere quei Poteri perché le cose stavano già cambiando, e se il cambiamento non ci sia già stato. Un grande cambiamento. E forse è a causa di questo cambiamento che abbiamo di nuovo un re su Earthsea... forse un re e non un Arcimago.

Il Maestro dei Venti la guardò come se vedesse una nube di tempesta all'estremo orizzonte. Sollevò perfino la mano, automaticamente, come se dovesse fare un incantesimo sul vento, ma poi la abbassò. Sorrise. — Non dovete temere, signora — disse. — Roke e l'arte magica dureranno. Il nostro tesoro è ben protetto!

— Ditelo a Kalessin — rispose Tenar, che non riusciva a sopportare tanta incoscienza e disattenzione. Il mago la fissò, sorpreso. Aveva sentito il nome del drago. Ma non aveva sentito le parole di Tenar. Del resto, come si poteva pretenderlo, da un uomo che non aveva più ascoltato alcuna voce di donna, da quando la madre aveva smesso di cantargli la ninnananna?

— Davvero — disse Lebannen. — Kalessin è giunto a Roke, che si dice completamente protetta contro i draghi; e non grazie a un incantesimo di Lord Sparviero, che a quell'epoca non aveva magia... Ma non credo, Maestro dei Venti, che Lady Tenar avesse paura per sé.

Il mago si sforzò di riparare all'offesa. — Vi chiedo scusa, signora — disse. — Parlavo come se mi fossi rivolto a una donna comune.

Per poco Tenar non scoppiò a ridere. Avrebbe potuto confondere quel mago, ma si limitò a dire, con indifferenza: — Oh, le mie paure *sono* comuni. — Era inutile insistere con quell'uomo; non le dava ascolto.

Ma il giovane re taceva e ascoltava.

Un mozzo, dall'alto di quel mondo vertiginoso e ondeggiante di alberi, vele e sartie che stava sopra le loro teste, gridò con voce chiara e musicale: — Città in vista dietro il promontorio! — e dopo qualche istante anche coloro che stavano sul ponte videro il raggruppamento di tetti di ardesia, le volute di fumo azzurrino, i vetri delle finestre che riflettevano il sole al tramonto, i moli e i magazzini di Valmouth, in fondo alla sua baia di seta blu.

— La porto io, o ci pensate voi, signore? — chiese il comandante della nave, sempre impassibile, e il Maestro dei Venti rispose: — Manovriamo a vela, mastro comandante. Preferisco non avere a che fare con quelle bagnarole! — Indicò le decine di barche da pesca che riempivano la baia. Così, la nave del re entrò in porto lentamente, come un cigno in mezzo agli anatroccoli, salutata da ogni barca accanto cui passava.

Tenar guardò lungo i moli, ma non vide altre navi.

— Ho un figlio che fa il marinaio — disse a Lebannen. — Pensavo che la sua nave potesse trovarsi nel porto.

— Che nave è?

— Era terzo di bordo sul *Gabbiano di Eskel,* ma da allora sono passati più di due anni. Può darsi che abbia cambiato nave. Non sta mai fermo. — Sorrise. — Quando vi ho visto, vi ho scambiato per lui. Non vi assomigliate granché, ma l'altezza, la corporatura, l'età sono pressappoco le stesse. E io ero confusa e spaventata... Paure comuni.

Il mago era salito sul castello di prua, e Tenar e Lebannen erano rimasti soli.

— Ce ne sono troppe, di queste paure comuni — disse il re.

Era la sola possibilità di parlargli da solo, e Tenar disse in fretta, in tono esitante: — Volevo dire... ma sarebbe stato inutile... potrebbe non esserci una donna di Gont... e non so chi possa essere, non ne ho idea... ma potrebbe esserci una donna, adesso o in futuro, e forse hanno proprio bisogno di lei. È possibile?

Il re la ascoltò. Lui non era sordo. Aggrottò la fronte, pensieroso, come se cercasse di capire una lingua straniera. E si limitò a dire, sottovoce: — È possibile.

Una pescatrice, dalla sua barchetta, gridò: — Da dove venite? — e il mozzo, dall'alto, rispose: — Dalla Città del Re!

— Come si chiama questa nave? — chiese Tenar. — Mio figlio mi chiederà il nome della nave su cui ho navigato.

— *Delfino* — le rispose Lebannen. *Figlio mio, mio re, mio caro ragazzo,* pensò Tenar, *come mi piacerebbe averti vicino!*

— Devo andare a prendere la bambina — disse.

— Come arriverete a casa?

— A piedi. Sono poche miglia, in cima alla valle. — Indicò la Valle di Mezzo, ampia e illuminata dal sole, tra le due braccia della montagna, simile a un grembo. — Il villaggio è sul fiume, e la mia fattoria è a mezzo miglio dal villaggio. È uno degli angoli più graziosi del vostro regno.

— Ma sarete al sicuro?

— Oh, certo. Trascorrerò la notte con mia figlia, qui a Valmouth. E nel villaggio c'è tutta gente di cui ci si può fidare. Non sarò sola.

I loro sguardi si incrociarono per un momento, ma nessuno disse il nome al quale stavano pensando.

— Torneranno ancora, da Roke? — chiese Tenar. — A cercare la «donna di Gont»... o lui?

— Non lui. Se tornassero a cercarlo, glielo proibirei — disse Lebannen, senza accorgersi di ciò che le aveva rivelato con quelle poche parole. — Ma per cercare un nuovo Arcimago, o la donna della visione del Maestro degli Schemi, sì, forse potrebbero ritornare. E venire da voi.

— Saranno i benvenuti alla Fattoria delle Querce — disse Tenar. — Non quanto voi, però.

— Verrò quando potrò — rispose lui in tono un po' severo; e aggiunse, con aria vagamente triste: — Se potrò...

A CASA

Gran parte della popolazione di Valmouth scese al porto per vedere la nave giunta da Havnor, non appena si seppe che a bordo c'era il re, il nuovo re, il giovane re di cui parlavano le nuove canzoni, quelle che nessuno ancora conosceva. Arrivò il vecchio Relli e ne cantò una antica, accompagnandosi con l'arpa: era un pezzo delle *Gesta di Morred,* perché il re di Earthsea non poteva che essere erede di Morred. Dopo qualche tempo, il re stesso salì sul ponte: era giovane, alto e bello come doveva essere un re, e con lui c'erano un mago di Roke e una donna e una bambina con vestiti vecchi e frusti che non erano molto migliori di quelli dei mendicanti, ma il re le trattava come se fossero una regina e una principessa e, chissà, forse lo erano davvero. — Sarà sua madre — disse Lucciola, alzandosi in punta di piedi per vedere, e poi la sua amica Melina la prese per il braccio e sussurrò, stupita:

— Ma è... mia madre!

— Madre di chi? — disse Lucciola, che non aveva sentito, e Melina rispose:

— Mia madre. E con lei c'è Therru. — Ma non cercò di farsi avanti in mezzo alla folla, neppure quando un ufficiale della nave scese sul molo per invitare il vecchio Relli a bordo, a cantare per il re. Melina rimase in attesa con gli altri: vide che il re riceveva i notabili di Valmouth, e sentì Relli cantare per lui. Guardò il re che salutava gli ospiti, perché la nave avrebbe ripreso subito il mare, diceva la gente, prima di notte, per ritornare a Havnor. Le ultime a scendere furono Therru e Tenar. Il re salutò in maniera ufficiale, guancia contro guancia, tutt'e due e si chinò ad abbracciare Therru. — Ah! — esclamò la folla sul molo. Il sole tramontava in una nebbia d'oro, e stendeva sulla baia una lunga scia dorata, quando la donna e la bambina, tenendosi alla ringhiera, scesero dalla passerella. Tenar aveva un grosso zaino e una sacca, Therru nascondeva la faccia tra i capelli. La passerella venne ritirata, i marinai si arrampicarono sulle sartie, gli ufficiali diedero gli ordini, e la *Delfino* virò staccandosi dal molo. Solo allora Melina si fece strada fra la folla.

— Salve, madre — disse a Tenar, e lei le rispose: — Salve, figlia. — Si baciarono, e Melina prese in braccio Therru. — Come sei cresciuta! — esclamò. — Sei il doppio di quando ti ho visto l'ultima volta. Venite, venite a casa con me.

Ma quella sera, nella bella casa del marito, il mercante, Melina era un po' intimidita dalla presenza della madre. La guardò molte volte, di sottecchi, pensierosa. — Non avevo mai dato peso alla cosa, sai, mamma — le disse accompagnandola nella sua stanza da letto, — tutto quel che è successo, la Runa della Pace, l'Anello che hai portato a Havnor. Sembrava una storia, una di quelle che raccontano le ballate. Roba di mille anni fa! Ma sei stata proprio tu, vero?

— È stata una ragazza di Atuan — rispose Tenar. — Mille anni fa. Adesso, sento che potrei dormire per mille anni.

— Va' a dormire, allora. — Melina fece per allontanarsi, poi si girò e disse, con la lampada in mano: — Baciare!

— Piantala — rispose Tenar.

Melina e il marito riuscirono a tenerla con loro un paio di giorni, ma poi Tenar volle ritornare alla fattoria. Così, Melina accompagnò lei e Therru lungo la sponda del placido, argenteo Kaheda. L'estate cedeva ormai il posto all'autunno: il sole era ancora caldo, ma il vento si faceva più fresco. Le foglie avevano un aspetto stanco, opaco, e i campi erano coperti di stoppie, o vi si stava facendo il raccolto.

Melina notò che Therru era più robusta, e che camminava a lungo senza stancarsi.

— Avresti dovuto vedere quanto camminava a Re Albi — le disse Tenar, — prima che... — S'interruppe, perché aveva deciso di non raccontare niente alla figlia. Non voleva che si preoccupasse.

— Che cosa è successo? — chiese Melina, con una tale decisione che Tenar dovette arrendersi e rispondere a bassa voce: — Uno di *quelli*.

Therru, con le sue gambe lunghe e il vestito ormai troppo corto, era corsa davanti a loro e raccoglieva le more dai cespugli a fianco della strada.

— Il padre? — chiese Melina, disgustata all'idea.

— Lodola dice che il padre dovrebbe essere un certo Tinca. Quello che ho visto io era più giovane. È lo stesso che è andato a chiamare Lodola. Si chiama Faina. Vagabondava dalle parti di Re Albi, e poi, per disgrazia, ci siamo imbattute in lui a Porto Gont. Il re lo ha mandato via, e adesso io sono qui e lui è là, e la cosa è finita.

— Ma Therru si è spaventata — osservò Melina, con preoccupazione.

Tenar annuì.

— E perché eravate andate a Porto Gont?

— Oh, be'. Quel tale, Faina, lavorava per uno... il mago del castello di Re Albi, che è offeso con me. — Cercò di pensare al nome del mago, ma non ci riuscì; le venne in mente soltanto *tuaho*, che nella lingua di Karg indicava un albero, ma Tenar non avrebbe saputo dire quale.

— E allora?

— E allora mi è sembrato meglio ritornare a casa.

— Ma perché quel mago se l'è presa con te? — volle sapere Melina.

— Perché sono una donna, soprattutto.

— Bah — fece Melina. — Vecchie storie.

— Giovani storie, nel mio caso — ribatté Tenar.

— Peggio ancora — commentò la figlia. — Comunque, qui in città nessuno ha più visto i genitori, se si possono ancora chiamare così. Ma se sono ancora da queste parti, non mi fiderei a stare da sola alla fattoria.

È bello trovare un atteggiamento materno nella propria figlia, e comportarsi come se la figlia fossimo noi. Perciò Tenar disse, alzando le spalle: — Oh, starò benissimo!

— Almeno, prendi un cane.

— Ci avevo già pensato — rispose Tenar. — Qualcuno ha dei cuccioli, al villaggio? Lo chiederò a Lodola, quando passeremo da lei.

— Non un cucciolo, madre. Un *cane*.

— Sì, ma giovane, in modo che Therru possa giocarci... — implorò.

— Sì, un bel cagnolino, che correrà a fare le feste ai ladri — disse Melina sorridendo alla madre. Era rossa in viso e gli occhi grigi brillavano.

Quando giunsero al villaggio, era quasi mezzogiorno. Lodola

accolse Tenar e Therru con una festa di abbracci, baci, domande e cose da mangiare. Anche il marito di Lodola - un uomo taciturno - e altri del villaggio si fermarono a salutare Tenar, che cominciò ad assaporare le gioie del ritorno a casa.

Lodola e i due figli più piccoli - ne aveva sette - un maschio e una femmina, li accompagnarono alla fattoria. I bambini, naturalmente, conoscevano Therru da quando Lodola l'aveva portata a casa, ed erano abituati a vederla, ma sulle prime si comportarono timidamente, dopo due mesi di separazione.

Con loro, e anche con Lodola, la bambina rimase passiva, chiusa in se stessa, come nel tremendo periodo iniziale.

— È esausta, confusa da tutti questi viaggi. Ma si riprenderà presto: sta crescendo benissimo — disse Tenar, rivolta a Lodola, ma Melina non le permise di cavarsela così a buon mercato.

— Uno di *loro* si è fatto vivo e le ha spaventate — spiegò. E, a poco a poco, la figlia e l'amica si fecero raccontare la storia da Tenar, quel pomeriggio, mentre aprivano le finestre della casa fredda, piena di polvere e che sapeva di chiuso, pulivano, davano aria ai giacigli, scuotevano la testa nel vedere che le cipolle avevano messo il germoglio, riempivano la dispensa e mettevano l'acqua sul fuoco per preparare la cena. Dovettero farsi raccontare la vicenda, però, una parola alla volta. Tenar non riusciva a parlare del mago e di quel che aveva fatto: una fattura, disse vagamente, o forse aveva mandato Faina a cercarla. Ma quando parlò del re, non incontrò difficoltà con le parole.

— E allora è arrivato lui, il re!... come una lama di spada, e Faina era confuso e impaurito... e io credevo che fosse Scintilla! L'ho davvero creduto, per un momento, a tal punto ero fuori di me.

— Be' — disse Melina, — non c'è niente di strano, perché Lucciola ti ha scambiata per la regina madre, quando eravamo sul molo, a guardarti approdare in tutta la tua gloria. E lei lo ha baciato, Zia Lodola. Ha baciato il re, come se niente fosse. Pensavo che poi baciasse anche il mago, ma non l'ha fatto.

— Certo che non l'ha baciato, che idea. Di che mago si trattava? — chiese Lodola, con la testa infilata nella credenza. — Dove tieni la farina, Goha?

— Dove hai messo la mano ora. Un mago di Roke, venuto a cercare un nuovo Arcimago.

— Qui da noi?

— Perché no? — chiese Melina. — L'ultimo che hanno avuto

era di Gont, no? Ma non hanno perso molto tempo a cercarlo. Sono tornati subito a Havnor, una volta sbarazzatisi di mia madre.

— Che maniera di esprimerti.

— Il mago ha detto che cercava una donna — spiegò Tenar alle sue due compagne. — Una donna di Gont. Ma ho avuto l'impressione che la cosa gli desse fastidio.

— Un mago che cerca una donna? Be', questa è davvero nuova — commentò Lodola. — Pensavo che la farina avesse fatto le camole, ormai, ma vedo che è ancora buona. Vi preparo qualche frittella? Dov'è l'olio?

— Devo andare a prenderlo nel ripostiglio. Oh, c'è Prunella! Finalmente! Come state? E Rivochiaro? Come sono andate le cose? Avete venduto gli agnelli?

A cena, quella sera, erano in nove. Alla debole luce della sera, nella cucina dal pavimento di pietra, seduta alla lunga tavola della fattoria, Therru cominciò a sollevare un poco la testa, e rivolse qualche parola agli altri bambini; ma era ancora impaurita, e quando scese il buio si girò in modo da tenere sotto sorveglianza la finestra.

Solo dopo che Lodola e i suoi figli furono usciti, e Melina ebbe cantato la ninnananna a Therru per farla addormentare, solo allora, mentre lei e Prunella lavavano i piatti, Tenar chiese di Ged. Aveva aspettato che Lodola e Melina non fossero presenti, per non dover dare troppe spiegazioni. Non aveva accennato alla presenza di Ged a Re Albi, e non voleva più parlare di quel luogo. Quando pensava a Re Albi, le pareva che la mente si offuscasse.

— L'altro mese, è venuto l'uomo che vi ho mandato, per aiutarvi nel lavoro?

— Oh, me n'ero dimenticata! — esclamò Prunella. — Falco, quello con i graffi sulla faccia?

— Sì — rispose Tenar, — Falco.

— Oh, sì, adesso è sul Monte delle Sorgenti Calde, sopra Lissu, con le pecore di Serry. È venuto qui, e ha detto che l'avevi mandato tu, ma non c'era lavoro da fare, qui, visto che Rivochiaro e io badavamo alle pecore, io facevo il formaggio e c'erano già Tiff e Sis ad aiutarci quando ce n'era bisogno. Io mi scervellavo per trovargli un'occupazione, e Rivochiaro ha detto: «Chiedi all'uomo di Serry, il suo fattore di Kahedanan, forse hanno bisogno di qualcuno nei pascoli della montagna». Allora quel vostro Falco è andato, l'hanno preso, e l'indomani è partito. Sì, Rivochiaro gli ha detto:

«Chiedi all'uomo di Serry», lui l'ha fatto, e lo hanno preso. Tornerà con il gregge, questo autunno. È in cima alla Lunga Scarpata, sopra Lissu, nei pascoli alti. Credo che l'abbiano preso per le capre. Una persona gentile. Pecore o capre, non so quali preferisse. Spero che non ti dia fastidio, Goha, se non l'abbiamo tenuto qui, ma ti assicuro che non c'era lavoro, con noi tre e con Sis che ha portato dentro il raccolto. Lui ha detto che faceva il pastore al suo paese, dall'altra parte della montagna, un posto sopra Armouth, anche se diceva di non conoscere bene le pecore. Però, può darsi che l'abbiano preso perché hanno le capre.

— Penso di sì — disse Tenar. Era sollevata e insieme delusa. Era lieta di sapere che si era sistemato, ma avrebbe voluto trovarlo alla Fattoria delle Querce.

Cercò tuttavia di consolarsi: era sufficiente essere a casa, e forse era un bene che Ged non ci fosse, a ricordarle le sofferenze, i sogni, le magie e i terrori di Re Albi, tutte cose che lei preferiva lasciarsi alle spalle. Adesso lei era a casa, e quella era proprio la sua casa, con le pareti e i pavimenti di pietra, le finestre con i vetri a piccoli riquadri, da cui si scorgevano le querce illuminate dalla luce delle stelle, le stanze silenziose e ordinate. Quella sera rimase sveglia a lungo. La figlia dormiva nella stanza accanto, la stanza dei bambini, con Therru, e Tenar era sdraiata nel suo letto, nel letto di suo marito, da sola.

Poi si addormentò. Al suo risveglio, non ricordò di avere fatto alcun sogno.

Dopo qualche giorno alla fattoria, l'estate trascorsa sul Grande Precipizio le passò di mente, come se tutto fosse successo in un luogo lontano, in un passato remoto. Nonostante le asserzioni di Prunella che alla fattoria non c'era lavoro, Tenar trovò un mucchio di cose da fare: tutto quel che non era stato fatto durante l'estate, e tutto quel che doveva essere fatto nei campi e nella casera. Lavorava dall'alba al tramonto, e se per caso aveva qualche minuto libero, filava la lana o cuciva per Therru. Il vestito rosso venne terminato, e fece un figurone, con un grembiule bianco per la festa e uno arancione scuro per tutti i giorni. — Sei bellissima! — esclamò Tenar, nel suo orgoglio di sarta, quando la bambina lo provò.

Therru si girò dall'altra parte.

— No, sei davvero bellissima — le disse allora Tenar, in tono diverso. — Ascoltami, Therru, vieni qui. Hai delle cicatrici, brutte cicatrici, perché ti hanno fatto una cosa brutta, malvagia. La gente vede le cicatrici. Ma vede anche te, e tu non sei le tue cicatrici. Tu non sei brutta. Tu non sei malvagia. Tu sei Therru, e sei bellissima. Tu sei Therru, che è in grado di lavorare, di camminare, di danzare meravigliosamente, con il tuo bell'abito rosso.

La bambina la ascoltò senza mostrare alcuna espressione; il lato liscio, intatto, del suo viso era immobile come quello nascosto dalla cicatrice.

Poi guardò le mani di Tenar e infine, sfiorandogliele con le piccole dita: — È un bellissimo vestito — disse con la sua voce debole e rauca.

Quando Tenar rimase sola, a raccogliere i ritagli di stoffa rossa, sentì il bisogno di piangere. Aveva fatto bene a cucirle il vestito, e aveva detto alla bambina la verità. Ma il giusto e il vero non erano sufficienti. Attorno a essi c'era un vuoto, un abisso. L'amore - il suo amore per Therru e quello della bambina per lei - gettava un ponte su quell'abisso, un ponte fragile come una ragnatela, ma l'amore non poteva né riempire né cancellare quell'abisso. Non c'era niente che potesse farlo. E la bambina lo sapeva quanto lei.

Giunse il giorno dell'equinozio, con un bel sole autunnale che splendeva tra la nebbia. Nelle foglie delle querce si affacciarono i primi toni ramati. Mentre puliva i secchi del latte, con la finestra e la porta spalancate che lasciavano entrare l'aria frizzante, Tenar pensò che quel giorno, a Havnor, veniva incoronato il suo giovane re. I signori e le dame si sarebbero presentati con abiti azzurri, verdi e rossi, ma lui si sarebbe vestito di bianco, pensò Tenar. Sarebbe salito alla Torre della Spada, montando sugli stessi scalini su cui erano montati lei e Ged. La corona di Morred gli sarebbe stata posata sulla testa. Lui si sarebbe voltato, al suono delle trombe, e si sarebbe seduto sul trono che era rimasto vuoto per tanti anni, e avrebbe guardato il suo regno con quei suoi occhi scuri, che conoscevano il dolore e la paura. *Governa bene, governa a lungo,* gli augurò mentalmente. *Povero ragazzo!* E pensò anche: *Doveva davvero essere Ged a incoronarlo. Avrebbe fatto bene ad andare.*

Ma Ged pascolava le pecore del ricco fattore (o erano capre?) nei pascoli in cima al monte. Quell'anno, l'autunno era caldo, asciutto, e per riportare le pecore in pianura avrebbero aspettato che lassù, sui monti, cadesse la prima neve.

Quando si recava al villaggio, Tenar non mancava mai di andare a trovare Edera nella sua casupola sulla strada del mulino. L'amicizia sorta a Re Albi tra lei e Muschio l'aveva spinta a conoscere meglio la strega, ammesso che riuscisse a vincere i suoi sospetti e la sua gelosia. Sentiva la mancanza di Muschio, ancor più di quanto non avesse sentito la mancanza di Lodola quando era a casa di Ogion; aveva imparato molte cose da lei, e aveva finito per volerle bene; inoltre Muschio aveva dato a lei e a Therru qualcosa di cui avevano bisogno. Ma Edera, anche se era più pulita e più attendibile di Muschio, non aveva intenzione di rinunciare alla sua antipatia per Tenar. Accolse i suoi tentativi di fare amicizia con il disprezzo che - lo ammise la stessa Tenar - probabilmente si meritavano. *Tu, va' per la tua strada; io vado per la mia* le diceva la strega, in tutti i modi tranne che a parole; e Tenar obbediva, anche se ora, quando andava a trovarla, trattava Edera con grande rispetto. Per molti anni l'aveva trattata male e l'aveva disprezzata, pensò, e doveva farne ammenda. E la strega, che evidentemente concordava con lei, accettava i suoi tributi senza piegarsi e senza ammorbidirsi.

Verso la metà dell'autunno, il mago Faggio passò per la valle, chiamato da un ricco contadino perché gli curasse la gotta.

Si soffermò più del solito nei villaggi della Valle di Mezzo, e passò un pomeriggio alla Fattoria delle Querce, per visitare Therru e per parlare con Tenar. Volle sapere tutto il possibile sulla morte di Ogion: era stato allievo di uno degli allievi di Ogion, e aveva molta ammirazione per il mago di Gont. Tenar scoprì che parlare di Ogion le era meno difficile che parlare delle altre persone di Re Albi, e gli disse tutto quel che poté. Quando lei ebbe finito, il mago le chiese con cautela: — E l'Arcimago... è poi venuto?

— Sì — disse Tenar.

Faggio, un uomo sui quarant'anni, dalla pelle lucida e dall'aria tranquilla, che tendeva alla pinguedine, con borse scure sotto gli occhi che contrastavano con la sua aria innocente, guardò Tenar e non chiese niente.

— È arrivato dopo la morte di Ogion, e poi se n'è andato — rispose lei. — Non è più l'Arcimago, adesso. Lo sapevate? — Faggio annuì.

— Hanno scelto il nuovo Arcimago? — chiese Tenar.

Faggio scosse la testa. — È arrivata una nave dalle Enlades poco tempo fa, ma l'equipaggio parlava solo dell'incoronazione. Tutti ne erano entusiasti. Sembra che tutti gli auspici siano stati fausti. Se gli auguri dei maghi valessero qualcosa, allora questo nostro nuovo re sarebbe ricchissimo... Ed è anche una persona attiva, a quanto si sente dire. Da Porto Gont è arrivato un ordine, poco prima che lasciassi Valmouth: i nobili e i mercanti, oltre al sindaco e al consiglio comunale, devono riunirsi per nominare le guardie di polizia del distretto e per controllare che siano persone oneste e capaci, perché ora sono funzionari del re e devono obbedire ai suoi ordini e applicare le sue leggi. Be', potete immaginare anche voi come Lord Heno abbia accolto la notizia! — Heno era un noto protettore dei pirati, e da tempo aveva al suo soldo le guardie di polizia, terrestre e marittima, della costa meridionale di Gont. — Ma c'è chi è disposto a opporsi a Heno, adesso che si può contare sull'appoggio del re. Da un giorno all'altro hanno cacciato via i vecchi funzionari e ne hanno messi dei nuovi, gente onesta e stipendiata dal sindaco. Heno se n'è andato via infuriato, minacciando vendetta. È davvero un nuovo giorno. Non spunterà subito, certo, ma sta arrivando. Peccato che il Maestro Ogion non sia vissuto abbastanza per vederlo.

— L'ha visto — rispose Tenar. — Quando stava per morire, ha sorriso e ha detto: «Tutto è cambiato...»

Faggio accolse la notizia con la solita flemma, annuendo lentamente. — Tutto è cambiato — ripeté.

Dopo un poco, aggiunse, passando ad altro: — La piccola va molto bene.

— Sì, abbastanza. Ma a volte ho l'impressione che non faccia molti progressi.

— Signora Goha — disse il mago, — se io stesso, o qualsiasi altro mago, strega o addirittura sapiente di Roke, mi fossi preso cura di lei, servendomi di tutti i poteri taumaturgici dell'arte magica, per tutti i mesi trascorsi da quando è successo l'incidente, non potrebbe stare meglio di ora. Avete fatto *tutto* quel che si poteva fare. Avete fatto meraviglie.

Tenar era commossa da quelle lodi sincere, ma la rattristarono; e ne spiegò la ragione al mago. — Non posso guarirla. Ed è... che cosa può fare? Che ne sarà di lei? — Posò la conocchia con cui stava filando e disse: — Ho paura.

— Per lei — disse Faggio, in tono per metà di domanda e per metà di constatazione.

— Ho paura perché i suoi timori attirano, richiamano, la causa dei suoi timori. Ho paura perché...

Non riuscì a trovare le parole.

— Se vivrà nel timore, finirà per fare del male — terminò. — La cosa mi allarma.

Il mago rifletté. — Pensavo — disse infine, nel suo solito modo diffidente, — che forse, se ha il dono, come credo abbia, potrebbe imparare qualcosa dell'arte magica. E, come strega, il suo... aspetto non avrebbe importanza... penso. — Si schiarì la gola. — Ci sono streghe che fanno un lavoro tutt'altro che disprezzabile — concluse.

Tenar si avvolse sulle dita un po' del filo che aveva filato, per provarne la resistenza. — Ogion mi chiese di istruirla. «Insegnale tutto» mi disse, e poi: «Non Roke». Ma non so che cosa intendesse dire.

Faggio, invece, non ebbe difficoltà a capirlo. — Intendeva dire che gli insegnamenti di Roke, le Grandi Arti, non sono adatte a una ragazza — spiegò. — Tanto meno a una così menomata. Ma se ha detto di insegnarle tutto, tranne quello, è evidente che anche lui la vedeva bene nella professione di guaritrice. — Rifletté di nuovo, questa volta con più vivacità, perché aveva dalla sua il peso dell'opinione di Ogion. — Tra un anno o due, quando sarà sufficientemente robusta, e sarà cresciuta un po' di più, potresti chiedere a Edera di insegnarle qualcosa. Non troppo, comunque, neanche di quel genere di conoscenze, finché non avrà il suo nome vero.

Tenar, inspiegabilmente, provò subito una forte avversione per quel suggerimento. Non disse niente, ma Faggio non era privo di sensibilità per quelle cose. — Edera è piuttosto arcigna — disse, — ma quel che sa, lo fa onestamente. E questo non si può dire di tutte le streghe. *Debole come la magia delle donne, perfido come la magia delle donne,* come si dice. Ma ho conosciuto streghe con veri Poteri di guarigione. L'arte della guarigione si adatta bene a una donna. Le viene naturale. E la ragazzina potrebbe sentirsi attirata da quel lavoro, dopo quello che ha subìto.

Le sue premure, decise Tenar, erano innocenti.

Lo ringraziò e gli promise che avrebbe riflettuto sulle sue parole. E così fece.

Entro la fine del mese, gli abitanti dei villaggi della Valle di Mezzo si incontrarono alle Stalle Rotonde di Sodeva per nominare le loro guardie di polizia e i loro giudici di pace, e fissarono una tassa con cui pagare le guardie. Erano gli ordini del re, giunti ai sindaci e agli anziani di tutti i villaggi, e subito messi in pratica, perché sulle strade i vagabondi e i ladri erano più numerosi che mai, e contadini e abitanti dei villaggi erano ansiosi di riavere l'ordine e la sicurezza. Corsero varie voci sgradevoli, come quella che Lord Heno aveva costituito un suo Consiglio dei Malfattori e arruolava tutti i banditi della zona perché formassero squadracce che andavano in giro a spaccare la testa alle guardie del re; ma molta gente si limitò a commentare: *Hanno solo da provarci!* e, tornando a casa, diceva che finalmente un onest'uomo poteva dormire tranquillo, la notte, e che il re aveva cominciato a mettere a posto tutto quel che si era guastato negli anni precedenti, anche se le sue tasse erano assurde, e tutti si sarebbero ritrovati nell'indigenza, dopo averle pagate.

Tenar fu lieta di sentire da Lodola tutto questo, ma non le prestò molta attenzione. Lavorava duramente, e, da quando era ritornata a casa, aveva deciso, senza pensarci espressamente, di non farsi dominare, né di lasciar dominare la vita di Therru, dal timore di Faina o di gente della stessa risma. Non poteva tenere con sé la bambina ogni momento, ricordandole costantemente ciò che, con il suo ricordo, le avrebbe impedito di vivere. Per crescere bene, la bambina doveva essere libera, e sapere di esserlo.

Therru aveva gradualmente perso i timori e aveva ripreso a muoversi da sola nella fattoria, nelle strade vicine, e anche nel villaggio, e Tenar non le diceva più di fare attenzione, anche quando le costava un vero sforzo non farlo. Nella fattoria, la bambina era al sicuro, e anche al villaggio, dove nessuno le avrebbe fatto del male: questo doveva essere un punto fermo, e in effetti Tenar non lo mise quasi mai in discussione. Con lei, Prunella e Rivochiaro nella fattoria, Sis e Tiff nella dipendenza, e con la famiglia di Lodola nel villaggio, nel dolce autunno della Valle di Mezzo, che pericoli potevano esserci per la bambina?

Avrebbe anche preso un cane, non appena ne avesse trovato uno della razza da lei voluta: uno dei cani da pastore di Gont, grossi e grigi, con la testa ricciuta e lo sguardo intelligente.

Di tanto in tanto pensava, come a Re Albi: *Devo cominciare a istruire la bambina! Ogion me l'ha ordinato.* Ma, chissà come, la bambina finiva per imparare unicamente i lavori agricoli, e le storie, la sera, quando i giorni si accorciarono e tutti presero l'abitudine di sedere davanti al fuoco, dopo cena, prima di andare a dormire. Forse Faggio aveva ragione, e Therru doveva essere mandata da una strega per imparare le conoscenze delle streghe. Sempre meglio che mandarla come apprendista da un tessitore, cosa che Tenar aveva pensato di fare. Ma non *molto* meglio.

E Therru non era ancora cresciuta; ed era molto ignorante per la sua età, perché non le avevano insegnato niente, prima del suo arrivo alla Fattoria delle Querce. Allora, era come un piccolo animale: conosceva a malapena la lingua degli uomini e non sapeva svolgere alcuna attività. Imparava in fretta ed era assai più obbediente e diligente delle figlie di Lodola, che non avevano alcun ritegno, nonché dei suoi figli, ridanciani e scansafatiche. Sapeva servire in tavola, pulire e filare, conosceva un po' di cucina e di cucito, era in grado di badare alle galline, di dare da mangiare alle mucche ed era brava a fare il burro e il formaggio. Una perfetta massaia di campagna, la definiva il vecchio Tiff, nei momenti di bassa adulazione, ma Tenar l'aveva visto fare di nascosto gli scongiuri, quando Therru gli passava davanti.

Come tanta gente, Tiff credeva che una persona fosse quello che le succedeva. I ricchi e i forti possedevano delle virtù; una persona, invece, cui era stato fatto un torto doveva essere cattiva, e poteva giustamente essere punita.

Perciò, non sarebbe servito a molto che Therru diventasse la più abile massaia dell'intera Isola di Gont: neppure la prosperità poteva nascondere il marchio di quel che le era stato fatto. Così, Faggio aveva pensato che potesse fare la strega: professione che le avrebbe permesso di accettare e di sfruttare quel marchio. Era questo, ciò che Ogion aveva voluto farle capire, quando aveva detto: *Impareranno a temerla*? Niente di più?

Un giorno, quando il caso, da lei aiutato, le portò a incontrarsi nella strada del villaggio, Tenar disse a Edera: — Posso farvi una domanda, signora Edera? Una cosa che riguarda la vostra professione.

La strega la guardò. Aveva uno sguardo raggelante. — La mia professione?

Tenar annuì, gravemente.

— Venite, allora — disse la strega alzando le spalle e avviandosi verso la sua casetta.

Non era un nido d'infamia e di galline, come quella di Muschio, ma era pur sempre la casa di una strega, con le erbe appese a seccare alle travi del soffitto, il fuoco coperto dalla cenere grigia, con un unico, minuscolo carbone che ammiccava come un occhio rosso, un gatto piccolo e obeso, nero con una macchia bianca sul muso, che dormiva acciambellato su uno scaffale, e dappertutto una confusione di scatolette, vasi, brocche, piatti e bottigliette ben tappate, tutte con odori aromatici, pungenti, o dolci, o strani.

— Che cosa posso fare per voi, signora Goha? — chiese Edera, in tono molto secco, quando furono all'interno.

— Ditemi, sempre che non abbiate niente in contrario, se vi pare che la mia protetta, Therru, abbia il dono della vostra arte... se ha qualche Potere.

— La bambina? Naturalmente, sì! — esclamò la strega.

Tenar rimase un po' confusa dalla risposta pronta e sprezzante della strega. — Bene — osservò. — Mi sembra che anche Faggio fosse della stessa opinione.

— Lo vedrebbe anche un pipistrello cieco in una caverna — disse Edera. — C'è altro?

— Sì. Vorrei un consiglio da voi. Quando avrò fatto la domanda, mi direte il prezzo della risposta. D'accordo?

— D'accordo.

— Dovrò mandare Therru da una strega come apprendista, quando sarò più grande?

Edera rimase in silenzio per qualche istante. *Calcola quanto deve chiedermi come pagamento,* pensò Tenar. Invece, la strega rispose subito dopo alla domanda. — Io non la prenderei — disse.

— Perché?

— Avrei paura — rispose la strega, guardando Tenar.

— Paura? Di che?

— Di lei! Che cos'è?

— Una bambina. Crudelmente maltrattata!

— Non è solo questo.

Con ira, Tenar esclamò: — Perché, adesso un'apprendista strega deve essere vergine?

Edera la fissò senza capire. Poi, dopo un momento, disse: — Non mi riferivo a quello.

— E allora a che cosa?

— Intendevo dire che non so che cosa sia. Quando mi guarda con quell'occhio sano e con quell'altro occhio cieco, non so che cosa veda. Noto che voi vi comportate con lei come se fosse una bambina qualunque, e mi dico: che cosa sono, quelle due?

Qual è la forza di quella donna, poiché non è un'irresponsabile, che le permette di tenere per la mano un fuoco, di prendere un tornado e di filarlo come una matassa di lana? Dicono, signora, che da bambina siete vissuta con gli Antichi, con gli Oscuri, con i Sotterranei, e che eravate la regina e la servitrice del loro Potere. Forse è per questo che non avete paura del Potere della bambina. Io non posso dire che Potere sia, perché non lo conosco. Ma è al di là del mio insegnamento, lo so... e al di là di quello di Faggio, o di ogni strega e mago che conosco! Vi do il mio consiglio, signora, liberamente e senza bisogno di pagamento. State attenta. Attenta a lei, il giorno che troverà la sua forza! Nient'altro.

— Vi ringrazio, signora Edera — disse Tenar, con tutta l'autorevolezza della sacerdotessa delle Tombe di Atuan. Poi uscì dalla stanza riscaldata per immergersi nel vento freddo e tagliente della fine d'autunno.

Era ancora irritata. Nessuno era disposto ad aiutarla, pensò. Sapeva che era un compito troppo difficile per lei, non c'era bisogno che glielo dicessero... ma nessuno di loro era disposto ad aiutarla. Ogion era morto, la vecchia Muschio farneticava, Edera le dava avvertimenti, Faggio si teneva alla larga, e Ged - l'unico che potesse davvero aiutarla - era scappato via, come un cane bastonato: non le aveva più fatto sapere niente, non aveva pensato a lei e a Therru, ma solo alla vergogna da lui provata. Era quella la sua vera figlia, l'unica cosa cui pensasse. Non aveva mai pensato a Tenar, solo al Potere: il Potere di Tenar e il suo, come usarlo e come accrescerlo. Riunire l'Anello diviso, riportare la Runa, mettere un re sul trono. E adesso che il suo Potere si era dissolto, lui continuava ancora a pensarci: a pensare che era sparito, perduto, e che gli aveva lasciato solo se stesso, la sua vergogna, il suo vuoto.

Non sei onesta con lui, disse Goha a Tenar.

Onesta! ribatté Tenar. *Ma lui è stato sempre onesto?*

Sì, rispose Goha. *O, almeno, ha cercato di esserlo.*

Be', allora può essere onesto con le capre che porta al pascolo sui monti concluse Tenar, avviandosi verso casa, in mezzo al vento e alle prime rade gocce di pioggia.

— Questa notte nevicherà, forse — disse il suo mezzadro Tiff, quando lo incontrò lungo la strada, vicino al Kaheda. — Nevicherà così presto? Spero di no.

— Comunque, questa notte gelerà, ne sono sicuro.

E gelò davvero, quella notte; le pozzanghere e gli abbeveratoi si coprirono di una patina opaca di ghiaccio; i giunchi del ruscello cessarono di frusciare, bloccati dal ghiaccio, il vento si fermò, come se anch'esso fosse stato immobilizzato.

Accanto al fuoco, più profumato di quello di Edera, perché la legna era quella di un vecchio melo abbattuto in primavera, Tenar e Therru si sedettero a filare e a parlare dopo avere sparecchiato.

— Raccontami la storia del fantasma del gatto — disse Therru con la sua voce roca, avviando la ruota dell'arcolaio per filare un gran mucchio di lana di capra, lucida e leggera.

— Quella storia va bene d'estate.

Therru piegò la testa sulla spalla.

— In inverno si dovrebbero raccontare solo le grandi storie. Questo inverno imparerai la *Creazione di Éa,* e così potrai cantarla alla Grande Danza all'inizio dell'estate. Imparerai anche il *Canto dell'inverno* e *Le gesta del giovane re,* e alla festa del Ritorno del Sole, quando il sole è verso il nord all'inizio della primavera, potrai cantarle.

— Non so cantare — sussurrò la bambina.

Tenar aggomitolava la lana della rocca con destrezza e ritmicità.

— Non è solo la voce, a cantare — disse. — La mente canta. La più bella voce del mondo non serve a nulla, se la mente non conosce i suoni. — Slegò l'ultimo pezzo di filo, quello che era stato filato per primo. — Tu possiedi una grande forza, Therru, e la forza senza la conoscenza è pericolosa.

— Come quelli che non volevano imparare — commentò Therru. — I selvaggi. — Tenar non capì a chi si riferisse, e perciò le rivolse un'occhiata interrogativa. — Quelli che sono rimasti a Occidente — spiegò Therru.

— Ah... i draghi, nel canto della donna di Kemay. Sì. Proprio come dici. Allora, da quale vuoi cominciare? Da come le isole si sollevarono dal mare, o di come re Morred ricacciò indietro le Navi Nere?

— Le isole — sussurrò Therru.

Tenar avrebbe preferito *Le gesta del giovane re,* perché immaginava il volto di Lebannen come quello di Morred; ma la scelta della bambina era quella giusta. — Benissimo — disse Tenar. Lanciò un'occhiata al grande libro dei miti di Ogion sulla mensola del focolare, confortata dal fatto che, se si fosse dimenticata qualche parola, lì avrebbe potuto trovarla; trasse un profondo respiro, e incominciò.

All'ora di andare a dormire, Therru sapeva come Segoy avesse sollevato dalle profondità del Tempo la prima delle isole. Poi, invece di cantarle la ninnananna, Tenar si sedette sul letto, dopo averle rimboccato le coperte; lei e la bambina recitarono insieme, a bassa voce, la prima strofa del *Canto della Creazione.*

Tenar riportò in cucina il lumino a olio, con l'orecchio teso al silenzio assoluto. Il gelo aveva bloccato il mondo, l'aveva sigillato. Non si vedevano stelle. L'oscurità premeva contro l'unica finestra della cucina. Il freddo aveva impregnato il pavimento di pietra.

Tornò a sedere accanto al fuoco, perché non aveva ancora sonno. Le grandi parole del canto le avevano sollevato lo spirito, ed era ancora inquieta e incollerita per quel che le aveva detto Edera. Prese l'attizzatoio per far riprendere la fiamma al ceppo, e, quando colpì il legno, le parve di sentire un'eco di quel rumore, dal retro della casa.

Raddrizzò la schiena e ascoltò.

Di nuovo: un tonfo o un colpo, all'esterno della casa. Che fosse la finestra della casera?

Senza lasciare l'attizzatoio, Tenar attraversò la casa, nel buio, fino alla porta della dispensa. Al di là della dispensa c'era la casera. La casa era costruita a ridosso di una collinetta, e quelle due stanze erano scavate nella terra della collina come se fossero cantine, ma erano allo stesso livello delle altre camere. La dispensa aveva solo qualche foro di ventilazione, ma la casera aveva una porta e una finestra, bassa e larga come quella della cucina, nel muro che dava all'esterno. Ferma accanto alla porta della dispensa, Tenar si accorse che qualcuno cercava di aprire o di scassinare la finestra, e udì alcuni uomini parlare a bassa voce.

Selce era sempre stato un uomo molto metodico: tutte le porte della casa, meno una, si potevano sbarrare dalle due parti, con robusti chiavistelli di ghisa che scorrevano entro le loro guide. I chiavistelli venivano regolarmente puliti e oliati, ma nessuno li chiudeva mai.

Tirò il chiavistello della dispensa, che scivolò senza fare rumore ed entrò nel corrispondente anello di ferro fissato allo stipite.

Tenar sentì che la porta esterna della casera veniva spalancata. A uno di loro era venuto in mente di provare ad aprirla, prima di rompere i vetri della finestra, e non aveva incontrato resistenza. Si levò di nuovo il brusio delle loro voci. Poi scese il silenzio, che si protrasse a tal punto che Tenar, sentendo che il suo cuore batteva forte, pensò che quel battito avesse coperto tutti gli altri suoni. Le tremavano le ginocchia, e sentì il freddo del pavimento salirle lungo le caviglie come se fosse la mano di un morto.

— È aperto — mormorò qualcuno, a poca distanza da lei, e Tenar sentì il cuore accelerare i battiti. Posò la mano sul catenaccio, convinta che fosse aperto... che l'avesse aperto invece di chiuderlo. In preda alla confusione, stava già per aprirlo, quando sentì cigolare la porta tra la casera e la dispensa. Conosceva perfettamente quel rumore: era il cardine della porta, in alto. E aveva anche riconosciuto la voce. — È una dispensa — disse Faina, e poi, quando il catenaccio della porta chiusa da Tenar tintinnò contro l'anello: — Questa è chiusa. — Altro tintinnio. Poi una sottile lama di luce, affilata come un coltello, guizzò tra la porta e lo stipite. Le toccò il petto, e Tenar si tirò indietro, come se fosse stata ferita.

Di nuovo quel rumore, ma la porta non si mosse. Era pesante, con cardini massicci, e il chiavistello era ben saldo.

Gli uomini mormorarono tra loro. Pensavano di fare il giro della casa, e di provare alla porta d'ingresso. In un attimo, Tenar si trovò all'ingresso, a tirare il catenaccio, senza sapere come ci fosse giunta.

Forse era un incubo. Aveva già fatto varie volte quel sogno: che cercavano di entrare nella casa, che infilavano il coltello nella fessura della porta. Le porte... C'era qualche altra porta da cui potessero entrare? Le finestre? Le imposte della stanza da letto... Aveva il respiro talmente corto che temette di non poter arrivare alla stanza di Therru, ma poi si trovò lì, e spinse contro i vetri le pesanti imposte. Le cerniere erano rigide, e, quando le due imposte si scontrarono, fecero rumore. Adesso, i banditi sapevano, e sarebbero arrivati. Avrebbero cercato di entrare dalla finestra della camera da letto, la stanza di Tenar, prima che lei riuscisse a chiudere le imposte. E infatti li vide davanti alla finestra.

Vide le loro facce, macchie che si muovevano nell'oscurità, mentre cercava di sganciare l'imposta di sinistra dalla molla che la teneva ferma. Ma era bloccata. Non riuscì a muoverla. Una mano si accostò al vetro, bianca sulla sua superficie.

— È qui.

— Fateci entrare. Non vi faremo del male.

— Vogliamo solo parlarvi.

— Vuole soltanto vedere come sta la sua bambina.

Finalmente, Tenar riuscì a sganciare l'imposta e la spinse contro la finestra. Ma se avessero rotto il vetro sarebbero riusciti ad aprire quelle imposte.

La chiusura era un semplice gancio, che sarebbe uscito dal legno alla minima pressione.

— Fateci entrare, non vi faremo del male — insistette uno.

Tenar sentì il rumore dei loro passi sul terreno gelato, le foglie cadute che scricchiolavano. Therru era sveglia? Il rumore delle imposte poteva averla svegliata, ma dalla bambina non era giunto alcun rumore. Tenar si fermò sul passaggio tra la sua stanza e quella di Therru. Era buia, silenziosa. Tenar non voleva svegliare la bambina. Doveva rimanere nella stanza con lei. Doveva lottare per lei. Prima aveva in mano l'attizzatoio: dove l'aveva messo? L'aveva posato a terra per chiudere le imposte. Non riuscì a trovarlo. Lo cercò a tentoni nel buio della stanza che pareva non avere muri.

La porta d'ingresso, che dava sulla cucina, tremò sotto le spinte dall'esterno.

Se avesse trovato l'attizzatoio, li avrebbe affrontati, avrebbe lottato contro di loro.

— Di qua! — gridò uno di loro, e Tenar capì che cosa aveva trovato. L'uomo guardava la finestra della cucina: era grande, priva di imposte, facile da raggiungere.

A tastoni, lentamente, Tenar entrò nella la camera da letto. Era la camera di Therru, adesso, e un tempo era stata quella dei suoi figli. Ma non era mai stato messo il chiavistello dalla parte interna, nel timore che i bambini si chiudessero dentro, e poi, spaventati, non riuscissero più ad aprire.

Dietro la collinetta, in fondo al frutteto, Rivochiaro e Prunella dormivano nella loro casa. Se Tenar avesse gridato, forse Prunella l'avrebbe sentita. Se avesse aperto la finestra della camera da letto e avesse gridato... o se avesse svegliato Therru e fossero uscite dalla finestra, e poi fossero scappate di corsa lungo il frutteto... Ma gli uomini erano lì ad aspettarle.

L'angoscia era insopportabile. Il terrore che l'aveva raggelata fino a quel momento s'incrinò e si ruppe, e Tenar, in preda al furore, corse in cucina, afferrò il coltello della carne, lungo e affilato, aprì con uno strattone il chiavistello e si fermò sulla soglia.

— Fatevi avanti, allora! — esclamò.

Mentre così diceva, si levò un grido, seguito da un suono strangolato, e un uomo gridò: — Attenzione! — Un altro disse: — Qui, da questa parte!

Poi il silenzio.

La luce dall'interno della cucina illuminò il ghiaccio scuro delle pozzanghere, scintillò sui rami neri delle querce e sulle foglie cadute, argentee. Quando gli occhi le si abituarono all'oscurità, Tenar vide una forma che strisciava verso di lei, sul passaggio davanti alla porta: una massa scura che strisciava e gemeva. Oltre la zona illuminata, una figura indistinta stava arrivando di corsa; quando si fermò, Tenar vide luccicare delle lunghe canne.

— Tenar!

— Fermo dove sei! — esclamò lei, puntando il coltello. — Tenar! Sono io... Falco, Sparviero!

La forma scura in piedi si fermò accanto alla massa nera che giaceva sul passaggio. Alla luce della cucina, Tenar vide un corpo, una faccia, un lungo forcone tenuto alto... come il bastone di un mago, pensò. — Sei tu? — chiese.

Ged si chinò sulla massa nera stesa al suolo.

— L'ho ucciso, credo — disse. Guardò dietro di sé e si alzò. Degli altri banditi non c'era traccia.

— Dove sono?

— Sono scappati. Dammi una mano, Tenar.

Senza lasciare il coltello, Tenar, con la mano libera, prese il braccio dell'uomo raggomitolato sul passaggio. Ged lo afferrò per l'altra spalla; insieme lo trascinarono nella cucina. Quando lo girarono, il sangue gli uscì dal petto come da una bottiglia rotta. Aveva la bocca contorta in una smorfia, e si vedeva solo il bianco degli occhi.

— Chiudi la porta — disse Ged, e Tenar andò a mettere il chiavistello.

— I lenzuoli sono nell'armadio — lo informò Tenar, e Ged andò a prenderne uno e lo tagliò per farne delle bende, con cui fasciò il petto e l'addome dell'uomo, dove tre punte del forcone erano penetrate a tutta forza, procurandogli tre fori da cui, quando lo mossero per bendarlo, uscirono tre rivoli di sangue. Ged lo tenne sollevato, mentre Tenar legava le bende.

— Perché sei qui? Sei venuto con loro?

— Sì, ma senza che lo sapessero. Non possiamo fare altro, Tenar. — Lasciò che il corpo dell'uomo si afflosciasse a terra e andò a sedersi, asciugandosi la faccia con il dorso della mano sporca di sangue. — Credo di averlo ucciso — ripeté.

— Forse sì. — Tenar guardò le macchie rosse che si allargavano sulla tela con cui avevano fasciato il torace peloso e scarno dell'uomo. Si alzò in piedi e si sentì girare la testa. — Vieni accanto al fuoco — disse a Ged. — Devi essere intirizzito.

Tenar si chiese come avesse fatto a riconoscerlo al buio. La voce, forse. Indossava un grosso giaccone da pastore, di pelle di montone rovesciata, e un berrettone di lana calato fino alle orecchie; aveva la faccia coperta di rughe e rossa per le intemperie, i capelli lunghi e grigi. Puzzava di fumo di legna, di gelo, di pecore. In quel momento era scosso da brividi. — Vieni accanto al fuoco — ripeté Tenar. — Mettici un po' di legna.

Fece come lei diceva. Tenar riempì il bricco e lo mise a scaldare.

Ged aveva la camicia sporca di sangue, e Tenar prese un pezzo di tela e lo bagnò nell'acqua fredda per pulirgli le macchie. Poi glielo diede perché si pulisse le mani. — Che cosa intendevi dire — chiese, — affermando di averli accompagnati senza che lo sapessero?

— Stavo scendendo dalla montagna. Lungo la strada che porta alle sorgenti del Kaheda. — Parlava con voce incerta, come se fosse senza fiato, e di tanto in tanto, quando rabbrividiva, incespicava sulle parole. — Ho sentito arrivare degli uomini e ho lasciato la strada, mi sono nascosto tra gli alberi. Non avevo voglia di parlare. Non so perché. Nel loro comportamento c'era qualcosa che non mi andava. Mi sembrava gente poco affidabile.

Tenar annuì con impazienza e si sedette di fronte a lui, dall'altra parte del focolare, e sporgendosi per sentire meglio. Aveva serrato i pugni; si accorse di essersi bagnata il vestito con l'acqua; sentiva freddo alle gambe.

— Mentre passavano, uno di loro ha detto: «Fattoria delle Querce». Da allora in poi, li ho seguiti. Uno di loro continuava a parlare. Della bambina.

— E che cosa diceva?

Ged non rispose subito. Dopo qualche istante, proseguì: — Voleva riprendersela. Perché doveva punirla, diceva. E vendicarsi su di te. Perché l'avevi rubata. E diceva... — Di colpo s'interruppe.

— Che voleva punire anche me.

— Questo continuavano a ripeterlo anche gli altri.

— Non è Faina — disse Tenar, indicando il ferito. — È il...

— Diceva che la bambina era sua. — Anche Ged diede un'occhiata all'uomo, poi tornò a guardare il fuoco. — Sta morendo. Dovremmo andare a chiamare qualcuno.

— Non morirà — disse Tenar. — Domattina farò venire Edera. Gli altri sono ancora là fuori. Quanti sono?

— Due.

— Se deve morire, morirà, e se deve vivere, vivrà. Ma nessuno di noi deve uscire. — Poi si alzò in piedi di scatto, impaurita. — Hai con te il forcone, Ged?

Lui indicò le quattro lunghe punte che luccicavano, appoggiate vicino alla porta.

Tenar si sedette nuovamente accanto al fuoco. Adesso, anche lei tremava come una foglia, aveva i brividi come Ged quando era entrato. Lui le toccò il braccio. — Adesso è tutto a posto — disse.

— E se fossero ancora fuori?

— Sono corsi via.

— Potrebbero ritornare.

— Due contro due? E noi abbiamo il forcone.

Tenar abbassò la voce per dirgli, in un bisbiglio, terrorizzata: — La roncola e la falce sono nella capanna.

Ged scosse la testa. — Sono scappati via. Hanno visto... che lo colpivo... e hanno visto te alla porta.

— Come hai fatto?

— È corso verso di me. Così anch'io sono corso verso di lui.

— Prima, intendo dire. Sulla strada.

— Dopo un po' hanno cominciato ad avere freddo. Si è messo a piovere, e avevano freddo, e hanno iniziato a parlare di venire qui. Prima, c'era soltanto uno di loro, questo, che parlava della bambina e di te, e di darvi... una lezione. — Non riuscì a proseguire. — Ho la gola secca — disse.

— Anch'io. Ma l'acqua non bolle ancora. Continua.

Ged riprese fiato e cercò di raccontare in modo coerente la sua storia. — Gli altri due non gli avevano dato molto ascolto, fino a quel momento. Probabilmente gliel'avevano già sentito dire molte volte. E avevano fretta di arrivare a Valmouth: sembravano in fuga; era come se si fossero dovuti allontanare di corsa. Ma poi aveva cominciato a fare freddo, e lui parlava sempre della Fattoria delle Querce, e allora uno degli altri, quello con il berretto di cuoio, ha detto: «Be', perché non andare laggiù a passare la notte con...»

— Con la vedova, certo.

Ged abbassò la faccia. Tenar aspettò che riprendesse.

Con gli occhi fissi sul fuoco, Ged continuò: — Poi li ho persi di vista. Nella valle, la strada procede in piano, e non potevo seguirli come avevo fatto sino a quel momento, in mezzo agli alberi, dietro di loro. Dovevo allontanarmi, tagliare per i campi senza farmi vedere. Non conosco la zona, qui; solo la strada, e avevo paura di perdermi, di non trovare la casa, se avessi imboccato delle scorciatoie. Poi si è fatto buio, e io temevo di avere già oltrepassato la fattoria, perciò sono ritornato sulla strada, e per poco non sono finito addosso a loro, che si erano fermati qui, al bivio. Avevano visto uscire il vecchio, e avevano deciso di aspettare che fosse buio, per evitare il pericolo che arrivasse qualcuno. Si sono nascosti nel fienile. Io ero fuori, addossato alla parete.

— Devi essere mezzo congelato — disse Tenar, cupa.

— Sì, faceva freddo. — Tese le mani in direzione del fuoco, come se il pensiero del freddo gliele avesse raggelate di nuovo. — Ho trovato il forcone accanto alla porta della capanna. Quando sono usciti dal loro nascondiglio, si sono diretti alla porta sul retro. Io sarei potuto venire all'ingresso per avvertirti, sarebbe stata la mossa più intelligente, ma riuscivo solo a pensare a coglierli di sorpresa: pensavo che fosse il mio unico vantaggio... che tutte le porte fossero sprangate e che dovessero entrare con la forza. Ma poi ho visto che sono entrati dal retro, senza colpo ferire. Io sono entrato dopo di loro. Me la sono cavata per un pelo, quando hanno trovato la porta chiusa. — Fece una sorta di risatina. — Sono passati accanto a me, nel buio. Avrei potuto fargli lo sgambetto. Uno di loro aveva esca e acciarino, e accendeva un bastoncino di legno quando volevano controllare qualche chiusura. Sono arrivati alla porta d'ingresso. Ho sentito che chiudevi le imposte, e ho capito che li avevi scoperti. Parlavano di rompere la finestra dove ti avevano scorta. Poi quello dal berretto ha visto la finestra della cucina. — Indicò la finestra con il lungo e ampio davanzale. — Ha detto: «Trovatemi una pietra, rompo il vetro». Gli altri lo hanno raggiunto e lo stavano aiutando a salire, quando sono intervenuto io. Ho lanciato un grido, e loro hanno lasciato cadere il compagno; poi, uno di loro... questo... si è gettato addosso a me.

— Ah, ah... — mormorò il ferito, dal pavimento, come se volesse intervenire nel racconto di Ged. Questi si alzò e si curvò su di lui.

— Sta per morire — disse.

— No — rispose Tenar. Non riusciva a smettere di tremare, ma ormai era soltanto un tremito interiore. Il bricco bolliva. Tenar preparò il tè e posò le mani sull'esterno della teiera, per riscaldarsele, mentre il tè era in infusione. Ne versò due tazze, e poi una terza, cui aggiunse un po' di acqua fredda. — È ancora troppo caldo — disse a Ged. — Aspetta un minuto, prima di berlo. Provo a fargliene ingoiare un po'.

Si sedette sul pavimento, accanto alla testa dell'uomo, gliela sollevò e poi gli accostò alle labbra la tazza di tè tiepido, quasi infilandogliela tra i denti. Il tè gli scivolò nella bocca e l'uomo inghiottì meccanicamente. — Non morirà — disse Tenar, — ma qui il pavimento è un pezzo di ghiaccio. Portiamolo accanto al fuoco.

Ged fece per prendere il tappeto che copriva la panca tra il focolare e l'ingresso. — Non prendere quello — lo avvertì Tenar. — È un tessuto troppo bello. — Andò a cercare nell'armadio e ne trasse un mantello di feltro, vecchio e liso, e lo stese per terra. Poi lei e Ged vi sdraiarono il corpo inerte e lo ricoprirono con le falde del mantello. Sulle bende, le macchie rosse non si erano più allargate.

Tenar si alzò, per poi immobilizzarsi subito.

— Therru — disse.

Ged si guardò attorno, ma la bambina non c'era. Tenar corse in camera da letto.

La camera dei bambini era buia e silenziosa. Tenar cercò il letto e posò la mano sulla curva tiepida della coperta, sopra la spalla di Therru.

— Therru?

Il respiro della bambina era perfettamente regolare. Non si era svegliata. Tenar sentì il calore del suo corpo, come una piccola stufa nella stanza gelida.

Nell'uscire, Tenar passò la mano sul cassettone e incontrò un oggetto di metallo: l'attizzatoio da lei posato per chiudere le imposte. Lo riportò in cucina, scavalcò il corpo steso a terra e riappese l'attizzatoio al gancio accanto al fuoco. Poi, per qualche istante, continuò a fissare le fiamme.

— Non potevo fare niente — disse. — Che cosa avrei potuto

fare? Forse uscire immediatamente, gridando aiuto, e correre da Rivochiaro e Prunella. Non avrebbero avuto il tempo di fare del male a Therru.

— Si sarebbero asserragliati dentro la casa, con la bambina, e tu saresti rimasta fuori, con i due vecchi. O avrebbero potuto prenderla con loro e sparire. Hai fatto quel che hai potuto, e hai fatto la cosa giusta, aspettando il momento migliore. Alla luce che veniva dalla porta, hanno visto te con un coltello, e me dietro. Con la luce, hanno notato il forcone... e il loro compagno steso a terra. Così, se la sono data a gambe.

— Chi era in grado di farlo — disse Tenar. Si girò verso il ferito e, con la punta del piede, gli spostò leggermente la gamba, come se fosse un oggetto in parte strano e in parte repellente, una vipera morta. — *Tu* hai fatto la cosa giusta — disse a Ged.

— Non credo che avesse visto il forcone. Correva, e ci è finito dentro. È stato come... — Ma non disse come. La esortò: — Bevi il tè — e se ne servì dell'altro dalla teiera, ancora calda perché era posata sui mattoni del focolare. — È buono — aggiunse, e lei obbedì.

— Quando ero bambino — riprese Ged, dopo qualche tempo, — i Karg hanno fatto un'incursione nel mio villaggio. Erano armati di lance... lunghe e con penne legate all'asta.

Tenar annuì. — Guerrieri degli dèi Fratelli — disse.

— Io ho fatto un incantesimo di nebbia. Per confonderli. Ma alcuni di loro continuarono ad avanzare lo stesso. Ne ho visto uno che finiva di corsa contro un forcone... come lui. Solo che quella volta lo ha attraversato da parte a parte, sotto la vita.

— Tu hai colpito una costola — disse Tenar.

Lui annuì.

— È l'unico errore che hai fatto — commentò Tenar. Si accorse che le battevano i denti; bevve il tè. — Ged — disse, — e se tornassero indietro?

— Non torneranno.

— Potrebbero dare fuoco alla casa.

— A questa casa? — Ged indicò le spesse pareti di pietra. — Il pagliaio...

— Non torneranno — ripeté lui, ostinato.

— Va bene. Non torneranno.

Continuarono a girare le tazze tra le dita, per riscaldarsi le mani.

— Ha dormito per tutto il tempo — disse Tenar.

— Meglio così.
— Ma lo vedrà... qui, domattina.
Si fissarono, senza parole.
— Se l'avessi ucciso... o se morisse! — disse Ged, con ira. — Potrei trascinarlo fuori e seppellirlo.
— Allora, fallo.
Ma Ged si limitò a scuotere la testa, con ira.
— Che importanza vuoi che abbia? Perché non dovremmo farlo? — chiese Tenar.
— Non lo so.
— Non appena farà chiaro...
— Lo porterò fuori di casa. Con la carriola. Il vecchio può aiutarmi a sollevarlo.
— Ormai non può sollevare più niente. Ti aiuterò io.
— Posso farcela anche da solo. Lo porterò al villaggio. Là c'è un guaritore?
— C'è una strega, Edera.
All'improvviso, Tenar si sentì mortalmente stanca. Riusciva a malapena a tenere in mano la tazza.
— C'è ancora del tè — disse a Ged, parlando a fatica. Lui se ne versò un'altra tazza.
Il fuoco le danzava negli occhi. Le fiamme ondeggiarono, guizzarono verso l'alto, scesero, illuminarono di nuovo la pietra coperta di fuliggine, il cielo scuro, il cielo pallido, gli abissi del crepuscolo, le profondità d'aria e di luce al di là del mondo. Fiamme gialle e arancione, rosse lingue di fiamma, lingue di fuoco, le parole che lei non poteva pronunciare.
— Tenar.
— Noi chiamiamo quella stella Tehanu — disse lei.
— Tenar, cara, vieni qui da me.
Non erano più davanti al fuoco. Erano al buio... nella sala buia. Il passaggio scuro. C'erano già stati in passato, guidandosi l'un l'altra, seguendosi l'un l'altra, nelle tenebre sotto la terra.
— La strada è questa — disse Tenar.

L'INVERNO

Tenar si destò, anche se non avrebbe voluto svegliarsi mai. Dalle sottili fessure delle imposte filtrava nella stanza una pallida luce grigia. Perché avevano chiuso le imposte alla finestra? Si alzò in fretta e raggiunse la cucina. Non c'era nessuno accanto al fuoco, non c'era alcun corpo sul pavimento. Non c'era alcun segno, a parte le tre tazze sullo scolapiatti.

Therru si svegliò all'alba, e fecero colazione come sempre; sparecchiando, la ragazzina chiese: — Che cosa è successo? — Prese dalla tinozza del bucato un pezzo di tela sporco di rosso; anche l'acqua era sporca di rosso.

— Oh, mi sono venute le mie cose prima del tempo — disse Tenar, stupita della facilità con cui le era uscita quella bugia.

Per un istante Therru rimase immobile, con le narici dilatate e la testa leggermente piegata, come un animale che avesse fiutato una pista. Poi lasciò cadere la tela nell'acqua e uscì a dare da mangiare alle galline.

Tenar si sentiva girare la testa e le facevano male le ossa. Faceva ancora freddo: cercò di rimanere in casa il più possibile. Provò ogni scusa per trattenere Therru, ma quando si affacciò il sole e si levò una brezza fresca e sottile, la ragazzina volle uscire.

— Resta con Prunella nel frutteto — disse Tenar.

Therru se ne andò senza dire niente.

Il lato ustionato del viso era irrigidito dallo spessore delle cicatrici, ma per Tenar, che, con il passare del tempo, aveva imparato a vederlo come una parte del viso e non come una deturpazione, aveva anch'esso le sue espressioni. Quando la bambina era spaventata, la cicatrice si serrava, e si stirava. Quando era eccitata, o si concentrava, anche l'occhio cieco sembrava guardare, e la cicatrice si arrossava e scottava. Ma adesso, mentre usciva, aveva una strana espressione, come se non fosse un volto umano, bensì quello di un misterioso animale dalla pelle coriacea e con un solo occhio brillante, un animale silenzioso che fuggiva dalla sua prigione.

E Tenar era certa che, come lei le aveva mentito per la prima volta, così Therru per la prima volta avrebbe disobbedito ai suoi ordini. La prima, ma non certo l'ultima.

Con un sospiro, si sedette accanto al fuoco e per qualche tempo non fece assolutamente nulla.

Poi sentì bussare. Erano Rivochiaro e Ged... no, Falco, doveva chiamarlo... fermi sulla soglia. Il vecchio si dava grandi arie perché aveva molte storie da raccontare, Ged invece era silenzioso e aveva un'aria tranquilla, ed era ancora infagottato nel suo sudicio giaccone da pastore. — Entrate — disse Tenar. — Vi servo un po' di tè. Che notizie ci sono?

— Hanno cercato di scappare a Valmouth, ma le guardie di Kahedanan sono arrivate e hanno scoperto subito che c'era qualcuno nella capanna di Ciliegia — disse Rivochiaro, agitando il pugno.

— È riuscito a scappare? — chiese Tenar, inorridita.

— Solo gli altri due — disse Ged. — Non quello.

— Hanno trovato un corpo - con tutte le ossa rotte - nel vecchio macello, dietro la Collina Rotonda vicino a Kahedanan, e così una decina di loro si sono fatti nominare guardie e li hanno seguiti. Questa notte hanno cercato in tutti i villaggi, e stamattina, prima ancora che facesse chiaro, li hanno trovati nella capanna di Ciliegia. Erano mezzo assiderati.

— Allora, è morto? — chiese Tenar, stupita.

Ged si era tolto il pesante giaccone e adesso sedeva accanto alla porta, per sfilarsi i gambali di cuoio. — *Lui* è vivo — disse, con il suo solito tono grave. — È con Edera, adesso. L'ho messo sulla carriola e l'ho portato giù questa mattina. C'era gente per strada ancor prima che facesse giorno, e davano la caccia a tutt'e tre. Hanno ucciso una donna, sui monti.

— Che donna? — sussurrò Tenar.

Fissava negli occhi Ged, e questi le rivolse un fugace cenno d'assenso.

Rivochiaro, però, voleva essere lui a raccontare, e così riprese, alzando la voce: — Ho parlato con alcune di quelle guardie e mi hanno detto che i quattro si erano accampati dietro Kahedanan, per rubacchiare quello che trovavano, e la donna scendeva al villaggio a mendicare, piena di lividi e di scottature. Gli uomini la mandavano a mendicare, e lei diceva alla gente che, se tornava senza niente, la picchiavano ancora di più. La gente allora le chiedeva: perché ritorni? Ma se lei non fosse ritornata, sarebbero venuti a cercarla, e non l'avrebbero lasciata più andare. Ma poi hanno esagerato e l'hanno uccisa a forza di botte, e allora hanno lasciato il corpo nel vecchio macello, in un punto dove c'è ancora puzza di carogna, così speravano che nessuno se ne accorgesse. Poi sono scappati, e sono arrivati qui, proprio questa notte. E perché non hai chiamato aiuto, Goha? Falco dice che li ha trovati qui, che cercavano di entrare in casa, quando gli è arrivato addosso. Io ti avrei sentito, o Prunella, che forse ha l'orecchio più acuto del mio. Le hai già raccontato tutto?

Tenar scosse la testa.

— Allora, vado a dirglielo io — decise il vecchio, lieto di poter essere il primo a darle una notizia così importante. Si avviò verso la porta, ma si girò ancora per dire a Ged: — Non avrei mai pensato che tu fossi tanto abile con il forcone! — Gli diede una pacca affettuosa sul ginocchio e si allontanò, ridendo.

Ged si tolse i gambali e le scarpe piene di fango, li posò sulla soglia, poi, con ai piedi solo le calze, si recò a scaldarsi al fuoco. Calzoni e giubba e camicia di lana tessuta in casa: un tipico pastore di Gont, con l'aria guardinga, il naso aquilino e gli occhi scuri e limpidi.

— Arriverà gente — le disse. — Per raccontarti di nuovo tutto quello che è successo, e per sentire ancora una volta ciò che è successo qui. Hanno preso i due che erano scappati e li hanno chiusi in una cantina vuota, e ci sono quindici uomini che li sorvegliano e almeno venti bambini che cercano di vedere che cosa fanno... — Soffocando uno sbadiglio, si sgranchì le braccia e le spalle e con un'occhiata chiese a Tenar il permesso di sedersi accanto al fuoco.

Lei gli porse la sedia. — Devi essere esausto — mormorò.

— Ho dormito un poco, questa notte. Non riuscivo a rimanere sveglio. — Sbadigliò di nuovo. Guardò Tenar, per vedere come stava.

— Era la madre di Therru — disse lei, con un filo di voce. Ged annuì. Sedeva un po' piegato in avanti, con le mani appoggiate sulle gambe, come faceva sempre Selce, e guardava le fiamme. In alcune cose i due uomini erano simili, in altre erano completamente diversi, come una pietra sepolta sotto la terra e un uccello che vola nel cielo. Tenar aveva un peso al cuore, le facevano male le spalle, ed era ancora confusa da presentimenti e dolori, dal ricordo della paura: si sentiva stordita.

— Il nostro uomo è dalla strega — disse Ged. — Legato, nel caso che si senta troppo in forma. Con le ferite piene di ragnatele e di incantesimi per fermare l'emorragia. Lei ha detto che vivrà fino al giorno dell'impiccagione.

— Impiccagione?

— Lo stabilirà il tribunale del re, adesso che si riunisce di nuovo. O lo impiccheranno o lo manderanno ai lavori forzati. — Lei scosse la testa, aggrottò la fronte.

— Non vorrai che lo rimettano in libertà, Tenar — disse dolcemente Ged, osservandola con attenzione.

— No.

— Devono essere puniti — continuò.

— *Puniti.* È quello che diceva *lui.* Punire la bambina. È cattiva. Deve essere punita. Punire me, perché l'ho presa. Perché sono... — Dovette fare uno sforzo per parlare. — Non voglio una punizione. Non doveva andare così. Preferirei che tu l'avessi ucciso!

— Ho fatto del mio meglio — si giustificò Ged.

Dopo qualche istante, lei sorrise. — Sì, certamente.

— Pensa come sarebbe stato facile — riprese Ged, — quando ero un mago, avrei potuto mettere su di loro un incantesimo di legame, fin da quando li ho visti per la prima volta sulla strada, prima che se ne rendessero conto. Avrei potuto portarli a Valmouth come un gregge di pecore. O questa notte, qui a casa tua, pensa che fuochi artificiali avrei potuto fare! Non avrebbero neppure capito che cosa li colpiva.

— Difatti non l'hanno ancora capito — osservò Tenar.

Ged la guardò. Aveva negli occhi una leggera e incontenibile espressione di trionfo.

— Vero — disse. — Non l'hanno capito.

— «Abile con il forcone» — mormorò Tenar.

Ged fece un enorme sbadiglio.

— Perché non vai a dormire? La seconda stanza. A meno che tu preferisca stare in compagnia. Vedo arrivare Lodola e Margherita, accompagnate da qualcuno dei loro figli.

Nell'udire le voci si era alzata a guardare dalla finestra. — Farò come dici — rispose Ged, e si allontanò.

Lodola e il marito, Margherita (la moglie del fabbro) e altri amici del villaggio arrivarono nel corso della giornata per raccontare di nuovo tutto quello che era successo, e per sentire ancora una volta ciò che era successo là, come aveva detto Ged. Tenar trovò che la loro compagnia la faceva rivivere, la allontanava a poco a poco dalla costante presenza del terrore provato quella notte, finché non riuscì a pensarci come a una storia ormai conclusa, e non come a una vicenda che la coinvolgeva ancora e che avrebbe continuato a coinvolgerla.

Era proprio quello che anche Therru doveva imparare a fare, ma non con gli eventi di una notte: con tutta la sua vita.

Quando gli altri se ne furono andati, Tenar confidò a Lodola: — Quel che mi fa irritare con me stessa è di essere stata una stupida.

— Te l'avevo detto, di sbarrare sempre le porte.

— No, non solo per quello.

— Ti capisco — rispose Lodola.

— Pensavo che mentre cercavano di entrare, sarei potuta correre da Prunella e Rivochiaro... magari portando con me anche Therru. Oppure, sarei potuta andare io nella capanna a prendere il forcone, o la roncola per potare gli alberi: ha un manico lungo due braccia ed è affilata come un rasoio; la tengo come la teneva Selce. Perché non l'ho fatto? Perché non ho fatto qualcosa? Mi sono limitata a chiudermi dentro, quando sapevo fin dall'inizio che la cosa era inutile. Se non ci fosse stato lui... Falco... Io non ho fatto altro che intrappolare me stessa e Therru. Alla fine sono uscita fuori con il coltello, e mi sono messa a gridare, ma solo perché ero come impazzita. Non credo che sarebbe bastato a metterli in fuga.

— Non so — disse Lodola. — È stata un'azione folle, ma forse... non so. Che cosa potevi fare, più che mettere la sbarra alle porte? In fondo, è come se per tutta la nostra vita non facessimo altro che mettere la sbarra alle porte. È la casa in cui viviamo.

Si guardarono attorno, e videro le pareti di pietra, i pavimenti di pietra, il focolare di pietra, la finestra piena di sole della Fattoria delle Querce, la casa dell'agricoltore Selce.

— La ragazza, la donna che hanno ucciso — disse Lodola, guardando Tenar con l'aria di chi la sa lunga. — Era la stessa.

Tenar annuì. — Uno di loro mi ha detto che era incinta. Di quattro o cinque mesi.

Tutt'e due rimasero in silenzio.

— In trappola — ripeté Tenar.

Lodola raddrizzò la schiena e serrò le labbra. — È la paura — disse poi. — Perché abbiamo tanta paura? E perché permettiamo loro di dirci che abbiamo paura? Di che cosa hanno paura, *loro*? — Prese le calze che stava rammendando, guardò se c'era qualche altro buco, rimase in silenzio per qualche istante e infine chiese: — Perché hanno paura di noi?

Tenar continuò a filare senza dire niente.

In quel momento arrivò Therru, di corsa, e Lodola la salutò: — Ma è la mia bambina! Vieni a darmi un bacio!

Therru la abbracciò. — Chi sono gli uomini che hanno preso? — chiese con la sua voce roca, guardando Lodola e Tenar. Tenar smise di filare e disse lentamente:

— Uno è Faina. L'altro è un uomo chiamato Lince. Il ferito si chiama Tinca. — Fissò con attenzione la faccia di Therru e vide il fuoco, vide la cicatrice arrossarsi. — La donna che hanno ucciso si chiamava Senny, mi pare.

— Senini — sussurrò la bambina.

Tenar annuì.

— L'hanno uccisa loro?

Tenar annuì di nuovo.

— Girino mi ha detto che sono stati *qui*.

Tenar annuì di nuovo.

La bambina si guardò attorno, come avevano fatto le due donne, ma la sua espressione era di assoluta ribellione: lei non vedeva pareti.

— Li ucciderete?

— Forse li impiccheranno.

— Per ucciderli?

— Sì.

Therru annuì, con indifferenza. Uscì e tornò a giocare con i figli di Lodola, che si erano riuniti attorno al pozzo.

Le due donne rimasero silenziose. Continuarono a rammendare e a filare, nella casa di Selce, accanto al fuoco.

Dopo qualche tempo, Lodola chiese: — E quell'uomo, il pastore, quello che li ha seguiti fin qui, dov'è finito? Falco, hai detto che si chiama?

— È di là che dorme — spiegò Tenar, indicando la porta.

— Ah — disse Lodola.

La ruota dell'arcolaio fece qualche giro. — Lo conosco da parecchio tempo.

— Ah. L'hai conosciuto a Re Albi, suppongo.

Tenar annuì. La ruota continuò a girare.

— Per seguire quei tre e per attaccarli con un forcone, al buio, ci vuole un notevole coraggio. E non si tratta di un giovanotto, vero?

— No — rispose Tenar. Dopo qualche istante, proseguì: — È stato malato, e cercava lavoro. Perciò l'ho fatto parlare con Rivochiaro, perché lo prendesse alla fattoria. Ma Rivochiaro è convinto di poter fare tutto da solo, e l'ha mandato con i pastori, sulle montagne. Ieri sera stava appunto ritornando dai pascoli alti.

— Allora, conti di tenerlo qui.

— Se lui accetta di rimanere.

Dal villaggio giunse ancora un altro gruppo, che volle sentire la storia di Goha e raccontare a sua volta le proprie prodezze nella grande cattura degli assassini, guardare il forcone e confrontare le punte con le tre ferite sul petto dell'uomo chiamato Tinca, e ripetere ancora una volta la storia. Tenar fu lieta di veder arrivare la fine di quella lunga giornata, di chiamare Therru e di chiudere la porta.

Alzò la mano per tirare il chiavistello. Poi la abbassò e si impose di non sbarrare la porta.

— Sparviero è nella tua stanza — le disse Therru, che era andata nella dispensa a prendere le uova.

— Scusa. Mi sono dimenticata di dirti che era qui.

— Lo conosco — disse Therru, lavandosi mani e faccia nel lavandino. E, quando arrivò Ged, spettinato e con gli occhi gonfi, corse da lui per abbracciarlo.

— Therru — disse Ged, prendendola in braccio. Lei lo strinse per qualche istante, poi lo lasciò.

— Conosco l'inizio della *Creazione* — gli disse con orgoglio.

— E me la canteresti? — rispose Ged. Guardò di nuovo Tenar per chiederle il permesso di sedersi, poi si accomodò.

— Posso solo recitarla.

Lui fece un cenno affermativo e attese, con aria piuttosto grave. La bambina recitò:

La creazione dalla distruzione,
la fine dall'inizio,

chi sa distinguerli con certezza?
Noi conosciamo solo la porta tra di loro
in cui entriamo quando ce ne andiamo.
Tra gli esseri che ogni volta ritornano,
il più antico di tutti, il Guardiano della Soglia, Segoy...

La voce della bambina era come il fruscio di una spazzola di metallo su una lama, come le foglie secche, come il sibilo della fiamma. Arrivò alla fine della prima strofa:

Poi dalla schiuma sorse la fulgida Éa.

Ged fece un cenno d'assenso, con aria grave. — Brava — commentò.

— Ieri sera — mormorò Tenar. — L'ha imparata ieri sera. Mi pare che sia passato un anno intero.

— Posso imparare anche il resto — affermò Therru.

— Lo farai sicuramente — la incoraggiò Ged.

— Prima, comunque, devi pulire la zucca — disse Tenar, e la bambina obbedì.

— Che cosa devo fare? — chiese Ged.

— Bisogna riempire d'acqua quella pentola e metterla sul fuoco.

Ged annuì; prese la pentola e andò a riempirla alla pompa. Prepararono la cena, la consumarono e sparecchiarono. — Ridimmi la *Creazione* fin dove la sai — disse Ged, più tardi, quando lui e Therru si sedettero accanto al focolare, — e proseguiremo insieme.

La bambina recitò la seconda strofa una volta con lui, una volta con Tenar e una volta da sola.

— A dormire — disse Tenar.

— Non hai parlato a Sparviero del re — osservò la bambina.

— Parlagliene tu — le rispose Tenar, divertita da quella scusa per non andare a letto.

Therru si girò verso Ged. La sua faccia, sfregiata e intatta, cieca e veggente, era concentrata, rossa. — Il re è arrivato su una nave. Aveva la spada. Mi ha dato il delfino d'osso. La sua nave volava con il vento, ma io stavo male, perché Faina mi aveva toccata. Ma il re mi ha toccato nello stesso punto, e il segno è sparito. — Gli mostrò il braccio sottile. Tenar rimase a bocca aperta. Si era dimenticata del segno.

— Un giorno voglio volare fin dove abita il re — Therru rivelò a Ged. Lui annuì. — Lo farò — ripeté. — Tu lo conosci?

— Sì, lo conosco. Insieme abbiamo compiuto un lungo viaggio.

— Dove?

— Dove il sole non sorge e le stelle non tramontano. E poi siamo ritornati indietro.

— Hai volato?

Ged scosse la testa. — Io posso solo camminare — mormorò.

La bambina rifletté su quelle parole; poi, soddisfatta, disse: — Buonanotte — e andò nella propria stanza. Tenar la seguì, ma la bambina le disse che non c'era bisogno di cantarle la ninnananna. — Posso recitare la *Creazione* anche al buio — le disse. — Le *due* strofe.

Tenar fece ritorno in cucina e si sedette di fronte a Ged, dall'altra parte del focolare.

— Come cambia! — disse. — Non riesco a tenerle dietro. Sono troppo vecchia per allevare un'altra figlia. E lei... Lei mi obbedisce, ma solo perché è lei a volerlo.

— È l'unica giustificazione dell'obbedienza — le fece notare Ged.

— Ma quando le verrà in mente di disobbedire, come potrà fare? In lei c'è qualcosa di selvatico. A volte è la mia Therru, e a volte è qualcosa d'altro, qualcosa di inafferrabile. Ho chiesto a Edera se poteva prenderla come apprendista. L'aveva suggerito Faggio. Ma Edera ha detto di no. «Perché?» le ho chiesto. «Perché ho paura di lei» mi ha risposto... Ma tu non hai paura di lei. E Therru non ha paura di te. Tu e Lebannen siete gli unici uomini da cui si lascia toccare. E *io* ho lasciato che quell'uomo... Faina... non posso parlarne. Oh, che stanchezza! Non riesco più a ragionare.

Ged cercò un pezzo di legno duro e nodoso e lo gettò nel fuoco perché bruciasse piano e senza troppa fiamma. Tutt'e due rimasero per qualche tempo a guardare le fiamme che tremolavano e le lingue di fuoco che si alzavano e si spegnevano. — Mi piacerebbe che tu rimanessi qui, Ged — disse infine Tenar. — Se vuoi, naturalmente.

Lui non rispose subito, e la donna aggiunse: — Forse ritornerai a Havnor.

— No. Non ho alcun posto dove andare. Cercavo un lavoro.

— Be', qui c'è molto da fare. Rivochiaro non lo ammetterebbe mai, ma, con l'artrite che ha, può solamente badare al frutteto. Fin dal mio arrivo ho constatato che mi serve un aiutante. Avrei potuto sgridare quel vecchio testone perché ti ha spedito in cima ai monti, ma non sarebbe servito a niente. Sarebbe rimasto della sua idea.

— Per me è stato un bene — disse Ged. — Mi occorreva del tempo.

— Badavi alle pecore?

— No, alle capre. Proprio nel punto più alto del pascolo. Avevano un ragazzo, ma si è ammalato, e Serry mi ha mandato subito lassù. Cercano di tenerle il più possibile in quei pascoli alti, perché così la lana è più folta. Il mese scorso, ho avuto tutta la montagna per me, o quasi. Serry mi ha mandato quel giaccone e un po' di provviste, e mi ha detto di tenere su le bestie finché mi era possibile, e io ho fatto come voleva. È un bel posto.

— Solitario — commentò Tenar.

Lui annuì, con un mezzo sorriso.

— Tu sei sempre stato un solitario.

— Sì.

Tenar non fece commenti.

Ged la fissò. — Mi piacerebbe lavorare qui — disse.

— Allora, siamo d'accordo — rispose lei. Dopo qualche tempo, concluse: — Per tutto l'inverno, almeno.

Quella notte fu ancora più fredda della precedente. Il loro mondo era assolutamente silenzioso, a parte il bisbiglio del fuoco. Il silenzio era come una creatura viva, tra loro. Tenar sollevò la testa e fissò Ged.

— Allora — chiese, — in che letto devo dormire, Ged? In quello della bambina o nel tuo?

Ged trasse lentamente il respiro. — Nel mio, se vuoi — mormorò.

— Lo voglio.

Il silenzio lo bloccava come una catena. Tenar vedeva gli sforzi fatti da Ged per liberarsene. — Se mi sopporti — aggiunse.

— Ti sopporto da venticinque anni — rispose Tenar. Lo guardò e rise. — Vieni... caro... Meglio tardi che mai! Non sono più giovane come allora... ma niente va mai sprecato. Me l'hai insegnato tu. — Si alzò, e si alzò anche Ged; lei gli tese le braccia e lui le prese. Si abbracciarono e si strinsero. Si strinsero con tanta forza, con tanta passione, che ogni altro pensiero svanì. La scelta del letto non aveva più importanza. Scivolarono sul pavimento, davanti al fuoco, e lì Tenar gli insegnò dei segreti che nessun uomo, per saggio che fosse, sarebbe stato in grado di insegnargli.

Ged attizzò il fuoco e prese dalla panca la coperta buona. Questa volta, Tenar non trovò niente da ridire. Il mantello di Tenar e il giaccone di Ged furono le loro coperte.

Si svegliarono all'alba. Una debole luce argentea illuminava i rami scuri, quasi senza foglie, delle querce, davanti alla finestra. Tenar si strinse a Ged per sentire il suo calore, e dopo un poco gli mormorò: — Era steso proprio qui, Tinca. Dove siamo noi adesso.

Ged sbuffò in segno di protesta.

— Adesso sei davvero un uomo — continuò Tenar. — Prima hai riempito di buchi un tizio, e poi sei stato con una donna. Mi sembra una successione giusta.

— Non dire queste cose — rispose Ged, girandosi verso di lei e posandole la testa sulla spalla.

— Invece le dirò ancora, Ged. Poveretto! Non c'è alcuna pietà in me, solo giustizia. Non mi hanno mai insegnato la misericordia. L'amore è la mia sola virtù. Oh, Ged, non avere paura di me! Eri già uomo, la prima volta che ti ho visto! Nessun'arma, nessuna donna, nessuna magia o Potere possono fare un uomo... soltanto lui stesso può rendersi tale.

Avvolti nel tepore e nel dolce silenzio, non parlarono più. — Dimmi una cosa — sussurrò Tenar, dopo un certo tempo.

Lui rispose con un mugolio di assenso, mezzo addormentato.

— Come hai fatto a sentire quel che dicevano quei tre, Tinca, Faina e l'altro? Come hai fatto a trovarti proprio in quel luogo e nel momento giusto?

Lui si sollevò su un gomito, in modo che Tenar potesse guardarlo in faccia. Aveva un'aria così aperta e vulnerabile, in quel momento, così soddisfatta e tenera, che lei non poté fare a meno di baciarlo sulla guancia, proprio nello stesso punto dove l'aveva baciato la prima volta, tanti mesi prima. Così, lui la abbracciò, e la conversazione continuò senza parole.

C'erano talune formalità da sbrigare: innanzitutto dire a Rivochiaro e agli altri abitanti della Fattoria delle Querce che al posto del vecchio padrone aveva assunto un dipendente. Tenar lo comunicò subito e senza mezzi termini. Lei aveva tutti i diritti di farlo, e la cosa non costituiva una minaccia per i contadini. Una vedova poteva continuare ad amministrare la proprietà del marito, certo, ma solo se non c'erano eredi maschi. Nel caso di Selce, l'erede era il figlio Scintilla, il marinaio, e Goha si limitava a mandare avanti la fattoria per conto di lui. Se Tenar fosse morta, l'amministratore sarebbe diventato Rivochiaro, e se Scintilla non si fosse presentato, la proprietà sarebbe passata al cugino di Selce che abitava a Kahedanan. Le due coppie che non possedevano la terra ma che avevano una partecipazione a vita sia ai lavori sia ai profitti - un tipo di accordo assai comune nell'Isola di Gont - non potevano essere mandate via da un uomo che andasse ad abitare con la vedova, neanche se lei lo avesse sposato; però, Tenar temeva che si offendessero perché non era stata fedele alla memoria di Selce, che, dopotutto, era il loro padrone già prima di sposare lei.

Vide tuttavia con soddisfazione che i mezzadri non avevano obiezioni. Falco aveva conquistato la loro stima con un colpo di forcone. Inoltre, il buonsenso le consigliava di avere un uomo in casa per difenderla. Se poi andavano a letto insieme, be', le vedove non erano proverbiali per le loro voglie? E dopotutto lei era una forestiera.

Anche tra gli abitanti del villaggio, l'atteggiamento fu molto simile. Qualche bisbiglio e qualche sorriso, ma niente di più. A quanto pareva, guadagnarsi la rispettabilità era più facile di quanto non pensasse Muschio; o forse le cose usate avevano meno valore.

Si sentì un po' offesa e sminuita da quel genere di tacita accettazione; un po' come se avesse incontrato un'aperta disapprovazione. Solo Lodola riusciva a liberarla dall'imbarazzo, perché non esprimeva alcun giudizio e non ricorreva alle solite parole - uomo, donna, vedova, forestiera - per dire quello che vedeva, ma perché si limitava a osservare lei e Falco con interesse, curiosità, invidia e simpatia.

E poiché Lodola non vedeva Falco solo attraverso le parole - pastore, bracciante, amante della vedova - ma osservava lui, vedeva molte cose che la lasciavano disorientata. La sua dignità e la sua semplicità non erano molto diverse da quelle di tanti altri uomini che conosceva, ma erano più sottili, come se lui fosse un uomo più grande degli altri, non come statura o larghezza di spalle, ma di animo e di mente. Disse a Edera: — Quell'uomo non è sempre vissuto con le capre. Conosce il mondo più di quanto non conosca le fattorie.

— Potrebbe essere un mago che è stato scacciato o che ha perso in qualche modo il suo Potere — rispose la strega. — Sono cose che succedono.

— Ah — commentò Lodola.

Ma la parola «Arcimago» era troppo grande e importante, per trasferirla dallo sfarzo e dai palazzi di isole lontane all'uomo dagli occhi scuri e dai capelli grigi che era andato ad abitare alla Fattoria delle Querce, e a Lodola non venne mai in mente di farlo. Se l'avesse fatto, non si sarebbe più trovata a proprio agio in sua presenza. Già l'idea che fosse stato un mago la inquietava un poco e, per qualche tempo, quell'etichetta si sostituì all'uomo, anche se, infine, lei riuscì a vederlo di nuovo com'era.

Lui era salito su uno dei vecchi meli e tagliava i rami secchi, ma la vide arrivare e la salutò cordialmente. Il nome «Falco», pensò allora Lodola, stava davvero bene a quell'uomo appollaiato lassù in alto: perciò alzò il braccio per salutarlo e tornò a sorridergli.

Tenar, comunque, non si era dimenticata della domanda che gli aveva rivolto quel primo mattino, davanti al focolare, sotto il giaccone di pecora. Gliela rivolse di nuovo, qualche giorno o qualche mese più tardi: avevano perso il conto del tempo, nella casa di pietra, nella fattoria ferma per l'inverno. — Non mi hai mai spiegato — gli chiese, — come ti è successo di sentire quei tre, mentre venivano qui.

— Te l'ho raccontato, mi pare — rispose Ged. — Mi ero nascosto perché li avevo sentiti arrivare dietro di me.

— Perché?

— Ero solo, e sapevo che in giro c'erano dei malfattori.

— Certo... Ma poi, proprio mentre passavano, Tinca ha parlato di Therru?

— Ha detto «Fattoria delle Querce», se ben ricordo.

— È una cosa possibile. Però, mi pare un po' eccessivo che sia successo proprio così, per semplice combinazione.

Ged capì che non lo diceva perché non credesse alle sue parole, ma per qualche altro motivo. Attese che continuasse.

— È il tipo di combinazione che capita ai maghi — disse Tenar.

— E anche ad altri.

— Può darsi.

— Mia cara, non cercherai di... reintegrarmi?

— No. Niente affatto. Ti parrebbe ragionevole? Se tu fossi un mago, non saresti qui.

Erano nel grande letto di quercia, ben coperti di pelli di montone. Nella stanza non c'era il caminetto, e le notti erano gelide, perché, fuori, la neve era diventata ghiaccio.

— Però vorrei sapere una cosa. C'è qualcosa, oltre a quello che voi chiamate Potere, che forse viene prima di esso? Qualcosa di più profondo, e il Potere è solo uno dei modi di usarlo? Per esempio, Ogion ha detto una volta, parlando di te, che prima ancora che ti venissero impartiti le conoscenze e gli insegnamenti magici, tu eri già un mago. «Mago nato», ha detto. Perciò ho pensato che una persona, per avere il Potere magico, prima deve avere un posto dove... metterlo. Uno spazio vuoto da riempire. E più grande è quel vuoto, maggiore è il Potere che ci può stare. Ma se non si arrivasse a ottenere il Potere, o il Potere fosse tolto, o consumato... il posto resterebbe.

— Resterebbe il vuoto — disse Ged.

— «Vuoto» è solo un modo per dirlo. Forse non è neppure quello giusto.

— La potenzialità? — chiese Ged. Scosse la testa. — La possibilità di essere... di divenire?

— Penso che ti sei trovato su quella strada, in quel preciso momento, perché ti sta succedendo quel tipo di cose. Non sei tu a farle succedere, non sei tu a causarle, non è stato il tuo Potere. Ma ti è successo, a causa di quel «vuoto».

Dopo qualche tempo, Ged osservò: — Non è molto diverso da quel che mi è stato insegnato a Roke quando ero bambino: che la vera magia sta nel fare solo quel che devi fare. Ma questo è ancora di più: non fare, ma essere spinto a fare.

— Non credo che sia così. Piuttosto, è l'origine da cui nascono le azioni giuste. Sei venuto a salvarmi la vita, hai colpito Tinca con il forcone. Questo è *agire*, certamente. Fare quel che doveva essere fatto.

Ged rifletté a lungo su quelle parole, e alla fine le chiese: — È una cosa che ti è stata insegnata quando eri la Sacerdotessa delle Tombe?

— No. — Sbadigliò leggermente, e si guardò attorno nell'oscurità. — Ad Arha veniva insegnato che per essere potente si doveva sacrificare se stessa e gli altri. Uno scambio: dare per avere. E non posso dire che non fosse vero. Ma la mia anima non può vivere in quello spazio ristretto: una cosa per l'altra, dente per dente, vita per vita. C'è una libertà superiore a tutto questo. Superiore allo scambio, alla punizione, alla redenzione. Al di là di tutti gli equilibri e di tutti i patti c'è la libertà.

— *La porta tra di loro* — citò Ged, a bassa voce.

Quella notte, Tenar sognò la porta della *Creazione di Éa.* Era una finestra piccola e bassa, di vetro grezzo, pesante, opaco e difettoso, nella parete occidentale di una vecchia casa sopra il mare. La finestra era sbarrata con il chiavistello. Lei voleva aprirla, ma c'era una parola o una chiave, qualcosa di cui si era dimenticata - una parola, una chiave, un nome - che bisognava usare per aprirla. Lei continuò a cercare dentro camere di pietra che diventavano sempre più piccole e più scure, finché non si accorse che Ged la teneva ferma e cercava di svegliarla dicendo: — È tutto a posto, cara, non c'è niente!

— Non riesco a liberarmi! — gemette lei, abbracciandolo.

Ged cercò di calmarla, accarezzandole i capelli; tutt'e due si stesero di nuovo sulla schiena, e lui mormorò: — Guarda.

La luna era sorta. La sua luce bianca si rifletteva sulla neve ed entrava nella stanza, perché, anche se faceva freddo, Tenar non voleva chiudere le imposte. Tutta l'aria sopra di loro era luminosa. Il punto dove si trovava il letto era in ombra, ma pareva che il soffitto fosse un semplice velo tra loro e l'infinita, tranquilla, argentea distesa di luce.

A Gont fu un inverno di forti nevicate, che si protrasse a lungo. Ma il raccolto era stato abbondante, e c'era da mangiare per tutti, uomini e animali, e poco da fare, oltre che mangiare e tenersi al caldo.

Therru imparò la *Creazione di Éa.* Il giorno del Ritorno del Sole recitò il *Canto dell'inverno* e *Le gesta del giovane re.* Imparò a fare le torte, a usare l'arcolaio e a fare il sapone. Imparò il nome di tutte le piante che spuntavano sopra la neve, e di molte erbe e parole che Ged aveva appreso durante il breve apprendistato con Ogion e i lunghi anni alla scuola di Roke. Ma non presero dalla mensola del caminetto il libro delle Rune e quello dei Miti, né insegnarono alla bambina la Lingua della Creazione.

Ged e Tenar ne avevano parlato, e lei gli aveva raccontato di aver insegnato a Therru una sola parola, *tolk,* e poi di essersi fermata, perché non le sembrava giusto continuare, anche se lei stessa non avrebbe saputo dirne il motivo.

— Ho pensato che dipendesse dal fatto che non avevo mai usato veramente quel linguaggio, non l'avevo mai usato per fare magia. Pensavo che forse avrebbe dovuto impararlo da una persona che lo parla.

— Nessun uomo lo parla.

— E tanto meno le donne.

— Solo i draghi lo parlano come propria lingua.

— E lo imparano da qualcuno?

Colpito dalla domanda, Ged non rispose subito, ma passò in rassegna tutto quel che sapeva dei draghi. — Non saprei — disse infine. — Non sappiamo se se lo insegnano come facciamo noi, la madre al figlio, il vecchio al giovane. O se sono come gli animali, che hanno bisogno di imparare alcune cose, ma che possiedono già alla nascita gran parte delle loro conoscenze. Non lo sappiamo. Ma io penso che il drago e la sua lingua siano una cosa sola. Un solo essere.

— E non parlano altre lingue.

Ged annuì. — I draghi non hanno bisogno di imparare — disse. — I draghi *sono*.

Therru, infagottata in una vecchia giacca di agnello, entrò nella cucina. Uno dei suoi incarichi consisteva nel portare la legna per il focolare, e in quel momento stava andando a prenderne nella legnaia. Posò la legna vicino al focolare e uscì.

— Che cosa canta? — chiese Ged.

— Chi, Therru?

— Sì, quando è sola.

— Ma non canta mai. Non può farlo.

— Canta a modo suo. «Più a ponente del tramonto del sole...»

— Ah! — disse Tenar. — Quella storia. Ogion non ti ha mai parlato della donna di Kemay?

— No — rispose Ged. — Raccontamela.

Tenar gli raccontò la storia mentre filava, accompagnando le parole con il suono dell'arcolaio. Alla fine della storia, aggiunse: — Quando il Maestro dei Venti mi ha detto di essere venuto a cercare «una donna di Gont», pensai subito a lei. Ma ormai sarà morta, senza dubbio. Inoltre, una donna che era un drago potrebbe essere Arcimago?

— Be', il Maestro degli Schemi non ha detto che la donna di

Gont dovesse essere Arcimago — rispose Ged. Si stava riparando un brutto strappo sui calzoni, e sedeva sul davanzale della finestra per approfittare di tutta la luce possibile, in quel giorno scuro. Erano passati quindici giorni dal Ritorno del Sole, e si era nel periodo più freddo dell'anno.

— Allora, che cosa ha detto? — chiese Tenar.

— «Una donna di Gont.» Esattamente come hai detto a me.

— Ma volevano sapere chi dovesse essere il prossimo Arcimago.

— E non hanno avuto una risposta a quella domanda.

— *Infinita è la sottigliezza dei maghi* — citò Tenar, in tono un po' asciutto.

Ged tagliò con i denti il filo e si avvolse sul dito il pezzo avanzato.

— Ho imparato a cavillare, a Roke — dovette ammettere. — Ma questi non sono cavilli. «Una donna di Gont» non può diventare Arcimago, perché nessuna donna può diventarlo. Per diventarlo, dovrebbe distruggere quello che è. I maghi di Roke sono uomini; il loro Potere è quello degli uomini, la loro conoscenza è quella degli uomini. Magia e mascolinità sono costruiti sulla stessa pietra, ossia il Potere appartiene agli uomini. Se le donne avessero il Potere, gli uomini sarebbero solo delle donne che non possono mettere al mondo i figli. E le donne sarebbero solo uomini con questa facoltà.

— Ah! — esclamò Tenar e, con astuzia, osservò: — Non sono esistite anche delle regine? Anch'esse avevano il Potere.

— Una regina è solo un re in gonnella — disse Ged.

Lei sbuffò.

— Voglio dire che il Potere glielo danno gli uomini. Le permettono di usare il loro Potere. Ma esso non è della regina. È potente non perché è una donna, ma nonostante il fatto che lo sia.

Tenar annuì. Raddrizzò la schiena, dopo essere stata curva sull'arcolaio. — Allora — chiese, — qual è il Potere delle donne?

— Non credo di conoscerlo.

— Quand'è che una donna ha Potere per il fatto di essere una donna? Con i figli, forse. Per un certo periodo.

— Nella propria casa, forse.

Lei si guardò attorno, osservò le pareti di pietra della cucina. — Ma le porte sono chiuse a chiave — osservò.

— Perché siete importanti.

— Oh, sì. Siamo preziose. Purché si resti prive di Potere... Ricordo ancora il giorno in cui l'ho capito per la prima volta! Kossil mi aveva minacciato... minacciato me, la Sacerdotessa delle Tombe. E capii di non poter fare niente. Io avevo gli onori, ma lei aveva il potere, che le veniva dal Diore, l'uomo. Oh, come me la sono presa! E come mi sono spaventata... Io e Lodola abbiamo parlato di queste cose, una volta, e lei ha chiesto: «Perché gli uomini hanno *paura* delle donne?»

— Se la propria forza consiste solo nella debolezza altrui, si vive nella paura — le fece notare Ged.

— Sì, ma le donne danno l'impressione di avere paura della propria forza, di temere se stesse.

— Vi hanno mai insegnato a fidarvi delle vostre forze? — chiese Ged, e mentre parlava giunse Therru, con la legna. Incrociò lo sguardo con quello di Tenar.

— No — disse la donna. — La fiducia non è una materia che ci hanno insegnato. — Guardò la bambina che metteva la legna nella cesta. — Se il Potere fosse fiducia... — riprese. — Mi piace quella parola. Se non ci fossero tutte quelle gerarchie... uno sopra l'altro... re e maestri e maghi e possidenti. Sembra tutto inutile. Il vero Potere, la vera libertà, dovrebbe basarsi sulla fiducia, non sulla forza.

— Come i bambini si fidano dei genitori — commentò Ged.

Tutt'e due rimasero in silenzio.

— In realtà — riprese poi Ged, — anche la fiducia corrompe. I maghi di Roke si fidano di se stessi e dei compagni. Il loro Potere è puro, niente lo macchia, e perciò credono che quella purezza sia anche saggezza. Non riescono a concepire la possibilità di commettere qualcosa di sbagliato.

Tenar lo fissò con stupore. Ged non aveva mai parlato di Roke in quel modo, come se ne fosse del tutto all'esterno, come se ne fosse libero del tutto.

— Forse avrebbero bisogno di qualche donna che gliene ricordi la possibilità — commentò lei, e Ged rise.

Tenar rimise in movimento l'arcolaio. — Ancora non mi è chiaro: che cosa impedisce a una donna di diventare Arcimago, visto che può essere regina?

Therru li stava ascoltando.

— Sì, come la neve bollente e l'aria asciutta — disse Ged, ricordando un proverbio di Gont. — I re ricevono il Potere da altri uomini. Il Potere di un mago è solamente suo.

— Ed è un Potere maschile. Perché non conosciamo quale sia il Potere delle donne. Capisco. Però, perché non riescono a trovare un Arcimago... di sesso maschile?

Ged studiò per qualche istante l'orlo sbrindellato dei calzoni. — Be' — disse infine, — se il Maestro degli Schemi non ha risposto alla loro domanda, è perché rispondeva a una domanda che non gli era stata fatta. Forse dovrebbero chiedergli che domanda era.

— È un indovinello? — chiese Therru.

— Sì — disse Tenar, — ma non conosciamo la domanda. Conosciamo solo la risposta, ed è: «Una donna di Gont».

— Ce ne sono tante — concluse Therru, dopo averci pensato per qualche momento. Poi, evidentemente soddisf atta, uscì per andare a prendere un altro carico di legna.

Ged la guardò allontanarsi. — «Tutto è cambiato» — disse. — A volte mi chiedo, Tenar, se il regno di Lebannen non sia solo l'inizio. Una porta. E lui il guardiano, che non potrà mai oltrepassarla.

— È così giovane — disse Tenar, con tenerezza.

— Giovane come Morred quando combatté contro le Navi Nere. Giovane come me quando... — S'interruppe e guardò fuori della finestra, i rami senza foglie e i campi grigi e gelidi. — O come te, Tenar, in quel luogo buio. Che cosa significano la gioventù o la vecchiaia? Non lo so. A volte mi sembra di avere mille anni, altre volte che la mia vita sia una rondine in volo, vista da una fessura della parete. Sono morto e sono rinato, sia nel deserto sia qui sotto il cielo, più di una volta. E la *Creazione* ci dice che ritorniamo sempre alla nostra fonte, eternamente, e che essa non si prosciuga mai. «Solo nella morte è vita...» Pensavo a questo, quando ero con le capre sulla montagna, e il giorno si prolungava in eterno, ma si aveva la sensazione che la sera giungesse in un attimo, e così il mattino dell'indomani. Ho imparato la saggezza delle capre, e così ho finito per chiedermi: per chi è questo mio dolore? Di chi piango la morte? Di Ged l'Arcimago? Perché Falco il pastore deve soffrire e vergognarsi per lui? Che cosa ho fatto, di cui debba vergognarmi?

— Niente! — esclamò Tenar. — Mai!

— No, invece — disse Ged. — Ogni grandezza degli uomini si

basa sulla vergogna, è fatta di quella. E così Falco il pastore ha pianto per Ged l'Arcimago. E si è preso cura delle capre, anche, come poteva prendersene cura uno della sua età.

Dopo qualche istante, Tenar sorrise. Disse, timidamente: — Muschio sosteneva che eri un quindicenne.

— Non aveva torto. Ogion mi aveva dato il nome vero in autunno, e l'estate successiva ero a Roke. Chi era quel ragazzo? Un vuoto... Una libertà.

— Chi è Therru, Ged?

Lui non rispose, e alla fine Tenar pensò che non le avrebbe più risposto. Poi Ged disse: — Nelle sue condizioni... che libertà può esserci per lei?

— Ciascuno di noi è la propria libertà, quindi?

— Credo di sì.

— Quando avevi il Potere, tu mi sembravi l'uomo più libero che esistesse. Ma a quale costo? Che cosa ti dava quella libertà? E io... io ero stata creata, plasmata come creta, dalla volontà delle donne che servivano gli Antichi Poteri, o che servivano gli uomini che avevano creato tutti i riti, i costumi e i luoghi, non sapevo chi. Poi sono stata libera, con te, per un momento, e anche con Ogion. Ma non era la *mia* libertà. Però, mi permetteva la scelta, e io ho scelto. Ho scelto di plasmarmi come creta per servire una fattoria, un marito e dei figli. Sono diventata un vaso, e conosco la forma di quel vaso. Ma non la creta di cui è fatto. La vita mi ha fatto danzare. Conosco la danza, ma non so chi sia il danzatore.

— E lei — disse Ged, dopo un lungo silenzio, — se dovesse mai danzare...

— Finiranno per avere paura di lei — sussurrò Tenar. Poi Therru entrò nella cucina, e la conversazione si spostò sulla pasta del pane che lievitava nella madia. Continuarono a parlare a quel modo, tranquillamente e a lungo, passando da un argomento all'altro, per poi ritornare al primo, molte volte per metà di quelle brevi giornate, filando e cucendo insieme, con le parole, le loro vite, gli anni e le azioni e i pensieri che non avevano condiviso. Poi tacevano per riflettere, per lavorare e per sognare, e con loro c'era la bambina silenziosa.

Così passò l'inverno, finché non giunse la stagione degli agnelli, e per qualche tempo il lavoro divenne molto pesante, mentre i giorni si allungavano e diventavano sempre più chiari. Poi le rondini fecero ritorno dalle isole illuminate dal sole, dalle Terre Meridionali, dove la stella più splendente è Gobardon della costellazione del Termine; ma i discorsi delle rondini tra loro parlavano solo di inizi.

IL PADRONE

Dopo le rondini, anche le navi ricominciarono a volare da un'isola all'altra con il ritorno della primavera. Nei villaggi si diceva, ripetendo voci giunte da Valmouth, che le navi del re davano la caccia ai predatori, spingendo alla rovina pirati bene affermati, confiscando le loro navi e le loro fortune. Lord Heno in persona aveva fatto salpare le sue tre navi più belle e più veloci, capitanate dal pirata-stregone Tally, temuto da ogni mercantile da Soléa alle Andrades; la sua flotta contava di tendere un'imboscata alle navi reali al largo di Oranéa e di distruggerle. Ma fu uno dei vascelli del re a entrare nella baia di Valmouth con Tally in catene, e con l'ordine di scortare Lord Heno a Porto Gont, dove lo attendeva un processo per pirateria e omicidio. Heno si barricò nel suo castello, sulle colline dietro Valmouth, ma si dimenticò di accendere un fuoco, dato che si era in primavera e faceva già caldo. Così, cinque o sei dei giovani soldati del re gli piombarono addosso passando per il camino, e l'intera squadra lo scortò in catene lungo le vie di Valmouth per poi consegnarlo alla giustizia.

Quando ne venne a conoscenza, Ged disse con affetto e orgoglio: — Tutte le cose che un re può fare, lui le farà bene.

Faina e Lince erano stati immediatamente trasferiti a Porto Gont, per la strada del nord, e Tinca, non appena le ferite gli si erano rimarginate, vi era stato portato per nave, per essere processato da una corte di giustizia del re. Nella Valle di Mezzo, la notizia della loro condanna alle galee fu motivo di soddisf azione e di molte autocongratulazioni, cui Tenar, e Therru vicino a lei, assistette in silenzio.

Giunsero altre navi con altri uomini mandati dal re, e non tutti furono accolti con la stessa simpatia dalla popolazione della scontrosa Gont: sceriffi del regno, inviati per controllare il comportamento delle guardie e dei giudici di pace, e per ascoltare le lamentele e le denunce della gente comune; ispettori delle tasse ed esattori; nobili che andavano a fare visita ai signorotti di Gont e che si informavano educatamente della loro fedeltà alla corona di Havnor; e maghi che andavano qua e là e che davano l'impressione di fare poco e di parlare ancor meno.

— Penso che alla fine si siano decisi a cercare un nuovo Arcimago — disse Tenar.

— O che cerchino gli abusi della professione — rifletté Ged. — La magia usata a scopi malvagi.

Tenar era sul punto di osservare: — Allora dovrebbero andare a dare un'occhiata nel castello di Re Albi! — ma non riuscì a pronunciare le parole. *Che cosa intendevo dire?* si chiese. *Dovrei parlare a Ged di... me ne sono scordata. Che cosa volevo dirgli? Ah, sì, che c'è da riparare il cancello in fondo al pascolo, prima che le mucche scappino via.*

Aveva sempre dieci cose per la mente, questioni della fattoria. «Non riesci mai a fare una cosa sola per volta» le aveva detto Ogion. Anche con Ged ad aiutarla, tutte le sue giornate, tutti i suoi pensieri erano dedicati alla fattoria. Ged condivideva con lei il lavoro domestico, più di quanto Selce avesse mai fatto. Ma Selce era un fattore, mentre Ged non lo era. Imparava in fretta, ma le cose da sapere erano tante. Lavoravano. C'era poco tempo per parlare, adesso. Alla fine della giornata cenavano insieme e poi andavano a dormire insieme, dormivano e si svegliavano all'alba per rimettersi al lavoro, e così giorno dopo giorno, come la ruota di un mulino, riempirsi e svuotarsi, i giorni come cascate d'acqua.

— Ciao! — gridò un giovanotto snello, dal cancello della fattoria.

Tenar pensò che fosse il figlio di Lodola e gli chiese: — Che cosa è successo, giovanotto? — Poi staccò gli occhi dai pulcini che beccavano e dalle oche che passavano in parata.

— Scintilla! — esclamò, e corse verso di lui, mentre oche e pulcini scappavano da tutte le parti.

— Su, su — disse lui. — Non ti agitare così.

Si lasciò abbracciare e baciare. Poi entrò in casa e si sedette al tavolo, in cucina.

— Hai mangiato? Melina, l'hai vista?

— Potrei mangiare qualcosa?

Tenar andò a prendere del cibo nella dispensa ben fornita. — Su che nave sei? Sempre il *Gabbiano*?

— No. — S'interruppe. — La mia nave non c'è più.

Lei lo guardò inorridita. — È affondata?

— No. — Fece una smorfia. — L'equipaggio è stato rimandato a casa. Gli uomini del re l'hanno sequestrata.

— Ma... non era una nave pirata...

— No.

— Ma allora...?

— Hanno detto che il capitano trasportava certe merci che loro cercavano — spiegò Scintilla, a malincuore. Era magro come sempre, ma sembrava più vecchio, era molto abbronzato, aveva i capelli lunghi, la faccia affilata come quella di Selce, ma ancor più dura.

— Dov'è il babbo? — chiese.

Tenar s'irrigidì.

— Non sei passato da tua sorella.

— No — rispose lui, con indifferenza.

— Selce è morto tre anni fa — rispose lei. — Un colpo. Mentre era nei campi... al ritorno dal recinto delle pecore. L'ha trovato Rivochiaro.

Scese il silenzio. Scintilla non sapeva che cosa dire, o non aveva nulla da dire.

Tenar gli mise davanti il piatto, e Scintilla cominciò a mangiare così avidamente che gli portò subito dell'altro cibo. — Da quant'è che non mangi?

Lui alzò le spalle e continuò a mangiare.

Tenar si sedette davanti a lui. Il sole della primavera inoltrata entrava dalla finestra di fronte al tavolo e illuminava l'ottone degli alari, nel focolare.

Finalmente, Scintilla spinse via il piatto.

— Allora, chi ha mandato avanti la fattoria? — chiese.

— Perché me lo domandi, figliolo? — ribatté lei, gentile ma ferma.

— È mia — rispose, con lo stesso tono.

Dopo qualche istante, Tenar si alzò e portò via i piatti. — Hai ragione.

— Tu puoi restare, naturalmente — disse Scintilla, con aria impacciata. Forse voleva scherzare, ma non era un uomo portato agli scherzi. — Il vecchio Rivochiaro è ancora qui?

— Sono ancora qui tutti. E c'è un uomo chiamato Falco, e una bambina che ho preso con me. Qui, nella casa. Dovrai dormire in soffitta. Ti metto la scala. — Lo fissò. — Intendi rimanere, allora?

— Potrei farlo.

Anche Selce, per vent'anni, aveva risposto alle sue domande allo stesso modo: le aveva negato il diritto di rivolgergliele, con il sistema di non rispondere mai né sì, né no; aveva conservato una libertà fondata sulla sua ignoranza; una libertà miserabile, angusta, pensava lei.

— Povero ragazzo — rifletté. — Il tuo equipaggio mandato a casa, tuo padre morto, ed estranei nella tua casa; tutto in un giorno. Ti occorrerà del tempo per abituarti. Mi dispiace, figlio. Ma sono contenta di vederti. Ho pensato spesso a te, in mare, nella tempesta, nell'inverno.

Lui non disse niente; non aveva niente da offrire, ed era incapace di accettare. Stava per alzarsi, quando entrò Therru. Scintilla la fissò, immobilizzandosi. — Che cosa le è successo? — chiese.

— L'hanno bruciata. Questo è mio figlio, Therru. Te ne ho parlato: il marinaio, Scintilla. Therru è tua sorella, Scintilla.

— Sorella!

— Adottiva.

— Sorella! — ripeté di nuovo Scintilla, e si guardò attorno, come per cercare un testimone, poi tornò a fissare la madre. Lei lo fissò a sua volta.

Scintilla uscì, tenendosi lontano da Therru, che era rimasta immobile. Si sbatté la porta alle spalle.

Tenar fece per parlare a Therru e non ci riuscì.

— Non piangere — disse la bambina che non piangeva mai; si avvicinò a lei e le toccò il braccio. — Ti ha fatto male?

— Oh, Therru! Abbracciami! — Si sedette con Therru sulle ginocchia, anche se la bambina cominciava a diventare un po' pesante e non aveva mai imparato a stare bene in quella posizione. Ma Tenar la strinse e pianse, e Therru appoggiò la gota sfregiata a quella di Tenar, che gliela riempì di lacrime.

Ged e Scintilla fecero ritorno al crepuscolo, da lati opposti della fattoria. Scintilla aveva evidentemente parlato con Rivochiaro e doveva avere riflettuto sulla situazione, e Ged stava cercando di capire che cosa fosse successo. A cena si dissero poche parole, e anche quelle in tono cauto.

Scintilla non si lamentò di non poter riavere la sua stanza, ma, da buon marinaio, salì la scaletta che portava in soffitta, e dovette trovare di sua soddisfazione il letto preparatogli dalla madre, perché non si fece più rivedere fino all'indomani mattina tardi.

Quando scese, volle fare colazione, convinto che qualcuno dovesse servirgliela. Suo padre era sempre stato servito da madre, moglie, figlia. Ed era forse da meno di lui? Tenar lasciò perdere; gli servì la colazione e poi sparecchiò, per tornare infine al frutteto, dove lei, Therru e Prunella erano intente a eliminare con il fuoco un'invasione di bruchi che minacciava i frutti ancora verdi.

Scintilla si recò da Rivochiaro e da Tiff. E rimase quasi sempre con loro, con il passare dei giorni. I lavori che richiedevano forza, e quelli con gli animali e nei campi, che richiedevano abilità, vennero svolti da Ged, Prunella e Tenar, mentre i due vecchi che erano vissuti lì per tutta la vita, gli aiutanti di suo padre, portarono in giro Scintilla, raccontandogli che facevano tutto loro, convinti di farlo e convincendo anche lui.

In casa, Tenar era sempre più triste. Solo quando era fuori, al lavoro, dimenticava la collera, la vergogna che le suscitava la presenza di Scintilla.

— È il mio turno — disse a Ged, con amarezza, nella loro stanza, debolmente illuminata dalla luce delle stelle che filtrava dalla finestra. — È il mio turno di perdere la cosa di cui andavo maggiormente orgogliosa.

— Perché, che cosa hai perduto?

— Mio figlio. Il figlio di cui non sono riuscita a fare un uomo. Ho fallito. Ho tradito me e lui. — Si morse il labbro, con lo sguardo perso nel buio.

Ged non cercò di discutere con lei, né di convincerla che si sbagliava. Chiese: — Credi che resterà qui?

— Sì. Ha paura di tornare in mare. Non mi ha detto tutta la verità sulla sua nave. Era terzo ufficiale. Suppongo che fosse implicato nel trasporto di merce rubata. Pirateria di bassa lega, ma la cosa non mi preoccupa più di tanto. Tutti i marinai di Gont sono dei mezzi pirati. Ma lui mi ha mentito sulla sua attività. È un bugiardo. È geloso di te. Un uomo disonesto e invidioso.

— Un uomo spaventato, mi pare — disse Ged. — Ma non cattivo. E poi, la fattoria è sua.

— Allora, che se la tenga! E che sia generosa con lui come lui lo è con sua...

— No, cara — disse Ged, posandole la mano sulla bocca, —

non dire parole cattive. — Ed era così sincero, così preoccupato, che la collera di Tenar ritornò a essere quello che era fondamentalmente, cioè amore.

— No — riprese Tenar, — non volevo maledire né lui né questo posto! Solo, mi vergogno, Ged! Sono desolata!

— No, no. Cara, non m'importa di quel che pensa di me. Ma ti tratta molto male.

— E anche Therru. La tratta come se... Mi ha detto: «Ma che cosa ha fatto, per avere un aspetto simile?» Che cosa ha fatto *lei*, capisci!

Ged le accarezzò lentamente i capelli, come faceva sempre: un gesto affettuoso che riusciva a dare serenità a tutt'e due.

— Potrei andare di nuovo in montagna con le capre — disse infine. — Così, qui le cose diventerebbero più semplici, almeno per te. Ma ci sarebbe il problema del lavoro.

— Preferirei venirci anch'io.

Lui continuò ad accarezzarle i capelli e parve riflettere sulla proposta. — Si potrebbe, penso — disse. — C'erano un paio di famiglie che pascolavano le pecore, sopra Lissu. Ma quando si arriva all'inverno...

— Potremmo andare a lavorare in qualche altra fattoria. Io conosco il lavoro, e le pecore; tu conosci le capre, e sei svelto...

— «Abile con il forcone» — mormorò Ged, e Tenar sorrise.

L'indomani mattina, Scintilla si alzò presto perché andava a pescare con il vecchio Tiff. Fece colazione con loro, poi si alzò dal tavolo e disse, con più garbo del solito: — Vi porterò un mucchio di pesci per la cena.

Tenar, nel corso della notte, aveva preso alcune decisioni. Lo fermò: — Aspetta, dacci una mano a sparecchiare, Scintilla. Metti i piatti nel lavandino e versaci dell'acqua sopra. Li laveremo con i piatti della cena.

Lui la fissò per un momento e disse: — Quello è un lavoro da donne — e s'infilò il cappello.

— È un lavoro di tutti quelli che mangiano in questa cucina.

— Non mio — disse lui, seccamente, e uscì.

Lei lo seguì. Si fermò sulla soglia. — È lavoro di Falco, ma non tuo? — chiese.

Lui si limitò a fare un cenno d'assenso, e si allontanò.

— Troppo tardi — disse Tenar, ritornando in cucina. — Ho fallito, ho fallito! — Si accorse di avere serrato le labbra e corrugato la fronte. — Puoi bagnare un sasso finché vuoi — commentò, — ma non crescerà mai.

— Bisogna cominciare quando sono giovani e teneri — disse Ged. — Come me.

Questa volta, Tenar non riuscì a ridere.

Quando fecero ritorno a casa dai lavori della giornata, videro che Scintilla era accanto al cancello, e stava parlando con un uomo.

— Non è quell'uomo di Re Albi? — chiese Ged, che aveva la vista acuta.

— Vieni, Therru — disse Tenar, perché la bambina si era bloccata. — Che uomo? — Aveva la vista un po' corta, e strinse le palpebre per guardare. — Ah, è lui, il sensale di pecore. Townsend. Che cosa sarà tornato a fare, quell'avvoltoio?

Per tutto il giorno, Tenar aveva avuto un diavolo per capello, e Ged e Therru, saggiamente, rimasero zitti.

Tenar raggiunse i due uomini fermi accanto al cancello. — Venite per quegli agnelli, Townsend? Siete in ritardo di un anno; ma nel recinto ce n'è ancora qualcuno di quest'anno.

— Così mi diceva il padrone — rispose Townsend.

— Se lo dice lui — fece Tenar.

Nel sentire il tono di Tenar, la faccia di Scintilla si fece più scura che mai.

— Allora non voglio interrompere voi e il padrone — concluse lei, e stava per andarsene, quando Townsend disse: — Ho un messaggio per voi, Goha.

— La terza volta è quella buona.

— La vecchia strega, la conoscete, la vecchia Muschio, sta male. Quando ha saputo che venivo alla Valle di Mezzo mi ha detto: «Di' alla signora Goha che vorrei vederla prima di morire, se può passare di qui».

Proprio un avvoltoio, pensò Tenar, guardando con odio quel portatore di brutte notizie.

— Sta male?

— È moribonda — disse Townsend, con una specie di smorfia che voleva passare per cordoglio. — Si è ammalata questo inverno e continua a peggiorare, e così vorrebbe vedervi, prima di morire.

— Grazie del messaggio — disse Tenar seccamente, e si avviò verso casa. Townsend e Scintilla andarono a vedere le pecore.

Mentre preparavano la cena, Tenar disse a Ged e a Therru: — Devo andare.

— Certo — disse Ged. — Tutt'e tre, se vuoi.

— Verresti? — Per la prima volta nella giornata, il suo volto si rischiarò, le nubi temporalesche sparirono. — Oh — esclamò, — sono contenta. Non osavo chiederlo, pensavo che forse... Therru, hai voglia di rivedere la casetta di Ogion, per qualche giorno?

Therru rifletté per qualche istante, immobile. — Potrei vedere il mio albero di pesco — disse.

— Sì, e ci sono Erica... e Sippy... e Muschio... povera Muschio! Oh, desideravo ritornare lassù, ma non mi sembrava giusto. C'era la fattoria, e tutto il resto...

Le pareva che ci fosse anche un'altra ragione che le impediva di ritornare o anche soltanto di pensare a Re Albi; fino a quel momento non si era mai accorta che il suo desiderio di tornare in quel luogo fosse così forte; ma adesso quel vago timore che la bloccava scivolò via come un'ombra, come una parola dimenticata. — Mi chiedo se qualcuno si sia preso cura di Muschio, se abbia mandato a chiamare un guaritore. È l'unica guaritrice della zona sopra il Precipizio, ma a Porto Gont c'è gente in grado di aiutarla. Povera Muschio! Voglio andare da lei... oggi è troppo tardi per mettersi in viaggio, ma domattina, domattina presto. E il padrone di casa può prepararsi la colazione da solo!

— Imparerà — commentò Ged.

— Oh, no. Troverà qualche stupida donna che lo farà per lui. Ah! — Si guardò attorno, nella cucina, con aria feroce. — Mi dispiace lasciarle i vent'anni passati a lucidare questo tavolo. Spero almeno che abbia un po' di riconoscenza!

Scintilla portò a cena Townsend, ma il sensale non si volle fermare per la notte, anche se, naturalmente, gli venne offerto un letto come si faceva di solito con gli ospiti. Si sarebbe trattato di uno dei loro letti, però, e a Tenar non garbava l'idea: così fu lieta di vederlo andare via, in quella serata di primavera ancora chiara, per recarsi a dormire da certi suoi conoscenti che abitavano nel villaggio.

— Figliolo, domattina all'alba partiremo per Re Albi — disse a Scintilla. — Io, Falco e Therru.

Scintilla aveva un'espressione allarmata.

— Ve ne andate così, su due piedi?

— Be', tu te ne sei sempre andato e venuto così — gli ricordò la madre. — Ora, ascolta, Scintilla; questo è il salvadanaio di tuo padre. Ci sono sette pezzi d'avorio, e le cambiali del vecchio Bridgeman, che non pagherà mai perché non ha niente con cui pagarle. Questi quattro pezzi delle Andrades vengono dalle pelli di montone che Selce ha venduto per quattro anni al sarto delle navi di Valmouth, quando tu eri ancora ragazzo. I tre pezzi di Havnor ci sono stati pagati da Tholy per la fattoria del Torrente Alto. Avevo detto io a tuo padre di comprare quella fattoria, e l'ho aiutato a rimetterla in ordine e a venderla. Tengo io quei tre pezzi, perché me li sono guadagnati. Gli altri e la fattoria sono tuoi. Tu sei il padrone.

Il giovane alto e magro rimase immobile e continuò a fissare le monete contenute nella scatola.

— Prendili tutti — disse a bassa voce. — Non li voglio.

— Non mi occorrono. Ma ti ringrazio, figlio mio. Tieni i quattro pezzi delle Andrades, però. Quando ti sposerai, saranno il mio regalo per la sposa.

Rimise la scatola a posto: dietro il vassoio, nello scaffale più alto dell'armadio, dove l'aveva sempre tenuta Selce. — Therru, prepara tutte le tue cose, perché domattina partiremo presto.

— Quando ritornerete? — chiese Scintilla, e il tono della sua voce ricordò a Tenar che era sempre stato un bambino fragile e irrequieto. Ma rispose: — Non lo so, caro. Se avrai bisogno di me, verrò.

Andò a prendere le scarpe da viaggio e gli zaini. — Scintilla — lo chiamò. — Puoi farmi un favore?

Il giovane era andato a sedere vicino al fuoco. Aveva un'aria spaesata e immusonita. — Quale?

— Scendi a Valmouth, presto, e va' da tua sorella. Dille che sono ritornata a Re Albi. Dille anche che, se ha bisogno di me, me lo faccia sapere.

Scintilla annuì. Guardò Ged, che aveva già messo nello zaino le sue poche cose, con la rapidità e la precisione di una persona abituata a viaggiare, e che ora metteva i piatti nella credenza per lasciare in ordine la cucina. Fatto questo, si sedette davanti a Scintilla e infilò una corda nuova negli occhielli della sua sacca, per chiuderla in alto.

— C'è un nodo, che si usa per chiudere — disse Scintilla. — Un nodo da marinaio.

Ged gli porse la sacca, in silenzio, e guardò Scintilla che, senza parlare, gli insegnava il nodo.

— Tirando va su, vedi? — disse il giovane, e Ged annuì.

Quando lasciarono la fattoria, l'indomani mattina, era ancora buio e faceva freddo. Il sole si alzava tardi, sul versante occidentale del Monte di Gont, e finché non superò la grande massa del massiccio meridionale e non raggiunse le loro schiene, dovettero riscaldarsi camminando.

Therru camminava assai più in fretta dell'estate precedente, ma si trattava pur sempre di un viaggio di due giorni. Nel pomeriggio, Tenar chiese: — Ce la facciamo ad arrivare a Fontana delle Querce prima di sera? C'è una specie di locanda. Ricordi, Therru, ci siamo fermate a bere una tazza di latte.

Ged guardava con espressione assorta il fianco della montagna, sopra di loro. — Conoscevo un posto... — disse.

— Bene — rispose Tenar.

Poco prima della curva da cui si scorgeva Porto Gont, Ged lasciò la strada per inoltrarsi nella foresta che copriva il ripido pendio del monte. Il sole al tramonto illuminava di rosso e di oro le ombre fra un tronco e l'altro e quelle sotto i rami. Salirono per circa mezzo miglio, senza seguire un sentiero riconoscibile e si trovarono su una piccola radura coperta d'erba sul fianco della montagna, riparata dal vento, grazie a una parete di roccia che la chiudeva da un lato, e agli alberi che la circondavano. A nord si vedevano le vette delle montagne, e, oltre le cime dei grandi abeti, si scorgeva il mare a occidente. Nella radura regnava il più assoluto silenzio, tranne nei momenti in cui il vento soffiava tra gli alberi. Un'allodola di montagna cantò a lungo, dolcemente, tra i rami illuminati dal sole, prima di fare ritorno al suo nido nell'erba non calpestata.

I tre viandanti mangiarono pane e formaggio. Guardarono l'oscurità che saliva sulle montagne a partire dal mare. Poi si avvolsero nei mantelli e dormirono l'uno accanto all'altro. Nella notte, Tenar si svegliò. A poca distanza da loro, un gufo lanciava il suo richiamo: una nota dolce e prolungata, come quella di una campana, e il compagno, dall'alto della montagna, gli rispondeva come lo spettro della sua eco. Tenar si disse: — Voglio vedere le stelle che tramontano nel mare — ma si addormentò subito, con l'animo in pace.

Si svegliò nel grigio del mattino e vide che Ged, accanto a lei, si era messo a sedere, con il mantello ben stretto sulle spalle, e guardava in direzione dell'occidente, nel varco tra gli alberi. Il suo volto scuro era immobile, assorto nel silenzio, come Tenar lo aveva visto tanti anni prima, sulla spiaggia di Atuan. Tuttavia, diversamente da allora, non abbassava gli occhi, ma fissava l'orizzonte illimitato. Seguendo la direzione del suo sguardo, anche Tenar vide giungere il giorno, il trionfo del rosa e dell'oro che si riflettevano su tutto il cielo.

Ged si voltò verso Tenar, e lei gli disse: — Ti ho sempre amato, fin da quando ti ho visto la prima volta.

— Donatrice di vita — rispose lui, chinandosi a baciarla sulla bocca e sul petto. Lei lo abbracciò per un istante. Poi si alzarono, svegliarono Therru e proseguirono il cammino; ma quando raggiunsero gli alberi, Tenar si girò a guardare la piccola radura, come per chiederle di non tradire la felicità da lei provata in quel luogo.

Il primo giorno avevano pensato soltanto al viaggio, ma ora dovevano arrivare a Re Albi. Tenar pensò molto a Zia Muschio, chiedendosi che cosa le fosse successo, e se fosse davvero in punto di morte. Ma con il procedere della giornata, a mano a mano che il villaggio si avvicinava, faceva sempre più fatica a pensare a Muschio, o a qualsiasi altra cosa. Era stanca. Non le piaceva l'idea di rifare quel tragitto verso un moribondo. Arrivarono a Fontana delle Querce, scesero nella valle e poi risalirono. Ma nell'ultimo pezzo in salita, lungo e ripido, verso il Grande Precipizio, Tenar muoveva le gambe con fatica e aveva la mente confusa: pensava a una parola o a un'immagine finché questa non perdeva ogni significato, per esempio l'armadio con i piatti e le tazze, nella casa di Ogion, o le parole «delfino d'osso» (che le erano venute in mente nel vedere il sacchetto di fili d'erba contenente i giocattoli di Therru) e che continuavano a ripetersi all'infinito.

Ged aveva il passo regolare della persona abituata a camminare, e Therru gli teneva dietro, senza difficoltà: la stessa Therru che, un anno prima, era rimasta senza forze poco dopo avere iniziato la salita, e si era fatta portare in braccio. Ma quella volta aveva camminato molte più ore. E non era ancora guarita bene dalle ferite della punizione.

Tenar cominciava a sentirsi troppo vecchia per camminare così in fretta e in salita. Alla sua età, una donna doveva stare a casa, vicino al fuoco. Delfino d'osso, delfino d'osso. L'uomo d'osso e l'animale d'osso. Erano davanti a lei. La stavano aspettando. Lei era lenta e stanca. Risalì a fatica l'ultimo tratto e li raggiunse dove la strada toccava l'orlo del Precipizio. A sinistra c'erano i tetti di Re Albi, che declinavano verso il Precipizio stesso. A destra la strada che saliva al castello. — Da questa parte — disse Tenar.

— No — disse la bambina, indicando a sinistra il villaggio.

— Da questa parte — ripeté Tenar, e prese la strada di destra. Ged la seguì.

Salirono tra alberi di noce e prati verdi. Nel tardo pomeriggio il clima era caldo, quasi estivo; dagli alberi si levò il richiamo degli uccelli. Da quelli vicini, ma anche da quelli lontani. L'uomo uscito dal grande castello venne verso di loro: l'uomo di cui Tenar non riusciva a ricordare il nome.

— Benvenuti! — disse, e si fermò sorridendo.

Anch'essi si fermarono.

— Che grandi personalità sono venute a onorare la casa del Signore di Re Albi — disse. *Tuaho? No, non si chiamava così. Delfino d'osso, animale d'osso, bambina d'osso.*

— Lord Arcimago! — Gli rivolse un profondo inchino, e Ged si inchinò a sua volta.

— E Lady Tenar di Atuan! — Davanti a lei, fece un inchino ancor più profondo, e la donna si inginocchiò sulla strada, abbassò la testa e posò prima le mani sulla terra e poi anche la faccia.

— Adesso, striscia — disse l'uomo, e lei cominciò a strisciare verso di lui.

— Fermati — disse l'uomo, e lei si fermò.

— Puoi parlare? — chiese l'uomo, e lei non rispose, perché non le venne alle labbra alcuna parola, ma Ged rispose, con il suo solito tono pacato: — Sì.

— Dov'è il mostro?

— Non lo so.

— Pensavo che la strega portasse con sé il suo demone di famiglia. Ma ha portato te, invece. Il Lord Arcimago Sparviero. Che meraviglioso sostituto! L'unica cosa che posso fare a mostri e streghe è liberare il mondo della loro presenza. Ma a te, che una volta eri un uomo, posso parlare; tu sei in grado di parlare razionalmente, almeno. E puoi capire la tua punizione. Ti credevi al sicuro, suppongo, con il tuo re sul trono, e il mio padrone - il *nostro* padrone - sconfitto. Pensavi di averla avuta vinta, e di avere distrutto la promessa di una vita eterna, vero?

— No — disse Ged.

Tenar non poteva vederli. L'unica cosa che vedeva era la terra, davanti ai suoi occhi; la stessa terra di cui sentiva il sapore in bocca. Udì Ged rispondere: — «Nella morte è vita».

— Bla, bla, cita i canti, Maestro di Roke... maestrino di scuola! Che divertente spettacolo, il grande Arcimago vestito da pastore, e non una briciola di magia dentro di lui... non una sola parola di Potere. Puoi fare un incantesimo, Arcimago? Uno piccolissimo, un piccolo incantesimo di illusione? No? Neppure una parola? Il mio padrone ti ha sconfitto. Adesso l'hai capito? Non l'hai vinto. Il suo Potere è vivo! Potrei tenerti vivo qui, per un po' di tempo, per mostrarti quel Potere... il mio Potere. Per mostrarti il vecchio in cui ho vinto la morte... e potrei usare la tua vita per continuare a farlo, se ne avessi bisogno... e per vedere che il tuo re ficcanaso farà la figura del pagliaccio, con i suoi cortigiani pieni di smancerie e i suoi maghi idioti che cercano una donna. Farci comandare da una donna! Ma il comando è qui, il Potere è qui, in questo castello. Per tutto l'anno ho raccolto attorno a me uomini, gente che conosce il vero Potere. Alcuni vengono da Roke, da sotto il naso dei maestri. E da Havnor, da sotto il naso di quel cosiddetto Figlio di Morred, che vuole farsi comandare da una donna: il nostro re, che si crede talmente al sicuro da potersi chiamare con il suo nome vero. Conosci il mio nome, Arcimago? Ti ricordi di me, quattro anni fa, quando tu eri il grande Maestro dei Maestri, e io ero un umile studente di Roke?

— Ti chiamavi Pioppo — rispose la voce paziente.

— E il mio nome vero?

— Non conosco il tuo nome vero.

— Oh, non lo conosci! E non puoi trovarlo? I maghi non conoscono tutti i nomi?

— Io non sono un mago.

— Oh, ridimmelo!

— Io non sono un mago.

— Mi piace sentirtelo dire. Ripetilo.

— Io non sono un mago.

— Ma io lo sono.

— Sì.

— Dillo bene!

— Tu sei un mago.

— Ah! È davvero meglio di quanto sperassi! Ho gettato l'amo per pescare l'anguilla, e invece ho preso la balena! Vieni, allora, vieni a conoscere i miei amici. Tu puoi camminare, lei può strisciare.

E così salirono al castello del Signore di Re Albi e oltrepassarono la sua soglia, e Tenar percorse tutta la strada sulle mani e sulle ginocchia, e così rimase salendo i gradini di marmo davanti alla porta, e lungo i pavimenti di marmo dei corridoi e delle stanze.

L'interno del castello era buio, e quel buio entrò anche nella mente di Tenar, che capì sempre meno di quel che veniva detto. Solo alcune parole e alcune voci le giunsero chiaramente. Capiva quel che diceva Ged: quando Ged parlava, lei pensava al suo nome, e si afferrava mentalmente a esso. Ma Ged non parlava che raramente, solo per rispondere all'uomo che non si chiamava Tuaho. Questi, di tanto in tanto, si rivolgeva anche a lei, chiamandola cagna. — È la mia nuova cagna — diceva agli altri - numerosi altri, laggiù nell'oscurità, dove le candele proiettavano ombre -, — e guardate com'è addestrata bene! Rotola, cagna! — Lei rotolò su se stessa, e gli uomini risero.

— Aveva anche un cucciolo, una femmina — disse l'uomo, — e volevo darle il resto della punizione, perché è bruciata solo da una parte. Ma invece mi ha riportato un uccello che ha catturato, uno sparviero. Domani gli insegneremo a volare.

Altri parlarono, ma Tenar non era più in grado di capire le parole.

Le legarono qualcosa al collo, e la fecero salire a quattro zampe su un'altra scala, finché non entrò in una stanza che puzzava di orina, di carne andata a male e di fiori dolciastri, marci. Una mano gelida, simile a una pietra, la colpì debolmente sulla testa: qualcuno cominciò a sghignazzare una risata che ricordava il cigolio di una vecchia porta spinta avanti e indietro. Poi le diedero un calcio e le fecero percorrere a quattro zampe altri corridoi. Non riusciva a muoversi abbastanza in fretta, e allora le diedero altri calci, sul petto e sulla bocca. Una porta si chiuse pesantemente, e da allora in poi scese il silenzio. E il buio. sentì piangere qualcuno, e pensò che fosse la bambina, la sua bambina. Pregò che la bambina non piangesse più. Finalmente non sentì più nulla.

TEHANU

Alla biforcazione, la bambina aveva preso a sinistra e aveva fatto parecchia strada prima di guardarsi indietro, nascosta dietro la siepe fiorita.

L'uomo chiamato Pioppo - il cui nome vero era Erisen, e che a lei appariva come una fiamma di tenebra con tante lingue guizzanti - aveva legato suo padre e sua madre: lei nella lingua, lui nel cuore, e li portava nel luogo dove si nascondeva abitualmente. Il puzzo di quel luogo era rivoltante, ma la bambina li seguì per un breve tratto per vedere che cosa facesse l'uomo.

Li fece entrare e chiuse la porta alle loro spalle. Era di pietra. Lei non poteva superarla.

Avrebbe avuto bisogno di volare, ma lei non poteva farlo; lei non era di quelli con le ali.

Attraversò di corsa i campi, più in fretta che poté, e oltrepassò la casa di Zia Muschio, la casa di Ogion e quella delle capre, avviandosi lungo il sentiero che passava sull'orlo del Precipizio, dove lei non doveva andare perché non poteva vederlo con un occhio solo. Ma questa volta fu molto attenta. Guardò con attenzione, con l'occhio sano. Si fermò sull'orlo. L'acqua era molto distante, sotto di lei, e il sole tramontava in lontananza. Guardò verso occidente con l'altro occhio, e chiamò con l'altra voce, pronunciando il nome che aveva sentito nei sogni di sua madre.

Non attese una risposta, ma si voltò subito e tornò indietro: prima passò davanti alla casa di Ogion, e si fermò a vedere se il suo pesco era spuntato. Sul vecchio albero c'erano molte pesche, piccole e verdi, ma non c'era traccia della sua piantina. Le capre se l'erano mangiata. O era morta perché lei non l'aveva innaffiata tutti i giorni. Si fermò per qualche momento a guardare il terreno, nel punto dove aveva seminato, poi trasse un lungo respiro e tornò verso la casa di Zia Muschio, attraverso i campi.

I polli che stavano andando a dormire starnazzarono e volarono da tutte le parti, protestando al suo ingresso. La capanna era buia e carica di odori. — Zia Muschio? — chiese lei, con la voce che usava per quelle persone.

— Chi c'è?

La vecchia era a letto e si nascondeva. Era spaventata e cercò di fare un muro di difesa attorno a sé per allontanare tutti, ma la cosa non funzionò. Non era abbastanza forte.

— Chi è? Oh, cara, la mia povera bambina bruciata, la mia bella bambina. Che cosa fai qui? E dov'è tua madre? È qui? È venuta? Non entrare, non entrare, cara, c'è una maledizione su di me, cara, quell'uomo ha maledetto questa povera vecchia, non avvicinarti!

Pianse. La bambina tese la mano e la toccò. — Sei fredda — disse.

— Tu sei come il fuoco, piccola, la tua mano mi brucia. Oh, non guardarmi! Mi ha fatto marcire la pelle, e raggrinzire, e poi marcire di nuovo, ma non mi vuole lasciar morire... Ha detto che servivo a farti venire qui. Ho cercato di morire, ma lui mi teneva in suo Potere, mi ha fatto vivere contro la mia volontà, non mi ha permesso di morire, oh, fammi morire!

— Non devi morire — disse la bambina, corrucciata.

— Cara — sussurrò la vecchia, — cara... chiamami con il mio nome.

— Hatha — disse la bambina.

— Oh, lo sapevo... Liberami, cara!

— Devo aspettare — disse la bambina. — Finché non arriverà.

La strega si calmò, respirò senza dolore. — Finché non arriverà chi, cara?

— La mia gente.

In quella della bambina, la mano grossa e fredda della strega sembrava un fascio di stecchi. Lei la tenne con fermezza. Adesso, all'esterno della capanna era buio come all'interno. Hatha, che veniva chiamata Muschio, si addormentò, e alla fine anche la bambina, seduta sul pavimento accanto al suo paglericcio, e con una gallina appollaiata accanto, si assopì.

Gli uomini arrivarono quando giunse la luce del giorno. Lui disse: — Su, cagna! Su! — Lei si mise a quattro zampe, e l'uomo rise, dicendo: — Sulle zampe di dietro! Sei una cagna intelligente, puoi camminare sulle zampe di dietro, no? Così, bene. Fa' finta di essere umana! Abbiamo molta strada da fare. Vieni! — Aveva ancora la corda al collo, e lui la tirò. Lei lo seguì.

— Ecco, tieni tu il guinzaglio — disse, e ora fu lui - l'uomo che lei amava, ma di cui non ricordava più il nome - a tenere la corda.

Uscirono dal castello buio. La bocca di pietra sbadigliò per lasciarli passare e poi si serrò di nuovo dietro di loro.

L'uomo stava sempre dietro di lei e dietro l'uomo che teneva la corda. Poi venivano altre tre o quattro persone.

I campi erano argentati dalla rugiada. La montagna era una macchia scura sullo sfondo pallido del cielo. Dagli alberi e dalle siepi, gli uccelli avevano preso a cantare sempre più forte.

Arrivarono sull'orlo del mondo e camminarono lungo di esso finché non giunsero in un punto dove il terreno era costituito unicamente di roccia e il bordo era molto stretto. Sulla roccia c'era una linea; lei la fissò.

— Lui può darle una spinta di incoraggiamento — disse l'uomo. — Poi lo sparviero può volare, tutto da solo.

Le tolse la corda che aveva attorno al collo.

— Va' avanti, e fermati sul ciglio — le ordinò l'uomo. Lei seguì la linea incisa sulla pietra, fino all'orlo. Sotto di lei, c'era solo il mare, e nient'altro. E davanti a lei c'era l'aria infinita.

— Adesso, Sparviero le darà una spinta — annunciò l'uomo. — Però, prima, forse lei avrà da dire qualcosa. Ha tante cose da dire. Le donne ne hanno sempre. Non avete niente da dirci, Lady Tenar?

Lei non era in grado di parlare, ma indicò il cielo, al di sopra del mare.

— Un albatro — disse.

E scoppiò a ridere.

Nell'infinito abisso della luce, dalla porta del cielo, volava un drago coperto di un'armatura di scaglie. Nel volo, le spire della coda si annodavano e si scioglievano, e il suo passaggio era segnato da una scia di fumo.

— Kalessin! — gridò la donna, e poi si girò verso Ged, lo afferrò per il braccio e lo gettò a terra, mentre sopra di loro passavano il ruggito del fuoco, il sibilo dell'aria sulle ali tese, il clangore degli artigli, lunghi e sottili come falci.

Dal mare si levava una brezza leggera. Un piccolo cardo, che cresceva in una spaccatura della roccia, vicino alla mano di Tenar, continuava ad alzare e ad abbassare la testa, come per dare il suo assenso al vento che giungeva dal mare.

Ged sedeva accanto a lei. Tutt'e due erano inginocchiati sulla roccia, e davanti a loro c'era il drago.

Li guardò di sghembo, con uno dei suoi occhi gialli.

Ged parlò con voce roca e tremante, nella lingua del drago. Anche Tenar fu in grado di comprendere le parole, che erano semplicemente: — Ti ringraziamo, Antichissimo.

Guardando Tenar, il drago disse, con voce fragorosa (e alla donna venne in mente una spazzola di metallo fatta strisciare su un gong): — *Aro* Tehanu?

— La bambina — disse Tenar. — Therru! — si mosse per cercare la bambina, e la vide sulla sporgenza rocciosa tra la montagna e il mare: stava venendo verso di loro. Verso il drago.

— Non correre, Therru! — esclamò, ma la bambina l'aveva già vista e correva, correva verso di lei. Finirono l'una nelle braccia dell'altra.

Il drago voltò l'enorme testa color ruggine e le fissò con tutt'e due gli occhi. Le froge enormi rosseggiavano di fuoco; da esse si innalzavano volute di fumo grigio. Il calore del suo corpo arrivava fino a loro, più forte della brezza marina.

— Tehanu — disse il drago.

La bambina si voltò a guardarlo.

— Kalessin — disse.

Poi Ged, che era rimasto in ginocchio fino a quel momento, si alzò. Tremava ancora, e dovette afferrarsi alla mano di Tenar per mantenere l'equilibrio. Rise. — Adesso so chi ti ha chiamato, Antichissimo! — disse.

— Sono stata io — disse la bambina. — Non sapevo che cos'altro fare, Segoy.

Continuava a guardare il drago, e parlava nella lingua dei draghi, con le parole della Creazione.

— Hai fatto bene, figliola — rispose il drago. — Ti cercavo da molto tempo.

— E adesso dobbiamo andare laggiù? — chiese la bambina. — Dove ci sono gli altri, sul vento diverso da questo?

— Vuoi lasciare queste persone?

— No — rispose la bambina. — Non possono venire?

— No, non possono. La loro vita è qui.

— Resterò con loro — disse la bambina, trattenendo il fiato.

Kalessin si voltò dall'altra parte, ed esplose nella sua immensa risata - o moto di disprezzo, o di gioia, o di collera - simile alla vampata che scaturisce da una fornace. — Aah! — Poi, tornando a guardare la bambina: — Va bene. Qui, hai del lavoro da fare.

— Lo so — rispose la bambina.

— Ritornerò a prenderti — promise Kalessin. — A tempo debito. — E poi aggiunse, rivolto a Ged e Tenar: — Vi affido mia figlia, come voi mi affidereste la vostra.

— A tempo debito — gli ricordò Tenar.

Kalessin chinò leggermente l'immensa testa, e l'enorme bocca dai denti lunghi come scimitarre si piegò agli angoli in una specie di sorriso.

Poi Ged e Tenar fecero qualche passo indietro, con Therru; il drago si voltò, tra lo sferragliare dell'armatura trascinata sulla roccia, appoggiò con cura le zampe armate di lunghi artigli, e dietro si rannicchiò come un gatto, e poi si lanciò in volo. Le ali si allargarono alla luce del nuovo giorno, rosse come il sangue, ricche di venature; e gli aculei della coda strisciarono sulla roccia, finché il drago non si librò nell'aria: come un gabbiano, come una rondine, come un puro pensiero.

Dove fino a pochi attimi prima c'era il drago, adesso si scorgeva solo qualche frammento bruciacchiato di stoffa e di cuoio, e altre cose.

— Andiamo via — disse Ged.

Ma la donna e la bambina non riuscivano a staccare lo sguardo da quelle cose.

— Sono figurine d'osso — disse poi Therru. Solo allora la bambina distolse lo sguardo e si avviò, camminando davanti all'uomo e alla donna, lungo lo stretto sentiero.

— La sua lingua — disse Ged. — La sua lingua materna.

— Tehanu — disse Tenar. — Il suo nome è Tehanu.

— Le è stato assegnato dal Datore di Nomi.

— È sempre stata Tehanu, fin dall'inizio.

— Venite! — disse la bambina, girandosi verso di loro. — Zia Muschio sta male.

Finalmente poterono trasportare Muschio alla luce e all'aria, lavarle le piaghe e bruciare le lenzuola sudicie del letto, mentre Therru andava a casa di Ogion a prendere la biancheria pulita. Oltre alla biancheria Therru portò anche Erica, la pastorella, e con il suo aiuto sistemarono di nuovo la vecchia sul letto, circondata dalle sue galline; Erica andò a prendere qualcosa da mangiare.

— Qualcuno dovrebbe andare a Porto Gont, a chiedere del mago, perché si prenda cura di Muschio: può ancora guarire. E perché vada al castello. Il vecchio, adesso, potrà morire; e il nipote potrà vivere, se il castello verrà ripulito... — Ged si sedette sulla soglia della casa di Muschio, appoggiò la testa allo stipite, in un punto illuminato dalla luce del sole, e chiuse gli occhi. — Che cos'è che ci spinge a fare le cose che facciamo? — si chiese.

Tenar si lavava il viso, le braccia e le mani in un catino di acqua pulita che lei stessa aveva attinto al pozzo poco prima. Quando ebbe finito, si guardò attorno. Ged, completamente esausto, si era addormentato, con la faccia rivolta al sole del mattino. Tenar si sedette accanto a lui e appoggiò la testa sulla sua spalla. *Siamo davvero salvi?* si chiese. *Come avremo fatto a salvarci?*

Guardò la mano di Ged, non più stretta a pugno, ma aperta sul gradino di terra battuta. Pensò al cardo che annuiva nel vento, alla zampa del drago, irta d'artigli, e alle sue scaglie rosse e dorate. Era semiaddormentata quando la bambina si venne a sedere accanto a lei.

— Tehanu — mormorò.

— Il mio alberello è morto — le disse la bambina.

Dopo qualche istante, la mente stanca e sonnolenta di Tenar comprese e si destò abbastanza per rispondere. — Ci sono pesche sull'albero grande?

Parlavano piano, per non svegliare l'uomo addormentato. — Solo piccole e verdi.

— Matureranno, dopo la Grande Danza. Tra poco.

— Potremo piantarne un'altra?

— Più di una, se vuoi. La casa è a posto?

— È vuota.

— Andiamo a vivere là? — Si svegliò un po' di più, e appoggiò il braccio sulla spalla della bambina. — Ho del denaro — spiegò. — Quanto basta per comprare un gregge di capre, e anche il pascolo invernale di Turby, se è ancora in vendita. Ged sa dove portarle in montagna, d'estate... Chissà se la lana che abbiamo messo da parte è ancora qui? — Mentre lo diceva, pensò: *abbiamo lasciato i libri, i libri di Ogion! Sulla mensola del focolare, alla Fattoria delle Querce... Li abbiamo lasciati a Scintilla, che, poveretto, non si sognerebbe di leggerne neppure una parola!*

Ma non le parve una cosa grave. C'erano nuove cose da imparare, senza dubbio. E in qualsiasi momento avrebbe potuto mandare qualcuno a prenderli, se Ged ne avesse avuto bisogno. E a prendere il suo arcolaio. Oppure, ci sarebbe potuta andare lei stessa, il prossimo autunno, approfittandone per fare visita al figlio, per chiacchierare un po' con Lodola, e per stare qualche giorno con Melina. Però, occorreva seminare immediatamente l'orto di Ogion, se volevano mangiarne la verdura quell'estate. Ricordò i filari di fagioli e il profumo delle loro infiorescenze. Pensò alla piccola finestra d'occidente. — Penso che potremo davvero vivere quassù — disse.

I VENTI DI EARTHSEA

Nell'Ovest oltre l'Ovest oltre la terra
la mia gente sta danzando sull'altro vento.

Canzone della donna di Kernay

RIPARANDO LA BROCCA VERDE

Vele lunghe e bianche come ali di cigno portarono la nave *Farflyer* nell'aria estiva, attraverso la baia, dalle scogliere dette Braccia della Rupe verso Porto Gont. L'imbarcazione scivolò sull'acqua cheta oltre il molo, una creatura del vento così sicura e aggraziata che un paio di cittadini intenti a pescare sul vecchio pontile la accolse acclamando, agitando la mano per salutare i membri dell'equipaggio e l'unico passeggero in piedi a prua.

L'uomo era di corporatura sottile, con uno zaino smilzo e un vecchio mantello nero, probabilmente uno stregone o un modesto commerciante, non certo una persona ragguardevole. I due pescatori osservarono il trambusto sul molo e sul ponte della nave mentre la *Farflyer* si preparava a scaricare le stive, e si limitarono a lanciare un'occhiata al passeggero con scarsa curiosità quando questi lasciò la nave e uno dei marinai fece un gesto alle sue spalle, pollice e indice e mignolo della mano sinistra puntati tutti verso di lui, a significare: *Mi auguro di non vederti mai più!*

L'uomo esitò sul molo, mise in spalla lo zaino e s'incamminò per le strade di Porto Gont. Erano vie piene di attività, e subito giunse al mercato del pesce, tra schiamazzi di venditori e clienti che contrattavano, avanzando sulle pietre del selciato luccicanti di squame e di acqua salmastra.

Se aveva una direzione da seguire, ben presto si smarrì in mezzo ai carretti e alle bancarelle, alla folla e agli occhi spenti del pesce morto.

Una vecchia piuttosto alta si scostò da una bancarella dopo avere oltraggiato la freschezza delle aringhe e la veridicità della pescivendola. Vedendo che la donna lo fissava torva, lo straniero chiese male accorto: — Sareste così gentile da indicarmi che strada prendere per andare a Re Albi?

— Diamine, vai ad affogarti in una pozza di broda per maiali, tanto per cominciare — sbottò la vecchia, e si allontanò a grandi passi, lasciando l'uomo stupefatto. Ma la pescivendola, approfittando della circostanza per dimostrare la propria virtù, vociò: — Re Albi, eh? Vuoi andare a Re Albi, eh? Basta chiedere! La casa del vecchio mago, ecco cosa cerchi a Re Albi, secondo me. Sì, dev'essere così. Bene, vai a quell'angolo e poi sali per via delle Anguille finché non arrivi alla torre...

Dopo che lo straniero ebbe lasciato il mercato, strade ampie in salita lo portarono oltre la massiccia torre d'osservazione, fino a una porta della città. Due draghi di pietra a grandezza naturale sorvegliavano il passaggio, denti lunghi quanto il suo avambraccio, occhi scolpiti che fissavano torvi e ciechi la città e la baia.

Una sentinella in ozio gli disse che, girando a sinistra in cima al viale, si sarebbe trovato a Re Albi. — Proseguite e attraversate il villaggio per raggiungere la casa del vecchio mago — aggiunse il guardiano.

Così il forestiero arrancò lungo la strada, piuttosto ripida, e camminando osservò i pendii più scoscesi e il picco lontano del Monte di Gont, che sovrastava l'isola.

La via era lunga ed era una giornata assai calda. Ben presto l'uomo si tolse il mantello nero e proseguì a capo scoperto in maniche di camicia: non aveva pensato di procurarsi dell'acqua o comprare del cibo, forse per un eccesso di diffidenza e ritrosia, essendo un uomo che non aveva dimestichezza con le città e che non si sentiva a proprio agio con gli sconosciuti.

Dopo parecchie miglia raggiunse un carro che aveva visto a lungo davanti a sé sulla strada polverosa, come una macchia scura in una nuvola di polvere.

Il carretto cigolava e scricchiolava, trainato lentamente da un paio di piccoli buoi che parevano vecchi, rassegnati e grinzosi come tartarughe. Lo straniero salutò il carrettiere, che assomigliava ai suoi animali. Quello non disse nulla, ma batté le palpebre.

— Per caso, non c'è una sorgente lungo la strada? — chiese il forestiero.

L'altro scosse lentamente la testa. Trascorso un lungo momento, disse: — No. — E, alcuni istanti dopo, soggiunse: — Non c'è nessuna sorgente.

Proseguirono entrambi, arrancando. Scoraggiato, lo straniero stentava a procedere più veloce dei buoi; l'andatura era di circa un miglio all'ora, forse.

A un certo punto si rese conto che il carrettiere, muto, gli stava porgendo qualcosa: una grossa brocca di creta, fasciata di vimini. La prese e, constatato che era molto pesante, bevve a volontà; quando la restituì, ringraziando, il peso della brocca era diminuito pochissimo.

— Salite — disse quello poco dopo.

— Grazie. Continuo a piedi. Quanto dista ancora Re Albi?

Le ruote cigolarono. I buoi fecero un sospiro profondo, prima uno, poi l'altro. La loro pelle impolverata aveva un odore gradevole sotto il sole caldo.

— Dieci miglia — rispose il carrettiere. Poi rifletté, e disse: — O dodici... — Dopo una pausa, concluse: — Non meno di una dozzina.

— Meglio che continui a piedi, allora — fece lo straniero.

Ristorato dall'acqua, riuscì a distanziare i buoi, ma gli animali, il carro e il carrettiere erano ormai parecchio indietro quando sentì l'uomo che nuovamente gli si rivolgeva. — State andando dal vecchio mago — disse.

Se era una domanda, non sembrava richiedere una risposta. Il viaggiatore proseguì.

Quando aveva imboccato la strada, vi si posava ancora la grande ombra della montagna, ma, quando il forestiero girò a sinistra verso il piccolo villaggio che immaginava fosse Re Albi, il sole sfolgorava nel cielo a occidente, e sotto di esso il mare era come acciaio.

C'erano casette sparse, una piccola piazza polverosa, una fontana da cui zampillava un rivoletto d'acqua. Lo straniero si diresse verso di essa, bevve più volte unendo le mani a coppa, mise la testa sotto lo zampillo, si strofinò i capelli con l'acqua fresca e lasciò che gli scorresse lungo le braccia; si sedette poi sul bordo di pietra della fontana, osservato in silenzio e con attenzione da tre ragazzini sporchi, due maschi e una femmina.

— Non è il maniscalco — disse uno di loro.

Il viaggiatore si pettinò i capelli bagnati, con le dita. — Andrà a casa del vecchio mago, stupido — esclamò la ragazzina.

— Iaauuhh! — fece il bambino, e torse la faccia in una smorfia orribile tirandola con una mano, mentre con l'altra artigliava l'aria.

— Attento, Stony — disse il secondo ragazzino.

— Vi porto là — propose la bambina al viaggiatore.

— Grazie — annuì lo straniero, e si alzò stancamente.

— Non ha nessun bastone, vedi? — disse uno dei due maschi,

e l'altro replicò: — Mai detto il contrario. — Con occhi cupi, osservarono entrambi il forestiero che seguiva la bambina e usciva dal villaggio. Si muovevano verso un sentiero che andava a nord passando tra pascoli rocciosi che digradavano erti a sinistra.

Il sole sfolgorava sul mare. Lo straniero era abbagliato, e l'orizzonte elevato e il vento che soffiava gli procuravano un senso di vertigine. La ragazzina era una piccola ombra saltellante davanti a lui. L'uomo si fermò.

— Andiamo — lo esortò lei, ma si fermò a sua volta. Lui la raggiunse lungo il sentiero. — È là — indicò.

Lo straniero vide una casa di legno vicino all'orlo della scogliera, ancora un po' distante.

— Io non ho paura — disse la ragazzina. — Vado a prendere le loro uova spessissimo, e poi il padre di Stony le porta al mercato. Una volta lei mi ha dato delle pesche: la vecchia signora. Stony dice che le ho rubate, ma io non rubo mai. Su, andate. Lei non c'è. Non c'è nemmeno l'altra.

Rimase immobile, indicando la casa.

— Non c'è nessuno, là?

— C'è il vecchio. Il vecchio Sparviero.

L'uomo proseguì. La bambina restò a osservarlo finché lui non scomparve dietro l'angolo della casa.

Due capre fissarono lo straniero da un ripido campo cintato. Un gruppetto di galline e pulcini beccava e pigolava sommessamente qui e là nell'erba alta sotto peschi e susini. Su una scaletta appoggiata al tronco di un albero c'era un uomo; la testa era nascosta dalle foglie, e il viaggiatore vide solo le sue gambe brune e nude.

— Salve — disse, ripetendo poco dopo il saluto e alzando un poco la voce.

Le foglie si mossero, e l'uomo scese svelto dalla scala. Reggeva una manciata di susine e, quando si staccò dalla scala, scacciò un paio di api attirate dai frutti. Si avvicinò; era basso, con la schiena dritta e i capelli grigi legati sulla nuca, aveva una bella faccia segnata dal tempo che dimostrava una settantina d'anni. Vecchie cicatrici, quattro linee bianche, andavano dallo zigomo sinistro alla mascella. Il suo sguardo era limpido, franco, intenso. — Sono mature... anche se domani saranno ancora più buone — disse. E porse la manciata di piccole susine gialle.

— Lord Sparviero — esordì rauco lo straniero. — Arcimago...

Il vecchio annuì brusco. — Vieni all'ombra.

L'uomo lo seguì e fece quello che l'anziano lo invitò a fare: si sedette su una panca di legno all'ombra dell'albero nodoso più vicino alla casa; accettò la frutta, adesso sciacquata e servita in un cesto, e ne assaggiò un po'. Interrogato, ammise di non aver mangiato nulla quel giorno. Rimase seduto mentre il padrone di casa entrava nell'abitazione e usciva poco dopo con pane e formaggio e mezza cipolla. L'ospite mangiò e bevve una tazza d'acqua fresca portatagli dal vecchio, il quale prese qualche susina per fargli compagnia.

— Sembri stanco. Da dove arrivi?

— Da Roke.

L'espressione del vecchio era difficile da interpretare. Si limitò a dire: — Non l'avrei mai immaginato.

— Io sono di Taon, signore. Sono andato a Roke, e là il Maestro degli Schemi mi ha detto di venire qui. Da voi.

— Perché? — chiese il vecchio con uno sguardo che incuteva timore.

— Perché voi avete attraversato vivo la Terra Tenebrosa. — La voce rauca dello straniero si spense.

Il vecchio terminò la frase. — *E sono giunto ai lidi lontani del giorno.* Sì. Ma quella era una profezia che annunciava l'avvento del nostro re, Lebannen.

— Voi eravate con lui, signore.

— Certo. E lui ha acquisito il suo regno, là. Ma io, là, ho lasciato il mio. Quindi non chiamarmi con nessun titolo. Sparviero, soltanto. E io come devo chiamarti?

L'altro sussurrò il proprio nome d'uso: — Alder.

Il cibo, l'acqua, l'ombra e potersi sedere gli avevano chiaramente giovato, però aveva ancora un'aria esausta. C'era in lui una tristezza logorante; gli si leggeva chiaro sul viso.

Il vecchio si era rivolto con un tono tagliente, che però era scomparso quando disse: — Rimandiamo la discussione a un altro momento. Tu hai navigato per quasi mille miglia, e ne hai fatte quindici camminando in salita. E io devo innaffiare i fagioli, la lattuga e tutto il resto, dato che mia moglie e mia figlia hanno affidato a me la cura dell'orto. Quindi, riposa un poco. Possiamo parlare con il fresco della sera, o con il fresco del mattino. È raro che ci sia tutta la fretta che un tempo pensavo ci fosse.

Quando tornò mezz'ora dopo, il suo ospite dormiva sdraiato sull'erba fresca sotto i peschi.

L'uomo che era stato Arcimago di Earthsea si fermò con un secchio in una mano e una zappa nell'altra, e osservò lo straniero addormentato.

— Alder — bisbigliò. — Qual è il guaio che ti porti appresso, Alder?

Un tempo, se avesse voluto sapere il vero nome e la storia di quell'uomo, l'avrebbe scoperto semplicemente pensando, applicandosi con la mente, ma adesso non ci sarebbe riuscito, non era più un mago.

Non sapeva nulla di quell'Alder, e avrebbe dovuto aspettare che fosse lui stesso a raccontarglielo. *Mai disturbare i guai che dormono,* si disse, e ritornò a innaffiare l'orto.

Non appena la luce del sole fu bloccata dalla bassa parete di roccia che correva lungo la sommità della scogliera accanto alla casa, il fresco dell'ombra destò il dormiente. Allora si drizzò a sedere con un brivido, poi si levò in piedi, un po' indolenzito e confuso, con qualche filo d'erba tra i capelli. Vedendo che il padrone di casa stava riempiendo dei secchi al pozzo e li portava a fatica nell'orto, andò ad aiutarlo.

— Altri tre o quattro secchi dovrebbero bastare — disse l'ex Arcimago, dando acqua con parsimonia alla base di una fila di giovani cavoli. L'odore del terriccio bagnato era piacevole nell'aria secca e calda. La luce del sole che volgeva al tramonto formava chiazze dorate irregolari sul terreno.

Si sedettero su una lunga panca vicino alla porta della casa per assistere al calar del sole. Sparviero aveva portato fuori una bottiglia e due bicchieri tozzi e spessi di vetro verdognolo.

— Il vino del figlio di mia moglie — disse. — Viene dalla Fattoria delle Querce, nella Valle di Mezzo. Una buona annata, sette anni fa. — Era un vino rosso forte che riscaldò subito Alder. Il sole tramontò in un cielo limpido e tranquillo. Gli uccelli sugli alberi del frutteto emisero alcune note conclusive.

Alder era rimasto sbalordito quando aveva appreso dal Maestro degli Schemi di Roke che l'Arcimago Sparviero, l'uomo leggendario che aveva riportato a casa il re dal Mondo dei Morti e poi era volato via in groppa a un drago, era ancora vivo. — È vivo — lo aveva informato il Maestro degli Schemi, — e vive a Gont, la sua isola natia. Ti racconto cose di cui non molti sono a conoscenza — aveva continuato il Maestro, — perché penso tu debba saperle. E penso pure che manterrai il suo segreto.

— Ma allora è ancora Arcimago! — aveva esclamato Alder provando un senso di gioia; aveva infatti causato perplessità e preoccupazione in tutti gli uomini dell'arte il fatto che i saggi dell'Isola di Roke - la scuola e il centro della magia dell'Arcipelago -, in tutti gli anni del regno di re Lebannen, non avessero designato un nuovo Arcimago.

— No — aveva replicato il Maestro degli Schemi. — Non è affatto un mago.

Il Maestro gli aveva spiegato come e perché Sparviero avesse perso il proprio Potere, e Alder aveva avuto tempo di riflettere sull'accaduto. Eppure lì, al cospetto di quell'uomo che aveva parlato con i draghi e riportato l'Anello di Erreth-Akbe, attraversato il Mondo dei Morti, e governato l'Arcipelago prima del re, tutte quelle storie e quelle canzoni erano ben vive nella sua mente. Pur vedendolo vecchio, contento di curare l'orto, senza nessun Potere a parte quello di uno spirito arricchito da una lunga vita di pensiero e azione, Alder scorgeva tuttora in lui un grande mago. E dunque lo turbò notevolmente scoprire che Sparviero aveva una moglie.

Una moglie, una figlia, un figliastro! I maghi non avevano famiglia. Uno stregone comune come Alder poteva sposarsi, volendo, ma gli uomini che avevano il vero Potere erano celibi. Riusciva a immaginare quell'uomo in groppa a un drago, era abbastanza facile, ma pensare a lui come marito e padre era tutt'altro discorso. Non ci riusciva. Chiese: — Vostra moglie... È con suo figlio, allora?

Sparviero tornò da molto lontano. I suoi occhi stavano contemplando i golfi a occidente. — No — rispose. — È a Havnor. Con il re.

Dopo un po', ritornando del tutto in sé, aggiunse: — È andata là con nostra figlia subito dopo la Grande Danza. Lebannen le ha mandate a chiamare, per consultarle. Forse riguardo la stessa questione che ti ha condotto qui da me. Vedremo... Ma la verità è che questa sera sono stanco, e non molto propenso ad affrontare questioni gravose. E anche tu sembri stanco. Dunque, che ne dici di una scodella di zuppa, magari, e di un altro bicchiere di vino, e poi di una bella dormita? Parleremo domattina.

— Accetto con piacere, signore — rispose Alder. — A parte il sonno, perché è proprio quello che temo.

Il vecchio impiegò alcuni istanti per afferrare, poi però chiese: — Hai paura di dormire?

— Dei sogni.

— Ah! — Gli rivolse uno sguardo penetrante degli occhi scuri sotto le sopracciglia arruffate e ingrigite. — Mi pare che tu abbia schiacciato un bel pisolino là nell'erba...

— La più bella dormita che abbia fatto da quando ho lasciato l'Isola di Roke. Vi sono grato di questo dono, signore. Forse, questa notte dormirò ancora in pace. Quando non capita, però, lotto con i miei sogni, e grido, e mi sveglio, e sono di peso a chi dorme accanto a me. Dormirò fuori, se me lo consentite.

Sparviero annuì. — Sarà una notte gradevole — disse.

Infatti era una notte gradevole, fresca; il vento marino spirava mite da sud, le stelle estive rischiaravano tutto il cielo tranne là dove si stagliava l'ampia vetta scura del monte. Alder posò sull'erba, nel posto in cui aveva dormito, il paglericcio e la pelle di pecora che il padrone di casa gli aveva dato.

Sparviero si coricò nella piccola alcova sul lato occidentale della casa. Aveva dormito là da ragazzo, quando quella era la casa di Ogion e lui era suo apprendista mago. Tehanu aveva dormito là negli ultimi quindici anni, da quando era diventata sua figlia. Adesso che lei e Tenar erano partite, quando si coricava sul letto che di solito divideva con la moglie nell'angolo buio della camera si sentiva solo, perciò aveva cominciato a dormire nell'alcova. Gli piaceva il lettino stretto addossato allo spesso muro di legno della casa, proprio sotto la finestra. Dormiva bene, là. Non quella notte, però.

Prima di mezzanotte, destato da un grido, udendo voci all'esterno, si alzò con un balzo e andò alla porta. Era il suo ospite che lottava con un incubo, tra le proteste assonnate degli abitanti del pollaio. Alder urlò con la voce roca del sogno e poi si svegliò, sussultando in preda al panico e all'angoscia. Chiese scusa al vegliardo e disse che sarebbe rimasto a sedere un po' sotto le stelle. Allora Sparviero tornò a letto e non fu più risvegliato, ma fece a sua volta un brutto sogno.

Era in piedi accanto a un muro di pietra vicino alla sommità di un colle, un lungo pendio di erba secca grigia che scendeva perdendosi nell'oscurità. Sapeva di essere già stato nei pressi della muraglia, ma non sapeva quando, né che posto fosse. C'era qualcuno dall'altra parte della costruzione, il lato in discesa, non molto lontano. Non riuscì a vederne il volto, solo che si trattava di un uomo alto, con addosso un mantello. Sapeva di conoscerlo. L'uomo gli si rivolse usando il suo vero nome. Disse: — Presto sarai qui, Ged.

Raggelando fino al midollo, Sparviero si levò a sedere, tendendo lo sguardo per osservare lo spazio della casa attorno a sé, per avvolgersi dentro la realtà come in una coperta. Guardò dalla finestra le stelle. E allora il gelo gli penetrò nel cuore. Non erano i familiari astri estivi: il Carro, il Falco, i Danzatori, il Cuore del Cigno. Erano altre stelle, le stelle piccole e immobili della terraferma, che non sorgevano né tramontavano mai. Conosceva i loro nomi, un tempo, quando gli erano noti i nomi delle cose.

— Lungi! — disse a voce alta, e fece il gesto con cui si respingeva la sventura, lo aveva imparato quando aveva dieci anni. Andò con lo sguardo alla porta aperta della casa, all'angolo dietro lo stipite, e gli sembrò di vedere l'oscurità prendere forma, raggrumarsi ed ergersi.

Ma il suo gesto, pur privo di potere, lo svegliò. Le ombre dietro la porta erano solo ombre. Le stelle fuori dalla finestra erano le stelle di Earthsea, che impallidivano al primo riverbero dell'alba.

Si sedette, tenendo la pelle di pecora sulle spalle, osservando quelle stelle sbiadire e svanire a poco a poco, osservando a oriente il chiarore crescente, i colori della luce, i giochi e la metamorfosi del giorno imminente. Avvertiva in sé un senso di dolore, e non sapeva perché; un senso di angoscia e struggimento, come per qualcosa di caro e perso, perso per sempre. A quello era abituato: aveva perso molte cose care, ma quella tristezza era così grande che non sembrava appartenergli. Sparviero sentiva il dolore nel cuore stesso delle cose, un senso di agonia perfino nell'arrivo del giorno.

Era un residuo del brutto sogno, che non lo abbandonò neppure quando si alzò dal letto.

Accese un fuocherello nel grande camino, e si avvicinò ai peschi e al pollaio prima di preparare la colazione. Alder arrivò dal sentiero che correva a nord lungo la cresta del Precipizio, dicendo che era andato a fare una passeggiata ai primi albori del giorno. Sembrava spossato, e Sparviero fu colpito di nuovo dalla tristezza del suo volto, che rifletteva l'intenso stato d'animo lasciato dal sogno.

Consumarono una tazza dell'orzo denso riscaldato che la gente di campagna di Gont beveva, un uovo sodo, una pesca; mangiarono accanto al focolare, perché l'aria del mattino all'ombra della montagna era troppo fredda per sedere all'aperto. Sparviero si occupò del bestiame: diede da mangiare ai polli, sparse del grano per i colombi, lasciò uscire le capre perché andassero al pascolo. Quando tornò, si sedettero di nuovo sulla panca vicino alla porta. Il sole era ancora nascosto dietro il monte, ma adesso l'aria era secca e calda.

— Ora dimmi cosa ti porta qui, Alder. Ma, dato che sei passato a Roke, prima dimmi se le cose vanno bene nella Grande Casa.

— Non sono entrato là, signore.

— Ah! — fece Sparviero con tono neutro, ma con un'occhiata penetrante.

— Sono stato solo nel Bosco Immanente.

— Ah! — Ancora quel tono neutro. — Il Maestro degli Schemi sta bene?

— Mi ha detto: «Comunica al mio signore tutto il mio affetto e la mia stima, e digli che vorrei che camminassimo nel bosco insieme come eravamo soliti fare».

Sparviero sorrise con una certa mestizia. Dopo qualche istante, annuì: — Va bene, ma non ti ha mandato da me per dirmi soltanto questo, suppongo.

— Cercherò di essere breve.

— Amico, abbiamo tutto il giorno davanti a noi. E a me piacciono le storie raccontate dal principio.

Così Alder gli raccontò la propria dall'inizio.

Era il figlio di una strega, nato nella città di Elini, a Taon, l'Isola degli Arpisti.

Taon era all'estremità meridionale del Mare di Éa, non lontano da dove si trovava Soléa prima che il mare l'inghiottisse. Quello era il cuore antico di Earthsea. Tutte quelle isole avevano Stati e città, re e maghi, quando Havnor era una terra di tribù in lotta e Gont una landa selvaggia in cui regnavano gli orsi. Chi nasceva a Éa o Ebea, a Enlad o Taon, anche se era figlio di uno scavafossi o di una strega, si considerava discendente degli antichi maghi, appartenente alla stirpe dei guerrieri morti negli anni oscuri per la regina Elfarran. Spesso aveva quindi modi cortesi, pur se a volte era caratterizzato da un'eccessiva alterigia, un linguaggio nobile, uno spirito aperto, e la capacità di elevarsi al di sopra dei fatti mondani e della prosaicità, doti di cui diffidava chi invece aveva una mentalità mercantile. «Aquiloni senza corda che li trattenga», definivano tali persone i ricchi di Havnor. Ma non li apostrofavano a portata d'orecchio del re Lebannen della casa di Enlad.

Le migliori arpe di Earthsea erano costruite a Taon, dove c'erano scuole di musica. Molti cantori famosi delle ballate e delle gesta erano nati là, o vi imparavano la loro arte. Elini era solo una piccola città di collina, una cittadina con un mercato, ma senza musica, spiegò Alder, e sua madre, Mora, era una donna povera, anche se non così povera da patire la fame. Aveva una voglia, una macchia rossa che dal sopracciglio destro le scendeva fino alla spalla. Molte persone con simili difetti diventavano per forza streghe o stregoni, erano «destinate alla stregoneria», diceva la gente. Mora, dunque, imparò le formule magiche e sapeva fare gli incantesimi più comuni; non aveva una vera disposizione per l'arte, ma aveva un modo di fare accattivante che compensava in gran parte le sue scarse doti. Si guadagnava da vivere, e istruì il figlio come meglio poté. Risparmiò abbastanza da mandarlo come apprendista dallo stregone che diede al ragazzo il suo vero nome.

Del proprio padre, Alder non disse nulla. Non sapeva nulla. Mora non gli aveva mai parlato di lui. Anche se vivevano di rado in castità, era raro che le streghe stessero con un uomo per oltre un paio di notti, e raramente si sposavano. Molto più spesso, due di loro vivevano insieme per tutta la vita, e quel genere di unione era chiamato connubio di streghe o legame di femmine. Il figlio di una strega, quindi, aveva una madre o due madri, ma nessun padre. Era cosa risaputa, perciò Sparviero non chiese nulla a tale riguardo.

Volle però sapere del suo addestramento.

Lo stregone Sula gli aveva insegnato le poche parole della Lingua Vera che conosceva, e alcuni incantesimi di ritrovamento e di illusione, per cui Alder non aveva dimostrato nessuna attitudine. Sula si era interessato al ragazzo tanto da scoprire il suo vero dono: Alder era un riparatore. Sapeva ricongiungere, sapeva ricreare l'integrità delle cose. Un utensile rotto, una lama di coltello o una barra spezzata, una ciotola in frantumi... Alder era in grado di rimettere insieme i frammenti senza che rimanesse nessun segno, e l'oggetto tornava robusto come prima. Così il suo maestro lo aveva mandato in cerca di diversi incantesimi riparatori, che il giovane aveva trovato per lo più tra le streghe dell'isola, con cui aveva lavorato per imparare.

— È una specie di guarigione — commentò Sparviero. — Non è un dono da poco, né un'arte facile.

— Per me è una gioia — disse Alder, abbozzando un sorriso smunto. — Provare gli incantesimi, e a volte scoprire come usare una delle vere parole... Rimettere insieme una botte ormai rinsecchita, con tutte le doghe staccate dai cerchi... È un enorme piacere, vederla ricostruirsi, gonfiarsi fino ad assumere la curvatura giusta, e rimanere dritta, pronta ad accogliere il vino! C'era un arpista di Meoni, un grande arpista, oh, suonava con la forza di un temporale sulle colline, di una tempesta di mare. Maltrattava le corde dell'arpa, le pizzicava e le tirava, nell'impeto della sua arte, e le corde si spezzavano proprio nel momento culminante della musica. Così l'arpista mi assunse perché gli stessi accanto quando suonava, e quando rompeva una corda io la riparavo rapido come la nota stessa, e lui continuava a suonare.

Sparviero annuì con la cordialità di un collega che parla di lavoro. — Hai mai aggiustato il vetro? — domandò.

— Sì, ma è un lavoro lungo e poco piacevole — rispose Alder, — perché il vetro quando si rompe va in frantumi.

— Però un grosso buco nel calcagno di una calza può essere anche peggio — commentò Sparviero, e discussero per un po' dell'arte della riparazione, prima che Alder tornasse alla propria storia.

Era diventato un riparatore, dunque, uno stregone con una modesta clientela, noto localmente per il proprio talento. Quando aveva circa trent'anni, era andato nella città principale dell'isola, Meoni, con l'arpista, che doveva suonare là in occasione di un matrimonio. Una donna andò a cercarlo nel loro alloggio, una giovane, che non aveva mai fatto pratica come strega; aveva però un dono, disse lei, lo stesso dono di Alder, e desiderava che lui le insegnasse. In effetti, risultò più dotata di lui e, pur non sapendo una parola dell'Antica Lingua, era in grado di rimettere insieme una brocca rotta o di aggiustare una corda logora e sfilacciata semplicemente con qualche movimento delle mani e una canzone muta che intonava a bocca chiusa con un filo di voce. Aveva anche guarito arti spezzati di animali e persone, cosa in cui Alder non aveva mai osato cimentarsi.

Così, invece di diventare maestro e allieva, avevano unito le loro abilità insegnandosele a vicenda, arricchendo notevolmente le rispettive conoscenze. La giovane tornò a Elini e visse con la madre di Alder, la quale le insegnò diversi trucchi utili per presentarsi nel modo migliore e impressionare i clienti, anche se le trasmise ben poco quanto a conoscenze stregonesche vere e proprie. La giovane si chiamava Giglio; lei e Alder lavorarono insieme a Elini e in tutte le città collinari vicine, a mano a mano che la loro fama cresceva.

— E io m'innamorai di lei. — La sua voce era cambiata quando aveva cominciato a parlare della giovane, perdendo il tono esitante, facendosi concitata e melodiosa. — Aveva capelli scuri, con una lucentezza che andava sul rosso — aggiunse.

Gli era stato impossibile nascondere l'amore che provava, e lei se n'era resa conto e lo aveva corrisposto. Fosse stata o no una strega, spiegò Giglio, non le importava; disse che loro due erano nati per stare insieme, nel lavoro e nella vita, perciò lei lo amava e lo avrebbe sposato.

Così si sposarono, e vissero assai felici per un anno, e per la metà del secondo.

— Tutto andò per il meglio finché non giunse il momento della nascita del nostro bambino — raccontò Alder. — Il parto era in ritardo, troppo in ritardo. Le levatrici provarono a indurlo con erbe e incantesimi, ma era come se il bambino non volesse venire al mondo, non volesse separarsi da lei e nascere. E non nacque. Morì e fece morire anche la madre.

Trascorsi alcuni istanti, riprese: — Eravamo tanto felici...

— Me ne rendo conto.

— E il mio dolore fu pari alla gioia che avevamo conosciuto. — Il vecchio annuì.

— Sono riuscito a sopportarlo — continuò Alder. — Sapete come vanno le cose... Mi sembrava che a quel punto la mia vita non avesse più molto senso, ma sono riuscito a tollerare il dolore.

— Sì.

— Però in inverno, due mesi dopo la sua morte, feci un sogno. E nel sogno c'era lei.

— Racconta.

— Ero sul fianco di un colle. C'era un muro lungo la sommità dell'altura, che scendeva attraverso il pendio... un muro basso, come di confine tra i pascoli. Lei era dall'altra parte di esso, sotto di me, dove c'era più buio.

Sparviero annuì, ma la sua faccia era diventata una maschera di pietra.

— Mi stava chiamando. Udii la sua voce che pronunciava il mio nome e andai da lei. Sapevo che era morta, lo sapevo nel sogno, ma ero contento di andare... Non la vedevo bene, e andai da lei per osservarla meglio, per starle vicino. Lei tese le mani oltre il muro. Non era più alto del mio petto. Avevo pensato che avesse con sé il bambino, invece era sola. Era protesa verso di me, così io allungai le mani per prendere le sue.

— Vi siete toccati?

— Volevo andare da lei, però non riuscivo a superare il muro. Le mie gambe si rifiutavano di muoversi. Cercai di attirarla a me, anche lei desiderava venire, sembrava che potesse farlo, ma c'era quel muro tra noi. Impossibile superarlo. Così lei si sporse oltre l'ostacolo e mi baciò sulla bocca, pronunciando il mio nome e dicendo: «Liberami!»

— Pensai che chiamandola con il suo vero nome forse avrei potuto liberarla, portarla dalla parte del muro dove mi trovavo, allora dissi: «Vieni con me, Mevre!» Ma lei rispose: «Questo non è il mio nome, Hara, questo non è più il mio nome». Poi si staccò dalle mie mani, anche se tentai di tenerla stretta. Gemette: «Liberami, Hara!» Ma stava scendendo nell'oscurità. Era tutto tenebra, il pendio in basso sotto il muro. Io urlai il suo nome e il suo nome d'uso e tutti i nomi affettuosi con cui l'avevo vezzeggiata un tempo, ma lei continuava ad allontanarsi. E poi mi svegliai.

Sparviero lo fissò a lungo. — Mi hai rivelato il tuo nome, Hara — gli fece notare.

Alder parve un po' frastornato, e fece un paio di respiri profondi, poi alzò lo sguardo con un'espressione di mesto coraggio. — Siete la persona più fidata cui potessi rivelarlo, credo.

Sparviero lo ringraziò con aria solenne. — Cercherò di meritare la tua fiducia — dichiarò. — Dimmi, sai che luogo è quello... e cos'è quel muro?

— Allora non lo sapevo. Adesso so che voi l'avete attraversato.

— Sì. Sono stato su quel colle. E ho attraversato il muro, grazie al Potere e all'arte che un tempo possedevo. Sono sceso nel Mondo dei Morti e ho parlato a uomini che avevo conosciuto quando erano vivi, e a volte loro mi hanno risposto. Ma, fra tutti i grandi maghi della storia di Roke o Paln o Enlad, tu sei il primo uomo che abbia toccato e baciato la sua amata compagna al di là di quel muro.

Alder sedeva a capo chino, le mani serrate.

— Vuoi dirmi com'era il suo tocco? Le sue mani erano calde? Lei era ombra e aria gelida, o come una donna viva? Perdona le mie domande...

— Vorrei poter rispondere, mio signore. A Roke, l'Evocatore mi ha rivolto le stesse domande. Non sono in grado di rispondere in modo veritiero. Il mio struggimento per lei era così intenso, la desideravo a tal punto che... forse mi sono illuso che lei fosse com'era da viva. Però, non lo so. In sogno, non tutte le cose sono chiare.

— In sogno, no. Ma non ho mai sentito dire che qualcuno sia giunto a quel muro nel sonno. È un luogo che un mago può cercare di raggiungere, se deve, se ha imparato il modo e ha il Potere necessario. Ma, senza la conoscenza e il Potere, solo i morenti possono... — Sparviero s'interruppe, ricordando il sogno che aveva fatto la notte prima.

— Io pensavo fosse un sogno — disse Alder. — Era angoscioso, però mi era caro. Quella visione era straziante, eppure mi aggrappai a quel dolore, me lo tenni stretto. Lo volevo. E sperai di sognare ancora.

— È successo?

— Sì.

Alder volse gli occhi, senza vederla, verso la grande distesa azzurra di aria e di oceano a occidente rispetto al punto in cui sedevano. Basse e indistinte si scorgevano le colline assolate di Kamber; dietro di esse, il sole stava spuntando radioso sopra il versante nord della montagna.

— Fu nove giorni dopo il primo sogno. Mi ritrovai nello stesso luogo, però più in alto sulla collina. Vidi il muro sotto di me, attraverso il pendio. Scesi correndo, chiamando il suo nome, sicuro di vederla. C'era qualcuno laggiù. Ma, quando mi avvicinai, vidi che non era Giglio. Era un uomo, chino accanto al muro, come se lo stesse riparando. Gli chiesi dove fosse mia moglie, ma lui non rispose, né alzò il capo. Vidi che non stava lavorando per riparare il muro, ma cercava di demolirlo, provando a staccare con le dita una grossa pietra. Quella non si muoveva minimamente, allora lui disse: «Aiutami, Hara!» e nello stesso istante mi accorsi che era il mio Maestro, Sula, morto da cinque anni, l'uomo che mi aveva dato il nome. Continuava a tentare di smuovere la pietra con le dita, e si rivolse ancora a me, chiedendomi di aiutarlo, di liberarlo. Poi si drizzò e allungò la mano oltre il muro verso di me, come aveva fatto Giglio, e prese la mia. La sua mano bruciava... tanto era calda o fredda, non so... comunque, sentendo bruciare, mi staccai da lui, e il dolore e la paura mi svegliarono dal sogno. — Alzò la mano, mentre terminava il racconto, mostrando un segno scuro sul dorso e sul palmo, simile a un vecchio livido.

— Ho imparato a non lasciarmi toccare da loro — disse sottovoce.

Ged guardò la bocca di Alder. Si notava un segno scuro anche sulle labbra.

— Hara, hai corso un pericolo mortale — disse il vecchio, anch'egli sottovoce.

— Non è tutto.

Compiendo uno sforzo, Alder proseguì il racconto.

— La notte successiva, quando sognai di nuovo, mi ritrovai sul colle tenebroso e vidi il muro che scendeva dalla sommità attraverso il pendio. Andai verso l'ostacolo, sperando di trovarvi mia moglie. Anche se lei non poteva superarlo, e nemmeno io potevo farlo, non m'importava... mi bastava vederla e parlarle — spiegò. — Ma, sempre che Giglio ci fosse, non riuscii a scorgerla in mezzo a tutti gli altri; avvicinandomi al muro, infatti, vidi dall'altra parte una folla caotica di figure, alcune nitide, altre vaghe, persone che mi sembrava di conoscere, altre che non conoscevo affatto, tutte con le mani protese verso di me che gridavano il mio nome: «Hara! Lasciaci venire con te! Hara, liberaci!» È terribile sentir pronunciare il proprio vero nome da sconosciuti, ed è altrettanto terribile essere chiamati dai morti.

— Cercai di voltarmi e risalire il pendio, per allontanarmi dal muro, ma le mie gambe avevano la tremenda debolezza del sogno e non volevano portarmi via. Caddi in ginocchio per non essere afferrato e trascinato oltre la muraglia, e chiesi aiuto a gran voce, anche se non c'era nessuno che potesse aiutarmi; e così mi svegliai, terrorizzato.

— Da allora, ogni notte di sonno profondo, mi ritrovo sulla collina, nell'erba secca grigia al di sopra del muro, e i morti si accalcano numerosi nell'oscurità più in basso, supplicandomi e invocando il mio nome.

— Allora mi sveglio, e sono nella mia stanza. Non sono là, su quel colle, ma so che loro ci sono. E devo dormire. Cerco di svegliarmi spesso, e di dormire di giorno quando posso, ma devo pur dormire e, quando lo faccio, mi ritrovo là, e ci sono anche loro. Non posso risalire la collina. Se mi muovo, è sempre verso il basso, verso il muro. A volte riesco a volgere le spalle a tutti, poi però mi pare di sentire Giglio in mezzo a loro, che mi chiama e grida, allora mi giro per cercarla. E quelli tendono subito le mani verso di me.

Abbassò gli occhi, guardandosi le mani, strette convulsamente.

— Cosa devo fare? — domandò.

Sparviero non rispose.

Una lunga pausa, quindi Alder riprese: — L'arpista di cui vi ho parlato era un buon amico. Dopo qualche tempo si accorse che qualcosa non andava e, quando gli spiegai che non riuscivo a dormire per paura dei miei sogni popolati di morti, mi consigliò e mi aiutò perché salpassi alla volta di Éa e là parlassi con un mago. Non appena quel mago sentì il racconto dei miei sogni, mi disse che dovevo andare a Roke.

— Qual è il suo nome?

— Beryl. Serve il principe di Éa, che è signore dell'Isola di Taon.

Il vecchio annuì.

— Disse che lui non era in grado di aiutarmi, però la sua parola valeva quanto l'oro per il comandante della nave. Così m'imbarcai di nuovo. Fu un viaggio lungo, costeggiando al largo Havnor e scendendo nel Mare Interno. Credevo che in mare, lontano da Taon, sempre più lontano, forse sarei riuscito a lasciare quei sogni dietro di me. Il mago di Éa mi aveva detto che il luogo che sognavo è chiamato la terra ferma e io pensavo che navigando forse mi sarei allontanato da là. Ogni notte, invece, mi ritrovavo sul fianco di quel colle. E, con il passare del tempo, più di una volta nella stessa notte, fino a due o tre; e, ogni volta che chiudo gli occhi, sono sulla collina, con il muro sotto di me, e le voci che mi chiamano. Così sono come un uomo pazzo di dolore per una ferita, che può trovare la pace solo nel sonno, ma il sonno è il sito del tormento, con lo spasimo e l'angoscia dei miseri morti che si accalcano vicino al muro...

— Ben presto i marinai cominciarono a evitarmi — proseguì Alder, — di notte perché gridavo e li svegliavo, e di giorno perché pensavano che su di me ci fosse una maledizione o fossi posseduto da una forza maligna.

— E hai trovato sollievo a Roke?

— Sì, nel Bosco Immanente — rispose Alder, e nel pronunciare quelle parole la sua espressione mutò completamente.

Per un attimo, lo stesso sguardo comparve anche sul volto di Sparviero.

— Il Maestro degli Schemi mi portò là, sotto quegli alberi, e riuscii a dormire. Persino di notte mi fu possibile addormentarmi. Di giorno, se il sole batte su di me - come ieri pomeriggio -, il calore mi riscalda e i raggi brillano attraverso le mie palpebre, non ho paura di sognare. Ma nel Bosco Immanente non avevo nessuna paura, e ho potuto apprezzare di nuovo la notte.

— Dimmi come sono andate le cose, al tuo arrivo a Roke.

Pur oppresso dalla stanchezza e dall'angoscia, Alder possedeva l'eloquenza tipica della propria isola; e quello che tralasciò, per evitare di dilungarsi troppo o di raccontare all'Arcimago cose risapute, Sparviero poteva immaginarlo benissimo, ricordando la prima volta che egli stesso era giunto sull'isola dei saggi quando era un ragazzo di quindici anni.

Alder raccontò che, quando aveva abbandonato la nave al molo della città di Thwil, uno dei marinai aveva tracciato sulla passerella la Runa della Porta Chiusa, perché quel passeggero non tornasse più a bordo. Lui se n'era accorto, ma rifletté che il marinaio aveva valide ragioni per farlo. Lui stesso si sentiva di malaugurio, portatore di qualcosa di oscuro. Ciò lo rese più timoroso di quanto non sarebbe stato comunque in una città straniera. E Thwil era una città piuttosto singolare.

— Tutte quelle strade confondono l'animo — commentò Sparviero.

— Confondono eccome, mio signore... Scusate, la mia lingua obbedisce al mio cuore, non alla vostra volontà...

— Non importa. Un tempo ero abituato ai titoli. Posso essere il signore capraio, se questo ti facilita il discorso. Continua.

Ricevendo indicazioni sbagliate dalle persone cui si rivolse, o fraintendendo quelle ricevute, Alder vagò nel piccolo labirinto collinare di Thwil con la scuola sempre in vista ma senza riuscire ad arrivare a destinazione, finché, ormai disperato, non giunse a una porta disadorna in un muro spoglio che dava su una piazza.

Dopo averlo fissato un po', si rese conto che quel muro era la meta verso cui era diretto. Bussò, e un uomo dalla faccia tranquilla e dagli occhi sereni aprì.

Alder stava per dire di essere stato inviato dal mago Beryl di Éa con un messaggio per il Maestro Evocatore, ma non ebbe la possibilità di parlare. Il Guardiano l'osservò un istante e disse pacato: — Non potete portarli in questa casa, amico.

Lui non chiese chi non potesse portare con sé. Lo sapeva. Non aveva quasi chiuso occhio nelle ultime notti, sonnecchiando per brevi intervalli e destandosi terrorizzato, vedendo il pendio d'erba secca che scendeva fin sul ponte assolato della nave, il muro di pietra sulle onde del mare. E, al risveglio, il sogno era dentro di lui, con lui, attorno a lui, velato, e sentiva sempre, debolmente, attraverso i rumori del vento e del mare, le voci che gridavano il suo nome. A quel punto, non sapeva se fosse sveglio o addormentato. Era sconvolto dal dolore, dalla paura, e dalla stanchezza.

— Teneteli fuori e lasciatemi entrare — supplicò. — Abbiate pietà, e lasciatemi entrare!

— Aspettate qui — disse l'uomo, con la stessa pacatezza di prima. — C'è una panca... — indicò, e chiuse la porta.

Alder andò a sedersi sul sedile di pietra. Ricordava di essersi seduto, e ricordava alcuni ragazzi sulla quindicina che lo guardavano incuriositi mentre gli passavano accanto ed entravano in quella porta, ma rammentava solo in modo frammentario quanto accadde in seguito.

Il Guardiano tornò con un giovane che aveva il bastone e il mantello di un mago di Roke. Poi si ritrovò in una stanza, che a quanto capì era quella di una pensione. Arrivò il Maestro Evocatore e cercò di parlare con lui. Ma ormai non era più in grado di comunicare. Tra il sonno e la veglia, tra la stanza soleggiata e la fosca collina grigia, tra la voce dell'Evocatore che pronunciava parole e le voci che lo chiamavano al di là del muro, era incapace di pensare e di muoversi, nel mondo dei vivi. Ma, nel mondo tenebroso delle voci che lo chiamavano, sarebbe stato facile fare quei pochi passi che lo separavano dal muro e lasciare che le mani protese lo afferrassero e lo stringessero. Se fosse stato uno di loro, lo avrebbero finalmente lasciato in pace.

Poi, a quanto rammentava, la stanza soleggiata era scomparsa del tutto, e lui era di nuovo sulla collina grigia. Ma con lui c'era l'Evocatore di Roke: un uomo grande e grosso dalla pelle scura, con un massiccio bastone di tasso che luccicava in quel luogo buio.

Le voci avevano cessato di chiamare. Le persone, le figure che si accalcavano nei pressi del muro, erano sparite. In lontananza si udiva un fruscio, e qualcosa di simile a dei singhiozzi, che si perdevano nell'oscurità.

L'Evocatore si accostò al muro e vi posò sopra le mani.

Le pietre erano state smosse, qui e là. Alcune erano cadute sull'erba secca. Alder pensò che avrebbe dovuto raccoglierle e rimetterle a posto, che avrebbe dovuto riparare il muro, ma non lo fece.

L'Evocatore si girò verso di lui e gli chiese: — Chi ti ha portato qui?

— Mia moglie.

— Chiamala.

Lui rimase muto. Alla fine aprì la bocca, ma non pronunciò «Mevre», il nome vero della moglie, bensì il nome d'uso, quello con cui le si rivolgeva quando lei era viva. Chiamò: — Giglio... — Il suono della parola non aveva nulla che ricordasse un fiore bianco, sembrava il rumore di un sasso caduto nella polvere.

Silenzio. Le stelle brillavano minuscole e fisse nel cielo nero. Alder non aveva mai guardato il cielo in quel luogo, prima di allora. Non riconobbe quelle stelle.

— Mevre! — gridò l'Evocatore, e con voce profonda disse alcune parole nell'Antica Lingua.

Alder si sentì mancare il respiro, reggendosi in piedi a stento. Ma nulla si mosse sul lungo pendio che scendeva nell'oscurità informe.

Poi, qualcosa si avvicinò, qualcosa di più chiaro, che risalì la collina, muovendosi lentamente. Alder tremò di paura e di desiderio, e mormorò: — Oh, mio dolce amore...

Ma la figura che avanzava era troppo piccola per essere Giglio. Vide che era una creatura che doveva avere circa dodici anni, un bambino o una bambina, non riuscì a capirlo. La presenza ignorò sia lui sia l'Evocatore, non guardò mai oltre il muro, e si sedette proprio sotto di esso. Alder si avvicinò e guardò in basso, e vide che la giovane creatura stava cercando di allargare le pietre e di staccarle.

L'Evocatore sussurrò qualcosa nell'Antica Lingua. La creaturina alzò lo sguardo indifferente, ma continuò a smuovere le pietre con dita esili che sembravano prive di forza.

Era una visione così orribile che Alder fu assalito da un capogiro; cercò di allontanarsi, dopo di che ricordava solo di essersi svegliato nella stanza soleggiata, steso sul letto, debole, sofferente e infreddolito.

C'erano delle persone che si prendevano cura di lui: una donna sorridente e distaccata, che era l'affittacamere, e un vecchio tarchiato dalla pelle bruna, venuto con il Guardiano. Alder lo scambiò per uno stregone medico. Solo dopo averlo visto con il suo bastone di olivo capì che era l'Erborista, il Maestro di Guarigione della scuola di Roke.

La sua presenza gli portò sollievo, perché l'Erborista riuscì a farlo dormire. Preparò un infuso e glielo fece bere, e accese un'erba che bruciava lentamente con un odore simile a quello della terra scura delle pinete, e si sedette accanto a lui, intonando un lungo canto sommesso. — Ma io non devo dormire — protestò Alder, sentendo che il sonno lo pervadeva come una grande onda scura.

Il guaritore posò la mano calda sulla sua, e un senso di pace si diffuse in Alder, che scivolò nel sonno senza paura. Il contatto con la mano del guaritore lo teneva lontano dal colle tenebroso e dal muro di pietra.

Si svegliò per mangiare un po', e poco dopo il Maestro Erborista gli fu di nuovo accanto con l'infuso tiepido insipido e il fumo che sapeva di terra, la cantilena monotona e il tocco della propria mano; così Alder poté riposare.

Il guaritore aveva delle mansioni da svolgere alla scuola, quindi poteva essere lì solo qualche ora durante la notte. In tre notti, Alder riposò abbastanza da riuscire a mangiare e passeggiare un po' in città durante il giorno, e pensare e parlare in modo lucido. Il quarto mattino si presentarono nella sua stanza i tre Maestri: l'Erborista, il Guardiano e l'Evocatore.

Alder accolse l'Evocatore provando un senso di apprensione, quasi di diffidenza. Anche l'Erborista era un grande mago, ma la sua arte non era del tutto diversa dal mestiere di Alder, quindi tra loro c'era una certa affinità; senza dimenticare quanto fosse benefica la mano di quell'uomo. L'Evocatore, invece, non si occupava di cose corporee, ma dello spirito, della mente e della volontà degli uomini, degli spettri, dei significati. La sua arte era arcana, pericolosa, piena di rischi e minacce. L'Evocatore era stato accanto ad Alder in quel luogo, sul confine, al muro. Con lui, l'oscurità e la paura tornarono.

Nessuno dei tre maghi disse nulla, all'inizio. Se avevano una cosa in comune, era una grande capacità di restare in silenzio.

Così fu Alder a parlare, cercando di dire tutto ciò che aveva nell'animo, perché non bisognava tacere nulla.

— Se ho fatto qualcosa di sbagliato che mi ha portato in quel luogo, o ha portato mia moglie da me, o le altre anime... se posso porre rimedio allo sbaglio che ho fatto, lo farò. Solo che non so cosa possa aver fatto.

— O cosa sei — disse l'Evocatore.

Alder restò muto.

— Non molti di noi sanno chi o cosa sono — dichiarò il Guardiano. — Abbiamo solo una vaga idea.

— Raccontaci come sei giunto la prima volta al muro di pietra — chiese l'Evocatore.

Alder raccontò.

I maghi ascoltarono in silenzio e per un po', quando lui ebbe terminato, non dissero nulla. Poi l'Evocatore domandò: — Hai pensato a cosa significa superare quel muro?

— So che non potrei tornare indietro.

— Solo i maghi possono oltrepassare il muro da vivi, e solo in caso di estremo bisogno. L'Erborista può andare con un sofferente fino al muro, ma, se il malato lo oltrepassa, lui non lo segue.

L'Evocatore era così alto e massiccio e scuro che, guardandolo, Alder pensò a un orso.

— La mia arte evocatoria ci consente di richiamare i morti oltre il muro per un breve periodo, per qualche attimo, se è necessario farlo. Io stesso dubito che esistano necessità tali da giustificare una violazione così grande della legge e dell'Equilibrio del mondo. Non ho mai fatto quell'incantesimo, né ho superato il muro. L'Arcimago lo ha fatto, e il re insieme con lui, per sanare la ferita del mondo provocata dal mago di nome Cob.

— E, quando l'Arcimago non tornò, Thorion, il nostro Evocatore di allora, scese nella terra ferma a cercarlo — disse l'Erborista. — Tornò, ma cambiato.

— Non c'è bisogno di parlare di questo — osservò l'uomo grande e grosso.

— Forse bisogna farlo — replicò l'Erborista. — Forse Alder deve saperlo. Thorion si fidò troppo della propria forza. Rimase là troppo a lungo. Pensava di potersi richiamare in vita grazie alla propria arte evocatoria, ma a tornare furono solo la sua capacità, il suo Potere, la sua ambizione... la voglia di vivere che non dà vita. Tuttavia, noi ci fidammo di lui, perché lo avevamo amato. Così lui ci divorò. Finché Irian non lo distrusse.

Lontano da Roke, sull'Isola di Gont, l'ascoltatore interruppe Alder. — Che nome era, l'ultimo? — chiese.

— Irian.

— Conosci questo nome?

— No, mio signore.

— Nemmeno io. — Dopo una pausa, Sparviero continuò sottovoce, quasi a malincuore. — Però vidi Thorion, là. Nella terra ferma, dove si era avventurato per cercare me. Mi addolorò, vederlo là. Gli dissi che poteva tornare al di qua del muro. — La sua faccia assunse un'espressione cupa, torva. — Parole sbagliate, le mie. Non esistono parole opportune tra i vivi e i morti. Ma anch'io lo avevo amato.

Rimasero seduti in silenzio. Sparviero si alzò di colpo per stirare le braccia e massaggiarsi le cosce. Girellarono entrambi un poco. Alder bevve qualche sorso d'acqua dal pozzo, il vecchio prese una vanga e un manico nuovo da inserirvi, e si mise al lavoro, levigando l'asta di quercia e assottigliandone l'estremità da incastrare nell'attrezzo.

— Continua la tua storia Alder.

— I due Maestri rimasero in silenzio per un po' dopo che l'Erborista aveva parlato di Thorion. Allora mi feci coraggio e posi una domanda su una cosa cui pensavo spessissimo: «In che modo i morti giungono al muro, e come vi giungono i maghi?»

— L'Evocatore rispose prontamente: «È un viaggio spirituale».

— Il vecchio guaritore parve più indeciso. «Non è con il corpo che oltrepassiamo il muro, dato che il corpo di chi muore rimane qui. E, se un mago va là durante una visione, il suo corpo addormentato è sempre qui, vivo. Così chiamiamo quel viaggiatore... ciò che compie il viaggio dal corpo... lo chiamiamo anima, spirito.»

— «Ma mia moglie mi ha preso la mano» dissi. Non potevo raccontare ancora che lei mi aveva baciato sulla bocca. «Ho sentito il suo tocco.»

— «Ti è sembrato di sentirlo» replicò l'Evocatore.

— «Se si sono toccati materialmente, se si è creato un legame...» disse l'Erborista all'Evocatore, «non potrebbe essere per questo che gli altri morti possono andare da lui, chiamarlo, perfino toccarlo?»

— «Proprio per questo lui deve resistere loro» dichiarò l'Evocatore, lanciandomi un'occhiata. I suoi occhi erano piccoli, ardenti.

— Io percepii quelle parole come un'accusa, un'accusa ingiusta. Ribattei: «Io cerco di resistere, mio signore. Ho cercato di farlo. Ma sono così numerosi... e lei è con loro... e soffrono, e mi supplicano».

— «Non possono soffrire» disse l'Evocatore. «La morte pone fine a tutte le sofferenze.»

— «Forse l'ombra del dolore è dolore» intervenne l'Erborista. «Ci sono montagne in quella terra, e si chiamano Dolore.»

— Il Guardiano, che fino a quel momento non aveva quasi parlato, con voce pacata, disse: «Alder è un riparatore, non un rompitore. Non credo che possa rompere questo legame».

— «Se lo ha creato, può anche romperlo» fece l'Evocatore.

— «Lo ha creato lui?»

— «Non possiedo tale capacità, mio signore» osservai, così spaventato dalle loro parole da parlare in tono rabbioso.

— «Allora dovrò scendere in mezzo a loro» fece l'Evocatore.

— «No, amico mio» disse il Guardiano; e il vecchio Erborista aggiunse: «Di noi tutti, tu sei proprio l'ultimo che dovrebbe farlo».

— «Ma questa è la mia arte.»

— «E la nostra.»

— «Chi, allora?»

— Il Guardiano rispose: «Sembra che Alder sia la nostra guida. Essendo venuto da noi in cerca di aiuto, forse può aiutarci. Andiamo tutti con lui nella sua visione... andiamo al muro, senza oltrepassarlo, però».

— Così, quella notte, quando a tarda ora mi arresi al sonno e mi ritrovai sul colle grigio, gli altri erano con me: l'Erborista, una calda presenza nel gelo; il Guardiano, sfuggente e argenteo come il chiarore stellare; e il massiccio Evocatore, l'orso, una forza oscura.

— Questa volta non ci trovavamo dove la collina scende nelle tenebre, ma sul pendio vicino, rivolti verso la sommità. In quel punto, il muro era basso, arrivava poco sopra il ginocchio. Su di esso, il cielo con le rade stelle minuscole era perfettamente nero.

— Non c'era il minimo movimento.

— Subito pensai che sarebbe stato arduo salire fino al muro. Prima, lo avevo sempre avuto sotto di me.

— Ma, se fossi riuscito ad andarvi, forse avrei trovato Giglio accanto a esso, come la prima volta. Forse avrei potuto prenderle la mano, e i maghi l'avrebbero riportata indietro. O avrei potuto scavalcare il muro in quel punto così basso e andare da lei.

— Cominciai a risalire il pendio. Era facile, facilissimo... ero quasi arrivato.

— «Hara!»

— La voce profonda dell'Evocatore mi richiamò indietro come un cappio attorno al collo, come un guinzaglio tirato con forza. Incespicai, feci ancora un passo avanti, barcollando, giunto quasi al muro... caddi in ginocchio e tesi le mani verso le pietre. Stavo gemendo: «Salvatemi!» ma rivolto a chi? Ai maghi, o alle ombre oltre il muro?

— Poi delle mani mi si posarono sulle spalle, mani vive, forti e calde, e mi ritrovai nella stanza, con il guaritore proprio sulle spalle, e la luce fatua che brillava bianca attorno a loro. E nella camera, con lui, c'erano quattro uomini, non erano più in tre.

— Il vecchio Erborista si sedette sul letto e mi confortò un poco, perché tremava e singhiozzava. «Non posso farlo» continuava a ripetere, e io non sapevo se si stesse rivolgendo ai maghi oppure ai morti.

— Quando la paura e il dolore cominciarono a diminuire, mi sentii terribilmente stanco, e guardai quasi senza interesse l'altro uomo che era venuto nella stanza. Aveva occhi color ghiaccio, capelli e pelle bianchi. Un uomo dell'estremo Nord, di Enwas o Bereswek, pensai.

— L'uomo chiese ai maghi: «Cosa state facendo, amici miei?»

— «Stiamo correndo rischi, Azver» rispose l'Erborista.

— «Guai sul confine, Maestro degli Schemi» disse l'Evocatore.

— Io percepii il rispetto che avevano per quell'uomo, il sollievo che provavano per la sua presenza, mentre gli raccontavano brevemente quale fosse il problema.

— «Se verrà con me, glielo lascerete fare?» chiese il Maestro degli Schemi quando ebbero terminato e, voltandosi verso di me, disse: «Non devi aver paura dei tuoi sogni nel Bosco Immanente. E dunque non dobbiamo temerli nemmeno noi».

— Tutti assentirono. Il Maestro degli Schemi annuì e scomparve. Ma non era lì. Non era mai stato lì; era solo un'apparizione, una manifestazione incorporea. Era la prima volta che vedevo all'opera i grandi Poteri di quei maestri, e tale dimostrazione mi avrebbe spaventato se ormai non fossi stato incapace di stupirmi e provare paura.

— Seguii il Guardiano all'esterno, nelle vie, oltre i muri della scuola, attraverso i campi sotto un alto colle tondeggiante, e lungo un torrente che gorgogliava melodioso e sommesso nell'oscurità delle sue sponde.

— Davanti a noi c'era un bosco, con gli alberi coronati dalla luce grigia delle stelle.

— Il Maestro degli Schemi ci venne incontro, identico a com'era apparso nella stanza. Lui e il Guardiano parlarono un minuto, quindi lo seguii nel Bosco Immanente.

— Gli alberi erano scuri — disse Alder a Sparviero, — ma sotto gli alberi non c'è oscurità. C'è una luce... una luminosità, in quel luogo.

Il vecchio annuì, abbozzando un sorriso.

— Non appena arrivai là, capii di poter dormire. Avevo la sensazione di avere dormito fin dall'inizio, prigioniero di un sogno maligno, e di essermi finalmente svegliato, là, di essere davvero sveglio: quindi potevo dormire veramente. Il Maestro degli Schemi mi condusse in un posto particolare, tra le radici di un albero enorme, su un soffice tappeto di foglie cadute dall'albero, e mi disse che potevo coricarmi lì. E io lo feci, e dormii. Fu un sonno dolcissimo... di una dolcezza indescrivibile.

Il sole di mezzogiorno batteva intenso quando entrarono in casa. Il vecchio mise in tavola pane e formaggio e un pezzo di carne essiccata. Alder si guardò attorno, mentre mangiavano. La casa aveva solo quell'unica stanza rettangolare con la piccola alcova sul lato occidentale, ma era ampia e arieggiata, una costruzione solida, con grandi assi e travi, un pavimento lucido, un capiente focolare di pietra. — Questa è una casa splendida — disse Alder.

— Vecchia. La chiamano la casa del vecchio mago. Non perché la occupi io, né per via del mio Maestro Aihal che abitava qui, ma per via del suo Maestro, Heleth, che insieme con lui placò il grande terremoto. È una buona casa.

Più tardi Alder dormì ancora un po' sotto gli alberi, con il sole che brillava su di lui attraverso il fogliame mosso. Anche il padrone di casa riposò, ma non a lungo; quando l'ospite si svegliò, accanto a lui c'era un grosso cesto di piccole susine dorate, e Sparviero era nel pascolo delle capre, intento a riparare una staccionata. Alder andò ad aiutarlo, ma il lavoro era già terminato. Le capre erano sparite da un pezzo.

— Non danno latte, adesso — borbottò il vecchio, mentre tornavano alla casa. — Non hanno nulla da fare, se non trovare nuove fessure per uscire dal recinto. Le tengo per esasperazione... La prima formula magica che ho imparato è stata quella per richiamare le capre andate a zonzo. Me la insegnò mia zia. Ora non mi serve più a nulla; ottengo lo stesso effetto che otterrei se cantassi alle capre una canzone d'amore. Meglio che vada a vedere se sono nell'orto del vedovo. Tu non conosci una stregoneria per far tornare a casa una capra, vero?

Le due capre marroni avevano invaso un campetto di cavoli ai margini del villaggio. Alder ripeté la formula che Sparviero gli disse: — *Noth hierth malk man, hiolk han merth han!*

Le capre lo guardarono con un misto di circospezione e sdegno e si allontanarono. Delle grida e un bastone agitato nella loro direzione le indussero ad abbandonare il campo di cavoli e a raggiungere il sentiero, dopo di che Sparviero estrasse dalla tasca un po' di susine. Promettendo, offrendo, blandendo, lentamente il vegliardo ricondusse le bestie ricalcitranti nel loro pascolo cintato.

— Sono strane creature — fece, chiudendo il cancello. — Non si sa mai come comportarsi con una capra.

Alder rifletté che non sapeva mai come comportarsi con quell'uomo, ma lo tenne per sé.

Quando furono di nuovo seduti all'ombra, Sparviero disse: — Il Maestro degli Schemi non è uno del Nord, è un Karg. Come mia moglie. Era un guerriero di Karego-At. L'unico uomo, che io sappia, venuto a Roke da quelle terre. I Karg non hanno maghi. Diffidano di tutta la magia. Ma rispetto a noi hanno conservato una maggiore conoscenza degli Antichi Poteri della Terra. Quell'uomo, Azver, quand'era giovane, sentì parlare del Bosco Immanente, e concluse che il centro di tutti i Poteri della Terra dovesse essere là. Così si lasciò alle spalle le sue divinità e la sua lingua nativa, e partì alla volta di Roke. Giunto alla nostra porta, ci disse: «Insegnatemi a vivere in quella foresta!» E noi gli insegnammo, sinché non fu lui a cominciare a insegnare a noi... Così diventò il nostro Maestro degli Schemi. Non è un uomo cortese, però è fidato.

— Non ho mai avuto paura di lui — affermò Alder. — Per me era facile stargli vicino. Mi portava con sé nel folto del bosco.

Rimasero in silenzio, pensando alle radure e ai sentieri di quel bosco, alle sue foglie sotto il sole e la luce stellare.

— È il cuore del mondo — azzardò infine Alder.

Sparviero guardò verso le pendici del Monte di Gont, scure di alberi. — Andrò a passeggiare là — disse. — Nella foresta. Quest'autunno.

Poco dopo chiese: — Raccontami che consigli ti ha dato il Maestro degli Schemi, e perché ti ha mandato qui da me.

— Mi disse, mio signore, che del... della terra ferma, voi sapevate più di qualsiasi altro uomo, e dunque forse avreste capito cosa significhi il fatto che le anime di quel luogo vengano da me, supplicandomi di liberarle.

— Ti ha detto come pensa che sia accaduto?

— Sì. A suo avviso, forse mia moglie e io non eravamo capaci di separarci, ma solo di essere uniti. Pensa che non sia stata opera mia, ma forse di tutti e due insieme, perché ci attiravamo a vicenda, come gocce di argento vivo. Ma il Maestro Evocatore non era d'accordo. Secondo lui, solo un grande Potere magico potrebbe violare così l'ordine del mondo. Poiché anche il mio vecchio Maestro Sula mi ha toccato oltre il muro, l'Evocatore ritiene che forse ci fosse in lui un grande Potere magico rimasto nascosto o mascherato in vita, ma rivelatosi adesso.

Sparviero meditò alcuni istanti. — Quando vivevo a Roke, avrei potuto condividere l'opinione dell'Evocatore. Là non conoscevo Potere più forte di quello che chiamiamo magia. Nemmeno gli Antichi Poteri della Terra, credevo. Se l'Evocatore che hai conosciuto è l'uomo che penso, giunse a Roke da ragazzo. Il mio vecchio amico Vetch di Iffish lo mandò a studiare da noi. E lui non lasciò mai Roke. Questa è la differenza che c'è tra lui e Azver. Azver ha vissuto come figlio di un guerriero fino all'età adulta, un combattente egli stesso, tra uomini e donne, nel folto della vita. Conosce per esperienza diretta questioni che i muri della scuola tengono all'esterno. Sa che gli uomini e le donne amano, fanno l'amore, si sposano. Dato che da quindici anni vivo fuori da quei muri, propendo a credere che quella suggerita da Azver sia la pista migliore. Il legame fra te e tua moglie è più forte della divisione tra la vita e la morte.

Alder esitò. — Ho pensato la stessa cosa. Però mi sembra... un'impudenza, crederlo. Ci amavamo, più di quanto non possa esprimere a parole, ma il nostro amore era più grande di qualsiasi altro prima di noi? Era più grande di quello di Morred ed Elfarran?

— Forse non era minore.

— Com'è possibile?

Sparviero lo guardò come se rendesse onore a qualcosa, e gli rispose con una sollecitudine che lo lusingò. — Be' — disse lentamente, — a volte c'è una passione che nel pieno rigoglio viene stroncata dalla sventura o dalla morte. E, proprio perché termina al culmine della sua bellezza, è cantata dagli arpisti e celebrata dai poeti... L'amore che sfugge agli anni. Quello era l'amore del giovane re ed Elfarran. E così era il tuo amore, Hara. Non era più grande di quello di Morred, ma il suo era più grande del tuo?

Alder non disse nulla, riflettendo.

— Non esiste maggiore o minore in una cosa assoluta — proseguì il vecchio. — «Tutto o nulla» dice il vero innamorato, ed è questa la verità. «Il mio amore non morirà mai» dice. Rivendica l'eternità. E giustamente. Come può morire quel sentimento, dato che è la vita stessa? Cosa sappiamo noi dell'eternità? La scorgiamo solo di sfuggita attraverso quel vincolo amoroso.

Parlava sommesso, ma con ardore e trasporto; poi si spostò indietro sulla panca e, trascorsi alcuni attimi, abbozzando un sorriso, continuò: — Ogni giovane campagnolo zotico lo canta, ogni ragazza che sogna l'amore lo sa. Ma non è una cosa con cui i Maestri di Roke abbiano dimestichezza. Il Maestro degli Schemi forse l'ha conosciuta presto. Io l'ho appresa tardi. Molto tardi. Ma non troppo tardi. — Guardò l'altro, l'espressione ancora ardente. — Tu l'hai avuta — concluse.

— Sì. — Alder fece un respiro profondo. Poi disse: — Forse sono insieme, là, nella Terra Tenebrosa. Morred ed Elfarran.

— No — replicò Sparviero, con desolata certezza.

— Ma, se il legame è vero, cosa può romperlo?

— Non ci sono amanti, là.

— Allora, cosa sono, cosa fanno, in quella terra? Voi siete stati là, avete oltrepassato il muro. Avete camminato e parlato con loro. Raccontatemi!

— Va bene. — Ma Sparviero non disse nulla per un po'. — Non mi piace pensarci — fece. Si strofinò la fronte e aggrottò le sopracciglia. — Hai visto... Hai visto quelle stelle piccole e squallide che non si muovono mai. Niente luna. Niente levar del sole... Ci sono strade, se si scende la collina. Strade e città. Sulla collina c'è erba, erba morta, ma più giù ci sono soltanto polvere e pietre. Non cresce nulla. Città tenebrose. Le moltitudini di morti stanno immobili nelle vie, o camminano sulle strade senza meta. Non parlano. Non si toccano. Non si toccano mai.

La sua voce era bassa e aspra. — Là, Morred passerebbe accanto a Elfarran senza mai volgere il capo, e lei non lo guarderebbe... Non c'è riunione, là, Hara. Nessun legame. Là, la madre non stringe a sé il figlio.

— Ma mia moglie è venuta da me — replicò Alder. — Ha gridato il mio nome, mi ha baciato sulla bocca!

— Sì. E dato che il vostro amore non era più grande di qualsiasi amore mortale, dato che tu e lei non siete maghi potenti in grado di cambiare le leggi della vita e della morte, si tratta dunque di qualcos'altro. Qualcosa sta accadendo, sta cambiando. Anche se accade attraverso te e dentro di te, tu sei il suo strumento e non la causa.

Sparviero si alzò, camminò fino all'inizio del sentiero lungo il Precipizio, poi tornò accanto ad Alder. Era teso, eccitato, fremeva quasi, tanta era l'energia che aveva in corpo, come un falco in procinto di gettarsi sulla preda.

— Quando l'hai chiamata con il suo vero nome, tua moglie non ti ha detto: «Questo non è più il mio nome»?

— Sì — sussurrò Alder.

— Ma com'è possibile? Noi che abbiamo veri nomi li conserviamo quando moriamo, è il nostro nome d'uso che viene dimenticato... Questo è un mistero per i dotti, credimi, ma per quanto ne sappiamo un vero nome è una parola della Lingua Vera. Ecco perché solo chi ha il dono può conoscere il nome di un bambino e dare tale nome. E il nome vincola l'essere... vivo o morto. Tutta l'arte dell'Evocatore risiede in questo... eppure, quando il Maestro ha chiamato tua moglie con il suo vero nome, lei non è andata da lui. Tu l'hai chiamata con il suo nome d'uso, Giglio, e lei è venuta da te. È venuta da te come da colui che la conosceva veramente?

Sparviero guardò fisso Alder, ma come se vedesse qualcos'altro oltre all'uomo che gli sedeva accanto. Poco dopo, proseguì: — Quando il mio Maestro Aihal morì, mia moglie era qui con lui e, mentre moriva, le disse: «Tutto è cambiato». Stava guardando oltre quel muro. Da quale parte, non so... E, da allora, ci sono stati dei cambiamenti... un re sul trono di Morred, e nessun Arcimago di Roke. E altro, ben altro. Ho visto una bambina convocare il drago Kalessin, il Maggiore... e Kalessin è venuto da lei, chiamandola figlia, come anch'io la chiamo. Cosa significa? Cosa significa il fatto che dei draghi siano stati visti sopra le Isole Occidentali? Il re ci ha inviato un messaggio, ha mandato una nave qui a Porto Gont, chiedendo a mia figlia Tehanu di andare da lui per dargli un parere sui draghi. La gente teme che il vecchio patto sia stato rotto, che i draghi tornino a bruciare campi e città come facevano prima che Erreth-Akbe combattesse con Orm Embar. E adesso, al confine che separa la vita e la morte, un'anima rifiuta il vincolo del proprio nome... Non capisco. So solo che è in atto un cambiamento. Che tutto sta cambiando.

Non c'era paura nella sua voce, soltanto fiera esultanza.

Alder non poteva condividere un simile stato d'animo. Era troppo stremato a causa della sua lotta contro forze che non era in grado di controllare né comprendere. Ma il suo cuore si mostrò all'altezza di tanto ardimento.

— Possa essere un cambiamento in meglio, mio signore.

— Sia pure così. Ma un cambiamento deve avvenire.

Mentre la calura del giorno scemava, il vecchio disse che doveva andare al villaggio e andò a prendere il cesto di susine, in cui aveva messo anche un canestro di uova.

Alder lo accompagnò, e durante il tragitto continuarono a conversare.

Quando si rese conto che il vecchio andava a barattare la frutta e le uova e gli altri prodotti della piccola fattoria con orzo e farina; che la legna che bruciava era raccolta da lui stesso nella foresta; che le capre non davano latte e doveva razionare il formaggio dell'anno prima, rimase stupito: com'era possibile che l'Arcimago di Earthsea campasse alla giornata? La sua gente non lo onorava?

Quando giunsero al villaggio, vide che le donne chiudevano la porta al suo arrivo. Il venditore che prese le susine e le uova registrò lo scambio sulla sua tavoletta di legno senza dire una parola, il volto cupo e gli occhi bassi. Sparviero gli si rivolse affabile: — Ti auguro una buona giornata, allora, Iddi... — ma non ottenne risposta.

— Mio signore, lo sanno chi siete? — chiese Alder, mentre tornavano a casa.

— No — disse l'ex Arcimago, con un'occhiata in tralice sarcastica. — E sì.

— Ma... allora perché... — Alder non sapeva esprimere la propria indignazione.

— Sanno che non ho nessun Potere magico, ma c'è qualcosa di misterioso in me. Sanno che vivo con una forestiera, una donna di Karg. Sanno che la ragazza che chiamiamo nostra figlia è una specie di strega, ma peggio, perché ha la faccia e la mano bruciate dal fuoco, e perché lei stessa ha bruciato il Signore di Re Albi, o lo ha spinto giù dal Precipizio, o lo ha ucciso con il malocchio... le loro storie variano. Però onorano la casa in cui viviamo, perché era la casa di Aihal e di Heleth, e i maghi morti sono buoni maghi... Tu sei un cittadino di un'isola del regno di Morred, Alder. Un villaggio di Gont è ben altro discorso.

— Ma perché restate qui, signore? Il re sicuramente vi onorerebbe come meritate.

— Non voglio nessun onore — rispose il vecchio, con una veemenza che mise a tacere Alder.

Continuarono a camminare. Quando giunsero alla casa costruita sull'orlo del Grande Precipizio, Sparviero gli disse: — Questo è il mio rifugio, il mio nido d'aquila.

Bevvero un bicchiere di vino rosso a cena, e un altro seduti all'esterno mentre osservavano il tramonto. Non chiacchierarono molto. La paura della notte, del sogno, si stava impossessando del giovane.

— Non sono un guaritore — gli disse il vecchio, — ma forse posso fare quello che ha fatto il Maestro Erborista per permetterti di dormire.

L'altro lo fissò con aria interrogativa.

— Ho riflettuto, e penso che forse non sia stato affatto un incantesimo a tenerti lontano da quella collina, ma il semplice tocco di una mano viva. Se vuoi, possiamo provare.

Alder tentò di rifiutare, ma Sparviero ribatté: — Tanto, molto spesso trascorro sveglio la metà delle ore notturne.

Così, quella notte, Alder si coricò nel letto basso in fondo alla grande stanza, e il vecchio gli si sedette accanto, osservando il fuoco e sonnecchiando.

Osservò anche il giovane, e alla fine lo vide addormentarsi; e poco dopo vide che cominciava a tremare nel sonno. Allungò la mano e la mise sulla sua spalla.

Il dormiente si agitò un poco, sospirò, si rilassò, e continuò a dormire. Per Sparviero fu una soddisfazione poter fare almeno quello. *Efficace come un mago,* si disse con lieve sarcasmo.

Non aveva sonno; la tensione non lo aveva abbandonato. Pensò a tutto quello che Alder gli aveva detto, e a quello di cui avevano parlato nel pomeriggio. Lo rivide sul sentiero accanto al campetto di cavoli intento a recitare la formula per chiamare le capre, e l'altezzosa indifferenza delle capre alle parole prive di Potere. Ricordò che un tempo pronunciava il nome dello sparviero, del falco palustre, dell'aquila grigia, chiamandoli a sé dal cielo in un battito impetuoso di ali perché gli ghermissero il braccio con artigli di ferro e lo fissassero negli occhi con torvi occhi dorati... Tutto finito, ormai. Poteva vantarsi, chiamando quella casa il suo nido d'aquila, ma non aveva ali.

Però Tehanu le aveva. Aveva ali di drago su cui volare.

Il fuoco si era spento. Sparviero si strinse nella pelle di pecora, appoggiando la testa al muro, tenendo sempre la mano sulla spalla calda e inerte di Alder. Provava simpatia per lui, e gli dispiaceva che si trovasse in quella situazione.

Doveva ricordarsi di chiedergli di aggiustare la brocca verde, l'indomani.

L'erba vicino al muro era bassa, secca, morta. Non spirava nessun vento che la facesse muovere o frusciare.

Si destò con un sussulto, alzandosi dalla sedia e, dopo un istante di smarrimento, posò di nuovo la mano sulla spalla del giovane, la strinse piano, e mormorò: — Hara! Vieni via, Hara. — Alder rabbrividì, poi si rilassò. Sospirò ancora, si girò sul ventre e rimase immobile.

Sparviero tenne la mano sulla spalla del dormiente. Come aveva fatto, lui, ad arrivare là, al muro di pietra? Non aveva più il Potere per andare in quel luogo. Per lui era impossibile trovare la via. Com'era successo la notte precedente, il sogno o la visione di Alder - la sua anima viaggiatrice - lo aveva portato con sé ai margini della Terra Tenebrosa.

Adesso era completamente sveglio. Restò seduto a osservare il riquadro grigiastro della finestra sul lato occidentale, piena di stelle.

L'erba sotto il muro... non cresceva più in basso, dove la collina diventava piana, la piana di quella terra fosca e arida. Aveva detto al giovane che laggiù c'era solo polvere, solo roccia. Vide quella polvere nera, roccia nera. Alvei di torrenti morti dove non scorreva mai acqua. Nessun essere vivente. Nessun uccello, nessun topo selvatico timoroso, nessuno scintillio e ronzio di piccoli insetti, le creature del sole. Solo i morti, con i loro occhi vacui e le facce silenziose.

Ma gli uccelli non morivano?

Un topo, un moscerino, una capra... una capra bianca e marrone, svelta, sfacciata, con gli occhi gialli, Sippy, la capra prediletta di Tehanu morta l'inverno precedente a una veneranda età... dov'era Sippy?

Non nella Terra Tenebrosa. Era morta, ma non era là. Era dov'era giusto che fosse, nel terreno. Nel terreno, nella luce, nel vento, nell'acqua che sprizzava dalla roccia, nell'occhio giallo del sole.

Allora perché, perché?...

Osservò Alder che riparava la brocca. Panciuta, verde giada, era uno degli oggetti preferiti di Tenar, che l'aveva portata dalla Fattoria delle Querce anni addietro. Gli era scivolata di mano mentre la prendeva dalla mensola. Lui aveva raccolto i due grossi pezzi e i minuscoli frammenti, ripromettendosi di incollarli, perché la brocca potesse fare bella mostra come ornamento, anche se non sarebbe più stato possibile usarla. Ogni volta che vedeva i cocci, che aveva riposto in un cestino, pensando a quanto era stato maldestro, si arrabbiava.

Adesso, affascinato, guardava le mani del giovane. Snelle, forti, abili, senza fretta, quelle mani cullavano la forma della brocca, lisciando e incastrando e sistemando i cocci di terracotta, esortando e accarezzando, i pollici che blandivano e guidavano i frammenti più piccoli sino a farli combaciare, riunendoli, rassicurandoli. Mentre lavorava, mormorava una cantilena di due parole. Erano parole dell'Antica Lingua. Ged lo sapeva, ma non conosceva il loro significato. Il volto di Alder era sereno, completamente privo di tensione e di angoscia: così assorto nel lavoro da sprigionare una calma eterna.

Le mani si separarono dalla brocca, staccandosi dall'oggetto e aprendosi come un fiore che sbocciasse. Sul tavolo di quercia, la brocca era intatta.

Alder la guardò in silenzio, contento.

Quando il vecchio lo ringraziò, l'altro disse: — Non è stato difficile. Le rotture erano nette. È un oggetto ben fatto, e buona terracotta. Sono i lavori scadenti quelli difficili da riparare.

— Ho pensato a un metodo che potrebbe aiutarti a dormire in pace — annunciò Sparviero.

Alder si era svegliato ai primi albori del giorno e si era alzato, in modo che Ged potesse andare nel proprio letto e dormire qualche ora; ma quella era una soluzione di ripiego.

— Vieni con me — lo invitò il vecchio, e insieme s'incamminarono verso l'interno dell'isola, imboccando un sentiero che costeggiava il pascolo delle capre e serpeggiava tra poggi, campicelli un po' trascurati e insenature della foresta. Gont era un luogo dall'aspetto selvaggio, aspro e caotico, con la montagna irsuta che si stagliava sempre minacciosa.

Mentre camminavano, Sparviero spiegò: — Ho pensato che, se io sono riuscito a fare quel che ha fatto il Maestro Erborista, a tenerti lontano dalla collina del muro semplicemente toccandoti con la mia mano, forse allora ci sono altri in grado di aiutarti. Sempre che tu non abbia nulla in contrario se si tratta di animali.

— Animali?

— Vedi — iniziò il vecchio, ma non poté continuare, interrotto da una strana creatura che avanzava verso di loro saltellando sul sentiero. Era infagottata in gonne e scialli, e delle piume le spuntavano dalla testa in tutte le direzioni.

— Oh, Mastroviere, Mastroviere! — sbraitò.

— Salve, Erica. Adagio, piano — fece Sparviero.

La donna si fermò, dondolando il corpo, le piume in testa ondeggianti, un largo sorriso sul volto. — Lei sapeva che stavi arrivando! — vociò. — Ha fatto il becco dello sparviero con le dita... così, vedi... ha fatto così, e mi ha detto: «Vai, vai!» Sapeva che stavi venendo!

— Infatti, sto proprio venendo.

— A trovarci?

— A trovarvi. Erica, questo è Maestro Alder.

— Mastralno — mormorò la donna, calmandosi di colpo mentre includeva la presenza di Alder nella propria coscienza. Indietreggiò, si chiuse in se stessa, si guardò i piedi.

Non portava stivali. Le sue gambe nude erano coperte dal ginocchio in giù di fango liscio marrone che stava seccando. Le gonne, raccolte, avevano l'orlo infilato nella cintura.

— Sei andata a caccia di rane, vero, Erica?

Lei annuì con aria assente. — Andrò a dirlo a Zia Muschio —

fece, iniziando sottovoce e terminando con un muggito, e partì di gran carriera tornando sui propri passi.

— È una brava persona — disse Sparviero. — Un tempo aiutava mia moglie. Adesso vive con la nostra strega e l'aiuta. Spero che tu non abbia nulla in contrario a entrare nella casa di una strega, sbaglio?

— No, assolutamente... non ho nulla in contrario, mio signore.

— Molte persone sì. Nobili e gente comune, maghi e stregoni.

— Mia moglie Giglio era una strega.

Ged chinò il capo e camminò in silenzio per un po'. — Com'è che tua moglie ha scoperto di possedere il dono, Alder?

— Era qualcosa di innato in lei. Da bambina sanava i rami spezzati degli alberi, e gli altri bambini le portavano i loro giocattoli rotti da aggiustare. Ma, quando suo padre la vedeva fare quelle cose, la picchiava sulle mani. La famiglia di Giglio contava molto nella sua città. Persone rispettabili — raccontò Alder, con voce calma, dolce. — Non volevano che lei frequentasse streghe, dato che questo le avrebbe impedito di sposare un uomo rispettabile. Così lei teneva tutto per sé. E le streghe non volevano avere nulla a che fare con lei, neppure quando cercava di imparare da loro, perché temevano suo padre. Poi un uomo ricco cominciò a corteggiarla, perché era bella, come vi ho detto, mio signore. Più bella di quanto io possa descrivere. E suo padre le disse che doveva sposarsi. Giglio fuggì quella stessa notte. Visse da sola per alcuni anni, ospitata qui e là da qualche strega, ma mantenendosi grazie al suo talento.

— Non è una grande isola, Taon.

— Suo padre non la cercava. Diceva che una strega che andava in giro ad aggiustare oggetti non poteva essere sua figlia.

L'altro piegò di nuovo il capo. — Così lei sentì parlare di te, e ti raggiunse.

— Ma m'insegnò molte più cose di quelle che potevo insegnarle io — disse Alder, sincero. — Possedeva un grande dono.

— Ci credo.

Erano giunti a una piccola casa, o una grande capanna, situata in fondo a una valletta, circondata da grovigli di amamelide e ginestra, con una capra sul tetto, un certo numero di galline nere macchiettate di bianco che starnazzavano, e una pigra cagnetta da pastore che si alzò per abbaiare, poi cambiò idea e dimenò la coda.

Sparviero andò alla porta bassa, si chinò e guardò dentro.

— Ecco, Zia Muschio! — esordì. — Ti ho portato un visitatore. Maestro Alder, uno stregone dell'Isola di Taon. La sua arte è la riparazione, ed è un vero maestro, te lo garantisco, perché l'ho appena visto rimettere insieme la brocca verde di Tenar, tu sai quale intendo, quella che io da vecchio maldestro avevo fatto cadere e rotto in tanti pezzi.

Entrarono. Una vecchia sedeva su una sedia imbottita vicino alla porta, da dove poteva guardare l'esterno illuminato dal sole. Dai capelli bianchi sottili le spuntavano piume. Una gallina chiazzata le stava accovacciata in grembo. La vecchia sorrise a Ged con dolcezza e gli rivolse un garbato cenno di saluto. La gallina si svegliò, chiocciò e se ne andò.

— Questa è Muschio — disse Sparviero. — Una strega con tante doti, la più grande delle quali è la gentilezza.

In quel modo, rifletté Alder, l'Arcimago di Roke avrebbe potuto presentare un grande mago a una grande signora. Fece un inchino. La vecchia piegò il capo e sorrise.

Fece un gesto circolare con la mano sinistra, rivolgendo a Ged uno sguardo interrogativo.

— Tenar? Tehanu? — disse Sparviero. — Sono ancora a Havnor con il re, per quel che ne so. Si divertiranno moltissimo, là, visitando la grande città e i palazzi.

— Ho fatto delle corone — strillò Erica, sbucando dalla parte più interna della casa, un caos buio e maleodorante. — Come re e regine. Visto? — Si lisciò le penne di gallina infilate nei capelli folti. Zia Muschio, ricordandosi della propria singolare acconciatura, diede qualche debole colpetto alle piume e fece una smorfia.

— Le corone sono pesanti — disse Ged. Delicatamente, le tolse le piume più fini dalle ciocche di capelli.

— Chi è la regina, Mastroviere? — strillò Erica. — Chi è la regina? Bannen è il re, chi è la regina?

— Re Lebannen non ha una regina, Erica.

— Perché no? Dovrebbe averla. Perché no?

— Forse la sta cercando.

— Sposerà Tehanu! — gridò allegra Erica. — La sposerà!

Alder vide che il volto di Sparviero cambiava, si chiudeva, diventava roccia.

Il vecchio disse solo: — Ne dubito. — Stringendo le penne tolte dai capelli di Muschio, le accarezzò. — Sono venuto a chiederti un favore, come sempre, Zia Muschio — aggiunse poi.

La vecchia allungò la mano sana e prese quella del vecchio con tale tenerezza che Alder provò commozione.

— Vorrei che mi prestassi uno dei tuoi cuccioli.

Muschio assunse un'espressione mesta. Erica, a bocca aperta accanto a lei, rifletté a lungo e poi gridò: — I cuccioli! Zia Muschio, i cuccioli! Ma non ci sono più!

La vecchia annuì, accarezzando la mano di Sparviero.

— Qualcuno li voleva? — chiese Ged.

— Il più grande è uscito e forse è corso nella foresta e qualche creatura l'ha ucciso perché non è più tornato, e poi il vecchio Zonzo è venuto e ha detto che aveva bisogno di cani da pastore, che li avrebbe presi tutti e due e li avrebbe addestrati, e Zia Muschio glieli ha dati perché davano la caccia ai nuovi pulcini di Fiocchidineve, e si mangiavano la casa, anche.

— Be', Zonzo forse avrà il suo bel daffare a addestrarli — commentò Sparviero, abbozzando un sorriso. — Sono contento che li abbia lui, però mi dispiace che non ci siano più, perché volevo prenderne in prestito uno per un paio di notti. Dormivano sul tuo letto, vero, Muschio?

La vecchia annuì, ancora triste. Poi, rasserenandosi un po', alzò lo sguardo con la testa piegata di lato e miagolò.

Sparviero batté le palpebre, perplesso, ma Erica capì. — Oh! i gattini! — gridò. — Grigina ne ha avuti quattro, e Nerone ne ha ucciso uno prima che potessimo fermarlo, ma ce ne sono ancora tre qui in giro, dormono con Zia Muschio quasi ogni notte, adesso che i cagnolini se ne sono andati. Micini, micini, micini! Dove siete, micini? — E, dopo parecchio trambusto, rumori di lotta e miagolii acuti nell'interno buio della casupola, Erica riapparve stringendo in mano un gattino grigio che si dimenava e protestava. — Eccone uno! — gridò, e lo lanciò a Ged, che lo prese impacciato e fu subito graffiato.

— Su, buono — disse lui. — Calmati. — Il gattino emise un ringhio in miniatura, e tentò di morderlo. Muschio fece un cenno, e il vecchio le posò la bestiola in grembo. La vecchia l'accarezzò con mano lenta e pesante. Il micino si stese subito, si stirò, la guardò e fece le fusa.

— Puoi prestarmelo per qualche tempo?

La vecchia strega staccò la mano dal gattino e l'alzò in un gesto regale che significava chiaramente: *Volentieri, è tuo*.

— Sai, Maestro Alder fa dei sogni che lo turbano, e ho pensato che forse la vicinanza di un animale di notte potrebbe alleviare il suo turbamento.

Muschio annuì solenne e, guardando il giovane, infilò la mano sotto il micino e lo sollevò verso di lui. Alder lo prese circospetto. Il gattino non ringhiò, né cercò di mordere. Gli si arrampicò lungo il braccio e gli si aggrappò al collo sotto i capelli.

Mentre tornavano alla casa del vecchio mago, con il gattino infilato nella camicia di Alder, Sparviero spiegò: — Una volta, quando ero nuovo del mestiere, mi chiesero di guarire un bambino malato di febbre rossa. Sapevo che il piccolo stava morendo, ma non volevo lasciarlo andare. Cercai di seguirlo. Di riportarlo indietro. Oltre il muro di pietra... E così caddi accanto al suo letto, giacendo a terra come se anch'io fossi morto. Una strega presente capì cos'era successo, e mi fece portare a casa mia e mettere a letto. Nella mia abitazione c'era un animale che aveva fatto amicizia con me quando ero bambino a Roke, una creatura selvatica venuta da me spontaneamente e rimasta con me. Un otak. Li conosci? Non credo che ci siano nel Nord.

Alder esitò: — Ne ho sentito parlare solo in quella parte delle *Gesta di Morred* dove si narra che il mago giunse alla corte di Terrenon a Osskil. L'otak cercò di avvisarlo che c'era un gebbeth che gli stava appresso. Il mago si liberò del gebbeth, ma il piccolo otak fu preso e ucciso.

Sparviero proseguì senza parlare per una ventina di passi. — Sì — fece poi. — È questo che si narra. Ebbene, anche il mio otak mi salvò la vita quando a causa del mio comportamento folle mi ritrovai dall'altra parte del muro, con il corpo che giaceva qui e la mia anima smarrita là. L'otak venne da me e mi lavò, come lavano se stessi e i loro piccoli, come fanno i gatti, con una lingua asciutta, pazientemente, toccandomi e riportandomi indietro con il suo tocco, riportandomi nel mio corpo. E il dono che l'animale mi fece non fu solo la vita, ma una conoscenza profonda quanto quello che ho imparato a Roke... Purtroppo, dimentico tutto il mio sapere... Una conoscenza, come ho detto, ma anche un mistero. Qual è la differenza tra noi e gli animali? Il linguaggio? Tutti gli animali parlano in qualche modo, dicendo «vieni» e «bada» e molte altre cose; però non possono narrare storie, e non possono dire bugie.

Mentre noi possiamo... Ma i draghi parlano: parlano la Lingua Vera, la Lingua della Creazione, in cui non ci sono bugie, in cui narrare la storia equivale a far sì che la storia si compia! Eppure noi chiamiamo animali i draghi... Dunque, forse la differenza non è la lingua.

— Forse consiste in questo: gli animali non agiscono né bene né male. Fanno ciò che devono fare. Noi possiamo definire quello che fanno dannoso o utile, ma bene e male appartengono a noi, che compiamo una scelta, decidiamo cosa fare. I draghi sono pericolosi, sì. Possono nuocere. Ma non sono malvagi. Sono al di sotto della nostra moralità, per così dire, come qualsiasi animale. O al di là. Non hanno nulla a che fare con la moralità... Noi dobbiamo compiere delle scelte, in continuazione. Agli animali basta esistere e fare. Noi siamo aggiogati, e loro sono liberi. Quindi, essere con un animale significa conoscere un poco di libertà.

— La notte scorsa, stavo pensando che le streghe hanno spesso un animale come compagno. Mia zia aveva un vecchio cane che non abbaiava mai. Lo chiamava Vaiavanti. E l'Arcimago Nemerle, la prima volta che giunsi a Roke, aveva un corvo che lo seguiva ovunque. Ho pensato a una giovane che un tempo conoscevo, che come bracciale portava una piccola lucertola-drago, una harreki. E così alla fine mi sono ricordato del mio otak. Allora ho pensato che, se tu hai bisogno del calore di un tocco per rimanere da questa parte del muro, perché non provare con un animale? Dato che loro vedono la vita, non la morte. Forse un cane o un gatto è efficace quanto un Maestro di Roke...

L'idea di Ged si rivelò valida. Il micino, evidentemente felice di avere abbandonato una casa infestata di cani, gatti, galli, e l'imprevedibile Erica, si sforzò di dimostrare che era un animale affidabile e diligente, perlustrando la casa in cerca di topi, stando appollaiato sulla spalla di Alder quando gli era consentito, e accovacciandosi ronfante a dormire sotto il suo mento non appena il suo padrone si coricava. Alder dormì tutta la notte senza sognare, e al risveglio trovò il gattino seduto sul proprio petto, intento a lavarsi le orecchie con un'aria tranquilla e virtuosa.

Quando Sparviero provò a stabilire se fosse maschio o femmina, però, il micio ringhiò e si dibatté. — Va bene — disse il vecchio, affrettandosi a ritrarre la mano. — Come vuoi... o è maschio o è femmina. Questo è certo.

— Non gli metterò nessun nome, in ogni caso — disse Alder.

— I micini si spengono come fiammelle di candela. E, se gli si mette un nome, poi si soffre di più quando muoiono.

Quel giorno, su suggerimento di Alder, andarono a riparare la staccionata, camminando lungo il recinto del pascolo delle capre, Sparviero all'interno, l'altro all'esterno. Quando uno dei due trovava un punto dove le assicelle mostravano segni di marciume o i legacci stavano cedendo, Alder passava le mani lungo il legno, tirando, lisciando e rafforzando, intonando una cantilena quasi impercettibile che gli risuonava in gola e nel petto, con la faccia rilassata e assorta.

Una volta il vecchio, osservandolo, mormorò: — E io un tempo davo tutto quanto per scontato!

Il suo ospite, assorbito dal proprio lavoro, non gli chiese cosa intendesse dire.

— Ecco — annunciò. — Adesso resisterà. — Proseguirono, seguiti dalle due capre curiose, che spingevano e prendevano a testate i tratti di staccionata riparati, quasi volessero saggiarne la solidità.

Sparviero suggerì: — Ho pensato che forse sarebbe bene che tu andassi a Havnor.

Alder lo guardò, allarmato. — Ah, io pensavo che adesso, che pare abbia trovato il modo di stare lontano da... da quel luogo... forse potrei tornare a casa, a Taon. — Mentre lo diceva, però, si rese conto di non essere affatto convinto delle proprie parole.

— Potresti, ma non credo che sarebbe una cosa saggia.

Riluttante, il giovane ammise: — Già, è pretendere troppo, sperare che un gattino difenda un uomo dalle orde dei morti.

— Sì.

— Ma io... cosa dovrei fare a Havnor? — chiese. E, di colpo speranzoso, soggiunse: — Voi verreste con me?

Ged scosse il capo. — Io resto qui.

— Il Maestro degli Schemi...

— Ti ha mandato da me. E io ti mando dalle persone che dovrebbero sentire il tuo racconto e scoprire cosa significa... Vedi, Alder, penso che in cuor suo il Maestro degli Schemi creda che io sia quel che ero. Crede che io stia semplicemente nascondendomi qui nelle foreste di Gont, e che in caso di estremo bisogno accorrerò. — Il vecchio guardò i propri indumenti macchiati di sudore e rattoppati, le scarpe impolverate, e rise. — In tutto il mio splendore — concluse.

— *Beeehhh* — fece la capra marrone dietro di lui.

— Comunque, Alder, il Maestro degli Schemi ha fatto bene a mandarti qui, dato che lei sarebbe stata qui, se non fosse andata a Havnor.

— Lady Tenar?

— *Hama Gondun.* Così l'ha chiamata il Maestro degli Schemi stesso — rispose Ged, guardando Alder dall'altra parte della staccionata, gli occhi insondabili. — Una donna a Gont. La donna di Gont. Tehanu.

PALAZZI

Quando Alder giunse al porto, la *Farflyer* era ancora ormeggiata al molo e prendeva a bordo un carico di legname; lui sapeva di non essere un passeggero gradito in quella nave.

Salì su una piccola e malconcia imbarcazione costiera, ormeggiata vicino alla *Farflyer,* la *Pretty Rose.* Sparviero gli aveva dato una lettera d'imbarco firmata dal re e marchiata con la Runa della Pace.

— Il re me l'ha inviata perché la usassi se avessi cambiato idea — aveva spiegato Ged, sbuffando. — Servirà a te.

Il comandante della nave, dopo averla fatta leggere dal commissario di bordo, diventò assai rispettoso e si scusò per lo spazio angusto e la lunghezza del viaggio. La *Pretty Rose* era diretta a Havnor, certo, però era una nave costiera, che trasportava modeste quantità di merci di porto in porto, e avrebbe potuto impiegare un mese per circumnavigare la costa sudorientale della Grande Isola e raggiungere la Città del Re.

D'altro canto Alder non aveva nessuna fretta. Perché, anche se temeva il viaggio in mare, temeva ancor di più la fine della traversata.

Dal novilunio al semilunio, Alder conobbe un periodo di pace. Il gattino grigio era un viaggiatore robusto e audace; per tutto il giorno dava la caccia ai topi nella stiva della nave, ma di notte si raggomitolava fedele sotto il suo mento o al suo fianco; e, con grande stupore, quella creaturina calda continuava a tenerlo lontano dal muro di pietra e dalle voci che lo chiamavano dal lato opposto della barriera. Non del tutto, però.

Non a tal punto da fargliele dimenticare completamente; erano là, appena oltre il velo del sonno, nell'oscurità, appena oltre il chiarore del giorno.

Dormendo sul ponte in quelle notti calde, Alder spesso apriva gli occhi per assicurarsi che le stelle si muovessero, ondeggiando al dondolio della nave ormeggiata, seguendo il loro corso nel cielo verso occidente.

Era ancora un uomo tormentato, ma, per metà mese d'estate lungo le coste di Kameber, di Barnisk e della Grande Isola, poté volgere le spalle ai propri fantasmi.

Per giorni interi il gattino diede la caccia a un topo quasi delle sue dimensioni. Vedendolo trascinare orgoglioso la preda sul ponte, uno dei marinai lo chiamò Tiro. E ad Alder quel nome piacque.

Attraversarono lo stretto di Ebavnor ed entrarono nella baia di Havnor. Sulla distesa d'acqua illuminata dal sole, a poco a poco apparvero in lontananza, emergendo dalla foschia, le torri bianche della città al centro del mondo. Alder era in piedi a prua quando giunsero a destinazione e, alzando lo sguardo, vide sul pinnacolo della torre più alta un bagliore di luce argentea, la Spada di Erreth-Akbe.

A quel punto avrebbe voluto rimanere a bordo, continuare il viaggio ed evitare di scendere a terra nella grande città per presentarsi a gente di rango elevato con una lettera per il re. Sapeva di non essere un messaggero adatto a tale incarico. Perché un onere così gravoso era toccato proprio a lui? Com'era possibile che un stregone di campagna che non sapeva nulla delle questioni importanti e delle arti profonde dovesse compiere quei viaggi di terra in terra, da mago a monarca, dai vivi ai morti?

Lo aveva detto a Sparviero. — Non sono cose alla mia portata — aveva fatto notare. Il vecchio lo aveva osservato un poco, poi, chiamandolo con il suo vero nome, aveva replicato: — Il mondo è vasto e strano, Hara, ma non più vasto e strano della nostra mente. Pensa a questo, qualche volta.

Dietro la città, il cielo fu oscurato da un temporale nell'entroterra. Le torri ardevano bianche sullo sfondo nero violaceo, e i gabbiani si libravano sopra di esse come scintille di fuoco svolazzanti.

La *Pretty Rose* attraccò, venne abbassata la passerella. Questa volta i marinai lo salutarono e gli augurarono buona fortuna mentre si metteva lo zaino in spalla. Alder raccolse il cesto coperto in cui era accovacciato paziente Tiro, e sbarcò.

Le strade erano numerose e affollate, ma la via da seguire per raggiungere il palazzo era chiara, e non gli rimase che seguirla e dire che aveva una lettera per il re da parte dell'Arcimago Sparviero.

E lo disse molte volte.

Andò da una guardia all'altra, da un funzionario all'altro, dagli ampi scalini esterni del palazzo ad alte anticamere, scale dalla balaustra dorata, uffici interni con le pareti coperte di arazzi, percorrendo pavimenti di piastrelle e di marmo e di quercia, sotto soffitti a cassettoni, a volta, dipinti, ripetendo la sua magica litania: — Vengo da parte di Sparviero, l'Arcimago di un tempo, con una lettera per il re. — Non voleva consegnare la lettera.

Un codazzo di gente, una folla di guardie e uscieri e funzionari sospettosi, sussiegosi, che temporeggiavano e ostacolavano, continuava a radunarsi attorno a lui, gli stava appresso e intralciava la sua lenta avanzata nel palazzo.

Poi, all'improvviso, sparirono tutti. Si era aperta una porta. Si richiuse alle sue spalle.

Alder era solo in una stanza silenziosa. Un'ampia finestra dava sui tetti, rivolta a nord-ovest. Le nubi temporalesche si erano dissolte, e la grande vetta grigia del Monte Onn si stagliava sopra colline lontane.

Si aprì un'altra porta. Entrò un uomo, vestito di nero, circa della sua stessa età, dai movimenti rapidi, con un volto bello e forte, liscio come bronzo. Andò subito verso di lui.

— Maestro Alder, sono Lebannen.

Tese la destra per toccare la mano di Alder, palmo contro palmo, secondo la consuetudine di Éa ed Enlad. Lui rispose automaticamente a quel gesto familiare, poi rifletté che avrebbe dovuto inginocchiarsi, o almeno inchinarsi, ma ormai il momento per farlo era passato. Così restò impalato.

— Vi ha inviato Lord Sparviero. Come sta? Sta bene?

— Sì, signore. Vi manda... — Alder si frugò nella giubba in cerca della lettera, che si era riproposto di porgere al sovrano inginocchiandosi, quando finalmente lo avessero accompagnato nella sala del trono dove il re lo avrebbe atteso seduto sulla sua grossa poltrona, — ... questa lettera, mio signore.

Gli occhi che lo osservavano erano vigili, cortesi, penetranti come quelli dell'Arcimago, ma ancor più imperscrutabili. Mentre prendeva la lettera, il re disse con modi impeccabili:

— Il latore di qualsiasi messaggio da parte sua è il benvenuto e ha i miei più fervidi ringraziamenti... Volete scusarmi?

Alder riuscì finalmente a inchinarsi. Il sovrano si avvicinò alla finestra per leggere la lettera.

La lesse almeno due volte, quindi la ripiegò. Il suo viso era impassibile come poco prima. Andò alla porta e parlò a qualcuno nella stanza accanto, poi tornò a girarsi verso Alder. — Prego, sedetevi con me — disse. — Ci porteranno qualcosa da mangiare. Siete stato tutto il pomeriggio nel palazzo, lo so. Se il capoguardia avesse avuto il buonsenso di informarmi, avrei potuto risparmiarvi le ore necessarie per superare le mura e i fossati... Siete stato ospite di Lord Sparviero? Nella sua casa sull'orlo del Grande Precipizio?

— Sì.

— Vi invidio. Non sono mai stato là. Non lo vedo da quando ci separammo a Roke, ed è trascorsa metà della mia vita da allora. Non ha mai voluto che andassi da lui a Gont. Non è venuto alla mia incoronazione. — Lebannen sorrise, come se si trattasse di cose prive di importanza. — Mi ha dato il regno — disse.

Sedendosi, con un cenno invitò Alder a prendere posto di fronte a lui dall'altra parte di un tavolino. Alder guardò il piano del tavolo, intarsiato con motivi sinuosi d'avorio e d'argento, foglie e fiori di sorbo intrecciati a spade sottili.

— Avete fatto buon viaggio? — chiese il re, e chiacchierò del più e del meno mentre venivano serviti piatti di carne fredda e trota affumicata con lattuga e formaggio. Diede ad Alder il buon esempio mangiando con appetito, e versò a entrambi del vino color topazio chiarissimo, in calici di cristallo. Alzò il proprio bicchiere. — Al mio signore e caro amico — brindò.

Il commensale mormorò: — A lui. — E bevve.

Il re parlò di Taon, che aveva visitato alcuni anni addietro... Alder ricordava l'eccitazione di tutta l'isola quando il re era stato a Meoni. Parlò di alcuni musicisti di Taon che erano in città in quel periodo, arpisti e cantori venuti a esibirsi per la corte; forse lui conosceva qualcuno di loro: i nomi, infatti, che il re pronunciò gli erano familiari. Il sovrano era molto bravo a mettere a proprio agio l'ospite, e facevano la loro parte anche il cibo e il vino.

Quando ebbero finito di mangiare, il re versò a entrambi un altro mezzo bicchiere di vino, e disse: — La lettera riguarda voi, per lo più. Lo sapevate? — Il suo tono non era cambiato granché rispetto alle chiacchiere di poco prima, e per un attimo Alder rimase interdetto.

— No — rispose.

— Avete idea di che cosa parli?

— Di quello che sogno, forse — fece Alder sottovoce, abbassando lo sguardo.

Il re lo osservò un istante. Non c'era nulla di offensivo nei suoi occhi, ma in quell'esame il sovrano fu più esplicito di quanto non lo sarebbe stata la maggior parte degli uomini. Poi prese la lettera e gliela porse.

— Mio signore, io leggo pochissimo.

Il sovrano non era sorpreso - alcuni stregoni sapevano leggere, altri no - ma si rammaricò in modo evidente di aver messo in imbarazzo l'ospite.

Il colorito bronzeo dorato del suo volto diventò rosso cupo. — Scusatemi, Maestro Alder. Posso leggervi quel che dice Lord Sparviero?

— Sì, grazie, mio signore — rispose lui. Di fronte al disagio del sovrano, per un attimo si sentì pari al re, e per la prima volta parlò con naturalezza e cordialità.

Lebannen scorse in fretta le righe introduttive, quindi lesse ad alta voce: — Alder di Taon, latore di questa missiva, viene chiamato in sogno e contro la propria volontà in quella terra che tu e io attraversammo una volta insieme. Ti parlerà di sofferenza là dove la sofferenza è ormai passata, e di cambiamento là dove nulla cambia. Noi avevamo chiuso la porta aperta da Cob. Ora il muro forse deve cadere. Alder è stato a Roke. Solo Azver lo ha ascoltato. Il re mio signore ascolterà e agirà con la saggezza richiesta in questa circostanza. Alder reca il mio tributo di sempiterno onore e obbedienza al re mio signore. E di sempiterno onore e considerazione per la mia signora Tenar. E reca inoltre un mio messaggio verbale per la mia diletta figlia Tehanu.

Era firmata con la Runa dell'Artiglio.

Lebannen staccò lo sguardo dalla lettera e lo fissò negli occhi di Alder. — Ditemi cosa sognate — chiese.

Così, una volta ancora, lui raccontò la propria storia.

La espose in breve e non molto bene. Anche se aveva avuto soggezione di Sparviero, l'ex Arcimago sembrava un vecchio contadino, ne aveva l'aspetto, l'abbigliamento e il modo di vivere, pareva dunque un uomo del suo stesso rango, e tale semplicità aveva cancellato il suo timore e la sua timidezza. Per quanto gentile e cortese potesse essere, il re aveva invece un aspetto regale, si comportava da re, era il governante, e per Alder la distanza che li separava era insuperabile. Così si affrettò a raccontare come meglio poteva e, giunto al termine, si sentì sollevato.

Lebannen gli rivolse qualche domanda. Giglio e poi Sula lo avevano entrambi toccato una volta: poi non era più capitato? E il tocco di Sula lo aveva bruciato?

Alder allungò la mano. I segni erano quasi invisibili sotto l'abbronzatura di un mese.

— Credo che la gente accanto al muro mi toccherebbe se mi avvicinassi — disse.

— Però voi state lontano da loro?

— L'ho fatto.

— E non sono persone che conoscevate in vita?

— A volte mi sembra di riconoscere qualcuno.

— Ma mai vostra moglie?

— Sono tanti, mio signore. A volte ho l'impressione che lei sia là con loro. Ma non riesco a vederla.

Parlandone, l'incubo cominciò quasi a materializzarsi. Alder fu pervaso di nuovo dalla paura. Pensò che le pareti della stanza potessero dissolversi, che il cielo della sera e la vetta del monte potessero svanire come una tenda scostata, lasciandolo dove si ritrovava sempre, là, su una collina tenebrosa vicino a un muro di pietra.

— Maestro Alder.

Alzò lo sguardo, scosso, la testa gli girava. La stanza sembrava luminosa, la faccia del re dura e vivida.

— Alloggerete qui nel palazzo?

Era un invito, ma Alder riuscì solo ad annuire, accettandolo come un ordine.

— Bene. Darò disposizioni perché domani voi comunichiate a Tehanu il messaggio destinato a lei. E so che la Bianca Signora desidererà parlare con voi.

Alder s'inchinò. Il sovrano si voltò per andarsene. — Mio signore...

Quello si girò.

— Posso tenere con me il mio gatto?

Nemmeno l'accenno di un sorriso, nessuna traccia di dileggio. — Certo.

— Mio signore, mi dispiace terribilmente portarvi notizie preoccupanti!

— Qualsiasi messaggio da parte dell'uomo che vi ha inviato qui mi giunge gradito. Preferisco ricevere cattive notizie da un uomo onesto, che menzogne da un adulatore — disse Lebannen, e Alder, cogliendo in quelle parole il vero accento delle proprie isole natie, si sentì un po' rincuorato.

Il re uscì, e subito un uomo si affacciò alla porta da cui lui stesso era entrato. — Se volete seguirmi, vi condurrò nella vostra stanza, signore — annunciò. Era solenne, anziano e ben vestito, e lui lo seguì, senza sapere se fosse un nobiluomo o un servitore, e non osando quindi chiedergli di Tiro.

Nell'anticamera della sala dove aveva incontrato il re, i funzionari e le guardie avevano insistito irremovibili perché lasciasse lì il suo cesto. Il cestino era già stato osservato con sospetto e ispezionato con disapprovazione da una quindicina di funzionari. Alder aveva spiegato altrettante volte che aveva con sé il gatto perché non sapeva dove lasciarlo in città. L'anticamera dov'era stato costretto a posare il fardello era lontana e lui non aveva visto nessun cesto quando l'avevano attraversata, e adesso non l'avrebbe più trovato, era a mezzo palazzo di distanza, dopo un labirinto di corridoi, passaggi, porte...

La sua guida s'inchinò e lo lasciò in una cameretta bellissima, con arazzi, tappeti, una sedia ricamata, una finestra che dava sul porto, un tavolo su cui vi erano un piatto di frutti estivi e una brocca d'acqua. E il suo cesto.

Lo aprì. Tiro uscì tranquillamente, come se avesse grande dimestichezza con i palazzi. Si stiracchiò, annusò le dita del padrone in segno di saluto, e cominciò a esplorare la stanza. Scoprì, dietro una tenda, un'alcova con il letto, e vi saltò sopra. Bussarono piano alla porta. Un giovane entrò con una cassetta di legno senza coperchio. S'inchinò, mormorando: — La sabbia, signore. — Posò la cassetta in un angolo in fondo all'alcova. Fece un altro inchino e se ne andò.

— Bene — disse lui, sedendosi sul letto. Non aveva l'abitudine di parlare al gattino. Il loro era un rapporto di contatto fisico muto e fiducioso. Ma doveva parlare con qualcuno. — Oggi ho conosciuto il re — disse.

Il re dovette conversare con fin troppe persone, prima di potersi sedere sul proprio letto. Innanzitutto, c'erano gli emissari del sommo re dei Karg. Stavano per partire, avendo portato a termine la loro missione a Havnor in modo soddisfacente per loro, ma tutt'altro che proficua per il sovrano...

Lebannen aveva atteso con ansia la visita di quegli ambasciatori, considerandola il culmine di anni di pazienti offerte, inviti e negoziati. Nei primi dieci anni di regno, non riuscì a concludere nulla con i Karg. Il dio-re di Awabath respingeva le sue proposte di trattati e scambi commerciali, e rimandava a casa i suoi inviati senza neppure ascoltarli, dichiarando che gli dei non parlamentavano con i volgari mortali, tanto meno con i maledetti stregoni. Ma i proclami di Impero Divino Universale del dio-re non furono seguiti dalle flotte di navi cariche di guerrieri piumati che dovevano invadere l'Occidente ateo. Perfino le scorrerie dei pirati che affliggevano da tanto tempo le Isole Orientali dell'Arcipelago a poco a poco cessarono. I pirati erano diventati contrabbandieri che cercavano di barattare le merci fatte uscire illegalmente da Karego-At in cambio di ferro, acciaio e bronzo dell'Arcipelago, perché le Terre di Karg erano povere di miniere e metallo.

Fu da quei commercianti fuorilegge che giunsero le prime notizie dell'ascesa del sommo re.

A Hur-at-Hur, la grande e povera isola all'estremità orientale delle Terre di Karg, un signore della guerra, Thol, sostenendo di discendere da Thoreg di Hupun e dal dio Wuluah, si era proclamato sommo re di quel territorio. Aveva poi conquistato Atnini, e in seguito, con una flotta e un esercito invasore che comprendeva uomini di Hur-at-Hur e di Atnini, rivendicò la sovranità della ricca isola centrale, Karego-At. Mentre i suoi guerrieri avanzavano combattendo verso Awabath, la capitale, gli abitanti della città insorsero contro la tirannia del dio-re. Massacrarono i sommi sacerdoti, cacciarono i burocrati dai templi, spalancarono le porte, e accolsero felici re Thol sul trono di Thoreg con vessilli e danze nelle strade.

Il dio-re fuggì con i superstiti delle sue guardie e dei suoi sacerdoti nel Luogo delle Tombe ad Atuan. Là, nel deserto, nel tempio vicino alle rovine del sacrario devastato dal terremoto degli Innominabili, uno dei sacerdoti eunuchi tagliò la gola al dio-re.

Thol si proclamò sommo re delle Quattro Terre di Karg.

Non appena ne ebbe notizia, Lebannen inviò degli ambasciatori a salutare il fratello sovrano e assicurarlo delle intenzioni amichevoli dell'Arcipelago.

Seguirono cinque anni di difficile e logorante diplomazia. Thol era un uomo violento su un trono minacciato. Nello sfacelo della teocrazia, il controllo nel suo regno era incerto, tutta l'autorità era traballante. Sovrani minori continuavano ad autoproclamarsi tali, e bisognava placarli con la corruzione o ridurli all'obbedienza sconfiggendoli. Da sacrari e caverne uscivano membri di sette che gridavano: «Guai ai potenti!» e predicevano terremoti, maremoti, calamità e deicidi. Governando un impero agitato e diviso, Thol non poteva certo fidarsi dei ricchi e potenti abitanti dell'Arcipelago.

Non significava nulla per lui il fatto che il loro re parlasse di amicizia, agitando l'Anello della Pace. I Karg non avevano forse diritto a quell'Anello? Era stato forgiato nell'antichità in Occidente, ma molto tempo addietro re Thoreg di Hupun lo aveva accettato in dono dall'eroe Erreth-Akbe, un segno di amicizia tra le Terre di Karg e quelle hardiche. Era scomparso, e c'era stata guerra, non amicizia. Ma poi il mago Sparviero aveva trovato l'Anello e lo aveva rubato, insieme con la Sacerdotessa delle Tombe di Atuan, portando entrambi a Havnor. Questo dimostrava la reale fidatezza degli abitanti dell'Arcipelago.

Tramite i suoi inviati, con pazienza e con garbo, il re fece notare che l'Anello della Pace, in primo luogo, era stato un dono di Morred a Elfarran, un caro simbolo del re e della regina più amati dell'Arcipelago. E anche un oggetto sacro, perché su di esso c'era la Runa del Vincolo, un potente incantesimo di benedizione. Circa quattro secoli prima, Erreth-Akbe lo aveva portato nelle Terre di Karg come pegno di pace inviolabile. Ma i sacerdoti di Awabath avevano violato la pace e rotto l'Anello. Poi, una quarantina d'anni addietro, grazie a Sparviero di Roke e Tenar di Atuan, l'Anello era tornato integro. Perché non parlare di pace, dunque?

Quella era la sostanza dei messaggi inviati da Lebannen a re Thol.

E un mese prima, subito dopo la Grande Danza dell'Estate, una flotta di navi aveva solcato il passaggio di Felkway, attraversato lo stretto di Ebavnor, entrando infine nella baia di Havnor: lunghe navi rosse dalle vele purpuree, con a bordo guerrieri piumati, emissari dalle vesti sontuose, e alcune donne velate.

— Che la figlia del sommo re Thol, seduto sul trono di Thoreg e discendente di Wuluah, porti l'Anello della Pace sul proprio braccio, come lo portava la regina Elfarran di Soléa, e che questo sia il segno di pace eterna tra le Isole Occidentali e quelle Orientali.

Quello era il messaggio inviato dal sommo re a Lebannen. Era scritto in grandi Rune hardiche su un rotolo di pergamena, ma, prima di consegnarlo al re, l'ambasciatore di Thol lo lesse a voce alta, in pubblico, al ricevimento degli emissari alla corte di Havnor, con l'intera corte presente per rendere onore agli inviati dei Karg. Forse fu perché l'ambasciatore in realtà non sapeva leggere l'hardico, che recitò le parole a memoria, ad alta voce e lentamente, ma, in ogni caso, quelle parole avevano il tono di un ultimatum.

La principessa non disse nulla. Era immobile tra le dieci ancelle o schiave che l'avevano accompagnata a Havnor e lo stuolo di dame di corte che erano state incaricate frettolosamente di badare a lei e di renderle onore. La principessa era velata, interamente velata, come usavano a quanto pareva le donne di buona famiglia a Hur-at-Hur. I veli, rossi con ricami dorati, scendevano da una specie di copricapo a tesa piatta, e la principessa sembrava una colonna rossa, un pilastro cilindrico, informe, immobile, silenzioso.

— Il sommo re Thol ci onora grandemente — disse Lebannen, la voce chiara e pacata; poi s'interruppe. La corte e gli emissari attesero. — Siete la benvenuta, qui, principessa — riprese, rivolto alla figura velata.

La colonna di veli rossi non si mosse.

— La principessa alloggerà nella Casa del Fiume, e ogni suo desiderio sia esaudito — ordinò.

La Casa del Fiume era uno splendido palazzetto all'estremità settentrionale della città, inserito nelle vecchie mura, con terrazze affacciate sul piccolo fiume Serrenen. L'aveva fatta costruire la regina Heru, e spesso veniva chiamata la Casa della Regina.

Quando era salito al trono, Lebannen l'aveva fatta restaurare e riarredare, insieme con il palazzo di Maharion, chiamato il Palazzo Nuovo, che ospitava la corte. Usava la Casa del Fiume solo per le festività estive, e a volte per appartarsi in pace qualche giorno.

Una lieve agitazione percorse la schiera di cortigiani. La Casa della Regina?

Dopo i rituali convenevoli con gli emissari stranieri, il re lasciò la sala delle udienze. Andò nel proprio spogliatoio, dove poteva godere di tutta la solitudine concessa a un sovrano, in compagnia del suo vecchio servitore, Quercia, che conosceva da una vita.

Sbatté sul tavolo il rotolo di pergamena indorato. — Formaggio in una trappola per topi — sbottò. Stava tremando. Estrasse il pugnale che portava sempre al fianco e trafisse il messaggio del sommo re. — La gatta nel sacco. Merce da comprare alla cieca. L'Anello sul braccio della principessa, e io con il collare al collo.

Quercia lo fissò perplesso e sbigottito. Il principe Arren di Enlad non aveva mai perso le staffe. Da bambino, talvolta piangeva per un attimo, un singhiozzo amaro, poi era tutto finito. Era troppo ben educato e ben disciplinato per cedere alla collera. E come re, un re che aveva ottenuto il proprio regno attraversando il Mondo dei Morti, poteva essere severo, ma era sempre, pensava Quercia, troppo orgoglioso, troppo forte per arrabbiarsi.

— Non si serviranno di me! — disse Lebannen, calando di nuovo il pugnale, il volto talmente minaccioso e furioso che il vecchio servitore si ritrasse spaventato.

Il re lo vide. Vedeva sempre le persone attorno a lui, e rinfoderò il pugnale. Con voce più controllata, disse: — Quercia, giuro che preferisco distruggere Thol e il suo regno piuttosto che permettergli di usarmi come poggiapiedi del suo trono. — Poi trasse un respiro profondo e si sedette per consentire al servitore di togliergli dalle spalle la pesante e preziosa veste da cerimonia.

Quercia non raccontò mai a nessuno una sola parola dello sfogo cui aveva assistito, ma naturalmente ci furono immediate e continue congetture circa la principessa dei Karg e quello che il re avrebbe fatto riguardo a lei... o quello che forse aveva già fatto.

Lebannen non aveva detto che avrebbe accettato l'offerta della principessa come sua sposa. Tutti erano d'accordo che la ragazza gli era stata offerta in sposa. L'accenno all'Anello di Elfarran celava a stento l'offerta, o l'affare, o la minaccia. Ma non aveva neppure rifiutato. La sua reazione, analizzata di continuo, era stata quella di dire che la principessa era la benvenuta, che bisognava esaudire ogni suo desiderio, e che avrebbe alloggiato alla Casa del Fiume: la Casa della Regina. Un particolare significativo? D'altro canto, però, perché non nel Palazzo Nuovo? Perché mandarla dalla parte opposta della città?

Fin dall'incoronazione a re, nobildonne e principesse di stirpe reale di Enlad, Éa e Shelieth erano venute in visita o in soggiorno a corte. Erano state tutte accolte in modo regale, e il re aveva ballato ai loro matrimoni quando quelle donne si erano accontentate di unirsi a nobiluomini o cittadini facoltosi. Era risaputo che il re apprezzava la compagnia femminile, che amoreggiava volentieri con una bella ragazza, che invitava di buona lena una donna intelligente a consigliarlo, canzonarlo, o consolarlo. Ma nessuna donna o ragazza aveva mai avuto la benché minima e remota probabilità di sposarlo. E nessuna era mai stata alloggiata alla Casa del Fiume.

— Il re deve avere una regina — gli rammentavano regolarmente i suoi consiglieri.

— Devi proprio sposarti, Arren — gli aveva detto sua madre, l'ultima volta che lui l'aveva vista viva.

— L'erede di Morred non avrà nessun discendente? — chiedeva la gente comune.

A tutti, lui aveva risposto, in vari modi e vari termini: — Datemi tempo. Devo ricostruire un regno dalle rovine. Lasciatemi edificare una casa degna di una regina, un regno che mio figlio possa governare. — E, dato che era amato e fidato, e ancora giovane, e un uomo affascinante e persuasivo nonostante la sua austerità, si era sottratto a tutte le fanciulle speranzose. Fino ad allora.

Cosa si nascondeva sotto quei rigidi veli rossi? Chi viveva in quella tenda occultante? Le dame assegnate al seguito della principessa erano tempestate di domande. Era graziosa? Brutta? Era vero che era alta e magra, bassa e muscolosa, bianca come il latte, butterata, con un occhio solo, bionda, con i capelli neri, che aveva quarantacinque anni, che ne aveva dieci, che era una povera idiota, che era di una bellezza intelligente?

Gradualmente, le dicerie cominciarono a orientarsi in una direzione. Era giovane, anche se non una bambina, i capelli non erano né biondi né neri; era abbastanza graziosa, secondo alcune dame di corte; grossolana, secondo altre. Non parlava una parola di hardico, dicevano tutte, e non voleva imparare. Si nascondeva in mezzo alle sue donne e, quando era costretta a uscire dalla sua stanza, si nascondeva in quella tenda di veli rossi. Il re le aveva fatto una visita di cortesia. Lei non si era inchinata, non gli aveva parlato, non aveva fatto nessun gesto, ed era rimasta là immobile come un «camino di mattoni», raccontò esasperata l'anziana Lady Iyesa.

Il re le parlava tramite gli uomini che erano stati suoi emissari nelle Terre di Karg e tramite l'ambasciatore di Karg, che parlava un hardico più che accettabile. Faticosamente, le presentava i propri omaggi e s'informava su quali fossero i suoi desideri.

I traduttori si rivolgevano alle donne della principessa, che portavano veli più corti e un po' meno impenetrabili. Le donne si raccoglievano attorno alla colonna rossa immobile e borbottavano e bisbigliavano, poi tornavano dai traduttori, e quelli comunicavano al sovrano che la principessa era soddisfatta e non desiderava nulla.

Era lì da mezzo mese, quando Tenar e Tehanu arrivarono da Gont. Lebannen aveva inviato una nave e un messaggio pregandole di venire, poco prima che la flotta di Karg giungesse con la principessa, e per ragioni che non avevano nulla a che vedere né con lei né con re Thol. Ma, la prima volta che fu solo con la donna, il re proruppe: — Cosa devo fare con quella? Cosa posso fare?

— Raccontatemi — disse lei, con aria piuttosto sorpresa.

Aveva trascorso solo un breve periodo con Tenar, anche se si erano scambiati alcune lettere nel corso degli anni; non era ancora abituato a vederla con i capelli grigi, e gli sembrava più piccola di quanto ricordasse. Ma con lei, come già quindici anni prima, ebbe subito la sensazione di poter dire qualsiasi cosa e di essere compreso.

— Per cinque anni ho incrementato il commercio e cercato di mantenere buoni rapporti con Thol, perché è un signore della guerra, e io non voglio che il mio regno sia stretto, com'era il regno di Maharion, tra i draghi a Occidente e i signori della guerra a Oriente. E perché governo nel segno della pace. E tutto andava abbastanza bene, finché non è successo questo. Finché Thol non mi ha mandato questa ragazza all'improvviso, dicendomi che se voglio la pace devo darle l'Anello di Elfarran. Il vostro Anello, Lady Tenar! Vostro e di Ged!

Lei esitò un istante.

— La ragazza è sua figlia, dopotutto.

— Cos'è mai una figlia per un re barbaro? Merce. Uno strumento da usare per avvantaggiarsi. Lo sapete! Siete nata là!

Non era da lui parlare così, e Lebannen se ne rese conto. S'inginocchiò di colpo, prendendole la mano e mettendosela sugli occhi in segno di contrizione. — Scusatemi. Questo fatto mi turba in modo irragionevole. Non so che fare.

— Be', sinché non fate nulla, avete un certo margine d'azione... Per caso la principessa ha qualche opinione in proposito?

— Come può averne? Nascosta in quel sacco rosso? Non vuole parlare, non guarda fuori, è come se fosse il palo di una tenda. — Il sovrano provò a ridere. Quel risentimento incontrollabile lo allarmò, e cercò di giustificarlo. — Questo è accaduto proprio nel momento in cui mi sono giunte notizie preoccupanti dall'Occidente. È per questo che ho chiesto a voi e a Tehanu di venire. Non per importunarvi con questa sciocchezza.

— Non è una sciocchezza — replicò lei, ma Lebannen accantonò l'argomento, e cominciò a parlare di draghi.

Dato che le notizie giunte dall'Occidente erano davvero preoccupanti, era riuscito a non pensare alla principessa, per la maggior parte del tempo. Si rendeva conto che non era sua abitudine affrontare le questioni di Stato ignorandole. Manipolati, si finiva con il manipolare gli altri. Parecchi giorni dopo la loro conversazione, lui le chiese di visitare la principessa, di cercare di farla parlare. In fin dei conti, disse, parlavano la stessa lingua.

— Probabilmente — disse Tenar. — Non ho mai conosciuto nessuno di Hur-at-Hur. Ad Atuan li chiamavamo barbari.

Il re rimase deluso. Ma naturalmente la donna lo assecondò. In seguito gli comunicò che lei e la principessa parlavano la stessa lingua, o quasi, e che la ragazza non sapeva che esistessero altri idiomi. Aveva pensato che tutti, lì, cortigiani e dame, fossero pazzi maligni, che si burlavano di lei schiamazzando e vociando come animali privi dell'umana favella.

A quanto aveva capito, la principessa era cresciuta nel deserto, nel dominio d'origine di re Thol a Hur-at-Hur, ed era stata solo per brevissimo tempo alla corte imperiale di Awabath prima di essere mandata a Havnor.

— È spaventata — spiegò Tenar.

— Così si nasconde nella sua tenda. Cosa crede che io sia?

— Come può sapere cosa siete?

Lebannen corrugò la fronte. — Che età ha?

— È giovane. Ma è già donna.

— Non posso sposarla — dichiarò il sovrano, con improvvisa determinazione. — La rimanderò indietro.

— Una sposa respinta è una donna disonorata. Se la mandate indietro, Thol potrebbe ucciderla perché il disonore non macchi il suo casato. E, sicuramente, riterrà che voi intendiate disonorarlo.

L'espressione furiosa riapparve sul suo volto.

Lei lo prevenne. — Usanze barbare — disse compassata.

Il re passeggiò avanti e indietro nella stanza. — Benissimo. Ma io non prenderò in considerazione questa ragazza come regina del regno di Morred. È possibile insegnarle a parlare l'hardico? Qualche parola, almeno? Se non l'imparerà, dirò a Thol che un re hardico non può sposare una donna che non parla la lingua del regno. Non m'importa se lui non gradirà la cosa, è uno smacco che merita. E io guadagnerò tempo.

— Le chiederete di imparare la lingua?

— Come faccio a chiederle qualcosa se lei crede che siano tutte ciance incomprensibili? A che serve che io vada da lei? Pensavo che forse potreste parlarle voi, Lady Tenar... senza dubbio, vi renderete conto che si tratta di un vero e proprio inganno... servirsi di questa ragazza per far sì che Thol sembri un mio pari... usare l'Anello come trappola, l'Anello che ci avete portato! Non posso nemmeno far finta di perdonarle una tale azione. Sono disposto a temporeggiare, a procrastinare, al fine di mantenere la pace. Nient'altro. Perfino questo sotterfugio è ignobile. Dite alla ragazza ciò che ritenete opportuno. Non voglio avere nulla a che fare con lei. — E uscì in preda a una giusta collera, che si placò lentamente e si trasformò in un sentimento inquietante che assomigliava moltissimo alla vergogna.

Quando gli emissari di Karg annunciarono che presto sarebbero partiti, Lebannen preparò un messaggio formulato con cura per re Thol. Espresse il proprio apprezzamento per l'onore della presenza della principessa a Havnor, e dichiarò che sarebbe stato un piacere per lui e tutta la corte farle conoscere gli usi e i costumi e la lingua del suo regno. Non fece nessun accenno all'Anello, al fatto di sposarla, o di non sposarla.

Fu la sera dopo il colloquio con lo stregone tormentato di Taon che incontrò per l'ultima volta i Karg e affidò loro la lettera da consegnare al sommo re. Prima la lesse ad alta voce, come aveva fatto l'ambasciatore con la lettera di Thol.

Il diplomatico ascoltò compiaciuto. — Il sommo re sarà contento — disse.

Mentre s'intratteneva a scambiare convenevoli con gli emissari e a mostrare i doni per Thol, Lebannen continuò a meditare sulla disinvoltura con cui era stata accettata la sua evasività. Tutte le sue riflessioni giunsero a una sola conclusione: *Thol sa di avermi incastrato, di avermi affibbiato la principessa definitivamente.* Al che, nel proprio intimo, ribatté: *Mai!*

Domandò se l'ambasciatore sarebbe andato alla Casa del Fiume a salutare la principessa. L'uomo lo guardò perplesso, quasi gli avessero chiesto se sarebbe andato a salutare un pacco che aveva consegnato. Lui si sentì invadere di nuovo dalla collera. Vide che l'espressione del diplomatico cambiava, facendosi circospetta e conciliante. Sorrise e augurò agli emissari un vento propizio per il viaggio di ritorno alle Terre di Karg. Lasciò la sala delle udienze e andò nella sua camera.

Riti e cerimonie intralciavano gran parte delle sue azioni, e come re doveva trascorrere lunghe ore in pubblico; ma essendo salito su un trono vuoto da secoli, essendo entrato in un palazzo dove non esisteva protocollo, era riuscito a fare in modo che alcune cose procedessero come desiderava. Aveva tenuto il cerimoniale fuori dalla camera da letto. Le sue notti gli appartenevano. Augurò la buonanotte a Quercia, che dormiva nell'anticamera, e chiuse la porta. Si sedette sul letto. Era stanco, arrabbiato, e stranamente depresso.

Al collo portava sempre una catenella con attaccata una piccola borsa di stoffa intessuta d'oro. Nella sacca c'era un sassolino: un pezzo opaco di roccia nera, scabra. Lo prese e lo tenne in mano, mentre sedeva e pensava.

Cercò di distogliere la mente da quella stupida faccenda della ragazza di Karg, pensando allo stregone Alder e ai suoi sogni.

Si ritrovò a provare un senso doloroso di invidia nei confronti di Alder, che era andato a Gont, aveva parlato con Ged, ed era rimasto con lui.

Ecco perché si sentiva depresso. L'uomo che Lebannen chiamava mio signore, l'uomo che lui aveva amato più di chiunque altro, non gli consentiva di avvicinarlo, non voleva venire lì da lui.

Ged credeva forse che, poiché aveva perso i Poteri magici, Lebannen dovesse stimarlo meno, dovesse disprezzarlo?

Data l'influenza esercitata dal Potere sulla mente e sul cuore degli uomini, non era un'idea inverosimile. Ma sicuramente l'amico lo conosceva troppo bene per pensare una cosa del genere, e per considerarlo tanto meschino.

Forse, essendo stato davvero suo signore e guida, non riusciva a sopportare di essere suo suddito? Per il vecchio, forse, rappresentava proprio qualcosa di difficilmente sopportabile, il capovolgimento brusco e irrevocabile del loro rango.

Ma Lebannen ricordava benissimo come il vecchio si fosse inginocchiato dinanzi a lui, sul Poggio di Roke, all'ombra del drago e di fronte ai Maestri di cui egli stesso era stato Maestro. Si era alzato e lo aveva baciato, dicendogli di governare bene, chiamandolo mio signore e caro compagno.

— Mi ha dato il regno — aveva detto ad Alder. Era stato allora che glielo aveva dato. Completamente, liberamente.

Ed era per questo che Ged non voleva venire a Havnor e non permetteva a Lebannen di andare da lui a consultarlo. Gli aveva ceduto il Potere... completamente, liberamente. Non voleva dare l'impressione di intromettersi, non voleva proiettare la propria ombra e offuscare la sua luce.

— Sparviero ha cessato di agire — avevano detto.

La storia di Alder, però, aveva indotto Ged a mandare lì lo stregone, lì dal re, chiedendogli di agire di conseguenza.

Era davvero strana, quella storia; e ancor più strano che il vecchio amico dicesse che forse il muro stesso sarebbe caduto. Cosa poteva significare? E perché dare tanta importanza ai sogni di un uomo?

Lui stesso aveva sognato i margini della Terra Tenebrosa, tempo addietro, quando lui e Ged l'Arcimago stavano viaggiando insieme, prima che giungessero a Selidor.

E su quell'isola, l'isola situata all'estremo Occidente, aveva seguito l'amico nella Terra Tenebrosa. Oltre il muro di pietra. Scendendo nelle città oscure dove le ombre dei morti erano ferme sulle soglie o camminavano senza meta in strade illuminate solo dalle stelle fisse. Con il compagno, aveva attraversato tutta quella terra, un cammino faticoso, fino a una valle buia di polvere e pietre ai piedi di monti il cui unico nome era Dolore.

Aprì il palmo, guardò il sassolino nero che aveva tenuto stretto, richiuse la mano.

Dalla valle del fiume secco, una volta fatto ciò che dovevano fare, erano saliti sulle montagne, perché era impossibile tornare indietro. Avevano preso la strada proibita ai morti, arrampicandosi, superando rocce che graffiavano e bruciavano le mani, finché Ged non era più stato in grado di proseguire. Lebannen lo aveva trasportato il più a lungo possibile, poi avevano continuato, strisciando insieme sino alla fine dell'oscurità, la scogliera senza speranza della notte. E così era tornato, con lui, alla luce del sole, al rumore del mare che s'infrangeva sulle sponde della vita.

Era da tempo che non pensava in modo tanto vivido a quel viaggio terribile. Ma il frammento di pietra nera di quelle montagne era sempre sul suo cuore.

E adesso gli sembrava che il ricordo di quella terra, delle tenebre, della polvere, fosse sempre nella sua mente, appena sotto la varietà radiosa di giochi e movimenti dei giorni, sebbene lui distogliesse sempre lo sguardo.

Non osava pensarci perché non sopportava l'idea di tornare di nuovo in quel luogo, alla fine... di tornare là da solo, senza un compagno, e per l'eternità. Per starsene immobile, con gli occhi vacui, muto, tra le ombre di una città di tenebra. Dove non avrebbe più visto il sole, né bevuto acqua, né toccato una mano viva...

Si alzò di scatto, scacciando quei pensieri morbosi. Chiuse il sasso nel sacchetto, si preparò per la notte, spense la lampada e si coricò. La rivide subito: la terra grigia e buia di polvere e roccia. S'innalzava davanti a lui in lontananza trasformandosi in picchi neri scoscesi, ma lì digradava, sempre in discesa, verso destra, perdendosi nell'oscurità assoluta. — Cosa c'è da quella parte? — aveva chiesto a Ged mentre camminavano senza sosta. Il suo compagno gli aveva detto che non lo sapeva, che forse da quella parte non si giungeva alla fine.

Il sovrano si drizzò a sedere, arrabbiato e allarmato dal corso inesorabile dei propri pensieri. Cercò con gli occhi la finestra. Era rivolta a nord. Gli piaceva la vista di Havnor e delle colline che arrivavano fino all'imponente mole dalla vetta grigia del Monte Onn. Più a nord, invisibile, al di là di tutta la Grande Isola e del Mare di Éa, c'era Enlad, la sua terra natia.

Stando a letto, vedeva solo il cielo, un limpido cielo notturno estivo, con il Cuore del Cigno che spiccava tra stelle minori. Il suo regno. Il regno della luce, della vita, dove le stelle sbocciavano come fiori bianchi a oriente e declinavano sfolgoranti a occidente. Non voleva pensare all'altro regno, dove le stelle rimanevano immobili, dove non c'era nessun potere nella mano di un uomo, e non esistevano direzioni giuste da seguire perché le vie non portavano in nessun posto.

Osservando gli astri, di proposito allontanò dalla mente quei ricordi e il pensiero di Ged. Pensò a Tenar: il suono della sua voce, il tocco della sua mano. I cortigiani erano cerimoniosi, molto cauti quando si trattava di toccare il re. Lei, no. Lei posava la mano sulla sua, ridendo. Con lui, era più audace di quanto non fosse stata sua madre.

Rosa, principessa della casa di Enlad, era morta di febbre due anni prima, mentre Lebannen era in viaggio a bordo di una nave per una visita reale a Berila, città di Enlad, e nelle Isole Meridionali. Non aveva saputo della morte della madre finché, giunto in patria, non aveva trovato la città e il casato in lutto.

Adesso lei era in quell'arida terra di tenebra. Se fosse andato là e le fosse passato accanto, lei non lo avrebbe guardato. Non gli avrebbe parlato.

Serrò i pugni. Sistemò meglio i cuscini sul letto, cercò di rilassarsi, di allontanare la mente da quel luogo, di pensare a cose che gli impedissero di tornarvi. Di riportare alla memoria sua madre da viva, la sua voce, i suoi occhi scuri sotto gli archi scuri delle sopracciglia, le sue mani delicate.

O di pensare a Tenar. Sapeva di averle chiesto di venire a Havnor non solo perché lo consigliasse, ma perché lei era la madre che gli rimaneva. Lui voleva quell'amore, voleva darlo e riceverlo. L'amore risoluto che non concedeva attenuanti, che non poneva condizioni. I suoi occhi erano grigi, non scuri, ma lei era capace di leggergli nell'animo guardandolo con una tenerezza penetrante, senza lasciarsi ingannare da quanto lui diceva o faceva.

Il sovrano sapeva di svolgere bene il compito che era stato chiamato a svolgere. Sapeva di essere bravo nel suo ruolo di re. Ma solo con sua madre e con Tenar aveva saputo senza ombra di dubbio cosa significasse essere re.

Tenar lo conosceva da quando era giovanissimo, non ancora incoronato. Lo aveva amato fin dal primo momento, per ciò che lui era, per Ged, e per se stessa. Per lei rappresentava il figlio che non spezzava mai il cuore.

Forse, però, Lebannen glielo avrebbe spezzato, se avesse continuato a essere così iroso e disonesto nei confronti di quella povera ragazza di Hur-at-Hur, rifletté lei.

Assistette all'ultima udienza concessa agli emissari di Awabath. Lui le aveva chiesto di essere presente, e lei era contenta di partecipare. Trovando dei Karg a corte al suo arrivo, all'inizio dell'estate, si era aspettata che la evitassero o almeno che la guardassero di traverso: lei, la sacerdotessa rinnegata che insieme con il subdolo mago Sparviero aveva rubato l'Anello di Erreth-Akbe dal tesoro delle Tombe di Atuan, fuggendo con esso a Havnor. Era opera sua se l'Arcipelago aveva di nuovo un re. I Karg avrebbero potuto benissimo fargliene una colpa.

E Thol di Hur-at-Hur aveva ripristinato il culto degli Dei Fratelli e degli Innominabili, di cui lei aveva depredato il tempio principale. Il suo tradimento era stato non solo politico ma anche religioso.

Ma era trascorso tanto tempo, più di quarant'anni, abbastanza perché gli accadimenti sembrassero leggenda; e gli uomini di Stato ricordavano le cose con senso di deferenza. L'ambasciatore di Thol aveva chiesto l'onore di un'udienza con lei e l'aveva salutata con un rispetto formale e religioso che in parte le era parso autentico. L'aveva chiamata Lady Arha, la divorata, la sempre rinata. Erano anni che non le si rivolgevano con tali appellativi, e adesso le sembravano molto strani. Ma provò un intenso e mesto piacere sentendo la propria lingua nativa e scoprendo di saperla ancora parlare.

Così andò a dire addio all'ambasciatore e al suo seguito. Gli chiese di assicurare al sommo re dei Karg che la principessa sua figlia stava bene, e guardò un'ultima volta con ammirazione quegli uomini alti e scarni dai capelli biondi intrecciati, i loro copricapi piumati, le loro armature di maglia d'argento. Quando viveva nelle Terre di Karg, aveva visto pochi uomini della propria razza. Nel Luogo delle Tombe, vivevano solo donne ed eunuchi.

Dopo la cerimonia, Tenar si appartò nei giardini del palazzo. La notte estiva era calda e insonne; gli arbusti in fiore dei giardini si agitavano al vento. I rumori della città oltre i muri del palazzo erano come il mormorio di un mare tranquillo. Una coppia di giovani cortigiani passeggiava avvinta sotto i pergolati; per non disturbarli, la donna camminò tra le fontane e le rose all'estremità opposta del giardino.

Lebannen aveva lasciato l'udienza di nuovo accigliato. Cosa gli stava succedendo? Per quel che ne sapeva Tenar, prima d'allora non si era mai ribellato agli obblighi della sua posizione.

Sapeva sicuramente che un re doveva sposarsi e in realtà non era poi così libero di sposare chi desiderava. Era consapevole che un re che non obbediva al popolo era un tiranno. Aveva coscienza del fatto che il suo popolo voleva una regina, voleva eredi al trono. Ma non aveva fatto nulla in proposito. Le donne di corte, spettegolando, non avevano esitato a raccontarle delle numerose amanti del re, nessuna delle quali aveva perso nulla diventando nota come la sua amante. Indubbiamente, il sovrano si era destreggiato benissimo fino a quel momento, però non poteva pretendere di continuare così per sempre. Perché si era adirato tanto quando re Thol gli aveva offerto una soluzione del tutto appropriata?

Non completamente consona, forse. La principessa rappresentava in parte un problema.

Avrebbe dovuto cercare di insegnare l'hardico alla ragazza. E avrebbe dovuto trovare qualche dama disposta a insegnarle gli usi dell'Arcipelago e l'etichetta di corte, compito che certamente lei stessa non era in grado di svolgere. Lei era più attratta dall'ignoranza della principessa che dalla raffinatezza delle cortigiane.

Le dispiaceva che Lebannen fosse incapace di comprendere il punto di vista della ragazza. Possibile che non riuscisse a immaginare in che situazione si trovasse la poverina? Cresciuta nell'alloggio femminile della fortezza di un signore della guerra in una terra deserta e remota, dove probabilmente non aveva mai visto nessun uomo, a parte il padre, gli zii e qualche sacerdote; costretta a lasciare all'improvviso quella vita immutabile di povertà e di durezza, per affrontare con degli sconosciuti un lungo e spaventoso viaggio in mare; abbandonata tra gente che lei conosceva solo come mostri sanguinari e irreligiosi che abitavano in capo al mondo, non veramente umani perché erano maghi capaci di trasformarsi in animali e uccelli... E lei avrebbe dovuto sposarne uno!

Tenar era riuscita a lasciare la propria gente e venire a vivere fra i mostri e i maghi dell'Occidente perché era con Ged, che lei amava e di cui si fidava. Non era stato facile; spesso le era venuto meno il coraggio. Nonostante il benvenuto datole dalla gente di Havnor, le folle e le acclamazioni, i fiori e le lodi, i dolci appellativi con cui la chiamavano, la Bianca Signora, la Portatrice di Pace, Tenar dell'Anello... nonostante tutto ciò, tanto tempo addietro di notte si era rintanata nella propria camera, infelice perché si sentiva così sola, e nessuno parlava la sua lingua, e lei non sapeva nessuna delle cose cui tutti lì erano abituati. Non appena i festeggiamenti erano terminati e l'Anello era tornato al proprio posto, aveva supplicato il compagno di portarla via, e lui l'aveva accontentata, portandola con sé a Gont. Là, lei aveva vissuto nella casa del vecchio mago come pupilla e allieva di Ogion, imparando a essere una dell'Arcipelago, finché non aveva visto la strada che intendeva seguire nella vita da adulta.

Era più giovane di quella ragazza quando era giunta a Havnor con l'Anello. Ma lei non era cresciuta senza Potere, a differenza della principessa. Anche se il suo Potere come unica sacerdotessa era stato per lo più rituale, simbolico, Tenar aveva assunto davvero il controllo del proprio destino quando aveva rotto con le odiose usanze della propria educazione e aveva conquistato la libertà per sé e per il prigioniero. Ma la figlia di un signore della guerra poteva controllare, invece, solo cose di poca importanza. Quando il padre si fosse proclamato re, la giovane sarebbe stata chiamata principessa, le avrebbero dato abiti più sfarzosi, più schiave, più eunuchi, più gioielli e poi alla fine sarebbe stata data in sposa; ma il tutto senza poter mai aprire bocca. Del mondo fuori dall'alloggio femminile avrebbe visto appena qualche scorcio attraverso feritoie in muri spessi, nascosta dietro strati di veli rossi.

Lei si riteneva fortunata a non essere nata su un'isola arretrata e barbara come Hur-at-Hur, a non aver mai indossato il *feyag*. Però sapeva cosa significasse crescere nella morsa di una tradizione ferrea. Doveva fare il possibile per aiutare la principessa, finché si trovava a Havnor. Ma non intendeva rimanervi a lungo.

Passeggiando nel giardino, osservando il luccichio delle fontane nel chiarore stellare, pensò a come e quando sarebbe potuta andare a casa.

Non la infastidivano le formalità della vita di corte, né la consapevolezza che sotto il garbo ribolliva un calderone di ambizioni, rivalità, passioni, complicità e collusioni. Era cresciuta con i rituali, l'ipocrisia e gli intrighi politici, e nulla di tutto ciò la spaventava o la preoccupava. Soffriva semplicemente di nostalgia... Voleva tornare a Gont, da Ged, nella loro casa. Era venuta a Havnor perché Lebannen aveva mandato a chiamare lei e Tehanu, e anche Ged, se lui avesse voluto seguirle; ma suo marito si era rifiutato di partire, e la figlia non sarebbe partita senza di lei. Questo la spaventava e la preoccupava. Sua figlia non era capace di staccarsi da lei? Era del parere di Tehanu che il re aveva bisogno, ma sua figlia si aggrappava a lei, a disagio e spaesata nella corte di Havnor, come la ragazza di Hur-at-Hur, e, al pari della ragazza, silenziosa e isolata.

Dunque Tenar adesso doveva svolgere il ruolo di bambinaia, istitutrice e compagna con entrambe, due ragazze spaventate che non sapevano come impossessarsi del proprio Potere, mentre lei non desiderava nessun Potere, tranne quello che le avrebbe concesso la libertà di tornare a casa e aiutare Ged a curare l'orto.

Sarebbe stato bello poter coltivare rose bianche come quelle, a casa. Il loro profumo era così dolce nell'aria notturna. Ma c'era troppo vento sul Grande Precipizio, e d'estate il sole era troppo forte. E probabilmente le capre avrebbero finito per mangiarsele.

Alla fine, tornò nel palazzo e attraversò l'ala orientale fino all'appartamento che occupava con Tehanu. Sua figlia dormiva, poiché era tardi. Una fiamma non più grande di una perla bruciava sullo stoppino di una minuscola lampada di alabastro. Le stanze erano silenziose, buie. Spense la lampada, si coricò e presto scivolò nel sonno.

Stava percorrendo un corridoio di pietra, stretto, con un alto soffitto a volta, portava la lampada di alabastro. Il debole ovale di luce veniva inghiottito dall'oscurità davanti a lei e alle sue spalle. Giunse alla porta di una stanza che dava sul corridoio. Nella camera c'erano persone con ali d'uccello. Alcune avevano teste di volatili, fal chi e avvoltoi. Erano in piedi o accovacciate, immobili, non la guardavano, non guardavano nulla, gli occhi cerchiati di bianco e di rosso. Le loro ali erano simili a grandi mantelli neri che scendevano lungo il dorso. Capì che non potevano volare. Erano così addolorate, così disperate, quelle persone, e l'aria nella stanza era così viziata che cercò di andarsene, di fuggire, senza riuscire a muoversi; e, lottando contro quella paralisi, si svegliò.

C'erano le ombre calde, le stelle alla finestra, il profumo delle rose, il rumore sommesso della città, il respiro di Tehanu addormentata.

Si drizzò a sedere per scuotersi di dosso i resti del sogno. Aveva sognato la Stanza Dipinta del Labirinto delle Tombe, dove aveva incontrato per la prima volta Ged, quarant'anni prima. Nel sogno, i dipinti sulle pareti avevano preso vita. Ma non era una forza vitale. Era l'eterna non esistenza di coloro che morivano senza rinascita, di quelli maledetti dagli Innominabili: miscredenti, occidentali, stregoni.

Dopo la morte si rinasceva. Quella era la certezza in cui era stata educata. Quando da bambina l'avevano portata alle Tombe perché fosse Arha, la Divorata, le avevano detto che lei sola fra tutta la gente era e sarebbe rinata come se stessa, vita dopo vita. A volte Tenar aveva creduto che fosse vero, ma non sempre, anche quando era la Sacerdotessa delle Tombe, e in seguito aveva smesso di crederlo. Sapeva però quello che tutti gli abitanti delle Terre di Karg sapevano, che quando morivano tornavano in un nuovo corpo, che la lampada che si spegneva si riaccendeva nello stesso istante altrove, nel ventre di una donna o nel minuscolo uovo di un pesce o in un seme d'erba portato dal vento, tornando all'esistenza, immemore della vecchia vita, ricominciando da capo una nuova vita, in un ciclo eterno.

Solo quelli reietti dalla terra stessa, dai vecchi Poteri, gli stregoni foschi delle terre hardiche, non rinascevano. Quando morivano - così dicevano i Karg - quelli non si riunivano al mondo vivente, ma andavano in un luogo desolato di semiesistenza dove, alati ma incapaci di volare, né uccelli né umani, dovevano perdurare senza speranza. Con quanto piacere la sacerdotessa Kossil le aveva parlato del terribile destino di quei nemici vanagloriosi del dio-re, delle loro anime condannate a essere escluse per sempre dal mondo della luce!

Ma l'aldilà di cui Ged le aveva parlato, il luogo dove andava la gente di Ged, quella terra immutabile di polvere e tenebra... era quello meno desolato, meno terribile?

Interrogativi senza risposta si dibattevano nella mente di Tenar: dato che non era più una Karg, dato che aveva tradito il luogo sacro, sarebbe andata in quella Terra Tenebrosa quando fosse morta? E anche Ged vi sarebbe andato? E là si sarebbero incrociati, ignorandosi? Impossibile. Ma... e se lui fosse andato là, e lei fosse rinata, e la loro separazione fosse stata eterna?

Non voleva pensare a certe cose. Era abbastanza chiaro il motivo per cui aveva sognato la Stanza Dipinta, tanti anni dopo essersi lasciata alle spalle quel mondo. Era successo perché aveva visto gli emissari, perché aveva parlato di nuovo nella lingua di Karg, naturalmente. Ma era comunque turbata, spaventata dal sogno. Non voleva tornare agli incubi della propria gioventù. Voleva tornare nella casa sul Grande Precipizio, coricarsi accanto al marito, sentire il respiro di Tehanu addormentata. Ged, quando dormiva, era immobile e silenzioso come un sasso; ma il fuoco aveva leso in parte la gola di Tehanu, e c'era sempre una lieve asprezza nel respiro della ragazza, e lei si era abituata ad amare quel leggero rantolo, notte dopo notte, anno dopo anno. Era la vita, era la vita che tornava, quel caro suono, quel lieve ansito aspro.

Ascoltandolo, finalmente Tenar riprese sonno. Se sognò, sognò solo distese aeree e i colori del mattino che si muovevano nel cielo.

Alder si svegliò molto presto. Il suo piccolo compagno aveva trascorso una notte agitata, così come lui stesso. Fu contento di alzarsi, andare alla finestra e sedersi assonnato a osservare il cielo che si schiariva sopra il porto, le barche da pesca che partivano e le vele delle navi che spiccavano nella foschia nella grande baia, e di ascoltare il brusio e il tramestio della città che si accingeva a iniziare la giornata. Più o meno quando cominciò a chiedersi se fosse il caso di avventurarsi nel labirinto del palazzo per informarsi su cosa dovesse fare, bussarono alla porta. Un uomo portò un vassoio di frutta fresca e pane, una caraffa di latte e una ciotola di carne per il gattino. — Verrò a condurvi in presenza del re quando sarà suonata la quinta ora — gli annunciò solenne, poi assai meno cerimonioso gli spiegò come scendere nei giardini del palazzo, se desiderava fare una passeggiata.

Alder, naturalmente, sapeva che c'erano sei ore da mezzanotte a mezzogiorno e sei ore da mezzogiorno a mezzanotte, però non aveva mai sentito suonare le ore, e si chiese cosa quell'uomo intendesse dire.

Scoprì, poco dopo, che lì a Havnor quattro trombettieri sulla loggia da cui si ergeva la torre più alta del palazzo, quella con in cima la snella lama d'acciaio, alla quarta e quinta ora prima di mezzogiorno, a mezzogiorno e alla prima, seconda e terza ora dopo di esso suonavano le loro trombe rivolti uno a occidente, uno a settentrione, uno a oriente, uno a meridione. In tal modo, i cortigiani e i mercanti della città potevano organizzare le loro attività e presentarsi agli appuntamenti all'ora convenuta. Un ragazzo che Alder incontrò passeggiando in giardino gli spiegò tutto questo; era un ragazzino magro che indossava una tunica troppo lunga. Spiegò che i trombettieri sapevano quando suonare le loro trombe perché c'erano grandi clessidre nella torre, oltre al pendolo di Ath, che era attaccato alla sommità del torrione e, se fatto oscillare all'inizio esatto dell'ora, si fermava proprio all'inizio dell'ora successiva. E raccontò ad Alder che le melodie dei trombettieri facevano parte del lamento per Erreth-Akbe che re Maharion aveva scritto al ritorno da Selidor, una parte diversa per ogni ora, e solo a mezzogiorno veniva eseguita l'intera melodia. E, se si voleva essere in un posto a una cert'ora, bisognava tenere d'occhio la loggia, perché i trombettieri uscivano sempre qualche minuto prima, e se c'era il sole alzavano i loro strumenti d'argento perché brillassero e luccicassero. Il ragazzo si chiamava Rody ed era venuto con suo padre, il signore di Metana di Ark, per soggiornare un anno a Havnor, e andava a scuola a palazzo; aveva nove anni, e sentiva la mancanza della madre e della sorella.

Alder tornò nella propria stanza in tempo per l'appuntamento con l'accompagnatore, meno teso del previsto. La conversazione con il ragazzino gli aveva rammentato che i figli dei signori erano bambini, che i signori erano uomini, e che non erano gli uomini ciò che lui doveva temere.

La guida lo condusse attraverso i corridoi del palazzo, fino a una sala lunga e luminosa con una parete occupata da finestre, affacciate sulle torri di Havnor e sui ponti fantastici che s'inarcavano sopra i canali e balzavano di tetto in tetto e di terrazzo in terrazzo sopra le vie. Alder scorse di sfuggita il panorama mentre indugiava vicino alla porta, incerto se avanzare verso il gruppo di persone all'estremità della sala.

Il re lo vide e gli si avvicinò, lo salutò con gentilezza, lo condusse dagli altri e glieli presentò.

C'era una donna sulla cinquantina, piccola e con la pelle molto chiara, capelli grigi e grandi occhi cinerei: — Lady Tenar — disse il re sorridendo. Tenar dell'Anello. Lei guardò Alder negli occhi e lo salutò sottovoce.

Alla sua destra c'era un uomo che aveva circa l'età del re, vestito di velluto e di lino leggero, con gemme alla cintura e al collo, e un grosso rubino al lobo di un orecchio. — Il comandante Tosla — disse il re. La faccia di Tosla, scura come legno di quercia stagionato, era scaltra e dura.

C'era poi un uomo di mezz'età, vestito in modo semplice, con uno sguardo fermo che ad Alder ispirò subito fiducia: — Il principe Sege della casa di Havnor — disse il re.

Al suo fianco, un uomo sulla quarantina che stringeva un bastone alto quanto lui, cosa da cui Alder capì che si trattava di un mago della scuola di Roke. Aveva una faccia piuttosto consunta, belle mani, modi distaccati ma cortesi. — Maestro Onice — disse il re.

Infine vi era una donna, che Alder scambiò per una serva, perché era vestita assai modestamente e stava in disparte, un poco girata come se guardasse attraverso le finestre. Lui vide la sua splendida massa di capelli neri, folti e lucenti come acqua di cascata, mentre Lebannen la conduceva accanto al gruppo. — Lei è Tehanu di Gont — disse il re, e la sua voce risuonò come un'intimazione.

Per un attimo, la donna lo guardò. Era giovane; il lato sinistro del volto era liscio, di un colorito roseo ramato, con un occhio scuro che brillava sotto l'arco del sopracciglio. Il lato destro era stato devastato, ed era tutto increspato, pieno di cicatrici, senz'occhio. La mano destra sembrava la zampa ricurva di un corvo.

Tese la mano ad Alder, secondo l'usanza della gente di Éa ed Enlad, come avevano fatto gli altri, ma allungò la sinistra. Lui gliela afferrò, palmo contro palmo. La mano di lei era calda, scottava. Tehanu lo guardò ancora, uno sguardo sorprendente da quell'unico occhio, vivido, corrucciato, feroce. Poi abbassò il capo e indietreggiò, come se non volesse far parte del gruppo, come se desiderasse trovarsi altrove.

— Maestro Alder reca un messaggio per te, un messaggio di tuo padre, lo Sparviero di Gont — disse il re, vedendo che il messaggero stava muto e impalato.

Tehanu non alzò il capo. La lucente chioma nera nascondeva quasi la devastazione del viso.

— Mia signora — esordì Alder; aveva la bocca secca, la voce roca. — Vostro padre mi ha incaricato di rivolgervi due domande... — S'interruppe, solo per riprendere fiato, perché aveva avuto un istante di panico, temendo di aver dimenticato quanto doveva dire. Ma la pausa divenne un silenzio d'attesa.

Con la voce più roca della sua, la giovane chiese: — Rivolgetemi queste domande.

— Mi ha detto di chiedere innanzitutto: «Chi sono coloro che vanno nell'arida terra ferma?» E, mentre mi congedavo da lui, ha aggiunto di domandarvi anche questo: «Un drago oltrepasserà il muro di pietra?»

Tehanu annuì, confermando di avere inteso le domande, poi arretrò un po', quasi volesse portare con sé gli enigmi, lontano da loro.

— L'arida terra ferma — disse il re, — e i draghi...

Con il suo sguardo vigile scrutò il volto dei presenti. — Venite — li invitò. — Sediamoci e parliamo.

— Non potremmo parlare giù in giardino? — chiese la donna dagli occhi cinerei, Tenar. Il re acconsentì subito. Mentre uscivano, Alder sentì che la donna diceva al sovrano: — Per lei è arduo stare al chiuso tutto il giorno. Vuole il cielo.

I giardinieri portarono delle sedie, perché si accomodassero all'ombra di un enorme vecchio salice vicino a uno degli stagni. La ragazza andò accanto allo stagno, fissando l'acqua verde dove nuotavano lente alcune grosse carpe argentee.

Era chiaro che desiderava riflettere sul messaggio del padre, non discutere, anche se poteva sentire ciò che gli altri dicevano.

Quando tutti furono seduti, Alder, sollecitato dal re, raccontò ancora la propria storia. Ascoltarono compassionevoli in silenzio, e lui poté parlare senza soggezione. Quando ebbe terminato, gli altri rimasero zitti alcuni istanti, poi il mago Onice gli rivolse una domanda: — Avete sognato la notte scorsa?

Alder rispose di non ricordare di aver sognato.

— Io sì — fece Onice. — Ho sognato l'Evocatore, che era mio insegnante alla scuola di Roke. Dicono di lui che sia morto due volte: perché tornò da quella terra oltre il muro.

— Io ho sognato gli spiriti che non rinascono — disse Tenar, a voce bassissima.

Il principe Sege disse: — Per tutta la notte, mi è parso di udire delle voci giù nelle vie della città, voci appartenute alla mia infanzia, che mi chiamavano come facevano un tempo. Ma, quando ascoltavo, erano solo sentinelle o marinai ubriachi che schiamazzavano.

— Io non sogno mai — dichiarò Tosla.

— Io non ho sognato quella terra — fece il re. — L'ho ricordata. E non riuscivo a smettere di ricordare.

Guardò la ragazza silenziosa, ma lei continuò a contemplare muta lo stagno.

Nessun altro parlò, e Alder trovò quel silenzio insopportabile. — Se sono un portatore di rovina, dovete mandarmi via! — sbottò.

Il mago Onice parlò, non imperioso ma in tono conclusivo. — Se Roke vi ha mandato a Gont, e Gont vi ha mandato a Havnor, Havnor è il luogo in cui è giusto che voi siate.

— Molte teste diluiscono il pensiero — commentò Tosla, sardonico.

Lebannen intervenne. — Accantoniamo i sogni per un poco. Il nostro ospite deve sapere quale fosse la causa della nostra preoccupazione prima del suo arrivo... il motivo per cui ho pregato Tenar e Tehanu di venire, all'inizio dell'estate, e ho convocato Tosla. Vuoi dire ad Alder di che si tratta, Tosla?

Il comandante dalla faccia scura annuì. Il rubino all'orecchio scintillò come una goccia di sangue.

— Si tratta dei draghi — spiegò. — Ormai da qualche anno, nella Distesa Occidentale, si spingono nelle fattorie e nei villaggi di Ully e Usidero, volando bassi, afferrando i tetti delle case con gli artigli, scuotendoli, terrorizzando la gente. Nelle Toringates sono arrivati due volte nel periodo del raccolto, incendiando i campi con il loro fiato, bruciando pagliai e tetti. Non hanno colpito le persone, però è morta della gente negli incendi. Non hanno attaccato le case dei signori di quelle isole, in cerca di tesori, come facevano negli anni oscuri, ma solo i villaggi e i campi. La stessa notizia è giunta da una nave mercantile che era scesa a sud-ovest fino a Simly per imbarcare un carico di grano: erano arrivati dei draghi e avevano bruciato le messi proprio nel momento della mietitura... Poi, l'inverno scorso, a Semel, due draghi si sono posati sulla vetta del vulcano, il Monte Andanden.

— Ah! — esclamò Onice, e all'occhiata interrogativa del re: — Il mago Seppel di Paln dice che quella montagna era un luogo sacro per i draghi, un luogo dove andavano a bere fuoco dalla terra nei tempi antichi.

— Ebbene, sono tornati — confermò Tosla. — E calano dal cielo a tormentare greggi e mandrie che sono la ricchezza di quella gente, senza far male alle bestie ma spaventandole e facendole fuggire ovunque. La gente dice che sono draghi giovani, neri e smilzi, che non hanno ancora molto fuoco... E a Paln adesso ci sono draghi che vivono nelle montagne della parte settentrionale dell'isola, una zona selvaggia senza fattorie. I cacciatori andavano là in cerca di pecore selvatiche o per catturare falchi da addomesticare, ma sono stati costretti a smettere a causa dei draghi, e adesso nessuno si avvicina più alle montagne. Il vostro amico mago di Paln ne ha forse sentito parlare?

Onice annuì. — Dice che sulle montagne sono stati visti stormi di draghi, quasi fossero stormi di oche selvatiche.

— Tra Paln e Semel, e l'Isola di Havnor, c'è solo il Mare di Peln — osservò il principe Sege.

Alder stava pensando che c'erano meno di cento miglia da Semel alla sua isola natia, Taon.

— Tosla, con la sua nave, la *Stern,* era partito alla volta del Tratto dei Draghi — disse il re.

— Ma sono riuscito appena a giungere al largo della più orientale di quelle isole, prima che uno sciame di quei bestioni mi attaccasse — raccontò Tosla, con un sogghigno. — Mi hanno molestato come fanno con mandrie e greggi, calando a strinarmi le vele finché non ho invertito la rotta e sono tornato indietro in fretta e furia. Ma questa non è una novità.

Onice annuì di nuovo. — Nessuno che non fosse un signore dei draghi ha mai solcato il Tratto dei Draghi.

— Io l'ho fatto — disse il re, e di colpo sorrise, un largo sorriso innocente. — Però ero con un signore dei draghi... Ebbene, ho pensato ad allora. Quando ero nella Distesa Occidentale con l'Arcimago, in cerca di Cob il negromante, oltrepassammo Jessage, che è ancor più all'esterno di Simly, e là si vedevano dei campi bruciati. E, nel Tratto dei Draghi, vedemmo draghi che lottavano tra loro e si uccidevano come animali rabbiosi.

Dopo alcuni istanti, il principe Sege fece: — Non è possibile che alcuni di quei draghi non siano guariti dalla loro pazzia in quel periodo funesto?

— Sono trascorsi più di quindici anni — disse Onice. — Ma i draghi vivono molto a lungo. Forse il tempo passa diversamente per loro.

Alder notò che il mago, mentre parlava, lanciava occhiate a Tehanu, che continuava a tenersi in disparte.

— Tuttavia, solo negli ultimi due anni hanno attaccato le persone — disse il principe.

— Non lo hanno fatto — replicò Tosla. — Se un drago volesse distruggere la gente di una fattoria o di un villaggio, chi potrebbe impedirglielo? Hanno attaccato i mezzi di sostentamento della gente. I raccolti, il fieno, il bestiame. Stanno dicendo: *Andatevene via dall'Occidente!*

— Ma perché lo dicono con il fuoco, con la devastazione? — domandò il mago. — Sanno parlare! Parlano la Lingua della Creazione. Morred ed Erreth-Akbe parlavano con i draghi. Il nostro Arcimago parlava con loro.

— Quelli che vedemmo nel Tratto dei Draghi — intervenne il re, — avevano perso la capacità di parlare. La breccia aperta da Cob nel mondo li stava privando del loro Potere, come ci privava del nostro. Solo il grande drago Orm Embar venne da noi e parlò all'Arcimago, dicendogli di andare a Selidor... — S'interruppe, gli occhi rivolti molto lontano. — E perfino Orm Embar fu privato della favella, prima di morire. — Distolse di nuovo lo sguardo da loro, con una strana luce sul volto. — Fu per noi che Orm Embar morì. Ci aprì la via per entrare nella Terra Tenebrosa.

Tacquero tutti per un po'. La voce sommessa di Tenar ruppe il silenzio. — Una volta Sparviero mi ha detto... vediamo se riesco a ricordare le parole esatte... che il drago e la lingua del drago sono una cosa sola, un'unica realtà. Che un drago non impara l'Antica Lingua, ma è la lingua stessa.

— Come una sterna è volo. Come un pesce è nuoto — rifletté lentamente Onice. — Sì.

Tehanu stava ascoltando, immobile vicino allo stagno. La guardarono tutti, adesso. L'espressione sul volto di sua madre era ansiosa, urgente. La ragazza girò il capo dall'altra parte.

— Cosa bisogna fare perché un drago parli con noi? — disse il re. Lo disse con leggerezza, come se fosse una facezia, ma la domanda fu seguita da un altro silenzio. — Be', è qualcosa che mi auguro possiamo scoprire... Ora, Maestro Onice, visto che si parla di draghi, vuoi raccontarci la tua storia della ragazza che venne alla scuola di Roke? Perché nessuno tranne me l'ha sentita.

— Una ragazza nella scuola! — esclamò Tosla, con un sorriso beffardo. — Le cose sono cambiate a Roke!

— Sono cambiate davvero — disse il mago, lanciando una lunga occhiata fredda al marinaio. — Accadde circa otto anni fa. La ragazza veniva da Way, travestita da maschio, voleva studiare l'arte magica. Naturalmente, il suo misero travestimento non ingannò il Guardiano. Tuttavia egli la lasciò entrare, e prese le sue parti. Allora la scuola era diretta dal Maestro Evocatore... l'uomo... — esitò un attimo, — l'uomo che, come vi ho detto, ho sognato la notte scorsa.

— Raccontaci qualcosa di quell'uomo, se vuoi, Maestro Onice — chiese il re. — Era Thorion, colui che ritornò dalla morte?

— Sì. Quando l'Arcimago era partito ormai da tempo e non si avevano sue notizie, cominciammo a temere che fosse morto. Così l'Evocatore usò le sue arti per andare a vedere se avesse davvero oltrepassato il muro. Rimase là a lungo, e i Maestri cominciarono a temere anche per lui. Ma alla fine lui si destò, e disse che l'Arcimago era là tra i morti, e non sarebbe tornato, ma aveva ordinato a Thorion di tornare e governare Roke. Poco dopo, però, il drago ci riportò l'Arcimago vivo, insieme con il nostro signore Lebannen... Poi, quando il primo fu partito di nuovo, l'Evocatore cadde e giacque come se la vita lo avesse abbandonato. Il Maestro Erborista, con tutta la sua arte, lo credette morto. Ma, mentre ci apprestavamo a seppellirlo, lui si mosse e parlò, dicendo che era tornato in vita per fare ciò che bisognava fare. Così, poiché non eravamo capaci di scegliere un nuovo Arcimago, Thorion l'Evocatore governò la scuola. — Onice fece una pausa. — Quando arrivò la ragazza, sebbene il Guardiano l'avesse lasciata entrare, Thorion non le consentì di stare nella scuola.

— Non voleva avere nulla a che fare con lei. Ma il Maestro degli Schemi la portò al Bosco Immanente, e lei visse là per qualche tempo ai margini degli alberi, e camminò con lui tra di essi. Il Maestro degli Schemi, il Guardiano, l'Erborista e Kurremkarmerruk, il Maestro dei Nomi, pensavano che, se la ragazza era venuta a Roke, dovesse esserci una ragione, che fosse un messaggero o un agente di qualche grande evento, anche se lei stessa non lo sapeva, e così la protessero. Gli altri Maestri seguirono Thorion, il quale sosteneva che la ragazza portava solo discordia e rovina e andava cacciata. Io ero uno studente, allora. Era doloroso per noi sapere che i nostri Maestri, senza una guida, litigavano.

— E per una ragazza — commentò Tosla.

Questa volta, Onice gli scoccò un'occhiata gelida. — Appunto — disse. Trascorsi parecchi istanti, riprese la storia. — Per farla breve, dunque, quando Thorion mandò alcuni di noi dalla ragazza per costringerla a lasciare l'isola, lei lo sfidò a incontrarla quella sera sul Poggio di Roke. Thorion andò, e chiamò la ragazza con il suo nome perché gli obbedisse. «Irian» la chiamò. Ma lei disse: «Non sono solo Irian», e mentre parlava si trasformò. Divenne... assunse la forma di un drago. Toccò Thorion, e il suo corpo crollò nella polvere. Poi lei salì il colle e, osservandola, noi non sapevamo se ciò che vedevamo fosse una donna che ardeva come fuoco o una bestia alata. Ma sulla cima la vedemmo chiaramente, un drago simile a una fiamma rossa e d'oro. Poi lei alzò le ali e volò verso occidente.

La voce del mago si era fatta sommessa, e il suo volto era colmo dello sgomento suscitato dal ricordo. Nessuno parlò.

Onice si schiarì la voce. — Prima che lei salisse la collina, il Maestro di Nomi le chiese: «Chi sei?» Lei rispose di non conoscere l'altro nome. Il Maestro degli Schemi le parlò, chiedendole dove sarebbe andata e se sarebbe tornata. Lei disse che sarebbe andata oltre l'Occidente, a imparare il nome dalla sua gente, ma che se lui l'avesse chiamata sarebbe accorsa.

Nel silenzio, una voce debole, rauca, come metallo che sfiorasse metallo, parlò. Alder non capì le parole, però gli parvero familiari, come se riuscisse quasi a ricordarne il significato.

Tehanu si era avvicinata al mago e gli stava accanto, china su di lui, tesa come un arco. Era stata lei a parlare.

Sorpreso e spaventato, il mago la fissò, si alzò, arretrò d'un passo, poi controllandosi disse: — Sì, furono quelle le sue parole: «La mia gente, oltre l'Occidente».

— Chiamatela. Oh, chiamatela — sussurrò lei, tendendo le mani verso di lui. Il mago indietreggiò ancora, involontariamente.

Tenar si alzò e mormorò alla figlia: — Che c'è, che c'è, Tehanu?

La ragazza fissò tutti. Alder ebbe la sensazione di essere un fantasma attraversato da quello sguardo. — Chiamatela qui — disse lei. Si rivolse al re. — Potete chiamarla?

— Non ho un simile potere. Forse il Maestro degli Schemi di Roke... forse tu stessa...

La giovane scosse il capo violentemente. — No, no, no, no — bisbigliò. — Io non sono come lei. Io non ho ali.

Lebannen guardò Tenar, quasi a chiedere soccorso. La madre guardò infelice la figlia.

La ragazza si girò verso il re. — Mi dispiace — si scusò, compassata, con la solita vocetta aspra. — Devo stare sola, signore. Penserò a quel che ha detto mio padre. Cercherò di rispondere alle domande che ha posto. Ma devo stare sola, per favore.

Il sovrano fece un cenno di assenso e lanciò un'occhiata a Tenar, che andò subito dalla figlia e la cinse con un braccio; le due donne si allontanarono sul sentiero soleggiato che passava accanto agli stagni e alle fontane.

I quattro uomini tornarono a sedersi e non parlarono per qualche minuto.

Poi Lebannen disse: — Avevi ragione, Onice. Maestro Onice mi ha raccontato questa storia della donna-drago Irian dopo che io gli avevo raccontato alcune cose di Tehanu. Da bambina, Tehanu chiamò il drago Kalessin a Gont, e parlò con il drago nell'Antica Lingua, e Kalessin la chiamò figlia.

— Sire, questo è molto strano, è un'epoca strana, se un drago è una donna e una ragazza incolta parla nella Lingua della Creazione! — Onice era profondamente scosso, spaventato. Alder se ne rese conto, e si chiese come mai lui non provasse una paura simile.

Probabilmente, perché non ne sapeva abbastanza per avere paura, o perché non sapeva cosa temere, rifletté.

— Ma ci sono parecchie storie — disse Tosla. — Non le avete sentite a Roke? Forse i vostri muri le tengono fuori. Sono solo storie che racconta la gente semplice. Canzoni anche. Ce n'è una, *La Fanciulla di Belilo,* che parla di un marinaio che lasciava in ogni porto una bella ragazza in lacrime, finché una di quelle graziose figliole non inseguì la sua nave volando con ali d'ottone, lo ghermì e lo divorò.

Onice guardò disgustato Tosla, ma Lebannen sorrise e disse: — La donna di Kemay... Il vecchio Maestro dell'Arcimago, Aihal, chiamato Ogion, raccontò a Tenar di quella donna. Era una vecchia campagnola, e viveva come tale. Invitò Ogion nella sua casupola e gli servì zuppa di pesce. Gli disse che uomini e draghi un tempo erano stati una cosa sola. Lei stessa era un drago oltre che una donna e, essendo un mago, Ogion la vide come un drago... Come tu vedesti Irian, Onice.

Parlando con sussiego e rivolgendosi soltanto al sovrano, Onice disse: — Quando Irian ebbe lasciato Roke, il Maestro dei Nomi ci mostrò alcuni passaggi dei più antichi libri del sapere che erano sempre stati oscuri, ma che potevano essere interpretati come riferimenti sia da esseri umani sia dai draghi, come un litigio o un grande disaccordo tra loro. Ma nulla di tutto ciò si presta a una chiara comprensione.

— Speravo che Tehanu potesse chiarirlo — fece Lebannen. La sua voce era pacata, così Alder non capì se si fosse arreso o nutrisse ancora quella speranza.

Un uomo si stava affrettando lungo il sentiero verso di loro, un soldato anziano delle guardie reali. Il sovrano si girò, si alzò, gli andò incontro. I due parlarono sottovoce per un minuto. Poi il soldato si allontanò, e il re tornò dai compagni. — Ci sono novità — annunciò, con un tono di sfida nella voce. — Nei cieli occidentali di Havnor, sono stati avvistati grandi stormi di draghi. Hanno incendiato intere foreste, e l'equipaggio di una nave costiera ha riferito di gente in fuga verso Porto Sud che ha visto la città di Resbel bruciare.

Quella notte, la nave più veloce della flotta reale portò il re e il suo gruppo sulla sponda opposta della baia di Havnor, veleggiando rapida grazie al vento magico creato da Onice. Allo spuntar del giorno, giunsero alla foce del fiume Onneva, sotto i contrafforti del Monte Onn. Con loro sbarcarono undici cavalli, splendidi e robusti animali delle stalle reali. Gli equini erano rari su tutte le isole, tranne a Havnor e Semel. Tehanu conosceva gli asini abbastanza bene, ma non aveva mai visto un cavallo. Aveva trascorso gran parte della notte con loro e gli stallieri, aiutandoli a controllare e calmare le bestie. Erano cavalli docili, però non erano abituati ai viaggi in mare.

Quando giunse il momento di montarli, là sulle sabbie dell'Onneva, Onice era piuttosto spaventato, e gli stallieri dovettero istruirlo e incoraggiarlo, mentre Tehanu si issò in sella con destrezza pari a quella del sovrano. Mise le redini nella mano offesa e non le usò; a quanto pareva, comunicava con la propria giumenta con altri mezzi.

Così la piccola carovana si mise in viaggio diretta a occidente nelle colline pedemontane dei Falierns, mantenendo una buona andatura. Era la via più breve a disposizione di Lebannen, doppiare l'estremità meridionale di Havnor avrebbe richiesto troppo tempo. Avevano con sé il mago Onice perché tenesse lontano il maltempo, sgombrasse il percorso da qualsiasi ostacolo e li difendesse dai pericoli, tranne quello rappresentato dal fuoco dei draghi. Contro di essi, se li avessero incontrati, non avevano nessuna difesa, a parte forse Tehanu.

La sera prima, consultandosi con i consiglieri e gli ufficiali della guardia, il re si era reso conto ben presto che non c'era modo di combattere i draghi o proteggere le città e i campi: le frecce erano inutili, come pure gli scudi. Solo i più grandi maghi erano riusciti a sconfiggere un drago. Lui non ne aveva al proprio servizio uno così potente, e non gli risultava che ne esistessero ancora, però doveva difendere il suo popolo come meglio poteva, e l'unico modo per farlo era cercare di parlamentare con i nemici.

Il suo maggiordomo era rimasto allibito quando Lebannen si era diretto verso l'appartamento di Tenar e Tehanu: il sovrano doveva mandare a chiamare quelli che desiderava vedere, ordinare loro di presentarsi al suo cospetto. — Non se deve pregarli di aiutarlo — obiettò.

Chiese alla cameriera sbigottita che aprì la porta di farlo parlare con la Bianca Signora e la donna di Gont. A palazzo e in città, le due donne erano conosciute con tali appellativi. Il fatto che portassero apertamente il loro vero nome, come faceva il re, era una cosa così rara, così contraria alla tradizione, alla sicurezza e alla proprietà, che la gente, pur conoscendolo forse, era riluttante a pronunciarlo e preferiva usare una perifrasi.

Il re fu fatto entrare e, dopo averle informate in breve delle notizie ricevute, disse: — Tehanu, può darsi che tu sola nel mio regno sia in grado di aiutarmi. Se potrai chiamare quei draghi come hai chiamato Kalessin, se avrai qualche potere su di loro, sarai in grado di parlare con loro e chiedere perché fanno guerra al mio popolo, lo farai?

La giovane si ritrasse a quelle parole, girandosi verso la madre.

Ma Tenar non le offrì nessun rifugio. Restò immobile. Dopo qualche istante, le disse: — Tehanu, tanto tempo fa ti ho detto che, quando un re ti parla, devi rispondere. Eri una bambina, allora, e non hai risposto. Adesso non sei più una bambina.

La ragazza arretrò d'un passo, allontanandosi da entrambi. Abbassò la testa, intimidita. — Non posso chiamarli — mormorò, sommessa e stridula. — Non li conosco.

— Puoi chiamare Kalessin? — chiese Lebannen.

Lei scosse il capo. — Troppo lontano — sussurrò. — Non so dove...

— Ma tu sei la figlia di Kalessin — disse Tenar. — Non puoi parlare a questi draghi?

Lei rispose infelice: — Non lo so.

Il re insistette: — Se esiste la possibilità che i draghi parlino con te, Tehanu, e che tu sia in grado di parlare con loro, ti prego di non tirarti indietro. Perché io non posso combatterli, e non conosco la loro lingua... e come posso scoprire cosa vogliono da noi, trattandosi di creature capaci di distruggermi con un soffio, con un'occhiata? Parlerai tu per me... per noi?

La giovane rimase in silenzio. Quindi, con un filo di voce, rispose: — Sì.

— Allora preparati a viaggiare con me. Partiremo alla quarta ora della sera. I miei uomini ti accompagneranno alla nave. Ti ringrazio. E ringrazio anche voi, Lady Tenar! — fece il sovrano, stringendole la mano un attimo, ma solo un attimo, perché doveva occuparsi di parecchie cose prima della partenza.

Quando giunse al molo, affrettandosi perché era in ritardo, scorse la snella figura incappucciata. L'ultimo cavallo da imbarcare sbuffava e puntava le zampe, rifiutandosi di salire sulla passerella. Tehanu disse qualcosa allo stalliere. Poi prese la briglia del cavallo e gli parlò un poco, e insieme oltrepassarono l'ostacolo.

A bordo lo spazio era scarso e affollato; verso mezzanotte, Lebannen udì due stallieri che conversavano sottovoce sul ponte di poppa. — Quella ha la mano fatata — disse uno, e l'altro, una voce di giovane: — Sì, certo, però è orribile da guardare, vero? — Il primo replicò: — Se un cavallo non ci fa caso, perché dovresti farlo tu? — e l'altro: — Non so... ma io ci faccio caso.

Mentre cavalcavano dalle sabbie dell'Onneva verso le colline pedemontane, dove la strada si allargava, Tosla si accostò a Lebannen. — Lei sarà il nostro interprete, vero? — domandò.

— Se potrà.

— Ebbene, è più coraggiosa di quel che pensavo. Se la prima volta che ha parlato con un drago le è successa quella cosa terribile, è probabile che succeda ancora.

— Cosa intendi dire?

— Che è quasi morta bruciata.

— Non è stato un drago.

— Chi, allora?

— I suoi genitori.

— Com'è andata? — chiese Tosla, facendo una smorfia.

— Erano vagabondi, ladri. Lei aveva cinque o sei anni. Non so cosa avesse fatto lei, o loro, ma alla fine venne percossa sino a perdere i sensi e fu gettata nel fuoco del loro bivacco. Pensavano, immagino, che fosse morta, e che sarebbe sembrato un incidente. Loro fuggirono. La trovarono dei contadini, e Tenar la prese con sé.

Tosla si grattò un orecchio. — Un bell'esempio di umana bontà. Dunque non è neppure figlia del vecchio Arcimago? Ma allora cosa intendono dire con quella storia che lei sarebbe un cucciolo di drago?

Lebannen aveva navigato con Tosla, aveva combattuto al suo fianco anni addietro nell'assedio di Sorra, e sapeva che era un uomo coraggioso, acuto, controllato. Quando la sua rozzezza lo irritava, il re dava la colpa alla propria delicatezza eccessiva. — Non lo so — rispose pacato. — So solo che il drago l'ha chiamata figlia.

— Quel vostro mago di Roke, quell'Onice, è lesto a dire che non può far nulla in questa faccenda. Però parla l'Antica Lingua, no?

— Certo. Potrebbe incenerirti pronunciando qualche parola. Se non l'ha fatto, è per rispetto nei miei confronti, non nei tuoi, credo.

Tosla annuì. — Lo so.

Cavalcarono tutto il giorno alla massima andatura che i cavalli erano in grado di tenere, e al calar della notte giunsero in una piccola cittadina collinare dove le bestie avrebbero potuto mangiare e riposare, e i viaggiatori dormire in letti scomodi. Chi non era abituato ad andare a cavallo scoprì subito di riuscire a stento a camminare. La gente del posto non aveva sentito nulla a proposito di draghi, ed era frastornata solo dalla soggezione e dalla grande contentezza per l'arrivo di un folto gruppo di ricchi forestieri che volevano vitto e alloggio e pagavano con monete d'argento e d'oro.

I cavalieri si rimisero in viaggio molto prima dell'alba. C'erano quasi cento miglia dalle sabbie dell'Onneva a Resbel. Quel secondo giorno li avrebbe portati oltre il basso valico dei Monti Falierns, e poi giù nel versante occidentale. Yenay, uno degli ufficiali più fidati del re, precedeva di parecchio la comitiva; Tosla formava la retroguardia; il re guidava il grosso del gruppo. Stava procedendo al piccolo trotto, mezzo addormentato nella fosca quiete antelucana, quando fu destato da un rumore di zoccoli che si avvicinavano. Yenay era tornato indietro. Lebannen guardò nella direzione indicata dall'ufficiale.

Erano appena usciti dai boschi sulla cresta di un colle, e la visuale era sgombra fino al passo. Le montagne su entrambi i lati del valico si stagliavano nere contro l'opaco bagliore rossastro di un'alba nuvolosa.

Ma loro stavano guardando a occidente.

— È più vicino di Resbel — disse Yenay. — Quindici miglia, forse.

La giumenta di Tehanu, sebbene piccola, era la bestia più bella del gruppo, ed era convinta di dover guidare gli altri. Se la ragazza non la tratteneva, continuava a spostarsi di lato e a superare chi la precedeva finché non arrivava in testa alla fila. La giumenta avanzò subito, quando Lebannen tirò le redini della propria cavalcatura, e così la ragazza si ritrovò accanto al sovrano, guardando nella direzione in cui stava guardando lui.

— La foresta è in fiamme — le disse il re.

Vedeva solo il lato deturpato del volto della giovane, e aveva l'impressione di osservare una maschera cieca; ma Tehanu aveva visto bene, e la mano rattrappita che stringeva le redini stava tremando. *La bambina bruciata teme il fuoco,* pensò lui.

Come aveva potuto essere così folle, vile e crudele da chiedere a quella ragazza di andare a parlare ai draghi, di salvargli la pelle, portandola davanti alle fiamme?

— Torneremo indietro — annunciò.

Tehanu alzò la mano sana, indicando. — Guardate — disse. — Guardate!

La scintilla di un falò, un tizzone ardente sollevatosi sopra la linea nera del passo, un'aquila di fuoco libratasi in aria... un drago stava volando verso di loro.

Lei si drizzò sulle staffe e lanciò un grido lacerante, stridulo, simile al verso di un uccello marino o di un falco, ma era una parola, un'unica parola: — *Medeu!*

La grande creatura si avvicinò con una rapidità spaventosa, battendo quasi con indolenza le lunghe ali sottili; lontano dal riflesso del fuoco, adesso sembrava nera o color bronzo.

— Badate ai cavalli — avvertì rauca la ragazza, e in quel preciso istante il castrone grigio di Lebannen vide il drago e s'impennò, agitando la testa e indietreggiando. Il re era in grado di controllarlo, ma dietro di lui un cavallo emise un nitrito di terrore, e si udì un calpestio di zoccoli e le voci concitate degli stallieri. Il mago Onice arrivò trafelato e si fermò accanto alla cavalcatura del sovrano. In sella o a terra, i membri del gruppo rimasero a osservare l'arrivo del drago.

Tehanu gridò nuovamente quella parola. Il drago cambiò direzione in volo, rallentò, si fermò e si librò nell'aria a una cinquantina di piedi da loro.

— *Medeu!* — ripeté. E la risposta giunse come un'eco prolungata: — *Me-de-uuu!*

— Che significa? — chiese Lebannen, piegandosi verso Onice.

— Sorella, fratello — sussurrò il mago.

La giovane era scesa da cavallo, aveva gettato le redini a Yenay, si stava incamminando lungo il lieve pendio verso il punto in cui il drago si librava nell'aria con brevi e rapidi battiti d'ali, simili a quelli di un falco. Ma quelle ali avevano un'apertura di cinquanta piedi da un'estremità all'altra, e il loro battito produceva un rumore simile a colpi di timpano o a un acciottolio di oggetti metallici.

Mentre la giovane si avvicinava, una piccola spira di fuoco scaturì dalla bocca aperta del drago, una bocca lunga dai denti enormi.

Tehanu alzò la mano. Non la snella mano bruna, bensì quella bruciata, rattrappita. Avendo il braccio e la spalla lesi, non era in grado di alzarla del tutto. Arrivava a stento all'altezza del capo.

Il drago scese leggermente nell'aria, abbassò la testa, e le toccò la mano con il muso scarno, svasato, scaglioso. *Come un cane, un animale che saluta e annusa,* pensò Lebannen; *come un falco che si posa sul polso del falconiere; come un re che s'inchina a una regina.*

La giovane parlò, il drago parlò; conversarono brevemente, le voci simili a un fremito di cembali. Un altro scambio di frasi, una pausa; il drago parlò a lungo. Onice ascoltò attentamente. Ancora uno scambio di battute. Un filo di fumo dalle narici del drago; un gesto lento e imperioso della mano offesa di Tehanu. Due parole pronunciate in modo chiaro da lei.

— Portala qui — tradusse il mago in un sussurro.

Il drago batté forte le ali, abbassò la lunga testa e sibilò, parlò di nuovo, poi balzò alto nell'aria, sovrastandola, si girò, volteggiò, e volò come una freccia a occidente.

— L'ha chiamata Figlia del Maggiore, del Più Anziano — mormorò il mago, mentre Tehanu immobile osservava il drago allontanarsi.

La giovane si girò, una figura piccola e fragile in quella grande distesa di colline e foreste lambita dalla luce grigia dell'alba. Lebannen smontò da cavallo e si affrettò a raggiungerla. Pensava di trovarla esausta e terrorizzata, e tese la mano per aiutarla a camminare, ma lei gli sorrise. Il suo volto, per metà orribile per metà bellissimo, era raggiante, soffuso dalla luce rossa di un sole che doveva ancora sorgere.

— Non attaccheranno più. Aspetteranno sulle montagne — annunciò.

Poi però si guardò attorno come se non sapesse dov'era, e quando il sovrano le prese il braccio si lasciò aiutare; ma il fuoco e il sorriso continuarono a illuminarle il viso, e i suoi passi erano leggeri.

Mentre gli stallieri badavano ai cavalli, che stavano già brucando l'erba rorida, Onice, Tosla e Yenay l'attorniarono, pur tenendosi a rispettosa distanza. Onice disse: — Mia signora Tehanu, non ho mai visto un gesto così coraggioso.

— Nemmeno io — concordò Tosla.

— Avevo paura — confessò lei, con quella voce da cui non traspariva nessuna emozione. — Ma l'ho chiamato fratello, e lui mi ha chiamato sorella.

— Non sono riuscito a capire tutto quello che avete detto — fece il mago. — Non conosco l'Antica Lingua come la conoscete voi. Volete raccontarci come si è svolto il vostro incontro?

Lei parlò lentamente, gli occhi rivolti a occidente dov'era volato il drago. Il rosso cupo dell'incendio lontano stava sbiadendo via via che a oriente la luce cresceva. — Ho chiesto: «Perché bruciate l'isola del re?» E lui ha risposto: «È tempo di riprenderci le nostre terre». E io ho chiesto: «L'Anziano vi ha ordinato di usurparle con il fuoco?» Allora lui ha detto che l'Anziano, Kalessin, era andato con Orm Irian oltre l'Occidente per volare sull'altro vento. E che i giovani draghi rimasti qui sui venti del mondo dicono che gli uomini sono violatori di giuramenti e hanno rubato le terre dei draghi. Sono convinti che Kalessin non tornerà più, e non vogliono più aspettare, vogliono cacciare gli uomini da tutte le Terre Occidentali. Ma di recente Orm Irian è ritornata, ed è a Paln, mi ha detto. E io gli ho detto di chiederle di venire. E lui ha risposto che Orm Irian sarebbe venuta dalla figlia di Kalessin.

IL CONSIGLIO DEL DRAGO

Dalla finestra della sua stanza a palazzo, Tenar aveva osservato la nave che salpava e si allontanava nella notte con a bordo Lebannen e sua figlia. Non era andata al molo con lei. Era stato arduo, molto arduo, rifiutarsi di accompagnarla in quel viaggio. Tehanu l'aveva supplicata, lei che non chiedeva mai nulla. Non piangeva mai, non poteva piangere, però il suo respiro era diventato affannoso mentre singhiozzava: — Ma non posso andare, non posso andare da sola! Vieni con me, mamma!

— Amore, tesoro, se potessi risparmiarti questa paura lo farei, non capisci che non posso? Ho fatto quel che potevo per te, mia fiamma radiosa, mia stella. Il re ha ragione... solo tu, tu sola, puoi riuscire in questa impresa.

— Ma se tu fossi là, se io sapessi di averti con...

— Io sono qui, sono sempre qui. Se venissi, sarei soltanto d'intralcio. Dovete viaggiare veloci, sarà un viaggio arduo. Io vi rallenterei. E tu potresti temere per me. Non hai bisogno di me. Non posso esserti utile. Devi impararlo, questo. Devi andare, Tehanu.

E si era allontanata dalla figlia, cominciando a scegliere gli indumenti che lei avrebbe dovuto portare, indumenti da casa, non gli abiti lussuosi che indossava la gente del palazzo: le sue scarpe robuste, il mantello buono... Se pianse durante i preparativi, fece in modo che la figlia non vedesse.

La giovane pareva disorientata, paralizzata dalla paura. Tenar le diede i panni per cambiarsi, e obbedì. Quando il luogotenente del re, Yenay, bussò e chiese di accompagnare damigella Tehanu al molo, lei lo fissò ammutolita.

— Vai, adesso — la esortò la madre. L'abbracciò e posò una mano sulle cicatrici che le segnavano mezza faccia. — Sei la figlia di Kalessin, oltre che figlia mia.

La ragazza la strinse forte, a lungo, si staccò da lei, si girò senza una parola e seguì Yenay fuori dalla porta.

Tenar rimase immobile, sentendo il freddo dell'aria notturna dove un istante prima aveva sentito il calore del corpo della figlia.

Quindi andò alla finestra. Luci, giù al molo, un andirivieni di uomini, il rumore degli zoccoli dei cavalli che venivano condotti lungo le strade ripide che scendevano al porto. Ormeggiata al molo, una nave maestosa, una nave che lei conosceva, la *Delfino.* Osservò dalla finestra e vide la figlia sul pontile. La vide salire a bordo, infine, guidando un cavallo che aveva recalcitrato, e vide Lebannen che la seguiva. Vide le cime d'ormeggio che venivano mollate, il docile movimento della nave al traino dell'imbarcazione a remi che la rimorchiava fuori dal porto, l'improvviso sbocciare delle vele bianche nell'oscurità. La luce della lanterna di poppa tremolò sull'acqua cupa, rimpicciolì lentamente fino a diventare una minuscola stilla luminosa, e sparì.

Tenar girò per la stanza, piegando gli indumenti che Tehanu aveva indossato, la sottoveste di seta e la sopragonna, raccolse i sandali leggeri e li accostò un attimo alla guancia, prima di metterli via.

Rimase sveglia nel grande letto e con l'occhio della mente rivide in continuazione la stessa scena: una strada, e Tehanu che la percorreva da sola. E un nodo, una rete, un ammasso nero aggrovigliato che scendeva dal cielo, uno sciame di draghi, lingue di fuoco che guizzavano verso di lei, i suoi capelli che bruciavano, gli abiti che bruciavano... No, si disse Tenar. No! Non sarebbe accaduto! Costringeva la propria mente a liberarsi da quelle immagini, poi però le vedeva ancora... la strada, e Tehanu che la percorreva in solitudine, e il nero stormo fiammeggiante in cielo, che si avvicinava.

Quando le prime luci dell'alba cominciarono a tingere la stanza di grigio, finalmente si addormentò, esausta. Sognò di trovarsi nella casa del vecchio mago sul Grande Precipizio, la sua casa, ed era indicibilmente contenta di essere là. Prese la scopa da dietro la porta per spazzare il pavimento di quercia perché Ged aveva lasciato che si coprisse di polvere. Ma in fondo alla stanza c'era una porta che prima non c'era. Quando l'aprì, trovò una stanzetta bassa, con i muri di pietra dipinti di bianco. Ged era accovacciato, rannicchiato con le braccia sulle ginocchia e le mani penzoloni. La sua testa non era la testa di un uomo, ma la piccola testa nera beccuta di un avvoltoio. Con voce fievole e rauca, il marito disse: — Tenar, non ho ali. — E, quando lo disse, lei fu invasa da una tale rabbia, da un tale terrore, che si svegliò, ansimando, vedendo il sole che illuminava una parete della stanza, e udendo gli squilli argentini delle trombe che suonavano la quarta ora del mattino.

Portarono la colazione. Mangiò un po' e conversò con Bacca, l'anziana serva che lei aveva scelto tra il seguito di domestiche e dame di compagnia che Lebannen le aveva messo a disposizione. Bacca era una donna intelligente, capace, nata in un villaggio all'interno dell'isola, e Tenar andava più d'accordo con lei che con la maggior parte delle signore di corte. Quelle erano garbate e rispettose, ma non sapevano come comportarsi con lei, non sapevano come rivolgersi a una donna che era per metà una sacerdotessa di Karg, per metà una contadina di Gont. Si rendeva conto che per loro era più facile essere gentili con Tehanu, nonostante la scontrosa timidezza della ragazza. Per la giovane potevano provare compassione. Per lei, no.

Bacca, invece, era compassionevole, e le fu di grande conforto quella mattina.

— Il re la riporterà a casa sana e salva — dichiarò. — Pensate che le farebbe affrontare un pericolo se non fosse anche in grado di proteggerla? Mai farebbe una cosa simile! Non lui! — Era una consolazione illusoria, però la serva era tanto convinta di ciò che affermava che Tenar dovette convenire, e si sentì leggermente sollevata.

Aveva bisogno di fare qualcosa, perché l'assenza della figlia era ovunque. Decise di andare a parlare alla principessa di Karg, per vedere se la ragazza fosse disposta a imparare qualche parola di hardico, o almeno a dirle il suo nome.

Nelle Terre di Karg le persone non avevano un vero nome da tenere segreto, a differenza delle persone di lingua hardica. Come i nomi d'uso hardici, i nomi di Karg spesso avevano un significato: Rosa, Alder, Onore, Speranza; oppure erano tradizionali, spesso il nome di un antenato. La gente li pronunciava apertamente ed era fiera dell'antichità di un nome tramandato di generazione in generazione. Lei era stata strappata ai genitori quando era ancora troppo giovane per sapere perché l'avessero chiamata Tenar, ma pensava che potessero averla chiamata così in omaggio a una nonna o una bisnonna. Quel nome le era stato tolto quando era stata riconosciuta come Arha, l'Innominabile Rinata, e lei lo aveva dimenticato finché Ged non glielo aveva restituito. Per lei, come per lui, era il suo vero nome; ma non era una parola dell'Antica Lingua; non conferiva a nessuno nessun Potere su di lei, e lei non lo aveva mai nascosto.

Era perplessa, adesso, nel constatare che la principessa lo nascondeva. Le sue schiave la chiamavano solo principessa, o signora, o padrona; gli ambasciatori parlavano di lei come della somma principessa, oppure come Figlia di Thol, o Signora di Hur-at-Hur, e via dicendo. Se la poveretta aveva soltanto dei titoli, era il momento che avesse anche un nome.

Tenar sapeva che non era decoroso che un'ospite del re andasse in giro da sola nelle strade di Havnor, e sapeva che Bacca aveva delle incombenze a palazzo, così chiese un accompagnatore. Le assegnarono un affascinante valletto - o meglio un paggetto, perché aveva appena una quindicina d'anni - che l'aiutò ad attraversare le vie quasi fosse una vecchia malferma. Le piaceva passeggiare in città. Andando alla Casa del Fiume, aveva già scoperto e ammesso nel proprio intimo che era più facile senza la figlia accanto. La gente guardava la ragazza e si girava subito dall'altra parte, e Tehanu camminava austera e orgogliosa, soffrendo, detestando quelle occhiate furtive. La madre soffriva con lei, forse più della figlia stessa.

Adesso poteva attardarsi e osservare le botteghe, le bancarelle del mercato, le varie facce e vesti provenienti da tutto l'Arcipelago, abbandonare la via diretta e lasciare che il valletto le mostrasse una strada dove i ponti dipinti che univano un tetto all'altro formavano una specie di arioso soffitto a volta. Da lì pendevano rampicanti dai fiori rossi, e tra quei festoni vivaci la gente metteva gabbie di uccelli attaccate a pali dorati, e il tutto sembrava un giardino aereo.

Oh, vorrei che Tehanu potesse vedere questo spettacolo, pensò Tenar. Ma era meglio non pensare alla figlia, a dove avrebbe potuto trovarsi in quel momento.

La Casa del Fiume, come il Palazzo Nuovo, risaliva al regno della regina Heru, cinque secoli addietro. Era in rovina quando Lebannen era salito al trono; il sovrano l'aveva restaurata con estrema cura, e adesso era un posto incantevole, tranquillo, arredato in modo sobrio, con pavimenti scuri lucidi senza tappeti. File di strette portefinestre scorrevano per aprire l'intero lato di una sala e offrire una veduta dei salici e del fiume, e si poteva uscire sui grandi balconi di legno costruiti sopra l'acqua. Le dame di corte avevano detto a Tenar che era il luogo che il re preferiva per trascorrere una notte in solitudine, o in compagnia di un'amante, il che - lasciavano intendere - rendeva ancor più significativo il fatto che Lebannen avesse sistemato la principessa lì. Lei sospettava invece che il sovrano non volesse la principessa sotto il suo stesso tetto, e avesse semplicemente scelto l'unico altro posto adatto a ospitarla, ma forse le dame di corte avevano ragione.

Le sentinelle in alta uniforme la riconobbero e la lasciarono passare, i domestici l'annunciarono e si ritirarono con il suo valletto a sgusciar noci e spettegolare - attività che sembrava costituire la loro principale occupazione - e le dame di compagnia vennero a salutarla, ansiose di vedere una faccia nuova e di avere qualche notizia della spedizione del re contro i draghi. Terminata la trafila, Tenar poté finalmente accedere alle stanze della principessa.

Nelle due visite precedenti, l'avevano pregata di attendere in un'anticamera, quindi le schiave velate l'avevano condotta in una stanza interna, l'unica sala buia di tutta la casa ariosa. La principessa l'aspettava in copricapo tondo e veli rossi che scendevano fino al pavimento, immobile, quasi facesse parte degli arredi, lì impalata come un camino di mattoni, come aveva detto Lady Iyesa.

Questa volta le cose andarono diversamente. Non appena entrò nell'anticamera, udì degli strilli provenienti dalle stanze interne, e lo scalpiccio di persone che correvano in varie direzioni. La principessa irruppe nell'anticamera e con un grido selvaggio cinse Tenar con le braccia. La donna era piccola, e la principessa - una giovane alta, vigorosa, colma di agitazione - urtandola le fece perdere l'equilibrio, ma la sorresse con braccia forti. — Oh, Lady Arha, Lady Arha, salvatemi, salvatemi! — stava gemendo.

— Principessa! Che succede?

La ragazza piangeva di paura o di sollievo o entrambe le cose, e tutto ciò che Tenar riuscì a capire dai suoi lamenti e dalle sue suppliche fu un vaniloquio a proposito di draghi e sacrifici.

— Non ci sono draghi a Havnor — disse severa, liberandosi dalla stretta della principessa. — E non sarà sacrificato nessuno. Che storia è questa? Cosa vi hanno raccontato?

— Le donne hanno detto che stavano arrivando i draghi, e che avrebbero sacrificato la figlia di un re e non una capra perché sono stregoni, e io ho avuto paura. — La principessa si asciugò il viso, serrò i pugni, e cercò di dominare il panico che l'aveva assalita. Si era trattato di terrore puro, incontrollabile, e Tenar provò compassione per lei. Non lasciò però trasparire il suo compatimento. Quella ragazza doveva imparare a fare appello alla propria dignità.

— Le vostre donne sono ignoranti e non conoscono l'hardico a sufficienza per capire quello che la gente dice. E voi non lo conoscete affatto. Se lo parlaste, sapreste che non c'è nulla da temere. Il personale della casa sta forse correndo qui e là, piangendo e strillando?

La ragazza la fissò. Non portava cappello, né veli, solo una specie di sottoveste leggera, perché era una giornata calda. Era la prima volta che la vedeva davvero, e non come una sagoma vaga attraverso i tessuti rossi. Sebbene avesse gli occhi gonfi di pianto e il volto chiazzato, la principessa era splendida: capelli fulvi, occhi color bronzo, braccia ben tornite, seno prosperoso, vita snella... una donna che stava sbocciando nel rigoglio della propria bellezza e del proprio vigore.

— Ma nessuna di quelle persone sarà sacrificata — replicò infine la giovane.

— Non sarà sacrificato nessuno.

— Allora perché stanno arrivando i draghi?

Tenar trasse un respiro profondo. — Principessa — disse, — ci sono parecchie cose di cui dobbiamo parlare. Se vorrete considerarmi un'amica...

— Certo — fece lei. Avanzò e strinse forte il braccio destro della donna. — Voi siete mia amica, non ho altri amici, verserò il mio sangue per voi.

Per quanto fosse ridicolo, Tenar capì che era vero. Ricambiò la stretta della ragazza, pur se con minor forza, e disse: — Voi siete mia amica. Ditemi il vostro nome.

La principessa spalancò gli occhi. Sul labbro superiore c'era ancora una gocciolina di muco e un lieve gonfiore. Quello inferiore fu percorso da un tremito.

Sospirando, la ragazza disse: — Seserakh.

— Seserakh, il mio nome non è Arha, ma Tenar.

— Tenar. — La giovane annuì, e le strinse ancora il braccio.

— Ora — disse la donna, cercando di riprendere il controllo della situazione, — ho camminato a lungo e ho sete. Per favore, sediamoci, e gradirei un po' d'acqua. Poi potremo parlare.

— Sì — annuì la principessa, e si precipitò fuori dalla stanza come una leonessa che si lanciava all'inseguimento della preda. Si udirono ancora strilli e grida nelle sale interne, e altri rumori di piedi che correvano. Apparve una schiava, che si sistemò il velo con mano tremante e farfugliò qualcosa in un dialetto così marcato che Tenar non la capì. — Parla nella lingua maledetta! — urlò la principessa dall'interno dell'appartamento. E la schiava pigolò penosamente in hardico: — Sedere? Bere? Signora?

Erano state collocate due sedie al centro della stanza buia dall'aria viziata, una di fronte all'altra. Seserakh era in piedi accanto a una sedia.

— Mi piacerebbe sedermi fuori, all'ombra, sopra l'acqua — disse Tenar. — Se per voi va bene, principessa.

La ragazza diede l'ordine, le schiave scattarono, le sedie furono portate sul grande balcone. Le due donne si sedettero affiancate.

— Così va meglio — disse. Le faceva ancora una strana impressione, parlare nella lingua di Karg. Non aveva nessuna difficoltà con la lingua, ma aveva la sensazione di non essere se stessa, che fosse qualcun altro a parlare, a recitare una parte gradevole.

— Vi piace l'acqua? — chiese la principessa. Il suo viso aveva riacquistato il colorito normale, crema scuro, e gli occhi, non più gonfi, erano oro-azzurrognolo, o blu con macchioline dorate.

— Sì. A voi non piace?

— La detesto. Non c'era acqua dove vivevo.

— Un deserto? Anch'io ho vissuto in un deserto. Fino a sedici anni. Poi ho attraversato il mare e sono venuta nell'Occidente. Amo l'acqua, il mare, i fiumi.

— Oh, il mare... — Seserakh, contorcendosi, si prese il capo tra le mani. — Oh, lo detesto, lo detesto. Ho vomitato l'anima. Continuamente. Giorni e giorni e giorni. Non voglio più vedere il mare. — Lanciò una rapida occhiata attraverso i rami dei salici, al placido torrente sotto di loro. — Il fiume non mi disturba — disse, con aria sospettosa.

Una schiava portò un vassoio con una brocca e dei calici. Tenar si dissetò bevendo lunghi sorsi di acqua fresca.

— Principessa — disse, — dobbiamo parlare di molte cose. Primo: i draghi sono ancora lontanissimi da qui, nell'Occidente. Il re e mia figlia sono andati a parlare con loro.

— A parlare con loro?

— Sì — stava per proseguire, poi però chiese: — Ora, per favore, parlatemi dei draghi di Hur-at-Hur.

Quando Tenar era bambina, ad Atuan, le avevano raccontato che c'erano draghi a Hur-at-Hur. Draghi nelle montagne e briganti nel deserto. Hur-at-Hur era un luogo povero e sperduto, che non produceva nulla di buono, tranne opali, turchesi e tronchi di cedro.

Seserakh fece un sospiro profondo. Gli occhi le si bagnarono di lacrime. — Piango, se penso a casa — disse, con tale innocente candore che anche a Tenar s'inumidirono gli occhi. — Bene, i draghi vivono sulle montagne. A due o tre giorni di viaggio da Mesreth. Ci sono solo rocce, lassù, e nessuno li molesta, e loro non molestano nessuno. Ma una volta all'anno scendono dalle montagne, strisciando lungo una certa via. È un sentiero, tutto di polvere fine, fatto dalle loro pance che lo percorrono trascinandosi ogni anno dall'inizio del tempo. È chiamato la Via dei Draghi. — Vide che Tenar ascoltava con estrema attenzione, e continuò: — È proibito attraversare la Via dei Draghi. Non bisogna assolutamente mettervi piede. Bisogna aggirarla, a sud del Luogo del Sacrificio. I draghi cominciano a scendere a primavera inoltrata e il quarto giorno del quinto mese arrivano tutti al Luogo del Sacrificio. Nessuno di loro è mai in ritardo. E tutti gli abitanti di Mesreth e dei villaggi sono là ad aspettarli. Poi, quando tutti i draghi sono scesi lungo la Via dei Draghi, i sacerdoti iniziano il sacrificio. Ed è per questo... Non celebrate il Sacrificio di Primavera ad Atuan?

Tenar scosse il capo.

— Ebbene, è per questo che ho avuto paura, capite, perché può essere un sacrificio umano. Se le cose non andavano bene, sacrificavano la figlia di un re. Altrimenti, solo una ragazza comune. Ma non lo fanno da molto tempo, neppure quello. Non lo fanno da quando ero bambina. Da quando mio padre ha sconfitto tutti gli altri re. Da allora, sacrificano soltanto una capra o una pecora. E raccolgono il sangue nelle ciotole, e gettano il grasso nel fuoco sacro, e chiamano i draghi. E i draghi si avvicinano strisciando, e bevono il sangue e mangiano il fuoco. — Chiuse gli occhi un istante; anche Tenar li chiuse. — Poi tornano sulle montagne, e noi torniamo a Mesreth.

— Quanto sono grandi i draghi?

Seserakh allargò le braccia quanto poteva. — A volte, più grandi — rispose.

— E non possono volare? Né parlare?

— Oh, no. Le loro ali sono solo moncherini. Ed emettono una specie di sibilo. Gli animali non parlano. Ma i draghi sono animali sacri. Sono il segno della vita, perché il fuoco è vita, e loro mangiano il fuoco e sputano fuoco. E sono sacri perché vengono al Sacrificio di Primavera. Anche se nessun uomo andasse là, i draghi si radunerebbero ugualmente. Noi andiamo là perché i draghi vanno là. I sacerdoti raccontano sempre tutte queste cose prima del sacrificio.

Tenar rifletté alcuni istanti su quanto aveva appreso. — I draghi, qui nell'Occidente, sono grandi. Enormi. E sono capaci di volare. Sono animali, però sanno parlare. E sono sacri. E pericolosi.

— Ebbene — fece la principessa, — i draghi saranno pure animali, però sono più simili a noi dei maledetti stregoni. — Pronunciò «maledetti-stregoni» come un'unica parola e senza un'enfasi particolare.

Tenar ricordò quell'espressione dalla propria infanzia. Significava il popolo oscuro, le genti hardiche dell'Arcipelago. — Perché?

— Perché i draghi rinascono! Come tutti gli animali. Come noi. — Seserakh la guardò con sincera curiosità. — Dato che eravate una sacerdotessa del luogo più sacro delle Tombe, pensavo sapeste molte più cose di me a questo proposito.

— Ma là non avevamo nessun drago — replicò Tenar. — Non sapevo nulla dei draghi. Per favore, amica mia, raccontatemi.

— Bene, vediamo se posso raccontare la storia... È una storia invernale. Ma immagino che comunque si possa raccontarla in estate, qui. Tanto, qui è tutto sbagliato. — La principessa sospirò. — Ebbene, all'inizio, sapete, all'inizio del tempo, eravamo tutti la stessa cosa, tutte le persone e tutti gli animali, facevamo le stesse cose. E poi abbiamo imparato a morire. E così abbiamo imparato a rinascere. Forse come un certo tipo di creatura, forse come un altro. Ma non è tanto importante perché in ogni caso si muore ancora e si rinasce ancora, e prima o dopo si è ogni cosa.

Tenar annuì. Fino a quel punto, la storia le era familiare.

— Ma le cose migliori in cui trasformarsi quando si rinasce sono le persone e i draghi, perché quelli sono gli esseri sacri. Così si cerca di non infrangere le proibizioni, e si cerca di osservare i precetti, per avere maggiori possibilità di diventare di nuovo una persona, o comunque un drago... Se qui i draghi sanno parlare e sono così grandi, mi rendo conto che diventare drago si può considerare una ricompensa. Mentre essere uno dei nostri draghi non mi è mai sembrata una prospettiva allettante... Ma la storia vera e propria parla di quando i maledetti-stregoni scoprirono il Vedurnan. Era una cosa, non so cosa fosse, che disse ad alcuni uomini che, se avessero accettato di non morire mai e di non rinascere mai, avrebbero potuto imparare a compiere la stregoneria. Così loro scelsero quello, scelsero il Vedurnan. E andarono a Occidente con esso. E il Vedurnan li fece diventare oscuri. E loro vivono qui. Tutta la gente di qui... sono quelli che scelsero il Vedurnan. Vivono, e possono compiere le loro maledette stregonerie, ma non possono morire. Solo i loro corpi muoiono. Il resto di loro rimane in un luogo oscuro e non rinasce mai. E sembrano uccelli. Però non possono volare.

— Sì — sussurrò Tenar.

— Questo non l'avete appreso ad Atuan?

— No — disse.

La sua mente ricordava la storia che la donna di Kemay aveva raccontato a Ogion: all'inizio del tempo, uomini e draghi erano una cosa sola, ma i draghi avevano scelto la vita selvatica e la libertà, mentre gli uomini avevano scelto la ricchezza e il potere. Una scelta, una separazione. Era la stessa storia?

Ma l'immagine nel suo cuore era quella di Ged accovacciato in una stanza di pietra, la testa piccola, nera, beccuta...

— Il Vedurnan non è l'Anello di cui continuavano a parlare, vero? Quello che dovrò mettere, vero?

Tenar si sforzò di non pensare alla Stanza Dipinta e al sogno della notte precedente, e provò a concentrarsi sulla domanda di Seserakh.

— Anello?

— L'Anello di Urthakby.

— Di Erreth-Akbe. No, quell'Anello è l'Anello della Pace. E lo porterete solo se e quando sarete la sposa di re Lebannen. E sarete una donna fortunata a diventare la sua regina.

L'espressione di Seserakh era curiosa. Non era accigliata o cinica. Era rassegnata, in parte faceta, paziente, sembrava l'espressione di una donna con qualche decennio in più. — Non vedo dove sia la fortuna in questo, cara amica Tenar — commentò. — Devo sposarlo. E così sarò perduta.

— Perché sarete perduta se lo sposerete?

— Se lo sposo, dovrò dirgli il mio nome. Pronunciando il mio nome, lui mi ruberà l'anima. È questo che fanno i maledetti-stregoni. Dunque tengono sempre nascosti i loro nomi. Ma, se mi ruberà l'anima, io non potrò morire. Dovrò vivere in eterno senza il mio corpo, un uccello che non può volare, e non rinascerò mai più.

— È per questo che avete tenuto nascosto il vostro nome?

— L'ho rivelato solo a voi, amica mia.

— Un onore che apprezzo — disse Tenar, energica. — Ma potete rivelare il vostro nome a chiunque desideriate, qui. Non possono rubarvi l'anima. Credetemi, Seserakh. E potete fidarvi di Lebannen. Lui non... non vi farà nessun male.

La ragazza aveva colto l'esitazione. — Ma vorrebbe potermelo fare — disse. — Tenar, amica mia, so cosa sono, qui. Nella grande città di Awabath dove si trova mio padre, ero una stupida e ignorante donna del deserto. Una *feyagat.* Le donne di Awabath ridacchiavano e si davano dei colpetti di gomito quando mi vedevano, quelle sgualdrine impudenti con la faccia scoperta. E qui è peggio. Non capisco nessuno e nessuno mi capisce, ed è tutto diverso! Non so nemmeno cosa sia il cibo che mangio, è cibo da stregoni, mi dà il capogiro. Non conosco le proibizioni del posto, non ci sono sacerdoti cui chiedere, solo donne stregone, tutte nere e con la faccia scoperta. E ho visto come mi ha guardato lui. Sapete, si vede attraverso il *feyag!* Ho visto la sua faccia. È molto bello, sembra un guerriero, ma è uno stregone nero e mi odia. Non dite che non mi odia, perché so che è così. E penso che quando saprà il mio nome manderà per sempre la mia anima in quel luogo.

Dopo un po', guardando tra i rami mossi dei salici sopra l'acqua che scorreva tranquilla, sentendosi triste e stanca, Tenar disse: — Quello che dovete fare, allora, principessa, è imparare il modo di farvi apprezzare da lui. Non avete altra scelta, no?

La ragazza scrollò le spalle, con l'aria afflitta.

— Per cominciare, sarebbe utile che voi capiste quel che dice.

— *Blablabla-blablabla...* Sembra che tutti farfuglino questa cantilena.

— E, quando sentono noi, loro hanno la stessa impressione. Via, principessa, come potete piacergli se sapete dirgli solo *blablabla-blablabla?* Guardate... — Tenar alzò una mano, la indicò con l'altra, e disse la parola prima nella lingua di Karg, poi in hardico.

Seserakh ripeté entrambe le parole in tono rispettoso, obbediente. Dopo qualche vocabolo di altre parti del corpo, affinò l'abilità nella traduzione. Si drizzò meglio sulla sedia. — Come dicono «re» gli stregoni?

— *Agni.* È una parola dell'Antica Lingua. Me l'ha detto mio marito.

Mentre rispondeva, Tenar si rese conto che a quel punto era sciocco tirare in ballo l'esistenza di una terza lingua; ma non fu quel particolare ad attirare l'attenzione della principessa.

— Avete un marito? — La giovane la fissò con fulgidi occhi leonini, e rise forte. — Oh, meraviglioso! Credevo foste una sacerdotessa! Oh, vi prego, amica mia, parlatemi di lui! È un guerriero? È bello? Lo amate?

Dopo che il re fu andato a caccia di draghi, Alder non sapeva proprio cosa fare; si sentiva del tutto inutile, riteneva ingiustificata la propria permanenza a palazzo, mangiare a sbafo il cibo del re, aveva sensi di colpa per i guai che si era portato appresso. Non potendo starsene seduto in camera tutto il giorno, usciva a passeggiare nelle vie, ma lo splendore e l'attività della città lo sgomentavano e, non avendo denaro né meta, non gli restava che camminare finché non era stanco. Allora tornava al palazzo di Maharion chiedendosi se le sentinelle dal volto arcigno lo avrebbero lasciato entrare. L'unico posto dove trovava un po' di serenità erano i giardini del palazzo. Sperava di incontrare di nuovo Rody, ma il bambino non riapparve, e forse era meglio così. Meglio che lui evitasse di parlare alla gente, pensava Alder. Oppure le mani protese verso di lui dal Mondo dei Morti si sarebbero protese anche verso gli altri.

Il terzo giorno dopo la partenza del re, scese a passeggiare tra gli stagni del giardino. Era stata una giornata molto calda; la sera era afosa. Portò con sé Tiro, lasciò libero il gattino perché desse la caccia agli insetti sotto i cespugli e si sedette su una panchina vicino al grande salice, osservando il luccichio verde-argenteo delle grasse carpe nell'acqua. Si sentiva solo e scoraggiato; sentiva che le sue difese contro le voci e le mani protese stavano cedendo. A che scopo rimanere lì, dopotutto? Perché non entrare nel sogno una volta per sempre, scendere quella collina, farla finita? Nessuno al mondo avrebbe pianto la sua scomparsa, e la sua morte avrebbe risparmiato agli altri quel male che si portava appresso. Sicuramente, erano già abbastanza indaffarati a combattere i draghi. Forse, se fosse andato là, avrebbe visto Giglio.

Se fosse morto, non avrebbero potuto toccarsi. Stando a quanto dicevano i maghi, non avrebbero neppure desiderato farlo. Secondo loro, i morti dimenticavano cosa significasse essere vivi. Ma Giglio aveva allungato la mano verso di lui. All'inizio, per un poco, forse avrebbero ricordato la vita abbastanza a lungo da vedersi, guardarsi, anche se non si fossero toccati...

— Maestro Alder.

Lui alzò lo sguardo verso la donna in piedi accanto a lui. La piccola donna grigia, Tenar. Notò la sua espressione preoccupata, senza sapere però perché lo fosse. Poi rammentò che sua figlia, la ragazza bruciata, era partita insieme con il re. Forse erano giunte cattive notizie. Forse erano tutti morti.

— State male, Maestro Alder? — chiese lei.

Lui scosse il capo. Era difficile parlare. Adesso capiva che sarebbe stato facilissimo, in quell'altra terra, non parlare. Non incontrare gli occhi della gente. Non essere preoccupato.

Tenar gli si sedette accanto sulla panchina. — Sembrate turbato — disse.

Alder fece un gesto vago... come a dire: *Va tutto bene, non è nulla d'importante.*

— Siete stato a Gont. Con mio marito, Sparviero. Come stava? Aveva cura di sé?

— Sì — rispose Alder. Cercò di dare una risposta più esauriente. — È stato un ospite gentilissimo.

— Sono contenta di sentirlo. Mi preoccupo per lui. Sa badare alla casa quanto me, però non mi è piaciuto lasciarlo solo... Per favore, volete dirmi cosa faceva quando eravate là?

Alder le raccontò che aveva raccolto le susine e le aveva portate al venditore, che loro due avevano riparato la staccionata, che lo aveva aiutato a dormire.

La donna ascoltò attenta, seria, come se quelle cose di scarso rilievo fossero importanti quanto gli strani eventi di cui avevano parlato proprio lì tre giorni addietro... i morti che chiamavano un vivo, una ragazza che diventava un drago, i draghi che incendiavano le Isole Occidentali.

In realtà, lui non sapeva cosa fosse più importante alla fin fine, i grandi e strani eventi o le piccole vicende comuni. — Vorrei poter andare a casa — disse lei.

— Potrei desiderare la stessa cosa, ma non servirebbe a nulla. Credo che non tornerò più a casa. — Alder non sapeva perché l'avesse detto ma, sentendole, le proprie parole gli sembrarono vere.

Tenar lo guardò a lungo con tranquilli occhi grigi, e non fece domande.

— Potrei desiderare che mia figlia torni a casa con me — confessò, — ma anche questo sarebbe inutile. So che deve andare avanti. Non so dove, però.

— Volete dirmi qual è il dono che possiede, che donna è, dal momento che il re l'ha mandata a chiamare e l'ha portata con sé ad affrontare i draghi?

— Oh, se sapessi cos'è lei, ve lo direi — rispose la donna; aveva la voce colma di angoscia, d'amore e di amarezza. — Non è mia figlia di nascita, come avrete immaginato o saputo. Venne da me da bambina, dopo essere stata salvata dal fuoco, salvata a stento e non completamente... Quando Sparviero tornò da me, lei diventò anche figlia sua. Ed evitò a entrambi una morte crudele, chiamando un drago, Kalessin, detto l'Anziano. E quel drago la chiamò figlia. Dunque è la figlia di molti e di nessuno, che ha conosciuto sofferenze inimmaginabili ma è stata salvata dal fuoco. Chi sia in realtà, forse non lo saprò mai. Però vorrei che adesso fosse qui, al sicuro, con me!

Alder avrebbe desiderato rassicurarla, ma si sentiva a sua volta troppo depresso.

— Ditemi qualche altra cosa a proposito di vostra moglie, Maestro Alder — chiese lei.

— Non posso — rispose lui, dopo un lungo silenzio. — Lo farei se potessi, Lady Tenar. C'è una tale tristezza in me, e paura, terrore, questa sera. Cerco di pensare a Giglio, ma c'è solo quel deserto tenebroso che scende, e non riesco a vederla. Tutti i ricordi che avevo di lei, che erano come l'aria e l'acqua per me, sono finiti in quel luogo desolato. Non mi è rimasto nulla.

— Mi dispiace — sussurrò lei, e il silenzio scese di nuovo tra loro. L'oscurità stava infittendo. Non c'era vento e faceva molto caldo. Le luci del palazzo brillavano attraverso gli intagli delle finestre e il fogliame immobile dei salici.

— Sta accadendo qualcosa — disse la donna. — Un grande cambiamento nel mondo. Forse non rimarrà più nulla di quello che conosciamo.

Alder alzò lo sguardo verso il cielo che si stava oscurando. Le torri del palazzo si stagliavano chiare su quello sfondo, le loro superfici pallide di marmo e alabastro riflettevano tutta la luce residua dell'Occidente. I suoi occhi cercarono la lama della spada incastonata in cima alla torre più alta, e la videro, un lieve scintillio argenteo. — Guardate — disse. Sulla punta della spada, come un diamante o una goccia d'acqua, brillava una stella. Mentre osservavano, la stella si mosse, si staccò dalla spada, alzandosi sopra di essa.

Adesso c'era confusione nel palazzo o al di là dei muri: voci, un corno suonò, un segnale secco, imperioso.

— Sono tornati — disse Tenar, e si alzò. L'eccitazione aleggiava nell'aria, e anche Alder si mosse. La donna si affrettò a entrare nel palazzo, da cui si vedeva il porto. Ma Alder, prima di rientrare con il gattino, alzò nuovamente lo sguardo verso la spada, ormai solo un debole luccichio, e verso la stella che la sovrastava fulgida.

La *Delfino* entrò nel porto in quella notte estiva senza vento, filando veloce, le vele gonfiate dal soffio magico. Nessuno a palazzo pensava che il re sarebbe tornato così presto, ma tutto era in ordine e pronto quando il sovrano arrivò. Il molo si affollò subito di cortigiani, soldati in libera uscita e cittadini, ansiosi di accoglierlo, e cantori e arpisti attendevano di sentire come avesse combattuto e sconfitto i draghi, così da comporre ballate per celebrare l'impresa.

Rimasero delusi: il re e il suo gruppo si diressero immediatamente a palazzo, e le guardie e i marinai della nave dissero soltanto: — Sono saliti sulle colline sopra l'Onneva, e due giorni dopo sono tornati. Il mago ha inviato un uccello messaggero per avvisarci, perché intanto eravamo scesi fino all'imboccatura della baia, dal momento che dovevamo attenderli a Porto Sud. Siamo tornati indietro e loro ci aspettavano alla foce del fiume, incolumi. Abbiamo però visto il fumo di foreste in fiamme sui Falierns meridionali.

Tenar era tra la folla sul pontile, e Tehanu si precipitò da lei. Si abbracciarono calorosamente. Ma, mentre s'incamminavano lungo le vie tra le luci e le voci festose, la madre stava ancora pensando: *Le cose sono cambiate. Lei è cambiata. Non verrà mai più a casa.*

Lebannen procedeva in mezzo alle sue guardie. Carico di tensione e di energia, era regale, bellicoso, raggiante.

«Erreth-Akbe!» acclamava la gente, e: «Figlio di Morred!»

Sui gradini del palazzo, lui si girò verso la folla. Aveva una voce possente quando voleva usarla, e adesso quella voce risuonò, zittendo il fracasso.

— Ascoltate, gente di Havnor! La donna di Gont ha parlato per noi con un capo dei draghi. Hanno concordato una tregua. Uno di loro verrà da noi. Un drago verrà qui, nella città di Havnor, nel palazzo di Maharion. Non per distruggere, ma a parlamentare. È giunto il momento in cui uomini e draghi devono incontrarsi e discutere.

— Dunque io vi dico: quando il drago arriverà, non temetelo, non combattetelo, non fuggite, ma accoglietelo nel segno della pace. Salutatelo come salutereste un grande signore venuto in pace da lontano. E non abbiate paura. Perché siamo tutti protetti dalla spada di Erreth-Akbe, dall'Anello di Elfarran, e dal nome di Morred.

— E sul mio nome vi prometto che finché avrò vita difenderò questa città e questo regno!

La folla ascoltò in assoluto silenzio. Un coro di acclamazioni e di grida accompagnò la fine del discorso, mentre il re si voltava ed entrava a grandi passi nel palazzo.

— Ho ritenuto opportuno avvisarli — disse a Tehanu, con l'abituale voce bassa e pacata, e lei annuì. Il re le si era rivolto come a un compagno, e la giovane si comportava come tale. Tenar e i cortigiani nei paraggi lo notarono.

Il sovrano diede disposizioni perché tutto il suo Consiglio si riunisse al mattino alla quarta ora, poi l'assembramento si sciolse, ma il re tenne con sé la donna ancora un minuto mentre la figlia andava avanti. — È lei che ci protegge — disse.

— Da sola?

— Non temete per lei. È la figlia del drago, la sorella del drago. Va dove noi non possiamo andare. Non temete per lei, Lady Tenar.

Lei piegò il capo in segno di accettazione. — Vi ringrazio per averla riportata da me sana e salva — disse. — Per un poco.

Erano soli, adesso, nel corridoio che conduceva agli appartamenti dell'ala occidentale del palazzo. La donna alzò lo sguardo verso il sovrano e disse: — Ho parlato di draghi con la principessa.

— La principessa — ripeté lui, con l'aria assente.

— Ha un nome. Non posso rivelarvelo, dato che lei crede che potreste usarlo per distruggere la sua anima.

Lebannen aggrottò le sopracciglia.

— A Hur-at-Hur ci sono draghi. Piccoli, dice la principessa, e senza ali, e non parlano. Ma sono sacri. Il sacro simbolo della morte e della rinascita. Mi ha rammentato che la mia gente non va dove va la vostra gente quando muore. Quella Terra Tenebrosa di cui parla Alder, non è là che andiamo, noi. La principessa, e io, e i draghi.

L'espressione del re passò dalla reticenza circospetta alla viva attenzione. — Le domande di Ged a Tehanu — fece sottovoce. — Sono queste le risposte?

— So solo quello che la principessa mi ha detto, o rammentato. Parlerò con Tehanu di queste cose, questa notte.

Il re corrugò la fronte, meditando; poi si rasserenò. Si chinò a baciare Tenar su una guancia, augurandole la buonanotte.

Si allontanò a grandi passi e lei restò a osservarlo. La inteneriva, l'abbagliava, ma lei non era cieca. Pensò: *Ha ancora paura della principessa.*

La sala del trono era la stanza più vecchia del palazzo di Maharion. Era stata la sala di Gemal nato dal mare, principe di Ilien, divenuto re a Havnor, progenitore della regina Heru e di suo figlio Maharion. Il *Lai di Havnor* diceva:

Cento guerrieri, cento donne
sedevano nella gran sala di Gemal
alla tavola del re, cortesi nel parlare,
bella e generosa gente nobile di Havnor,
guerrieri di gran vaglia, donne di gran beltà.

Attorno a quella sala per oltre un secolo gli eredi di Gemal avevano costruito un palazzo ancora più grande, e infine Heru e Maharion avevano eretto sopra di esso la Torre di Alabastro, la Torre della Regina, la Torre della Spada.

Le torri s'innalzavano ancora; ma, sebbene la gente di Havnor l'avesse chiamato per caparbietà il Palazzo Nuovo nei lunghi secoli dopo la morte di Maharion, il palazzo era vecchio e in rovina quando Lebannen era salito al trono. Il re lo aveva ricostruito quasi interamente, e riccamente. I mercanti delle Isole Interne, contenti di avere di nuovo un re e leggi che proteggessero il loro commercio, avevano pagato cospicui tributi e gli avevano offerto altro denaro per tutti quei lavori. Nei primi anni del suo regno, non si erano mai lamentati che le tasse rovinassero i loro affari e avrebbero ridotto i loro figli in miseria. Così Lebannen aveva potuto far sì che il Palazzo Nuovo tornasse davvero nuovo, e splendido. Ma la sala del trono, una volta ricostruito il soffitto, intonacati i muri di pietra, rimessi i vetri alle strette finestre, per volere del sovrano rimase spoglia come in passato.

Durante le brevi e false dinastie, e gli anni oscuri di tiranni e usurpatori e signori pirati, attraverso gli oltraggi del tempo e dell'ambizione, il trono del regno era sempre rimasto in fondo alla lunga sala: una sedia di legno, dallo schienale alto, su una semplice predella. Una volta era rivestito d'oro. Il rivestimento era scomparso da un pezzo; i piccoli chiodi d'oro avevano lasciato delle fenditure nel legno nei punti in cui erano stati tolti. I cuscini e i drappi di seta erano stati rubati o distrutti dalle tarme e dai topi e dalla muffa. Nulla indicava che quel seggio fosse un trono, se non il luogo in cui si trovava e un intaglio sullo schienale, un airone in volo con un rametto di sorbo nel becco. Quello era lo stemma della casa di Enlad.

I re di quel casato erano venuti da Enlad a Havnor ottocento anni prima. Dov'era il seggio di Morred, là era il regno, si diceva.

Lebannen lo aveva fatto pulire, aveva fatto riparare e sostituire le parti di legno marcio, lucidare fino a riassumere il colore scuro originale, ma non aveva voluto che venisse dipinto o indorato. Alcuni ricchi che venivano ad ammirare il costoso palazzo reale si lamentavano della sala del trono e del trono stesso. «Sembra un granaio» dicevano, e: «È il seggio di Morred o la sedia di un vecchio contadino?»

Al che, secondo alcuni, il sovrano aveva replicato: «Cos'è un regno senza i granai che lo nutrono e i contadini che coltivano il grano?» Altri dicevano che avesse replicato: «Il mio regno è fatto di fronzoli d'oro e di velluto, o si regge grazie alla forza del legno e della pietra?» Altri ancora dicevano che si fosse limitato a dire che a lui piaceva così. E, poiché erano le sue natiche reali a sedere sul trono privo di cuscini, non erano i critici ad avere l'ultima parola.

In quella sala alta e austera, in una fresca mattina nebbiosa d'estate inoltrata, si riunì il Consiglio Reale: novantun uomini e donne, cento se fossero stati presenti tutti. Erano stati tutti scelti dal sovrano, alcuni a rappresentare le grandi case nobili e principesche delle Isole Interne, vassalli della corona; altri come portavoce degli interessi di altre isole e parti dell'Arcipelago; altri ancora perché il re li riteneva utili e fidati consiglieri di Stato, o si augurava si rivelassero tali. C'erano mercanti, armatori e fattori di Havnor e delle altre grandi città portuali del Mare di Éa e del Mare Interno, splendidi con il loro portamento solenne nelle loro vesti scure di seta pesante. C'erano maestri delle corporazioni dei lavoratori, flessibili e astuti conduttori di trattative, fra cui spiccava una donna dagli occhi chiari e dalle mani callose, il capo dei minatori di Osskil. C'erano maghi di Roke come Onice, con mantelli grigi e bastoni di legno. C'era pure un mago pelnico, chiamato Maestro Seppel, che non portava nessun bastone, e da cui la maggior parte della gente si teneva alla larga, sebbene sembrasse abbastanza mite. C'erano nobildonne, giovani e vecchie, dei feudi e dei principati del regno, alcune in seta di Lorbanery e perle delle Isole di Sabbia, e due isolane, corpulente, brutte e dignitose, una di Iffish e una di Korp, in rappresentanza della gente della Distesa Orientale. C'erano poeti, dotti dei vecchi collegi di Éa ed Enlad, e parecchi capitani della soldatesca o delle navi reali.

Tutti quei consiglieri erano stati scelti dal sovrano. Al termine di un periodo di due o tre anni, Lebannen chiedeva loro di rimanere in carica o li ringraziava e li mandava a casa onorati, sostituendoli. Tutte le leggi e le tasse, tutti i giudizi sottoposti all'attenzione del trono, venivano discussi dal sovrano con loro. I consiglieri votavano poi la proposta del re, che veniva approvata solo con il consenso della maggioranza. Alcuni dicevano che i consiglieri non erano altro che i favoriti e le marionette del sovrano, e avrebbe potuto essere davvero così. Il re, di solito, aveva partita vinta se sosteneva con insistenza la propria tesi. Spesso non esprimeva nessuna opinione, e lasciava che fosse il Consiglio a decidere. Molti consiglieri avevano scoperto che, se avevano fatti sufficienti a sostegno di quello che propugnavano e li presentavano con un ragionamento valido, potevano influenzare gli altri e addirittura persuadere il sovrano stesso. Così i dibattiti nelle varie divisioni e nei corpi speciali del Consiglio erano spesso molto accesi, e anche in seduta plenaria parecchie volte le proposte di Lebannen erano state osteggiate, discusse e respinte ai voti. Il re era un buon diplomatico, ma un politico mediocre.

Riteneva che il Consiglio fosse uno strumento utile, un mezzo rispettato dai potenti. Il popolo non prestava molta attenzione al Consiglio, invece. La gente comune volgeva la propria attenzione e le proprie speranze alla persona del sovrano. C'erano mille lai e ballate sul figlio di Morred, il principe che a dorso di drago tornava dalla morte ai lidi del giorno, l'eroe di Sorra, che brandiva la spada di Serriadh, il sorbo rosso, l'alto frassino di Enlad, l'amato re che governava nel segno della pace. Ma era arduo comporre canti che celebrassero consiglieri che discutevano di tasse.

Non celebrati, dunque, i consiglieri entrarono nella sala e presero posto sulle panche imbottite di fronte al trono privo di cuscini. Si alzarono di nuovo quando il re fece il suo ingresso. Con lui c'erano la donna di Gont - che la maggior parte di loro aveva già visto, e quindi la sua comparsa non suscitò nessuna agitazione - e un uomo magro con un vestito nero stinto. — Sembra uno stregone di campagna — disse un mercante di Kamery a un Maestro d'Ascia di Way, che rispose: — Indubbiamente — con un tono rassegnato e indulgente. Il re era amato anche da molti consiglieri, o almeno apprezzato; in fin dei conti, aveva conferito loro del potere e, anche se non si sentivano in obbligo di essergli riconoscenti, rispettavano il suo giudizio.

L'anziana signora di Ebea arrivò trafelata in ritardo, e il principe Sege, che presiedeva al protocollo, invitò i consiglieri ad accomodarsi. Tutti si sedettero.

— Udite il re — annunciò Sege, e tutti ascoltarono.

Lebannen informò l'assemblea - molti di loro erano ancora all'oscuro dell'accaduto - dell'attacco dei draghi nella parte occidentale di Havnor, e di come fosse partito con la donna di Gont, Tehanu, per andare a parlamentare con loro.

Li tenne sulle spine mentre parlava degli attacchi iniziali dei draghi nelle Isole Occidentali, e raccontò loro brevemente la storia di Onice, la ragazza trasformatasi in drago sul Poggio di Roke, e ricordò loro che Tehanu era considerata figlia da Tenar dell'Anello, da colui che un tempo era Arcimago di Roke, e dal drago Kalessin, sul dorso del quale il re stesso era tornato da Selidor.

Infine raccontò quanto era successo tre giorni addietro, all'alba, al valico nei Monti Falierns.

Terminò dicendo: — Quel drago ha portato il messaggio di Tehanu a Orm Irian, a Paln, e Orm Irian dovrà compiere il lungo viaggio in volo da Paln a qui, oltre trecento miglia. Ma i draghi sono più veloci di qualsiasi nave, anche delle navi spinte dal vento magico. Dunque, può arrivare in qualunque momento.

Il principe Sege fece la prima domanda, sapendo che il sovrano l'avrebbe gradita. — Cosa sperate di ottenere, mio signore, parlamentando con un drago?

La risposta fu pronta. — Più di quel che possiamo ottenere cercando di combatterlo. È arduo dirlo, ma è la verità: contro la collera di quelle grandi creature, se davvero dovessero attaccarci, numerosi o no, non disponiamo di nessuna vera difesa. I nostri saggi ci dicono che esiste forse un luogo in grado di resistere ai draghi, l'Isola di Roke. E a Roke c'è forse un uomo capace di affrontare la collera di un drago senza essere annientato. Quindi, dobbiamo cercare di scoprire la causa della loro collera e, eliminandola, fare la pace con loro.

— Sono animali — disse il vecchio signore di Felkway. — Gli uomini non possono ragionare con gli animali, fare la pace con loro.

— Non abbiamo forse la spada di Erreth-Akbe, che uccise il Grande Drago? — gridò un giovane consigliere.

Un altro consigliere replicò subito: — E chi uccise Erreth-Akbe?

Il dibattito nelle assemblee del Consiglio tendeva a essere turbolento, sebbene il principe Sege facesse osservare le regole con rigore, non permettendo a nessuno di interrompere gli altri o di parlare oltre i due minuti di clessidra concessi. Chi continuava a ciarlare o a borbottare veniva zittito dal principe, che batteva il suo bastone dal puntale d'argento e passava la parola al consigliere successivo che aveva chiesto di intervenire. Così, discussero e gridarono a ritmo serrato, e tutte le cose che andavano dette e molte cose che non era necessario dire furono approvate, respinte o ripetute. Per lo più, il Consiglio sosteneva la necessità di entrare in guerra, combattere i draghi e sconfiggerli.

— Una squadra di arcieri su una nave da guerra del re potrebbe abbatterli come fossero anatre — sbraitò un focoso mercante di Wathort.

— Dobbiamo strisciare davanti a bestie prive d'intelligenza? Non ci sono più eroi tra noi? — domandò l'imperiosa signora di O-tokne.

Al che, Onice ribatté secco: — Prive d'intelligenza? Parlano la Lingua della Creazione, nella conoscenza della quale risiedono la nostra arte e il nostro Potere. Sono bestie al pari di noi. Gli uomini sono animali che parlano.

Il comandante di una nave, un vecchio che aveva viaggiato in lungo e in largo, intervenne: — Allora, non siete voi maghi quelli che dovrebbero parlare con loro? Dato che conoscete la loro lingua, e forse avete i loro stessi Poteri? Il re ha parlato di una giovane incolta trasformatasi in drago. Ma i maghi possono assumere quella forma quando vogliono. I Maestri di Roke non potrebbero trattare con i draghi o combatterli, se necessario, ad armi pari?

Il mago di Paln si alzò. Era un uomo basso, con una voce bassa. — Assumere la forma significa essere quella creatura, comandante — disse garbato. — Un mago può assumere le sembianze di un drago. Ma la vera metamorfosi è un'arte rischiosa. Specialmente adesso. Un piccolo cambiamento in mezzo a grandi cambiamenti è come un soffio contro il vento... Ma abbiamo qui tra noi una persona che non ha bisogno di ricorrere all'arte, e tuttavia può parlare per noi ai draghi meglio di qualsiasi uomo. Se vorrà parlare per noi.

Al che, Tehanu si alzò dalla panca accanto alla base del trono. — Parlerò — disse. E si sedette di nuovo.

Quell'intervento provocò una pausa nella discussione, una pausa che durò appena un minuto, poi tutti ricominciarono.

Il sovrano ascoltò, senza parlare. Voleva conoscere l'umore della sua gente.

Le melodiose trombe d'argento sulla Torre della Spada suonarono tutto il loro motivo quattro volte, annunciando la sesta ora, il mezzogiorno. Il re si alzò, e il principe Sege dichiarò sospesa la seduta fino alla prima ora del pomeriggio.

Un pranzo di formaggio fresco, frutta estiva e verdura li attendeva in una sala della Torre della Regina Heru. Lebannen invitò Tehanu e Tenar, Alder, Sege e Onice; quest'ultimo, con il permesso del re, portò con sé il mago pelnico, Seppel. Sedettero e mangiarono insieme, parlando poco e sottovoce. Le finestre dominavano tutto il porto e la riva settentrionale della baia, velata da una foschia azzurrognola che avrebbe potuto essere un residuo della nebbia del mattino o fumo delle foreste in fiamme nella parte occidentale dell'isola.

Alder era rimasto disorientato per il fatto di essere stato ammesso nella cerchia ristretta del sovrano e nella sala del Consiglio. Cosa aveva a che fare, lui, con i draghi? Non poteva combatterli né parlare con loro. L'idea di quelle creature così possenti era affascinante e bizzarra. Le millanterie e le sfide dei consiglieri a tratti gli erano sembrate uggiolii di cani. Una volta, su una spiaggia, aveva visto un cagnolino che abbaiava e abbaiava all'oceano, correva in avanti cercando di mordere le onde, e poi scappava con la coda bagnata tra le gambe.

Era contento, tuttavia, di essere con Tenar - che lo faceva sentire a suo agio, che era così buona e coraggiosa - e adesso scoprì di sentirsi a proprio agio anche con la figlia.

Con quella deturpazione, pareva che avesse due facce. Alder non poteva vederle insieme, solo una o l'altra. Ma si era abituato, e la cosa non lo disturbava. La faccia di sua madre era mascherata per metà da una voglia rosso vino. La faccia di Tehanu gli ricordava il volto materno.

La ragazza sembrava meno inquieta e tormentata di prima. Sedeva tranquilla, e un paio di volte parlò ad Alder, seduto accanto a lei, con un atteggiamento di timido cameratismo. Egli aveva l'impressione che, come lui, la giovane si trovasse lì non per scelta ma perché aveva rinunciato a scegliere, spinta a seguire una via che non capiva. Forse le loro vie procedevano unite, almeno per un poco. Quell'idea gli infuse coraggio. Sapendo solo che c'era qualcosa che doveva fare, qualcosa di iniziato che bisognava finire, Alder si disse che, di qualunque cosa potesse trattarsi, sarebbe stato meglio farla con lei, anziché senza di lei.

Forse Tehanu si sentiva affine a lui perché avevano in comune la solitudine.

Ma la conversazione della giovane non verteva su questioni così profonde. — Mio padre vi ha dato un gattino — gli disse, mentre lasciavano il tavolo. — Era uno dei gattini di Zia Muschio?

Lui annuì, e lei chiese: — Quello grigio?

— Sì.

— Era il migliore della figliata.

— Sta ingrassando, qui. È un buon compagno. Un marinaio l'ha chiamato Tiro.

— Tiro — ripeté la ragazza, e parve soddisfatta.

— Tehanu — disse il re. Si era seduto accanto a Tenar sulla panca sotto la finestra. — Oggi, quando eravamo riuniti a consiglio, non ti ho invitato ad affrontare gli argomenti che Lord Sparviero ha trattato. Non era il momento. Questo è un luogo più adatto?

Alder la osservò. Lei rifletté prima di rispondere. Lanciò uno sguardo alla madre, che rimase impassibile.

— Preferisco parlarvi qui — disse roca. — E forse alla principessa di Hur-at-Hur...

Una breve pausa, poi il sovrano disse affabile: — Devo mandarla a chiamare?

— No, posso andare io da lei. Dopo. Non ho molto da dire. Mio padre ha chiesto: «Chi va nella Terra Tenebrosa quando muore?» E mia madre e io ne abbiamo parlato. E abbiamo pensato: *La gente va là, ma gli animali? Ci sono uccelli che volano, là? Ci sono alberi, cresce l'erba?* Alder, voi avete visto quel luogo...

Colto alla sprovvista, egli riuscì a dire solo: — Là... c'è l'erba, da questa parte del muro, ma sembra morta. Non so altro.

Tehanu guardò il re. — Voi avete attraversato quella terra, mio signore.

— Non ho visto animali, né uccelli, né piante.

Alder intervenne: — Lord Sparviero ha parlato di polvere e roccia.

— Penso che là, al momento della morte, vadano soltanto gli esseri umani — dichiarò. — Ma non tutti. — Guardò nuovamente la madre, la fissò.

La donna parlò. — Le genti di Karg sono come gli animali. — La sua voce era spenta e non lasciava trasparire nessun sentimento. — Muoiono per rinascere.

— Questa è superstizione — disse Onice. — Perdonatemi, Lady Tenar, ma voi stessa... — S'interruppe.

Tenar dichiarò: — Io non credo più di essere, o di essere stata, come mi dicevano, Arha Rinata in Eterno, un'anima reincarnata continuamente e quindi immortale. Credo che quando morirò, come qualsiasi mortale, mi unirò di nuovo all'essere più grande che è il mondo. Come l'erba, gli alberi, gli animali. Gli uomini sono solo animali che parlano, signore, come avete detto questa mattina.

— Però noi possiamo parlare la Lingua della Creazione — replicò il mago. — Imparando le parole con cui Segoy creò il mondo, la lingua stessa della vita, insegniamo alle nostre anime a vincere la morte.

— Quel luogo dove non esiste che polvere e tenebre, è quella la vostra conquista? — La voce di Tenar adesso non era spenta, e i suoi occhi lampeggiavano.

Onice fremette indignato, ma restò muto.

Intervenne il re. — Lord Sparviero ha posto una seconda domanda: «Un drago può oltrepassare il muro di pietra?» — Guardò Tehanu.

— La prima risposta vale anche per questa domanda — rispose la giovane, — se i draghi sono solo animali che parlano, e gli animali non vanno là. Un mago ha mai visto un drago, là? E voi, mio signore?

Guardò prima Onice, poi Lebannen.

Onice rifletté appena un attimo, e rispose: — No.

Il re pareva stupito. — Chissà perché non ci ho mai pensato?... No, non abbiamo visto nessun drago. Credo che non ci siano draghi, là.

— Mio signore — disse Alder, alzando la voce come non aveva mai fatto a palazzo, — c'è un drago! — Era in piedi accanto alla finestra, e indicò all'esterno.

Si voltarono tutti. Nel cielo sopra la baia di Havnor videro un drago arrivare in volo da occidente. Le sue lunghe ali che battevano lente sprigionavano bagliori rosso-oro. Una voluta di fumo fluttuò per un istante dietro il drago nella foschia dell'aria estiva.

— Ora — disse il re, — che stanza posso far preparare per questo ospite?

Parlò come se fosse divertito, confuso, ma, non appena vide che il drago mutava direzione e avanzava volteggiando verso la Torre della Spada, uscì a precipizio dalla sala e scese di corsa le scale, spaventando e distanziando le guardie nei corridoi e alle porte, e trovandosi per primo a raggiungere in solitudine la terrazza sotto la torre bianca.

La balconata era il tetto di una sala dei banchetti, un'ampia distesa di marmo con una bassa balaustra, e la Torre della Spada si ergeva proprio sopra di essa con la Torre della Regina a breve distanza. Il drago si era posato sulla terrazza e stava piegando le ali con un fragore metallico quando il sovrano uscì. I suoi artigli avevano scavato dei solchi nel marmo.

La lunga testa rivestita di scaglie dorate si girò. Il drago guardò il re.

Il sovrano abbassò lo sguardo, evitando quegli occhi. Rimase tuttavia ben dritto e parlò in modo chiaro. — Orm Irian, benvenuto. Io sono Lebannen.

— *Agni* Lebannen — disse la poderosa voce sibilante, salutandolo come l'aveva salutato tanto tempo addietro Orm Embar, nell'estremo Occidente, prima che lui diventasse re.

Dietro il re, Onice e Tehanu erano corsi sulla terrazza insieme con parecchie guardie. Una guardia aveva sguainato la spada, e Lebannen vide, in una finestra della Torre della Regina, un'altra guardia con l'arco teso e una freccia incoccata puntata al petto del drago. — Deponete le armi! — gridò, con una voce che fece vibrare le torri. La guardia obbedì con tale fretta che per poco non si lasciò sfuggire di mano la spada, ma l'arciere abbassò l'arco, restio a lasciare indifeso il suo signore.

— *Medeu* — sussurrò Tehanu affiancandosi al sovrano, fissando il drago senza esitazione. La testa della grande creatura si girò di nuovo, e l'enorme occhio ambrato nell'orbita di scaglie grinzose luccicanti la fissò a sua volta.

Il drago parlò.

Onice, comprendendo, tradusse sottovoce al re le parole del drago e quelle di Tehanu.

— Figlia di Kalessin, sorella — disse il drago. — Tu non voli.

— Io non posso cambiare, sorella — rispose Tehanu.

— Devo cambiare, io?

— Per un po', se vuoi.

Allora quelli sulla terrazza e alle finestre della torre videro la cosa più strana che forse avrebbero mai visto, pur vivendo in un mondo di stregoneria e portenti. Il drago, l'enorme creatura che con il ventre scaglioso e la coda spinosa occupava metà terrazza, e con la testa dalle corna rosse arrivava a un'altezza doppia rispetto a quella del sovrano, abbassò la testa e tremò, facendo risuonare le ali come cembali, e dalle sue narici profonde uscì una foschia, non del fumo, che oscurò il suo corpo, avvolgendolo in un velo simile a nebbia o vetro opaco. Poi la creatura scomparve. Il sole di mezzogiorno batteva sul marmo bianco intaccato e graffiato. Non c'era nessun drago. C'era una donna. In piedi, a una decina di passi da Tehanu e dal re. Con il capo che si trovava là dove prima forse si trovava il cuore del drago.

Era giovane, alta e robusta, scura di carnagione e di capelli, indossava una camicia da contadina e brache, era scalza. Rimase immobile, quasi fosse disorientata. Guardò il proprio corpo. Alzò una mano e la osservò. — Com'è piccola! — esclamò, nella lingua comune, e rise. Guardò Tehanu. — È come mettere le scarpe che portavo quando avevo cinque anni — disse.

Le due donne si avvicinarono. Con una certa maestà, come guerrieri che salutano o navi che s'incrociano in mare, si abbracciarono. Si strinsero delicatamente, ma a lungo. Poi si staccarono, girandosi entrambe verso il re.

— Lady Irian — disse Lebannen, e s'inchinò.

Lei sembrava un poco imbarazzata, e fece una specie di goffa riverenza. Quando la donna alzò il capo, il re vide che i suoi occhi erano color ambra. Distolse subito lo sguardo.

— Non vi farò nessun male in queste sembianze — lo tranquillizzò lei, con un ampio sorriso candido. — Sire — soggiunse a disagio, cercando di essere educata.

Il re s'inchinò di nuovo. Era lui a essere imbarazzato, adesso. Guardò Tehanu, poi Tenar, che era uscita sulla terrazza insieme con Alder. Nessuno aprì bocca.

Gli occhi di Irian si spostarono su Onice, fermo nel suo mantello grigio alle spalle del re, e il volto le s'illuminò di nuovo. — Signore — disse, — siete dell'Isola di Roke? Conoscete il Maestro degli Schemi?

Onice s'inchinò e annuì. Anche lui evitò di guardarla. — Sta bene? Cammina tra i suoi alberi?

Il mago piegò di nuovo la testa.

— E il Guardiano, e l'Erborista, e Kurremkarmerruk? Erano miei amici, mi sostenevano. Se tornerete là, salutateli con tutto il mio amore e rispetto, se non vi dispiace.

— Lo farò — rispose il mago.

— Mia madre è qui — disse sommessa Tehanu a Irian. — Tenar di Atuan.

— Tenar di Gont — corresse Lebannen, con un particolare tono di voce.

Osservando la donna con meraviglia, Irian chiese: — Siete stata voi a riportare l'Anello della Runa dalla terra degli uomini canuti, insieme con l'Arcimago?

— Sì — rispose Tenar, fissando Irian con pari franchezza.

Sopra di loro, sul balcone che circondava la Torre della Spada vicino alla sommità, c'era del movimento: i trombettieri erano usciti per suonare l'ora, ma adesso si erano radunati tutti e quattro sul lato sud che dava sulla terrazza, e scrutavano in basso per vedere il drago. C'erano facce in ogni finestra delle torri del palazzo, e il brontolio di voci nelle vie sembrava un rumore di marce.

— Quando suoneranno la prima ora — disse Lebannen, — il Consiglio tornerà a riunirsi. I consiglieri vi avranno visto arrivare, mia signora, o avranno saputo del vostro arrivo. Quindi, se non vi dispiace, penso sia meglio andare subito da loro e lasciare che vi vedano. E, se vi rivolgerete a loro, vi ascolteranno.

— Benissimo — fece Irian. Per un attimo, ci fu in lei una greve impassibilità da rettile. Quando si mosse, quell'impressione svanì. Irian sembrò solo una giovane donna alta, che avanzò piuttosto impacciata, dicendo con un sorriso a Tehanu: — Ho la sensazione di poter volare via come una scintilla, non c'è più peso in me!

Le quattro trombe della torre suonarono a occidente, settentrione, oriente, meridione, una parte del lamento che un re cinquecento anni addietro aveva composto per la morte dell'amico.

Adesso, per un istante, il sovrano ricordò il volto di quell'uomo, Erreth-Akbe, là sulla spiaggia di Selidor, afflitto, ferito a morte, in piedi tra le ossa del drago che lo aveva ucciso. Lebannen rifletté che era strano pensare a cose così remote in quel momento; eppure non era del tutto insensato, perché i vivi e i morti, gli uomini e i draghi, si stavano tutti avvicinando a qualche evento che lui non riusciva a cogliere.

Attese che Irian e Tehanu gli si accostassero. Mentre entrava nel palazzo con loro, disse: — Lady Irian, ci sono molte cose che vorrei chiedervi, ma quello che la mia gente teme e quello che il Consiglio desidera sapere è se la vostra gente intende far guerra a noi, e perché.

Lei annuì, un gesto netto, risoluto. — Dirò quel che so.

Quando giunsero alla tenda della porta dietro la base del trono, la sala era in preda al caos, un frastuono di voci; il colpo di bastone del principe Sege non sortì nessun effetto, all'inizio, poi all'improvviso nella sala scese il silenzio, e tutti si volsero mentre il re entrava con il drago.

Lebannen non si sedette, ma rimase in piedi davanti al trono, con Irian alla sua sinistra.

— Udite il re — disse Sege nella quiete assoluta.

Il sovrano disse: — Consiglieri! Questo è un giorno che verrà raccontato e cantato per lungo tempo. Le figlie dei vostri figli e i figli delle vostre figlie diranno: «Sono nipote di un rappresentante del Consiglio del Drago!» Dunque onorate colei che con la sua presenza ci onora. Udite Orm Irian.

Alcuni presenti dichiararono in seguito che, guardandola direttamente, Irian sembrava solo una donna alta, ma, se si distoglieva lo sguardo, con la coda dell'occhio si vedeva un grande luccichio dorato e fumoso che faceva apparire insignificanti il re e il trono. E molti, sapendo che un uomo non doveva guardare gli occhi di un drago, distoglievano lo sguardo, lanciando di nascosto occhiate furtive. Le donne guardarono Irian, giudicandola bruttina o bella, alcune compatendola perché doveva girare scalza nel palazzo. E qualche consigliere, non avendo capito bene, si chiese chi fosse quella donna, e quando sarebbe arrivato il drago.

Per tutto il tempo che lei parlò, nella sala continuò a regnare un silenzio assoluto. Sebbene la sua voce avesse la lievità della maggior parte delle voci femminili, riempiva facilmente la grande sala del trono. Parlò con lentezza, come se stesse traducendo mentalmente dall'Antica Lingua.

— Il mio nome era Irian, del dominio di Vecchia Iria di Way. Adesso sono Orm Irian. Kalessin, l'Anziano, mi chiama figlia. Sono sorella di Orm Embar, che il re ha conosciuto, e nipote di Orm, che uccise il compagno del re Erreth-Akbe e fu ucciso da lui. Sono qui perché mia sorella Tehanu mi ha chiamato.

— Quando Orm Embar morì a Selidor, distruggendo il corpo mortale del mago Cob, Kalessin giunse da oltre l'Occidente e portò il re e il grande mago a Roke. Poi, tornando al Tratto dei Draghi, l'Anziano chiamò la gente dell'Occidente, che era stata privata della favella da Cob, e che era ancora confusa. Kalessin disse loro: «Avete lasciato che il male vi trasformasse in creature malvagie. Eravate folli. Adesso siete di nuovo sani di mente, ma finché i venti soffieranno da oriente non potrete più essere come eravate, liberi sia dal bene sia dal male».

— Kalessin disse: «Molto tempo fa, compimmo una scelta. Scegliemmo la libertà. Gli uomini scelsero il giogo. Noi, il fuoco e il vento. Loro, l'acqua e la terra. Noi l'Occidente, loro l'Oriente».

— Poi disse ancora: «Ma sempre tra noi c'è qualcuno che invidia la loro ricchezza, e sempre tra loro c'è qualcuno che invidia la nostra libertà. Così il male è entrato in noi, e accadrà ancora, finché non sceglieremo di nuovo, e per sempre, di essere liberi. Presto io andrò oltre l'Occidente, a volare sull'altro vento. Vi condurrò là, o vi aspetterò, se vorrete venire».

— Allora alcuni draghi dissero a Kalessin: «Gli uomini, invidiosi di noi, tempo fa rubarono metà del nostro regno oltre l'Occidente, e costruirono muri di incantesimi per impedirci di entrare. Adesso, dunque, cacciamoli nell'estremo Oriente, e riprendiamoci le isole! Uomini e draghi non possono dividere il vento».

— Poi Kalessin riprese: «Un tempo eravamo un solo popolo. E in segno di questo, in ogni generazione di uomini, nascono una o due persone che sono anche draghi. E in ogni generazione della nostra gente, più lunga delle brevi vite degli uomini, nasce uno di noi che è anche umano. Una di queste creature vive ora nelle Isole Interne. E là vive pure uno di loro che è anche drago. Questi due sono i messaggeri, i portatori di scelta. Non nasceranno più simili creature né tra noi né tra loro. Perché l'Equilibrio cambia».

— E Kalessin disse: «Scegliete. Venite con me a volare all'estremità del mondo, sull'altro vento. O rimanete e indossate il giogo del bene e del male. O diventate bestie senza favella». E infine disse: «L'ultima a compiere la scelta sarà Tehanu. Dopo di lei, non ci sarà più scelta. Non ci sarà più una via che conduca a Occidente. Solo la foresta sarà, come sempre, al centro».

I membri del Consiglio Reale erano immobili come pietre e ascoltavano. Anche Irian era immobile mentre parlava, tendendo lo sguardo oltre i membri dell'assemblea, quasi fossero trasparenti.

— Trascorsi alcuni anni, Kalessin volò oltre l'Occidente. Alcuni lo seguirono, altri no. Io mi unii alla mia gente, ma vado là e ritorno, finché i venti mi portano.

— L'umore della mia gente è d'invidia e di collera. Quelli rimasti qui sui venti del mondo cominciarono a volare in gruppo o da soli fino alle isole degli uomini, dicendo ancora: «Hanno rubato metà del nostro regno. Adesso prenderemo tutta la parte occidentale del loro regno e li cacceremo, così non potranno più portarci il loro bene e il loro male. Non metteremo il collo nel loro giogo».

— Ma non hanno cercato di uccidere gli isolani, perché ricordavano il loro periodo di follia, quando drago ammazzava drago. Vi odiano, ma non vi uccideranno, a meno che non cerchiate di attaccarli.

— Uno di quei gruppi è giunto dunque su questa isola, Havnor, che noi chiamiamo la Fredda Collina. Il drago che li precedeva e che ha parlato a Tehanu è mio fratello Ammaud. Cercano di cacciarvi a Oriente, ma Ammaud, come me, agisce secondo il volere di Kalessin, per tentare di liberare la mia gente dal giogo che voi portate. Se lui e io e i figli di Kalessin potremo impedire che sia fatto del male alla vostra gente e alla nostra, ci opereremo perché ciò non accada. Ma i draghi non hanno re, e non obbediscono a nessuno, e volano dove vogliono. Per qualche tempo, faranno quello che mio fratello e io gli chiederemo di fare. Ma solo per qualche tempo. E non temono nulla al mondo, tranne le vostre magie di morte.

L'ultima parola risuonò greve nel silenzio della grande sala muta.

Il re parlò, ringraziando Irian. — Ci onorate con la sincerità del vostro discorso. Giuro sul mio nome che anche noi saremo sinceri con voi. Vi prego di dirmi, figlia di Kalessin, colui che mi portò nel mio regno, cos'è che temono, stando alle vostre parole, i draghi? Pensavo non temessero nulla al mondo né di estraneo a esso.

— Temiamo i vostri incantesimi d'immortalità — rispose lei, brusca.

— D'immortalità? — Lebannen esitò. — Io non sono un mago... Maestro Onice, parla per me, se la figlia di Kalessin lo consente.

L'uomo si alzò. Irian lo squadrò con occhi freddi e imparziali, e annuì.

— Lady Irian — esordì il mago, — noi non facciamo incantesimi d'immortalità. Solo il mago Cob cercò di diventare immortale, corrompendo la nostra arte per farlo. — Parlava lentamente e con palese cautela, ponderando le parole. — Il nostro Arcimago, con il re mio signore, e con l'aiuto di Orm Embar, distrusse Cob e il male che aveva fatto. E l'Arcimago rinunciò a tutto il suo Potere per sanare il mondo, ripristinando l'Equilibrio. Nessun altro mago nel lasso di tempo della nostra vita ha cercato di... — S'interruppe di colpo.

Irian lo fissò. Onice abbassò lo sguardo.

— Il mago che ho annientato — disse Irian, — l'Evocatore di Roke, Thorion... cosa cercava?

L'uomo, scosso, non rispose.

— Thorion tornò dalla morte — continuò lei. — Ma non era vivo, a differenza dell'Arcimago e del re. Era morto, ma tornò, oltrepassando il muro grazie alle sue arti... alle vostre arti... agli artifizi di voi uomini di Roke! Come possiamo fidarci di ciò che dite? Voi avete sconvolto l'Equilibrio del mondo. Potete ripristinarlo?

Onice guardò il sovrano, visibilmente turbato. — Mio signore, non credo che questo sia il luogo adatto per discutere di questioni simili... davanti a tutti... senza sapere bene di cosa stiamo parlando, e cosa dobbiamo fare.

— Roke custodisce i suoi segreti — commentò Irian, calma e sprezzante.

— Ma a Roke... — disse Tehanu, restando seduta. Poi la sua voce debole si spense. Il principe Sege e il sovrano si girarono entrambi verso di lei, invitandola con un cenno a parlare.

— A Roke c'è il Bosco Immanente — riprese la giovane. —

Non è a questo che Kalessin si riferiva, sorella, parlando della foresta che è al centro? — Volgendosi verso Irian, mostrò a quelli che la guardavano l'intera devastazione del proprio viso; aveva dimenticato quelle persone. — Forse dobbiamo andare là. Al centro delle cose.

Irian sorrise. — Verrò.

Guardarono entrambe il re.

— Prima di mandarvi a Roke, o di venire con voi — disse lentamente Lebannen, — devo sapere cosa c'è in gioco. Maestro Onice, mi dispiace che questioni tanto gravi e incerte ci costringano a discutere così apertamente dei provvedimenti da adottare. Ma ho fiducia nei miei consiglieri e sono certo che sosterranno le mie decisioni. Quello che il Consiglio deve sapere è che le nostre isole non devono temere attacchi da parte del popolo dell'Occidente... che la tregua, almeno, regge.

— Regge — disse Irian.

— Sapete dire quanto durerà?

— Mezzo anno — fece lei, con noncuranza, come se avesse detto: *Un paio di giorni.*

— Rispetteremo la tregua per questo periodo, nella speranza che dopo di essa venga la pace. Ho ragione, Lady Irian, se dico che, per fare la pace con noi, il vostro popolo vuole essere certo che l'intromissione dei nostri maghi nel... nelle leggi della vita e della morte non lo metta in pericolo?

— Non metta in pericolo *tutti quanti* — lo corresse Irian. — Sì.

Lebannen rifletté, poi, sfoggiando i suoi modi più regali, affabili e cortesi, disse: — Allora penso di dover venire a Roke con voi. — E rivolgendosi alla sala: — Consiglieri, ora che la tregua è stata confermata, dobbiamo cercare la pace. Sono disposto ad andare dove sarà necessario che vada, pur di ottenerla, dal momento che io governo nel segno dell'Anello di Elfarran. Se qualcuno è contrario a questo viaggio, lo dica subito. Perché può darsi che sia in gioco l'equilibrio del potere nell'Arcipelago, oltre all'Equilibrio del mondo intero. E, se andrò, dovrò partire subito. L'autunno è vicino, ed è lungo il viaggio per raggiungere Roke.

Le statue di pietra dell'assemblea continuarono a fissarlo senza aprir bocca. Poi il principe Sege disse: — Andate, Sire, andate con la nostra speranza e la nostra fiducia, e il vento magico nelle vele.

Dai consiglieri si levò un mormorio di approvazione: — Sì, sì, giusto.

Sege chiese se ci fossero domande o altri punti da discutere, poi, dal momento che tutti tacevano, dichiarò chiusa la seduta.

Lasciando la sala del trono insieme con lui, il sovrano gli sussurrò: — Grazie, Sege.

E il vecchio principe replicò: — Tra voi e il drago, cosa potevano dire quei poveretti?

LA *DELFINO*

Bisognava sistemare varie questioni e provvedere ai preparativi, prima che il re potesse lasciare la capitale; c'era inoltre il problema di stabilire chi dovesse andare con lui a Roke. Irian e Tehanu, ovviamente, e l'ultima voleva la madre con sé. Onice sosteneva che Alder doveva assolutamente partire insieme con loro, e pure il mago pelnico, Seppel, perché il sapere di Paln aveva parecchi legami con le questioni relative al confine tra la vita e la morte. Il re affidò a Tosla il comando della *Delfino*, come già in passato. Il principe Sege si sarebbe occupato degli affari di Stato in assenza del sovrano, con un gruppo scelto di consiglieri, com'era già avvenuto.

Tutto era pronto, dunque, o almeno così pensava Lebannen, finché Tenar non andò da lui due giorni prima della partenza e gli disse: — Discuterete di guerra e pace con i draghi, e di cose ancor più importanti, secondo Irian, cose che riguardano l'Equilibrio di tutto il mondo di Earthsea. La gente delle Terre di Karg dovrebbe sentire queste discussioni ed esprimere la propria opinione.

— Li rappresenterete voi.

— No. Io non sono un suddito del sommo re. L'unica persona qui che possa rappresentare il suo popolo è sua figlia.

Il re si allontanò di un passo, si girò parzialmente e infine, la voce alterata dallo sforzo di frenare la collera, replicò: — Sapete benissimo che lei non è assolutamente adatta a un'impresa dell'importanza di questo viaggio.

— Non lo so affatto.

— È incolta.

— È intelligente, pratica, coraggiosa. È consapevole di cosa comporti il suo rango. Non l'hanno educata al governo ma del resto cosa può imparare, rinchiusa nella Casa del Fiume con le sue ancelle e qualche dama di corte?

— A parlare la lingua, in primo luogo!

— La sta imparando. Le farò io da interprete, se necessario.

Dopo una breve pausa, Lebannen dichiarò, ponderando le parole: — Capisco la vostra sollecitudine verso la sua gente. Penserò a cosa si può fare. Ma la principessa non può prendere parte a questo viaggio.

— Tehanu e Irian dicono che invece dovrebbe venire con noi. Maestro Onice afferma che, come per Alder di Taon, il fatto che sia stata mandata qui proprio adesso non può essere un semplice caso.

Il re arretrò ancora. Il suo tono, pur freddo, si mantenne paziente e garbato. — Non posso permetterlo. La sua ignoranza e la sua inesperienza farebbero di lei un fardello gravoso. E non posso mettere a repentaglio la sua incolumità. I rapporti con suo padre...

— Nella sua insipienza, ci ha indicato come rispondere agli interrogativi di Ged. Voi le mancate di rispetto esattamente come suo padre. Parlate di lei come se fosse un essere privo d'intelletto. — Il viso di Tenar era pallido di rabbia. — Se temete di mettere a repentaglio la sua incolumità, lasciate che sia lei a decidere se è disposta a rischiare.

Ci fu di nuovo silenzio. Poi Lebannen parlò con la stessa rigida calma, evitando di guardare la donna. — Se voi, Tehanu e Orm Irian ritenete che quella ragazza debba venire con noi a Roke, e Onice è d'accordo con voi, accetto il vostro giudizio, anche se penso che sia sbagliato. Per favore, comunicatele che, se desidera venire, può farlo.

— Dovreste comunicarglielo voi.

Lui rimase zitto. Uscì dalla stanza senza una parola. Passò accanto a Tenar e, pur non guardandola, la vide in modo chiaro. Sembrava vecchia e tesa, e le tremavano le mani. Provò compassione per lei, si vergognò del proprio comportamento brusco, si sentì un po' sollevato al pensiero che nessun altro aveva assistito alla scena; ma quei sentimenti erano mere scintille nell'immensa oscurità della collera che provava nei confronti della principessa e di tutti quelli che gli imponevano quel falso obbligo, quel compito grottesco. Lasciando la stanza, si aprì il colletto della camicia come se lo stesse soffocando.

Il suo maggiordomo, un uomo serio e ottuso di nome Ognibene, non si aspettava che tornasse così presto, e balzò in piedi, fissandolo allarmato. Il re lo squadrò gelido e ordinò: — Manda a chiamare la somma principessa.

— La somma principessa?

— Quante somme principesse ci sono, qui? Non lo sai che la figlia del sommo re è nostra ospite?

Sorpreso, il maggiordomo balbettò qualche parola di scusa, che il sovrano interruppe annunciando: — No. Andrò io stesso alla Casa del Fiume.

Uscì a grandi passi, inseguito, ostacolato, e quasi trattenuto dal maggiordomo, che lo costrinse ad attendere il tempo necessario per radunare una scorta adeguata, far arrivare i cavalli dalle stalle, rinviare al pomeriggio l'udienza ai postulanti che aspettavano nella Sala Lunga, e così via. Tutti i suoi obblighi, tutti i suoi doveri, tutte le pastoie e tutti gli impedimenti, i riti e le ipocrisie che facevano di lui un re lo invischiavano, risucchiandolo come sabbie mobili e soffocandolo.

Quando un servitore, attraversando il cortile delle stalle, gli portò il cavallo, Lebannen saltò in sella in modo così repentino che l'animale fu contagiato dall'umore del sovrano, arretrò e s'impennò, costringendo stallieri e servitori a portarsi a debita distanza. Vedendo quel cerchio di gente che si allargava attorno a lui, il re provò una truce soddisfazione. Diresse il cavallo verso l'uscita del cortile senza attendere che gli uomini della scorta montassero in sella. Li guidò a un trotto sostenuto nelle vie della città, precedendoli di parecchio, consapevole del dilemma del giovane ufficiale che avrebbe dovuto avanzare in fila gridando: *Largo al re!* ma che era rimasto indietro e adesso non osava superarlo.

Era quasi mezzogiorno; le vie e le piazze di Havnor erano calde e luminose, e per lo più deserte. Udendo il rumore degli zoccoli dei cavalli, la gente si affrettava ad affacciarsi sulla soglia delle piccole botteghe buie, osservando, riconoscendo il sovrano e salutandolo. Alcune donne sedute alle finestre a farsi vento e a chiacchierare con le dirimpettaie guardarono in basso e agitarono la mano, e una di loro gettò un fiore al re. Gli zoccoli del suo cavallo risuonarono sui mattoni di un'ampia piazza bruciata dal sole e completamente deserta, a parte un cane con la coda arricciata che si allontanò trotterellando, infischiandosene della presenza di sua maestà. Lasciando la piazza, il re imboccò uno stretto passaggio che conduceva alla via lastricata lungo il Serrenen, e la percorse all'ombra dei salici sotto le vecchie mura, fino alla Casa del Fiume.

La cavalcata aveva cambiato alquanto il suo umore. La calura, il silenzio e la bellezza della città, il senso della moltitudine di vite dietro i muri e le imposte, il sorriso della donna che gli aveva lanciato un fiore, la piccola soddisfazione di essersi lasciato alle spalle tutti i suoi custodi e cerimonieri e infine la frescura e i profumi del lungofiume e il cortile ombreggiato della casa dove aveva conosciuto giorni e notti di pace e di piacere, tutto questo contribuiva a placare un poco la sua collera. Si sentiva estraniato da se stesso, non più posseduto, ma svuotato.

I primi uomini della scorta stavano arrivando nel cortile quando il re smontò da cavallo, lasciando l'animale all'ombra. Entrò nella casa, piombando tra domestici appisolati come un sasso che cade in uno stagno tranquillo, creando attorno a sé cerchi sempre più ampi di sgomento e panico. Ordinò: — Dite alla principessa che sono qui.

Lady Opale del vecchio dominio di Ilien, in quel momento a capo delle dame di compagnia della principessa, accorse sollecita, lo salutò cortese, gli offrì cibo e bevande, si comportò come se la sua visita non fosse affatto una sorpresa. Quell'affabilità in parte lo calmò, ma in parte aumentò la sua irritazione. Ipocrisia incessante! Ma cosa avrebbe dovuto fare Lady Opale... boccheggiare come un pesce fuor d'acqua (come stava facendo una dama di compagnia giovanissima) perché il re finalmente e inaspettatamente era venuto a trovare la principessa?

— Mi dispiace che Lady Tenar non sia qui al momento — disse Lady Opale. — Con il suo aiuto è molto più facile conversare con la principessa. Ma la principessa sta facendo progressi encomiabili con la nostra lingua.

Aveva dimenticato il problema della comunicazione. Accettò la bevanda fresca offertagli e non disse nulla. Lady Opale chiacchierò del più e del meno, aiutata dalle altre dame, non riuscendo quasi a scalfire il mutismo del sovrano. Lui aveva cominciato a rendersi conto che probabilmente ci si aspettava che lui parlasse con la principessa in compagnia di tutte le sue ancelle, come richiedevano le convenienze. Qualunque cosa intendesse dirle, adesso non era più possibile. Stava per alzarsi e congedarsi, quando una donna con la testa e le spalle nascoste da un velo rosso apparve sulla soglia, si gettò in ginocchio, e disse: — Per favore? Re? Principessa? Per favore?

— La principessa vi riceverà nelle sue stanze, Sire — tradusse Lady Opale. Fece un cenno a un valletto, che accompagnò il sovrano al piano di sopra, lungo un corridoio, passando da un'anticamera, attraverso una grande stanza buia che pareva piena di donne con il velo, e infine all'esterno, su un balcone affacciato sul fiume.

Là, Lebannen vide la figura che ricordava: il cilindro immobile color rosso e oro.

La brezza faceva ondeggiare leggermente i veli, e la figura non sembrava solida, ma delicata, mobile, tremolante, come il fogliame dei salici. Si contrasse, si accorciò. La principessa gli stava facendo la riverenza. Lui s'inchinò. Poi entrambi si drizzarono e rimasero in silenzio.

— Principessa — esordì, con una sensazione d'irrealtà, udendo la propria voce. — Sono qui per chiedervi di venire con noi a Roke.

Lei non disse nulla. Il re vide i sottili veli rossi schiudersi mentre la ragazza li spostava con le mani. Mani dalle lunghe dita, dalla pelle dorata, scostate per mostrare il volto nell'ombra scarlatta. Lebannen non riuscì a vedere i lineamenti in modo chiaro. Era alta quasi quanto lui, e i suoi occhi lo fissavano.

— La mia amica Tenar — fece la principessa, — dice: «Re vedere re, faccia a faccia». Io dico: «Sì, io vedo».

Comprendendo in parte, s'inchinò nuovamente. — Mi onorate, mia signora.

— Sì — disse lei. — Io onoro voi.

Lui esitò. Quello era un terreno completamente diverso. Quello proprio della principessa.

Lei era dritta e immobile, l'orlo dorato dei veli che tremolava, gli occhi che lo fissavano dall'ombra.

— Tenar, e Tehanu, e Orm Irian, sostengono che sarebbe opportuno che la principessa delle Terre di Karg fosse con noi a Roke. Quindi vi chiedo di venire con noi.

— Venire.

— All'Isola di Roke.

— In nave — disse lei, e di colpo emise una specie di gemito sommesso. Poi concluse: — Sì. Io verrò.

Non sapendo cos'altro aggiungere, Lebannen fece: — Grazie, mia signora.

La principessa annuì una volta, da pari a pari.

Lui s'inchinò. Si congedò da lei come gli avevano insegnato a fare nelle occasioni ufficiali alla corte di Enlad, senza volgere la schiena, ma arretrando.

La principessa continuò a tenere aperto il velo finché lui non giunse alla porta. Poi abbassò le mani, i veli si richiusero e il re la sentì sospirare forte, forse provava un grande sollievo dopo aver compiuto un arduo sforzo di volontà.

Coraggiosa, l'aveva definita Tenar. Lebannen non capiva, ma sapeva di avere assistito a qualcosa di ardito. Tutta la collera che lo aveva invaso, che lo aveva condotto lì, era scemata, sparita. Non era stato risucchiato e soffocato, ma portato di colpo di fronte a una roccia, un luogo elevato all'aria pura, una verità.

Attraversò la stanza piena di donne bisbiglianti, profumate, velate, che al suo passaggio si ritrassero nell'oscurità. Al pianterreno, chiacchierò un po' con Lady Opale e le altre, e disse una buona parola per la dama di compagnia dodicenne rimasta a bocca aperta. Parlò affabile agli uomini della scorta che lo aspettavano in cortile. Montò senza scomporsi sul suo maestoso cavallo grigio. E cavalcando tranquillo, pensoso, tornò al palazzo di Maharion.

Alder apprese con rassegnazione fatalistica di doversi imbarcare nuovamente alla volta di Roke. Le sue ore di veglia erano diventate così strane per lui, più irreali dei sogni, che non aveva la voglia e la forza di fare domande o protestare. Se era destinato a veleggiare di isola in isola per il resto della vita, ebbene, così fosse. Sapeva che adesso per lui non esisteva la benché remota possibilità di tornare a casa. Per lo meno, sarebbe stato in compagnia di Tenar e Tehanu, che gli infondevano serenità e pace. E anche il mago Onice era stato buono con lui.

Alder era un uomo timido e Onice un uomo molto riservato, e c'era l'enorme divario di conoscenza e rango da colmare; ma il mago era andato da lui varie volte per parlare da uomo dell'arte a uomo dell'arte, mostrando per la sua opinione un rispetto che sconcertava la sua modestia. Non poteva negargli fiducia e, quando si avvicinava ormai il momento della partenza, gli sottopose il problema che lo angustiava.

— Si tratta del gatto — esordì imbarazzato. — Non mi sembra giusto portarlo con me. Tenerlo rinchiuso per tanto tempo. Non è una cosa naturale per una bestiola. E mi chiedo, che ne sarebbe di lui...

L'altro non domandò cosa intendesse dire. Chiese solo: — Vi aiuta ancora a stare lontano dal muro di pietra?

— Be', sì, spesso.

Onice rifletté. — Vi occorre qualche protezione, finché non saremo a Roke. Ho pensato... Avete parlato con il mago Seppel?

— L'uomo di Paln — fece Alder, con un tono di lieve inquietudine.

Paln, la più grande isola a occidente di Havnor, era ritenuta un luogo misterioso. I pelnici parlavano hardico con un accento particolare, usando molte parole proprie. I loro signori nell'antichità si erano rifiutati di giurare fedeltà ai re di Enlad e Havnor. I loro maghi non andavano a Roke ad apprendere l'arte; il sapere pelnico, che si ricollegava agli Antichi Poteri della Terra, era ritenuto da molti pericoloso, se non malvagio. Tempo addietro, il mago Grigio di Paln aveva portato la sventura sulla propria isola evocando le anime dei morti perché aiutassero lui e i suoi signori, e quel racconto faceva parte dell'ammaestramento di ogni stregone. *I vivi non dovrebbero chiedere consiglio ai morti.* C'era stato più di un duello di magia tra un uomo di Roke e un uomo di Paln; uno di tali scontri, due secoli addietro, aveva provocato una calamità che si era abbattuta sulle genti di Paln e Semel, e aveva devastato una buona metà delle città e delle terre coltivate. Quindici anni prima, quando il mago Cob aveva usato il sapere pelnico per varcare il confine tra la vita e la morte, l'Arcimago Sparviero aveva impiegato tutto il proprio Potere per sconfiggerlo e sanare il male compiuto.

Alder, come quasi tutti a corte e nel Consiglio Reale, aveva educatamente evitato il mago Seppel.

— Ho chiesto al re di portarlo con noi a Roke — disse Onice.

Alder batté le palpebre, sorpreso.

— Sanno più cose di noi riguardo queste faccende — spiegò il mago. — Gran parte della nostra arte d'evocazione deriva dal sapere pelnico. Thorion era un maestro di quell'arte... L'Evocatore che è adesso a Roke, Brando di Venway, non vuole usare nulla che s'ispiri a quel sapere. Adoperato male, ha causato solo danno. Ma può darsi che sia stata solo la nostra ignoranza a indurci a impiegarlo nel modo sbagliato. Risale a tempi antichissimi; forse contiene conoscenze che noi abbiamo smarrito. Seppel è un saggio e un mago. Penso che debba venire con noi. E penso che possa aiutarvi, se riuscite a fidarvi di lui.

— Se ha la vostra fiducia — disse l'altro, — allora avrà anche la mia.

Quando Alder parlava con l'eloquenza di Taon, spesso Onice sorrideva con lieve ironia. — Il vostro giudizio vale quanto il mio, Alder, in questa faccenda — osservò. — O è anche migliore. Spero che voi ve ne serviate. In ogni modo, vi porterò da lui.

Così, scesero in città insieme. L'alloggio di Seppel si trovava in un quartiere vecchio, nei pressi degli scali navali, in una traversa di Via dei Carpentieri; là c'era una piccola colonia di pelnici, chiamati a lavorare nei cantieri reali perché erano carpentieri navali abilissimi. Le case erano molto vecchie, ravvicinate, con i tipici ponti fra un tetto e l'altro che davano alla città una seconda rete aerea di strade sopra quelle lastricate.

Le stanze di Seppel, cui si accedeva salendo tre rampe di scale, erano buie e afose nella calura dell'estate inoltrata. Il mago li invitò a salire un'altra rampa e li portò sul tetto. Era unito agli altri tetti da un ponte su ogni lato, e formava quindi un crocicchio con tanto di via principale e traverse. Fissate alle basse balaustre c'erano delle tende da sole, e la brezza che spirava dal porto rinfrescava l'aria all'ombra. Si sedettero su alcune stuoie di tela a righe nell'angolo di tetto occupato da Seppel, e sorseggiarono insieme un tè freddo leggermente amaro.

Era un uomo basso sulla cinquantina, rotondetto, con mani e piedi piccoli, capelli un po' ricciuti e ribelli, e, cosa rara tra gli uomini dell'Arcipelago, una barba, corta sul mento e sulle gote scure. Aveva modi gentili. Parlava sottovoce, con un accento musicale e una cadenza rapida che spezzava le parole.

Lui e Onice conversarono, e Alder li ascoltò a lungo. Cominciò a distrarsi quando parlarono di persone e cose che non conosceva. Osservò i tetti e i tendoni, i giardini pensili e i ponti ad arco intagliati; spinse lo sguardo a settentrione, verso il Monte Onn, una grande cupola grigio chiaro sopra le colline velate dalla foschia estiva. Tornò al presente, sentendo che il mago pelnico diceva: — Forse nemmeno l'Arcimago è riuscito a sanare del tutto la ferita aperta nel mondo.

La ferita nel mondo, pensò Alder: *Sì.* Allora fissò Seppel, e questi gli lanciò un'occhiata. Nonostante l'aspetto mite, i suoi occhi erano acuti e penetranti.

— Forse non è solo il nostro desiderio di vivere per sempre quello che ha tenuto aperta la ferita — disse, — ma il desiderio dei morti di morire.

Di nuovo, Alder udì le strane parole e gli parve di riconoscerle senza capirle. Seppel gli lanciò un'altra occhiata, quasi in attesa di una reazione.

Alder non disse nulla, e nemmeno Onice parlò. Il pelnico alla fine disse: — Quando siete al confine, Maestro Alder, cos'è che vi chiedono?

— Di liberarli — rispose lui, la voce che era un semplice sussurro.

— Liberarli — mormorò il suo compagno.

Ancora silenzio. Due ragazzi e una ragazza attraversarono il tetto di corsa, ridendo e gridando: «Giù al prossimo!» giocando a uno dei tantissimi giochi d'inseguimento che i bambini facevano grazie al labirinto di strade, canali, scale e ponti della loro città.

— Forse è stato un cattivo affare sin dall'inizio — disse Seppel, e quando Onice gli rivolse uno sguardo interrogativo aggiunse: — *Verw nadan.*

Alder sapeva che erano parole dell'Antica Lingua, ma non ne conosceva il significato.

Guardò l'amico, che aveva assunto un'espressione molto seria. Quello si limitò a dire: — Ebbene, spero che giungeremo alla verità di queste cose, e presto.

— Sul colle dove la verità è — disse Seppel.

— Sono contento che sarai là con noi. Intanto, qui abbiamo Maestro Alder che viene chiamato a quel confine ogni notte e cerca un po' di sollievo. Gli ho detto che forse conosci il modo di aiutarlo.

— E voi accettereste il tocco della magia di Paln? — chiese il piccolo mago, in tono di lieve ironia. I suoi occhi erano lucenti e duri come giaietto.

Alder aveva le labbra secche. — Maestro — rispose, — sulla mia isola diciamo che l'uomo che sta annegando non chiede quanto costa la corda. Se potete tenermi lontano da quel luogo anche per una sola notte, avrete i miei più fervidi ringraziamenti, per quanto siano ben poca cosa in cambio di un simile dono.

Onice lo fissò, abbozzando un sorriso divertito, senza nessun intento di biasimo.

L'altro non sorrise affatto. — I ringraziamenti sono rari, nel mio mestiere — osservò. — Li apprezzo molto. Penso di potervi aiutare, Maestro Alder. Però devo avvisarvi che questa è una corda costosa.

Alder piegò il capo.

— Giungete al confine in sogno, non di vostra volontà, è così?

— Così credo.

— Risposta saggia. — Quello gli lanciò un'occhiata di approvazione. — Chi conosce in modo chiaro la propria volontà? Ma, se è in sogno che andate là, io posso impedirvi di fare quel sogno... per qualche tempo. E a un prezzo come ho detto.

Alder lo guardò con aria interrogativa.

— Il vostro Potere.

Dapprima, non capì, poi fece: — Il mio talento, intendete dire? La mia arte?

Seppel annuì.

— Sono soltanto un riparatore — disse Alder, dopo una breve pausa. — Non è un grande Potere... non dovrò rinunciare a granché.

Onice fece per protestare, ma guardò il volto dell'amico e si trattenne.

— È la vostra vita — disse.

— Era la mia vita, un tempo. Ma quel tempo è finito.

— Forse riacquisterete il vostro talento, quando quel che deve accadere sarà accaduto. Non posso prometterlo, però. Cercherò di fare il possibile per restituirvi almeno in parte quanto vi toglierò. Ma camminiamo tutti nella notte, adesso, su un terreno che non conosciamo. Quando spunterà il giorno, forse sapremo dove siamo, o forse no. Ora, se vi eviterò il vostro sogno, a quel prezzo, mi ringrazierete?

— Sì, vi ringrazierò — rispose Alder. — Cos'è mai la piccola utilità del mio dono, rispetto al grande male che la mia ignoranza potrebbe fare? Se mi eviterete la paura in cui vivo adesso, la paura di essere causa di calamità, vi ringrazierò fino al termine della mia vita.

Seppel trasse un respiro profondo. — Ho sempre sentito dire che le arpe di Taon non suonano note false — dichiarò. Guardò

Onice. — E Roke non ha nessuna obiezione? — chiese con ironia.

Quello scosse il capo, adesso serissimo.

— Allora andremo alla caverna di Aurun. Questa sera, se per voi va bene.

— Perché là? — domandò Onice.

— Perché non sarò io, bensì la terra, ad aiutare Maestro Alder. Aurun è un luogo sacro, pieno di Potere. Anche se la gente di Havnor l'ha dimenticato, e lo usa solo per lordarlo.

Onice riuscì a scambiare qualche parola in privato con il giovane, prima che seguissero Seppel verso i piani inferiori. — Non siete obbligato a farlo, Maestro Alder — disse. — Pensavo di fidarmi di lui, ma adesso... non so...

— Mi fiderò di lui — fece Alder. Comprendeva i dubbi dell'amico, ma lui non aveva parlato con leggerezza, era disposto a tutto pur di liberarsi della paura di fare qualcosa di terribilmente sbagliato. Ogni volta che in sogno si sentiva attrarre verso quel muro di pietra, aveva la sensazione che qualcosa stesse cercando di penetrare nel mondo tramite lui, che lo avrebbe fatto, se lui avesse ascoltato il richiamo dei morti... e ogni volta che li udiva era sempre più debole, ed era più difficile resistere.

I tre uomini percorsero parecchia strada, attraversando la città nella calura del pomeriggio. Uscirono nella campagna a sud dell'abitato, in un punto dove alcune colline accidentate colme di creste scendevano verso la baia, un tratto di terreno povero per quell'isola ricca: bassopiani paludosi tra i picchi, un po' di terra arabile sui dorsi sassosi. Lì, le mura della città erano molto antiche, erette a secco con grandi massi presi dalle colline, e oltre la muraglia non c'erano sobborghi, solo poche fattorie.

Camminarono lungo una strada accidentata che saliva serpeggiando sul primo crinale, procedendo poi sulla cresta verso oriente, verso le colline più alte. Lassù, da dove si poteva contemplare tutta la città adagiata a settentrione in una foschia dorata, alla loro sinistra, la strada si allargava in un labirinto di sentieri. Procedendo dritto, giunsero all'improvviso a una grande spaccatura nella parete, uno squarcio nero largo più di venti piedi, proprio davanti a loro.

Era come se il dorso roccioso si fosse spezzato in seguito a una scossa violenta del suolo, e la fenditura non si fosse più richiusa. La luce del sole, lambendo da occidente i bordi della caverna, rischiarava per un breve tratto le pareti di roccia verticali, ma più in basso l'oscurità era assoluta.

Nella valle sotto il crinale, a sud, c'era una conceria. I conciatori avevano portato lassù i loro rifiuti, gettandoli nella spaccatura, senza porre la minima attenzione, così tutt'attorno alla voragine erano disseminati pezzi di pelle rancida parzialmente conciata e si sentiva un tanfo di marciume e di orina. Dal profondo della caverna proveniva un'altra esalazione, notarono, mentre si avvicinavano all'orlo a picco: una zaffata terrosa, fredda, pungente, che fece arretrare Alder.

— Mi affliggo per questo! — disse ad alta voce il mago di Paln, guardando l'immondizia e i tetti della conceria con un'espressione attonita. Ma poco dopo si rivolse ad Alder con i soliti modi garbati. — Questa è la caverna o fenditura chiamata Aurun, che noi conosciamo a Paln dalle nostre mappe più antiche, dove è pure chiamata le Labbra di Paor. Un tempo parlava alle genti del luogo, quando arrivarono qui la prima volta da Occidente, molto tempo fa. Gli uomini sono cambiati. Ma la caverna è rimasta ciò che era allora. Qui, voi potete deporre il vostro fardello, se è questo che desiderate.

— Cosa devo fare? — chiese Alder.

Seppel lo condusse all'estremità meridionale della grande spaccatura nel terreno, dove lo squarcio si restringeva e si richiudeva formando tante sporgenze rocciose. Gli disse di stendersi a faccia in giù, così da poter scrutare l'abisso di oscurità che si apriva in basso sotto di lui. — Aggrappatevi alla terra — disse. — Dovete fare solo questo. Anche se si muove, tenetevi artigliato alla terra.

Lui si coricò, fissò lo spazio tra le pareti di pietra. Sentì le sporgenze di roccia che gli pungevano il petto e i fianchi, udì Seppel che iniziava a salmodiare con voce acuta, intonando un canto nella Lingua della Creazione; sentì il calore del sole sulle spalle, e il tanfo di putredine della conceria. Poi il respiro della caverna scaturì dal profondo con un'asprezza sorda che gli mozzò il respiro e gli fece girare la testa. L'oscurità salì verso di lui. Il terreno sotto di lui si mosse, ondeggiò e tremò. Alder vi si aggrappò, udendo il canto acuto, respirando il respiro della terra. L'oscurità salì e lo prese. Alder perse il sole.

Quando tornò, il sole era basso a occidente, una palla rossa nella foschia sopra le rive occidentali della baia. Lo vide. Vide Seppel seduto lì accanto sul terreno, l'aria stanca e sconsolata, la sua lunga ombra nera sulla terra sassosa tra le ombre lunghe delle rocce.

— Ecco fatto — disse Onice.

Alder si accorse di essere steso sul dorso, con la testa sulle ginocchia dell'amico, e una roccia piantata nella schiena. Si drizzò a sedere, intontito, scusandosi.

Partirono non appena lui fu in grado di camminare, perché dovevano percorrere diverse miglia ed era evidente che né lui né Seppel avrebbero potuto tenere un'andatura spedita. Era calata la notte, quando raggiunsero la Via dei Carpentieri. Seppel li salutò, scrutando il volto del risanato mentre erano fermi nel riquadro di luce che filtrava dalla porta di una taverna. — Ho fatto quanto mi avevate chiesto — disse, con la stessa espressione infelice.

— Vi ringrazio. — Alder tese la mano al mago, secondo l'usanza della gente di Enlad. Dopo un istante, quello la toccò con la propria mano, poi si separarono.

Era talmente stanco che riusciva a muovere le gambe a stento. Aveva ancora in bocca e in gola il sapore strano e acre dell'aria della caverna, che gli dava un senso di stordimento, di vertigine, di vuoto. Quando infine giunsero al palazzo, Onice voleva accompagnarlo in camera, ma lui disse che stava bene e aveva solo bisogno di riposare.

Entrò nella propria stanza, e il gatto gli andò incontro festoso, trotterellando e agitando la coda. — Ah, non ho più bisogno di te, adesso — disse lui, chinandosi ad accarezzargli la schiena grigia lustra.

Gli vennero le lacrime agli occhi. Colpa della stanchezza, nient'altro. Si coricò sul letto, e il gatto lo seguì con un balzo e gli si acciambellò su una spalla, facendo le fusa.

Alder dormì: un sonno profondo, un nero assoluto, senza nessun sogno che potesse ricordare, senza voci che chiamassero il suo nome, senza nessuna collina di erba secca, e nessun muro di pietra intravisto nelle tenebre... nulla.

Passeggiando nei giardini del palazzo la sera prima di salpare verso sud, Tenar era inquieta e malinconica. Non voleva partire per Roke, l'isola dei saggi, l'isola dei maghi. *Maledetti-stregoni* disse una voce nella sua mente, nella lingua di Karg. Cosa avrebbe potuto fare lei, là? Di quale utilità poteva essere? Lei voleva andare a casa, a Gont, da Ged. Tornare nella propria casa, al proprio lavoro, dal caro compagno.

Si era allontanata da Lebannen. Lo aveva perso. Il re era educato, affabile... e non perdonava.

Come le donne temono gli uomini, pensò camminando tra gli arbusti di rose fioriti. Non li temevano come individui, né avevano paura quando quelli parlavano insieme, lavoravano insieme, prendevano la parola in favore di altri... ma allora gli uomini vedevano complotti, intrighi, coercizioni, trappole che venivano tese.

Avevano ragione, naturalmente. Era probabile che le donne, in quanto tali, prendessero le parti della generazione futura, non di quella presente; tessevano i legami che gli uomini vedevano come catene, i vincoli che gli uomini vedevano come schiavitù. Lei e Seserakh erano davvero d'accordo contro di lui e pronte a tradirlo, se Lebannen considerava veramente irrinunciabile la propria indipendenza? Se era solo aria e fuoco, se non aveva in sé il peso della terra, la pazienza dell'acqua...

Ma quella descrizione si addiceva non tanto al re quanto invece a Tehanu. Era ultraterrena, la sua Tehanu... l'anima alata che era venuta a stare con lei per un po', e presto - lei lo sapeva - avrebbe dovuto lasciarla. Dal fuoco al fuoco.

E si addiceva a Irian, con cui la figlia sarebbe andata. Cosa aveva a che fare, quella creatura fiera e splendente, con una vecchia casa che bisognava spazzare, con un vecchio che aveva bisogno di qualcuno che si prendesse cura di lui? Come poteva capire certe cose, Irian? E cosa poteva significare per lei - lei che era un mago - che un uomo dovesse svolgere il proprio compito, sposarsi, avere dei figli, condurre il giogo della terra?

Vedendosi sola e inutile tra esseri dal destino così elevato e inumano, Tenar cedette alla nostalgia. Nostalgia non solo di Gont. Perché lei non avrebbe dovuto essere in combutta con Seserakh, che era sì una principessa come lei stessa un tempo era stata sacerdotessa, ma che non avrebbe preso il volo con ali impetuose, essendo una donna della terra? E la ragazza parlava la sua lingua! Tenar, solerte, le aveva insegnato l'hardico, ed era stata felicissima di constatare la sua rapidità di apprendimento, e si rendeva conto soltanto adesso che la vera felicità era stata parlare nella lingua di Karg con lei, di sentire e pronunciare parole che racchiudevano tutta la propria infanzia perduta.

Arrivando al sentiero che conduceva agli stagni sotto i salici, vide Alder. C'era con lui un bambino. Stavano parlando sottovoce, tranquilli. Tenar era sempre contenta di vederlo. Lo commiserava per il dolore e la paura in cui viveva, e ammirava la pazienza con cui riusciva a sopportarli. Le piacevano il suo volto bello e onesto, e la sua eloquenza. Che male c'era ad aggiungere qualche abbellimento al discorso? Anche Ged si era fidato di lui.

Fermandosi a debita distanza per non disturbarli, vide che i due s'inginocchiavano sul sentiero e guardavano tra gli arbusti.

Poco dopo, il gattino grigio sbucò da sotto un cespuglio. Non badò ai due umani, ma attraversò il tratto erboso, avanzando lentamente, strisciando quasi sul ventre, gli occhi che brillavano, dando la caccia a una falena.

— Puoi lasciare che stia fuori tutta la notte, se vuoi — disse Alder al bambino. — Qui, non può smarrirsi, né accadergli nulla di male. Ha una vera predilezione per l'aria aperta. E, vedi, questi grandi giardini, sono come tutta Havnor per lui. Oppure puoi lasciarlo libero al mattino. E, volendo, puoi farlo dormire insieme con te.

— Mi piacerebbe — annuì il piccolo, timido ma risoluto.

— E dovrai tenere nella tua stanza la sua cassetta di sabbia. E una ciotola di acqua da bere, che non deve mancare mai.

— E del cibo.

— Sì, certo. Una volta al giorno. E non troppo. È un po' ingordo. Incline a pensare che Segoy abbia creato le isole perché Tiro potesse riempirsi la pancia.

— Acchiappa i pesci dello stagno? — Il gatto adesso era vicino a uno dei laghetti con le carpe, e si guardava attorno seduto sull'erba; la falena era volata via.

— Gli piace osservarli.

— Piace anche a me — disse il bambino. Si alzarono e si avviarono affiancati verso gli stagni.

A Tenar, quella scena fece tenerezza. C'era una grande innocenza in Alder, un'innocenza adulta, non infantile. Avrebbe dovuto avere dei figli. Sarebbe stato un buon padre.

Lei pensò ai propri figli, e ai nipotini... la maggiore, Semino, pareva impossibile... ma, sì, aveva ormai dodici anni! Entro l'anno o l'anno successivo, le avrebbero dato il nome! Oh, era ora di andare a casa. Era ora di visitare la Valle di Mezzo, di portare un regalo alla nipote e giocattoli ai bambini, di assicurarsi che quell'irrequieto di Scintilla non potasse ancora troppo i peri, di sedersi un poco a conversare con la cara figlia Melina... il cui vero nome era Hayohe, nome datole da Ogion... Il pensiero di Ogion fu accompagnato come sempre da uno spasimo d'amore e di struggimento. Tenar vide il focolare della casa di Re Albi. Vide Ged seduto accanto a esso. Lo vide girare il volto scuro e rivolgerle una domanda. Lei rispose a voce alta, nei giardini del Palazzo Nuovo di Havnor, a centinaia di miglia da quel focolare: — Tornerò al più presto!

Al mattino, un radioso mattino d'estate, tutti scesero al porto per imbarcarsi sulla *Delfino.* Gli abitanti della capitale trasformarono l'evento in una festa, riversandosi nelle strade e sui pontili, invadendo i canali con le piccole barche a pertiche chiamate trucioli, costellando la grande baia di barche a vela e lance, su cui sventolavano bandiere vivaci; e stendardi e guidoni svolazzavano anche sulle torri delle grandi case e sulle aste dei ponti, alti e bassi. Passando tra quella folla gioiosa, Tenar pensò a quando, tempo addietro, lei e Ged erano entrati nel porto di Havnor, portando a casa la Runa della Pace, l'A-nello di Elfarran. Quell'Anello era sul suo braccio, allora, e lei l'aveva sollevato perché l'argento brillasse al sole e la gente potesse vederlo, e le persone avevano acclamato, tendendo le braccia verso di lei quasi volessero stringerla.

Tenar stava sorridendo, quando salì la passerella e s'inchinò a Lebannen.

Lui l'accolse con la tradizionale cerimoniosità di un comandante di nave. — Lady Tenar, benvenuta a bordo.

Mossa da chissà quale impulso, lei rispose: — Vi ringrazio, figlio di Elfarran.

Lui la guardò un attimo, sorpreso da quel nome, ma subito fu distratto dall'arrivo di Tehanu, e ripeté il saluto formale. — Lady Tehanu, benvenuta a bordo.

Tenar proseguì verso la prua della nave, ricordando un angolo vicino a un argano dove un passeggero, senza intralciare i marinai che lavoravano sodo, poteva vedere tutto ciò che accadeva sul ponte affollato e anche a terra.

C'era una gran confusione nella via principale che conduceva al molo: la somma principessa stava arrivando. La donna notò soddisfatta che il re, o forse il suo maggiordomo, aveva dato disposizioni perché l'arrivo della principessa fosse opportunamente sfarzoso.

Una scorta a cavallo apriva un varco nella folla, e i destrieri sbuffavano e battevano gli zoccoli con un portamento solenne. Grandi pennacchi rossi, simili a quelli che i guerrieri di Karg sfoggiavano sui loro elmi, ondeggiavano sulla vistosa carrozza dorata con cui la principessa aveva attraversato la città, e sulla testiera dei quattro cavalli grigi che la trainavano. Una banda di musici in attesa sul pontile cominciò a suonare con trombe, tamburi e tamburelli. E la gente, scoprendo di avere una principessa da acclamare e osservare, approvò rumorosa, accalcandosi e avvicinandosi il massimo consentito dalle scorte a cavallo e a piedi, guardando a bocca aperta e profondendosi in lodi, e nei saluti e nei commenti più disparati. — Salve, regina di Karg! — gridarono alcuni, e altri: — Non è regina — e alcuni: — Guardatele, tutte in rosso, belle come rubini, ma lei qual è? — e altri ancora: — Viva la principessa!

Tenar vide Seserakh - naturalmente velata dalla testa ai piedi, ma inconfondibile per statura e portamento - che scendeva dalla carrozza e incedeva, maestosa come una nave, verso la passerella. Due delle sue ancelle, dal velo più corto, le trotterellavano alle spalle, seguite da Lady Opale di Ilien. Tenar ebbe un tuffo al cuore. Lebannen aveva stabilito che nessun servitore dovesse partecipare a quel viaggio. Non era una crociera o una gita di piacere, aveva detto severo il sovrano, e quelli a bordo dovevano trovarvisi per un valido motivo. Non aveva capito, Seserakh? O si aggrappava alle sue sciocche compatriote perché intendeva sfidare il re? L'inizio del viaggio sarebbe stato assai sfavorevole.

Ai piedi della passerella, però, il rosso cilindro increspato dai riflessi dorati si fermò e si girò. Spuntarono due mani, mani dalla pelle dorata su cui splendevano anelli d'oro. La principessa abbracciò le ancelle, dicendo loro addio. Strinse anche Lady Opale, nel modo solenne adottato in pubblico dai reali e dalla nobiltà. Poi quest'ultima guidò le ancelle alla carrozza, mentre la principessa si voltava di nuovo verso la passerella.

Tenar vide che la colonna informe rosso e oro traeva un respiro profondo e si ergeva in tutta la propria statura.

Il cilindro di veli salì la passerella, lentamente, perché la marea era montata e il ponticello era piuttosto inclinato, ma con una dignità risoluta che la folla a terra osservò in silenzio, affascinata.

Giunta sul ponte, la colonna si arrestò, di fronte al re. — Somma principessa delle Terre di Karg, benvenuta a bordo — la accolse Lebannen, con voce squillante.

Al che, la folla proruppe: — Urrà per la principessa! Viva la regina! Bella salita, Rossa!

Il re le disse qualcosa, ma era impossibile sentirlo in mezzo al gran frastuono. La colonna rossa si girò verso la folla e s'inchinò, un gesto un po' rigido ma cortese.

Tehanu l'aveva attesa accanto al sovrano, e adesso si fece avanti, le parlò e la condusse alla cabina di poppa della nave, dove gli spessi veli ondeggianti scomparvero. La folla acclamò e gridò ancor più forte: — Tornate indietro, principessa! Dov'è la Rossa? Dov'è la nostra signora? Dov'è la regina?

Tenar guardò il re attraverso il ponte. Malgrado l'apprensione e la malinconia che provava, sentì sgorgare dentro di sé un'ilarità irrefrenabile. Pensò: *Povero figliolo, cosa farai, adesso? Si sono innamorati di lei la prima volta che l'hanno vista, anche se non hanno potuto vederla davvero... Oh, Lebannen, siamo tutti in combutta contro di te!*

La *Delfino* era una nave di discrete dimensioni, attrezzata per trasportare un sovrano con una certa misura di pompa e comodità. Era però fatta innanzitutto per navigare, per filare con il vento, per portare a destinazione il più rapidamente possibile. Gli alloggi erano già abbastanza ristretti quando a bordo c'erano solo l'equipaggio e gli ufficiali, il re e pochi compagni. In quel viaggio a Roke, le cabine erano letteralmente stipate. I membri dell'equipaggio, certo, non stavano più scomodi del solito, dormendo nella specie di canile alto tre piedi della stiva di prua; ma gli ufficiali dovevano dividere uno squallido stanzino buio sotto il castello di prua. Quanto ai passeggeri, le quattro donne occupavano quella che era normalmente la cabina reale, uno spazio ampio quanto il castello di poppa, mentre la cabina sotto di essa, occupata di solito dal comandante della nave e da un paio di ufficiali, ospitava il sovrano, i due maghi, lo stregone e Tosla. Le probabilità che tale sistemazione provocasse estremi disagi e malumore erano, secondo Tenar, enormi. Il primo e più urgente problema, comunque, era la possibilità che la somma principessa avesse il mal di mare.

Stavano solcando la Grande Baia con un vento lieve, l'acqua calma, la nave che scivolava leggera come un cigno in uno stagno, ma Seserakh era rannicchiata nella propria cuccetta, gemendo disperata ogni volta che, guardando attraverso i veli, dalle ampie finestre di poppa scorgeva la distesa assolata e pacifica di mare tranquillo, e la scia bianca della nave.

— Va su e giù — piagnucolò nella lingua di Karg.

— Non va su e giù — replicò Tenar. — Usate la testa, principessa.

— Si tratta del mio stomaco, non della testa — gemette Seserakh.

— Nessuno può avere il mal di mare con questo tempo. Voi avete solo paura.

— Madre — intervenne Tehanu, comprendendo il tono, se non le parole. — Non rimproverarla. È brutto, stare male.

— Lei non sta male! — sbottò Tenar, sicurissima di avere ragione. — Seserakh, voi non state male: avete paura di star male. Controllatevi. Uscite sul ponte. L'aria fresca vi gioverà moltissimo. L'aria fresca e il coraggio.

— Oh, amica mia — mormorò la giovane in hardico. — Fatemi coraggio!

Tenar fu colta un po' alla sprovvista. — Siete voi che dovete farvi coraggio, principessa — disse. Poi, addolcendosi: — Andiamo, provate soltanto a uscire sul ponte un minuto. Tehanu, vedi se sei capace di persuaderla. Pensa a come soffrirà se incontreremo davvero un mare grosso!

Convinsero Seserakh ad alzarsi dalla cuccetta e a indossare il cilindro di veli rossi, senza cui naturalmente non poteva apparire di fronte a degli uomini; blandendola e ricorrendo alle moine, la convinsero ad abbandonare la cabina, a uscire sul tratto di ponte di fianco a essa, all'ombra, dove poterono sedersi sul rivestimento di legno bianco immacolato e guardare il mare azzurro luccicante. La principessa scostò i veli quel tanto che bastava per vedere di fronte a sé, ma per lo più si contemplava il grembo, lanciando qualche rapido sguardo terrorizzato all'acqua.

Madre e figlia parlarono un po', indicando le navi che passavano, gli uccelli, un'isola.

— È bellissimo. Avevo dimenticato che mi piace moltissimo navigare! — commentò la donna.

— A me piace se riesco a dimenticare l'acqua — disse Tehanu. — È come volare.

— Ah, voi draghi — fece Tenar.

Il tono era scherzoso, però non era una facezia. Era la prima volta che diceva una cosa del genere alla figlia adottiva. Notò che lei aveva voltato il capo per guardarla. Il cuore della matrigna cominciò a battere forte. — Aria e fuoco — disse.

Tehanu non rispose, ma la sua mano, quella snella e bruna, non l'arto adunco, si allungò e afferrò quella della madre, stringendola.

— Non so cosa sono, madre — mormorò la giovane, con quella voce che di rado era più di un sussurro.

— Io, sì — disse la donna. E il cuore le batté più forte di prima, colmo di malinconia.

— Non sono come Irian — dichiarò Tehanu. Stava cercando di consolare la madre, di rassicurarla, ma nella sua voce si coglieva una nota di struggimento, di desiderio intenso.

— Aspetta, aspetta e lo scoprirai — replicò sua madre, stentando a parlare. — Saprai cosa fare... cosa sei... quando verrà il momento.

Stavano conversando così piano che la principessa non sentiva quel che dicevano, ammesso che fosse in grado di capirlo. Si erano dimenticate di lei. Ma Seserakh aveva udito il nome di Irian, e scostando i veli con le lunghe dita e girandosi verso di loro, con gli occhi che osservavano vivaci dalla calda ombra rossa, chiese: — Irian, dov'è?

— A prua... là in fondo... — Tenar indicò con un gesto vago la parte anteriore della nave.

— Lei si fa coraggio, eh?

Dopo un attimo, la donna disse: — Non credo che abbia bisogno di farsi coraggio. È senza paura.

— Ah! — fu il commento della principessa.

I suoi occhi vivaci stavano scrutando tutto il ponte della nave fino a prua, dove Irian si trovava accanto a Lebannen. Il re indicava avanti, gesticolando, parlando con animazione. Rise, e così fece anche Irian, in piedi al suo fianco, alta quanto lui.

— Sfacciata, a viso scoperto — borbottò Seserakh nella lingua di Karg. E in hardico, pensierosa, in un sussurro quasi impercettibile, soggiunse: — Senza paura.

Chiuse i veli e rimase seduta immobile, informe.

Le lunghe sponde di Havnor erano un profilo azzurro dietro di loro. Il Monte Onn si stagliava indistinto e maestoso a settentrione. Le nere colonne di basalto dell'Isola di Omer torreggiavano in lontananza sulla destra, mentre la nave attraversava lo stretto di Ebavnor alla volta del Mare Interno. Il sole era splendente, il vento gagliardo, un'altra bella giornata. Tutte le donne sedevano sotto il tendone che i marinai avevano allestito per loro accanto alla cabina di poppa. Le donne portavano fortuna a una nave, e l'equipaggio si faceva in quattro per colmarle di cortesie e offrire loro qualche piccola comodità. Dato che i maghi potevano portare bene o male a un'imbarcazione, i marinai trattavano benissimo anche loro; il loro tendone era stato allestito in un angolo del cassero di poppa, da dove godevano di una buona visuale verso prua. Le donne avevano cuscini di velluto per sedersi (imbarcati grazie alla previdenza del sovrano, o del suo maggiordomo); i maghi avevano involti di tela da vele, altrettanto comodi.

Alder era trattato e rispettato come uno dei maghi. Non poteva farci nulla, anche se una simile considerazione lo imbarazzava, poiché temeva che Onice e Seppel pensassero che pretendesse di essere un loro simile. E misto all'imbarazzo c'era il turbamento, poiché adesso non era nemmeno uno stregone. Il suo dono era scomparso. Alder non aveva nessun Potere. Ne era perfettamente consapevole, proprio come se avesse perso la vista o avesse avuto una mano paralizzata. Non avrebbe potuto riparare una brocca rotta, adesso, se non usando del collante; e comunque l'avrebbe riparata male, perché avrebbe dovuto usare altri mezzi.

E, oltre al talento che aveva perduto, era scomparso qualcos'altro, qualcosa di più grande della sua maestria. Quella perdita lo aveva lasciato, come la morte della moglie, in una specie di vuoto inerte in cui non c'erano più gioie né cose nuove, né ci sarebbero state in futuro. Ormai non poteva accadere nulla, non poteva cambiare nulla.

Avendo ignorato quell'aspetto importantissimo del proprio dono fino al momento della perdita, Alder rifletté su di esso, chiedendosi in cosa consistesse di preciso. Era come conoscere la strada da seguire, era come sapere la direzione di casa. Non era una cosa che si potesse identificare o di cui si potesse dire molto, ma era un collegamento con tutto il resto. Senza di esso, Alder si sentiva inutile.

Ma almeno non faceva male. I suoi sogni erano fugaci, insignificanti. Non lo portavano più in quelle lande fosche, sulla collina di erba morta, vicino al muro. Nessuna voce lo chiamava più, attirandolo nelle tenebre.

Pensava spesso a Sparviero, rammaricandosi di non poter parlare con lui: l'Arcimago che aveva esaurito il suo Potere e, dopo essere stato grande tra i grandi, viveva in povertà e in solitudine. Ma il re desiderava ardentemente tributargli gli onori che meritava; la povertà di Ged era frutto quindi di una scelta. Forse, secondo Alder, le ricchezze e il rango elevato rappresentavano solo qualcosa di ignominioso per un uomo che aveva perduto la vera ricchezza, la propria via.

Onice era chiaramente dispiaciuto di avere indotto l'amico a fare quello scambio. Era sempre stato gentile con lui, però adesso lo trattava con un rispetto dietro cui si celavano i sensi di colpa, mentre il suo atteggiamento nei confronti del mago di Paln era diventato più freddo. Alder, dal canto suo, non provava risentimento verso Seppel e non diffidava delle sue intenzioni. Gli Antichi Poteri erano gli Antichi Poteri. Li si usava a proprio rischio. Seppel lo aveva informato del prezzo da pagare, e lui lo aveva pagato. Non si era reso conto appieno dell'entità di tale prezzo; ma non era colpa del mago. Era colpa sua, perché non aveva mai dato al proprio dono il suo vero valore.

Così Alder sedeva insieme con i due maghi, sentendosi una moneta falsa tra le monete d'oro. Li ascoltava con estrema attenzione, perché si fidavano di lui e parlavano liberamente, e i loro discorsi costituivano un'istruzione profonda che lui da stregone non aveva neppure immaginato.

Seduti all'ombra del tendone, i maghi parlavano di un accordo, di uno scambio, ben più importante di quello fatto da lui perché cessassero i sogni. Onice disse più di una volta le parole dell'Antica Lingua che Seppel aveva pronunciato sul tetto: *Verw nadan*.

Mentre conversavano, a poco a poco Alder capì che il significato di quelle parole era qualcosa di simile a «scelta», «divisione», fare due cose di una. Molto, moltissimo tempo addietro, prima dei re di Enlad, prima della scrittura hardica, forse prima che esistesse una lingua hardica, quando esisteva solo la Lingua della Creazione, a quanto sembrava, la gente aveva fatto una scelta, rinunciando a un grande Potere o bene per acquisirne un altro.

Il discorso dei maghi era difficile da seguire, non perché nascondessero qualcosa, ma perché loro stessi brancolavano alla ricerca di cose perdute nel passato oscuro, nell'epoca che precedeva i ricordi. Parole dell'Antica Lingua entravano necessariamente nella conversazione, e a volte Onice parlava interamente in quell'idioma. Ma Seppel gli rispondeva in hardico. Egli era parco con le parole della Creazione. Una volta alzò la mano per impedire a

Onice di proseguire e, di fronte all'espressione sorpresa e interrogativa del mago di Roke, disse pacato: — Le parole magiche agiscono.

Anche Sula, l'insegnante di Alder, aveva definito parole magiche le parole dell'Antica Lingua. — Ognuna è un atto di Potere — aveva spiegato. — La parola vera fa sì che la verità si attui. — Sula lesinava le parole magiche che conosceva, pronunciandole solo in caso di bisogno, e quando tracciava qualche Runa particolare, non quelle comuni usate per la scrittura hardica, la cancellava subito dopo aver finito. La maggior parte degli stregoni era altrettanto cauta, o per la volontà di custodire la propria conoscenza o perché rispettava il Potere della Lingua della Creazione. Perfino Seppel, pur essendo un mago, con una conoscenza e una comprensione molto ampia di quelle parole, preferiva non usarle nella conversazione, e attenersi invece alla lingua comune che, se consentiva bugie ed errori, permetteva anche l'incertezza e la ritrattazione.

Forse quello rientrava nella grande scelta compiuta dagli uomini nell'antichità: rinunciare alla conoscenza innata dell'Antica Lingua, che un tempo avevano in comune con i draghi. Alder si chiese se lo avessero fatto per avere una lingua propria, una lingua adatta al genere umano, in cui poter mentire, ingannare, imbrogliare e inventare meraviglie mai esistite prima.

I draghi parlavano solo l'Antica Lingua. Eppure si diceva sempre che anche essi mentissero. Era così? Se le parole magiche erano vere, com'era possibile che un drago le usasse per mentire?

Seppel e Onice erano giunti a una delle lunghe pause meditabonde che caratterizzavano la loro conversazione. Notando che il secondo, in realtà, più che meditare stava sonnecchiando, Alder domandò al mago pelnico sottovoce: — È vero che i draghi possono dire falsità usando parole vere?

Quello sorrise. — Questa, diciamo a Paln, è proprio la domanda che Ath fece a Orm mille anni fa, nelle rovine di Ontuego: «Un drago può mentire?» chiese il mago. E Orm rispose: «No», e poi gli alitò addosso, riducendolo in cenere... Ma dobbiamo credere alla storia, dato che può averla raccontata solo Orm?

Gli argomenti dei maghi sono infiniti, rifletté Alder, ma lo tenne per sé.

Onice si era addormentato del tutto, il capo piegato all'indietro appoggiato contro la paratia, il volto serio e teso finalmente rilassato.

Seppel parlò con voce ancor più bassa del solito: — Spero che voi non siate pentito di quanto abbiamo fatto ad Aurun. So che il nostro amico pensa che io non vi abbia avvertito con sufficiente chiarezza.

Alder dichiarò senza nessuna esitazione: — Sono soddisfatto.

Il mago inclinò la testa scura.

Alcuni istanti dopo, Alder disse: — So che cerchiamo di mantenere l'Equilibrio. Ma i Poteri della Terra tengono conto di tutto.

— E la loro è una giustizia che è ardua da comprendere per gli uomini.

— È così. Io cerco di capire perché abbia dovuto rinunciare solo a quello, al mio talento, per liberarmi da quel sogno. Che legame c'è tra le due cose?

Seppel non rispose subito, poi lo fece con una domanda. — Non giungevate al muro di pietra per mezzo della vostra arte?

— No, mai — disse lui, con assoluta certezza. — Non dipendeva affatto da me, non avevo il potere di andare proprio come non potevo impedire a me stesso di andarci.

— Allora come vi giungevate?

— Mia moglie mi ha chiamato, e il mio cuore è corso da lei.

Una pausa più lunga, poi il mago osservò: — Altri uomini hanno perso la loro diletta sposa.

— È quanto ho detto a Lord Sparviero. E lui mi ha risposto che è vero, tuttavia il legame tra veri amanti, tra le cose umane, è quello che più si avvicina a durare per sempre.

— Oltre il muro di pietra, nessun legame dura.

Alder guardò il mago, scrutò la sua faccia mite dagli occhi penetranti. — Perché? — chiese.

— La morte spezza qualsiasi legame.

— Allora perché i morti non muoiono?

Seppel lo fissò, sconcertato.

— Chiedo scusa — fece Alder. — Nella mia ignoranza, non mi sono espresso bene. Ciò che intendo dire è questo: la morte spezza il legame dell'anima con il corpo, e il corpo muore. Torna alla terra. Ma lo spirito deve andare in quel luogo tenebroso, e conservare una sembianza del corpo, e rimanere là... per quanto tempo? Per sempre? Là nella polvere e nell'oscurità, senza luce, senza amore, senza un barlume di allegria? Non sopporto di pensare a Giglio in quel luogo. Perché deve stare là? Perché non può essere... libera?

— Perché là il vento non soffia — rispose Seppel. Aveva un'espressione molto strana, la voce aspra. — Ha cessato di soffiare, a causa dell'arte dell'uomo.

Continuò a fissare Alder, ma solo a poco a poco cominciò a vederlo. L'espressione del suo volto e degli occhi mutò. Il mago distolse lo sguardo, contemplando la bella curva bianca della vela di trinchetto, gonfiata dal vento di nord-ovest. Poi abbassò di nuovo gli occhi sull'altro. — Amico mio, voi sapete quanto me di questa faccenda — disse, riacquistando gran parte dell'abituale pacatezza. — Ma voi conoscete queste cose attraverso il corpo, il sangue, 'l battito del vostro cuore. E io conosco solo delle parole. Vecchie parole... Quindi, è meglio che andiamo a Roke, dove forse i saggi saranno in grado di dirci ciò che dobbiamo sapere. O, se non lo faranno loro, lo faranno i draghi, forse. O forse sarete voi a indicarci la via.

— Sarebbe il cieco che guida i veggenti sull'orlo del precipizio, davvero! — sbottò Alder, ridendo.

— Ah, ma siamo già sull'orlo del precipizio, e con gli occhi chiusi — disse il mago di Paln.

Lebannen constatò che la nave era troppo piccola per contenere l'enorme irrequietezza che aveva in sé. Le donne sedevano sotto il loro tendone e i maghi sotto il proprio come anatre in fila, ma lui passeggiava avanti e indietro, impaziente, tra i confini angusti del ponte. Gli sembrava che fosse la sua impazienza e non il vento a far filare la *Delfino* così rapida verso sud, mai abbastanza veloce. Desiderava che il viaggio terminasse al più presto.

— Ricordate la flotta in rotta per Wathort? — disse Tosla, unendosi a lui, mentre il sovrano si trovava accanto al timoniere, studiando la carta nautica e il mare sgombro di fronte alla prua. — Quella era una vista magnifica. Trenta navi allineate!

— Vorrei fossimo diretti a Wathort — commentò Lebannen.

— Roke non mi è mai piaciuta — convenne l'altro. — Non un vento o una corrente che siano autentici per venti miglia al largo delle sue coste, ma solo roba di maghi. E le rocce a nord dell'isola non sono mai due volte nel medesimo posto. E quella città piena di imbrogli e di cambiaforma. — Sputò, con maestria, sottovento. — Preferirei incontrare di nuovo il vecchio Sanguinoso e i suoi mercanti di schiavi!

Il re annuì, ma non disse nulla. Spesso il piacere della compagnia di Tosla consisteva nella sua schiettezza: quell'uomo diceva quello che il sovrano riteneva opportuno tacere.

— Chi era il muto — chiese Tosla, — l'uomo che uccise Falcone sulle mura?

— Egre. Pirata diventato mercante di schiavi.

— Ecco, sì. Vi aveva riconosciuto, là a Sorra, attaccandovi subito. Mi sono sempre chiesto come facesse a sapere chi eravate.

— Lo sapeva perché una volta mi aveva già catturato come schiavo — rispose il re.

Non era facile sorprendere Tosla, ma il marinaio guardò Lebannen a bocca aperta; era evidente che non gli credeva, però non aveva il coraggio di dirlo, e così rimase senza parole. Il re si godette la scena per un minuto, poi ebbe compassione.

— Quando l'Arcimago mi portò con sé a dare la caccia a Cob, andammo a sud, prima. Nella città di Hort, un uomo ci tradì, consegnandoci ai mercanti di schiavi. Stordirono l'Arcimago con un colpo alla testa, e io fuggii, pensando così di poterli allontanare da lui. Ma volevano catturare me, quelli... perché io ero vendibile. Mi svegliai incatenato su una galea diretta a Sowl. L'Arcimago mi liberò prima che la notte seguente fosse trascorsa. I ferri che bloccavano tutti i prigionieri si sbriciolarono come foglie morte. Poi ordinò a Egre di non parlare più finché non avesse avuto qualcosa di valido da dire... Aveva raggiunto la galea avvicinandosi come una grande luce sull'acqua... Non avevo mai saputo cosa fosse veramente fino a quel momento.

Tosla meditò alcuni istanti su quanto aveva appreso. — Ha liberato dalle catene tutti gli schiavi? Perché gli altri non hanno ucciso Egre?

— Può darsi che abbiano proseguito il viaggio, portando Egre a Sowl per venderlo — rispose Lebannen.

L'altro rifletté ancora un poco. — Dunque è per questo che eravate così desideroso di eliminare la tratta degli schiavi.

— Un motivo, sì.

— Non favorisce la popolarità, di solito — commentò Tosla. Studiò la carta del Mare Interno fissata alla tabella alla sinistra del timoniere. — L'Isola di Way — disse. — Da dove proviene la donna drago.

— Ho notato che stai alla larga da lei.

Il timoniere arricciò le labbra, ma non fischiò, trovandosi a bordo di una nave. — Sapete quella canzone cui ho accennato, a proposito della Fanciulla di Belilo? Be', l'ho sempre considerata una storia e basta. Finché non ho visto lei.

— Dubito che ti divorerebbe, Tosla.

— Sarebbe proprio una bella morte — disse il marinaio, piuttosto acido.

Il re rise.

— Non sfidate la sorte — fece quello.

— Non temere.

— Voi e lei stavate parlando, là, a prua, così beati e tranquilli. È come mettersi a proprio agio con un vulcano, a mio avviso... Però, vi confesso che non mi dispiacerebbe vedere qualcosa di più del regalo che i Karg vi hanno mandato. C'è uno spettacolo che merita di essere visto, in quell'involto, a giudicare dai piedi. Ma come si fa a farlo uscire dalla tenda? I piedi sono bellissimi, ma mi piacerebbe dare un'occhiata anche alle caviglie, tanto per cominciare.

Lebannen si rese conto che il suo volto stava assumendo un'espressione torva, e si girò per evitare che l'altro vedesse.

— Se qualcuno mi desse un involto come quello, io lo aprirei — concluse Tosla, fissando il mare.

Il re non riuscì a frenare un lieve gesto d'impazienza. Il timoniere, un tipo sveglio, se ne accorse. Abbozzò un sorriso ironico, e non aggiunse altro.

Il comandante della nave era uscito sul ponte, e Lebannen iniziò a parlare con lui. — Pare che là avanti ci aspetti il maltempo, eh? — disse.

E il comandante annuì, confermando: — Nubi di tempesta a sud e a occidente. Le incontreremo questa sera.

Nel pomeriggio, il mare s'increspò sempre più, la luce benigna del sole assunse una sfumatura cupa color ottone, e raffiche di vento soffiavano cambiando di continuo direzione. Tenar aveva detto al re che la principessa temeva il mare, e il sovrano un paio di volte lanciò un'occhiata alla cabina di poppa, aspettandosi di non vedere nessuna figura velata di rosso. Invece erano state Tenar e Tehanu a ritirarsi all'interno; la principessa era ancora là, e Irian sedeva accanto a lei. Stavano parlando fitto. Cosa mai potevano dirsi una donna drago di Way e una donna d'harem di Hurat-Hur? Che lingua avevano in comune? Era così curioso di scoprirlo che si portò a poppa.

Quando il sovrano arrivò vicino a loro, Irian alzò lo sguardo e gli sorrise. Aveva un volto forte, aperto, un largo sorriso; andava scalza per libera scelta, era trascurata nel vestire, lasciava che il vento le arruffasse i capelli; complessivamente, sembrava soltanto una contadina bella, focosa, intelligente, incolta, finché non ci si accorgeva dei suoi occhi. Erano color ambra, con una sfumatura grigia, e quando lo fissava, come stava facendo adesso, lui non riusciva a sostenerne lo sguardo. Il re abbassò gli occhi.

Aveva detto esplicitamente che a bordo della nave erano vietati i convenevoli e le cerimonie, gli inchini e le riverenze, che nessuno doveva balzare in piedi all'avvicinarsi del re; la principessa, però, si era alzata. Come aveva osservato Tosla, aveva piedi molto belli, non piccoli, ma arcuati, forti e ben fatti. Lebannen li guardò, li ammirò sulla superficie di legno bianco del ponte. Sollevò poi lo sguardo e vide che la principessa stava facendo quello che aveva fatto l'ultima volta che l'aveva incontrata: si scostava i veli perché lui, ma nessun altro, potesse vederla in viso. Fu un po' sconcertato dalla bellezza austera, quasi tragica, del viso in quell'alone d'ombra rossa.

— Va... va tutto bene, principessa? — chiese, balbettando, cosa che gli capitava assai di rado.

Lei rispose: — La mia amica Tenar ha detto: «Respira vento».

— Sì — fece Lebannen, senza sapere di preciso cosa stesse dicendo.

— Non pensate che i vostri maghi forse potrebbero fare qualcosa per lei? — intervenne Irian, distendendo le gambe e alzandosi a sua volta. Era di notevole statura.

Lui voleva vedere il colore degli occhi della principessa, dato che poteva guardarli. Erano azzurri, gli sembrò, ma come gli opali contenevano altri colori, o forse era la luce del sole attraverso i veli rossi... — Fare qualcosa per lei?

— Per evitarle di soffrire il mal di mare. Ha sofferto terribilmente durante il viaggio dalle Terre di Karg.

— Io non avrò paura — dichiarò la principessa. E fissò il sovrano quasi volesse sfidarlo a... cosa?

— Certo — disse Lebannen. — Certo. Chiederò a Onice. Sono certo che possa fare qualcosa. — Rivolgendosi a entrambe, abbozzò un inchino, e si affrettò ad allontanarsi, andando in cerca del mago.

Onice e Seppel conferirono, poi consultarono Alder. Un incantesimo contro il mal di mare rientrava più nella sfera di competenza degli stregoni, dei riparatori, dei guaritori, che non in quella di maghi eruditi e potenti. Naturalmente, al momento lui non poteva fare nulla, ma ricordava forse qualche incantesimo?... L'ex riparatore non conosceva nessun sortilegio del genere, non avendo mai immaginato di poter viaggiare in mare finché non erano iniziati i suoi guai. Seppel confessò che lui stesso soffriva il mal di mare sulle piccole imbarcazioni o con il maltempo. Alla fine, Onice andò alla cabina di poppa e si giustificò con la principessa: non era in grado di aiutarla con la propria arte; poteva offrirle solo un amuleto che un marinaio, venuto a conoscenza del problema, gli aveva voluto dare a tutti i costi perché glielo consegnasse.

Le lunghe dita di Seserakh emersero dai veli rossi e dorati. Il mago le posò sulla mano uno strano oggettino bianco e nero: alghe secche intrecciate attorno a uno sterno d'uccello.

— Un osso di procellaria, perché le procellarie volano nella tempesta — spiegò il mago, con un'espressione di profondo imbarazzo.

La principessa piegò il capo nascosto dai veli e mormorò un ringraziamento nella lingua di Karg. L'amuleto scomparve sotto i veli. Poi Seserakh si ritirò nella cabina.

Onice, incontrando il re a breve distanza, si giustificò anche con lui. Adesso, la nave beccheggiava violentemente sul mare sferzato da forti raffiche di vento, e il mago disse: — Ecco, Sire, potrei dire una parola ai venti...

Lebannen sapeva bene che esistevano due scuole di pensiero riguardo la manipolazione delle condizioni del tempo: quella antica, dei naviganti primitivi che ordinavano ai venti di essere al servizio delle loro navi come i pastori con i cani; e la nuova della scuola di Roke, che risaliva al massimo ad alcuni secoli prima, secondo la quale il vento magico si poteva suscitare solo in caso di vero bisogno, perché era meglio che i venti del mondo soffiassero liberamente. Il re sapeva che Onice era un fervido fautore del metodo di Roke.

— Usa il tuo giudizio, Onice — disse. — Se ritieni che ci aspetti una nottata davvero brutta... Ma se si tratta soltanto di qualche raffica...

Il mago alzò lo sguardo verso la cima dell'albero, dove un paio di lingue di fuoco rossastro erano già balenate nel crepuscolo nuvoloso. Nell'oscurità davanti a loro, in tutta la distesa meridionale del mare, i tuoni brontolavano fragorosi. Dietro, l'ultima luce del giorno lambiva pallida e tremula le onde. — Benissimo — disse il mago, in tono piuttosto lugubre, e scese nella piccola cabina affollata.

Lebannen rimase quasi sempre all'esterno, dormendo in coperta, quando riuscì a chiudere occhio. Non era una notte adatta al sonno, per chi si trovava a bordo della *Delfino*. Non si trattava di un fortunale isolato, ma di una serie di violenti temporali estivi che imperversavano da sud-ovest. Tra le onde rischiarate da lampi abbaglianti, lo schianto dei tuoni che sembravano sul punto di spaccare la nave, e le raffiche poderose che continuavano a sballottare lo scafo, fu una notte lunga e rumorosa.

Onice consultò ancora il re: doveva dire una parola al vento? Il sovrano guardò il comandante, che si strinse nelle spalle. Il comandante e l'equipaggio avevano un gran da fare, ma non erano preoccupati. La nave non era in pericolo. Quanto alle donne, al sovrano fu riferito che erano in cabina, e stavano giocando d'azzardo. Irian e la principessa erano uscite sul ponte in precedenza, ma avevano constatato che era facile perdere l'equilibrio e si erano accorte di essere d'intralcio all'equipaggio, così erano rientrate. A raccontare che stavano giocando d'azzardo era stato l'aiutante del cuoco, che era sceso da loro per chiedere se desiderassero qualcosa da mangiare. Per le donne andava bene qualsiasi cosa.

Lebannen si ritrovò in preda alla stessa intensa curiosità provata nel pomeriggio. Senza dubbio, le lampade della cabina di poppa erano tutte accese, perché il loro chiarore si rifletteva dorato sulla schiuma turbolenta della scia. Verso mezzanotte, il sovrano andò a bussare.

Irian aprì la porta. Dopo il bagliore dei lampi e l'oscurità della tempesta, la luce delle lampade nella cabina sembrava calda e costante, sebbene dondolando proiettasse tutt'attorno ombre oscillanti.

Il re notò in modo confuso vari colori... i colori tenui degli indumenti delle donne, la loro pelle, bruna, pallida o dorata, i loro capelli, neri, grigi o fulvi, i loro occhi... gli occhi della principessa che lo fissavano, allarmati, mentre le mani afferravano un velo per coprirsi il viso.

— Oh! Pensavamo che fosse l'aiutante del cuoco! — disse Irian, con una risata.

Tehanu lo guardò e, l'atteggiamento timido e cameratesco, chiese: — C'è qualche problema?

L'uomo si rese conto che era immobile sulla soglia e le stava fissando come un muto messaggero di sventura.

— No... Nessun problema... Va tutto bene? Mi dispiace che il tempo sia infame...

— Non vi riteniamo responsabile del tempo — disse Tenar. — Non riuscivamo a dormire, così la principessa e io abbiamo insegnato alle altre un gioco di Karg.

Vide sparsi sul tavolo dei dadi d'avorio a cinque facce, probabilmente di Tosla.

— Abbiamo scommesso delle isole — spiegò Irian. — Ma Tehanu e io stiamo perdendo. I Karg hanno già vinto Ark e Ilien.

La principessa aveva alzato il velo; sedeva di fronte al re, risoluta, estremamente tesa, come un giovane spadaccino che si accingeva a misurarsi con un sovrano. Nel tepore della cabina, le donne erano tutte scalze e a braccia nude, ma la mancanza d'imbarazzo con cui la principessa mostrava il volto attirò la sua attenzione come una calamita attira uno spillo.

— Mi dispiace che il tempo sia infame — ripeté come uno stolto, e chiuse la porta. Mentre si allontanava, udì che tutte le donne nella cabina ridevano.

Andò accanto al timoniere. Contemplando l'oscurità burrascosa illuminata adesso da lampi lontani sporadici, rivide tutto quello che aveva visto nella cabina di poppa... la nera cascata dei capelli di Tehanu, il sorriso affettuoso e canzonatorio di Tenar, i dadi sul tavolo, le braccia tornite della principessa, dello stesso color miele della luce delle lampade, la sua gola ombreggiata dai capelli... anche se non ricordava di averle guardato le braccia e la gola, ma solo il volto, gli occhi colmi di sfida, di disperazione. Cosa temeva? Credeva che lui volesse farle del male?

Un paio di stelle adesso brillava alto nel cielo a sud. Lebannen si ritirò nella propria cabina, attaccò un'amaca, perché le cuccette erano tutte occupate, e dormì alcune ore. Si svegliò prima dell'alba, sempre irrequieto, e salì in coperta.

Il giorno spuntò radioso e tranquillo come se non ci fosse mai stata nessuna tempesta. Stando accanto al parapetto di prua, Lebannen vide i primi raggi del sole che lambivano l'acqua, e gli venne in mente una vecchia canzone:

Oh, mio gaudio!
Pria che bell'Éa esistesse, pria che Segoy

creasse l'isole nella realtà,
sul mar soffiava il vento del mattino.
Oh, mio gaudio, va' in libertà!

Era un frammento di una ballata o di una ninnananna della sua infanzia. Non ricordava altro. La melodia era dolce. La cantò sottovoce e lasciò che il vento gli prendesse le parole dalle labbra e le portasse via.

Tenar uscì dalla cabina e, vedendolo, gli si avvicinò.

— Buongiorno, mio caro signore — esordì, e lui la salutò cordiale, ricordando in modo vago di essere stato in collera con lei, ma senza sapere per quale motivo e stentando a credere che fosse potuta accadere una cosa del genere.

— Voi Karg avete vinto Havnor la notte scorsa? — domandò.

— No, potete tenerla. Siamo andate a letto. Le ragazze sono ancora coricate, a poltrire. Ebbene, avvisteremo Roke oggi?

— Roke? No, non fino all'alba di domani. Ma prima di mezzogiorno dovremmo essere nel porto di Thwil. Se ci permetteranno di raggiungere l'isola.

— Cosa intendete dire?

— Roke si difende dai visitatori sgraditi.

— Oh, sì... Ged me ne ha parlato. Era su una nave e stava cercando di arrivare là, e loro mandarono il vento contro di lui. Il vento di Roke, lo ha chiamato.

— Contro di lui?

— È stato tanto tempo fa. — Tenar sorrise divertita vedendo che il re era incredulo, che non riusciva a concepire che suo marito potesse ricevere un affronto. — Quando Ged era un ragazzo che aveva attinto alle forze oscure. Questo è quanto mi ha raccontato.

— Anche da adulto ha attinto alle forze oscure.

— Non lo fa più, adesso — dichiarò lei, serena.

— No, siamo noi a doverlo fare. — Il volto di Lebannen era diventato cupo. — Vorrei sapere in cosa ci stiamo imbarcando. Sono sicuro che, come ha predetto Ogion, come ha detto Ged ad Alder, siamo di fronte a un grande rischio o a un grande cambiamento. E sono sicuro che Roke sia il luogo giusto in cui dobbiamo trovarci per affrontarlo. Ma, a parte questo, nessuna certezza... nulla. Non so cosa ci aspetti. Quando Ged mi portò nella Terra Tenebrosa, conoscevamo il nostro nemico. Quando io condussi la flotta a Sorra, sapevo qual era il male che volevo eliminare. Ma adesso... I draghi sono nostri nemici o nostri alleati? Cos'è andato storto? Cosa dobbiamo fare o annullare? I Maestri di Roke saranno in grado di dircelo? O manderanno il loro vento contro di noi?

— Temendo... cosa?

— Temendo il drago. Quello che conoscono. O quello che non conoscono...

Anche il volto di Tenar era serio, ma a poco a poco fu illuminato da un sorriso. — Certo che state portando ai Maestri di Roke proprio una bella accozzaglia di gente! — commentò lei. — Uno stregone con gli incubi, un mago di Paln, due draghi, e due Karg. Gli unici passeggeri rispettabili di questa nave siete voi e Onice.

Lebannen non riuscì a ridere. — Se solo lui fosse con noi — disse. La donna gli posò la mano sul braccio. Fece per parlare, poi invece tacque.

Lui mise la mano sulla sua. Rimasero alcuni istanti in silenzio, fianco a fianco, contemplando la danza del mare.

— La principessa ha qualcosa che desidera raccontarvi, prima che arriviamo a Roke — lo informò Tenar. — È una storia che proviene da Hur-at-Hur. Là, nel deserto, hanno conservato certi ricordi. Penso che questa storia risalga a un'epoca remota, che sia più vecchia di qualsiasi storia che abbia mai sentito, a parte quella della donna di Kemay. Ha a che fare con i draghi... Sarebbe cortese da parte vostra invitare la principessa a raggiungervi, così non sarà lei a doverlo chiedere.

Consapevole della circospezione con cui la donna parlava, il re provò un istante di insofferenza, un senso fugace di vergogna. Osservò la distesa del mare a sud, osservò la rotta di una galea diretta a Kamery o a Way, il lieve luccichio dei lunghi remi che si alzavano dall'acqua. Disse: — Certo. Verso mezzogiorno?

— Grazie.

A mezzogiorno, il sovrano mandò un giovane marinaio alla cabina di poppa, a chiedere alla principessa di raggiungerlo sul ponte di prua.

Lei uscì subito e, dato che la nave era lunga solo una cinquantina di piedi, il re poté seguire con lo sguardo tutta la sua avanzata: non era certo un lungo cammino, ma forse lo era per lei. Perché ad avvicinarsi a lui non fu un cilindro rosso informe, bensì una giovane slanciata. La principessa indossava morbidi calzoni bianchi, una lunga camicia rosso opaco, un cerchietto d'oro da cui scendeva un sottilissimo velo che le copriva il volto e il capo. Il velo ondeggiava scosso dal vento marino. Guidata dal giovane marinaio, la ragazza aggirò i vari ostacoli e percorse i saliscendi del ponte ingombro e affollato. Camminava lenta e solenne. Era scalza. Tutti gli occhi della nave erano fissi su di lei.

Giunta sul ponte di prua, si fermò.

Il re s'inchinò. — La vostra presenza ci onora, principessa.

Lei fece una profonda riverenza e disse: — Grazie.

— Non siete stata male questa notte, mi auguro?...

Lei posò una mano sull'amuleto appeso al collo, un piccolo osso legato a un cordoncino nero, e lo mostrò al sovrano.

— *Kerez akath akatharwa erevi* — disse. Lebannen sapeva che la parola *akath* nella lingua di Karg significava «stregone» o «stregoneria».

C'erano occhi ovunque, occhi nei boccaporti, sguardi tra il sartiame, ammiccamenti che parevano indovini, penetranti come succhielli.

— Andiamo più avanti, se non vi dispiace. Forse, presto vedremo l'Isola di Roke — disse il re, anche se non c'era la minima probabilità di scorgerla fino all'alba. Con una mano sotto il gomito della giovane, ma senza toccarla, la condusse lungo il tratto in salita del ponte fino all'estremità prodiera, dove, tra un argano, il bompresso e il parapetto di babordo, c'era un piccolo triangolo di tolda - abbandonato frettolosamente da un marinaio che stava riparando una gomena - tutto per loro. Erano ancora visibili da tutti, però potevano volgere le spalle al resto della nave: la massima intimità di cui i reali potevano disporre a bordo.

Quando raggiunsero quel cantuccio appartato, la principessa si girò verso il re e scostò il velo dal viso. Il sovrano intendeva chiederle cosa potesse fare per lei, ma la domanda gli sembrò fuori luogo, irrilevante. Così non disse nulla.

Lei disse: — Signore, re, a Hur-at-Hur io sono *feyagat.* A Roke io devo essere figlia di re dei Karg. Per essere questo, io non sono *feyagat.* Sono a faccia nuda. Se a voi va bene.

Dopo un attimo, lui rispose: — Sì. Sì, principessa... un'ottima idea.

— A voi va bene?

— Benissimo. Sì. Grazie, principessa.

— *Barrezù* — fece lei, una formula regale per comunicargli che accettava il ringraziamento. La dignità della giovane era sconcertante. Quando, poco prima, aveva scostato il velo, il suo volto si era infuocato; adesso non c'era più nessuna traccia d'imbarazzo. Dritta e immobile, la giovane fece appello alle proprie forze per iniziare un altro discorso.

— Anche... — disse. — Inoltre... La mia amica Tenar...

— La *nostra* amica Tenar — fece lui, con un sorriso.

— La nostra amica Tenar... Lei dice che devo raccontare a re Lebannen del Vedurnan.

Lui ripeté la parola.

— Molto, molto tempo fa, popolo dei Karg, popolo di stregoneria, popolo dei draghi, eh? Sì?... Tutti un popolo, tutti parlano un... un... Oh! *Wuluah mekrevt!*

— Una lingua?

— Ah! Sì! Una lingua. — Nel tentativo veemente di parlare hardico, di dirgli quello che desiderava raccontargli, la principessa stava perdendo la propria timidezza; il volto e gli occhi le brillavano. — Ma poi popolo dei draghi dice: «Lasciate, lasciate tutte le cose. Volate!» Ma noi, noi diciamo: «No, tenete. Tenete tutte le cose. State qui». Così ci separiamo, eh? Il popolo dei draghi e noi. Così loro fanno il Vedurnan. Questo da lasciare... questo da tenere. Sì? Ma, per tenere tutte le cose, noi dobbiamo lasciare quella lingua. Quella lingua del popolo dei draghi...

— L'Antica Lingua?

— Sì! Così, noi lasciamo quell'Antica Lingua, e teniamo tutte le cose. E popolo dei draghi lascia tutte le cose, ma tiene quella, tiene quella lingua. Eh? *Seyneha?* Questo è il Vedurnan. — Muovendo le belle e grandi mani con gesti eloquenti, la principessa guardò il viso dell'uomo, ansiosa, sperando che lui capisse. — Noi andiamo a oriente, oriente, oriente. Il popolo dei draghi va a occidente, occidente... Noi stiamo, ci fermiamo, loro volano. Alcuni draghi vengono a oriente con noi, ma non tengono la lingua, dimenticano, e dimenticano il volare. Come il popolo dei Karg. Il popolo dei Karg parla la lingua dei Karg, non la lingua dei draghi. Tutti tengono il Vedurnan, oriente, occidente. *Seyneha?* Ma in...

Smarrita, allargò le mani, avvicinandole poi lentamente da oriente e da occidente, e Lebannen disse: — In mezzo?

— Ah! Sì! In mezzo! — Lei rise, contenta di avere trovato la parola giusta. — In mezzo... voi! Popolo di stregoneria! Eh? Voi, popolo di mezzo, parlate la lingua hardica ma anche, inoltre, continuate a parlare l'Antica Lingua. Voi la *imparate.* Come io imparo hardico, eh? Imparate a parlare. Poi, poi... questo è il male. La cosa cattiva. Poi voi dite, in quella lingua di stregoneria, in quell'Antica Lingua, voi dite: «Noi non moriremo». Ed è così. E il Vedurnan è rotto.

I suoi occhi erano come fiamme azzurre.

Trascorso un attimo, la principessa chiese: — *Seyneha?*

— Non sono sicuro di capire...

— Voi tenete la vita. Voi tenete. Troppo tempo. Voi non lasciate mai. Ma per morire... — La giovane fece un ampio gesto, tendendo le braccia e aprendo le mani, come se gettasse via qualcosa, la gettasse nell'aria, sul mare.

Lui scosse il capo, rincresciuto.

— Ah... — disse la principessa. Rifletté a lungo, ma non trovò le parole che cercava. Sconfitta, mosse le mani a palmo in giù in una mimica aggraziata che esprimeva rinuncia. — Devo imparare più parole — dichiarò.

— Principessa, il Maestro degli Schemi di Roke, il Maestro del Bosco Immanente... — Lebannen la osservò per vedere se comprendesse, poi ricominciò. — A Roke, c'è un uomo, un grande mago, che è un Karg. Potete raccontare a lui quello che avete detto a me... nella vostra lingua.

Lei ascoltò attenta e annuì. Disse: — L'amico di Irian. Parlerò a quell'uomo con tutto il mio cuore. — Il volto le si illuminò all'idea.

Il re era commosso. — Mi dispiace che voi abbiate sofferto di solitudine, qui, principessa.

Lei lo guardò, vigile e fulgida, ma non replicò.

— Spero che, con il passare del tempo, imparando la nostra lingua...

— Io imparo veloce — disse lei. Lui non capì se fosse un'affermazione o una previsione.

Si stavano fissando.

Lei tornò ad assumere il proprio atteggiamento maestoso e solenne e parlò cerimoniosa, come aveva fatto all'inizio. — Vi ringrazio dell'ascolto, signore re. — Piegò il capo e si coprì gli occhi in segno formale di rispetto, e ripeté la profonda riverenza, pronunciando alcune parole nella lingua di Karg.

— Per favore — le chiese lui, — ditemi cos'avete detto.

La principessa esitò, rifletté, e rispose: — I vostri... i vostri, ehm... piccoli re?... Figli! Figli, sì... i vostri figli... lasciate che siano draghi e re dei draghi. Eh? — Sorrise radiosa, lasciò che il velo le ricadesse sul viso, fece quattro passi indietro, si girò e si allontanò, percorrendo agile e con passo sicuro il ponte della nave. Lebannen rimase immobile come se i lampi della notte precedente lo avessero infine colpito.

RICONGIUNGIMENTO

L'ultima notte del viaggio in mare fu calma, calda, senza stelle. La *Delfino* si muoveva con un lieve dondolio sulle onde basse e regolari veleggiando in direzione sud. Era facile dormire, e i passeggeri dormirono, e dormendo sognarono.

Alder sognò un piccolo animale che nell'oscurità veniva a toccargli la mano. Non riuscì a vedere cosa fosse e, quando provò a prenderlo, l'animaletto non c'era più, era scomparso. Sentì ancora il piccolo muso vellutato che gli toccava la mano. Si destò, e il sogno si dissolse, ma il dolore acuto della perdita gli rimase nel cuore.

Nella cuccetta sotto di lui, Seppel sognò di essere nella propria casa di Ferao, a Paln, intento a leggere un vecchio libro del sapere dell'epoca oscura, soddisfatto del proprio lavoro; ma fu interrotto. Qualcuno voleva vederlo. *Sarà solo questione di un minuto,* pensò, e andò a parlare con il visitatore. Era una donna; i suoi capelli erano scuri con riflessi rossi, il volto era bellissimo e colmo di angoscia.

— Devi mandarlo da me — gli disse. — Lo manderai da me, vero? — Seppel pensò: *Non so a chi si riferisca, ma devo fingere di saperlo,* e rispose: — Non sarà facile. — Allora, la donna alzò una mano, e lui vide che in quella mano stringeva una pietra, una grossa pietra. Spaventato, pensò che intendesse scagliargliela addosso o percuoterlo, e indietreggiando si destò nell'oscurità della cabina. Rimase coricato, ascoltando il respiro dei compagni addormentati e il mormorio del mare lungo il fianco della nave.

Nella propria cuccetta sul lato opposto dell'angusta cabina, steso supino, Onice fissava il buio; credeva di avere gli occhi aperti, credeva di essere sveglio, ma gli sembrava che tante cordicelle sottili fossero state legate attorno alle sue braccia, alle gambe, alle mani e alla testa, e che tutte quelle funi si estendessero nell'oscurità, sulla terra e sul mare, sulla curva del mondo: le corde lo tiravano, lo trainavano, e lui e la nave e tutti i passeggeri a bordo venivano così trascinati a poco a poco verso il luogo dove il mare si prosciugava, dove la nave si sarebbe arenata silenziosamente su sabbie invisibili. Ma Onice non poteva parlare né fare nulla, poiché le corde gli bloccavano le mascelle, le palpebre.

Lebannen era sceso in cabina a dormire un po', per essere fresco e riposato all'alba, quando forse avrebbero avvistato Roke. Si addormentò in fretta e profondamente, e i suoi sogni furono brevi e mutevoli: un'alta collina verde sul mare... una donna che sorrideva e, alzando la mano, gli mostrava di poter far sorgere il sole... un ricorrente alla corte di giustizia di Havnor da cui apprendeva, con orrore e vergogna, che metà degli abitanti del regno stava morendo di fame in stanze chiuse a chiave sotto le case... un bambino che gli gridava: «Vieni da me!» ma invano, perché lui non riusciva a trovarlo... Mentre dormiva, stringeva con la destra il sasso nella piccola borsa che portava appesa al collo, lo stringeva forte.

Nella cabina sovrastante, anche le donne sognarono. Seserakh si stava spingendo verso le montagne, le belle e care montagne desertiche della sua patria. Ma stava percorrendo la via proibita, il Sentiero dei Draghi. Nessun piede umano doveva camminare su quel sentiero, non doveva nemmeno attraversarlo. La polvere del sentiero era liscia e calda sotto i suoi piedi nudi e, anche se sapeva di non dover seguire quel cammino, lei continuò ad avanzare, finché non alzò lo sguardo e vide che le montagne non erano quelle che conosceva, bensì picchi scoscesi neri e frastagliati che non avrebbe mai potuto scalare. Eppure aveva il dovere di farlo.

Irian volava gioiosa sul vento di tempesta, ma la tempesta le imprigionò le ali con lacci di lampo, facendola scendere sempre più giù, verso le nubi. Però, mentre veniva trascinata in basso, vide che quelle non erano nubi ma rocce nere, una catena montuosa scura e frastagliata. Aveva le ali legate ai fianchi dalle corde di fulmini, e cadde.

Tehanu strisciava in una galleria nelle viscere della terra. Non c'era aria sufficiente per respirare, e la galleria diventava sempre più stretta. Non si poteva tornare indietro. Ma le radici luccicanti degli alberi che penetravano nel terreno fino al cunicolo le offrivano qualche appiglio, consentendole di trascinarsi avanti nell'oscurità.

Tenar saliva i gradini del Trono degli Innominabili nel Sacro Luogo di Atuan. Era molto piccola, e i gradini erano molto alti e quindi saliva a fatica. Quando arrivò al quarto gradino non si fermò e non si voltò, come le aveva raccomandato di fare la sacerdotessa. Proseguì. Salì il gradino successivo, e poi un altro, e un altro ancora, e la polvere era così spessa che gli scalini erano stati cancellati e lei doveva cercare a tentoni le superfici su cui non si era mai posato nessun piede. Aveva fretta, perché dietro il trono vuoto Ged aveva lasciato qualcosa o perso qualcosa, qualcosa di grande importanza per moltissime persone, e lei doveva trovarlo. Solo, non sapeva cosa fosse. *Una pietra, una pietra,* si disse. Ma dietro il trono, quando finalmente giunse lassù, c'era soltanto polvere, escrementi di gufo e polvere.

A Gont, nell'alcova della casa del vecchio mago sul Grande Precipizio, Ged sognò di essere Arcimago. Stava parlando con l'amico Thorion, mentre percorrevano il corridoio delle Rune verso la sala dove si riunivano i Maestri della scuola. — Non ho avuto nessun Potere, per anni e anni — disse serio a Thorion. L'Evocatore sorrise e replicò: — Sai, era solo un sogno. — Ma Ged era preoccupato dalle lunghe ali nere che strisciavano sul pavimento del corridoio dietro di lui; alzò le spalle, cercando di sollevare le ali, ma quelle continuarono a strisciare come sacchi vuoti. — Hai le ali, tu? — chiese a Thorion, che rispose: — Oh, sì — compiaciuto, mostrandogli come le sue fossero legate strettamente alla schiena e alle gambe da tante cordicelle. — Sono bene aggiogato — disse.

Sull'Isola di Roke, tra gli alberi del Bosco Immanente, Azver il Maestro degli Schemi dormiva, come faceva spesso d'estate, in una radura vicino al margine orientale del bosco, dove poteva alzare lo sguardo e vedere le stelle attraverso il fogliame. Là, il suo sonno era leggero, trasparente, la sua mente si spostava dal pensiero al sogno e viceversa, guidata dal movimento delle stelle e delle foglie che cambiavano posto nella loro danza. Quella notte, però, non c'erano stelle, e le foglie erano immobili. Azver scrutò il firmamento privo di luce, e spinse lo sguardo oltre le nubi. Nell'alto del cielo nero c'erano degli astri: piccoli, brillanti e fermi. Non si muovevano. Il Maestro degli Schemi capì che non ci sarebbe stato levar del sole... Si drizzò a sedere, allora, sveglio, scrutando la luce tenue, delicata, che splendeva sempre nei passaggi tra le file di alberi. Il suo cuore batteva lento e forte.

Nella Grande Casa i giovani, dormendo, si agitarono e gridarono, sognando che dovevano andare ad affrontare un esercito su una piana di polvere, ma i guerrieri contro cui dovevano combattere erano vecchi, vecchie, gente debole e malata, bambini in lacrime.

I Maestri di Roke sognarono una nave che stava veleggiando diretta alla loro isola, ed era molto carica. Uno sognò che la nave trasportava rocce nere. Un altro sognò che trasportava fuoco ardente. Un altro sognò che era carica di sogni.

I sette Maestri che dormivano nella Grande Casa si destarono, uno dopo l'altro, nelle loro celle di pietra, accesero una luce fatua, e si alzarono. Trovarono il Guardiano già in piedi, che li attendeva alla porta. — Il re verrà, all'alba — annunciò loro, sorridendo.

— Il Poggio di Roke — annunciò Tosla, osservando la sagoma immobile che si stagliava in lontananza a sud-ovest, indistinta, sovrastando le onde nel fioco chiarore antelucano. Lebannen, accanto a lui, non disse nulla. La coltre di nubi si era dissolta, e la volta del cielo, pura e incolore, copriva come una cupola il grande cerchio delle acque.

Il comandante della nave si unì a loro. — Un'alba propizia — osservò, mormorando nel silenzio.

L'oriente s'illuminò, tingendosi lentamente di giallo. Il re lanciò un'occhiata a poppa. Due donne erano già lì, stavano accanto al parapetto all'esterno della loro cabina; donne alte, scalze, silenziose, che guardavano a oriente.

La sommità della tondeggiante collina verde fu lambita per prima dalla luce del sole. Era pieno giorno quando passarono tra i promontori della baia di Thwil. Tutti quelli che si trovavano a bordo erano in coperta, e osservavano. Parlavano poco, e con voce sommessa.

Il vento cessò, una volta nel porto. L'aria era così immota che l'acqua rifletteva il centro abitato che sorgeva sulla baia e i muri della Grande Casa che dominava la città.

La nave continuò ad avanzare, sempre più lenta.

Il re lanciò uno sguardo al comandante e a Onice. Il primo annuì. Il mago portò le mani in alto e verso l'esterno, lentamente, compiendo un gesto magico, e sussurrò una parola.

La nave continuò a scivolare leggera sull'acqua, e non rallentò finché non si affiancò al molo più lungo. Allora il comandante diede ordini, e la grande vela fu ammainata, mentre degli uomini a bordo gettavano le cime a quelli che stavano sul molo, gridando, e il silenzio fu rotto.

Sulla banchina c'erano delle persone venute ad accoglierli, abitanti della cittadina che stavano radunandosi, e un gruppo di giovani della scuola, tra i quali spiccava un uomo grande e grosso dalla carnagione scura che stringeva in mano un bastone massiccio e alto quanto lui.

— Benvenuto a Roke, re delle Terre Occidentali — disse, avanzando, mentre la passerella veniva abbassata e fissata. — E un benvenuto a tutta la vostra compagnia.

I giovani che erano con lui e tutti i cittadini acclamarono a gran voce il sovrano, e Lebannen rispose alle grida festose allegramente, scendendo la passerella. Salutò il Maestro Evocatore, e parlarono un poco.

Gli astanti ebbero modo di notare che, malgrado le parole di benvenuto, il Maestro Evocatore guardò più volte con espressione corrucciata le donne ferme accanto al parapetto della nave, e che il re non parve soddisfatto delle sue opinioni.

Quando Lebannen si staccò da lui e tornò a bordo, Irian gli si fece incontro. — Signore re — dichiarò, — potete dire ai Maestri che io non voglio entrare nella loro casa... questa volta. Non entrerei neppure se me lo chiedessero.

Il volto del sovrano era estremamente arcigno. — È il Maestro degli Schemi che vi chiede di andare da lui, nel Bosco Immanente — la informò.

Allora, Irian rise, raggiante. — Sapevo che lo avrebbe fatto — disse. — E Tehanu verrà con me.

— E anche mia madre — mormorò Tehanu.

Il re guardò Tenar, che annuì.

— E sia — fece il sovrano. — Il resto di noi alloggerà nella Grande Casa, a meno che qualcuno non preferisca un altro posto.

— Con il vostro permesso, mio signore — intervenne Seppel. — Anch'io chiederò ospitalità al Maestro degli Schemi.

— Seppel, non è necessario — sbottò brusco Onice. — Vieni con me a casa mia.

Il mago pelnico fece un piccolo gesto conciliante. — Nessuna riprovazione nei confronti dei tuoi amici, amico mio — spiegò. — Ma è da una vita che desidero camminare nel Bosco Immanente. E là mi sentirei più tranquillo.

— Può darsi che le porte della Grande Casa per me siano chiuse, come già è accaduto in precedenza — disse Alder, esitante; la faccia olivastra di Onice era rossa di vergogna.

La testa velata della principessa si era voltata ora verso l'uno ora verso l'altro, ascoltando trepidante, cercando di capire cosa dicessero. Anche lei parlò. — Per favore, mio signore re, posso stare con la mia amica Tenar? Con la mia amica Tehanu? E con Irian? E parlare con quel Karg?

Lebannen guardò tutti, si girò verso il Maestro Evocatore che attendeva imponente ai piedi della passerella, e rise. Poi parlò dal parapetto, con voce chiara e affabile. — I miei amici sono stati chiusi a lungo nelle cabine anguste della nave, Maestro Evocatore, e a quanto pare sono smaniosi di avere erba sotto i piedi e foglie sopra la testa. Se chiederemo tutti al Maestro degli Schemi di accoglierci, e lui acconsentirà, perdonerete questa nostra apparente mancanza di riguardo per l'ospitalità della Grande Casa, almeno per qualche tempo?

Dopo alcuni istanti, l'Evocatore s'inchinò rigido.

Un uomo basso e tarchiato gli si era accostato sul molo, e adesso stava guardando il re, sorridendo. Alzò il proprio bastone di legno argenteo.

— Sire — disse, — una volta, tanto tempo fa, vi ho accompagnato a visitare la Grande Casa, e vi ho raccontato bugie su ogni cosa.

— Azzardo! — esclamò Lebannen. S'incontrarono a metà strada sulla passerella e si abbracciarono, e parlando scesero sulla banchina.

Onice fu il primo a seguirli; salutò l'Evocatore con fare solenne e cerimonioso, quindi si rivolse all'uomo chiamato Azzardo. — Sei Maestro dei Venti, adesso? — domandò e, quando quello rise e rispose di sì, lo abbracciò anch'egli, dicendo: — Un Maestro degno e meritevole! — Prendendo l'uomo un po' in disparte, conversò con lui, interessato e accigliato.

Il sovrano alzò la testa verso la nave per far segno agli altri di sbarcare e, quando scesero a terra uno alla volta, li presentò ai due Maestri di Roke, Brando l'Evocatore e Azzardo il Maestro dei Venti.

Nella maggior parte delle isole dell'Arcipelago, le persone non si salutavano accostando il palmo della mano secondo l'usanza di Enlad, ma si limitavano a piegare il capo o a tenere entrambe le mani aperte davanti al cuore, quasi in un gesto di offerta. Quando Irian e l'Evocatore si incontrarono, non s'inchinarono né fecero nessun gesto. Rimasero rigidi con le mani lungo i fianchi.

La principessa fece la solita profonda riverenza, con la schiena ben dritta.

Tenar ripeté il gesto tradizionale, e l'Evocatore ricambiò il saluto.

— La donna di Gont, la figlia dell'Arcimago, Tehanu — disse il re. La ragazza abbassò il capo e fece il gesto tradizionale. Il Maestro Evocatore la fissò, spalancò la bocca ansimando, e indietreggiò come se fosse stato percosso.

— Lady Tehanu — si affrettò a intervenire Azzardo, portandosi tra lei e l'Evocatore, — vi diamo il benvenuto a Roke... per vostro padre, e vostra madre, e per quello che siete. Mi auguro che il vostro viaggio sia stato piacevole.

Lei lo guardò confusa, piegò la testa, nascose il viso, più che inchinarsi; tuttavia riuscì a rispondere al saluto, sussurrando qualcosa.

Lebannen, con la faccia di una maschera bronzea di calma e compostezza, disse: — Sì, è stato un viaggio piacevole, Azzardo, sebbene il suo esito sia ancora incerto. Possiamo attraversare la città, adesso, Tenar... Tehanu... principessa... Orm Irian? — Guardò ognuna di loro mentre parlava, pronunciando l'ultimo nome con particolare chiarezza.

Si mise in cammino insieme con la più anziana, e il resto del gruppo li seguì. Mentre scendeva la passerella, Seserakh si scostò risoluta i veli rossi dal volto.

Azzardo s'incamminò a fianco di Onice, Alder a fianco di Seppel. Tosla restò a bordo della nave. L'ultimo a lasciare il molo fu Brando l'Evocatore, che procedeva in solitudine e con passo pesante.

Più di una volta, Tenar aveva chiesto a Ged di parlarle del Bosco Immanente; le piaceva sentire la sua descrizione.

— Sembra un bosco qualsiasi, la prima volta che lo si vede. Non è molto grande. I campi arrivano fino ai margini del bosco a settentrione e a oriente, e ci sono colline a meridione e a occidente... Non sembra nulla di eccezionale. Però attira l'attenzione. E a volte, dall'alto del Poggio di Roke, si può vedere che quel bosco è una foresta, che si estende a perdita d'occhio. Si cerca di scorgere dove termini, ma senza riuscirci. È una distesa ininterrotta che continua verso occidente... E, quando lo si percorre, sembra ancora un bosco comune, anche se gli alberi sono per lo più di un genere che cresce solo là. Alti, con il tronco marrone, ricordano in parte le querce, e in parte i castagni...

— Come si chiamano?

Ged aveva riso. — *Arhada,* nell'Antica Lingua. Alberi... Gli alberi del bosco, in hardico... Le loro foglie non ingialliscono solo in autunno, ma un po' in ogni stagione, così il fogliame è sempre verde con una sfumatura dorata. Perfino nelle giornate fosche, quegli alberi sembrano riflettere un po' di sole. E, di notte, sotto di essi non c'è mai completamente buio. C'è una specie di scintillio nelle foglie, simile al chiarore della luna o delle stelle. Crescono anche salici, là, e querce e abeti e altre piante; ma, via via che ci si addentra, s'incontrano solo gli alberi del bosco. Le loro radici scendono più in profondità dell'isola stessa. Alcuni sono alberi enormi, altri snelli, e non se ne vedono molti caduti, né si vedono molti arboscelli. Vivono a lungo, per tantissimo tempo. — La sua voce si era fatta sommessa, sognante. — Si può continuare a camminare alla loro ombra, alla loro luce, senza che essi finiscano mai.

— Ma Roke è un'isola così grande?

Ged l'aveva guardata sereno, sorridendo. — Le foreste qui sul Monte di Gont sono quella foresta... Tutte le foreste lo sono.

E adesso Tenar poteva vedere finalmente il Bosco Immanente. Seguendo Lebannen, erano saliti per le strade tortuose della città di Thwil, attirando uno stuolo di cittadini e di bambini accorsi a vedere e salutare il loro sovrano. Quella folla festosa a poco a poco si disperse, mentre i viaggiatori lasciavano la città percorrendo un viottolo tra siepi e fattorie, una via che diventava uno stretto sentiero oltre l'altura tondeggiante del Poggio di Roke.

Ged le aveva parlato anche del poggio. In quel luogo, diceva, tutta l'arte magica era forte, tutte le cose assumevano la loro vera natura. — Là, la nostra magia e gli Antichi Poteri della Terra si incontrano, e sono una cosa sola.

Il vento soffiava tra l'erba alta e ingiallita sul colle. Un asinello si allontanò goffamente al galoppo attraverso un campo di stoppie, agitando la coda. Del bestiame camminava lentamente lungo una staccionata che intersecava un ruscello. E c'erano alberi davanti a loro, alberi scuri, ombrosi.

Seguirono il re oltre un cancelletto e su un ponticello, giungendo a un prato soleggiato ai margini del bosco. Vicino al ruscello c'era una casupola decrepita. Irian si staccò dal gruppo, attraversò il prato di corsa fino alla casa, e accarezzò il telaio della porta quasi accarezzasse un cavallo o un cane dopo una lunga assenza.

— Cara casa! — disse. E, girandosi verso gli altri, sorrise. — Vivevo qui — spiegò. — Quando ero Libellula.

Si guardò attorno, scrutando le fronde del bosco, poi si mise a correre di nuovo. — Azver! — gridò.

Un uomo era uscito dall'ombra degli alberi alla luce del sole. I suoi capelli splendevano come argento dorato. Rimase immobile mentre Irian correva da lui. Tese le mani verso la donna, e lei le strinse.

— Non ti brucerò, non ti brucerò questa volta — stava dicendo lei, ridendo e piangendo, ma senza versare lacrime. — Terrò spento il mio fuoco!

Si avvicinarono, si guardarono e lui le disse: — Figlia di Kalessin, benvenuta a casa.

— Mia sorella è con me, Azver — annunciò Irian.

L'uomo girò il viso, una faccia da Karg dura, dalla pelle chiara; vide Tenar e fissò Tehanu. Le andò accanto. S'inginocchiò davanti alla giovane. — *Hama Gondun!* — disse, e ripeté: — Figlia di Kalessin.

La giovane rimase un attimo immobile. Lentamente, gli porse la mano... la mano destra, quella bruciata, l'arto adunco. Lui la prese, piegò il capo e la baciò.

— Ho l'onore di essere stato il vostro profeta, donna di Gont — dichiarò, con un misto di tenerezza e di esultanza.

Quindi, alzandosi, si rivolse infine a Lebannen, s'inchinò e disse: — Mio re, benvenuto.

— È una gioia per me rivederti, Maestro degli Schemi! Ma porto una folla nella tua solitudine.

— La mia solitudine è già affollata — disse il Maestro degli Schemi. — Qualche anima viva potrebbe mantenere l'Equilibrio.

I suoi occhi chiari, tra il grigio-verde e il verde-azzurro, si posarono sul gruppetto. Di colpo, Azver sorrise, un sorriso di grande cordialità, sorprendente sul suo volto severo. — Ma ci sono donne del mio popolo — disse nella lingua di Karg, e andò da Tenar e Seserakh, che erano fianco a fianco.

— Io sono Tenar di Atuan... vengo da Gont — si presentò la donna. — E lei è la somma principessa delle Terre di Karg.

Lui fece un inchino appropriato. Seserakh lo salutò con la solita rigida riverenza, ma le parole le sgorgarono di bocca, tumultuose, nella lingua di Karg. — Oh, signore sacerdote, sono contenta che voi siate qui! Se non fosse stato per la mia amica Tenar, sarei impazzita, perché mi sembrava che al mondo non fosse rimasto più nessuno capace di parlare come un essere umano, a parte quelle stupide donne di Awabath che mi hanno accompagnato nel viaggio... ma adesso sto imparando a parlare la loro lingua... e sto imparando a essere coraggiosa. Tenar è la mia amica e la mia insegnante... Ma la notte scorsa ho infranto la proibizione! Ho infranto la proibizione! Oh, signore sacerdote, vi prego, ditemi cosa devo fare per espiare! Ho camminato sul Sentiero dei Draghi!

— Ma eravate a bordo della nave, principessa — fece notare Tenar, — e il Maestro degli Schemi non è un sacerdote, bensì un... uno stregone...

— Principessa — disse Azver. — Penso che stiamo tutti camminando sul Sentiero dei Draghi. E che si possano pure infrangere tutte le proibizioni. Non solo in sogno. Parleremo di questo in seguito, sotto gli alberi. Non temete. Ma permettetemi ora di salutare i miei amici.

Seserakh annuì, l'aria regale, e l'uomo si avvicinò ad Alder e a Onice.

La principessa lo osservò. — È un guerriero — disse a Tenar nella lingua di Karg, soddisfatta. — Non un sacerdote. I sacerdoti non hanno amici.

Tutti avanzarono lentamente e giunsero sotto l'ombra degli alberi.

Tenar alzò lo sguardo verso le arcate e le ogive formate dai rami, verso gli strati e le gallerie di foglie. Vide qualche quercia e una grande pianta di hemmen, ma gli altri erano tutti alberi del Bosco Immanente. Le loro foglie ovali si muovevano al minimo soffio d'aria, come le foglie dei pioppi alcuni di essi erano in parte ingialliti, e il terreno alla base del tronco era screziato di marrone e d'oro, ma il fogliame nella luce del mattino aveva il colore verde dell'estate, era pieno di ombre e di luce intensa.

Il Maestro degli Schemi li condusse lungo un sentiero tra gli alberi. Mentre procedevano, Tenar pensò ancora a Ged, ricordando la sua voce che le parlava di quel luogo. Si sentiva più vicina a lui, lì... un sentimento che non aveva più provato con tale intensità da quando lei e Tehanu lo avevano lasciato sulla soglia della loro casa all'inizio dell'estate, ed erano scese a Porto Gont per imbarcarsi sulla nave del re diretta a Havnor. Lei sapeva che Ged aveva vissuto con Azver molto tempo addietro, e che aveva passeggiato lì in sua compagnia. Sapeva che per lui il bosco era il luogo sacro e centrale, il cuore della pace. Le sembrava quasi di poterlo scorgere in fondo a una delle lunghe radure chiazzate di sole. Quel pensiero le infondeva serenità.

Il sogno che aveva fatto la notte prima, infatti, l'aveva turbata e, quando Seserakh aveva rivelato di aver sognato d'infrangere una proibizione, Tenar era rimasta sbigottita. Anche lei aveva infranto una interdizione nel proprio sogno, aveva trasgredito. Aveva salito gli ultimi tre gradini del Trono Vuoto, i gradini proibiti. Il Luogo delle Tombe di Atuan era lontano, nello spazio e nel tempo, e forse dopo il terremoto non esistevano più né un trono, né gradini nel tempio dove Tenar era stata privata del proprio nome; gli Antichi Poteri della Terra, però, erano sicuramente ancora là. Quelli non erano cambiati, non si erano spostati altrove. Erano il terremoto, e la terra. La loro giustizia non era la giustizia umana. Oltrepassando l'altura tondeggiante, il Poggio di Roke, si era resa conto di trovarsi in un punto dove tutti i Poteri s'incontravano.

Lei li aveva sfidati, tempo prima, liberandosi dalle Tombe, rubando il tesoro, fuggendo nell'Occidente. Ma quei Poteri erano lì. Sotto i suoi piedi. Nelle radici di quegli alberi, nelle radici della collina.

Così, lì, in quel punto centrale dove i Poteri della Terra convergevano, anche i poteri umani si erano radunati: un re, una principessa, i Maestri della magia. E i draghi.

E una sacerdotessa ladra diventata contadina, uno stregone di campagna con il cuore infranto...

Tenar lanciò un'occhiata ad Alder. Lo stregone camminava a fianco di Tehanu. Stavano parlando sottovoce. La ragazza parlava volentieri con lui, più che con chiunque altro, perfino Irian, e quando era con lui pareva a proprio agio.

Vedendoli insieme, la donna si rallegrò, mentre procedeva sotto i grandi alberi, lasciando che la propria coscienza scivolasse in un abbandono estatico, rapita dal verde scintillante e dal movimento delle foglie. Si rammaricò quando, dopo un breve tragitto, il Maestro degli Schemi si fermò. Aveva la sensazione che avrebbe potuto camminare per sempre nel Bosco Immanente.

Si raggrupparono in una radura erbosa, aperta al cielo nel centro, dove i rami degli alberi non arrivavano. Un affluente del Thwilburn scorreva su un lato della radura, e lungo le sponde crescevano salici e ontani. Non lontano dal ruscello, c'era una casa bassa, fatta di pietre e di zolle e, addossata a questa, una capanna più alta, di vimini e canne intrecciati.

— Il mio palazzo d'inverno, il mio palazzo estivo — disse Azver, accompagnando la voce con due movimenti della mano.

Onice e Lebannen fissarono sorpresi quelle piccole costruzioni, e Irian disse: — Non sapevo che tu avessi una casa!

— Non l'avevo, un tempo — spiegò il Maestro degli Schemi. — Ma le ossa invecchiano.

Organizzando un rapido trasporto di materiale dalla nave, furono dotate di giacigli la casa per le donne, la capanna per gli uomini. Un andirivieni di ragazzi dalle cucine della Grande Casa alle fronde del bosco rifornì il gruppo di abbondanti provviste. E nel tardo pomeriggio, invitati dal Maestro degli Schemi, i Maestri di Roke si recarono nella radura per incontrare la comitiva reale.

— È qui che si radunano per scegliere il nuovo Arcimago? — chiese Tenar a Onice, poiché Ged le aveva parlato di quella radura segreta.

Il mago scosse il capo. — Non credo — rispose. — Il re dovrebbe saperlo, perché era presente l'ultima volta che si sono riuniti. Ma forse solo Azver potrebbe dirvelo. Perché, vedete, le cose cambiano in questo bosco. Non è sempre nello stesso posto. E nemmeno i sentieri sono mai gli stessi, credo.

— Dovrebbe essere spaventoso — commentò la donna. — Eppure, a quanto pare, non ho affatto paura.

Onice sorrise. — Succede, qui — disse.

Tenar osservò i Maestri che entravano nella radura, guidati dalla mole orsina dell'Evocatore e da Azzardo, il giovane Maestro dei Venti. Il mago le spiegò chi erano gli altri: il Maestro delle Metamorfosi, il Cantore, l'Erborista e il Manipolatore. Avevano tutti i capelli grigi, il Maestro delle Metamorfosi era un vegliardo malfermo che usava il bastone da mago per sostenersi. Il Guardiano, dal volto liscio e gli occhi a mandorla, non sembrava né giovane né vecchio; il Maestro dei Nomi, che giunse per ultimo, dimostrava una quarantina d'anni. Aveva un viso calmo e imperscrutabile. Si presentò al sovrano, dicendo di chiamarsi Kurremkarmerruk.

Al che, Irian sbottò indignata: — Ma tu non sei Kurremkarmerruk!

Lui la guardò e disse pacato: — È il nome del Maestro dei Nomi.

— Allora il mio Kurremkarmerruk è morto?

L'uomo annuì.

— Oh — gemette lei. — È una notizia terribile! Lui era mio amico, quando avevo ben pochi amici qui! — Si girò, rifiutandosi di guardarlo, incollerita e in preda a un dolore senza lacrime. Aveva salutato con affetto il Maestro Erborista e il Guardiano, ma non rivolse la parola agli altri.

Tenar notò che le lanciavano brevi occhiate furtive, aggrottando inquieti le ciglia grigie.

Poi osservarono Tehanu... e distolsero lo sguardo; tornarono a osservarla, furtivamente. Cominciò a chiedersi cosa vedessero quando guardavano le due giovani. Perché quelli erano uomini che vedevano con occhi di mago.

Così la donna si disse che doveva perdonare l'Evocatore per l'orrore incivile che aveva palesato nel vedere la giovane per la prima volta. Forse non si era trattato di orrore. Forse era soggezione, timore reverenziale.

Terminate le presentazioni, quando tutti furono seduti in cerchio, con cuscini e sedili di fortuna per chi ne aveva bisogno, l'erba come tappeto, e il cielo e le foglie come soffitto, il Maestro degli Schemi, con voce che aveva ancora un lieve accento di Karg, disse: — Ora, compagni Maestri, ascolteremo il re.

Lebannen si alzò. Mentre parlava, Tenar lo osservò, provando un senso irreprimibile di orgoglio. Com'era bello, com'era saggio nonostante la giovane età! Lei non seguì tutte le sue parole, dapprima, solo il tenore e la passione del suo discorso.

Il sovrano spiegò ai Maestri, in modo chiaro e conciso, quale fosse il motivo che lo aveva condotto a Roke: il problema dei draghi e dei sogni.

E concluse dicendo: — Ci è parso che, di notte in notte, tutti questi fatti avessero un nesso sempre più evidente, un fine preciso, che dovessero portare a qualche evento. Abbiamo pensato che qui, su questo suolo, con l'aiuto della vostra conoscenza e del vostro Potere, forse saremmo riusciti a prevedere e fronteggiare tale evento, evitando così che la nostra comprensione venga sopraffatta dal precipitare della situazione. I nostri maghi più saggi hanno predetto che sta per avvenire un grande cambiamento. Dobbiamo unirci per scoprire in cosa consista questo mutamento, le sue cause, il suo corso, e in che modo possiamo sperare di volgerlo dal conflitto e dalla rovina all'armonia e alla pace, nel cui segno io governo.

Brando, l'Evocatore, si alzò per rispondergli. Dopo alcuni convenevoli solenni, con un benvenuto particolare rivolto alla somma principessa, disse: — Tutti i Maestri e i maghi di Roke concordano sul fatto che i sogni degli uomini, e non solo quei sogni, siano preavviso di cambiamenti terribili. Confermiamo che c'è uno sconvolgimento dei confini profondi tra la morte e la vita... violazioni di quei confini, e la minaccia di cose peggiori. Ma dubitiamo che tali sconvolgimenti possano essere compresi o controllati da chi non è un Maestro dell'arte magica. E dubitiamo fortemente che si possa fare assegnamento sui draghi, che quanto a vita e morte sono completamente diversi dagli esseri umani, perché soffochino la loro collera selvaggia e la loro invidia per servire il bene umano.

— Maestro Evocatore — replicò Lebannen, prima che Irian potesse parlare. — Orm Embar è morto per me a Selidor. Kalessin mi ha condotto al mio trono... Qui in questo cerchio ci sono tre popoli: il popolo di Karg, il popolo hardico, e il popolo dell'Occidente.

— Erano tutti un unico popolo, un tempo — osservò il Maestro dei Nomi, con la solita voce pacata, monotona.

— Ma non sono un unico popolo, adesso — disse l'Evocatore, scandendo greve le parole. — Non fraintendetemi perché dico la dura verità, mio signore! Rispetto la tregua che avete concluso con i draghi. Quando il pericolo che incombe su di noi sarà passato, Roke aiuterà Havnor a cercare la pace duratura con loro. Ma i draghi non hanno nulla a che fare con la crisi in cui ci troviamo. Come non hanno nulla a che fare con questi eventi i popoli orientali, che hanno rinunciato alla propria anima immortale quando hanno dimenticato la Lingua della Creazione.

— *Es éyemra* — disse con voce bassa, sibilante, Tehanu, alzandosi in piedi.

L'Evocatore la fissò.

— La nostra lingua — ripeté lei in hardico, fissandolo a sua volta.

Irian rise. — *Es éyemra* — disse.

— Voi non siete immortali — disse Tenar all'Evocatore. Non aveva intenzione di parlare. Non si alzò. Le parole le scaturirono dalle labbra come scintille da una pietra percossa. — Noi moriamo per riunirci al mondo imperituro. Siete stati voi a rinunciare all'immortalità.

Poi tutti tacquero. Il Maestro degli Schemi aveva fatto un piccolo gesto con le mani, un gesto delicato.

Il suo volto era assorto, sereno, mentre studiava un disegno di rametti e foglie che aveva fatto sull'erba dove sedeva, davanti alle gambe incrociate. Sollevò gli occhi, girò il capo tutt'attorno, guardando le persone radunate in cerchio.

— Penso che dovremo andare là, presto — annunciò.

Dopo altri attimi di silenzio, Lebannen domandò: — Andare dove, mio signore?

— Nelle tenebre — rispose il Maestro degli Schemi.

Mentre Alder sedeva e li ascoltava, le voci lentamente si affievolirono, svanirono, e la calda luce del sole pomeridiano dell'estate inoltrata si offuscò, inghiottita dall'oscurità. Non rimasero che gli alberi: alte presenze cieche tra la terra e il cielo. I figli più vecchi della terra. *Oh, Segoy,* disse Alder nel proprio intimo, *creatura e creatore, lascia che io venga da te.*

L'oscurità proseguiva all'infinito, oltre gli alberi, oltre ogni cosa.

Contro il vuoto, Alder vide la collina, l'altura che si trovava alla loro destra quando erano saliti, lasciando la cittadina. Vide la polvere della strada, le pietre del sentiero, che conduceva oltre il colle.

Abbandonò il sentiero, staccandosi dagli altri, e salì il pendio.

L'erba era alta. Tra i lunghi steli, ondeggiavano involucri avvizziti di fiori di scintillaria. Giunse su uno stretto viottolo e lo seguì lungo l'erta salita. *Ora sono me stesso,* disse nel proprio intimo. *Segoy, il mondo è bellissimo. Lascia che io lo attraversi e venga da te.*

Mentre camminava pensò: *Posso fare di nuovo quello che ho sempre fatto. Posso riparare ciò che è rotto. Posso ricongiungere.*

Arrivò in cima alla collina. Fermandosi al sole e al vento tra l'erba ondeggiante, vide sulla destra i campi, i tetti della cittadina e della Grande Casa, la baia lucente e il mare oltre essa. Se si fosse girato, avrebbe visto dietro di sé, a occidente, gli alberi della foresta sterminata, una distesa che si perdeva in lontananza, svanendo nell'azzurro. Davanti a lui, il pendio era buio e grigio, scendeva verso il muro di pietra e l'oscurità oltre il muro, verso le ombre che si accalcavano accanto al muro e gridavano. — Verrò — disse Alder alle ombre. — Verrò!

Avvertì una sensazione di calore sulle spalle e sulle mani. Il vento agitava le foglie sopra la sua testa. Delle voci parlavano...

parlavano, non gridavano, non invocavano il suo nome. Gli occhi del Maestro degli Schemi lo stavano osservando dalla parte opposta del cerchio d'erba. Anche l'Evocatore lo osservava. Alder abbassò lo sguardo, sconcertato. Cercò di ascoltare. Si concentrò e ascoltò.

Il re stava parlando, usando tutta la sua abilità e la sua forza per tenere unito quel gruppo accanito e caparbio di uomini e donne, perché non perdessero di vista lo scopo comune.

— Maestri di Roke, consentitemi di raccontarvi quanto ho appreso dalla somma principessa durante il nostro viaggio in mare. Principessa, posso parlare a nome vostro?

Con il volto svelato, la giovane lo guardò e piegò il capo solenne, acconsentendo.

— Questo è il racconto della principessa, dunque: molto tempo fa, gli esseri umani e i draghi erano un unico popolo, parlavano un'unica lingua. Ma cercavano cose diverse, così decisero di separarsi... di prendere strade diverse. Quell'accordo era chiamato il Vedurnan.

Onice drizzò il capo, e Seppel spalancò gli occhi scuri. — *Verw nadan* — mormorò.

— Gli esseri umani andarono a Oriente, i draghi a Occidente. Gli uomini rinunciarono alla loro conoscenza della Lingua della Creazione, ricevendo in cambio l'abilità e la destrezza manuale, e il possesso di tutto ciò che l'arte manuale può creare. I draghi abbandonarono tutte queste cose. Ma tennero l'Antica Lingua.

— E le loro ali — disse Irian.

— E le loro ali — ripeté Lebannen. Aveva notato l'espressione interessata di Azver, e proseguì: — Maestro degli Schemi, potete forse continuare la storia meglio di me?...

— Gli abitanti dei villaggi di Gont e di Hur-at-Hur ricordano quello che i saggi di Roke e i sacerdoti di Karego hanno dimenticato — dichiarò Azver. — Sì, da bambino mi hanno raccontato questa storia, penso, o qualcosa del genere. Ma i draghi non comparivano nel racconto. La storia raccontava di come il popolo scuro dell'Arcipelago avesse violato il giuramento fatto. Avevamo tutti promesso di rinunciare alla stregoneria e alla lingua della stregoneria, di parlare solo la nostra lingua comune. Ci eravamo impegnati a non porre nessun nome, a non fare incantesimi. A confidare in Segoy, nei Poteri della Terra nostra madre, madre degli dei guerrieri. Ma le genti del popolo scuro ruppero il patto.

Utilizzarono la Lingua della Creazione nella loro arte, scrivendola nelle Rune. La tennero, la insegnarono, se ne servirono. Fecero incantesimi con essa, con l'abilità delle loro mani, con lingue false che pronunciavano le parole vere. E dunque il popolo di Karg non può mai fidarsi di loro. Così dice la storia.

Irian parlò. — Gli uomini temono la morte, mentre i draghi non la temono. Gli uomini vogliono essere padroni della vita, possederla, quasi fosse un gioiello in uno scrigno. Quegli antichi maghi bramavano la vita eterna. Impararono a usare i veri nomi per impedire agli uomini di morire. Ma chi non può morire non può mai rinascere.

— Il nome e il drago sono una cosa sola — disse Kurremkarmerruk, il Maestro dei Nomi. — Noi uomini abbiamo perso i nostri nomi al *verw nadan,* ma abbiamo scoperto come riacquistarli. Il nome è il sé, l'essenza. Perché la morte dovrebbe cambiare questo fatto?

Guardò l'Evocatore, ma Brando sedeva massiccio e torvo, ascoltando, senza parlare.

— Parla ancora di questo argomento, Maestro dei Nomi, se vuoi — intervenne il re.

— Dico quello che ho in parte appreso, in parte dedotto, non da storie narrate nei villaggi, ma dai più antichi documenti che si trovano nella torre isolata. Mille anni prima dei primi re di Enlad, c'erano uomini a Éa e Soléa, i primi e i più grandi maghi, i creatori di Rune. Furono loro a imparare a scrivere la Lingua della Creazione. Crearono le Rune, che i draghi non impararono mai. Ci insegnarono a dare a ogni anima il suo vero nome: nome che è la verità dell'anima, la sua vera essenza. E con il loro Potere hanno concesso, a chi porta il vero nome, la vita oltre la morte del corpo.

— La vita eterna — fece sommesso Seppel, abbozzando un sorriso. — In una grande terra di fiumi e montagne e splendide città, dove non ci sono sofferenza e dolore, e dove il *sé* permane, immutato, immutabile, per sempre... Questo è il sogno dell'antico sapere di Paln.

— Dov'è? — chiese l'Evocatore. — Dov'è quella terra?

— Sull'altro vento — rispose Irian. — L'Occidente oltre l'Occidente. — Guardò tutti quanti, sprezzante, adirata. — Pensate che noi draghi voliamo solo sui venti di questo mondo? Pensate che la nostra libertà, per cui abbiamo rinunciato a qualsiasi possesso, non sia più grande di quella dei gabbiani privi d'intelletto?

Che il nostro regno sia soltanto qualche roccia ai margini delle vostre ricche isole? Voi possedete la terra, voi possedete il mare. Ma noi siamo il fuoco del sole, noi voliamo con il vento! Voi volevate della terra da possedere. Volevate delle cose da fare e tenere. E le avete. Quella è stata la divisione, il *verw nadan.* Ma non eravate soddisfatti della vostra parte. Volevate non solo le vostre preoccupazioni, ma pure la nostra libertà. Volevate il vento! E, attraverso gli incantesimi e le magie di quei violatori di giuramenti, ci avete rubato metà del nostro regno, lo avete separato con un muro dalla vita e dalla luce, per poter vivere là in eterno. Ladri, traditori!

— Sorella — disse Tehanu. — Questi non sono gli uomini che ci hanno derubato. Sono quelli che ne pagano lo scotto.

Attimi di silenzio seguirono all'aspro sussurro delle parole della giovane.

— Qual era lo scotto da pagare? — chiese il Maestro dei Nomi.

Tehanu guardò Irian. Questa esitò, poi in tono più pacato rispose: — «L'avidità spegne il sole.» Queste sono le parole di Kalessin.

Azver il Maestro degli Schemi parlò. Mentre parlava, scrutò i passaggi tra le file di alberi al di là della radura, quasi seguisse i lievi movimenti delle foglie. — Gli antichi capirono che il regno dei draghi non era solo corporeo. Che i draghi potevano volare... fuori dal tempo, forse... E, invidiando tale libertà, seguirono la via dei draghi nell'Occidente oltre l'Occidente. Là, rivendicarono il possesso di una parte di quel regno. Un regno eterno fuori del tempo, dove il *sé* potesse esistere per sempre. Ma non in modo corporeo, come i draghi. Solo con lo spirito gli uomini potevano abitare quel luogo... E così costruirono un muro invalicabile per gli esseri viventi, per gli uomini e i draghi. Perché temevano la loro collera. E le loro arti nominatorie stesero una grande rete di incantesimi su tutte le Terre Occidentali, affinché la gente delle isole, dopo la morte, raggiungesse l'Occidente oltre l'Occidente e vivesse là per sempre, come spirito... Ma, quando il muro fu eretto e l'incantesimo venne completato, il vento cessò di soffiare, all'interno del muro. Il mare si ritirò. Le sorgenti smisero di zampillare. Le montagne dell'alba diventarono le montagne della notte. I morti giunsero in una terra tenebrosa, una terra arida.

— Ho attraversato quella terra — mormorò Lebannen, con riluttanza. — Non temo la morte, ma temo quel luogo.

Rimasero alcuni istanti in silenzio.

— Cob e Thorion... — disse l'Evocatore, la voce aspra e incerta. — Loro hanno provato ad abbattere quel muro. A riportare i morti in vita.

— Non in vita, Maestro — replicò Seppel. — Come i creatori di Rune, anche loro cercavano il *sé* incorporeo, immortale.

— Tuttavia, i loro incantesimi hanno sconvolto quel luogo — osservò meditabondo l'Evocatore. — E così i draghi hanno cominciato a ricordare l'antico torto... E così le anime dei morti adesso si accalcano lungo il muro, tendendo le braccia, bramando il ritorno alla vita.

Alder si alzò. Disse: — Non bramano la vita. Bramano la morte. Desiderano fondersi di nuovo con la terra. Unirsi di nuovo alla terra.

Tutti lo guardarono, ma lui quasi non se ne accorse; la sua consapevolezza era rivolta in parte al gruppo, in parte alla Terra Tenebrosa. L'erba sotto i suoi piedi era verde e illuminata dal sole, era morta e scura. Le foglie degli alberi tremavano sopra di lui, e il basso muro di pietra era ad appena qualche passo di distanza, lungo il pendio tenebroso della collina. Di tutte le persone presenti, Alder vedeva solo Tehanu; non riusciva a vederla con chiarezza, ma sapeva che era lei, la persona in piedi tra lui e il muro. Le parlò. — L'hanno costruito, ma non possono demolirlo — disse. — Vuoi aiutarmi, Tehanu?

— Ti aiuterò, Hara — rispose la giovane.

Un'ombra guizzò tra loro, una grande forza oscura, che nascose la ragazza, afferrando Alder e bloccandolo; lui si dibatté, boccheggiò, non riusciva a respirare, vide un fuoco rosso nell'oscurità, poi non vide più nulla.

Si incontrarono nel chiarore stellare ai margini della radura, il re delle Terre Occidentali e il Maestro di Roke, i due poteri di Earthsea.

— Vivrà? — chiese l'Evocatore, e Lebannen rispose: — Il guaritore dice che adesso non corre nessun pericolo.

— Ho sbagliato — disse il primo. — Mi dispiace.

— Perché l'avete richiamato? — domandò il re, non in tono di rimprovero, ma pretendendo una risposta.

Dopo una lunga pausa, arcigno, l'Evocatore disse: — Perché avevo il Potere di farlo.

Passeggiarono in silenzio, percorrendo un sentiero tra i grandi alberi. C'era molto buio su entrambi i lati, ma la luce delle stelle brillava grigia seguendo il loro cammino.

— Ho sbagliato. Ma non è giusto voler morire — riprese. Nella sua voce si coglieva l'accento aspro della Distesa Orientale. Parlava sommesso, quasi supplichevole. — Per chi è molto vecchio, molto malato, può darsi che sia giusto. Ma la vita ci è data. Sicuramente è sbagliato non conservare e aver caro questo grande dono!

— Anche la morte ci è data — osservò il re.

Alder giaceva su un pagliericcio sopra l'erba. Doveva rimanere fuori sotto le stelle, aveva detto il Maestro degli Schemi, e il vecchio Maestro Erborista era d'accordo con lui. Il convalescente dormiva, e Tehanu gli sedeva accanto, immobile.

Tenar sedeva sulla soglia della casupola di pietra e la osservava. Le grandi stelle dell'estate inoltrata brillavano sulla radura: la più alta era la stella chiamata Tehanu, il Cuore del Cigno, il perno del cielo.

Seserakh uscì silenziosa dalla casa e si sedette sulla soglia vicino a lei. Si era tolta il cerchietto che tratteneva il velo, sciogliendo la massa di capelli fulvi.

— Oh, amica mia — mormorò, — che ne sarà di noi? I morti stanno venendo qui. Li sentite? Sono come la marea che cresce. Oltre quel muro. Penso che nessuno possa fermarli. Tutti i morti, dalle tombe di tutte le Isole Occidentali, da tutti i secoli...

Tenar sentiva il battito, i richiami, nella testa e nel sangue. Adesso, come tutti gli altri, sapeva quello che Alder sapeva da tempo. Ma si aggrappò a quello in cui confidava, anche se la fiducia era diventata semplice speranza e disse: — Sono solo i morti, Seserakh. Abbiamo costruito un muro falso. Dev'essere demolito. Però c'è un muro vero.

Tehanu si alzò e si avvicinò adagio alle due donne. Si sedette sul gradino sotto di loro.

— Sta bene, dorme — sussurrò.

— Eri là con lui? — chiese Tenar.

Lei annuì. — Eravamo al muro.

— Cos'ha fatto l'Evocatore?

— L'ha chiamato... lo ha riportato indietro con la forza.

— L'ha riportato in vita?

— Sì, in vita.

— Non so cosa temere di più — disse la madre. — La morte o la vita? Vorrei smettere di avere paura.

Il volto di Seserakh, l'onda calda dei suoi capelli, si chinò un attimo sulla spalla della donna, sfiorandola con una lieve carezza. — Voi siete coraggiosa, coraggiosa — sussurrò la principessa. — Ma... ahimè! Io temo il mare! E temo la morte!

Tehanu sedeva tranquilla. Nel chiarore fioco che aleggiava tra gli alberi, Tenar notò come la mano snella della figlia fosse posata su quella bruciata e deforme.

— Penso che quando morirò — disse la ragazza con la solita voce bassa e strana, — potrò restituire il soffio che mi ha dato la vita. Potrò restituire al mondo tutto quello che non ho fatto, tutto quello che avrei potuto essere e non sono riuscita a realizzare. Tutte le scelte che non ho compiuto. Tutte le cose che ho perso e consumato e sprecato. Potrò restituire tutto quanto al mondo. Alle vite che non sono ancora state vissute. Quello sarà il dono che farò al mondo, per ringraziarlo di avermi dato la vita che ho vissuto, l'amore che ho conosciuto, il respiro che ho respirato.

Alzò lo sguardo alle stelle e sospirò. — Non per molto tempo ancora — mormorò. Poi si girò verso la madre.

Seserakh accarezzò delicatamente i capelli della donna, si alzò, ed entrò in casa silenziosa.

— Madre, fra breve, penso...

— Lo so.

— Non voglio lasciarti.

— Devi lasciarmi.

— Lo so.

Rimasero sedute nell'oscurità luccicante del Bosco Immanente, taciturne.

— Guarda — sussurrò Tehanu. Una stella cadente attraversò il cielo, una rapida scia di luce che svanì lentamente.

Cinque maghi sedevano al chiarore stellare. — Guardate — disse uno di loro, indicando con la mano la stella luminosa.

— L'anima di un drago che muore — fece Azver il Maestro degli Schemi. — Così dicono a Karego-At.

— I draghi muoiono? — chiese Onice, meditabondo. — Non come noi, penso...

— Non vivono come noi. Si muovono tra i mondi. Così dice Orm Irian. Dal vento del mondo all'altro vento.

— Come noi abbiamo cercato di fare — disse Seppel. — Senza riuscire.

Azzardo lo guardò, incuriosito. — A Paln, avete sempre conosciuto questa storia, questo racconto che abbiamo sentito oggi... della separazione dei draghi e del genere umano, e della creazione della Terra Tenebrosa?

— Non come l'abbiamo appreso oggi. A me avevano insegnato che il *verw nadan* fu il primo grande trionfo dell'arte magica. E che lo scopo della magia fosse di trionfare sul tempo e sulla vita per sempre... E questo spiega i mali causati dal sapere pelnico.

— Almeno, voi avete conservato la conoscenza madre che noi abbiamo disprezzato — disse Onice. — Come l'ha conservata il vostro popolo, Azver.

— Ebbene, voi avete avuto il buonsenso di costruire la vostra Grande Casa qui — dichiarò il Maestro degli Schemi, sorridendo.

— Ma l'abbiamo costruita male — disse Onice. — Tutto quello che costruiamo, lo costruiamo male.

— Dunque dobbiamo abbatterlo — rifletté Seppel.

— No — replicò Azzardo. — Noi non siamo draghi. Noi viviamo nelle case. Dobbiamo avere qualche muro, almeno.

— Purché il vento possa soffiare dalle finestre — disse Azver.

— E chi entrerà dalle porte? — chiese il Guardiano, con l'abituale voce pacata.

Ci fu una pausa. Un grillo frinì solerte in un punto della radura, tacque, frinì di nuovo.

— Draghi? — disse Azver.

Il Guardiano scosse il capo. — Penso che la separazione iniziata, e poi non rispettata, alla fine giungerà a compimento — disse. — I draghi andranno liberi, e ci lasceranno qui con la scelta che abbiamo fatto.

— La conoscenza del bene e del male — fece Onice.

— La gioia di fare, foggiare — disse Seppel. — La nostra maestria.

— E la nostra avidità, la nostra debolezza, la nostra paura — aggiunse Azver.

Al verso del grillo rispose un altro grillo, più vicino al ruscello. I due trilli vibrarono, si sovrapposero, ritmicamente e fuori tempo.

— Quello che temo — disse Azzardo, — e lo temo a tal punto da avere paura a parlarne, è questo: che, quando i draghi andranno via, la nostra maestria scompaia con loro. La nostra arte. La nostra magia.

Il silenzio degli altri dimostrò che anche loro temevano la stessa cosa. Ma infine il Guardiano parlò, pacato ma deciso. — No, non credo. Loro sono la creazione, sì, ma noi abbiamo appreso la Creazione. L'abbiamo fatta nostra. Non può esserci strappata. Per perderla dobbiamo dimenticarla, gettarla via.

— Come ha fatto il mio popolo — confermò Azver.

— Però il vostro popolo ha ricordato cos'è la terra, cos'è la vita eterna — intervenne Seppel. — Mentre noi l'abbiamo dimenticato.

Ci fu un altro lungo silenzio.

— Potrei allungare la mano e toccare il muro — disse Azzardo, con un filo di voce, e Seppel osservò: — Sono vicini, sono vicinissimi.

— Come facciamo a sapere cosa dovremmo fare? — chiese Onice.

Azver parlò nel silenzio che seguì la domanda: — Una volta, quando era qui nel Bosco Immanente, l'Arcimago mio signore mi disse che aveva trascorso la vita imparando a decidere il da farsi in situazioni in cui non doveva decidere nulla perché non aveva scelta e non poteva agire che in un solo modo.

— Vorrei che lui fosse qui, adesso — disse Onice.

— Ha finito di agire — mormorò il Guardiano, sorridendo.

— Ma noi no. Sediamo qui a parlare sull'orlo del precipizio... lo sappiamo tutti. — Onice guardò le loro facce illuminate dalla luce delle stelle. — Cosa vogliono i morti da noi?

— Cosa vogliono da noi i draghi? — ripeté Azzardo. — Queste donne che sono draghi, questi draghi che sono donne... perché sono qui? Possiamo fidarci di loro?

— Abbiamo scelta? — chiese il Guardiano.

— Non penso — rispose il Maestro degli Schemi. Una nota tagliente era affiorata nella sua voce, tagliente come una lama. — Possiamo solo seguire.

— Seguire i draghi? — domandò Azzardo.

Azver scosse il capo. — Alder.

— Ma lui non è una guida! — sbottò l'altro. — Dovremmo seguire un riparatore di campagna?

Onice disse: — Alder è saggio... ma la sua saggezza è nelle mani, non nella testa. Lui segue il suo cuore. Sicuramente, non cerca di guidarci.

— Eppure è stato scelto fra tutti noi.

— Chi lo ha scelto? — chiese sommesso Seppel.

Il Maestro degli Schemi rispose: — I morti.

Rimasero in silenzio. I grilli avevano smesso di frinire. Due alte figure avanzarono verso di loro, attraversando la distesa di erba tinta di grigio dalla luce delle stelle.

— Brando e io possiamo sederci un poco con voi? — chiese Lebannen. — Questa notte, non è possibile dormire.

Seduto sul gradino della porta della casa sul Grande Precipizio, Ged osservava la volta celeste sopra il mare. Più o meno un'ora prima, era rientrato per dormire, ma chiudendo gli occhi aveva visto il fianco della collina e udito le voci che si levavano come un'onda. Si era alzato subito ed era uscito, dove poteva vedere le stelle che si muovevano.

Era stanco. Gli si chiudevano gli occhi, e un istante dopo si ritrovava là accanto al muro di pietra, con il cuore raggelato dal terrore di rimanere in quel luogo per sempre, senza conoscere la via del ritorno.

Alla fine, spazientito e stanco di avere paura, si alzò di nuovo, andò in casa a prendere una lanterna, l'accese e s'incamminò sul sentiero che conduceva alla casa di Muschio.

Chissà, forse Muschio era spaventata, o forse no; viveva molto vicino al muro, in quei giorni. Ma Erica doveva essere in preda al panico, e Muschio probabilmente non era in grado di calmarla. E, dal momento che, qualunque cosa bisognasse fare, lui non poteva farla, questa volta almeno avrebbe potuto consolare la povera stolta. Le avrebbe raccontato che erano solo sogni.

Era arduo procedere al buio; la lanterna proiettava sul sentiero grandi ombre di piccole cose. Ged camminava più lentamente di quanto non gli aggradasse, inciampando a volte.

Vide una luce nella casa del vedovo, malgrado l'ora tarda. Un bambino gemette, nel villaggio. — Mamma, mamma, perché la gente piange? Chi è la gente che piange, mamma?

Nemmeno là dormivano. Quella notte, dovevano essere ben pochi quelli che riuscivano a dormire in tutto il mondo di Earthsea, rifletté. Sorrise un po', a quel pensiero: gli era sempre piaciuta quella pausa, quella pausa spaventosa, l'attimo prima che le cose cambiassero.

Alder si svegliò. Era steso a terra e ne sentiva la profondità sotto di sé.

Sopra di lui le stelle ardevano vivide, le stelle dell'estate, che si muovevano tra le foglie agli sbuffi del vento, che si spostavano da oriente a occidente con la rotazione del mondo. Le osservò per un po' prima di abbandonarle.

Tehanu lo aspettava sulla collina.

— Cosa dobbiamo fare, Hara? — gli chiese.

— Dobbiamo riparare il mondo — rispose lui. Sorrise, perché finalmente aveva il cuore allegro. — Dobbiamo abbattere il muro.

— Loro possono aiutarci? — chiese la ragazza, perché i morti si erano radunati e attendevano in basso nell'oscurità, innumerevoli come fili d'erba o stelle o granelli di sabbia, silenziosi adesso, una grande spiaggia tenebrosa di anime.

— No — rispose Alder. — Ma forse può aiutarci qualcun altro. — Scese il pendio fino al muro, che lì era alto poco più della cintola. Mise le mani su una delle pietre della parte superiore del muro e provò a muoverla. Era fissata saldamente, o era più pesante di una pietra normale; non riuscì a sollevarla, non riuscì a spostarla minimamente.

Tehanu gli si affiancò.

— Aiutami — disse lui. Lei mise le mani sulla pietra, la mano sana e quella bruciata, stringendola come meglio poteva, e diede uno strattone verso l'alto insieme con Alder. La pietra si mosse un poco, poi ancora un po'. — Spingi! — disse Tehanu, e insieme la spostarono lentamente, facendola stridere sulla pietra sottostante, finché non cadde sul lato opposto del muro con un tonfo sordo.

La pietra successiva era più piccola; riuscirono a rimuoverla e a sollevarla. La lasciarono cadere nella polvere dalla loro parte.

Un tremito percorse il terreno sotto i loro piedi, a quel punto. I sassi che riempivano gli interstizi produssero un forte crepitio. Con un lungo sospiro, la moltitudine di morti si avvicinò al muro.

Il Maestro degli Schemi si alzò all'improvviso e rimase in ascolto. Le foglie turbinavano in tutta la radura, gli alberi del Bosco Immanente si piegavano e tremavano come se fossero investiti da violente raffiche di vento, ma non c'era il minimo alito.

— Ora avviene il cambiamento — disse Azver, e si allontanò dagli altri, addentrandosi nell'oscurità sotto gli alberi.

L'Evocatore, il Guardiano e Seppel si alzarono e lo seguirono, rapidi e silenziosi. Poi anche Azzardo e Onice gli andarono dietro, più lentamente.

Il re si drizzò; fece qualche passo nella direzione presa dagli altri, esitò, quindi attraversò frettolosamente la radura, andando verso la casa bassa di pietra e di zolle. — Irian — disse, chinandosi sulla soglia buia. — Irian, volete portarmi con voi?

Lei uscì dalla casa; sorrideva, e sembrava circondata da un fulgore ardente. — Venite, allora... venite, presto — gli disse, e gli prese la mano. La mano di Irian bruciava come un tizzone, quando sollevò Lebannen e lo portò nell'altro vento.

Poco dopo, Seserakh uscì dalla casa e si fermò alla luce delle stelle, seguita da Tenar. Si guardarono attorno. Non si muoveva più nulla; gli alberi erano di nuovo immobili.

— Sono andati tutti — sussurrò la principessa. — Sul Sentiero dei Draghi.

Fece un passo avanti, scrutando le tenebre.

— Cosa dobbiamo fare, Tenar?

— Dobbiamo custodire la casa — rispose lei.

— Oh! — mormorò la giovane, cadendo in ginocchio. Aveva visto Lebannen steso vicino alla porta, a faccia in giù nell'erba. — Non è morto... non credo... Oh, mio caro signore re, non andate, non morite!

— È con loro. Voi rimanete con lui. Tenetelo caldo. Custodite la casa, Seserakh — disse Tenar. Andò accanto ad Alder, che giaceva a terra con gli occhi ciechi rivolti alle stelle. Si sedette vicino a lui, prendendogli la mano. E attese.

Alder non era certo in grado di spostare la grande pietra su cui aveva posato le mani, ma l'Evocatore era al suo fianco, chino con la spalla contro la pietra, e disse: — Ora! — Insieme, spinsero finché il masso, sbilanciato, non cadde con lo stesso tonfo conclusivo dalla parte opposta del muro.

Adesso c'erano degli altri, lì con lui e Tehanu, e davano strappi alle pietre, le gettavano al suolo. Per un attimo, lo stregone vide apparire l'ombra delle proprie mani in un bagliore rosso. Orm Irian, come la prima volta che l'aveva vista, in sembianza di grande drago, aveva emesso una fiatata di fuoco mentre si sforzava di smuovere un masso della fila inferiore, conficcato in profondità nel terreno. I suoi artigli fecero sprizzare scintille, il suo dorso irto di aculei s'inarcò e il masso si staccò e rotolò via, aprendo una breccia nel muro.

Dalle ombre sull'altro lato, si levò un grido molteplice, sommesso, simile al rumore del mare su una sponda incavata. La loro massa scura si slanciò verso il muro. Alder alzò lo sguardo e vide che l'oscurità stava scomparendo. Una luce si muoveva in quel cielo dove le stelle non si erano mai mosse, rapide scintille di fuoco in lontananza a occidente.

— Kalessin!

Era la voce di Tehanu. Alder la guardò. La giovane stava scrutando in alto, verso occidente. Non le interessava la terra.

Alzò le braccia. Un fuoco le scorse lungo le mani, le braccia, nei capelli, sulla faccia e sul corpo, formando due grandi ali sopra il capo e sollevandola nell'aria, una splendida creatura fiammeggiante.

Lei lanciò un grido, un grido chiaro, che non era nessuna parola. Volò alta, impetuosa, veloce, salendo nel cielo dove la luce stava crescendo e un vento bianco aveva cancellato le stelle insignificanti.

Dalle schiere dei morti, qui e là, alcuni, come lei, avvamparono e si tramutarono in draghi, e si librarono in volo, montando sul vento.

I più avanzarono a piedi. Non si accalcavano, non gridavano adesso, ma camminavano sicuri e senza fretta verso gli squarci nel muro: grandi moltitudini di uomini e donne, che una volta giunti al muro demolito non esitavano, lo oltrepassavano e sparivano... un filo di polvere, un alito che brillava un istante nella luce sempre più intensa.

Alder li osservò. Teneva ancora in mano, dimenticato, un sasso di riempimento che aveva staccato dal muro per smuovere una pietra più grossa. Osservò i morti che si liberavano. E finalmente la vide in mezzo a loro. Allora gettò il sasso e le andò incontro. — Giglio — disse. Lei lo vide e sorrise e gli tese la mano. Lui la prese, e insieme superarono la barriera che li separava dalla luce del sole.

In piedi accanto al muro diroccato, Lebannen osservò l'alba che rischiarava l'Oriente. C'era un Oriente, adesso, dove prima non esisteva nessuna direzione, nessuna via da prendere. C'erano

Oriente e Occidente, luce e movimento. La terra stessa si muoveva, tremava, si scuoteva come un grande animale, e il muro di pietra, nei punti in cui non lo avevano abbattuto, vibrò e si sbriciolò. Del fuoco si sprigionò dai lontani picchi neri delle montagne chiamate Dolore, il fuoco che ardeva nel cuore del mondo, il fuoco che nutriva i draghi.

Lebannen guardò il cielo sopra quelle montagne e vide, come avevano visto una volta lui e Ged sul Mare Occidentale, i draghi che volavano sul vento del mattino.

Tre di essi vennero volteggiando verso di lui, che si trovava con gli altri vicino alla cresta della collina, sopra il muro diroccato. Il re ne riconobbe due: Orm Irian e Kalessin. Il terzo aveva una corazza lucente, dorata, con ali d'oro. Era quello che volava più alto, e non si abbassò verso il gruppo. Orm Irian svolazzò giocosa attorno all'amica, poi si allontanarono, inseguendosi, salendo sempre più, finché tutt'a un tratto i raggi più alti del sole nascente non colpirono Tehanu, che brillò come il proprio nome, una grande stella sfolgorante.

Kalessin volteggiò ancora, si abbassò e si posò imponente tra le rovine del muro.

— *Agni* Lebannen — disse il drago al re.

— Anziano — rispose il re al drago.

— *Aissadan verw nadannan* — disse la poderosa voce sibilante, simile a un mare di cembali.

Piantato saldamente accanto al re, Brando l'Evocatore di Roke ripeté le parole del drago nella Lingua della Creazione, poi le pronunciò in hardico: — Ciò che è stato diviso è diviso.

Il Maestro degli Schemi era vicino a loro, i capelli lucenti nel chiarore crescente del giorno. Disse: — Ciò che è stato costruito è infranto. Ciò che è stato infranto è ripristinato.

Poi guardò con struggimento il cielo, il drago d'oro e quello rosso-bronzeo; ormai si scorgevano a stento, erano molto lontani, volteggiavano in ampi cerchi sopra la lunga distesa digradante, dove città fantasma deserte si dissolvevano alla luce del giorno.

— Anziano — disse, e la lunga testa tornò a girarsi lentamente verso di lui.

— Qualche volta, Tehanu seguirà la via del ritorno attraverso la foresta? — chiese Azver nella lingua dei draghi.

I grandi occhi gialli insondabili di Kalessin lo fissarono. L'enorme bocca sembrava, come la bocca delle lucertole, chiusa in un sorriso. Non parlò. Poi, trascinando pesantemente la propria mole lungo il muro e facendo cadere e scivolare sotto il ventre ferreo le pietre ancora in piedi, Kalessin contorcendosi si allontanò da loro e, con uno slancio e un fragore di ali spiegate, si staccò dal fianco della collina e volò basso verso le montagne, i cui picchi adesso erano coperti di fumo e di vapore bianco, e brillavano lambiti dal fuoco e dal sole.

— Venite, amici — disse la voce sommessa di Seppel. — Per noi non è ancora il momento di andare liberi.

Il sole illuminava il cielo sopra la chioma degli alberi più alti, ma nella radura c'era ancora il grigio gelido dell'alba. Tenar sedeva con la mano posata su quella di Alder, con il capo chino. Guardò la fredda rugiada che copriva uno stelo d'erba, il disegno di quelle goccioline così minuscole e delicate, che riflettevano tutto il mondo.

Qualcuno pronunciò il suo nome. Lei non alzò lo sguardo. — È andato — disse.

Il Maestro degli Schemi le s'inginocchiò accanto. Toccò con dolcezza il volto di Alder.

Rimase un poco in silenzio, poi disse alla donna, nella sua lingua: — Mia signora, ho visto Tehanu. Vola splendente sull'altro vento.

Lei lo guardò. Era pallido ed esausto, ma nei suoi occhi c'era un'ombra di giubilo.

Fece uno sforzo, poi, brusca, la voce quasi impercettibile, disse: — Sana e salva?

Lui annuì.

Tenar accarezzò la mano di Alder, la mano del riparatore, bella, abile. Le vennero le lacrime agli occhi.

— Lasciatemi stare con lui per un po' — disse, e cominciò a piangere. Si coprì il viso e versò lacrime amare, silenziose.

Azver andò dal gruppetto vicino alla porta della casa. Onice e Azzardo erano accanto all'Evocatore, che stava, massiccio e ansioso, accanto alla principessa. Lei era accovacciata vicino a Lebannen, le braccia stese sul suo corpo, lo proteggeva, non voleva che nessuno dei maghi lo toccasse. Le lampeggiavano gli occhi. In una mano teneva stretto il pugnale d'acciaio del sovrano.

— Sono tornato con lui — disse Brando ad Azver. — Ho cercato di stare con lui. Non ero sicuro della via. La principessa non vuole che mi avvicini a lui.

— *Ganai* — disse Azver, il titolo della giovane in hardico: principessa.

Lei si voltò di scatto. — Oh, sia ringraziato AtwahWuluah e sia lodata la Madre per sempre! — strillò. — Signore Azver! Mandate via questi maledetti-stregoni. Uccideteli! Hanno ucciso il mio re. — Gli porse il pugnale, tenendolo per la sottile lama d'acciaio.

— No, principessa. Lui è andato con il drago Irian. Ma questo stregone lo ha riportato da noi. Lasciate che lo veda. — Il Maestro degli Schemi s'inginocchiò, e girò leggermente il volto di Lebannen per osservarlo meglio, poi gli posò le mani sul petto. — È freddo — disse. — È stato un ritorno arduo... Prendetelo tra le braccia, principessa. Scaldatelo.

— Ho provato — disse lei, mordendosi un labbro. Gettò a terra il pugnale e si chinò sull'uomo privo di sensi. — Oh, povero re! — mormorò in hardico. — Caro, povero re!

Azver si alzò e disse all'Evocatore: — Penso che si rimetterà, Brando. Adesso, lei è molto più utile di noi.

L'Evocatore allungò la grossa mano e strinse il braccio del Maestro degli Schemi. — Adesso riposati — disse.

— Il Guardiano — disse l'altro, diventando ancor più pallido e guardandosi attorno.

— È tornato con il mago pelnico — disse Brando. — Siediti, Azver.

Lui obbedì, sedendosi sul ceppo occupato dal vecchio Maestro delle Metamorfosi quando si erano disposti in cerchio il pomeriggio precedente. Sembrava fossero trascorsi mille anni. I vecchi erano tornati alla scuola, la sera... E poi era iniziata la lunga notte, la notte che aveva portato il muro di pietra così vicino che dormire equivaleva a trovarsi là, e trovarsi là era terrificante, così nessuno si era addormentato. Nessuno, forse, in tutta Roke, in tutte le isole... Solo Alder, che li aveva preceduti e guidati... Azver si accorse che stava sonnecchiando e tremava.

Azzardo cercò di farlo entrare nella casa di pietra e di zolle, ma il Maestro degli Schemi insistette che doveva rimanere accanto alla principessa, per farle da interprete. *E vicino a Tenar,* pensò, senza dirlo, *per proteggerla.* Per lasciare che si rattristasse, ma Alder aveva finito di affliggersi. Aveva passato a lei la propria afflizione. A tutti loro. La sua gioia...

L'Erborista arrivò dalla scuola e colmò di premure Azver, gli mise sulle spalle un mantello invernale. Quello rimase seduto a dormicchiare, stremato e febbricitante, senza badare agli altri, vagamente irritato dalla presenza di tante persone nel dolce silenzio della sua radura, osservando la luce del sole che calava lentamente tra le foglie.

La sua veglia fu ricompensata quando la principessa andò da lui, gli s'inginocchiò di fronte, guardandolo in viso con sollecitudine e rispetto, e gli disse: — Signore, il re desidera parlarvi.

Lo aiutò ad alzarsi, come se fosse un vecchio. Lui non se ne curò. — Grazie, *gainha* — disse.

— Non sono regina — replicò la giovane, con una risata.

— Lo sarete — disse il Maestro degli Schemi.

C'era l'alta marea del plenilunio, e la *Delfino* dovette attendere la stanca per superare le scogliere chiamate Braccia della Rupe.

Tenar non sbarcò a Porto Gont fino a metà mattina, e poi dovette percorrere il lungo tragitto in salita. Era quasi il tramonto quando attraversò Re Albi e imboccò il sentiero sul Precipizio che conduceva a casa.

Ged stava innaffiando i cavoli, ben cresciuti ormai.

Si drizzò e guardò la moglie che si avvicinava, con occhi di sparviero, corrugando la fronte. — Ah — disse.

— Oh, mio caro — disse lei. E affrettò il passo, mentre il marito le andava incontro.

Era stanca. Era contentissima di sedere con lui con un bicchiere di buon vino rosso e osservare la sera dell'inizio dell'autunno accendersi d'oro su tutto il Mare Occidentale.

— Come faccio a raccontarti tutto? — disse.

— Raccontalo al contrario — rispose Ged.

— D'accordo. Lo farò. Volevano che restassi, ma io ho detto che volevo tornare a casa. Ma c'è stata una riunione del Consiglio, sai, una riunione del Consiglio Reale, per il fidanzamento. Ci sarà un matrimonio sontuoso e via dicendo, naturalmente, ma non penso di dover andare, perché loro in realtà si sono sposati allora. Con l'Anello di Elfarran. Il nostro Anello.

Ged la guardò e sorrise, l'ampio sorriso dolce che soltanto lei aveva visto sul suo viso... almeno, così pensava lei, forse a torto, forse a ragione.

— Sì? — fece il marito.

— Lebannen è entrato e si è fermato alla mia sinistra, e poi Seserakh è entrata e si è fermata alla mia destra. Davanti al trono di Morred. E io ho alzato l'Anello. Come ho fatto quando lo abbiamo portato a Havnor, ricordi? Sulla nave, facendolo brillare al sole? Il re lo ha preso, lo ha baciato e me lo ha restituito. E io l'ho messo al braccio di Seserakh... non le è arrivato che al polso... Non è una donna piccola. Oh, dovresti vederla, Ged! Che splendida creatura è, che leonessa! Lebannen ha trovato pane per i suoi denti... E tutti hanno acclamato. E ci sono stati festeggiamenti, e via dicendo. E così io sono potuta partire.

— Continua.

— Al contrario?

— Al contrario.

— Bene. Prima di quell'evento ci sono stati gli avvenimenti di Roke. Roke non è mai semplice. No.

Bevvero il vino rosso in silenzio.

— Parlami del Maestro degli Schemi.

Tenar sorrise. — Seserakh lo chiama il guerriero. Dice che solo un guerriero può innamorarsi di un drago.

— Chi lo ha seguito nella Terra Tenebrosa, quella notte?

— Lui ha seguito Alder.

— Ah! — esclamò Ged, sorpreso, e con una evidente soddisfazione.

— E lo hanno seguito anche altri Maestri. E Lebannen, e Irian...

— E Tehanu.

Silenzio.

— È uscita dalla casa. Quando sono andata fuori, lei era scomparsa. — Un lungo silenzio. — Azver l'ha vista. Nella luce dell'alba. Sull'altro vento...

Silenzio.

— Sono scomparsi tutti. Non ci sono più draghi a Havnor o nelle Isole Occidentali. Onice ha detto: «Come quel luogo d'ombra e tutte le ombre che lo popolavano si sono ricongiunti al mondo della luce, così i draghi hanno riacquistato il loro vero regno».

— Abbiamo rotto il mondo per renderlo integro — fece Ged.

Dopo una lunga pausa, Tenar mormorò: — Il Maestro degli Schemi pensa che Irian tornerà nel Bosco Immanente, se lui la chiamerà.

Il marito parlò solo dopo un'altra pausa. — Guarda là, Tenar.

Lei guardò nella direzione che le era stata indicata, la distesa d'aria ormai buia sopra il Mare Occidentale.

— Se lei verrà, arriverà da là — disse l'uomo. — E, se non verrà, sarà là.

La moglie annuì. — Lo so. — Aveva gli occhi colmi di lacrime. — Lebannen mi ha cantato una canzone, sulla nave, mentre stavamo tornando a Havnor. — Lei non sapeva cantare e ne sussurrò le parole: — *Oh, mio gaudio, va' in libertà...*

Ged spostò lo sguardo verso le foreste, la montagna, le alture su cui era scesa l'oscurità.

— Raccontami... — disse Tenar. — Raccontami cos'hai fatto mentre io ero via.

— Ho badato alla casa.

— Hai passeggiato nella foresta?

— Non ancora — rispose il marito.

INDICE